HEINRICH HEINE

Das poetische Werk

Heinrich Heine

Das poetische Werk

Die Gedichte

Die Erzählungen

Die Memoiren

HERAUSGEGEBEN VON
FRITZ & KATINKA VAN EYCKEN

HAFFMANS VERLAG
BEI ZWEITAUSENDEINS

Originalausgabe
1. Auflage, Frühjahr 2011

Dank für tätige Hilfe an Dr. Franziska Schwarzenbach & Claudia Mahmoud.

Umschlag: Heinrich Heine. Porträt von Moritz Daniel Oppenheim, 1831.
Gestaltung & Produktion von Urs Jakob,
Werkstatt im Grünen Winkel, CH-8400Winterthur.
Satz: Fotosatz Reinhard Amann in Aichstetten.
Druck & Bindung: Ebner & Spiegel, Ulm.
Printed in Germany.

Dieses Buch gibt es nur bei Zweitausendeins im Versand, Postfach, D-60381 Frankfurt am Main, Telefon 069-420 8000, Fax 069-415 003. Internet www.Zweitausendeins.de, E-Mail: info@Zweitausendeins.de.
Oder in den Zweitausendeins-Läden in Augsburg, 2x Berlin, in Bonn, Braunschweig, Bremen, Darmstadt, Dresden, Düsseldorf, Erfurt, Essen, Frankfurt am Main, Freiburg, Göttingen, 2x Hamburg, in Hannover, Karlsruhe, Kiel, Koblenz, Köln, Leipzig, Ludwigsburg, Mannheim, Marburg, München, Münster, Neustadt an der Weinstraße, Nürnberg, Oldenburg, Osnabrück, Stuttgart und Ulm.

In der Schweiz über buch 2000, Postfach 89, CH-8910 Affoltern a. A.
In Österreich über Buchkontor, Kriemhildplatz 1, A-1150-Wien.

ISBN 978-3-942048-27-9

Und scheint die Sonne noch so schön,
Am Ende muß sie untergehn!

INHALT

1. DIE GEDICHTE

2. DIE ERZÄHLUNGEN

3. DIE MEMOIREN

ANHANG

1.

Die Gedichte

Der junge Heine. Künstler unbekannt

BUCH DER LIEDER

Vorrede zur zweiten Auflage

Diese neue Ausgabe des Buchs der Lieder kann ich dem überrheinischen Publikum nicht zuschicken, ohne sie mit freundlichen Grüßen in ehrlichster Prosa zu begleiten. Ich weiß nicht, welches wunderliche Gefühl mich davon abhält, dergleichen Vorworte, wie es bei Gedichtesammlungen üblich ist, in schönen Rhythmen zu versifizieren. Seit einiger Zeit sträubt sich etwas in mir gegen alle gebundene Rede, und wie ich höre, regt sich bei manchen Zeitgenossen eine ähnliche Abneigung. Es will mich bedünken, als sei in schönen Versen allzuviel gelogen worden, und die Wahrheit scheue sich in metrischen Gewanden zu erscheinen.

Nicht ohne Befangenheit übergebe ich der Lesewelt den erneueten Abdruck dieses Buches. Es hat mir die größte Überwindung gekostet, ich habe fast ein ganzes Jahr gezaudert, ehe ich mich zur flüchtigen Durchsicht desselben entschließen konnte. Bei seinem Anblick erwachte in mir all jenes Unbehagen, das mir einst vor zehn Jahren, bei der ersten Publikation, die Seele beklemmte. Verstehen wird diese Empfindung nur der Dichter oder Dichterling, der seine ersten Gedichte gedruckt sah. Erste Gedichte! Sie müssen auf nachlässigen, verblichenen Blättern geschrieben sein, dazwischen, hie und da, müssen welke Blumen liegen, oder eine blonde Locke, oder ein verfärbtes Stückchen Band, und an mancher Stelle muß noch die Spur einer Träne sichtbar sein … Erste Gedichte aber, die gedruckt sind, grell schwarz gedruckt auf entsetzlich glattem Papier, diese haben ihren süßesten, jungfräulichsten Reiz verloren und erregen bei dem Verfasser einen schauerlichen Mißmut.

Ja, es sind nun zehn Jahr, seitdem diese Gedichte zuerst erschienen, und ich gebe sie wie damals in chronologischer Folge, und ganz voran ziehen wieder Lieder, die in jenen früheren Jahren gedichtet worden, als die ersten Küsse der deutschen Muse in meiner Seele brannten. Ach! die Küsse dieser guten Dirne verloren seitdem sehr viel von ihrer Glut und Frische! Bei so langjährigem Verhältnis mußte die Inbrunst der Flitterwochen allmählig verrauchen; aber die Zärtlichkeit wurde manchmal um so herzlicher, besonders in schlechten Tagen, und da bewährte sie mir ihre ganze Liebe und Treue, die deutsche Muse! Sie tröstete mich in heimischen Drangsalen, folgte mir ins Exil, erheiterte mich in bösen Stunden des Verzagens, ließ mich nie im Stich, sogar in Geldnot wußte sie mir zu helfen, die deutsche Muse, die gute Dirne!

Ebenso wenig wie an der Zeitfolge änderte ich an den Gedichten selbst. Nur hie und da, in der ersten Abteilung, wurden einige Verse verbessert. Der Raumersparnis wegen habe ich die Dedikationen der ersten Auflage weggelassen. Doch kann ich nicht umhin zu erwähnen, daß das Lyrische Intermezzo einem Buche entlehnt ist, welches unter dem Titel »Tragödien« im Jahr 1823 erschien und meinem Oheim Salomon Heine zugeeignet worden. Die hohe Achtung, die ich diesem großartigen Manne zollte, so wie auch meine Dankbarkeit für die Liebe, die er mir damals bewiesen, wollte ich durch jene Widmung beurkunden. »Die Heimkehr«, welche zuerst in den Reisebildern erschien, ist der seligen Friederike Varnhagen von Ense gewidmet, und ich darf mich rühmen, der erste gewesen zu sein, der diese große Frau mit öffentlicher Huldigung verehrte. Es war eine große Tat von August Varnhagen, daß er, alles kleinliche Bedenken abweisend, jene Briefe veröffentlichte, worin sich Rahel mit ihrer ganzen Persönlichkeit offenbart. Dieses Buch kam zur rechten Zeit, wo es eben am besten wirken, stärken und trösten konnte. Das Buch kam zur trostbedürftig rechten Zeit. Es ist als ob die Rahel wußte, welche posthume Sendung ihr beschieden war. Sie glaubte freilich, es würde besser werden, und wartete; doch als des Wartens kein Ende nahm, schüttelte sie ungeduldig den Kopf, sah Varnhagen an, und starb schnell – um desto schneller auferstehen zu können. Sie mahnt mich an die Sage jener anderen Rahel, die aus dem Grabe hervorstieg und an der Landstraße stand und weinte, als ihre Kinder in die Gefangenschaft zogen.

Ich kann ihrer nicht ohne Wehmut gedenken, der liebreichen Freundin, die mir immer die unermüdlichste Teilnahme widmete, und sich oft nicht wenig für mich ängstigte, in jener Zeit meiner jugendlichen Übermüten, in jener Zeit als die Flamme der Wahrheit mich mehr erhitzte als erleuchtete …

Diese Zeit ist vorbei! Ich bin jetzt mehr erleuchtet als erhitzt. Solche kühle Erleuchtung kommt aber immer zu spät bei den Menschen. Ich sehe jetzt im klarsten Lichte die Steine, über welche ich gestolpert. Ich hätte ihnen so leicht ausweichen können, ohne darum einen unrechten Weg zu wandeln. Jetzt weiß ich auch, daß man in der Welt sich mit Allem befassen kann, wenn man nur die dazu nötigen Handschuhe anzieht. Und dann sollten wir nur das tun, was tunlich ist und wozu wir am meisten Geschick haben, im Leben wie in der Kunst. Ach! zu den unseligsten Mißgriffen des Menschen gehört, daß er den Wert der Geschenke, die ihm die Natur am bequemsten entgegen trägt, kindisch verkennt, und dagegen die Güter, die ihm am schwersten zugänglich sind, für die kostbarsten ansieht. Den Edelstein, der im Schoße der Erde festgewachsen, die Perle, die in den Untiefen des Meeres verborgen, hält der Mensch für die besten Schätze; er würde sie gering achten, wenn die Natur sie gleich Kieseln und Muscheln zu seinen Füßen legte. Gegen unsere Vorzüge sind wir gleichgültig; über unsere Gebrechen suchen wir uns so lange zu täuschen, bis wir sie endlich für Vortrefflichkeiten halten. Als ich einst, nach einem Konzerte von Paganini, diesem Meister mit leidenschaftlichen Lobsprüchen über sein Violinspiel entgegentrat, unterbrach er mich mit den Worten: Aber wie gefielen Ihnen heut meine Komplimente, meine Verbeugungen?

Bescheidenen Sinnes und um Nachsicht bittend, übergebe ich dem Publikum das Buch der Lieder; für die Schwäche dieser Gedichte mögen vielleicht meine politischen, theologischen und philosophischen Schriften einigen Ersatz bieten.

Bemerken muß ich jedoch, daß meine poetischen, ebenso gut wie meine politischen, theologischen und philosophischen Schriften, einem und demselben Gedanken entsprossen sind, und daß man die einen nicht verdammen darf, ohne den andern allen Beifall zu entziehen. Zugleich erlaube ich mir auch die Bemerkung, daß das Gerücht, als hätte jener Gedanken eine bedenkliche Umwandlung in meiner Seele erlitten, auf Angaben beruht, die ich ebenso verachten wie bedauern muß. Nur gewissen bornierten Geistern konnte die Milderung meiner Rede, oder gar mein erzwungenes Schweigen, als ein Abfall von mir selber erscheinen. Sie mißdeuteten meine Mäßigung, und das war um so liebloser, da ich doch nie ihre Überwut mißdeutet habe. Höchstens dürfte man mich einer Ermüdung beschuldigen. Aber ich habe ein Recht müde zu sein … Und dann muß jeder dem Gesetze der Zeit gehorchen, er mag wollen oder nicht …

»Und scheint die Sonne noch so schön,
Am Ende muß sie untergehn!«

Die Melodie dieser Verse summt mir schon den ganzen Morgen im Kopfe und klingt vielleicht wider aus allem was ich soeben geschrieben. In einem Stücke von Raimund, dem wackeren Komiker, der sich unlängst aus Melancholie totgeschossen, erscheinen Jugend und Alter als allegorische Personen, und das Lied welches die Jugend singt, wenn sie von dem Helden Abschied nimmt, beginnt mit den erwähnten Versen. Vor vielen Jahren, in München, sah ich dieses Stück, ich glaube es heißt »Der Bauer als Millionär«. Sobald die Jugend abgeht, sieht man, wie die Person des Helden, der allein auf der Szene zurückbleibt, eine sonderbare Veränderung erleidet. Sein braunes Haar wird allmählig grau und endlich schneeweiß; sein Rücken krümmt sich, seine Kniee schlottern; an die Stelle des vorigen Ungestüms tritt eine weinerliche Weichheit ... das Alter erscheint.

Naht diese winterliche Gestalt auch schon dem Verfasser dieser Blätter? Gewahrst du schon, teurer Leser, eine ähnliche Umwandlung an dem Schriftsteller, der immer jugendlich, fast allzu jugendlich in der Literatur sich bewegte? Es ist ein betrübender Anblick, wenn ein Schriftsteller vor unseren Augen, angesichts des ganzen Publikums, allmählig alt wird. Wir habens gesehen, nicht bei Wolfgang Goethe, dem ewigen Jüngling, aber bei August Wilhelm von Schlegel, dem bejahrten Gecken; wir habens gesehen, nicht bei Adalbert Chamisso, der mit jedem Jahre sich blütenreicher verjüngt, aber wir sahen es bei Herrn Ludwig Tieck, dem ehemaligen romantischen Strohmian, der jetzt ein alter räudiger Muntsche geworden ... Oh, Ihr Götter! ich bitte Euch nicht mir die Jugend zu lassen, aber laßt mir die Tugenden der Jugend, den uneigennützigen Groll, die uneigennützige Träne! Laßt mich nicht ein alter Polterer werden, der aus Neid die jüngeren Geister anklläfft, oder ein matter Jammermensch, der über die gute alte Zeit beständig flennt ... Laßt mich ein Greis werden, der die Jugend liebt, und trotz der Alterschwäche noch immer Teil nimmt an ihren Spielen und Gefahren! Mag immerhin meine Stimme zittern und beben, wenn nur der Sinn meiner Worte unerschrocken und frisch bleibt!

Sie lächelte gestern so sonderbar, halb mitleidig halb boshaft, die schöne Freundin, als sie mit ihren rosigen Fingern meine Locken glättete ... Nicht wahr, du hast auf meinem Haupte einige weiße Haare bemerkt?

»Und scheint die Sonne noch so schön,
Am Ende muß sie untergehn.«

Geschrieben zu Paris im Frühjahr 1837

Heinrich Heine

Vorrede zur dritten Auflage

Das ist der alte Märchenwald!
Es duftet die Lindenblüte!
Der wunderbare Mondenglanz
Bezaubert mein Gemüte.

Ich ging fürbaß, und wie ich ging,
Erklang es in der Höhe.
Das ist die Nachtigall, sie singt
Von Lieb und Liebeswehe.

Sie singt von Lieb und Liebesweh,
Von Tränen und von Lachen,
Sie jubelt so traurig, sie schluchzet so froh,
Vergessene Träume erwachen. –

Ich ging fürbaß, und wie ich ging,
Da sah ich vor mir liegen,
Auf freiem Platz, ein großes Schloß,
Die Giebel hoch aufstiegen.

Verschlossene Fenster, überall
Ein Schweigen und ein Trauern;
Es schien, als wohne der stille Tod
In diesen öden Mauern.

Dort vor dem Tor lag eine Sphinx,
Ein Zwitter von Schrecken und Lüsten,
Der Leib und die Tatzen wie ein Löw,
Ein Weib an Haupt und Brüsten.

Ein schönes Weib! Der weiße Blick,
Er sprach von wildem Begehren;
Die stummen Lippen wölbten sich
Und lächelten stilles Gewähren.

Die Nachtigall, sie sang so süß –
Ich konnt nicht widerstehen –
Und als ich küßte das holde Gesicht,
Da wars um mich geschehen.

Lebendig ward das Marmorbild,
Der Stein begann zu ächzen –
Sie trank meiner Küsse lodernde Glut
Mit Dürsten und mit Lechzen.

Sie trank mir fast den Odem aus –
Und endlich, wollustheischend,
Umschlang sie mich, meinen armen Leib
Mit den Löwentatzen zerfleischend.

Entzückende Marter und wonniges Weh!
Der Schmerz wie die Lust unermeßlich!
Derweilen des Mundes Kuß mich beglückt,
Verwunden die Tatzen mich gräßlich.

Die Nachtigall sang: »O schöne Sphinx!
O Liebe! was soll es bedeuten,
Daß du vermischest mit Todesqual
All deine Seligkeiten?

O schöne Sphinx! O löse mir
Das Rätsel, das wunderbare!
Ich hab darüber nachgedacht
Schon manche tausend Jahre.«

Das hätte ich alles sehr gut in guter Prosa sagen können ... Wenn man aber die alten Gedichte wieder durchliest, um ihnen, behufs eines erneueten Abdrucks, einige Nachfeile zu erteilen, dann überschleicht einen unversehens die klingelnde Gewohnheit des Reims und Silbenfalls, und siehe! es sind Verse, womit ich die dritte Auflage des Buchs der Lieder eröffne. O Phöbus Apollo! sind diese Verse schlecht, so wirst du mir gern verzeihen ... Denn du bist ein allwissender Gott, und du weißt sehr gut, warum ich mich seit so vielen Jahren nicht mehr vorzugsweise mit Maß und Gleichklang der Wörter beschäftigen konnte ... Du weißt, warum die Flamme, die einst in brillanten Feuerwerkspielen die Welt ergötzte, plötzlich zu weit ernsteren Bränden verwendet werden mußte ... Du weißt, warum sie jetzt in schweigender Glut mein Herz verzehrt ... Du verstehst mich, großer schöner Gott, der du ebenfalls die goldene Leier zuweilen vertauschtest mit dem starken Bogen und den tödlichen Pfeilen ... Erinnerst du dich auch noch des Marsyas, den du lebendig geschunden? Es ist schon lange her, und ein ähnliches Beispiel tät wieder not ... Du lächelst, o mein ewiger Vater!

Geschrieben zu Paris den 20. Februar 1839

Heinrich Heine

Vorrede zur fünften Auflage

Der vierten Auflage dieses Buches konnte ich leider keine besondere Sorgfalt widmen, und sie wurde ohne vorhergehende Durchsicht abgedruckt. Eine Versäumnis solcher Art wiederholte sich glücklicherweise nicht bei dieser fünften Auflage, indem ich zufällig in dem Druckorte verweilte und die Korrektur selber besorgen konnte. Hier, in demselben Druckorte, bei Hoffmann und Campe in Hamburg, publiziere ich gleichzeitig, unter dem Titel »Neue Gedichte«, eine Sammlung poetischer Erzeugnisse, die wohl als der zweite Teil des »Buchs der Lieder« zu betrachten ist. – Den Freunden im Vaterlande meine heitersten Scheidegrüße!

Geschrieben zu Hamburg den 21. August 1844

Heinrich Heine

JUNGE LEIDEN

1817–1821

Traumbilder

1.

Mir träumte einst von wildem Liebesglühn,
Von hübschen Locken, Myrten und Resede,
Von süßen Lippen und von bittrer Rede,
Von düstrer Lieder düstern Melodien.

Verblichen und verweht sind längst die Träume,
Verweht ist gar mein liebstes Traumgebild!
Geblieben ist mir nur, was glutenwild
Ich einst gegossen hab in weiche Reime.

Du bliebst, verwaistes Lied! Verweh jetzt auch,
Und such das Traumbild, das mir längst entschwunden,
Und grüß es mir, wenn du es aufgefunden –
Dem luftgen Schatten send ich luftgen Hauch.

2.

Ein Traum, gar seltsam schauerlich,
Ergötzte und erschreckte mich.
Noch schwebt mir vor manch grausig Bild,
Und in dem Herzen wogt es wild.

Das war ein Garten, wunderschön,
Da wollt ich lustig mich ergehn;
Viel schöne Blumen sahn mich an,
Ich hatte meine Freude dran.

Es zwitscherten die Vögelein
Viel muntre Liebesmelodein;
Die Sonne rot, von Gold umstrahlt,
Die Blumen lustig bunt bemalt.

Viel Balsamduft aus Kräutern rinnt,
Die Lüfte wehen lieb und lind;
Und alles schimmert, alles lacht,
Und zeigt mir freundlich seine Pracht.

Inmitten in dem Blumenland
Ein klarer Marmorbrunnen stand;
Da schaut ich eine schöne Maid,
Die emsig wusch ein weißes Kleid.

Die Wänglein süß, die Äuglein mild,
Ein blondgelocktes Heilgenbild;
Und wie ich schau, die Maid ich fand
So fremd und doch so wohlbekannt.

Die schöne Maid, die sputet sich,
Sie summt ein Lied gar wunderlich:
»Rinne, rinne, Wässerlein,
Wasche mir das Linnen rein.«

Ich ging und nahete mich ihr,
Und flüsterte: O sage mir,
Du wunderschöne, süße Maid,
Für wen ist dieses weiße Kleid?

Da sprach sie schnell: Sei bald bereit,
Ich wasche dir dein Totenkleid!
Und als sie dies gesprochen kaum,
Zerfloß das ganze Bild, wie Schaum. –

Und fortgezaubert stand ich bald
In einem düstern, wilden Wald.
Die Bäume ragten himmelan;
Ich stand erstaunt und sann und sann.

Und horch! welch dumpfer Widerhall!
Wie ferner Äxtenschläge Schall;
Ich eil durch Busch und Wildnis fort,
Und komm an einen freien Ort.

Inmitten in dem grünen Raum,
Da stand ein großer Eichenbaum;
Und sieh! mein Mägdlein wundersam
Haut mit dem Beil den Eichenstamm.

Und Schlag auf Schlag, und sonder Weil,
Summt sie ein Lied und schwingt das Beil:
»Eisen blink, Eisen blank,
Zimmre hurtig Eichenschrank.«

Ich ging und nahete mich ihr,
Und flüsterte: O sage mir,
Du wundersüßes Mägdelein,
Wem zimmerst du den Eichenschrein?

Da sprach sie schnell: Die Zeit ist karg,
Ich zimmre deinen Totensarg!
Und als sie dies gesprochen kaum,
Zerfloß das ganze Bild, wie Schaum. –

Es lag so bleich, es lag so weit
Ringsum nur kahle, kahle Heid;
Ich wußte nicht, wie mir geschah,
Und heimlich schaudernd stand ich da.

Und nun ich eben fürder schweif,
Gewahr ich einen weißen Streif;
Ich eilt drauf zu, und eilt und stand,
Und sieh! die schöne Maid ich fand.

Auf weiter Heid stand weiße Maid,
Grub tief die Erd mit Grabescheit.
Kaum wagt ich noch sie anzuschaun,
Sie war so schön und doch ein Graun.

Die schöne Maid, die sputet sich,
Sie summt ein Lied gar wunderlich:
»Spaten, Spaten, scharf und breit,
Schaufle Grube tief und weit.«

Ich ging und nahete mich ihr,
Und flüsterte: O sage mir,
Du wunderschöne, süße Maid,
Was diese Grube hier bedeut't?

Da sprach sie schnell: »Sei still, ich hab
Geschaufelt dir ein kühles Grab.«
Und als so sprach die schöne Maid,
Da öffnet sich die Grube weit;

Und als ich in die Grube schaut,
Ein kalter Schauer mich durchgraut;
Und in die dunkle Grabesnacht
Stürzt ich hinein – und bin erwacht.

3.

Im nächtgen Traum hab ich mich selbst geschaut,
    In schwarzem Galafrack und seidner Weste,
    Manschetten an der Hand, als gings zum Feste,
    Und vor mir stand mein Liebchen, süß und traut.
Ich beugte mich und sagte: »Sind Sie Braut?
    Ei! ei! so gratulier ich, meine Beste!«
    Doch fast die Kehle mir zusammenpreßte
    Der langgezogne, vornehm kalte Laut.
Und bittre Tränen plötzlich sich ergossen
    Aus Liebchens Augen, und in Tränenwogen
    Ist mir das holde Bildnis fast zerflossen.
O süße Augen, fromme Liebessterne,
    Obschon ihr mir im Wachen oft gelogen,
    Und auch im Traum, glaub ich euch dennoch gerne!

4.

Im Traum sah ich ein Männchen klein und putzig,
Das ging auf Stelzen, Schritte ellenweit,
Trug weiße Wäsche und ein feines Kleid,
Inwendig aber war es grob und schmutzig.
Inwendig war es jämmerlich, nichtsnutzig,
Jedoch von außen voller Würdigkeit;
Von der Courage sprach es lang und breit,
Und tat sogar recht trutzig und recht stutzig.
»Und weißt du, wer das ist? Komm her und schau!«
So sprach der Traumgott, und er zeigt' mir schlau
Die Bilderflut in eines Spiegels Rahmen.
Vor einem Altar stand das Männchen da,
Mein Lieb daneben, beide sprachen: Ja!
Und tausend Teufel riefen lachend: Amen!

5.

Was treibt und tobt mein tolles Blut?
Was flammt mein Herz in wilder Glut?
Es kocht mein Blut und schäumt und gärt,
Und grimme Glut mein Herz verzehrt.

Das Blut ist toll, und gärt und schäumt,
Weil ich den bösen Traum geträumt;
Es kam der finstre Sohn der Nacht,
Und hat mich keuchend fortgebracht.

Er bracht mich in ein helles Haus,
Wo Harfenklang und Saus und Braus
Und Fackelglanz und Kerzenschein;
Ich kam zum Saal, ich trat hinein.

Das war ein lustig Hochzeitfest;
Zu Tafel saßen froh die Gäst.
Und wie ich nach dem Brautpaar schaut –
O weh! mein Liebchen war die Braut.

Das war mein Liebchen wunnesam,
Ein fremder Mann war Bräutigam;
Dicht hinterm Ehrenstuhl der Braut,
Da blieb ich stehn, gab keinen Laut.

Es rauscht Musik – gar still stand ich;
Der Freudenlärm betrübte mich.
Die Braut, sie blickt so hochbeglückt,
Der Bräutgam ihre Hände drückt.

Der Bräutgam füllt den Becher sein,
Und trinkt daraus, und reicht gar fein
Der Braut ihn hin; sie lächelt Dank –
O weh! mein rotes Blut sie trank.

Die Braut ein hübsches Äpflein nahm,
Und reicht es hin dem Bräutigam.
Der nahm sein Messer, schnitt hinein, –
O weh! das war das Herze mein.

Sie äugeln süß, sie äugeln lang,
Der Bräutgam kühn die Braut umschlang,
Und küßt sie auf die Wangen rot, –
O weh! mich küßt der kalte Tod.

Wie Blei lag meine Zung im Mund,
Daß ich kein Wörtlein sprechen kunt.
Da rauscht es auf, der Tanz begann;
Das schmucke Brautpaar tanzt voran.

Und wie ich stand so leichenstumm,
Die Tänzer schweben flink herum; –
Ein leises Wort der Bräutgam spricht,
Die Braut wird rot, doch zürnt sie nicht. – –

6.

Im süßen Traum, bei stiller Nacht,
Da kam zu mir, mit Zaubermacht,
Mit Zaubermacht, die Liebste mein,
Sie kam zu mir ins Kämmerlein.

Ich schau sie an, das holde Bild!
Ich schau sie an, sie lächelt mild,
Und lächelt, bis das Herz mir schwoll,
Und stürmisch kühn das Wort entquoll:

»Nimm hin, nimm alles was ich hab,
Mein Liebstes tret ich gern dir ab,
Dürft ich dafür dein Buhle sein,
Von Mitternacht bis Hahnenschrein.«

Da staunt' mich an gar seltsamlich,
So lieb, so weh und inniglich,
Und sprach zu mir die schöne Maid:
O, gib mir deine Seligkeit!

»Mein Leben süß, mein junges Blut,
Gäb ich, mit Freud und wohlgemut,
Für dich, o Mädchen engelgleich –
Doch nimmermehr das Himmelreich.«

Wohl braust hervor mein rasches Wort,
Doch blühet schöner immerfort,
Und immer spricht die schöne Maid:
O, gib mir deine Seligkeit!

Dumpf dröhnt dies Wort mir ins Gehör,
Und schleudert mir ein Glutenmeer
Wohl in der Seele tiefsten Raum;
Ich atme schwer, ich atme kaum. –

Das waren weiße Engelein,
Umglänzt von goldnem Glorienschein;
Nun aber stürmte wild herauf
Ein greulich schwarzer Koboldhauf.

Die rangen mit den Engelein,
Und drängten fort die Engelein;
Und endlich auch die schwarze Schar
In Nebelduft zerronnen war. –

Ich aber wollt in Lust vergehn,
Ich hielt im Arm mein Liebchen schön;
Sie schmiegt sich an mich wie ein Reh,
Doch weint sie auch mit bitterm Weh.

Feins Liebchen weint; ich weiß warum,
Und küß ihr Rosenmündlein stumm. –
»O still', feins Lieb, die Tränenflut,
Ergib dich meiner Liebesglut!«

»Ergib dich meiner Liebesglut –«
Da plötzlich starrt zu Eis mein Blut;
Laut bebet auf der Erde Grund,
Und öffnet gähnend sich ein Schlund.

Und aus dem schwarzen Schlunde steigt
Die schwarze Schar; – feins Lieb erbleicht!
Aus meinen Armen schwand feins Lieb;
Ich ganz alleine stehen blieb.

Da tanzt im Kreise wunderbar,
Um mich herum, die schwarze Schar,
Und drängt heran, erfaßt mich bald,
Und gellend Hohngelächter schallt.

Und immer enger wird der Kreis,
Und immer summt die Schauerweis:
Du gabest hin die Seligkeit,
Gehörst uns nun in Ewigkeit!

7.

Nun hast du das Kaufgeld, nun zögerst du doch?
Blutfinstrer Gesell, was zögerst du noch?
Schon sitze ich harrend im Kämmerlein traut,
Und Mitternacht naht schon – es fehlt nur die Braut.

Viel schauernde Lüftchen vom Kirchhofe wehn; –
Ihr Lüftchen! habt ihr mein Bräutchen gesehn?
Viel blasse Larven gestalten sich da,
Umknixen mich grinsend und nicken: O ja!

Pack aus, was bringst du für Botschafterei,
Du schwarzer Schlingel in Feuerlivrei?
»Die gnädige Herrschaft meldet sich an,
Gleich kommt sie gefahren im Drachengespann.«

Du lieb grau Männchen, was ist dein Begehr?
Mein toter Magister, was treibt dich her?
Er schaut mich mit schweigend trübseligem Blick,
Und schüttelt das Haupt, und wandelt zurück.

Was winselt und wedelt der zottge Gesell?
Was glimmert schwarz Katers Auge so hell?
Was heulen die Weiber mit fliegendem Haar?
Was lullt mir Frau Amme mein Wiegenlied gar?

Frau Amme, bleib heut mit dem Singsang zu Haus,
Das Eiapopeia ist lange schon aus;
Ich feire ja heute mein Hochzeitfest –
Da schau mal, dort kommen schon zierliche Gäst.

Da schau mal! Ihr Herren, das nenn ich galant!
Ihr tragt, statt der Hüte, die Köpf in der Hand!
Ihr Zappelbeinleutchen im Galgenornat,
Der Wind ist still, was kommt ihr so spat?

Da kommt auch alt Besenstielmütterchen schon.
Ach segne mich, Mütterchen, bin ja dein Sohn.
Da zittert der Mund im weißen Gesicht:
»In Ewigkeit Amen!« das Mütterchen spricht.

Zwölf winddürre Musiker schlendern herein;
Blind Fiedelweib holpert wohl hintendrein.
Da schleppt der Hanswurst, in buntscheckiger Jack,
Den Totengräber huckepack.

Es tanzen zwölf Klosterjungfrauen herein;
Die schielende Kupplerin führet den Reihn.
Es folgen zwölf lüsterne Pfäffelein schon,
Und pfeifen ein Schandlied im Kirchenton.

Herr Trödler, o schrei dir nicht blau das Gesicht,
Im Fegfeuer nützt mir dein Pelzröckel nicht;
Dort heizet man gratis jahraus, jahrein,
Statt mit Holz, mit Fürsten- und Bettlergebein.

Die Blumenmädchen sind bucklicht und krumm,
Und purzeln kopfüber im Zimmer herum.
Ihr Eulengesichter mit Heuschreckenbein,
Hei! laßt mir das Rippengeklapper nur sein!

Die sämtliche Höll ist los fürwahr,
Und lärmet und schwärmet in wachsender Schar.
Sogar der Verdammniswalzer erschallt –
Still, still! nun kommt mein feins Liebchen auch bald.

Gesindel, sei still, oder trolle dich fort!
Ich höre kaum selber mein leibliches Wort –
Ei, rasselt nicht eben ein Wagen vor?
Frau Köchin! wo bist du? Schnell öffne das Tor!

Willkommen, feins Liebchen, wie gehts dir, mein Schatz?
Willkommen, Herr Pastor, ach nehmen Sie Platz!
Herr Pastor mit Pferdefuß und Schwanz,
Ich bin Eur Ehrwürden Diensteigener ganz!

Lieb Bräutchen, was stehst du so stumm und bleich?
Der Herr Pastor schreitet zur Trauung sogleich;
Wohl zahl ich ihm teure, blutteure Gebühr,
Doch dich zu besitzen gilts Kinderspiel mir.

Knie nieder, süß Bräutchen, knie hin mir zur Seit! –
Da kniet sie, da sinkt sie – o selige Freud! –
Sie sinkt mir ans Herz, an die schwellende Brust,
Ich halt sie umschlungen mit schauernder Lust.

Die Goldlockenwellen umspielen uns beid:
An mein Herze pocht das Herze der Maid.
Sie pochen wohl beide vor Lust und vor Weh,
Und schweben hinauf in die Himmelshöh.

Die Herzlein schwimmen im Freudensee,
Dort oben in Gottes heilger Höh;
Doch auf den Häuptern, wie Grausen und Brand,
Da hat die Hölle gelegt die Hand.

Das ist der finstre Sohn der Nacht,
Der hier den segnenden Priester macht;
Er murmelt die Formel aus blutigem Buch,
Sein Beten ist Lästern, sein Segnen ist Fluch.

Und es krächzet und zischet und heulet toll,
Wie Wogengebrause, wie Donnergeroll; –
Da blitzet auf einmal ein bläuliches Licht –
»In Ewigkeit, Amen!« das Mütterchen spricht.

8.

Ich kam von meiner Herrin Haus
Und wandelt in Wahnsinn und Mitternachtgraus.
Und wie ich am Kirchhof vorübergehn will,
Da winken die Gräber ernst und still.

Da winkts von des Spielmanns Leichenstein;
Das war der flimmernde Mondesschein.
Da lispelts: Lieb Bruder, ich komme gleich!
Da steigts aus dem Grabe nebelbleich.

Der Spielmann wars, der entstiegen jetzt,
Und hoch auf den Leichenstein sich setzt.
In die Saiten der Zither greift er schnell,
Und singt dabei recht hohl und grell:

Ei! kennt ihr noch das alte Lied,
Das einst so wild die Brust durchglüht,
Ihr Saiten dumpf und trübe?
Die Engel, die nennen es Himmelsfreud,
Die Teufel, die nennen es Höllenleid,
Die Menschen, die nennen es: Liebe!

Kaum tönte des letzten Wortes Schall,
Da taten sich auf die Gräber all;
Viel Luftgestalten dringen hervor,
Umschweben den Spielmann und schrillen im Chor:

Liebe! Liebe! deine Macht
Hat uns hier zu Bett gebracht
Und die Augen zugemacht –
Ei, was rufst du in der Nacht?

So heult es verworren, und ächzet und girrt,
Und brauset und sauset, und krächzet und klirrt;
Und der tolle Schwarm den Spielmann umschweift,
Und der Spielmann wild in die Saiten greift:

Bravo! bravo! immer toll!
Seid willkommen!
Habt vernommen,
Daß mein Zauberwort erscholl!
Liegt man doch jahraus, jahrein,
Mäuschenstill im Kämmerlein;
Laßt uns heute lustig sein!
Mit Vergunst –
Seht erst zu, sind wir allein? –
Narren waren wir im Leben
Und mit toller Wut ergeben
Einer tollen Liebesbrunst.
Kurzweil kann uns heut nicht fehlen,
Jeder soll hier treu erzählen,
Was ihn weiland hergebracht,

Wie gehetzt,
Wie zerfetzt
Ihn die tolle Liebesjagd.

Da hüpft aus dem Kreise, so leicht wie der Wind,
Ein mageres Wesen, das summend beginnt:

Ich war ein Schneidergeselle
Mit Nadel und mit Scher;
Ich war so flink und schnelle
Mit Nadel und mit Scher;
Da kam die Meisterstochter
Mit Nadel und mit Scher;
Und hat mir ins Herz gestochen
Mit Nadel und mit Scher.

Da lachten die Geister im lustigen Chor;
Ein Zweiter trat still und ernst hervor:

Den Rinaldo Rinaldini,
Schinderhanno, Orlandini,
Und besonders Carlo Moor
Nahm ich mir als Muster vor.

Auch verliebt – mit Ehr zu melden –
Hab ich mich, wie jene Helden,
Und das schönste Frauenbild
Spukte mir im Kopfe wild.

Und ich seufzte auch und girrte;
Und wenn Liebe mich verwirrte,
Steckt ich meine Finger rasch
In des Herren Nachbars Tasch.

Doch der Gassenvogt mir grollte,
Daß ich Sehnsuchtstränen wollte
Trocknen mit dem Taschentuch,
Das mein Nachbar bei sich trug.

Und nach frommer Häschersitte
Nahm man still mich in die Mitte,
Und das Zuchthaus, heilig groß,
Schloß mir auf den Mutterschoß.

Schwelgend süß in Liebessinnen,
Saß ich dort beim Wollespinnen,
Bis Rinaldos Schatten kam
Und die Seele mit sich nahm.

Da lachten die Geister im lustigen Chor;
Geschminkt und geputzt trat ein Dritter hervor:

Ich war ein König der Bretter
Und spielte das Liebhaberfach,
Ich brüllte manch wildes: Ihr Götter!
Ich seufzte manch zärtliches: Ach!

Den Mortimer spielt ich am besten,
Maria war immer so schön!
Doch trotz der natürlichsten Gesten,
Sie wollte mich nimmer verstehn. –

Einst, als ich verzweifelnd am Ende:
»Maria, du Heilige!« rief,
Da nahm ich den Dolch behende –
Und stach mich ein bißchen zu tief.

Da lachten die Geister im lustigen Chor;
Im weißen Flausch trat ein Vierter hervor:

Vom Katheder schwatzte herab der Professor,
Er schwatzte, und ich schlief gut dabei ein;
Doch hätt mirs behagt noch tausendmal besser
Bei seinem holdseligen Töchterlein.

Sie hatt mir oft zärtlich am Fenster genicket,
Die Blume der Blumen, mein Lebenslicht!
Doch die Blume der Blumen ward endlich gepflücket
Vom dürren Philister, dem reichen Wicht.

Da flucht ich den Weibern und reichen Halunken,
Und mischte mir Teufelskraut in den Wein,
Und hab mit dem Tode Smollis getrunken, –
Der sprach: Fiduzit, ich heiße Freund Hein!

Da lachten die Geister im lustigen Chor;
Einen Strick um den Hals, trat ein Fünfter hervor:

Es prunkte und prahlte der Graf beim Wein
Mit dem Töchterchen sein und dem Edelgestein.
Was schert mich, du Gräflein, dein Edelgestein?
Mir mundet weit besser dein Töchterlein.

Sie lagen wohl beid unter Riegel und Schloß,
Und der Graf besold'te viel Dienertroß.
Was scheren mich Diener und Riegel und Schloß? –
Ich stieg getrost auf die Leitersproß.

An Liebchens Fensterlein klettr ich getrost,
Da hör ich es unten fluchen erbost:
»Fein sachte, mein Bübchen, muß auch dabei sein,
Ich liebe ja auch das Edelgestein.«

So spöttelt der Graf und erfaßt mich gar,
Und jauchzend umringt mich die Dienerschar.
»Zum Teufel, Gesindel! ich bin ja kein Dieb;
Ich wollte nur stehlen mein trautes Lieb!«

Da half kein Gerede, da half kein Rat,
Da machte man hurtig die Stricke parat;
Wie die Sonne kam, da wundert sie sich,
Am hellen Galgen fand sie mich.

Da lachten die Geister im lustigen Chor;
Den Kopf in der Hand, trat ein Sechster hervor:

Zum Weidwerk trieb mich Liebesharm;
Ich schlich umher, die Büchs im Arm.
Da schnarrets hohl vom Baum herab,
Der Rabe rief: Kopf – ab! Kopf – ab!

O, spürt ich doch ein Täubchen aus,
Ich brächt es meinem Lieb nach Haus!
So dacht ich, und in Busch und Strauch
Späht ringsumher mein Jägeraug.

Was koset dort? was schnäbelt fein?
Zwei Turteltäubchen mögens sein.
Ich schleich herbei, – den Hahn gespannt, –
Sieh da! mein eignes Lieb ich fand.

Das war mein Täubchen, meine Braut,
Ein fremder Mann umarmt sie traut –
Nun, alter Schütze, treffe gut!
Da lag der fremde Mann im Blut.

Bald drauf ein Zug mit Henkersfron –
Ich selbst dabei als Hauptperson –
Den Wald durchzog. Vom Baum herab
Der Rabe rief: Kopf – ab! Kopf – ab!

Da lachten die Geister im lustigen Chor;
Da trat der Spielmann selber hervor:

Ich hab mal ein Liedchen gesungen,
Das schöne Lied ist aus;
Wenn das Herz im Leibe zersprungen,
Dann gehen die Lieder nach Haus!

Und das tolle Gelächter sich doppelt erhebt,
Und die bleiche Schar im Kreise schwebt.
Da scholl vom Kirchturm »Eins« herab,
Da stürzten die Geister sich heulend ins Grab.

9.

Ich lag und schlief, und schlief recht mild,
Verscheucht war Gram und Leid;
Da kam zu mir ein Traumgebild,
Die allerschönste Maid.

Sie war wie Marmelstein so bleich,
Und heimlich wunderbar;
Im Auge schwamm es perlengleich,
Gar seltsam wallt' ihr Haar.

Und leise, leise sich bewegt
Die marmorblasse Maid,
Und an mein Herz sich niederlegt
Die marmorblasse Maid.

Wie bebt und pocht vor Weh und Lust
Mein Herz, und brennet heiß!
Nicht bebt, nicht pocht der Schönen Brust,
Die ist so kalt wie Eis.

»Nicht bebt, nicht pocht wohl meine Brust,
Die ist wie Eis so kalt;
Doch kenn auch ich der Liebe Lust,
Der Liebe Allgewalt.

Mir blüht kein Rot auf Mund und Wang,
Mein Herz durchströmt kein Blut;
Doch sträube dich nicht schaudernd bang,
Ich bin dir hold und gut.«

Und wilder noch umschlang sie mich,
Und tat mir fast ein Leid;
Da kräht der Hahn – und stumm entwich
Die marmorblasse Maid.

10.

Da hab ich viel blasse Leichen
Beschworen mit Wortesmacht;
Die wollen nun nicht mehr weichen
Zurück in die alte Nacht.

Das zähmende Sprüchlein vom Meister
Vergaß ich vor Schauer und Graus;
Nun ziehn die eignen Geister
Mich selber ins neblichte Haus.

Laßt ab, ihr finstern Dämonen!
Laßt ab, und drängt mich nicht!
Noch manche Freude mag wohnen
Hier oben im Rosenlicht.

Ich muß ja immer streben
Nach der Blume wunderhold;
Was bedeutet' mein ganzes Leben,
Wenn ich sie nicht lieben sollt?

Ich möcht sie nur einmal umfangen
Und pressen ans glühende Herz!
Nur einmal auf Lippen und Wangen
Küssen den seligsten Schmerz!

Nur einmal aus ihrem Munde
Möcht ich hören ein liebendes Wort –
Alsdann wollt ich folgen zur Stunde
Euch, Geister, zum finsteren Ort.

Die Geister habens vernommen,
Und nicken schauerlich.
Feins Liebchen, nun bin ich gekommen;
Feins Liebchen, liebst du mich?

Lieder

1.

Morgens steh ich auf und frage:
Kommt feins Liebchen heut?
Abends sink ich hin und klage:
Ausblieb sie auch heut.

In der Nacht mit meinem Kummer
Lieg ich schlaflos, wach;
Träumend, wie im halben Schlummer,
Wandle ich bei Tag.

2.

Es treibt mich hin, es treibt mich her!
Noch wenige Stunden, dann soll ich sie schauen,
Sie selber, die Schönste der schönen Jungfrauen; –
Du treues Herz, was pochst du so schwer!

Die Stunden sind aber ein faules Volk!
Schleppen sich behaglich träge,
Schleichen gähnend ihre Wege; –
Tummle dich, du faules Volk!

Tobende Eile mich treibend erfaßt!
Aber wohl niemals liebten die Horen; –
Heimlich im grausamen Bunde verschworen,
Spotten sie tückisch der Liebenden Hast.

3.

Ich wandelte unter den Bäumen
Mit meinem Gram allein;
Da kam das alte Träumen,
Und schlich mir ins Herz hinein.

Wer hat euch dies Wörtlein gelehret,
Ihr Vöglein in luftiger Höh?
Schweigt still! wenn mein Herz es höret,
Dann tut es noch einmal so weh.

»Es kam ein Jungfräulein gegangen,
Die sang es immerfort,
Da haben wir Vöglein gefangen
Das hübsche, goldne Wort.«

Das sollt ihr mir nicht mehr erzählen,
Ihr Vöglein wunderschlau;
Ihr wollt meinen Kummer mir stehlen,
Ich aber niemanden trau.

4.

Lieb Liebchen, leg's Händchen aufs Herze mein; –
Ach, hörst du, wie's pochet im Kämmerlein?
Da hauset ein Zimmermann schlimm und arg,
Der zimmert mir einen Totensarg.

Es hämmert und klopfet bei Tag und bei Nacht;
Es hat mich schon längst um den Schlaf gebracht.
Ach! sputet Euch, Meister Zimmermann,
Damit ich balde schlafen kann.

5.

Schöne Wiege meiner Leiden,
Schönes Grabmal meiner Ruh,
Schöne Stadt, wir müssen scheiden, –
Lebe wohl! ruf ich dir zu.

Lebe wohl, du heilge Schwelle,
Wo da wandelt Liebchen traut;
Lebe wohl! du heilge Stelle,
Wo ich sie zuerst geschaut.

Hätt ich dich doch nie gesehen,
Schöne Herzenskönigin!
Nimmer wär es dann geschehen,
Daß ich jetzt so elend bin.

Nie wollt ich dein Herze rühren,
Liebe hab ich nie erfleht;
Nur ein stilles Leben führen
Wollt ich, wo dein Odem weht.

Doch du drängst mich selbst von hinnen,
Bittre Worte spricht dein Mund;
Wahnsinn wühlt in meinen Sinnen,
Und mein Herz ist krank und wund.

Und die Glieder matt und träge
Schlepp ich fort am Wanderstab,
Bis mein müdes Haupt ich lege
Ferne in ein kühles Grab.

6.

Warte, warte, wilder Schiffsmann,
Gleich folg ich zum Hafen dir;
Von zwei Jungfraun nehm ich Abschied,
Von Europa und von ihr.

Blutquell, rinn aus meinen Augen,
Blutquell, brich aus meinem Leib,
Daß ich mit dem heißen Blute
Meine Schmerzen niederschreib.

Ei, mein Lieb, warum just heute
Schauderst du, mein Blut zu sehn?
Sahst mich bleich und herzeblutend
Lange Jahre vor dir stehn!

Kennst du noch das alte Liedchen
Von der Schlang im Paradies,
Die durch schlimme Apfelgabe
Unsern Ahn ins Elend stieß?

Alles Unheil brachten Äpfel!
Eva bracht damit den Tod,
Eris brachte Trojas Flammen,
Du brachtst beides, Flamm und Tod.

7.

Berg und Burgen schaun herunter
In den spiegelhellen Rhein,
Und mein Schiffchen segelt munter,
Rings umglänzt von Sonnenschein.

Ruhig seh ich zu dem Spiele
Goldner Wellen, kraus bewegt;
Still erwachen die Gefühle,
Die ich tief im Busen hegt.

Freundlich grüßend und verheißend
Lockt hinab des Stromes Pracht;
Doch ich kenn ihn, oben gleißend,
Birgt sein Innres Tod und Nacht.

Oben Lust, im Busen Tücken,
Strom, du bist der Liebsten Bild!
Die kann auch so freundlich nicken,
Lächelt auch so fromm und mild.

8.

Anfangs wollt ich fast verzagen,
Und ich glaubt, ich trüg es nie;
Und ich hab es doch getragen –
Aber fragt mich nur nicht, wie?

9.

Mit Rosen, Zypressen und Flittergold
Möcht ich verzieren, lieblich und hold,
Dies Buch wie einen Totenschrein,
Und sargen meine Lieder hinein.

O könnt ich die Liebe sargen hinzu!
Am Grabe der Liebe wächst Blümlein der Ruh,
Da blüht es hervor, da pflückt man es ab –
Doch mir blühts nur, wenn ich selber im Grab.

Hier sind nun die Lieder, die einst so wild,
Wie ein Lavastrom, der dem Ätna entquillt,
Hervorgestürzt aus dem tiefsten Gemüt,
Und rings viel blitzende Funken versprüht!

Nun liegen sie stumm und Toten gleich,
Nun starren sie kalt und nebelbleich.
Doch aufs neu die alte Glut sie belebt,
Wenn der Liebe Geist einst über sie schwebt.

Und es wird mir im Herzen viel Ahnung laut:
Der Liebe Geist einst über sie taut;
Einst kommt dies Buch in deine Hand,
Du süßes Lieb im fernen Land.

Dann löst sich des Liedes Zauberbann,
Die blassen Buchstaben schaun dich an,
Sie schauen dir flehend ins schöne Aug,
Und flüstern mit Wehmut und Liebeshauch.

Minnelieder

1.

MINNEGRUSS

Die du bist so schön und rein,
Wunnevolles Magedein,
Deinem Dienste ganz allein
Möcht ich wohl mein Leben weihn.

Deine süßen Äugelein
Glänzen mild wie Mondesschein;
Helle Rosenlichter streun
Deine roten Wängelein.

Und aus deinem Mündchen klein
Blinkts hervor wie Perlenreihn;
Doch den schönsten Edelstein
Hegt dein stiller Busenschrein.

Fromme Minne mag es sein,
Was mir drang ins Herz hinein,
Als ich weiland schaute dein,
Wunnevolles Magedein!

2.

MINNEKLAGE

Einsam klag ich meine Leiden,
Im vertrauten Schoß der Nacht;
Frohe Menschen muß ich meiden,
Fliehen scheu, wo Freude lacht.

Einsam fließen meine Tränen,
Fließen immer, fließen still;
Doch des Herzens brennend Sehnen
Keine Träne löschen will.

Einst, ein lachend muntrer Knabe,
Spielt ich manches schöne Spiel,
Freute mich der Lebensgabe,
Wußte nie von Schmerzgefühl.

Denn die Welt war nur ein Garten,
Wo viel bunte Blumen blühn,
Wo mein Tagwerk Blumenwarten,
Rosen, Veilchen und Jasmin.

Träumend süß auf grüner Aue,
Sah ich Bächlein fließen mild;
Wenn ich jetzt in Bächlein schaue,
Zeigt sich mir ein bleiches Bild.

Bin ein bleicher Mann geworden,
Seit mein Auge sie gesehn;
Heimlich weh ist mir geworden,
Wundersam ist mir geschehn.

Tief im Herzen hegt ich lange
Englein stiller Friedensruh;
Diese flohen zitternd, bange,
Ihrer Sternenheimat zu.

Schwarze Nacht mein Aug umdüstert,
Schatten drohen feindlich grimm;
Und im Busen heimlich flüstert
Eine eigen fremde Stimm.

Fremde Schmerzen, fremde Leiden
Steigen auf mit wilder Wut,
Und in meinen Eingeweiden
Zehret eine fremde Glut.

Aber daß in meinem Herzen
Flammen wühlen sonder Ruh,
Daß ich sterbe hin vor Schmerzen –
Minne, sieh! das tatest du!

3.

SEHNSUCHT

Jedweder Geselle, sein Mädel am Arm,
Durchwandelt die Lindenreihn;
Ich aber, ich wandle, daß Gott erbarm,
Ganz mutterseelallein.

Mein Herz wird beengt, mein Auge wird trüb,
Wenn ein andrer mit Liebchen sich freut.
Denn ich habe auch ein süßes Lieb,
Doch wohnt sie gar ferne und weit.

So manches Jahr getragen ich hab,
Ich trage nicht länger die Pein,
Ich schnüre mein Bündlein, und greife den Stab,
Und wander in die Welt hinein.

Und wandre fort manch hundert Stund,
Bis ich komm an die große Stadt;
Sie prangt an eines Stromes Mund,
Drei keckliche Türme sie hat.

Da schwindet bald mein Liebesharm,
Da harret Freude mein;
Da kann ich wandeln, feins Liebchen am Arm,
Durch die duftigen Lindenreihn.

4.

DIE WEISSE BLUME

In Vaters Garten heimlich steht
Ein Blümchen traurig und bleich;
Der Winter zieht fort, der Frühling weht,
Bleich Blümchen bleibt immer so bleich.
Die bleiche Blume schaut
Wie eine kranke Braut.

Zu mir bleich Blümchen leise spricht:
Lieb Brüderchen, pflücke mich!
Zu Blümchen sprech ich: Das tu ich nicht,
Ich pflücke nimmermehr dich;
Ich such mit Müh und Not
Die Blume purpurrot.

Bleich Blümchen spricht: Such hin, such her,
Bis an deinen kühlen Tod,
Du suchst umsonst, findst nimmermehr
Die Blume purpurrot;
Mich aber pflücken tu,
Ich bin so krank wie du.

So lispelt bleich Blümchen, und bittet sehr –
Da zag ich, und pflück ich es schnell.
Und plötzlich blutet mein Herze nicht mehr,
Mein inneres Auge wird hell.
In meine wunde Brust
Kommt stille Engellust.

5.

AHNUNG

Oben, wo die Sterne glühen,
Müssen uns die Freuden blühen,
Die uns unten sind versagt;
In des Todes kalten Armen
Kann das Leben erst erwarmen,
Und das Licht der Nacht enttagt.

Romanzen

1.

DER TRAURIGE

Allen tut es weh im Herzen,
Die den bleichen Knaben sehn,
Dem die Leiden, dem die Schmerzen
Aufs Gesicht geschrieben stehn.

Mitleidvolle Lüfte fächeln
Kühlung seiner heißen Stirn;
Labung möcht ins Herz ihm lächeln
Manche sonst so spröde Dirn.

Aus dem wilden Lärm der Städter
Flüchtet er sich nach dem Wald.
Lustig rauschen dort die Blätter,
Lustger Vogelsang erschallt.

Doch der Sang verstummet balde,
Traurig rauschet Baum und Blatt,
Wenn der Traurige dem Walde
Langsam sich genähert hat.

2.

DIE BERGSTIMME

Ein Reiter durch das Bergtal zieht,
Im traurig stillen Trab:
Ach! zieh ich jetzt wohl in Liebchens Arm,
Oder zieh ich ins dunkle Grab?
Die Bergstimm Antwort gab:
Ins dunkle Grab!

Und weiter reitet der Reitersmann,
Und seufzet schwer dazu:
So zieh ich denn hin ins Grab so früh –
Wohlan, im Grab ist Ruh!
Die Stimme sprach dazu:
Im Grab ist Ruh!

Dem Reitersmann eine Träne rollt
Von der Wange kummervoll:
Und ist nur im Grabe die Ruhe für mich –
So ist mir im Grabe wohl.
Die Stimm erwidert hohl:
Im Grabe wohl!

3.

ZWEI BRÜDER

Oben auf der Bergesspitze
Liegt das Schloß in Nacht gehüllt;
Doch im Tale leuchten Blitze,
Helle Schwerter klirren wild.

Das sind Brüder, die dort fechten
Grimmen Zweikampf, wutentbrannt.
Sprich, warum die Brüder rechten
Mit dem Schwerte in der Hand?

Gräfin Lauras Augenfunken
Zündeten den Brüderstreit.
Beide glühen liebestrunken
Für die adlig holde Maid.

Welchem aber von den beiden
Wendet sich ihr Herze zu?
Kein Ergrübeln kanns entscheiden –
Schwert heraus, entscheide du!

Und sie fechten kühn verwegen,
Hieb auf Hiebe niederkrachts.
Hütet euch, ihr wilden Degen,
Böses Blendwerk schleicht des Nachts.

Wehe! Wehe! blutge Brüder!
Wehe! Wehe! blutges Tal!
Beide Kämpfer stürzen nieder,
Einer in des andern Stahl. –

Viel Jahrhunderte verwehen,
Viel Geschlechter deckt das Grab;
Traurig von des Berges Höhen
Schaut das öde Schloß herab.

Aber nachts, im Talesgrunde,
Wandelts heimlich, wunderbar;
Wenn da kommt die zwölfte Stunde,
Kämpfet dort das Brüderpaar.

4.

DER ARME PETER

I

Der Hans und die Grete tanzen herum,
Und jauchzen vor lauter Freude.
Der Peter steht so still und stumm,
Und ist so blaß wie Kreide.

Der Hans und die Grete sind Bräutgam und Braut,
Und blitzen im Hochzeitgeschmeide.
Der arme Peter die Nägel kaut
Und geht im Werkeltagskleide.

Der Peter spricht leise vor sich her,
Und schaut betrübet auf beide:
Ach! wenn ich nicht gar zu vernünftig wär,
Ich täte mir was zuleide.

II

»In meiner Brust, da sitzt ein Weh,
Das will die Brust zersprengen;
Und wo ich steh und wo ich geh,
Wills mich von hinnen drängen.

Es treibt mich nach der Liebsten Näh,
Als könnts die Grete heilen;
Doch wenn ich der ins Auge seh,
Muß ich von hinnen eilen.

Ich steig hinauf des Berges Höh,
Dort ist man doch alleine;
Und wenn ich still dort oben steh,
Dann steh ich still und weine.«

III

Der arme Peter wankt vorbei,
Gar langsam, leichenblaß und scheu.
Es bleiben fast, wenn sie ihn sehn,
Die Leute auf der Straße stehn.

Die Mädchen flüstern sich ins Ohr:
»Der stieg wohl aus dem Grab hervor.«
Ach nein, ihr lieben Jungfräulein,
Der legt sich erst ins Grab hinein.

Er hat verloren seinen Schatz,
Drum ist das Grab der beste Platz,
Wo er am besten liegen mag,
Und schlafen bis zum jüngsten Tag.

5.

LIED DES GEFANGENEN

Als meine Großmutter die Lise behext,
Da wollten die Leut sie verbrennen.
Schon hatte der Amtmann viel Dinte verklext,
Doch wollte sie nicht bekennen.

Und als man sie in den Kessel schob,
Da schrie sie Mord und Wehe;
Und als sich der schwarze Qualm erhob,
Da flog sie als Rab in die Höhe.

Mein schwarzes, gefiedertes Großmütterlein!
O komm mich im Turme besuchen!
Komm, fliege geschwind durchs Gitter herein,
Und bringe mir Käse und Kuchen.

Mein schwarzes, gefiedertes Großmütterlein!
O möchtest du nur sorgen,
Daß die Muhme nicht auspickt die Augen mein,
Wenn ich luftig schwebe morgen.

6.

DIE GRENADIERE

Nach Frankreich zogen zwei Grenadier,
Die waren in Rußland gefangen.
Und als sie kamen ins deutsche Quartier,
Sie ließen die Köpfe hangen.

Da hörten sie beide die traurige Mär:
Daß Frankreich verloren gegangen,
Besiegt und zerschlagen das große Heer –
Und der Kaiser, der Kaiser gefangen.

Da weinten zusammen die Grenadier
Wohl ob der kläglichen Kunde.
Der eine sprach: Wie weh wird mir,
Wie brennt meine alte Wunde!

Der andre sprach: Das Lied ist aus,
Auch ich möcht mit dir sterben,
Doch hab ich Weib und Kind zu Haus,
Die ohne mich verderben.

Was schert mich Weib, was schert mich Kind,
Ich trage weit beßres Verlangen;
Laß sie betteln gehn, wenn sie hungrig sind –
Mein Kaiser, mein Kaiser gefangen!

Gewähr mir, Bruder, eine Bitt:
Wenn ich jetzt sterben werde,
So nimm meine Leiche nach Frankreich mit,
Begrab mich in Frankreichs Erde.

Das Ehrenkreuz am roten Band
Sollst du aufs Herz mir legen;
Die Flinte gib mir in die Hand,
Und gürt mir um den Degen.

So will ich liegen und horchen still,
Wie eine Schildwach, im Grabe,
Bis einst ich höre Kanonengebrüll
Und wiehernder Rosse Getrabe.

Dann reitet mein Kaiser wohl über mein Grab,
Viel Schwerter klirren und blitzen;
Dann steig ich gewaffnet hervor aus dem Grab –
Den Kaiser, den Kaiser zu schützen.

7.

DIE BOTSCHAFT

Mein Knecht! steh auf und sattle schnell,
Und wirf dich auf dein Roß,
Und jage rasch durch Wald und Feld
Nach König Dunkans Schloß.

Dort schleiche in den Stall, und wart,
Bis dich der Stallbub schaut.
Den forsch mir aus: Sprich, welche ist
Von Dunkans Töchtern Braut?

Und spricht der Bub: »Die Braune ists«,
So bring mir schnell die Mär.
Doch spricht der Bub: »Die Blonde ists«,
So eilt das nicht so sehr.

Dann geh zum Meister Seiler hin,
Und kauf mir einen Strick,
Und reite langsam, sprich kein Wort,
Und bring mir den zurück.

8.

DIE HEIMFÜHRUNG

Ich geh nicht allein, mein feines Lieb,
Du mußt mit mir wandern
Nach der lieben, alten, schaurigen Klause,
In dem trüben, kalten, traurigen Hause,
Wo meine Mutter am Eingang kaurt
Und auf des Sohnes Heimkehr laurt.

»Laß ab von mir, du finstrer Mann!
Wer hat dich gerufen?
Dein Odem glüht, deine Hand ist Eis,
Dein Auge sprüht, deine Wang ist weiß; –
Ich aber will mich lustig freun
An Rosenduft und Sonnenschein.«

Laß duften die Rosen, laß scheinen die Sonn,
Mein süßes Liebchen!
Wirf um den weiten, weißwallenden Schleier,
Und greif in die Saiten der schallenden Leier,
Und singe ein Hochzeitlied dabei;
Der Nachtwind pfeift die Melodei.

9.

DON RAMIRO

»Donna Clara! Donna Clara!
Heißgeliebte langer Jahre!
Hast beschlossen mein Verderben,
Und beschlossen ohn Erbarmen.

Donna Clara! Donna Clara!
Ist doch süß die Lebensgabe!
Aber unten ist es grausig,
In dem dunkeln, kalten Grabe.

Donna Clara! Freu dich, morgen
Wird Fernando, am Altare,
Dich als Ehgemahl begrüßen –
Wirst du mich zur Hochzeit laden?«

»Don Ramiro! Don Ramiro!
Deine Worte treffen bitter,
Bittrer als der Spruch der Sterne,
Die da spotten meines Willens.

Don Ramiro! Don Ramiro!
Rüttle ab den dumpfen Trübsinn;
Mädchen gibt es viel auf Erden,
Aber uns hat Gott geschieden.

Don Ramiro, der du mutig
So viel Mohren überwunden,
Überwinde nun dich selber –
Komm auf meine Hochzeit morgen.«

»Donna Clara! Donna Clara!
Ja, ich schwör es, ja, ich komme!
Will mit dir den Reihen tanzen; –
Gute Nacht, ich komme morgen.«

»Gute Nacht!« – Das Fenster klirrte.
Seufzend stand Ramiro unten,
Stand noch lange wie versteinert;
Endlich schwand er fort im Dunkeln. –

Endlich auch, nach langem Ringen,
Muß die Nacht dem Tage weichen;
Wie ein bunter Blumengarten
Liegt Toledo ausgebreitet.

Prachtgebäude und Paläste
Schimmern hell im Glanz der Sonne;
Und der Kirchen hohe Kuppeln
Leuchten stattlich wie vergoldet.

Summend, wie ein Schwarm von Bienen,
Klingt der Glocken Festgeläute,
Lieblich steigen Betgesänge
Aus den frommen Gotteshäusern.

Aber dorten, siehe! siehe!
Dorten aus der Marktkapelle,
Im Gewimmel und Gewoge,
Strömt des Volkes bunte Menge.

Blanke Ritter, schmucke Frauen,
Hofgesinde, festlich blinkend,
Und die hellen Glocken läuten,
Und die Orgel rauscht dazwischen.

Doch, mit Ehrfurcht ausgewichen,
In des Volkes Mitte wandelt
Das geschmückte junge Ehpaar,
Donna Clara, Don Fernando.

Bis an Bräutigams Palasttor
Wälzet sich das Volksgewühle;
Dort beginnt die Hochzeitfeier,
Prunkhaft und nach alter Sitte.

Ritterspiel und frohe Tafel
Wechseln unter lautem Jubel;
Rauschend schnell entfliehn die Stunden,
Bis die Nacht herabgesunken.

Und zum Tanze sich versammeln
In dem Saal die Hochzeitgäste;
In dem Glanz der Lichter funkeln
Ihre bunten Prachtgewänder.

Auf erhobne Stühle ließen
Braut und Bräutigam sich nieder,
Donna Clara, Don Fernando,
Und sie tauschen süße Reden.

Und im Saale wogen heiter
Die geschmückten Menschenwellen,
Und die lauten Pauken wirbeln,
Und es schmettern die Trommeten.

»Doch warum, o schöne Herrin,
Sind gerichtet deine Blicke
Dorthin nach der Saalesecke?«
So verwundert sprach der Ritter.

»Siehst du denn nicht, Don Fernando,
Dort den Mann im schwarzen Mantel?«
Und der Ritter lächelt freundlich:
»Ach! das ist ja nur ein Schatten.«

Doch es nähert sich der Schatten,
Und es war ein Mann im Mantel;
Und Ramiro schnell erkennend,
Grüßt ihn Clara, glutbefangen.

Und der Tanz hat schon begonnen,
Munter drehen sich die Tänzer
In des Walzers wilden Kreisen,
Und der Boden dröhnt und bebet.

»Wahrlich gerne, Don Ramiro,
Will ich dir zum Tanze folgen,
Doch im nächtlich schwarzen Mantel
Hättest du nicht kommen sollen.«

Mit durchbohrend stieren Augen
Schaut Ramiro auf die Holde,
Sie umschlingend spricht er düster:
»Sprachest ja, ich sollte kommen!«

Und ins wirre Tanzgetümmel
Drängen sich die beiden Tänzer;
Und die lauten Pauken wirbeln,
Und es schmettern die Trommeten.

»Sind ja schneeweiß deine Wangen!«
Flüstert Clara, heimlich zitternd.
»Sprachest ja, ich sollte kommen!«
Schallet dumpf Ramiros Stimme.

Und im Saal die Kerzen blinzeln
Durch das flutende Gedränge;
Und die lauten Pauken wirbeln,
Und es schmettern die Trommeten.

»Sind ja eiskalt deine Hände!«
Flüstert Clara, schauerzuckend.
»Sprachest ja, ich sollte kommen!«
Und sie treiben fort im Strudel.

»Laß mich, laß mich! Don Ramiro!
Leichenduft ist ja dein Odem!«
Wiederum die dunklen Worte:
»Sprachest ja, ich sollte kommen!«

Und der Boden raucht und glühet,
Lustig tönet Geig und Bratsche;
Wie ein tolles Zauberweben,
Schwindelt alles in dem Saale.

»Laß mich, laß mich! Don Ramiro!«
Wimmerts immer im Gewoge.
Don Ramiro stets erwidert:
»Sprachest ja, ich sollte kommen!«

»Nun, so geh in Gottes Namen!«
Clara riefs mit fester Stimme;
Und dies Wort war kaum gesprochen,
Und verschwunden war Ramiro.

Clara starret, Tod im Antlitz,
Kaltumflirret, nachtumwoben;
Ohnmacht hat das lichte Bildnis
In ihr dunkles Reich gezogen.

Endlich weicht der Nebelschlummer,
Endlich schlägt sie auf die Wimper;
Aber Staunen will aufs neue
Ihre holden Augen schließen.

Denn derweil der Tanz begonnen,
War sie nicht vom Sitz gewichen,
Und sie sitzt noch bei dem Bräutgam,
Und der Ritter sorgsam bittet:

»Sprich, was bleichet deine Wangen?
Warum wird dein Aug so dunkel? –«
»Und Ramiro? – – –« stottert Clara,
Und Entsetzen lähmt die Zunge.

Doch mit tiefen, ernsten Falten
Furcht sich jetzt des Bräutgams Stirne:
»Herrin, forsch nicht blutge Kunde –
Heute Mittag starb Ramiro.«

10.

BELSAZAR

Die Mitternacht zog näher schon;
In stummer Ruh lag Babylon.

Nur oben in des Königs Schloß,
Da flackerts, da lärmt des Königs Troß.

Dort oben in dem Königssaal
Belsazar hielt sein Königsmahl.

Die Knechte saßen in schimmernden Reihn,
Und leerten die Becher mit funkelndem Wein.

Es klirrten die Becher, es jauchzten die Knecht;
So klang es dem störrigen Könige recht.

Des Königs Wangen leuchten Glut;
Im Wein erwuchs ihm kecker Mut.

Und blindlings reißt der Mut ihn fort;
Und er lästert die Gottheit mit sündigem Wort.

Und er brüstet sich frech, und lästert wild;
Die Knechtenschar ihm Beifall brüllt.

Der König rief mit stolzem Blick;
Der Diener eilt und kehrt zurück.

Er trug viel gülden Gerät auf dem Haupt;
Das war aus dem Tempel Jehovahs geraubt.

Und der König ergriff mit frevler Hand
Einen heiligen Becher, gefüllt bis am Rand.

Und er leert ihn hastig bis auf den Grund,
Und rufet laut mit schäumendem Mund:

Jehovah! dir künd ich auf ewig Hohn –
Ich bin der König von Babylon!

Doch kaum das grause Wort verklang,
Dem König wards heimlich im Busen bang.

Das gellende Lachen verstummte zumal;
Es wurde leichenstill im Saal.

Und sieh! und sieh! an weißer Wand
Da kams hervor wie Menschenhand;

Und schrieb, und schrieb an weißer Wand
Buchstaben von Feuer, und schrieb und schwand.

Der König stieren Blicks da saß,
Mit schlotternden Knien und totenblaß.

Die Knechtenschar saß kalt durchgraut,
Und saß gar still, gab keinen Laut.

Die Magier kamen, doch keiner verstand
Zu deuten die Flammenschrift an der Wand.

Belsazar ward aber in selbiger Nacht
Von seinen Knechten umgebracht.

11.

DIE MINNESÄNGER

Zu dem Wettgesange schreiten
Minnesänger jetzt herbei;
Ei, das gibt ein seltsam Streiten,
Ein gar seltsames Turnei!

Phantasie, die schäumend wilde,
Ist des Minnesängers Pferd,
Und die Kunst dient ihm zum Schilde,
Und das Wort, das ist sein Schwert.

Hübsche Damen schauen munter
Vom beteppichten Balkon,
Doch die rechte ist nicht drunter
Mit der rechten Lorbeerkron.

Andre Leute, wenn sie springen
In die Schranken, sind gesund;
Doch wir Minnesänger bringen
Dort schon mit die Todeswund.

Und wem dort am besten dringet
Liederblut aus Herzensgrund,
Der ist Sieger, der erringet
Bestes Lob aus schönstem Mund.

12.

DIE FENSTERSCHAU

Der bleiche Heinrich ging vorbei,
Schön Hedwig lag am Fenster.
Sie sprach halblaut: Gott steh mir bei,
Der unten schaut bleich wie Gespenster!

Der unten erhub sein Aug in die Höh,
Hinschmachtend nach Hedewigs Fenster.
Schön Hedwig ergriff es wie Liebesweh,
Auch sie ward bleich wie Gespenster.

Schön Hedwig stand nun mit Liebesharm
Tagtäglich lauernd am Fenster.
Bald aber lag sie in Heinrichs Arm,
Allnächtlich zur Zeit der Gespenster.

13.

DER WUNDE RITTER

Ich weiß eine alte Kunde,
Die hallet dumpf und trüb:
Ein Ritter liegt liebeswunde,
Doch treulos ist sein Lieb.

Als treulos muß er verachten
Die eigne Herzliebste sein,
Als schimpflich muß er betrachten
Die eigne Liebespein.

Er möcht in die Schranken reiten
Und rufen die Ritter zum Streit:
Der mag sich zum Kampfe bereiten,
Wer mein Lieb eines Makels zeiht!

Da würden wohl alle schweigen,
Nur nicht sein eigener Schmerz;
Da müßt er die Lanze neigen
Wider 's eigne klagende Herz.

14.

WASSERFAHRT

Ich stand gelehnet an den Mast,
Und zählte jede Welle.
Ade! mein schönes Vaterland!
Mein Schiff, das segelt schnelle!

Ich kam schön Liebchens Haus vorbei,
Die Fensterscheiben blinken;
Ich guck mir fast die Augen aus,
Doch will mir niemand winken.

Ihr Tränen, bleibt mir aus dem Aug,
Daß ich nicht dunkel sehe.
Mein krankes Herze, brich mir nicht
Vor allzugroßem Wehe.

15.

DAS LIEDCHEN VON DER REUE

Herr Ulrich reitet im grünen Wald,
Die Blätter lustig rauschen.
Er sieht eine holde Mädchengestalt
Durch Baumeszweige lauschen.

Der Junker spricht: Wohl kenne ich
Dies blühende, glühende Bildnis,
Verlockend stets umschwebt es mich
In Volksgewühl und Wildnis.

Zwei Röslein sind die Lippen dort,
Die lieblichen, die frischen;
Doch manches häßlich bittre Wort
Schleicht tückisch oft dazwischen.

Drum gleicht dies Mündlein gar genau
Den hübschen Rosenbüschen,
Wo giftge Schlangen wunderschlau
Im dunkeln Laube zischen.

Dort jenes Grübchen wunderlieb
In wunderlieben Wangen,
Das ist die Grube, worein mich trieb
Wahnsinniges Verlangen.

Dort seh ich ein schönes Lockenhaar
Vom schönsten Köpfchen hangen;
Das sind die Netze wunderbar,
Womit mich der Böse gefangen.

Und jenes blaue Auge dort,
So klar wie stille Welle,
Das hielt ich für des Himmels Pfort,
Doch wars die Pforte der Hölle. –

Herr Ulrich reitet weiter im Wald,
Die Blätter rauschen schaurig.
Da sieht er von fern eine zweite Gestalt,
Die ist so bleich, so traurig.

Der Junker spricht: O Mutter dort,
Die mich so mütterlich liebte,
Der ich mit bösem Tun und Wort
Das Leben bitterlich trübte!

O, könnt ich dir trocknen die Augen naß
Mit der Glut von meinen Schmerzen!
O, könnt ich dir röten die Wangen blaß
Mit dem Blut aus meinem Herzen!

Und weiter reitet Herr Ulerich,
Im Wald beginnt es zu düstern,
Viel seltsame Stimmen regen sich,
Die Abendwinde flüstern.

Der Junker hört die Worte sein
Gar vielfach widerklingen.
Das taten die spöttischen Waldvöglein,
Die zwitschern laut und singen:

Herr Ulrich singt ein hübsches Lied,
Das Liedchen von der Reue,
Und hat er zu Ende gesungen das Lied,
So singt er es wieder aufs neue.

16.

AN EINE SÄNGERIN

Als sie eine alte Romanze sang

Ich denke noch der Zaubervollen,
Wie sie zuerst mein Auge sah!
Wie ihre Töne lieblich klangen
Und heimlich süß ins Herze drangen,
Entrollten Tränen meinen Wangen –
Ich wußte nicht, wie mir geschah.

Ein Traum war über mich gekommen:
Mir war, als sei ich noch ein Kind,
Und säße still, beim Lämpchenscheine,
In Mutters frommem Kämmerleine,
Und läse Märchen wunderfeine,
Derweilen draußen Nacht und Wind.

Die Märchen fangen an zu leben,
Die Ritter steigen aus der Gruft;
Bei Ronzisvall da gibts ein Streiten,
Da kommt Herr Roland herzureiten,
Viel kühne Degen ihn begleiten,
Auch leider Ganelon, der Schuft.

Durch den wird Roland schlimm gebettet,
Er schwimmt in Blut, und atmet kaum;
Kaum mochte fern sein Jagdhornzeichen
Das Ohr des großen Karls erreichen,
Da muß der Ritter schon erbleichen –
Und mit ihm stirbt zugleich mein Traum.

Das war ein laut verworrnes Schallen,
Das mich aus meinem Träumen rief.
Verklungen war jetzt die Legende,
Die Leute schlugen in die Hände,
Und riefen »Bravo!« ohne Ende;
Die Sängerin verneigt sich tief.

17.

DAS LIED VON DEN DUKATEN

Meine güldenen Dukaten,
Sagt, wo seid ihr hingeraten?

Seid ihr bei den güldnen Fischlein,
Die im Bache froh und munter
Tauchen auf und tauchen unter?

Seid ihr bei den güldnen Blümlein,
Die auf lieblich grüner Aue
Funkeln hell im Morgentaue?

Seid ihr bei den güldnen Vöglein,
Die da schweifen glanzumwoben
In den blauen Lüften oben?

Seid ihr bei den güldnen Sternlein,
Die im leuchtenden Gewimmel
Lächeln jede Nacht am Himmel?

Ach! Ihr güldenen Dukaten,
Schwimmt nicht in des Baches Well,
Funkelt nicht auf grüner Au,
Schwebet nicht in Lüften blau,
Lächelt nicht am Himmel hell –
Meine Manichäer, traun!
Halten euch in ihren Klaun.

18.

GESPRÄCH AUF DER PADERBORNER HEIDE

Hörst du nicht die fernen Töne,
Wie von Brummbaß und von Geigen?
Dorten tanzt wohl manche Schöne
Den geflügelt leichten Reigen.

»Ei, mein Freund, das nenn ich irren,
Von den Geigen hör ich keine,
Nur die Ferklein hör ich quirren,
Grunzen nur hör ich die Schweine.«

Hörst du nicht das Waldhorn blasen?
Jäger sich des Weidwerks freuen,
Fromme Lämmer seh ich grasen,
Schäfer spielen auf Schalmeien.

»Ei, mein Freund, was du vernommen,
Ist kein Waldhorn, noch Schalmeie;
Nur den Sauhirt seh ich kommen,
Heimwärts treibt er seine Säue.«

Hörst du nicht das ferne Singen,
Wie von süßen Wettgesängen?
Englein schlagen mit den Schwingen
Lauten Beifall solchen Klängen.

»Ei, was dort so hübsch geklungen,
Ist kein Wettgesang, mein Lieber!
Singend treiben Gänsejungen
Ihre Gänselein vorüber.«

Hörst du nicht die Glocken läuten,
Wunderlieblich, wunderhelle?
Fromme Kirchengänger schreiten
Andachtsvoll zur Dorfkapelle.

»Ei, mein Freund, das sind die Schellen
Von den Ochsen, von den Kühen,
Die nach ihren dunkeln Ställen
Mit gesenktem Kopfe ziehen.«

Siehst du nicht den Schleier wehen?
Siehst du nicht das leise Nicken?
Dort seh ich die Liebste stehen,
Feuchte Wehmut in den Blicken.

»Ei, mein Freund, dort seh ich nicken
Nur das Waldweib, nur die Lise;
Blaß und hager an den Krücken
Hinkt sie weiter nach der Wiese.«

Nun, mein Freund, so magst du lachen
Über des Phantasten Frage!
Wirst du auch zur Täuschung machen,
Was ich fest im Busen trage?

19.

LEBENSGRUSS

Stammbuchblatt

Eine große Landstraß ist unsere Erd,
Wir Menschen sind Passagiere;
Man rennet und jaget, zu Fuß und zu Pferd,
Wie Läufer oder Kuriere.

Man fährt sich vorüber, man nicket, man grüßt
Mit dem Taschentuch aus der Karosse;
Man hätte sich gerne geherzt und geküßt,
Doch jagen von hinnen die Rosse.

Kaum trafen wir uns auf derselben Station,
Herzliebster Prinz Alexander,
Da bläst schon zur Abfahrt der Postillon,
Und bläst uns schon auseinander.

20.

WAHRHAFTIG

Wenn der Frühling kommt mit dem Sonnenschein,
Dann knospen und blühen die Blümlein auf;
Wenn der Mond beginnt seinen Strahlenlauf,
Dann schwimmen die Sternlein hintendrein;
Wenn der Sänger zwei süße Äuglein sieht,
Dann quellen ihm Lieder aus tiefem Gemüt; –
Doch Lieder und Sterne und Blümelein,
Und Äuglein und Mondglanz und Sonnenschein,
Wie sehr das Zeug auch gefällt,
So machts doch noch lang keine Welt.

21.

DIE WEIHE

Einsam in der Waldkapelle,
Vor dem Bild der Himmelsjungfrau,
Lag ein frommer, bleicher Knabe
Demutsvoll dahingesunken.

O Madonna! laß mich ewig
Hier auf dieser Schwelle knieen,
Wollest nimmer mich verstoßen
In die Welt so kalt und sündig.

O Madonna! sonnig wallen
Deines Hauptes Strahlenlocken;
Süßes Lächeln mild umspielet
Deines Mundes heilge Rosen.

O Madonna! deine Augen
Leuchten mir wie Sternenlichter;
Lebensschifflein treibet irre,
Sternlein leiten ewig sicher.

O Madonna! sonder Wanken
Trug ich deine Schmerzenprüfung,
Frommer Minne blind vertrauend,
Nur in deinen Gluten glühend.

O Madonna! hör mich heute,
Gnadenvolle, wunderreiche,
Spende mir ein Huldeszeichen,
Nur ein leises Huldeszeichen!

Da tät sich ein schauerlich Wunder bekunden,
Wald und Kapell sind auf einmal verschwunden;
Knabe nicht wußte, wie ihm geschehn,
Hat alles auf einmal umwandelt gesehn.

Und staunend stand er im schmucken Saale,
Da saß Madonna, doch ohne Strahlen;
Sie hat sich verwandelt in liebliche Maid,
Und grüßet und lächelt mit kindlicher Freud.

Und sieh! vom blonden Lockenhaupte
Sie selber sich eine Locke raubte,
Und sprach zum Knaben mit himmlischem Ton:
Nimm hin deinen besten Erdenlohn!

Sprich nun, wer bezeugt die Weihe?
Sahst du nicht die Farben wogen
Flammig an der Himmelsbläue?
Menschen nennens Regenbogen.

Englein steigen auf und nieder,
Schlagen rauschend mit den Schwingen,
Flüstern wundersame Lieder,
Süßer Harmonieen Klingen.

Knabe hat es wohl verstanden,
Was mit Sehnsuchtglut ihn ziehet
Fort und fort nach jenen Landen,
Wo die Myrte ewig blühet.

22.

STÄNDCHEN EINES MAUREN

Meiner schlafenden Zuleima
Rinnt aufs Herz, ihr Tränentropfen;
Dann wird ja das süße Herzchen
Sehnsuchtvoll nach Abdul klopfen.

Meiner schlafenden Zuleima
Spielt ums Ohr, ihr Seufzer trübe;
Dann träumt ja das blonde Köpfchen
Heimlich süß von Abduls Liebe.

Meiner schlafenden Zuleima
Ström aufs Händchen, Herzblutquelle;
Dann trägt ja ihr süßes Händchen,
Abduls Herzblut rot und helle.

Ach! der Schmerz ist stumm geboren,
Ohne Zunge in dem Munde,
Hat nur Tränen, hat nur Seufzer,
Und nur Blut aus Herzenswunde.

Sonette

AN A. W. v. SCHLEGEL

Im Reifrockputz, mit Blumen reich verzieret,
Schönpflästerchen auf den geschminkten Wangen,
Mit Schnabelschuhn, mit Stickerein behangen,
Mit Turmfrisur, und wespengleich geschnüret:
So war die Aftermuse ausstaffieret,
Als sie einst kam, dich liebend zu umfangen.
Du bist ihr aber aus dem Weg gegangen,
Und irrtest fort, von dunkelm Trieb geführet.
Da fandest du ein Schloß in alter Wildnis,
Und drinnen lag, wie 'n holdes Marmorbildnis,
Die schönste Maid in Zauberschlaf versunken.
Doch wich der Zauber bald, bei deinem Gruße
Aufwachte lächelnd Deutschlands echte Muse,
Und sank in deine Arme liebestrunken.

SONETTENKRANZ AN A. W. v. SCHLEGEL.

I

Der schlimmste Wurm: des Zweifels Dolchgedanken,
Das schlimmste Gift: an eigner Kraft verzagen,
Das wollt' mir fast des Lebens Mark zernagen;
Ich war ein Reis, dem seine Stützen sanken.

Da mochtest du das arme Reis beklagen,
An deinem güt'gen Wort läßt du es ranken,
Und dir, mein hoher Meister, soll ich's danken,
Wird einst das schwache Reislein Blüthen tragen.

O mögst du's ferner noch so sorgsam warten,
Daß es als Baum einst zieren kann den Garten
Der schönen Fee, die dich zum Liebling wählte.

Von jenem Garten meine Amm' erzählte:
Dort lebt ein heimlich wundersüßes Klingen,
Die Blumen sprechen und die Bäume singen.

II

Im Reifrockputz, mit Blumen reich verzieret,
Schönpflästerchen auf den geschminkten Wangen,
Mit Schnabelschuh'n, mit Stickerei'n behangen,
Mit Thurmfrisur, und wespengleich geschnüret:

So war die Aftermuse ausstaffiret,
Als sie einst kam, dich liebend zu umfangen.
Du bist ihr aber aus dem Weg gegangen,
Und irrtest fort, von dunklem Trieb geführet.

Da fandest du ein Schloß in alter Wildniß,
Und drinnen lag, wie'n holdes Marmorbildniß,
Die schönste Maid in Zauberschlaf versunken.

Doch wich der Zauber bald bei deinem Gruße,
Aufwachte lächelnd Deutschlands echte Muse,
Und sank in deine Arme liebestrunken.

III

Zufrieden nicht mit deinem Eigenthume,
Sollt' noch des Rheines Niblungshort dich laben,
Nahmst du vom Themsestrand die Wundergaben,
und pflücktest kühn des Tajo-Ufers Blume.

Der Tiber hast du manch Kleinod entgraben,
Die Seine mußte zollen deinem Ruhme –
Du drangest gar zu Brahma's Heiligthume,
Und wollt'st auch Perlen aus dem Ganges haben.

Du geiz'ger Mann, ich rath' dir, sei zufrieden
Mit dem, was selten Menschen wird beschieden,
Denk an's Verschwenden jetzt, statt an's Erwerben.

Und mit den Schätzen, die du ohn' Ermüden
Zusammen hast geschleppt aus Nord und Süden,
Mach' reich den Schüler jetzt, den lust'gen Erben.

AN MEINE MUTTER, B. HEINE, GEBORNE v. GELDERN

I

Ich bins gewohnt, den Kopf recht hoch zu tragen,
Mein Sinn ist auch ein bißchen starr und zähe;
Wenn selbst der König mir ins Antlitz sähe,
Ich würde nicht die Augen niederschlagen.
Doch, liebe Mutter, offen will ichs sagen:
Wie mächtig auch mein stolzer Mut sich blähe,
In deiner selig süßen, trauten Nähe
Ergreift mich oft ein demutvolles Zagen.
Ist es dein Geist, der heimlich mich bezwinget,
Dein hoher Geist, der alles kühn durchdringet,
Und blitzend sich zum Himmelslichte schwinget?
Quält mich Erinnerung, daß ich verübet
So manche Tat, die dir das Herz betrübet?
Das schöne Herz, das mich so sehr geliebet?

II

Im tollen Wahn hatt ich dich einst verlassen,
Ich wollte gehn die ganze Welt zu Ende,
Und wollte sehn, ob ich die Liebe fände,
Um liebevoll die Liebe zu umfassen.
Die Liebe suchte ich auf allen Gassen,
Vor jeder Türe streckt ich aus die Hände,
Und bettelte um gringe Liebesspende –
Doch lachend gab man mir nur kaltes Hassen.
Und immer irrte ich nach Liebe, immer
Nach Liebe, doch die Liebe fand ich nimmer,
Und kehrte um nach Hause, krank und trübe.
Doch da bist du entgegen mir gekommen,
Und ach! was da in deinem Aug geschwommen,
Das war die süße, langgesuchte Liebe.

AN H. STR.

Wie ich dein Büchlein hastig aufgeschlagen,
Da grüßen mir entgegen viel vertraute,
Viel goldne Bilder, die ich weiland schaute
Im Knabentraum und in den Kindertagen.
Ich sehe wieder stolz gen Himmel ragen
Den frommen Dom, den deutscher Glaube baute,
Ich hör der Glocken und der Orgel Laute,
Dazwischen klingts wie süße Liebesklagen.
Wohl seh ich auch, wie sie den Dom umklettern,
Die flinken Zwerglein, die sich dort erfrechen
Das hübsche Blum- und Schnitzwerk abzubrechen.
Doch mag man immerhin die Eich entblättern
Und sie des grünen Schmuckes rings berauben –
Kommt neuer Lenz, wird sie sich neu belauben.

FRESKO-SONETTE AN CHRISTIAN S⟨ETHE⟩

I

Ich tanz nicht mit, ich räuchre nicht den Klötzen,
Die außen goldig sind, inwendig Sand;
Ich schlag nicht ein, reicht mir ein Bub die Hand,
Der heimlich mir den Namen will zerfetzen.
Ich beug mich nicht vor jenen hübschen Metzen,
Die schamlos prunken mit der eignen Schand;
Ich zieh nicht mit, wenn sich der Pöbel spannt
Vor Siegeswagen seiner eiteln Götzen.
Ich weiß es wohl, die Eiche muß erliegen,
Derweil das Rohr am Bach, durch schwankes Biegen,
In Wind und Wetter stehn bleibt, nach wie vor.
Doch sprich, wie weit bringts wohl am End solch Rohr?
Welch Glück! als ein Spazierstock dients dem Stutzer,
Als Kleiderklopfer dients dem Stiefelputzer.

II

Gib her die Larv, ich will mich jetzt maskieren
In einen Lumpenkerl, damit Halunken,
Die prächtig in Charaktermasken prunken,
Nicht wähnen, Ich sei einer von den Ihren.
Gib her gemeine Worte und Manieren,
Ich zeige mich in Pöbelart versunken,
Verleugne all die schönen Geistesfunken,
Womit jetzt fade Schlingel kokettieren.
So tanz ich auf dem großen Maskenballe,
Umschwärmt von deutschen Rittern, Mönchen, Köngen,
Von Harlekin gegrüßt, erkannt von wengen.
Mit ihrem Holzschwert prügeln sie mich alle.
Das ist der Spaß. Denn wollt ich mich entmummen,
So müßte all das Galgenpack verstummen.

III

Ich lache ob den abgeschmackten Laffen,
Die mich anglotzen mit den Bocksgesichtern;
Ich lache ob den Füchsen, die so nüchtern
Und hämisch mich beschnüffeln und begaffen.
Ich lache ob den hochgelahrten Affen,
Die sich aufbläh zu stolzen Geistesrichtern;
Ich lache ob den feigen Bösewichtern,
Die mich bedrohn mit giftgetränkten Waffen.
Denn wenn des Glückes hübsche Siebensachen
Uns von des Schicksals Händen sind zerbrochen,
Und so zu unsern Füßen hingeschmissen;
Und wenn das Herz im Leibe ist zerrissen,
Zerrissen, und zerschnitten, und zerstochen –
Dann bleibt uns doch das schöne gelle Lachen.

IV

Im Hirn spukt mir ein Märchen wunderfein,
Und in dem Märchen klingt ein feines Lied,
Und in dem Liede lebt und webt und blüht
Ein wunderschönes, zartes Mägdelein.
Und in dem Mägdlein wohnt ein Herzchen klein,
Doch in dem Herzchen keine Liebe glüht;
In dieses lieblos frostige Gemüt
Kam Hochmut nur und Übermut hinein.
Hörst du, wie mir im Kopf das Märchen klinget?
Und wie das Liedchen summet ernst und schaurig?
Und wie das Mägdlein kichert, leise, leise?
Ich fürchte nur, daß mir der Kopf zerspringet –
Und, ach! da wärs doch gar entsetzlich traurig,
Käm der Verstand mir aus dem alten Gleise.

V

In stiller, wehmutweicher Abendstunde
Umklingen mich die längst verschollnen Lieder,
Und Tränen fließen von der Wange nieder,
Und Blut entquillt der alten Herzenswunde.
Und wie in eines Zauberspiegels Grunde
Seh ich das Bildnis meiner Liebsten wieder;
Sie sitzt am Arbeitstisch, im roten Mieder,
Und Stille herrscht in ihrer selgen Runde.
Doch plötzlich springt sie auf vom Stuhl und schneidet
Von ihrem Haupt die schönste aller Locken,
Und gibt sie mir – vor Freud bin ich erschrocken!
Mephisto hat die Freude mir verleidet.
Er spann ein festes Seil von jenen Haaren,
Und schleift mich dran herum seit vielen Jahren.

VI

»Als ich vor einem Jahr dich wiederblickte,
Küßtest du mich nicht in der Willkommstund.«
So sprach ich, und der Liebsten roter Mund
Den schönsten Kuß auf meine Lippen drückte.
Und lächelnd süß ein Myrtenreis sie pflückte
Vom Myrtenstrauche, der am Fenster stund:
»Nimm hin, und pflanz dies Reis in frischen Grund,
Und stell ein Glas darauf«, sprach sie und nickte. –
Schon lang ists her. Es starb das Reis im Topf.
Sie selbst hab ich seit Jahren nicht gesehn;
Doch brennt der Kuß mir immer noch im Kopf.
Und aus der Ferne triebs mich jüngst zum Ort,
Wo Liebchen wohnt. Vorm Hause blieb ich stehn
Die ganze Nacht, ging erst am Morgen fort.

VII

Hüt dich, mein Freund, vor grimmen Teufelsfratzen,
Doch schlimmer sind die sanften Engelsfrätzchen.
Ein solches bot mir einst ein süßes Schmätzchen,
Doch wie ich kam, da fühlt ich scharfe Tatzen.
Hüt dich, mein Freund, vor schwarzen, alten Katzen,
Doch schlimmer sind die weißen, jungen Kätzchen.
Ein solches macht ich einst zu meinem Schätzchen,
Doch tät mein Schätzchen mir das Herz zerkratzen.
O süßes Frätzchen, wundersüßes Mädchen!
Wie konnte mich dein klares Äuglein täuschen?
Wie konnt dein Pfötchen mir das Herz zerfleischen?
O meines Kätzchens wunderzartes Pfötchen!
Könnt ich dich an die glühnden Lippen pressen,
Und könnt mein Herz verbluten unterdessen!

VIII

Wie nähm' die Armuth bald bei mir ein Ende,
Wüßt' ich den Pinsel kunstgerecht zu führen
Und hübsch mit bunten Bildern zu verzieren
Der Kirchen und der Schlösser stolze Wände.

Wie flösse bald mir zu des Goldes Spende,
Wüßt' ich auf Flöten, Geigen und Klavieren
So rührend und so fein zu musiciren,
Daß Herr'n und Damen klatschten in die Hände.

Doch ach! mir Armen lächelt Mammon nie;
Denn leider, leider! trieb ich dich alleine,
Brotloseste der Künste, Poesie!

Und ach! wenn Andre sich mit vollen Humpen
Zum Gotte trinken im Champagnerweine,
Dann muß ich dürsten, oder ich muß – pumpen.

IX

Die Welt war mir nur eine Marterkammer,
Wo man mich bei den Füßen aufgehangen
Und mir gezwickt den Leib mit glüh'nden Zangen
Und eingeklemmt in enger Eisenklammer.

Wild schrie ich auf vor namenlosem Jammer,
Blutströme mir aus Mund und Augen sprangen –
Da gab ein Mägdlein, das vorbeigegangen,
Mir schnell den Gnadenstoß mit goldnem Hammer.

Neugierig sieht sie zu, wie mir im Krampfe
Die Glieder zucken, wie im Todeskampfe
Die Zung' aus blut'gem Munde hängt und lechzet.

Neugierig horcht sie, wie mein Herz noch ächzet,
Musik ist ihr mein letztes Todesröcheln,
Und spottend steht sie da mit kaltem Lächeln.

X

Du sahst mich oft im Kampf mit jenen Schlingeln,
Geschminkten Katzen und bebrillten Pudeln,
Die mir den blanken Namen gern besudeln,
Und mich so gerne ins Verderben züngeln.
Du sahest oft, wie mich Pedanten hudeln,
Wie Schellenkappenträger mich umklingeln,
Wie giftge Schlangen um mein Herz sich ringeln;
Du sahst mein Blut aus tausend Wunden sprudeln.
Du aber standest fest gleich einem Turme;
Ein Leuchtturm war dein Kopf mir in dem Sturme,
Dein treues Herz war mir ein guter Hafen.
Wohl wogt um jenen Hafen wilde Brandung,
Nur wenge Schiff erringen dort die Landung,
Doch ist man dort, so kann man sicher schlafen.

XI

Ich möchte weinen, doch ich kann es nicht;
Ich möcht mich rüstig in die Höhe heben,
Doch kann ichs nicht; am Boden muß ich kleben,
Umkrächzt, umzischt von eklem Wurmgezücht.
Ich möchte gern mein heitres Lebenslicht,
Mein schönes Lieb, allüberall umschweben,
In ihrem selig süßen Hauche leben –
Doch kann ichs nicht, mein krankes Herze bricht.
Aus dem gebrochnen Herzen fühl ich fließen
Mein heißes Blut, ich fühle mich ermatten,
Und vor den Augen wirds mir trüb und trüber.
Und heimlich schauernd sehn ich mich hinüber
Nach jenem Nebelreich, wo stille Schatten
Mit weichen Armen liebend mich umschließen.

AN DEN HOFRAT GEORG S. IN GÖTTINGEN

Stolz und gebietend ist des Leibes Haltung,
Doch Sanftmut sieht man um die Lippen schweben,
Das Auge blitzt, und alle Muskeln beben,
Doch bleibt im Reden ruhige Entfaltung.
So stehst du auf dem Lehrstuhl, von Verwaltung
Der Staaten sprechend, und vom klugen Streben
Der Kabinette, und von Völkerleben,
Und von Germaniens Spaltung und Gestaltung.
Aus dem Gedächtnis lischt mir nie dein Bild!
In unsrer Zeit der Selbstsucht und der Roheit
Erquickt ein solches Bild von edler Hoheit.
Doch was du mir, recht väterlich und mild,
Zum Herzen sprachst in stiller trauter Stunde,
Das trag ich treu im tiefen Herzensgrunde.

AN J. B. R.

Dein Freundesgruß konnt mir die Brust erschließen,
Die dunkle Herzenskammer mir entriegeln;
Ich bin umfächelt wie von Zauberflügeln,
Und heimatliche Bilder mich begrüßen.
Den alten Rheinstrom seh ich wieder fließen,
In seinem Blau sich Berg und Burgen spiegeln,
Goldtrauben winken von den Rebenhügeln,
Die Winzer klettern und die Blumen sprießen.
O, könnt ich hin zu dir, zu dir, Getreuer,
Der du noch an mir hängst, so wie sich schlingt
Der grüne Efeu um ein morsch Gemäuer.
O, könnt ich hin zu dir und leise lauschen
Bei deinem Lied, derweil Rotkehlchen singt
Und still des Rheines Wogen mich umrauschen.

NACHLESE

AN FRITZ v. B.

Die Nacht auf dem Drachenfels

Um Mitternacht war schon die Burg erstiegen,
Der Holzstoß flammte auf am Fuß der Mauern,
Und wie die Burschen lustig niederkauern,
Erscholl das Lied von Deutschlands heilgen Siegen.
Wir tranken Deutschlands Wohl aus Rheinweinkrügen,
Wir sahn den Burggeist auf dem Turme lauern,
Viel dunkle Ritterschatten uns umschauern,
Viel Nebelfraun bei uns vorüberfliegen.
Und aus den Trümmern steigt ein tiefes Ächzen,
Es klirrt und rasselt, und die Eulen krächzen;
Dazwischen heult des Nordsturms Wutgebrause. –
Sieh nun, mein Freund, so eine Nacht durchwacht ich
Auf hohem Drachenfels, doch leider bracht ich
Den Schnupfen und den Husten mit nach Hause.

AN FRITZ ST.

Ins Stammbuch

Die Schlechten siegen, untergehn die Wackern,
Statt Myrten lobt man nur die dürren Pappeln,
Worein die Abendwinde tüchtig rappeln,
Statt stiller Glut lobt man nur helles Flackern.
Vergebens wirst du den Parnaß beackern
Und Bild auf Bild und Blum auf Blume stapeln,
Vergebens wirst du dich zu Tode zappeln, –
Verstehst dus nicht, noch vor dem Ei zu gackern.
Auch mußt du wie ein Kampfstier dich behörnen,
Und Schutz- und Trutz-Kritiken schreiben lernen,
Und kräftig oft in die Posaune schmettern.
Auch schreibe nicht für Nachwelt, schreib für Pöbel,
Der Knalleffekt sei deiner Dichtung Hebel, –
Und bald wird dich die Galerie vergöttern.

AN FRANZ v. Z.

Es zieht mich nach Nordland ein goldner Stern;
Ade, mein Bruder, denk mein in der Fern!
Bleib treu, bleib treu der Poesie;
Verlaß das süße Bräutchen nie.
Bewahr in der Brust wie einen Hort
Das liebe, schöne, deutsche Wort! –
Und kommst du mal nach dem Norderstrand,
So lausche nur am Norderstrand;
Und lausche, bis fern sich ein Klingen erhebt
Und über die feiernden Fluten schwebt.
Dann mags wohl sein, daß entgegen dir zieht
Des wohlbekannten Sängers Lied.
Dann greif auch du in dein Saitenspiel,
Und gib mir süßer Kunden viel:
Wie 's dir, mein trauter Sänger, ergeht,
Und wie 's meinen Lieben allen ergeht,
Und wie 's ergeht der schönen Maid,
Die so manches Jünglingsherz erfreut,
Und in manches gesendet viel Glut hinein,

Die blühende Rose am blühenden Rhein!
Und auch vom Vaterland Kunde gib:
Obs noch das Land der treuen Lieb,
Ob der alte Gott noch in Deutschland wohnt,
Und niemand mehr dem Bösen front.
Und wie dein süßes Lied erklingt
Und heitere Mären hinüber bringt,
Wohl über die Wogen zum fernen Strand,
So freut sich der Sänger im Norderland.

DIE LEHRE

Mutter zum Bienelein:
»Hüt dich vor Kerzenschein!«
Doch was die Mutter spricht,
Bienelein achtet nicht;

Schwirret ums Licht herum,
Schwirret mit Sum-sum-sum,
Hört nicht die Mutter schrein:
»Bienelein! Bienelein!«

Junges Blut, tolles Blut,
Treibt in die Flammenglut,
Treibt in die Flamm hinein, –
»Bienelein! Bienelein!«

's flackert nun lichterrot,
Flamme gab Flammentod; –
Hüt dich vor Mägdelein,
Söhnelein! Söhnelein!

TRAUM UND LEBEN

Es glühte der Tag, es glühte mein Herz,
Still trug ich mit mir herum den Schmerz.
Und als die Nacht kam, schlich ich fort
Zur blühenden Rose am stillen Ort.

Ich nahte mich leise und stumm wie das Grab;
Nur Tränen rollten die Wangen hinab;
Ich schaut in den Kelch der Rose hinein, –
Da glomms hervor, wie ein glühender Schein. –

Und freudig entschlief ich beim Rosenbaum;
Da trieb sein Spiel ein neckender Traum:
Ich sah ein rosiges Mädchenbild,
Den Busen ein rosiges Mieder umhüllt.

Sie gab mir was Hübsches, recht goldig und weich;
Ich trugs in ein goldenes Häuschen sogleich.
Im Häuschen da geht es gar wunderlich bunt,
Da dreht sich ein Völkchen in zierlicher Rund.

Da tanzen zwölf Tänzer, ohn Ruh und Rast,
Sie haben sich fest bei den Händen gefaßt;
Und wenn ein Tanz zu enden begann,
So fängt ein andrer von vorne an.

Und es summt mir ins Ohr die Tanzmusik:
Die schönste der Stunden kehrt nimmer zurück,
Dein ganzes Leben war nur ein Traum,
Und diese Stunde ein Traum im Traum. –

Der Traum war aus, der Morgen graut,
Mein Auge schnell nach der Rose schaut, –
O weh! statt des glühenden Fünkleins steckt
Im Kelche der Rose ein kaltes Insekt.

AN SIE

Die roten Blumen hier und auch die bleichen,
Die einst erblüht aus blutgen Herzenswunden,
Die hab ich nun zum schmucken Strauß verbunden,
Und will ihn Dir, du schöne Herrin, reichen.
Nimm huldreich hin die treuen Sangeskunden,
Ich kann ja nicht aus diesem Leben weichen,
Ohn rückzulassen dir ein Liebeszeichen, –
Gedenke mein, wenn ich den Tod gefunden!
Doch nie, o Herrin, sollst du mich beklagen;
Beneidenswert war selbst mein Schmerzenleben –
Denn liebend durft ich dich im Herzen tragen.
Und größres Heil noch soll mir bald geschehen:
Mit Geisterschutz darf ich dein Haupt umschweben
Und Friedensgrüße in dein Herze wehen.

LYRISCHES INTERMEZZO

1822–1823

Meine Qual und meine Klagen
Hab ich in dies Buch gegossen,
Und wenn du es aufgeschlagen,
Hat sich dir mein Herz erschlossen.

Prolog

Es war mal ein Ritter trübselig und stumm,
Mit hohlen, schneeweißen Wangen;
Er schwankte und schlenderte schlotternd herum,
In dumpfen Träumen befangen.
Er war so hölzern, so täppisch, so links,
Die Blümlein und Mägdlein die kicherten rings,
Wenn er stolpernd vorbeigegangen.

Oft saß er im finstersten Winkel zu Haus;
Er hatt sich vor Menschen verkrochen.
Da streckte er sehnend die Arme aus,
Doch hat er kein Wörtlein gesprochen.
Kam aber die Mitternachtstunde heran,
Ein seltsames Singen und Klingen begann –
An die Türe da hört er es pochen.

Da kommt seine Liebste geschlichen herein,
Im rauschenden Wellenschaumkleide.
Sie blüht und glüht wie ein Röselein,
Ihr Schleier ist eitel Geschmeide.
Goldlocken umspielen die schlanke Gestalt,
Die Äuglein grüßen mit süßer Gewalt –
In die Arme sinken sich beide.

Der Ritter umschlingt sie mit Liebesmacht,
Der Hölzerne steht jetzt in Feuer,
Der Blasse errötet, der Träumer erwacht,
Der Blöde wird freier und freier.
Sie aber, sie hat ihn gar schalkhaft geneckt,
Sie hat ihm ganz leise den Kopf bedeckt
Mit dem weißen, demantenen Schleier.

In einen kristallenen Wasserpalast
Ist plötzlich gezaubert der Ritter.
Er staunt, und die Augen erblinden ihm fast
Vor alle dem Glanz und Geflitter.
Doch hält ihn die Nixe umarmet gar traut,
Der Ritter ist Bräutgam, die Nixe ist Braut;
Ihre Jungfraun spielen die Zither.

Sie spielen und singen, und singen so schön,
Und heben zum Tanze die Füße;
Dem Ritter dem wollen die Sinne vergehn,
Und fester umschließt er die Süße –
Da löschen auf einmal die Lichter aus,
Der Ritter sitzt wieder ganz einsam zu Haus,
In dem düstern Poetenstübchen.

1.

Im wunderschönen Monat Mai,
Als alle Knospen sprangen,
Da ist in meinem Herzen
Die Liebe aufgegangen.

Im wunderschönen Monat Mai,
Als alle Vögel sangen,
Da hab ich ihr gestanden
Mein Sehnen und Verlangen.

2.

Aus meinen Tränen sprießen
Viel blühende Blumen hervor,
Und meine Seufzer werden
Ein Nachtigallenchor.

Und wenn du mich lieb hast, Kindchen,
Schenk ich dir die Blumen all,
Und vor deinem Fenster soll klingen
Das Lied der Nachtigall.

3.

Die Rose, die Lilje, die Taube, die Sonne,
Die liebt ich einst alle in Liebeswonne.
Ich lieb sie nicht mehr, ich liebe alleine
Die Kleine, die Feine, die Reine, die Eine;
Sie selber, aller Liebe Bronne,
Ist Rose und Lilje und Taube und Sonne.

4.

Wenn ich in deine Augen seh,
So schwindet all mein Leid und Weh;
Doch wenn ich küsse deinen Mund,
So werd ich ganz und gar gesund.

Wenn ich mich lehn an deine Brust,
Kommts über mich wie Himmelslust;
Doch wenn du sprichst: Ich liebe dich!
So muß ich weinen bitterlich.

5.

Dein Angesicht so lieb und schön,
Das hab ich jüngst im Traum gesehn,
Es ist so mild und engelgleich,
Und doch so bleich, so schmerzenbleich.

Und nur die Lippen, die sind rot;
Bald aber küßt sie bleich der Tod.
Erlöschen wird das Himmelslicht,
Das aus den frommen Augen bricht.

6.

Lehn deine Wang an meine Wang,
Dann fließen die Tränen zusammen;
Und an mein Herz drück fest dein Herz,
Dann schlagen zusammen die Flammen!

Und wenn in die große Flamme fließt
Der Strom von unsern Tränen,
Und wenn dich mein Arm gewaltig umschließt –
Sterb ich vor Liebessehnen!

7.

Ich will meine Seele tauchen
In den Kelch der Lilje hinein;
Die Lilje soll klingend hauchen
Ein Lied von der Liebsten mein.

Das Lied soll schauern und beben
Wie der Kuß von ihrem Mund,
Den sie mir einst gegeben
In wunderbar süßer Stund.

8.

Es stehen unbeweglich
Die Sterne in der Höh,
Viel tausend Jahr, und schauen
Sich an mit Liebesweh.

Sie sprechen eine Sprache,
Die ist so reich, so schön;
Doch keiner der Philologen
Kann diese Sprache verstehn.

Ich aber hab sie gelernet,
Und ich vergesse sie nicht;
Mir diente als Grammatik
Der Herzallerliebsten Gesicht.

9.

Auf Flügeln des Gesanges,
Herzliebchen, trag ich dich fort,
Fort nach den Fluren des Ganges,
Dort weiß ich den schönsten Ort.

Dort liegt ein rotblühender Garten
Im stillen Mondenschein;
Die Lotosblumen erwarten
Ihr trautes Schwesterlein.

Die Veilchen kichern und kosen,
Und schaun nach den Sternen empor;
Heimlich erzählen die Rosen
Sich duftende Märchen ins Ohr.

Es hüpfen herbei und lauschen
Die frommen, klugen Gazelln;
Und in der Ferne rauschen
Des heiligen Stromes Welln.

Dort wollen wir niedersinken
Unter dem Palmenbaum,
Und Liebe und Ruhe trinken,
Und träumen seligen Traum.

10.

Die Lotosblume ängstigt
Sich vor der Sonne Pracht,
Und mit gesenktem Haupte
Erwartet sie träumend die Nacht.

Der Mond, der ist ihr Buhle,
Er weckt sie mit seinem Licht,
Und ihm entschleiert sie freundlich
Ihr frommes Blumengesicht.

Sie blüht und glüht und leuchtet,
Und starret stumm in die Höh;
Sie duftet und weinet und zittert
Vor Liebe und Liebesweh.

11.

Im Rhein, im schönen Strome,
Da spiegelt sich in den Welln,
Mit seinem großen Dome,
Das große, heilige Köln.

Im Dom da steht ein Bildnis,
Auf goldenem Leder gemalt;
In meines Lebens Wildnis
Hats freundlich hineingestrahlt.

Es schweben Blumen und Englein
Um unsre liebe Frau;
Die Augen, die Lippen, die Wänglein,
Die gleichen der Liebsten genau.

12.

Du liebst mich nicht, du liebst mich nicht,
Das kümmert mich gar wenig;
Schau ich dir nur ins Angesicht,
So bin ich froh wie 'n König.

Du hassest, hassest mich sogar,
So spricht dein rotes Mündchen;
Reich mir es nur zum Küssen dar,
So tröst ich mich, mein Kindchen.

13.

O schwöre nicht und küsse nur,
Ich glaube keinem Weiberschwur!
Dein Wort ist süß, doch süßer ist
Der Kuß, den ich dir abgeküßt!
Den hab ich, und dran glaub ich auch,
Das Wort ist eitel Dunst und Hauch.

O schwöre, Liebchen, immerfort,
Ich glaube dir aufs bloße Wort!
An deinen Busen sink ich hin,
Und glaube, daß ich selig bin;
Ich glaube, Liebchen, ewiglich,
Und noch viel länger, liebst du mich.

14.

Auf meiner Herzliebsten Äugelein
Mach ich die schönsten Kanzonen.
Auf meiner Herzliebsten Mündchen klein
Mach ich die besten Terzinen.
Auf meiner Herzliebsten Wängelein
Mach ich die herrlichsten Stanzen.
Und wenn meine Liebste ein Herzchen hätt,
Ich machte darauf ein hübsches Sonett.

15.

Die Welt ist dumm, die Welt ist blind,
Wird täglich abgeschmackter!
Sie spricht von dir, mein schönes Kind,
Du hast keinen guten Charakter.

Die Welt ist dumm, die Welt ist blind,
Und dich wird sie immer verkennen;
Sie weiß nicht, wie süß deine Küsse sind,
Und wie sie beseligend brennen.

16.

Liebste, sollst mir heute sagen:
Bist du nicht ein Traumgebild,
Wie's in schwülen Sommertagen
Aus dem Hirn des Dichters quillt?

Aber nein, ein solches Mündchen,
Solcher Augen Zauberlicht,
Solch ein liebes, süßes Kindchen,
Das erschafft der Dichter nicht.

Basilisken und Vampire,
Lindenwürm und Ungeheur,
Solche schlimme Fabeltiere,
Die erschafft des Dichters Feur.

Aber dich und deine Tücke,
Und dein holdes Angesicht,
Und die falschen frommen Blicke –
Das erschafft der Dichter nicht.

17.

Wie die Wellenschaumgeborene
Strahlt mein Lieb im Schönheitsglanz,
Denn sie ist das auserkorene
Bräutchen eines fremden Manns.

Herz, mein Herz, du vielgeduldiges,
Grolle nicht ob dem Verrat;
Trag es, trag es, und entschuldig es,
Was die holde Törin tat.

18.

Ich grolle nicht, und wenn das Herz auch bricht,
Ewig verlornes Lieb! ich grolle nicht.
Wie du auch strahlst in Diamantenpracht,
Es fällt kein Strahl in deines Herzens Nacht.

Das weiß ich längst. Ich sah dich ja im Traum,
Und sah die Nacht in deines Herzens Raum,
Und sah die Schlang, die dir am Herzen frißt, –
Ich sah, mein Lieb, wie sehr du elend bist.

19.

Ja, du bist elend, und ich grolle nicht; –
Mein Lieb, wir sollen beide elend sein!
Bis uns der Tod das kranke Herze bricht,
Mein Lieb, wir sollen beide elend sein!

Wohl seh ich Spott, der deinen Mund umschwebt,
Und seh dein Auge blitzen trotziglich,
Und seh den Stolz, der deinen Busen hebt, –
Und elend bist du doch, elend wie ich.

Unsichtbar zuckt auch Schmerz um deinen Mund,
Verborgne Träne trübt des Auges Schein,
Der stolze Busen hegt geheime Wund –
Mein Lieb, wir sollen beide elend sein.

20.

Das ist ein Flöten und Geigen,
Trompeten schmettern drein;
Da tanzt den Hochzeitreigen
Die Herzallerliebste mein.

Das ist ein Klingen und Dröhnen
Von Pauken und Schalmein;
Dazwischen schluchzen und stöhnen
Die guten Engelein.

21.

So hast du ganz und gar vergessen,
Daß ich so lang dein Herz besessen,
Dein Herzchen so süß und so falsch und so klein,
Es kann nirgend was süßres und falscheres sein.

So hast du die Lieb und das Leid vergessen,
Die das Herz mir täten zusammenpressen.
Ich weiß nicht, war Liebe größer als Leid?
Ich weiß nur, sie waren groß alle beid!

22.

Und wüßtens die Blumen, die kleinen,
Wie tief verwundet mein Herz,
Sie würden mit mir weinen,
Zu heilen meinen Schmerz.

Und wüßtens die Nachtigallen,
Wie ich so traurig und krank,
Sie ließen fröhlich erschallen
Erquickenden Gesang.

Und wüßten sie mein Wehe,
Die goldnen Sternelein,
Sie kämen aus ihrer Höhe,
Und sprächen Trost mir ein.

Die alle könnens nicht wissen,
Nur Eine kennt meinen Schmerz:
Sie hat ja selbst zerrissen,
Zerrissen mir das Herz.

23.

Warum sind denn die Rosen so blaß,
O sprich, mein Lieb, warum?
Warum sind denn im grünen Gras
Die blauen Veilchen so stumm?

Warum singt denn mit so kläglichem Laut
Die Lerche in der Luft?
Warum steigt denn aus dem Balsamkraut
Hervor ein Leichenduft?

Warum scheint denn die Sonn auf die Au
So kalt und verdrießlich herab?
Warum ist denn die Erde so grau
Und öde wie ein Grab?

Warum bin ich selbst so krank und so trüb,
Mein liebes Liebchen, sprich?
O sprich, mein herzallerliebstes Lieb,
Warum verließest du mich?

24.

Sie haben dir viel erzählet,
Und haben viel geklagt;
Doch was meine Seele gequälet,
Das haben sie nicht gesagt.

Sie machten ein großes Wesen
Und schüttelten kläglich das Haupt;
Sie nannten mich den Bösen,
Und du hast alles geglaubt.

Jedoch das Allerschlimmste,
Das haben sie nicht gewußt;
Das Schlimmste und das Dümmste,
Das trug ich geheim in der Brust.

25.

Die Linde blühte, die Nachtigall sang,
Die Sonne lachte mit freundlicher Lust;
Da küßtest du mich, und dein Arm mich umschlang,
Da preßtest du mich an die schwellende Brust.

Die Blätter fielen, der Rabe schrie hohl,
Die Sonne grüßte verdrossenen Blicks;
Da sagten wir frostig einander: »Lebwohl!«
Da knickstest du höflich den höflichsten Knicks.

26.

Wir haben viel für einander gefühlt,
Und dennoch uns gar vortrefflich vertragen.
Wir haben oft »Mann und Frau« gespielt,
Und dennoch uns nicht gerauft und geschlagen.
Wir haben zusammen gejauchzt und gescherzt,
Und zärtlich uns geküßt und geherzt.
Wir haben am Ende, aus kindischer Lust,
»Verstecken« gespielt in Wäldern und Gründen,
Und haben uns so zu verstecken gewußt,
Daß wir uns nimmermehr wiederfinden.

27.

Du bliebest mir treu am längsten,
Und hast dich für mich verwendet,
Und hast mir Trost gespendet
In meinen Nöten und Ängsten.

Du gabest mir Trank und Speise,
Und hast mir Geld geborget,
Und hast mich mit Wäsche versorget,
Und mit dem Paß für die Reise.

Mein Liebchen! daß Gott dich behüte,
Noch lange, vor Hitz und vor Kälte,
Und daß er dir nimmer vergelte
Die mir erwiesene Güte!

28.

Die Erde war so lange geizig,
Da kam der Mai, und sie ward spendabel,
Und alles lacht, und jauchzt, und freut sich,
Ich aber bin nicht zu lachen kapabel.

Die Blumen sprießen, die Glöcklein schallen,
Die Vögel sprechen wie in der Fabel;
Mir aber will das Gespräch nicht gefallen,
Ich finde alles miserabel.

Das Menschenvolk mich ennuyieret,
Sogar der Freund, der sonst passabel; –
Das kömmt, weil man Madame titulieret
Mein süßes Liebchen, so süß und aimabel.

29.

Und als ich so lange, so lange gesäumt,
In fremden Landen geschwärmt und geträumt;
Da ward meiner Liebsten zu lang die Zeit,
Und sie nähete sich ein Hochzeitkleid,
Und hat mit zärtlichen Armen umschlungen,
Als Bräutgam, den dümmsten der dummen Jungen.

Mein Liebchen ist so schön und mild,
Noch schwebt mir vor ihr süßes Bild;
Die Veilchenaugen, die Rosenwänglein,
Die glühen und blühen, jahraus; jahrein.
Daß ich von solchem Lieb konnt weichen,
War der dümmste von meinen dummen Streichen.

30.

Die blauen Veilchen der Äugelein,
Die roten Rosen der Wängelein,
Die weißen Liljen der Händchen klein,
Die blühen und blühen noch immerfort,
Und nur das Herzchen ist verdorrt.

31.

Die Welt ist so schön und der Himmel so blau,
Und die Lüfte die wehen so lind und so lau,
Und die Blumen winken auf blühender Au,
Und funkeln und glitzern im Morgentau,
Und die Menschen jubeln, wohin ich schau, –
Und doch möcht ich im Grabe liegen,
Und mich an ein totes Liebchen schmiegen.

32.

Mein süßes Lieb, wenn du im Grab,
Im dunkeln Grab wirst liegen,
Dann will ich steigen zu dir hinab,
Und will mich an dich schmiegen.

Ich küsse, umschlinge und presse dich wild,
Du Stille, du Kalte, du Bleiche!
Ich jauchze, ich zittre, ich weine mild,
Ich werde selber zur Leiche.

Die Toten stehn auf, die Mitternacht ruft,
Sie tanzen im luftigen Schwarme;
Wir beide bleiben in der Gruft,
Ich liege in deinem Arme.

Die Toten stehn auf, der Tag des Gerichts
Ruft sie zu Qual und Vergnügen;
Wir beide bekümmern uns um nichts,
Und bleiben umschlungen liegen.

33.

Ein Fichtenbaum steht einsam
Im Norden auf kahler Höh.
Ihn schläfert; mit weißer Decke
Umhüllen ihn Eis und Schnee.

Er träumt von einer Palme,
Die, fern im Morgenland,
Einsam und schweigend trauert
Auf brennender Felsenwand.

34.

Der Kopf spricht:
Ach, wenn ich nur der Schemel wär,
Worauf der Liebsten Füße ruhn!
Und stampfte sie mich noch so sehr,
Ich wollte doch nicht klagen tun.

Das Herz spricht:
Ach, wenn ich nur das Kißchen wär,
Wo sie die Nadeln steckt hinein!
Und stäche sie mich noch so sehr,
Ich wollte mich der Stiche freun.

Das Lied spricht:
Ach, wär ich nur das Stück Papier,
Das sie als Papillote braucht!
Ich wollte heimlich flüstern ihr
Ins Ohr, was in mir lebt und haucht.

35.

Seit die Liebste war entfernt,
Hatt ich's Lachen ganz verlernt.
Schlechten Witz riß mancher Wicht,
Aber lachen konnt ich nicht.

Seit ich sie verloren hab,
Schafft ich auch das Weinen ab;
Fast vor Weh das Herz mir bricht,
Aber weinen kann ich nicht.

36.

Aus meinen großen Schmerzen
Mach ich die kleinen Lieder;
Die heben ihr klingend Gefieder
Und flattern nach ihrem Herzen.

Sie fanden den Weg zur Trauten,
Doch kommen sie wieder und klagen,
Und klagen, und wollen nicht sagen,
Was sie im Herzen schauten.

37.

Philister in Sonntagsröcklein
Spazieren durch Wald und Flur;
Sie jauchzen, sie hüpfen wie Böcklein,
Begrüßen die schöne Natur.

Betrachten mit blinzelnden Augen,
Wie alles romantisch blüht;
Mit langen Ohren saugen
Sie ein der Spatzen Lied.

Ich aber verhänge die Fenster
Des Zimmers mit schwarzem Tuch;
Es machen mir meine Gespenster
Sogar einen Tagesbesuch.

Die alte Liebe erscheinet,
Sie stieg aus dem Totenreich,
Sie setzt sich zu mir und weinet,
Und macht das Herz mir weich.

38.

Manch Bild vergessener Zeiten
Steigt auf aus seinem Grab,
Und zeigt, wie in deiner Nähe
Ich einst gelebet hab.

Am Tage schwankte ich träumend
Durch alle Straßen herum;
Die Leute verwundert mich ansahn,
Ich war so traurig und stumm.

Des Nachts da war es besser,
Da waren die Straßen leer;
Ich und mein Schatten selbander,
Wir wandelten schweigend einher.

Mit widerhallendem Fußtritt
Wandelt ich über die Brück;
Der Mond brach aus den Wolken,
Und grüßte mit ernstem Blick.

Stehn blieb ich vor deinem Hause,
Und starrte in die Höh,
Und starrte nach deinem Fenster –
Das Herz tat mir so weh.

Ich weiß, du hast aus dem Fenster
Gar oft herabgesehn,
Und sahst mich im Mondenlichte
Wie eine Säule stehn.

39.

Ein Jüngling liebt ein Mädchen,
Die hat einen andern erwählt;
Der andre liebt eine andre,
Und hat sich mit dieser vermählt.

Das Mädchen heiratet aus Ärger
Den ersten besten Mann,
Der ihr in den Weg gelaufen;
Der Jüngling ist übel dran.

Es ist eine alte Geschichte,
Doch bleibt sie immer neu;
Und wem sie just passieret,
Dem bricht das Herz entzwei.

40.

Hör ich das Liedchen klingen,
Das einst die Liebste sang,
So will mir die Brust zerspringen
Vor wildem Schmerzendrang.

Es treibt mich ein dunkles Sehnen
Hinauf zur Waldeshöh,
Dort löst sich auf in Tränen
Mein übergroßes Weh.

41.

Mir träumte von einem Königskind,
Mit nassen, blassen Wangen;
Wir saßen unter der grünen Lind,
Und hielten uns liebumfangen.

»Ich will nicht deines Vaters Thron,
Und nicht sein Zepter von Golde,
Ich will nicht seine demantene Kron,
Ich will dich selber, du Holde!«

Das kann nicht sein, sprach sie zu mir,
Ich liege ja im Grabe,
Und nur des Nachts komm ich zu dir,
Weil ich so lieb dich habe.

42.

Mein Liebchen, wir saßen beisammen,
Traulich im leichten Kahn.
Die Nacht war still, und wir schwammen
Auf weiter Wasserbahn.

Die Geisterinsel, die schöne,
Lag dämmrig im Mondenglanz;
Dort klangen liebe Töne,
Und wogte der Nebeltanz.

Dort klang es lieb und lieber,
Und wogt es hin und her;
Wir aber schwammen vorüber,
Trostlos auf weitem Meer.

43.

Aus alten Märchen winkt es
Hervor mit weißer Hand,
Da singt es und da klingt es
Von einem Zauberland:

Wo große Blumen schmachten
Im goldnen Abendlicht,
Und zärtlich sich betrachten
Mit bräutlichem Gesicht; –

Wo alle Bäume sprechen
Und singen, wie ein Chor,
Und laute Quellen brechen
Wie Tanzmusik hervor; –

Und Liebesweisen tönen,
Wie du sie nie gehört,
Bis wundersüßes Sehnen
Dich wundersüß betört!

Ach, könnt ich dorthin kommen,
Und dort mein Herz erfreun,
Und aller Qual entnommen,
Und frei und selig sein!

Ach! jenes Land der Wonne,
Das seh ich oft im Traum;
Doch kommt die Morgensonne,
Zerfließts wie eitel Schaum.

44.

Ich hab dich geliebet und liebe dich noch!
Und fiele die Welt zusammen,
Aus ihren Trümmern stiegen doch
Hervor meiner Liebe Flammen.

45.

Am leuchtenden Sommermorgen
Geh ich im Garten herum.
Es flüstern und sprechen die Blumen,
Ich aber, ich wandle stumm.

Es flüstern und sprechen die Blumen,
Und schaun mitleidig mich an:
Sei unserer Schwester nicht böse,
Du trauriger, blasser Mann!

46.

Es leuchtet meine Liebe,
In ihrer dunkeln Pracht,
Wie'n Märchen traurig und trübe,
Erzählt in der Sommernacht.

»Im Zaubergarten wallen
Zwei Buhlen, stumm und allein;
Es singen die Nachtigallen,
Es flimmert der Mondenschein.

»Die Jungfrau steht still wie ein Bildnis,
Der Ritter vor ihr kniet.
Da kommt der Riese der Wildnis,
Die bange Jungfrau flieht.

»Der Ritter sinkt blutend zur Erde,
Es stolpert der Riese nach Haus –«
Wenn ich begraben werde,
Dann ist das Märchen aus.

47.

Sie haben mich gequälet,
Geärgert blau und blaß.
Die Einen mit ihrer Liebe,
Die Andern mit ihrem Haß.

Sie haben das Brot mir vergiftet,
Sie gossen mir Gift ins Glas,
Die Einen mit ihrer Liebe,
Die Andern mit ihrem Haß.

Doch sie, die mich am meisten
Gequält, geärgert, betrübt,
Die hat mich nie gehasset,
Und hat mich nie geliebt.

48.

Es liegt der heiße Sommer
Auf deinen Wängelein;
Es liegt der Winter, der kalte,
In deinem Herzchen klein.

Das wird sich bei dir ändern,
Du Vielgeliebte mein!
Der Winter wird auf den Wangen,
Der Sommer im Herzen sein.

49.

Wenn zwei von einander scheiden,
So geben sie sich die Händ,
Und fangen an zu weinen,
Und seufzen ohne End.

Wir haben nicht geweinet,
Wir seufzten nicht Weh und Ach!
Die Tränen und die Seufzer,
Die kamen hintennach.

50.

Sie saßen und tranken am Teetisch,
Und sprachen von Liebe viel.
Die Herren die waren ästhetisch,
Die Damen von zartem Gefühl.

Die Liebe muß sein platonisch,
Der dürre Hofrat sprach.
Die Hofrätin lächelt ironisch,
Und dennoch seufzet sie: Ach!

Der Domherr öffnet den Mund weit:
Die Liebe sei nicht zu roh,
Sie schadet sonst der Gesundheit.
Das Fräulein lispelt: Wie so?

Die Gräfin spricht wehmütig:
Die Liebe ist eine Passion!
Und präsentieret gütig
Die Tasse dem Herren Baron.

Am Tische war noch ein Plätzchen;
Mein Liebchen, da hast du gefehlt.
Du hättest so hübsch, mein Schätzchen,
Von deiner Liebe erzählt.

51.

Vergiftet sind meine Lieder; –
Wie könnt es anders sein?
Du hast mir ja Gift gegossen
Ins blühende Leben hinein.

Vergiftet sind meine Lieder; –
Wie könnt es anders sein?
Ich trage im Herzen viel Schlangen,
Und dich, Geliebte mein.

52.

Mir träumte wieder der alte Traum:
Es war eine Nacht im Maie,
Wir saßen unter dem Lindenbaum,
Und schwuren uns ewige Treue.

Das war ein Schwören und Schwören aufs neu,
Ein Kichern, ein Kosen, ein Küssen;
Daß ich gedenk des Schwures sei,
Hast du in die Hand mich gebissen.

O Liebchen mit den Äuglein klar!
O Liebchen schön und bissig!
Das Schwören in der Ordnung war,
Das Beißen war überflüssig.

53.

Ich steh auf des Berges Spitze,
Und werde sentimental.
»Wenn ich ein Vöglein wäre!«
Seufz ich viel tausendmal.

Wenn ich eine Schwalbe wäre,
So flög ich zu dir, mein Kind,
Und baute mir mein Nestchen,
Wo deine Fenster sind.

Wenn ich eine Nachtigall wäre,
So flög ich zu dir, mein Kind,
Und sänge dir Nachts meine Lieder
Herab von der grünen Lind.

Wenn ich ein Gimpel wäre,
So flög ich gleich an dein Herz;
Du bist ja hold den Gimpeln,
Und heilest Gimpelschmerz.

54.

Mein Wagen rollet langsam
Durch lustiges Waldesgrün,
Durch blumige Täler, die zaubrisch
Im Sonnenglanze blühn.

Ich sitze und sinne und träume,
Und denk an die Liebste mein;
Da grüßen drei Schattengestalten
Kopfnickend zum Wagen herein.

Sie hüpfen und schneiden Gesichter,
So spöttisch und doch so scheu,
Und quirlen wie Nebel zusammen,
Und kichern und huschen vorbei.

55.

Ich hab im Traum geweinet,
Mir träumte, du lägest im Grab.
Ich wachte auf, und die Träne
Floß noch von der Wange herab.

Ich hab im Traum geweinet,
Mir träumt', du verließest mich.
Ich wachte auf, und ich weinte
Noch lange bitterlich.

Ich hab im Traum geweinet,
Mir träumte, du bliebest mir gut.
Ich wachte auf, und noch immer
Strömt meine Tränenflut.

56.

Allnächtlich im Traume seh ich dich,
Und sehe dich freundlich grüßen,
Und lautaufweinend stürz ich mich
Zu deinen süßen Füßen.

Du siehst mich an wehmütiglich,
Und schüttelst das blonde Köpfchen;
Aus deinen Augen schleichen sich
Die Perlentränentröpfchen.

Du sagst mir heimlich ein leises Wort,
Und gibst mir den Strauß von Zypressen.
Ich wache auf, und der Strauß ist fort,
Und das Wort hab ich vergessen.

57.

Das ist ein Brausen und Heulen,
Herbstnacht und Regen und Wind;
Wo mag wohl jetzo weilen
Mein armes, banges Kind?

Ich seh sie am Fenster lehnen
Im einsamen Kämmerlein;
Das Auge gefüllt mit Tränen,
Starrt sie in die Nacht hinein.

58.

Der Herbstwind rüttelt die Bäume,
Die Nacht ist feucht und kalt;
Gehüllt im grauen Mantel,
Reite ich einsam im Wald.

Und wie ich reite, so reiten
Mir die Gedanken voraus;
Sie tragen mich leicht und luftig
Nach meiner Liebsten Haus.

Die Hunde bellen, die Diener
Erscheinen mit Kerzengeflirr;
Die Wendeltreppe stürm ich
Hinauf mit Sporengeklirr.

Im leuchtenden Teppichgemache,
Da ist es so duftig und warm,
Da harret meiner die Holde –
Ich fliege in ihren Arm.

Es säuselt der Wind in den Blättern,
Es spricht der Eichenbaum:
Was willst du, törichter Reiter,
Mit deinem törichten Traum?

59.

Es fällt ein Stern herunter
Aus seiner funkelnden Höh!
Das ist der Stern der Liebe,
Den ich dort fallen seh.

Es fallen vom Apfelbaume
Der Blüten und Blätter viel!
Es kommen die neckenden Lüfte,
Und treiben damit ihr Spiel.

Es singt der Schwan im Weiher,
Und rudert auf und ab,
Und immer leiser singend,
Taucht er ins Flutengrab.

Es ist so still und dunkel!
Verweht ist Blatt und Blüt,
Der Stern ist knisternd zerstoben,
Verklungen das Schwanenlied.

60.

Der Traumgott bracht mich in ein Riesenschloß,
Wo schwüler Zauberduft und Lichterschimmer,
Und bunte Menschenwoge sich ergoß
Durch labyrinthisch vielverschlungne Zimmer.
Die Ausgangspforte sucht der bleiche Troß,
Mit Händeringen und mit Angstgewimmer.
Jungfraun und Ritter ragen aus der Menge,
Ich selbst bin fortgezogen im Gedränge.

Doch plötzlich steh ich ganz allein, und seh,
Und staun, wie schnell die Menge konnt verschwinden,
Und wandre fort allein, und eil, und geh
Durch die Gemächer, die sich seltsam winden.
Mein Fuß wird Blei, im Herzen Angst und Weh,
Verzweifl ich fast den Ausgang je zu finden.
Da komm ich endlich an das letzte Tor;
Ich will hinaus – o Gott, wer steht davor!

Es war die Liebste, die am Tore stand,
Schmerz um die Lippen, Sorge auf der Stirne.
Ich soll zurückgehn, winkt sie mit der Hand;
Ich weiß nicht, ob sie warne oder zürne.
Doch aus den Augen bricht ein süßer Brand,
Der mir durchzuckt das Herz und das Gehirne.
Wie sie mich ansah, streng und wunderlich,
Und doch so liebevoll, erwachte ich.

61.

Die Mitternacht war kalt und stumm;
Ich irrte klagend im Wald herum.
Ich habe die Bäum aus dem Schlaf gerüttelt;
Sie haben mitleidig die Köpfe geschüttelt.

62.

Am Kreuzweg wird begraben
Wer selber sich brachte um;
Dort wächst eine blaue Blume,
Die Armesünderblum.

Am Kreuzweg stand ich und seufzte;
Die Nacht war kalt und stumm.
Im Mondschein bewegte sich langsam
Die Armesünderblum.

63.

Wo ich bin, mich rings umdunkelt
Finsternis, so dumpf und dicht,
Seit mir nicht mehr leuchtend funkelt,
Liebste, deiner Augen Licht.

Mir erloschen ist der süßen
Liebessterne goldne Pracht,
Abgrund gähnt zu meinen Füßen –
Nimm mich auf, uralte Nacht!

64.

Nacht lag auf meinen Augen,
Blei lag auf meinem Mund,
Mit starrem Hirn und Herzen
Lag ich im Grabesgrund.

Wie lang, kann ich nicht sagen,
Daß ich geschlafen hab;
Ich wachte auf und hörte,
Wie's pochte an mein Grab.

»Willst du nicht aufstehn, Heinrich?
Der ewge Tag bricht an,
Die Toten sind erstanden,
Die ewge Lust begann.«

Mein Lieb, ich kann nicht aufstehn,
Bin ja noch immer blind;
Durch Weinen meine Augen
Gänzlich erloschen sind.

»Ich will dir küssen, Heinrich,
Vom Auge fort die Nacht;
Die Engel sollst du schauen,
Und auch des Himmels Pracht.«

Mein Lieb, ich kann nicht aufstehn,
Noch blutets immerfort,
Wo du ins Herz mich stachest
Mit einem spitzgen Wort.

»Ganz leise leg ich, Heinrich,
Dir meine Hand aufs Herz;
Dann wird es nicht mehr bluten,
Geheilt ist all sein Schmerz.«

Mein Lieb, ich kann nicht aufstehn,
Es blutet auch mein Haupt;
Hab ja hineingeschossen,
Als du mir wurdest geraubt.

»Mit meinen Locken, Heinrich,
Stopf ich des Hauptes Wund,
Und dräng zurück den Blutstrom,
Und mache dein Haupt gesund.«

Es bat so sanft, so lieblich,
Ich konnt nicht widerstehn;
Ich wollte mich erheben
Und zu der Liebsten gehn.

Da brachen auf die Wunden,
Da stürzt' mit wilder Macht
Aus Kopf und Brust der Blutstrom,
Und sieh! – ich bin erwacht.

65.

Die alten, bösen Lieder,
Die Träume schlimm und arg,
Die laßt uns jetzt begraben,
Holt einen großen Sarg.

Hinein leg ich gar Manches,
Doch sag ich noch nicht was;
Der Sarg muß sein noch größer
Wie 's Heidelberger Faß.

Und holt eine Totenbahre,
Von Brettern fest und dick:
Auch muß sie sein noch länger
Als wie zu Mainz die Brück.

Und holt mir auch zwölf Riesen,
Die müssen noch stärker sein
Als wie der heilge Christoph
Im Dom zu Köln am Rhein.

Die sollen den Sarg forttragen
Und senken ins Meer hinab,
Denn solchem großen Sarge
Gebührt ein großes Grab.

Wißt ihr, warum der Sarg wohl
So groß und schwer mag sein?
Ich legt auch meine Liebe
Und meinen Schmerz hinein.

NACHLESE

I

Du sollst mich liebend umschließen,
Geliebtes, schönes Weib!
Umschling mich mit Armen und Füßen,
Und mit dem geschmeidigen Leib.

Gewaltig hat umfangen,
Umwunden, umschlungen schon
Die allerschönste der Schlangen
Den glücklichsten Laokoon.

II

Ich glaub nicht an den Himmel,
Wovon das Pfäfflein spricht;
Ich glaub nur an dein Auge,
Das ist mein Himmelslicht.

Ich glaub nicht an den Herrgott,
Wovon das Pfäfflein spricht;
Ich glaub nur an dein Herze,
'nen andern Gott hab ich nicht.

Ich glaub nicht an den Bösen,
An Höll und Höllenschmerz;
Ich glaub nur an dein Auge,
Und an dein böses Herz.

III

Schöne, helle, goldne Sterne,
Grüßt die Liebste in der Ferne,
Sagt, daß ich noch immer sei
Herzekrank und bleich und treu.

IV

Ich kann es nicht vergessen,
Geliebtes, holdes Weib,
Daß ich dich einst besessen,
Die Seele und den Leib.

Den Leib möcht ich noch haben,
Den Leib so zart und jung;
Die Seele könnt ihr begraben,
Hab selber Seele genung.

Ich will meine Seele zerschneiden,
Und hauchen die Hälfte dir ein,
Und will dich umschlingen, wir müssen
Ganz Leib und Seele sein.

V

Freundschaft, Liebe, Stein der Weisen,
Diese dreie hört ich preisen,
Und ich pries und suchte sie,
Aber ach! ich fand sie nie.

DIE HEIMKEHR

1823–1824

Wir hassen jede halbe Lust,
Hassen alles sanfte Klimpern,
Sind uns keiner Schuld bewusst,
Warum sollten wir denn zimpern?
Seufzend niederblickt der Wicht,
Doch der Brave hebt zum Licht
Seine reinen Wimpern.

Immermann

1.

In mein gar zu dunkles Leben
Strahlte einst ein süßes Bild;
Nun das süße Bild erblichen,
Bin ich gänzlich nachtumhüllt.

Wenn die Kinder sind im Dunkeln,
Wird beklommen ihr Gemüt,
Und um ihre Angst zu bannen,
Singen sie ein lautes Lied.

Ich, ein tolles Kind, ich singe
Jetzo in der Dunkelheit;
Klingt das Lied auch nicht ergötzlich,
Hats mich doch von Angst befreit.

2.

Ich weiß nicht, was soll es bedeuten,
Daß ich so traurig bin;
Ein Märchen aus alten Zeiten,
Das kommt mir nicht aus dem Sinn.

Die Luft ist kühl und es dunkelt,
Und ruhig fließt der Rhein;
Der Gipfel des Berges funkelt
Im Abendsonnenschein.

Die schönste Jungfrau sitzet
Dort oben wunderbar,
Ihr goldnes Geschmeide blitzet,
Sie kämmt ihr goldenes Haar.

Sie kämmt es mit goldenem Kamme,
Und singt ein Lied dabei;
Das hat eine wundersame,
Gewaltige Melodei.

Den Schiffer im kleinen Schiffe
Ergreift es mit wildem Weh;
Er schaut nicht die Felsenriffe,
Er schaut nur hinauf in die Höh.

Ich glaube, die Wellen verschlingen
Am Ende Schiffer und Kahn;
Und das hat mit ihrem Singen
Die Lore-Lei getan.

3.

Mein Herz, mein Herz ist traurig,
Doch lustig leuchtet der Mai;
Ich stehe, gelehnt an der Linde,
Hoch auf der alten Bastei.

Da drunten fließt der blaue
Stadtgraben in stiller Ruh;
Ein Knabe fährt im Kahne,
Und angelt und pfeift dazu.

Jenseits erheben sich freundlich,
In winziger, bunter Gestalt,
Lusthäuser, und Gärten, und Menschen,
Und Ochsen, und Wiesen, und Wald.

Die Mägde bleichen Wäsche,
Und springen im Gras herum;
Das Mühlrad stäubt Diamanten,
Ich höre sein fernes Gesumm.

Am alten grauen Turme
Ein Schilderhäuschen steht;
Ein rotgeröckter Bursche
Dort auf und nieder geht.

Er spielt mit seiner Flinte,
Die funkelt im Sonnenrot,
Er präsentiert und schultert –
Ich wollt, er schösse mich tot.

4.

Im Walde wandl ich und weine,
Die Drossel sitzt in der Höh;
Sie springt und singt gar feine:
Warum ist dir so weh?

»Die Schwalben, deine Schwestern,
Die können's dir sagen, mein Kind;
Sie wohnten in klugen Nestern,
Wo Liebchens Fenster sind.«

5.

Die Nacht ist feucht und stürmisch,
Der Himmel sternenleer;
Im Wald, unter rauschenden Bäumen,
Wandle ich schweigend einher.

Es flimmert fern ein Lichtchen
Aus dem einsamen Jägerhaus;
Es soll mich nicht hin verlocken,
Dort sieht es verdrießlich aus.

Die blinde Großmutter sitzt ja
Im ledernen Lehnstuhl dort,
Unheimlich und starr, wie ein Steinbild,
Und spricht kein einziges Wort.

Fluchend geht auf und nieder
Des Försters rotköpfiger Sohn,
Und wirft an die Wand die Büchse,
Und lacht vor Wut und Hohn.

Die schöne Spinnerin weinet,
Und feuchtet mit Tränen den Flachs;
Wimmernd zu ihren Füßen
Schmiegt sich des Vaters Dachs.

6.

Als ich, auf der Reise, zufällig
Der Liebsten Familie fand,
Schwesterchen, Vater und Mutter,
Sie haben mich freudig erkannt.

Sie fragten nach meinem Befinden,
Und sagten selber sogleich:
Ich hätte mich gar nicht verändert,
Nur mein Gesicht sei bleich.

Ich fragte nach Muhmen und Basen,
Nach manchem langweilgen Geselln,
Und nach dem kleinen Hündchen
Mit seinem sanften Belln.

Auch nach der vermählten Geliebten
Fragte ich nebenbei;
Und freundlich gab man zur Antwort:
Daß sie in den Wochen sei.

Und freundlich gratuliert ich,
Und lispelte liebevoll:
Daß man sie von mir recht herzlich
Viel tausendmal grüßen soll.

Schwesterchen rief dazwischen:
Das Hündchen, sanft und klein,
Ist groß und toll geworden,
Und ward ertränkt, im Rhein.

Die Kleine gleicht der Geliebten,
Besonders wenn sie lacht;
Sie hat dieselben Augen,
Die mich so elend gemacht.

7.

Wir saßen am Fischerhause,
Und schauten nach der See;
Die Abendnebel kamen,
Und stiegen in die Höh.

Im Leuchtturm wurden die Lichter
Allmählig angesteckt,
Und in der weiten Ferne
Ward noch ein Schiff entdeckt.

Wir sprachen von Sturm und Schiffbruch,
Vom Seemann, und wie er lebt
Und zwischen Himmel und Wasser,
Und Angst und Freude schwebt.

Wir sprachen von fernen Küsten,
Vom Süden und vom Nord,
Und von den seltsamen Völkern
Und seltsamen Sitten dort.

Am Ganges duftets und leuchtets,
Und Riesenbäume blühn,
Und schöne, stille Menschen
Vor Lotosblumen knien.

In Lappland sind schmutzige Leute,
Plattköpfig, breitmäulig und klein;
Sie kauern ums Feuer, und backen
Sich Fische, und quäken und schrein.

Die Mädchen horchten ernsthaft,
Und endlich sprach niemand mehr;
Das Schiff war nicht mehr sichtbar,
Es dunkelte gar zu sehr.

8.

Du schönes Fischermädchen,
Treibe den Kahn ans Land;
Komm zu mir und setze dich nieder,
Wir kosen Hand in Hand.

Leg an mein Herz dein Köpfchen,
Und fürchte dich nicht zu sehr,
Vertraust du dich doch sorglos
Täglich dem wilden Meer.

Mein Herz gleicht ganz dem Meere,
Hat Sturm und Ebb und Flut,
Und manche schöne Perle
In seiner Tiefe ruht.

9.

Der Mond ist aufgegangen
Und überstrahlt die Welln;
Ich halte mein Liebchen umfangen,
Und unsre Herzen schwelln.

Im Arm des holden Kindes
Ruh ich allein am Strand; –
Was horchst du beim Rauschen des Windes?
Was zuckt deine weiße Hand?

»Das ist kein Rauschen des Windes,
Das ist der Seejungfern Gesang,
Und meine Schwestern sind es,
Die einst das Meer verschlang.«

10.

Der Wind zieht seine Hosen an,
Die weißen Wasserhosen!
Er peitscht die Wellen, so stark er kann,
Die heulen und brausen und tosen.

Aus dunkler Höh, mit wilder Macht,
Die Regengüsse träufen;
Es ist, als wollt die alte Nacht
Das alte Meer ersäufen.

An den Mastbaum klammert die Möwe sich
Mit heiserem Schrillen und Schreien;
Sie flattert und will gar ängstiglich
Ein Unglück prophezeien.

11.

Der Sturm spielt auf zum Tanze,
Er pfeift und saust und brüllt;
Heisa! wie springt das Schifflein!
Die Nacht ist lustig und wild.

Ein lebendes Wassergebirge
Bildet die tosende See;
Hier gähnt ein schwarzer Abgrund,
Dort türmt es sich weiß in die Höh.

Ein Fluchen, Erbrechen und Beten
Schallt aus der Kajüte heraus;
Ich halte mich fest am Mastbaum
Und wünsche: wär ich zu Haus.

12.

Der Abend kommt gezogen,
Der Nebel bedeckt die See;
Geheimnisvoll rauschen die Wogen,
Da steigt es weiß in die Höh.

Die Meerfrau steigt aus den Wellen,
Und setzt sich zu mir an den Strand;
Die weißen Brüste quellen
Hervor aus dem Schleiergewand.

Sie drückt mich und sie preßt mich,
Und tut mir fast ein Weh; –
Du drückst ja viel zu fest mich,
Du schöne Wasserfee!

»Ich preß dich, in meinen Armen,
Und drücke dich mit Gewalt;
Ich will bei dir erwarmen,
Der Abend ist gar zu kalt.«

Der Mond schaut immer blasser
Aus dämmriger Wolkenhöh; –
Dein Auge wird trüber und nasser,
Du schöne Wasserfee!

»Es wird nicht trüber und nasser,
Mein Aug ist naß und trüb,
Weil, als ich stieg aus dem Wasser,
Ein Tropfen im Auge blieb.«

Die Möwen schrillen kläglich,
Es grollt und brandet die See; –
Dein Herz pocht wild beweglich,
Du schöne Wasserfee!

»Mein Herz pocht wild beweglich,
Es pocht beweglich wild,
Weil ich dich liebe unsäglich,
Du liebes Menschenbild!«

13.

Wenn ich an deinem Hause
Des Morgens vorüber geh,
So freuts mich, du liebe Kleine,
Wenn ich dich am Fenster seh.

Mit deinen schwarzbraunen Augen
Siehst du mich forschend an:
Wer bist du, und was fehlt dir,
Du fremder, kranker Mann?

»Ich bin ein deutscher Dichter,
Bekannt im deutschen Land;
Nennt man die besten Namen,
So wird auch der meine genannt.

»Und was mir fehlt, du Kleine,
Fehlt manchem im deutschen Land;
Nennt man die schlimmsten Schmerzen,
So wird auch der meine genannt.«

14.

Das Meer erglänzte weit hinaus,
Im letzten Abendscheine;
Wir saßen am einsamen Fischerhaus,
Wir saßen stumm und alleine.

Der Nebel stieg, das Wasser schwoll,
Die Möwe flog hin und wieder;
Aus deinen Augen, liebevoll,
Fielen die Tränen nieder.

Ich sah sie fallen auf deine Hand,
Und bin aufs Knie gesunken;
Ich hab von deiner weißen Hand
Die Tränen fortgetrunken.

Seit jener Stunde verzehrt sich mein Leib,
Die Seele stirbt vor Sehnen; –
Mich hat das unglückselge Weib
Vergiftet mit ihren Tränen.

15.

Da droben auf jenem Berge,
Da steht ein feines Schloß,
Da wohnen drei schöne Fräulein,
Von denen ich Liebe genoß.

Sonnabend küßte mich Jette,
Und Sonntag die Julia,
Und Montag die Kunigunde,
Die hat mich erdrückt beinah.

Doch Dienstag war eine Fete
Bei meinen drei Fräulein im Schloß;
Die Nachbarschafts-Herren und Damen,
Die kamen zu Wagen und Roß.

Ich aber war nicht geladen,
Und das habt ihr dumm gemacht!
Die zischelnden Muhmen und Basen,
Die merktens und haben gelacht.

16.

Am fernen Horizonte
Erscheint, wie ein Nebelbild,
Die Stadt mit ihren Türmen,
In Abenddämmrung gehüllt.

Ein feuchter Windzug kräuselt
Die graue Wasserbahn;
Mit traurigem Takte rudert
Der Schiffer in meinem Kahn.

Die Sonne hebt sich noch einmal
Leuchtend vom Boden empor,
Und zeigt mir jene Stelle,
Wo ich das Liebste verlor.

17.

Sei mir gegrüßt, du große,
Geheimnisvolle Stadt,
Die einst in ihrem Schoße
Mein Liebchen umschlossen hat.

Sagt an, ihr Türme und Tore,
Wo ist die Liebste mein?
Euch hab ich sie anvertrauet,
Ihr solltet mir Bürge sein.

Unschuldig sind die Türme,
Sie konnten nicht von der Stell,
Als Liebchen mit Koffern und Schachteln
Die Stadt verlassen so schnell.

Die Tore jedoch, die ließen
Mein Liebchen entwischen gar still;
Ein Tor ist immer willig,
Wenn eine Törin will.

18.

So wandl ich wieder den alten Weg,
Die wohlbekannten Gassen;
Ich komme von meiner Liebsten Haus,
Das steht so leer und verlassen.

Die Straßen sind doch gar zu eng!
Das Pflaster ist unerträglich!
Die Häuser fallen mir auf den Kopf!
Ich eile so viel als möglich!

19.

Ich trat in jene Hallen,
Wo sie mir Treue versprochen;
Wo einst ihre Tränen gefallen,
Sind Schlangen hervorgekrochen.

20.

Still ist die Nacht, es ruhen die Gassen,
In diesem Hause wohnte mein Schatz;
Sie hat schon längst die Stadt verlassen,
Doch steht noch das Haus auf demselben Platz.

Da steht auch ein Mensch und starrt in die Höhe,
Und ringt die Hände, vor Schmerzensgewalt;
Mir graust es, wenn ich sein Antlitz sehe –
Der Mond zeigt mir meine eigne Gestalt.

Du Doppeltgänger! du bleicher Geselle!
Was äffst du nach mein Liebesleid,
Das mich gequält auf dieser Stelle,
So manche Nacht, in alter Zeit?

21.

Wie kannst du ruhig schlafen,
Und weißt, ich lebe noch?
Der alte Zorn kommt wieder,
Und dann zerbrech ich mein Joch.

Kennst du das alte Liedchen:
Wie einst ein toter Knab
Um Mitternacht die Geliebte
Zu sich geholt ins Grab?

Glaub mir, du wunderschönes,
Du wunderholdes Kind,
Ich lebe und bin noch stärker
Als alle Toten sind!

22.

Die Jungfrau schläft in der Kammer,
Der Mond schaut zitternd hinein;
Da draußen singt es und klingt es,
Wie Walzermelodein.

Ich will mal schaun aus dem Fenster,
Wer drunten stört meine Ruh.
Da steht ein Totengerippe,
Und fiedelt und singt dazu:

Hast einst mir den Tanz versprochen,
Und hast gebrochen dein Wort,
Und heut ist Ball auf dem Kirchhof,
Komm mit, wir tanzen dort.

Die Jungfrau ergreift es gewaltig,
Es lockt sie hervor aus dem Haus;
Sie folgt dem Gerippe, das singend
Und fiedelnd schreitet voraus.

Es fiedelt und tänzelt und hüpfet,
Und klappert mit seinem Gebein,
Und nickt und nickt mit dem Schädel
Unheimlich im Mondenschein.

23.

Ich stand in dunkeln Träumen
Und starrte ihr Bildnis an,
Und das geliebte Antlitz
Heimlich zu leben begann.

Um ihre Lippen zog sich
Ein Lächeln wunderbar,
Und wie von Wehmutstränen
Erglänzte ihr Augenpaar.

Auch meine Tränen flossen
Mir von den Wangen herab –
Und ach, ich kann es nicht glauben,
Daß ich dich verloren hab!

24.

Ich unglückselger Atlas! eine Welt,
Die ganze Welt der Schmerzen, muß ich tragen,
Ich trage Unerträgliches, und brechen
Will mir das Herz im Leibe.

Du stolzes Herz! du hast es ja gewollt!
Du wolltest glücklich sein, unendlich glücklich
Oder unendlich elend, stolzes Herz,
Und jetzo bist du elend.

25.

Die Jahre kommen und gehen,
Geschlechter steigen ins Grab,
Doch nimmer vergeht die Liebe,
Die ich im Herzen hab.

Nur einmal noch möcht ich dich sehen,
Und sinken vor dir aufs Knie,
Und sterbend zu dir sprechen:
Madame, ich liebe Sie!

26.

Mir träumte: traurig schaute der Mond,
Und traurig schienen die Sterne;
Es trug mich zur Stadt, wo Liebchen wohnt,
Viel hundert Meilen ferne.

Es hat mich zu ihrem Hause geführt,
Ich küßte die Steine der Treppe,
Die oft ihr kleiner Fuß berührt
Und ihres Kleides Schleppe.

Die Nacht war lang, die Nacht war kalt,
Es waren so kalt die Steine;
Es lugt aus dem Fenster die blasse Gestalt,
Beleuchtet vom Mondenscheine.

27.

Was will die einsame Träne?
Sie trübt mir ja den Blick.
Sie blieb aus alten Zeiten
In meinem Auge zurück.

Sie hatte viel leuchtende Schwestern,
Die alle zerflossen sind,
Mit meinen Qualen und Freuden,
Zerflossen in Nacht und Wind.

Wie Nebel sind auch zerflossen
Die blauen Sternelein,
Die mir jene Freuden und Qualen
Gelächelt ins Herz hinein.

Ach, meine Liebe selber
Zerfloß wie eitel Hauch!
Du alte, einsame Träne,
Zerfließe jetzunder auch!

28.

Der bleiche, herbstliche Halbmond
Lugt aus den Wolken heraus;
Ganz einsam liegt auf dem Kirchhof
Das stille Pfarrerhaus.

Die Mutter liest in der Bibel,
Der Sohn, der starret ins Licht,
Schlaftrunken dehnt sich die ältre,
Die jüngere Tochter spricht:

Ach Gott, wie einem die Tage
Langweilig hier vergehn!
Nur wenn sie einen begraben,
Bekommen wir etwas zu sehn.

Die Mutter spricht zwischen dem Lesen:
Du irrst, es starben nur Vier,
Seit man deinen Vater begraben
Dort an der Kirchhofstür.

Die ältre Tochter gähnet:
Ich will nicht verhungern bei Euch,
Ich gehe morgen zum Grafen,
Und der ist verliebt und reich.

Der Sohn bricht aus in Lachen:
Drei Jäger zechen im Stern,
Die machen Gold und lehren
Mir das Geheimnis gern.

Die Mutter wirft ihm die Bibel
Ins magre Gesicht hinein:
So willst du, Gottverfluchter,
Ein Straßenräuber sein!

Sie hören pochen ans Fenster,
Und sehn eine winkende Hand;
Der tote Vater steht draußen
Im schwarzen Predgergewand.

29.

Das ist ein schlechtes Wetter,
Es regnet und stürmt und schneit;
Ich sitze am Fenster und schaue
Hinaus in die Dunkelheit.

Da schimmert ein einsames Lichtchen,
Das wandelt langsam fort;
Ein Mütterchen mit dem Laternchen
Wankt über die Straße dort.

Ich glaube, Mehl und Eier
Und Butter kaufte sie ein;
Sie will einen Kuchen backen
Fürs große Töchterlein.

Die liegt zu Haus im Lehnstuhl,
Und blinzelt schläfrig ins Licht;
Die goldnen Locken wallen
Über das süße Gesicht.

30.

Man glaubt, daß ich mich gräme
In bitterm Liebesleid,
Und endlich glaub ich es selber,
So gut wie andre Leut.

Du Kleine mit großen Augen,
Ich hab es dir immer gesagt,
Daß ich dich unsäglich liebe,
Daß Liebe mein Herz zernagt.

Doch nur in einsamer Kammer
Sprach ich auf solche Art,
Und ach! ich hab immer geschwiegen
In deiner Gegenwart.

Da gab es böse Engel,
Die hielten mir zu den Mund;
Und ach! durch böse Engel
Bin ich so elend jetzund.

31.

Deine weißen Liljenfinger,
Könnt ich sie noch einmal küssen,
Und sie drücken an mein Herz,
Und vergehn in stillem Weinen!

Deine klaren Veilchenaugen
Schweben vor mir Tag und Nacht,
Und mich quält es: was bedeuten
Diese süßen, blauen Rätsel?

32.

»Hat sie sich denn nie geäußert
Über dein verliebtes Wesen?
Konntest du in ihren Augen
Niemals Gegenliebe lesen?

Konntest du in ihren Augen
Niemals bis zur Seele dringen?
Und du bist ja sonst kein Esel,
Teurer Freund, in solchen Dingen.«

33.

Sie liebten sich beide, doch keiner
Wollt es dem andern gestehn;
Sie sahen sich an so feindlich,
Und wollten vor Liebe vergehn.

Sie trennten sich endlich und sahn sich
Nur noch zuweilen im Traum;
Sie waren längst gestorben,
Und wußten es selber kaum.

34.

Und als ich euch meine Schmerzen geklagt,
Da habt ihr gegähnt und nichts gesagt;
Doch als ich sie zierlich in Verse gebracht,
Da habt ihr mir große Elogen gemacht.

35.

Ich rief den Teufel und er kam,
Und ich sah ihn mit Verwundrung an.
Er ist nicht häßlich und ist nicht lahm,
Er ist ein lieber, scharmanter Mann,
Ein Mann in seinen besten Jahren,
Verbindlich und höflich und welterfahren.
Er ist ein gescheuter Diplomat,
Und spricht recht schön über Kirch und Staat.
Blaß ist er etwas, doch ist es kein Wunder,
Sanskrit und Hegel studiert er jetzunder.
Sein Lieblingspoet ist noch immer Fouqué.
Doch will er nicht mehr mit Kritik sich befassen,
Die hat er jetzt gänzlich überlassen
Der teuren Großmutter Hekate.
Er lobte mein juristisches Streben,
Hat früher sich auch damit abgegeben.
Er sagte, meine Freundschaft sei
Ihm nicht zu teuer, und nickte dabei,
Und frug: ob wir uns früher nicht
Schon einmal gesehn beim spanschen Gesandten?
Und als ich recht besah sein Gesicht,
Fand ich in ihm einen alten Bekannten.

36.

Mensch, verspotte nicht den Teufel,
Kurz ist ja die Lebensbahn,
Und die ewige Verdammnis
Ist kein bloßer Pöbelwahn.

Mensch, bezahle deine Schulden,
Lang ist ja die Lebensbahn,
Und du mußt noch manchmal borgen,
Wie du es so oft getan.

37.

Die heilgen drei Könige aus Morgenland,
Sie frugen in jedem Städtchen:
Wo geht der Weg nach Bethlehem,
Ihr lieben Buben und Mädchen?

Die Jungen und Alten, sie wußten es nicht,
Die Könige zogen weiter;
Sie folgten einem goldenen Stern,
Der leuchtete lieblich und heiter.

Der Stern blieb stehn über Josephs Haus,
Da sind sie hineingegangen;
Das Öchslein brüllte, das Kindlein schrie,
Die heilgen drei Könige sangen.

38.

Mein Kind, wir waren Kinder,
Zwei Kinder, klein und froh;
Wir krochen ins Hühnerhäuschen,
Versteckten uns unter das Stroh.

Wir krähten wie die Hähne,
Und kamen Leute vorbei –
Kikereküh! sie glaubten,
Es wäre Hahnengeschrei.

Die Kisten auf unserem Hofe
Die tapezierten wir aus,
Und wohnten drin beisammen,
Und machten ein vornehmes Haus.

Des Nachbars alte Katze
Kam öfters zum Besuch;
Wir machten ihr Bückling und Knickse
Und Komplimente genug.

Wir haben nach ihrem Befinden
Besorglich und freundlich gefragt;
Wir haben seitdem dasselbe
Mancher alten Katze gesagt.

Wir saßen auch oft und sprachen
Vernünftig, wie alte Leut,
Und klagten, wie alles besser
Gewesen zu unserer Zeit;

Wie Lieb und Treu und Glauben
Verschwunden aus der Welt,
Und wie so teuer der Kaffee,
Und wie so rar das Geld! – – –

Vorbei sind die Kinderspiele,
Und Alles rollt vorbei –
Das Geld und die Welt und die Zeiten,
Und Glauben und Lieb und Treu.

39.

Das Herz ist mir bedrückt, und sehnlich
Gedenke ich der alten Zeit;
Die Welt war damals noch so wöhnlich,
Und ruhig lebten hin die Leut.

Doch jetzt ist alles wie verschoben,
Das ist ein Drängen! eine Not!
Gestorben ist der Herrgott oben,
Und unten ist der Teufel tot.

Und alles schaut so grämlich trübe,
So krausverwirrt und morsch und kalt,
Und wäre nicht das bißchen Liebe,
So gäb es nirgends einen Halt.

40.

Wie der Mond sich leuchtend dränget
Durch den dunkeln Wolkenflor,
Also taucht aus dunkeln Zeiten
Mir ein lichtes Bild hervor.

Saßen all auf dem Verdecke,
Fuhren stolz hinab den Rhein,
Und die sommergrünen Ufer
Glühn im Abendsonnenschein.

Sinnend saß ich zu den Füßen
Einer Dame, schön und hold;
In ihr liebes, bleiches Antlitz
Spielt' das rote Sonnengold.

Lauten klangen, Buben sangen,
Wunderbare Fröhlichkeit!
Und der Himmel wurde blauer,
Und die Seele wurde weit.

Märchenhaft vorüberzogen
Berg und Burgen, Wald und Au; –
Und das alles sah ich glänzen
In dem Aug der schönen Frau.

41.

Im Traum sah ich die Geliebte,
Ein banges, bekümmertes Weib,
Verwelkt und abgefallen
Der sonst so blühende Leib.

Ein Kind trug sie auf dem Arme,
Ein andres führt sie an der Hand,
Und sichtbar ist Armut und Trübsal
Am Gang und Blick und Gewand.

Sie schwankte über den Marktplatz,
Und da begegnet sie mir,
Und sieht mich an, und ruhig
Und schmerzlich sag ich zu ihr:

Komm mit nach meinem Hause,
Denn du bist blaß und krank;
Ich will durch Fleiß und Arbeit
Dir schaffen Speis und Trank.

Ich will auch pflegen und warten
Die Kinder, die bei dir sind,
Vor allem aber dich selber,
Du armes, unglückliches Kind.

Ich will dir nie erzählen,
Daß ich dich geliebet hab,
Und wenn du stirbst, so will ich
Weinen auf deinem Grab.

42.

»Teurer Freund! Was soll es nützen,
Stets das alte Lied zu leiern?
Willst du ewig brütend sitzen
Auf den alten Liebes-Eiern?

Ach! das ist ein ewig Gattern,
Aus den Schalen kriechen Küchlein,
Und sie piepsen und sie flattern,
Und du sperrst sie in ein Büchlein.«

43.

Werdet nur nicht ungeduldig,
Wenn von alten Leidensklängen
Manche noch vernehmlich tönen
In den neuesten Gesängen.

Wartet nur, es wird verhallen
Dieses Echo meiner Schmerzen,
Und ein neuer Liederfrühling
Sprießt aus dem geheilten Herzen.

44.

Nun ist es Zeit, daß ich mit Verstand
Mich aller Torheit entledge;
Ich hab so lang als ein Komödiant
Mit dir gespielt die Komödie.

Die prächtgen Kulissen, sie waren bemalt
Im hochromantischen Stile,
Mein Rittermantel hat goldig gestrahlt,
Ich fühlte die feinsten Gefühle.

Und nun ich mich gar säuberlich
Des tollen Tands entledge,
Noch immer elend fühl ich mich,
Als spielt ich noch immer Komödie.

Ach Gott! im Scherz und unbewußt
Sprach ich was ich gefühlet;
Ich hab mit dem Tod in der eignen Brust
Den sterbenden Fechter gespielet.

45.

Den König Wiswamitra,
Den treibts ohne Rast und Ruh,
Er will durch Kampf und Büßung
Erwerben Wasischtas Kuh.

O König Wiswamitra,
O welch ein Ochs bist du,
Daß du so viel kämpfest und büßest,
Und alles für eine Kuh!

46.

Herz, mein Herz, sei nicht beklommen,
Und ertrage dein Geschick,
Neuer Frühling gibt zurück,
Was der Winter dir genommen.

Und wie viel ist dir geblieben!
Und wie schön ist noch die Welt!
Und, mein Herz, was dir gefällt,
Alles, alles darfst du lieben!

47.

Du bist wie eine Blume,
So hold und schön und rein;
Ich schau dich an, und Wehmut
Schleicht mir ins Herz hinein.

Mir ist, als ob ich die Hände
Aufs Haupt dir legen sollt,
Betend, daß Gott dich erhalte
So rein und schön und hold.

48.

Kind! Es wäre dein Verderben,
Und ich geb mir selber Mühe,
Daß dein liebes Herz in Liebe
Nimmermehr für mich erglühe.

Nur daß mirs so leicht gelinget,
Will mich dennoch fast betrüben,
Und ich denke manchmal dennoch:
Möchtest du mich dennoch lieben!

49.

Wenn ich auf dem Lager liege,
In Nacht und Kissen gehüllt,
So schwebt mir vor ein süßes,
Anmutig liebes Bild.

Wenn mir der stille Schlummer
Geschlossen die Augen kaum,
So schleicht das Bild sich leise
Hinein in meinen Traum.

Doch mit dem Traum des Morgens
Zerrinnt es nimmermehr;
Dann trag ich es im Herzen
Den ganzen Tag umher.

50.

Mädchen mit dem roten Mündchen,
Mit den Äuglein süß und klar,
Du mein liebes, kleines Mädchen,
Deiner denk ich immerdar.

Lang ist heut der Winterabend,
Und ich möchte bei dir sein,
Bei dir sitzen, mit dir schwatzen,
Im vertrauten Kämmerlein.

An die Lippen wollt ich pressen
Deine kleine, weiße Hand,
Und mit Tränen sie benetzen,
Deine kleine, weiße Hand.

51.

Mag da draußen Schnee sich türmen,
Mag es hageln, mag es stürmen,
Klirrend mir ans Fenster schlagen,
Nimmer will ich mich beklagen,
Denn ich trage in der Brust
Liebchens Bild und Frühlingslust.

52.

Andre beten zur Madonne,
Andre auch zu Paul und Peter;
Ich jedoch, ich will nur beten,
Nur zu dir, du schöne Sonne.

Gib mir Küsse, gib mir Wonne,
Sei mir gütig, sei mir gnädig,
Schönste Sonne unter den Mädchen,
Schönstes Mädchen unter der Sonne!

53.

Verriet mein blasses Angesicht
Dir nicht mein Liebeswehe?
Und willst du, daß der stolze Mund
Das Bettelwort gestehe?

O dieser Mund ist viel zu stolz,
Und kann nur küssen und scherzen;
Er spräche vielleicht ein höhnisches Wort,
Während ich sterbe vor Schmerzen.

54.

Teurer Freund, du bist verliebt,
Und dich quälen neue Schmerzen;
Dunkler wird es dir im Kopf,
Heller wird es dir im Herzen.

Teurer Freund, du bist verliebt,
Und du willst es nicht bekennen,
Und ich seh des Herzens Glut
Schon durch deine Weste brennen.

55.

Ich wollte bei dir weilen
Und an deiner Seite ruhn;
Du mußtest von mir eilen;
Du hattest viel zu tun.

Ich sagte, daß meine Seele
Dir gänzlich ergeben sei;
Du lachtest aus voller Kehle,
Und machtest 'nen Knicks dabei.

Du hast noch mehr gesteigert
Mir meinen Liebesverdruß,
Und hast mir sogar verweigert
Am Ende den Abschiedskuß.

Glaub nicht, daß ich mich erschieße,
Wie schlimm auch die Sachen stehn!
Das alles, meine Süße,
Ist mir schon einmal geschehn.

56.

Saphire sind die Augen dein,
Die lieblichen, die süßen.
O dreimal glücklich ist der Mann,
Den sie mit Liebe grüßen.

Dein Herz, es ist ein Diamant,
Der edle Lichter sprühet.
O dreimal glücklich ist der Mann,
Für den es liebend glühet.

Rubinen sind die Lippen dein,
Man kann nicht schönre sehen.
O dreimal glücklich ist der Mann,
Dem sie die Liebe gestehen.

O kennt ich nur den glücklichen Mann,
O daß ich ihn nur fände,
So recht allein im grünen Wald,
Sein Glück hätt bald ein Ende.

57.

Habe mich mit Liebesreden
Festgelogen an dein Herz,
Und, verstrickt in eignen Fäden,
Wird zum Ernste mir mein Scherz.

Wenn du dich, mit vollem Rechte,
Scherzend nun von mir entfernst,
Nahn sich mir die Höllenmächte,
Und ich schieß mich tot im Ernst.

58.

Zu fragmentarisch ist Welt und Leben!
Ich will mich zum deutschen Professor begeben.
Der weiß das Leben zusammenzusetzen,
Und er macht ein verständlich System daraus;
Mit seinen Nachtmützen und Schlafrockfetzen
Stopft er die Lücken des Weltenbaus.

59.

Ich hab mir lang den Kopf zerbrochen,
Mit Denken und Sinnen, Tag und Nacht,
Doch deine liebenswürdigen Augen,
Sie haben mich zum Entschluß gebracht.

Jetzt bleib ich, wo deine Augen leuchten,
In ihrer süßen, klugen Pracht –
Daß ich noch einmal würde lieben,
Ich hätt es nimmermehr gedacht.

60.

Sie haben heut abend Gesellschaft,
Und das Haus ist lichterfüllt.
Dort oben am hellen Fenster
Bewegt sich ein Schattenbild.

Du schaust mich nicht, im Dunkeln
Steh ich hier unten allein;
Noch wenger kannst du schauen
In mein dunkles Herz hinein.

Mein dunkles Herze liebt dich,
Es liebt dich und es bricht,
Und bricht und zuckt und verblutet,
Aber du siehst es nicht.

61.

Ich wollt, meine Schmerzen ergössen
Sich all in ein einziges Wort,
Das gäb ich den lustigen Winden,
Die trügen es lustig fort.

Sie tragen zu dir, Geliebte,
Das schmerzerfüllte Wort;
Du hörst es zu jeder Stunde,
Du hörst es an jedem Ort.

Und hast du zum nächtlichen Schlummer
Geschlossen die Augen kaum,
So wird dich mein Wort verfolgen
Bis in den tiefsten Traum.

62.

Du hast Diamanten und Perlen,
Hast alles, was Menschenbegehr,
Und hast die schönsten Augen –
Mein Liebchen, was willst du mehr?

Auf deine schönen Augen
Hab ich ein ganzes Heer
Von ewigen Liedern gedichtet –
Mein Liebchen, was willst du mehr?

Mit deinen schönen Augen
Hast du mich gequält so sehr,
Und hast mich zu Grunde gerichtet –
Mein Liebchen, was willst du mehr?

63.

Wer zum ersten Male liebt,
Seis auch glücklos, ist ein Gott;
Aber wer zum zweiten Male
Glücklos liebt, der ist ein Narr.

Ich, ein solcher Narr, ich liebe
Wieder ohne Gegenliebe!
Sonne, Mond und Sterne lachen,
Und ich lache mit – und sterbe.

64.

Gaben mir Rat und gute Lehren,
Überschütteten mich mit Ehren,
Sagten, daß ich nur warten sollt,
Haben mich protegieren gewollt.

Aber bei all ihrem Protegieren,
Hätte ich können vor Hunger krepieren,
Wär nicht gekommen ein braver Mann,
Wacker nahm er sich meiner an.

Braver Mann! Er schafft mir zu essen!
Will es ihm nie und nimmer vergessen!
Schade, daß ich ihn nicht küssen kann!
Denn ich bin selbst dieser brave Mann.

65.

Diesen liebenswürdgen Jüngling
Kann man nicht genug verehren;
Oft traktiert er mich mit Austern,
Und mit Rheinwein und Likören.

Zierlich sitzt ihm Rock und Höschen,
Doch noch zierlicher die Binde,
Und so kommt er jeden Morgen,
Fragt, ob ich mich wohlbefinde;

Spricht von meinem weiten Ruhme,
Meiner Anmut, meinen Witzen;
Eifrig und geschäftig ist er
Mir zu dienen, mir zu nützen.

Und des Abends, in Gesellschaft,
Mit begeistertem Gesichte,
Deklamiert er vor den Damen
Meine göttlichen Gedichte.

O wie ist es hoch erfreulich,
Solchen Jüngling noch zu finden,
Jetzt in unsrer Zeit, wo täglich
Mehr und mehr die Bessern schwinden.

66.

Mir träumt': ich bin der liebe Gott,
Und sitz im Himmel droben,
Und Englein sitzen um mich her,
Die meine Verse loben.

Und Kuchen ess ich und Konfekt
Für manchen lieben Gulden,
Und Kardinal trink ich dabei,
Und habe keine Schulden.

Doch Langeweile plagt mich sehr,
Ich wollt, ich wär auf Erden,
Und wär ich nicht der liebe Gott,
Ich könnt des Teufels werden.

Du langer Engel Gabriel,
Geh, mach dich auf die Sohlen,
Und meinen teuren Freund Eugen
Sollst du herauf mir holen.

Such ihn nicht im Kollegium,
Such ihn beim Glas Tokayer;
Such ihn nicht in der Hedwigskirch,
Such ihn bei Mamsell Meyer.

Da breitet aus sein Flügelpaar
Und fliegt herab der Engel,
Und packt ihn auf, und bringt herauf
Den Freund, den lieben Bengel.

Ja, Jung, ich bin der liebe Gott,
Und ich regier die Erde!
Ich habs ja immer dir gesagt,
Daß ich was Rechts noch werde.

Und Wunder tu ich alle Tag,
Die sollen dich entzücken,
Und dir zum Spaße will ich heut
Die Stadt Berlin beglücken.

Die Pflastersteine auf der Straß,
Die sollen jetzt sich spalten,
Und eine Auster, frisch und klar,
Soll jeder Stein enthalten.

Ein Regen von Zitronensaft
Soll tauig sie begießen,
Und in den Straßengössen soll
Der beste Rheinwein fließen.

Wie freuen die Berliner sich,
Sie gehen schon ans Fressen;
Die Herren von dem Landgericht
Die saufen aus den Gössen.

Wie freuen die Poeten sich
Bei solchem Götterfraße!
Die Leutnants und die Fähnderichs,
Die lecken ab die Straße.

Die Leutnants und die Fähnderichs,
Das sind die klügsten Leute,
Sie denken, alle Tag geschieht
Kein Wunder so wie heute.

67.

Ich hab Euch im besten Juli verlassen,
Und find Euch wieder im Januar;
Ihr saßet damals so recht in der Hitze,
Jetzt seid Ihr gekühlt und kalt sogar.

Bald scheid ich nochmals, und komm ich einst wieder,
Dann seid Ihr weder warm noch kalt,
Und über Eure Gräber schreit ich,
Und das eigne Herz ist arm und alt.

68.

Von schönen Lippen fortgedrängt, getrieben
Aus schönen Armen, die uns fest umschlossen!
Ich wäre gern noch einen Tag geblieben,
Da kam der Schwager schon mit seinen Rossen.

Das ist das Leben, Kind! Ein ewig Jammern,
Ein ewig Abschiednehmen, ewges Trennen!
Konnt denn dein Herz das meinge nicht umklammern?
Hat selbst dein Auge mich nicht halten können?

69.

Wir fuhren allein im dunkeln
Postwagen die ganze Nacht;
Wir ruhten einander am Herzen,
Wir haben gescherzt und gelacht.

Doch als es morgens tagte,
Mein Kind, wie staunten wir!
Denn zwischen uns saß Amor,
Der blinde Passagier.

70.

Das weiß Gott, wo sich die tolle
Dirne einquartieret hat;
Fluchend, in dem Regenwetter,
Lauf ich durch die ganze Stadt.

Bin ich doch von einem Gasthof
Nach dem andern hingerannt,
Und an jeden groben Kellner
Hab ich mich umsonst gewandt.

Da erblick ich sie am Fenster,
Und sie winkt und kichert hell.
Konnt ich wissen, du bewohntest,
Mädchen, solches Prachthotel!

71.

Wie dunkle Träume stehen
Die Häuser in langer Reih;
Tief eingehüllt im Mantel,
Schreite ich schweigend vorbei.

Der Turm der Kathedrale
Verkündet die zwölfte Stund;
Mit ihren Reizen und Küssen
Erwartet mich Liebchen jetzund.

Der Mond ist mein Begleiter,
Er leuchtet mir freundlich vor;
Da bin ich an ihrem Hause,
Und freudig ruf ich empor:

Ich danke dir, alter Vertrauter,
Daß du meinen Weg erhellt;
Jetzt will ich dich entlassen,
Jetzt leuchte der übrigen Welt!

Und findest du einen Verliebten,
Der einsam klagt sein Leid,
So tröst ihn, wie du mich selber
Getröstet in alter Zeit.

72.

Und bist du erst mein ehlich Weib,
Dann bist du zu beneiden,
Dann lebst du in lauter Zeitvertreib,
In lauter Pläsier und Freuden.

Und wenn du schiltst und wenn du tobst,
Ich werd es geduldig leiden;
Doch wenn du meine Verse nicht lobst,
Laß ich mich von dir scheiden.

73.

An deine schneeweiße Schulter
Hab ich mein Haupt gelehnt,
Und heimlich kann ich behorchen,
Wonach dein Herz sich sehnt.

Es blasen die blauen Husaren,
Und reiten zum Tor herein,
Und morgen will mich verlassen
Die Herzallerliebste mein.

Und willst du mich morgen verlassen,
So bist du doch heute noch mein,
Und in deinen schönen Armen
Will ich doppelt selig sein.

74.

Es blasen die blauen Husaren,
Und reiten zum Tor hinaus;
Da komm ich, Geliebte, und bringe
Dir einen Rosenstrauß.

Das war eine wilde Wirtschaft!
Kriegsvolk und Landesplag!
Sogar in deinem Herzchen
Viel Einquartierung lag.

75.

Habe auch, in jungen Jahren,
Manches bittre Leid erfahren
Von der Liebe Glut.
Doch das Holz ist gar zu teuer,
Und erlöschen will das Feuer,
Ma foi! und das ist gut.

Das bedenke, junge Schöne,
Schicke fort die dumme Träne,
Und den dummen Liebesharm.
Ist das Leben dir geblieben,
So vergiß das alte Lieben,
Ma foi! in meinem Arm.

76.

Bist du wirklich mir so feindlich,
Bist du wirklich ganz verwandelt?
Aller Welt will ich es klagen,
Daß du mich so schlecht behandelt.

O ihr undankbaren Lippen,
Sagt, wie könnt ihr Schlimmes sagen
Von dem Manne, der so liebend
Euch geküßt, in schönen Tagen?

77.

Ach, die Augen sind es wieder
Die mich einst so lieblich grüßten,
Und es sind die Lippen wieder,
Die das Leben mir versüßten!

Auch die Stimme ist es wieder,
Die ich einst so gern gehöret!
Nur ich selber bins nicht wieder,
Bin verändert heimgekehret.

Von den weißen, schönen Armen
Fest und liebevoll umschlossen,
Lieg ich jetzt an ihrem Herzen,
Dumpfen Sinnes und verdrossen.

78.

Selten habt Ihr mich verstanden,
Selten auch verstand ich Euch,
Nur wenn wir im Kot uns fanden,
So verstanden wir uns gleich.

79.

Doch die Kastraten klagten,
Als ich meine Stimm erhob;
Sie klagten und sie sagten:
Ich sänge viel zu grob.

Und lieblich erhoben sie alle
Die kleinen Stimmelein,
Die Trillerchen, wie Kristalle,
Sie klangen so fein und rein.

Sie sangen von Liebessehnen,
Von Liebe und Liebeserguß;
Die Damen schwammen in Tränen
Bei solchem Kunstgenuß.

80.

Auf den Wällen Salamankas
Sind die Lüfte lind und labend;
Dort, mit meiner holden Donna,
Wandle ich am Sommerabend.

Um den schlanken Leib der Schönen
Hab ich meinen Arm gebogen,
Und mit selgem Finger fühl ich
Ihres Busens stolzes Wogen.

Doch ein ängstliches Geflüster
Zieht sich durch die Lindenbäume,
Und der dunkle Mühlbach unten
Murmelt böse, bange Träume.

»Ach Sennora, Ahnung sagt mir:
Einst wird man mich relegieren,
Und auf Salamankas Wällen
Gehn wir nimmermehr spazieren.«

81.

Neben mir wohnt Don Henriques,
Den man auch den Schönen nennet;
Nachbarlich sind unsre Zimmer
Nur von dünner Wand getrennet.

Salamankas Damen glühen,
Wenn er durch die Straßen schreitet,
Sporenklirrend, schnurrbartkräuselnd,
Und von Hunden stets begleitet.

Doch in stiller Abendstunde
Sitzt er ganz allein daheime,
In den Händen die Gitarre,
In der Seele süße Träume.

In die Saiten greift er bebend
Und beginnt zu phantasieren, –
Ach! wie Katzenjammer quält mich
Sein Geschnarr und Quinquilieren.

82.

Kaum sahen wir uns, und an Augen und Stimme
Merkt ich, daß du mir gewogen bist;
Stand nicht dabei die Mutter, die schlimme,
Ich glaube, wir hätten uns gleich geküßt.

Und morgen verlasse ich wieder das Städtchen,
Und eile fort im alten Lauf;
Dann lauert am Fenster mein blondes Mädchen,
Und freundliche Grüße werf ich hinauf.

83.

Über die Berge steigt schon die Sonne,
Die Lämmerherde läutet fern;
Mein Liebchen, mein Lamm, meine Sonne und Wonne,
Noch einmal säh ich dich gar zu gern!

Ich schaue hinauf, mit spähender Miene –
Leb wohl, mein Kind, ich wandre von hier!
Vergebens! Es regt sich keine Gardine;
Sie liegt noch und schläft – und träumt von mir?

84.

Zu Halle auf dem Markt,
Da stehn zwei große Löwen.
Ei, du hallischer Löwentrotz,
Wie hat man dich gezähmet!

Zu Halle auf dem Markt,
Da steht ein großer Riese.
Er hat ein Schwert und regt sich nicht,
Er ist vor Schreck versteinert.

Zu Halle auf dem Markt,
Da steht eine große Kirche.
Die Burschenschaft und die Landsmannschaft,
Die haben dort Platz zum Beten.

85.

Dämmernd liegt der Sommerabend
Über Wald und grünen Wiesen;
Goldner Mond, im blauen Himmel,
Strahlt herunter, duftig labend.

An dem Bache zirpt die Grille,
Und es regt sich in dem Wasser,
Und der Wandrer hört ein Plätschern
Und ein Atmen in der Stille.

Dorten an dem Bach alleine,
Badet sich die schöne Elfe;
Arm und Nacken, weiß und lieblich,
Schimmern in dem Mondenscheine.

86.

Nacht liegt auf den fremden Wegen,
Krankes Herz und müde Glieder –
Ach, da fließt, wie stiller Segen,
Süßer Mond, dein Licht hernieder.

Süßer Mond, mit deinen Strahlen
Scheuchest du das nächtge Grauen;
Es zerrinnen meine Qualen,
Und die Augen übertauen.

87.

Der Tod das ist die kühle Nacht,
Das Leben ist der schwüle Tag.
Es dunkelt schon, mich schläfert,
Der Tag hat mich müd gemacht.

Über mein Bett erhebt sich ein Baum,
Drin singt die junge Nachtigall;
Sie singt von lauter Liebe,
Ich hör es sogar im Traum.

88.

»Sag, wo ist dein schönes Liebchen,
Das du einst so schön besungen,
Als die zaubermächtgen Flammen
Wunderbar dein Herz durchdrungen?«

Jene Flammen sind erloschen,
Und mein Herz ist kalt und trübe,
Und dies Büchlein ist die Urne
Mit der Asche meiner Liebe.

GÖTTERDÄMMERUNG

Der Mai ist da mit seinen goldnen Lichtern
Und seidnen Lüften und gewürzten Düften,
Und freundlich lockt er mit den weißen Blüten,
Und grüßt aus tausend blauen Veilchenaugen,
Und breitet aus den blumreich grünen Teppich,
Durchwebt mit Sonnenschein und Morgentau,
Und ruft herbei die lieben Menschenkinder.
Das blöde Volk gehorcht dem ersten Ruf.
Die Männer ziehn die Nankinhosen an
Und Sonntagsröck mit goldnen Spiegelknöpfen;
Die Frauen kleiden sich in Unschuldweiß;
Jünglinge kräuseln sich den Frühlingsschnurrbart;

Jungfrauen lassen ihre Busen wallen;
Die Stadtpoeten stecken in die Tasche
Papier und Bleistift und Lorgnett; – und jubelnd
Zieht nach dem Tor die krausbewegte Schar,
Und lagert draußen sich auf grünem Rasen,
Bewundert, wie die Bäume fleißig wachsen,
Spielt mit den bunten, zarten Blümelein,
Horcht auf den Sang der lustgen Vögelein,
Und jauchzt hinauf zum blauen Himmelszelt.

Zu mir kam auch der Mai. Er klopfte dreimal
An meine Tür und rief: Ich bin der Mai,
Du bleicher Träumer, komm, ich will dich küssen!
Ich hielt verriegelt meine Tür, und rief:
Vergebens lockst du mich, du schlimmer Gast.
Ich habe dich durchschaut, ich hab durchschaut
Den Bau der Welt, und hab zu viel geschaut,
Und viel zu tief, und hin ist alle Freude,
Und ewge Qualen zogen in mein Herz.
Ich schaue durch die steinern harten Rinden
Der Menschenhäuser und der Menschenherzen,
Und schau in beiden Lug und Trug und Elend.
Auf den Gesichtern les ich die Gedanken,
Viel schlimme. In der Jungfrau Schamerröten
Seh ich geheime Lust begehrlich zittern;
Auf dem begeistert stolzen Jünglingshaupt
Seh ich die lachend bunte Schellenkappe;
Und Fratzenbilder nur und sieche Schatten
Seh ich auf dieser Erde, und ich weiß nicht,
Ist sie ein Tollhaus oder Krankenhaus.
Ich sehe durch den Grund der alten Erde,
Als sei sie von Kristall, und seh das Grausen,
Das mit dem freudgen Grüne zu bedecken
Der Mai vergeblich strebt. Ich seh die Toten;
Sie liegen unten in den schmalen Särgen,
Die Händ gefaltet und die Augen offen,
Weiß das Gewand und weiß das Angesicht,
Und durch die Lippen kriechen gelbe Würmer.
Ich seh, der Sohn setzt sich mit seiner Buhle
Zur Kurzweil nieder auf des Vaters Grab; –
Spottlieder singen rings die Nachtigallen; –

Die sanften Wiesenblümchen lachen hämisch; –
Der tote Vater regt sich in dem Grab; –
Und schmerzhaft zuckt die alte Mutter Erde.

Du arme Erde, deine Schmerzen kenn ich!
Ich seh die Glut in deinem Busen wühlen,
Und deine tausend Adern seh ich bluten,
Und seh, wie deine Wunde klaffend aufreißt,
Und wild hervorströmt Flamm und Rauch und Blut.
Ich sehe deine trotzgen Riesensöhne,
Uralte Brut, aus dunkeln Schlünden steigend,
Und rote Fackeln in den Händen schwingend; –
Sie legen ihre Eisenleiter an,
Und stürmen wild hinauf zur Himmelsfeste; –
Und schwarze Zwerge klettern nach; – und knisternd
Zerstieben droben alle goldnen Sterne.
Mit frecher Hand reißt man den goldnen Vorhang
Vom Zelte Gottes, heulend stürzen nieder,
Aufs Angesicht, die frommen Engelscharen.
Auf seinem Throne sitzt der bleiche Gott,
Reißt sich vom Haupt die Kron, zerrauft sein Haar –
Und näher drängt heran die wilde Rotte.
Die Riesen werfen ihre roten Fackeln
Ins weite Himmelreich, die Zwerge schlagen
Mit Flammengeißeln auf der Englein Rücken; –
Die winden sich und krümmen sich vor Qualen,
Und werden bei den Haaren fortgeschleudert; –
Und meinen eignen Engel seh ich dort,
Mit seinen blonden Locken, süßen Zügen,
Und mit der ewgen Liebe um den Mund,
Und mit der Seligkeit im blauen Auge –
Und ein entsetzlich häßlich schwarzer Kobold
Reißt ihn vom Boden, meinen bleichen Engel,
Beäugelt grinsend seine edlen Glieder,
Umschlingt ihn fest mit zärtlicher Umschlingung –
Und gellend dröhnt ein Schrei durchs ganze Weltall,
Die Säulen brechen, Erd und Himmel stürzen
Zusammen, und es herrscht die alte Nacht.

RATCLIFF

Der Traumgott brachte mich in eine Landschaft,
Wo Trauerweiden mir »Willkommen« winkten
Mit ihren langen, grünen Armen, wo die Blumen
Mit klugen Schwesteraugen still mich ansahn,
Wo mir vertraulich klang der Vögel Zwitschern,
Wo gar der Hunde Bellen mir bekannt schien,
Und Stimmen und Gestalten mich begrüßten,
Wie einen alten Freund, und wo doch alles
So fremd mir schien, so wunderseltsam fremd.
Vor einem ländlich schmucken Hause stand ich,
In meiner Brust bewegte sichs, im Kopfe
Wars ruhig, ruhig schüttelte ich ab
Den Staub von meinen Reisekleidern,
Grell klang die Klingel, und die Tür ging auf.

Da waren Männer, Frauen, viel bekannte
Gesichter. Stiller Kummer lag auf allen
Und heimlich scheue Angst. Seltsam verstört,
Mit Beileidsmienen fast, sahn sie mich an,
Daß es mir selber durch die Seele schauert',
Wie Ahnung eines unbekannten Unheils.
Die alte Margret hab ich gleich erkannt;
Ich sah sie forschend an, jedoch sie sprach nicht.
»Wo ist Maria?« fragt ich, doch sie sprach nicht,
Griff leise meine Hand, und führte mich
Durch viele lange, leuchtende Gemächer,
Wo Prunk und Pracht und Totenstille herrschte,
Und führt' mich endlich in ein dämmernd Zimmer,
Und zeigt', mit abgewandtem Angesicht,
Nach der Gestalt, die auf dem Sofa saß.
»Sind Sie Maria?« fragt ich. Innerlich
Erstaunt ich selber ob der Festigkeit,
Womit ich sprach. Und steinern und metallos
Scholl eine Stimm: »So nennen mich die Leute.«
Ein schneidend Weh durchfröstelte mich da,
Denn jener hohle, kalte Ton war doch
Die einst so süße Stimme von Maria!
Und jenes Weib im fahlen Lilakleid,
Nachlässig angezogen, Busen schlotternd,

Die Augen gläsern starr, die Wangenmuskeln
Des weißen Angesichtes lederschlaff –
Ach, jenes Weib war doch die einst so schöne,
Die blühend holde liebliche Maria!
»Sie waren lang auf Reisen!« sprach sie laut,
Mit kalt unheimlicher Vertraulichkeit,
»Sie schaun nicht mehr so schmachtend, liebster Freund,
Sie sind gesund, und pralle Lend und Wade
Bezeugt Solidität.« Ein süßlich Lächeln
Umzitterte den gelblich blassen Mund.
In der Verwirrung sprachs aus mir hervor:
»Man sagte mir, Sie haben sich vermählt?«
»Ach ja!« sprach sie gleichgültig laut und lachend,
»Hab einen Stock von Holz, der überzogen
Mit Leder ist, Gemahl sich nennt; doch Holz
Ist Holz!« Und klanglos widrig lachte sie,
Daß kalte Angst durch meine Seele rann,
Und Zweifel mich ergriff: – sind das die keuschen,
Die blumenkeuschen Lippen von Maria?
Sie aber hob sich in die Höh, nahm rasch
Vom Stuhl den Kaschemir, warf ihn
Um ihren Hals, hing sich an meinen Arm,
Zog mich von hinnen, durch die offne Haustür,
Und zog mich fort durch Feld und Busch und Au.

Die glühend rote Sonnenscheibe schwebte
Schon niedrig, und ihr Purpur überstrahlte
Die Bäume und die Blumen und den Strom,
Der in der Ferne majestätisch floß.
»Sehn Sie das große goldne Auge schwimmen
Im blauen Wasser?« rief Maria hastig.
»Still, armes Wesen!« sprach ich, und ich schaute
Im Dämmerlicht ein märchenhaftes Weben.
Es stiegen Nebelbilder aus den Feldern,
Umschlangen sich mit weißen, weichen Armen;
Die Veilchen sahn sich zärtlich an, sehnsüchtig
Zusammenbeugten sich die Liljenkelche;
Aus allen Rosen glühten Wollustgluten;
Die Nelken wollten sich im Hauch entzünden;
In selgen Düften schwelgten alle Blumen,
Und alle weinten stille Wonnetränen,

Und alle jauchzten: Liebe! Liebe! Liebe!
Die Schmetterlinge flatterten, die hellen
Goldkäfer summten feine Elfenliedchen,
Die Abendwinde flüsterten, es rauschten
Die Eichen, schmelzend sang die Nachtigall –
Und zwischen all dem Flüstern, Rauschen, Singen
Schwatzte mit blechern klanglos kalter Stimme
Das welke Weib, das mir am Arme hing:
»Ich kenn Ihr nächtlich Treiben auf dem Schloß;
Der lange Schatten ist ein guter Tropf,
Er nickt und winkt zu allem, was man will;
Der Blaurock ist ein Engel; doch der Rote,
Mit blankem Schwert, ist Ihnen spinnefeind.«
Und noch viel buntre, wunderliche Reden
Schwatzt' sie in einem fort, und setzte sich,
Ermüdet, mit mir nieder auf die Moosbank,
Die unterm alten Eichenbaume steht.

Da saßen wir beisammen, still und traurig,
Und sahn uns an, und wurden immer traurger.
Die Eiche säuselte wie Sterbeseufzer,
Tiefschmerzlich sang die Nachtigall herab.
Doch rote Lichter drangen durch die Blätter,
Umflimmerten Marias weißes Antlitz,
Und lockten Glut aus ihren starren Augen,
Und mit der alten, süßen Stimme sprach sie:
»Wie wußtest Du, daß ich so elend bin?
Ich las es jüngst in deinen wilden Liedern.«

Eiskalt durchzogs mir da die Brust, mir grauste
Ob meinem eignen Wahnsinn, der die Zukunft
Geschaut, es zuckte dunkel durch mein Hirn,
Und vor Entsetzen bin ich aufgewacht.

DONNA CLARA

In dem abendlichen Garten
Wandelt des Alkaden Tochter;
Pauken- und Trommetenjubel
Klingt herunter von dem Schlosse.

»Lästig werden mir die Tänze
Und die süßen Schmeichelworte,
Und die Ritter, die so zierlich
Mich vergleichen mit der Sonne.

Überlästig wird mir alles,
Seit ich sah, beim Strahl des Mondes,
Jenen Ritter, dessen Laute
Nächtens mich ans Fenster lockte.

Wie er stand so schlank und mutig,
Und die Augen leuchtend schossen
Aus dem edelblassen Antlitz,
Glich er wahrlich Sankt Georgen.«

Also dachte Donna Clara,
Und sie schaute auf den Boden;
Wie sie aufblickt, steht der schöne,
Unbekannte Ritter vor ihr.

Händedrückend, liebeflüsternd
Wandeln sie umher im Mondschein,
Und der Zephir schmeichelt freundlich,
Märchenartig grüßen Rosen.

Märchenartig grüßen Rosen,
Und sie glühn wie Liebesboten. –
Aber sage mir, Geliebte,
Warum du so plötzlich rot wirst?

»Mücken stachen mich, Geliebter,
Und die Mücken sind, im Sommer,
Mir so tief verhaßt, als wärens
Langenasge Judenrotten.«

Laß die Mücken und die Juden,
Spricht der Ritter, freundlich kosend.
Von den Mandelbäumen fallen
Tausend weiße Blütenflocken.

Tausend weiße Blütenflocken
Haben ihren Duft ergossen. –
Aber sage mir, Geliebte,
Ist dein Herz mir ganz gewogen?

»Ja, ich liebe dich, Geliebter,
Bei dem Heiland seis geschworen,
Den die gottverfluchten Juden
Boshaft tückisch einst ermordet.«

Laß den Heiland und die Juden,
Spricht der Ritter, freundlich kosend.
In der Ferne schwanken traumhaft
Weiße Liljen, lichtumflossen.

Weise Liljen, lichtumflossen,
Blicken nach den Sternen droben. –
Aber sage mir, Geliebte,
Hast du auch nicht falsch geschworen?

»Falsch ist nicht in mir, Geliebter,
Wie in meiner Brust kein Tropfen
Blut ist von dem Blut der Mohren
Und des schmutzgen Judenvolkes.«

Laß die Mohren und die Juden,
Spricht der Ritter, freundlich kosend;
Und nach einer Myrtenlaube
Führt er die Alkadentochter.

Mit den weichen Liebesnetzen
Hat er heimlich sie umflochten;
Kurze Worte, lange Küsse,
Und die Herzen überflossen.

Wie ein schmelzend süßes Brautlied
Singt die Nachtigall, die holde;
Wie zum Fackeltanze hüpfen
Feuerwürmchen auf dem Boden.

In der Laube wird es stiller,
Und man hört nur, wie verstohlen,
Das Geflüster kluger Myrten
Und der Blumen Atemholen.

Aber Pauken und Trommeten
Schallen plötzlich aus dem Schlosse,
Und erwachend hat sich Clara
Aus des Ritters Arm gezogen.

»Horch! da ruft es mich, Geliebter;
Doch, bevor wir scheiden, sollst du
Nennen deinen lieben Namen,
Den du mir so lang verborgen.«

Und der Ritter, heiter lächelnd,
Küßt die Finger seiner Donna,
Küßt die Lippen und die Stirne,
Und er spricht zuletzt die Worte:

Ich, Sennora, Eur Geliebter,
Bin der Sohn des vielbelobten,
Großen, schriftgelehrten Rabbi
Israel von Saragossa.

ALMANSOR

I

In dem Dome zu Corduva
Stehen Säulen, dreizehnhundert,
Dreizehnhundert Riesensäulen
Tragen die gewaltge Kuppel.

Und auf Säulen, Kuppel, Wänden
Ziehn von oben sich bis unten
Des Korans arabsche Sprüche,
Klug und blumenhaft verschlungen.

Mohrenkönge bauten weiland
Dieses Haus zu Allahs Ruhme,
Doch hat vieles sich verwandelt
In der Zeiten dunkelm Strudel.

Auf dem Turme, wo der Türmer
Zum Gebete aufgerufen,
Tönet jetzt der Christenglocken
Melancholisches Gesumme.

Auf den Stufen, wo die Gläubgen
Das Prophetenwort gesungen,
Zeigen jetzt die Glatzenpfäfflein
Ihrer Messe fades Wunder.

Und das ist ein Drehn und Winden
Vor den buntbemalten Puppen,
Und das blökt und dampft und klingelt,
Und die dummen Kerzen funkeln.

In dem Dome zu Corduva
Steht Almansor ben Abdullah,
All die Säulen still betrachtend,
Und die stillen Worte murmelnd:

»O ihr Säulen, stark und riesig,
Einst geschmückt zu Allahs Ruhme,
Jetzo müßt ihr dienend huldgen
Dem verhaßten Christentume!

Ihr bequemt euch in die Zeiten,
Und ihr tragt die Last geduldig; –
Ei, da muß ja wohl der Schwächre
Noch viel leichter sich beruhgen.«

Und sein Haupt, mit heiterm Antlitz,
Beugt Almansor ben Abdullah
Über den gezierten Taufstein,
In dem Dome zu Corduva.

II

Hastig schritt er aus dem Dome,
Jagte fort auf wildem Rappen,
Daß im Wind die feuchten Locken
Und des Hutes Federn wallen.

Auf dem Weg nach Alkolea,
Dem Guadalquivir entlange,
Wo die weißen Mandeln blühen,
Und die duftgen Goldorangen;

Dorten jagt der lustge Ritter,
Pfeift und singt, und lacht behaglich,
Und es stimmen ein die Vögel
Und des Stromes laute Wasser.

In dem Schloß zu Alkolea
Wohnet Clara de Alvares,
In Navarra kämpft ihr Vater,
Und sie freut sich mindern Zwanges.

Und Almansor hört schon ferne
Pauken und Trommeten schallen,
Und er sieht des Schlosses Lichter
Blitzen durch der Bäume Schatten.

In dem Schloß zu Alkolea
Tanzen zwölf geschmückte Damen,
Tanzen zwölf geschmückte Ritter,
Doch am schönsten tanzt Almansor.

Wie beschwingt von muntrer Laune,
Flattert er herum im Saale,
Und er weiß den Damen allen
Süße Schmeichelein zu sagen.

Isabellens schöne Hände
Küßt er rasch, und springt von dannen;
Und er setzt sich vor Elviren,
Und er schaut ihr froh ins Antlitz.

Lachend fragt er Leonoren:
Ob er heute ihr gefalle?
Und er zeigt die goldnen Kreuze
Eingestickt in seinen Mantel.

Er versichert jeder Dame:
Daß er sie im Herzen trage;
Und »so wahr ich Christ bin!« schwört er
Dreißigmal an jenem Abend.

III

In dem Schloß zu Alkolea
Ist verschollen Lust und Klingen,
Herrn und Damen sind verschwunden,
Und erloschen sind die Lichter.

Donna Clara und Almansor
Sind allein im Saal geblieben;
Einsam streut die letzte Lampe
Über beide ihren Schimmer.

Auf dem Sessel sitzt die Dame,
Auf dem Schemel sitzt der Ritter,
Und sein Haupt, das schlummermüde,
Ruht auf den geliebten Knieen.

Rosenöl, aus goldnem Fläschchen,
Gießt die Dame, sorgsam sinnend,
Auf Almansors braune Locken –
Und er seufzt aus Herzenstiefe.

Süßen Kuß, mit sanftem Munde,
Drückt die Dame, sorgsam sinnend,
Auf Almansors braune Locken –
Und es wölkt sich seine Stirne.

Tränenflut, aus lichten Augen,
Weint die Dame, sorgsam sinnend,
Auf Almansors braune Locken –
Und es zuckt um seine Lippen.

Und er träumt: er stehe wieder,
Tief das Haupt gebeugt und triefend,
In dem Dome zu Corduva,
Und er hört viel dunkle Stimmen.

All die hohen Riesensäulen
Hört er murmeln unmutgrimmig,
Länger wollen sie's nicht tragen,
Und sie wanken und sie zittern; –

Und sie brechen wild zusammen,
Es erbleichen Volk und Priester,
Krachend stürzt herab die Kuppel,
Und die Christengötter wimmern.

DIE WALLFAHRT NACH KEVLAAR

I

Am Fenster stand die Mutter,
Im Bette lag der Sohn.
»Willst du nicht aufstehn, Wilhelm,
Zu schaun die Prozession?«

»Ich bin so krank, o Mutter,
Daß ich nicht hör und seh;
Ich denk an das tote Gretchen,
Da tut das Herz mir weh.« –

»Steh auf, wir wollen nach Kevlaar,
Nimm Buch und Rosenkranz;
Die Mutter Gottes heilt dir
Dein krankes Herze ganz.«

Es flattern die Kirchenfahnen,
Es singt im Kirchenton;
Das ist zu Köllen am Rheine,
Da geht die Prozession.

Die Mutter folgt der Menge,
Den Sohn, den führet sie,
Sie singen beide im Chore:
Gelobt seist du, Marie!

II

Die Mutter Gottes zu Kevlaar
Trägt heut ihr bestes Kleid;
Heut hat sie viel zu schaffen,
Es kommen viel kranke Leut.

Die kranken Leute bringen
Ihr dar, als Opferspend,
Aus Wachs gebildete Glieder,
Viel wächserne Füß und Händ.

Und wer eine Wachshand opfert,
Dem heilt an der Hand die Wund;
Und wer einen Wachsfuß opfert,
Dem wird der Fuß gesund.

Nach Kevlaar ging mancher auf Krücken,
Der jetzo tanzt auf dem Seil,
Gar mancher spielt jetzt die Bratsche,
Dem dort kein Finger war heil.

Die Mutter nahm ein Wachslicht,
Und bildete draus ein Herz.
»Bring das der Mutter Gottes,
Dann heilt sie deinen Schmerz.«

Der Sohn nahm seufzend das Wachsherz,
Ging seufzend zum Heiligenbild;
Die Träne quillt aus dem Auge,
Das Wort aus dem Herzen quillt:

»Du Hochgebenedeite,
Du reine Gottesmagd,
Du Königin des Himmels,
Dir sei mein Leid geklagt!

»Ich wohnte mit meiner Mutter
Zu Köllen in der Stadt,
Der Stadt, die viele hundert
Kapellen und Kirchen hat.

Und neben uns wohnte Gretchen,
Doch die ist tot jetzund –
Marie, dir bring ich ein Wachsherz,
Heil du meine Herzenswund.

Heil du mein krankes Herze –
Ich will auch spät und früh
Inbrünstiglich beten und singen:
Gelobt seist du, Marie!«

III

Der kranke Sohn und die Mutter,
Die schliefen im Kämmerlein;
Da kam die Mutter Gottes
Ganz leise geschritten herein.

Sie beugte sich über den Kranken,
Und legte ihre Hand
Ganz leise auf sein Herze,
Und lächelte mild und schwand.

Die Mutter schaut alles im Traume,
Und hat noch mehr geschaut;
Sie erwachte aus dem Schlummer,
Die Hunde bellten so laut.

Da lag dahingestrecket
Ihr Sohn, und der war tot;
Es spielt auf den bleichen Wangen
Das lichte Morgenrot.

Die Mutter faltet die Hände,
Ihr war, sie wußte nicht wie;
Andächtig sang sie leise:
Gelobt seist du, Marie!

NACHLESE

1.

Auf den Wolken ruht der Mond,
Eine Riesenpomeranze,
Überstrahlt das graue Meer,
Breiten Streifs, mit goldnem Glanze.

Einsam wandl ich an dem Strand,
Wo die weißen Wellen brechen,
Und ich hör viel süßes Wort,
Süßes Wort im Wasser sprechen.

Ach, die Nacht ist gar zu lang,
Und mein Herz kann nicht mehr schweigen –
Schöne Nixen, kommt hervor,
Tanzt und singt den Zauberreigen!

Nehmt mein Haupt in euren Schoß,
Leib und Seel sei hingegeben!
Singt mich tot und herzt mich tot,
Küßt mir aus der Brust das Leben!

2.

Eingehüllt in graue Wolken,
Schlafen jetzt die großen Götter,
Und ich höre, wie sie schnarchen,
Und wir haben wildes Wetter.

Wildes Wetter! Sturmeswüten
Will das arme Schiff zerschellen –
Ach, wer zügelt diese Winde
Und die herrenlosen Wellen!

Kanns nicht hindern, daß es stürmet,
Daß da dröhnen Mast und Bretter,
Und ich hüll mich in den Mantel,
Um zu schlafen wie die Götter.

3.

O mein genädiges Fräulein, erlaubt
Mir kranken Sohn der Musen,
Daß schlummernd ruhe mein Sängerhaupt
Auf Eurem Schwanenbusen!

»Mein Herr! wie können Sie es wagen,
Mir so was in Gesellschaft zu sagen?«

4.

Zu der Lauheit und der Flauheit
Deiner Seele paßte nicht
Meiner Liebe wilde Rauheit,
Die sich Bahn durch Felsen bricht.

Du, du liebtest die Chausseen
In der Liebe, und ich schau
Dich am Arm des Gatten gehen,
Eine brave, schwangre Frau.

5.

Hast du die Lippen mir wund geküßt,
So küsse sie wieder heil,
Und wenn du bis Abend nicht fertig bist,
So hat es auch keine Eil.

Du hast ja noch die ganze Nacht,
Du Herzallerliebste mein!
Man kann in solch einer ganzen Nacht
Viel küssen und selig sein.

6.

Als sie mich umschlang mit zärtlichem Pressen,
Da ist meine Seele gen Himmel geflogen!
Ich ließ sie fliegen, und hab unterdessen
Den Nektar von ihren Lippen gesogen.

7.

In den Küssen welche Lüge!
Welche Wonne in dem Schein!
Ach, wie süß ist das Betrügen,
Süßer das Betrogensein!

Liebchen, wie du dich auch wehrest,
Weiß ich doch, was du erlaubst:
Glauben will ich, was du schwörest,
Schwören will ich, was du glaubst.

8.

Himmlisch wars, wenn ich bezwang
Meine sündige Begier,
Aber wenns mir nicht gelang,
Hatt ich doch ein groß Pläsier.

9.

Blamier mich nicht, mein schönes Kind,
Und grüß mich nicht unter den Linden;
Wenn wir nachher zu Hause sind,
Wird sich schon alles finden.

10.

Schöne, wirtschaftliche Dame,
Haus und Hof ist wohlbestellt,
Wohlversorgt ist Stall und Keller,
Wohlbeackert ist das Feld.

Jeder Winkel in dem Garten
Ist gereutet und geputzt,
Und das Stroh, das ausgedroschne,
Wird für Betten noch benutzt.

Doch dein Herz und deine Lippen,
Schöne Dame, liegen brach,
Und zur Hälfte nur benutzet
Ist dein trautes Schlafgemach.

AUS DER HARZREISE

1824

Prolog

Schwarze Röcke, seidne Strümpfe,
Weiße, höfliche Manschetten,
Sanfte Reden, Embrassieren –
Ach, wenn sie nur Herzen hätten!

Herzen in der Brust, und Liebe,
Warme Liebe in dem Herzen –
Ach, mich tötet ihr Gesinge
Von erlognen Liebesschmerzen.

Auf die Berge will ich steigen,
Wo die frommen Hütten stehen,
Wo die Brust sich frei erschließet,
Und die freien Lüfte wehen.

Auf die Berge will ich steigen,
Wo die dunkeln Tannen ragen,
Bäche rauschen, Vögel singen,
Und die stolzen Wolken jagen.

Lebet wohl, ihr glatten Säle!
Glatte Herren, glatte Frauen!
Auf die Berge will ich steigen,
Lachend auf euch niederschauen.

BERGIDYLLE

1

Auf dem Berge steht die Hütte,
Wo der alte Bergmann wohnt;
Dorten rauscht die grüne Tanne,
Und erglänzt der goldne Mond.

In der Hütte steht ein Lehnstuhl,
Ausgeschnitzelt wunderlich,
Der darauf sitzt, der ist glücklich,
Und der Glückliche bin Ich!

Auf dem Schemel sitzt die Kleine,
Stützt den Arm auf meinen Schoß;
Äuglein wie zwei blaue Sterne,
Mündlein wie die Purpurros.

Und die lieben, blauen Sterne
Schaun mich an so himmelgroß,
Und sie legt den Liljenfinger
Schalkhaft auf die Purpurros.

Nein, es sieht uns nicht die Mutter,
Denn sie spinnt mit großem Fleiß,
Und der Vater spielt die Zither,
Und er singt die alte Weis.

Und die Kleine flüstert leise,
Leise, mit gedämpftem Laut;
Manches wichtige Geheimnis
Hat sie mir schon anvertraut.

»Aber seit die Muhme tot ist,
Können wir ja nicht mehr gehn
Nach dem Schützenhof zu Goslar,
Dorten ist es gar zu schön.

Hier dagegen ist es einsam,
Auf der kalten Bergeshöh,
Und des Winters sind wir gänzlich
Wie begraben in dem Schnee.

Und ich bin ein banges Mädchen,
Und ich fürcht mich wie ein Kind
Vor den bösen Bergesgeistern,
Die des Nachts geschäftig sind.«

Plötzlich schweigt die liebe Kleine,
Wie vom eignen Wort erschreckt,
Und sie hat mit beiden Händchen
Ihre Äugelein bedeckt.

Lauter rauscht die Tanne draußen,
Und das Spinnrad schnurrt und brummt,
Und die Zither klingt dazwischen,
Und die alte Weise summt:

»Fürcht dich nicht, du liebes Kindchen,
Vor der bösen Geister Macht;
Tag und Nacht, du liebes Kindchen,
Halten Englein bei dir Wacht!«

II

Tannenbaum, mit grünen Fingern,
Pocht ans niedre Fensterlein,
Und der Mond, der stille Lauscher,
Wirft sein goldnes Licht herein.

Vater, Mutter schnarchen leise
In dem nahen Schlafgemach,
Doch wir beide, selig schwatzend,
Halten uns einander wach.

»Daß du gar zu oft gebetet,
Das zu glauben wird mir schwer,
Jenes Zucken deiner Lippen
Kommt wohl nicht vom Beten her.

Jenes böse, kalte Zucken,
Das erschreckt mich jedesmal,
Doch die dunkle Angst beschwichtigt
Deiner Augen frommer Strahl.

Auch bezweifl ich, daß du glaubest,
Was so rechter Glauben heißt –
Glaubst wohl nicht an Gott den Vater,
An den Sohn und heilgen Geist?«

Ach, mein Kindchen, schon als Knabe,
Als ich saß auf Mutters Schoß,
Glaubte ich an Gott den Vater,
Der da waltet gut und groß;

Der die schöne Erd erschaffen,
Und die schönen Menschen drauf,
Der den Sonnen, Monden, Sternen
Vorgezeichnet ihren Lauf.

Als ich größer wurde, Kindchen,
Noch viel mehr begriff ich schon,
Ich begriff, und ward vernünftig,
Und ich glaub auch an den Sohn;

An den lieben Sohn, der liebend
Uns die Liebe offenbart,
Und zum Lohne, wie gebräuchlich,
Von dem Volk gekreuzigt ward.

Jetzo, da ich ausgewachsen,
Viel gelesen, viel gereist,
Schwillt mein Herz, und ganz von Herzen
Glaub ich an den heilgen Geist.

Dieser tat die größten Wunder,
Und viel größre tut er noch;
Er zerbrach die Zwingherrnburgen,
Und zerbrach des Knechtes Joch.

Alte Todeswunden heilt er,
Und erneut das alte Recht:
Alle Menschen, gleichgeboren,
Sind ein adliges Geschlecht.

Er verscheucht die bösen Nebel
Und das dunkle Hirngespinst,
Das uns Lieb und Lust verleidet,
Tag und Nacht uns angegrinst.

Tausend Ritter, wohlgewappnet,
Hat der heilge Geist erwählt,
Seinen Willen zu erfüllen,
Und er hat sie mutbeseelt.

Ihre teuern Schwerter blitzen,
Ihre guten Banner wehn!
Ei, du möchtest wohl, mein Kindchen,
Solche stolze Ritter sehn?

Nun, so schau mich an, mein Kindchen,
Küsse mich und schaue dreist;
Denn ich selber bin ein solcher
Ritter von dem heilgen Geist.

III

Still versteckt der Mond sich draußen
Hinterm grünen Tannenbaum,
Und im Zimmer unsre Lampe
Flackert matt und leuchtet kaum.

Aber meine blauen Sterne
Strahlen auf in hellerm Licht,
Und es glühn die Purpurröslein,
Und das liebe Mädchen spricht:

»Kleines Völkchen, Wichtelmännchen,
Stehlen unser Brot und Speck,
Abends liegt es noch im Kasten,
Und des Morgens ist es weg.

Kleines Völkchen, unsre Sahne
Nascht es von der Milch, und läßt
Unbedeckt die Schüssel stehen,
Und die Katze säuft den Rest.

Und die Katz ist eine Hexe,
Denn sie schleicht, bei Nacht und Sturm,
Drüben nach dem Geisterberge,
Nach dem altverfallnen Turm.

Dort hat einst ein Schloß gestanden,
Voller Lust und Waffenglanz;
Blanke Ritter, Fraun und Knappen
Schwangen sich im Fackeltanz.

Da verwünschte Schloß und Leute
Eine böse Zauberin,
Nur die Trümmer blieben stehen,
Und die Eulen nisten drin.

Doch die selge Muhme sagte:
Wenn man spricht das rechte Wort,
Nächtlich zu der rechten Stunde,
Drüben an dem rechten Ort:

So verwandeln sich die Trümmer
Wieder in ein helles Schloß,
Und es tanzen wieder lustig
Ritter, Fraun und Knappentroß;

Und wer jenes Wort gesprochen,
Dem gehören Schloß und Leut,
Pauken und Trompeten huldgen
Seiner jungen Herrlichkeit.«

Also blühen Märchenbilder
Aus des Mundes Röselein,
Und die Augen gießen drüber
Ihren blauen Sternenschein.

Ihre goldnen Haare wickelt
Mir die Kleine um die Händ,
Gibt den Fingern hübsche Namen,
Lacht und küßt, und schweigt am End.

Und im stillen Zimmer alles
Blickt mich an so wohlvertraut;
Tisch und Schrank, mir ist als hätt ich
Sie schon früher mal geschaut.

Freundlich ernsthaft schwatzt die Wanduhr,
Und die Zither, hörbar kaum,
Fängt von selber an zu klingen,
Und ich sitze wie im Traum.

Jetzo ist die rechte Stunde,
Und es ist der rechte Ort;
Ja, ich glaube, von den Lippen
Gleitet mir das rechte Wort.

Siehst du, Kindchen, wie schon dämmert
Und erbebt die Mitternacht!
Bach und Tannen brausen lauter,
Und der alte Berg erwacht.

Zitherklang und Zwergenlieder
Tönen aus des Berges Spalt,
Und es sprießt, wie'n toller Frühling,
Draus hervor ein Blumenwald; –

Blumen, kühne Wunderblumen,
Blätter, breit und fabelhaft,
Duftig bunt und hastig regsam,
Wie gedrängt von Leidenschaft.

Rosen, wild wie rote Flammen,
Sprühn aus dem Gewühl hervor;
Liljen, wie kristallne Pfeiler,
Schießen himmelhoch empor.

Und die Sterne, groß wie Sonnen,
Schaun herab mit Sehnsuchtglut;
In der Liljen Riesenkelche
Strömet ihre Strahlenflut.

Doch wir selber, süßes Kindchen,
Sind verwandelt noch viel mehr;
Fackelglanz und Gold und Seide
Schimmern lustig um uns her.

Du, du wurdest zur Prinzessin,
Diese Hütte ward zum Schloß,
Und da jubeln und da tanzen
Ritter, Fraun und Knappentroß.

Aber Ich, ich hab erworben
Dich und Alles, Schloß und Leut;
Pauken und Trompeten huldgen
Meiner jungen Herrlichkeit!

DER HIRTENKNABE

König ist der Hirtenknabe,
Grüner Hügel ist sein Thron;
Über seinem Haupt die Sonne
Ist die große, goldne Kron.

Ihm zu Füßen liegen Schafe,
Weiche Schmeichler, rotbekreuzt;
Kavaliere sind die Kälber,
Und sie wandeln stolzgespreizt.

Hofschauspieler sind die Böcklein;
Und die Vögel und die Küh,
Mit den Flöten, mit den Glöcklein,
Sind die Kammermusizi.

Und das klingt und singt so lieblich,
Und so lieblich rauschen drein
Wasserfall und Tannenbäume,
Und der König schlummert ein.

Unterdessen muß regieren
Der Minister, jener Hund,
Dessen knurriges Gebelle
Widerhallet in der Rund.

Schläfrig lallt der junge König:
»Das Regieren ist so schwer;
Ach, ich wollt, daß ich zu Hause
Schon bei meiner Köngin wär!

In den Armen meiner Köngin
Ruht mein Königshaupt so weich,
Und in ihren schönen Augen
Liegt mein unermeßlich Reich!«

AUF DEM BROCKEN

Heller wird es schon im Osten
Durch der Sonne kleines Glimmen,
Weit und breit die Bergesgipfel
In dem Nebelmeere schwimmen.

Hätt ich Siebenmeilenstiefel,
Lief ich, mit der Hast des Windes,
Über jene Bergesgipfel,
Nach dem Haus des lieben Kindes.

Von dem Bettchen, wo sie schlummert,
Zög ich leise die Gardinen,
Leise küßt ich ihre Stirne,
Leise ihres Munds Rubinen.

Und noch leiser wollt ich flüstern
In die kleinen Liljenohren:
Denk im Traum, daß wir uns lieben,
Und daß wir uns nie verloren.

DIE ILSE

Ich bin die Prinzessin Ilse,
Und wohne im Ilsenstein;
Komm mit nach meinem Schlosse,
Wir wollen selig sein.

Dein Haupt will ich benetzen
Mit meiner klaren Well,
Du sollst deine Schmerzen vergessen,
Du sorgenkranker Gesell!

In meinen weißen Armen,
An meiner weißen Brust,
Da sollst du liegen und träumen
Von alter Märchenlust.

Ich will dich küssen und herzen,
Wie ich geherzt und geküßt
Den lieben Kaiser Heinrich,
Der nun gestorben ist.

Es bleiben tot die Toten,
Und nur der Lebendige lebt;
Und ich bin schön und blühend,
Mein lachendes Herze bebt.

Komm in mein Schloß herunter,
In mein kristallenes Schloß.
Dort tanzen die Fräulein und Ritter,
Es jubelt der Knappentroß.

Es rauschen die seidenen Schleppen,
Es klirren die Eisensporn,
Die Zwerge trompeten und pauken,
Und fiedeln und blasen das Horn.

Doch dich soll mein Arm umschlingen,
Wie er Kaiser Heinrich umschlang; –
Ich hielt ihm zu die Ohren,
Wenn die Trompet erklang.

Steiget auf, ihr alten Träume!
Öffne dich, du Herzenstor!
Liederwonne, Wehmutstränen
Strömen wunderbar hervor.

Durch die Tannen will ich schweifen,
Wo die muntre Quelle springt,
Wo die stolzen Hirsche wandeln,
Wo die liebe Drossel singt.

Auf die Berge will ich steigen,
Auf die schroffen Felsenhöhn,
Wo die grauen Schloßruinen
In dem Morgenlichte stehn.

Dorten setz ich still mich nieder
Und gedenke alter Zeit,
Alter blühender Geschlechter
Und versunkner Herrlichkeit.

Gras bedeckt jetzt den Turnierplatz,
Wo gekämpft der stolze Mann,
Der die Besten überwunden
Und des Kampfes Preis gewann.

Efeu rankt an dem Balkone,
Wo die schöne Dame stand,
Die den stolzen Überwinder
Mit den Augen überwand.

Ach! den Sieger und die Siegrin
Hat besiegt des Todes Hand –
Jener dürre Sensenritter
Streckt uns alle in den Sand!

DIE NORDSEE

1825–1826

Uneigennützig zu sein in Allem, am uneigennützigsten in Liebe und Freundschaft, war meine höchste Lust, meine Maxime, meine Ausübung, so daß jenes freche, spätere Wort: »Wenn ich dich liebe, was geht's dich an?« mir recht aus der Seele gesprochen ist.

Aus Goethe's »Dichtung und Wahrheit«, vierzehntes Buch

Erster Zyklus

I.

KRÖNUNG

Ihr Lieder! Ihr meine guten Lieder!
Auf, auf! und wappnet euch!
Laßt die Trompeten klingen,
Und hebt mir auf den Schild
Dies junge Mädchen,
Das jetzt mein ganzes Herz
Beherrschen soll, als Königin.

Heil dir! du junge Königin!

Von der Sonne droben
Reiß ich das strahlend rote Gold,
Und webe draus ein Diadem
Für dein geweihtes Haupt.
Von der flatternd blauseidnen Himmelsdecke,
Worin die Nachtdiamanten blitzen,
Schneid ich ein kostbar Stück,
Und häng es dir, als Krönungsmantel,
Um deine königliche Schulter.
Ich gebe dir einen Hofstaat
Von steifgeputzten Sonetten,
Stolzen Terzinen und höflichen Stanzen;
Als Läufer diene dir mein Witz,
Als Hofnarr meine Phantasie,
Als Herold, die lachende Träne im Wappen,
Diene dir mein Humor.
Aber ich selber, Königin,
Ich kniee vor dir nieder,
Und huldgend, auf rotem Sammetkissen,
Überreiche ich dir

Das bißchen Verstand,
Das mir, aus Mitleid, noch gelassen hat
Deine Vorgängerin im Reich.

2.

ABENDDÄMMERUNG

Am blassen Meeresstrande
Saß ich gedankenbekümmert und einsam.
Die Sonne neigte sich tiefer, und warf
Glührote Streifen auf das Wasser,
Und die weißen, weiten Wellen,
Von der Flut gedrängt,
Schäumten und rauschten näher und näher –
Ein seltsam Geräusch, ein Flüstern und Pfeifen,
Ein Lachen und Murmeln, Seufzen und Sausen,
Dazwischen ein wiegenliedheimliches Singen –
Mir war, als hört ich verschollne Sagen,
Uralte, liebliche Märchen,
Die ich einst, als Knabe,
Von Nachbarskindern vernahm,
Wenn wir am Sommerabend,
Auf den Treppensteinen der Haustür,
Zum stillen Erzählen niederkauerten,
Mit kleinen, horchenden Herzen
Und neugierklugen Augen; –
Während die großen Mädchen,
Neben duftenden Blumentöpfen,
Gegenüber am Fenster saßen,
Rosengesichter,
Lächelnd und mondbeglänzt.

3.

SONNENUNTERGANG

Die glühend rote Sonne steigt
Hinab ins weitaufschauernde,
Silbergraue Weltenmeer;
Luftgebilde, rosig angehaucht,
Wallen ihr nach; und gegenüber,
Aus herbstlich dämmernden Wolkenschleiern,
Ein traurig todblasses Antlitz,
Bricht hervor der Mond,
Und hinter ihm, Lichtfünkchen,
Nebelweit, schimmern die Sterne.

Einst am Himmel glänzten,
Ehlich vereint,
Luna, die Göttin, und Sol, der Gott,
Und es wimmelten um sie her die Sterne,
Die kleinen, unschuldigen Kinder.

Doch böse Zungen zischelten Zwiespalt,
Und es trennte sich feindlich
Das hohe, leuchtende Ehpaar.

Jetzt am Tage, in einsamer Pracht,
Ergeht sich dort oben der Sonnengott,
Ob seiner Herrlichkeit
Angebetet und vielbesungen
Von stolzen, glückgehärteten Menschen.
Aber des Nachts,
Am Himmel, wandelt Luna,
Die arme Mutter
Mit ihren verwaisten Sternenkindern,
Und sie glänzt in stiller Wehmut,
Und liebende Mädchen und sanfte Dichter
Weihen ihr Tränen und Lieder.

Die weiche Luna! Weiblich gesinnt,
Liebt sie noch immer den schönen Gemahl.
Gegen Abend, zitternd und bleich,
Lauscht sie hervor aus leichtem Gewölk,
Und schaut nach dem Scheidenden, schmerzlich,
Und möchte ihm ängstlich rufen: »Komm!
Komm! die Kinder verlangen nach dir –«
Aber der trotzige Sonnengott,
Bei dem Anblick der Gattin erglüht er
In doppeltem Purpur,
Vor Zorn und Schmerz,
Und unerbittlich eilt er hinab
In sein flutenkaltes Witwerbett.

* * *

Böse, zischelnde Zungen
Brachten also Schmerz und Verderben
Selbst über ewige Götter.
Und die armen Götter, oben am Himmel
Wandeln sie, qualvoll,
Trostlos unendliche Bahnen,
Und können nicht sterben,
Und schleppen mit sich
Ihr strahlendes Elend.

Ich aber, der Mensch,
Der niedriggepflanzte, der Tod-beglückte,
Ich klage nicht länger.

4.

DIE NACHT AM STRANDE

Sternlos und kalt ist die Nacht,
Es gärt das Meer;
Und über dem Meer, platt auf dem Bauch,
Liegt der ungestaltete Nordwind,
Und heimlich, mit ächzend gedämpfter Stimme,
Wie 'n störriger Griesgram, der gutgelaunt wird,
Schwatzt er ins Wasser hinein,
Und erzählt viel tolle Geschichten,
Riesenmärchen, totschlaglaunig,
Uralte Sagen aus Norweg,
Und dazwischen, weitschallend, lacht er und heult er
Beschwörungslieder der Edda,
Auch Runensprüche,
So dunkeltrotzig und zaubergewaltig,
Daß die weißen Meerkinder
Hoch aufspringen und jauchzen,
Übermutberauscht.

Derweilen, am flachen Gestade,
Über den flutbefeuchteten Sand,
Schreitet ein Fremdling, mit einem Herzen,
Das wilder noch als Wind und Wellen.
Wo er hintritt,
Sprühen Funken und knistern die Muscheln;
Und er hüllt sich fest in den grauen Mantel,
Und schreitet rasch durch die wehende Nacht; –
Sicher geleitet vom kleinen Lichte,
Das lockend und lieblich schimmert
Aus einsamer Fischerhütte.

Vater und Bruder sind auf der See,
Und mutterseelallein blieb dort
In der Hütte die Fischertochter,
Die wunderschöne Fischertochter.
Am Herde sitzt sie,
Und horcht auf des Wasserkessels

Ahnungssüßes, heimliches Summen,
Und schüttet knisterndes Reisig ins Feuer,
Und bläst hinein,
Daß die flackernd roten Lichter
Zauberlieblich widerstrahlen
Auf das blühende Antlitz,
Auf die zarte, weiße Schulter,
Die rührend hervorlauscht
Aus dem groben, grauen Hemde,
Und auf die kleine, sorgsame Hand,
Die das Unterröckchen fester bindet
Um die feine Hüfte.

Aber plötzlich, die Tür springt auf,
Und es tritt herein der nächtige Fremdling;
Liebesicher ruht sein Auge
Auf dem weißen, schlanken Mädchen,
Das schauernd vor ihm steht,
Gleich einer erschrockenen Lilje;
Und er wirft den Mantel zur Erde,
Und lacht und spricht:

Siehst du, mein Kind, ich halte Wort,
Und ich komme, und mit mir kommt
Die alte Zeit, wo die Götter des Himmels
Niederstiegen zu Töchtern der Menschen,
Und die Töchter der Menschen umarmten,
Und mit ihnen zeugten
Zeptertragende Königsgeschlechter
Und Helden, Wunder der Welt.
Doch staune, mein Kind, nicht länger
Ob meiner Göttlichkeit,
Und, ich bitte dich, koche mir Tee mit Rum,
Denn draußen wars kalt,
Und bei solcher Nachtluft
Frieren auch wir, wir ewigen Götter,
Und kriegen wir leicht den göttlichsten Schnupfen,
Und einen unsterblichen Husten.

5.

POSEIDON

Die Sonnenlichter spielten
Über das weithinrollende Meer;
Fern auf der Reede glänzte das Schiff,
Das mich zur Heimat tragen sollte;
Aber es fehlte an gutem Fahrwind.
Und ich saß noch ruhig auf weißer Düne,
Am einsamen Strand,
Und ich las das Lied vom Odysseus,
Das alte, das ewig junge Lied,
Aus dessen meerdurchrauschten Blättern
Mir freudig entgegenstieg
Der Atem der Götter,
Und der leuchtende Menschenfrühling,
Und der blühende Himmel von Hellas.

Mein edles Herz begleitete treulich
Den Sohn des Laertes, in Irrfahrt und Drangsal,
Setzte sich mit ihm, seelenbekümmert,
An gastliche Herde,
Wo Königinnen Purpur spinnen,
Und half ihm lügen und glücklich entrinnen
Aus Riesenhöhlen und Nymphenarmen,
Folgte ihm nach in kimmerische Nacht,
Und in Sturm und Schiffbruch,
Und duldete mit ihm unsägliches Elend.

Seufzend sprach ich: Du böser Poseidon,
Dein Zorn ist furchtbar,
Und mir selber bangt
Ob der eignen Heimkehr.

Kaum sprach ich die Worte,
Da schäumte das Meer,
Und aus den weißen Wellen stieg
Das schilfbekränzte Haupt des Meergotts,
Und höhnisch rief er:

Fürchte dich nicht, Poetlein!
Ich will nicht im gringsten gefährden
Dein armes Schiffchen,
Und nicht dein liebes Leben beängstgen
Mit allzu bedenklichem Schaukeln.
Denn du, Poetlein, hast nie mich erzürnt,
Du hast kein einziges Türmchen verletzt
An Priamos' heiliger Feste,
Kein einziges Härchen hast du versengt
Am Aug meines Sohns Polyphemos,
Und dich hat niemals ratend beschützt
Die Göttin der Klugheit, Pallas Athene.

Also rief Poseidon
Und tauchte zurück ins Meer;
Und über den groben Seemannswitz
Lachten unter dem Wasser
Amphitrite, das plumpe Fischweib,
Und die dummen Töchter des Nereus.

6.

ERKLÄRUNG

Herangedämmert kam der Abend,
Wilder toste die Flut,
Und ich saß am Strand, und schaute zu
Dem weißen Tanz der Wellen,
Und meine Brust schwoll auf wie das Meer,
Und sehnend ergriff mich ein tiefes Heimweh
Nach dir, du holdes Bild,
Das überall mich umschwebt,
Und überall mich ruft,
Überall, überall,
Im Sausen des Windes, im Brausen des Meers,
Und im Seufzen der eigenen Brust.

Mit leichtem Rohr schrieb ich in den Sand:
»Agnes, ich liebe Dich!«

Doch böse Wellen ergossen sich
Über das süße Bekenntnis,
Und löschten es aus.

Zerbrechliches Rohr, zerstiebender Sand,
Zerfließende Wellen, euch trau ich nicht mehr!
Der Himmel wird dunkler, mein Herz wird wilder,
Und mit starker Hand, aus Norwegs Wäldern,
Reiß ich die höchste Tanne,
Und tauche sie ein
In des Ätnas glühenden Schlund, und mit solcher
Feuergetränkten Riesenfeder
Schreib ich an die dunkle Himmelsdecke:
»Agnes, ich liebe Dich!«

Jedwede Nacht lodert alsdann
Dort oben die ewige Flammenschrift,
Und alle nachwachsende Enkelgeschlechter
Lesen jauchzend die Himmelsworte:
»Agnes, ich liebe Dich!«

7.

NACHTS IN DER KAJÜTE

Das Meer hat seine Perlen,
Der Himmel hat seine Sterne,
Aber mein Herz, mein Herz,
Mein Herz hat seine Liebe.

Groß ist das Meer und der Himmel,
Doch größer ist mein Herz,
Und schöner als Perlen und Sterne
Leuchtet und strahlt meine Liebe.

Du kleines, junges Mädchen,
Komm an mein großes Herz;
Mein Herz und das Meer und der Himmel
Vergehn vor lauter Liebe.

* * *

An die blaue Himmelsdecke,
Wo die schönen Sterne blinken,
Möcht ich pressen meine Lippen,
Pressen wild und stürmisch weinen.

Jene Sterne sind die Augen
Meiner Liebsten, tausendfältig
Schimmern sie und grüßen freundlich
Aus der blauen Himmelsdecke.

Nach der blauen Himmelsdecke,
Nach den Augen der Geliebten,
Heb ich andachtsvoll die Arme,
Und ich bitte und ich flehe:

Holde Augen, Gnadenlichter,
O beseligt meine Seele,
Laßt mich sterben und erwerben
Euch und euren ganzen Himmel!

* * *

Aus den Himmelsaugen droben
Fallen zitternd goldne Funken
Durch die Nacht, und meine Seele
Dehnt sich liebeweit und weiter.

O ihr Himmelsaugen droben!
Weint euch aus in meine Seele,
Daß von lichten Sternentränen
Überfließet meine Seele.

* * *

Eingewiegt von Meereswellen,
Und von träumenden Gedanken,
Lieg ich still in der Kajüte,
In dem dunkeln Winkelbette.

Durch die offne Luke schau ich
Droben hoch die hellen Sterne,
Die geliebten, süßen Augen
Meiner süßen Vielgeliebten.

Die geliebten, süßen Augen
Wachen über meinem Haupte,
Und sie blinken und sie winken
Aus der blauen Himmelsdecke.

Nach der blauen Himmelsdecke
Schau ich selig lange Stunden,
Bis ein weißer Nebelschleier
Mir verhüllt die lieben Augen.

* * *

An die bretterne Schiffswand,
Wo mein träumendes Haupt liegt,
Branden die Wellen, die wilden Wellen.
Sie rauschen und murmeln
Mir heimlich ins Ohr:
»Betörter Geselle!
Dein Arm ist kurz, und der Himmel ist weit,
Und die Sterne droben sind festgenagelt,
Mit goldnen Nägeln, –
Vergebliches Sehnen, vergebliches Seufzen,
Das beste wäre, du schliefest ein.«

* * *

Es träumte mir von einer weiten Heide,
Weit überdeckt von stillem, weißem Schnee,
Und unterm weißem Schnee lag ich begraben
Und schlief den einsam kalten Todesschlaf.
Doch droben aus dem dunkeln Himmel schauten
Herunter auf mein Grab die Sternenaugen,
Die süßen Augen! und sie glänzten sieghaft
Und ruhig heiter, aber voller Liebe.

8.

STURM

Es wütet der Sturm,
Und er peitscht die Wellen,
Und die Welln, wutschäumend und bäumend,
Türmen sich auf, und es wogen lebendig
Die weißen Wasserberge,
Und das Schifflein erklimmt sie,
Hastig mühsam,
Und plötzlich stürzt es hinab
In schwarze, weitgähnende Flutabgründe –

O Meer!
Mutter der Schönheit, der Schaumentstiegenen!
Großmutter der Liebe! schone meiner!
Schon flattert, leichenwitternd,
Die weiße, gespenstische Möwe,
Und wetzt an dem Mastbaum den Schnabel,
Und lechzt, voll Fraßbegier, nach dem Herzen,
Das vom Ruhm deiner Tochter ertönt,
Und das dein Enkel, der kleine Schalk,
Zum Spielzeug erwählt.

Vergebens mein Bitten und Flehn!
Mein Rufen verhallt im tosenden Sturm,
Im Schlachtlärm der Winde.
Es braust und pfeift und prasselt und heult,
Wie ein Tollhaus von Tönen!
Und zwischendurch hör ich vernehmbar
Lockende Harfenlaute,
Sehnsuchtwilden Gesang,
Seelenschmelzend und seelenzerreißend,
Und ich erkenne die Stimme.

Fern an schottischer Felsenküste,
Wo das graue Schlößlein hinausragt
Über die brandende See,
Dort, am hochgewölbten Fenster,
Steht eine schöne, kranke Frau,
Zartdurchsichtig und marmorblaß,
Und sie spielt die Harfe und singt,
Und der Wind durchwühlt ihre langen Locken,
Und trägt ihr dunkles Lied
Über das weite, stürmende Meer.

9.

MEERESSTILLE

Meeresstille! Ihre Strahlen
Wirft die Sonne auf das Wasser,
Und im wogenden Geschmeide
Zieht das Schiff die grünen Furchen.

Bei dem Steuer liegt der Bootsmann
Auf dem Bauch, und schnarchet leise.
Bei dem Mastbaum, segelflickend,
Kauert der beteerte Schiffsjung.

Hinterm Schmutze seiner Wangen
Sprüht es rot, wehmütig zuckt es
Um das breite Maul, und schmerzlich
Schaun die großen, schönen Augen.

Denn der Kapitän steht vor ihm,
Tobt und flucht und schilt ihn: Spitzbub.
»Spitzbub! einen Hering hast du
Aus der Tonne mir gestohlen!«

Meeresstille! Aus den Wellen
Taucht hervor ein kluges Fischlein,
Wärmt das Köpfchen in der Sonne,
Plätschert lustig mit dem Schwänzchen.

Doch die Möwe, aus den Lüften,
Schießt herunter auf das Fischlein,
Und den raschen Raub im Schnabel,
Schwingt sie sich hinauf ins Blaue.

10.

SEEGESPENST

Ich aber lag am Rande des Schiffes,
Und schaute, träumenden Auges,
Hinab in das spiegelklare Wasser,
Und schaute tiefer und tiefer –
Bis tief, im Meeresgrunde,
Anfangs wie dämmernde Nebel,
Jedoch allmählig farbenbestimmter,
Kirchenkuppel und Türme sich zeigten,
Und endlich, sonnenklar, eine ganze Stadt,
Altertümlich niederländisch,
Und menschenbelebt.
Bedächtige Männer, schwarzbemäntelt,
Mit weißen Halskrausen und Ehrenketten
Und langen Degen und langen Gesichtern,
Schreiten, über den wimmelnden Marktplatz,

Nach dem treppenhohen Rathaus,
Wo steinerne Kaiserbilder
Wacht halten mit Zepter und Schwert.
Unferne, vor langen Häuserreihn,
Wo spiegelblanke Fenster
Und pyramidisch beschnittene Linden,
Wandeln seidenrauschende Jungfern,
Schlanke Leibchen, die Blumengesichter
Sittsam umschlossen von schwarzen Mützchen
Und hervorquellendem Goldhaar.
Bunte Gesellen, in spanischer Tracht,
Stolzieren vorüber und nicken.
Bejahrte Frauen,
In braunen, verschollnen Gewändern,
Gesangbuch und Rosenkranz in der Hand,
Eilen, trippelnden Schritts,
Nach dem großen Dome,
Getrieben von Glockengeläute
Und rauschendem Orgelton.

Mich selbst ergreift des fernen Klangs
Geheimnisvoller Schauer!
Unendliches Sehnen, tiefe Wehmut
Beschleicht mein Herz,
Mein kaum geheiltes Herz; –
Mir ist, als würden seine Wunden
Von lieben Lippen aufgeküßt,
Und täten wieder bluten –
Heiße, rote Tropfen,
Die lang und langsam niederfalln
Auf ein altes Haus, dort unten
In der tiefen Meerstadt,
Auf ein altes, hochgegiebeltes Haus,
Das melancholisch menschenleer ist,
Nur daß am untern Fenster
Ein Mädchen sitzt,
Den Kopf auf den Arm gestützt,
Wie ein armes, vergessenes Kind –
Und ich kenne dich armes, vergessenes Kind!

So tief, meertief also
Verstecktest du dich vor mir,
Aus kindischer Laune,
Und konntest nicht mehr herauf,
Und saßest fremd unter fremden Leuten,
Jahrhundertelang,
Derweilen ich, die Seele voll Gram,
Auf der ganzen Erde dich suchte,
Und immer dich suchte,
Du Immergeliebte,
Du Längstverlorene,
Du Endlichgefundene –
Ich hab dich gefunden und schaue wieder
Dein süßes Gesicht,
Die klugen, treuen Augen,
Das liebe Lächeln –
Und nimmer will ich dich wieder verlassen,
Und ich komme hinab zu dir,
Und mit ausgebreiteten Armen
Stürz ich hinab an dein Herz –

Aber zur rechten Zeit noch
Ergriff mich beim Fuß der Kapitän,
Und zog mich vom Schiffsrand,
Und rief, ärgerlich lachend:
Doktor, sind Sie des Teufels?

11.

REINIGUNG

Bleib du in deiner Meerestiefe,
Wahnsinniger Traum,
Der du einst so manche Nacht
Mein Herz mit falschem Glück gequält hast,
Und jetzt, als Seegespenst,
Sogar am hellen Tag mich bedrohest –
Bleib du dort unten, in Ewigkeit,
Und ich werfe noch zu dir hinab
All meine Schmerzen und Sünden,
Und die Schellenkappe der Torheit,
Die so lange mein Haupt umklingelt,
Und die kalte, gleißende Schlangenhaut
Der Heuchelei,
Die mir so lang die Seele umwunden,
Die kranke Seele,
Die gottverleugnende, engelverleugnende,
Unselige Seele –
Hoiho! hoiho! Da kommt der Wind!
Die Segel auf! Sie flattern und schwelln!
Über die stillverderbliche Fläche
Eilet das Schiff,
Und es jauchzt die befreite Seele.

12.

FRIEDEN

Hoch am Himmel stand die Sonne,
Von weißen Wolken umwogt,
Das Meer war still,
Und sinnend lag ich am Steuer des Schiffes,
Träumerisch sinnend, – und halb im Wachen
Und halb im Schlummer, schaute ich Christus,
Den Heiland der Welt.
Im wallend weißen Gewande
Wandelt er riesengroß
Über Land und Meer;
Es ragte sein Haupt in den Himmel,
Die Hände streckte er segnend
Über Land und Meer;
Und als ein Herz in der Brust
Trug er die Sonne,
Die rote, flammende Sonne,
Und das rote, flammende Sonnenherz
Goß seine Gnadenstrahlen
Und sein holdes, liebseliges Licht,
Erleuchtend und wärmend,
Über Land und Meer.

Glockenklänge zogen feierlich
Hin und her, zogen wie Schwäne,
An Rosenbändern, das gleitende Schiff,
Und zogen es spielend ans grüne Ufer,
Wo Menschen wohnen, in hochgetürmter,
Ragender Stadt.

O Friedenswunder! Wie still die Stadt!
Es ruhte das dumpfe Geräusch
Der schwatzenden, schwülen Gewerbe,
Und durch die reinen, hallenden Straßen
Wandelten Menschen, weißgekleidete,
Palmzweigtragende,
Und wo sich Zwei begegneten,
Sahn sie sich an, verständnisinnig,
Und schauernd, in Liebe und süßer Entsagung,
Küßten sie sich auf die Stirne,
Und schauten hinauf
Nach des Heilands Sonnenherzen,
Das freudig versöhnend sein rotes Blut
Hinunterstrahlte,
Und dreimalselig sprachen sie:
Gelobt sei Jesu Christ!

Zweiter Zyklus

I.

MEERGRUSS

Thalatta! Thalatta!
Sei mir gegrüßt, du ewiges Meer!
Sei mir gegrüßt zehntausendmal,
Aus jauchzendem Herzen,
Wie einst dich begrüßten
Zehntausend Griechenherzen,
Unglückbekämpfende, heimatverlangende,
Weltberühmte Griechenherzen.

Es wogten die Fluten,
Sie wogten und brausten,
Die Sonne goß eilig herunter
Die spielenden Rosenlichter,
Die aufgescheuchten Möwenzüge
Flatterten fort, lautschreiend,
Es stampften die Rosse, es klirrten die Schilde,
Und weithin erscholl es, wie Siegesruf:
Thalatta! Thalatta!

Sei mir gegrüßt, du ewiges Meer!
Wie Sprache der Heimat rauscht mir dein Wasser,
Wie Träume der Kindheit seh ich es flimmern
Auf deinem wogenden Wellengebiet,
Und alte Erinnrung erzählt mir aufs neue
Von all dem lieben, herrlichen Spielzeug,
Von all den blinkenden Weihnachtsgaben,
Von all den roten Korallenbäumen,
Goldfischchen, Perlen und bunten Muscheln,
Die du geheimnisvoll bewahrst,
Dort unten im klaren Kristallhaus.

O! wie hab ich geschmachtet in öder Fremde!
Gleich einer welken Blume
In des Botanikers blecherner Kapsel,
Lag mir das Herz in der Brust.
Mir ist, als saß ich winterlange,
Ein Kranker, in dunkler Krankenstube,
Und nun verlaß ich sie plötzlich,
Und blendend strahlt mir entgegen
Der smaragdene Frühling, der sonnengeweckte,
Und es rauschen die weißen Blütenbäume,
Und die jungen Blumen schauen mich an,
Mit bunten, duftenden Augen,
Und es duftet und summt, und atmet und lacht,
Und im blauen Himmel singen die Vöglein –
Thalatta! Thalatta!

Du tapferes Rückzugherz!
Wie oft, wie bitteroft
Bedrängten dich des Nordens Barbarinnen!
Aus großen, siegenden Augen
Schossen sie brennende Pfeile;
Mit krummgeschliffenen Worten
Drohten sie mir die Brust zu spalten;
Mit Keilschriftbilletts zerschlugen sie mir
Das arme, betäubte Gehirn –
Vergebens hielt ich den Schild entgegen,
Die Pfeile zischten, die Hiebe krachten,
Und von des Nordens Barbarinnen
Ward ich gedrängt bis ans Meer,
Und frei aufatmend begrüß ich das Meer,
Das liebe, rettende Meer –
Thalatta! Thalatta!

2.

GEWITTER

Dumpf liegt auf dem Meer das Gewitter,
Und durch die schwarze Wolkenwand
Zuckt der zackige Wetterstrahl,
Rasch aufleuchtend und rasch verschwindend,
Wie ein Witz aus dem Haupte Kronions.
Über das wüste, wogende Wasser
Weithin rollen die Donner
Und springen die weißen Wellenrosse,
Die Boreas selber gezeugt
Mit des Erichthons reizenden Stuten,
Und es flattert ängstlich das Seegevögel,
Wie Schattenleichen am Styx,
Die Charon abwies vom nächtlichen Kahn.

Armes, lustiges Schifflein,
Das dort dahintanzt den schlimmsten Tanz!
Äolus schickt ihm die flinksten Gesellen,
Die wild aufspielen zum fröhlichen Reigen;
Der eine pfeift, der andre bläst,
Der dritte streicht den dumpfen Brummbaß –
Und der schwankende Seemann steht am Steuer,
Und schaut beständig nach der Bussole,
Der zitternden Seele des Schiffes,
Und hebt die Hände flehend zum Himmel:
O rette mich, Kastor, reisiger Held,
Und du, Kämpfer der Faust, Polydeukes!

3.

DER SCHIFFBRÜCHIGE

Hoffnung und Liebe! Alles zertrümmert!
Und ich selber, gleich einer Leiche,
Die grollend ausgeworfen das Meer,
Lieg ich am Strande,
Am öden, kahlen Strande.
Vor mir woget die Wasserwüste,
Hinter mir liegt nur Kummer und Elend,
Und über mich hin ziehen die Wolken,
Die formlos grauen Töchter der Luft,
Die aus dem Meer, in Nebeleimern,
Das Wasser schöpfen,
Und es mühsam schleppen und schleppen,
Und es wieder verschütten ins Meer,
Ein trübes, langweilges Geschäft,
Und nutzlos, wie mein eignes Leben.

Die Wogen murmeln, die Möwen schrillen,
Alte Erinnrungen wehen mich an,
Vergessene Träume, erloschene Bilder,
Qualvoll süße, tauchen hervor!

Es lebt ein Weib im Norden,
Ein schönes Weib, königlich schön.
Die schlanke Zypressengestalt
Umschließt ein lüstern weißes Gewand;
Die dunkle Lockenfülle,
Wie eine selige Nacht,
Von dem flechtengekrönten Haupt sich ergießend,
Ringelt sich träumerisch süß
Um das süße, blasse Antlitz;
Und aus dem süßen, blassen Antlitz,
Groß und gewaltig, strahlt ein Auge,
Wie eine schwarze Sonne.

O du schwarze Sonne, wie oft,
Entzückend oft, trank ich aus dir
Die wilden Begeistrungsflammen,
Und stand und taumelte, feuerberauscht –
Dann schwebte ein taubenmildes Lächeln
Um die hochgeschürzten, stolzen Lippen,
Und die hochgeschürzten, stolzen Lippen
Hauchten Worte, süß wie Mondlicht,
Und zart wie der Duft der Rose –
Und meine Seele erhob sich
Und flog, wie ein Aar, hinauf in den Himmel!

Schweigt, ihr Wogen und Möwen.
Vorüber ist Alles, Glück und Hoffnung,
Hoffnung und Liebe! Ich liege am Boden,
Ein öder, schiffbrüchiger Mann,
Und drücke mein glühendes Antlitz
In den feuchten Sand.

4.

UNTERGANG DER SONNE

Die schöne Sonne
Ist ruhig hinabgestiegen ins Meer;
Die wogenden Wasser sind schon gefärbt
Von der dunkeln Nacht,
Nur noch die Abendröte
Überstreut sie mit goldnen Lichtern;
Und die rauschende Flutgewalt
Drängt ans Ufer die weißen Wellen,
Die lustig und hastig hüpfen,
Wie wollige Lämmerherden,
Die Abends der singende Hirtenjunge
Nach Hause treibt.

Wie schön ist die Sonne!
So sprach nach langem Schweigen der Freund,
Der mit mir am Strande wandelte,
Und scherzend halb und halb wehmütig,
Versichert' er mir: die Sonne sei
Eine schöne Frau, die den alten Meergott
Aus Konvenienz geheiratet;
Des Tages über wandle sie freudig
Am hohen Himmel, purpurgeputzt,
Und diamantenblitzend,
Und allgeliebt und allbewundert
Von allen Weltkreaturen,
Und alle Weltkreaturen erfreuend
Mit ihres Blickes Licht und Wärme;
Aber des Abends, trostlos gezwungen,
Kehre sie wieder zurück
In das nasse Haus, in die öden Arme
Des greisen Gemahls.

»Glaub mirs – setzte hinzu der Freund,
Und lachte und seufzte und lachte wieder –
Die führen dort unten die zärtlichste Ehe!
Entweder sie schlafen oder sie zanken sich,
Daß hochaufbraust hier oben das Meer,
Und der Schiffer im Wellengeräusch es hört,
Wie der Alte sein Weib ausschilt:
›Runde Metze des Weltalls!
Strahlenbuhlende!
Den ganzen Tag glühst du für Andre,
Und Nachts, für Mich, bist du frostig und müde!‹
Nach solcher Gardinenpredigt,
Versteht sich! bricht dann aus in Tränen
Die stolze Sonne und klagt ihr Elend,
Und klagt so jammerlang, daß der Meergott
Plötzlich verzweiflungsvoll aus dem Bett springt,
Und schnell nach der Meeresfläche heraufschwimmt,
Um Luft und Besinnung zu schöpfen.

So sah ich ihn selbst, verflossene Nacht,
Bis an die Brust dem Meer enttauchen.
Er trug eine Jacke von gelbem Flanell,
Und eine liljenweiße Schlafmütz,
Und ein abgewelktes Gesicht.«

5.

DER GESANG DER OKEANIDEN

Abendlich blasser wird es am Meer,
Und einsam, mit seiner einsamen Seele,
Sitzt dort ein Mann auf dem kahlen Strand,
Und schaut, todkalten Blickes, hinauf
Nach der weiten, todkalten Himmelswölbung,
Und schaut auf das weite, wogende Meer –
Und über das weite, wogende Meer,
Lüftesegler, ziehn seine Seufzer,
Und kehren zurück, trübselig,
Und hatten verschlossen gefunden das Herz,
Worin sie ankern wollten –
Und er stöhnt so laut, daß die weißen Möwen,
Aufgescheucht aus den sandigen Nestern,
Ihn herdenweis umflattern,
Und er spricht zu ihnen die lachenden Worte:

»Schwarzbeinigte Vögel,
Mit weißen Flügeln meerüberflatternde,
Mit krummen Schnäbeln seewassersaufende,
Und tranigtes Robbenfleisch fressende,
Eur Leben ist bitter wie eure Nahrung!
Ich aber, der Glückliche, koste nur Süßes!
Ich koste den süßen Duft der Rose,
Der mondscheingefütterten Nachtigallbraut;
Ich koste noch süßeres Zuckerbackwerk,
Gefüllt mit geschlagener Sahne;
Und das Allersüßeste kost ich,
Süße Liebe und süßes Geliebtsein.

»Sie liebt mich! Sie liebt mich! die holde Jungfrau!
Jetzt steht sie daheim, am Erker des Hauses,
Und schaut in die Dämmrung hinaus, auf die Landstraß,
Und horcht, und sehnt sich nach mir – wahrhaftig!
Vergebens späht sie umher, und sie seufzet,
Und seufzend steigt sie hinab in den Garten,
Und wandelt in Duft und Mondschein,
Und spricht mit den Blumen, erzählet ihnen,
Wie ich, der Geliebte, so lieblich bin
Und so liebenswürdig – wahrhaftig!
Nachher im Bette, im Schlafe, im Traum,
Umgaukelt sie selig mein teures Bild,
Sogar des Morgens, beim Frühstück,
Auf dem glänzenden Butterbrote,
Sieht sie mein lächelndes Antlitz,
Und sie frißt es auf vor Liebe – wahrhaftig!«

Also prahlt er und prahlt er,
Und zwischendrein schrillen die Möwen,
Wie kaltes, ironisches Kichern.
Die Dämmrungsnebel steigen herauf;
Aus violettem Gewölk, unheimlich,
Schaut hervor der grasgelbe Mond;
Hochaufrauschen die Meereswogen,
Und tief aus hochaufrauschendem Meer,
Wehmütig wie flüsternder Windzug,
Tönt der Gesang der Okeaniden,
Der schönen, mitleidigen Wasserfraun,
Vor allen vernehmbar die liebliche Stimme
Der silberfüßigen Peleus-Gattin,
Und sie seufzen und singen:

O Tor, du Tor, du prahlender Tor!
Du kummergequälter!
Dahingemordet sind all deine Hoffnungen,
Die tändelnden Kinder des Herzens,
Und, ach! dein Herz, Nioben gleich,
Versteinert vor Gram!
In deinem Haupte wirds Nacht,
Und es zucken hindurch die Blitze des Wahnsinns,
Und du prahlst vor Schmerzen!
O Tor, du Tor, du prahlender Tor!

Halsstarrig bist du wie dein Ahnherr,
Der hohe Titane, der himmlisches Feuer
Den Göttern stahl und den Menschen gab,
Und geiergequälet, felsengefesselt,
Olympauftrotzte und trotzte und stöhnte,
Daß wir es hörten im tiefen Meer,
Und zu ihm kamen mit Trostgesang.
O Tor, du Tor, du prahlender Tor!
Du aber bist ohnmächtiger noch,
Und es wäre vernünftig, du ehrtest die Götter,
Und trügest geduldig die Last des Elends,
Und trügest geduldig so lange, so lange,
Bis Atlas selbst die Geduld verliert,
Und die schwere Welt von den Schultern abwirft
In die ewige Nacht.

So scholl der Gesang der Okeaniden,
Der schönen, mitleidigen Wasserfraun,
Bis lautere Wogen ihn überrauschten –
Hinter die Wolken zog sich der Mond,
Es gähnte die Nacht,
Und ich saß noch lange im Dunkeln und weinte.

6.

DIE GÖTTER GRIECHENLANDS

Vollblühender Mond! In deinem Licht,
Wie fließendes Gold, erglänzt das Meer;
Wie Tagesklarheit, doch dämmrig verzaubert,
Liegts über der weiten Strandesfläche;
Und am hellblaun, sternlosen Himmel
Schweben die weißen Wolken,
Wie kolossale Götterbilder
Von leuchtendem Marmor.

Nein, nimmermehr, das sind keine Wolken!
Das sind sie selber, die Götter von Hellas,
Die einst so freudig die Welt beherrschten,
Doch jetzt, verdrängt und verstorben,
Als ungeheure Gespenster dahinziehn
Am mitternächtlichen Himmel.

Staunend, und seltsam geblendet, betracht ich
Das luftige Pantheon,
Die feierlich stummen, graunhaft bewegten
Riesengestalten.
Der dort ist Kronion, der Himmelskönig,
Schneeweiß sind die Locken des Haupts,
Die berühmten, olymposerschütternden Locken.
Er hält in der Hand den erloschenen Blitz,
In seinem Antlitz liegt Unglück und Gram,
Und doch noch immer der alte Stolz.
Das waren bessere Zeiten, o Zeus,
Als du dich himmlisch ergötztest
An Knaben und Nymphen und Hekatomben;
Doch auch die Götter regieren nicht ewig,
Die jungen verdrängen die alten,
Wie du einst selber den greisen Vater
Und deine Titanen-Öhme verdrängt hast,
Jupiter Parricida!

Auch dich erkenn ich, stolze Juno!
Trotz all deiner eifersüchtigen Angst,
Hat doch eine andre das Zepter gewonnen,
Und du bist nicht mehr die Himmelsköngin,
Und dein großes Aug ist erstarrt,
Und deine Liljenarme sind kraftlos,
Und nimmermehr trifft deine Rache
Die gottbefruchtete Jungfrau
Und den wundertätigen Gottessohn.
Auch dich erkenn ich, Pallas Athene!
Mit Schild und Weisheit konntest du nicht
Abwehren das Götterverderben?
Auch dich erkenn ich, auch dich, Aphrodite,
Einst die goldene! jetzt die silberne!
Zwar schmückt dich noch immer des Gürtels Liebreiz,
Doch graut mir heimlich vor deiner Schönheit,
Und wollt mich beglücken dein gütiger Leib,
Wie andere Helden, ich stürbe vor Angst –
Als Leichengöttin erscheinst du mir,
Venus Libitina!
Nicht mehr mit Liebe blickt nach dir,
Dort, der schreckliche Ares.
Es schaut so traurig Phöbos Apollo,
Der Jüngling. Es schweigt seine Leir,
Die so freudig erklungen beim Göttermahl.
Noch trauriger schaut Hephaistos,
Und wahrlich, der Hinkende! nimmermehr
Fällt er Heben ins Amt,
Und schenkt geschäftig, in der Versammlung,
Den lieblichen Nektar – Und längst ist erloschen
Das unauslöschliche Göttergelächter.

Ich hab euch niemals geliebt, ihr Götter!
Denn widerwärtig sind mir die Griechen,
Und gar die Römer sind mir verhaßt.
Doch heilges Erbarmen und schauriges Mitleid
Durchströmt mein Herz,

Wenn ich euch jetzt da droben schaue,
Verlassene Götter,
Tote, nachtwandelnde Schatten,
Nebelschwache, die der Wind verscheucht –
Und wenn ich bedenke, wie feig und windig
Die Götter sind, die euch besiegten,
Die neuen, herrschenden, tristen Götter,
Die schadenfrohen im Schafspelz der Demut –
O da faßt mich ein düsterer Groll,
Und brechen möcht ich die neuen Tempel,
Und kämpfen für euch, ihr alten Götter,
Für euch und eur gutes, ambrosisches Recht,
Und vor euren hohen Altären,
Den wiedergebauten, den opferdampfenden,
Möcht ich selber knieen und beten,
Und flehend die Arme erheben –

Denn immerhin, ihr alten Götter,
Habt ihrs auch ehmals, in Kämpfen der Menschen,
Stets mit der Partei der Sieger gehalten,
So ist doch der Mensch großmütger als ihr,
Und in Götterkämpfen halt ich es jetzt
Mit der Partei der besiegten Götter.

* * *

Also sprach ich, und sichtbar erröteten
Droben die blassen Wolkengestalten,
Und schauten mich an wie Sterbende,
Schmerzenverklärt, und schwanden plötzlich.
Der Mond verbarg sich eben
Hinter Gewölk, das dunkler heranzog;
Hochaufrauschte das Meer,
Und siegreich traten hervor am Himmel
Die ewigen Sterne.

7.

FRAGEN

Am Meer, am wüsten, nächtlichen Meer
Steht ein Jüngling-Mann,
Die Brust voll Wehmut, das Haupt voll Zweifel,
Und mit düstern Lippen fragt er die Wogen:

»O löst mir das Rätsel des Lebens,
Das qualvoll uralte Rätsel,
Worüber schon manche Häupter gegrübelt,
Häupter in Hieroglyphenmützen,
Häupter in Turban und schwarzem Barett,
Perückenhäupter und tausend andre
Arme, schwitzende Menschenhäupter –
Sagt mir, was bedeutet der Mensch?
Woher ist er kommen? Wo geht er hin?
Wer wohnt dort oben auf goldenen Sternen?«

Es murmeln die Wogen ihr ewges Gemurmel,
Es wehet der Wind, es fliehen die Wolken,
Es blinken die Sterne, gleichgültig und kalt,
Und ein Narr wartet auf Antwort.

8.

DER PHÖNIX

Es kommt ein Vogel geflogen aus Westen,
Er fliegt gen Osten,
Nach der östlichen Gartenheimat,
Wo Spezereien duften und wachsen,
Und Palmen rauschen und Brunnen kühlen –
Und fliegend singt der Wundervogel:

»Sie liebt ihn! sie liebt ihn!
Sie trägt sein Bildnis im kleinen Herzen,
Und trägt es süß und heimlich verborgen,
Und weiß es selbst nicht!
Aber im Traume steht er vor ihr,
Sie bittet und weint und küßt seine Hände,
Und ruft seinen Namen,
Und rufend erwacht sie und liegt erschrocken,
Und reibt sich verwundert die schönen Augen –
Sie liebt ihn! sie liebt ihn!«

* * *

An den Mastbaum gelehnt, auf dem hohen Verdeck,
Stand ich und hört ich des Vogels Gesang.
Wie schwarzgrüne Rosse mit silbernen Mähnen,
Sprangen die weißgekräuselten Wellen;
Wie Schwänenzüge schifften vorüber,
Mit schimmernden Segeln, die Helgolander,
Die kecken Nomaden der Nordsee;
Über mir, in dem ewigen Blau,
Flatterte weißes Gewölk
Und prangte die ewige Sonne,
Die Rose des Himmels, die feuerblühende,
Die freudvoll im Meer sich bespiegelte; –
Und Himmel und Meer und mein eigenes Herz
Ertönten im Nachhall:
Sie liebt ihn! sie liebt ihn!

9.

SEEKRANKHEIT

Die grauen Nachmittagswolken
Senken sich tiefer hinab auf das Meer,
Das ihnen dunkel entgegensteigt,
Und zwischendurch jagt das Schiff.

Seekrank sitz ich noch immer am Mastbaum,
Und mache Betrachtungen über mich selber,
Uralte, aschgraue Betrachtungen,
Die schon der Vater Loth gemacht,
Als er des Guten zu viel genossen,
Und sich nachher so übel befand.
Mitunter denk ich auch alter Geschichten:
Wie kreuzbezeichnete Pilger der Vorzeit,
Auf stürmischer Meerfahrt, das trostreiche Bildnis
Der heiligen Jungfrau gläubig küßten;
Wie kranke Ritter, in solcher Seenot,
Den lieben Handschuh ihrer Dame
An die Lippen preßten, gleichgetröstet –
Ich aber sitze und kaue verdrießlich
Einen alten Hering, den salzigen Tröster
In Katzenjammer und Hundetrübsal!

Unterdessen kämpft das Schiff
Mit der wilden, wogenden Flut;
Wie 'n bäumendes Schlachtroß, stellt es sich jetzt
Auf das Hinterteil, daß das Steuer kracht,
Jetzt stürzt es kopfüber wieder hinab
In den heulenden Wasserschlund,
Dann wieder, wie sorglos liebematt,
Denkt es sich hinzulegen
An den schwarzen Busen der Riesenwelle,
Die mächtig heranbraust,
Und plötzlich, ein wüster Meerwasserfall,
In weißem Gekräusel zusammenstürzt,
Und mich selbst mit Schaum bedeckt.

Dieses Schwanken und Schweben und Schaukeln
Ist unerträglich!
Vergebens späht mein Auge und sucht
Die deutsche Küste. Doch ach! nur Wasser,
Und abermals Wasser, bewegtes Wasser!

Wie der Winterwandrer des Abends sich sehnt
Nach einer warmen, innigen Tasse Tee,
So sehnt sich jetzt mein Herz nach dir,
Mein deutsches Vaterland!
Mag immerhin dein süßer Boden bedeckt sein
Mit Wahnsinn, Husaren, schlechten Versen
Und lausig dünnen Traktätchen;
Mögen immerhin deine Zebras
Mit Rosen sich mästen statt mit Disteln;
Mögen immerhin deine noblen Affen
In müßigem Putz sich vornehm spreizen,
Und sich besser dünken als all das andre
Banausisch schwerhinwandelnde Hornvieh;
Mag immerhin deine Schneckenversammlung
Sich für unsterblich halten,
Weil sie so langsam dahinkriecht,
Und mag sie täglich Stimmen sammeln,
Ob den Maden des Käses der Käse gehört?
Und noch lange Zeit in Beratung ziehn,
Wie man die ägyptischen Schafe veredle,
Damit ihre Wolle sich beßre
Und der Hirt sie scheren könne wie andre,
Ohn Unterschied –
Immerhin, mag Torheit und Unrecht
Dich ganz bedecken, o Deutschland!
Ich sehne mich dennoch nach dir:
Denn wenigstens bist du doch festes Land.

10.

AM HAFEN

Glücklich der Mann, der den Hafen erreicht hat,
Und hinter sich ließ das Meer und die Stürme,
Und jetzo warm und ruhig sitzt
Im guten Ratskeller zu Bremen.

Wie doch die Welt so traulich und lieblich
Im Römerglas sich widerspiegelt,
Und wie der wogende Mikrokosmus
Sonnig hinabfließt ins durstige Herz!
Alles erblick ich im Glas,
Alte und neue Völkergeschichte,
Türken und Griechen, Hegel und Gans,
Zitronenwälder und Wachtparaden,
Berlin und Schilda und Tunis und Hamburg,
Vor allem aber das Bild der Geliebten,
Das Engelköpfchen auf Rheinweingoldgrund.

O wie schön! wie schön bist du, Geliebte!
Du bist wie eine Rose!
Nicht wie die Rose von Schiras,
Die hafisbesungene Nachtigallbraut;
Nicht wie die Rose von Saron,
Die heiligrote, prophetengefeierte; –
Du bist wie die Ros im Ratskeller zu Bremen!
Das ist die Rose der Rosen,
Je älter sie wird, je lieblicher blüht sie,
Und ihr himmlischer Duft, er hat mich beseligt,
Er hat mich begeistert, er hat mich berauscht,
Und hielt mich nicht fest, am Schopfe fest,
Der Ratskellermeister von Bremen,
Ich wäre gepurzelt!

Der brave Mann! wir saßen beisammen
Und tranken wie Brüder,
Wir sprachen von hohen, heimlichen Dingen,
Wir seufzten und sanken uns in die Arme,
Und er hat mich bekehrt zum Glauben der Liebe –
Ich trank auf das Wohl meiner bittersten Feinde,
Und allen schlechten Poeten vergab ich,
Wie einst mir selber vergeben soll werden –
Ich weinte vor Andacht, und endlich
Erschlossen sich mir die Pforten des Heils,
Wo die zwölf Apostel, die heilgen Stückfässer,
Schweigend predgen, und doch so verständlich
Für alle Völker.

Das sind Männer!
Unscheinbar von außen, in hölzernen Röcklein,
Sind sie von innen schöner und leuchtender
Denn all die stolzen Leviten des Tempels
Und des Herodes Trabanten und Höflinge,
Die goldgeschmückten, die purpurgekleideten –
Hab ich doch immer gesagt,
Nicht unter ganz gemeinen Leuten,
Nein, in der allerbesten Gesellschaft,
Lebte beständig der König des Himmels!

Hallelujah! Wie lieblich umwehen mich
Die Palmen von Beth El!
Wie duften die Myrrhen von Hebron!
Wie rauscht der Jordan und taumelt vor Freude! –
Auch meine unsterbliche Seele taumelt,
Und ich taumle mit ihr, und taumelnd
Bringt mich die Treppe hinauf, ans Tagslicht,
Der brave Ratskellermeister von Bremen.

Du braver Ratskellermeister von Bremen!
Siehst du, auf den Dächern der Häuser sitzen
Die Engel und sind betrunken und singen;
Die glühende Sonne dort oben
Ist nur eine rote, betrunkene Nase,
Die Nase des Weltgeists;
Und um die rote Weltgeistnase
Dreht sich die ganze, betrunkene Welt.

11.

EPILOG

Wie auf dem Felde die Weizenhalmen,
So wachsen und wogen im Menschengeist
Die Gedanken.
Aber die zarten Gedanken der Liebe
Sind wie lustig dazwischenblühende,
Rot und blaue Blumen.

Rot und blaue Blumen!
Der mürrische Schnitter verwirft euch als nutzlos,
Hölzerne Flegel zerdreschen euch höhnend,
Sogar der hablose Wanderer,
Den eur Anblick ergötzt und erquickt,
Schüttelt das Haupt,
Und nennt euch schönes Unkraut.
Aber die ländliche Jungfrau,
Die Kränzewinderin,
Verehrt euch und pflückt euch,
Und schmückt mit euch die schönen Locken,
Und also geziert, eilt sie zum Tanzplatz,
Wo Pfeifen und Geigen lieblich ertönen,
Oder zur stillen Buche,
Wo die Stimme des Liebsten noch lieblicher tönt
Als Pfeifen und Geigen.

NEUE GEDICHTE

Ein Fichtenbaum steht einsam
Im Norden
Er träumt von einer Palme,
Die fern

Aus der Vorrede zur zweiten Auflage

Vor etwa vier Wochen haben diese »Neuen Gedichte« die Presse verlassen, und fast gleichzeitig erschien im Einzeldruck das darin enthaltene Wintermärchen, »Deutschland« betitelt. Mein Verleger, der durch die großen Auflagen, die er von meinen Werken zu machen pflegt, dem Genius des Verfassers das ehrenvollste Vertrauen schenkt, widmete mir diesmal eine gesteigerte Huldigung, und er druckte von den »Neuen Gedichten« eine noch weit enthusiastischere Anzahl von Exemplaren. Vergebens stellte ich ihm vor, welcher bitteren Enttäuschung er sich dadurch aussetze, und ich gestand ihm, wie ich in authentischen Zeitungsblättern mit eigenen Augen gelesen habe, daß meine Popularität sehr gesunken sei, daß ich von den jüngeren Poeten des Tages ganz überflügelt worden, und daß ich überhaupt nur noch der Vergangenheit angehöre. Aber mein Verleger lächelte sonderbar und berief sich auf seine Handlungsbücher, worin der Absatz meiner Schriften tagtäglich mit trockener Gewissenhaftigkeit eingezeichnet wird, und diese erquicklichen und progressiven Zahlen bildeten eine Argumentation, die schwer zu widerlegen war. In diesem Augenblicke triumphirt der Mann ganz und gar über die Besorgnisse meiner Bescheidenheit, und er veranstaltet in verdoppelter Quantität eine zweite Auflage jener »Neuen Gedichte«. Leider kann ich, da ich jetzt wieder vom Druckort entfernt bin, den Druck nicht so streng überwachen, wie ich es bei der ersten Auflage gethan. Nachträgliche Veränderungen habe ich mir nirgends erlaubt, welches ich ausdrücklich bemerke.

Geschrieben zu Paris, den 18. October 1844

Heinrich Heine

Vorrede zur dritten Auflage der »Neuen Gedichte«

Das Wintermärchen, welches »Deutschland« betitelt und in den frühern Ausgaben dieses Bandes enthalten, habe ich der gegenwärtigen Ausgabe entzogen, sintemalen dasselbe seitdem vielfach im Einzeldruck erschienen ist, und ich ihm überdies in der Sammlung meiner poetischen Werke eine andere Stelle zugedacht. Die entstandene Lücke benutze ich, um hier die kleine Tragödie William Ratcliff mitzuteilen, die vor etwa neunundzwanzig Jahren unter dem Titel: »Tragödie, nebst einem lyrischen Intermezzo« zu Berlin bei Dümmler herauskam. Das lyrische Intermezzo wurde seitdem in einer größern Sammlung meiner Gedichte aufgenommen und gelangte zur außerordentlichsten Popularität. Der William Ratcliff wurde jedoch nur wenig bekannt; in der Tat, der Name seines Verlegers war Dümmler. Dieser Tragödie oder dramatisierten Ballade gewähre ich mit gutem Fug jetzt einen Platz in der Sammlung meiner Gedichte, weil sie als eine bedeutsame Urkunde zu den Prozeßakten meines Dichterlebens gehört. Sie resümiert nämlich meine poetische Sturm- und Drangperiode, die sich in den »Jungen Leiden« des Buchs der Lieder sehr unvollständig und dunkel kundgibt. Der junge Autor, der hier mit schwerer, unbeholfener Zunge nur träumerische Naturlaute lallt, spricht dort, im Ratcliff, eine wache, mündige Sprache und sagt unverhohlen sein letztes Wort. Dieses Wort wurde seitdem ein Losungswort, bei dessen Ruf die fahlen Gesichter des Elends wie Purpur aufflammen und die rotbäckigen Söhne des Glücks zu Kalk erbleichen. Am Herde des ehrlichen Tom im Ratcliff brodelt schon die große Suppenfrage, worin jetzt tausend verdorbene Köche herumlöffeln, und die täglich schäumender überkocht. Ein wunderliches Sonntagskind ist der Poet; er sieht die Eichenwälder, welche noch in der Eichel schlummern, und er hält Zwiesprache mit den Geschlechtern, die noch nicht geboren sind. Sie wispern ihm ihre Geheimnisse, und er plaudert sie aus auf öffentlichem Markt. Aber seine Stimme verhallt im lauten Getöse der Tagesleidenschaften; wenige hören ihn, keiner versteht ihn. Friedrich Schlegel nannte den Geschichtschreiber einen Propheten, der rückwärts schaue in die Vergangenheit; – man könnte mit größerem Fug von dem Dichter sagen, daß er ein Geschichtschreiber sei, dessen Auge hinausblicke in die Zukunft.

Ich schrieb den William Ratcliff zu Berlin unter den Linden, in den letzten drei Tagen des Januars 1821, als das Sonnenlicht mit einem gewissen lauwarmen Wohlwollen die schneebedeckten Dächer und die traurig entlaubten Bäume beglänzte. Ich schrieb in einem Zuge und ohne Brouillon. Während dem Schreiben war es mir, als hörte ich über meinem Haupte ein Rauschen, wie der Flügelschlag eines Vogels. Als ich meinen Freunden, den jungen Berliner Dichtern, davon erzählte, sahen sie sich einander an mit einer sonderbaren Miene, und versicherten mir einstimmig, daß ihnen nie dergleichen beim Dichten passiert sei.

Paris, 24. November 1851

Heinrich Heine

NEUER FRÜHLING

Prolog

In Gemäldegalerieen
Siehst du oft das Bild des Manns,
Der zum Kampfe wollte ziehen,
Wohlbewehrt mit Schild und Lanz.

Doch ihn necken Amoretten,
Rauben Lanze ihm und Schwert,
Binden ihn mit Blumenketten,
Wie er auch sich mürrisch wehrt.

So, in holden Hindernissen,
Wind ich mich in Lust und Leid,
Während Andre kämpfen müssen
In dem großen Kampf der Zeit.

1.

Unterm weißen Baume sitzend,
Hörst du fern die Winde schrillen,
Siehst, wie oben stumme Wolken
Sich in Nebeldecken hüllen;

Siehst, wie unten ausgestorben
Wald und Flur, wie kahl geschoren; –
Um dich Winter, in dir Winter,
Und dein Herz ist eingefroren.

Plötzlich fallen auf dich nieder
Weiße Flocken, und verdrossen
Meinst du schon, mit Schneegestöber
Hab der Baum dich übergossen.

Doch es ist kein Schneegestöber,
Merkst es bald mit freudgem Schrecken;
Duftge Frühlingsblüten sind es,
Die dich necken und bedecken.

Welch ein schauersüßer Zauber!
Winter wandelt sich in Maie,
Schnee verwandelt sich in Blüten,
Und dein Herz es liebt aufs neue.

2.

In dem Walde sprießt und grünt es
Fast jungfräulich lustbeklommen;
Doch die Sonne lacht herunter:
Junger Frühling, sei willkommen!

Nachtigall! auch dich schon hör ich,
Wie du flötest seligtrübe,
Schluchzend langgezogne Töne,
Und dein Lied ist lauter Liebe!

3.

Die schönen Augen der Frühlingsnacht,
Sie schauen so tröstend nieder:
Hat dich die Liebe so kleinlich gemacht,
Die Liebe sie hebt dich wieder.

Auf grüner Linde sitzt und singt
Die süße Philomele;
Wie mir das Lied zur Seele dringt,
So dehnt sich wieder die Seele.

4.

Ich lieb eine Blume, doch weiß ich nicht welche;
Das macht mir Schmerz.
Ich schau in alle Blumenkelche,
Und such ein Herz.

Es duften die Blumen im Abendscheine,
Die Nachtigall schlägt.
Ich such ein Herz so schön wie das meine,
So schön bewegt.

Die Nachtigall schlägt, und ich verstehe
Den süßen Gesang;
Uns beiden ist so bang und wehe,
So weh und bang.

5.

Gekommen ist der Maie,
Die Blumen und Bäume blühn,
Und durch die Himmelsbläue
Die rosigen Wolken ziehn.

Die Nachtigallen singen
Herab aus der laubigen Höh,
Die weißen Lämmer springen
Im weichen grünen Klee.

Ich kann nicht singen und springen,
Ich liege krank im Gras;
Ich höre fernes Klingen,
Mir träumt, ich weiß nicht was.

6.

Leise zieht durch mein Gemüt
Liebliches Geläute.
Klinge, kleines Frühlingslied,
Kling hinaus ins Weite.

Kling hinaus, bis an das Haus,
Wo die Blumen sprießen.
Wenn du eine Rose schaust,
Sag, ich laß sie grüßen.

7.

Der Schmetterling ist in die Rose verliebt,
Umflattert sie tausendmal,
Ihn selber aber, goldig zart,
Umflattert der liebende Sonnenstrahl.

Jedoch, in wen ist die Rose verliebt?
Das wüßt ich gar zu gern.
Ist es die singende Nachtigall?
Ist es der schweigende Abendstern?

Ich weiß nicht, in wen die Rose verliebt;
Ich aber lieb euch all:
Rose, Schmetterling, Sonnenstrahl,
Abendstern und Nachtigall.

8.

Es erklingen alle Bäume,
Und es singen alle Nester –
Wer ist der Kapellenmeister
In dem grünen Waldorchester?

Ist es dort der graue Kiebitz,
Der beständig nickt so wichtig?
Oder der Pedant, der dorten
Immer kuckuckt, zeitmaßrichtig?

Ist es jener Storch, der ernsthaft,
Und als ob er dirigieret,
Mit dem langen Streckbein klappert,
Während alles musizieret?

Nein, in meinem eignen Herzen
Sitzt des Walds Kapellenmeister,
Und ich fühl, wie er den Takt schlägt,
Und ich glaube, Amor heißt er.

9.

»Im Anfang war die Nachtigall
Und sang das Wort: Züküht! Züküht!
Und wie sie sang, sproß überall
Grüngras, Violen, Apfelblüt.

Sie biß sich in die Brust, da floß
Ihr rotes Blut, und aus dem Blut
Ein schöner Rosenbaum entsproß;
Dem singt sie ihre Liebesglut.

Uns Vögel all in diesem Wald
Versöhnt das Blut aus jener Wund;
Doch wenn das Rosenlied verhallt,
Geht auch der ganze Wald zu Grund.«

So spricht zu seinem Spätzelein
Im Eichennest der alte Spatz;
Die Spätzin piepet manchmal drein,
Sie hockt auf ihrem Ehrenplatz.

Sie ist ein häuslich gutes Weib
Und brütet brav und schmollet nicht;
Der Alte gibt zum Zeitvertreib
Den Kindern Glaubensunterricht.

10.

Es hat die warme Frühlingsnacht
Die Blumen hervorgetrieben,
Und nimmt mein Herz sich nicht in Acht,
So wird es sich wieder verlieben.

Doch welche von den Blumen alln
Wird mir das Herz umgarnen?
Es wollen die singenden Nachtigalln
Mich vor der Lilje warnen.

11.

Es drängt die Not, es läuten die Glocken,
Und ach! ich hab den Kopf verloren!
Der Frühling und zwei schöne Augen
Sie haben sich wider mein Herz verschworen.

Der Frühling und zwei schöne Augen
Verlocken mein Herz in neue Betörung!
Ich glaube, die Rosen und Nachtigallen
Sind tief verwickelt in dieser Verschwörung.

12.

Ach, ich sehne mich nach Tränen,
Liebestränen, schmerzenmild,
Und ich fürchte, dieses Sehnen
Wird am Ende noch erfüllt.

Ach, der Liebe süßes Elend
Und der Liebe bittre Lust
Schleicht sich wieder, himmlisch quälend,
In die kaum genesne Brust.

13.

Die blauen Frühlingsaugen
Schaun aus dem Gras hervor;
Das sind die lieben Veilchen,
Die ich zum Strauß erkor.

Ich pflücke sie und denke,
Und die Gedanken all,
Die mir im Herzen seufzen,
Singt laut die Nachtigall.

Ja, was ich denke, singt sie
Lautschmetternd, daß es schallt;
Mein zärtliches Geheimnis
Weiß schon der ganze Wald.

14.

Wenn du mir vorüberwandelst,
Und dein Kleid berührt mich nur,
Jubelt dir mein Herz, und stürmisch
Folgt es deiner schönen Spur.

Dann drehst du dich um, und schaust mich
Mit den großen Augen an,
Und mein Herz ist so erschrocken,
Daß es kaum dir folgen kann.

15.

Die schlanke Wasserlilje
Schaut träumend empor aus dem See;
Da grüßt der Mond herunter
Mit lichtem Liebesweh.

Verschämt senkt sie das Köpfchen
Wieder hinab zu den Welln –
Da sieht sie zu ihren Füßen
Den armen blassen Geselln.

16.

Wenn du gute Augen hast,
Und du schaust in meine Lieder,
Siehst du eine junge Schöne
Drinnen wandeln auf und nieder.

Wenn du gute Ohren hast,
Kannst du gar die Stimme hören,
Und ihr Seufzen, Lachen, Singen
Wird dein armes Herz betören.

Denn sie wird, mit Blick und Wort,
Wie mich selber dich verwirren;
Ein verliebter Frühlingsträumer
Wirst du durch die Wälder irren.

17.

Was treibt dich umher, in der Frühlingsnacht?
Du hast die Blumen toll gemacht,
Die Veilchen, sie sind erschrocken!
Die Rosen, sie sind vor Scham so rot,
Die Liljen, sie sind so blaß wie der Tod,
Sie klagen und zagen und stocken!

O lieber Mond, welch frommes Geschlecht
Sind doch die Blumen! Sie haben Recht,
Ich habe Schlimmes verbrochen!
Doch konnt ich wissen, daß sie gelauscht,
Als ich, von glühender Liebe berauscht,
Mit den Sternen droben gesprochen?

18.

Mit deinen blauen Augen
Siehst du mich lieblich an,
Da wird mir so träumend zu Sinne,
Daß ich nicht sprechen kann.

An deine blauen Augen
Gedenk ich allerwärts; –
Ein Meer von blauen Gedanken
Ergießt sich über mein Herz.

19.

Wieder ist das Herz bezwungen,
Und der öde Groll verrauchet,
Wieder zärtliche Gefühle
Hat der Mai mir eingehauchet.

Spät und früh durcheil ich wieder
Die besuchtesten Alleen,
Unter jedem Strohhut such ich
Meine Schöne zu erspähen.

Wieder an dem grünen Flusse,
Wieder steh ich an der Brücke –
Ach, vielleicht fährt sie vorüber,
Und mich treffen ihre Blicke.

Im Geräusch des Wasserfalles
Hör ich wieder leises Klagen,
Und mein schönes Herz versteht es,
Was die weißen Wellen sagen.

Wieder in verschlungnen Gängen
Hab ich träumend mich verloren,
Und die Vögel in den Büschen
Spotten des verliebten Toren.

20.

Die Rose duftet – doch ob sie empfindet
Das was sie duftet, ob die Nachtigall
Selbst fühlt, was sich durch unsre Seele windet
Bei ihres Liedes süßem Widerhall; –

Ich weiß es nicht. Doch macht uns gar verdrießlich
Die Wahrheit oft! Und Ros und Nachtigall,
Erlögen sie auch das Gefühl, ersprießlich
Wär solche Lüge, wie in manchem Fall –

21.

Weil ich dich liebe, muß ich fliehend
Dein Antlitz meiden – zürne nicht.
Wie paßt dein Antlitz, schön und blühend,
Zu meinem traurigen Gesicht!

Weil ich dich liebe, wird so bläßlich,
So elend mager mein Gesicht –
Du fändest mich am Ende häßlich –
Ich will dich meiden – zürne nicht.

22.

Ich wandle unter Blumen
Und blühe selber mit;
Ich wandle wie im Traume,
Und schwanke bei jedem Schritt.

O halt mich fest, Geliebte!
Vor Liebestrunkenheit
Fall ich dir sonst zu Füßen,
Und der Garten ist voller Leut.

23.

Wie des Mondes Abbild zittert
In den wilden Meereswogen,
Und er selber still und sicher
Wandelt an dem Himmelsbogen:

Also wandelst du, Geliebte,
Still und sicher, und es zittert
Nur dein Abbild mir im Herzen,
Weil mein eignes Herz erschüttert.

24.

Es haben unsre Herzen
Geschlossen die heilge Allianz;
Sie lagen fest aneinander,
Und sie verstanden sich ganz.

Ach, nur die junge Rose,
Die deine Brust geschmückt,
Die arme Bundesgenossin,
Sie wurde fast zerdrückt.

25.

Sag mir, wer einst die Uhren erfund,
Die Zeitabteilung, Minute und Stund?
Das war ein frierend trauriger Mann.
Er saß in der Winternacht und sann,
Und zählte der Mäuschen heimliches Quicken
Und des Holzwurms ebenmäßiges Picken.

Sag mir, wer einst das Küssen erfund?
Das war ein glühend glücklicher Mund;
Er küßte und dachte nichts dabei.
Es war im schönen Monat Mai,
Die Blumen sind aus der Erde gesprungen,
Die Sonne lachte, die Vögel sungen.

26.

Wie die Nelken duftig atmen!
Wie die Sterne, ein Gewimmel
Goldner Bienen, ängstlich schimmern
An dem veilchenblauen Himmel!

Aus dem Dunkel der Kastanien
Glänzt das Landhaus, weiß und lüstern,
Und ich hör die Glastür klirren
Und die liebe Stimme flüstern.

Holdes Zittern, süßes Beben,
Furchtsam zärtliches Umschlingen –
Und die jungen Rosen lauschen,
Und die Nachtigallen singen.

27.

Hab ich nicht dieselben Träume
Schon geträumt von diesem Glücke?
Warens nicht dieselben Bäume,
Blumen, Küsse, Liebesblicke?

Schien der Mond nicht durch die Blätter
Unsrer Laube hier am Bache?
Hielten nicht die Marmorgötter
Vor dem Eingang stille Wache?

Ach! ich weiß, wie sich verändern
Diese allzuholden Träume,
Wie mit kalten Schneegewändern
Sich umhüllen Herz und Bäume;

Wie wir selber dann erkühlen
Und uns fliehen und vergessen,
Wir, die jetzt so zärtlich fühlen,
Herz an Herz so zärtlich pressen.

28.

Küsse, die man stiehlt im Dunkeln
Und im Dunkeln wiedergibt,
Solche Küsse wie beselgen
Sie die Seele, wenn sie liebt!

Ahnend und erinnrungsüchtig,
Denkt die Seele sich dabei
Manches von vergangnen Tagen,
Und von Zukunft mancherlei.

Doch das gar zu viele Denken
Ist bedenklich, wenn man küßt; –
Weine lieber, liebe Seele,
Weil das Weinen leichter ist.

29.

Es war ein alter König,
Sein Herz war schwer, sein Haupt war grau;
Der arme alte König,
Er nahm eine junge Frau.

Es war ein schöner Page,
Blond war sein Haupt, leicht war sein Sinn;
Er trug die seidne Schleppe
Der jungen Königin.

Kennst du das alte Liedchen?
Es klingt so süß, es klingt so trüb!
Sie mußten beide sterben,
Sie hatten sich viel zu lieb.

30.

In meiner Erinnrung erblühen
Die Bilder, die längst verwittert –
Was ist in deiner Stimme,
Das mich so tief erschüttert?

Sag nicht, daß du mich liebst!
Ich weiß, das Schönste auf Erden,
Der Frühling und die Liebe,
Es muß zu Schanden werden.

Sag nicht, daß du mich liebst!
Und küsse nur und schweige,
Und lächle, wenn ich dir morgen
Die welken Rosen zeige.

31.

»Mondscheintrunkne Lindenblüten,
Sie ergießen ihre Düfte,
Und von Nachtigallenliedern
Sind erfüllet Laub und Lüfte.

Lieblich läßt es sich, Geliebter,
Unter dieser Linde sitzen,
Wenn die goldnen Mondeslichter
Durch des Baumes Blätter blitzen.

Sieh dies Lindenblatt! du wirst es
Wie ein Herz gestaltet finden;
Darum sitzen die Verliebten
Auch am liebsten unter Linden.

Doch du lächelst, wie verloren
In entfernten Sehnsuchtträumen –
Sprich, Geliebter, welche Wünsche
Dir im lieben Herzen keimen?«

Ach, ich will es dir, Geliebte,
Gern bekennen, ach, ich möchte,
Daß ein kalter Nordwind plötzlich
Weißes Schneegestöber brächte;

Und daß wir, mit Pelz bedecket
Und im buntgeschmückten Schlitten,
Schellenklingelnd, peitschenknallend,
Über Fluß und Fluren glitten.

32.

Durch den Wald, im Mondenscheine,
Sah ich jüngst die Elfen reuten;
Ihre Hörner hört ich klingen,
Ihre Glöckchen hört ich läuten.

Ihre weißen Rößlein trugen
Güldnes Hirschgeweih und flogen
Rasch dahin, wie wilde Schwäne
Kam es durch die Luft gezogen.

Lächelnd nickte mir die Köngin,
Lächelnd, im Vorüberreuten.
Galt das meiner neuen Liebe,
Oder soll es Tod bedeuten?

33.

Morgens send ich dir die Veilchen,
Die ich früh im Wald gefunden,
Und des Abends bring ich Rosen,
Die ich brach in Dämmrungstunden.

Weißt du was die hübschen Blumen
Dir Verblümtes sagen möchten?
Treu sein sollst du mir am Tage
Und mich lieben in den Nächten.

34.

Der Brief, den du geschrieben,
Er macht mich gar nicht bang;
Du willst mich nicht mehr lieben,
Aber dein Brief ist lang.

Zwölf Seiten, eng und zierlich!
Ein kleines Manuskript!
Man schreibt nicht so ausführlich,
Wenn man den Abschied gibt.

35.

Sorge nie, daß ich verrate
Meine Liebe vor der Welt,
Wenn mein Mund ob deiner Schönheit
Von Metaphern überquellt.

Unter einem Wald von Blumen
Liegt, in still verborgner Hut,
Jenes glühende Geheimnis,
Jene tief geheime Glut.

Sprühn einmal verdächtge Funken
Aus den Rosen – sorge nie!
Diese Welt glaubt nicht an Flammen,
Und sie nimmts für Poesie.

36.

Wie die Tage macht der Frühling
Auch die Nächte mir erklingen;
Als ein grünes Echo kann er
Bis in meine Träume dringen.

Nur noch märchensüßer flöten
Dann die Vögel, durch die Lüfte
Weht es sanfter, sehnsuchtmilder
Steigen auf die Veilchendüfte.

Auch die Rosen blühen röter,
Eine kindlich güldne Glorie
Tragen sie, wie Engelköpfchen
Auf Gemälden der Historie –

Und mir selbst ist dann, als würd ich
Eine Nachtigall und sänge
Diesen Rosen meine Liebe,
Träumend sing ich Wunderklänge –

Bis mich weckt das Licht der Sonne,
Oder auch das holde Lärmen
Jener andren Nachtigallen,
Die vor meinem Fenster schwärmen.

37.

Sterne mit den goldnen Füßchen
Wandeln droben bang und sacht,
Daß sie nicht die Erde wecken,
Die da schläft im Schoß der Nacht.

Horchend stehn die stummen Wälder,
Jedes Blatt ein grünes Ohr!
Und der Berg, wie träumend streckt er
Seinen Schattenarm hervor.

Doch was rief dort? In mein Herze
Dringt der Töne Widerhall.
War es der Geliebten Stimme,
Oder nur die Nachtigall?

38.

Ernst ist der Frühling, seine Träume
Sind traurig, jede Blume schaut
Von Schmerz bewegt, es bebt geheime
Wehmut im Nachtigallenlaut.

O lächle nicht, geliebte Schöne,
So freundlich heiter, lächle nicht!
O weine lieber, eine Träne
Küß ich so gern dir vom Gesicht.

39.

Schon wieder bin ich fortgerissen
Vom Herzen, das ich innig liebe,
Schon wieder bin ich fortgerissen –
O wüßtest du, wie gern ich bliebe.

Der Wagen rollt, es dröhnt die Brücke,
Der Fluß darunter fließt so trübe;
Ich scheide wieder von dem Glücke,
Vom Herzen, das ich innig liebe.

Am Himmel jagen hin die Sterne,
Als flöhen sie vor meinem Schmerze –
Leb wohl, Geliebte! In der Ferne,
Wo ich auch bin, blüht dir mein Herze.

40.

Die holden Wünsche blühen,
Und welken wieder ab,
Und blühen und welken wieder –
So geht es bis ans Grab.

Das weiß ich, und das vertrübet
Mir alle Lieb und Lust;
Mein Herz ist so klug und witzig,
Und verblutet in meiner Brust.

41.

Wie ein Greisenantlitz droben
Ist der Himmel anzuschauen,
Roteinäugig und umwoben
Von dem Wolkenhaar, dem grauen.

Blickt er auf die Erde nieder,
Müssen welken Blum und Blüte,
Müssen welken Lieb und Lieder
In dem menschlichen Gemüte.

42.

Verdroßnen Sinn im kalten Herzen hegend,
Reis ich verdrießlich durch die kalte Welt,
Zu Ende geht der Herbst, ein Nebel hält
Feuchteingehüllt die abgestorbne Gegend.

Die Winde pfeifen, hin und her bewegend
Das rote Laub, das von den Bäumen fällt,
Es seufzt der Wald, es dampft das kahle Feld,
Nun kommt das Schlimmste noch, es regent.

43.

Spätherbstnebel, kalte Träume,
Überfloren Berg und Tal,
Sturm entblättert schon die Bäume,
Und sie schaun gespenstisch kahl.

Nur ein einzger, traurig schweigsam
Einzger Baum steht unentlaubt,
Feucht von Wehmutstränen gleichsam,
Schüttelt er sein grünes Haupt.

Ach, mein Herz gleicht dieser Wildnis,
Und der Baum, den ich dort schau
Sommergrün, das ist dein Bildnis,
Vielgeliebte, schöne Frau!

44.

Himmel grau und wochentäglich!
Auch die Stadt ist noch dieselbe!
Und noch immer blöd und kläglich
Spiegelt sie sich in der Elbe.

Lange Nasen, noch langweilig
Werden sie wie sonst geschneuzet,
Und das duckt sich noch scheinheilig,
Oder bläht sich, stolz gespreizet.

Schöner Süden! wie verehr ich
Deinen Himmel, deine Götter,
Seit ich diesen Menschenkehricht
Wiederseh, und dieses Wetter!

VERSCHIEDENE

1832–1839

Seraphine

1.

Wandl ich in dem Wald des Abends,
In dem träumerischen Wald,
Immer wandelt mir zur Seite
Deine zärtliche Gestalt.

Ist es nicht dein weißer Schleier?
Nicht dein sanftes Angesicht?
Oder ist es nur der Mondschein,
Der durch Tannendunkel bricht?

Sind es meine eignen Tränen,
Die ich leise rinnen hör?
Oder gehst du, Liebste, wirklich
Weinend neben mir einher?

2.

An dem stillen Meeresstrande
Ist die Nacht heraufgezogen,
Und der Mond bricht aus den Wolken,
Und es flüstert aus den Wogen:

Jener Mensch dort, ist er närrisch,
Oder ist er gar verliebet,
Denn er schaut so trüb und heiter,
Heiter und zugleich betrübet?

Doch der Mond der lacht herunter,
Und mit heller Stimme spricht er:
Jener ist verliebt und närrisch,
Und noch obendrein ein Dichter.

3.

Das ist eine weiße Möwe,
Die ich dort flattern seh
Wohl über die dunklen Fluten;
Der Mond steht hoch in der Höh.

Der Haifisch und der Roche,
Die schnappen hervor aus der See,
Es hebt sich, es senkt sich die Möwe;
Der Mond steht hoch in der Höh.

O, liebe, flüchtige Seele,
Dir ist so bang und weh!
Zu nah ist dir das Wasser,
Der Mond steht hoch in der Höh.

4.

Daß du mich liebst, das wußt ich,
Ich hatt es längst entdeckt;
Doch als du mirs gestanden,
Hat es mich tief erschreckt.

Ich stieg wohl auf die Berge
Und jubelte und sang;
Ich ging ans Meer und weinte
Beim Sonnenuntergang.

Mein Herz ist wie die Sonne
So flammend anzusehn,
Und in ein Meer von Liebe
Versinkt es groß und schön.

5.

Wie neubegierig die Möwe
Nach uns herüberblickt,
Weil ich an deine Lippen
So fest mein Ohr gedrückt!

Sie möchte gerne wissen,
Was deinem Mund entquillt,
Ob du mein Ohr mit Küssen
Oder mit Worten gefüllt?

Wenn ich nur selber wüßte,
Was mir in die Seele zischt!
Die Worte und die Küsse
Sind wunderbar vermischt.

6.

Sie floh vor mir wie 'n Reh so scheu,
Und wie ein Reh geschwinde!
Sie kletterte von Klipp zu Klipp,
Ihr Haar das flog im Winde.

Wo sich zum Meer der Felsen senkt,
Da hab ich sie erreichet,
Da hab ich sanft mit sanftem Wort
Ihr sprödes Herz erweichet.

Hier saßen wir so himmelhoch,
Und auch so himmelselig;
Tief unter uns, ins dunkle Meer,
Die Sonne sank allmählig.

Tief unter uns, ins dunkle Meer,
Versank die schöne Sonne;
Die Wogen rauschten drüber hin,
Mit ungestümer Wonne.

O weine nicht, die Sonne liegt
Nicht tot in jenen Fluten;
Sie hat sich in mein Herz versteckt
Mit allen ihren Gluten.

7.

Auf diesem Felsen bauen wir
Die Kirche von dem dritten,
Dem dritten neuen Testament;
Das Leid ist ausgelitten.

Vernichtet ist das Zweierlei,
Das uns so lang betöret;
Die dumme Leiberquälerei
Hat endlich aufgehöret.

Hörst du den Gott im finstern Meer?
Mit tausend Stimmen spricht er.
Und siehst du über unserm Haupt
Die tausend Gotteslichter?

Der heilge Gott der ist im Licht
Wie in den Finsternissen;
Und Gott ist alles was da ist;
Er ist in unsern Küssen.

8.

Graue Nacht liegt auf dem Meere,
Und die kleinen Sterne glimmen.
Manchmal tönen in dem Wasser
Lange hingezogne Stimmen.

Dorten spielt der alte Nordwind
Mit den blanken Meereswellen,
Die wie Orgelpfeifen hüpfen,
Die wie Orgelpfeifen schwellen.

Heidnisch halb und halb auch kirchlich
Klingen diese Melodeien,
Steigen mutig in die Höhe,
Daß sich drob die Sterne freuen.

Und die Sterne, immer größer,
Glühen auf mit Lustgewimmel,
Und am Ende groß wie Sonnen
Schweifen sie umher am Himmel.

Zur Musik, die unten tönet,
Wirbeln sie die tollsten Weisen;
Sonnennachtigallen sind es,
Die dort oben strahlend kreisen.

Und das braust und schmettert mächtig,
Meer und Himmel hör ich singen,
Und ich fühle Riesenwollust
Stürmisch in mein Herze dringen.

9.

Schattenküsse, Schattenliebe,
Schattenleben, wunderbar!
Glaubst du, Närrin, alles bliebe
Unverändert, ewig wahr?

Was wir lieblich fest besessen,
Schwindet hin, wie Träumerein,
Und die Herzen, die vergessen,
Und die Augen schlafen ein.

10.

Das Fräulein stand am Meere
Und seufzte lang und bang,
Es rührte sie so sehre
Der Sonnenuntergang.

Mein Fräulein! sein Sie munter,
Das ist ein altes Stück;
Hier vorne geht sie unter
Und kehrt von hinten zurück.

11.

Mit schwarzen Segeln segelt mein Schiff
Wohl über das wilde Meer;
Du weißt, wie sehr ich traurig bin,
Und kränkst mich doch so schwer.

Dein Herz ist treulos wie der Wind
Und flattert hin und her;
Mit schwarzen Segeln segelt mein Schiff
Wohl über das wilde Meer.

12.

Wie schändlich du gehandelt,
Ich hab es den Menschen verhehlet,
Und bin hinausgefahren aufs Meer,
Und hab es den Fischen erzählet.

Ich laß dir den guten Namen
Nur auf dem festen Lande;
Aber im ganzen Ozean
Weiß man von deiner Schande.

13.

Es ziehen die brausenden Wellen
Wohl nach dem Strand;
Sie schwellen und zerschellen
Wohl auf dem Sand.

Sie kommen groß und kräftig,
Ohn Unterlaß;
Sie werden endlich heftig –
Was hilft uns das?

14.

Es ragt ins Meer der Runenstein,
Da sitz ich mit meinen Träumen.
Es pfeift der Wind, die Möwen schrein,
Die Wellen, die wandern und schäumen.

Ich habe geliebt manch schönes Kind
Und manchen guten Gesellen –
Wo sind sie hin? Es pfeift der Wind,
Es schäumen und wandern die Wellen.

15.

Das Meer erstrahlt im Sonnenschein,
Als ob es golden wär.
Ihr Brüder, wenn ich sterbe,
Versenkt mich in das Meer.

Hab immer das Meer so lieb gehabt,
Es hat mit sanfter Flut
So oft mein Herz gekühlet;
Wir waren einander gut.

NACHLESE

Im Mondenglanze ruht das Meer,
Die Wogen murmeln leise;
Mir wird das Herz so bang und schwer,
Ich denk' der alten Weise;

Der alten Weise, die uns singt
Von den verlornen Städten,
Wo aus dem Meeresgrunde klingt
Glockengeläut' und Beten –

Das Läuten und das Beten, wißt,
Wird nicht den Städten frommen,
Denn was einmal begraben ist,
Das kann nicht wiederkommen.

Angelique

1.

Nun der Gott mir günstig nicket,
Soll ich schweigen wie ein Stummer,
Ich, der, als ich unbeglücket,
So viel sang von meinem Kummer,

Daß mir tausend arme Jungen
Gar verzweifelt nachgedichtet,
Und das Leid, das ich besungen,
Noch viel Schlimmres angerichtet!

O ihr Nachtigallenchöre,
Die ich trage in der Seele,
Daß man eure Wonne höre,
Jubelt auf mit voller Kehle!

2.

Wie rasch du auch vorüberschrittest,
Noch einmal schautest du zurück,
Der Mund, wie fragend, kühngeöffnet,
Stürmischer Hochmut in dem Blick.

O daß ich nie zu fassen suchte
Das weiße flüchtige Gewand!
Die holde Spur der kleinen Füße,
O daß ich nie sie wiederfand!

Verschwunden ist ja deine Wildheit,
Bist wie die Andern zahm und klar,
Und sanft und unerträglich gütig,
Und ach! nun liebst du mich sogar!

3.

Nimmer glaub ich, junge Schöne,
Was die spröde Lippe spricht;
Solche große schwarze Augen,
Solche hat die Tugend nicht.

Diese braungestreifte Lüge,
Streif sie ab; ich liebe dich.
Laß dein weißes Herz mich küssen –
Weißes Herz, verstehst du mich?

4.

Ich halte ihr die Augen zu
Und küß sie auf den Mund;
Nun läßt sie mich nicht mehr in Ruh,
Sie fragt mich um den Grund.

Von Abend spät bis Morgens fruh,
Sie fragt zu jeder Stund:
Was hältst du mir die Augen zu,
Wenn du mir küßt den Mund?

Ich sag ihr nicht, weshalb ichs tu,
Weiß selber nicht den Grund –
Ich halte ihr die Augen zu
Und küß sie auf den Mund.

5.

Wenn ich, beseligt von schönen Küssen,
In deinen Armen mich wohl befinde,
Dann mußt du mir nie von Deutschland reden; –
Ich kanns nicht vertragen – es hat seine Gründe.

Ich bitte dich, laß mich mit Deutschland in Frieden!
Du mußt mich nicht plagen mit ewigen Fragen
Nach Heimat, Sippschaft und Lebensverhältnis; –
Es hat seine Gründe – ich kanns nicht vertragen.

Die Eichen sind grün, und blau sind die Augen
Der deutschen Frauen; sie schmachten gelinde
Und seufzen von Liebe, Hoffnung und Glauben; –
Ich kanns nicht vertragen – es hat seine Gründe.

6.

Während ich nach andrer Leute,
Andrer Leute Schätze spähe,
Und vor fremden Liebestüren
Schmachtend auf- und niedergehe:

Treibts vielleicht die andren Leute
Hin und her an andrem Platze,
Und vor meinen eignen Fenstern
Äugeln sie mit meinem Schatze.

Das ist menschlich! Gott im Himmel
Schütze uns auf allen Wegen!
Gott im Himmel geb uns Allen,
Geb uns Allen Glück und Segen!

7.

Ja freilich, du bist mein Ideal,
Habs dir ja oft bekräftigt
Mit Küssen und Eiden sonder Zahl;
Doch heute bin ich beschäftigt.

Komm morgen zwischen zwei und drei,
Dann sollen neue Flammen
Bewähren meine Schwärmerei;
Wir essen nachher zusammen.

Wenn ich Billete bekommen kann,
Bin ich sogar kapabel
Dich in die Oper zu führen alsdann:
Man gibt Robert-le-Diable.

Es ist ein großes Zauberstück
Voll Teufelslust und Liebe;
Von Meyerbeer ist die Musik,
Der schlechte Text von Scribe.

8.

Schaff mich nicht ab, wenn auch den Durst
Gelöscht der holde Trunk;
Behalt mich noch ein Vierteljahr,
Dann hab auch ich genung.

Kannst du nicht mehr Geliebte sein,
Sei Freundin mir sodann;
Hat man die Liebe durchgeliebt,
Fängt man die Freundschaft an.

9.

Dieser Liebe toller Fasching,
Dieser Taumel unsrer Herzen,
Geht zu Ende, und ernüchtert
Gähnen wir einander an!

Ausgetrunken ist der Kelch,
Der mit Sinnenrausch gefüllt war,
Schäumend, lodernd, bis am Rande;
Ausgetrunken ist der Kelch.

Es verstummen auch die Geigen,
Die zum Tanze mächtig spielten,
Zu dem Tanz der Leidenschaft;
Auch die Geigen, sie verstummen.

Es erlöschen auch die Lampen,
Die das wilde Licht ergossen
Auf den bunten Mummenschanz;
Auch die Lampen, sie erlöschen.

Morgen kommt der Aschenmittwoch,
Und ich zeichne deine Stirne
Mit dem Aschenkreuz und spreche:
Weib, bedenke, daß du Staub bist.

NACHLESE

I

Wie entwickeln sich doch schnelle,
Aus der flüchtigsten Empfindung,
Leidenschaften ohne Grenzen
Und die zärtlichste Verbindung!

Täglich wächst zu dieser Dame
Meines Herzens tiefste Neigung,
Und daß ich in sie verliebt sei,
Wird mir fast zur Überzeugung.

Schön ist ihre Seele. Freilich,
Das ist immer eine Meinung;
Sichrer bin ich von der Schönheit
Ihrer äußeren Erscheinung.

Diese Hüften! Diese Stirne!
Diese Nase! Die Entfaltung
Dieses Lächelns auf den Lippen!
Und wie gut ist ihre Haltung!

II

Ach, wie schön bist du, wenn traulich
Dein Gemüt sich mir erschließet,
Und von nobelster Gesinnung
Deine Rede überfließet!

Wenn du mir erzählst, wie immer
Du so groß und würdig dachtest,
Wie dem Stolze deines Herzens
Du die größten Opfer brachtest!

Wie man dich für Millionen
Nicht vermöchte zu erwerben –
Eh du dich für Geld verkauftest,
Lieber würdest du ja sterben!

Und ich steh vor dir und höre,
Und ich höre dich zu Ende;
Wie ein stummes Bild des Glaubens,
Falt ich andachtsvoll die Hände –

III

Fürchte nichts, geliebte Seele,
Übersicher bist du hier;
Fürchte nicht, daß man uns stehle,
Ich verriegle schon die Tür.

Wie der Wind auch wütend wehe,
Er gefährdet nicht das Haus;
Daß auch nicht ein Brand entstehe,
Lösch ich unsre Lampe aus.

Ach, erlaube, daß ich winde
Meinen Arm um deinen Hals;
Man erkältet sich geschwinde
In Ermanglung eines Schals.

Diana

1.

Diese schönen Gliedermaßen
Kolossaler Weiblichkeit
Sind jetzt, ohne Widerstreit,
Meinen Wünschen überlassen.

Wär ich, leidenschaftentzügelt,
Eigenkräftig ihr genaht,
Ich bereute solche Tat!
Ja, sie hätte mich geprügelt.

Welcher Busen, Hals und Kehle!
Höher seh ich nicht genau.
Eh ich ihr mich anvertrau,
Gott empfehl ich meine Seele.

2.

Am Golfe von Biskaya
Hat sie den Tag erblickt;
Sie hat schon in der Wiege
Zwei junge Katzen erdrückt.

Sie lief mit bloßen Füßen
Wohl über die Pyrenän;
Drauf ließ sie als junge Riesin
In Perpignan sich sehn.

Jetzt ist sie die größte Dame
Im Faubourg Saint-Denis;
Sie kostet dem kleinen Sir William
Schon dreizehntausend Louis.

3.

Manchmal wenn ich bei Euch bin,
Großgeliebte, edle Doña,
Wie erinnernd schweift mein Sinn
Nach dem Marktplatz zu Bologna.

Dorten ist ein großer Brunn,
Fonte del Gigante heißt er,
Obendrauf steht ein Neptun
Von Johann, dem alten Meister.

Hortense

1.

Ehmals glaubt ich, alle Küsse,
Die ein Weib uns gibt und nimmt,
Seien uns, durch Schicksalsschlüsse,
Schon urzeitlich vorbestimmt.

Küsse nahm ich und ich küßte
So mit Ernst in jener Zeit,
Als ob ich erfüllen müßte
Taten der Notwendigkeit.

Jetzo weiß ich, überflüssig,
Wie so manches, ist der Kuß,
Und mit leichtern Sinnen küß ich,
Glaubenlos im Überfluß.

2.

Wir standen an der Straßeneck
Wohl über eine Stunde;
Wir sprachen voller Zärtlichkeit
Von unsrem Seelenbunde.

Wir sagten uns viel hundertmal,
Daß wir einander lieben;
Wir standen an der Straßeneck,
Und sind da stehn geblieben.

Die Göttin der Gelegenheit,
Wie 'n Zöfchen, flink und heiter,
Kam sie vorbei und sah uns stehn,
Und lachend ging sie weiter.

3.

In meinen Tagesträumen,
In meinem nächtlichen Wachen,
Stets klingt mir in der Seele
Dein allerliebstes Lachen.

Denkst du noch Montmorencys,
Wie du auf dem Esel rittest,
Und von dem hohen Sattel
Hinab in die Disteln glittest?

Der Esel blieb ruhig stehen,
Fing an die Disteln zu fressen –
Dein allerliebstes Lachen
Werde ich nie vergessen.

4.

Sie spricht:
Steht ein Baum im schönen Garten,
Und ein Apfel hängt daran,
Und es ringelt sich am Aste
Eine Schlange, und ich kann
Von den süßen Schlangenaugen
Nimmer wenden meinen Blick,
Und das zischelt so verheißend
Und das lockt wie holdes Glück!
Die Andre spricht:
Dieses ist die Frucht des Lebens,
Koste ihre Süßigkeit,
Daß du nicht so ganz vergebens
Lebtest deine Lebenszeit!
Schönes Kindchen, fromme Taube,
Kost einmal und zittre nicht –
Folge meinem Rat und glaube
Was die kluge Muhme spricht.

5.

Neue Melodieen spiel ich
Auf der neugestimmten Zither.
Alt ist der Text! Es sind die Worte
Salomos: das Weib ist bitter.

Ungetreu ist sie dem Freunde,
Wie sie treulos dem Gemahle!
Wermut sind die letzten Tropfen
In der Liebe Goldpokale.

Also wahr ist jene Sage
Von dem dunklen Sündenfluche,
Den die Schlange dir bereitet,
Wie es steht im alten Buche?

Kriechend auf dem Bauch, die Schlange,
Lauscht sie noch in allen Büschen,
Kost mit dir noch jetzt wie weiland,
Und du hörst sie gerne zischen.

Ach, es wird so kalt und dunkel!
Um die Sonne flattern Raben,
Und sie krächzen. Lust und Liebe
Ist auf lange jetzt begraben.

6.

Nicht lange täuschte mich das Glück,
Das du mir zugelogen,
Dein Bild ist wie ein falscher Traum
Mir durch das Herz gezogen.

Der Morgen kam, die Sonne schien,
Der Nebel ist zerronnen;
Geendigt hatten wir schon längst,
Eh wir noch kaum begonnen.

Clarisse

1.

Meinen schönsten Liebesantrag
Suchst du ängstlich zu verneinen;
Frag ich dann: ob das ein Korb sei?
Fängst du plötzlich an zu weinen.

Selten bet ich, drum erhör mich,
Lieber Gott! Hilf dieser Dirne,
Trockne ihre süßen Tränen
Und erleuchte ihr Gehirne.

2.

Überall wo du auch wandelst,
Schaust du mich zu allen Stunden,
Und je mehr du mich mißhandelst,
Treuer bleib ich dir verbunden.

Denn mich fesselt holde Bosheit,
Wie mich Güte stets vertrieben;
Willst du sicher meiner los sein,
Mußt du dich in mich verlieben.

3.

Hol der Teufel deine Mutter,
Hol der Teufel deinen Vater,
Die so grausam mich verhindert,
Dich zu schauen im Theater.

Denn sie saßen da und gaben,
Breitgeputzt, nur seltne Lücken,
Dich im Hintergrund der Loge,
Süßes Liebchen, zu erblicken.

Und sie saßen da und schauten
Zweier Liebenden Verderben,
Und sie klatschten großen Beifall,
Als sie beide sahen sterben.

4.

Geh nicht durch die böse Straße,
Wo die schönen Augen wohnen –
Ach! sie wollen allzugütig
Dich mit ihrem Blitz verschonen.

Grüßen allerliebst herunter
Aus dem hohen Fensterbogen,
Lächeln freundlich (Tod und Teufel!),
Sind dir schwesterlich gewogen.

Doch du bist schon auf dem Wege,
Und vergeblich ist dein Ringen;
Eine ganze Brust voll Elend
Wirst du mit nach Hause bringen.

5.

Es kommt zu spät, was du mir lächelst,
Was du mir seufzest, kommt zu spät!
Längst sind gestorben die Gefühle,
Die du so grausam einst verschmäht.

Zu spät kommt deine Gegenliebe!
Es fallen auf mein Herz herab
All deine heißen Liebesblicke,
Wie Sonnenstrahlen auf ein Grab.

* * *

Nur wissen möcht ich: wenn wir sterben,
Wohin dann unsre Seele geht?
Wo ist das Feuer, das erloschen?
Wo ist der Wind, der schon verweht?

NACHLESE

1.

Jetzt verwundet, krank und leidend,
In den schönsten Sommertagen,
Trag ich wieder, Menschen meidend,
Nach dem Wald die bittern Klagen.

Die geschwätzgen Vögel schweigen
Mitleidvoll in meiner Nähe;
In den dunkeln Lindenzweigen
Seufzt es mit bei meinem Wehe.

In dem Tal, auf grünem Platze,
Setz ich jammervoll mich nieder.
Katze, meine schöne Katze!
Jammerts aus den Bergen wider.

Katze, meine schöne Katze,
Konntest du mich so verletzen,
Wie mit grimmer Tigertatze
Mir das arme Herz zerfetzen!

Dieses Herz war, ernst und trübe,
Längst verschlossen allem Glücke;
Ach, da traf mich neue Liebe,
Denn mich trafen deine Blicke.

Heimlich schienst du zu miauen:
Glaube nicht, daß ich dich kratze,
Wage nur mir zu vertrauen,
Ich bin eine gute Katze.

2.

Wälderfreie Nachtigallen
Singen wild und ohne Regel,
Besser müssen dir gefallen
Flatternde Kanarienvögel.

Diese gelben zahmen Dinger
Seh ich dich im Käfig füttern,
Und sie picken an den Finger,
Wenn sie deinen Zucker wittern.

Welch gemütlich zarte Szene!
Engel müssen drob sich freuen!
Und ich selbst muß eine Träne
Meiner tiefsten Rührung weihen.

3.

Es kommt der Lenz mit dem Hochzeitgeschenk,
Mit Jubel und Musizieren,
Das Bräutchen und den Bräutigam
Kommt er zu gratulieren.

Er bringt Jasmin und Röselein,
Und Veilchen und duftige Kräutchen,
Und Sellerie für den Bräutigam,
Und Spargel für das Bräutchen.

4.

Schütz Euch Gott vor Überhitzung,
Allzustarke Herzensklopfung,
Allzuriechbarliche Schwitzung
Und vor Magenüberstopfung.

Wie am Tage Eurer Hochzeit,
Sei die Liebe Euch erfreulich,
Wenn Ihr längst im Ehejoch seid,
Und Eur Leib er sei gedeihlich.

5.

Jetzt kannst du mit vollem Recht,
Gutes Mädchen, von mir denken:
Dieser Mensch ist wirklich schlecht,
Mich sogar sucht er zu kränken –

Mich, die niemals ihm gesagt,
Was im gringsten ihn beleidigt,
Und, wo man ihn angeklagt,
Leidenschaftlich ihn verteidigt –

Mich, die im Begriffe stand
Einstens ihn sogar zu lieben,
Hätt ers nicht zu überspannt,
Hätt ers nicht zu toll getrieben!

6.

Wie du knurrst und lachst und brütest,
Wie du dich verdrießlich windest,
Wenn du, ohne selbst zu lieben,
Dennoch Eifersucht empfindest!

Nicht die duftig rote Rose
Willst du riechen oder küssen,
Nein, du schnüffelst an den Dornen,
Bis die Nase dir zerrissen.

Yolante und Marie

1.

Diese Damen, sie verstehen,
Wie man Dichter ehren muß:
Gaben mir ein Mittagessen,
Mir und meinem Genius.

Ach! die Suppe war vortrefflich,
Und der Wein hat mich erquickt,
Das Geflügel, das war göttlich,
Und der Hase war gespickt.

Sprachen, glaub ich, von der Dichtkunst,
Und ich wurde endlich satt;
Und ich dankte für die Ehre,
Die man mir erwiesen hat.

2.

In welche soll ich mich verlieben,
Da beide liebenswürdig sind?
Ein schönes Weib ist noch die Mutter,
Die Tochter ist ein schönes Kind.

Die weißen, unerfahrnen Glieder,
Sie sind so rührend anzusehn!
Doch reizend sind geniale Augen,
Die unsre Zärtlichkeit verstehn.

Es gleicht mein Herz dem grauen Freunde,
Der zwischen zwei Gebündel Heu
Nachsinnlich grübelt, welch von beiden
Das allerbeste Futter sei.

3.

Vor der Brust die trikoloren
Blumen, sie bedeuten: frei,
Dieses Herz ist frei geboren,
Und es haßt die Sklaverei.

Königin Marie, die Vierte
Meines Herzens, höre jetzt:
Manche, die vor dir regierte,
Wurde schmählig abgesetzt.

4.

Die Flaschen sind leer, das Frühstück war gut,
Die Dämchen sind rosig erhitzet;
Sie lüften das Mieder mit Übermut,
Ich glaube sie sind bespitzet.

Die Schulter wie weiß, die Brüstchen wie nett!
Mein Herz erbebet vor Schrecken.
Nun werfen sie lachend sich aufs Bett,
Und hüllen sich ein mit den Decken.

Sie ziehen nun gar die Gardinen vor,
Und schnarchen am End um die Wette.
Da steh ich im Zimmer, ein einsamer Tor,
Betrachte verlegen das Bette.

5.

Jugend, die mir täglich schwindet,
Wird durch raschen Mut ersetzt,
Und mein kühnrer Arm umwindet
Noch viel schlankre Hüften jetzt.

Tat auch manche sehr erschrocken,
Hat sie doch sich bald gefügt;
Holder Zorn, verschämtes Stocken
Wird von Schmeichelei besiegt.

Doch, wenn ich den Sieg genieße,
Fehlt das Beste mir dabei.
Ist es die verschwundne, süße,
Blöde Jugendeselei?

Emma

1.

Er steht so starr wie ein Baumstamm,
In Hitz und Frost und Wind,
Im Boden wurzelt die Fußzeh,
Die Arme erhoben sind.

So quält sich Bagiratha lange,
Und Bramah will enden sein Weh,
Er läßt den Ganges fließen
Herab von der Himmelshöh.

Ich aber, Geliebte, vergebens
Martre und quäl ich mich ab,
Aus deinen Himmelsaugen
Fließt mir kein Tropfen herab.

2.

Vierundzwanzig Stunden soll ich
Warten auf das höchste Glück,
Das mir blinzelnd süß verkündet,
Blinzelnd süß der Seitenblick.

Oh! die Sprache ist so dürftig,
Und das Wort ein plumpes Ding;
Wird es ausgesprochen, flattert
Fort der schöne Schmetterling.

Doch der Blick, der ist unendlich,
Und er macht unendlich weit
Deine Brust, wie einen Himmel
Voll gestirnter Seligkeit.

3.

Nicht mal einen einzgen Kuß,
Nach so monatlangem Lieben!
Und so bin ich Allerärmster
Trocknen Mundes stehn geblieben.

Einmal kam das Glück mir nah –
Schon konnt ich den Atem spüren –
Doch es flog vorüber – ohne
Mir die Lippen zu berühren.

4.

Emma, sage mir die Wahrheit:
Ward ich närrisch durch die Liebe?
Oder ist die Liebe selber
Nur die Folge meiner Narrheit?

Ach! mich quälet, teure Emma,
Außer meiner tollen Liebe,
Außer meiner Liebestollheit,
Obendrein noch dies Dilemma.

5.

Bin ich bei dir, Zank und Not!
Und ich will mich fort begeben!
Doch das Leben ist kein Leben
Fern von dir, es ist der Tod.

Grübelnd lieg ich in der Nacht,
Zwischen Tod und Hölle wählend –
Ach! ich glaube, dieses Elend
Hat mich schon verrückt gemacht.

6.

Schon mit ihren schlimmsten Schatten
Schleicht die böse Nacht heran;
Unsre Seelen sie ermatten,
Gähnend schauen wir uns an.

Du wirst alt und ich noch älter,
Unser Frühling ist verblüht.
Du wirst kalt und ich noch kälter,
Wie der Winter näher zieht.

Ach, das Ende ist so trübe!
Nach der holden Liebesnot
Kommen Nöten ohne Liebe,
Nach dem Leben kommt der Tod.

Der Tannhäuser

EINE LEGENDE

Geschrieben 1836

1.

Ihr guten Christen, laßt Euch nicht
Von Satans List umgarnen!
Ich sing Euch das Tannhäuserlied,
Um Eure Seelen zu warnen.

Der edle Tannhäuser, ein Ritter gut,
Wollt Lieb und Lust gewinnen,
Da zog er in den Venusberg,
Blieb sieben Jahre drinnen.

Frau Venus, meine schöne Frau,
Leb wohl, mein holdes Leben!
Ich will nicht länger bleiben bei dir,
Du sollst mir Urlaub geben.

»Tannhäuser, edler Ritter mein,
Hast heut mich nicht geküsset;
Küß mich geschwind, und sage mir:
Was du bei mir vermisset?

Habe ich nicht den süßesten Wein
Tagtäglich dir kredenzet?
Und hab ich nicht mit Rosen dir
Tagtäglich das Haupt bekränzet?«

Frau Venus, meine schöne Frau,
Von süßem Wein und Küssen
Ist meine Seele geworden krank;
Ich schmachte nach Bitternissen.

Wir haben zuviel gescherzt und gelacht,
Ich sehne mich nach Tränen,
Und statt mit Rosen möcht ich mein Haupt
Mit spitzigen Dornen krönen.

»Tannhäuser, edler Ritter mein,
Du willst dich mit mir zanken;
Du hast geschworen viel tausendmal,
Niemals von mir zu wanken.

Komm, laß uns in die Kammer gehn,
Zu spielen der heimlichen Minne;
Mein schöner liljenweißer Leib
Erheitert deine Sinne.«

Frau Venus, meine schöne Frau,
Dein Reiz wird ewig blühen;
Wie viele einst für dich geglüht,
So werden noch viele glühen.

Doch denk ich der Götter und Helden, die einst
Sich zärtlich daran geweidet,
Dein schöner liljenweißer Leib,
Er wird mir schier verleidet.

Dein schöner liljenweißer Leib
Erfüllt mich fast mit Entsetzen,
Gedenk ich, wie viele werden sich
Noch späterhin dran ergetzen!

»Tannhäuser, edler Ritter mein,
Das sollst du mir nicht sagen,
Ich wollte lieber, du schlügest mich,
Wie du mich oft geschlagen.

Ich wollte lieber, du schlügest mich,
Als daß du Beleidigung sprächest,
Und mir, undankbar kalter Christ,
Den Stolz im Herzen brächest.

Weil ich dich geliebet gar zu sehr,
Hör ich nun solche Worte –
Leb wohl, ich gebe Urlaub dir,
Ich öffne dir selber die Pforte.«

2.

Zu Rom, zu Rom, in der heiligen Stadt,
Da singt es und klingelt und läutet:
Da zieht einher die Prozession,
Der Papst in der Mitte schreitet.

Das ist der fromme Papst Urban,
Er trägt die dreifache Krone,
Er trägt ein rotes Purpurgewand,
Die Schleppe tragen Barone.

»O heiliger Vater, Papst Urban,
Ich laß dich nicht von der Stelle,
Du hörest zuvor meine Beichte an,
Du rettest mich von der Hölle!«

Das Volk es weicht im Kreis zurück,
Es schweigen die geistlichen Lieder: –
Wer ist der Pilger bleich und wüst,
Vor dem Papste kniet er nieder?

»O heiliger Vater, Papst Urban,
Du kannst ja binden und lösen,
Errette mich von der Höllenqual
Und von der Macht des Bösen.

Ich bin der edle Tannhäuser genannt,
Wollt Lieb und Lust gewinnen,
Da zog ich in den Venusberg,
Blieb sieben Jahre drinnen.

Frau Venus ist eine schöne Frau,
Liebreizend und anmutreiche;
Wie Sonnenschein und Blumenduft
Ist ihre Stimme, die weiche.

Wie der Schmetterling flattert um eine Blum,
Am zarten Kelch zu nippen,
So flattert meine Seele stets
Um ihre Rosenlippen.

Ihr edles Gesicht umringeln wild
Die blühend schwarzen Locken;
Schaun dich die großen Augen an,
Wird dir der Atem stocken.

Schaun dich die großen Augen an,
So bist du wie angekettet;
Ich habe nur mit großer Not
Mich aus dem Berg gerettet.

Ich hab mich gerettet aus dem Berg,
Doch stets verfolgen die Blicke
Der schönen Frau mich überall,
Sie winken: komm zurücke!

Ein armes Gespenst bin ich am Tag,
Des Nachts mein Leben erwachet,
Dann träum ich von meiner schönen Frau,
Sie sitzt bei mir und lachet.

Sie lacht so gesund, so glücklich, so toll,
Und mit so weißen Zähnen!
Wenn ich an dieses Lachen denk,
So weine ich plötzliche Tränen.

Ich liebe sie mit Allgewalt,
Nichts kann die Liebe hemmen!
Das ist wie ein wilder Wasserfall,
Du kannst seine Fluten nicht dämmen;

Er springt von Klippe zu Klippe herab,
Mit lautem Tosen und Schäumen,
Und bräch er tausendmal den Hals,
Er wird im Laufe nicht säumen.

Wenn ich den ganzen Himmel besäß,
Frau Venus schenkt ich ihn gerne;
Ich gäb ihr die Sonne, ich gäb ihr den Mond,
Ich gäbe ihr sämtliche Sterne.

Ich liebe sie mit Allgewalt,
Mit Flammen, die mich verzehren, –
Ist das der Hölle Feuer schon,
Die Gluten, die ewig währen?

O heiliger Vater, Papst Urban,
Du kannst ja binden und lösen!
Errette mich von der Höllenqual
Und von der Macht des Bösen.«

Der Papst hub jammernd die Händ empor,
Hub jammernd an zu sprechen:
»Tannhäuser, unglückselger Mann,
Der Zauber ist nicht zu brechen.

Der Teufel, den man Venus nennt,
Er ist der Schlimmste von allen;
Erretten kann ich dich nimmermehr
Aus seinen schönen Krallen.

Mit deiner Seele mußt du jetzt
Des Fleisches Lust bezahlen,
Du bist verworfen, du bist verdammt
Zu ewigen Höllenqualen.«

3.

Der Ritter Tannhäuser er wandelt so rasch,
Die Füße die wurden ihm wunde.
Er kam zurück in den Venusberg
Wohl um die Mitternachtstunde.

Frau Venus erwachte aus dem Schlaf,
Ist schnell aus dem Bette gesprungen;
Sie hat mit ihrem weißen Arm
Den geliebten Mann umschlungen.

Aus ihrer Nase rann das Blut,
Den Augen die Tränen entflossen;
Sie hat mit Tränen und Blut das Gesicht
Des geliebten Mannes begossen.

Der Ritter legte sich ins Bett,
Er hat kein Wort gesprochen.
Frau Venus in die Küche ging,
Um ihm eine Suppe zu kochen.

Sie gab ihm Suppe, sie gab ihm Brot,
Sie wusch seine wunden Füße,
Sie kämmte ihm das struppige Haar,
Und lachte dabei so süße.

»Tannhäuser, edler Ritter mein,
Bist lange ausgeblieben,
Sag an, in welchen Landen du dich
So lange herumgetrieben?«

Frau Venus, meine schöne Frau,
Ich hab in Welschland verweilet;
Ich hatte Geschäfte in Rom und bin
Schnell wieder hierher geeilet.

Auf sieben Hügeln ist Rom gebaut,
Die Tiber tut dorten fließen;
Auch hab ich in Rom den Papst gesehn,
Der Papst er läßt dich grüßen.

Auf meinem Rückweg sah ich Florenz,
Bin auch durch Mailand gekommen,
Und bin alsdann mit raschem Mut
Die Schweiz hinaufgeklommen.

Und als ich über die Alpen zog,
Da fing es an zu schneien,
Die blauen Seen die lachten mich an,
Die Adler krächzen und schreien.

Und als ich auf dem Sankt-Gotthard stand,
Da hört ich Deutschland schnarchen;
Es schlief da unten in sanfter Hut
Von sechsunddreißig Monarchen.

In Schwaben besah ich die Dichterschul,
Gar liebe Geschöpfchen und Tröpfchen!
Auf kleinen Kackstühlchen saßen sie dort,
Fallhütchen auf den Köpfchen.

Zu Frankfurt kam ich am Schabbes an,
Und aß dort Schalet und Klöse;
Ihr habt die beste Religion,
Auch lieb ich das Gänsegekröse.

In Dresden sah ich einen Hund,
Der einst gehört zu den Bessern,
Doch fallen ihm jetzt die Zähne aus,
Er kann nur bellen und wässern.

Zu Weimar, dem Musenwitwensitz,
Da hört ich viel Klagen erheben,
Man weinte und jammerte: Goethe sei tot,
Und Eckermann sei noch am Leben!

Zu Potsdam vernahm ich ein lautes Geschrei –
Was gibt es? rief ich verwundert.
»Das ist der Gans in Berlin, der liest
Dort über das letzte Jahrhundert.«

Zu Göttingen blüht die Wissenschaft,
Doch bringt sie keine Früchte.
Ich kam dort durch in stockfinstrer Nacht,
Sah nirgendswo ein Lichte.

Zu Celle im Zuchthaus sah ich nur
Hannoveraner – O Deutsche!
Uns fehlt ein Nationalzuchthaus
Und eine gemeinsame Peitsche!

Zu Hamburg frug ich: warum so sehr
Die Straßen stinken täten?
Doch Juden und Christen versicherten mir,
Das käme von den Fleeten.

Zu Hamburg, in der guten Stadt,
Wohnt mancher schlechte Geselle;
Und als ich auf die Börse kam,
Ich glaubte, ich wär noch in Celle.

Zu Hamburg sah ich Altona,
Ist auch eine schöne Gegend;
Ein andermal erzähl ich dir
Was mir alldort begegent.

Schöpfungslieder

1.

Im Beginn schuf Gott die Sonne,
Dann die nächtlichen Gestirne;
Hierauf schuf er auch die Ochsen,
Aus dem Schweiße seiner Stirne.

Später schuf er wilde Bestien,
Löwen mit den grimmen Tatzen;
Nach des Löwen Ebenbilde
Schuf er hübsche kleine Katzen.

Zur Bevölkerung der Wildnis
Ward hernach der Mensch erschaffen;
Nach des Menschen holdem Bildnis
Schuf er intressante Affen.

Satan sah dem zu und lachte:
Ei, der Herr kopiert sich selber!
Nach dem Bilde seiner Ochsen
Macht er noch am Ende Kälber!

2.

Und der Gott sprach zu dem Teufel:
Ich der Herr kopier mich selber,
Nach der Sonne mach ich Sterne,
Nach den Ochsen mach ich Kälber,
Nach den Löwen mit den Tatzen
Mach ich kleine liebe Katzen,
Nach den Menschen mach ich Affen;
Aber du kannst gar nichts schaffen.

3.

Ich hab mir zu Ruhm und Preis erschaffen
Die Menschen, Löwen, Ochsen, Sonne;
Doch Sterne, Kälber, Katzen, Affen
Erschuf ich zu meiner eigenen Wonne.

4.

Kaum hab ich die Welt zu schaffen begonnen,
In einer Woche wars abgetan.
Doch hatt ich vorher tief ausgesonnen
Jahrtausendlang den Schöpfungsplan.

Das Schaffen selbst ist eitel Bewegung,
Das stümpert sich leicht in kurzer Frist;
Jedoch der Plan, die Überlegung,
Das zeigt erst wer ein Künstler ist.

Ich hab allein dreihundert Jahre
Tagtäglich drüber nachgedacht,
Wie man am besten Doctores Juris
Und gar die kleinen Flöhe macht.

5.

Sprach der Herr am sechsten Tage:
Hab am Ende nun vollbracht
Diese große, schöne Schöpfung,
Und hab Alles gut gemacht.

Wie die Sonne rosengoldig
In dem Meere widerstrahlt!
Wie die Bäume grün und glänzend!
Ist nicht Alles wie gemalt?

Sind nicht weiß wie Alabaster
Dort die Lämmchen auf der Flur?
Ist sie nicht so schön vollendet
Und natürlich die Natur?

Erd und Himmel sind erfüllet
Ganz von meiner Herrlichkeit,
Und der Mensch er wird mich loben
Bis in alle Ewigkeit!

6.

Der Stoff, das Material des Gedichts,
Das saugt sich nicht aus dem Finger;
Kein Gott erschafft die Welt aus Nichts,
So wenig wie irdische Singer.

Aus vorgefundenem Urweltsdreck
Erschuf ich die Männerleiber,
Und aus dem Männerrippenspeck
Erschuf ich die schönen Weiber.

Den Himmel erschuf ich aus der Erd
Und Engel aus Weiberentfaltung;
Der Stoff gewinnt erst seinen Wert
Durch künstlerische Gestaltung.

7.

Warum ich eigentlich erschuf
Die Welt, ich will es gern bekennen:
Ich fühlte in der Seele brennen,
Wie Flammenwahnsinn, den Beruf.

Krankheit ist wohl der letzte Grund
Des ganzen Schöpferdrangs gewesen;
Erschaffend konnte ich genesen,
Erschaffend wurde ich gesund.

Friedrike

1823

1.

Verlaß Berlin, mit seinem dicken Sande
Und dünnen Tee und überwitzgen Leuten,
Die Gott und Welt, und was sie selbst bedeuten,
Begriffen längst mit Hegelschem Verstande.

Komm mit nach Indien, nach dem Sonnenlande,
Wo Ambrablüten ihren Duft verbreiten,
Die Pilgerscharen nach dem Ganges schreiten,
Andächtig und im weißen Festgewande.

Dort, wo die Palmen wehn, die Wellen blinken,
Am heilgen Ufer Lotosblumen ragen
Empor zu Indras Burg, der ewig blauen;

Dort will ich gläubig vor dir niedersinken,
Und deine Füße drücken, und dir sagen:
Madame! Sie sind die schönste aller Frauen!

2.

Der Ganges rauscht, mit klugen Augen schauen
Die Antilopen aus dem Laub, sie springen
Herbei mutwillig, ihre bunten Schwingen
Entfaltend wandeln stolzgespreizte Pfauen.

Tief aus dem Herzen der bestrahlten Auen
Blumengeschlechter, viele neue, dringen,
Sehnsuchtberauscht ertönt Kokilas Singen –
Ja, du bist schön, du schönste aller Frauen!

Gott Kama lauscht aus allen deinen Zügen,
Er wohnt in deines Busens weißen Zelten,
Und haucht aus dir die lieblichsten Gesänge;

Ich sah Wassant auf deinen Lippen liegen,
In deinem Aug entdeck ich neue Welten,
Und in der eignen Welt wirds mir zu enge.

3.

Der Ganges rauscht, der große Ganges schwillt,
Der Himalaja strahlt im Abendscheine,
Und aus der Nacht der Bananenhaine
Die Elefantenherde stürzt und brüllt –

Ein Bild! Ein Bild! Mein Pferd für 'n gutes Bild!
Womit ich dich vergleiche, Schöne, Feine,
Dich Unvergleichliche, dich Gute, Reine,
Die mir das Herz mit heitrer Lust erfüllt!

Vergebens siehst du mich nach Bildern schweifen,
Und siehst mich mit Gefühl und Reimen ringen, –
Und, ach! du lächelst gar ob meiner Qual!

Doch lächle nur! Denn wenn du lächelst, greifen
Gandarven nach der Zither, und sie singen
Dort oben in dem goldnen Sonnensaal.

Katharina

1.

Ein schöner Stern geht auf in meiner Nacht,
Ein Stern, der süßen Trost herniederlacht
Und neues Leben mir verspricht –
O lüge nicht!

Gleichwie das Meer dem Mond entgegenschwillt,
So flutet meine Seele, froh und wild,
Empor zu deinem holden Licht –
O lüge nicht!

2.

»Wollen Sie ihr nicht vorgestellt sein?«
Flüsterte mir die Herzogin. –
»Beileibe nicht, ich müßt ein Held sein,
Ihr Anblick schon wirrt mir den Sinn.«

Das schöne Weib macht mich erbeben!
Es ahnet mir, in ihrer Näh
Beginnt für mich ein neues Leben,
Mit neuer Lust, mit neuem Weh.

Es hält wie Angst mich von ihr ferne,
Es treibt mich Sehnsucht hin zu ihr!
Wie meines Schicksals wilde Sterne
Erscheinen diese Augen mir.

Die Stirn ist klar. Doch es gewittert
Dahinter schon der künftge Blitz,
Der künftge Sturm, der mich erschüttert
Bis in der Seele tiefsten Sitz.

Der Mund ist fromm. Doch mit Entsetzen
Unter den Rosen seh ich schon
Die Schlangen, die mich einst verletzen
Mit falschem Kuß, mit süßem Hohn.

Die Sehnsucht treibt. – Ich muß mich nähren
Dem holden, unheilschwangern Ort –
Schon kann ich ihre Stimme hören –
Klingende Flamme ist ihr Wort.

Sie fragt: »Monsieur, wie ist der Name
Der Sängerin, die eben sang?«
Stotternd antworte ich der Dame:
»Hab nichts gehört von dem Gesang.«

3.

Wie Merlin, der eitle Weise,
Bin ich armer Nekromant
Nun am Ende festgebannt
In die eignen Zauberkreise.

Festgebannt zu ihren Füßen
Lieg ich nun, und immerdar
Schau ich in ihr Augenpaar;
Und die Stunden, sie verfließen.

Stunden, Tage, ganze Wochen,
Sie verfließen wie ein Traum,
Was ich rede, weiß ich kaum,
Weiß auch nicht, was sie gesprochen.

Manchmal ist mir, als berühren
Ihre Lippen meinen Mund –
Bis in meiner Seele Grund
Kann ich dann die Flammen spüren.

4.

Du liegst mir so gern im Arme,
Du liegst mir am Herzen so gern!
Ich bin dein ganzer Himmel,
Du bist mein liebster Stern.

Tief unter uns da wimmelt
Das närrische Menschengeschlecht;
Sie schreien und wüten und schelten,
Und haben Alle Recht.

Sie klingeln mit ihren Kappen
Und zanken ohne Grund;
Mit ihren Kolben schlagen
Sie sich die Köpfe wund.

Wie glücklich sind wir beide,
Daß wir von ihnen so fern –
Du birgst in deinem Himmel
Das Haupt, mein liebster Stern!

5.

Ich liebe solche weiße Glieder,
Der zarten Seele schlanke Hülle,
Wildgroße Augen und die Stirne
Umwogt von schwarzer Lockenfülle!

Du bist so recht die rechte Sorte,
Die ich gesucht in allen Landen;
Auch meinen Wert hat Euresgleichen
So recht zu würdigen verstanden.

Du hast an mir den Mann gefunden,
Wie du ihn brauchst. Du wirst mich reichlich
Beglücken mit Gefühl und Küssen,
Und dann verraten, wie gebräuchlich.

6.

Der Frühling schien schon an dem Tor
Mich freundlich zu erwarten.
Die ganze Gegend steht im Flor
Als wie ein Blumengarten.

Die Liebste sitzt an meiner Seit
Im rasch hinrollenden Wagen;
Sie schaut mich an voll Zärtlichkeit,
Ihr Herz das fühl ich schlagen.

Das trillert und duftet so sonnenvergnügt!
Das blinkt im grünen Geschmeide!
Sein weißes Blütenköpfchen wiegt
Der junge Baum mit Freude.

Die Blumen schaun aus der Erd hervor,
Betrachten, neugierigen Blickes,
Das schöne Weib, das ich erkor,
Und mich, den Mann des Glückes.

Vergängliches Glück. Schon morgen klirrt
Die Sichel über den Saaten,
Der holde Frühling verwelken wird,
Das Weib wird mich verraten.

7.

Jüngstens träumte mir: spazieren
In dem Himmelreiche ging ich,
Ich mit dir – denn ohne dich
Wär der Himmel eine Hölle.

Dort sah ich die Auserwählten,
Die Gerechten und die Frommen,
Die auf Erden ihren Leib
Für der Seele Heil gepeinigt:

Kirchenväter und Apostel,
Eremiten, Kapuziner,
Alte Käuze, einge junge –
Letztre sahn noch schlechter aus!

Lange heilige Gesichter,
Breite Glatzen, graue Bärte,
(Drunter auch verschiedne Juden) –
Gingen streng an uns vorüber,

Warfen keinen Blick nach dir,
Ob du gleich, mein schönes Liebchen,
Tändelnd mir am Arme hingest,
Tändelnd, lächelnd, kokettierend!

Nur ein Einzger sah dich an,
Und es war der einzge schöne,
Schöne Mann in dieser Schar;
Wunderherrlich war sein Antlitz.

Menschengüte um die Lippen,
Götterruhe in den Augen,
Wie auf Magdalenen einst
Schaute Jener auf dich nieder.

Ach! ich weiß, er meint es gut –
Keiner ist so rein und edel –
Aber ich, ich wurde dennoch
Wie von Eifersucht berühret –

Und ich muß gestehn, es wurde
Mir im Himmel unbehaglich –
Gott verzeih mirs! mich genierte
Unser Heiland, Jesus Christus.

8.

Ein jeder hat zu diesem Feste
Sein liebes Liebchen mitgebracht,
Und freut sich der blühenden Sommernacht; –
Ich wandle allein, mir fehlt das Beste.

Ich wandle allein gleich einem Kranken!
Ich fliehe die Lust, ich fliehe den Tanz
Und die schöne Musik und den Lampenglanz; –
In England sind meine Gedanken.

Ich breche Rosen, ich breche Nelken,
Zerstreuten Sinnes und kummervoll;
Ich weiß nicht, wem ich sie geben soll; –
Mein Herz und die Blumen verwelken.

9.

Gesanglos war ich und beklommen
So lange Zeit – nun dicht ich wieder!
Wie Tränen, die uns plötzlich kommen,
So kommen plötzlich auch die Lieder.

Melodisch kann ich wieder klagen
Von großem Lieben, größerm Leiden,
Von Herzen, die sich schlecht vertragen
Und dennoch brechen, wenn sie scheiden.

Manchmal ist mir, als fühlt ich wehen
Über dem Haupt die deutschen Eichen –
Sie flüstern gar von Wiedersehen –
Das sind nur Träume – sie verbleichen.

Manchmal ist mir, als hört ich singen
Die alten, deutschen Nachtigallen –
Wie mich die Töne sanft umschlingen! –
Das sind nur Träume – sie verhallen.

Wo sind die Rosen, deren Liebe
Mich einst beglückt? – All ihre Blüte
Ist längst verwelkt! – Gespenstisch trübe
Spukt noch ihr Duft mir im Gemüte.

In der Fremde

I.

Es treibt dich fort von Ort zu Ort,
Du weißt nicht mal warum;
Im Winde klingt ein sanftes Wort,
Schaust dich verwundert um.

Die Liebe, die dahinten blieb,
Sie ruft dich sanft zurück:
O komm zurück, ich hab dich lieb,
Du bist mein einzges Glück!

Doch weiter, weiter, sonder Rast,
Du darfst nicht stille stehn;
Was du so sehr geliebet hast,
Sollst du nicht wiedersehn.

2.

Du bist ja heut so grambefangen,
Wie ich dich lange nicht geschaut!
Es perlet still von deinen Wangen,
Und deine Seufzer werden laut.

Denkst du der Heimat, die so ferne,
So nebelferne dir verschwand?
Gestehe mirs, du wärest gerne
Manchmal im teuren Vaterland.

Denkst du der Dame, die so niedlich
Mit kleinem Zürnen dich ergötzt?
Oft zürntest du, dann ward sie friedlich,
Und immer lachtet ihr zuletzt.

Denkst du der Freunde, die da sanken
An deine Brust, in großer Stund?
Im Herzen stürmten die Gedanken,
Jedoch verschwiegen blieb der Mund.

Denkst du der Mutter und der Schwester?
Mit beiden standest du ja gut.
Ich glaube gar, es schmilzt, mein Bester,
In deiner Brust der wilde Mut!

Denkst du der Vögel und der Bäume
Des schönen Gartens, wo du oft
Geträumt der Liebe junge Träume,
Wo du gezagt, wo du gehofft?

Es ist schon spät. Die Nacht ist helle,
Trübhell gefärbt vom feuchten Schnee.
Ankleiden muß ich mich nun schnelle
Und in Gesellschaft gehn. O weh!

3.

Ich hatte einst ein schönes Vaterland.
Der Eichenbaum
Wuchs dort so hoch, die Veilchen nickten sanft.
Es war ein Traum.

Das küßte mich auf deutsch, und sprach auf deutsch
(Man glaubt es kaum
Wie gut es klang) das Wort: »ich liebe dich!«
Es war ein Traum.

Tragödie

1.

Entflieh mit mir und sei mein Weib,
Und ruh an meinem Herzen aus;
Fern in der Fremde sei mein Herz
Dein Vaterland und Vaterhaus.

Gehst du nicht mit, so sterb ich hier
Und du bist einsam und allein;
Und bleibst du auch im Vaterhaus,
Wirst doch wie in der Fremde sein.

2.

Dieses ist ein wirkliches Volkslied,
welches ich am Rheine gehört

Es fiel ein Reif in der Frühlingsnacht,
Er fiel auf die zarten Blaublümelein,
Sie sind verwelket, verdorret.

Ein Jüngling hatte ein Mädchen lieb,
Sie flohen heimlich von Hause fort,
Es wußt weder Vater noch Mutter.

Sie sind gewandert hin und her,
Sie haben gehabt weder Glück noch Stern,
Sie sind verdorben, gestorben.

3.

Auf ihrem Grab da steht eine Linde,
Drin pfeifen die Vögel und Abendwinde,
Und drunter sitzt, auf dem grünen Platz
Der Müllersknecht mit seinem Schatz.

Die Winde die wehen so lind und so schaurig,
Die Vögel die singen so süß und so traurig,
Die schwatzenden Buhlen, die werden stumm,
Sie weinen und wissen selbst nicht warum.

ROMANZEN

1839–1842

1.

EIN WEIB

Sie hatten sich beide so herzlich lieb,
Spitzbübin war sie, er war ein Dieb.
Wenn er Schelmenstreiche machte,
Sie warf sich aufs Bett und lachte.

Der Tag verging in Freud und Lust,
Des Nachts lag sie an seiner Brust.
Als man ins Gefängnis ihn brachte,
Sie stand am Fenster und lachte.

Er ließ ihr sagen: O komm zu mir,
Ich sehne mich so sehr nach dir,
Ich rufe nach dir, ich schmachte –
Sie schüttelt' das Haupt und lachte.

Um sechse des Morgens ward er gehenkt,
Um sieben ward er ins Grab gesenkt;
Sie aber schon um achte
Trank roten Wein und lachte.

2.

FRÜHLINGSFEIER

Das ist des Frühlings traurige Lust!
Die blühenden Mädchen, die wilde Schar,
Sie stürmen dahin, mit flatterndem Haar
Und Jammergeheul und entblößter Brust: –
Adonis! Adonis!

Es sinkt die Nacht. Bei Fackelschein,
Sie suchen hin und her im Wald,
Der angstverwirret widerhallt
Von Weinen und Lachen und Schluchzen und Schrein:
Adonis! Adonis!

Das wunderschöne Jünglingsbild,
Es liegt am Boden blaß und tot,
Das Blut färbt alle Blumen rot,
Und Klagelaut die Luft erfüllt: –
Adonis! Adonis!

3.

CHILDE HAROLD

Eine starke, schwarze Barke
Segelt trauervoll dahin.
Die vermummten und verstummten
Leichenhüter sitzen drin.

Toter Dichter, stille liegt er,
Mit entblößtem Angesicht;
Seine blauen Augen schauen
Immer noch zum Himmelslicht.

Aus der Tiefe klingts, als riefe
Eine kranke Nixenbraut,
Und die Wellen, sie zerschellen
An dem Kahn, wie Klagelaut.

4.

DIE BESCHWÖRUNG

Der junge Franziskaner sitzt
Einsam in der Klosterzelle,
Er liest im alten Zauberbuch,
Genannt der Zwang der Hölle.

Und als die Mitternachtstunde schlug,
Da konnt er nicht länger sich halten,
Mit bleichen Lippen ruft er an
Die Unterweltsgewalten.

Ihr Geister! holt mir aus dem Grab
Die Leiche der schönsten Frauen,
Belebt sie mir für diese Nacht,
Ich will mich dran erbauen.

Er spricht das grause Beschwörungswort,
Da wird sein Wunsch erfüllet,
Die arme verstorbene Schönheit kommt,
In weißen Laken gehüllet.

Ihr Blick ist traurig. Aus kalter Brust
Die schmerzlichen Seufzer steigen.
Die Tote setzt sich zu dem Mönch,
Sie schauen sich an und schweigen.

5.

AUS EINEM BRIEFE

Die Sonne spricht:

Was gehn dich meine Blicke an?
Das ist der Sonne gutes Recht,
Sie strahlt auf den Herrn wie auf den Knecht;
Ich strahle, weil ich nicht anders kann.

Was gehn dich meine Blicke an?
Bedenke was deine Pflichten sind,
Nimm dir ein Weib und mach ein Kind,
Und sei ein deutscher Biedermann.

Ich strahle, weil ich nicht anders kann,
Ich wandle am Himmel wohl auf wohl ab,
Aus Langeweile guck ich hinab –
Was gehn dich meine Blicke an?

Der Dichter spricht:

Das ist ja eben meine Tugend,
Daß ich ertrage deinen Blick,
Das Licht der ewgen Seelenjugend,
Blendende Schönheit, Flammenglück!

Jetzt aber fühl ich ein Ermatten
Der Sehkraft, und es sinken nieder,
Wie schwarze Flöre, nächtge Schatten
Auf meine armen Augenlider …

Chor der Affen:

Wir Affen, wir Affen,
Wir glotzen und gaffen
Die Sonne an,
Weil sie es doch nicht wehren kann.

Chor der Frösche:

Im Wasser, im Wasser,
Da ist es noch nasser
Als auf der Erde,
Und ohne Beschwerde
Erquicken
Wir uns an den Sonnenblicken.

Chor der Maulwürfe:

Was doch die Leute Unsinn schwatzen
Von Strahlen und von Sonnenblicken!
Wir fühlen nur ein warmes Jücken,
Und pflegen uns alsdann zu kratzen.

Ein Glühwurm spricht:
Wie sich die Sonne wichtig macht,
Mit ihrer kurzen Tagespracht!
So unbescheiden zeig ich mich nicht,
Und bin doch auch ein großes Licht,
In der Nacht, in der Nacht!

6.

UNSTERN

Der Stern erstrahlte so munter,
Da fiel er vom Himmel herunter.
Du fragst mich, Kind, was Liebe ist?
Ein Stern in einem Haufen Mist.

Wie 'n räudiger Hund, der verrecket,
So liegt er mit Unrat bedecket.
Es kräht der Hahn, die Sau sie grunzt,
Im Kote wälzt sich ihre Brunst.

O fiel ich doch in den Garten,
Wo die Blumen meiner harrten,
Wo ich mir oft gewünschet hab
Ein reinliches Sterben, ein duftiges Grab!

7.

ANNO 1829

Daß ich bequem verbluten kann,
Gebt mir ein edles, weites Feld!
O laßt mich nicht ersticken hier
In dieser engen Krämerwelt!

Sie essen gut, sie trinken gut,
Erfreun sich ihres Maulwurfglücks,
Und ihre Großmut ist so groß
Als wie das Loch der Armenbüchs.

Zigarren tragen sie im Maul
Und in der Hosentasch die Händ;
Auch die Verdauungskraft ist gut, –
Wer sie nur selbst verdauen könnt!

Sie handeln mit den Spezerein
Der ganzen Welt, doch in der Luft,
Trotz allen Würzen, riecht man stets
Den faulen Schellfischseelenduft.

O daß ich große Laster säh,
Verbrechen, blutig, kolossal, –
Nur diese satte Tugend nicht,
Und zahlungsfähige Moral!

Ihr Wolken droben, nehmt mich mit,
Gleichviel nach welchem fernen Ort!
Nach Lappland oder Afrika,
Und seis nach Pommern – fort! nur fort!

O nehmt mich mit – Sie hören nicht –
Die Wolken droben sind so klug!
Vorüberreisend dieser Stadt,
Ängstlich beschleungen sie den Flug.

8.

ANNO 1839

Oh, Deutschland, meine ferne Liebe,
Gedenk ich deiner, wein ich fast!
Das muntre Frankreich scheint mir trübe,
Das leichte Volk wird mir zur Last.

Nur der Verstand, so kalt und trocken,
Herrscht in dem witzigen Paris –
Oh, Narrheitsglöcklein, Glaubensglocken,
Wie klingelt ihr daheim so süß!

Höfliche Männer! Doch verdrossen
Geb ich den artgen Gruß zurück. –
Die Grobheit, die ich einst genossen
Im Vaterland, das war mein Glück!

Lächelnde Weiber! Plappern immer,
Wie Mühlenräder stets bewegt!
Da lob ich Deutschlands Frauenzimmer,
Das schweigend sich zu Bette legt.

Und alles dreht sich hier im Kreise,
Mit Ungestüm, wie 'n toller Traum!
Bei uns bleibt alles hübsch im Gleise,
Wie angenagelt, rührt sich kaum.

Mir ist, als hört ich fern erklingen
Nachtwächterhörner, sanft und traut;
Nachtwächterlieder hör ich singen,
Dazwischen Nachtigallenlaut.

Dem Dichter war so wohl daheime,
In Schildas teurem Eichenhain!
Dort wob ich meine zarten Reime
Aus Veilchenduft und Mondenschein.

9.

IN DER FRÜHE

Auf dem Faubourg Saint-Marceau
Lag der Nebel heute Morgen,
Spätherbstnebel, dicht und schwer,
Einer weißen Nacht vergleichbar.

Wandelnd durch die weiße Nacht,
Schaut ich mir vorübergleiten
Eine weibliche Gestalt,
Die dem Mondenlicht vergleichbar.

Ja, sie war wie Mondenlicht
Leichthinschwebend, zart und zierlich;
Solchen schlanken Gliederbau
Sah ich hier in Frankreich niemals.

War es Luna selbst vielleicht,
Die sich heut bei einem schönen,
Zärtlichen Endymion
Des Quartier Latin verspätet?

Auf dem Heimweg dacht ich nach:
Warum floh sie meinen Anblick?
Hielt die Göttin mich vielleicht
Für den Sonnenlenker Phöbus?

10.

RITTER OLAF

I

Vor dem Dome stehn zwei Männer,
Tragen beide rote Röcke,
Und der Eine ist der König
Und der Henker ist der Andre.

Und zum Henker spricht der König:
»Am Gesang der Pfaffen merk ich,
Daß vollendet schon die Trauung –
Halt bereit dein gutes Richtbeil.«

Glockenklang und Orgelrauschen,
Und das Volk strömt aus der Kirche;
Bunter Festzug, in der Mitte
Die geschmückten Neuvermählten.

Leichenblaß und bang und traurig
Schaut die schöne Königstochter;
Keck und heiter schaut Herr Olaf;
Und sein roter Mund, der lächelt.

Und mit lächelnd rotem Munde
Spricht er zu dem finstern König:
»Guten Morgen, Schwiegervater,
Heut ist Dir mein Haupt verfallen.

»Sterben soll ich heut – O laß mich
Nur bis Mitternacht noch leben,
Daß ich meine Hochzeit feire
Mit Bankett und Fackeltänzen.

»Laß mich leben, laß mich leben,
Bis geleert der letzte Becher,
Bis der letzte Tanz getanzt ist –
Laß bis Mitternacht mich leben!«

Und zum Henker spricht der König:
»Unserm Eidam sei gefristet
Bis um Mitternacht sein Leben –
Halt bereit dein gutes Richtbeil.«

II

Herr Olaf sitzt beim Hochzeitschmaus,
Er trinkt den letzten Becher aus.
An seine Schulter lehnt
Sein Weib und stöhnt –
Der Henker steht vor der Türe.

Der Reigen beginnt, und Herr Olaf erfaßt
Sein junges Weib, und mit wilder Hast
Sie tanzen, bei Fackelglanz,
Den letzten Tanz –
Der Henker steht vor der Türe.

Die Geigen geben so lustigen Klang,
Die Flöten seufzen so traurig und bang!
Wer die beiden tanzen sieht,
Dem erbebt das Gemüt –
Der Henker steht vor der Türe.

Und wie sie tanzen, im dröhnenden Saal,
Herr Olaf flüstert zu seinem Gemahl:
»Du weißt nicht, wie lieb ich dich hab –
So kalt ist das Grab –«
Der Henker steht vor der Türe.

III

Herr Olaf, es ist Mitternacht,
Dein Leben ist verflossen!
Du hattest eines Fürstenkinds
In freier Lust genossen.

Die Mönche murmeln das Totengebet,
Der Mann im roten Rocke
Er steht mit seinem blanken Beil
Schon vor dem schwarzen Blocke.

Herr Olaf steigt in den Hof hinab,
Da blinken viel Schwerter und Lichter.
Es lächelt des Ritters roter Mund,
Mit lächelndem Munde spricht er:

»Ich segne die Sonne, ich segne den Mond,
Und die Stern, die am Himmel schweifen.
Ich segne auch die Vögelein,
Die in den Lüften pfeifen.

Ich segne das Meer, ich segne das Land,
Und die Blumen auf der Aue.
Ich segne die Veilchen, sie sind so sanft
Wie die Augen meiner Fraue.

Ihr Veilchenaugen meiner Frau,
Durch Euch verlier ich mein Leben!
Ich segne auch den Holunderbaum,
Wo du dich mir ergeben.«

II.

DIE NIXEN

Am einsamen Strande plätschert die Flut,
Der Mond ist aufgegangen,
Auf weißer Düne der Ritter ruht,
Von bunten Träumen befangen.

Die schönen Nixen, im Schleiergewand,
Entsteigen der Meerestiefe.
Sie nahen sich leise dem jungen Fant,
Sie glaubten wahrhaftig, er schliefe.

Die Eine betastet mit Neubegier
Die Federn auf seinem Barette.
Die Andre nestelt am Bandelier
Und an der Waffenkette.

Die Dritte lacht, und ihr Auge blitzt,
Sie zieht das Schwert aus der Scheide,
Und auf dem blanken Schwert gestützt
Beschaut sie den Ritter mit Freude.

Die Vierte tänzelt wohl hin und her
Und flüstert aus tiefem Gemüte:
»O daß ich doch dein Liebchen wär,
Du holde Menschenblüte!«

Die Fünfte küßt des Ritters Händ,
Mit Sehnsucht und Verlangen;
Die Sechste zögert und küßt am End
Die Lippen und die Wangen.

Der Ritter ist klug, es fällt ihm nicht ein,
Die Augen öffnen zu müssen;
Er läßt sich ruhig im Mondenschein
Von schönen Nixen küssen.

12.

BERTRAND DE BORN

Ein edler Stolz in allen Zügen,
Auf seiner Stirn Gedankenspur,
Er konnte jedes Herz besiegen,
Bertrand de Born, der Troubadour.

Es kirrten seine süßen Töne
Die Löwin des Plantagenets;
Die Tochter auch, die beiden Söhne,
Er sang sie alle in sein Netz.

Wie er den Vater selbst betörte!
In Tränen schmolz des Königs Zorn,
Als er ihn lieblich reden hörte,
Den Troubadour, Bertrand de Born.

13.

FRÜHLING

Die Wellen blinken und fließen dahin –
Es liebt sich so lieblich im Lenze!
Am Flusse sitzt die Schäferin
Und windet die zärtlichsten Kränze.

Das knospet und quillt, mit duftender Lust –
Es liebt sich so lieblich im Lenze!
Die Schäferin seufzt aus tiefer Brust:
Wem geb ich meine Kränze?

Ein Reuter reutet den Fluß entlang,
Er grüßt so blühenden Mutes!
Die Schäferin schaut ihm nach so bang,
Fern flattert die Feder des Hutes.

Sie weint und wirft in den gleitenden Fluß
Die schönen Blumenkränze.
Die Nachtigall singt von Lieb und Kuß –
Es liebt sich so lieblich im Lenze!

14.

ALI BEY

Ali Bey, der Held des Glaubens,
Liegt beglückt in Mädchenarmen.
Vorgeschmack des Paradieses
Gönnt ihm Allah schon auf Erden.

Odalisken, schön wie Huris,
Und geschmeidig wie Gasellen –
Kräuselt ihm den Bart die Eine,
Glättet seine Stirn die Andre.

Und die Dritte schlägt die Laute,
Singt und tanzt, und küßt ihn lachend
Auf das Herz, worin die Flammen
Aller Seligkeiten lodern.

Aber draußen plötzlich schmettern
Die Trompeten, Schwerter rasseln,
Waffenruf und Flintenschüsse –
Herr, die Franken sind im Anmarsch!

Und der Held besteigt sein Schlachtroß,
Fliegt zum Kampf, doch wie im Traume; –
Denn ihm ist zu Sinn, als läg er
Immer noch in Mädchenarmen.

Während er die Frankenköpfe
Dutzendweis heruntersäbelt,
Lächelt er wie ein Verliebter,
Ja, er lächelt sanft und zärtlich.

15.

PSYCHE

In der Hand die kleine Lampe,
In der Brust die große Glut,
Schleichet Psyche zu dem Lager,
Wo der holde Schläfer ruht.

Sie errötet und sie zittert,
Wie sie seine Schönheit sieht –
Der enthüllte Gott der Liebe,
Er erwacht und er entflieht.

Achtzehnhundertjährge Buße!
Und die Ärmste stirbt beinah!
Psyche fastet und kasteit sich,
Weil sie Amorn nackend sah.

16.

DIE UNBEKANNTE

Meiner goldgelockten Schönen
Weiß ich täglich zu begegnen,
In dem Tuileriengarten,
Unter den Kastanienbäumen.

Täglich geht sie dort spazieren,
Mit zwei häßlich alten Damen –
Sinds es Tanten? Sinds Dragoner,
Die vermummt in Weiberröcken?

Niemand konnt mir Auskunft geben,
Wer sie sei? Bei allen Freunden
Frug ich nach, und stets vergebens!
Ich erkrankte fast vor Sehnsucht.

Eingeschüchtert von dem Schnurrbart
Ihrer zwei Begleiterinnen,
Und von meinem eignen Herzen
Noch viel strenger eingeschüchtert,

Wagt ich nie ein seufzend Wörtchen
Im Vorübergehn zu flüstern,
Und ich wagte kaum mit Blicken
Meine Flamme zu bekunden.

Heute erst hab ich erfahren
Ihren Namen. Laura heißt sie,
Wie die schöne Provenzalin,
Die der große Dichter liebte.

Laura heißt sie! Nun da bin ich
Just so weit wie einst Petrarcha,
Der das schöne Weib gefeiert
In Kanzonen und Sonetten.

Laura heißt sie! Wie Petrarcha
Kann ich jetzt platonisch schwelgen
In dem Wohllaut dieses Namens –
Weiter hat ers nie gebracht.

17.

WECHSEL

Mit Brünetten hats ein Ende!
Ich gerate dieses Jahr
Wieder in die blauen Augen,
Wieder in das blonde Haar.

Die Blondine, die ich liebe,
Ist so fromm, so sanft, so mild!
In der Hand den Liljenstengel,
Wäre sie ein Heilgenbild.

Schlanke, schwärmerische Glieder,
Wenig Fleisch, sehr viel Gemüt;
Und für Liebe, Hoffnung, Glaube
Ihre ganze Seele glüht.

Sie behauptet, sie verstünde
Gar kein Deutsch – ich glaub es nicht.
Niemals hättest du gelesen
Klopstocks himmlisches Gedicht?

18.

FORTUNA

Frau Fortuna, ganz umsunst
Tust du spröde! deine Gunst
Weiß ich mir, durch Kampf und Ringen,
Zu erbeuten, zu erzwingen.

Überwältigt wirst du doch,
Und ich spanne dich ins Joch,
Und du streckst am End die Waffen –
Aber meine Wunden klaffen.

Es verströmt mein rotes Blut,
Und der schöne Lebensmut
Will erlöschen; ich erliege
Und ich sterbe nach dem Siege.

19.

KLAGELIED EINES ALTDEUTSCHEN JÜNGLINGS

Wohl dem, dem noch die Tugend lacht,
Weh dem, der sie verlieret!
Es haben mich armen Jüngling
Die bösen Gesellen verführet.

Sie haben mich um mein Geld gebracht,
Mit Karten und mit Knöcheln;
Es trösteten mich die Mädchen,
Mit ihrem holden Lächeln.

Und als sie mich ganz besoffen gemacht
Und meine Kleider zerrissen
Da ward ich armer Jüngling,
Zur Tür hinausgeschmissen.

Und als ich des Morgens früh erwacht,
Wie wundr ich mich über die Sache!
Da saß ich armer Jüngling
Zu Kassel auf der Wache. –

20.

LASS AB!

Der Tag ist in die Nacht verliebt,
Der Frühling in den Winter,
Das Leben verliebt in den Tod –
Und du, du liebest mich!

Du liebst mich – schon erfassen dich
Die grauenhaften Schatten,
All deine Blüte welkt,
Und deine Seele verblutet.

Laß ab von mir, und liebe nur
Die heiteren Schmetterlinge,
Die da gaukeln im Sonnenlicht –
Laß ab von mir und dem Unglück.

21.

FRAU METTE
Nach dem Dänischen

Herr Peter und Bender saßen beim Wein,
Herr Bender sprach: Ich wette,
Bezwänge dein Singen die ganze Welt,
Doch nimmer bezwingt es Frau Mette.

Herr Peter sprach: Ich wette mein Roß,
Wohl gegen deine Hunde,
Frau Mette sing ich nach meinem Hof,
Noch heut, in der Mitternachtstunde.

Und als die Mitternachtstunde kam,
Herr Peter hub an zu singen;
Wohl über den Fluß, wohl über den Wald
Die süßen Töne dringen.

Die Tannenbäume horchen so still,
Die Flut hört auf zu rauschen,
Am Himmel zittert der blasse Mond,
Die klugen Sterne lauschen.

Frau Mette erwacht aus ihrem Schlaf:
Wer singt vor meiner Kammer?
Sie achselt ihr Kleid, sie schreitet hinaus; –
Das ward zu großem Jammer.

Wohl durch den Wald, wohl durch den Fluß,
Sie schreitet unaufhaltsam;
Herr Peter zog sie nach seinem Hof
Mit seinem Liede gewaltsam.

Und als sie Morgens nach Hause kam,
Vor der Türe stand Herr Bender:
»Frau Mette, wo bist du gewesen zur Nacht,
Es triefen deine Gewänder?«

Ich war heut Nacht am Nixenfluß,
Dort hört ich prophezeien,
Es plätscherten und bespritzten mich
Die neckenden Wasserfeien.

»Am Nixenfluß ist feiner Sand,
Dort bist du nicht gegangen,
Zerrissen und blutig sind deine Füß,
Auch bluten deine Wangen.«

Ich war heut Nacht im Elfenwald,
Zu schauen den Elfenreigen,
Ich hab mir verwundet Fuß und Gesicht,
An Dornen und Tannenzweigen.

»Die Elfen tanzen im Monat Mai,
Auf weichen Blumenfeldern,
Jetzt aber herrscht der kalte Herbst
Und heult der Wind in den Wäldern.«

Bei Peter Nielsen war ich heut Nacht,
Er sang, und zaubergewaltsam,
Wohl durch den Wald, wohl durch den Fluß,
Es zog mich unaufhaltsam.

Sein Lied ist stark als wie der Tod,
Es lockt in Nacht und Verderben.
Noch brennt mir im Herzen die tönende Glut;
Ich weiß, jetzt muß ich sterben. –

Die Kirchentür ist schwarz behängt,
Die Trauerglocken läuten;
Das soll den jämmerlichen Tod
Der armen Frau Mette bedeuten.

Herr Bender steht vor der Leichenbahr,
Und seufzt aus Herzensgrunde:
Nun hab ich verloren mein schönes Weib
Und meine treuen Hunde.

22.

BEGEGNUNG

Wohl unter der Linde erklingt die Musik,
Da tanzen die Burschen und Mädel,
Da tanzen zwei, die niemand kennt,
Sie schaun so schlank und edel.

Sie schweben auf, sie schweben ab,
In seltsam fremder Weise,
Sie lachen sich an, sie schütteln das Haupt,
Das Fräulein flüstert leise:

»Mein schöner Junker, auf Eurem Hut
Schwankt eine Neckenlilje,
Die wächst nur tief in Meeresgrund –
Ihr stammt nicht aus Adams Familie.

»Ihr seid der Wassermann, Ihr wollt
Verlocken des Dorfes Schönen.
Ich hab Euch erkannt, beim ersten Blick,
An Euren fischgrätigen Zähnen.«

Sie schweben auf, sie schweben ab,
In seltsam fremder Weise,
Sie lachen sich an, sie schütteln das Haupt,
Der Junker flüstert leise:

»Mein schönes Fräulein, sagt mir, warum
So eiskalt Eure Hand ist?
Sagt mir, warum so naß der Saum
An Eurem weißen Gewand ist?

»Ich hab Euch erkannt, beim ersten Blick,
An Eurem spöttischen Knixe –
Du bist kein irdisches Menschenkind,
Du bist mein Mühmchen, die Nixe.«

Die Geigen verstummen, der Tanz ist aus,
Es trennen sich höflich die beiden.
Sie kennen sich leider viel zu gut,
Suchen sich jetzt zu vermeiden.

23.

KÖNIG HARALD HARFAGAR

Der König Harald Harfagar
Sitzt unten in Meeresgründen,
Bei seiner schönen Wasserfee;
Die Jahre kommen und schwinden.

Von Nixenzauber gebannt und gefeit,
Er kann nicht leben, nicht sterben;
Zweihundert Jahre dauert schon
Sein seliges Verderben.

Des Königs Haupt liegt auf dem Schoß
Der holden Frau, und mit Schmachten
Schaut er nach ihren Augen empor;
Kann nicht genug sie betrachten.

Sein goldnes Haar ward silbergrau,
Es treten die Backenknochen
Gespenstisch hervor aus dem gelben Gesicht,
Der Leib ist welk und gebrochen.

Manchmal aus seinem Liebestraum
Wird er plötzlich aufgeschüttert,
Denn droben stürmt so wild die Flut
Und das gläserne Schloß erzittert.

Manchmal ist ihm, als hört er im Wind
Normannenruf erschallen;
Er hebt die Arme mit freudiger Hast,
Läßt traurig sie wieder fallen.

Manchmal ist ihm, als hört er gar,
Wie die Schiffer singen hier oben
Und den König Harald Harfagar
Im Heldenliede loben.

Der König stöhnt und schluchzt und weint
Alsdann aus Herzensgrunde.
Schnell beugt sich hinab die Wasserfee
Und küßt ihn mit lachendem Munde.

Unterwelt

I

Blieb ich doch ein Junggeselle! –
Seufzet Pluto tausendmal –
Jetzt, in meiner Ehstandsqual,
Merk ich, früher ohne Weib
War die Hölle keine Hölle.

Blieb ich doch ein Junggeselle!
Seit ich Proserpinen hab,
Wünsch ich täglich mich ins Grab!
Wenn sie keift, so hör ich kaum
Meines Cerberus Gebelle.

Stets vergeblich, stets nach Frieden
Ring ich. Hier im Schattenreich
Kein Verdammter ist mir gleich!
Ich beneide Sisyphus
Und die edlen Danaiden.

II

Auf goldenem Stuhl, im Reiche der Schatten,
Zur Seite des königlichen Gatten,
Sitzt Proserpine
Mit finstrer Miene,
Und im Herzen seufzet sie traurig:

Ich lechze nach Rosen, nach Sangesergüssen
Der Nachtigall, nach Sonnenküssen –
Und hier unter bleichen
Lemuren und Leichen
Mein junges Leben vertraur ich!

Bin festgeschmiedet am Ehejoche,
In diesem verwünschten Rattenloche!
Und des Nachts die Gespenster,
Sie schaun mir ins Fenster,
Und der Styx, er murmelt so schaurig!

Heut hab ich den Charon zu Tische geladen –
Glatzköpfig ist er und ohne Waden –
Auch die Totenrichter,
Langweilge Gesichter –
In solcher Gesellschaft versaur ich.

III

Während solcherlei Beschwerde
In der Unterwelt sich häuft,
Jammert Ceres auf der Erde.
Die verrückte Göttin läuft,
Ohne Haube, ohne Kragen,
Schlotterbusig durch das Land,
Deklamierend jene Klagen,
Die Euch allen wohlbekannt:

»Ist der holde Lenz erschienen?
Hat die Erde sich verjüngt?
Die besonnten Hügel grünen,
Und des Eises Rinde springt.
Aus der Ströme blauem Spiegel
Lacht der unbewölkte Zeus,
Milder wehen Zephyrs Flügel,
Augen treibt das junge Reis.
In dem Hain erwachen Lieder,
Und die Oreade spricht:
Deine Blumen kehren wieder,
Deine Tochter kehret nicht.

»Ach wie lang ists, daß ich walle
Suchend durch der Erde Flur!
Titan, deine Strahlen alle
Sandt ich nach der teuren Spur!
Keiner hat mir noch verkündet
Von dem lieben Angesicht,
Und der Tag, der alles findet,
Die Verlorne fand er nicht.
Hast du, Zeus, sie mir entrissen?
Hat, von ihrem Reiz gerührt,
Zu des Orkus schwarzen Flüssen
Pluto sie hinabgeführt?

»Wer wird nach dem düstern Strande
Meines Grames Bote sein?
Ewig stößt der Kahn vom Lande,
Doch nur Schatten nimmt er ein.
Jedem selgen Aug verschlossen
Bleibt das nächtliche Gefild,
Und solang der Styx geflossen,
Trug er kein lebendig Bild.
Nieder führen tausend Steige,
Keiner führt zum Tag zurück;
Ihre Träne bringt kein Zeuge
Vor der bangen Mutter Blick.«

IV

Meine Schwiegermutter Ceres!
Laß die Klagen, laß die Bitten!
Dein Verlangen, ich gewähr es –
Habe selbst so viel gelitten!

Tröste dich, wir wollen ehrlich
Den Besitz der Tochter teilen,
Und sechs Monden soll sie jährlich
Auf der Oberwelt verweilen.

Hilft dir dort an Sommertagen
Bei den Ackerbaugeschäften;
Einen Strohhut wird sie tragen,
Wird auch Blumen daran heften.

Schwärmen wird sie, wenn den Himmel
Überzieht die Abendröte
Und am Bach ein Bauerlümmel
Zärtlich bläst die Hirtenflöte.

Wird sich freun mit Gret und Hänschen
Bei des Erntefestes Reigen;
Unter Schöpsen, unter Gänschen,
Wird sie sich als Löwin zeigen.

Süße Ruh! Ich kann verschnaufen
Hier im Orkus unterdessen!
Punsch mit Lethe will ich saufen,
Um die Gattin zu vergessen.

V

»Zuweilen dünkt es mich, als trübe
Geheime Sehnsucht deinen Blick –
Ich kenn es wohl, dein Mißgeschick:
Verfehltes Leben, verfehlte Liebe!

Du nickst so traurig! Wiedergeben
Kann ich dir nicht die Jugendzeit –
Unheilbar ist dein Herzeleid:
Verfehlte Liebe, verfehltes Leben!«

ZUR OLLEA

I.

MAULTIERTUM

Dein Vater, wie ein jeder weiß,
Ein Esel leider war der Gute;
Doch deine Mutter, hochgesinnt,
War eine edle Vollblutstute.

Tatsache ist dein Maultiertum,
Wie sehr du dessen dich erwehrest;
Doch sagen darfst du guten Fugs,
Daß du den Pferden angehörest, –

Daß du abstammst vom Bucephal,
Dem stolzen Gaul, daß deine Ahnen
Geharnischt nach dem heilgen Grab
Gefolgt den frommen Kreuzzugfahnen, –

Daß du zu deiner Sippschaft zählst
Den hohen Schimmel, den geritten
Herr Gottfried von Bouillon, am Tag
Wo er die Gottesstatt erstritten; –

Kannst sagen auch, daß Roß-Bayard
Dein Vetter war, daß deine Tante
Den Ritter Don Quixote trug,
Die heldenmütge Rosinante.

Freilich, daß Sanchos Grauchen auch
Mit dir verwandt, mußt du nicht sagen;
Verleugne gar das Eselein,
Das unsern Heiland einst getragen.

Auch ist nicht nötig, daß du just
Ein Langohr in dein Wappen setzest.
Sei deines eignen Werts Wardein –
Du giltst so hoch, wie du dich schätzest.

2.

SYMBOLIK DES UNSINNS

Wir heben nun zu singen an
Das Lied von einer Nummer,
Die ist geheißen Nummer Drei;
Nach Freuden kommt der Kummer.

Arabischen Ursprungs war sie zwar,
Doch christentümlich frummer
In ganz Europa niemand war
Wie jene brave Nummer.

Sie war ein Muster der Sittlichkeit
Und wurde rot wie ein Hummer,
Fand sie den Knecht im Bette der Magd;
Gab beiden einen Brummer.

Des Morgens trank sie den Kaffee
Um sieben Uhr im Summer,
Im Winter um neun, und in der Nacht
Genoß sie den besten Schlummer.

Jetzt aber ändert sich der Reim,
Und ändern sich die Tage;
Es muß die arme Nummer Drei
Erdulden Pein und Plage.

Da kam ein Schuster und sagte: der Kopf
Der Nummer Drei, der sähe
Wie eine kleine Sieben aus,
Die auf einem Halbmond stehe.

Die Sieben sei aber die mystische Zahl
Der alten Pythagoräer,
Der Halbmond bedeute Dianendienst,
Er mahne auch an Sabäer.

Sie selber, die Drei, sei Schiboleth
Des Oberbonzen von Babel;
Durch dessen Buhlschaft sie einst gebar
Die heilge Dreieinigkeitsfabel.

Ein Kürschner bemerkte dagegen: die Drei
Sei eine fromme Trulle,
Verehrt von unsern Vätern, die einst
Geglaubt an jede Schrulle.

Da war ein Schneider, der lächelnd sprach,
Daß gar nicht existiere
Die Nummer Drei, daß sie sich nur
Befinde auf dem Papiere.

Als solches hörte die arme Drei,
Wie eine verzweifelte Ente
Sie wackelte hin, sie wackelte her,
Sie jammerte und flennte:

Ich bin so alt wie das Meer und der Wald,
Wie die Stern, die am Himmel blinken;
Sah Reiche entstehn, sah Reiche vergehn
Und Völker aufsteigen und sinken.

Ich stand am schnurrenden Webstuhl der Zeit
Wohl manches lange Jahrtausend;
Ich sah der Natur in den schaffenden Bauch,
Das wogte brausend und sausend.

Und dennoch widerstand ich dem Sturm
Der sinnlich dunkeln Gewalten –
Ich habe meine Jungferschaft
In all dem Spektakel behalten.

Was hilft mir meine Tugend jetzt?
Mich höhnen Weise und Toren;
Die Welt ist schlecht und ungerecht,
Läßt niemand ungeschoren.

Doch tröste dich, mein Herz, dir blieb
Dein Lieben, Hoffen, Glauben,
Auch guter Kaffee und ein Schlückchen Rum,
Das kann keine Skepsis mir rauben.

3.

HOFFART

O Gräfin Gudel von Gudelfeld,
Dir huldigt die Menschheit, denn du hast Geld!
Du wirst mit Vieren kutschieren,
Man wird dich bei Hof präsentieren.
Es trägt dich die goldne Karosse
Zum kerzenschimmernden Schlosse;
Es rauschet deine Schleppe
Hinauf die Marmortreppe;
Dort oben, in bunten Reihen,
Da stehen die Diener und schreien:
Madame la comtesse de Gudelfeld.

Stolz, in der Hand den Fächer,
Wandelst du durch die Gemächer.
Belastet mit Diamanten
Und Perlen und Brüsseler Kanten,
Dein weißer Busen schwellet
Und freudig überquellet.
Das ist ein Lächeln und Nicken
Und Knixen und tiefes Bücken!
Die Herzogin von Pavia
Die nennt dich: cara mia.

Die Junker und die Schranzen,
Die wollen mit dir tanzen;
Und der Krone witziger Erbe
Ruft laut im Saal: Süperbe
Schwingt sie den Steiß, die Gudelfeld!

Doch, Ärmste, hast du einst kein Geld,
Dreht dir den Rücken die ganze Welt.
Es werden die Lakaien
Auf deine Schleppe speien.
Statt Bückling und Scherwenzen
Gibts nur Impertinenzen.
Die cara mia bekreuzt sich,
Und der Kronprinz ruft und schneuzt sich:
Nach Knoblauch riecht die Gudelfeld.

4.

WANDERE!

Wenn dich ein Weib verraten hat,
So liebe flink eine Andre;
Noch besser wär es, du ließest die Stadt –
Schnüre den Ranzen und wandre!

Du findest bald einen blauen See,
Umringt von Trauerweiden;
Hier weinst du aus dein kleines Weh
Und deine engen Leiden.

Wenn du den steilen Berg ersteigst,
Wirst du beträchtlich ächzen;
Doch wenn du den felsigen Gipfel erreichst,
Hörst du die Adler krächzen.

Dort wirst du selbst ein Adler fast,
Du bist wie neugeboren,
Du fühlst dich frei, du fühlst: du hast
Dort unten nicht viel verloren.

5.

WINTER

Die Kälte kann wahrlich brennen
Wie Feuer. Die Menschenkinder
Im Schneegestöber rennen
Und laufen immer geschwinder.

O bittre Winterhärte!
Die Nasen sind erfroren,
Und die Klavierkonzerte
Zerreißen uns die Ohren.

Weit besser ist es im Summer,
Da kann ich im Walde spazieren
Allein mit meinem Kummer
Und Liebeslieder skandieren.

6.

ALTES KAMINSTÜCK

Draußen ziehen weiße Flocken
Durch die Nacht, der Sturm ist laut;
Hier im Stübchen ist es trocken,
Warm und einsam, stillvertraut.

Sinnend sitz ich auf dem Sessel,
An dem knisternden Kamin,
Kochend summt der Wasserkessel
Längst verklungne Melodien.

Und ein Kätzchen sitzt daneben,
Wärmt die Pfötchen an der Glut;
Und die Flammen schweben, weben,
Wundersam wird mir zu Mut.

Dämmernd kommt heraufgestiegen
Manche längst vergeßne Zeit,
Wie mit bunten Maskenzügen
Und verblichner Herrlichkeit.

Schöne Fraun, mit kluger Miene,
Winken süßgeheimnisvoll,
Und dazwischen Harlekine
Springen, lachen, lustigtoll.

Ferne grüßen Marmorgötter,
Traumhaft neben ihnen stehn
Märchenblumen, deren Blätter
In dem Mondenlichte wehn.

Wackelnd kommt herbeigeschwommen
Manches alte Zauberschloß;
Hintendrein geritten kommen
Blanke Ritter, Knappentroß.

Und das alles zieht vorüber,
Schattenhastig übereilt –
Ach! da kocht der Kessel über,
Und das nasse Kätzchen heult.

7.

SEHNSÜCHTELEI

In dem Traum siehst du die stillen
Fabelhaften Blumen prangen;
Und mit Sehnsucht und Verlangen
Ihre Düfte dich erfüllen.

Doch von diesen Blumen scheidet
Dich ein Abgrund tief und schaurig,
Und dein Herz wird endlich traurig,
Und es blutet und es leidet.

Wie sie locken, wie sie schimmern!
Ach, wie komm ich da hinüber?
Mester Hämmerling, mein Lieber,
Kannst du mir die Brücke zimmern?

8.

HELENA

Du hast mich beschworen aus dem Grab
Durch deinen Zauberwillen,
Belebtest mich mit Wollustglut –
Jetzt kannst du die Glut nicht stillen.

Preß deinen Mund an meinen Mund,
Der Menschen Odem ist göttlich!
Ich trinke deine Seele aus,
Die Toten sind unersättlich.

9.

KLUGE STERNE

Die Blumen erreicht der Fuß so leicht,
Auch werden zertreten die meisten;
Man geht vorbei und tritt entzwei
Die blöden wie die dreisten.

Die Perlen ruhn in Meerestruhn,
Doch weiß man sie aufzuspüren;
Man bohrt ein Loch und spannt sie ins Joch,
Ins Joch von seidenen Schnüren.

Die Sterne sind klug, sie halten mit Fug
Von unserer Erde sich ferne;
Am Himmelszelt, als Lichter der Welt,
Stehn ewig sicher die Sterne.

10.

DIE ENGEL

Freilich, ein ungläubger Thomas,
Glaub ich an den Himmel nicht,
Den die Kirchenlehre Romas
Und Jerusalems verspricht.

Doch die Existenz der Engel,
Die bezweifelte ich nie;
Lichtgeschöpfe sonder Mängel,
Hier auf Erden wandeln sie.

Nur, genädge Frau, die Flügel
Sprech ich jenen Wesen ab;
Engel gibt es ohne Flügel,
Wie ich selbst gesehen hab.

Lieblich mit den weißen Händen,
Lieblich mit dem schönen Blick
Schützen sie den Menschen, wenden
Von ihm ab das Mißgeschick.

Ihre Huld und ihre Gnaden
Trösten jeden, doch zumeist
Ihn, der doppelt qualbeladen,
Ihn, den man den Dichter heißt.

ZEITGEDICHTE

1839–1846

1.

DOKTRIN

Schlage die Trommel und fürchte dich nicht,
Und küsse die Marketenderin!
Das ist die ganze Wissenschaft,
Das ist der Bücher tiefster Sinn.

Trommle die Leute aus dem Schlaf,
Trommle Reveille mit Jugendkraft,
Marschiere trommelnd immer voran,
Das ist die ganze Wissenschaft.

Das ist die Hegelsche Philosophie,
Das ist der Bücher tiefster Sinn!
Ich hab sie begriffen, weil ich gescheit,
Und weil ich ein guter Tambour bin.

2.

ADAM DER ERSTE

Du schicktest mit dem Flammenschwert
Den himmlischen Gendarmen,
Und jagtest mich aus dem Paradies,
Ganz ohne Recht und Erbarmen!

Ich ziehe fort mit meiner Frau
Nach andren Erdenländern;
Doch daß ich genossen des Wissens Frucht,
Das kannst du nicht mehr ändern.

Du kannst nicht ändern, daß ich weiß,
Wie sehr du klein und nichtig,
Und machst du dich auch noch so sehr
Durch Tod und Donnern wichtig.

O Gott! wie erbärmlich ist doch dies
Consilium-abeundi!
Das nenne ich einen Magnifikus
Der Welt, ein Lumen-Mundi!

Vermissen werde ich nimmermehr
Die paradiesischen Räume;
Das war kein wahres Paradies –
Es gab dort verbotene Bäume.

Ich will mein volles Freiheitsrecht!
Find ich die gringste Beschränknis,
Verwandelt sich mir das Paradies
In Hölle und Gefängnis.

3.

WARNUNG

Solche Bücher läßt du drucken!
Teurer Freund, du bist verloren!
Willst du Geld und Ehre haben,
Mußt du dich gehörig ducken.

Nimmer hätt ich dir geraten
So zu sprechen vor dem Volke,
So zu sprechen von den Pfaffen
Und von hohen Potentaten!

Teurer Freund, du bist verloren!
Fürsten haben lange Arme,
Pfaffen haben lange Zungen,
Und das Volk hat lange Ohren!

4.

AN EINEN EHEMALIGEN GOETHEANER

1832

Hast du wirklich dich erhoben
Aus dem müßig kalten Dunstkreis,
Womit einst der kluge Kunstgreis
Dich von Weimar aus umwoben?

Gnügt dir nicht mehr die Bekanntschaft
Seiner Klärchen, seiner Gretchen?
Fliehst du Serlos keusche Mädchen
Und Ottiliens Wahlverwandtschaft?

Nur Germanien willst du dienen,
Und mit Mignon ists vorbei heut,
Und du strebst nach größrer Freiheit
Als du fandest bei Philinen?

Für des Volkes Oberhoheit
Lünebürgertümlich kämpfst du,
Und mit kühnen Worten dämpfst du
Der Despoten Bundesroheit!

In der Fern hör ich mit Freude,
Wie man voll von deinem Lob ist,
Und wie du der Mirabeau bist
Von der lüneburger Heide!

5.

GEHEIMNIS

Wir seufzen nicht, das Aug ist trocken,
Wir lächeln oft, wir lachen gar!
In keinem Blick, in keiner Miene,
Wird das Geheimnis offenbar.

Mit seinen stummen Qualen liegt es
In unsrer Seele blutgem Grund;
Wird es auch laut im wilden Herzen,
Krampfhaft verschlossen bleibt der Mund.

Frag du den Säugling in der Wiege,
Frag du die Toten in dem Grab,
Vielleicht daß diese dir entdecken
Was ich dir stets verschwiegen hab.

6.

BEI DES NACHTWÄCHTERS ANKUNFT ZU PARIS

»Nachtwächter mit langen Fortschrittsbeinen,
Du kommst so verstört einhergerannt!
Wie geht es daheim den lieben Meinen,
Ist schon befreit das Vaterland?«

Vortrefflich geht es, der stille Segen,
Er wuchert im sittlich gehüteten Haus,
Und ruhig und sicher, auf friedlichen Wegen,
Entwickelt sich Deutschland von innen heraus.

Nicht oberflächlich wie Frankreich blüht es,
Wo Freiheit das äußere Leben bewegt;
Nur in der Tiefe des Gemütes
Ein deutscher Mann die Freiheit trägt.

Der Dom zu Cöllen wird vollendet,
Den Hohenzollern verdanken wir das;
Habsburg hat auch dazu gespendet,
Ein Wittelsbach schickt Fensterglas.

Die Konstitution, die Freiheitsgesetze,
Sie sind uns versprochen, wir haben das Wort,
Und Königsworte, das sind Schätze,
Wie tief im Rhein der Niblungshort.

Der freie Rhein, der Brutus der Flüsse,
Er wird uns nimmermehr geraubt!
Die Holländer binden ihm die Füße,
Die Schwyzer halten fest sein Haupt.

Auch eine Flotte will Gott uns bescheren,
Die patriotische Überkraft
Wird lustig rudern auf deutschen Galeeren;
Die Festungsstrafe wird abgeschafft.

Es blüht der Lenz, es platzen die Schoten,
Wir atmen frei in der freien Natur!
Und wird uns der ganze Verlag verboten,
So schwindet am Ende von selbst die Zensur.

7.

DER TAMBOURMAJOR

Das ist der alte Tambourmajor,
Wie ist er jetzt herunter!
Zur Kaiserzeit stand er in Flor,
Da war er glücklich und munter.

Er balancierte den großen Stock,
Mit lachendem Gesichte;
Die silbernen Tressen auf seinem Rock,
Die glänzten im Sonnenlichte.

Wenn er mit Trommelwirbelschall
Einzog in Städten und Städtchen,
Da schlug das Herz im Widerhall
Den Weibern und den Mädchen.

Er kam und sah und siegte leicht
Wohl über alle Schönen;
Sein schwarzer Schnurrbart wurde feucht
Von deutschen Frauentränen.

Wir mußten es dulden! In jedem Land,
Wo die fremden Eroberer kamen,
Der Kaiser die Herren überwand,
Der Tambourmajor die Damen.

Wir haben lange getragen das Leid,
Geduldig wie deutsche Eichen,
Bis endlich die hohe Obrigkeit
Uns gab das Befreiungszeichen.

Wie in der Kampfbahn der Auerochs
Erhuben wir unsere Hörner,
Entledigten uns des fränkischen Jochs
Und sangen die Lieder von Körner.

Entsetzliche Verse! Sie klangen ins Ohr
Gar schauderhaft den Tyrannen!
Der Kaiser und der Tambourmajor,
Sie flohen erschrocken von dannen.

Sie ernteten beide den Sündenlohn
Und nahmen ein schlechtes Ende.
Es fiel der Kaiser Napoleon
Den Briten in die Hände.

Wohl auf der Insel Sankt-Helena,
Sie marterten ihn gar schändlich;
Am Magenkrebse starb er da
Nach langen Leiden endlich.

Der Tambourmajor, er ward entsetzt
Gleichfalls von seiner Stelle.
Um nicht zu verhungern, dient er jetzt
Als Hausknecht in unserm Hotele.

Er heizt den Ofen, er fegt den Topf,
Muß Holz und Wasser schleppen.
Mit seinem wackelnd greisen Kopf
Keucht er herauf die Treppen.

Wenn mich der Fritz besucht, so kann
Er nicht den Spaß sich versagen,
Den drollig schlotternd langen Mann
Zu nergeln und zu plagen.

Laß ab mit Spöttelein, o Fritz!
Es ziemt Germanias Söhnen
Wohl nimmermehr mit schlechtem Witz
Gefallene Größe zu höhnen.

Du solltest mit Pietät, mich deucht,
Behandeln solche Leute;
Der Alte ist dein Vater vielleicht
Von mütterlicher Seite.

8.

ENTARTUNG

Hat die Natur sich auch verschlechtert,
Und nimmt sie Menschenfehler an?
Mich dünkt, die Pflanzen und die Tiere,
Sie lügen jetzt wie jedermann.

Ich glaub nicht an der Lilje Keuschheit.
Es buhlt mit ihr der bunte Geck,
Der Schmetterling; der küßt und flattert
Am End mit ihrer Unschuld weg.

Von der Bescheidenheit der Veilchen
Halt ich nicht viel. Die kleine Blum,
Mit den koketten Düften lockt sie,
Und heimlich dürstet sie nach Ruhm.

Ich zweifle auch, ob sie empfindet,
Die Nachtigall, das was sie singt;
Sie übertreibt und schluchzt und trillert
Nur aus Routine, wie mich dünkt.

Die Wahrheit schwindet von der Erde,
Auch mit der Treu ist es vorbel.
Die Hunde wedeln noch und stinken
Wie sonst, doch sind sie nicht mehr treu.

9.

HEINRICH

Auf dem Schloßhof zu Canossa
Steht der deutsche Kaiser Heinrich,
Barfuß und im Büßerhemde,
Und die Nacht ist kalt und regnicht.

Droben aus dem Fenster lugen
Zwo Gestalten, und der Mondschein
Überflimmert Gregors Kahlkopf
Und die Brüste der Mathildis.

Heinrich, mit den blassen Lippen,
Murmelt fromme Paternoster;
Doch im tiefen Kaiserherzen
Heimlich knirscht er, heimlich spricht er:

»Fern in meinen deutschen Landen
Heben sich die starken Berge,
Und im stillen Bergesschachte
Wächst das Eisen für die Streitaxt.

Fern in meinen deutschen Landen
Heben sich die Eichenwälder,
Und im Stamm der höchsten Eiche
Wächst der Holzstiel für die Streitaxt.

Du, mein liebes treues Deutschland,
Du wirst auch den Mann gebären,
Der die Schlange meiner Qualen
Niederschmettert mit der Streitaxt.«

10.

LEBENSFAHRT

Ein Lachen und Singen! Es blitzen und gaukeln
Die Sonnenlichter. Die Wellen schaukeln
Den lustigen Kahn. Ich saß darin
Mit lieben Freunden und leichtem Sinn.

Der Kahn zerbrach in eitel Trümmer,
Die Freunde waren schlechte Schwimmer,
Sie gingen unter, im Vaterland;
Mich warf der Sturm an den Seinestrand.

Ich hab ein neues Schiff bestiegen,
Mit neuen Genossen; es wogen und wiegen
Die fremden Fluten mich hin und her –
Wie fern die Heimat! mein Herz wie schwer!

Und das ist wieder ein Singen und Lachen –
Es pfeift der Wind, die Planken krachen –
Am Himmel erlischt der letzte Stern –
Wie schwer mein Herz! die Heimat wie fern!

11.

DAS NEUE ISRAELITISCHE HOSPITAL ZU HAMBURG

Ein Hospital für arme, kranke Juden,
Für Menschenkinder, welche dreifach elend,
Behaftet mit den bösen drei Gebresten,
Mit Armut, Körperschmerz und Judentume!

Das schlimmste von den dreien ist das letzte,
Das tausendjährige Familienübel,
Die aus dem Niltal mitgeschleppte Plage,
Der altegyptisch ungesunde Glauben.

Unheilbar tiefes Leid! Dagegen helfen
Nicht Dampfbad, Dusche, nicht die Apparate
Der Chirurgie, noch all die Arzeneien,
Die dieses Haus den siechen Gästen bietet.

Wird einst die Zeit die ewige Göttin, tilgen
Das dunkle Weh, das sich vererbt vom Vater
Herunter auf den Sohn, – wird einst der Enkel
Genesen und vernünftig sein und glücklich?

Ich weiß es nicht! Doch mittlerweile wollen
Wir preisen jenes Herz, das klug und liebreich
Zu lindern suchte, was der Lindrung fähig,
Zeitlichen Balsam träufelnd in die Wunden.

Der teure Mann! Er baute hier ein Obdach
Für Leiden, welche heilbar durch die Künste
Des Arztes (oder auch des Todes!), sorgte
Für Polster, Labetrank, Wartung und Pflege –

Ein Mann der Tat, tat er was eben tunlich;
Für gute Werke gab er hin den Taglohn
Am Abend seines Lebens, menschenfreundlich,
Durch Wohltun sich erholend von der Arbeit.

Er gab mit reicher Hand – doch reichre Spende
Entrollte manchmal seinem Aug, die Träne,
Die kostbar schöne Träne, die er weinte
Ob der unheilbar großen Brüderkrankheit.

12.

GEORG HERWEGH

Mein Deutschland trank sich einen Zopf,
Und du, du glaubtest den Toasten!
Du glaubtest jedem Pfeifenkopf
Und seinen schwarz-rot-goldnen Quasten.

Doch als der holde Rausch entwich,
Mein teurer Freund, du warst betroffen –
Das Volk wie katzenjämmerlich,
Das eben noch so schön besoffen!

Ein schimpfender Bedientenschwarm,
Und faule Äpfel statt der Kränze –
An jeder Seite ein Gendarm,
Erreichtest endlich du die Grenze.

Dort bleibst du stehn. Wehmut ergreift
Dich bei dem Anblick jener Pfähle,
Die wie das Zebra sind gestreift,
Und Seufzer dringen aus der Seele:

»Aranjuez, in deinem Sand,
Wie schnell die schönen Tage schwanden,
Wo ich vor König Philipp stand
Und seinen ukermärkschen Granden.

Er hat mir Beifall zugenickt,
Als ich gespielt den Marquis Posa;
In Versen hab ich ihn entzückt,
Doch ihm gefiel nicht meine Prosa.«

13.

DIE TENDENZ

Deutscher Sänger! sing und preise
Deutsche Freiheit, daß dein Lied
Unsrer Seelen sich bemeistre
Und zu Taten uns begeistre,
In Marseillerhymnenweise.

Girre nicht mehr wie ein Werther,
Welcher nur für Lotten glüht –
Was die Glocke hat geschlagen,
Sollst du deinem Volke sagen,
Rede Dolche, rede Schwerter!

Sei nicht mehr die weiche Flöte,
Das idyllische Gemüt –
Sei des Vaterlands Posaune,
Sei Kanone, sei Kartaune,
Blase, schmettre, donnre, töte!

Blase, schmettre, donnre täglich,
Bis der letzte Dränger flieht –
Singe nur in dieser Richtung,
Aber halte deine Dichtung
Nur so allgemein als möglich.

14.

DAS KIND

Den Frommen schenkts der Herr im Traum,
Weißt nicht, wie dir geschah!
Du kriegst ein Kind und merkst es kaum,
Jungfrau Germania.

Es windet sich ein Bübelein
Von deiner Nabelschnur;
Es wird ein hübscher Schütze sein,
Als wie der Gott Amour.

Trifft einst in höchster Luft den Aar,
Und flög er noch so stolz,
Den doppelköpfigen sogar
Erreicht sein guter Bolz.

Doch nicht wie jener blinde Heid,
Nicht wie der Liebesgott,
Soll er sich ohne Hos und Kleid
Zeigen als Sanskülott.

Bei uns zu Land die Witterung,
Moral und Polizei
Gebieten streng, daß Alt und Jung
Leiblich bekleidet sei.

15.

VERHEISSUNG

Nicht mehr barfuß sollst du traben,
Deutsche Freiheit, durch die Sümpfe,
Endlich kommst du auf die Strümpfe,
Und auch Stiefeln sollst du haben!

Auf dem Haupte sollst du tragen
Eine warme Pudelmütze,
Daß sie dir die Ohren schütze
In den kalten Wintertagen.

Du bekommst sogar zu essen –
Eine große Zukunft naht dir! –
Laß dich nur vom welschen Satyr
Nicht verlocken zu Exzessen!

Werde nur nicht dreist und dreister!
Setz nicht den Respekt beiseiten
Vor den hohen Obrigkeiten
Und dem Herren Bürgermeister!

16.

DER WECHSELBALG

Ein Kind mit großem Kürbiskopf,
Hellblondem Schnurrbart, greisem Zopf,
Mit spinnig langen, doch starken Ärmchen,
Mit Riesenmagen, doch kurzen Gedärmchen, –
Ein Wechselbalg, den ein Korporal,
Anstatt des Säuglings, den er stahl,
Heimlich gelegt in unsre Wiege, –
Die Mißgeburt, die mit der Lüge,
Mit seinem geliebten Windspiel vielleicht,
Der alte Sodomiter gezeugt, –
Nicht brauch ich das Ungetüm zu nennen –
Ihr sollt es ersäufen oder verbrennen!

17.

DER KAISER VON CHINA

Mein Vater war ein trockner Taps,
Ein nüchterner Duckmäuser,
Ich aber trinke meinen Schnaps
Und bin ein großer Kaiser.

Das ist ein Zaubertrank! Ich habs
Entdeckt in meinem Gemüte:
Sobald ich getrunken meinen Schnaps,
Steht China ganz in Blüte.

Das Reich der Mitte verwandelt sich dann
In einen Blumenanger,
Ich selber werde fast ein Mann
Und meine Frau wird schwanger.

Allüberall ist Überfluß,
Und es gesunden die Kranken;
Mein Hofweltweiser Confusius
Bekömmt die klarsten Gedanken.

Der Pumpernickel des Soldats
Wird Mandelkuchen – O Freude!
Und alle Lumpen meines Staats
Spazieren in Samt und Seide.

Die Mandarinenritterschaft,
Die invaliden Köpfe,
Gewinnen wieder Jugendkraft
Und schütteln ihre Zöpfe.

Die große Pagode, Symbol und Hort
Des Glaubens, ist fertig geworden;
Die letzten Juden taufen sich dort
Und kriegen den Drachenorden.

Es schwindet der Geist der Revolution
Und es rufen die edelsten Mantschu:
Wir wollen keine Konstitution,
Wir wollen den Stock, den Kantschu!

Wohl haben die Schüler Äskulaps
Das Trinken mir widerraten,
Ich aber trinke meinen Schnaps
Zum Besten meiner Staaten.

Und noch einen Schnaps, und noch einen Schnaps!
Das schmeckt wie lauter Manna!
Mein Volk ist glücklich, hats auch den Raps,
Und jubelt: Hosianna!

18.

KIRCHENRAT PROMETHEUS

Ritter Paulus, edler Räuber,
Mit gerunzelt düstren Stirnen
Schaun die Götter auf dich nieder,
Dich bedroht das höchste Zürnen,

Ob dem Raube, ob dem Diebstahl,
Den du im Olymp begangen –
Fürchte des Prometheus Schicksal,
Wenn dich Jovis Häscher fangen!

Freilich, jener stahl noch Schlimmres,
Stahl das Licht, die Flammenkräfte,
Um die Menschheit zu erleuchten –
Du, du stahlest Schellings Hefte,

Just das Gegenteil des Lichtes,
Finsternis, die man betastet,
Die man greifen kann wie jene,
Die Egypten einst belastet.

19.

AN DEN NACHTWÄCHTER

Bei späterer Gelegenheit

Verschlechtert sich nicht dein Herz und dein Stil,
So magst du treiben jedwedes Spiel;
Mein Freund, ich werde dich nie verkennen,
Und sollt ich dich auch Herr Hofrat nennen.

Sie machen jetzt ein großes Geschrei,
Von wegen deiner Verhofräterei,
Vom Seinestrand bis an der Elbe
Hört ich seit Monden immer dasselbe:

Die Fortschrittsbeine hätten sich
In Rückschrittsbeine verwandelt – O sprich,
Reitest du wirklich auf schwäbischen Krebsen?
Äugelst du wirklich mit fürstlichen Kebsen?

Vielleicht bist du müde und sehnst dich nach Schlaf.
Du hast die Nacht hindurch so brav
Geblasen, jetzt hängst du das Horn an den Nagel,
Mag tuten wer will für den deutschen Janhagel!

Du legst dich zu Bette und schließest zu
Die Augen, doch läßt man dich nicht in Ruh.
Vor deinem Fenster spotten die Schreier:
»Brutus, du schläfst? Wach auf, Befreier!«

Ach! so ein Schreier weiß nicht, warum
Der beste Nachtwächter wird endlich stumm,
Es ahndet nicht so ein junger Maulheld,
Warum der Mensch am End das Maul hält.

Du fragst mich, wie es uns hier ergeht?
Hier ist es still, kein Windchen weht,
Die Wetterfahnen sind sehr verlegen,
Sie wissen nicht wohin sich bewegen …

20.

ZUR BERUHIGUNG

Wir schlafen ganz, wie Brutus schlief –
Doch jener erwachte und bohrte tief
In Cäsars Brust das kalte Messer!
Die Römer waren Tyrannenfresser.

Wir sind keine Römer, wir rauchen Tabak.
Ein jedes Volk hat seinen Geschmack,
Ein jedes Volk hat seine Größe;
In Schwaben kocht man die besten Klöße.

Wir sind Germanen, gemütlich und brav,
Wir schlafen gesunden Pflanzenschlaf,
Und wenn wir erwachen, pflegt uns zu dürsten,
Doch nicht nach dem Blute unserer Fürsten.

Wir sind so treu wie Eichenholz,
Auch Lindenholz, drauf sind wir stolz;
Im Land der Eichen und der Linden
Wird niemals sich ein Brutus finden.

Und wenn auch ein Brutus unter uns wär,
Den Cäsar fänd er nimmermehr,
Vergeblich würd er den Cäsar suchen;
Wir haben gute Pfefferkuchen.

Wir haben sechsunddreißig Herrn
(Ist nicht zu viel!), und einen Stern
Trägt jeder schützend auf seinem Herzen,
Und er braucht nicht zu fürchten die Iden des Märzen.

Wir nennen sie Väter, und Vaterland
Benennen wir dasjenige Land,
Das erbeigentümlich gehört den Fürsten;
Wir lieben auch Sauerkraut mit Würsten.

Wenn unser Vater spazieren geht,
Ziehn wir den Hut mit Pietät;
Deutschland, die fromme Kinderstube,
Ist keine römische Mördergrube.

21.

VERKEHRTE WELT

Das ist ja die verkehrte Welt,
Wir gehen auf den Köpfen!
Die Jäger werden dutzendweis
Erschossen von den Schnepfen.

Die Kälber braten jetzt den Koch,
Auf Menschen reiten die Gäule;
Für Lehrfreiheit und Rechte des Lichts
Kämpft die katholische Eule.

Der Häring wird ein Sanskülott,
Die Wahrheit sagt uns Bettine,
Und ein gestiefelter Kater bringt
Den Sophokles auf die Bühne.

Ein Affe läßt ein Pantheon
Erbauen für deutsche Helden.
Der Maßmann hat sich jüngst gekämmt,
Wie deutsche Blätter melden.

Germanische Bären glauben nicht mehr
Und werden Atheisten;
Jedoch die französischen Papagein,
Die werden gute Christen.

Im ukermärkschen Moniteur
Da hat mans am tollsten getrieben:
Ein Toter hat dem Lebenden dort
Die schnödeste Grabschrift geschrieben.

Laßt uns nicht schwimmen gegen den Strom,
Ihr Brüder! Es hilft uns wenig!
Laßt uns besteigen den Templower Berg
Und rufen: es lebe der König!

22.

ERLEUCHTUNG

Michel! fallen dir die Schuppen
Von den Augen? Merkst du itzt,
Daß man dir die besten Suppen
Vor dem Maule wegstibitzt?

Als Ersatz ward dir versprochen
Reinverklärte Himmelsfreud
Droben, wo die Engel kochen
Ohne Fleisch die Seligkeit!

Michel! wird dein Glaube schwächer
Oder stärker dein Apptit?
Du ergreifst den Lebensbecher
Und du singst ein Heidenlied!

Michel! fürchte nichts und labe
Schon hienieden deinen Wanst,
Später liegen wir im Grabe,
Wo du still verdauen kannst.

23.

WARTET NUR

Weil ich so ganz vorzüglich blitze,
Glaubt Ihr, daß ich nicht donnern könnt!
Ihr irrt Euch sehr, denn ich besitze
Gleichfalls fürs Donnern ein Talent.

Es wird sich grausenhaft bewähren,
Wenn einst erscheint der rechte Tag;
Dann sollt Ihr meine Stimme hören,
Das Donnerwort, den Wetterschlag.

Gar manche Eiche wird zersplittern
An jenem Tag der wilde Sturm,
Gar mancher Palast wird erzittern
Und stürzen mancher Kirchenturm!

24.

NACHTGEDANKEN

Denk ich an Deutschland in der Nacht,
Dann bin ich um den Schlaf gebracht,
Ich kann nicht mehr die Augen schließen,
Und meine heißen Tränen fließen.

Die Jahre kommen und vergehn!
Seit ich die Mutter nicht gesehn,
Zwölf Jahre sind schon hingegangen;
Es wächst mein Sehnen und Verlangen.

Mein Sehnen und Verlangen wächst.
Die alte Frau hat mich behext,
Ich denke immer an die alte,
Die alte Frau, die Gott erhalte!

Die alte Frau hat mich so lieb,
Und in den Briefen, die sie schrieb,
Seh ich, wie ihre Hand gezittert,
Wie tief das Mutterherz erschüttert.

Die Mutter liegt mir stets im Sinn.
Zwölf lange Jahre flossen hin,
Zwölf lange Jahre sind verflossen,
Seit ich sie nicht ans Herz geschlossen.

Deutschland hat ewigen Bestand,
Es ist ein kerngesundes Land,
Mit seinen Eichen, seinen Linden,
Werd ich es immer wiederfinden.

Nach Deutschland lechzt ich nicht so sehr,
Wenn nicht die Mutter dorten wär;
Das Vaterland wird nie verderben,
Jedoch die alte Frau kann sterben.

Seit ich das Land verlassen hab,
So viele sanken dort ins Grab,
Die ich geliebt – wenn ich sie zähle,
So will verbluten meine Seele.

Und zählen muß ich – Mit der Zahl
Schwillt immer höher meine Qual,
Mir ist, als wälzten sich die Leichen
Auf meine Brust – Gottlob! sie weichen!

Gottlob! durch meine Fenster bricht
Französisch heitres Tageslicht;
Es kommt mein Weib, schön wie der Morgen,
Und lächelt fort die deutschen Sorgen.

ATTA TROLL

Ein Sommernachtstraum

1841–1842

Aus dem schimmernden, weißen Zelte hervor
Tritt der schlachtgerüstete, fürstliche Mohr,
So tritt aus schimmernder Wolken Tor
Der Mond, der verfinsterte, dunkle, hervor.

»Der Mohrenfürst« von Ferdinand Freiligrath

Vorrede

Der »Atta Troll« entstand im Spätherbste 1841 und ward fragmentarisch abgedruckt in der »Eleganten Welt«, als mein Freund Heinrich Laube wieder die Redaktion derselben übernommen hatte. Inhalt und Zuschnitt des Gedichtes mußten den zahmen Bedürfnissen jener Zeitschrift entsprechen; ich schrieb vorläufig nur die Kapitel, die gedruckt werden konnten, und auch diese erlitten manche Variante. Ich hegte die Absicht, in späterer Vervollständigung das Ganze herauszugeben, aber es blieb immer bei dem lobenswerten Vorsatze, und wie allen großen Werken der Deutschen, wie dem Kölner Dome, dem Schellingschen Gotte, der preußischen Konstitution usw., ging es auch dem »Atta Troll« – er ward nicht fertig. In solcher unfertigen Gestalt, leidlich aufgestutzt und nur äußerlich geründet, übergebe ich ihn heute dem Publiko, einem Drange gehorchend, der wahrlich nicht von innen kommt.

Der »Atta Troll« entstand, wie gesagt, im Spätherbste 1841, zu einer Zeit, als die große Emeute, wo die verschiedenfarbigsten Feinde sich gegen mich zusammengerottet, noch nicht ganz ausgelärmt hatte. Es war eine sehr große Emeute, und ich hätte nie geglaubt, daß Deutschland so viele faule Äpfel hervorbringt, wie mir damals an den Kopf flogen! Unser Vaterland ist ein gesegnetes Land; es wachsen hier freilich keine Zitronen und keine Goldorangen, auch krüppelt sich der Lobeer nur mühsam fort auf deutschem Boden, aber faule Äpfel gedeihen bei uns in erfreulichster Fülle, und alle unsere großen Dichter wußten davon ein Lied zu singen. Bei jener Emeute, wo ich Krone und Kopf verlieren sollte, verlor ich keins von beiden, und die absurden Anschuldigungen, womit man den Pöbel gegen mich aufhetzte, sind seitdem, ohne daß ich mich zu einer Widerrede herabzulassen brauchte, aufs kläglichste verschollen. Die Zeit übernahm meine Rechtfertigung, und auch die respektiven deutschen Regierungen, ich muß es dankbar anerkennen, haben sich in dieser Beziehung verdient um mich gemacht. Die Verhaftsbefehle, die von der deutschen Grenze an, auf jeder Station, die Heimkehr des Dichters mit Sehnsucht erwarten, werden gehörig renoviert, jedes Jahr, um die heilige Weihnachtzeit, wenn an den Christbäumen die gemütlichen

Lämpchen funkeln. Wegen solcher Unsicherheit der Wege wird mir das Reisen in den deutschen Gauen schier verleidet, ich feiere deshalb meine Weihnachten in der Fremde, und werde auch in der Fremde, im Exil, meine Tage beschließen. Die wackern Kämpen für Licht und Wahrheit, die mich der Wankelmütigkeit und des Knechtsinns beschuldigten, gehen unterdessen im Vaterlande sehr sicher umher, als wohlbestallte Staatsdiener, oder als Würdeträger einer Gilde, oder als Stammgäste eines Klubs, wo sie sich des Abends patriotisch erquicken am Rebensafte des Vater Rhein und an meerumschlungenen schleswig-holsteinschen Austern.

Ich habe oben mit besonderer Absicht angedeutet, in welcher Periode der »Atta Troll« entstanden ist. Damals blühte die sogenannte politische Dichtkunst. »Die Opposition verkaufte ihr Leder und ward Poesie.« Die Musen bekamen die strenge Weisung, sich hinfüro nicht mehr müßig und leichtfertig umherzutreiben, sondern in vaterländischen Dienst zu treten, etwa als Marketenderinnen der Freiheit oder als Wäscherinnen der christlich-germanischen Nationalität. Es erhub sich im deutschen Bardenhain ganz besonders jener vage, unfruchtbare Pathos, jener nutzlose Enthusiasmusdunst, der sich mit Todesverachtung in einen Ozean von Allgemeinheiten stürzte und mich immer an den amerikanischen Matrosen erinnerte, welcher für den General Jackson so überschwenglich begeistert war, daß er einst von der Spitze eines Mastbaums ins Meer hinabsprang, indem er ausrief: »Ich sterbe für den General Jackson!« Ja, obgleich wir Deutschen noch keine Flotte besaßen, so hatten wir doch schon viele begeisterte Matrosen, die für den General Jackson starben, in Versen und in Prosa. Das Talent war damals eine sehr mißliche Begabung, denn es brachte in den Verdacht der Charakterlosigkeit. Die scheelsüchtige Impotenz hatte endlich, nach tausendjährigem Nachgrübeln, ihre große Waffe gefunden gegen die Übermüten des Genius; sie fand nämlich die Antithese von Talent und Charakter. Es war fast persönlich schmeichelhaft für die große Menge, wenn sie behaupten hörte: die braven Leute seien freilich in der Regel sehr schlechte Musikanten, dafür jedoch seien die guten Musikanten gewöhnlich nichts weniger als brave Leute, die Bravheit aber sei in der Welt die Hauptsache, nicht die Musik. Der leere Kopf pochte jetzt mit Fug auf sein volles Herz, und die Gesinnung war Trumpf. Ich erinnere mich eines damaligen Schriftstellers, der es sich als ein besonderes Verdienst anrechnete, daß er nicht schreiben könne; für seinen hölzernen Stil bekam er einen silbernen Ehrenbecher.

Bei den ewigen Göttern! damals galt es die unveräußerlichen

Rechte des Geistes zu vertreten, zumal in der Poesie. Wie eine solche Vertretung das große Geschäft meines Lebens war, so habe ich sie am allerwenigsten im vorliegenden Gedicht außer Augen gelassen, und sowohl Tonart als Stoff desselben war ein Protest gegen die Plebiscita der Tagestribünen. Und in der Tat, schon die ersten Fragmente, die vom »Atta Troll« gedruckt wurden, erregten die Galle meiner Charakterhelden, meiner Römer, die mich nicht bloß der literarischen, sondern auch der gesellschaftlichen Reaktion, ja sogar der Verhöhnung heiligster Menschheitsideen beschuldigten. Was den ästhetischen Wert meines Poems betrifft, so gab ich ihn gern preis, wie ich es auch heute noch tue; ich schrieb dasselbe zu meiner eignen Lust und Freude, in der grillenhaften Traumweise jener romantischen Schule, wo ich meine angenehmsten Jugendjahre verlebt, und zuletzt den Schulmeister geprügelt habe. In dieser Beziehung ist mein Gedicht vielleicht verwerflich. Aber du lügst, Brutus, du lügst, Cassius, und auch du lügst, Asinius, wenn Ihr behauptet, mein Spott träfe jene Ideen, die eine kostbare Errungenschaft der Menschheit sind und für die ich selber so viel gestritten und gelitten habe. Nein, eben weil dem Dichter jene Ideen in herrlichster Klarheit und Größe beständig vorschweben, ergreift ihn desto unwiderstehlicher die Lachlust, wenn er sieht, wie roh, plump und täppisch von der beschränkten Zeitgenossenschaft jene Ideen aufgefaßt werden können. Er scherzt dann gleichsam über ihre temporelle Bärenhaut. Es gibt Spiegel, welche so verschoben geschliffen sind, daß selbst ein Apollo sich darin als eine Karikatur abspiegeln muß und uns zum Lachen reizt. Wir lachen aber alsdann nur über das Zerrbild, nicht über den Gott.

Noch ein Wort. Bedarf es einer besondern Verwahrung, daß die Parodie eines Freiligrathschen Gedichtes, welche aus dem »Atta Troll« manchmal mutwillig hervorkichert, und gleichsam seine komische Unterlage bildet, keineswegs eine Mißwürdigung des Dichters bezweckt? Ich schätze denselben hoch, zumal jetzt, und ich zähle ihn zu den bedeutendsten Dichtern, die seit der Juliusrevolution in Deutschland aufgetreten sind. Seine erste Gedichtesammlung kam mir sehr spät zu Gesicht, nämlich eben zur Zeit, als der »Atta Troll« entstand. Es mochte wohl an meiner damaligen Stimmung liegen, daß namentlich der Mohrenfürst so belustigend auf mich wirkte. Diese Produktion wird übrigens als die gelungenste gerühmt. Für Leser, welche diese Produktion gar nicht kennen – und es mag deren wohl in China und Japan geben, sogar am Niger und am Senegal –, für diese bemerke ich, daß der Mohrenkönig, der zu Anfang des Gedichtes aus seinem weißen Zelte, wie eine Mondfinsternis, hervortritt, auch eine schwarze Geliebte besitzt, über deren dunkles Antlitz die weißen Straußfedern nicken. Aber kriegsmutig verläßt er sie, er zieht in die Negerschlacht, wo da rasselt die Trommel, mit Schädeln behangen – ach! er findet dort sein schwarzes Waterloo und wird von den Siegern an die Weißen verkauft. Diese schleppen den edlen Afrikaner nach Europa, und hier finden wir ihn wieder im Dienste einer herumziehenden Reutergesellschaft, die ihm, bei ihren Kunstvorstellungen, die türkische Trommel anvertraut hat. Da steht er nun, finster und ernsthaft, am Eingange der Reitbahn und trommelt, doch während des Trommelns denkt er an seine ehemalige Größe, er denkt daran, daß er einst ein absoluter Monarch war, am fernen, fernen Niger, und daß er gejagt den Löwen, den Tiger –

»Sein Auge ward naß; mit dumpfem Klang
Schlug er das Fell, daß es rasselnd zersprang.«

Geschrieben zu Paris im Dezember 1846

Heinrich Heine

CAPUT I

Rings umragt von dunklen Bergen,
Die sich trotzig übergipfeln,
Und von wilden Wasserstürzen
Eingelullet, wie ein Traumbild,

Liegt im Tal das elegante
Cauterets. Die weißen Häuschen
Mit Balkonen; schöne Damen
Stehn darauf und lachen herzlich.

Herzlich lachend schaun sie nieder
Auf den wimmelnd bunten Marktplatz,
Wo da tanzen Bär und Bärin
Bei des Dudelsackes Klängen.

Atta Troll und seine Gattin,
Die geheißen schwarze Mumma,
Sind die Tänzer, und es jubeln
Vor Bewundrung die Baskesen.

Steif und ernsthaft, mit Grandezza,
Tanzt der edle Atta Troll,
Doch der zottgen Ehehälfte
Fehlt die Würde, fehlt der Anstand.

Ja, es will mich schier bedünken,
Daß sie manchmal cancaniere,
Und gemütlos frechen Steißwurfs
An die Grand'-Chaumière erinnre.

Auch der wackre Bärenführer,
Der sie an der Kette leitet,
Scheint die Immoralität
Ihres Tanzes zu bemerken.

Und er langt ihr manchmal über
Einge Hiebe mit der Peitsche,
Und die schwarze Mumma heult dann,
Daß die Berge widerhallen.

Dieser Bärenführer trägt
Sechs Madonnen auf dem Spitzhut,
Die sein Haupt vor Feindeskugeln
Oder Läusen schützen sollen.

Über seine Schulter hängt
Eine bunte Altardecke,
Die als Mantel sich gebärdet;
Drunter lauscht Pistol und Messer.

War ein Mönch in seiner Jugend,
Später ward er Räuberhauptmann;
Beides zu vereingen, nahm er
Endlich Dienste bei Don Carlos.

Als Don Carlos fliehen mußte
Mit der ganzen Tafelrunde,
Und die meisten Paladine
Nach honettem Handwerk griffen –

(Herr Schnapphahnski wurde Autor) –
Da ward unser Glaubensritter
Bärenführer, zog durchs Land
Mit dem Atta Troll und Mumma.

Und er läßt die beiden tanzen
Vor dem Volke, auf den Märkten; –
Auf dem Markt von Cauterets
Tanzt gefesselt Atta Troll!

Atta Troll, der einst gehauset,
Wie ein stolzer Fürst der Wildnis,
Auf den freien Bergeshöhen,
Tanzt im Tal vor Menschenpöbel!

Und sogar für schnödes Geld
Muß er tanzen, er, der weiland,
In des Schreckens Majestät,
Sich so welterhaben fühlte!

Denkt er seiner Jugendtage,
Der verlornen Waldesherrschaft,
Dann erbrummen dunkle Laute
Aus der Seele Atta Trolls;

Finster schaut er wie ein schwarzer
Freiligräthscher Mohrenfürst,
Und wie dieser schlecht getrommelt,
Also tanzt er schlecht vor Ingrimm.

Doch statt Mitgefühl erregt er
Nur Gelächter. Selbst Juliette
Lacht herunter vom Balkone
Ob den Sprüngen der Verzweiflung. – –

Juliette hat im Busen
Kein Gemüt, sie ist Französin,
Lebt nach außen; doch ihr Äußres
Ist entzückend, ist bezaubernd.

Ihre Blicke sind ein süßes
Strahlennetz, in dessen Maschen
Unser Herz, gleich einem Fischlein,
Sich verfängt und zärtlich zappelt.

CAPUT II

Daß ein schwarzer Freiligräthscher
Mohrenfürst sehnsüchtig lospaukt
Auf das Fell der großen Trommel,
Bis es prasselnd laut entzweispringt:

Das ist wahrhaft trommelrührend
Und auch trommelfellerschütternd –
Aber denkt Euch einen Bären,
Der sich von der Kette losreißt!

Die Musik und das Gelächter
Sie verstummen, und mit Angstschrei
Stürzt vom Markte fort das Volk,
Und die Damen sie erbleichen.

Ja, von seiner Sklavenfessel
Hat sich plötzlich losgerissen
Atta Troll. Mit wilden Sprüngen
Durch die engen Straßen rennend –

(Jeder macht ihm höflich Platz) –
Klettert er hinauf die Felsen,
Schaut hinunter, wie verhöhnend,
Und verschwindet im Gebirge.

Auf dem leeren Marktplatz bleiben
Ganz allein die schwarze Mumma
Und der Bärenführer. Rasend
Schmeißt er seinen Hut zur Erde,

Trampelt drauf, er tritt mit Füßen
Die Madonnen! reißt die Decke
Sich vom scheußlich nackten Leib,
Flucht und jammert über Undank,

Über schwarzen Bärenundank!
Denn er habe Atta Troll
Stets wie einen Freund behandelt
Und im Tanzen unterrichtet.

Alles hab er ihm zu danken,
Selbst das Leben! Bot man doch
Ihm vergebens hundert Taler
Für die Haut des Atta Troll!

Auf die arme schwarze Mumma,
Die, ein Bild des stummen Grames,
Flehend, auf den Hintertatzen,
Vor dem Hocherzürnten stehn blieb,

Fällt des Hocherzürnten Wut
Endlich doppelt schwer, er schlägt sie,
Nennt sie Königin Christine,
Auch Frau Munoz und Putana. – –

Das geschah an einem schönen,
Warmen Sommernachmittage,
Und die Nacht, die jenem Tage
Lieblich folgte, war süperbe.

Ich verbrachte fast die Hälfte
Jener Nacht auf dem Balkone.
Neben mir stand Juliette
Und betrachtete die Sterne.

Seufzend sprach sie: Ach, die Sterne
Sind am schönsten in Paris,
Wenn sie dort, des Winterabends,
In dem Straßenkot sich spiegeln.

CAPUT III

Traum der Sommernacht! Phantastisch
Zwecklos ist mein Lied. Ja, zwecklos
Wie die Liebe, wie das Leben,
Wie der Schöpfer samt der Schöpfung!

Nur der eignen Lust gehorchend,
Galoppierend oder fliegend,
Tummelt sich im Fabelreiche
Mein geliebter Pegasus.

Ist kein nützlich tugendhafter
Karrengaul des Bürgertums,
Noch ein Schlachtpferd der Parteiwut,
Das pathetisch stampft und wiehert!

Goldbeschlagen sind die Hufen
Meines weißen Flügelrößleins,
Perlenschnüre sind die Zügel,
Und ich laß sie lustig schießen.

Trage mich, wohin du willst!
Über luftig steilen Bergpfad,
Wo Kaskaden angstvoll kreischend
Vor des Unsinns Abgrund warnen!

Trage mich durch stille Täler,
Wo die Eichen ernsthaft ragen
Und den Wurzelknorrn entrieselt
Uralt süßer Sagenquell!

Laß mich trinken dort und nässen
Meine Augen – ach, ich lechze
Nach dem lichten Wunderwasser,
Welches sehend macht und wissend.

Jede Blindheit weicht! Mein Blick
Dringt bis in die tiefste Steinkluft,
In die Höhle Atta Trolls –
Ich verstehe seine Reden!

Sonderbar! wie wohlbekannt
Dünkt mir diese Bärensprache!
Hab ich nicht in teurer Heimat
Früh vernommen diese Laute?

CAPUT IV

Ronceval, du edles Tal!
Wenn ich deinen Namen höre,
Bebt und duftet mir im Herzen
Die verschollne blaue Blume!

Glänzend steigt empor die Traumwelt,
Die jahrtausendlich versunken,
Und die großen Geisteraugen
Schaun mich an, daß ich erschrecke!

Und es klirrt und tost! Es kämpfen
Sarazen und Frankenritter;
Wie verzweifelnd, wie verblutend
Klingen Rolands Waldhornrüfe!

In dem Tal von Ronceval,
Unfern von der Rolandsscharte –
So geheißen, weil der Held,
Um sich einen Weg zu bahnen,

Mit dem guten Schwert Duranda
Also todesgrimmig einhieb
In die Felswand, daß die Spuren
Bis auf heutgem Tage sichtbar –

Dort in einer düstren Steinschlucht,
Die umwachsen von dem Buschwerk
Wilder Tannen, tief verborgen,
Liegt die Höhle Atta Trolls.

Dort, im Schoße der Familie,
Ruht er aus von den Strapazen
Seiner Flucht und von der Mühsal
Seiner Völkerschau und Weltfahrt.

Süßes Wiedersehn! Die Jungen
Fand er in der teuren Höhle,
Wo er sie gezeugt mit Mumma;
Söhne vier und Töchter zwei.

Wohlgeleckte Bärenjungfraun,
Blond von Haar, wie Predgerstöchter;
Braun die Buben, nur der Jüngste
Mit dem einzgen Ohr ist schwarz.

Dieser Jüngste war das Herzblatt
Seiner Mutter, die ihm spielend
Abgebissen einst ein Ohr;
Und sie fraß es auf vor Liebe.

Ist ein genialer Jüngling,
Für Gymnastik sehr begabt,
Und er schlägt die Purzelbäume
Wie der Turnkunstmeister Maßmann.

Blüte autochthoner Bildung,
Liebt er nur die Muttersprache,
Lernte nimmer den Jargon
Des Hellenen und des Römlings.

Frisch und frei und fromm und fröhlich,
Ist verhaßt ihm alle Seife,
Luxus des modernen Waschens,
Wie dem Turnkunstmeister Maßmann.

Am genialsten ist der Jüngling,
Wenn er klettert auf dem Baume,
Der, entlang der steilsten Felswand,
Aus der tiefen Schlucht emporsteigt

Und hinaufragt bis zur Koppe,
Wo des Nachts die ganze Sippschaft
Sich versammelt um den Vater,
Kosend in der Abendkühle.

Gern erzählt alsdann der Alte,
Was er in der Welt erlebte,
Wie er Menschen viel und Städte
Einst gesehn, auch viel erduldet,

Gleich dem edlen Laertiaden,
Diesem nur darin unähnlich,
Daß die Gattin mit ihm reiste,
Seine schwarze Penelope.

Auch erzählt dann Atta Troll
Von dem kolossalen Beifall,
Den er einst durch seine Tanzkunst
Eingeerntet bei den Menschen.

Er versichert, Jung und Alt
Habe jubelnd ihn bewundert,
Wenn er tanzte auf den Märkten
Bei der Sackpfeif süßen Tönen.

Und die Damen ganz besonders,
Diese zarten Kennerinnen,
Hätten rasend applaudiert
Und ihm huldreich zugeäugelt.

O der Künstlereitelkeiten!
Schmunzelnd denkt der alte Tanzbär
An die Zeit, wo sein Talent
Vor dem Publiko sich zeigte.

Übermannt von Selbstbegeistrung,
Will er durch die Tat bekunden,
Daß er nicht ein armer Prahlhans,
Daß er wirklich groß als Tänzer –

Und vom Boden springt er plötzlich,
Stellt sich auf die Hintertatzen,
Und wie ehmals tanzt er wieder
Seinen Leibtanz, die Gavotte.

Stumm, mit aufgesperrten Schnauzen,
Schauen zu die Bärenjungen,
Wie der Vater hin und her springt
Wunderbar im Mondenscheine.

CAPUT V

In der Höhle, bei den Seinen,
Liegt gemütskrank auf dem Rücken
Atta Troll, nachdenklich saugt er
An den Tatzen, saugt und brummt:

»Mumma, Mumma, schwarze Perle,
Die ich in dem Meer des Lebens
Aufgefischt, im Meer des Lebens
Hab ich wieder dich verloren!

Werd ich nie dich wiedersehen,
Oder nur jenseits des Grabes,
Wo von Erdenzotteln frei
Sich verkläret deine Seele?

Ach! vorher möcht ich noch einmal
Lecken an der holden Schnauze
Meiner Mumma, die so süße,
Wie mit Honigseim bestrichen!

Möchte auch noch einmal schnüffeln
Den Geruch, der eigentümlich
Meiner teuren schwarzen Mumma,
Und wie Rosenduft so lieblich!

Aber ach! die Mumma schmachtet
In den Fesseln jener Brut,
Die den Namen Menschen führet,
Und sich Herrn der Schöpfung dünkelt.

Tod und Hölle! Diese Menschen,
Diese Erzaristokraten,
Schaun auf das gesamte Tierreich
Frech und adelstolz herunter,

Rauben Weiber uns und Kinder,
Fesseln uns, mißhandeln, töten
Uns sogar, um zu verschachern
Unsre Haut und unsern Leichnam!

Und sie glauben sich berechtigt
Solche Untat auszuüben
Ganz besonders gegen Bären,
Und sie nennens Menschenrechte.

Menschenrechte! Menschenrechte!
Wer hat Euch damit belehnt?
Nimmer tat es die Natur,
Diese ist nicht unnatürlich.

Menschenrechte! Wer gab Euch
Diese Privilegien?
Wahrlich nimmer die Vernunft,
Die ist nicht so unvernünftig!

Menschen, seid Ihr etwa besser
Als wir Andre, weil gesotten
Und gebraten Eure Speisen?
Wir verzehren roh die unsern,

Doch das Resultat am Ende
Ist dasselbe – Nein, es adelt
Nicht die Atzung; der ist edel,
Welcher edel fühlt und handelt.

Menschen, seid Ihr etwa besser,
Weil Ihr Wissenschaft und Künste
Mit Erfolg betreibt? Wir Andre
Sind nicht auf den Kopf gefallen.

Gibt es nicht gelehrte Hunde?
Und auch Pferde, welche rechnen
Wie Kommerzienräte? Trommeln
Nicht die Hasen ganz vorzüglich?

Hat sich nicht in Hydrostatik
Mancher Biber ausgezeichnet?
Und verdankt man nicht den Störchen
Die Erfindung der Klystiere?

Schreiben Esel nicht Kritiken?
Spielen Affen nicht Komödie?
Gibt es eine größre Mimin
Als Batavia, die Meerkatz?

Singen nicht die Nachtigallen?
Ist der Freiligrath kein Dichter?
Wer besäng den Löwen besser
Als sein Landsmann, das Kamel?

In der Tanzkunst hab ich selber
Es so weit gebracht wie Raumer
In der Schreibkunst – schreibt er besser
Als ich tanze, ich der Bär?

Menschen, warum seid Ihr besser
Als wir Andre? Aufrecht tragt Ihr
Zwar das Haupt, jedoch im Haupte
Kriechen niedrig die Gedanken.

Menschen, seid Ihr etwa besser
Als wir Andre, weil Eur Fell
Glatt und gleißend? Diesen Vorzug
Müßt Ihr mit den Schlangen teilen.

Menschenvolk, zweibeinge Schlangen,
Ich begreife wohl, warum Ihr
Hosen tragt! Mit fremder Wolle
Deckt Ihr Eure Schlangennacktheit.

Kinder! hütet Euch vor jenen
Unbehaarten Mißgeschöpfen!
Meine Töchter! Traut nur keinem
Untier, welches Hosen trägt!«

Weiter will ich nicht berichten,
Wie der Bär in seinem frechen
Gleichheitsschwindel räsonnierte
Auf das menschliche Geschlecht.

Denn am Ende bin ich selber
Auch ein Mensch, und wiederholen
Will ich nimmer die Sottisen,
Die am Ende sehr beleidgend.

Ja, ich bin ein Mensch, bin besser
Als die andern Säugetiere;
Die Intressen der Geburt
Werd ich nimmermehr verleugnen.

Und im Kampf mit andern Bestien
Werd ich immer treulich kämpfen
Für die Menschheit, für die heilgen
Angebornen Menschenrechte.

CAPUT VI

Doch es ist vielleicht ersprießlich
Für den Menschen, der den höhern
Viehstand bildet, daß er wisse,
Was da unten räsonniert wird.

Ja, da unten in den düstern
Jammersphären der Gesellschaft,
In den niedern Tierweltschichten,
Brütet Elend, Stolz und Groll.

Was naturgeschichtlich immer,
Also auch gewohnheitsrechtlich
Seit Jahrtausenden bestanden,
Wird negiert mit frecher Schnauze.

Von den Alten wird den Jungen
Eingebrummt die böse Irrlehr,
Die auf Erden die Kultur
Und Humanität bedroht.

»Kinder« – grommelt Atta Troll,
Und er wälzt sich hin und her
Auf dem teppichlosen Lager –
»Kinder, uns gehört die Zukunft!

Dächte jeder Bär, und dächten
Alle Tiere so wie ich,
Mit vereinten Kräften würden
Wir bekämpfen die Tyrannen.

Es verbände sich der Eber
Mit dem Roß, der Elefant
Schlänge brüderlich den Rüssel
Um das Horn des wackern Ochsen;

Bär und Wolf, von jeder Farbe,
Bock und Affe, selbst der Hase,
Wirkten einge Zeit gemeinsam,
Und der Sieg könnt uns nicht fehlen.

Einheit, Einheit ist das erste
Zeitbedürfnis. Einzeln wurden
Wir geknechtet, doch verbunden
Übertölpeln wir die Zwingherrn.

Einheit! Einheit! und wir siegen
Und es stürzt das Regiment
Schnöden Monopols! Wir stiften
Ein gerechtes Animalreich.

Grundgesetz sei volle Gleichheit
Aller Gotteskreaturen,
Ohne Unterschied des Glaubens
Und des Fells und des Geruches.

Strenge Gleichheit! Jeder Esel
Sei befugt zum höchsten Staatsamt,
Und der Löwe soll dagegen
Mit dem Sack zur Mühle traben.

Was den Hund betrifft, so ist er
Freilich ein serviler Köter,
Weil Jahrtausende hindurch
Ihn der Mensch wie ’n Hund behandelt;

Doch in unserm Freistaat geben
Wir ihm wieder seine alten
Unveräußerlichen Rechte,
Und er wird sich bald veredeln.

Ja, sogar die Juden sollen
Volles Bürgerrecht genießen
Und gesetzlich gleichgestellt sein
Allen andern Säugetieren.

Nur das Tanzen auf den Märkten
Sei den Juden nicht gestattet;
Dies Amendement, ich mach es
Im Intresse meiner Kunst.

Denn der Sinn für Stil, für strenge
Plastik der Bewegung, fehlt
Jener Rasse, sie verdürben
Den Geschmack des Publikums.«

CAPUT VII

Düster, in der düstern Höhle,
Hockt im trauten Kreis der Seinen
Atta Troll, der Menschenfeind,
Und er brummt und fletscht die Zähne:

»Menschen, schnippische Kanaillen!
Lächelt nur! Von Eurem Lächeln
Wie von Eurem Joch wird endlich
Uns der große Tag erlösen!

»Mich verletzte stets am meisten
Jenes sauersüße Zucken
Um das Maul – ganz unerträglich
Wirkt auf mich dies Menschenlächeln!

Wenn ich in dem weißen Antlitz
Das fatale Zucken schaute,
Drehten sich herum entrüstet
Mir im Bauche die Gedärme.

Weit impertinenter noch
Als durch Worte offenbart sich
Durch das Lächeln eines Menschen
Seiner Seele tiefste Frechheit.

Immer lächeln sie! Sogar
Wo der Anstand einen tiefen
Ernst erfordert, in der Liebe
Feierlichstem Augenblick!

Immer lächeln sie! Sie lächeln
Selbst im Tanzen. Sie entweihen
Solchermaßen diese Kunst,
Die ein Kultus bleiben sollte.

Ja, der Tanz, in alten Zeiten,
War ein frommer Akt des Glaubens;
Um den Altar drehte heilig
Sich der priesterliche Reigen.

Also vor der Bundeslade
Tanzte weiland König David;
Tanzen war ein Gottesdienst,
War ein Beten mit den Beinen!

Also hab auch ich den Tanz
Einst begriffen, wenn ich tanzte
Auf den Märkten vor dem Volk,
Das mir großen Beifall zollte.

Dieser Beifall, ich gesteh es,
Tat mir manchmal wohl im Herzen;
Denn Bewundrung selbst dem Feinde
Abzutrotzen, das ist süß!

Aber selbst im Enthusiasmus
Lächeln sie. Ohnmächtig ist
Selbst die Tanzkunst sie zu bessern,
Und sie bleiben stets frivol.«

CAPUT VIII

Mancher tugendhafte Bürger
Duftet schlecht auf Erden, während
Fürstenknechte mit Lavendel
Oder Ambra parfümiert sind.

Jungfräuliche Seelen gibt es,
Die nach grüner Seife riechen,
Und das Laster hat zuweilen
Sich mit Rosenöl gewaschen.

Darum rümpfe nicht die Nase,
Teurer Leser, wenn die Höhle
Atta Trolls dich nicht erinnert
An Arabiens Spezerein.

Weile mit mir in dem Dunstkreis,
In dem trüben Mißgeruche,
Wo der Held zu seinem Sohne
Wie aus einer Wolke spricht:

»Kind, mein Kind, du meiner Lenden
Jüngster Sprößling, leg dein Einohr
An die Schnauze des Erzeugers
Und saug ein mein ernstes Wort!

Hüte dich vor Menschendenkart,
Sie verdirbt dir Leib und Seele;
Unter allen Menschen gibt es
Keinen ordentlichen Menschen.

Selbst die Deutschen, einst die Bessern,
Selbst die Söhne Tuiskions,
Unsre Vettern aus der Urzeit,
Diese gleichfalls sind entartet.

Sind jetzt glaubenlos und gottlos,
Predgen gar den Atheismus –
Kind, mein Kind, nimm dich in Acht
Vor dem Feuerbach und Bauer!

Werde nur kein Atheist,
So ein Unbär ohne Ehrfurcht
Vor dem Schöpfer – ja, ein Schöpfer
Hat erschaffen dieses Weltall!

In der Höhe, Sonn und Mond,
Auch die Sterne (die geschwänzten
Gleichfalls wie die ungeschwänzten)
Sind der Abglanz seiner Allmacht.

In der Tiefe, Land und Meer,
Sind das Echo seines Ruhmes,
Und jedwede Kreatur
Preiset seine Herrlichkeiten.

Selbst das kleinste Silberläuschen,
Das im Bart des greisen Pilgers
Teilnimmt an der Erdenwallfahrt,
Singt des Ewgen Lobgesang!

Droben in dem Sternenzelte,
Auf dem goldnen Herrscherstuhle,
Weltregierend, majestätisch,
Sitzt ein kolossaler Eisbär.

Fleckenlos und schneeweiß glänzend
Ist sein Pelz; es schmückt sein Haupt
Eine Kron von Diamanten,
Die durch alle Himmel leuchtet.

In dem Antlitz Harmonie
Und des Denkens stumme Taten;
Mit dem Zepter winkt er nur,
Und die Sphären klingen, singen.

Ihm zu Füßen sitzen fromm
Bärenheilge, die auf Erden
Still geduldet, in den Tatzen
Ihres Martyrtumes Palmen.

Manchmal springt der Eine auf,
Auch der Andre, wie vom heilgen
Geist geweckt, und sieh! da tanzen
Sie den feierlichsten Hochtanz –

Hochtanz, wo der Strahl der Gnade
Das Talent entbehrlich machte,
Und vor Seligkeit die Seele
Aus der Haut zu springen sucht!

Werde ich unwürdger Troll
Einstens solchen Heils teilhaftig?
Und aus irdisch niedrer Trübsal
Übergehn ins Reich der Wonne?

Werd ich selber, himmelstrunken,
Droben in dem Sternenzelte,
Mit der Glorie, mit der Palme
Tanzen vor dem Thron des Herrn?«

CAPUT IX

Wie die scharlachrote Zunge,
Die ein schwarzer Freiligräthscher
Mohrenfürst verhöhnend grimmig
Aus dem düstern Maul hervorstreckt:

Also tritt der Mond aus dunkelm
Wolkenhimmel. Fernher brausen
Wasserstürze, ewig schlaflos
Und verdrießlich in der Nacht.

Atta Troll steht auf der Koppe
Seines Lieblingsfelsens einsam,
Einsam, und er heult hinunter
In den Nachtwind, in den Abgrund:

»Ja, ich bin ein Bär, ich bin es,
Bin es, den Ihr Zottelbär,
Brummbär, Isegrimm und Petz
Und Gott weiß wie sonst noch nennet.

Ja, ich bin ein Bär, ich bin es,
Bin die ungeschlachte Bestie,
Bin das plumpe Trampeltier
Eures Hohnes, Eures Lächelns!

Bin die Zielscheib Eures Witzes,
Bin das Ungetüm, womit
Ihr die Kinder schreckt des Abends,
Die unartgen Menschenkinder.

Bin das rohe Spottgebilde
Eurer Ammenmärchen, bin es,
Und ich ruf es laut hinunter
In die schnöde Menschenwelt.

Hört es, hört, ich bin ein Bär,
Nimmer schäm ich mich des Ursprungs,
Und bin stolz darauf, als stammt ich
Ab von Moses Mendelssohn!«

CAPUT X

Zwo Gestalten, wild und mürrisch,
Und auf allen Vieren rutschend,
Brechen Bahn sich durch den dunklen
Tannengrund, um Mitternacht.

Das ist Atta Troll, der Vater,
Und sein Söhnchen, Junker Einohr.
Wo der Wald sich dämmernd lichtet,
Bei dem Blutstein, stehn sie stille.

»Dieser Stein« – brummt Atta Troll –
»Ist der Altar, wo Druiden
In der Zeit des Aberglaubens
Menschenopfer abgeschlachtet.

O der schauderhaften Greuel!
Denk ich dran, sträubt sich das Haar
Auf dem Rücken mir – Zur Ehre
Gottes wurde Blut vergossen!

Jetzt sind freilich aufgeklärter
Diese Menschen, und sie töten
Nicht einander mehr aus Eifer
Für die himmlischen Intressen; –

Nein, nicht mehr der fromme Wahn,
Nicht die Schwärmerei, nicht Tollheit,
Sondern Eigennutz und Selbstsucht
Treibt sie jetzt zu Mord und Totschlag.

Nach den Gütern dieser Erde
Greifen alle um die Wette,
Und das ist ein ewges Raufen,
Und ein jeder stiehlt für sich!

Ja, das Erbe der Gesamtheit
Wird dem Einzelnen zur Beute,
Und von Rechten des Besitzes
Spricht er dann, von Eigentum!

Eigentum! Recht des Besitzes!
O des Diebstahls! O der Lüge!
Solch Gemisch von List und Unsinn
Konnte nur der Mensch erfinden.

Keine Eigentümer schuf
Die Natur, denn taschenlos,
Ohne Taschen in den Pelzen,
Kommen wir zur Welt, wir Alle.

Keinem von uns Allen wurden
Angeboren solche Säckchen
In dem äußern Leibesfelle,
Um den Diebstahl zu verbergen.

Nur der Mensch, das glatte Wesen,
Das mit fremder Wolle künstlich
Sich bekleidet, wußt auch künstlich
Sich mit Taschen zu versorgen.

Eine Tasche! Unnatürlich
Ist sie wie das Eigentum,
Wie die Rechte des Besitzes –
Taschendiebe sind die Menschen!

Glühend haß ich sie! Vererben
Will ich dir, mein Sohn, den Haß.
Hier auf diesem Altar sollst du
Ewgen Haß den Menschen schwören!

Sei der Todfeind jener argen
Unterdrücker, unversöhnlich,
Bis ans Ende deiner Tage, –
Schwör es, schwör es hier, mein Sohn!«

Und der Jüngling schwur, wie ehmals
Hannibal. Der Mond beschien
Gräßlich gelb den alten Blutstein
Und die beiden Misanthropen. – –

Später wollen wir berichten,
Wie der Jungbär treu geblieben
Seinem Eidschwur; unsre Leier
Feiert ihn im nächsten Epos.

Was den Atta anbetrifft,
So verlassen wir ihn gleichfalls,
Doch um später ihn zu treffen,
Desto sichrer, mit der Kugel.

Deine Untersuchungsakten,
Hochverräter an der Menschheit
Majestät! sind jetzt geschlossen;
Morgen wird auf dich gefahndet.

CAPUT XI

Wie verschlafne Bajaderen
Schaun die Berge, stehen fröstelnd
In den weißen Nebelhemden,
Die der Morgenwind bewegt.

Doch sie werden bald ermuntert
Von dem Sonnengott, er streift
Ihnen ab die letzte Hülle
Und bestrahlt die nackte Schönheit!

In der Morgenfrühe war ich
Mit Laskaro ausgezogen
Auf die Bärenjagd. Um Mittag
Kamen wir zum Pont-d'Espagne.

So geheißen ist die Brücke,
Die aus Frankreich führt nach Spanien,
Nach dem Land der Westbarbaren,
Die um tausend Jahr zurück sind.

Sind zurück um tausend Jahre
In moderner Weltgesittung –
Meine eignen Ostbarbaren
Sind es nur um ein Jahrhundert.

Zögernd, fast verzagt, verließ ich
Den geweihten Boden Frankreichs,
Dieses Vaterlands der Freiheit
Und der Frauen, die ich liebe.

Mitten auf dem Pont-d'Espagne
Saß ein armer Spanier. Elend
Lauschte aus des Mantels Löchern,
Elend lauschte aus den Augen.

Eine alte Mandoline
Kneipte er mit magern Fingern;
Schriller Mißlaut, der verhöhnend
Aus den Klüften widerhallte.

Manchmal beugt er sich hinunter
Nach dem Abgrund und er lachte,
Klimperte nachher noch toller,
Und er sang dabei die Worte:

»Mitten drin in meinem Herzen
Steht ein kleines güldnes Tischchen,
Um das kleine güldne Tischchen
Stehn vier kleine güldne Stühlchen.

Auf den güldnen Stühlchen sitzen
Kleine Dämchen, güldne Pfeile
Im Chignon; sie spielen Karten,
Aber Clara nur gewinnt.

Sie gewinnt und lächelt schalkhaft.
Ach, in meinem Herzen, Clara,
Wirst du jedesmal gewinnen,
Denn du hast ja alle Trümpfe.« –

Weiter wandernd, zu mir selber
Sprach ich: Sonderbar, der Wahnsinn
Sitzt und singt auf jener Brücke,
Die aus Frankreich führt nach Spanien.

Ist der tolle Bursch das Sinnbild
Vom Ideentausch der Länder?
Oder ist er seines Volkes
Sinnverrücktes Titelblatt?

Gegen Abend erst erreichten
Wir die klägliche Posada,
Wo die Ollea-Potrida
Dampfte in der schmutzgen Schüssel.

Dorten aß ich auch Garbanzos,
Groß und schwer wie Flintenkugeln,
Unverdaulich selbst dem Deutschen,
Der mit Klößen aufgewachsen.

Und ein Seitenstück der Küche
War das Bett. Ganz mit Insekten
Wie gepfeffert – Ach! die Wanzen
Sind des Menschen schlimmste Feinde.

Schlimmer als der Zorn von tausend
Elefanten ist die Feindschaft
Einer einzgen kleinen Wanze,
Die auf deinem Lager kriecht.

Mußt dich ruhig beißen lassen –
Das ist schlimm – Noch schlimmer ist es,
Wenn du sie zerdrückst: der Mißduft
Quält dich dann die ganze Nacht.

Ja, das Schrecklichste auf Erden
Ist der Kampf mit Ungeziefer,
Dem Gestank als Waffe dient –
Das Duell mit einer Wanze!

CAPUT XII

Wie sie schwärmen, die Poeten,
Selbst die zahmen! und sie singen
Und sie sagen: die Natur
Sei ein großer Tempel Gottes;

Sei ein Tempel, dessen Prächte
Von dem Ruhm des Schöpfers zeugten,
Sonne, Mond und Sterne hingen
Dort als Lampen in der Kuppel.

Immerhin, Ihr guten Leute!
Doch gesteht, in diesem Tempel
Sind die Treppen unbequem –
Niederträchtig schlechte Treppen!

Dieses Ab- und Niedersteigen,
Bergaufklimmen und das Springen
Über Blöcke, es ermüdet
Meine Seel und meine Beine.

Neben mir schritt der Laskaro,
Blaß und lang, wie eine Kerze;
Niemals spricht er, niemals lacht er,
Er, der tote Sohn der Hexe.

Ja, es heißt, er sei ein Toter,
Längstverstorben, doch der Mutter,
Der Uraka, Zauberkünste
Hielten scheinbar ihn am Leben. –

Die verwünschten Tempeltreppen!
Daß ich stolpernd in den Abgrund
Nicht den Hals gebrochen mehrmals,
Ist mir heut noch unbegreiflich.

Wie die Wasserstürze kreischten!
Wie der Wind die Tannen peitschte,
Daß sie heulten! Plötzlich platzten
Auch die Wolken – schlechtes Wetter!

In der kleinen Fischerhütte,
An dem Lac-de-Gobe fanden
Wir ein Obdach und Forellen;
Diese aber schmeckten köstlich.

In dem Polsterstuhle lehnte,
Krank und grau, der alte Fährmann.
Seine beiden schönen Nichten,
Gleich zwei Engeln, pflegten seiner.

Dicke Engel, etwas flämisch,
Wie entsprungen aus dem Rahmen
Eines Rubens: goldne Locken,
Kerngesunde, klare Augen,

Grübchen in Zinnoberwangen,
Drin die Schalkheit heimlich kichert,
Und die Glieder stark und üppig,
Lust und Furcht zugleich erregend.

Hübsche, herzliche Geschöpfe,
Die sich köstlich disputierten:
Welcher Trank dem siechen Oheim
Wohl am besten munden würde?

Reicht die Eine ihm die Schale
Mit gekochten Lindenblüten,
Dringt die Andre auf ihn ein
Mit Holunderblumen-Aufguß.

»Keins von beiden will ich saufen« –
Rief der Alte ungeduldig –
»Holt mir Wein, daß ich den Gästen
Einen bessern Trunk kredenze!«

Ob es wirklich Wein gewesen,
Was ich trank am Lac-de-Gobe,
Weiß ich nicht. In Braunschweig hätt ich
Wohl geglaubt, es wäre Mumme.

Von dem besten schwarzen Bocksfell
War der Schlauch; er stank vorzüglich.
Doch der Alte trank so freudig,
Und er ward gesund und heiter.

Er erzählte uns die Taten
Der Banditen und der Schmuggler,
Die da hausen, frei und frank,
In den Pyrenäenwäldern.

Auch von älteren Geschichten
Wußt er viele, unter andern
Auch die Kämpfe der Giganten
Mit den Bären in der Vorzeit.

Ja, die Riesen und die Bären
Stritten weiland um die Herrschaft
Dieser Berge, dieser Täler,
Eh die Menschen eingewandert.

Bei der Menschen Ankunft flohen
Aus dem Lande fort die Riesen,
Wie verblüfft; denn wenig Hirn
Steckt in solchen großen Köpfen.

Auch behauptet man: die Tölpel,
Als sie an das Meer gelangten
Und gesehn, wie sich der Himmel
In der blauen Flut gespiegelt,

Hätten sie geglaubt, das Meer
Sei der Himmel, und sie stürzten
Sich hinein mit Gottvertrauen;
Seien sämtlich dort ersoffen.

Was die Bären anbeträfe,
So vertilge jetzt der Mensch
Sie allmählich, jährlich schwände
Ihre Zahl in dem Gebirge.

»So macht Einer« – sprach der Alte –
»Platz dem Andern auf der Erde.
Nach dem Untergang der Menschen
Kommt die Herrschaft an die Zwerge,

An die winzig klugen Leutchen,
Die im Schoß der Berge hausen,
In des Reichtums goldnen Schachten,
Emsig klaubend, emsig sammelnd.

Wie sie lauern aus den Löchern,
Mit den pfiffig kleinen Köpfchen,
Sah ich selber oft im Mondschein,
Und mir graute vor der Zukunft!

Vor der Geldmacht jener Knirpse!
Ach, ich fürchte, unsre Enkel
Werden sich wie dumme Riesen
In den Wasserhimmel flüchten!«

CAPUT XIII

In dem schwarzen Felsenkessel
Ruht der See, das tiefe Wasser.
Melancholisch bleiche Sterne
Schaun vom Himmel. Nacht und Stille.

Nacht und Stille. Ruderschläge.
Wie ein plätscherndes Geheimnis
Schwimmt der Kahn. Des Fährmanns Rolle
Übernahmen seine Nichten.

Rudern flink und froh. Im Dunkeln
Leuchten manchmal ihre stämmig
Nackten Arme, sternbeglänzt,
Und die großen blauen Augen.

Mir zur Seite sitzt Laskaro,
Wie gewöhnlich blaß und schweigsam.
Mich durchschauert der Gedanke:
Ist er wirklich nur ein Toter?

Bin ich etwa selbst gestorben,
Und ich schiffe jetzt hinunter,
Mit gespenstischen Gefährten,
In das kalte Reich der Schatten?

Dieser See, ist er des Styxes
Düstre Flut? Läßt Proserpine,
In Ermangelung des Charon,
Mich durch ihre Zofen holen?

Nein, ich bin noch nicht gestorben
Und erloschen – In der Seele
Glüht mir noch und jauchzt und lodert
Die lebendge Lebensflamme.

Diese Mädchen, die das Ruder
Lustig schwingen und auch manchmal
Mit dem Wasser, das herabträuft,
Mich bespritzen, lachend, schäkernd –

Diese frischen, drallen Dirnen
Sind fürwahr nicht geisterhafte
Kammerkatzen aus der Hölle,
Nicht die Zofen Proserpinens!

Daß ich ganz mich überzeuge
Ihrer Oberweltlichkeit,
Und der eignen Lebensfülle
Auch tatsächlich mich versichre,

Drückt ich hastig meine Lippen
Auf die roten Wangengrübchen,
Und ich machte den Vernunftschluß:
Ja, ich küsse, also leb ich!

Angelangt ans Ufer, küßt ich
Noch einmal die guten Mädchen;
Nur in dieser Münze ließen
Sie das Fährgeld sich bezahlen.

CAPUT XIV

Aus dem sonngen Goldgrund lachen
Violette Bergeshöhen,
Und am Abhang klebt ein Dörfchen,
Wie ein keckes Vogelnest.

Als ich dort hinaufklomm, fand ich,
Daß die Alten ausgeflogen
Und zurückgeblieben nur
Junge Brut, die noch nicht flügge.

Hübsche Bübchen, kleine Mädchen,
Fast vermummt in scharlachroten
Oder weißen wollnen Kappen;
Spielten Brautfahrt, auf dem Marktplatz.

Ließen sich im Spiel nicht stören,
Und ich sah, wie der verliebte
Mäuseprinz pathetisch kniete
Vor der Katzenkaiserstochter.

Armer Prinz! Er wird vermählt
Mit der Schönen. Mürrisch zankt sie,
Und sie beißt ihn, und sie frißt ihn;
Tote Maus, das Spiel ist aus.

Fast den ganzen Tag verweilt ich
Bei den Kindern, und wir schwatzten
Sehr vertraut. Sie wollten wissen,
Wer ich sei und was ich triebe?

Liebe Freunde, – sprach ich – Deutschland
Heißt das Land, wo ich geboren;
Bären gibt es dort in Menge,
Und ich wurde Bärenjäger.

Manchem zog ich dort das Fell
Über seine Bärenohren.
Wohl mitunter ward ich selber
Stark gezaust von Bärentatzen.

Doch mit schlechtgeleckten Tölpeln
Täglich mich herumzubalgen
In der teuren Heimat, dessen
Ward ich endlich überdrüssig.

Und ich bin hierhergekommen
Beßres Weidwerk aufzusuchen;
Meine Kraft will ich versuchen
An dem großen Atta Troll.

Dieser ist ein edler Gegner,
Meiner würdig. Ach! in Deutschland
Hab ich manchen Kampf bestanden,
Wo ich mich des Sieges schämte. – –

Als ich Abschied nahm, da tanzten
Um mich her die kleinen Wesen
Eine Ronde, und sie sangen:
Girofflino, Girofflette!

Keck und zierlich trat zuletzt
Vor mir hin die Allerjüngste,
Knickste zweimal, dreimal, viermal,
Und sie sang mit feiner Stimme:

»Wenn der König mir begegnet,
Mach ich ihm zwei Reverenzen,
Und begegnet mir die Köngin,
Mach ich Reverenzen drei.

Aber kommt mir gar der Teufel
In den Weg mit seinen Hörnern,
Knicks ich zweimal, dreimal, viermal –
Girofflino, Girofflette!«

Girofflino, Girofflette!
Wiederholt' das Chor, und neckend
Wirbelte um meine Beine
Sich der Ringeltanz und Singsang.

Während ich ins Tal hinabstieg,
Scholl mir nach, verhallend lieblich,
Immerfort, wie Vogelzwitschern:
Girofflino, Girofflette!

CAPUT XV

Riesenhafte Felsenblöcke,
Mißgestaltet und verzerrt,
Schaun mich an gleich Ungetümen,
Die versteinert, aus der Urzeit.

Seltsam! Graue Wolken schweben
Drüber hin, wie Doppelgänger;
Sind ein blödes Konterfei
Jener wilden Steinfiguren.

In der Ferne rast der Sturzbach,
Und der Wind heult in den Föhren;
Ein Geräusch, das unerbittlich
Und fatal wie die Verzweiflung.

Schauerliche Einsamkeiten!
Schwarze Dohlenscharen sitzen
Auf verwittert morschen Tannen,
Flattern mit den lahmen Flügeln.

Neben mir geht der Laskaro,
Blaß und schweigsam, und ich selber
Mag wohl wie der Wahnsinn aussehn,
Den der leidge Tod begleitet.

Eine häßlich wüste Gegend.
Liegt darauf ein Fluch? Ich glaube
Blut zu sehen an den Wurzeln
Jenes Baums, der ganz verkrüppelt.

Er beschattet eine Hütte,
Die verschämt sich in der Erde
Halb versteckt; wie furchtsam flehend
Schaut dich an das arme Strohdach.

Die Bewohner dieser Hütte
Sind Cagoten, Überbleibsel
Eines Stamms, der tief im Dunkeln
Sein zertretnes Dasein fristet.

In den Herzen der Baskesen
Würmelt heute noch der Abscheu
Vor Cagoten. Düstres Erbteil
Aus der düstern Glaubenszeit.

In dem Dome zu Bagnères
Lauscht ein enges Gitterpförtchen;
Dieses, sagte mir der Küster,
War die Türe der Cagoten.

Streng versagt war ihnen ehmals
Jeder andre Kircheneingang,
Und sie kamen wie verstohlen
In das Gotteshaus geschlichen.

Dort auf einem niedern Schemel
Saß der Cagot, einsam betend,
Und gesondert, wie verpestet,
Von der übrigen Gemeinde. –

Aber die geweihten Kerzen
Des Jahrhunderts flackern lustig,
Und das Licht verscheucht die bösen
Mittelalterlichen Schatten! –

Stehn blieb draußen der Laskaro,
Während ich in des Cagoten
Niedre Hütte trat. Ich reichte
Freundlich meine Hand dem Bruder.

Und ich küßte auch sein Kind,
Das, am Busen seines Weibes
Angeklammert, gierig saugte;
Einer kranken Spinne glich es.

CAPUT XVI

Schaust du diese Bergesgipfel
Aus der Fern, so strahlen sie,
Wie geschmückt mit Gold und Purpur,
Fürstlich stolz im Sonnenglanze.

Aber in der Nähe schwindet
Diese Pracht, und wie bei andern
Irdischen Erhabenheiten
Täuschten dich die Lichteffekte.

Was dir Gold und Purpur dünkte,
Ach, das ist nur eitel Schnee,
Eitel Schnee, der blöd und kläglich
In der Einsamkeit sich langweilt.

Oben in der Nähe hört ich,
Wie der arme Schnee geknistert,
Und den fühllos kalten Winden
All sein weißes Elend klagte.

»O wie langsam« – seufzt' er – »schleichen
In der Öde hier die Stunden!
Diese Stunden ohne Ende,
Wie gefrorne Ewigkeiten!

O ich armer Schnee! O wär ich,
Statt auf diese Bergeshöhen,
Wär ich doch ins Tal gefallen,
In das Tal, wo Blumen blühen!

Hingeschmolzen wär ich dann
Als ein Bächlein, und des Dorfes
Schönstes Mädchen wüsche lächelnd
Ihr Gesicht mit meiner Welle.

Ja, ich wär vielleicht geschwommen
Bis ins Meer, wo ich zur Perle
Werden konnte, um am Ende
Eine Königskron zu zieren!«

Als ich diese Reden hörte,
Sprach ich: »Liebster Schnee, ich zweifle,
Daß im Tale solch ein glänzend
Schicksal dich erwartet hätte.

Tröste dich. Nur wenge unten
Werden Perlen, und du fielest
Dort vielleicht in eine Pfütze,
Und ein Dreck wärst du geworden!«

Während ich in solcher Weise
Mit dem Schnee Gespräche führte,
Fiel ein Schuß, und aus den Lüften
Stürzt herab ein brauner Geier.

Späßchen wars von dem Laskaro,
Jägerspäßchen. Doch sein Antlitz
Blieb wie immer starr und ernsthaft.
Nur der Lauf der Flinte rauchte.

Eine Feder riß er schweigend
Aus dem Steiß des Vogels, steckte
Sie auf seinen spitzen Filzhut,
Und er schritt des Weges weiter.

Schier unheimlich war der Anblick,
Wie sein Schatten mit der Feder
Auf dem weißen Schnee der Koppen,
Schwarz und lang, sich hinbewegte.

CAPUT XVII

Ist ein Tal gleich einer Gasse,
Geisterhohlweg ist der Name;
Schroffe Felsen ragen schwindlicht
Hoch empor zu jeder Seite.

Dort, am schaurig steilsten Abhang,
Lugt ins Tal, wie eine Warte,
Der Uraka keckes Häuslein;
Dorthin folgt ich dem Laskaro.

Mit der Mutter hielt er Rat,
In geheimster Zeichensprache,
Wie der Atta Troll gelockt
Und getötet werden könne.

Denn wir hatten seine Fährte
Gut erspürt. Entrinnen konnt er
Uns nicht mehr. Gezählt sind deine
Lebenstage, Atta Troll!

Ob die Alte, die Uraka,
Wirklich eine ausgezeichnet
Große Hexe, wie die Leute
In den Pyrenän behaupten,

Will ich nimmermehr entscheiden.
So viel weiß ich, daß ihr Äußres
Sehr verdächtig. Sehr verdächtig
Triefen ihre roten Augen.

Bös und schielend ist der Blick;
Und es heißt, den armen Kühen,
Die sie anblickt, trockne plötzlich
In der Euter alle Milch.

Man versichert gar, sie habe,
Streichelnd mit den dürren Händen,
Manches fette Schwein getötet
Und sogar die stärksten Ochsen.

Solcherlei Verbrechens wurde
Sie zuweilen auch verklagt
Bei dem Friedensrichter. Aber
Dieser war ein Voltairianer,

Ein modernes, flaches Weltkind,
Ohne Tiefsinn, ohne Glauben,
Und die Kläger wurden skeptisch,
Fast verhöhnend, abgewiesen.

Offiziell treibt die Uraka
Ein Geschäft, das sehr honett;
Denn sie handelt mit Bergkräutern
Und mit ausgestopften Vögeln.

Voll von solchen Naturalien
War die Hütte. Schrecklich rochen
Bilsenkraut und Kuckucksblumen,
Pissewurz und Totenflieder.

Eine Kollektion von Geiern
War vortrefflich aufgestellt,
Mit den ausgestreckten Flügeln
Und den ungeheuren Schnäbeln.

Wars der Duft der tollen Pflanzen,
Der betäubend mir zu Kopf stieg?
Wundersam ward mir zu Mute
Bei dem Anblick dieser Vögel.

Sind vielleicht verwünschte Menschen,
Die durch Zauberkunst in diesem
Unglückselgen, ausgestopften
Vogelzustand sich befinden.

Sehn mich an so starr und leidend,
Und zugleich so ungeduldig;
Manchmal scheinen sie auch scheu
Nach der Hexe hinzuschielen.

Diese aber, die Uraka,
Kauert neben ihrem Sohne,
Dem Laskaro, am Kamine.
Kochen Blei und gießen Kugeln.

Gießen jene Schicksalskugel,
Die den Atta Troll getötet.
Wie die Flammen hastig zuckten
Über das Gesicht der Hexe!

Sie bewegt die dünnen Lippen
Unaufhörlich, aber lautlos.
Murmelt sie den Drudensegen,
Daß der Kugelguß gedeihe?

Manchmal kichert sie und nickt sie
Ihrem Sohne. Aber dieser
Fördert sein Geschäft so ernsthaft
Und so schweigsam wie der Tod. –

Schwül bedrückt von Schauernissen,
Ging ich, freie Luft zu schöpfen,
An das Fenster, und ich schaute
Dort hinab ins weite Tal.

Was ich sah zu jener Stunde –
Zwischen Mitternacht und Eins –
Werd ich treu und hübsch berichten
In den folgenden Kapiteln.

CAPUT XVIII

Und es war die Zeit des Vollmonds,
In der Nacht vor Sankt Johannis,
Wo der Spuk der wilden Jagd
Umzieht durch den Geisterhohlweg.

Aus dem Fenster von Urakas
Hexennest konnt ich vortrefflich
Das Gespensterheer betrachten,
Wie es durch die Gasse hinzog.

Hatte einen guten Platz
Den Spektakel anzuschauen;
Ich genoß den vollen Anblick
Grabentstiegner Totenfreude.

Peitschenknall, Hallo und Hussa!
Roßgewiehr, Gebell von Hunden!
Jagdhorntöne und Gelächter!
Wie das jauchzend widerhallte!

Lief voraus, gleichsam als Vortrab,
Abenteuerliches Hochwild,
Hirsch und Säue, rudelweis;
Hetzend hinterdrein die Meute.

Jäger aus verschiednen Zonen
Und aus gar verschiednen Zeiten;
Neben Nimrod von Assyrien
Ritt zum Beispiel Karl der Zehnte.

Hoch auf weißen Rossen sausten
Sie dahin. Zu Fuße folgten
Die Pikeure mit der Koppel
Und die Pagen mit den Fackeln.

Mancher in dem wüsten Zuge
Schien mir wohlbekannt – der Ritter,
Der in goldner Rüstung glänzte,
War es nicht der König Artus?

Und Herr Ogier, der Däne,
Trug er nicht den schillernd grünen
Ringenpanzer, daß er aussah
Wie ein großer Wetterfrosch?

Auch der Helden des Gedankens
Sah ich manchen in dem Zuge.
Ich erkannte unsern Wolfgang
An dem heitern Glanz der Augen –

Denn, verdammt von Hengstenberg,
Kann er nicht im Grabe ruhen,
Und mit heidnischem Gelichter
Setzt er fort des Lebens Jagdlust.

An des Mundes holdem Lächeln
Hab ich auch erkannt den William,
Den die Puritaner gleichfalls
Einst verflucht; auch dieser Sünder

Muß das wilde Heer begleiten
Nachts auf einem schwarzen Rappen.
Neben ihm, auf einem Esel,
Ritt ein Mensch – Und, heilger Himmel,

An der matten Betermiene,
An der frommen weißen Schlafmütz,
An der Seelenangst, erkannt ich
Unsern alten Freund Franz Horn!

Weil er einst das Weltkind Shakspear
Kommentiert, muß jetzt der Ärmste
Nach dem Tode mit ihm reiten
Im Tumult der wilden Jagd!

Ach, mein stiller Franz muß reiten,
Er, der kaum gewagt zu gehen,
Er, der nur im Teegeschwätze
Und im Beten sich bewegte!

Werden nicht die alten Jungfern,
Die gehätschelt seine Ruhe,
Sich entsetzen, wenn sie hören,
Daß der Franz ein wilder Jäger!

Wenn es manchmal im Galopp geht,
Schaut der große William spöttisch
Auf den armen Kommentator,
Der im Eselstrab ihm nachfolgt,

Ganz ohnmächtig, fest sich krampend
An den Sattelknopf des Grauchens,
Doch im Tode, wie im Leben,
Seinem Autor treulich folgend.

Auch der Damen sah ich viele
In dem tollen Geisterzuge,
Ganz besonders schöne Nymphen,
Schlanke, jugendliche Leiber.

Rittlings saßen sie zu Pferde,
Mythologisch splitternackt;
Doch die Haare fielen lockigt
Lang herab, wie goldne Mäntel.

Trugen Kränze auf den Häuptern,
Und mit keck zurückgebognen,
Übermütgen Posituren
Schwangen sie belaubte Stäbe.

Neben ihnen sah ich einge
Zugeknöpfte Ritterfräulein,
Schräg auf Damensätteln sitzend,
Und den Falken auf der Faust.

Parodistisch hinterdrein,
Auf Schindmähren, magern Kleppern,
Ritt ein Troß von komödiantisch
Aufgeputzten Weibspersonen,

Deren Antlitz reizend lieblich,
Aber auch ein bißchen frech.
Schrien, wie rasend, mit den vollen
Liederlich geschminkten Backen.

Wie das jubelnd widerhallte!
Jagdhorntöne und Gelächter!
Roßgewiehr, Gebell von Hunden!
Peitschenknall, Hallo und Hussa!

CAPUT XIX

Aber als der Schönheit Kleeblatt
Ragten in des Zuges Mitten
Drei Gestalten – Nie vergeß ich
Diese holden Frauenbilder.

Leicht erkennbar war die Eine
An dem Halbmond auf dem Haupte;
Stolz, wie eine reine Bildsäul,
Ritt einher die große Göttin.

Hochgeschürzte Tunika,
Brust und Hüften halb bedeckend.
Fackellicht und Mondschein spielten
Lüstern um die weißen Glieder.

Auch das Antlitz weiß wie Marmor,
Und wie Marmor kalt. Entsetzlich
War die Starrheit und die Blässe
Dieser strengen edlen Züge.

Doch in ihrem schwarzen Auge
Loderte ein grauenhaftes
Und unheimlich süßes Feuer,
Seelenblendend und verzehrend.

Wie verändert ist Diana,
Die, im Übermut der Keuschheit,
Einst den Aktäon verhirschte
Und den Hunden preisgegeben!

Büßt sie jetzt für diese Sünde
In galantester Gesellschaft?
Wie ein spukend armes Weltkind
Fährt sie nächtlich durch die Lüfte.

Spät zwar, aber desto stärker
Ist erwacht in ihr die Wollust,
Und es brennt in ihren Augen
Wie ein wahrer Höllenbrand.

Die verlorne Zeit bereut sie,
Wo die Männer schöner waren,
Und die Quantität ersetzt ihr
Jetzt vielleicht die Qualität.

Neben ihr ritt eine Schöne,
Deren Züge nicht so griechisch
Streng gemessen, doch sie strahlten
Von des Celtenstammes Anmut.

Dieses war die Fee Abunde,
Die ich leicht erkennen konnte
An der Süße ihres Lächelns
Und am herzlich tollen Lachen!

Ein Gesicht, gesund und rosig,
Wie gemalt von Meister Greuze,
Mund in Herzform, stets geöffnet,
Und entzückend weiße Zähne.

Trug ein flatternd blaues Nachtkleid,
Das der Wind zu lüften suchte –
Selbst in meinen besten Träumen
Sah ich nimmer solche Schultern!

Wenig fehlte und ich sprang
Aus dem Fenster, sie zu küssen!
Dieses wär mir schlecht bekommen,
Denn den Hals hätt ich gebrochen.

Ach! sie hätte nur gelacht,
Wenn ich unten in den Abgrund
Blutend fiel zu ihren Füßen –
Ach! ich kenne solches Lachen!

Und das dritte Frauenbild,
Das dein Herz so tief bewegte,
War es eine Teufelinne,
Wie die andern zwo Gestalten?

Obs ein Teufel oder Engel,
Weiß ich nicht. Genau bei Weibern
Weiß man niemals, wo der Engel
Aufhört und der Teufel anfängt.

Auf dem glutenkranken Antlitz
Lag des Morgenlandes Zauber,
Auch die Kleider mahnten kostbar
An Scheherezadens Märchen.

Sanfte Lippen, wie Grenaten,
Ein gebognes Liljennäschen,
Und die Glieder schlank und kühlig
Wie die Palme der Oase.

Lehnte hoch auf weißem Zelter,
Dessen Goldzaum von zwei Mohren
Ward geleitet, die zu Fuß
An der Fürstin Seite trabten.

Wirklich eine Fürstin war sie,
War Judäas Königin,
Des Herodes schönes Weib,
Die des Täufers Haupt begehrt hat.

Dieser Blutschuld halber ward sie
Auch vermaledeit; als Nachtspuk
Muß sie bis zum jüngsten Tage
Reiten mit der wilden Jagd.

In den Händen trägt sie immer
Jene Schüssel mit dem Haupte
Des Johannes, und sie küßt es;
Ja, sie küßt das Haupt mit Inbrunst.

Denn sie liebte einst Johannem –
In der Bibel steht es nicht,
Doch im Volke lebt die Sage
Von Herodias' blutger Liebe –

Anders wär ja unerklärlich
Das Gelüste jener Dame –
Wird ein Weib das Haupt begehren
Eines Manns, den sie nicht liebt?

War vielleicht ein bißchen böse
Auf den Liebsten, ließ ihn köpfen;
Aber als sie auf der Schüssel
Das geliebte Haupt erblickte,

Weinte sie und ward verrückt,
Und sie starb in Liebeswahnsinn.
(Liebeswahnsinn! Pleonasmus!
Liebe ist ja schon ein Wahnsinn!)

Nächtlich auferstehend trägt sie,
Wie gesagt, das blutge Haupt
In der Hand, auf ihrer Jagdfahrt –
Doch mit toller Weiberlaune

Schleudert sie das Haupt zuweilen
Durch die Lüfte, kindisch lachend,
Und sie fängt es sehr behende
Wieder auf, wie einen Spielball.

Als sie mir vorüberritt,
Schaute sie mich an und nickte
So kokett zugleich und schmachtend,
Daß mein tiefstes Herz erbebte.

Dreimal auf und niederwogend
Fuhr der Zug vorbei, und dreimal
Im Vorüberreiten grüßte
Mich das liebliche Gespenst.

Als der Zug bereits erblichen
Und verklungen das Getümmel,
Loderte mir im Gehirne
Immer fort der holde Gruß.

Und die ganze Nacht hindurch
Wälzte ich die müden Glieder
Auf der Streu – (denn Federbetten
Gabs nicht in Urakas Hütte) –

Und ich sann: was mag bedeuten
Das geheimnisvolle Nicken?
Warum hast du mich so zärtlich
Angesehn, Herodias?

CAPUT XX

Sonnenaufgang. Goldne Pfeile
Schießen nach den weißen Nebeln,
Die sich röten, wie verwundet,
Und in Glanz und Licht zerrinnen.

Endlich ist der Sieg erfochten,
Und der Tag, der Triumphator,
Tritt, in strahlend voller Glorie,
Auf den Nacken des Gebirges.

Der Gevögel laute Sippschaft
Zwitschert in verborgnen Nestern,
Und ein Kräuterduft erhebt sich,
Wie 'n Konzert von Wohlgerüchen. –

In der ersten Morgenfrühe
Waren wir ins Tal gestiegen,
Und derweilen der Laskaro
Seines Bären Spur verfolgte,

Suchte ich die Zeit zu töten
Mit Gedanken. Doch das Denken
Machte mich am Ende müde
Und sogar ein bißchen traurig.

Endlich müd und traurig sank ich
Nieder auf die weiche Moosbank,
Unter jener großen Esche,
Wo die kleine Quelle floß,

Die mit wunderlichem Plätschern
Also wunderlich betörte
Mein Gemüt, daß die Gedanken
Und das Denken mir vergingen.

Es ergriff mich wilde Sehnsucht
Wie nach Traum und Tod und Wahnsinn,
Und nach jenen Reiterinnen,
Die ich sah im Geisterheerzug.

O Ihr holden Nachtgesichte,
Die das Morgenrot verscheuchte,
Sagt, wohin seid Ihr entflohen?
Sagt, wo hauset Ihr am Tage?

Unter alten Tempeltrümmern,
Irgendwo in der Romagna,
(Also heißt es) birgt Diana
Sich vor Christi Tagesherrschaft.

Nur in mitternächtgem Dunkel
Wagt sie es hervorzutreten,
Und sie freut sich dann des Weidwerks
Mit den heidnischen Gespielen.

Auch die schöne Fee Abunde
Fürchtet sich vor Nazarenern,
Und den Tag hindurch verweilt sie
In dem sichern Avalun.

Dieses Eiland liegt verborgen
Ferne, in dem stillen Meere
Der Romantik, nur erreichbar
Auf des Fabelrosses Flügeln.

Niemals ankert dort die Sorge,
Niemals landet dort ein Dampfschiff
Mit neugierigen Philistern,
Tabakspfeifen in den Mäulern.

Niemals dringt dorthin das blöde
Dumpflangweilge Glockenläuten,
Jene trüben Bumm-Bamm-Klänge,
Die den Feen so verhaßt.

Dort in ungestörtem Frohsinn,
Und in ewger Jugend blühend,
Residiert die heitre Dame,
Unsre blonde Frau Abunde.

Lachend geht sie dort spazieren
Unter hohen Sonnenblumen,
Mit dem kosenden Gefolge
Weltentrückter Paladine.

Aber du, Herodias,
Sag, wo bist du? – Ach, ich weiß es,
Du bist tot und liegst begraben
Bei der Stadt Jeruscholayim!

Starren Leichenschlaf am Tage
Schläfst du in dem Marmorsarge;
Doch um Mitternacht erweckt dich
Peitschenknall, Hallo und Hussa!

Und du folgst dem wilden Heerzug
Mit Dianen und Abunden,
Mit den heitern Jagdgenossen,
Denen Kreuz und Qual verhaßt ist!

Welche köstliche Gesellschaft!
Könnt ich nächtlich mit Euch jagen
Durch die Wälder! Dir zur Seite
Ritt ich stets, Herodias!

Denn ich liebe dich am meisten!
Mehr als jene Griechengöttin,
Mehr als jene Fee des Nordens,
Lieb ich dich, du tote Jüdin!

Ja, ich liebe dich! Ich merk es
An dem Zittern meiner Seele.
Liebe mich und sei mein Liebchen,
Schönes Weib, Herodias!

Liebe mich und sei mein Liebchen!
Schleudre fort den blutgen Dummkopf
Samt der Schüssel, und genieße
Schmackhaft bessere Gerichte.

Bin so recht der rechte Ritter,
Den du brauchst – Mich kümmerts wenig,
Daß du tot und gar verdammt bist –
Habe keine Vorurteile –

Haperts doch mit meiner eignen
Seligkeit, und ob ich selber
Noch dem Leben angehöre,
Daran zweifle ich zuweilen!

Nimm mich an als deinen Ritter,
Deinen Cavalièr-servente;
Werde deinen Mantel tragen
Und auch alle deine Launen.

Jede Nacht, an deiner Seite,
Reit ich mit dem wilden Heere,
Und wir kosen und wir lachen
Über meine tollen Reden.

Werde dir die Zeit verkürzen
In der Nacht – Jedoch am Tage
Schwindet jede Lust, und weinend
Sitz ich dann auf deinem Grabe.

Ja, am Tage sitz ich weinend
Auf dem Schutt der Königsgrüfte,
Auf dem Grabe der Geliebten,
Bei der Stadt Jeruscholayim.

Alte Juden, die vorbeigehn,
Glauben dann gewiß, ich traure
Ob dem Untergang des Tempels
Und der Stadt Jeruscholayim.

CAPUT XXI

Argonauten ohne Schiff,
Die zu Fuß gehn im Gebirge,
Und anstatt des goldnen Vließes
Nur ein Bärenfell erzielen –

Ach! wir sind nur arme Teufel,
Helden von modernem Zuschnitt,
Und kein klassischer Poet
Wird uns im Gesang verewgen!

Und wir haben doch erlitten
Große Nöten! Welcher Regen
Überfiel uns auf der Koppe,
Wo kein Baum und kein Fiaker!

Wolkenbruch! (Das Bruchband platzte.)
Kübelweis stürzt' es herunter!
Jason ward gewiß auf Kolchis
Nicht durchnäßt von solchem Sturzbad.

»Einen Regenschirm! ich gebe
Sechsunddreißig Könige
Jetzt für einen Regenschirm!«
Rief ich, und das Wasser troff.

Sterbensmüde, sehr verdrießlich,
Wie begoßne Pudel, kamen
Wir in später Nacht zurück
Nach der hohen Hexenhütte.

Dort am lichten Feuerherde
Saß Uraka und sie kämmte
Ihren großen, dicken Mops.
Diesem gab sie schnell den Laufpaß,

Um mit uns sich zu beschäftgen.
Sie bereitete mein Lager,
Löste mir die Espardillen,
Dieses unbequeme Fußzeug,

Half mir beim Entkleiden, zog mir
Auch die Hosen aus; sie klebten
Mir am Beine, eng und treu,
Wie die Freundschaft eines Tölpels.

»Einen Schlafrock! Sechsunddreißig
Könige für einen trocknen
Schlafrock!« rief ich, und es dampfte
Mir das nasse Hemd am Leibe.

Fröstelnd, zähneklappernd stand ich
Eine Weile an dem Herde.
Wie betäubt vom Feuer sank ich
Endlich nieder auf die Streu.

Konnt nicht schlafen. Blinzelnd schaut ich
Nach der Hex, die am Kamin saß
Und den Oberleib des Sohnes,
Den sie ebenfalls entkleidet,

Auf dem Schoß hielt. Ihr zur Seite,
Aufrecht, stand der dicke Mops,
Und in seinen Vorderpfoten
Hielt er sehr geschickt ein Töpfchen.

Aus dem Töpfchen nahm Uraka
Rotes Fett, bestrich damit
Ihres Sohnes Brust und Rippen,
Rieb sie hastig, zitternd hastig.

Und derweil sie rieb und salbte,
Summte sie ein Wiegenliedchen,
Näselnd fein; dazwischen seltsam
Knisterten des Herdes Flammen.

Wie ein Leichnam, gelb und knöchern,
Lag der Sohn im Schoß der Mutter;
Todestraurig, weit geöffnet
Starren seine bleichen Augen.

Ist er wirklich ein Verstorbner,
Dem die Mutterliebe nächtlich
Mit der stärksten Hexensalbe
Ein verzaubert Leben einreibt? –

Wunderlicher Fieberhalbschlaf!
Wo die Glieder bleiern müde
Wie gebunden, und die Sinne
Überreizt und gräßlich wach!

Wie der Kräuterduft im Zimmer
Mich gepeinigt! Schmerzlich grübelnd
Sann ich nach, wo ich dergleichen
Schon gerochen? Sann vergebens.

Wie der Windzug im Kamine
Mich geängstigt! Klang wie Ächzen
Von getrocknet armen Seelen –
Schienen wohlbekannte Stimmen.

Doch zumeist ward ich gequält
Von den ausgestopften Vögeln,
Die, auf einem Brett, zu Häupten
Neben meinem Lager standen.

Langsam schauerlich bewegten
Sie die Flügel, und sie beugten
Sich zu mir herab mit langen
Schnäbeln, die wie Menschennasen.

Ach! wo hab ich solche Nasen
Schon gesehn? War es zu Hamburg
Oder Frankfurt, in der Gasse?
Qualvoll dämmernd die Erinnrung!

Endlich übermannte gänzlich
Mich der Schlaf, und an die Stelle
Wachender Phantasmen trat
Ein gesunder, fester Traum.

Und mir träumte, daß die Hütte
Plötzlich ward zu einem Ballsaal,
Der von Säulen hochgetragen
Und erhellt von Girandolen.

Unsichtbare Musikanten
Spielten aus Robert-le-Diable
Die verruchten Nonnentänze;
Ging dort ganz allein spazieren.

Endlich aber öffnen sich
Weit die Pforten, und es kommen,
Langsam feierlichen Schrittes,
Gar verwunderliche Gäste.

Lauter Bären und Gespenster!
Aufrecht wandelnd, führt ein jeder
Von den Bären ein Gespenst,
Das vermummt im weißen Grabtuch.

Solcherweis gepaart, begannen
Sie zu walzen, auf und nieder,
Durch den Saal. Kurioser Anblick!
Zum Erschrecken und zum Lachen!

Denn den plumpen Bären ward es
Herzlich sauer Schritt zu halten
Mit den weißen Luftgebilden,
Die sich wirbelnd leicht bewegten.

Unerbittlich fortgerissen
Wurden jene armen Bestien,
Und ihr Schnaufen überdröhnte
Fast den Brummbaß des Orchesters.

Manchmal walzten sich die Paare
Auf den Leib, und dem Gespenste,
Das ihn anstieß, gab der Bär
Einge Tritte in den Hintern.

Manchmal auch, im Tanzgetümmel,
Riß der Bär das Leichenlaken
Von dem Haupt des Tanzgenossen;
Kam ein Totenkopf zum Vorschein.

Endlich aber jauchzten schmetternd
Die Trompeten und die Zimbeln,
Und es donnerten die Pauken,
Und es kam die Galoppade.

Diese träumt ich nicht zu Ende –
Denn ein ungeschlachter Bär
Trat mir auf die Hühneraugen,
Daß ich aufschrie und erwachte.

CAPUT XXII

Phöbus, in der Sonnendroschke,
Peitschte seine Flammenrosse
Und er hatte schon zur Hälfte
Seine Himmelsfahrt vollendet –

Während ich im Schlafe lag
Und von Bären und Gespenstern,
Die sich wunderlich umschlangen,
Tolle Arabesken! träumte.

Mittag wars, als ich erwachte,
Und ich fand mich ganz allein.
Meine Wirtin und Laskaro
Gingen auf die Jagd schon frühe.

In der Hütte blieb zurück
Nur der Mops. Am Feuerherde
Stand er aufrecht vor dem Kessel,
In den Pfoten einen Löffel.

Schien vortrefflich abgerichtet,
Wenn die Suppe überkochte,
Schnell darin herumzurühren
Und die Blasen abzuschäumen.

Aber bin ich selbst behext?
Oder lodert mir im Kopfe
Noch das Fieber? Meinen Ohren
Glaub ich kaum – es spricht der Mops!

Ja, er spricht, und zwar gemütlich
Schwäbisch ist die Mundart; träumend,
Wie verloren in Gedanken,
Spricht er folgendergestalt:

»O ich armer Schwabendichter!
In der Fremde muß ich traurig
Als verwünschter Mops verschmachten
Und den Hexenkessel hüten!

Welch ein schändliches Verbrechen
Ist die Zauberei! Wie tragisch
Ist mein Schicksal: menschlich fühlen
In der Hülle eines Hundes!

Wär ich doch daheim geblieben,
Bei den trauten Schulgenossen!
Das sind keine Hexenmeister,
Sie bezaubern keinen Menschen.

Wär ich doch daheim geblieben,
Bei Karl Mayer, bei den süßen
Gelbveiglein des Vaterlandes,
Bei den frommen Metzelsuppen!

Heute sterb ich fast vor Heimweh –
Sehen möcht ich nur den Rauch,
Der emporsteigt aus dem Schornstein,
Wenn man Nudeln kocht in Stukkert!«

Als ich dies vernahm, ergriff mich
Tiefe Rührung; von dem Lager
Sprang ich auf, an das Kamin
Setzt ich mich, und sprach mitleidig:

Edler Sänger, wie gerietest
Du in diese Hexenhütte?
Und warum hat man so grausam
Dich in einen Hund verwandelt?«

Jener aber rief mit Freude:
»Also sind Sie kein Franzose?
Sind ein Deutscher und verstanden
Meinen stillen Monolog?

Ach, Herr Landsmann, welch ein Unglück,
Daß der Legationsrat Kölle,
Wenn wir bei Tabak und Bier
In der Kneipe diskurierten,

Immer auf den Satz zurückkam,
Man erwürbe nur durch Reisen
Jene Bildung, die er selber
Aus der Fremde mitgebracht!

Um mir nun die rohe Kruste
Von den Beinen abzulaufen
Und, wie Kölle, mir die feinern
Weltmannssitten anzuschleifen:

Nahm ich Abschied von der Heimat,
Und auf meiner Bildungsreise
Kam ich nach den Pyrenäen,
Nach der Hütte der Uraka.

Bracht ihr ein Empfehlungsschreiben
Vom Justinus Kerner; dachte
Nicht daran, daß dieser Freund
In Verbindung steht mit Hexen.

Freundlich nahm mich auf Uraka,
Doch es wuchs, zu meinem Schrecken,
Diese Freundlichkeit, ausartend
Endlich gar in Sinnenbrunst.

Ja, es flackerte die Unzucht
Scheußlich auf im welken Busen
Dieser lasterhaften Vettel,
Und sie wollte mich verführen.

Doch ich flehte: Ach, entschuldgen
Sie, Madam! bin kein frivoler
Goetheaner, ich gehöre
Zu der Dichterschule Schwabens.

Sittlichkeit ist unsre Muse,
Und sie trägt vom dicksten Leder
Unterhosen – ach! vergreifen
Sie sich nicht an meiner Tugend!

Andre Dichter haben Geist,
Andre Phantasie, und andre
Leidenschaft, jedoch die Tugend
Haben wir, die Schwabendichter.

Das ist unser einzges Gut!
Rauben Sie mir nicht den sittlich
Religiösen Bettelmantel,
Welcher meine Blöße deckt!

Also sprach ich, doch ironisch
Lächelte das Weib, und lächelnd
Nahm sie eine Mistelgerte
Und berührt damit mein Haupt.

Ich empfand alsbald ein kaltes
Mißgefühl, als überzöge
Eine Gänsehaut die Glieder.
Doch die Haut von einer Gans

War es nicht, es war vielmehr
Eines Hundes Fell – seit jener
Unheilstund bin ich verwandelt,
Wie Sie sehn, in einen Mops!«

Armer Schelm! Vor lauter Schluchzen
Konnte er nicht weiter sprechen,
Und er weinte so beträglich,
Daß er fast zerfloß in Tränen.

»Hören Sie,« sprach ich mit Wehmut,
»Kann ich etwa von dem Hundsfell
Sie befrein und Sie der Dichtkunst
Und der Menschheit wiedergeben?«

Jener aber hub wie trostlos
Und verzweiflungsvoll die Pfoten
In die Höhe, und mit Seufzen
Und mit Stöhnen sprach er endlich:

»Bis zum jüngsten Tage bleib ich
Eingekerkert in der Mopshaut,
Wenn nicht einer Jungfrau Großmut
Mich erlöst aus der Verwünschung.

Ja, nur eine reine Jungfrau,
Die noch keinen Mann berührt hat
Und die folgende Bedingung
Treu erfüllt, kann mich erlösen:

Diese reine Jungfrau muß
In der Nacht von Sankt-Silvester
Die Gedichte Gustav Pfizers
Lesen – ohne einzuschlafen!

Blieb sie wach bei der Lektüre,
Schloß sie nicht die keuschen Augen –
Dann bin ich entzaubert, menschlich
Atm ich auf, ich bin entmopst!«

»Ach, in diesem Falle« – sprach ich –
»Kann ich selbst nicht unternehmen
Das Erlösungswerk; denn erstens
Bin ich keine reine Jungfrau,

Und im Stande wär ich zweitens
Noch viel wenger, die Gedichte
Gustav Pfizers je zu lesen,
Ohne dabei einzuschlafen.«

CAPUT XXIII

Aus dem Spuk der Hexenwirtschaft
Steigen wir ins Tal herunter;
Unsre Füße fassen wieder
Boden in dem Positiven.

Fort, Gespenster! Nachtgesichte!
Luftgebilde! Fieberträume!
Wir beschäftgen uns vernünftig
Wieder mit dem Atta Troll.

In der Höhle, bei den Jungen,
Liegt der Alte, und er schläft
Mit dem Schnarchen des Gerechten;
Endlich wacht er gähnend auf.

Neben ihm hockt Junker Einohr,
Und er kratzt sich an dem Kopfe
Wie ein Dichter, der den Reim sucht;
Auch skandiert er an den Tatzen.

Gleichfalls an des Vaters Seite
Liegen träumend auf dem Rücken,
Unschuldrein, vierfüßge Liljen,
Atta Trolls geliebte Töchter.

Welche zärtliche Gedanken
Schmachten in der Blütenseele
Dieser weißen Bärenjungfraun?
Tränenfeucht sind ihre Blicke.

Ganz besonders scheint die Jüngste
Tiefbewegt. In ihrem Herzen
Fühlt sie schon ein selges Jucken,
Ahndet sie die Macht Cupidos.

Ja, der Pfeil des kleinen Gottes
Ist ihr durch den Pelz gedrungen,
Als sie Ihn erblickt – O Himmel,
Den sie liebt, der ist ein Mensch!

Ist ein Mensch und heißt Schnapphahnski.
Auf der großen Retirade
Kam er ihr vorbeigelaufen
Eines Morgens im Gebirge.

Heldenunglück rührt die Weiber,
Und im Antlitz unsres Helden
Lag, wie immer, der Finanznot
Blasse Wehmut, düstre Sorge.

Seine ganze Kriegeskasse,
Zweiundzwanzig Silbergroschen,
Die er mitgebracht nach Spanien,
Ward die Beute Esparteros.

Nicht einmal die Uhr gerettet!
Blieb zurück zu Pampeluna
In dem Leihhaus. War ein Erbstück,
Kostbar und von echtem Silber.

Und er lief mit langen Beinen.
Aber, unbewußt, im Laufen,
Hat er Besseres gewonnen
Als die beste Schlacht – ein Herz!

Ja, sie liebt ihn, ihn, den Erbfeind!
O der unglückselgen Bärin!
Wüßt der Vater das Geheimnis,
Ganz entsetzlich würd er brummen.

Gleich dem alten Odoardo,
Der mit Bürgerstolz erdolchte
Die Emilia Galotti,
Würde auch der Atta Troll

Seine Tochter lieber töten,
Töten mit den eignen Tatzen,
Als erlauben, daß sie sänke
In die Arme eines Prinzen!

Doch in diesem Augenblicke
Ist er weich gestimmt, hat keine
Lust zu brechen eine Rose,
Eh der Sturmwind sie entblättert.

Weich gestimmt, liegt Atta Troll
In der Höhle bei den Seinen.
Ihn beschleicht, wie Todesahnung,
Trübe Sehnsucht nach dem Jenseits!

»Kinder!« – seufzt er, und es triefen
Plötzlich seine großen Augen –
»Kinder! meine Erdenwallfahrt
Ist vollbracht, wir müssen scheiden.

Heute Mittag kam im Schlafe
Mir ein Traum, der sehr bedeutsam.
Mein Gemüt genoß das süße
Vorgefühl des baldgen Sterbens.

Bin fürwahr nicht abergläubisch,
Bin kein Faselbär – doch gibt es
Dinge zwischen Erd und Himmel,
Die dem Denker unerklärlich.

Über Welt und Schicksal grübelnd,
War ich gähnend eingeschlafen,
Als mir träumte, daß ich läge
Unter einem großen Baume.

Aus den Ästen dieses Baumes
Troff herunter weißer Honig,
Glitt mir just ins offne Maul,
Und ich fühlte süße Wonne.

Selig blinzelnd in die Höhe,
Sah ich in des Baumes Wipfel
Etwa sieben kleine Bärchen,
Die dort auf und nieder rutschten.

Zarte, zierliche Geschöpfe,
Deren Pelz von rosenroter
Farbe war und an den Schultern
Seidig flockte wie zwei Flüglein.

Ja, wie seidne Flüglein hatten
Diese rosenroten Bärchen,
Und mit überirdisch feinen
Flötenstimmen sangen sie!

Wie sie sangen, wurde eiskalt
Meine Haut, doch aus der Haut fuhr
Mir die Seel, gleich einer Flamme;
Strahlend stieg sie in den Himmel.«

Also sprach mit bebend weichem
Grunzton Atta Troll. Er schwieg
Eine Weile, wehmutsvoll –
Aber seine Ohren plötzlich

Spitzten sich und zuckten seltsam,
Und empor vom Lager sprang er,
Freudezitternd, freudebrüllend:
»Kinder, hört Ihr diese Laute?

Ist das nicht die süße Stimme
Eurer Mutter? O ich kenne
Das Gebrumme meiner Mumma!
Mumma! meine schwarze Mumma!«

Atta Troll mit diesen Worten
Stürzte wie 'n Verrückter fort
Aus der Höhle, ins Verderben!
Ach! er stürzte in sein Unglück!

CAPUT XXIV

In dem Tal von Ronceval,
Auf demselben Platz, wo weiland
Des Caroli Magni Neffe
Seine Seele ausgeröchelt,

Dorten fiel auch Atta Troll,
Fiel durch Hinterhalt, wie jener,
Den der ritterliche Judas,
Ganelon von Mainz, verraten.

Ach! das Edelste im Bären,
Das Gefühl der Gattenliebe,
Ward ein Fallstrick, den Uraka
Listig zu benutzen wußte.

Das Gebrumm der schwarzen Mumma
Hat sie nachgeäfft so täuschend,
Daß der Atta Troll gelockt ward
Aus der sichern Bärenhöhle –

Wie auf Sehnsuchtsflügeln lief er
Durch das Tal, stand zärtlich schnopernd
Manchmal still vor einem Felsen,
Glaubt, die Mumma sei versteckt dort –

Ach! versteckt war dort Laskaro
Mit der Flinte; dieser schoß ihn
Mitten durch das frohe Herz –
Quoll hervor ein roter Blutstrom.

Mit dem Kopfe wackelt' er
Eingemal, doch endlich stürzt' er
Stöhnend nieder, zuckte gräßlich –
»Mumma!« war sein letzter Seufzer.

Also fiel der edle Held.
Also starb er. Doch unsterblich
Nach dem Tode auferstehn
Wird er in dem Lied des Dichters.

Auferstehn wird er im Liede,
Und sein Ruhm wird kolossal
Auf vierfüßigen Trochäen
Über diese Erde stelzen.

Der ****** setzt ihm
In Walhalla einst ein Denkmal,
Und darauf, im ******
Lapidarstil, auch die Inschrift:

»Atta Troll, Tendenzbär; sittlich
Religiös; als Gatte brünstig;
Durch Verführtsein von dem Zeitgeist,
Waldursprünglich Sanskülotte;

Sehr schlecht tanzend, doch Gesinnung
Tragend in der zottgen Hochbrust;
Manchmal auch gestunken habend;
Kein Talent, doch ein Charakter!«

CAPUT XXV

Dreiunddreißig alte Weiber,
Auf dem Haupt die scharlachrote
Altbaskesische Kapuze,
Standen an des Dorfes Eingang.

Eine drunter, wie Debora,
Schlug das Tamburin und tanzte,
Und sie sang dabei ein Loblied
Auf Laskaro Bärentöter.

Vier gewaltge Männer trugen
Im Triumph den toten Bären;
Aufrecht saß er in dem Sessel,
Wie ein kranker Badegast.

Hinterdrein, wie Anverwandte
Des Verstorbnen, ging Laskaro
Mit Uraka; diese grüßte
Rechts und links, doch sehr verlegen.

Der Adjunkt des Maires hielt
Eine Rede vor dem Rathaus,
Als der Zug dorthin gelangte,
Und er sprach von vielen Dingen –

Wie zum Beispiel von dem Aufschwung
Der Marine, von der Presse,
Von der Runkelrübenfrage,
Von der Hyder der Parteisucht.

Die Verdienste Ludwig Philipps
Reichlich auseinandersetzend,
Ging er über zu dem Bären
Und der Großtat des Laskaro.

»Du, Laskaro!« – rief der Redner,
Und er wischte sich den Schweiß ab
Mit der trikoloren Schärpe –
»Du, Laskaro! du, Laskaro!

Der du Frankreich und Hispanien
Von dem Atta Troll befreit hast,
Du bist beider Länder Held,
Pyrenäen-Lafayette!«

Als Laskaro solchermaßen
Offiziell sich rühmen hörte,
Lachte er vergnügt im Barte
Und errötete vor Freude,

Und in abgebrochnen Lauten,
Die sich seltsam überstürzten,
Hat er seinen Dank gestottert
Für die große, große Ehre!

Mit Verwundrung blickte jeder
Auf das unerhörte Schauspiel,
Und geheimnisvoll und ängstlich
Murmelten die alten Weiber:

Der Laskaro hat gelacht!
Der Laskaro hat errötet!
Der Laskaro hat gesprochen!
Er, der tote Sohn der Hexe! –

Selbgen Tags ward ausgebälgt
Atta Troll und ward versteigert
Seine Haut. Für hundert Franken
Hat ein Kürschner sie erstanden.

Wunderschön staffierte dieser
Und verbrämte sie mit Scharlach,
Und verhandelte sie weiter
Für das Doppelte des Preises.

Erst aus dritter Hand bekam sie
Juliette, und in ihrem
Schlafgemache zu Paris
Liegt sie vor dem Bett als Fußdeck.

O wie oft, mit bloßen Füßen,
Stand ich Nachts auf dieser irdisch
Braunen Hülle meines Helden,
Auf der Haut des Atta Troll!

Und von Wehmut tief ergriffen,
Dacht ich dann an Schillers Worte:
Was im Lied soll ewig leben,
Muß im Leben untergehn!

CAPUT XXVI

Und die Mumma? Ach, die Mumma
Ist ein Weib! Gebrechlichkeit
Ist ihr Name! Ach, die Weiber
Sind wie Porzellan gebrechlich.

Als des Schicksals Hand sie trennte
Von dem glorreich edlen Gatten,
Starb sie nicht des Kummertodes,
Ging sie nicht in Trübsinn unter –

Nein, im Gegenteil, sie setzte
Lustig fort ihr Leben, tanzte
Nach wie vor, beim Publiko
Buhlend um den Tagesbeifall.

Eine feste Stellung, eine
Lebenslängliche Versorgung,
Hat sie endlich zu Paris
Im Jardin-des-Plantes gefunden.

Als ich dorten vorgen Sonntag
Mich erging mit Julietten,
Und ihr die Natur erklärte,
Die Gewächse und die Bestien,

Die Giraffe und die Zeder
Von dem Libanon, das große
Dromedar, die Goldfasanen,
Auch das Zebra – im Gespräche

Blieben wir am Ende stehen
An der Brüstung jener Grube,
Wo die Bären residieren –
Heilger Herr, was sahn wir dort!

Ein gewaltger Wüstenbär
Aus Sibirien, schneeweißhaarigt,
Spielte dort ein überzartes
Liebesspiel mit einer Bärin.

Diese aber war die Mumma!
War die Gattin Atta Trolls!
Ich erkannte sie am zärtlich
Feuchten Glanze ihres Auges.

Ja, sie war es! Sie, des Südens
Schwarze Tochter! Sie, die Mumma,
Lebt mit einem Russen jetzt,
Einem nordischen Barbaren!

Schmunzelnd sprach zu mir ein Neger,
Der zu uns herangetreten:
»Gibt es wohl ein schönres Schauspiel
Als zwei Liebende zu sehen?«

Ich entgegnete: Mit wem
Hab ich hier die Ehr zu sprechen?
Jener aber rief verwundert:
»Kennen Sie mich gar nicht wieder?

»Ich bin ja der Mohrenfürst,
Der bei Freiligrath getrommelt.
Damals gings mir schlecht, in Deutschland
Fand ich mich sehr isoliert.

Aber hier, wo ich als Wärter
Angestellt, wo ich die Pflanzen
Meines Tropenvaterlandes
Und auch Löw und Tiger finde:

Hier ist mir gemütlich wohler,
Als bei Euch auf deutschen Messen,
Wo ich täglich trommeln mußte
Und so schlecht gefüttert wurde!

Hab mich jüngst vermählt mit einer
Blonden Köchin aus dem Elsaß.
Ganz und gar in ihren Armen,
Wird mir heimatlich zu Mute!

Ihre Füße mahnen mich
An die holden Elefanten.
Wenn sie spricht französisch, klingt mirs
Wie die schwarze Muttersprache.

Manchmal keift sie, und ich denke
An das Rasseln jener Trommel,
Die mit Schädeln war behangen;
Schlang und Leu entflohn davor.

Doch im Mondschein, sehr empfindsam
Weint sie wie ein Krokodil,
Das aus lauem Strom hervorblickt,
Um die Kühle zu genießen.

Und sie gibt mir gute Bissen!
Ich gedeih! Mit meinem alten,
Afrikanischem Apptit,
Wie am Niger, freß ich wieder!

Hab mir schon ein rundes Bäuchlein
Angemästet. Aus dem Hemde
Schauts hervor, wie 'n schwarzer Mond,
Der aus weißen Wolken tritt.«

CAPUT XXVII

An August Varnhagen von Ense

Wo des Himmels, Meister Ludwig,
Habt Ihr all das tolle Zeug
Aufgegabelt? Diese Worte
Rief der Kardinal von Este,

Als er das Gedicht gelesen
Von des Rolands Rasereien,
Das Ariosto untertänig
Seiner Eminenz gewidmet.

Ja, Varnhagen, alter Freund,
Ja, ich seh um deine Lippen
Fast dieselben Worte schweben,
Mit demselben feinen Lächeln.

Manchmal lachst du gar im Lesen!
Doch mitunter mag sich ernsthaft
Deine hohe Stirne furchen,
Und Erinnrung überschleicht dich: –

»Klang das nicht wie Jugendträume,
Die ich träumte mit Chamisso
Und Brentano und Fouqué,
In den blauen Mondscheinnächten?

Ist das nicht das fromme Läuten
Der verlornen Waldkapelle?
Klingelt schalkhaft nicht dazwischen
Die bekannte Schellenkappe?

In die Nachtigallenchöre
Bricht herein der Bärenbrummbaß,
Dumpf und grollend, dieser wechselt
Wieder ab mit Geisterlispeln!

Wahnsinn, der sich klug gebärdet!
Weisheit, welche überschnappt!
Sterbeseufzer, welche plötzlich
Sich verwandeln in Gelächter! ...«

Ja, mein Freund, es sind die Klänge
Aus der längst verschollnen Traumzeit;
Nur daß oft moderne Triller
Gaukeln durch den alten Grundton.

Trotz des Übermutes wirst du
Hie und dort Verzagnis spüren –
Deiner wohlerprobten Milde
Sei empfohlen dies Gedicht!

Ach, es ist vielleicht das letzte
Freie Waldlied der Romantik!
In des Tages Brand- und Schlachtlärm
Wird es kümmerlich verhallen.

Andre Zeiten, andre Vögel!
Andre Vögel, andre Lieder!
Welch ein Schnattern, wie von Gänsen,
Die das Kapitol gerettet!

Welch ein Zwitschern! Das sind Spatzen,
Pfennigslichtchen in den Krallen;
Sie gebärden sich wie Jovis
Adler mit dem Donnerkeil!

Welch ein Gurren! Turteltauben,
Liebesatt, sie wollen hassen,
Und hinfüro, statt der Venus,
Nur Bellonas Wagen ziehen!

Welch ein Sumsen, welterschütternd!
Das sind ja des Völkerfrühlings
Kolossale Maienkäfer,
Von Berserkerwut ergriffen!

Andre Zeiten, andre Vögel!
Andre Vögel, andre Lieder!
Sie gefielen mir vielleicht,
Wenn ich andre Ohren hätte!

PARERGA

I

Wir verlassen, teurer Leser,
Hier den grimmgen Bärenführer
Und die hartgeprüfte Mumma
Und wir folgen Atta Troll.

Wir erzählen, wie der edle
Refugié sich heimgeflüchtet
Zu den Seinen, wir beschreiben
Ganz genau den Bärenhaushalt.

Später gehn wir auf die Jagd,
Klimmen, klettern, schwitzen, träumen,
In Gesellschaft des Laskaro,
Der den Atta Troll getötet.

Traum der Sommernacht, phantastisch
Zwecklos ist mein Lied! Ja, zwecklos
Wie das Leben, wie die Liebe!
Wittert nicht darin Tendenzen –

Atta Troll ist kein Vertreter
Von dickhäutig deutscher Volkskraft,
Und er greift nicht allegorisch
Mit der Tatze in die Zeit ein –

Nicht einmal ein deutscher Bär
Ist mein Held. Die deutschen Bären –
Werden stets wie Bären tanzen,
Aber nicht die Kette brechen.

II

Traum der Sommernacht, phantastisch
Zwecklos ist mein Lied, ja zwecklos
Wie das Leben, wie die Liebe.
Keinem Zeitbedürfnis dient es.

Sucht darin nicht die Vertretung
Hoher Vaterlandsintressen;
Diese wollen wir befördern,
Aber nur in guter Prosa.

Ja, in guter Prosa wollen
Wir das Joch der Knechtschaft brechen –
Doch in Versen, doch im Liede
Blüht uns längst die höchste Freiheit.

Hier im Reich der Poesie,
Hier bedarf es keiner Kämpfe,
Laßt uns hier den Thyrsus schwingen
Und das Haupt mit Rosen kränzen!

III

Dir, Varnhagen, sei gewidmet
Dies Gedicht. Dem milden Freunde
Möge es als Antwort dienen
Auf den jüngsten seiner Briefe.

Ach! es ist vielleicht das letzte
Freie Waldlied der Romantik –
In des Tages Brand- und Schlachtlärm
Wird es kümmerlich verhallen!

Andre Zeiten, andre Vögel!
Andre Vögel, andre Lieder!
Wie sie schnattern! Jene Gänse,
Die gemästet mit Tendenzen!

Auf der Zinne der Partei
Flattern sie mit lahmen Schwingen.
Platte Füße, heisre Kehlen,
Viel Geschrei und wenig Wolle.

Manche weißgefärbte Raben
Sind darunter. Diese krächzen
Spät und früh: die Gallier kommen!
Sind des Kapitoles Retter.

Andre Vögel, andre Lieder!
Gestern las ich in der Zeitung,
Daß der Tieck vom Schlag gerührt
Und geheimer Hofrat worden.

IV

Einsam sinnend, vor dem Herde,
Saß ich in der Hexenhütte;
Neben mir, den Kessel rührend,
Stand der tugendhafte Mops.

War es Neugier, war es Hunger?
Endlich nahm ich aus den Pfoten
Ihm den Löffel, und im Kessel
Fischt ich mir ein Stückchen Fleisch.

War ein großes Herz, gekocht
Ganz vortrefflich, äußerst schmackhaft,
Doch ich hatt es kaum verzehret,
Als ich hörte eine Stimme:

»O der deutsche Fresser! Dieser
Frißt das Herz von einem Diebe,
Der gehenkt ward in Tolosa!
Kann man so gefräßig sein!«

Jene Worte rief ein Geier,
Einer von den ausgestopften,
Und die andern, wie im Chore,
Schnarrten: O der deutsche Fresser!

Wer ein Diebesherz gegessen,
Der versteht, was das Gevögel
Pfeift und zwitschert, also heißt es;
Hab erprobt der Sage Wahrheit.

Denn seit jener Stunde bin ich
Aller Vogelsprachen kundig;
Ich versteh sogar die toten
Ausgestopften Dialekte.

Draußen klopfte es ans Fenster,
Und ich eilte es zu öffnen.
Sieben große Raben warens,
Die hereingeflogen kamen.

Nahten sich dem Feuer, wärmten
Sich die Krallen, leidenschaftlich
Ihre Fittige bewegend,
Krächzten auch diverse Flüche.

Sie verwünschten ganz besonders
Jenen Juden Mendizabel,
Der die Klöster aufgehoben,
Ihre lieben alten Nester.

Frugen mich: Wo geht der Weg
Nach Monacho Monachorum?
Links, links um die Ecke, sprach ich,
Grüßt mir dort den Pater Joseph.

Doch die schwarzen Emigranten
Weilten an dem Herd nicht lange,
Und sie flatterten von dannen
Wieder durch das offne Fenster.

Federvieh von allen Sorten
Kam jetzt ab und zu geflogen.
Unsre Hütte schien ein Wirtshaus
Für das reisende Gevögel.

Mehre Störche, einge Schwäne,
Auch verschiedne Eulen; diese
Klagten über schlechtes Wetter,
Sonnenschein und Atheismus.

In Gesellschaft zweier Gänse,
Die wie Wärterinnen aussahn
Und im Flug ihn unterstützten,
Kam ein kranker Pelikan.

Wärmte seine wunde Brust,
Und mit leidender Verachtung
Auf die Eulensippschaft blickend,
Zog er wieder fort durchs Fenster.

Auch etwelche Tauben schwirrten
An das Feuer, lachend, kullernd,
Und nachdem sie sich erquickt,
Flogen sie des Weges weiter.

Endlich kam ein Wiedehopf,
Kurzbeflügelt, stelzenbeinig.
Als er mich erblickt, da lacht er:
Kennst nicht mehr den Freund Hut-Hut?

Und ich selber mußte lachen,
Denn es war mein Freund Hut-Hut,
Der vor dritthalb tausend Jahren
Kabinettskurier gewesen

Und von Salomo, dem Weisen,
Mit Depeschen abgeschickt ward
An die holde Balkaisa,
An die Königin von Saba.

Jener glühte für die Schöne,
Die man ihm so schön geschildert,
Diese schwärmte für den Weisen,
Dessen Weisheit weltberühmt war.

Ihren Scharfsinn zu erproben
Schickten sie einander Rätsel,
Und mit solcherlei Depeschen
Lief Hut-Hut durch Sand und Wüste.

Rätselmüde zog die Köngin
Endlich nach Jeruscholayim,
Und sie stürzte mit Erröten
In die Arme Salomonis.

Dieser drückte sie ans Herz,
Und er sprach: Das größte Rätsel,
Süßes Kind, das ist die Liebe –
Doch wir wollen es nicht lösen!

Ja, Hut-Hut, der alte Vogel,
War es, der mir freundlich nahte,
Im verhexten Luftreviere,
In der Hütte der Uraka.

Alter Vogel! Unverändert
Fand ich ihn. Ganz gravitätisch,
Wie 'n Toupet, trug er noch immer
Auf dem Kopf das Federkämmchen.

Kreuzte auch das eine Streckbein
Übers andre, und geschwätzig
War er noch wie sonst; er kürzte
Mir die Zeit mit Hofgeschichten.

Er erzählte mir aufs neue,
Was mir schon Arabiens Dichter
Längst erzählt, wie Salomo
Einst bezwang den Todesengel

Und am Leben blieb – Unsterblich
Lebt er jetzt in Dschinnistan,
Herrschend über die Dämonen,
Als ein unbeschränkter König.

»Auch die Köngin Balkaisa« –
Sprach Hut-Hut – »ist noch am Leben
Kraft des Talismans, den weiland
Ihr der Herzgeliebte schenkte.

Residierend in den fernsten
Mondgebirgen Äthiopiens,
Blieb sie dennoch in Verbindung
Mit dem König Salomo.

Beide haben zwar gealtert
Und sich abgekühlt, doch schreiben
Sie sich oft, und ganz wie ehmals
Schicken sie einander Rätsel.

Kindisch freut sich Balkaisa,
Wenn das Rätsel, das sie aufgab,
Nicht gelöst ward von dem König,
Der vergeblich nachgegrübelt –

Und sie neckt ihn dann graziöse
Und behauptet, mit den Jahren
Werde er ein bißchen kopfschwach,
Nennt ihn Schlafmütz oder Schelling.

Seinerseits gab jüngst der König
Eine harte Nuß zu knacken
Seiner Freundin, und er schickte
Ihr durch mich die Rätselfrage:

Wer ist wohl der größte Lump
Unter allen deutschen Lumpen,
Die in allen sechsunddreißig
Deutschen Bundesstaaten leben?

Hundert Namen hat seitdem
Schon die Köngin eingesendet,
Immer schrieb zurück der König:
Kind, das ist noch nicht der größte! –

Sehr verdrießlich ist die Köngin!
Ob sie gleich durch Emissaire
Überall in Deutschland forschte,
Blieb sie doch die Antwort schuldig;

Denn so oft sie einen Lumpen
Als den größten proklamiert,
Läßt ihr Salomo vermelden:
Kind! es gibt noch einen größern! –«

Als ich dies vernahm, da sprach ich:
Liebster Freund, die Balkaisa
Wird noch lang vergebens raten,
Wer der größte Lump in Deutschland.

Dort, in meiner teuren Heimat,
Ist das Lumpentum in Fortschritt,
Und es machen gar zu viele
Anspruch auf den Lumpen-Lorbeer.

Gestern noch schien dort der ****
Mir der größte Lump, doch heute
Dünkt er mir ein Unterlümpchen,
In Vergleichung mit dem ****

Und vielleicht im nächsten Zeitblatt
Offenbart sich uns ein neuer
Erzlumpazius, der unsern
Großen **** überlumpt.

V

Aus dem Spuk der Hexenwirtschaft
Steigen wir ins Tal hinunter;
Unsre Füße fassen wieder
Boden in dem Positiven.

Fort, Gespenster! Nachtgesichte!
Luftgebilde! Fieberträume!
Wir beschäftgen uns vernünftig
Wieder mit dem Atta Troll.

Wie gewöhnlich hockt der Alte
In der Höhle, bei den Jungen;
Diese liegen rings und schlafen
Mit dem Schnarchen der Gerechten.

Nur der Junker Einohr wacht,
Lauschend auf das Wort des Vaters,
Welcher misanthropisch wieder
Auf die Menschheit raisonniert.

»Ja, mein Sohn, am meisten ärgert
Mich der exklusive Hochmut
Jener aufgeblasnen Wesen,
Wenn sie Weltgeschichte schreiben.

Niemals ist von unsereinem
Hier die Rede, kaum erwähnen
Sie den Namen eines Pferdes,
Das getragen ihre Könge.

Läßt sich mal ein Mensch herab
Eines seiner Nebentiere
Im Gedichte zu besingen,
Zeigt sich wieder seine Selbstsucht:

Denn im Liede wie im Leben
Usurpiert er unsre Rechte,
Seine Subjektivität
Drängt sich vor in jedem Verse,

Und anstatt von einem Bären,
Den er feiern wollte, spricht er
Nur von sich und seinen kranken
Narretein und Hirngespinsten.

Dieses nennt er Ironie,
Und er lächelt – Ach, das Lächeln,
Jenes sauersüße Zucken
Um das Maul, ist unerträglich!

Wenn ich in dem Menschenantlitz
Das fatale Lächeln schaute,
Drehten sich herum entrüstet
Mir im Bauche die Gedärme!

Ja, noch weit impertinenter
Als durch Worte offenbart sich
Durch das Lächeln eines Menschen
Seiner Seele tiefste Frechheit.

Lächelt, schnippische Kanaillen!
Lächelt nur! Von Eurem Spotte,
Wie von Eurem Joch, wird endlich
Uns der große Tag erlösen.

Dächte jeder Bär, und dächten
Alle Tiere so wie ich,
Mit vereinten Kräften würden
Wir bekämpfen die Tyrannen.

Es verbände sich der Eber
Mit dem Roß, der Elefant
Schlänge brüderlich den Rüssel
Um das Horn des wackern Ochsen;

Bär und Wolf, von jeder Farbe,
Bock und Affe, selbst der Hase,
Wirkten einge Zeit gemeinsam,
Und der Sieg könnt uns nicht fehlen.

Einheit, Einheit ist das erste
Zeitbedürfnis. Einzeln wurden
Wir geknechtet, doch verbunden
Übertölpeln wir die Zwingherrn.

Einheit! Einheit! Und wir siegen,
Und ein Ende hat das Lächeln
Und das Monopol; wir gründen
Unsre große Republik.

Grundgesetz sei hier die Gleichheit
Aller Bestien auf der Erde,
Ohne Unterschied des Glaubens
Und des Fells und des Geruches.

Strenge Gleichheit! Jeder Esel
Sei befugt zum höchsten Staatsamt,
Und der Löwe soll dagegen
Mit dem Sack zur Mühle traben.

Was den Hund betrifft, so ist er
Freilich ein serviler Köter,
Weil Jahrtausende hindurch
Ihn der Mensch wie ’n Hund behandelt;

Doch in unserm Freistaat geben
Wir ihm wieder seine alten
Unveräußerlichen Rechte,
Und er wird sich bald veredeln.

Ja, sogar die Juden sollen
Volles Bürgerrecht genießen
Und gesetzlich gleichgestellt sein
Allen andern Säugetieren.

Nur das Tanzen auf den Märkten
Sei den Juden nicht gestattet;
Dies Amendement, ich mach es
Im Intresse meiner Kunst.

Aber horch, mein Sohn, ertönte
Draußen nicht die holde Stimme
Deiner Mutter? Süße Laute!
Mumma! Meine schwarze Mumma!«

Atta Troll, mit diesen Worten,
Sprang vom Boden, und er stürzte
Aus der Höhle, wie ’n Verrückter.
Ach! er stürzte in sein Unglück.

PARALIPOMENA

I

In dem großen Viehstall Gottes,
Den wir Erde nennen, findet
Jegliches Geschöpf die Krippe
Und darin sein gutes Futter!

II

Sternenfunkelnd liegt die Nacht
Auf den Bergen, wie ein Mantel
Von pechschwarzem Hermelin,
Der gespickt mit goldnen Schwänzchen.

Es versteht sich, daß der Kürschner
Toll war, der den Hermelin
Pechschwarz färbte und mit goldnen
Statt mit schwarzen Schwänzchen spickte –

Häng dich, Freiligrath, daß du
Nicht ergrübelt hast das Gleichnis
Von dem schwarzen Hermelin,
Der gespickt mit goldnen Schwänzchen.

DEUTSCHLAND

Ein Wintermärchen

Geschrieben im Januar 1844

Vorwort

Das nachstehende Gedicht schrieb ich im diesjährigen Monat Januar zu Paris, und die freie Luft des Ortes wehete in manche Strophe weit schärfer hinein, als mir eigentlich lieb war. Ich unterließ nicht, schon gleich zu mildern und auszuscheiden, was mit dem deutschen Klima unverträglich schien. Nichtsdestoweniger, als ich das Manuskript im Monat März an meinen Verleger nach Hamburg schickte, wurden mir noch mannigfache Bedenklichkeiten in Erwägung gestellt. Ich mußte mich dem fatalen Geschäfte des Umarbeitens nochmals unterziehen, und da mag es wohl geschehen sein, daß die ernsten Töne mehr als nötig abgedämpft oder von den Schellen des Humors gar zu heiter überklingelt wurden. Einigen nackten Gedanken habe ich im hastigen Unmut ihre Feigenblätter wieder abgerissen, und zimperlich spröde Ohren habe ich vielleicht verletzt. Es ist mir leid, aber ich tröste mich mit dem Bewußtsein, daß größere Autoren sich ähnliche Vergehen zu Schulden kommen ließen. Des Aristophanes will ich zu solcher Beschönigung gar nicht erwähnen, denn der war ein blinder Heide, und sein Publikum zu Athen hatte zwar eine klassische Erziehung genossen, wußte aber wenig von Sittlichkeit. Auf Cervantes und Molière könnte ich mich schon viel besser berufen; und ersterer schrieb für den hohen Adel beider Kastilien, letzterer für den großen König und den großen Hof von Versailles! Ach, ich vergesse, daß wir in einer sehr bürgerlichen Zeit leben, und ich sehe leider voraus, daß viele Töchter gebildeter Stände an der Spree, wo nicht gar an der Alster, über mein armes Gedicht die mehr oder minder gebogenen Näschen rümpfen werden! Was ich aber mit noch größerem Leidwesen voraussehe, das ist das Zeter jener Pharisäer der Nationalität, die jetzt mit den Antipathien der Regierungen Hand in Hand gehen, auch die volle Liebe und Hochachtung der Zensur genießen und in der Tagespresse den Ton angeben können, wo es gilt, jene Gegner zu befehden, die auch zugleich die Gegner ihrer allerhöchsten Herrschaften sind. Wir sind im Herzen gewappnet gegen das Mißfallen dieser heldenmütigen Lakaien in schwarz-rot-goldner Livree. Ich höre schon ihre Bierstimmen: du lästerst sogar unsere Farben, Verächter des Vaterlands, Freund der Franzosen, denen du den freien

Rhein abtreten willst! Beruhigt Euch. Ich werde Eure Farben achten und ehren, wenn sie es verdienen, wenn sie nicht mehr eine müßige oder knechtische Spielerei sind. Pflanzt die schwarz-rot-goldne Fahne auf die Höhe des deutschen Gedankens, macht sie zur Standarte des freien Menschtums, und ich will mein bestes Herzblut für sie hingeben. Beruhigt Euch, ich liebe das Vaterland eben so sehr, wie Ihr. Wegen dieser Liebe habe ich dreizehn Lebensjahre im Exile verlebt, und wegen eben dieser Liebe kehre ich wieder zurück ins Exil, vielleicht für immer, jedenfalls ohne zu flennen oder eine schiefmäulige Duldergrimasse zu schneiden. Ich bin der Freund der Franzosen, wie ich der Freund aller Menschen bin, wenn sie vernünftig und gut sind, und weil ich selber nicht so dumm oder so schlecht bin, als daß ich wünschen sollte, daß meine Deutschen und die Franzosen, die beiden auserwählten Völker der Humanität, sich die Hälse brächen zum Besten von England und Rußland und zur Schadenfreude aller Junker und Pfaffen dieses Erdballs. Seid ruhig, ich werde den Rhein nimmermehr den Franzosen abtreten, schon aus dem ganz einfachen Grunde: weil mir der Rhein gehört. Ja, mir gehört er, durch unveräußerliches Geburtsrecht, ich bin des freien Rheins noch weit freierer Sohn, an seinem Ufer stand meine Wiege, und ich sehe gar nicht ein, warum der Rhein irgend einem Andern gehören soll als den Landeskindern. Elsaß und Lothringen kann ich freilich dem deutschen Reiche nicht so leicht einverleiben, wie Ihr es tut, denn die Leute in jenen Landen hängen fest an Frankreich wegen der Rechte, die sie durch die französische Staatsumwälzung gewonnen, wegen jener Gleichheitsgesetze und freien Institutionen, die dem bürgerlichen Gemüte sehr angenehm sind, aber dem Magen der großen Menge dennoch Vieles zu wünschen übrig lassen. Indessen, die Elsasser und Lothringer werden sich wieder an Deutschland anschließen, wenn wir das vollenden, was die Franzosen begonnen haben, wenn wir diese überflügeln in der Tat, wie wir es schon getan im Gedanken, wenn wir uns bis zu den letzten Folgerungen desselben emporschwingen, wenn wir die Dienstbarkeit bis in ihrem letzten Schlupfwinkel, dem Himmel, zerstören, wenn wir den Gott, der auf Erden im Menschen wohnt, aus seiner Erniedrigung retten, wenn wir die Erlöser Gottes werden, wenn wir das arme, glückenterbte Volk und den verhöhnten Genius und die geschändete Schönheit wieder in ihre Würde einsetzen, wie unsere großen Meister gesagt und gesungen, und wie wir es wollen, wir, die Jünger – ja, nicht bloß Elsaß und Lothringen, sondern ganz Frankreich wird uns alsdann zufallen, ganz Europa, die ganze Welt – die ganze Welt wird deutsch werden! Von dieser Sendung und Universalherrschaft Deutschlands träume ich oft, wenn ich unter Eichen wandle. Das ist *mein* Patriotismus.

Ich werde in einem nächsten Buche auf dieses Thema zurückkommen, mit letzter Entschlossenheit, mit strenger Rücksichtslosigkeit, jedenfalls mit Loyalität. Den entschiedensten Widerspruch werde ich zu achten wissen, wenn er aus einer Überzeugung hervorgeht. Selbst der rohesten Feindseligkeit will ich alsdann geduldig verzeihen; ich will sogar der Dummheit Rede stehen, wenn sie nur ehrlich gemeint ist. Meine ganze schweigende Verachtung widme ich hingegen dem gesinnungslosen Wichte, der aus leidiger Scheelsucht oder unsauberer Privatgiftigkeit meinen guten Leumund in der öffentlichen Meinung herabzuwürdigen sucht, und dabei die Maske des Patriotismus, wo nicht gar die der Religion und der Moral, benutzt. Der anarchische Zustand der deutschen politischen und literarischen Zeitungsblätterwelt ward in solcher Beziehung zuweilen mit einem Talente ausgebeutet, das ich schier bewundern mußte. Wahrhaftig, Schufterle ist nicht tot, er lebt noch immer und steht seit Jahren an der Spitze einer wohlorganisierten Bande von literarischen Strauchdieben, die in den böhmischen Wäldern unserer Tagespresse ihr Wesen treiben, hinter jedem Busch, hinter jedem Blatt versteckt liegen und dem leisesten Pfiff ihres würdigen Hauptmanns gehorchen.

Noch ein Wort. Das Wintermärchen bildet den Schluß der »Neuen Gedichte«, die in diesem Augenblick bei Hoffmann und Campe erscheinen. Um den Einzeldruck veranstalten zu können, mußte mein Verleger das Gedicht den überwachenden Behörden zu besonderer Sorgfalt überliefern, und neue Varianten und Ausmerzungen sind das Ergebnis dieser höheren Kritik. –

Hamburg, den 17. September 1844

Heinrich Heine

CAPUT I

Im traurigen Monat November wars,
Die Tage wurden trüber,
Der Wind riß von den Bäumen das Laub,
Da reist ich nach Deutschland hinüber.

Und als ich an die Grenze kam,
Da fühlt ich ein stärkeres Klopfen
In meiner Brust, ich glaube sogar
Die Augen begunnen zu tropfen.

Und als ich die deutsche Sprache vernahm,
Da ward mir seltsam zu Mute;
Ich meinte nicht anders, als ob das Herz
Recht angenehm verblute.

Ein kleines Harfenmädchen sang.
Sie sang mit wahrem Gefühle
Und falscher Stimme, doch ward ich sehr
Gerühret von ihrem Spiele.

Sie sang von Liebe und Liebesgram,
Aufopfrung und Wiederfinden
Dort oben, in jener besseren Welt,
Wo alle Leiden schwinden.

Sie sang vom irdischen Jammertal,
Von Freuden, die bald zerronnen,
Vom Jenseits, wo die Seele schwelgt
Verklärt in ewgen Wonnen.

Sie sang das alte Entsagungslied,
Das Eiapopeia vom Himmel,
Womit man einlullt, wenn es greint,
Das Volk, den großen Lümmel.

Ich kenne die Weise, ich kenne den Text,
Ich kenn auch die Herren Verfasser;
Ich weiß, sie tranken heimlich Wein
Und predigten öffentlich Wasser.

Ein neues Lied, ein besseres Lied,
O Freunde, will ich Euch dichten!
Wir wollen hier auf Erden schon
Das Himmelreich errichten.

Wir wollen auf Erden glücklich sein,
Und wollen nicht mehr darben;
Verschlemmen soll nicht der faule Bauch
Was fleißige Hände erwarben.

Es wächst hienieden Brot genug
Für alle Menschenkinder,
Auch Rosen und Myrten, Schönheit und Lust,
Und Zuckererbsen nicht minder.

Ja, Zuckererbsen für jedermann,
Sobald die Schoten platzen!
Den Himmel überlassen wir
Den Engeln und den Spatzen.

Und wachsen uns Flügel nach dem Tod,
So wollen wir Euch besuchen
Dort oben, und wir, wir essen mit Euch
Die seligsten Torten und Kuchen.

Ein neues Lied, ein besseres Lied,
Es klingt wie Flöten und Geigen!
Das Miserere ist vorbei,
Die Sterbeglocken schweigen.

Die Jungfer Europa ist verlobt
Mit dem schönen Geniusse
Der Freiheit, sie liegen einander im Arm,
Sie schwelgen im ersten Kusse.

Und fehlt der Pfaffensegen dabei,
Die Ehe wird gültig nicht minder –
Es lebe Bräutigam und Braut,
Und ihre zukünftigen Kinder!

Ein Hochzeitkarmen ist mein Lied,
Das bessere, das neue!
In meiner Seele gehen auf
Die Sterne der höchsten Weihe –

Begeisterte Sterne, sie lodern wild,
Zerfließen in Flammenbächen –
Ich fühle mich wunderbar erstarkt,
Ich könnte Eichen zerbrechen!

Seit ich auf deutsche Erde trat,
Durchströmen mich Zaubersäfte –
Der Riese hat wieder die Mutter berührt,
Und es wuchsen ihm neu die Kräfte.

CAPUT II

Während die Kleine von Himmelslust
Getrillert und musizieret,
Ward von den preußischen Douaniers
Mein Koffer visitieret.

Beschnüffelten Alles, kramten herum
In Hemden, Hosen, Schnupftüchern;
Sie suchten nach Spitzen, nach Bijouterien,
Auch nach verbotenen Büchern.

Ihr Toren, die Ihr im Koffer sucht!
Hier werdet Ihr nichts entdecken!
Die Contrebande, die mit mir reist,
Die hab ich im Kopfe stecken.

Hier hab ich Spitzen, die feiner sind
Als die von Brüssel und Mecheln,
Und pack ich einst meine Spitzen aus,
Sie werden euch sticheln und hecheln.

Im Kopfe trage ich Bijouterien,
Der Zukunft Krondiamanten,
Die Tempelkleinodien des neuen Gotts,
Des großen Unbekannten.

Und viele Bücher trag ich im Kopf!
Ich darf es Euch versichern,
Mein Kopf ist ein zwitscherndes Vogelnest
Von konfiszierlichen Büchern.

Glaubt mir, in Satans Bibliothek
Kann es nicht schlimmere geben;
Sie sind gefährlicher noch als die
Von Hoffmann von Fallersleben! –

Ein Passagier, der neben mir stand,
Bemerkte mir, ich hätte
Jetzt vor mir den preußischen Zollverein,
Die große Douanenkette.

»Der Zollverein« – bemerkte er –
»Wird unser Volkstum begründen,
Er wird das zersplitterte Vaterland
Zu einem Ganzen verbinden.

Er gibt die äußere Einheit uns,
Die sogenannt materielle;
Die geistige Einheit gibt uns die Zensur,
Die wahrhaft ideelle –

Sie gibt die innere Einheit uns,
Die Einheit im Denken und Sinnen;
Ein einiges Deutschland tut uns not,
Einig nach Außen und Innen.«

CAPUT III

Zu Aachen, im alten Dome, liegt
Carolus Magnus begraben.
(Man muß ihn nicht verwechseln mit Karl
Mayer, der lebt in Schwaben.)

Ich möchte nicht tot und begraben sein
Als Kaiser zu Aachen im Dome;
Weit lieber lebt ich als kleinster Poet
Zu Stukkert am Neckarstrome.

Zu Aachen langweilen sich auf der Straß
Die Hunde, sie flehn untertänig:
Gib uns einen Fußtritt, o Fremdling, das wird
Vielleicht uns zerstreuen ein wenig.

Ich bin in diesem langweilgen Nest
Ein Stündchen herumgeschlendert.
Sah wieder preußisches Militär,
Hat sich nicht sehr verändert.

Es sind die grauen Mäntel noch
Mit dem hohen, roten Kragen –
(Das Rot bedeutet Franzosenblut,
Sang Körner in früheren Tagen.)

Noch immer das hölzern pedantische Volk,
Noch immer ein rechter Winkel
In jeder Bewegung, und im Gesicht
Der eingefrorene Dünkel.

Sie stelzen noch immer so steif herum,
So kerzengrade geschniegelt,
Als hätten sie verschluckt den Stock,
Womit man sie einst geprügelt.

Ja, ganz verschwand die Fuchtel nie,
Sie tragen sie jetzt im Innern;
Das trauliche Du wird immer noch
An das alte Er erinnern.

Der lange Schnurrbart ist eigentlich nur
Des Zopftums neuere Phase:
Der Zopf, der ehmals hinten hing,
Der hängt jetzt unter der Nase.

Nicht übel gefiel mir das neue Kostüm
Der Reuter, das muß ich loben,
Besonders die Pickelhaube, den Helm,
Mit der stählernen Spitze nach oben.

Das ist so rittertümlich und mahnt
An der Vorzeit holde Romantik,
An die Burgfrau Johanna von Montfaucon,
An den Freiherrn Fouqué, Uhland, Tieck.

Das mahnt an das Mittelalter so schön,
An Edelknechte und Knappen,
Die in dem Herzen getragen die Treu
Und auf dem Hintern ein Wappen.

Das mahnt an Kreuzzug und Turnei,
An Minne und frommes Dienen,
An die ungedruckte Glaubenszeit,
Wo noch keine Zeitung erschienen.

Ja, ja, der Helm gefällt mir, er zeugt
Vom allerhöchsten Witze!
Ein königlicher Einfall wars!
Es fehlt nicht die Pointe, die Spitze!

Nur fürcht ich, wenn ein Gewitter entsteht,
Zieht leicht so eine Spitze
Herab auf Euer romantisches Haupt
Des Himmels modernste Blitze! – –

Zu Aachen, auf dem Posthausschild,
Sah ich den Vogel wieder,
Der mir so tief verhaßt! Voll Gift
Schaute er auf mich nieder.

Du häßlicher Vogel, wirst du einst
Mir in die Hände fallen,
So rupfe ich dir die Federn aus
Und hacke dir ab die Krallen.

Du sollst mir dann, in luftger Höh,
Auf einer Stange sitzen,
Und ich rufe zum lustigen Schießen herbei
Die Rheinischen Vogelschützen.

Wer mir den Vogel herunterschießt,
Mit Zepter und Krone belehn ich
Den wackern Mann! Wir blasen Tusch
Und rufen: Es lebe der König!

CAPUT IV

Zu Cöllen kam ich spät Abends an,
Da hörte ich rauschen den Rheinfluß,
Da fächelte mich schon deutsche Luft,
Da fühlt ich ihren Einfluß –

Auf meinen Appetit. Ich aß
Dort Eierkuchen mit Schinken,
Und da er sehr gesalzen war,
Mußt ich auch Rheinwein trinken.

Der Rheinwein glänzt noch immer wie Gold
Im grünen Römerglase,
Und trinkst du etwelche Schoppen zu viel,
So steigt er dir in die Nase.

In die Nase steigt ein Prickeln so süß,
Man kann sich vor Wonne nicht lassen!
Es trieb mich hinaus in die dämmernde Nacht,
In die widerhallenden Gassen.

Die steinernen Häuser schauten mich an,
Als wollten sie mir berichten
Legenden aus altverschollener Zeit,
Der heilgen Stadt Cöllen Geschichten.

Ja, hier hat einst die Klerisei
Ihr frommes Wesen getrieben,
Hier haben die Dunkelmänner geherrscht,
Die Ulrich von Hutten beschrieben.

Der Cancan des Mittelalters ward hier
Getanzt von Nonnen und Mönchen;
Hier schrieb Hochstraaten, der Menzel von Cöln,
Die giftgen Denunziaziönchen.

Die Flamme des Scheiterhaufens hat hier
Bücher und Menschen verschlungen;
Die Glocken wurden geläutet dabei
Und Kyrie Eleison gesungen.

Dummheit und Bosheit buhlten hier
Gleich Hunden auf freier Gasse;
Die Enkelbrut erkennt man noch heut
An ihrem Glaubenshasse. –

Doch siehe! dort im Mondenschein
Den kolossalen Gesellen!
Er ragt verteufelt schwarz empor,
Das ist der Dom von Cöllen.

Er sollte des Geistes Bastille sein,
Und die listigen Römlinge dachten:
In diesem Riesenkerker wird
Die deutsche Vernunft verschmachten!

Da kam der Luther, und er hat
Sein großes »Halt!« gesprochen –
Seit jenem Tage blieb der Bau
Des Domes unterbrochen.

Er ward nicht vollendet – und das ist gut.
Denn eben die Nichtvollendung
Macht ihn zum Denkmal von Deutschlands Kraft
Und protestantischer Sendung.

Ihr armen Schelme vom Domverein,
Ihr wollt mit schwachen Händen
Fortsetzen das unterbrochene Werk
Und die alte Zwingburg vollenden!

O törichter Wahn! Vergebens wird
Geschüttelt der Klingelbeutel,
Gebettelt bei Ketzern und Juden sogar;
Ist alles fruchtlos und eitel.

Vergebens wird der große Franz Liszt
Zum Besten des Doms musizieren,
Und ein talentvoller König wird
Vergebens deklamieren!

Er wird nicht vollendet, der Cölner Dom,
Obgleich die Narren in Schwaben
Zu seinem Fortbau ein ganzes Schiff
Voll Steine gesendet haben.

Er wird nicht vollendet, trotz allem Geschrei
Der Raben und der Eulen,
Die, altertümlich gesinnt, so gern
In hohen Kirchtürmen weilen.

Ja, kommen wird die Zeit sogar,
Wo man, statt ihn zu vollenden,
Die inneren Räume zu einem Stall
Für Pferde wird verwenden.

»Und wird der Dom ein Pferdestall,
Was sollen wir dann beginnen
Mit den heilgen drei Köngen, die da ruhn
Im Tabernakel da drinnen?«

So höre ich fragen. Doch brauchen wir uns
In unserer Zeit zu genieren?
Die heilgen drei Könge aus Morgenland,
Sie können wo anders logieren.

Folgt meinem Rat und steckt sie hinein
In jene drei Körbe von Eisen,
Die hoch zu Münster hängen am Turm,
Der Sankt Lamberti geheißen.

Der Schneiderkönig saß darin
Mit seinen beiden Räten,
Wir aber benutzen die Körbe jetzt
Für andre Majestäten.

Zur Rechten soll Herr Balthasar,
Zur Linken Herr Melchior schweben,
In der Mitte Herr Caspar – Gott weiß, wie einst
Die Drei gehaust im Leben!

Die heilge Allianz des Morgenlands,
Die jetzt kanonisieret,
Sie hat vielleicht nicht immer schön
Und fromm sich aufgeführet.

Der Balthasar und der Melchior,
Das waren vielleicht zwei Gäuche,
Die in der Not eine Konstitution
Versprochen ihrem Reiche,

Und später nicht Wort gehalten – Es hat
Herr Caspar, der König der Mohren,
Vielleicht mit schwarzem Undank sogar
Belohnt sein Volk, die Toren!

CAPUT V

Und als ich an die Rheinbrück kam,
Wohl an die Hafenschanze,
Da sah ich fließen den Vater Rhein
Im stillen Mondenglanze.

Sei mir gegrüßt, mein Vater Rhein,
Wie ist es dir ergangen?
Ich habe oft an dich gedacht
Mit Sehnsucht und Verlangen.

So sprach ich, da hört ich im Wasser tief
Gar seltsam grämliche Töne,
Wie Hüsteln eines alten Manns,
Ein Brümmeln und weiches Gestöhne:

»Willkommen, mein Junge, das ist mir lieb,
Daß du mich nicht vergessen;
Seit dreizehn Jahren sah ich dich nicht,
Mir ging es schlecht unterdessen.

Zu Biberich hab ich Steine verschluckt,
Wahrhaftig, sie schmeckten nicht lecker!
Doch schwerer liegen im Magen mir
Die Verse von Niklas Becker.

Er hat mich besungen, als ob ich noch
Die reinste Jungfer wäre,
Die sich von niemand rauben läßt
Das Kränzlein ihrer Ehre.

Wenn ich es höre, das dumme Lied,
Dann möcht ich mir zerraufen
Den weißen Bart, ich möchte fürwahr
Mich in mir selbst ersaufen!

Daß ich keine reine Jungfer bin,
Die Franzosen wissen es besser,
Sie haben mit meinem Wasser so oft
Vermischt ihr Siegergewässer.

Das dumme Lied und der dumme Kerl!
Er hat mich schmählich blamieret,
Gewissermaßen hat er mich auch
Politisch kompromittieret.

Denn kehren jetzt die Franzosen zurück,
So muß ich vor ihnen erröten,
Ich, der um ihre Rückkehr so oft
Mit Tränen zum Himmel gebeten.

Ich habe sie immer so lieb gehabt,
Die lieben kleinen Französchen –
Singen und springen sie noch wie sonst?
Tragen noch weiße Höschen?

Ich möchte sie gerne wiedersehn,
Doch fürcht ich die Persiflage,
Von wegen des verwünschten Lieds,
Von wegen der Blamage.

Der Alfred de Musset, der Gassenbub,
Der kommt an ihrer Spitze
Vielleicht als Tambour, und trommelt mir vor
All seine schlechten Witze.«

So klagte der arme Vater Rhein,
Konnt sich nicht zufrieden geben.
Ich sprach zu ihm manch tröstendes Wort,
Um ihm das Herz zu heben:

O fürchte nicht, mein Vater Rhein,
Den spöttelnden Scherz der Franzosen;
Sie sind die alten Franzosen nicht mehr,
Auch tragen sie andere Hosen.

Die Hosen sind rot und nicht mehr weiß,
Sie haben auch andere Knöpfe,
Sie singen nicht mehr, sie springen nicht mehr,
Sie senken nachdenklich die Köpfe.

Sie philosophieren und sprechen jetzt
Von Kant, von Fischte und Hegel,
Sie rauchen Tabak, sie trinken Bier,
Und manche schieben auch Kegel.

Sie werden Philister ganz wie wir
Und treiben es endlich noch ärger;
Sie sind keine Voltairianer mehr,
Sie werden Hengstenberger.

Der Alfred de Musset, das ist wahr,
Ist noch ein Gassenjunge;
Doch fürchte nichts, wir fesseln ihm
Die schändliche Spötterzunge.

Und trommelt er dir einen schlechten Witz,
So pfeifen wir ihm einen schlimmern,
Wir pfeifen ihm vor, was ihm passiert
Bei schönen Frauenzimmern.

Gib dich zufrieden, Vater Rhein,
Denk nicht an schlechte Lieder,
Ein besseres Lied vernimmst du bald –
Leb wohl, wir sehen uns wieder.

CAPUT VI

Den Paganini begleitete stets
Ein Spiritus Familiaris,
Manchmal als Hund, manchmal in Gestalt
Des seligen Georg Harris.

Napoleon sah einen roten Mann
Vor jedem wichtgen Ereignis.
Sokrates hatte seinen Dämon,
Das war kein Hirnerzeugnis.

Ich selbst, wenn ich am Schreibtisch saß
Des Nachts, hab ich gesehen
Zuweilen einen vermummten Gast
Unheimlich hinter mir stehen.

Unter dem Mantel hielt er etwas
Verborgen, das seltsam blinkte,
Wenn es zum Vorschein kam, und ein Beil,
Ein Richtbeil, zu sein mir dünkte.

Er schien von untersetzter Statur,
Die Augen wie zwei Sterne;
Er störte mich im Schreiben nie,
Blieb ruhig stehn in der Ferne.

Seit Jahren hatte ich nicht gesehn
Den sonderbaren Gesellen,
Da fand ich ihn plötzlich wieder hier
In der stillen Mondnacht zu Cöllen.

Ich schlenderte sinnend die Straßen entlang,
Da sah ich ihn hinter mir gehen,
Als ob er mein Schatten wäre, und stand
Ich still, so blieb er stehen.

Blieb stehen, als wartete er auf was,
Und förderte ich die Schritte,
Dann folgte er wieder. So kamen wir
Bis auf des Domplatz Mitte.

Es ward mir unleidlich, ich drehte mich um
Und sprach: Jetzt steh mir Rede,
Was folgst du mir auf Weg und Steg,
Hier in der nächtlichen Öde?

Ich treffe dich immer in der Stund,
Wo Weltgefühle sprießen
In meiner Brust und durch das Hirn
Die Geistesblitze schießen.

Du siehst mich an so stier und fest –
Steh Rede: was verhüllst du
Hier unter dem Mantel, das heimlich blinkt?
Wer bist du und was willst du?

Doch jener erwiderte trockenen Tons,
Sogar ein bißchen phlegmatisch:
»Ich bitte dich, exorziere mich nicht,
Und werde nur nicht emphatisch!

Ich bin kein Gespenst der Vergangenheit,
Kein grabentstiegener Strohwisch,
Und von Rhetorik bin ich kein Freund,
Bin auch nicht sehr philosophisch.

Ich bin von praktischer Natur,
Und immer schweigsam und ruhig.
Doch wisse: was du ersonnen im Geist,
Das führ ich aus, das tu ich.

Und gehn auch Jahre drüber hin,
Ich raste nicht, bis ich verwandle
In Wirklichkeit was du gedacht;
Du denkst, und ich, ich handle.

Du bist der Richter, der Büttel bin ich,
Und mit dem Gehorsam des Knechtes
Vollstreck ich das Urteil, das du gefällt,
Und sei es ein ungerechtes.

Dem Konsul trug man ein Beil voran,
Zu Rom, in alten Tagen.
Auch du hast deinen Liktor, doch wird
Das Beil dir nachgetragen.

Ich bin dein Liktor, und ich geh
Beständig mit dem blanken
Richtbeile hinter dir – ich bin
Die Tat von deinem Gedanken.«

CAPUT VII

Ich ging nach Haus und schlief, als ob
Die Engel gewiegt mich hätten.
Man ruht in deutschen Betten so weich,
Denn das sind Federbetten.

Wie sehnt ich mich oft nach der Süßigkeit
Des vaterländischen Pfühles,
Wenn ich auf harten Matratzen lag,
In der schlaflosen Nacht des Exiles!

Man schläft sehr gut und träumt auch gut
In unseren Federbetten.
Hier fühlt die deutsche Seele sich frei
Von allen Erdenketten.

Sie fühlt sich frei und schwingt sich empor
Zu den höchsten Himmelsräumen.
O deutsche Seele, wie stolz ist dein Flug
In deinen nächtlichen Träumen!

Die Götter erbleichen, wenn du nahst!
Du hast auf deinen Wegen
Gar manches Sternlein ausgeputzt
Mit deinen Flügelschlägen!

Franzosen und Russen gehört das Land,
Das Meer gehört den Briten,
Wir aber besitzen im Luftreich des Traums
Die Herrschaft unbestritten.

Hier üben wir die Hegemonie,
Hier sind wir unzerstückelt;
Die andern Völker haben sich
Auf platter Erde entwickelt. – –

Und als ich einschlief, da träumte mir,
Ich schlenderte wieder im hellen
Mondschein die hallenden Straßen entlang,
In dem altertümlichen Cöllen.

Und hinter mir ging wieder einher
Mein schwarzer, vermummter Begleiter.
Ich war so müde, mir brachen die Knie,
Doch immer gingen wir weiter.

Wir gingen weiter. Mein Herz in der Brust
War klaffend aufgeschnitten,
Und aus der Herzenswunde hervor
Die roten Tropfen glitten.

Ich tauchte manchmal die Finger hinein,
Und manchmal ist es geschehen,
Daß ich die Haustürpfosten bestrich
Mit dem Blut im Vorübergehen.

Und jedesmal, wenn ich ein Haus
Bezeichnet in solcher Weise,
Ein Sterbeglöckchen erscholl fernher,
Wehmütig wimmernd und leise.

Am Himmel aber erblich der Mond,
Er wurde immer trüber;
Gleich schwarzen Rossen jagten an ihm
Die wilden Wolken vorüber.

Und immer ging hinter mir einher
Mit seinem verborgenen Beile
Die dunkle Gestalt – so wanderten wir
Wohl eine gute Weile.

Wir gehen und gehen, bis wir zuletzt
Wieder zum Domplatz gelangen;
Weit offen standen die Pforten dort,
Wir sind hineingegangen.

Es herrschte im ungeheuren Raum
Nur Tod und Nacht und Schweigen;
Es brannten Ampeln hie und da,
Um die Dunkelheit recht zu zeigen.

Ich wandelte lange den Pfeilern entlang
Und hörte nur die Tritte
Von meinem Begleiter, er folgte mir
Auch hier bei jedem Schritte.

Wir kamen endlich zu einem Ort,
Wo funkelnde Kerzenhelle
Und blitzendes Gold und Edelstein;
Das war die Drei-Königs-Kapelle.

Die heilgen drei Könige jedoch,
Die sonst so still dort lagen,
O Wunder! sie saßen aufrecht jetzt
Auf ihren Sarkophagen.

Drei Totengerippe, phantastisch geputzt,
Mit Kronen auf den elenden
Vergilbten Schädeln, sie trugen auch
Das Zepter in knöchernen Händen.

Wie Hampelmänner bewegten sie
Die längstverstorbenen Knochen;
Die haben nach Moder und zugleich
Nach Weihrauchduft gerochen.

Der Eine bewegte sogar den Mund
Und hielt eine Rede, sehr lange;
Er setzte mir auseinander, warum
Er meinen Respekt verlange.

Zuerst weil er ein Toter sei,
Und zweitens weil er ein König,
Und drittens weil er ein Heilger sei –
Das alles rührte mich wenig.

Ich gab ihm zur Antwort lachenden Muts:
Vergebens ist deine Bemühung!
Ich sehe, daß du der Vergangenheit
Gehörst in jeder Beziehung.

Fort! fort von hier! im tiefen Grab
Ist Eure natürliche Stelle.
Das Leben nimmt jetzt in Beschlag
Die Schätze dieser Kapelle.

Der Zukunft fröhliche Kavallerie
Soll hier im Dome hausen.
Und weicht Ihr nicht willig, so brauch ich Gewalt
Und laß Euch mit Kolben lausen!

So sprach ich, und ich drehte mich um,
Da sah ich furchtbar blinken
Des stummen Begleiters furchtbares Beil –
Und er verstand mein Winken.

Er nahte sich, und mit dem Beil
Zerschmetterte er die armen
Skelette des Aberglaubens, er schlug
Sie nieder ohn Erbarmen.

Es dröhnte der Hiebe Widerhall
Aus allen Gewölben, entsetzlich, –
Blutströme schossen aus meiner Brust,
Und ich erwachte plötzlich.

CAPUT VIII

Von Cöllen bis Hagen kostet die Post
Fünf Taler sechs Groschen Preußisch.
Die Diligence war leider besetzt
Und ich kam in die offene Beichais.

Ein Spätherbstmorgen, feucht und grau,
Im Schlamme keuchte der Wagen;
Doch trotz des schlechten Wetters und Wegs
Durchströmte mich süßes Behagen.

Das ist ja meine Heimatluft!
Die glühende Wange empfand es!
Und dieser Landstraßenkot, er ist
Der Dreck meines Vaterlandes!

Die Pferde wedelten mit dem Schwanz
So traulich wie alte Bekannte,
Und ihre Mistküchlein dünkten mir schön
Wie die Äpfel der Atalante!

Wir fuhren durch Mühlheim. Die Stadt ist nett,
Die Menschen still und fleißig.
War dort zuletzt im Monat Mai
Das Jahres Einunddreißig.

Damals stand alles im Blütenschmuck
Und die Sonnenlichter lachten,
Die Vögel sangen sehnsuchtvoll,
Und die Menschen hofften und dachten –

Sie dachten: »Die magere Ritterschaft
Wird bald von hinnen reisen,
Und der Abschiedstrunk wird ihnen kredenzt
Aus langen Flaschen von Eisen!

»Und die Freiheit kommt mit Spiel und Tanz,
Mit der Fahne, der weiß-blau-roten;
Vielleicht holt sie sogar aus dem Grab
Den Bonaparte, den Toten!«

Ach Gott! die Ritter sind immer noch hier,
Und manche dieser Gäuche,
Die spindeldürre gekommen ins Land,
Die haben jetzt dicke Bäuche.

Die blassen Kanaillen, die ausgesehn
Wie Liebe, Glauben und Hoffen,
Sie haben seitdem in unserm Wein
Sich rote Nasen gesoffen – – –

Und die Freiheit hat sich den Fuß verrenkt,
Kann nicht mehr springen und stürmen;
Die Trikolore in Paris
Schaut traurig herab von den Türmen.

Der Kaiser ist auferstanden seitdem,
Doch die englischen Würmer haben
Aus ihm einen stillen Mann gemacht,
Und er ließ sich wieder begraben.

Hab selber sein Leichenbegängnis gesehn,
Ich sah den goldenen Wagen
Und die goldenen Siegesgöttinnen drauf,
Die den goldenen Sarg getragen.

Den Elysäischen Feldern entlang,
Durch des Triumphes Bogen,
Wohl durch den Nebel, wohl über den Schnee
Kam langsam der Zug gezogen.

Mißtönend schauerlich war die Musik.
Die Musikanten starrten
Vor Kälte. Wehmütig grüßten mich
Die Adler der Standarten.

Die Menschen schauten so geisterhaft
In alter Erinnrung verloren –
Der imperiale Märchentraum
War wieder herauf beschworen.

Ich weinte an jenem Tag. Mir sind
Die Tränen ins Auge gekommen,
Als ich den verschollenen Liebesruf,
Das Vive l'Empereur! vernommen.

CAPUT IX

Von Cöllen war ich drei Viertel auf Acht
Des Morgens fortgereiset;
Wir kamen nach Hagen schon gegen Drei,
Da wird zu Mittag gespeiset.

Der Tisch war gedeckt. Hier fand ich ganz
Die altgermanische Küche.
Sei mir gegrüßt, mein Sauerkraut,
Holdselig sind deine Gerüche!

Gestovte Kastanien im grünen Kohl!
So aß ich sie einst bei der Mutter!
Ihr heimischen Stockfische, seid mir gegrüßt!
Wie schwimmt ihr klug in der Butter!

Jedwedem fühlenden Herzen bleibt
Das Vaterland ewig teuer –
Ich liebe auch recht braun geschmort
Die Bücklinge und Eier.

Wie jauchzten die Würste im spritzelnden Fett!
Die Krammetsvögel, die frommen
Gebratenen Englein mit Apfelmuß,
Sie zwitscherten mir: Willkommen!

Willkommen, Landsmann, – zwitscherten sie –
Bist lange ausgeblieben,
Hast dich mit fremdem Gevögel so lang
In der Fremde herumgetrieben!

Es stand auf dem Tische eine Gans,
Ein stilles, gemütliches Wesen.
Sie hat vielleicht mich einst geliebt,
Als wir beide noch jung gewesen.

Sie blickte mich an so bedeutungsvoll,
So innig, so treu, so wehe!
Besaß eine schöne Seele gewiß,
Doch war das Fleisch sehr zähe.

Auch einen Schweinskopf trug man auf
In einer zinnernen Schüssel;
Noch immer schmückt man den Schweinen bei uns
Mit Lorbeerblättern den Rüssel.

CAPUT X

Dicht hinter Hagen ward es Nacht,
Und ich fühlte in den Gedärmen
Ein seltsames Frösteln. Ich konnte mich erst
Zu Unna, im Wirtshaus, erwärmen.

Ein hübsches Mädchen fand ich dort,
Die schenkte mir freundlich den Punsch ein;
Wie gelbe Seide das Lockenhaar,
Die Augen sanft wie Mondschein.

Den lispelnd westfälischen Akzent
Vernahm ich mit Wollust wieder.
Viel süße Erinnerung dampfte der Punsch,
Ich dachte der lieben Brüder,

Der lieben Westfalen, womit ich so oft
In Göttingen getrunken,
Bis wir gerührt einander ans Herz
Und unter die Tische gesunken!

Ich habe sie immer so lieb gehabt,
Die lieben, guten Westfalen,
Ein Volk so fest, so sicher, so treu,
Ganz ohne Gleißen und Prahlen.

Wie standen sie prächtig auf der Mensur
Mit ihren Löwenherzen!
Es fielen so grade, so ehrlich gemeint,
Die Quarten und die Terzen.

Sie fechten gut, sie trinken gut,
Und wenn sie die Hand dir reichen
Zum Freundschaftsbündnis, dann weinen sie;
Sind sentimentale Eichen.

Der Himmel erhalte dich, wackres Volk,
Er segne deine Saaten,
Bewahre dich vor Krieg und Ruhm,
Vor Helden und Heldentaten.

Er schenke deinen Söhnen stets
Ein sehr gelindes Examen,
Und deine Töchter bringe er hübsch
Unter die Haube – Amen!

CAPUT XI

Das ist der Teutoburger Wald,
Den Tacitus beschrieben,
Das ist der klassische Morast,
Wo Varus stecken geblieben.

Hier schlug ihn der Cheruskerfürst,
Der Hermann, der edle Recke;
Die deutsche Nationalität,
Die siegte in diesem Drecke.

Wenn Hermann nicht die Schlacht gewann,
Mit seinen blonden Horden,
So gäb es deutsche Freiheit nicht mehr,
Wir wären römisch geworden!

In unserem Vaterland herrschten jetzt
Nur römische Sprache und Sitten,
Vestalen gäb es in München sogar,
Die Schwaben hießen Quiriten!

Der Hengstenberg wär ein Haruspex
Und grübelte in den Gedärmen
Von Ochsen. Neander wär ein Augur
Und schaute nach Vögelschwärmen.

Birch-Pfeiffer söffe Terpentin,
Wie einst die römischen Damen.
(Man sagt, daß sie dadurch den Urin
Besonders wohlriechend bekamen.)

Der Raumer wäre kein deutscher Lump,
Er wäre ein römscher Lumpacius.
Der Freiligrath dichtete ohne Reim,
Wie weiland Flaccus Horatius.

Der grobe Bettler, Vater Jahn,
Der hieße jetzt Grobianus.
Me hercule! Maßmann spräche Latein,
Der Marcus Tullius Maßmanus!

Die Wahrheitsfreunde würden jetzt
Mit Löwen, Hyänen, Schakalen
Sich raufen in der Arena, anstatt
Mit Hunden in kleinen Journalen.

Wir hätten Einen Nero jetzt
Statt Landesväter drei Dutzend.
Wir schnitten uns die Adern auf,
Den Schergen der Knechtschaft trutzend.

Der Schelling wär ganz ein Seneca,
Und käme in solchem Konflikt um.
Zu unsrem Cornelius sagten wir:
Cacatum non est pictum.

Gottlob! Der Hermann gewann die Schlacht,
Die Römer wurden vertrieben,
Varus mit seinen Legionen erlag,
Und wir sind Deutsche geblieben!

Wir blieben deutsch, wir sprechen deutsch,
Wie wir es gesprochen haben;
Der Esel heißt Esel, nicht asinus,
Die Schwaben blieben Schwaben.

Der Raumer blieb ein deutscher Lump
Und kriegt den Adlerorden.
In Reimen dichtet Freiligrath,
Ist kein Horaz geworden.

Gottlob, der Maßmann spricht kein Latein,
Birch-Pfeiffer schreibt nur Dramen
Und säuft nicht schnöden Terpentin
Wie Roms galante Damen.

O Hermann, dir verdanken wir das!
Drum wird dir, wie sich gebühret,
Zu Detmold ein Monument gesetzt;
Hab selber subskribieret.

CAPUT XII

Im nächtlichen Walde humpelt dahin
Die Chaise. Da kracht es plötzlich –
Ein Rad ging los. Wir halten still.
Das ist nicht sehr ergötzlich.

Der Postillon steigt ab und eilt
Ins Dorf, und ich verweile
Um Mitternacht allein im Wald.
Ringsum ertönt ein Geheule.

Das sind die Wölfe, die heulen so wild,
Mit ausgehungerten Stimmen.
Wie Lichter in der Dunkelheit
Die feurigen Augen glimmen.

Sie hörten von meiner Ankunft gewiß,
Die Bestien, und mir zu Ehre
Illuminierten sie den Wald
Und singen sie ihre Chöre.

Das ist ein Ständchen, ich merke es jetzt,
Ich soll gefeiert werden!
Ich warf mich gleich in Positur
Und sprach mit gerührten Gebärden:

»Mitwölfe! Ich bin glücklich heut
In Eurer Mitte zu weilen,
Wo so viel edle Gemüter mir
Mit Liebe entgegenheulen.

Was ich in diesem Augenblick
Empfinde, ist unermeßlich;
Ach! diese schöne Stunde bleibt
Mir ewig unvergeßlich.

Ich danke Euch für das Vertraun,
Womit Ihr mich beehret
Und das Ihr in jeder Prüfungszeit
Durch treue Beweise bewähret.

Mitwölfe! Ihr zweifeltet nie an mir,
Ihr ließet Euch nicht fangen
Von Schelmen, die Euch gesagt, ich sei
Zu den Hunden übergegangen,

Ich sei abtrünnig und werde bald
Hofrat in der Lämmerhürde –
Dergleichen zu widersprechen war
Ganz unter meiner Würde.

Der Schafpelz, den ich umgehängt
Zuweilen, um mich zu wärmen,
Glaubt mirs, er brachte mich nie dahin,
Für das Glück der Schafe zu schwärmen.

Ich bin kein Schaf, ich bin kein Hund,
Kein Hofrat und kein Schellfisch –
Ich bin ein Wolf geblieben, mein Herz
Und meine Zähne sind wölfisch.

Ich bin ein Wolf und werde stets
Auch heulen mit den Wölfen –
Ja, zählt auf mich und helft Euch selbst,
Dann wird auch Gott Euch helfen!«

Das war die Rede, die ich hielt,
Ganz ohne Vorbereitung;
Verstümmelt hat Kolb sie abgedruckt
In der Allgemeinen Zeitung.

CAPUT XIII

Die Sonne ging auf bei Paderborn,
Mit sehr verdroßner Gebärde.
Sie treibt in der Tat ein verdrießlich Geschäft –
Beleuchtet die dumme Erde!

Hat sie die eine Seite erhellt,
Und bringt sie mit strahlender Eile
Der andern ihr Licht, so verdunkelt schon
Sich jene mittlerweile.

Der Stein entrollt dem Sisyphus,
Der Danaiden Tonne
Wird nie gefüllt, und den Erdenball
Beleuchtet vergeblich die Sonne! –

Und als der Morgennebel zerrann,
Da sah ich am Wege ragen,
Im Frührotschein, das Bild des Manns,
Der an das Kreuz geschlagen.

Mit Wehmut erfüllt mich jedesmal
Dein Anblick, mein armer Vetter,
Der du die Welt erlösen gewollt,
Du Narr, du Menschheitsretter!

Sie haben dir übel mitgespielt,
Die Herren vom hohen Rate.
Wer hieß dich auch reden so rücksichtslos
Von der Kirche und vom Staate!

Zu deinem Malheur war die Buchdruckerei
Noch nicht in jenen Tagen
Erfunden; du hättest geschrieben ein Buch
Über die Himmelsfragen.

Der Zensor hätte gestrichen darin
Was etwa anzüglich auf Erden,
Und liebend bewahrte dich die Zensur
Vor dem Gekreuzigtwerden.

Ach! hättest du nur einen andern Text
Zu deiner Bergpredigt genommen,
Besaßest ja Geist und Talent genug,
Und konntest schonen die Frommen!

Geldwechsler, Bankiers, hast du sogar
Mit der Peitsche gejagt aus dem Tempel –
Unglücklicher Schwärmer, jetzt hängst du am Kreuz
Als warnendes Exempel!

CAPUT XIV

Ein feuchter Wind, ein kahles Land,
Die Chaise wackelt im Schlamme,
Doch singt es und klingt es in meinem Gemüt:
Sonne, du klagende Flamme!

Das ist der Schlußreim des alten Lieds,
Das oft meine Amme gesungen –
»Sonne, du klagende Flamme!« das hat
Wie Waldhornruf geklungen.

Es kommt im Lied ein Mörder vor,
Der lebt' in Lust und Freude;
Man findet ihn endlich im Walde gehenkt,
An einer grauen Weide.

Des Mörders Todesurteil war
Genagelt am Weidenstamme;
Das haben die Rächer der Feme getan –
Sonne, du klagende Flamme!

Die Sonne war Kläger, sie hatte bewirkt,
Daß man den Mörder verdamme.
Ottilie hatte sterbend geschrien:
Sonne, du klagende Flamme!

Und denk ich des Liedes, so denk ich auch
Der Amme, der lieben Alten;
Ich sehe wieder ihr braunes Gesicht,
Mit allen Runzeln und Falten.

Sie war geboren im Münsterland,
Und wußte, in großer Menge,
Gespenstergeschichten, grausenhaft,
Und Märchen und Volksgesänge.

Wie pochte mein Herz, wenn die alte Frau
Von der Königstochter erzählte,
Die einsam auf der Heide saß
Und die goldnen Haare strählte.

Die Gänse mußte sie hüten dort
Als Gänsemagd, und trieb sie
Am Abend die Gänse wieder durchs Tor,
Gar traurig stehen blieb sie.

Denn angenagelt über dem Tor
Sah sie ein Roßhaupt ragen,
Das war der Kopf des armen Pferds,
Das sie in die Fremde getragen.

Die Königstochter seufzte tief:
O Falada, daß du hangest!
Der Pferdekopf herunter rief:
O wehe! daß du gangest!

Die Königstochter seufzte tief:
Wenn das meine Mutter wüßte!
Der Pferdekopf herunter rief:
Ihr Herze brechen müßte!

Mit stockendem Atem horchte ich hin,
Wenn die Alte ernster und leiser
Zu sprechen begann und vom Rotbart sprach,
Von unserem heimlichen Kaiser.

Sie hat mir versichert, er sei nicht tot,
Wie da glauben die Gelehrten,
Er hause versteckt in einem Berg
Mit seinen Waffengefährten.

Kyffhäuser ist der Berg genannt,
Und drinnen ist eine Höhle;
Die Ampeln erhellen so geisterhaft
Die hochgewölbten Säle.

Ein Marstall ist der erste Saal,
Und dorten kann man sehen
Viel tausend Pferde, blankgeschirrt,
Die an den Krippen stehen.

Sie sind gesattelt und gezäumt,
Jedoch von diesen Rossen
Kein einziges wiehert, kein einziges stampft,
Sind still, wie aus Eisen gegossen.

Im zweiten Saale, auf der Streu,
Sieht man Soldaten liegen,
Viel tausend Soldaten, bärtiges Volk,
Mit kriegerisch trotzigen Zügen.

Sie sind gerüstet von Kopf bis Fuß,
Doch alle diese Braven,
Sie rühren sich nicht, bewegen sich nicht,
Sie liegen fest und schlafen.

Hochaufgestapelt im dritten Saal
Sind Schwerter, Streitäxte, Speere,
Harnische, Helme, von Silber und Stahl,
Altfränkische Feuergewehre.

Sehr wenig Kanonen, jedoch genug,
Um eine Trophäe zu bilden.
Hoch ragt daraus eine Fahne hervor,
Die Farbe ist schwarz-rot-gülden.

Der Kaiser bewohnt den vierten Saal.
Schon seit Jahrhunderten sitzt er
Auf steinernem Stuhl, am steinernen Tisch,
Das Haupt auf den Armen stützt er.

Sein Bart, der bis zur Erde wuchs,
Ist rot wie Feuerflammen,
Zuweilen zwinkert er mit dem Aug,
Zieht manchmal die Braunen zusammen.

Schläft er oder denkt er nach?
Man kanns nicht genau ermitteln;
Doch wenn die rechte Stunde kommt,
Wird er gewaltig sich rütteln.

Die gute Fahne ergreift er dann
Und ruft: zu Pferd! zu Pferde!
Sein reisiges Volk erwacht und springt
Lautrasselnd empor von der Erde.

Ein jeder schwingt sich auf sein Roß,
Das wiehert und stampft mit den Hufen!
Sie reiten hinaus in die klirrende Welt,
Und die Trompeten rufen.

Sie reiten gut, sie schlagen gut,
Sie haben ausgeschlafen.
Der Kaiser hält ein strenges Gericht,
Er will die Mörder bestrafen –

Die Mörder, die gemeuchelt einst
Die teure, wundersame,
Goldlockigte Jungfrau Germania –
Sonne, du klagende Flamme!

Wohl mancher, der sich geborgen geglaubt,
Und lachend auf seinem Schloß saß,
Er wird nicht entgehen dem rächenden Strang,
Dem Zorne Barbarossas! – – –

Wie klingen sie lieblich, wie klingen sie süß,
Die Märchen der alten Amme!
Mein abergläubisches Herze jauchzt:
Sonne, du klagende Flamme!

CAPUT XV

Ein feiner Regen prickelt herab,
Eiskalt, wie Nähnadelspitzen.
Die Pferde bewegen traurig den Schwanz,
Sie waten im Kot und schwitzen.

Der Postillon stößt in sein Horn,
Ich kenne das alte Getute –
»Es reiten drei Reiter zum Tor hinaus!« –
Es wird mir so dämmrig zu Mute.

Mich schläferte und ich entschlief,
Und siehe! mir träumte am Ende,
Daß ich mich in dem Wunderberg
Beim Kaiser Rotbart befände.

Er saß nicht mehr auf steinernem Stuhl,
Am steinernen Tisch, wie ein Steinbild;
Auch sah er nicht so ehrwürdig aus,
Wie man sich gewöhnlich einbildt.

Er watschelte durch die Säle herum
Mit mir im trauten Geschwätze.
Er zeigte wie ein Antiquar
Mir seine Kuriosa und Schätze.

Im Saale der Waffen erklärte er mir,
Wie man sich der Kolben bediene,
Von einigen Schwertern rieb er den Rost
Mit seinem Hermeline.

Er nahm ein Pfauenwedel zur Hand,
Und reinigte vom Staube
Gar manchen Harnisch, gar manchen Helm,
Auch manche Pickelhaube.

Die Fahne stäubte er gleichfalls ab,
Und er sprach: »Mein größter Stolz ist,
Daß noch keine Motte die Seide zerfraß,
Und auch kein Wurm im Holz ist.«

Und als wir kamen in den Saal,
Wo schlafend am Boden liegen
Viel tausend Krieger, kampfbereit,
Der Alte sprach mit Vergnügen:

»Hier müssen wir leiser reden und gehn,
Damit wir nicht wecken die Leute;
Wieder verflossen sind hundert Jahr,
Und Löhnungstag ist heute.«

Und siehe! der Kaiser nahte sich sacht
Den schlafenden Soldaten,
Und steckte heimlich in die Tasch
Jedwedem einen Dukaten.

Er sprach mit schmunzelndem Gesicht,
Als ich ihn ansah verwundert:
»Ich zahle einen Dukaten per Mann,
Als Sold, nach jedem Jahrhundert.«

Im Saale, wo die Pferde stehn
In langen, schweigenden Reihen,
Da rieb der Kaiser sich die Händ,
Schien sonderbar sich zu freuen.

Er zählte die Gäule, Stück vor Stück,
Und klätschelte ihnen die Rippen;
Er zählte und zählte, mit ängstlicher Hast
Bewegten sich seine Lippen.

»Das ist noch nicht die rechte Zahl« –
Sprach er zuletzt verdrossen –
»Soldaten und Waffen hab ich genung,
Doch fehlt es noch an Rossen.

»Roßkämme habe ich ausgeschickt
In alle Welt, die kaufen
Für mich die besten Pferde ein,
Hab schon einen guten Haufen.

»Ich warte, bis die Zahl komplett,
Dann schlag ich los und befreie
Mein Vaterland, mein deutsches Volk,
Das meiner harret mit Treue.«

So sprach der Kaiser, ich aber rief:
Schlag los, du alter Geselle,
Schlag los, und hast du nicht Pferde genug,
Nimm Esel an ihrer Stelle.

Der Rotbart erwiderte lächelnd: »Es hat
Mit dem Schlagen gar keine Eile,
Man baute nicht Rom in einem Tag,
Gut Ding will haben Weile.

»Wer heute nicht kommt, kommt morgen gewiß,
Nur langsam wächst die Eiche,
Und chi va piano va sano, so heißt
Das Sprüchwort im römischen Reiche.«

CAPUT XVI

Das Stoßen des Wagens weckte mich auf,
Doch sanken die Augenlider
Bald wieder zu, und ich entschlief
Und träumte vom Rotbart wieder.

Ging wieder schwatzend mit ihm herum
Durch alle die hallenden Säle;
Er frug mich dies, er frug mich das,
Verlangte, daß ich erzähle.

Er hatte aus der Oberwelt
Seit vielen, vielen Jahren,
Wohl seit dem siebenjährigen Krieg,
Kein Sterbenswort erfahren.

Er frug nach Moses Mendelssohn,
Nach der Karschin, mit Intresse
Frug er nach der Gräfin Dubarry,
Des fünfzehnten Ludwigs Mätresse.

O Kaiser, rief ich, wie bist du zurück!
Der Moses ist längst gestorben,
Nebst seiner Rebekka, auch Abraham,
Der Sohn, ist gestorben, verdorben.

Der Abraham hatte mit Lea erzeugt
Ein Bübchen, Felix heißt er,
Der brachte es weit im Christentum,
Ist schon Kapellenmeister.

Die alte Karschin ist gleichfalls tot,
Auch die Tochter ist tot, die Klenke;
Helmine Chézy, die Enkelin,
Ist noch am Leben, ich denke.

Die Dubarry lebte lustig und flott,
Solange Ludwig regierte,
Der Fünfzehnte nämlich, sie war schon alt,
Als man sie guillotinierte.

Der König Ludwig der Fünfzehnte starb
Ganz ruhig in seinem Bette,
Der Sechzehnte aber ward guillotiniert
Mit der Königin Antoinette.

Die Königin zeigte großen Mut,
Ganz wie es sich gebührte,
Die Dübarry aber weinte und schrie,
Als man sie guillotinierte. – –

Der Kaiser blieb plötzlich stille stehn,
Und sah mich an mit den stieren
Augen und sprach: »Um Gotteswilln,
Was ist das, guillotinieren?«

Das Guillotinieren – erklärte ich ihm –
Ist eine neue Methode,
Womit man die Leute jeglichen Stands
Vom Leben bringt zu Tode.

Bei dieser Methode bedient man sich
Auch einer neuen Maschine,
Die hat erfunden Herr Guillotin,
Drum nennt man sie Guillotine.

Du wirst hier an ein Brett geschnallt; –
Das senkt sich; – du wirst geschoben
Geschwinde zwischen zwei Pfosten; – es hängt
Ein dreieckig Beil ganz oben; –

Man zieht eine Schnur, dann schießt herab
Das Beil, ganz lustig und munter; –
Bei dieser Gelegenheit fällt dein Kopf
In einen Sack hinunter.

Der Kaiser fiel mir in die Red:
»Schweig still, von deiner Maschine
Will ich nichts wissen, Gott bewahr,
Daß ich mich ihrer bediene!

Der König und die Königin!
Geschnallt! an einem Brette!
Das ist ja gegen allen Respekt
Und alle Etikette!

Und du, wer bist du, daß du es wagst,
Mich so vertraulich zu duzen?
Warte, du Bürschchen, ich werde dir schon
Die kecken Flügel stutzen!

Es regt mir die innerste Galle auf,
Wenn ich dich höre sprechen,
Dein Odem schon ist Hochverrat
Und Majestätsverbrechen!«

Als solchermaßen in Eifer geriet
Der Alte und sonder Schranken
Und Schonung mich anschnob, da platzten heraus
Auch mir die geheimsten Gedanken.

Herr Rotbart – rief ich laut – du bist
Ein altes Fabelwesen,
Geh, leg dich schlafen, wir werden uns
Auch ohne dich erlösen.

Die Republikaner lachen uns aus,
Sehn sie an unserer Spitze
So ein Gespenst mit Zepter und Kron;
Sie rissen schlechte Witze.

Auch deine Fahne gefällt mir nicht mehr,
Die altdeutschen Narren verdarben
Mir schon in der Burschenschaft die Lust
An den schwarz-rot-goldnen Farben.

Das beste wäre, du bliebest zu Haus,
Hier in dem alten Kyffhäuser –
Bedenk ich die Sache ganz genau,
So brauchen wir gar keinen Kaiser.

CAPUT XVII

Ich habe mich mit dem Kaiser gezankt
Im Traum, im Traum versteht sich, –
Im wachenden Zustand sprechen wir nicht
Mit Fürsten so widersetzig.

Nur träumend, im idealen Traum,
Wagt ihnen der Deutsche zu sagen
Die deutsche Meinung, die er so tief
Im treuen Herzen getragen.

Als ich erwacht', fuhr ich einem Wald
Vorbei, der Anblick der Bäume,
Der nackten hölzernen Wirklichkeit,
Verscheuchte meine Träume.

Die Eichen schüttelten ernsthaft das Haupt,
Die Birken und Birkenreiser
Sie nickten so warnend – und ich rief:
Vergib mir, mein teurer Kaiser!

Vergib mir, o Rotbart, das rasche Wort!
Ich weiß, du bist viel weiser
Als ich, ich habe so wenig Geduld –
Doch komme du bald, mein Kaiser!

Behagt dir das Guillotinieren nicht,
So bleib bei den alten Mitteln:
Das Schwert für Edelleute, der Strick
Für Bürger und Bauern in Kitteln.

Nur manchmal wechsle ab, und laß
Den Adel hängen, und köpfe
Ein bißchen die Bürger und Bauern, wir sind
Ja alle Gottesgeschöpfe.

Stell wieder her das Halsgericht,
Das peinliche Karls des Fünften,
Und teile wieder ein das Volk
Nach Ständen, Gilden und Zünften.

Das alte heilige römische Reich,
Stells wieder her, das ganze,
Gib uns den modrigsten Plunder zurück
Mit allem Firlifanze.

Das Mittelalter, immerhin,
Das wahre, wie es gewesen,
Ich will es ertragen – erlöse uns nur
Von jenem Zwitterwesen,

Von jenem Kamaschenrittertum,
Das ekelhaft ein Gemisch ist
Von gotischem Wahn und modernem Lug,
Das weder Fleisch noch Fisch ist.

Jag fort das Komödiantenpack,
Und schließe die Schauspielhäuser,
Wo man die Vorzeit parodiert –
Komme du bald, o Kaiser!

CAPUT XVIII

Minden ist eine feste Burg,
Hat gute Wehr und Waffen!
Mit preußischen Festungen hab ich jedoch
Nicht gerne was zu schaffen.

Wir kamen dort an zur Abendzeit,
Die Planken der Zugbrück stöhnten
So schaurig, als wir hinübergerollt;
Die dunklen Gräben gähnten.

Die hohen Bastionen schauten mich an,
So drohend und verdrossen;
Das große Tor ging rasselnd auf,
Ward rasselnd wieder geschlossen.

Ach! meine Seele ward betrübt,
Wie des Odysseus Seele,
Als er gehört, daß Polyphem
Den Felsblock schob vor die Höhle.

Es trat an den Wagen ein Korporal
Und frug uns: wie wir hießen?
Ich heiße Niemand, bin Augenarzt
Und steche den Star den Riesen.

Im Wirtshaus ward mir noch schlimmer zu Mut,
Das Essen wollt mir nicht schmecken.
Ging schlafen sogleich, doch schlief ich nicht,
Mich drückten so schwer die Decken.

Es war ein breites Federbett,
Gardinen von rotem Damaste,
Der Himmel von verblichenem Gold,
Mit einem schmutzigen Quaste.

Verfluchter Quast! der die ganze Nacht
Die liebe Ruhe mir raubte!
Er hing mir, wie des Damokles Schwert,
So drohend über dem Haupte!

Schien manchmal ein Schlangenkopf zu sein,
Und ich hörte ihn heimlich zischen:
Du bist und bleibst in der Festung jetzt,
Du kannst nicht mehr entwischen!

O daß ich wäre – seufzte ich –
Daß ich zu Hause wäre,
Bei meiner lieben Frau in Paris,
Im Faubourg-Poissonière!

Ich fühlte, wie über die Stirne mir
Auch manchmal etwas gestrichen,
Gleich einer kalten Zensorhand,
Und meine Gedanken wichen –

Gendarmen in Leichenlaken gehüllt,
Ein weißes Spukgewirre,
Umringte mein Bett, ich hörte auch
Unheimliches Kettengeklirre.

Ach! die Gespenster schleppten mich fort
Und ich hab mich endlich befunden
An einer steilen Felsenwand;
Dort war ich festgebunden.

Der böse schmutzige Betthimmelquast!
Ich fand ihn gleichfalls wieder,
Doch sah er jetzt wie ein Geier aus,
Mit Krallen und schwarzem Gefieder.

Er glich dem preußischen Adler jetzt,
Und hielt meinen Leib umklammert;
Er fraß mir die Leber aus der Brust,
Ich habe gestöhnt und gejammert.

Ich jammerte lange – da krähte der Hahn,
Und der Fiebertraum erblaßte.
Ich lag zu Minden im schwitzenden Bett,
Der Adler ward wieder zum Quaste.

Ich reiste fort mit Extrapost,
Und schöpfte freien Odem
Erst draußen in der freien Natur,
Auf bückeburgschem Boden.

CAPUT XIX

Oh, Danton, du hast dich sehr geirrt
Und mußtest den Irrtum büßen!
Mitnehmen kann man das Vaterland
An den Sohlen, an den Füßen.

Das halbe Fürstentum Bückeburg
Blieb mir an den Stiefeln kleben;
So lehmigte Wege habe ich wohl
Noch nie gesehen im Leben.

Zu Bückeburg stieg ich ab in der Stadt,
Um dort zu betrachten die Stammburg,
Wo mein Großvater geboren ward;
Die Großmutter war aus Hamburg.

Ich kam nach Hannover um Mittagzeit,
Und ließ mir die Stiefel putzen.
Ich ging sogleich die Stadt zu besehn,
Ich reise gern mit Nutzen.

Mein Gott! da sieht es sauber aus!
Der Kot liegt nicht auf den Gassen.
Viel Prachtgebäude sah ich dort,
Sehr imponierende Massen.

Besonders gefiel mir ein großer Platz,
Umgeben von stattlichen Häusern;
Dort wohnt der König, dort steht sein Palast,
Er ist von schönem Äußern,

(Nämlich der Palast.) Vor dem Portal
Zu jeder Seite ein Schildhaus.
Rotröcke mit Flinten halten dort Wacht,
Sie sehen drohend und wild aus.

Mein Cicerone sprach: »Hier wohnt
Der Ernst Augustus, ein alter,
Hochtoryscher Lord, ein Edelmann,
Sehr rüstig für sein Alter.

Idyllisch sicher haust er hier,
Denn besser als alle Trabanten
Beschützet ihn der mangelnde Mut
Von unseren lieben Bekannten.

Ich seh ihn zuweilen, er klagt alsdann,
Wie gar langweilig das Amt sei,
Das Königsamt, wozu er jetzt
Hier in Hannover verdammt sei.

An großbritannisches Leben gewöhnt,
Sei es ihm hier zu enge,
Ihn plage der Spleen, er fürchte schier,
Daß er sich mal erhänge.

Vorgestern fand ich ihn traurig gebückt
Am Kamin, in der Morgenstunde;
Er kochte höchstselbst ein Lavement
Für seine kranken Hunde.«

CAPUT XX

Von Harburg fuhr ich in einer Stund
Nach Hamburg. Es war schon Abend.
Die Sterne am Himmel grüßten mich,
Die Luft war lind und labend.

Und als ich zu meiner Frau Mutter kam,
Erschrak sie fast vor Freude;
Sie rief: »mein liebes Kind!« und schlug
Zusammen die Hände beide.

»Mein liebes Kind, wohl dreizehn Jahr
Verflossen unterdessen!
Du wirst gewiß sehr hungrig sein –
Sag an, was willst du essen?

Ich habe Fisch und Gänsefleisch
Und schöne Apfelsinen.«
So gib mir Fisch und Gänsefleisch
Und schöne Apfelsinen.

Und als ich aß mit großem App'tit,
Die Mutter ward glücklich und munter,
Sie frug wohl dies, sie frug wohl das,
Verfängliche Fragen mitunter.

»Mein liebes Kind! und wirst du auch
Recht sorgsam gepflegt in der Fremde?
Versteht deine Frau die Haushaltung,
Und flickt sie dir Strümpfe und Hemde?«

Der Fisch ist gut, lieb Mütterlein,
Doch muß man ihn schweigend verzehren;
Man kriegt so leicht eine Grät in den Hals,
Du darfst mich jetzt nicht stören.

Und als ich den braven Fisch verzehrt,
Die Gans ward aufgetragen.
Die Mutter frug wieder wohl dies, wohl das,
Mitunter verfängliche Fragen.

»Mein liebes Kind! in welchem Land
Läßt sich am besten leben?
Hier oder in Frankreich? und welchem Volk
Wirst du den Vorzug geben?«

Die deutsche Gans, lieb Mütterlein,
Ist gut, jedoch die Franzosen,
Sie stopfen die Gänse besser als wir,
Auch haben sie bessere Saucen. –

Und als die Gans sich wieder empfahl,
Da machten ihre Aufwartung
Die Apfelsinen, sie schmeckten so süß,
Ganz über alle Erwartung.

Die Mutter aber fing wieder an
Zu fragen sehr vergnüglich,
Nach tausend Dingen, mitunter sogar
Nach Dingen, die sehr anzüglich.

»Mein liebes Kind! wie denkst du jetzt?
Treibst du noch immer aus Neigung
Die Politik? Zu welcher Partei
Gehörst du mit Überzeugung?«

Die Apfelsinen, lieb Mütterlein,
Sind gut, und mit wahrem Vergnügen
Verschlucke ich den süßen Saft,
Und ich lasse die Schalen liegen.

CAPUT XXI

Die Stadt, zur Hälfte abgebrannt,
Wird aufgebaut allmählig;
Wie 'n Pudel, der halb geschoren ist,
Sieht Hamburg aus, trübselig.

Gar manche Gassen fehlen mir,
Die ich nur ungern vermisse –
Wo ist das Haus, wo ich geküßt
Der Liebe erste Küsse?

Wo ist die Druckerei, wo ich
Die Reisebilder druckte?
Wo ist der Austerkeller, wo ich
Die ersten Austern schluckte?

Und der Dreckwall, wo ist der Dreckwall hin?
Ich kann ihn vergeblich suchen!
Wo ist der Pavillon, wo ich
Gegessen so manchen Kuchen?

Wo ist das Rathaus, worin der Senat
Und die Bürgerschaft gethronet?
Ein Raub der Flammen! Die Flamme hat
Das Heiligste nicht verschonet.

Die Leute seufzten noch vor Angst,
Und mit wehmütgem Gesichte
Erzählten sie mir vom großen Brand
Die schreckliche Geschichte:

»Es brannte an allen Ecken zugleich,
Man sah nur Rauch und Flammen!
Die Kirchentürme loderten auf
Und stürzten krachend zusammen.

Die alte Börse ist verbrannt,
Wo unsere Väter gewandelt
Und mit einander Jahrhunderte lang
So redlich als möglich gehandelt.

Die Bank, die silberne Seele der Stadt,
Und die Bücher, wo eingeschrieben
Jedweden Mannes Banko-Wert,
Gottlob! sie sind uns geblieben!

Gottlob! man kollektierte für uns
Selbst bei den fernsten Nationen –
Ein gutes Geschäft – die Kollekte betrug
Wohl an die acht Millionen.

Aus allen Ländern floß das Geld
In unsre offnen Hände,
Auch Viktualien nahmen wir an,
Verschmähten keine Spende.

Man schickte uns Kleider und Betten genug,
Auch Brot und Fleisch und Suppen!
Der König von Preußen wollte sogar
Uns schicken seine Truppen.

Der materielle Schaden ward
Vergütet, das ließ sich schätzen –
Jedoch den Schrecken, unseren Schreck,
Den kann uns niemand ersetzen!«

Aufmunternd sprach ich: Ihr lieben Leut,
Ihr müßt nicht jammern und flennen,
Troja war eine bessere Stadt
Und mußte doch verbrennen.

Baut Eure Häuser wieder auf
Und trocknet Eure Pfützen,
Und schafft Euch beßre Gesetze an
Und beßre Feuerspritzen.

Gießt nicht zu viel Cayenne-Piment
In Eure Mokturtelsuppen,
Auch Eure Karpfen sind Euch nicht gesund,
Ihr kocht sie so fett mit den Schuppen.

Kalkuten schaden Euch nicht viel,
Doch hütet Euch vor der Tücke
Des Vogels, der sein Ei gelegt
In des Bürgermeisters Perücke. – –

Wer dieser fatale Vogel ist,
Ich brauch es Euch nicht zu sagen –
Denk ich an ihn, so dreht sich herum
Das Essen in meinem Magen.

CAPUT XXII

Noch mehr verändert als die Stadt
Sind mir die Menschen erschienen,
Sie gehn so betrübt und gebrochen herum,
Wie wandelnde Ruinen.

Die mageren sind noch dünner jetzt,
Noch fetter sind die feisten,
Die Kinder sind alt, die Alten sind
Kindisch geworden, die meisten.

Gar manche, die ich als Kälber verließ,
Fand ich als Ochsen wieder;
Gar manches kleine Gänschen ward
Zur Gans mit stolzem Gefieder.

Die alte Gudel fand ich geschminkt
Und geputzt wie eine Sirene;
Hat schwarze Locken sich angeschafft
Und blendend weiße Zähne.

Am besten hat sich konserviert
Mein Freund, der Papierverkäufer;
Sein Haar ward gelb und umwallt sein Haupt,
Sieht aus wie Johannes der Täufer.

Den **** den sah ich nur von fern,
Er huschte mir rasch vorüber;
Ich höre, sein Geist ist abgebrannt
Und war versichert bei Biber.

Auch meinen alten Zensor sah
Ich wieder. Im Nebel, gebücket,
Begegnet er mir auf dem Gänsemarkt,
Schien sehr darnieder gedrücket.

Wir schüttelten uns die Hände, es schwamm
Im Auge des Manns eine Träne.
Wie freute er sich, mich wieder zu sehn!
Es war eine rührende Szene. –

Nicht alle fand ich. Mancher hat
Das Zeitliche gesegnet.
Ach! meinem Gumpelino sogar
Bin ich nicht mehr begegnet.

Der Edle hatte ausgehaucht
Die große Seele soeben,
Und wird als verklärter Seraph jetzt
Am Throne Jehovahs schweben.

Vergebens suchte ich überall
Den krummen Adonis, der Tassen
Und Nachtgeschirr von Porzellan
Feil bot in Hamburgs Gassen.

Sarras, der treue Pudel, ist tot.
Ein großer Verlust! Ich wette,
Daß Campe lieber ein ganzes Schock
Schriftsteller verloren hätte. – –

Die Population des Hamburger Staats
Besteht, seit Menschengedenken,
Aus Juden und Christen; es pflegen auch
Die letztren nicht viel zu verschenken.

Die Christen sind alle ziemlich gut,
Auch essen sie gut zu Mittag,
Und ihre Wechsel bezahlen sie prompt,
Noch vor dem letzten Respittag.

Die Juden teilen sich wieder ein
In zwei verschiedne Parteien;
Die Alten gehn in die Synagog,
Und in den Tempel die Neuen.

Die Neuen essen Schweinefleisch,
Zeigen sich widersetzig,
Sind Demokraten; die Alten sind
Vielmehr aristokrätzig.

Ich liebe die Alten, ich liebe die Neun –
Doch schwör ich, beim ewigen Gotte,
Ich liebe gewisse Fischchen noch mehr,
Man heißt sie geräucherte Sprotte.

CAPUT XXIII

Als Republik war Hamburg nie
So groß wie Venedig und Florenz,
Doch Hamburg hat bessere Austern; man speist
Die besten im Keller von Lorenz.

Es war ein schöner Abend, als ich
Mich hinbegab mit Campen;
Wir wollten mit einander dort
In Rheinwein und Austern schlampampen.

Auch gute Gesellschaft fand ich dort,
Mit Freude sah ich wieder
Manch alten Genossen, zum Beispiel Chaufepié,
Auch manche neue Brüder.

Da war der Wille, dessen Gesicht
Ein Stammbuch, worin mit Hieben
Die akademischen Feinde sich
Recht leserlich eingeschrieben.

Da war der Fucks, ein blinder Heid
Und persönlicher Feind des Jehovah,
Glaubt nur an Hegel und etwa noch
An die Venus des Canova.

Mein Campe war Amphitryo
Und lächelte vor Wonne;
Sein Auge strahlte Seligkeit,
Wie eine verklärte Madonne.

Ich aß und trank, mit gutem App'tit,
Und dachte in meinem Gemüte.
»Der Campe ist wirklich ein großer Mann,
Ist aller Verleger Blüte.

Ein andrer Verleger hätte mich
Vielleicht verhungern lassen,
Der aber gibt mir zu trinken sogar;
Werde ihn niemals verlassen.

Ich danke dem Schöpfer in der Höh,
Der diesen Saft der Reben
Erschuf, und zum Verleger mir
Den Julius Campe gegeben!

Ich danke dem Schöpfer in der Höh,
Der, durch sein großes Werde,
Die Austern erschaffen in der See
Und den Rheinwein auf der Erde!

Der auch Zitronen wachsen ließ,
Die Austern zu betauen –
Nun laß mich, Vater, diese Nacht
Das Essen gut verdauen!«

Der Rheinwein stimmt mich immer weich
Und löst jedwedes Zerwürfnis
In meiner Brust, entzündet darin
Der Menschenliebe Bedürfnis.

Es treibt mich aus dem Zimmer hinaus,
Ich muß in den Straßen schlendern;
Die Seele sucht eine Seele und späht
Nach zärtlich weißen Gewändern.

In solchen Momenten zerfließe ich fast
Vor Wehmut und vor Sehnen;
Die Katzen scheinen mir alle grau,
Die Weiber alle Helenen. – – –

Und als ich auf die Drehbahn kam,
Da sah ich im Mondenschimmer
Ein hehres Weib, ein wunderbar
Hochbusiges Frauenzimmer.

Ihr Antlitz war rund und kerngesund,
Die Augen wie blaue Turkoasen,
Die Wangen wie Rosen, wie Kirschen der Mund,
Auch etwas rötlich die Nase.

Ihr Haupt bedeckte eine Mütz
Von weißem gesteiftem Linnen,
Gefältelt wie eine Mauerkron,
Mit Türmchen und zackigen Zinnen.

Sie trug eine weiße Tunika,
Bis an die Waden reichend.
Und welche Waden! Das Fußgestell
Zwei dorischen Säulen gleichend.

Die weltlichste Natürlichkeit
Konnt man in den Zügen lesen;
Doch das übermenschliche Hinterteil
Verriet ein höheres Wesen.

Sie trat zu mir heran und sprach:
»Willkommen an der Elbe,
Nach dreizehnjährger Abwesenheit –
Ich sehe, du bist noch derselbe!

Du suchst die schönen Seelen vielleicht,
Die dir so oft begegent
Und mit dir geschwärmt die Nacht hindurch,
In dieser schönen Gegend.

Das Leben verschlang sie, das Ungetüm,
Die hundertköpfige Hyder;
Du findest nicht die alte Zeit
Und die Zeitgenössinnen wieder!

Du findest die holden Blumen nicht mehr,
Die das junge Herz vergöttert;
Hier blühten sie – jetzt sind sie verwelkt,
Und der Sturm hat sie entblättert.

Verwelkt, entblättert, zertreten sogar
Von rohen Schicksalsfüßen –
Mein Freund, das ist auf Erden das Los
Von allem Schönen und Süßen!«

Wer bist du? – rief ich – du schaust mich an
Wie 'n Traum aus alten Zeiten –
Wo wohnst du, großes Frauenbild?
Und darf ich dich begleiten?

Da lächelte das Weib und sprach:
»Du irrst dich, ich bin eine feine,
Anständge, moralische Person;
Du irrst dich, ich bin nicht so Eine.

Ich bin nicht so eine kleine Mamsell,
So eine welsche Lorettin –
Denn wisse: ich bin Hammonia,
Hamburgs beschützende Göttin!

Du stutzest und erschreckst sogar,
Du sonst so mutiger Sänger!
Willst du mich noch begleiten jetzt?
Wohlan, so zögre nicht länger.«

Ich aber lachte laut und rief:
Ich folge auf der Stelle –
Schreit du voran, ich folge dir,
Und ging es in die Hölle!

CAPUT XXIV

Wie ich die enge Sahltrepp hinauf
Gekommen, ich kann es nicht sagen;
Es haben unsichtbare Geister mich
Vielleicht hinaufgetragen.

Hier, in Hammonias Kämmerlein,
Verflossen mir schnell die Stunden.
Die Göttin gestand die Sympathie,
Die sie immer für mich empfunden.

»Siehst du« – sprach sie – »in früherer Zeit
War mir am meisten teuer
Der Sänger, der den Messias besang
Auf seiner frommen Leier.

Dort auf der Kommode steht noch jetzt
Die Büste von meinem Klopstock,
Jedoch seit Jahren dient sie mir
Nur noch als Haubenkopfstock.

Du bist mein Liebling jetzt, es hängt
Dein Bildnis zu Häupten des Bettes;
Und, siehst du, ein frischer Lorbeer umkränzt
Den Rahmen des holden Porträtes.

Nur daß du meine Söhne so oft
Genergelt, ich muß es gestehen,
Hat mich zuweilen tief verletzt;
Das darf nicht mehr geschehen.

Es hat die Zeit dich hoffentlich
Von solcher Unart geheilet,
Und dir eine größere Toleranz
Sogar für Narren erteilet.

Doch sprich, wie kam der Gedanke dir,
Zu reisen nach dem Norden
In solcher Jahrzeit? Das Wetter ist
Schon winterlich geworden!«

O meine Göttin! – erwiderte ich –
Es schlafen tief im Grunde
Des Menschenherzens Gedanken, die oft
Erwachen zur unrechten Stunde.

Es ging mir äußerlich ziemlich gut,
Doch innerlich war ich beklommen,
Und die Beklemmnis täglich wuchs –
Ich hatte das Heimweh bekommen.

Die sonst so leichte französische Luft,
Sie fing mich an zu drücken;
Ich mußte Atem schöpfen hier
In Deutschland, um nicht zu ersticken.

Ich sehnte mich nach Torfgeruch,
Nach deutschem Tabaksdampfe;
Es bebte mein Fuß vor Ungeduld,
Daß er deutschen Boden stampfe.

Ich seufzte des Nachts, und sehnte mich,
Daß ich sie wiedersähe,
Die alte Frau, die am Dammtor wohnt;
Das Lottchen wohnt in der Nähe.

Auch jenem edlen alten Herrn,
Der immer mich ausgescholten
Und immer großmütig beschützt, auch ihm
Hat mancher Seufzer gegolten.

Ich wollte wieder aus seinem Mund
Vernehmen den »dummen Jungen!«
Das hat mir immer wie Musik
Im Herzen nachgeklungen.

Ich sehnte mich nach dem blauen Rauch,
Der aufsteigt aus deutschen Schornsteinen,
Nach niedersächsischen Nachtigalln,
Nach stillen Buchenhainen.

Ich sehnte mich nach den Plätzen sogar,
Nach jenen Leidensstationen,
Wo ich geschleppt das Jugendkreuz
Und meine Dornenkronen.

Ich wollte weinen, wo ich einst
Geweint die bittersten Tränen –
Ich glaube, Vaterlandsliebe nennt
Man dieses törigte Sehnen.

Ich spreche nicht gern davon; es ist
Nur eine Krankheit im Grunde.
Verschämten Gemütes, verberge ich stets
Dem Publiko meine Wunde.

Fatal ist mir das Lumpenpack,
Das, um die Herzen zu rühren,
Den Patriotismus trägt zur Schau
Mit allen seinen Geschwüren.

Schamlose schäbbige Bettler sinds,
Almosen wollen sie haben –
Ein'n Pfennig Popularität
Für Menzel und seine Schwaben!

O meine Göttin, du hast mich heut
In weicher Stimmung gefunden;
Bin etwas krank, doch pfleg ich mich,
Und ich werde bald gesunden.

Ja, ich bin krank, und du könntest mir
Die Seele sehr erfrischen
Durch eine gute Tasse Tee;
Du mußt ihn mit Rum vermischen.

CAPUT XXV

Die Göttin hat mir Tee gekocht
Und Rum hineingegossen;
Sie selber aber hat den Rum
Ganz ohne Tee genossen.

An meine Schulter lehnte sie
Ihr Haupt (die Mauerkrone,
Die Mütze, ward etwas zerknittert davon)
Und sie sprach mit sanftem Tone:

»Ich dachte manchmal mit Schrecken dran,
Daß du in dem sittenlosen
Paris so ganz ohne Aufsicht lebst,
Bei jenen frivolen Franzosen.

Du schlenderst dort herum und hast
Nicht mal an deiner Seite
Einen treuen deutschen Verleger, der dich
Als Mentor warne und leite.

Und die Verführung ist dort so groß,
Dort gibt es so viele Sylphiden,
Die ungesund, und gar zu leicht
Verliert man den Seelenfrieden.

Geh nicht zurück und bleib bei uns;
Hier herrschen noch Zucht und Sitte,
Und manches stille Vergnügen blüht
Auch hier, in unserer Mitte.

Bleib bei uns in Deutschland, es wird dir hier
Jetzt besser als ehmals munden;
Wir schreiten fort, du hast gewiß
Den Fortschritt selbst gefunden.

Auch die Zensur ist nicht mehr streng,
Hoffmann wird älter und milder
Und streicht nicht mehr mit Jugendzorn
Dir deine Reisebilder.

Du selbst bist älter und milder jetzt,
Wirst dich in manches schicken,
Und wirst sogar die Vergangenheit
In besserem Lichte erblicken.

Ja, daß es uns früher so schrecklich ging,
In Deutschland, ist Übertreibung;
Man konnte entrinnen der Knechtschaft, wie einst
In Rom, durch Selbstentleibung.

Gedankenfreiheit genoß das Volk,
Sie war für die großen Massen,
Beschränkung traf nur die gringe Zahl
Derjengen, die drucken lassen.

Gesetzlose Willkür herrschte nie,
Dem schlimmsten Demagogen
Ward niemals ohne Urteilspruch
Die Staatskokarde entzogen.

So übel war es in Deutschland nie,
Trotz aller Zeitbedrängnis –
Glaub mir, verhungert ist nie ein Mensch
In einem deutschen Gefängnis.

Es blühte in der Vergangenheit
So manche schöne Erscheinung
Des Glaubens und der Gemütlichkeit;
Jetzt herrscht nur Zweifel, Verneinung.

Die praktische äußere Freiheit wird einst
Das Ideal vertilgen,
Das wir im Busen getragen – es war
So rein wie der Traum der Liljen!

Auch unsre schöne Poesie
Erlischt, sie ist schon ein wenig
Erloschen; mit andern Königen stirbt
Auch Freiligraths Mohrenkönig.

Der Enkel wird essen und trinken genug,
Doch nicht in beschaulicher Stille;
Es poltert heran ein Spektakelstück,
Zu Ende geht die Idylle.

O könntest du schweigen, ich würde dir
Das Buch des Schicksals entsiegeln,
Ich ließe dir spätere Zeiten sehn
In meinen Zauberspiegeln.

Was ich den sterblichen Menschen nie
Gezeigt, ich möcht es dir zeigen:
Die Zukunft deines Vaterlands –
Doch ach! du kannst nicht schweigen!«

Mein Gott, o Göttin! – rief ich entzückt –
Das wäre mein größtes Vergnügen,
Laß mich das künftige Deutschland sehn –
Ich bin ein Mann und verschwiegen.

Ich will dir schwören jeden Eid,
Den du nur magst begehren,
Mein Schweigen zu verbürgen dir –
Sag an, wie soll ich schwören?

Doch jene erwiderte: »Schwöre mir
In Vater Abrahams Weise,
Wie er Eliesern schwören ließ,
Als dieser sich gab auf die Reise.

Heb auf das Gewand und lege die Hand
Hier unten an meine Hüften,
Und schwöre mir Verschwiegenheit
In Reden und in Schriften!«

Ein feierlicher Moment! Ich war
Wie angeweht vom Hauche
Der Vorzeit, als ich schwur den Eid,
Nach uraltem Erzväterbrauche.

Ich hob das Gewand der Göttin auf
Und legte an ihre Hüften
Die Hand, gelobend Verschwiegenheit
In Reden und in Schriften.

CAPUT XXVI

Die Wangen der Göttin glühten so rot
(Ich glaube, in die Krone
Stieg ihr der Rum), und sie sprach zu mir
In sehr wehmütigem Tone:

»Ich werde alt. Geboren bin ich
Am Tage von Hamburgs Begründung.
Die Mutter war Schellfischkönigin
Hier an der Elbe Mündung.

Mein Vater war ein großer Monarch,
Carolus Magnus geheißen,
Er war noch mächtger und klüger sogar
Als Friedrich der Große von Preußen.

Der Stuhl ist zu Aachen, auf welchem er
Am Tage der Krönung ruhte;
Den Stuhl, worauf er saß in der Nacht,
Den erbte die Mutter, die gute.

Die Mutter hinterließ ihn mir,
Ein Möbel von scheinlosem Äußern,
Doch böte mir Rothschild all sein Geld,
Ich würde ihn nicht veräußern.

Siehst du, dort in dem Winkel steht
Ein alter Sessel, zerrissen
Das Leder der Lehne, von Mottenfraß
Zernagt das Polsterkissen.

Doch gehe hin und hebe auf
Das Kissen von dem Sessel,
Du schaust eine runde Öffnung dann,
Darunter einen Kessel –

Das ist ein Zauberkessel, worin
Die magischen Kräfte brauen,
Und steckst du in die Ründung den Kopf,
So wirst du die Zukunft schauen –

Die Zukunft Deutschlands erblickst du hier,
Gleich wogenden Phantasmen,
Doch schaudre nicht, wenn aus dem Wust
Aufsteigen die Miasmen!«

Sie sprachs und lachte sonderbar,
Ich aber ließ mich nicht schrecken,
Neugierig eilte ich, den Kopf
In die furchtbare Ründung zu stecken.

Was ich gesehn, verrate ich nicht,
Ich habe zu schweigen versprochen,
Erlaubt ist mir zu sagen kaum,
O Gott! was ich gerochen! – – –

Ich denke mit Widerwillen noch
An jene schnöden, verfluchten
Vorspielgerüche, das schien ein Gemisch
Von altem Kohl und Juchten.

Entsetzlich waren die Düfte, o Gott!
Die sich nachher erhuben;
Es war, als fegte man den Mist
Aus sechsunddreißig Gruben. – – –

Ich weiß wohl, was Saint-Just gesagt
Weiland im Wohlfahrtsausschuß:
Man heile die große Krankheit nicht
Mit Rosenöl und Moschus –

Doch dieser deutsche Zukunftsduft
Mocht alles überragen,
Was meine Nase je geahnt –
Ich konnt es nicht länger ertragen – – –

Mir schwanden die Sinne, und als ich aufschlug
Die Augen, saß ich an der Seite
Der Göttin noch immer, es lehnte mein Haupt
An ihre Brust, die breite.

Es blitzte ihr Blick, es glühte ihr Mund,
Es zuckten die Nüstern der Nase,
Bacchantisch umschlang sie den Dichter und sang
Mit schauerlich wilder Ekstase:

»Bleib bei mir in Hamburg, ich liebe dich,
Wir wollen trinken und essen
Den Wein und die Austern der Gegenwart,
Und die dunkle Zukunft vergessen.

Den Deckel darauf! damit uns nicht
Der Mißduft die Freude vertrübet –
Ich liebe dich, wie je ein Weib
Einen deutschen Poeten geliebet!

Ich küsse dich, und ich fühle, wie mich
Dein Genius begeistert;
Es hat ein wunderbarer Rausch
Sich meiner Seele bemeistert.

Mir ist, als ob ich auf der Straß
Die Nachtwächter singen hörte –
Es sind Hymenäen, Hochzeitmusik,
Mein süßer Lustgefährte!

Jetzt kommen die reitenden Diener auch,
Mit üppig lodernden Fackeln,
Sie tanzen ehrbar den Fackeltanz,
Sie springen und hüpfen und wackeln.

Es kommt der hoch- und wohlweise Senat,
Es kommen die Oberalten;
Der Bürgermeister räuspert sich
Und will eine Rede halten.

In glänzender Uniform erscheint
Das Korps der Diplomaten;
Sie gratulieren mit Vorbehalt
Im Namen der Nachbarstaaten.

Es kommt die geistliche Deputation,
Rabbiner und Pastöre –
Doch ach! da kommt der Hoffmann auch
Mit seiner Zensorschere!

Die Schere klirrt in seiner Hand,
Es rückt der wilde Geselle
Dir auf den Leib – Er schneidet ins Fleisch –
Es war die beste Stelle.«

CAPUT XXVII

Was sich in jener Wundernacht
Des Weitern zugetragen,
Erzähl ich Euch ein andermal,
In warmen Sommertagen.

Das alte Geschlecht der Heuchelei
Verschwindet Gott sei Dank heut,
Es sinkt allmählig ins Grab, es stirbt
An seiner Lügenkrankheit.

Es wächst heran ein neues Geschlecht,
Ganz ohne Schminke und Sünden,
Mit freien Gedanken, mit freier Lust –
Dem werde ich Alles verkünden.

Schon knospet die Jugend, welche versteht
Des Dichters Stolz und Güte,
Und sich an seinem Herzen wärmt,
An seinem Sonnengemüte.

Mein Herz ist liebend wie das Licht,
Und rein und keusch wie das Feuer;
Die edelsten Grazien haben gestimmt
Die Saiten meiner Leier.

Es ist dieselbe Leier, die einst
Mein Vater ließ ertönen,
Der selige Herr Aristophanes,
Der Liebling der Kamönen.

Es ist die Leier, worauf er einst
Den Paisteteros besungen,
Der um die Basileia gefreit,
Mit ihr sich emporgeschwungen.

Im letzten Kapitel hab ich versucht
Ein bißchen nachzuahmen
Den Schluß der »Vögel«, die sind gewiß
Das beste von Vaters Dramen.

Die »Frösche« sind auch vortrefflich. Man gibt
In deutscher Übersetzung
Sie jetzt auf der Bühne von Berlin,
Zu königlicher Ergetzung.

Der König liebt das Stück. Das zeugt
Von gutem antiken Geschmacke;
Den Alten amüsierte weit mehr
Modernes Froschgequacke.

Der König liebt das Stück. Jedoch
Wär noch der Autor am Leben,
Ich riete ihm nicht sich in Person
Nach Preußen zu begeben.

Dem wirklichen Aristophanes,
Dem ginge es schlecht, dem Armen;
Wir würden ihn bald begleitet sehn
Mit Chören von Gendarmen.

Der Pöbel bekäm die Erlaubnis bald
Zu schimpfen statt zu wedeln;
Die Polizei erhielte Befehl
Zu fahnden auf den Edeln.

O König! Ich meine es gut mit dir
Und will einen Rat dir geben:
Die toten Dichter, verehre sie nur,
Doch schone die da leben.

Beleidge lebendige Dichter nicht,
Sie haben Flammen und Waffen,
Die furchtbarer sind als Jovis Blitz,
Den ja der Poet erschaffen.

Beleidge die Götter, die alten und neun,
Des ganzen Olymps Gelichter,
Und den höchsten Jehovah obendrein –
Beleidge nur nicht den Dichter!

Die Götter bestrafen freilich sehr hart
Des Menschen Missetaten,
Das Höllenfeuer ist ziemlich heiß,
Dort muß man schmoren und braten –

Doch Heilige gibt es, die aus der Glut
Losbeten den Sünder; durch Spenden
An Kirchen und Seelenmessen wird
Erworben ein hohes Verwenden.

Und am Ende der Tage kommt Christus herab
Und bricht die Pforten der Hölle;
Und hält er auch ein strenges Gericht,
Entschlüpfen wird mancher Geselle.

Doch gibt es Höllen, aus deren Haft
Unmöglich jede Befreiung;
Hier hilft kein Beten, ohnmächtig ist hier
Des Welterlösers Verzeihung.

Kennst du die Hölle des Dante nicht,
Die schrecklichen Terzetten?
Wen da der Dichter hineingesperrt,
Den kann kein Gott mehr retten –

Kein Gott, kein Heiland erlöst ihn je
Aus diesen singenden Flammen!
Nimm dich in Acht, daß wir dich nicht
Zu solcher Hölle verdammen.

PARALIPOMENA

ABSCHIED VON PARIS

Ade, Paris, du teure Stadt,
Wir müssen heute scheiden,
Ich lasse dich im Überfluß
Von Wonne und von Freuden.

Das deutsche Herz in meiner Brust
Ist plötzlich krank geworden,
Der einzige Arzt, der es heilen kann,
Der wohnt daheim im Norden.

Er wird es heilen in kurzer Frist,
Man rühmt seine großen Kuren;
Doch ich gestehe, mich schaudert schon
Vor seinen derben Mixturen.

Ade, du heitres Franzosenvolk,
Ihr meine lustigen Brüder,
Gar närrische Sehnsucht treibt mich fort,
Doch komm ich in Kurzem wieder.

Denkt Euch, mit Schmerzen sehne ich mich
Nach Torfgeruch, nach den lieben
Heidschnucken der Lüneburger Heid,
Nach Sauerkraut und Rüben.

Ich sehne mich nach Tabaksqualm,
Hofräten und Nachtwächtern,
Nach Plattdeutsch, Schwarzbrot, Grobheit sogar,
Nach blonden Predigerstöchtern.

Auch nach der Mutter sehne ich mich,
Ich will es offen gestehen,
Seit dreizehn Jahren hab ich nicht
Die alte Frau gesehen.

Ade, mein Weib, mein schönes Weib,
Du kannst meine Qual nicht fassen,
Ich drücke dich so fest an mein Herz,
Und muß dich doch verlassen.

Die lechzende Qual, sie treibt mich fort
Von meinem süßesten Glücke –
Muß wieder atmen deutsche Luft,
Damit ich nicht ersticke.

Die Qual, die Angst, der Ungestüm,
Das steigert sich bis zum Krampfe.
Es zittert mein Fuß vor Ungeduld,
Daß er deutschen Boden stampfe.

Vor Ende des Jahres bin ich zurück
Aus Deutschland, und ich denke
Auch ganz genesen, ich kaufe dir dann
Die schönsten Neujahrsgeschenke.

ZU CAPUT XXIII

– – – – – – – – – – – –

»Du suchst vergebens! Du findest nicht mehr
Die lange Male, die dicke
Posaunenengel-Hannchen, du findest auch nicht
Die Braunschweiger Mummen-Friedrike.

Du suchst vergebens! Du findest nicht mehr
Den Schimmel, die falsche Marianne,
Pique-Aß-Luise, die rote Sophie,
Auch nicht die keusche Susanne.

Du findest die Strohpuppen-Jette nicht mehr,
Nicht mehr die große Malwine,
Auch nicht die Kuddelmuddel-Marie,
Auch nicht die Dragoner-Kathrine.

Das Leben verschlang sie, das Ungetüm,
Die unersättliche Hyder;
Du findest nicht die alte Zeit
Und die Zeitgenössinnen wieder!

Seitdem du uns verlassen hast,
Hat manches sich hier verwandelt,
Es wuchs ein junges Geschlecht heran,
Das anders fühlt und handelt.

Die Reste der Vergangenheit
Verwittern und verschwinden,
Du wirst jetzt auf der Schwiegerstraß
Ein neues Deutschland finden.«

Wer bist du – rief ich – daß du kennst
Die Namen jener Damen,
Die an des Jünglings Bildung einst
Den tätigsten Anteil nahmen?

Ja, ich gesteh, es hängt mein Herz
Ein bißchen an dem alten
Deutschland noch immer, ich denke noch gern
An die schönen verlornen Gestalten.

Doch du, wer bist du? Du scheinst mir bekannt,
Wie ein Bild aus alten Träumen –
Wo wohnst du? – kann ich mit dir gehn?
Laßt uns nicht lange säumen!

ZU CAPUT XXVI

I

– – – – – – – – – – – –

Die Äser, die schon vermodert längst
Und nur noch historisch gestunken,
Sie dünsteten aus ihr letztes Gift,
Halb Tote, halb Halunken.

Und gar das heilige Gespenst,
Die auferstandene Leiche,
Die ausgesogen das Lebensblut
Von manchem Volk und Reiche,

Sie wollte noch einmal verpesten die Welt
Mit ihrem Verwesungshauche!
Entsetzliche Würmer krochen hervor
Aus ihrem faulen Bauche –

Und jeder Wurm ein neuer Vampir,
Der wieder tödlich gerochen,
Als man ihm durch den schnöden Leib
Den heilsamen Pfahl gestochen.

Es roch nach Blut, Tabak und Schnaps
Und nach gehenkten Schuften –
Wer übelriechend im Leben war,
Wie mußt er im Tode duften!

Es roch nach Pudeln und Dachsen und auch
Nach Mopsen, die zärtlich gelecket
Den Speichel der Macht und fromm und treu
Für Thron und Altar verrecket.

Das war ein giftiger Moderdunst,
Entstiegen dem Schinderpfuhle –
Drin lag die ganze Hundezunft,
Die ganze historische Schule.

2

»Es ist ein König in Thule, der hat
'nen Becher, nichts geht ihm darüber,
Und wenn er aus dem Becher trinkt,
Dann gehen die Augen ihm über.

Dann steigen in ihm Gedanken auf,
Die kaum sich ließen ahnden,
Dann ist er kapabel und dekretiert,
Auf dich, mein Kind, zu fahnden.

Geh nicht nach Norden, und hüte dich
Vor jenem König in Thule,
Hüt dich vor Gendarmen und Polizei,
Vor der ganzen historischen Schule.«

ROMANZERO

1851

ERSTES BUCH:
HISTORIEN

Wenn man an dir Verrat geübt,
Sei du um so treuer;
Und ist deine Seele zu Tode betrübt,
So greife zur Leier.

Die Saiten klingen! Ein Heldenlied,
Voll Flammen und Gluten!
Da schmilzt der Zorn, und dein Gemüt
Wird süß verbluten.

RHAMPSENIT

Als der König Rhampsenit
Eintrat in die goldne Halle
Seiner Tochter, lachte diese,
Lachten ihre Zofen alle.

Auch die Schwarzen, die Eunuchen,
Stimmten lachend ein, es lachten
Selbst die Mumien, selbst die Sphinxe,
Daß sie schier zu bersten dachten.

Die Prinzessin sprach: Ich glaubte
Schon den Schatzdieb zu erfassen,
Der hat aber einen toten
Arm in meiner Hand gelassen.

Jetzt begreif ich, wie der Schatzdieb
Dringt in deine Schatzhauskammern
Und die Schätze dir entwendet,
Trotz den Schlössern, Riegeln, Klammern.

Einen Zauberschlüssel hat er,
Der erschließet allerorten
Jede Türe, widerstehen
Können nicht die stärksten Pforten.

Ich bin keine starke Pforte
Und ich hab nicht widerstanden,
Schätzehütend diese Nacht
Kam ein Schätzlein mir abhanden.

So sprach lachend die Prinzessin
Und sie tänzelt im Gemache,
Und die Zofen und Eunuchen
Hoben wieder ihre Lache.

An demselben Tag ganz Memphis
Lachte, selbst die Krokodile
Reckten lachend ihre Häupter
Aus dem schlammig gelben Nile,

Als sie Trommelschlag vernahmen
Und sie hörten an dem Ufer
Folgendes Reskript verlesen
Von dem Kanzelei-Ausrufer:

Rhampsenit von Gottes Gnaden
König zu und in Ägypten,
Wir entbieten Gruß und Freundschaft
Unsern Vielgetreun und Liebden.

In der Nacht vom dritten zu dem
Vierten Junius des Jahres
Dreizehnhundertvierundzwanzig
Vor Christi Geburt, da war es,

Daß ein Dieb aus unserm Schatzhaus
Eine Menge von Juwelen
Uns entwendet; es gelang ihm
Uns auch später zu bestehlen.

Zur Ermittelung des Täters
Ließen schlafen wir die Tochter
Bei den Schätzen – doch auch jene
Zu bestehlen schlau vermocht er.

Um zu steuern solchem Diebstahl
Und zu gleicher Zeit dem Diebe
Unsre Sympathie zu zeigen,
Unsre Ehrfurcht, unsre Liebe,

Wollen wir ihm zur Gemahlin
Unsre einzge Tochter geben
Und ihn auch als Thronnachfolger
In den Fürstenstand erheben.

Sintemal uns die Adresse
Unsres Eidams noch zur Stunde
Unbekannt, soll dies Reskript ihm
Bringen Unsrer Gnade Kunde.

So geschehn den dritten Jenner
Dreizehnhundert zwanzig sechs
Vor Christi Geburt. – Signieret
Von Uns: Rhampsenitus Rex.

Rhampsenit hat Wort gehalten,
Nahm den Dieb zum Schwiegersohne,
Und nach seinem Tode erbte
Auch der Dieb Ägyptens Krone.

Er regierte wie die Andern,
Schützte Handel und Talente;
Wenig, heißt es, ward gestohlen
Unter seinem Regimente.

DER WEISSE ELEFANT

Der König von Siam, Mahawasant,
Beherrscht das halbe Indienland,
Zwölf Könge, der große Mogul sogar,
Sind seinem Szepter tributar.

Alljährlich mit Trommeln, Posaunen und Fahnen
Ziehen nach Siam die Zinskarawanen;
Viel tausend Kamele, hochberuckte,
Schleppen die kostbarsten Landesprodukte.

Sieht er die schwerbepackten Kamele,
So schmunzelt heimlich des Königs Seele;
Öffentlich freilich pflegt er zu jammern,
Es fehle an Raum in seinen Schatzkammern.

Doch diese Schatzkammern sind so weit,
So groß und voller Herrlichkeit;
Hier überflügelt der Wirklichkeit Pracht
Die Märchen von Tausend und Eine Nacht.

»Die Burg des Indra« heißt die Halle,
Wo aufgestellt die Götter alle,
Bildsäulen von Gold, fein zisélieret,
Mit Edelsteinen inkrustieret.

Sind an der Zahl wohl dreißig Tausend,
Figuren abenteuerlich grausend,
Mischlinge von Menschen- und Tiergeschöpfen,
Mit vielen Händen und vielen Köpfen.

Im »Purpursaale« sieht man verwundert
Korallenbäume dreizehnhundert,
Wie Palmen groß, seltsamer Gestalt,
Geschnörkelt die Äste, ein roter Wald.

Das Estrich ist vom reinsten Kristalle
Und widerspiegelt die Bäume alle.
Fasanen vom buntesten Glanzgefieder
Gehn gravitätisch dort auf und nieder.

Der Lieblingsaffe des Mahawasant
Trägt an dem Hals ein seidenes Band,
Dran hängt der Schlüssel, welcher erschleußt
Die Halle, die man den Schlafsaal heißt.

Die Edelsteine vom höchsten Wert
Die liegen wie Erbsen hier auf der Erd
Hochaufgeschüttet; man findet dabei
Diamanten so groß wie ein Hühnerei.

Auf grauen, mit Perlen gefüllten Säcken
Pflegt hier der König sich hinzustrecken;
Der Affe legt sich zum Monarchen,
Und beide schlafen ein und schnarchen.

Das Kostbarste aber von allen Schätzen
Des Königs, sein Glück, sein Seelenergötzen,
Die Lust und der Stolz von Mahawasant,
Das ist sein weißer Elefant.

Als Wohnung für diesen erhabenen Gast
Ließ bauen der König den schönsten Palast;
Es wird das Dach, mit Goldblech beschlagen,
Von lotosknäufigen Säulen getragen.

Am Tore stehen dreihundert Trabanten
Als Ehrenwache des Elefanten,
Und knieend, mit gekrümmtem Rucken,
Bedienen ihn hundert schwarze Eunucken.

Man bringt auf einer güldnen Schüssel
Die leckersten Bissen für seinen Rüssel;
Er schlürft aus silbernen Eimern den Wein,
Gewürzt mit den süßesten Spezerein.

Man salbt ihn mit Ambra und Rosenessenzen,
Man schmückt sein Haupt mit Blumenkränzen;
Als Fußdecke dienen dem edlen Tier
Die kostbarsten Schals aus Kaschimir.

Das glücklichste Leben ist ihm beschieden,
Doch Niemand auf Erden ist zufrieden.
Das edle Tier, man weiß nicht wie,
Versinkt in tiefe Melancholie.

Der weiße Melancholikus
Steht traurig mitten im Überfluß.
Man will ihn ermuntern, man will ihn erheitern,
Jedoch die klügsten Versuche scheitern.

Vergebens kommen mit Springen und Singen
Die Bajaderen; vergebens erklingen
Die Zinken und Pauken der Musikanten,
Doch nichts erlustigt den Elefanten.

Da täglich sich der Zustand verschlimmert,
Wird Mahawasantes Herz bekümmert;
Er läßt vor seines Thrones Stufen
Den klügsten Astrologen rufen.

»Sterngucker, ich laß dir das Haupt abschlagen«,
Herrscht er ihn an, »kannst du mir nicht sagen,
Was meinem Elefanten fehle,
Warum so verdüstert seine Seele?«

Doch jener wirft sich dreimal zur Erde,
Und endlich spricht er mit ernster Gebärde:
»O König, ich will dir die Wahrheit verkünden,
Du kannst dann handeln nach Gutbefinden.

»Es lebt im Norden ein schönes Weib
Von hohem Wuchs und weißem Leib,
Dein Elefant ist herrlich, unleugbar,
Doch ist er nicht mit ihr vergleichbar.

Mit ihr verglichen, erscheint er nur
Ein weißes Mäuschen. Es mahnt die Statur
An Bimha, die Riesin, im Ramajana,
Und an der Epheser große Diana.

Wie sich die Gliedermaßen wölben
Zum schönsten Bau! Es tragen dieselben
Anmutig und stolz zwei hohe Pilaster
Von blendend weißem Alabaster.

Das ist Gott Amors kolossale
Domkirche, der Liebe Kathedrale;
Als Lampe brennt im Tabernakel
Ein Herz, das ohne Falsch und Makel.

Die Dichter jagen vergebens nach Bildern,
Um ihre weiße Haut zu schildern;
Selbst Gautier ist dessen nicht kapabel, –
O diese Weiße ist implacable!

Des Himalaya Gipfelschnee
Erscheint aschgrau in ihrer Näh;
Die Lilje, die ihre Hand erfaßt,
Vergilbt durch Eifersucht oder Kontrast.

Gräfin Bianka ist der Name
Von dieser großen weißen Dame;
Sie wohnt zu Paris im Frankenland,
Und diese liebt der Elefant.

Durch wunderbare Wahlverwandtschaft,
Im Traume machte er ihre Bekanntschaft,
Und träumend in sein Herze stahl
Sich dieses hohe Ideal.

Sehnsucht verzehrt ihn seit jener Stund,
Und er, der vormals so froh und gesund,
Er ist ein vierfüßiger Werther geworden,
Und träumt von einer Lotte im Norden.

Geheimnisvolle Sympathie!
Er sah sie nie und denkt an sie.
Er trampelt oft im Mondschein umher
Und seufzet: wenn ich ein Vöglein wär!

In Siam ist nur der Leib, die Gedanken
Sind bei Bianka im Lande der Franken;
Doch diese Trennung von Leib und Seele
Schwächt sehr den Magen, vertrocknet die Kehle.

Die leckersten Braten widern ihn an,
Er liebt nur Dampfnudeln und Ossian;
Er hüstelt schon, er magert ab,
Die Sehnsucht schaufelt sein frühes Grab.

Willst du ihn retten, erhalten sein Leben,
Der Säugetierwelt ihn wiedergeben,
O König, so schicke den hohen Kranken
Direkt nach Paris, der Hauptstadt der Franken.

Wenn ihn alldort in der Wirklichkeit
Der Anblick der schönen Frau erfreut,
Die seiner Träume Urbild gewesen,
Dann wird er von seinem Trübsinn genesen.

Wo seiner Schönen Augen strahlen,
Da schwinden seiner Seele Qualen;
Ihr Lächeln verscheucht die letzten Schatten,
Die hier sich eingenistet hatten;

Und ihre Stimme, wie ’n Zauberlied,
Löst sie den Zwiespalt in seinem Gemüt;
Froh hebt er wieder die Lappen der Ohren,
Er fühlt sich verjüngt, wie neugeboren.

Es lebt sich so lieblich, es lebt sich so süß
Am Seinestrand, in der Stadt Paris!
Wie wird sich dorten zivilisieren
Dein Elefant und amüsieren!

Vor allem aber, o König, lasse
Ihm reichlich füllen die Reisekasse,
Und gib ihm einen Kreditbrief mit
Auf Rothschild frères in der rue Lafitte.

Ja, einen Kreditbrief von einer Million
Dukaten etwa; – der Herr Baron
Von Rothschild sagt von ihm alsdann:
Der Elefant ist ein braver Mann!«

So sprach der Astrolog, und wieder
Warf er sich dreimal zur Erde nieder.
Der König entließ ihn mit reichen Geschenken,
Und streckte sich aus, um nachzudenken.

Er dachte hin, er dachte her;
Das Denken wird den Königen schwer.
Sein Affe sich zu ihm niedersetzt,
Und beide schlafen ein zuletzt.

Was er beschlossen, das kann ich erzählen
Erst später; die indischen Mall'posten fehlen.
Die letzte, welche uns zugekommen,
Die hat den Weg über Suez genommen.

SCHELM VON BERGEN

Im Schloß zu Düsseldorf am Rhein
Wird Mummenschanz gehalten;
Da flimmern die Kerzen, da rauscht die Musik,
Da tanzen die bunten Gestalten.

Da tanzt die schöne Herzogin,
Sie lacht laut auf beständig;
Ihr Tänzer ist ein schlanker Fant,
Gar höfisch und behendig.

Er trägt eine Maske von schwarzem Samt,
Daraus gar freudig blicket
Ein Auge, wie ein blanker Dolch,
Halb aus der Scheide gezücket.

Es jubelt die Fastnachtsgeckenschar,
Wenn Jene vorüberwalzen.
Der Drickes und die Marizzebill
Grüßen mit Schnarren und Schnalzen.

Und die Trompeten schmettern drein,
Der närrische Brummbaß brummet,
Bis endlich der Tanz ein Ende nimmt
Und die Musik verstummet.

»Durchlauchtigste Frau, gebt Urlaub mir,
Ich muß nach Hause gehen –«
Die Herzogin lacht: Ich laß dich nicht fort,
Bevor ich dein Antlitz gesehen.

»Durchlauchtigste Frau, gebt Urlaub mir,
Mein Anblick bringt Schrecken und Grauen –«
Die Herzogin lacht: Ich fürchte mich nicht,
Ich will dein Antlitz schauen.

»Durchlauchtigste Frau, gebt Urlaub mir,
Der Nacht und dem Tode gehör ich –«
Die Herzogin lacht: Ich lasse dich nicht,
Dein Antlitz zu schauen begehr ich.

Wohl sträubt sich der Mann mit finsterm Wort,
Das Weib nicht zähmen kunnt er;
Sie riß zuletzt ihm mit Gewalt
Die Maske vom Antlitz herunter.

Das ist der Scharfrichter von Bergen! so schreit
Entsetzt die Menge im Saale
Und weichet scheusam – die Herzogin
Stürzt fort zu ihrem Gemahle.

Der Herzog ist klug, er tilgte die Schmach
Der Gattin auf der Stelle.
Er zog sein blankes Schwert und sprach:
Knie vor mir nieder, Geselle!

Mit diesem Schwertschlag mach ich dich
Jetzt ehrlich und ritterzünftig,
Und weil du ein Schelm, so nenne dich
Herr Schelm von Bergen künftig.

So ward der Henker ein Edelmann
Und Ahnherr der Schelme von Bergen.
Ein stolzes Geschlecht! es blühte am Rhein.
Jetzt schläft es in steinernen Särgen.

WALKÜREN

Unten Schlacht. Doch oben schossen
Durch die Luft auf Wolkenrossen
Drei Walküren, und es klang
Schilderklirrend ihr Gesang:

Fürsten hadern, Völker streiten,
Jeder will die Macht erbeuten;
Herrschaft ist das höchste Gut,
Höchste Tugend ist der Mut.

Heisa! vor dem Tod beschützen
Keine stolzen Eisenmützen,
Und das Heldenblut zerrinnt
Und der schlechtre Mann gewinnt.

Lorbeerkränze, Siegesbogen!
Morgen kommt er eingezogen,
Der den Bessern überwand
Und gewonnen Leut und Land.

Bürgermeister und Senator
Holen ein den Triumphator,
Tragen ihm die Schlüssel vor,
Und der Zug geht durch das Tor.

Hei! da böllerts von den Wällen,
Zinken und Trompeten gellen,
Glockenklang erfüllt die Luft,
Und der Pöbel Vivat! ruft.

Lächelnd stehen auf Balkonen
Schöne Fraun, und Blumenkronen
Werfen sie dem Sieger zu.
Dieser grüßt mit stolzer Ruh.

SCHLACHTFELD BEI HASTINGS

Der Abt von Waltham seufzte tief,
Als er die Kunde vernommen,
Daß König Harold elendiglich
Bei Hastings umgekommen.

Zwei Mönche, Asgod und Ailrik genannt,
Die schickt' er aus als Boten,
Sie sollten suchen die Leiche Harolds
Bei Hastings unter den Toten.

Die Mönche gingen traurig fort
Und kehrten traurig zurücke:
»Hochwürdiger Vater, die Welt ist uns gram,
Wir sind verlassen vom Glücke.

»Gefallen ist der beßre Mann,
Es siegte der Bankert, der schlechte,
Gewappnete Diebe verteilen das Land
Und machen den Freiling zum Knechte.

Der lausigste Lump aus der Normandie
Wird Lord auf der Insel der Briten;
Ich sah einen Schneider aus Bayeux, er kam
Mit goldnen Sporen geritten.

Weh dem, der jetzt ein Sachse ist!
Ihr Sachsenheilige droben
Im Himmelreich, nehmt euch in Acht,
Ihr seid der Schmach nicht enthoben.

Jetzt wissen wir, was bedeutet hat
Der große Komet, der heuer
Blutrot am nächtlichen Himmel ritt
Auf einem Besen von Feuer.

Bei Hastings in Erfüllung ging
Des Unsterns böses Zeichen,
Wir waren auf dem Schlachtfeld dort
Und suchten unter den Leichen.

Wir suchten hin, wir suchten her,
Bis alle Hoffnung verschwunden –
Den Leichnam des toten Königs Harold,
Wir haben ihn nicht gefunden.«

Asgod und Ailrik sprachen also;
Der Abt rang jammernd die Hände,
Versank in tiefe Nachdenklichkeit
Und sprach mit Seufzen am Ende:

»Zu Grendelfield am Bardenstein,
Just in des Waldes Mitte,
Da wohnet Edith Schwanenhals
In einer dürftgen Hütte.

Man hieß sie Edith Schwanenhals,
Weil wie der Hals der Schwäne
Ihr Nacken war; der König Harold,
Er liebte die junge Schöne.

Er hat sie geliebt, geküßt und geherzt,
Und endlich verlassen, vergessen.
Die Zeit verfließt; wohl sechzehn Jahr
Verflossen unterdessen.

Begebt euch, Brüder, zu diesem Weib
Und laßt sie mit euch gehen
Zurück nach Hastings, der Blick des Weibs
Wird dort den König erspähen.

Nach Waltham-Abtei hierher alsdann
Sollt ihr die Leiche bringen,
Damit wir christlich bestatten den Leib
Und für die Seele singen.«

Um Mitternacht gelangten schon
Die Boten zur Hütte im Walde:
»Erwache, Edith Schwanenhals,
Und folge uns alsbalde.

Der Herzog der Normannen hat
Den Sieg davongetragen,
Und auf dem Feld bei Hastings liegt
Der König Harold erschlagen.

Komm mit nach Hastings, wir suchen dort
Den Leichnam unter den Toten,
Und bringen ihn nach Waltham-Abtei,
Wie uns der Abt geboten.«

Kein Wort sprach Edith Schwanenhals,
Sie schürzte sich geschwinde
Und folgte den Mönchen; ihr greisendes Haar
Das flatterte wild im Winde.

Es folgte barfuß das arme Weib
Durch Sümpfe und Baumgestrüppe.
Bei Tagesanbruch gewahrten sie schon
Zu Hastings die kreidige Klippe.

Der Nebel, der das Schlachtfeld bedeckt
Als wie ein weißes Lailich,
Zerfloß allmählig; es flatterten auf
Die Dohlen und krächzten abscheulich.

Viel tausend Leichen lagen dort
Erbärmlich auf blutiger Erde,
Nackt ausgeplündert, verstümmelt, zerfleischt,
Daneben die Äser der Pferde.

Es wadete Edith Schwanenhals
Im Blute mit nackten Füßen;
Wie Pfeile aus ihrem stieren Aug
Die forschenden Blicke schießen.

Sie suchte hin, sie suchte her,
Oft mußte sie mühsam verscheuchen
Die fraßbegierige Rabenschar;
Die Mönche hinter ihr keuchen.

Sie suchte schon den ganzen Tag,
Es ward schon Abend – plötzlich
Bricht aus der Brust des armen Weibs
Ein geller Schrei, entsetzlich.

Gefunden hat Edith Schwanenhals
Des toten Königs Leiche.
Sie sprach kein Wort, sie weinte nicht,
Sie küßte das Antlitz, das bleiche.

Sie küßte die Stirne, sie küßte den Mund,
Sie hielt ihn fest umschlossen;
Sie küßte auf des Königs Brust
Die Wunde blutumflossen.

Auf seiner Schulter erblickt sie auch –
Und sie bedeckt sie mit Küssen –
Drei kleine Narben, Denkmäler der Lust,
Die sie einst hinein gebissen.

Die Mönche konnten mittlerweil
Baumstämme zusammenfugen;
Das war die Bahre, worauf sie alsdann
Den toten König trugen.

Sie trugen ihn nach Waltham-Abtei,
Daß man ihn dort begrübe;
Es folgte Edith Schwanenhals
Der Leiche ihrer Liebe.

Sie sang die Totenlitanein
In kindisch frommer Weise;
Das klang so schauerlich in der Nacht –
Die Mönche beteten leise. –

KARL I.

Im Wald, in der Köhlerhütte, sitzt
Trübsinnig allein der König;
Er sitzt an der Wiege des Köhlerkinds
Und wiegt und singt eintönig:

Eiapopeia, was raschelt im Stroh?
Es blöken im Stalle die Schafe –
Du trägst das Zeichen an der Stirn
Und lächelst so furchtbar im Schlafe.

Eiapopeia, das Kätzchen ist tot –
Du trägst auf der Stirne das Zeichen –
Du wirst ein Mann und schwingst das Beil,
Schon zittern im Walde die Eichen.

Der alte Köhlerglaube verschwand,
Es glauben die Köhlerkinder –
Eiapopeia – nicht mehr an Gott,
Und an den König noch minder.

Das Kätzchen ist tot, die Mäuschen sind froh –
Wir müssen zu Schanden werden –
Eiapopeia – im Himmel der Gott
Und ich, der König auf Erden.

Mein Mut erlischt, mein Herz ist krank,
Und täglich wird es kränker –
Eiapopeia – du Köhlerkind,
Ich weiß es, du bist mein Henker.

Mein Todesgesang ist dein Wiegenlied –
Eiapopeia – die greisen
Haarlocken schneidest du ab zuvor –
Im Nacken klirrt mir das Eisen.

Eiapopeia, was raschelt im Stroh?
Du hast das Reich erworben,
Und schlägst mir das Haupt vom Rumpf herab –
Das Kätzchen ist gestorben.

Eiapopeia, was raschelt im Stroh?
Es blöken im Stalle die Schafe.
Das Kätzchen ist tot, die Mäuschen sind froh –
Schlafe, mein Henkerchen, schlafe!

MARIA ANTOINETTE

Wie heiter im Tuilerienschloß
Blinken die Spiegelfenster,
Und dennoch dort am hellen Tag
Gehn um die alten Gespenster.

Es spukt im Pavillon de Flor'
Maria Antoinette;
Sie hält dort Morgens ihr Lever
Mit strenger Etikette.

Geputzte Hofdamen. Die meisten stehn,
Auf Tabourets andre sitzen;
Die Kleider von Atlas und Goldbrokat,
Behängt mit Juwelen und Spitzen.

Die Taille ist schmal, der Reifrock bauscht,
Darunter lauschen die netten
Hochhackigen Füßchen so klug hervor –
Ach, wenn sie nur Köpfe hätten!

Sie haben alle keinen Kopf,
Der Königin selbst manquieret
Der Kopf, und Ihro Majestät
Ist deshalb nicht frisieret.

Ja, Sie, die mit turmhohem Toupet
So stolz sich konnte gebaren,
Die Tochter Maria Theresias,
Die Enkelin deutscher Cäsaren,

Sie muß jetzt spuken ohne Frisur
Und ohne Kopf, im Kreise
Von unfrisierten Edelfraun,
Die kopflos gleicherweise.

Das sind die Folgen der Revolution
Und ihrer fatalen Doktrine;
An Allem ist Schuld Jean Jacques Rousseau,
Voltaire und die Guillotine.

Doch sonderbar! es dünkt mich schier,
Als hätten die armen Geschöpfe
Gar nicht bemerkt, wie tot sie sind
Und daß sie verloren die Köpfe.

Ein leeres Gespreize, ganz wie sonst,
Ein abgeschmacktes Scherwenzen –
Possierlich sind und schauderhaft
Die kopflosen Reverenzen.

Es knixt die erste Dame d'atour
Und bringt ein Hemd von Linnen,
Die zweite reicht es der Königin,
Und beide knixen von hinnen.

Die dritte Dam und die vierte Dam
Knixen und niederknieen
Vor Ihrer Majestät, um Ihr
Die Strümpfe anzuziehen.

Ein Ehrenfräulein kommt und knixt
Und bringt das Morgenjäckchen;
Ein andres Fräulein knixt und bringt
Der Königin Unterröckchen.

Die Oberhofmeisterin steht dabei,
Sie fächert die Brust, die weiße,
Und in Ermanglung eines Kopfs
Lächelt sie mit dem Steiße.

Wohl durch die verhängten Fenster wirft
Die Sonne neugierige Blicke,
Doch wie sie gewahrt den alten Spuk,
Prallt sie erschrocken zurücke.

POMARE

1

Alle Liebesgötter jauchzen
Mir im Herzen, und Fanfare
Blasen sie und rufen: Heil!
Heil der Königin Pomare!

Jene nicht von Otahaiti –
Missionärisiert ist jene –
Die ich meine, die ist wild,
Eine ungezähmte Schöne.

Zweimal in der Woche zeigt sie
Öffentlich sich ihrem Volke
In dem Garten Mabill, tanzt
Dort den Cancan, auch die Polke.

Majestät in jedem Schritte,
Jede Beugung Huld und Gnade,
Eine Fürstin jeder Zoll
Von der Hüfte bis zur Wade –

Also tanzt sie – und es blasen
Liebesgötter die Fanfare
Mir im Herzen, rufen: Heil!
Heil der Königin Pomare!

II

Sie tanzt. Wie sie das Leibchen wiegt!
Wie jedes Glied sich zierlich biegt!
Das ist ein Flattern und ein Schwingen,
Um wahrlich aus der Haut zu springen.

Sie tanzt. Wenn sie sich wirbelnd dreht
Auf einem Fuß, und stille steht
Am End mit ausgestreckten Armen,
Mag Gott sich meiner Vernunft erbarmen!

Sie tanzt. Derselbe Tanz ist das,
Den einst die Tochter Herodias'
Getanzt vor dem Judenkönig Herodes.
Ihr Auge sprüht wie Blitze des Todes.

Sie tanzt mich rasend – ich werde toll –
Sprich, Weib, was ich dir schenken soll?
Du lächelst? Heda! Trabanten! Läufer!
Man schlage ab das Haupt dem Täufer!

III

Gestern noch fürs liebe Brot
Wälzte sie sich tief im Kot,
Aber heute schon mit Vieren
Fährt das stolze Weib spazieren.
In die seidnen Kissen drückt
Sie das Lockenhaupt, und blickt
Vornehm auf den großen Haufen
Derer, die zu Fuße laufen.

Wenn ich dich so fahren seh,
Tut es mir im Herzen weh!
Ach, es wird dich dieser Wagen
Nach dem Hospitale tragen,
Wo der grausenhafte Tod
Endlich endigt deine Not,
Und der Carabin mit schmierig

Plumper Hand und lernbegierig
Deinen schönen Leib zerfetzt,
Anatomisch ihn zersetzt –
Deine Rosse trifft nicht minder
Einst zu Montfaucon der Schinder.

IV

Besser hat es sich gewendet,
Das Geschick, das dich bedroht' –
Gott sei Dank, du hast geendet,
Gott sei Dank, und du bist tot.

In der Dachstub deiner armen
Alten Mutter starbest du,
Und sie schloß dir mit Erbarmen
Deine schönen Augen zu.

Kaufte dir ein gutes Lailich,
Einen Sarg, ein Grab sogar.
Die Begräbnisfeier freilich
Etwas kahl und ärmlich war.

Keinen Pfaffen hört' man singen,
Keine Glocke klagte schwer;
Hinter deiner Bahre gingen
Nur dein Hund und dein Friseur.

»Ach, ich habe der Pomare«,
Seufzte dieser, »oft gekämmt
Ihre langen schwarzen Haare,
Wenn sie vor mir saß im Hemd.«

Was den Hund betrifft, so rannt er
Schon am Kirchhofstor davon,
Und ein Unterkommen fand er
Späterhin bei Ros' Pompon,

Ros' Pompon, der Provenzalin,
Die den Namen Königin
Dir mißgönnt und als Rivalin
Dich verklatscht mit niederm Sinn.

Arme Königin des Spottes,
Mit dem Diadem von Kot,
Bist gerettet jetzt durch Gottes
Ewge Güte, du bist tot.

Wie die Mutter, so der Vater
Hat Barmherzigkeit geübt,
Und ich glaube, dieses tat er,
Weil auch du so viel geliebt.

DER APOLLOGOTT

I

Das Kloster ist hoch auf Felsen gebaut,
Der Rhein vorüberrauschet;
Wohl durch das Gitterfenster schaut
Die junge Nonne und lauschet.

Da fährt ein Schifflein, märchenhaft
Vom Abendrot beglänzet;
Es ist bewimpelt von buntem Taft,
Von Lorbeern und Blumen bekränzet.

Ein schöner blondgelockter Fant
Steht in des Schiffes Mitte;
Sein goldgesticktes Purpurgewand
Ist von antikem Schnitte.

Zu seinen Füßen liegen da
Neun marmorschöne Weiber;
Die hochgeschürzte Tunika
Umschließt die schlanken Leiber.

Der Goldgelockte lieblich singt
Und spielt dazu die Leier;
Ins Herz der armen Nonne dringt
Das Lied und brennt wie Feuer.

Sie schlägt ein Kreuz, und noch einmal
Schlägt sie ein Kreuz, die Nonne;
Nicht scheucht das Kreuz die süße Qual,
Nicht bannt es die bittre Wonne.

II

Ich bin der Gott der Musika,
Verehrt in allen Landen;
Mein Tempel hat in Gräcia,
Auf Mont-Parnaß gestanden.

Auf Mont-Parnaß in Gräcia,
Da hab ich oft gesessen
Am holden Quell Kastalia,
Im Schatten der Zypressen.

Vokalisierend saßen da
Um mich herum die Töchter,
Das sang und klang la-la, la-la!
Geplauder und Gelächter.

Mitunter rief tra-ra, tra-ra!
Ein Waldhorn aus dem Holze;
Dort jagte Artemisia,
Mein Schwesterlein, die Stolze.

Ich weiß es nicht, wie mir geschah:
Ich brauchte nur zu nippen
Vom Wasser der Kastalia,
Da tönten meine Lippen.

Ich sang – und wie von selbst beinah
Die Leier klang, berauschend;
Mir war, als ob ich Daphne sah,
Aus Lorbeerbüschen lauschend.

Ich sang – und wie Ambrosia
Wohlrüche sich ergossen,
Es war von einer Gloria
Die ganze Welt umflossen.

Wohl tausend Jahr aus Grӓcia
Bin ich verbannt, vertrieben –
Doch ist mein Herz in Grӓcia,
In Grӓcia geblieben.

III

In der Tracht der Beguinen,
In dem Mantel mit der Kappe
Von der gröbsten schwarzen Sersche,
Ist vermummt die junge Nonne.

Hastig längs des Rheines Ufern
Schreitet sie hinab die Landstraß,
Die nach Holland führt, und hastig
Fragt sie jeden, der vorbeikommt:

»Habt ihr nicht gesehn Apollo?
Einen roten Mantel trägt er,
Lieblich singt er, spielt die Leier,
Und er ist mein holder Abgott.«

Keiner will ihr Rede stehen,
Mancher dreht ihr stumm den Rücken,
Mancher glotzt sie an und lächelt,
Mancher seufzet: Armes Kind!

Doch des Wegs herangetrottelt
Kommt ein schlottrig alter Mensch,
Fingert in der Luft, wie rechnend,
Näselnd singt er vor sich hin.

Einen schlappen Quersack trägt er,
Auch ein klein dreieckig Hütchen;
Und mit schmunzelnd klugen Äuglein
Hört er an den Spruch der Nonne:

»Habt ihr nicht gesehn Apollo?
Einen roten Mantel trägt er,
Lieblich singt er, spielt die Leier,
Und er ist mein holder Abgott.«

Jener aber gab zur Antwort,
Während er sein Köpfchen wiegte
Hin und her, und gar possierlich
Zupfte an dem spitzen Bärtchen:

Ob ich ihn gesehen habe?
Ja, ich habe ihn gesehen
Oft genug zu Amsterdam,
In der deutschen Synagoge.

Denn er war Vorsänger dorten,
Und da hieß er Rabbi Faibisch,
Was auf Hochdeutsch heißt Apollo –
Doch mein Abgott ist er nicht.

Roter Mantel? Auch den roten
Mantel kenn ich. Echter Scharlach,
Kostet acht Florin die Elle,
Und ist noch nicht ganz bezahlt.

Seinen Vater Moses Jitscher
Kenn ich gut. Vorhautabschneider
Ist er bei den Portugiesen.
Er beschnitt auch Souveräne.

Seine Mutter ist Cousine
Meines Schwagers, und sie handelt
Auf der Gracht mit sauern Gurken
Und mit abgelebten Hosen.

Haben kein Pläsier am Sohne.
Dieser spielt sehr gut die Leier,
Aber leider noch viel besser
Spielt er oft Tarock und L'hombre.

Auch ein Freigeist ist er, aß
Schweinefleisch, verlor sein Amt,
Und er zog herum im Lande
Mit geschminkten Komödianten.

In den Buden, auf den Märkten,
Spielte er den Pickelhering,
Holofernes, König David,
Diesen mit dem besten Beifall.

Denn des Königs eigne Lieder
Sang er in des Königs eigner
Muttersprache, tremulierend
In des Nigens alter Weise.

Aus dem Amsterdamer Spielhuis
Zog er jüngst etwelche Dirnen,
Und mit diesen Musen zieht er
Jetzt herum als ein Apollo.

Eine dicke ist darunter,
Die vorzüglich quiekt und grünzelt;
Ob dem großen Lorbeerkopfputz
Nennt man sie die grüne Sau.

KLEINES VOLK

In einem Pißpott kam er geschwommen,
Hochzeitlich geputzt, hinab den Rhein.
Und als er nach Rotterdam gekommen,
Da sprach er: »Juffräuken, willst du mich frein?

Ich führe dich, geliebte Schöne,
Nach meinem Schloß, ins Brautgemach;
Die Wände sind eitel Hobelspäne,
Aus Häckerling besteht das Dach.

Da ist es so puppenniedlich und nette,
Da lebst du wie eine Königin!
Die Schale der Walnuß ist unser Bette,
Von Spinnweb sind die Laken drin.

Ameiseneier, gebraten in Butter,
Essen wir täglich, auch Würmchengemüs,
Und später erb ich von meiner Frau Mutter
Drei Nonnenfürzchen, die schmecken so süß.

Ich habe Speck, ich habe Schwarten,
Ich habe Fingerhüte voll Wein,
Auch wächst eine Rübe in meinem Garten,
Du wirst wahrhaftig glücklich sein!«

Das war ein Locken und ein Werben!
Wohl seufzte die Braut: ach Gott! ach Gott!
Sie war wehmütig, wie zum Sterben –
Doch endlich stieg sie hinab in den Pott.

*

Sind Christenleute oder Mäuse
Die Helden des Lieds? Ich weiß es nicht mehr.
Im Beverland hört ich die schnurrige Weise,
Es sind nun dreißig Jahre her.

ZWEI RITTER

Crapülinski und Waschlapski,
Polen aus der Polackei,
Fochten für die Freiheit, gegen
Moskowiter-Tyrannei.

Fochten tapfer und entkamen
Endlich glücklich nach Paris –
Leben bleiben, wie das Sterben
Für das Vaterland, ist süß.

Wie Achilles und Patroklus,
David und sein Jonathan,
Liebten sich die beiden Polen,
Küßten sich: »Kochan! Kochan!«

Keiner je verriet den Andern,
Blieben Freunde, ehrlich, treu,
Ob sie gleich zwei edle Polen,
Polen aus der Polackei.

Wohnten in derselben Stube,
Schliefen in demselben Bette;
Eine Laus und eine Seele,
Kratzten sie sich um die Wette.

Speisten in derselben Kneipe,
Und da keiner wollte leiden,
Daß der Andre für ihn zahle,
Zahlte keiner von den Beiden.

Auch dieselbe Henriette
Wäscht für beide edle Polen;
Trällernd kommt sie jeden Monat, –
Um die Wäsche abzuholen.

Ja, sie haben wirklich Wäsche,
Jeder hat der Hemden zwei,
Ob sie gleich zwei edle Polen,
Polen aus der Polackei.

Sitzen heute am Kamine,
Wo die Flammen traulich flackern;
Draußen Nacht und Schneegestöber
Und das Rollen von Fiakern.

Eine große Bowle Punsch
(Es versteht sich, unverzückert,
Unversäuert, unverwässert)
Haben sie bereits geschlückert.

Und von Wehmut wird beschlichen
Ihr Gemüte; ihr Gesicht
Wird befeuchtet schon von Zähren,
Und der Crapülinski spricht:

»Hätt ich doch hier in Paris
Meinen Bärenpelz, den lieben
Schlafrock und die Katzfell-Nachtmütz,
Die im Vaterland geblieben!«

Ihm erwiderte Waschlapski:
»O du bist ein treuer Schlachzitz,
Denkest immer an der Heimat
Bärenpelz und Katzfell-Nachtmütz.

»Polen ist noch nicht verloren,
Unsre Weiber, sie gebären,
Unsre Jungfraun tun dasselbe,
Werden Helden uns bescheren,

»Helden, wie der Held Sobiéski,
Wie Schelmúfski und Umínski,
Eskrókewitsch, Schubiákski,
Und der große Eselínski.«

DAS GOLDNE KALB

Doppelflöten, Hörner, Geigen
Spielen auf zum Götzenreigen,
Und es tanzen Jakobs Töchter
Um das goldne Kalb herum –
Brum – brum – brum –
Paukenschläge und Gelächter!

Hochgeschürzt bis zu den Lenden
Und sich fassend an den Händen,
Jungfraun edelster Geschlechter
Kreisen wie ein Wirbelwind
Um das Rind –
Paukenschläge und Gelächter!

Aron selbst wird fortgezogen
Von des Tanzes Wahnsinnwogen,
Und er selbst, der Glaubenswächter,
Tanzt im Hohenpriesterrock,
Wie ein Bock –
Paukenschläge und Gelächter!

KÖNIG DAVID

Lächelnd scheidet der Despot,
Denn er weiß, nach seinem Tod
Wechselt Willkür nur die Hände,
Und die Knechtschaft hat kein Ende.

Armes Volk! wie Pferd und Farrn
Bleibt es angeschirrt am Karrn,
Und der Nacken wird gebrochen,
Der sich nicht bequemt den Jochen.

Sterbend spricht zu Salomo
König David: Apropos,
Daß ich Joab dir empfehle,
Einen meiner Generäle.

Dieser tapfre General
Ist seit Jahren mir fatal,
Doch ich wagte den Verhaßten
Niemals ernstlich anzutasten.

Du, mein Sohn, bist fromm und klug,
Gottesfürchtig, stark genug,
Und es wird dir leicht gelingen,
Jenen Joab umzubringen.

KÖNIG RICHARD

Wohl durch der Wälder einödige Pracht
Jagt ungestüm ein Reiter;
Er bläst ins Horn, er singt und lacht
Gar seelenvergnügt und heiter.

Sein Harnisch ist von starkem Erz,
Noch stärker ist sein Gemüte,
Das ist Herr Richard Löwenherz,
Der christlichen Ritterschaft Blüte.

Willkommen in England! rufen ihm zu
Die Bäume mit grünen Zungen –
Wir freuen uns, o König, daß du
Östreichischer Haft entsprungen.

Dem König ist wohl in der freien Luft,
Er fühlt sich wie neugeboren,
Er denkt an Östreichs Festungsduft –
Und gibt seinem Pferde die Sporen.

DER ASRA

Täglich ging die wunderschöne
Sultanstochter auf und nieder
Um die Abendzeit am Springbrunn,
Wo die weißen Wasser plätschern.

Täglich stand der junge Sklave
Um die Abendzeit am Springbrunn,
Wo die weißen Wasser plätschern;
Täglich ward er bleich und bleicher.

Eines Abends trat die Fürstin
Auf ihn zu mit raschen Worten:
Deinen Namen will ich wissen,
Deine Heimat, deine Sippschaft!

Und der Sklave sprach: Ich heiße
Mohamet, ich bin aus Yemmen,
Und mein Stamm sind jene Asra,
Welche sterben, wenn sie lieben.

HIMMELSBRÄUTE

Wer dem Kloster geht vorbei
Mitternächtlich, sieht die Fenster
Hell erleuchtet. Ihren Umgang
Halten dorten die Gespenster.

Eine düstre Prozession
Toter Ursulinerinnen;
Junge, hübsche Angesichter
Lauschen aus Kapuz und Linnen.

Tragen Kerzen in der Hand,
Die unheimlich blutrot schimmern;
Seltsam widerhallt im Kreuzgang
Ein Gewisper und ein Wimmern.

Nach der Kirche geht der Zug,
Und sie setzen dort sich nieder
Auf des Chores Buchsbaumstühle
Und beginnen ihre Lieder.

Litaneienfromme Weisen,
Aber wahnsinnwüste Worte;
Arme Seelen sind es, welche
Pochen an des Himmels Pforte.

»Bräute Christi waren wir,
Doch die Weltlust uns betörte,
Und da gaben wir dem Cäsar,
Was dem lieben Gott gehörte.

Reizend ist die Uniform
Und des Schnurrbarts Glanz und Glätte;
Doch verlockend sind am meisten
Cäsars goldne Epaulette.

Ach, der Stirne, welche trug
Eine Dornenkrone weiland,
Gaben wir ein Hirschgeweihe –
Wir betrogen unsern Heiland.

Jesus, der die Güte selbst,
Weinte sanft ob unsrer Fehle,
Und er sprach: Vermaledeit
Und verdammt sei eure Seele!

Grabentstiegner Spuk der Nacht,
Müssen büßend wir nunmehre
Irre gehn in diesen Mauern –
Miserere! Miserere!

Ach, im Grabe ist es gut,
Ob es gleich viel besser wäre
In dem warmen Himmelreiche –
Miserere! Miserere!

Süßer Jesus, o vergib
Endlich uns die Schuld, die schwere,
Schließ uns auf den warmen Himmel –
Miserere! Miserere!«

Also singt die Nonnenschar,
Und ein längst verstorbner Küster
Spielt die Orgel. Schattenhände
Stürmen toll durch die Register.

PFALZGRÄFIN JUTTA

Pfalzgräfin Jutta fuhr über den Rhein,
Im leichten Kahn, bei Mondenschein.
Die Zofe rudert, die Gräfin spricht:
»Siehst du die sieben Leichen nicht,
Die hinter uns kommen
Einhergeschwommen –
So traurig schwimmen die Toten!

Das waren Ritter voll Jugendlust –
Sie sanken zärtlich an meine Brust
Und schwuren mir Treue – Zur Sicherheit,
Daß sie nicht brächen ihren Eid,
Ließ ich sie ergreifen
Sogleich und ersäufen –
So traurig schwimmen die Toten!«

Die Zofe rudert, die Gräfin lacht.
Das hallt so höhnisch durch die Nacht!
Bis an die Hüfte tauchen hervor
Die Leichen und strecken die Finger empor,
Wie schwörend – Sie nicken
Mit gläsernen Blicken –
So traurig schwimmen die Toten!

DER MOHRENKÖNIG

Ins Exil der Alpuxarren
Zog der junge Mohrenkönig;
Schweigsam und das Herz voll Kummer
Ritt er an des Zuges Spitze.

Hinter ihm auf hohen Zeltern
Oder auch in güldnen Sänften
Saßen seines Hauses Frauen;
Schwarze Mägde trägt das Maultier.

Hundert treue Diener folgen
Auf arabisch edlen Rappen;
Stolze Gäule, doch die Reiter
Hängen schlottrig in den Sätteln.

Keine Zymbel, keine Pauke,
Kein Gesangeslaut ertönte;
Nur des Maultiers Silberglöckchen
Wimmern schmerzlich in der Stille.

Auf der Höhe, wo der Blick
Ins Duero-Tal hinabschweift,
Und die Zinnen von Granada
Sichtbar sind zum letzten Male:

Dorten stieg vom Pferd der König
Und betrachtete die Stadt,
Die im Abendlichte glänzte,
Wie geschmückt mit Gold und Purpur.

Aber, Allah! Welch ein Anblick!
Statt des vielgeliebten Halbmonds,
Prangen Spaniens Kreuz und Fahnen
Auf den Türmen der Alhambra.

Ach, bei diesem Anblick brachen
Aus des Königs Brust die Seufzer,
Tränen überströmten plötzlich
Wie ein Sturzbach seine Wangen.

Düster von dem hohen Zelter
Schaut' herab des Königs Mutter,
Schaut' auf ihres Sohnes Jammer,
Und sie schalt ihn stolz und bitter.

»Boabdil el Chico,« sprach sie,
»Wie ein Weib beweinst du jetzo
Jene Stadt, die du nicht wußtest
Zu verteidgen wie ein Mann.«

Als des Königs liebste Kebsin
Solche harte Rede hörte,
Stürzte sie aus ihrer Sänfte
Und umhalste den Gebieter.

»Boabdil el Chico«, sprach sie,
»Tröste dich, mein Heißgeliebter,
Aus dem Abgrund deines Elends
Blüht hervor ein schöner Lorbeer.

Nicht allein der Triumphator,
Nicht allein der sieggekrönte
Günstling jener blinden Göttin,
Auch der blutge Sohn des Unglücks,

Auch der heldenmütge Kämpfer,
Der dem ungeheuren Schicksal
Unterlag, wird ewig leben
In der Menschen Angedenken.«

»Berg des letzten Mohrenseufzers«
Heißt bis auf den heutgen Tag
Jene Höhe, wo der König
Sah zum letzten Mal Granada.

Lieblich hat die Zeit erfüllet
Seiner Liebsten Prophezeiung,
Und des Mohrenkönigs Name
Ward verherrlicht und gefeiert.

Nimmer wird sein Ruhm verhallen,
Ehe nicht die letzte Saite
Schnarrend losspringt von der letzten
Andalusischen Gitarre.

GEOFFROY RUDÈL UND MELISANDE VON TRIPOLI

In dem Schlosse Blay erblickt man
Die Tapete an den Wänden,
So die Gräfin Tripolis
Einst gestickt mit klugen Händen.

Ihre ganze Seele stickte
Sie hinein, und Liebesträne
Hat gefeit das seidne Bildwerk,
Welches darstellt jene Szene:

Wie die Gräfin den Rudèl
Sterbend sah am Strande liegen,
Und das Urbild ihrer Sehnsucht
Gleich erkannt' in seinen Zügen.

Auch Rudèl hat hier zum ersten
Und zum letzten Mal erblicket
In der Wirklichkeit die Dame,
Die ihn oft im Traum entzücket.

Über ihn beugt sich die Gräfin,
Hält ihn liebevoll umschlungen,
Küßt den todesbleichen Mund,
Der so schön ihr Lob gesungen!

Ach! der Kuß des Willkomms wurde
Auch zugleich der Kuß des Scheidens,
Und so leerten sie den Kelch
Höchster Lust und tiefsten Leidens.

In dem Schlosse Blay allnächtlich
Gibts ein Rauschen, Knistern, Beben,
Die Figuren der Tapete
Fangen plötzlich an zu leben.

Troubadour und Dame schütteln
Die verschlafnen Schattenglieder,
Treten aus der Wand und wandeln
Durch die Säle auf und nieder.

Trautes Flüstern, sanftes Tändeln,
Wehmutsüße Heimlichkeiten,
Und posthume Galantrie
Aus des Minnesanges Zeiten:

»Geoffroy! Mein totes Herz
Wird erwärmt von deiner Stimme,
In den längst erloschnen Kohlen
Fühl ich wieder ein Geglimme!«

»Melisande! Glück und Blume!
Wenn ich dir ins Auge sehe,
Leb ich auf – gestorben ist
Nur mein Erdenleid und -Wehe.«

»Geoffroy! Wir liebten uns
Einst im Traume, und jetzunder
Lieben wir uns gar im Tode –
Gott Amour tat dieses Wunder!«

»Melisande! Was ist Traum?
Was ist Tod? Nur eitel Töne.
In der Liebe nur ist Wahrheit,
Und dich lieb ich, ewig Schöne.«

»Geoffroy! Wie traulich ist es
Hier im stillen Mondscheinsaale,
Möchte nicht mehr draußen wandeln
In des Tages Sonnenstrahle.«

»Melisande! teure Närrin,
Du bist selber Licht und Sonne,
Wo du wandelst, blüht der Frühling,
Sprossen Lieb und Maienwonne!«

Also kosen, also wandeln
Jene zärtlichen Gespenster
Auf und ab, derweil das Mondlicht
Lauschet durch die Bogenfenster.

Doch den holden Spuk vertreibend,
Kommt am End die Morgenröte –
Jene huschen scheu zurück
In die Wand, in die Tapete.

DER DICHTER FIRDUSI

I

Goldne Menschen, Silbermenschen!
Spricht ein Lump von einem Thoman,
Ist die Rede nur von Silber,
Ist gemeint ein Silberthoman.

Doch im Munde eines Fürsten,
Eines Schaches, ist ein Thoman
Gülden stets; ein Schach empfängt
Und er gibt nur goldne Thoman.

Also denken brave Leute,
Also dachte auch Firdusi,
Der Verfasser des berühmten
Und vergötterten Schach Nameh.

Dieses große Heldenlied
Schrieb er auf Geheiß des Schaches,
Der für jeden seiner Verse
Einen Thoman ihm versprochen.

Siebzehnmal die Rose blühte,
Siebzehnmal ist sie verwelket,
Und die Nachtigall besang sie
Und verstummte siebzehnmal –

Unterdessen saß der Dichter
An dem Webstuhl des Gedankens,
Tag und Nacht, und webte emsig
Seines Liedes Riesenteppich –

Riesenteppich, wo der Dichter
Wunderbar hineingewebt
Seiner Heimat Fabelchronik,
Farsistans uralte Könge,

Lieblingshelden seines Volkes,
Rittertaten, Aventüren,
Zauberwesen und Dämonen,
Keck umrankt von Märchenblumen –

Alles blühend und lebendig,
Farbenglänzend, glühend, brennend,
Und wie himmlisch angestrahlt
Von dem heilgen Lichte Irans,

Von dem göttlich reinen Urlicht,
Dessen letzter Feuertempel,
Trotz dem Koran und dem Mufti,
In des Dichters Herzen flammte.

Als vollendet war das Lied,
Überschickte seinem Gönner
Der Poet das Manuskript,
Zweimalhunderttausend Verse.

In der Badestube war es,
In der Badestub zu Gasna,
Wo des Schaches schwarze Boten
Den Firdusi angetroffen –

Jeder schleppte einen Geldsack,
Den er zu des Dichters Füßen
Knieend legte, als den hohen
Ehrensold für seine Dichtung.

Der Poet riß auf die Säcke
Hastig, um am lang entbehrten
Goldesanblick sich zu laben –
Da gewahrt er mit Bestürzung,

Daß der Inhalt dieser Säcke
Bleiches Silber, Silberthomans,
Zweimalhunderttausend etwa –
Und der Dichter lachte bitter.

Bitter lachend hat er jene
Summe abgeteilt in drei
Gleiche Teile, und jedwedem
Von den beiden schwarzen Boten

Schenkte er als Botenlohn
Solch ein Drittel, und das dritte
Gab er einem Badeknechte,
Der sein Bad besorgt, als Trinkgeld.

Seinen Wanderstab ergriff er
Jetzo und verließ die Hauptstadt;
Vor dem Tor hat er den Staub
Abgefegt von seinen Schuhen.

II

»Hätt er menschlich ordinär
Nicht gehalten, was versprochen,
Hätt er nur sein Wort gebrochen,
Zürnen wollt ich nimmermehr.

Aber unverzeihlich ist,
Daß er mich getäuscht so schnöde
Durch den Doppelsinn der Rede
Und des Schweigens größre List.

Stattlich war er, würdevoll
Von Gestalt und von Gebärden,
Wen'ge glichen ihm auf Erden,
War ein König jeder Zoll.

Wie die Sonn am Himmelsbogen,
Feuerblicks, sah er mich an,
Er, der Wahrheit stolzer Mann –
Und er hat mich doch belogen.«

III

Schach Mahomet hat gut gespeist,
Und gut gelaunet ist sein Geist.

Im dämmernden Garten, auf purpurnem Pfühl,
Am Springbrunnen sitzt er. Das plätschert so kühl!

Die Diener stehen mit Ehrfurchtsmienen;
Sein Liebling Ansari ist unter ihnen.

Aus Marmorvasen quillt hervor
Ein üppig brennender Blumenflor.

Gleich Odalisken anmutiglich
Die schlanken Palmen fächern sich.

Es stehen regungslos die Zypressen,
Wie himmelträumend, wie weltvergessen.

Doch plötzlich erklingt bei Lautenklang
Ein sanft geheimnisvoller Gesang.

Der Schach fährt auf, als wie behext –
Von wem ist dieses Liedes Text?

Ansari, an welchen die Frage gerichtet,
Gab Antwort: Das hat Firdusi gedichtet.

Firdusi? – rief der Fürst betreten –
Wo ist er? Wie geht es dem großen Poeten?

Ansari gab Antwort: In Dürftigkeit
Und Elend lebt er seit langer Zeit

Zu Thus, des Dichters Vaterstadt,
Wo er ein kleines Gärtchen hat.

Schach Mahomet schwieg, eine gute Weile,
Dann sprach er: Ansari, mein Auftrag hat Eile –

Geh nach meinen Ställen und erwähle
Dort hundert Maultiere und funfzig Kamele.

Die sollst du belasten mit allen Schätzen,
Die eines Menschen Herz ergötzen,

Mit Herrlichkeiten und Raritäten,
Kostbaren Kleidern und Hausgeräten

Von Sandelholz, von Elfenbein,
Mit güldnen und silbernen Schnurrpfeiferein,

Kannen und Kelchen, zierlich gehenkelt,
Lepardenfellen, groß gesprenkelt,

Mit Teppichen, Schals und reichen Brokaten,
Die fabriziert in meinen Staaten –

Vergiß nicht, auch hinzuzupacken
Glänzende Waffen und Schabracken,

Nicht minder Getränke jeder Art
Und Speisen, die man in Töpfen bewahrt,

Auch Konfitüren und Mandeltorten,
Und Pfefferkuchen von allen Sorten.

Füge hinzu ein Dutzend Gäule,
Arabischer Zucht, geschwind wie Pfeile,

Und schwarze Sklaven, gleichfalls ein Dutzend,
Leiber von Erz, strapazentrutzend.

Ansari, mit diesen schönen Sachen
Sollst du dich gleich auf die Reise machen.

Du sollst sie bringen nebst meinem Gruß
Dem großen Dichter Firdusi zu Thus.

Ansari erfüllte des Herrschers Befehle,
Belud die Mäuler und Kamele

Mit Ehrengeschenken, die wohl den Zins
Gekostet von einer ganzen Provinz.

Nach dreien Tagen verließ er schon
Die Residenz, und in eigner Person,

Mit einer roten Führerfahne,
Ritt er voran der Karawane.

Am achten Tage erreichten sie Thus;
Die Stadt liegt an des Berges Fuß.

Wohl durch das Westtor zog herein
Die Karawane mit Lärmen und Schrein.

Die Trommel scholl, das Kuhhorn klang,
Und lautaufjubelt Triumphgesang.

La Illa Il Allah! aus voller Kehle
Jauchzten die Treiber der Kamele.

Doch durch das Osttor, am andern End
Von Thus, zog in demselben Moment

Zur Stadt hinaus der Leichenzug,
Der den toten Firdusi zu Grabe trug.

NÄCHTLICHE FAHRT

Es wogte das Meer, aus dem dunklen Gewölk
Der Halbmond lugte scheu;
Und als wir stiegen in den Kahn,
Wir waren unsrer drei.

Es plätschert' im Wasser des Ruderschlags
Verdrossenes Einerlei;
Weißschäumende Wellen rauschten heran,
Bespritzten uns alle drei.

Sie stand im Kahn so blaß, so schlank,
Und unbeweglich dabei,
Als wär sie ein welsches Marmorbild,
Dianens Konterfei.

Der Mond verbirgt sich ganz. Es pfeift
Der Nachtwind kalt vorbei;
Hoch über unsern Häuptern ertönt
Plötzlich ein gellender Schrei.

Die weiße, gespenstische Möwe wars,
Und ob dem bösen Schrei,
Der schauerlich klang wie Warnungsruf,
Erschraken wir alle drei.

Bin ich im Fieber? Ist das ein Spuk
Der nächtlichen Phantasei?
Äfft mich ein Traum? Es träumet mir
Grausame Narretei.

Grausame Narretei! Mir träumt,
Daß ich ein Heiland sei,
Und daß ich trüge das große Kreuz
Geduldig und getreu.

Die arme Schönheit ist schwer bedrängt,
Ich aber mache sie frei
Von Schmach und Sünde, von Qual und Not,
Von der Welt Unfläterei.

Du arme Schönheit, schaudre nicht
Wohl ob der bittern Arznei;
Ich selber kredenze dir den Tod,
Bricht auch mein Herz entzwei.

O Narretei, grausamer Traum,
Wahnsinn und Raserei!
Es gähnt die Nacht, es kreischt das Meer,
O Gott! o steh mir bei!

O steh mir bei, barmherziger Gott!
Barmherziger Gott Schaddey!
Da schollerts hinab ins Meer – O Weh –
Schaddey! Schaddey! Adonay! –

Die Sonne ging auf, wir fuhren ans Land,
Da blühte und glühte der Mai!
Und als wir stiegen aus dem Kahn,
Da waren wir unsrer zwei.

VITZLIPUTZLI

Präludium

Dieses ist Amerika!
Dieses ist die neue Welt!
Nicht die heutige, die schon
Europäisieret abwelkt. –

Dieses ist die neue Welt!
Wie sie Christoval Kolumbus
Aus dem Ozean hervorzog.
Glänzet noch in Flutenfrische,

Träufelt noch von Wasserperlen,
Die zerstieben, farbensprühend,
Wenn sie küßt das Licht der Sonne.
Wie gesund ist diese Welt!

Ist kein Kirchhof der Romantik,
Ist kein alter Scherbenberg
Von verschimmelten Symbolen
Und versteinerten Perucken.

Aus gesundem Boden sprossen
Auch gesunde Bäume – keiner
Ist blasiert und keiner hat
In dem Rückgratmark die Schwindsucht.

Auf den Baumesästen schaukeln
Große Vögel. Ihr Gefieder
Farbenschillernd. Mit den ernsthaft
Langen Schnäbeln und mit Augen,

Brillenartig schwarz umrändert,
Schaun sie auf dich nieder, schweigsam –
Bis sie plötzlich schrillend aufschrein
Und wie Kaffeeschwestern schnattern.

Doch ich weiß nicht, was sie sagen,
Ob ich gleich der Vögel Sprachen
Kundig bin wie Salomo,
Welcher tausend Weiber hatte

Und die Vögelsprachen kannte,
Die modernen nicht allein,
Sondern auch die toten, alten,
Ausgestopften Dialekte.

Neuer Boden, neue Blumen!
Neue Blumen, neue Düfte!
Unerhörte, wilde Düfte,
Die mir in die Nase dringen,

Neckend, prickelnd, leidenschaftlich –
Und mein grübelnder Geruchsinn
Quält sich ab: Wo hab ich denn
Je dergleichen schon gerochen?

Wars vielleicht auf Regentstreet,
In den sonnig gelben Armen
Jener schlanken Javanesin,
Die beständig Blumen kaute?

Oder wars zu Rotterdam,
Neben des Erasmi Bildsäul,
In der weißen Waffelbude
Mit geheimnisvollem Vorhang?

Während ich die neue Welt
Solcher Art verdutzt betrachte,
Schein ich selbst ihr einzuflößen
Noch viel größre Scheu – Ein Affe,

Der erschreckt ins Buschwerk forthuscht,
Schlägt ein Kreuz bei meinem Anblick,
Angstvoll rufend: »Ein Gespenst!
Ein Gespenst der alten Welt!«

Affe! fürcht dich nicht, ich bin
Kein Gespenst, ich bin kein Spuk;
Leben kocht in meinen Adern,
Bin des Lebens treuster Sohn.

Doch durch jahrelangen Umgang
Mit den Toten, nahm ich an
Der Verstorbenen Manieren
Und geheime Seltsamkeiten.

Meine schönsten Lebensjahre,
Die verbracht ich im Kyffhäuser,
Auch im Venusberg und andern
Katakomben der Romantik.

Fürcht dich nicht vor mir, mein Affe!
Bin dir hold, denn auf dem haarlos
Ledern abgeschabten Hintern
Trägst du Farben, die ich liebe.

Teure Farben! Schwarz-rot-goldgelb!
Diese Affensteißcouleuren
Sie erinnern mich mit Wehmut
An das Banner Barbarossas.

I

Auf dem Haupt trug er den Lorbeer,
Und an seinen Stiefeln glänzten
Goldne Sporen – dennoch war er
Nicht ein Held und auch kein Ritter.

Nur ein Räuberhauptmann war er,
Der ins Buch des Ruhmes einschrieb,
Mit der eignen frechen Faust,
Seinen frechen Namen: Cortez.

Unter des Kolumbus Namen
Schrieb er ihn, ja dicht darunter,
Und der Schulbub auf der Schulbank
Lernt auswendig beide Namen –

Nach dem Christoval Kolumbus,
Nennt er jetzt Fernando Cortez
Als den zweiten großen Mann
In dem Pantheon der Neuwelt.

Heldenschicksals letzte Tücke:
Unser Name wird verkoppelt
Mit dem Namen eines Schächers
In der Menschen Angedenken.

Wärs nicht besser, ganz verhallen
Unbekannt, als mit sich schleppen
Durch die langen Ewigkeiten
Solche Namenskameradschaft?

Messer Christoval Kolumbus
War ein Held, und sein Gemüte,
Das so lauter wie die Sonne,
War freigebig auch wie diese.

Mancher hat schon viel gegeben,
Aber Jener hat der Welt
Eine ganze Welt geschenket,
Und sie heißt Amerika.

Nicht befreien konnt er uns
Aus dem öden Erdenkerker,
Doch er wußt ihn zu erweitern
Und die Kette zu verlängern.

Dankbar huldigt ihm die Menschheit,
Die nicht bloß europamüde,
Sondern Afrikas und Asiens
Endlich gleichfalls müde worden – –

Einer nur, ein einzger Held,
Gab uns mehr und gab uns Beßres
Als Kolumbus, das ist Jener,
Der uns einen Gott gegeben.

Sein Herr Vater, der hieß Amram,
Seine Mutter hieß Jochebeth,
Und er selber, Moses heißt er,
Und er ist mein bester Heros.

Doch, mein Pegasus, du weilest
Viel zu lang bei dem Kolumbus –
Wisse, unser heutger Flugritt
Gilt dem gringern Mann, dem Cortez.

Breite aus den bunten Fittig,
Flügelroß! und trage mich
Nach der Neuwelt schönem Lande,
Welches Mexiko geheißen.

Trage mich nach jener Burg,
Die der König Montezuma
Gastlich seinen spanschen Gästen
Angewiesen zur Behausung.

Doch nicht Obdach bloß und Atzung,
In verschwenderischer Fülle,
Gab der Fürst den fremden Strolchen –
Auch Geschenke reich und prächtig,

Kostbarkeiten kluggedrechselt,
Von massivem Gold, Juwelen,
Zeugten glänzend von der Huld
Und der Großmut des Monarchen.

Dieser unzivilisierte,
Abergläubisch blinde Heide
Glaubte noch an Treu und Ehre
Und an Heiligkeit des Gastrechts.

Er willfahrte dem Gesuche,
Beizuwohnen einem Feste,
Das in ihrer Burg die Spanier
Ihm zu Ehren geben wollten –

Und mit seinem Hofgesinde,
Arglos, huldreich, kam der König
In das spanische Quartier,
Wo Fanfaren ihn begrüßten.

Wie das Festspiel war betitelt,
Weiß ich nicht. Es hieß vielleicht:
»Spansche Treue!« doch der Autor
Nannt sich Don Fernando Cortez.

Dieser gab das Stichwort – plötzlich
Ward der König überfallen,
Und man band ihn und behielt ihn
In der Burg als eine Geisel.

Aber Montezuma starb,
Und da war der Damm gebrochen,
Der die kecken Abenteurer
Schützte vor dem Zorn des Volkes.

Schrecklich jetzt begann die Brandung –
Wie ein wild empörtes Meer
Tosten, rasten immer näher
Die erzürnten Menschenwellen.

Tapfer schlugen zwar die Spanier
Jeden Sturm zurück. Doch täglich
Ward berennt die Burg aufs neue,
Und ermüdend war das Kampfspiel.

Nach dem Tod des Königs stockte
Auch der Lebensmittel Zufuhr;
Kürzer wurden die Rationen,
Die Gesichter wurden länger.

Und mit langen Angesichtern
Sahn sich an Hispaniens Söhne,
Und sie seufzten und sie dachten
An die traute Christenheimat,

An das teure Vaterland,
Wo die frommen Glocken läuten
Und am Herde friedlich brodelt
Eine Ollea-Potrida,

Dick verschmoret mit Garbanzos,
Unter welchen, schalkhaft duftend,
Auch wohl kichernd, sich verbergen
Die geliebten Knoblauchwürstchen.

Einen Kriegsrat hielt der Feldherr,
Und der Rückzug ward beschlossen;
In der nächsten Tagesfrühe
Soll das Heer die Stadt verlassen.

Leicht gelangs hineinzukommen
Einst durch List dem klugen Cortez,
Doch die Rückkehr nach dem Festland
Bot fatale Schwierigkeiten.

Mexiko, die Inselstadt,
Liegt in einem großen See,
In der Mitte, flutumrauscht:
Eine stolze Wasserfestung,

Mit dem Uferland verkehrend
Nur durch Schiffe, Flöße, Brücken,
Die auf Riesenpfählen ruhen;
Kleine Inseln bilden Furten.

Noch bevor die Sonne aufging,
Setzten sich in Marsch die Spanier;
Keine Trommel ward gerühret,
Kein Trompeter blies Reveille.

Wollten ihre Wirte nicht
Aus dem süßen Schlafe wecken –
(Hunderttausend Indianer
Lagerten in Mexiko).

Doch der Spanier machte diesmal
Ohne seinen Wirt die Rechnung;
Noch frühzeitger aufgestanden
Waren heut die Mexikaner.

Auf den Brücken, auf den Flößen,
Auf den Furten harrten sie,
Um den Abschiedstrunk alldorten
Ihren Gästen zu kredenzen.

Auf den Brücken, Flößen, Furten,
Hei! da gabs ein toll Gelage!
Rot in Strömen floß das Blut,
Und die kecken Zecher rangen –

Rangen Leib an Leib gepreßt,
Und wir sehn auf mancher nackten
Indianerbrust den Abdruck
Spanscher Rüstungsarabesken.

Ein Erdrosseln wars, ein Würgen,
Ein Gemetzel, das sich langsam,
Schaurig langsam, weiter wälzte,
Über Brücken, Flöße, Furten.

Die Indianer sangen, brüllten,
Doch die Spanier fochten schweigend;
Mußten Schritt für Schritt erobern
Einen Boden für die Flucht.

In gedrängten Engpaßkämpfen
Boten gringen Vorteil heute
Alteuropas strenge Kriegskunst,
Feuerschlünde, Harnisch, Pferde.

Viele Spanier waren gleichfalls
Schwer bepackt mit jenem Golde,
Das sie jüngst erpreßt, erbeutet –
Ach, die gelbe Sündenlast

Lähmte, hemmte sie im Kampfe,
Und das teuflische Metall
Ward nicht bloß der armen Seele,
Sondern auch dem Leib verderblich.

Mittlerweile ward der See
Ganz bedeckt von Kähnen, Barken;
Schützen saßen drin und schossen
Nach den Brücken, Flößen, Furten.

Trafen freilich im Getümmel
Viele ihrer eignen Brüder,
Doch sie trafen auch gar manchen
Hochvortrefflichen Hidalgo.

Auf der dritten Brücke fiel
Junker Gaston, der an jenem
Tag die Fahne trug, worauf
Konterfeit die heilge Jungfrau.

Dieses Bildnis selber trafen
Die Geschosse der Indianer;
Sechs Geschosse blieben stecken
Just im Herzen – blanke Pfeile,

Ähnlich jenen güldnen Schwertern,
Die der Mater dolorosa
Schmerzenreiche Brust durchbohren
Bei Karfreitagsprozessionen.

Sterbend übergab Don Gaston
Seine Fahne dem Gonzalvo,
Der zu Tod getroffen gleichfalls
Bald dahinsank. – Jetzt ergriff

Cortez selbst das teure Banner,
Er, der Feldherr, und er trug es
Hoch zu Roß bis gegen Abend,
Wo die Schlacht ein Ende nahm.

Hundertsechzig Spanier fanden
Ihren Tod an jenem Tage;
Über achtzig fielen lebend
In die Hände der Indianer.

Schwer verwundet wurden viele,
Die erst später unterlagen.
Schier ein Dutzend Pferde wurde
Teils getötet, teils erbeutet.

Gegen Abend erst erreichten
Cortez und sein Heer das sichre
Uferland, ein Seegestade,
Karg bepflanzt mit Trauerweiden.

II

Nach des Kampfes Schreckenstag
Kommt die Spuknacht des Triumphes;
Hunderttausend Freudenlampen
Lodern auf in Mexiko.

Hunderttausend Freudenlampen,
Waldharzfackeln, Pechkranzfeuer
Werfen grell ihr Tageslicht
Auf Paläste, Götterhallen,

Gildenhäuser und zumal
Auf den Tempel Vitzliputzlis,
Götzenburg von rotem Backstein,
Seltsam mahnend an ägyptisch,

Babylonisch und assyrisch
Kolossalen Bauwerk-Monstren,
Die wir schauen auf den Bildern
Unsers Britten Henri Martin.

Ja, das sind dieselben breiten
Rampentreppen, also breit,
Daß dort auf und nieder wallen
Viele tausend Mexikaner,

Während auf den Stufen lagern
Rottenweis die wilden Krieger,
Welche lustig bankettieren,
Hochberauscht von Sieg und Palmwein.

Diese Rampentreppen leiten,
Wie ein Zickzack, nach der Plattform,
Einem balustradenartgen
Ungeheuern Tempeldach.

Dort auf seinem Thronaltar
Sitzt der große Vitzliputzli,
Mexikos blutdürstger Kriegsgott.
Ist ein böses Ungetüm,

Doch sein Äußres ist so putzig,
So verschnörkelt und so kindisch,
Daß er trotz des innern Grausens
Dennoch unsre Lachlust kitzelt –

Und bei seinem Anblick denken
Wir zu gleicher Zeit etwa
An den blassen Tod von Basel
Und an Brüssels Mannke-Piß.

An des Gottes Seite stehen
Rechts die Laien, links die Pfaffen;
Im Ornat von bunten Federn
Spreizt sich heut die Klerisei.

Auf des Altars Marmorstufen
Hockt ein hundertjährig Männlein,
Ohne Haar an Kinn und Schädel;
Trägt ein scharlach Kamisölchen.

Dieses ist der Opferpriester,
Und er wetzet seine Messer,
Wetzt sie lächelnd, und er schielet
Manchmal nach dem Gott hinauf.

Vitzliputzli scheint den Blick
Seines Dieners zu verstehen,
Zwinkert mit den Augenwimpern
Und bewegt sogar die Lippen.

Auf des Altars Stufen kauern
Auch die Tempelmusici,
Paukenschläger, Kuhhornbläser –
Ein Gerassel und Getute –

Ein Gerassel und Getute,
Und es stimmet ein des Chores
Mexikanisches Tedeum –
Ein Miaulen wie von Katzen –

Ein Miaulen wie von Katzen,
Doch von jener großen Sorte,
Welche Tigerkatzen heißen
Und statt Mäuse Menschen fressen!

Wenn der Nachtwind diese Töne
Hinwirft nach dem Seegestade,
Wird den Spaniern, die dort lagern,
Katzenjämmerlich zu Mute.

Traurig unter Trauerweiden,
Stehen diese dort noch immer,
Und sie starren nach der Stadt,
Die im dunkeln Seegewässer

Widerspiegelt, schier verhöhnend,
Alle Flammen ihrer Freude –
Stehen dort wie im Parterre
Eines großen Schauspielhauses,

Und des Vitzliputzli-Tempels
Helle Plattform ist die Bühne,
Wo zur Siegesfeier jetzt
Ein Mysterium tragiert wird.

»Menschenopfer« heißt das Stück.
Uralt ist der Stoff, die Fabel;
In der christlichen Behandlung
Ist das Schauspiel nicht so gräßlich.

Denn dem Blute wurde Rotwein,
Und dem Leichnam, welcher vorkam,
Wurde eine harmlos dünne
Mehlbreispeis transsubstituieret –

Diesmal aber, bei den Wilden,
War der Spaß sehr roh und ernsthaft
Aufgefaßt: man speiste Fleisch,
Und das Blut war Menschenblut.

Diesmal war es gar das Vollblut
Von Altchristen, das sich nie,
Nie vermischt hat mit dem Blute
Der Moresken und der Juden.

Freu dich, Vitzliputzli, freu dich,
Heute gibt es Spanierblut,
Und am warmen Dufte wirst du
Gierig laben deine Nase.

Heute werden dir geschlachtet
Achtzig Spanier, stolze Braten
Für die Tafel deiner Priester,
Die sich an dem Fleisch erquicken.

Denn der Priester ist ein Mensch,
Und der Mensch, der arme Fresser,
Kann nicht bloß vom Riechen leben
Und vom Dufte, wie die Götter.

Horch! die Todespauke dröhnt schon,
Und es kreischt das böse Kuhhorn!
Sie verkünden, daß heraufsteigt
Jetzt der Zug der Sterbemänner.

Achtzig Spanier, schmählich nackend,
Ihre Hände auf dem Rücken
Festgebunden, schleppt und schleift man
Hoch hinauf die Tempeltreppe.

Vor dem Vitzliputzli-Bilde
Zwingt man sie das Knie zu beugen
Und zu tanzen Possentänze,
Und man zwingt sie durch Torturen,

Die so grausam und entsetzlich,
Daß der Angstschrei der Gequälten
Überheulet das gesamte
Kannibalen-Charivari. –

Armes Publikum am See!
Cortez und die Kriegsgefährten
Sie vernahmen und erkannten
Ihrer Freunde Angstrufstimmen –

Auf der Bühne, grellbeleuchtet,
Sahen sie auch ganz genau
Die Gestalten und die Mienen –
Sahn das Messer, sahn das Blut –

Und sie nahmen ab die Helme
Von den Häuptern, knieten nieder,
Stimmten an den Psalm der Toten,
Und sie sangen: De profundis!

Unter jenen, welche starben,
War auch Raimond de Mendoza,
Sohn der schönen Abbatissin,
Cortez' erste Jugendliebe.

Als er auf der Brust des Jünglings
Jenes Medaillon gewahrte,
Das der Mutter Bildnis einschloß,
Weinte Cortez helle Tränen –

Doch er wischt' sie ab vom Auge
Mit dem harten Büffelhandschuh,
Seufzte tief und sang im Chore
Mit den Andern: miserere!

III

Blasser schimmern schon die Sterne,
Und die Morgennebel steigen
Aus der Seeflut, wie Gespenster,
Mit hinschleppend weißen Laken.

Fest und Lichter sind erloschen
Auf dem Dach des Götzentempels,
Wo am blutgetränkten Estrich
Schnarchend liegen Pfaff und Laie.

Nur die rote Jacke wacht.
Bei dem Schein der letzten Lampe,
Süßlich grinsend, grimmig schäkernd,
Spricht der Priester zu dem Gotte:

»Vitzliputzli, Putzlivitzli,
Liebstes Göttchen Vitzliputzli!
Hast dich heute amüsieret,
Hast gerochen Wohlgerüche!

Heute gab es Spanierblut –
O das dampfte so apptitlich,
Und dein feines Leckernäschen
Sog den Duft ein, wollustglänzend.

Morgen opfern wir die Pferde,
Wiehernd edle Ungetüme,
Die des Windes Geister zeugten,
Buhlschaft treibend mit der Seekuh.

Willst du artig sein, so schlacht ich
Dir auch meine beiden Enkel,
Hübsche Bübchen, süßes Blut,
Meines Alters einzge Freude.

Aber artig mußt du sein,
Mußt uns neue Siege schenken –
Laß uns siegen, liebes Göttchen,
Putzlivitzli, Vitzliputzli!

O verderbe unsre Feinde,
Diese Fremden, die aus fernen
Und noch unentdeckten Ländern
Zu uns kamen übers Weltmeer –

Warum ließen sie die Heimat?
Trieb sie Hunger oder Blutschuld?
Bleib im Land und nähr dich redlich,
Ist ein sinnig altes Sprüchwort.

Was ist ihr Begehr? Sie stecken
Unser Gold in ihre Taschen,
Und sie wollen, daß wir droben
Einst im Himmel glücklich werden!

Anfangs glaubten wir, sie wären
Wesen von der höchsten Gattung,
Sonnensöhne, die unsterblich
Und bewehrt mit Blitz und Donner.

Aber Menschen sind sie, tötbar
Wie wir Andre, und mein Messer
Hat erprobet heute Nacht
Ihre Menschensterblichkeit.

Menschen sind sie und nicht schöner
Als wir Andre, manche drunter
Sind so häßlich wie die Affen;
Wie bei diesen sind behaart

Die Gesichter, und es heißt,
Manche trügen in den Hosen
Auch verborgne Affenschwänze –
Wer kein Aff, braucht keine Hosen.

Auch moralisch häßlich sind sie,
Wissen nichts von Pietät,
Und es heißt, daß sie sogar
Ihre eignen Götter fräßen!

O vertilge diese ruchlos
Böse Brut, die Götterfresser –
Vitzliputzli, Putzlivitzli,
Laß uns siegen, Vitzliputzli!« –

Also sprach zum Gott der Priester,
Und des Gottes Antwort tönt
Seufzend, röchelnd, wie der Nachtwind,
Welcher koset mit dem Seeschilf:

Rotjack, Rotjack, blutger Schlächter,
Hast geschlachtet viele Tausend,
Bohre jetzt das Opfermesser
In den eignen alten Leib.

Aus dem aufgeschlitzten Leib
Schlüpft alsdann hervor die Seele;
Über Kiesel, über Wurzel
Trippelt sie zum Laubfroschteiche.

Dorten hocket meine Muhme
Rattenköngin – sie wird sagen:
»Guten Morgen, nackte Seele,
Wie ergeht es meinem Neffen?

Vitzliputzelt er vergnügt
In dem honigsüßen Goldlicht?
Wedelt ihm das Glück die Fliegen
Und die Sorgen von der Stirne?

Oder kratzt ihn Katzlagara,
Die verhaßte Unheilsgöttin
Mit den schwarzen Eisenpfoten,
Die in Otterngift getränket?«

Nackte Seele, gib zur Antwort:
Vitzliputzli läßt dich grüßen,
Und er wünscht dir Pestilenz
In den Bauch, Vermaledeite!

Denn du rietest ihm zum Kriege,
Und dein Rat, es war ein Abgrund –
In Erfüllung geht die böse,
Uralt böse Prophezeiung

Von des Reiches Untergang
Durch die furchtbar bärtgen Männer,
Die auf hölzernem Gevögel
Hergeflogen aus dem Osten.

Auch ein altes Sprüchwort gibt es:
Weiberwille, Gotteswille –
Doppelt ist der Gotteswille,
Wenn das Weib die Mutter Gottes.

Diese ist es, die mir zürnet,
Sie, die stolze Himmelsfürstin,
Eine Jungfrau sonder Makel,
Zauberkundig, wundertätig.

Sie beschützt das Spaniervolk,
Und wir müssen untergehen,
Ich, der ärmste aller Götter,
Und mein armes Mexiko.

Nach vollbrachtem Auftrag, Rotjack,
Krieche deine nackte Seele
In ein Sandloch – Schlafe wohl!
Daß du nicht mein Unglück schauest!

Dieser Tempel stürzt zusammen,
Und ich selber, ich versinke
In dem Qualm – nur Rauch und Trümmer –
Keiner wird mich wiedersehen.

Doch ich sterbe nicht; wir Götter
Werden alt wie Papageien,
Und wir mausern nur und wechseln
Auch wie diese das Gefieder.

Nach der Heimat meiner Feinde,
Die Europa ist geheißen,
Will ich flüchten, dort beginn ich
Eine neue Karriere.

Ich verteufle mich, der Gott
Wird jetzund ein Gottseibeiuns;
Als der Feinde böser Feind,
Kann ich dorten wirken, schaffen.

Quälen will ich dort die Feinde,
Mit Phantomen sie erschrecken –
Vorgeschmack der Hölle, Schwefel
Sollen sie beständig riechen.

Ihre Weisen, ihre Narren
Will ich ködern und verlocken;
Ihre Tugend will ich kitzeln,
Bis sie lacht wie eine Metze.

Ja, ein Teufel will ich werden,
Und als Kameraden grüß ich
Satanas und Belial,
Astaroth und Belzebub.

Dich zumal begrüß ich, Lilis,
Sündenmutter, glatte Schlange!
Lehr mich deine Grausamkeiten
Und die schöne Kunst der Lüge!

Mein geliebtes Mexiko,
Nimmermehr kann ich es retten,
Aber rächen will ich furchtbar
Mein geliebtes Mexiko.

ZWEITES BUCH:
LAMENTATIONEN

Das Glück ist eine leichte Dirne,
Und weilt nicht gern am selben Ort;
Sie streicht das Haar dir von der Stirne
Und küßt dich rasch und flattert fort.

Frau Unglück hat im Gegenteile
Dich liebefest ans Herz gedrückt;
Sie sagt, sie habe keine Eile,
Setzt sich zu dir ans Bett und strickt.

WALDEINSAMKEIT

Ich hab in meinen Jugendtagen
Wohl auf dem Haupt einen Kranz getragen;
Die Blumen glänzten wunderbar,
Ein Zauber in dem Kranze war.

Der schöne Kranz gefiel wohl Allen,
Doch der ihn trug hat Manchem mißfallen;
Ich floh den gelben Menschenneid,
Ich floh in die grüne Waldeinsamkeit.

Im Wald, im Wald! da konnt ich führen
Ein freies Leben mit Geistern und Tieren;
Feen und Hochwild von stolzem Geweih,
Sie nahten sich mir ganz ohne Scheu.

Sie nahten sich mir ganz ohne Zagnis,
Sie wußten, das sei kein schreckliches Wagnis;
Daß ich kein Jäger, wußte das Reh,
Daß ich kein Vernunftmensch, wußte die Fee.

Von Feenbegünstigung plaudern nur Toren –
Doch wie die übrigen Honoratioren
Des Waldes mir huldreich gewesen, fürwahr
Ich darf es bekennen offenbar.

Wie haben mich lieblich die Elfen umflattert!
Ein luftiges Völkchen! das plaudert und schnattert!
Ein bißchen stechend ist der Blick,
Verheißend ein süßes, doch tödliches Glück.

Ergötzten mich mit Maitanz und Maispiel,
Erzählten mir Hofgeschichten, zum Beispiel:
Die skandalose Chronika
Der Königin Titania.

Saß ich am Bache, so tauchten und sprangen
Hervor aus der Flut, mit ihrem langen
Silberschleier und flatterndem Haar,
Die Wasserbacchanten, die Nixenschar.

Sie schlugen die Zither, sie spielten auf Geigen,
Das war der famose Nixenreigen;
Die Posituren, die Melodei,
War klingende, springende Raserei.

Jedoch zu Zeiten waren sie minder.
Tobsüchtig gelaunt, die schönen Kinder;
Zu meinen Füßen lagerten sie,
Das Köpfchen gestützt auf meinem Knie.

Trällerten, trillerten welsche Romanzen,
Zum Beispiel das Lied von den drei Pomeranzen,
Sangen auch wohl ein Lobgedicht
Auf mich und mein nobeles Menschengesicht.

Sie unterbrachen manchmal das Gesinge
Lautlachend, und frugen bedenkliche Dinge,
Zum Beispiel: »Sag uns, zu welchem Behuf
Der liebe Gott den Menschen schuf?

Hat eine unsterbliche Seele ein Jeder
Von euch? Ist diese Seele von Leder
Oder von steifer Leinwand? Warum
Sind eure Leute meistens so dumm?«

Was ich zur Antwort gab, verhehle
Ich hier, doch meine unsterbliche Seele,
Glaubt mirs, ward nie davon verletzt,
Was eine kleine Nixe geschwätzt.

Anmutig und schalkhaft sind Nixen und Elfen;
Nicht so die Erdgeister, sie dienen und helfen
Treuherzig den Menschen. Ich liebte zumeist
Die, welche man Wichtelmännchen heißt.

Sie tragen Rotmäntelchen, lang und bauschig,
Die Miene ist ehrlich, doch bang und lauschig;
Ich ließ nicht merken, daß ich entdeckt,
Warum sie so ängstlich die Füße versteckt.

Sie haben nämlich Entenfüße
Und bilden sich ein, daß Niemand es wisse.
Das ist eine tiefgeheime Wund,
Worüber ich nimmermehr spötteln kunnt.

Ach Himmel! wir Alle, gleich jenen Zwergen,
Wir haben ja Alle etwas zu verbergen;
Kein Christenmensch, wähnen wir, hätte entdeckt,
Wo unser Entenfüßchen steckt.

Niemals verkehrt ich mit Salamandern,
Und über ihr Treiben erfuhr ich von andern
Waldgeistern sehr wenig. Sie huschten mir scheu
Des Nachts wie leuchtende Schatten vorbei.

Sind spindeldürre, von Kindeslänge,
Höschen und Wämschen anliegend enge,
Von Scharlachfarbe, goldgestickt;
Das Antlitz kränklich, vergilbt und bedrückt.

Ein güldnes Krönlein, gespickt mit Rubinen,
Trägt auf dem Köpfchen ein Jeder von ihnen;
Ein Jeder von ihnen bildet sich ein,
Ein absoluter König zu sein.

Daß sie im Feuer nicht verbrennen,
Ist freilich ein Kunststück, ich will es bekennen;
Jedoch der unentzündbare Wicht,
Ein wahrer Feuergeist ist er nicht.

Die klügsten Waldgeister sind die Alräunchen,
Langbärtige Männlein mit kurzen Beinchen,
Ein fingerlanges Greisengeschlecht;
Woher sie stammen, man weiß es nicht recht.

Wenn sie im Mondschein kopfüber purzeln,
Das mahnt bedenklich an Pissewurzeln;
Doch da sie mir nur Gutes getan,
So geht mich nichts ihr Ursprung an.

Sie lehrten mir kleine Hexereien,
Feuer besprechen, Vögel beschreien,
Auch pflücken in der Johannisnacht
Das Kräutlein, das unsichtbar macht.

Sie lehrten mich Sterne und Zeichen deuten,
Sattellos auf dem Winde reiten,
Auch Runensprüche, womit man ruft
Die Toten hervor aus ihrer Gruft.

Sie haben mir auch den Pfiff gelehrt,
Wie man den Vogel Specht betört
Und ihm die Springwurz abgewinnt,
Die anzeigt, wo Schätze verborgen sind.

Die Worte, die man beim Schätzegraben
Hinmurmelt, lehrten sie mich, sie haben
Mir alles expliziert – umsunst!
Hab nie begriffen die Schatzgräberkunst.

Wohl hatt ich derselben nicht nötig dermalen,
Ich brauchte wenig, und konnt es bezahlen,
Besaß auch in Spanien manch luftiges Schloß,
Wovon ich die Revenüen genoß.

O schöne Zeit! wo voller Geigen
Der Himmel hing, wo Elfenreigen
Und Nixentanz und Koboldscherz
Umgaukelt mein märchentrunkenes Herz!

O schöne Zeit! wo sich zu grünen
Triumphespforten zu wölben schienen
Die Bäume des Waldes – ich ging einher,
Bekränzt, als ob ich der Sieger wär!

Die schöne Zeit, sie ist verschlendert,
Und Alles hat sich seitdem verändert,
Und ach! mir ist der Kranz geraubt,
Den ich getragen auf meinem Haupt.

Der Kranz ist mir vom Haupt genommen,
Ich weiß es nicht, wie es gekommen;
Doch seit der schöne Kranz mir fehlt,
Ist meine Seele wie entseelt.

Es glotzen mich an unheimlich blöde
Die Larven der Welt! Der Himmel ist öde,
Ein blauer Kirchhof, entgöttert und stumm.
Ich gehe gebückt im Wald herum.

Im Walde sind die Elfen verschwunden,
Jagdhörner hör ich, Gekläffe von Hunden;
Im Dickicht ist das Reh versteckt,
Das tränend seine Wunden leckt.

Wo sind die Alräunchen? ich glaube, sie halten
Sich ängstlich verborgen in Felsenspalten.
Ihr kleinen Freunde, ich komme zurück,
Doch ohne Kranz und ohne Glück.

Wo ist die Fee mit dem langen Goldhaar,
Die erste Schönheit, die mir hold war?
Der Eichenbaum, worin sie gehaust,
Steht traurig entlaubt, vom Winde zerzaust.

Der Bach rauscht trostlos gleich dem Styxe;
Am einsamen Ufer sitzt eine Nixe;
Todblaß und stumm, wie 'n Bild von Stein,
Scheint tief in Kummer versunken zu sein.

Mitleidig tret ich zu ihr heran –
Da fährt sie auf und schaut mich an,
Und sie entflieht mit entsetzten Mienen,
Als sei ihr ein Gespenst erschienen.

SPANISCHE ATRIDEN

Am Hubertustag des Jahres
Dreizehnhundert drei und achtzig
Gab der König uns ein Gastmahl
Zu Segovia im Schlosse.

Hofgastmähler sind dieselben
Überall, es gähnt dieselbe
Souveräne Langeweile
An der Tafel aller Fürsten.

Prunkgeschirr von Gold und Silber,
Leckerbissen aller Zonen,
Und derselbe Bleigeschmack,
Mahnend an Lokustes Küche.

Auch derselbe seidne Pöbel,
Buntgeputzt und vornehm nickend,
Wie ein Beet von Tulipanen;
Nur die Saucen sind verschieden.

Und das ist ein Wispern, Sumsen,
Das wie Mohn den Sinn einschläfert,
Bis Trompetenstöße wecken
Aus der kauenden Betäubnis.

Neben mir, zum Glücke, saß
Don Diego Albuquerque,
Dem die Rede unterhaltsam
Von den klugen Lippen floß.

Ganz vorzüglich gut erzählte
Er die blutgen Hofgeschichten
Aus den Tagen des Don Pedro,
Den man »König Grausam« nannte.

Als ich frug, warum Don Pedro
Seinen Bruder Don Fredrego
Insgeheim enthaupten ließ,
Sprach mein Tischgenosse seufzend:

Sennor! glaubt nicht was sie klimpern
Auf den schlottrigen Gitarren,
Bänkelsänger, Maultiertreiber,
In Posaden, Kneipen, Schenken.

Glaubet nimmer, was sie faseln
Von der Liebe Don Fredregos
Und Don Pedros schöner Gattin,
Donna Blanka von Bourbon.

Nicht der Eifersucht des Gatten,
Nur der Mißgunst eines Neidharts
Fiel als Opfer Don Fredrego,
Calatravas Ordensmeister.

Das Verbrechen, das Don Pedro
Nicht verzieh, das war sein Ruhm,
Jener Ruhm, den Donna Fama
Mit Entzücken ausposaunte.

Auch verzieh ihm nicht Don Pedro
Seiner Seele Hochgefühle
Und die Wohlgestalt des Leibes,
Die ein Abbild solcher Seele.

Blühend blieb mir im Gedächtnis
Diese schlanke Heldenblume;
Nie vergeß ich dieses schöne
Träumerische Jünglingsantlitz.

Das war eben jene Sorte,
Die geliebt wird von den Feen,
Und ein märchenhaft Geheimnis
Sprach aus allen diesen Zügen.

Blaue Augen, deren Schmelz
Blendend wie ein Edelstein, –
Aber auch der stieren Härte
Eines Edelsteins teilhaftig.

Seine Haare waren schwarz,
Bläulichschwarz, von seltnem Glanze,
Und in üppig schönen Locken
Auf die Schulter niederfallend.

In der schönen Stadt Coimbra,
Die er abgewann den Mohren,
Sah ich ihn zum letzten Male
Lebend – unglückselger Prinz!

Eben kam er vom Alkanzor,
Durch die engen Straßen reitend;
Manche junge Mohrin lauschte
Hinterm Gitter ihres Fensters.

Seines Hauptes Helmbusch wehte
Frei galant, jedoch des Mantels
Strenges Calatrava-Kreuz
Scheuchte jeden Buhlgedanken.

Ihm zur Seite, freudewedelnd,
Sprang sein Liebling, Allan hieß er,
Eine Bestie stolzer Rasse,
Deren Heimat die Sierra.

Trotz der ungeheuern Größe
War er wie ein Reh gelenkig,
Nobel war des Kopfes Bildung,
Ob sie gleich dem Fuchse ähnlich.

Schneeweiß und so weich wie Seide
Flockten lang herab die Haare;
Mit Rubinen inkrustieret
War das breite goldne Halsband.

Dieses Halsband, sagt man, barg
Einen Talisman der Treue;
Niemals wich er von der Seite
Seines Herrn, der treue Hund.

O der schauerlichen Treue!
Mir erbebet das Gemüte,
Denk ich dran, wie sie sich hier
Offenbart vor unsern Augen.

O des schreckenvollen Tages!
Hier in diesem Saale war es,
Und wie heute saß ich hier
An der königlichen Tafel.

An dem obern Tafelende,
Dort, wo heute Don Henrico
Fröhlich bechert mit der Blume
Kastilianscher Ritterschaft –

Jenes Tags saß dort Don Pedro
Finster stumm, und neben ihm,
Strahlend stolz wie eine Göttin,
Saß Maria de Padilla.

Hier am untern End der Tafel,
Wo wir heut die Dame sehen,
Deren große Linnenkrause
Wie ein weißer Teller aussieht –

Während ihr vergilbt Gesichtchen
Mit dem säuerlichen Lächeln
Der Zitrone gleichet, welche
Auf besagtem Teller ruht:

Hier am untern End der Tafel
War ein leerer Platz geblieben;
Eines Gasts von hohem Range
Schien der goldne Stuhl zu harren.

Don Fredrego war der Gast,
Dem der goldne Stuhl bestimmt war –
Doch er kam nicht – ach, wir wissen
Jetzt den Grund der Zögerung.

Ach, zur selben Stunde wurde
Sie vollbracht, die dunkle Untat,
Und der arglos junge Held
Wurde von Don Pedros Schergen

Hinterlistig überfallen
Und gebunden fortgeschleppt
In ein ödes Schloßgewölbe,
Nur von Fackelschein beleuchtet.

Dorten standen Henkersknechte,
Dorten stand der rote Meister,
Der, gestützt auf seinem Richtbeil,
Mit schwermütger Miene sprach:

Jetzt, Großmeister von San Jago,
Müßt Ihr Euch zum Tod bereiten,
Eine Viertelstunde sei
Euch bewilligt zum Gebete.

Don Fredrego kniete nieder,
Betete mit frommer Ruhe,
Sprach sodann: ich hab vollendet,
Und empfing den Todesstreich.

In demselben Augenblicke,
Als der Kopf zu Boden rollte,
Sprang drauf zu der treue Allan,
Welcher unbemerkt gefolgt war.

Er erfaßte, mit den Zähnen,
Bei dem Lockenhaar das Haupt,
Und mit dieser teuern Beute
Schoß er zauberschnell von dannen.

Jammer und Geschrei erscholl
Überall auf seinem Wege,
Durch die Gänge und Gemächer,
Treppen auf und Treppen ab.

Seit dem Gastmahl des Belsazar
Gab es keine Tischgesellschaft,
Welche so verstöret aussah
Wie die unsre in dem Saale,

Als das Ungetüm hereinsprang
Mit dem Haupte Don Fredregos,
Das er mit den Zähnen schleppte
An den träufend blutgen Haaren.

Auf den leer gebliebnen Stuhl,
Welcher seinem Herrn bestimmt war,
Sprang der Hund und, wie ein Kläger,
Hielt er uns das Haupt entgegen.

Ach, es war das wohlbekannte
Heldenantlitz, aber blässer,
Aber ernster, durch den Tod,
Und umringelt gar entsetzlich

Von der Fülle schwarzer Locken,
Die sich bäumten wie der wilde
Schlangenkopfputz der Meduse,
Auch wie dieser schreckversteinernd.

Ja, wir waren wie versteinert,
Sahn uns an mit starrer Miene,
Und gelähmt war jede Zunge
Von der Angst und Etikette.

Nur Maria de Padilla
Brach das allgemeine Schweigen;
Händeringend, laut aufschluchzend,
Jammerte sie ahndungsvoll:

»Heißen wird es jetzt, ich hätte
Angestiftet solche Mordtat,
Und der Groll trifft meine Kinder,
Meine schuldlos armen Kinder!«

Don Diego unterbrach hier
Seine Rede, denn wir sahen,
Daß die Tafel aufgehoben
Und der Hof den Saal verlassen.

Höfisch fein von Sitten, gab
Mir der Ritter das Geleite,
Und wir wandelten selbander
Durch das alte Gotenschloß.

In dem Kreuzgang, welcher leitet
Nach des Königs Hundeställen,
Die durch Knurren und Gekläffe
Schon von fernher sich verkündgen,

Dorten sah ich, in der Wand
Eingemauert und nach außen
Fest mit Eisenwerk vergattert,
Eine Zelle wie ein Käfig.

Menschliche Gestalten zwo
Saßen drin, zwei junge Knaben;
Angefesselt bei den Beinen,
Hockten sie auf fauler Streu.

Kaum zwölfjährig schien der Eine,
Wenig älter war der Andre;
Die Gesichter schön und edel,
Aber fahl und welk von Siechtum.

Waren ganz zerlumpt, fast nackend,
Und die magern Leibchen trugen
Wunde Spuren der Mißhandlung;
Beide schüttelte das Fieber.

Aus der Tiefe ihres Elends
Schauten sie zu mir empor,
Wie mit weißen Geisteraugen,
Daß ich schier darob erschrocken.

Wer sind diese Jammerbilder?
Rief ich aus, indem ich hastig
Don Diegos Hand ergriff,
Die gezittert, wie ich fühlte.

Don Diego schien verlegen,
Sah sich um, ob Niemand lausche,
Seufzte tief und sprach am Ende,
Heitern Weltmannston erkünstelnd:

Dieses sind zwei Königskinder,
Früh verwaiset, König Pedro
Hieß der Vater, und die Mutter
War Maria de Padilla.

Nach der großen Schlacht bei Narvas,
Wo Henrico Transtamare
Seinen Bruder, König Pedro,
Von der großen Last der Krone

Und zugleich von jener größern
Last, die Leben heißt, befreite:
Da traf auch die Bruderskinder
Don Henricos Siegergroßmut.

Hat sich ihrer angenommen,
Wie es einem Oheim ziemet,
Und im eignen Schlosse gab er
Ihnen freie Kost und Wohnung.

Enge freilich ist das Stübchen,
Das er ihnen angewiesen,
Doch im Sommer ist es kühlig,
Und nicht gar zu kalt im Winter.

Ihre Speis ist Roggenbrot,
Das so schmackhaft ist, als hätt es
Göttin Ceres selbst gebacken
Für ihr liebes Proserpinchen.

Manchmal schickt er ihnen auch
Eine Kumpe mit Garbanzos,
Und die Jungen merken dann,
Daß es Sonntag ist in Spanien.

Doch nicht immer ist es Sonntag,
Und nicht immer gibts Garbanzos,
Und der Oberkoppelmeister
Regaliert sie mit der Peitsche.

Denn der Oberkoppelmeister,
Der die Ställe mit der Meute
Sowie auch den Neffenkäfig
Unter seiner Aufsicht hat,

Ist der unglückselge Gatte
Jener sauren Zitronella
Mit der weißen Tellerkrause,
Die wir heut bei Tisch bewundert,

Und sie keift so frech, daß oft
Ihr Gemahl zur Peitsche greift –
Und hierher eilt und die Hunde
Und die armen Knaben züchtigt.

Doch der König hat mißbilligt
Solch Verfahren und befahl,
Daß man künftig seine Neffen
Nicht behandle wie die Hunde.

Keiner fremden Mietlingsfaust
Wird er ferner anvertrauen
Ihre Zucht, die er hinfüro
Eigenhändig leiten will.

Don Diego stockte plötzlich,
Denn der Seneschall des Schlosses
Kam zu uns und frug uns
Höflich: ob wir wohlgespeist? – –

DER EX-LEBENDIGE

Brutus, wo ist dein Cassius,
Der Wächter, der nächtliche Rufer,
Der einst mit dir, im Seelenerguß,
Gewandelt am Seineufer?

Ihr schautet manchmal in die Höh,
Wo die dunklen Wolken jagen –
Viel dunklere Wolke war die Idee,
Die Ihr im Herzen getragen.

Brutus, wo ist dein Cassius?
Er denkt nicht mehr ans Morden!
Es heißt, er sei am Neckarfluß
Tyrannenvorleser geworden.

Doch Brutus erwidert: Du bist ein Tor,
Kurzsichtig wie alle Poeten –
Mein Cassius liest dem Tyrannen vor,
Jedoch um ihn zu töten.

Er liest ihm Gedichte von Matzerath –
Ein Dolch ist jede Zeile!
Der arme Tyrann, früh oder spat
Stirbt er vor Langeweile.

DER EX-NACHTWÄCHTER

Mißgelaunt, sagt man, verließ er
Stuttgart an dem Neckarstrand,
Und zu München an der Isar
Ward er Schauspielintendant.

Das ist eine schöne Gegend
Ebenfalls, es schäumet hier,
Geist- und phantasieerregend,
Holder Bock, das beste Bier.

Doch der arme Intendante,
Heißt es, gehet dort herum
Melancholisch wie ein Dante,
Wie Lord Byron gloomy, stumm.

Ihn ergötzen nicht Komödien,
Nicht das schlechteste Gedicht,
Selbst die traurigsten Tragödien
Liest er – doch er lächelt nicht.

Manche Schöne möcht erheitern
Dieses gramumflorte Herz,
Doch die Liebesblicke scheitern
An dem Panzer, der von Erz.

Nannerl mit dem Riegelhäubchen
Girrt ihn an so muntern Sinns –
Geh ins Kloster, armes Täubchen,
Spricht er wie ein Dänenprinz.

Seine Freunde sind vergebens
Zu erlustgen ihn bemüht,
Singen: Freue dich des Lebens,
Weil dir noch dein Lämpchen glüht!

Kann dich nichts zum Frohsinn reizen
Hier in dieser hübschen Stadt,
Die an amüsanten Käuzen
Wahrlich keinen Mangel hat?

Zwar hat sie in jüngsten Tagen
Eingebüßt so manchen Mann,
Manchen trefflichen Choragen,
Den man schwer entbehren kann.

Wär der Maßmann nur geblieben!
Dieser hätte wohl am End
Jeden Trübsinn dir vertrieben
Durch sein Burzelbaumtalent.

Schelling, der ist unersetzlich!
Ein Verlust vom höchsten Wert!
War als Philosoph ergötzlich
Und als Mime hochgeehrt.

Daß der Gründer der Walhalla
Fortging und zurücke ließ
Seine Manuskripte alle,
Gleichfalls ein Verlust war dies!

Mit Corneljus ging verloren
Auch des Meisters Jüngerschaft;
Hat das Haar sich abgeschoren,
Und im Haar war ihre Kraft.

Denn der kluge Meister legte
Einen Zauber in das Haar,
Drin sich sichtbar oft bewegte
Etwas das lebendig war.

Tot ist Görres, die Hyäne.
Ob des heiligen Offiz
Umsturz quoll ihm einst die Träne
Aus des Auges rotem Schlitz.

Dieses Raubtier hat ein Sühnchen
Hinterlassen, doch es ist
Nur ein giftiges Kaninchen,
Welches Nonnenfürzchen frißt.

Apropos! Der erzinfame
Pfaffe Dollingerius –
Das ist ungefähr sein Name –
Lebt er noch am Isarfluß?

Dieser bleibt mir unvergeßlich!
Bei dem reinen Sonnenlicht!
Niemals schaut ich solch ein häßlich
Armesünderangesicht.

Wie es heißt, ist er gekommen
Auf die Welt gar wundersam,
Hat den Afterweg genommen,
Zu der Mutter Schreck und Scham.

Sah ihn am Karfreitag wallen
In dem Zug der Prozession,
Von den dunkeln Männern allen
Wohl die dunkelste Person.

Ja, Monacho Monachorum
Ist in unsrer Zeit der Sitz
Der Virorum obscurorum,
Die verherrlicht Huttens Witz.

Wie du zuckst beim Namen Hutten!
Ex-Nachtwächter, wache auf!
Hier die Pritsche, dort die Kutten,
Und wie ehmals schlage drauf!

Geißle ihre Rücken blutig,
Wie einst tat der Ullerich;
Dieser schlug so rittermutig,
Jene heulten fürchterlich.

Der Erasmus mußte lachen
So gewaltig ob dem Spaß,
Daß ihm platzte in dem Rachen
Sein Geschwür und er genas.

Auf der Ebersburg desgleichen
Lachte Sickingen wie toll,
Und in allen deutschen Reichen
Das Gelächter widerscholl.

Alte lachten wie die Jungen –
Eine einzge Lache nur
War ganz Wittenberg, sie sungen
Gaudeamus igitur!

Freilich, klopft man faule Kutten,
Fängt man Flöh im Überfluß,
Und es mußte sich der Hutten
Manchmal kratzen vor Verdruß.

Aber alea est jacta!
War des Ritters Schlachtgeschrei,
Und er knickte und er knackte
Pulices und Klerisei.

Ex-Nachtwächter, Stundenrufer,
Fühlst du nicht dein Herz erglühn?
Rege dich am Isarufer,
Schüttle ab den kranken Spleen.

Deine langen Fortschrittsbeine,
Heb sie auf zu neuem Lauf –
Kutten grobe, Kutten feine,
Sind es Kutten, schlage drauf!

Jener aber seufzt, und seine
Hände ringend er versetzt:
Meine langen Fortschrittsbeine
Sind europamüde jetzt.

Meine Hühneraugen jücken,
Habe deutsche enge Schuh,
Und wo mich die Schuhe drücken,
Weiß ich wohl – laß mich in Ruh!

PLATENIDEN

Iliaden, Odysseen
Kündigst du uns prahlend an,
Und wir sollen in dir sehen
Deutscher Zukunft größten Mann.

Eine große Tat in Worten,
Die du einst zu tun gedenkst! –
O ich kenne solche Sorten
Geistger Schuldenmacher längst.

Hier ist Rhodus, komm und zeige
Deine Kunst, hier wird getanzt!
Oder trolle dich und schweige,
Wenn du heut nicht tanzen kannst.

Wahre Prinzen aus Genieland
Zahlen bar was sie verzehrt,
Schiller, Goethe, Lessing, Wieland
Haben nie Kredit begehrt.

Wollten keine Ovationen
Von dem Publiko auf Pump,
Keine Vorschuß-Lorbeerkronen,
Rühmten sich nicht keck und plump.

Tot ist längst der alte Junker,
Doch sein Same lebt noch heut –
Oh, ich kenne das Geflunker
Künftiger Unsterblichkeit.

Das sind Platens echte Kinder,
Echtes Platenidenblut –
Meine teuern Hallermünder,
Oh, ich kenn euch gar zu gut!

MYTHOLOGIE

Ja, Europa ist erlegen –
Wer kann Ochsen widerstehen?
Wir verzeihen auch Danäen –
Sie erlag dem goldnen Regen!

Semele ließ sich verführen –
Denn sie dachte: eine Wolke,
Ideale Himmelswolke,
Kann uns nicht kompromittieren.

Aber tief muß uns empören
Was wir von der Leda lesen –
Welche Gans bist du gewesen,
Daß ein Schwan dich konnt betören!

IN MATHILDENS STAMMBUCH

Hier, auf gewalkten Lumpen, soll ich
Mit einer Spule von der Gans
Hinkritzeln ernsthaft halb, halb drollig,
Versifizierten Firlefanz –

Ich, der gewohnt mich auszusprechen
Auf deinem schönen Rosenmund,
Mit Küssen, die wie Flammen brechen
Hervor aus tiefstem Herzensgrund!

O Modewut! Ist man ein Dichter,
Quält uns die eigne Frau zuletzt,
Bis man, wie andre Sangeslichter,
Ihr einen Reim ins Album setzt.

AN DIE JUNGEN

Laß dich nicht kirren, laß dich nicht wirren
Durch goldne Äpfel in deinem Lauf!
Die Schwerter klirren, die Pfeile schwirren,
Doch halten sie nicht den Helden auf.

Ein kühnes Beginnen ist halbes Gewinnen,
Ein Alexander erbeutet die Welt!
Kein langes Besinnen! Die Königinnen
Erwarten schon knieend den Sieger im Zelt.

Wir wagen, wir werben! besteigen als Erben
Des alten Darius Bett und Thron.
O süßes Verderben! o blühendes Sterben!
Berauschter Triumphtod zu Babylon!

DER UNGLÄUBIGE

Du wirst in meinen Armen ruhn!
Von Wonnen sonder Schranken
Erbebt und schwillt mein ganzes Herz
Bei diesem Zaubergedanken.

Du wirst in meinen Armen ruhn!
Ich spiele mit den schönen
Goldlocken! Dein holdes Köpfchen wird
An meine Schulter lehnen.

Du wirst in meinen Armen ruhn!
Der Traum will Wahrheit werden,
Ich soll des Himmels höchste Lust.
Hier schon genießen auf Erden.

Oh, heilger Thomas! Ich glaub es kaum!
Ich zweifle bis zur Stunde,
Wo ich den Finger legen kann
In meines Glückes Wunde.

K.-JAMMER

Diese graue Wolkenschar
Stieg aus einem Meer von Freuden;
Heute muß ich dafür leiden,
Daß ich gestern glücklich war.

Ach, in Wermut hat verkehrt
Sich der Nektar! Ach, wie quälend
Katzenjammer, Hundeelend
Herz und Magen mir beschwert!

ZUM HAUSFRIEDEN

Viele Weiber, viele Flöhe,
Viele Flöhe, vieles Jucken –
Tun sie heimlich dir ein Wehe,
Darfst du dennoch dich nicht mucken.

Denn sie rächen, schelmisch lächelnd,
Sich zur Nachtzeit – Willst du drücken
Sie ans Herze, lieberöchelnd,
Ach, da drehn sie dir den Rücken.

JETZT WOHIN?

Jetzt wohin? Der dumme Fuß
Will mich gern nach Deutschland tragen;
Doch es schüttelt klug das Haupt
Mein Verstand und scheint zu sagen:

Zwar beendigt ist der Krieg,
Doch die Kriegsgerichte blieben,
Und es heißt, du habest einst
Viel Erschießliches geschrieben.

Das ist wahr, unangenehm
Wär mir das Erschossenwerden;
Bin kein Held, es fehlen mir
Die pathetischen Gebärden.

Gern würd ich nach England gehn,
Wären dort nicht Kohlendämpfe
Und Engländer – schon ihr Duft
Gibt Erbrechen mir und Krämpfe.

Manchmal kommt mir in den Sinn
Nach Amerika zu segeln,
Nach dem großen Freiheitstall,
Der bewohnt von Gleichheitsflegeln –

Doch es ängstet mich ein Land,
Wo die Menschen Tabak käuen,
Wo sie ohne König kegeln,
Wo sie ohne Spucknapf speien.

Rußland, dieses schöne Reich,
Würde mir vielleicht behagen,
Doch im Winter könnte ich
Dort die Knute nicht ertragen.

Traurig schau ich in die Höh,
Wo viel tausend Sterne nicken –
Aber meinen eignen Stern
Kann ich nirgends dort erblicken.

Hat im güldnen Labyrinth
Sich vielleicht verirrt am Himmel,
Wie ich selber mich verirrt
In dem irdischen Getümmel. –

ALTES LIED

Du bist gestorben und weißt es nicht,
Erloschen ist dein Augenlicht,
Erblichen ist dein rotes Mündchen,
Und du bist tot, mein totes Kindchen.

In einer schaurigen Sommernacht
Hab ich dich selber zu Grabe gebracht;
Klaglieder die Nachtigallen sangen,
Die Sterne sind mit zur Leiche gegangen.

Der Zug, der zog den Wald vorbei,
Dort widerhallt die Litanei;
Die Tannen, in Trauermänteln vermummet,
Sie haben Totengebete gebrummet.

Am Weidensee vorüber gings,
Die Elfen tanzten inmitten des Rings;
Sie blieben plötzlich stehn und schienen
Uns anzuschaun mit Beileidsmienen.

Und als wir kamen zu deinem Grab,
Da stieg der Mond vom Himmel herab.
Er hielt eine Rede. Ein Schluchzen und Stöhnen,
Und in der Ferne die Glocken tönen.

SOLIDITÄT

Liebe sprach zum Gott der Lieder,
Sie verlange Sicherheiten,
Ehe sie sich ganz ergebe,
Denn es wären schlechte Zeiten.

Lachend gab der Gott zur Antwort:
Ja, die Zeiten sich verändern,
Und du sprichst jetzt wie ein alter
Wuchrer, welcher leiht auf Pfändern.

Ach, ich hab nur eine Leier,
Doch sie ist von gutem Golde.
Wieviel Küsse willst du borgen
Mir darauf, o meine Holde?

ALTE ROSE

Eine Rosenknospe war
Sie, für die mein Herze glühte;
Doch sie wuchs, und wunderbar
Schoß sie auf in voller Blüte.

Ward die schönste Ros im Land,
Und ich wollt die Rose brechen,
Doch sie wußte mich pikant
Mit den Dornen fortzustechen.

Jetzt, wo sie verwelkt, zerfetzt
Und verklatscht von Wind und Regen –
Liebster Heinrich bin ich jetzt,
Liebend kommt sie mir entgegen.

Heinrich hinten, Heinrich vorn,
Klingt es jetzt mit süßen Tönen;
Sticht mich jetzt etwa ein Dorn,
Ist es an dem Kinn der Schönen.

Allzu hart die Borsten sind,
Die des Kinnes Wärzchen zieren –
Geh ins Kloster, liebes Kind,
Oder lasse dich rasieren.

AUTO-DA-FÉ

Welke Veilchen, stäubge Locken,
Ein verblichen blaues Band,
Halb zerrissene Billette,
Längst vergeßner Herzenstand –

In die Flammen des Kamines
Werf ich sie verdroßnen Blicks;
Ängstlich knistern diese Trümmer
Meines Glücks und Mißgeschicks.

Liebeschwüre, flatterhafte
Falsche Eide, in den Schlot
Fliegen sie hinauf – es kichert
Unsichtbar der kleine Gott.

Bei den Flammen des Kamines
Sitz ich träumend, und ich seh,
Wie die Fünkchen in der Asche
Still verglühn – Gut Nacht – Ade!

Lazarus

1.

WELTLAUF

Hat man viel, so wird man bald
Noch viel mehr dazu bekommen.
Wer nur wenig hat, dem wird
Auch das Wenige genommen.

Wenn du aber gar nichts hast,
Ach, so lasse dich begraben –
Denn ein Recht zum Leben, Lump,
Haben nur die etwas haben.

2.

RÜCKSCHAU

Ich habe gerochen alle Gerüche
In dieser holden Erdenküche;
Was man genießen kann in der Welt,
Das hab ich genossen wie je ein Held!
Hab Kaffee getrunken, hab Kuchen gegessen,
Hab manche schöne Puppe besessen;
Trug seidne Westen, den feinsten Frack,
Mir klingelten auch Dukaten im Sack.
Wie Gellert ritt ich auf hohem Roß;
Ich hatte ein Haus, ich hatte ein Schloß.
Ich lag auf der grünen Wiese des Glücks,
Die Sonne grüßte goldigsten Blicks;
Ein Lorbeerkranz umschloß die Stirn,
Er duftete Träume mir ins Gehirn,

Träume von Rosen und ewigem Mai –
Es ward mir so selig zu Sinne dabei,
So dämmersüchtig, so sterbefaul –
Mir flogen gebratne Tauben ins Maul,
Und Englein kamen, und aus den Taschen
Sie zogen hervor Champagnerflaschen –
Das waren Visionen, Seifenblasen –
Sie platzten – Jetzt lieg ich auf feuchtem Rasen,
Die Glieder sind mir rheumatisch gelähmt,
Und meine Seele ist tief beschämt.
Ach, jede Lust, ach, jeden Genuß
Hab ich erkauft durch herben Verdruß;
Ich ward getränkt mit Bitternissen
Und grausam von den Wanzen gebissen;
Ich ward bedrängt von schwarzen Sorgen,
Ich mußte lügen, ich mußte borgen
Bei reichen Buben und alten Vetteln –
Ich glaube sogar, ich mußte betteln,
Jetzt bin ich müd vom Rennen und Laufen,
Jetzt will ich mich im Grabe verschnaufen.
Lebt wohl! Dort oben, ihr christlichen Brüder,
Ja, das versteht sich, dort sehn wir uns wieder.

3.

AUFERSTEHUNG

Posaunenruf erfüllt die Luft,
Und furchtbar schallt es wider;
Die Toten steigen aus der Gruft,
Und schütteln und rütteln die Glieder.

Was Beine hat, das trollt sich fort,
Es wallen die weißen Gestalten
Nach Josaphat, dem Sammelort,
Dort wird Gericht gehalten.

Als Freigraf sitzet Christus dort
In seiner Apostel Kreise.
Sie sind die Schöppen, ihr Spruch und Wort
Ist minniglich und weise.

Sie urteiln nicht vermummten Gesichts;
Die Maske läßt Jeder fallen
Am hellen Tage des jüngsten Gerichts,
Wenn die Posaunen schallen.

Das ist zu Josaphat im Tal,
Da stehn die geladenen Scharen,
Und weil zu groß der Beklagten Zahl,
Wird hier summarisch verfahren.

Das Böcklein zur Linken, zur Rechten das Schaf,
Geschieden sind sie schnelle;
Der Himmel dem Schäfchen fromm und brav,
Dem geilen Bock die Hölle!

4.

STERBENDE

Flogest aus nach Sonn und Glück,
Nackt und schlecht kommst du zurück.
Deutsche Treue, deutsche Hemde,
Die verschleißt man in der Fremde.

Siehst sehr sterbebläßlich aus,
Doch getrost, du bist zu Haus.
Warm wie an dem Flackerherde
Liegt man in der deutschen Erde.

Mancher leider wurde lahm
Und nicht mehr nach Hause kam –
Streckt verlangend aus die Arme,
Daß der Herr sich sein erbarme!

5.

LUMPENTUM

Die reichen Leute, die gewinnt
Man nur durch platte Schmeichelein –
Das Geld ist platt, mein liebes Kind,
Und will auch platt geschmeichelt sein.

Das Weihrauchfaß, das schwinge keck
Vor jedem göttlich goldnen Kalb;
Bet an im Staub, bet an im Dreck,
Vor allem aber lob nicht halb.

Das Brot ist teuer dieses Jahr,
Jedoch die schönsten Worte hat
Man noch umsonst – Besinge gar
Mäcenas' Hund, und friß dich satt!

6.

ERINNERUNG

Dem Einen die Perle, dem Andern die Truhe,
O Wilhelm Wisetzki, du starbest so fruhe –
Doch die Katze, die Katz ist gerettet.

Der Balken brach, worauf er geklommen,
Da ist er im Wasser umgekommen –
Doch die Katze, die Katz ist gerettet.

Wir folgten der Leiche, dem lieblichen Knaben,
Sie haben ihn unter Maiblumen begraben, –
Doch die Katze, die Katz ist gerettet.

Bist klug gewesen, du bist entronnen
Den Stürmen, hast früh ein Obdach gewonnen –
Doch die Katze, die Katz ist gerettet.

Bist früh entronnen, bist klug gewesen,
Noch eh du erkranktest, bist du genesen –
Doch die Katze, die Katz ist gerettet.

Seit langen Jahren, wie oft, o Kleiner,
Mit Neid und Wehmut gedenk ich deiner –
Doch die Katze, die Katz ist gerettet.

7.

UNVOLLKOMMENHEIT

Nichts ist vollkommen hier auf dieser Welt.
Der Rose ist der Stachel beigesellt;
Ich glaube gar, die lieben holden Engel
Im Himmel droben sind nicht ohne Mängel.

Der Tulpe fehlt der Duft. Es heißt am Rhein:
Auch Ehrlich stahl einmal ein Ferkelschwein.
Hätte Lucretia sich nicht erstochen,
Sie wär vielleicht gekommen in die Wochen.

Häßliche Füße hat der stolze Pfau.
Uns kann die amüsant geistreichste Frau
Manchmal langweilen wie die Henriade
Voltaires, sogar wie Klopstocks Messiade.

Die bravste, klügste Kuh kein Spanisch weiß,
Wie Maßmann kein Latein – Der Marmorsteiß
Der Venus von Canova ist zu glatte,
Wie Maßmanns Nase viel zu ärschig platte.

Im süßen Lied ist oft ein saurer Reim,
Wie Bienenstachel steckt im Honigseim.
Am Fuß verwundbar war der Sohn der Thetis,
Und Alexander Dumas ist ein Metis.

Der strahlenreinste Stern am Himmelzelt,
Wenn er den Schnupfen kriegt, herunterfällt.
Der beste Äpfelwein schmeckt nach der Tonne,
Und schwarze Flecken sieht man in der Sonne.

Du bist, verehrte Frau, du selbst sogar
Nicht fehlerfrei, nicht aller Mängel bar.
Du schaust mich an – du fragst mich, was dir fehle?
Ein Busen, und im Busen eine Seele.

8.

FROMME WARNUNG

Unsterbliche Seele, nimm dich in Acht,
Daß du nicht Schaden leidest,
Wenn du aus dem Irdischen scheidest;
Es geht der Weg durch Tod und Nacht.

Am goldnen Tore der Hauptstadt des Lichts,
Da stehen die Gottessoldaten;
Sie fragen nach Werken und Taten,
Nach Namen und Amt fragt man hier nichts.

Am Eingang läßt der Pilger zurück
Die stäubigen, drückenden Schuhe –
Kehr ein, hier findest du Ruhe,
Und weiche Pantoffeln und schöne Musik.

9.

DER ABGEKÜHLTE

Und ist man tot, so muß man lang
Im Grabe liegen; ich bin bang,
Ja, ich bin bang, das Auferstehen
Wird nicht so schnell von Statten gehen.

Noch einmal, eh mein Lebenslicht
Erlöschet, eh mein Herze bricht –
Noch einmal möcht ich vor dem Sterben
Um Frauenhuld beseligt werben.

Und eine Blonde müßt es sein,
Mit Augen sanft wie Mondenschein –
Denn schlecht bekommen mir am Ende
Die wild brünetten Sonnenbrände.

Das junge Volk voll Lebenskraft
Will den Tumult der Leidenschaft,
Das ist ein Rasen, Schwören, Poltern
Und wechselseitges Seelenfoltern!

Unjung und nicht mehr ganz gesund,
Wie ich es bin zu dieser Stund,
Mögt ich noch einmal lieben, schwärmen
Und glücklich sein – doch ohne Lärmen.

10.

SALOMO

Verstummt sind Pauken, Posaunen und Zinken.
An Salomos Lager Wache halten
Die schwertgegürteten Engelgestalten,
Sechstausend zur Rechten, sechstausend zur Linken.

Sie schützen den König vor träumendem Leide,
Und zieht er finster die Brauen zusammen,
Da fahren sogleich die stählernen Flammen,
Zwölftausend Schwerter, hervor aus der Scheide.

Doch wieder zurück in die Scheide fallen
Die Schwerter der Engel. Das nächtliche Grauen
Verschwindet, es glätten sich wieder die Brauen
Des Schläfers, und seine Lippen lallen:

O Sulamith! das Reich ist mein Erbe,
Die Lande sind mir untertänig,
Bin über Juda und Israel König –
Doch liebst du mich nicht, so welk ich und sterbe.

II.

VERLORENE WÜNSCHE

Von der Gleichheit der Gemütsart
Wechselseitig angezogen,
Waren wir einander immer
Mehr als uns bewußt gewogen.

Beide ehrlich und bescheiden,
Konnten wir uns leicht verstehen;
Worte waren überflüssig,
Brauchten uns nur anzusehen.

O wie sehnlich wünscht ich immer,
Daß ich bei dir bleiben könnte
Als der tapfre Waffenbruder
Eines dolce far niente.

Ja, mein liebster Wunsch war immer,
Daß ich immer bei dir bliebe!
Alles was dir wohlgefiele,
Alles tät ich dir zu Liebe.

Würde essen was dir schmeckte
Und die Schüssel gleich entfernen,
Die dir nicht behagt. Ich würde
Auch Zigarren rauchen lernen.

Manche polnische Geschichte,
Die dein Lachen immer weckte,
Wollt ich wieder dir erzählen
In Judäas Dialekte.

Ja, ich wollte zu dir kommen,
Nicht mehr in der Fremde schwärmen –
An dem Herde deines Glückes
Wollt ich meine Kniee wärmen. – –

Goldne Wünsche! Seifenblasen!
Sie zerrinnen wie mein Leben –
Ach, ich liege jetzt am Boden,
Kann mich nimmermehr erheben.

Und Ade! sie sind zerronnen,
Goldne Wünsche, süßes Hoffen!
Ach, zu tödlich war der Faustschlag,
Der mich just ins Herz getroffen.

12.

GEDÄCHTNISFEIER

Keine Messe wird man singen,
Keinen Kadosch wird man sagen,
Nichts gesagt und nichts gesungen
Wird an meinen Sterbetagen.

Doch vielleicht an solchem Tage,
Wenn das Wetter schön und milde,
Geht spazieren auf Montmartre
Mit Paulinen Frau Mathilde.

Mit dem Kranz von Immortellen
Kommt sie mir das Grab zu schmücken,
Und sie seufzet: Pauvre homme!
Feuchte Wehmut in den Blicken.

Leider wohn ich viel zu hoch,
Und ich habe meiner Süßen
Keinen Stuhl hier anzubieten;
Ach! sie schwankt mit müden Füßen.

Süßes, dickes Kind, du darfst
Nicht zu Fuß nach Hause gehen;
An dem Barrieregitter
Siehst du die Fiaker stehen.

13.

WIEDERSEHEN

Die Geißblattlaube – Ein Sommerabend –
Wir saßen wieder wie ehmals am Fenster –
Der Mond ging auf, belebend und labend –
Wir aber waren wie zwei Gespenster.

Zwölf Jahre schwanden, seitdem wir beisammen
Zum letzten Male hier gesessen;
Die zärtlichen Gluten, die großen Flammen,
Sie waren erloschen unterdessen.

Einsilbig saß ich. Die Plaudertasche,
Das Weib hingegen schürte beständig
Herum in der alten Liebesasche.
Jedoch kein Fünkchen ward wieder lebendig.

Und sie erzählte: wie sie die bösen
Gedanken bekämpft, eine lange Geschichte,
Wie wackelig schon ihre Tugend gewesen –
Ich machte dazu ein dummes Gesichte.

Als ich nach Hause ritt, da liefen
Die Bäume vorbei in der Mondenhelle,
Wie Geister. Wehmütige Stimmen riefen –
Doch ich und die Toten, wir ritten schnelle.

14.

FRAU SORGE

In meines Glückes Sonnenglanz,
Da gaukelte fröhlich der Mückentanz.
Die lieben Freunde liebten mich
Und teilten mit mir brüderlich
Wohl meinen besten Braten
Und meinen letzten Dukaten.

Das Glück ist fort, der Beutel leer,
Und hab auch keine Freunde mehr;
Erloschen ist der Sonnenglanz,
Zerstoben ist der Mückentanz,
Die Freunde, so wie die Mücke,
Verschwinden mit dem Glücke.

An meinem Bett in der Winternacht
Als Wärterin die Sorge wacht.
Sie trägt eine weiße Unterjack,
Ein schwarzes Mützchen, und schnupft Tabak.
Die Dose knarrt so gräßlich,
Die Alte nickt so häßlich.

Mir träumt manchmal, gekommen sei
Zurück das Glück und der junge Mai
Und die Freundschaft und der Mückenschwarm –
Da knarrt die Dose – daß Gott erbarm,
Es platzt die Seifenblase –
Die Alte schneuzt die Nase.

15.

AN DIE ENGEL

Das ist der böse Thanatos,
Er kommt auf einem fahlen Roß;
Ich hör den Hufschlag, hör den Trab,
Der dunkle Reiter holt mich ab –
Er reißt mich fort, Mathilden soll ich lassen,
Oh, den Gedanken kann mein Herz nicht fassen!

Sie war mir Weib und Kind zugleich,
Und geh ich in das Schattenreich,
Wird Witwe sie und Waise sein!
Ich laß in dieser Welt allein
Das Weib, das Kind, das, trauend meinem Mute,
Sorglos und treu an meinem Herzen ruhte.

Ihr Engel in den Himmelshöhn,
Vernehmt mein Schluchzen und mein Flehn:
Beschützt, wenn ich im öden Grab,
Das Weib, das ich geliebet hab;
Seid Schild und Vögte eurem Ebenbilde,
Beschützt, beschirmt mein armes Kind, Mathilde.

Bei allen Tränen, die ihr je
Geweint um unser Menschenweh,
Beim Wort, das nur der Priester kennt
Und niemals ohne Schauder nennt,
Bei eurer eignen Schönheit, Huld und Milde,
Beschwör ich euch, ihr Engel, schützt Mathilde.

16.

IM OKTOBER 1849

Gelegt hat sich der starke Wind,
Und wieder stille wirds daheime;
Germania, das große Kind,
Erfreut sich wieder seiner Weihnachtsbäume.

Wir treiben jetzt Familienglück –
Was höher lockt, das ist vom Übel –
Die Friedensschwalbe kehrt zurück,
Die einst genistet in des Hauses Giebel.

Gemütlich ruhen Wald und Fluß,
Von sanftem Mondlicht übergossen;
Nur manchmal knallts – Ist das ein Schuß? –
Es ist vielleicht ein Freund, den man erschossen.

Vielleicht mit Waffen in der Hand
Hat man den Tollkopf angetroffen
(Nicht jeder hat so viel Verstand
Wie Flaccus, der so kühn davongeloffen).

Es knallt. Es ist ein Fest vielleicht,
Ein Feuerwerk zur Goethefeier! –
Die Sontag, die dem Grab entsteigt,
Begrüßt Raketenlärm – die alte Leier.

Auch Liszt taucht wieder auf, der Franz,
Er lebt, er liegt nicht blutgerötet
Auf einem Schlachtfeld Ungarlands;
Kein Russe, noch Kroat hat ihn getötet.

Es fiel der Freiheit letzte Schanz,
Und Ungarn blutet sich zu Tode –
Doch unversehrt blieb Ritter Franz,
Sein Säbel auch – er liegt in der Kommode.

Er lebt, der Franz, und wird als Greis
Vom Ungarkriege Wunderdinge
Erzählen in der Enkel Kreis –
»So lag ich und so führt ich meine Klinge!«

Wenn ich den Namen Ungarn hör,
Wird mir das deutsche Wams zu enge,
Es braust darunter wie ein Meer,
Mir ist als grüßten mich Trompetenklänge!

Es klirrt mir wieder im Gemüt
Die Heldensage, längst verklungen,
Das eisern wilde Kämpenlied –
Das Lied vom Untergang der Nibelungen.

Es ist dasselbe Heldenlos,
Es sind dieselben alten Mären,
Die Namen sind verändert bloß,
Doch sinds dieselben »Helden lobebären«.

Es ist dasselbe Schicksal auch –
Wie stolz und frei die Fahnen fliegen,
Es muß der Held, nach altem Brauch,
Den tierisch rohen Mächten unterliegen.

Und diesmal hat der Ochse gar
Mit Bären einen Bund geschlossen –
Du fällst; doch tröste dich, Magyar,
Wir Andre haben schlimmre Schmach genossen.

Anständge Bestien sind es doch,
Die ganz honett dich überwunden;
Doch wir geraten in das Joch
Von Wölfen, Schweinen und gemeinen Hunden.

Das heult und bellt und grunzt – ich kann
Ertragen kaum den Duft der Sieger.
Doch still, Poet, das greift dich an –
Du bist so krank, und schweigen wäre klüger.

17.

BÖSES GETRÄUME

Im Traume war ich wieder jung und munter –
Es war das Landhaus hoch am Bergesrand,
Wettlaufend lief ich dort den Pfad hinunter,
Wettlaufend mit Ottiljen Hand in Hand.

Wie das Persönchen fein formiert! Die süßen
Meergrünen Augen zwinkern nixenhaft.
Sie steht so fest auf ihren kleinen Füßen,
Ein Bild von Zierlichkeit, vereint mit Kraft.

Der Ton der Stimme ist so treu und innig,
Man glaubt zu schaun bis in der Seele Grund;
Und alles was sie spricht ist klug und sinnig;
Wie eine Rosenknospe ist der Mund.

Es ist nicht Liebesweh, was mich beschleichet,
Ich schwärme nicht, ich bleibe bei Verstand; –
Doch wunderbar ihr Wesen mich erweichet,
Und heimlich bebend küß ich ihre Hand.

Ich glaub, am Ende brach ich eine Lilje,
Die gab ich ihr und sprach ganz laut dabei:
Heirate mich und sei mein Weib, Ottilje,
Damit ich fromm wie du und glücklich sei.

Was sie zur Antwort gab, das weiß ich nimmer,
Denn ich erwachte jählings – und ich war
Wieder ein Kranker, der im Krankenzimmer
Trostlos daniederliegt seit manchem Jahr. – –

18.

SIE ERLISCHT

Der Vorhang fällt, das Stück ist aus,
Und Herrn und Damen gehn nach Haus.
Ob ihnen auch das Stück gefallen?
Ich glaub, ich hörte Beifall schallen.
Ein hochverehrtes Publikum
Beklatschte dankbar seinen Dichter.
Jetzt aber ist das Haus so stumm,
Und sind verschwunden Lust und Lichter.

Doch horch! ein schollernd schnöder Klang
Ertönt unfern der öden Bühne; –
Vielleicht daß eine Saite sprang
An einer alten Violine.
Verdrießlich rascheln im Parterr
Etwelche Ratten hin und her,
Und Alles riecht nach ranzgem Öle.
Die letzte Lampe ächzt und zischt
Verzweiflungsvoll, und sie erlischt.
Das arme Licht war meine Seele.

19.

VERMÄCHTNIS

Nun mein Leben geht zu End,
Mach ich auch mein Testament;
Christlich will ich drin bedenken
Meine Feinde mit Geschenken.

Diese würdgen, tugendfesten
Widersacher sollen erben
All mein Siechtum und Verderben,
Meine sämtlichen Gebresten.

Ich vermach euch die Koliken,
Die den Bauch wie Zangen zwicken,
Harnbeschwerden, die perfiden
Preußischen Hämorrhoiden.

Meine Krämpfe sollt ihr haben,
Speichelfluß und Gliederzucken,
Knochendarre in dem Rucken,
Lauter schöne Gottesgaben.

Kodizill zu dem Vermächtnis:
In Vergessenheit versenken
Soll der Herr eur Angedenken,
Er vertilge eur Gedächtnis.

20.

ENFANT PERDU

Verlorner Posten in dem Freiheitskriege,
Hielt ich seit dreißig Jahren treulich aus.
Ich kämpfe ohne Hoffnung, daß ich siege,
Ich wußte, nie komm ich gesund nach Haus.

Ich wachte Tag und Nacht – Ich konnt nicht schlafen,
Wie in dem Lagerzelt der Freunde Schar –
(Auch hielt das laute Schnarchen dieser Braven
Mich wach, wenn ich ein bißchen schlummrig war).

In jenen Nächten hat Langweil ergriffen
Mich oft, auch Furcht – (nur Narren fürchten nichts) –
Sie zu verscheuchen, hab ich dann gepfiffen
Die frechen Reime eines Spottgedichts.

Ja, wachsam stand ich, das Gewehr im Arme,
Und nahte irgend ein verdächtger Gauch,
So schoß ich gut und jagt ihm eine warme,
Brühwarme Kugel in den schnöden Bauch.

Mitunter freilich mocht es sich ereignen,
Daß solch ein schlechter Gauch gleichfalls sehr gut
Zu schießen wußte – ach, ich kanns nicht leugnen –
Die Wunden klaffen – es verströmt mein Blut.

Ein Posten ist vakant! – Die Wunden klaffen –
Der Eine fällt, die Andern rücken nach –
Doch fall ich unbesiegt, und meine Waffen
Sind nicht gebrochen – Nur mein Herze brach.

DRITTES BUCH:
HEBRÄISCHE MELODIEN

O laß nicht ohne Lebensgenuß
Dein Leben verfließen!
Und bist du sicher vor dem Schuß,
So laß sie nur schießen.

Fliegt dir das Glück vorbei einmal,
So faß es am Zipfel.
Auch rat ich dir, baue dein Hüttchen im Tal
Und nicht auf dem Gipfel.

PRINZESSIN SABBATH

In Arabiens Märchenbuche
Sehen wir verwünschte Prinzen,
Die zu Zeiten ihre schöne
Urgestalt zurückgewinnen:

Das behaarte Ungeheuer
Ist ein Königsohn geworden;
Schmuckreich glänzend angekleidet,
Auch verliebt die Flöte blasend.

Doch die Zauberfrist zerrinnt,
Und wir schauen plötzlich wieder
Seine königliche Hoheit
In ein Ungetüm verzottelt.

Einen Prinzen solchen Schicksals
Singt mein Lied. Er ist geheißen
Israel. Ihn hat verwandelt
Hexenspruch in einen Hund.

Hund mit hündischen Gedanken,
Kötert er die ganze Woche
Durch des Lebens Kot und Kehricht,
Gassenbuben zum Gespötte.

Aber jeden Freitag Abend,
In der Dämmrungstunde, plötzlich
Weicht der Zauber, und der Hund
Wird aufs Neu ein menschlich Wesen.

Mensch mit menschlichen Gefühlen,
Mit erhobnem Haupt und Herzen,
Festlich, reinlich schier gekleidet,
Tritt er in des Vaters Halle.

»Sei gegrüßt, geliebte Halle
Meines königlichen Vaters!
Zelte Jakobs, eure heilgen
Eingangspfosten küßt mein Mund!«

Durch das Haus geheimnisvoll
Zieht ein Wispern und ein Weben,
Und der unsichtbare Hausherr
Atmet schaurig in der Stille.

Stille! Nur der Seneschall
(Vulgo Synagogendiener)
Springt geschäftig auf und nieder,
Um die Lampen anzuzünden.

Trostverheißend goldne Lichter,
Wie sie glänzen, wie sie glimmern!
Stolz aufflackern auch die Kerzen
Auf der Brüstung des Almemors.

Vor dem Schreine, der die Thora
Aufbewahret und verhängt ist
Mit der kostbar seidnen Decke,
Die von Edelsteinen funkelt –

Dort an seinem Betpultständer
Steht schon der Gemeindesänger;
Schmuckes Männchen, das sein schwarzes
Mäntelchen kokett geachselt.

Um die weiße Hand zu zeigen,
Haspelt er am Halse, seltsam
An die Schläf den Zeigefinger,
An die Kehl den Daumen drückend.

Trällert vor sich hin ganz leise,
Bis er endlich lautaufjubelnd
Seine Stimm erhebt und singt:
Lecho Daudi likras Kalle!

Lecho Daudi likras Kalle –
Komm, Geliebter, deiner harret
Schon die Braut, die dir entschleiert
Ihr verschämtes Angesicht!

Dieses hübsche Hochzeitkarmen
Ist gedichtet von dem großen,
Hochberühmten Minnesinger
Don Jehuda ben Halevy.

In dem Liede wird gefeiert
Die Vermählung Israels
Mit der Frau Prinzessin Sabbath,
Die man nennt die stille Fürstin.

Perl und Blume aller Schönheit
Ist die Fürstin. Schöner war
Nicht die Königin von Saba,
Salomonis Busenfreundin,

Die, ein Blaustrumpf Äthiopiens,
Durch Esprit brillieren wollte,
Und mit ihren klugen Rätseln
Auf die Länge fatigant ward.

Die Prinzessin Sabbath, welche
Ja die personifizierte
Ruhe ist, verabscheut alle
Geisteskämpfe und Debatten.

Gleich fatal ist ihr die trampelnd
Deklamierende Passion,
Jenes Pathos, das mit flatternd
Aufgelöstem Haar einherstürmt.

Sittsam birgt die stille Fürstin
In der Haube ihre Zöpfe;
Blickt so sanft wie die Gazelle,
Blüht so schlank wie eine Addas.

Sie erlaubt dem Liebsten alles,
Ausgenommen Tabakrauchen –
»Liebster! Rauchen ist verboten,
Weil es heute Sabbath ist.

Dafür aber heute Mittag
Soll dir dampfen, zum Ersatz,
Ein Gericht, das wahrhaft göttlich –
Heute sollst du Schalet essen!«

Schalet, schöner Götterfunken,
Tochter aus Elysium!
Also klänge Schillers Hochlied,
Hätt er Schalet je gekostet.

Schalet ist die Himmelspeise,
Die der liebe Herrgott selber
Einst den Moses kochen lehrte
Auf dem Berge Sinai,

Wo der Allerhöchste gleichfalls
All die guten Glaubenslehren
Und die heilgen zehn Gebote
Wetterleuchtend offenbarte.

Schalet ist des wahren Gottes
Koscheres Ambrosia,
Wonnebrot des Paradieses,
Und mit solcher Kost verglichen

Ist nur eitel Teufelsdreck
Das Ambrosia der falschen
Heidengötter Griechenlands,
Die verkappte Teufel waren.

Speist der Prinz von solcher Speise,
Glänzt sein Auge wie verkläret,
Und er knöpfet auf die Weste,
Und er spricht mit selgem Lächeln:

»Hör ich nicht den Jordan rauschen?
Sind das nicht die Brüßelbrunnen
In dem Palmental von Beth-El,
Wo gelagert die Kamele?

Hör ich nicht die Herdenglöckchen?
Sind das nicht die fetten Hämmel,
Die vom Gileathgebirge
Abendlich der Hirt herabtreibt?«

Doch der schöne Tag verflittert;
Wie mit langen Schattenbeinen
Kommt geschritten der Verwünschung
Böse Stund – Es seufzt der Prinz.

Ist ihm doch als griffen eiskalt
Hexenfinger in sein Herze.
Schon durchrieseln ihn die Schauer
Hündischer Metamorphose.

Die Prinzessin reicht dem Prinzen
Ihre güldne Nardenbüchse.
Langsam riecht er – Will sich laben
Noch einmal an Wohlgerüchen.

Es kredenzet die Prinzessin
Auch den Abschiedstrunk dem Prinzen –
Hastig trinkt er, und im Becher
Bleiben wen'ge Tropfen nur.

Er besprengt damit den Tisch,
Nimmt alsdann ein kleines Wachslicht,
Und er tunkt es in die Nässe,
Daß es knistert und erlischt.

JEHUDA BEN HALEVY

1.

»Lechzend klebe mir die Zunge
An dem Gaumen, und es welke
Meine rechte Hand, vergäß ich
Jemals dein, Jerusalem –«

Wort und Weise, unaufhörlich
Schwirren sie mir heut im Kopfe,
Und mir ist als hört ich Stimmen,
Psalmodierend, Männerstimmen –

Manchmal kommen auch zum Vorschein
Bärte, schattig lange Bärte –
Traumgestalten, wer von euch
Ist Jehuda ben Halevy?

Doch sie huschen rasch vorüber;
Die Gespenster scheuen furchtsam
Der Lebendgen plumpen Zuspruch –
Aber ihn hab ich erkannt –

Ich erkannt ihn an der bleichen
Und gedankenstolzen Stirne,
An der Augen süßer Starrheit –
Sahn mich an so schmerzlich forschend –

Doch zumeist erkannt ich ihn
An dem rätselhaften Lächeln
Jener schön gereimten Lippen,
Die man nur bei Dichtern findet.

Jahre kommen und verfließen.
Seit Jehuda ben Halevy
Ward geboren, sind verflossen
Siebenhundert funfzig Jahre –

Hat zuerst das Licht erblickt
Zu Toledo in Kastilien,
Und es hat der goldne Tajo
Ihm sein Wiegenlied gelullet.

Für Entwicklung seines Geistes
Sorgte früh der strenge Vater,
Der den Unterricht begann
Mit dem Gottesbuch, der Thora.

Diese las er mit dem Sohne
In dem Urtext, dessen schöne,
Hieroglyphisch pittoreske,
Altchaldäische Quadratschrift

Herstammt aus dem Kindesalter
Unsrer Welt, und auch deswegen
Jedem kindlichen Gemüte
So vertraut entgegenlacht.

Diesen echten alten Text
Rezitierte auch der Knabe
In der uralt hergebrachten
Singsangweise, Tropp geheißen –

Und er gurgelte gar lieblich
Jene fetten Gutturalen,
Und er schlug dabei den Triller,
Den Schalscheleth, wie ein Vogel.

Auch den Targum Onkelos,
Der geschrieben ist in jenem
Plattjudäischen Idiom,
Das wir Aramäisch nennen

Und zur Sprache der Propheten
Sich verhalten mag etwa
Wie das Schwäbische zum Deutschen –
Dieses Gelbveiglein-Hebräisch

Lernte gleichfalls früh der Knabe,
Und es kam ihm solche Kenntnis
Bald darauf sehr gut zu Statten
Bei dem Studium des Talmuds.

Ja, frühzeitig hat der Vater
Ihn geleitet zu dem Talmud,
Und da hat er ihm erschlossen
Die Halacha, diese große

Fechterschule, wo die besten
Dialektischen Athleten
Babylons und Pumpedithas
Ihre Kämpferspiele trieben.

Lernen konnte hier der Knabe
Alle Künste der Polemik;
Seine Meisterschaft bezeugte
Späterhin das Buch Cosari.

Doch der Himmel gießt herunter
Zwei verschiedne Sorten Lichtes:
Grelles Tageslicht der Sonne
Und das mildre Mondlicht – Also,

Also leuchtet auch der Talmud
Zwiefach, und man teilt ihn ein
In Halacha und Hagada.
Erstre nannt ich eine Fechtschul –

Letztre aber, die Hagada,
Will ich einen Garten nennen,
Einen Garten, hochphantastisch
Und vergleichbar jenem andern,

Welcher ebenfalls dem Boden
Babylons entsprossen weiland –
Garten der Semiramis,
Achtes Wunderwerk der Welt.

Königin Semiramis,
Die als Kind erzogen worden
Von den Vögeln, und gar manche
Vögeltümlichkeit bewahrte,

Wollte nicht auf platter Erde
Promenieren wie wir andern
Säugetiere, und sie pflanzte
Einen Garten in der Luft –

Hoch auf kolossalen Säulen
Prangten Palmen und Zypressen,
Goldorangen, Blumenbeete,
Marmorbilder, auch Springbrunnen,

Alles klug und fest verbunden
Durch unzählge Hängebrücken,
Die wie Schlingepflanzen aussahn
Und worauf sich Vögel wiegten –

Große, bunte, ernste Vögel,
Tiefe Denker, die nicht singen,
Während sie umflattert kleines
Zeisigvolk, das lustig trillert –

Alle atmen ein, beseligt,
Einen reinen Balsamduft,
Welcher unvermischt mit schnödem
Erdendunst und Mißgeruche.

Die Hagada ist ein Garten
Solcher Luftkindgrillenart,
Und der junge Talmudschüler,
Wenn sein Herze war bestäubet

Und betäubet vom Gezänke
Der Halacha, vom Dispute
Über das fatale Ei,
Das ein Huhn gelegt am Festtag,

Oder über eine Frage
Gleicher Importanz – der Knabe
Floh alsdann sich zu erfrischen
In die blühende Hagada,

Wo die schönen alten Sagen,
Engelmärchen und Legenden,
Stille Märtyrerhistorien,
Festgesänge, Weisheitsprüche,

Auch Hyperbeln, gar possierlich,
Alles aber glaubenskräftig,
Glaubensglühend – O das glänzte,
Quoll und sproß so überschwenglich –

Und des Knaben edles Herze
Ward ergriffen von der wilden,
Abenteuerlichen Süße,
Von der wundersamen Schmerzlust

Und den fabelhaften Schauern
Jener seligen Geheimwelt,
Jener großen Offenbarung,
Die wir nennen Poesie.

Auch die Kunst der Poesie,
Heitres Wissen, holdes Können,
Welches wir die Dichtkunst heißen,
Tat sich auf dem Sinn des Knaben.

Und Jehuda ben Halevy
Ward nicht bloß ein Schriftgelehrter,
Sondern auch der Dichtkunst Meister,
Sondern auch ein großer Dichter.

Ja, er ward ein großer Dichter,
Stern und Fackel seiner Zeit,
Seines Volkes Licht und Leuchte,
Eine wunderbare, große

Feuersäule des Gesanges,
Die der Schmerzenskarawane
Israels vorangezogen
In der Wüste des Exils.

Rein und wahrhaft, sonder Makel
War sein Lied, wie seine Seele –
Als der Schöpfer sie erschaffen,
Diese Seele, selbstzufrieden

Küßte er die schöne Seele,
Und des Kusses holder Nachklang
Bebt in jedem Lied des Dichters,
Das geweiht durch diese Gnade.

Wie im Leben, so im Dichten
Ist das höchste Gut die Gnade –
Wer sie hat, der kann nicht sündgen
Nicht in Versen, noch in Prosa.

Solchen Dichter von der Gnade
Gottes nennen wir Genie:
Unverantwortlicher König
Des Gedankenreiches ist er.

Nur dem Gotte steht er Rede,
Nicht dem Volke – In der Kunst,
Wie im Leben, kann das Volk
Töten uns, doch niemals richten. –

2.

Bei den Wassern Babels saßen
Wir und weinten, unsre Harfen
Lehnten an den Trauerweiden –
Kennst du noch das alte Lied?

Kennst du noch die alte Weise,
Die im Anfang so elegisch
Greint und sumset, wie ein Kessel,
Welcher auf dem Herde kocht?

Lange schon, jahrtausendlange
Kochts in mir. Ein dunkles Wehe!
Und die Zeit leckt meine Wunde,
Wie der Hund die Schwären Hiobs.

Dank dir, Hund, für deinen Speichel –
Doch das kann nur kühlend lindern –
Heilen kann mich nur der Tod,
Aber, ach, ich bin unsterblich!

Jahre kommen und vergehen –
In dem Webstuhl läuft geschäftig
Schnurrend hin und her die Spule –
Was er webt, das weiß kein Weber.

Jahre kommen und vergehen,
Menschentränen träufeln, rinnen
Auf die Erde, und die Erde
Saugt sie ein mit stiller Gier –

Tolle Sud! Der Deckel springt –
Heil dem Manne, dessen Hand
Deine junge Brut ergreifet
Und zerschmettert an der Felswand.

Gott sei Dank! die Sud verdampfet
In dem Kessel, der allmählig
Ganz verstummt. Es weicht mein Spleen,
Mein westöstlich dunkler Spleen –

Auch mein Flügelrößlein wiehert
Wieder heiter, scheint den bösen
Nachtalp von sich abzuschütteln,
Und die klugen Augen fragen:

Reiten wir zurück nach Spanien
Zu dem kleinen Talmudisten,
Der ein großer Dichter worden,
Zu Jehuda ben Halevy?

Ja, er ward ein großer Dichter,
Absoluter Traumweltsherrscher
Mit der Geisterkönigskrone,
Ein Poet von Gottes Gnade,

Der in heiligen Sirventen,
Madrigalen und Terzinen,
Kanzonetten und Ghaselen
Ausgegossen alle Flammen

Seiner gottgeküßten Seele!
Wahrlich ebenbürtig war
Dieser Troubadour den besten
Lautenschlägern der Provence,

Poitous und der Guienne,
Roussillons und aller andern
Süßen Pomeranzenlande
Der galanten Christenheit.

Der galanten Christenheit
Süße Pomeranzenlande!
Wie sie duften, glänzen, klingen
In dem Zwielicht der Erinnrung!

Schöne Nachtigallenwelt!
Wo man statt des wahren Gottes
Nur den falschen Gott der Liebe
Und der Musen angebeten.

Clerici mit Rosenkränzen
Auf der Glatze sangen Psalmen
In der heitern Sprache d'oc;
Und die Laien, edle Ritter,

Stolz auf hohen Rossen trabend,
Spintisierten Vers und Reime
Zur Verherrlichung der Dame,
Der ihr Herze fröhlich diente.

Ohne Dame keine Minne,
Und es war dem Minnesänger
Unentbehrlich eine Dame,
Wie dem Butterbrot die Butter.

Auch der Held, den wir besingen,
Auch Jehuda ben Halevy
Hatte seine Herzensdame;
Doch sie war besondrer Art.

Sie war keine Laura, deren
Augen, sterbliche Gestirne,
In dem Dome am Karfreitag
Den berühmten Brand gestiftet –

Sie war keine Chatelaine,
Die im Blütenschmuck der Jugend
Bei Turnieren präsidierte
Und den Lorbeerkranz erteilte –

Keine Kußrechtskasuistin
War sie, keine Doktrinärrin,
Die im Spruchkollegium
Eines Minnehofs dozierte –

Jene, die der Rabbi liebte,
War ein traurig armes Liebchen,
Der Zerstörung Jammerbildnis,
Und sie hieß Jerusalem.

Schon in frühen Kindestagen
War sie seine ganze Liebe;
Sein Gemüte machte beben
Schon das Wort Jerusalem.

Purpurflamme auf der Wange,
Stand der Knabe, und er horchte,
Wenn ein Pilger nach Toledo
Kam aus fernem Morgenlande

Und erzählte: wie verödet
Und verunreint jetzt die Stätte,
Wo am Boden noch die Lichtspur
Von dem Fuße der Propheten –

Wo die Luft noch balsamieret
Von dem ewgen Odem Gottes –
O des Jammeranblicks! rief
Einst ein Pilger, dessen Bart

Silberweiß hinabfloß, während
Sich das Barthaar an der Spitze
Wieder schwärzte und es aussah,
Als ob sich der Bart verjünge –

Ein gar wunderlicher Pilger
Mocht es sein, die Augen lugten
Wie aus tausendjährgem Trübsinn,
Und er seufzt': »Jerusalem!

Sie, die volkreich heilge Stadt
Ist zur Wüstenei geworden,
Wo Waldteufel, Werwolf, Schakal
Ihr verruchtes Wesen treiben –

Schlangen, Nachtgevögel nisten
Im verwitterten Gemäuer;
Aus des Fensters luftgem Bogen
Schaut der Fuchs mit Wohlbehagen.

Hier und da taucht auf zuweilen
Ein zerlumpter Knecht der Wüste,
Der sein höckriges Kamel
In dem hohen Grase weidet.

Auf der edlen Höhe Zions,
Wo die goldne Feste ragte,
Deren Herrlichkeiten zeugten
Von der Pracht des großen Königs:

»Dort, von Unkraut überwuchert,
Liegen nur noch graue Trümmer,
Die uns ansehn schmerzhaft traurig,
Daß man glauben muß, sie weinten.

»Und es heißt, sie weinten wirklich
Einmal in dem Jahr, an jenem
Neunten Tag des Monats Ab –
Und mit tränend eignen Augen

»Schaute ich die dicken Tropfen
Aus den großen Steinen sickern,
Und ich hörte weheklagen
Die gebrochnen Tempelsäulen.« – –

Solche fromme Pilgersagen
Weckten in der jungen Brust
Des Jehuda ben Halevy
Sehnsucht nach Jerusalem.

Dichtersehnsucht! ahnend, träumend
Und fatal war sie, wie jene,
Die auf seinem Schloß zu Blaye
Einst empfand der alte Vidam,

Messer Geoffroi Rudello,
Als die Ritter, die zurück
Aus dem Morgenlande kehrten,
Laut beim Becherklang beteuert:

Ausbund aller Huld und Züchten,
Perl und Blume aller Frauen,
Sei die schöne Melisande,
Markgräfin von Tripolis.

Jeder weiß, für diese Dame
Schwärmte jetzt der Troubadour;
Er besang sie, und es wurde
Ihm zu eng im Schlosse Blaye.

Und es trieb ihn fort. Zu Cette
Schiffte er sich ein, erkrankte
Aber auf dem Meer, und sterbend
Kam er an zu Tripolis.

Hier erblickt er Melisanden
Endlich auch mit Leibesaugen,
Die jedoch des Todes Schatten
In derselben Stunde deckten.

Seinen letzten Liebessang
Singend, starb er zu den Füßen
Seiner Dame Melisande,
Markgräfin von Tripolis.

Wunderbare Ähnlichkeit
In dem Schicksal beider Dichter!
Nur daß jener erst im Alter
Seine große Wallfahrt antrat.

Auch Jehuda ben Halevy
Starb zu Füßen seiner Liebsten,
Und sein sterbend Haupt, es ruhte
Auf den Knien Jerusalems.

3.

Nach der Schlacht bei Arabella
Hat der große Alexander
Land und Leute des Darius,
Hof und Harem, Pferde, Weiber,

Elefanten und Dariken,
Kron und Szepter, goldnen Plunder,
Eingesteckt in seine weiten
Mazedonschen Pluderhosen.

In dem Zelt des großen Königs,
Der entflohn, um nicht höchstselbst
Gleichfalls eingesteckt zu werden,
Fand der junge Held ein Kästchen,

Eine kleine güldne Truhe,
Mit Miniaturbildwerken
Und mit inkrustierten Steinen
Und Kameen reich geschmückt –

Dieses Kästchen, selbst ein Kleinod
Unschätzbaren Wertes, diente
Zur Bewahrung von Kleinodien,
Des Monarchen Leibjuwelen.

Letztre schenkte Alexander
An die Tapfern seines Heeres,
Darob lächelnd, daß sich Männer
Kindisch freun an bunten Steinchen.

Eine kostbar schönste Gemme
Schickte er der lieben Mutter;
War der Siegelring des Cyrus,
Wurde jetzt zu einer Brosche.

Seinem alten Weltarschpauker
Aristoteles, dem sandt er
Einen Onyx für sein großes
Naturalienkabinett.

In dem Kästchen waren Perlen,
Eine wunderbare Schnur,
Die der Königin Atossa
Einst geschenkt der falsche Smerdis –

Doch die Perlen waren echt –
Und der heitre Sieger gab sie
Einer schönen Tänzerin
Aus Korinth, mit Namen Thais.

Diese trug sie in den Haaren,
Die bacchantisch aufgelöst,
In der Brandnacht, als sie tanzte
Zu Persepolis und frech

In die Königsburg geschleudert
Ihre Fackel, daß laut prasselnd
Bald die Flammenlohe aufschlug,
Wie ein Feuerwerk zum Feste.

Nach dem Tod der schönen Thais,
Die an einer babylonschen
Krankheit starb zu Babylon,
Wurden ihre Perlen dort

Auf dem Börsensaal vergantert.
Sie erstand ein Pfaff aus Memphis,
Der sie nach Ägypten brachte,
Wo sie später auf dem Putztisch

Der Kleopatra erschienen,
Die die schönste Perl zerstampft
Und mit Wein vermischt verschluckte,
Um Antonius zu foppen.

Mit dem letzten Omayaden
Kam die Perlenschnur nach Spanien,
Und sie schlängelte am Turban
Des Chalifen zu Corduba.

Abderam der Dritte trug sie
Als Brustschleife beim Turnier,
Wo er dreißig goldne Ringe
Und das Herz Zuleimas stach.

Nach dem Fall der Mohrenherrschaft
Gingen zu den Christen über
Auch die Perlen, und gerieten
In den Kronschatz von Kastilien.

Die katholschen Majestäten
Spanscher Königinnen schmückten
Sich damit bei Hoffestspielen,
Stiergefechten, Prozessionen,

So wie auch Autodafés,
Wo sie, auf Balkonen sitzend,
Sich erquickten am Geruche
Von gebratnen alten Juden.

Späterhin gab Mendizabel,
Satansenkel, diese Perlen
In Versatz, um der Finanzen
Defizit damit zu decken.

An dem Hof der Tuilerien
Kam die Schnur zuletzt zum Vorschein,
Und sie schimmerte am Halse
Der Baronin Salomon.

So ergings den schönen Perlen.
Minder abenteuerlich
Gings dem Kästchen, dies behielt
Alexander für sich selber.

Er verschloß darin die Lieder
Des ambrosischen Homeros,
Seines Lieblings, und zu Häupten
Seines Bettes in der Nacht

Stand das Kästchen – Schlief der König,
Stiegen draus hervor der Helden
Lichte Bilder, und sie schlichen
Gaukelnd sich in seine Träume.

Andre Zeiten, andre Vögel –
Ich, ich liebte weiland gleichfalls
Die Gesänge von den Taten
Des Peliden, des Odysseus.

Damals war so sonnengoldig
Und so purpurn mir zu Mute,
Meine Stirn umkränzte Weinlaub,
Und es tönten die Fanfaren –

Still davon – gebrochen liegt
Jetzt mein stolzer Siegeswagen,
Und die Panther, die ihn zogen,
Sind verreckt, so wie die Weiber,

Die mit Pauk und Zimbelklängen
Mich umtanzten, und ich selbst
Wälze mich am Boden elend,
Krüppelelend – still davon –

Still davon – es ist die Rede
Von dem Kästchen des Darius,
Und ich dacht in meinem Sinne:
Käm ich in Besitz des Kästchens,

Und mich zwänge nicht Finanznot
Gleich dasselbe zu versilbern,
So verschlösse ich darin
Die Gedichte unsres Rabbi –

Des Jehuda ben Halevy
Festgesänge, Klagelieder,
Die Ghaselen, Reisebilder
Seiner Wallfahrt – alles ließ ich

Von dem besten Zophar schreiben
Auf der reinsten Pergamenthaut,
Und ich legte diese Handschrift
In das kleine goldne Kästchen.

Dieses stellt ich auf den Tisch
Neben meinem Bett, und kämen
Dann die Freunde und erstaunten
Ob der Pracht der kleinen Truhe,

Ob den seltnen Basrelieffen,
Die so winzig, doch vollendet
Sind zugleich, und ob den großen
Inkrustierten Edelsteinen –

Lächelnd würd ich ihnen sagen:
Das ist nur die rohe Schale,
Die den bessern Schatz verschließet –
Hier in diesem Kästchen liegen

Diamanten, deren Lichter
Abglanz, Widerschein des Himmels,
Herzblutglühende Rubinen,
Fleckenlose Turkoasen,

Auch Smaragde der Verheißung,
Perlen, reiner noch als jene,
Die der Königin Atossa
Einst geschenkt der falsche Smerdis,

Und die späterhin geschmücket
Alle Notabilitäten
Dieser mondumkreisten Erde,
Thais und Kleopatra,

Isispriester, Mohrenfürsten,
Auch Hispaniens Königinnen,
Und zuletzt die hochverehrte
Frau Baronin Salomon –

Diese weltberühmten Perlen,
Sie sind nur der bleiche Schleim
Eines armen Austertiers,
Das im Meergrund blöde kränkelt:

Doch die Perlen hier im Kästchen
Sind entquollen einer schönen
Menschenseele, die noch tiefer,
Abgrundtiefer als das Weltmeer –

Denn es sind die Tränenperlen
Des Jehuda ben Halevy,
Die er ob dem Untergang
Von Jerusalem geweinet –

Perlentränen, die verbunden
Durch des Reimes goldnen Faden,
Aus der Dichtkunst güldnen Schmiede
Als ein Lied hervorgegangen.

Dieses Perlentränenlied
Ist die vielberühmte Klage,
Die gesungen wird in allen
Weltzerstreuten Zelten Jakobs

An dem neunten Tag des Monats,
Der geheißen Ab, dem Jahrstag
Von Jerusalems Zerstörung
Durch den Titus Vespasianus.

Ja, das ist das Zionslied,
Das Jehuda ben Halevy
Sterbend auf den heilgen Trümmern
Von Jerusalem gesungen –

Barfuß und im Büßerkittel
Saß er dorten auf dem Bruchstück
Einer umgestürzten Säule; –
Bis zur Brust herunter fiel

Wie ein greiser Wald sein Haupthaar,
Abenteuerlich beschattend
Das bekümmert bleiche Antlitz
Mit den geisterhaften Augen –

Also saß er und er sang,
Wie ein Seher aus der Vorzeit
Anzuschaun – dem Grab entstiegen
Schien Jeremias, der Alte –

Das Gevögel der Ruinen
Zähmte schier der wilde Schmerzlaut
Des Gesanges, und die Geier
Nahten horchend, fast mitleidig –

Doch ein frecher Sarazene
Kam desselben Wegs geritten,
Hoch zu Roß, im Bug sich wiegend
Und die blanke Lanze schwingend –

In die Brust des armen Sängers
Stieß er diesen Todesspeer,
Und er jagte rasch von dannen,
Wie ein Schattenbild beflügelt.

Ruhig floß das Blut des Rabbi,
Ruhig seinen Sang zu Ende
Sang er, und sein sterbeletzter
Seufzer war Jerusalem! – –

Eine alte Sage meldet,
Jener Sarazene sei
Gar kein böser Mensch gewesen,
Sondern ein verkappter Engel,

Der vom Himmel ward gesendet,
Gottes Liebling zu entrücken
Dieser Erde und zu fördern
Ohne Qual ins Reich der Selgen.

Droben, heißt es, harrte seiner
Ein Empfang, der schmeichelhaft
Ganz besonders für den Dichter,
Eine himmlische Sürprise.

Festlich kam das Chor der Engel
Ihm entgegen mit Musik,
Und als Hymne grüßten ihn
Seine eignen Verse, jenes

Synagogen-Hochzeitkarmen,
Jene Sabbathhymenäen,
Mit den jauchzend wohlbekannten
Melodieen – welche Töne!

Englein bliesen auf Hoboen,
Englein spielten Violine,
Andre strichen auch die Bratsche
Oder schlugen Pauk und Zimbel.

Und das sang und klang so lieblich,
Und so lieblich in den weiten
Himmelsräumen widerhallt es:
Lecho Daudi likras Kalle.

4.

Meine Frau ist nicht zufrieden
Mit dem vorigen Kapitel,
Ganz besonders in Bezug
Auf das Kästchen des Darius.

Fast mit Bitterkeit bemerkt sie:
Daß ein Ehemann, der wahrhaft
Religiöse sei, das Kästchen
Gleich zu Gelde machen würde,

Um damit für seine arme
Legitime Ehegattin
Einen Kaschemir zu kaufen,
Dessen sie so sehr bedürfe.

Der Jehuda ben Halevy,
Meinte sie, der sei hinlänglich
Ehrenvoll bewahrt in einem
Schönen Futteral von Pappe

Mit chinesisch eleganten
Arabesken, wie die hübschen
Bonbonnieren von Marquis
Im Passage Panorama.

Sonderbar! – setzt sie hinzu –
Daß ich niemals nennen hörte
Diesen großen Dichternamen,
Den Jehuda ben Halevy.

Liebstes Kind, gab ich zur Antwort,
Solche holde Ignoranz,
Sie bekundet die Lakunen
Der französischen Erziehung,

Der Pariser Pensionate,
Wo die Mädchen, diese künftgen
Mütter eines freien Volkes,
Ihren Unterricht genießen –

Alte Mumien, ausgestopfte
Pharaonen von Ägypten,
Merovinger Schattenkönge,
Ungepuderte Perücken,

Auch die Zopfmonarchen Chinas,
Porzellanpagodenkaiser –
Alle lernen sie auswendig,
Kluge Mädchen, aber Himmel –

Fragt man sie nach großen Namen
Aus dem großen Goldzeitalter
Der arabisch-althispanisch
Jüdischen Poetenschule,

Fragt man nach dem Dreigestirn,
Nach Jehuda ben Halevy,
Nach dem Salomon Gabirol
Und dem Moses Iben Esra –

Fragt man nach dergleichen Namen,
Dann mit großen Augen schaun
Uns die Kleinen an – alsdann
Stehn am Berge die Ochsinnen.

Raten möcht ich dir, Geliebte,
Nachzuholen das Versäumte
Und Hebräisch zu erlernen –
Laß Theater und Konzerte,

Widme einge Jahre solchem
Studium, du kannst alsdann
Im Originale lesen
Iben Esra und Gabirol

Und versteht sich den Halevy,
Das Triumvirat der Dichtkunst,
Das dem Saitenspiel Davidis
Einst entlockt die schönsten Laute.

Alcharisi – der, ich wette,
Dir nicht minder unbekannt ist,
Ob er gleich, französ'scher Witzbold,
Den Hariri überwitzelt

Im Gebiete der Makame,
Und ein Voltairianer war
Schon sechshundert Jahr vor Voltair' –
Jener Alcharisi sagte:

»Durch Gedanken glänzt Gabirol
Und gefällt zumeist dem Denker,
Iben Esra glänzt durch Kunst
Und behagt weit mehr dem Künstler –

Aber Beider Eigenschaften
Hat Jehuda ben Halevy,
Und er ist ein großer Dichter
Und ein Liebling aller Menschen.«

Iben Esra war ein Freund
Und, ich glaube, auch ein Vetter
Des Jehuda ben Halevy,
Der in seinem Wanderbuche

Schmerzlich klagt, wie er vergebens
In Granada aufgesucht hat
Seinen Freund, und nur den Bruder
Dorten fand, den Medikus,

Rabbi Meyer, auch ein Dichter
Und der Vater jener Schönen,
Die mit hoffnungsloser Flamme
Iben Esras Herz entzunden –

Um das Mühmchen zu vergessen,
Griff er nach dem Wanderstabe,
Wie so mancher der Kollegen;
Lebte unstet, heimatlos.

Pilgernd nach Jerusalem,
Überfielen ihn Tartaren,
Die an einen Gaul gebunden
Ihn nach ihren Steppen schleppten.

Mußte Dienste dort verrichten,
Die nicht würdig eines Rabbi
Und noch wenger eines Dichters,
Mußte nämlich Kühe melken.

Einstens, als er unterm Bauche
Einer Kuh gekauert saß,
Ihre Euter hastig fingernd,
Daß die Milch floß in den Zuber –

Eine Position, unwürdig
Eines Rabbis, eines Dichters –
Da befiel ihn tiefe Wehmut,
Und er fing zu singen an,

Und er sang so schön und lieblich,
Daß der Chan, der Fürst der Horde,
Der vorbeiging, ward gerühret
Und die Freiheit gab dem Sklaven.

Auch Geschenke gab er ihm,
Einen Fuchspelz, eine lange
Sarazenenmandoline
Und das Zehrgeld für die Heimkehr.

Dichterschicksal! böser Unstern,
Der die Söhne des Apollo
Tödlich nergelt, und sogar
Ihren Vater nicht verschont hat,

Als er, hinter Daphnen laufend,
Statt des weißen Nymphenleibes
Nur den Lorbeerbaum erfaßte,
Er, der göttliche Schlemihl!

Ja, der hohe Delphier ist
Ein Schlemihl, und gar der Lorbeer,
Der so stolz die Stirne krönet,
Ist ein Zeichen des Schlemihltums.

Was das Wort Schlemihl bedeutet,
Wissen wir. Hat doch Chamisso
Ihm das Bürgerrecht in Deutschland
Längst verschafft, dem Worte nämlich.

Aber unbekannt geblieben,
Wie des heilgen Niles Quellen,
Ist sein Ursprung; hab darüber
Nachgegrübelt manche Nacht.

Zu Berlin vor vielen Jahren
Wandt ich mich deshalb an unsern
Freund Chamisso, suchte Auskunft
Beim Dekane der Schlemihle.

Doch er konnt mich nicht befriedgen
Und verwies mich drob an Hitzig,
Der ihm den Familiennamen
Seines schattenlosen Peters

Einst verraten. Alsbald nahm ich
Eine Droschke und ich rollte
Zu dem Kriminalrat Hitzig,
Welcher ehmals Itzig hieß –

Als er noch ein Itzig war,
Träumte ihm, er säh geschrieben
An dem Himmel seinen Namen
Und davor den Buchstab H.

»Was bedeutet dieses H?«
Frug er sich – »etwa Herr Itzig
Oder Heilger Itzig? Heilger
Ist ein schöner Titel – aber

In Berlin nicht passend« – Endlich
Grübelnsmüd nannt er sich Hitzig,
Und nur die Getreuen wußten:
In dem Hitzig steckt ein Heilger.

Heilger Hitzig! sprach ich also,
Als ich zu ihm kam, Sie sollen
Mir die Etymologie
Von dem Wort Schlemihl erklären.

Viel Umschweife nahm der Heilge,
Konnte sich nicht recht erinnern,
Eine Ausflucht nach der andern,
Immer christlich – Bis mir endlich,

Endlich alle Knöpfe rissen
An der Hose der Geduld,
Und ich anfing so zu fluchen,
So gottlästerlich zu fluchen,

Daß der fromme Pietist,
Leichenblaß und beineschlotternd,
Unverzüglich mir willfahrte
Und mir Folgendes erzählte:

»In der Bibel ist zu lesen,
Als zur Zeit der Wüstenwandrung
Israel sich oft erlustigt
Mit den Töchtern Kanaans,

Da geschah es, daß der Pinhas
Sahe, wie der edle Simri
Buhlschaft trieb mit einem Weibsbild
Aus dem Stamm der Kananiter,

Und alsbald ergriff er zornig
Seinen Speer und hat den Simri
Auf der Stelle totgestochen –
Also heißt es in der Bibel.

Aber mündlich überliefert
Hat im Volke sich die Sage,
Daß es nicht der Simri war,
Den des Pinhas Speer getroffen,

Sondern daß der Blinderzürnte,
Statt des Sünders, unversehens
Einen ganz Unschuldgen traf,
Den Schlemihl ben Zuri Schadday.« –

Dieser nun, Schlemihl I,
Ist der Ahnherr des Geschlechtes
Derer von Schlemihl. Wir stammen
Von Schlemihl ben Zuri Schadday.

Freilich keine Heldentaten
Meldet man von ihm, wir kennen
Nur den Namen und wir wissen,
Daß er ein Schlemihl gewesen.

Doch geschätzet wird ein Stammbaum
Nicht ob seinen guten Früchten,
Sondern nur ob seinem Alter –
Drei Jahrtausend zählt der unsre!

Jahre kommen und vergehen –
Drei Jahrtausende verflossen,
Seit gestorben unser Ahnherr,
Herr Schlemihl ben Zuri Schadday.

Längst ist auch der Pinhas tot –
Doch sein Speer hat sich erhalten,
Und wir hören ihn beständig
Über unsre Häupter schwirren.

Und die besten Herzen trifft er –
Wie Jehuda ben Halevy,
Traf er Moses Iben Esra
Und er traf auch den Gabirol –

Den Gabirol, diesen treuen
Gottgeweihten Minnesänger,
Diese fromme Nachtigall,
Deren Rose Gott gewesen –

Diese Nachtigall, die zärtlich
Ihre Liebeslieder sang
In der Dunkelheit der gotisch
Mittelalterlichen Nacht!

Unerschrocken, unbekümmert
Ob den Fratzen und Gespenstern,
Ob dem Wust von Tod und Wahnsinn,
Die gespukt in jener Nacht –

Sie, die Nachtigall, sie dachte
Nur an ihren göttlich Liebsten,
Dem sie ihre Liebe schluchzte,
Den ihr Lobgesang verherrlicht! –

Dreißig Lenze sah Gabirol
Hier auf Erden, aber Fama
Ausposaunte seines Namens
Herrlichkeit durch alle Lande.

Zu Corduba, wo er wohnte,
War ein Mohr sein nächster Nachbar,
Welcher gleichfalls Verse machte
Und des Dichters Ruhm beneidet'.

Hörte er den Dichter singen,
Schwoll dem Mohren gleich die Galle,
Und der Lieder Süße wurde
Bittre Wehmut für den Neidhart.

Er verlockte den Verhaßten
Nächtlich in sein Haus, erschlug ihn
Dorten und vergrub den Leichnam
Hinterm Hause in dem Garten.

Aber siehe! aus dem Boden,
Wo die Leiche eingescharrt war,
Wuchs hervor ein Feigenbaum
Von der wunderbarsten Schönheit.

Seine Frucht war seltsam länglich
Und von seltsam würzger Süße;
Wer davon genoß, versank
In ein träumerisch Entzücken.

In dem Volke ging darüber
Viel Gerede und Gemunkel,
Das am End zu den erlauchten
Ohren des Chalifen kam.

Dieser prüfte eigenzüngig
Jenes Feigenphänomen,
Und ernannte eine strenge
Untersuchungskommission.

Man verfuhr summarisch. Sechzig
Bambushiebe auf die Sohlen
Gab man gleich dem Herrn des Baumes,
Welcher eingestand die Untat.

Darauf riß man auch den Baum
Mit den Wurzeln aus dem Boden,
Und zum Vorschein kam die Leiche
Des erschlagenen Gabirol.

Diese ward mit Pomp bestattet
Und betrauert von den Brüdern;
An demselben Tage henkte
Man den Mohren zu Corduba.

(Fragment)

DISPUTATION

In der Aula zu Toledo
Klingen schmetternd die Fanfaren;
Zu dem geistlichen Turnei
Wallt das Volk in bunten Scharen.

Das ist nicht ein weltlich Stechen,
Keine Eisenwaffe blitzet –
Eine Lanze ist das Wort,
Das scholastisch scharf gespitzet.

Nicht galante Paladins
Fechten hier, nicht Damendiener –
Dieses Kampfes Ritter sind
Kapuziner und Rabbiner.

Statt des Helmes tragen sie
Schabbesdeckel und Kapuzen;
Skapulier und Arbekanfeß
Sind der Harnisch, drob sie trutzen.

Welches ist der wahre Gott?
Ist es der Hebräer starrer
Großer Eingott, dessen Kämpe
Rabbi Juda, der Navarrer?

Oder ist es der dreifaltge
Liebegott der Christianer,
Dessen Kämpe Frater Jose,
Gardian der Franziskaner?

Durch die Macht der Argumente,
Durch der Logik Kettenschlüsse
Und Zitate von Autoren,
Die man anerkennen müsse,

Will ein jeder Kämpe seinen
Gegner ad absurdum führen
Und die wahre Göttlichkeit
Seines Gottes demonstrieren.

Festgestellt ist: daß derjenge,
Der im Streit ward überwunden,
Seines Gegners Religion
Anzunehmen sei verbunden,

Daß der Jude sich der Taufe
Heilgem Sakramente füge,
Und im Gegenteil der Christ
Der Beschneidung unterliege.

Jedem von den beiden Kämpen
Beigesellt sind elf Genossen,
Die zu teilen sein Geschick
Sind in Freud und Leid entschlossen.

Glaubenssicher sind die Mönche
Von des Gardians Geleitschaft,
Halten schon Weihwasserkübel
Für die Taufe in Bereitschaft,

Schwingen schon die Sprengelbesen
Und die blanken Räucherfässer –
Ihre Gegner unterdessen
Wetzen die Beschneidungsmesser.

Beide Rotten stehn schlagfertig
Vor den Schranken in dem Saale,
Und das Volk mit Ungeduld
Harret drängend der Signale.

Unterm güldnen Baldachin
Und umrauscht vom Hofgesinde
Sitzt der König und die Köngin;
Diese gleichet einem Kinde.

Ein französisch stumpfes Näschen,
Schalkheit kichert in den Mienen,
Doch bezaubernd sind des Mundes
Immer lächelnde Rubinen.

Schöne, flatterhafte Blume –
Daß sich ihrer Gott erbarme –
Von dem heitern Seineufer
Wurde sie verpflanzt, die arme,

Hierher in den steifen Boden
Der hispanischen Grandezza;
Weiland hieß sie Blanch' de Bourbon,
Donna Blanka heißt sie jetzo.

Pedro wird genannt der König
Mit dem Zusatz der Grausame;
Aber heute, milden Sinnes,
Ist er besser als sein Name.

Unterhält sich gut gelaunt
Mit des Hofes Edelleuten;
Auch den Juden und den Mohren
Sagt er viele Artigkeiten.

Diese Ritter ohne Vorhaut
Sind des Königs Lieblingsschranzen,
Sie befehlgen seine Heere,
Sie verwalten die Finanzen.

Aber plötzlich Paukenschläge,
Und es melden die Trompeten,
Daß begonnen hat der Maulkampf,
Der Disput der zwei Athleten.

Der Gardian der Franziskaner
Bricht hervor mit frommem Grimme;
Polternd roh und widrig greinend
Ist abwechselnd seine Stimme.

In des Vaters und des Sohnes
Und des heilgen Geistes Namen
Exorzieret er den Rabbi,
Jakobs maledeiten Samen.

Denn bei solchen Kontroversen
Sind oft Teufelchen verborgen
In dem Juden, die mit Scharfsinn,
Witz und Gründen ihn versorgen.

Nun die Teufel ausgetrieben
Durch die Macht des Exorzismus,
Kommt der Mönch auch zur Dogmatik,
Kugelt ab den Katechismus.

Er erzählt, daß in der Gottheit
Drei Personen sind enthalten,
Die jedoch zu einer einzgen,
Wenn es passend, sich gestalten –

Ein Mysterium, das nur
Von demjengen wird verstanden,
Der entsprungen ist dem Kerker
Der Vernunft und ihren Banden.

Er erzählt: wie Gott der Herr
Ward zu Bethlehem geboren
Von der Jungfrau, welche niemals
Ihre Jungferschaft verloren;

Wie der Herr der Welt gelegen
In der Krippe, und ein Kühlein
Und ein Öchslein bei ihm stunden,
Schier andächtig, zwei Rindviehlein.

Er erzählte: wie der Herr
Vor den Schergen des Herodes
Nach Ägypten floh, und später
Litt die herbe Pein des Todes

Unter Pontio Pilato,
Der das Urteil unterschrieben,
Von den harten Pharisäern,
Von den Juden angetrieben.

Er erzählte: wie der Herr,
Der entstiegen seinem Grabe
Schon am dritten Tag, gen Himmel
Seinen Flug genommen habe;

Wie er aber, wenn es Zeit ist,
Wiederkehren auf die Erde
Und zu Josaphat die Toten
Und Lebendgen richten werde.

»Zittert, Juden!« rief der Mönch,
»Vor dem Gott, den ihr mit Hieben
Und mit Dornen habt gemartert,
Den ihr in den Tod getrieben.

Seine Mörder, Volk der Rachsucht,
Juden, das seid ihr gewesen –
Immer meuchelt ihr den Heiland,
Welcher kommt, euch zu erlösen.

Judenvolk, du bist ein Aas,
Worin hausen die Dämonen;
Eure Leiber sind Kasernen
Für des Teufels Legionen.

Thomas von Aquino sagt es,
Den man nennt den großen Ochsen
Der Gelehrsamkeit, er ist
Licht und Lust der Orthodoxen.

Judenvolk, ihr seid Hyänen,
Wölfe, Schakals, die in Gräbern
Wühlen, um der Toten Leichnam'
Blutfraßgierig aufzustöbern.

Juden, Juden, ihr seid Säue,
Paviane, Nashorntiere,
Die man nennt Rhinozerosse,
Krokodile und Vampire.

Ihr seid Raben, Eulen, Uhus,
Fledermäuse, Wiedehöpfe,
Leichenhühner, Basilisken,
Galgenvögel, Nachtgeschöpfe.

Ihr seid Vipern und Blindschleichen,
Klapperschlangen, giftge Kröten,
Ottern, Nattern – Christus wird
Eur verfluchtes Haupt zertreten.

Oder wollt ihr, Maledeiten,
Eure armen Seelen retten?
Aus der Bosheit Synagoge
Flüchtet nach den frommen Stätten,

Nach der Liebe lichtem Dome,
Wo im benedeiten Becken
Euch der Quell der Gnade sprudelt –
Drin sollt ihr die Köpfe stecken –

Wascht dort ab den alten Adam
Und die Laster, die ihn schwärzen;
Des verjährten Grolles Schimmel,
Wascht ihn ab von euren Herzen!

Hört ihr nicht des Heilands Stimme?
Euren neuen Namen rief er –
Lauset euch an Christi Brust
Von der Sünde Ungeziefer!

Unser Gott, der ist die Liebe,
Und er gleichet einem Lamme;
Um zu sühnen unsre Schuld,
Starb er an des Kreuzes Stamme.

Unser Gott, der ist die Liebe,
Jesus Christus ist sein Name;
Seine Duldsamkeit und Demut
Suchen wir stets nachzuahmen.

Deshalb sind wir auch so sanft,
So leutselig, ruhig, milde,
Hadern niemals, nach des Lammes,
Des Versöhners, Musterbilde.

Einst im Himmel werden wir
Ganz verklärt zu frommen Englein,
Und wir wandeln dort gottselig,
In den Händen Liljenstenglein.

Statt der groben Kutten tragen
Wir die reinlichsten Gewänder
Von Moußlin, Brokat und Seide,
Goldne Troddeln, bunte Bänder.

Keine Glatze mehr! Goldlocken
Flattern dort um unsre Köpfe;
Allerliebste Jungfraun flechten
Uns das Haar in hübsche Zöpfe.

Weinpokale wird es droben
Von viel weiterm Umfang geben
Als die Becher sind hier unten,
Worin schäumt der Saft der Reben.

Doch im Gegenteil viel enger
Als ein Weibermund hienieden,
Wird das Frauenmündchen sein,
Das dort oben uns beschieden.

Trinkend, küssend, lachend wollen
Wir die Ewigkeit verbringen,
Und verzückt Halleluja,
Kyrie Eleison singen.«

Also schloß der Christ. Die Mönchlein
Glaubten schon, Erleuchtung träte
In die Herzen, und sie schleppten
Flink herbei das Taufgeräte.

Doch die wasserscheuen Juden
Schütteln sich und grinsen schnöde.
Rabbi Juda, der Navarrer,
Hub jetzt an die Gegenrede:

»Um für deine Saat zu düngen
Meines Geistes dürren Acker,
Mit Mistkarren voll Schimpfwörter
Hast du mich beschmissen wacker.

So folgt jeder der Methode,
Dran er nun einmal gewöhnet,
Und anstatt dich drob zu schelten,
Sag ich Dank dir, wohlversöhnet.

Die Dreieinigkeitsdoktrin
Kann für unsre Leut nicht passen,
Die mit Regula-de-tri
Sich von Jugend auf befassen.

Daß in deinem Gotte drei,
Drei Personen sind enthalten,
Ist bescheiden noch, sechstausend
Götter gab es bei den Alten.

Unbekannt ist mir der Gott,
Den ihr Christum pflegt zu nennen;
Seine Jungfer Mutter gleichfalls
Hab ich nicht die Ehr zu kennen.

Ich bedaure, daß er einst,
Vor etwa zwölfhundert Jahren,
Einge Unannehmlichkeiten
Zu Jerusalem erfahren.

Ob die Juden ihn getötet,
Das ist schwer jetzt zu erkunden,
Da ja das Corpus Delicti
Schon am dritten Tag verschwunden.

Daß er ein Verwandter sei
Unsres Gottes, ist nicht minder
Zweifelhaft; so viel wir wissen,
Hat der letztre keine Kinder.

Unser Gott ist nicht gestorben
Als ein armes Lämmerschwänzchen
Für die Menschheit, ist kein süßes
Philantröpfchen, Faselhänschen.

Unser Gott ist nicht die Liebe;
Schnäbeln ist nicht seine Sache,
Denn er ist ein Donnergott
Und er ist ein Gott der Rache.

Seines Zornes Blitze treffen
Unerbittlich jeden Sünder,
Und des Vaters Schulden büßen
Oft die späten Enkelkinder.

Unser Gott, der ist lebendig,
Und in seiner Himmelshalle
Existieret er drauf los
Durch die Ewigkeiten alle.

Unser Gott, und der ist auch
Ein gesunder Gott, kein Mythos
Bleich und dünne wie Oblaten
Oder Schatten am Cocytos.

Unser Gott ist stark. In Händen
Trägt er Sonne, Mond, Gestirne;
Throne brechen, Völker schwinden,
Wenn er runzelt seine Stirne.

Und er ist ein großer Gott.
David singt: Ermessen ließe
Sich die Größe nicht, die Erde
Sei der Schemel seiner Füße.

Unser Gott liebt die Musik,
Saitenspiel und Festgesänge;
Doch wie Ferkelgrunzen sind
Ihm zuwider Glockenklänge.

Leviathan heißt der Fisch,
Welcher haust im Meeresgrunde;
Mit ihm spielet Gott der Herr
Alle Tage eine Stunde –

Ausgenommen an dem neunten
Tag des Monats Ab, wo nämlich
Eingeäschert ward sein Tempel;
An dem Tag ist er zu grämlich.

Des Leviathans Länge ist
Hundert Meilen, hat Floßfedern
Groß wie König Ok von Basan,
Und sein Schwanz ist wie ein Zedern.

Doch sein Fleisch ist delikat,
Delikater als Schildkröten,
Und am Tag der Auferstehung
Wird der Herr zu Tische beten

Alle frommen Auserwählten,
Die Gerechten und die Weisen –
Unsres Herrgotts Lieblingsfisch
Werden sie alsdann verspeisen,

Teils mit weißer Knoblauchbrühe,
Teils auch braun in Wein gesotten,
Mit Gewürzen und Rosinen,
Ungefähr wie Matelotten.

In der weißen Knoblauchbrühe
Schwimmen kleine Schäbchen Rettich –
So bereitet, Frater Jose,
Mundet dir das Fischlein, wett ich!

Auch die braune ist so lecker,
Nämlich die Rosinensauce,
Sie wird himmlisch wohl behagen
Deinem Bäuchlein, Frater Jose.

Was Gott kocht, ist gut gekocht!
Mönchlein, nimm jetzt meinen Rat an,
Opfre hin die alte Vorhaut
Und erquick dich am Leviathan.«

Also lockend sprach der Rabbi,
Lockend, ködernd, heimlich schmunzelnd,
Und die Juden schwangen schon
Ihre Messer wonnegrunzelnd,

Um als Sieger zu skalpieren
Die verfallenen Vorhäute,
Wahre spolia opima
In dem wunderlichen Streite.

Doch die Mönche hielten fest
An dem väterlichen Glauben
Und an ihrer Vorhaut, ließen
Sich derselben nicht berauben.

Nach dem Juden sprach aufs neue
Der katholische Bekehrer;
Wieder schimpft er, jedes Wort
Ist ein Nachttopf, und kein leerer.

Darauf repliziert der Rabbi
Mit zurückgehaltnem Eifer;
Wie sein Herz auch überkocht,
Doch verschluckt er seinen Geifer.

Er beruft sich auf die Mischna,
Kommentare und Traktate;
Bringt auch aus dem Tausves-Jontof
Viel beweisende Zitate.

Aber welche Blasphemie
Mußt er von dem Mönche hören!
Dieser sprach: der Tausves-Jontof
Möge sich zum Teufel scheren.

»Da hört alles auf, o Gott!«
Kreischt der Rabbi jetzt entsetzlich;
Und es reißt ihm die Geduld,
Rappelköpfig wird er plötzlich.

»Gilt nichts mehr der Tausves-Jontof,
Was soll gelten? Zeter! Zeter!
Räche, Herr, die Missetat,
Strafe, Herr, den Übeltäter!

Denn der Tausves-Jontof, Gott,
Das bist du! Und an dem frechen
Tausvesjontof-Leugner mußt du
Deines Namens Ehre rächen.

Laß den Abgrund ihn verschlingen,
Wie des Korah böse Rotte,
Die sich wider dich empört
Durch Emeute und Komplotte.

Donnre deinen besten Donner!
Strafe, o mein Gott, den Frevel –
Hattest du doch zu Sodoma
Und Gomorrha Pech und Schwefel!

Treffe, Herr, die Kapuziner,
Wie du Pharaon getroffen,
Der uns nachgesetzt, als wir
Wohl bepackt davongeloffen.

Hunderttausend Ritter folgten
Diesem König von Mizrayim,
Stahlbepanzert, blanke Schwerter
In den schrecklichen Jadayim.

Gott! da hast du ausgestreckt
Deine Jad, und samt dem Heere
Ward ertränkt, wie junge Katzen,
Pharao im roten Meere.

Treffe, Herr, die Kapuziner,
Zeige den infamen Schuften,
Daß die Blitze deines Zorns.
Nicht verrauchten und verpufften.

Deines Sieges Ruhm und Preis
Will ich singen dann und sagen,
Und dabei, wie Mirjam tat,
Tanzen und die Pauke schlagen.«

In die Rede grimmig fiel
Jetzt der Mönch dem Zornentflammten:
»Mag dich selbst der Herr verderben,
Dich Verfluchten und Verdammten!

Trotzen kann ich deinen Teufeln,
Deinem schmutzgen Fliegengotte,
Luzifer und Belzebube,
Belial und Astarothe.

Trotzen kann ich deinen Geistern,
Deinen dunkeln Höllenpossen,
Denn in mir ist Jesus Christus,
Habe seinen Leib genossen.

Christus ist mein Leibgericht,
Schmeckt viel besser als Leviathan
Mit der weißen Knoblauchsauce,
Die vielleicht gekocht der Satan.

Ach! anstatt zu disputieren,
Lieber möcht ich schmoren, braten
Auf dem wärmsten Scheiterhaufen
Dich und deine Kameraden.«

Also tost in Schimpf und Ernst
Das Turnei für Gott und Glauben,
Doch die Kämpen ganz vergeblich
Kreischen, schelten, wüten, schnauben.

Schon zwölf Stunden währt der Kampf,
Dem kein End ist abzuschauen;
Müde wird das Publikum,
Und es schwitzen stark die Frauen.

Auch der Hof wird ungeduldig,
Manche Zofe gähnt ein wenig.
Zu der schönen Königin
Wendet fragend sich der König:

Sagt mir, was ist Eure Meinung?
Wer hat Recht von diesen beiden?
Wollt Ihr für den Rabbi Euch
Oder für den Mönch entscheiden?

Donna Blanka schaut ihn an,
Und wie sinnend ihre Hände
Mit verschränkten Fingern drückt sie
An die Stirn und spricht am Ende:

Welcher Recht hat, weiß ich nicht –
Doch es will mich schier bedünken,
Daß der Rabbi und der Mönch,
Daß sie alle beide stinken.

Noten

I

ZU SEITE 599:
RHAMPSENIT

»Des Königs Rhampsenitus Reichtum an Geld, sagten die ägyptischen Priester, sei so groß gewesen, daß ihn keiner der nachmaligen Könige überbieten, oder ihm nahe kommen konnte. Da er nun seine Schätze in Sicherheit aufbewahren wollte, habe er ein steinernes Gemach erbaut, das mit einer seiner Wände an den äußern Flügel seines Hauses stieß. Der Werkmeister davon habe nun, aus bösen Absichten, Folgendes angestellt. Einen der Steine habe er so eingerichtet, daß er sich von zwei Männern oder von Einem leicht aus der Wand heraus nehmen ließ. Und als dieses Gemach aufgeführt war, verwahrte der König seine Schätze darin. Nach Verlauf einiger Zeit berief nun der Baumeister, kurz vor seinem Lebensende, seine Söhne (deren er zwei hatte), und erzählte denselben, wie er für sie gesorgt, daß sie vollauf zu leben hätten, und den Kunstgriff, den er bei Erbauung des königlichen Schatzes angewendet habe; und nach genauer Beschreibung, wie der Stein herauszunehmen sei, gab er ihnen die Maße dazu, mit dem Bedeuten, wenn sie immer auf diese Acht hätten, würden sie Verwalter von den Schätzen des Königs sein. Darauf endigte er sein Leben; seine Söhne aber schoben das Werk nicht lange auf: sie gingen des Nachts zur Königsburg, fanden wirklich den Stein in dem Gebäude auf, konnten auch leicht damit umgehen, und nahmen eine Menge Schätze heraus. Als nun der König wieder einmal das Gemach öffnete, wunderte er sich, die Gefäße von den Schätzen nicht voll zu sehen; wußte aber doch Niemandem Schuld zu geben, da die Siegel (an der Türe) unversehrt waren, und das Gemach verschlossen. Doch als er bei zwei- und dreimaligem Öffnen die Schätze immer vermindert sah (denn die Diebe hörten nicht auf zu plündern), da machte ers also. Er ließ Schlingen verfertigen und legte sie um die Gefäße her, worin die Schätze waren. Da nun die Diebe kamen, wie zuvor, und Einer hineinschlüpfte und an ein Gefäß ging, wurde er sogleich in der Schlinge gefangen. So wie er aber seine Not bemerkte, rief er sogleich seinem Bruder, gab ihm die Sache zu erkennen, und hieß denselben eiligst hereinschlüpfen und ihm den Kopf abschneiden, damit er nicht, sähe man ihn und fände, Wer er sei, denselben ebenfalls ins Verderben brächte. Dem schien Das wohlgesprochen, und er befolgte es wirklich, paßte dann den Stein wieder in die Fuge und ging nach Hause mit dem Kopf seines Bruders. Wie es nun Tag ward und der König in das Gemach trat, wurde er ganz betroffen durch den Anblick von dem Leibe des Diebs, der ohne Kopf in der Schlinge stak, während das Gemach unbeschädigt war, ohne Eingang und ohne ein Schlupfloch nach außen. In dieser Verlegenheit soll er es nun also gemacht haben. Er hing den Leichnam des Diebes an der Mauer auf und stellte Wächter dazu, mit dem Befehl, falls sie Einen weinen oder wehklagen sähen, Den sollten sie ergreifen und zu ihm führen. Als nun der Leichnam aufgehängt war, soll es seiner Mutter arg gewesen sein. Sie sprach mit ihrem übriggebliebenen Sohne und gebot ihm, es zu veranstalten, wie er nur könne, daß er den Leib seines Bruders herunterkriege; und, wenn er Das unterlassen wollte, drohte sie ihm, zum König zu gehen und anzuzeigen, daß er die Schätze habe. Als sich nun die Mutter so hart anließ gegen den übriggebliebenen Sohn, und Alles, was er ihr sagte, vergeblich war, soll er folgenden Kunstgriff angewandt haben. Er schirrte Esel an, legte ihnen Schläuche voll Wein auf und trieb alsdann die Esel vor sich her; und als er an die Wache des aufgehängten Toten kam, so zog er drei oder vier aufgebundene Zipfel der Schläuche auf. Als nun der Wein auslief, schlug er sich vor den Kopf mit lautem Geschrei, als wisse er nicht, zu welchem Esel er sich zuerst wenden solle. Die Wächter aber sahen nicht so bald die Menge Wein, die auslief, als sie sämtlich mit Gefäßen in den Weg rannten, und den ausfließenden Wein als gute Beute einsammelten; worüber er sich zornig stellte und Alle ausschalt. Da ihm aber die Wächter zuredeten, stellte er sich, als werde er allmählig ruhiger und sein Zorn lasse nach; und zuletzt trieb er die Esel aus dem Wege und schirrte sie zurecht. Wie nun ein Wort das andere gab, auch Der und Jener seinen Spaß mit ihm hatte, und ihn zum Lachen brachte, gab er ihnen noch einen Schlauch dazu; und jetzt beschlossen sie, an Ort und Stelle sich zum Trinken zu lagern, wollten auch ihn dabei haben und hießen ihn bleiben, um hier bei ihnen mitzutrinken, wozu er sich denn auch verstand und da blieb. Endlich als sie ihm beim Trinken herzlich schön taten, gab er ihnen noch einen zweiten Schlauch dazu. Da wurden die Wächter vom tüchtigen Zechen übermäßig betrunken, und, vom

Schlaf überwältigt, streckten sie sich an derselben Stelle hin, wo sie getrunken hatten. Nun nahm er, da es schon tief in der Nacht war, den Leib des Bruders herunter, und schor auch noch allen Wächtern zum Schimpf den rechten Backenbart ab; legte dann den Leichnam auf die Esel und trieb sie nach Haus, nachdem er so, was ihm seine Mutter geboten, vollzogen hatte.

Der König soll es aber, als ihm gemeldet wurde, der Leichnam des Diebes sei entwendet, sehr arg empfunden haben; und da er durchaus ausfindig machen wollte, Wer in aller Welt Solches angestellt habe, soll er, was mir einmal nicht glaubwürdig ist, Folgendes getan haben. Er ließ seine Tochter in der Bude feil sitzen, und gab ihr auf, Jeden ohne Unterschied anzunehmen; ehe sie aber zusammenkämen, müsse ihr Jeder den klügsten und den sündlichsten Streich sagen, den er in seinem Leben ausgeführt, und wenn da Einer die Geschichte mit dem Dieb erzähle, Den solle sie ergreifen und nicht heraus lassen. Dies tat das Mädchen, wie es ihr vom Vater geboten war; der Dieb aber, der verstand, wo Das hinaus wolle, beschloß, den König noch an Verschlagenheit zu übertreffen, und soll Folgendes getan haben. Er schnitt den ganzen Arm vom frischen Leichnam bei der Schulter ab und nahm ihn unter dem Mantel mit. So ging er zur Tochter des Königs, und da sie ihn eben so wie die Andern befragte, erzählte er ihr, als seinen sündlichsten Streich, daß er seinem Bruder, der im Schatz des Königs in eine Schlinge fiel, den Kopf abgeschnitten, und als den klügsten, daß er die Wächter trunken gemacht und den aufgehängten Leichnam seines Bruders herunter genommen habe. Als sie Das hörte, wollte sie ihn fassen, der Dieb aber streckte ihr im Dunkeln den Arm des Toten hin, worauf sie dann zugriff und ihn hielt, in der Meinung, seinen eigenen Arm festzuhalten; und nun ließ er denselben los und entwischte schnell zur Türe hinaus. Als nun auch Dieses dem König hinterbracht wurde, ward er ganz betroffen über die Schlauigkeit und Kühnheit des Menschen. Zuletzt soll er aber in sämtliche Städte eine Verkündigung haben ausgehen lassen, mit Gewährung von Straflosigkeit, und mit großen Versprechungen, wenn er sich vor sein Angesicht stellen würde. Dem habe der Dieb getraut und sich ihm gestellt; und Rhampsenitus habe ihn höchlich bewundert, ja ihm jene Tochter zur Hausfrau gegeben, als dem allergescheitesten Menschen, wiefern er nämlich die Ägyptier über alle Andere setzte, und ihn über die Ägyptier.«

(Herodots Geschichte, zweites Buch, 121. Kapitel)

II

ZU SEITE 610:
SCHLACHTFELD BEI HASTINGS
Sépulture du roi Harold

»Deux moines saxons, Asgod et Ailrik, députés par l'abbé de Waltham, demandèrent et obtinrent de transporter dans leur église les restes de leur bienfaiteur. Ils allèrent à l'amas des corps dépouillés d'armes et de vêtements, les examinèrent avec soin l'un après l'autre, et ne reconnurent point celui qu'ils cherchaient, tant ses blessures l'avaient défiguré. Tristes, et désespérant de réussir seuls dans cette recherche, ils s'adressèrent à une femme que Harold, avant d'être roi, avait entretenue comme maîtresse, et la prièrent de se joindre à eux. Elle s'appelait Edithe, et on la surnommait la Belle au cou de cygne. Elle consentit à suivre les deux moines, et fut plus habile qu'eux à découvrir le cadavre de celui qu'elle avait aimé.«

(l'Histoire de la conquète de l'Angleterre par les Normands, par Aug. Thierry)

III

ZU SEITE 696:
ERINNERUNG

»Auch der kleine Wilhelm liegt dort (auf dem Kirchhofe), und daran bin ich Schuld. Wir waren Schulkameraden im Franziskanerkloster (zu Düsseldorf) und spielten auf jener Seite desselben, wo zwischen steinernen Mauern die Düssel fließt, und ich sagte: ›Wilhelm, hol doch das Kätzchen, das eben hineingefallen‹ – und lustig stieg er hinab auf das Brett, das über dem Bach lag, riß das Kätzchen aus dem Wasser, fiel aber selbst hinein, und als man ihn herauszog, war er naß und tot. – Das Kätzchen hat noch lange Zeit gelebt.«

(Reisebilder, zweiter Teil, Kapitel VI)

IV

ZU SEITE 718:
JEHUDA BEN HALEVY

»Das Lied, das der Levit Jehuda gesungen, – ist als Prachtdiadem um der Gemeinde Haupt geschlungen, – als Perlenschnur hält es ihren Hals umrungen. – Er, des Sangestempels Säul und Schaft, – weilend in den Hallen der Wissenschaft, – der Gewaltige, der Liedesspeerschwinger, – der die Riesen des Gesanges hingestreckt, ihr Sieger und Bezwinger. – Seine Lieder nehmen den Weisen den Dichtermut, – fast schwindet vor ihnen Assaphs und Jeduthans Kraft und Glut, – und der Korachiten Gesang – deucht zu lang. – Er drang in der Dichtkunst Speicher und plünderte die Vorräte, – und entführte die herrlichsten Geräte, – er ging hinaus und schloß das Tor, daß keiner nach ihm es betrete. – Und denen, die folgen den Spuren seines Ganges, – zu erlernen die Kunst seines Sanges, – nicht seines Siegeswagens Staub zu erreichen gelang es. – Alle Sänger führen im Munde sein Wort, – und küssen seiner Füße Ort. – Denn in der künstlichen Rede Werke – zeigt sich seiner Sprache Kraft und Stärke. – Mit seinen Gebeten reißt er die Herzen hin, sie überwindend, – in seinen Liebesliedern mild wie der Tau, und wie feurige Kohlen zündend, – und in seinen Klagetönen – läßt er strömen die Wolke der Tränen, – in den Briefen und Schriften, die er verfaßt, – ist alle Poesie eingefaßt.«

(Rabbi Salomo Al-Charisi über Rabbi Jehuda Halevy)

Nachwort

Ich habe dieses Buch Romanzero genannt, weil der Romanzenton vorherrschend in den Gedichten, die hier gesammelt. Mit wenigen Ausnahmen schrieb ich sie während der letzten drei Jahre, unter mancherlei körperlichen Hindernissen und Qualen. Gleichzeitig mit dem Romanzero lasse ich in derselben Verlagshandlung ein Büchlein erscheinen, welches »Der Doktor Faust, ein Tanzpoem, nebst kuriosen Berichten über Teufel, Hexen und Dichtkunst« betitelt ist. Ich empfehle solches einem verehrungswürdigen Publiko, das sich gern ohne Kopfanstrengung über dergleichen Dinge belehren lassen möchte; es ist eine leichte Goldarbeit, worüber gewiß mancher Grobschmied den Kopf schütteln wird. Ich hegte ursprünglich die Absicht, dieses Produkt dem Romanzero einzuverleiben, was ich aber unterließ, um nicht die Einheit der Stimmung, die in letzterem waltet und gleichsam sein Kolorit bildet, zu stören. Jenes Tanzpoem schrieb ich nämlich im Jahre 1847, zu einer Zeit, wo mein böses Siechtum bereits bedenklich vorgeschritten war, aber doch noch nicht seine grämlichen Schatten über mein Gemüt warf. Ich hatte damals noch etwas Fleisch und Heidentum an mir, und ich war noch nicht zu dem spiritualistischen Skelette abgemagert, das jetzt seiner gänzlichen Auflösung entgegenharrt. Aber existiere ich wirklich noch? Mein Leib ist so sehr in die Krümpe gegangen, daß schier nichts übrig geblieben als die Stimme, und mein Bett mahnt mich an das tönende Grab des Zauberers Merlinus, welches sich im Walde Brozeliand in der Bretagne befindet, unter hohen Eichen, deren Wipfel wie grüne Flammen gen Himmel lodern. Ach, um diese Bäume und ihr frisches Wehen beneide ich dich, Kollege Merlinus, denn kein grünes Blatt rauscht herein in meine Matratzengruft zu Paris, wo ich früh und spat nur Wagengerassel, Gehämmer, Gekeife und Klaviergeklimper vernehme. Ein Grab ohne Ruhe, der Tod ohne die Privilegien der Verstorbenen, die kein Geld auszugeben und keine Briefe oder gar Bücher zu schreiben brauchen – das ist ein trauriger Zustand. Man hat mir längst das Maß genommen zum Sarg, auch zum Nekrolog, aber ich sterbe so langsam, daß solches nachgrade langweilig wird für mich, wie für meine Freunde. Doch Geduld, alles hat sein Ende. Ihr werdet eines Morgens die Bude geschlossen finden, wo euch die Puppenspiele meines Humors so oft ergötzten.

Was soll aber, wenn ich tot bin, aus den armen Hanswürsten werden, die ich seit Jahren bei jenen Darstellungen employiert hatte? Was soll z. B. aus Maßmann werden? Ungern verlaß ich ihn, und es erfaßt mich schier eine tiefe Wehmut, wenn ich denke an die Verse:

Ich sehe die kurzen Beinchen nicht mehr,
Nicht mehr die platte Nase;
Er schlug wie ein Pudel, frisch, fromm, fröhlich, frei,
Die Purzelbäume im Grase.

Und er versteht Latein. Ich habe freilich in meinen Schriften so oft das Gegenteil behauptet, daß Niemand mehr meine Behauptung bezweifelte, und der Ärmste ein Stichblatt der allgemeinen Verhöhnung ward. Die Schulbuben frugen ihn, in welcher Sprache der Don Quixote geschrieben sei? und wenn mein armer Maßmann antwortete: in spanischer Sprache – erwiderten sie, er irre sich, derselbe sei lateinisch geschrieben und das käme ihm so spanisch vor. Sogar die eigene Gattin war grausam genug, bei häuslichen Mißverständnissen auszurufen, sie wundere sich, daß ihr Mann sie nicht verstehe, da sie doch Deutsch und kein Latein gesprochen habe. Die Maßmännische Großmutter, eine Wäscherin von unbescholtener Sittlichkeit und die einst für Friedrich den Großen gewaschen, hat sich über die Schmach ihres Enkels zu Tode gegrämt; der Onkel, ein wackerer altpreußischer Schuhflicker, bildete sich ein, die ganze Familie sei schimpfiert, und vor Verdruß ergab er sich dem Trunk.

Ich bedaure, daß meine jugendliche Unbesonnenheit solches Unheil angerichtet. Die würdige Waschfrau kann ich leider nicht wieder ins Leben zurückrufen, und den zartfühlenden Oheim, der jetzt zu Berlin in der Gosse liegt, kann ich nicht mehr des Schnapses entwöhnen; aber ihn selbst, meinen armen Hanswurst Maßmann, will ich in der öffentlichen Meinung wieder rehabilitieren, indem ich alles was ich über seine Lateinlosigkeit, seine lateinische Impotenz, seine magna linguae romanae ignorantia jemals geäußert habe, feierlich widerrufe.

So hätte ich denn mein Gewissen erleichtert. Wenn man auf dem Sterbebette liegt, wird man sehr empfindsam und weichselig, und möchte Frieden machen mit Gott und der Welt. Ich gestehe es, ich habe Manchen gekratzt, Manchen gebissen, und war kein Lamm. Aber glaubt mir, jene gepriesenen Lämmer der Sanftmut würden sich minder frömmig gebärden, besäßen sie die Zähne und die Tatzen des Tigers. Ich kann mich rühmen, daß ich mich solcher angebornen Waffen nur selten bedient habe. Seit ich selbst der Barmherzigkeit Gottes bedürftig, habe ich allen meinen Feinden Amnestie erteilt; manche schöne Gedichte, die gegen sehr hohe und sehr niedrige Personen gerichtet waren, wurden deshalb in vorliegender Sammlung nicht aufgenommen. Gedichte, die nur halbweg Anzüglichkeiten gegen den lieben Gott selbst enthielten, habe ich mit ängstlichstem Eifer den Flammen überliefert. Es ist besser, daß die Verse brennen als der Versifex. Ja, wie mit der Kreatur, habe ich auch mit dem Schöpfer Frieden gemacht, zum größten Ärgernis meiner aufgeklärten Freunde, die mir Vorwürfe machten über dieses Zurückfallen in den alten Aberglauben, wie sie meine Heimkehr zu Gott zu nennen beliebten. Andere, in ihrer Intoleranz, äußerten sich noch herber. Der gesamte hohe Klerus des Atheismus hat sein Anathema über mich ausgesprochen, und es gibt fanatische Pfaffen des Unglaubens, die mich gerne auf die Folter spannten, damit ich meine Ketzereien bekenne. Zum Glück stehen ihnen keine andern Folterinstrumente zu Gebote als ihre Schriften. Aber ich will auch ohne Tortur alles bekennen. Ja, ich bin zurückgekehrt zu Gott, wie der verlorene Sohn, nachdem ich lange Zeit bei den Hegelianern die Schweine gehütet. War es die Misère, die mich zurücktrieb? Vielleicht ein minder miserabler Grund. Das himmlische Heimweh überfiel mich und trieb mich fort durch Wälder und Schluchten, über die schwindlichsten Bergpfade der Dialektik. Auf meinem Wege fand ich den Gott der Pantheisten, aber ich konnte ihn nicht gebrauchen. Dies arme träumerische Wesen ist mit der Welt verwebt und verwachsen, gleichsam in ihr eingekerkert, und gähnt dich an, willenlos und ohnmächtig. Um einen Willen zu haben, muß man eine Person sein, und, um ihn zu manifestieren, muß man die Ellbogen frei haben. Wenn man nun einen Gott begehrt, der zu helfen vermag – und das ist doch die Hauptsache – so muß man auch seine Persönlichkeit, seine Außerweltlichkeit und seine heiligen Attribute, die Allgüte, die Allweisheit, die Allgerechtigkeit u.s.w. annehmen. Die Unsterblichkeit der Seele, unsre Fortdauer nach dem Tode, wird uns alsdann gleichsam mit in den Kauf gegeben, wie der schöne Markknochen, den der Fleischer, wenn er mit seinen Kunden zufrieden ist, ihnen unentgeltlich in den Korb schiebt. Ein solcher schöner Markknochen wird in der französischen Küchensprache la réjouissance genannt, und man kocht damit ganz vorzügliche Kraftbrühen, die für einen armen schmachtenden Kranken sehr stärkend und labend sind. Daß ich eine solche réjouissance nicht ablehnte und sie mir vielmehr mit Behagen zu Gemüte führte, wird jeder fühlende Mensch billigen.

Ich habe vom Gott der Pantheisten geredet, aber ich kann nicht umhin zu bemerken, daß er im Grunde gar kein Gott ist, so wie überhaupt die Pantheisten eigentlich nur verschämte Atheisten sind, die sich weniger vor der Sache als vor dem Schatten, den sie an die Wand wirft, vor dem Namen, fürchten. Auch haben die meisten in Deutschland während der Restaurationszeit mit dem lieben Gotte dieselbe funfzehnjährige Komödie gespielt, welche hier in Frankreich die konstitutionellen Royalisten, die größtenteils im Herzen Republikaner waren, mit dem Königtume spielten. Nach der Juliusrevolution ließ man jenseits wie diesseits des Rheines die Maske fallen. Seitdem, besonders aber nach dem Sturz Ludwig Philipps, des besten Monarchen, der jemals die konstitutionelle Dornenkrone trug, bildete sich hier in Frankreich die Meinung: daß nur zwei Regierungsformen, das absolute Königtum und die Republik, die Kritik der Vernunft oder der Erfahrung aushielten, daß man Eins von Beiden wählen müsse, daß alles dazwischen liegende Mischwerk unwahr, unhaltbar und verderblich sei. In derselben Weise tauchte in Deutschland die Ansicht auf, daß man wählen müsse zwischen der Religion und der Philosophie, zwischen dem geoffenbarten Dogma des Glaubens und der letzten Konsequenz des Denkens, zwischen dem absoluten Bibelgott und dem Atheismus.

Je entschiedener die Gemüter, desto leichter werden sie das Opfer solcher Dilemmen. Was mich betrifft, so kann ich mich in der Politik keines sonderlichen Fortschritts rühmen; ich verharrte bei denselben demokratischen Prinzipien, denen meine früheste Jugend huldigte und für die ich seitdem immer flammender erglühte. In der Theologie hingegen muß ich mich des Rückschreitens beschuldigen, indem ich, was ich bereits oben gestanden, zu dem alten Aberglauben, zu einem persönlichen Gotte, zurückkehrte. Das läßt sich nun einmal nicht vertuschen, wie es mancher aufgeklärte und wohlmeinende Freund versuchte. Ausdrücklich widersprechen muß ich jedoch dem Gerüchte, als hätten mich meine Rückschritte bis zur Schwelle irgend einer Kirche oder gar in ihren Schoß geführt. Nein, meine religiösen Überzeugungen und Ansichten sind frei geblieben von jeder Kirchlichkeit; kein Glockenklang hat mich verlockt, keine Altarkerze hat mich geblendet. Ich habe mit keiner Symbolik gespielt und meiner Vernunft nicht ganz entsagt. Ich habe nichts abgeschworen, nicht einmal meine alten Heidengötter, von denen ich mich zwar abgewendet, aber scheidend in Liebe und Freundschaft. Es war im Mai 1848, an dem Tage, wo ich zum letzten Male ausging, als ich Abschied nahm von den holden Idolen, die ich angebetet in den Zeiten meines Glücks. Nur mit Mühe schleppte ich mich bis zum Louvre, und ich brach fast zusammen, als ich in den erhabenen Saal trat, wo die hochgebenedeite Göttin der Schönheit, Unsere liebe Frau von Milo, auf ihrem Postamente steht. Zu ihren Füßen lag ich lange, und ich weinte so heftig, daß sich dessen ein Stein erbarmen mußte. Auch schaute die Göttin mitleidig auf mich herab, doch zugleich so trostlos, als wollte sie sagen: siehst du denn nicht, daß ich keine Arme habe und also nicht helfen kann?

Ich breche hier ab, denn ich gerate in einen larmoyanten Ton, der vielleicht überhandnehmen kann, wenn ich bedenke, daß ich jetzt auch von Dir, teurer Leser, Abschied nehmen soll. Eine gewisse Rührung beschleicht mich bei diesem Gedanken; denn ungern trenne ich mich von Dir. Der Autor gewöhnt sich am Ende an sein Publikum, als wäre es ein vernünftiges Wesen. Auch Dich scheint es zu betrüben, daß ich Dir Valet sagen muß; Du bist gerührt, mein teurer Leser, und kostbare Perlen fallen aus Deinen Tränensäckchen. Doch beruhige Dich, wir werden uns wiedersehen in einer besseren Welt, wo ich Dir auch bessere Bücher zu schreiben gedenke. Ich setze voraus, daß sich dort auch meine Gesundheit bessert und daß mich Swedenborg nicht belogen hat. Dieser erzählt nämlich mit großer Zuversicht, daß wir in der andern Welt das alte Treiben, ganz wie wir es in dieser Welt getrieben, ruhig fortsetzen, daß wir dort unsere Individualität unverändert bewahren und daß der Tod in unserer organischen Entwickelung gar keine sonderliche Störung hervorbringe. Swedenborg ist eine grundehrliche Haut, und glaubwürdig sind seine Berichte über die andere Welt, wo er mit eigenen Augen die Personen sah, die auf unserer Erde eine Rolle gespielt. Die meisten, sagt er, blieben unverändert und beschäftigen sich mit denselben Dingen, mit denen sie sich auch vormals beschäftigt; sie blieben stationär, waren veraltet, rokoko, was sich mitunter sehr lächerlich ausnahm. So z. B. unser teurer Doktor Martinus Luther war stehen geblieben bei seiner Lehre von der Gnade, über die er während dreihundert Jahren tagtäglich dieselben verschimmelten Argumente niederschrieb – ganz in derselben Weise wie der verstorbene Baron Eckstein, der während zwanzig Jahren in der Allgemeinen Zeitung einen und denselben Artikel drucken ließ, den alten jesuitischen Sauerteig beständig wiederkäuend. Aber, wie gesagt, nicht alle Personen, die hienieden eine Rolle gespielt, fand Swedenborg in solcher fossilen Erstarrung; sie hatten im Guten wie im Bösen ihren Charakter weidlich ausgebildet in der anderen Welt, und da gab es sehr wunderliche Erscheinungen. Helden und Heilige dieser Erde waren dort zu Lumpen und Taugenichtsen herabgesunken, während auch das Gegenteil stattfand. So z. B. stieg dem heiligen Antonius der Hochmut in den Kopf, als er erfuhr, welche ungeheure Verehrung und Anbetung ihm die ganze Christenheit zollt, und er, der hienieden den furchtbarsten Versuchungen widerstanden, ward jetzt ein ganz impertinenter Schlingel und liederlicher Galgenstrick, der sich mit seinem Schweine um die Wette in den Kot wälzt. Die keusche Susanne brachte der Dünkel ihrer Sittlichkeit, die sie unbesiegbar glaubte, gar schmählich zu Falle, und sie, die einst den Greisen so glorreich widerstanden, erlag der Verlockung des jungen Absalon, Sohn Davids. Die Töchter Lots hingegen hatten sich im Verlauf der Zeit sehr vertugendhaftet und gelten in der andern Welt für Muster der Anständigkeit; der Alte verharrte leider bei der Weinflasche.

So närrisch sie auch klingen, so sind doch diese Nachrichten eben so bedeutsam wie scharfsinnig. Der große skandinavische Seher begriff die Einheit und Unteilbarkeit unserer Existenz, so wie er auch die unveräußerlichen Individualitätsrechte des Menschen ganz richtig erkannte und anerkannte. Die Fortdauer nach dem Tode ist bei ihm kein idealer Mummenschanz, wo wir neue Jacken und einen neuen Menschen anziehen; Mensch und Kostüm bleiben bei ihm unverändert. In der anderen Welt des Swedenborg werden sich auch die armen Grönländer behaglich fühlen, die einst, als die dänischen Missionäre sie bekehren wollten, an diese die Frage richteten: ob es im christlichen Himmel auch Seehunde gäbe? Auf die verneinende Antwort erwiderten sie betrübt: der christliche Himmel passe alsdann nicht für Grönländer, die nicht ohne Seehunde existieren könnten.

Wie sträubt sich unsere Seele gegen den Gedanken des Aufhörens unserer Persönlichkeit, der ewigen Vernichtung! Der horror vacui, den man der Natur zuschreibt, ist vielmehr dem menschlichen Gemüte angeboren. Sei getrost, teurer Leser, es gibt eine Fortdauer nach dem Tode, und in der anderen Welt werden wir auch unsere Seehunde wiederfinden.

Und nun, lebe wohl, und wenn ich Dir etwas schuldig bin, so schicke mir Deine Rechnung. –

Geschrieben zu Paris, den 30. September 1851

Heinrich Heine

GEDICHTE

1853–1854

I.

RUHELECHZEND

Laß bluten deine Wunden, laß
Die Tränen fließen unaufhaltsam –
Geheime Wollust schwelgt im Schmerz,
Und Weinen ist ein süßer Balsam.

Verwundet dich nicht fremde Hand,
So mußt du selber dich verletzen;
Auch danke hübsch dem lieben Gott,
Wenn Zähren deine Wangen netzen.

Des Tages Lärm verhallt, es steigt
Die Nacht herab mit langen Flören.
In ihrem Schoße wird kein Schelm,
Kein Tölpel deine Ruhe stören.

Hier bist du sicher vor Musik,
Vor des Pianofortes Folter,
Und vor der großen Oper Pracht
Und schrecklichem Bravourgepolter.

Hier wirst du nicht verfolgt, geplagt
Vom eitlen Virtuosenpacke
Und vom Genie Giacomos
Und seiner Weltberühmtheitsclaque.

O Grab, du bist das Paradies
Für pöbelscheue, zarte Ohren –
Der Tod ist gut, doch besser wärs,
Die Mutter hätt uns nie geboren.

2.

IM MAI

Die Freunde, die ich geküßt und geliebt,
Die haben das Schlimmste an mir verübt.
Mein Herze bricht; doch droben die Sonne,
Lachend begrüßt sie den Monat der Wonne.

Es blüht der Lenz. Im grünen Wald
Der lustige Vogelgesang erschallt,
Und Mädchen und Blumen, sie lächeln jungfräulich –
O schöne Welt, du bist abscheulich!

Da lob ich mir den Orkus fast;
Dort kränkt uns nirgends ein schnöder Kontrast;
Für leidende Herzen ist es viel besser
Dort unten am stygischen Nachtgewässer.

Sein melancholisches Geräusch,
Der Stymphaliden ödes Gekreisch,
Der Furien Singsang, so schrill und grell,
Dazwischen des Cerberus Gebell –

Das paßt verdrießlich zu Unglück und Qual –
Im Schattenreich, dem traurigen Tal,
In Proserpinens verdammten Domänen,
Ist alles im Einklang mit unseren Tränen.

Hier oben aber, wie grausamlich
Sonne und Rosen stechen sie mich!
Mich höhnt der Himmel, der bläulich und mailich –
O schöne Welt, du bist abscheulich!

3.

LEIB UND SEELE

Die arme Seele spricht zum Leibe:
Ich laß nicht ab von dir, ich bleibe
Bei dir – Ich will mit dir versinken
In Tod und Nacht, Vernichtung trinken!
Du warst ja stets mein zweites Ich,
Das liebevoll umschlungen mich,
Als wie ein Festkleid von Satin,
Gefüttert weich mit Hermelin –
Weh mir! jetzt soll ich gleichsam nackt,
Ganz ohne Körper, ganz abstrakt,
Hinlungern als ein selges Nichts
Dort oben in dem Reich des Lichts,
In jenen kalten Himmelshallen,
Wo schweigend die Ewigkeiten wallen
Und mich angähnen – sie klappern dabei
Langweilig mit ihren Pantoffeln von Blei.
O das ist grauenhaft; o bleib,
Bleib bei mir, du geliebter Leib!

Der Leib zur armen Seele spricht:
O tröste dich und gräm dich nicht!
Ertragen müssen wir in Frieden
Was uns vom Schicksal ward beschieden.
Ich war der Lampe Docht, ich muß
Verbrennen; du, der Spiritus,
Wirst droben auserlesen sein
Zu leuchten als ein Sternelein
Vom reinsten Glanz – Ich bin nur Plunder,
Materie nur, wie morscher Zunder
Zusammensinkend, und ich werde,
Was ich gewesen, eitel Erde.
Nun lebe wohl und tröste dich!
Vielleicht auch amüsiert man sich

Im Himmel besser als du meinst.
Siehst du den großen Bären einst
(Nicht Meyer-Bär) im Sternensaal,
Grüß ihn von mir vieltausendmal!

4.

ROTE PANTOFFELN

Gar böse Katze, so alt und grau,
Sie sagte, sie sei eine Schusterfrau;
Auch stand vor ihrem Fenster ein Lädchen,
Worin Pantoffeln für junge Mädchen,
Pantöffelchen von Maroquin,
Von Saffian und von Satin,
Von Samt, mit goldnen Borden garniert
Und buntgeblümten Bändern verziert.
Am lieblichsten dort zu schauen war
Ein scharlachrotes Pantöffelchenpaar;
Es hat mit seiner Farbenpracht
Gar manchem Dirnchen ins Herz gelacht.

Eine junge weiße Edelmaus,
Die ging vorbei dem Schusterhaus,
Kehrt wieder um, dann blieb sie stehn,
Tät nochmals durch das Fenster sehn –
Sprach endlich: Ich grüß Euch, Frau Kitze, Frau Katze,
Gar schöne rote Pantöffelchen hat Sie;
Sind sie nicht teuer, ich kauf sie Euch ab,
Sagt mir, wieviel ich zu zahlen hab.

Die Katze rief: Mein Jüngferlein,
Ich bitte gehorsamst, treten Sie ein,
Geruhen Sie mein Haus zu beehren
Mit Dero Gegenwart; es verkehren

Mit mir die allerschönsten Madel
Und Herzoginnen, der höchste Adel –
Die Töffelchen will ich wohlfeil lassen –
Doch laßt uns sehn, ob sie Euch passen –
Ach, treten Sie ein und nehmen Sie Platz –

So flötet die boshaft listige Katz,
Und das weiße, unerfahrene Ding
In die Mördergrub, in die Falle ging –
Auf eine Bank setzt sich die Maus
Und streckt ihr kleines Beinchen aus,
Um anzuprobieren die roten Schuhe –
Sie war ein Bild von Unschuld und Ruhe –
Da packt sie plötzlich die böse Katze
Und würgt sie mit der grimmigen Tatze,
Und beißt ihr ab das arme Köpfchen,
Und spricht: Mein liebes, weißes Geschöpfchen,
Mein Mäuschen, du bist mausetot!
Jedoch die Pantöffelchen scharlachrot,
Die will ich stellen auf deine Gruft;
Und wenn die Weltposaune ruft
Zum jüngsten Tanz, o weiße Maus,
Aus deinem Grab steigst du heraus,
Ganz wie die andern, und sodann
Ziehst du die roten Pantöffelchen an.

Moral

Ihr weißen Mäuschen, nehmt euch in Acht,
Laßt euch nicht ködern von weltlicher Pracht!
Ich rat euch, lieber barfuß zu laufen
Als bei der Katze Pantoffeln zu kaufen.

5.

BABYLONISCHE SORGEN

Mich ruft der Tod – Ich wollt, o Süße,
Daß ich dich in einem Wald verließe,
In einem jener Tannenforsten,
Wo Wölfe heulen, Geier horsten
Und schrecklich grunzt die wilde Sau,
Des blonden Ebers Ehefrau.

Mich ruft der Tod – Es wär noch besser,
Müßt ich auf hohem Seegewässer
Verlassen dich, mein Weib, mein Kind,
Wenngleich der tolle Nordpolwind
Dort peitscht die Wellen, und aus den Tiefen
Die Ungetüme, die dort schliefen,
Haifisch und Krokodile, kommen
Mit offnem Rachen emporgeschwommen –
Glaub mir, mein Kind, mein Weib, Mathilde,
Nicht so gefährlich ist das wilde,
Erzürnte Meer und der trotzige Wald
Als unser jetziger Aufenthalt!
Wie schrecklich auch der Wolf und der Geier,
Haifische und sonstige Meerungeheuer:
Viel grimmere, schlimmere Bestien enthält
Paris, die leuchtende Hauptstadt der Welt,
Das singende, springende, schöne Paris,
Die Hölle der Engel, der Teufel Paradies –
Daß ich dich hier verlassen soll,
Das macht mich verrückt, das macht mich toll!

Mit spöttischem Sumsen mein Bett umschwirrn
Die schwarzen Fliegen; auf Nas und Stirn
Setzen sie sich – fatales Gelichter!
Etwelche haben wie Menschengesichter,
Auch Elefantenrüssel daran,
Wie Gott Ganesa in Hindostan. – –
In meinem Hirne rumort es und knackt,
Ich glaube, da wird ein Koffer gepackt,
Und mein Verstand reist ab – o wehe! –
Noch früher als ich selber gehe.

6.

DAS SKLAVENSCHIFF

I

Der Superkargo Mynher van Koek
Sitzt rechnend in seiner Kajüte;
Er kalkuliert der Ladung Betrag
Und die probabeln Profite.

»Der Gummi ist gut, der Pfeffer ist gut,
Dreihundert Säcke und Fässer;
Ich habe Goldstaub und Elfenbein –
Die schwarze Ware ist besser.

Sechshundert Neger tauschte ich ein
Spottwohlfeil am Senegalflusse.
Das Fleisch ist hart, die Sehnen sind stramm,
Wie Eisen vom besten Gusse.

Ich hab zum Tausche Branntewein,
Glasperlen und Stahlzeug gegeben;
Gewinne daran achthundert Prozent,
Bleibt mir die Hälfte am Leben.

Bleiben mir Neger dreihundert nur
Im Hafen von Rio-Janeiro,
Zahlt dort mir hundert Dukaten per Stück
Das Haus Gonzales Perreiro.«

Da plötzlich wird Mynher van Koek
Aus seinen Gedanken gerissen;
Der Schiffschirurgius tritt herein,
Der Doktor van der Smissen.

Das ist eine klapperdürre Figur,
Die Nase voll roter Warzen –
Nun, Wasserfeldscherer, ruft van Koek,
Wie gehts meinen lieben Schwarzen?

Der Doktor dankt der Nachfrage und spricht:
»Ich bin zu melden gekommen,
Daß heute Nacht die Sterblichkeit
Bedeutend zugenommen.

Im Durchschnitt starben täglich zwei,
Doch heute starben sieben,
Vier Männer, drei Frauen – Ich hab den Verlust
Sogleich in die Kladde geschrieben.

Ich inspizierte die Leichen genau;
Denn diese Schelme stellen
Sich manchmal tot, damit man sie
Hinabwirft in die Wellen.

Ich nahm den Toten die Eisen ab;
Und wie ich gewöhnlich tue,
Ich ließ die Leichen werfen ins Meer
Des Morgens in der Fruhe.

Es schossen alsbald hervor aus der Flut
Haifische, ganze Heere,
Sie lieben so sehr das Negerfleisch;
Das sind meine Pensionäre.

Sie folgten unseres Schiffes Spur,
Seit wir verlassen die Küste;
Die Bestien wittern den Leichengeruch
Mit schnupperndem Fraßgelüste.

Es ist possierlich anzusehn,
Wie sie nach den Toten schnappen!
Die faßt den Kopf, die faßt das Bein,
Die andern schlucken die Lappen.

Ist alles verschlungen, dann tummeln sie sich
Vergnügt um des Schiffes Planken
Und glotzen mich an, als wollten sie
Sich für das Frühstück bedanken.«

Doch seufzend fällt ihm in die Red
Van Koek: Wie kann ich lindern
Das Übel? wie kann ich die Progression
Der Sterblichkeit verhindern?

Der Doktor erwidert: »Durch eigne Schuld
Sind viele Schwarze gestorben;
Ihr schlechter Odem hat die Luft
Im Schiffsraum so sehr verdorben.

Auch starben viele durch Melancholie,
Dieweil sie sich tödlich langweilen;
Durch etwas Luft, Musik und Tanz
Läßt sich die Krankheit heilen.«

Da ruft van Koek: »Ein guter Rat!
Mein teurer Wasserfeldscherer
Ist klug wie Aristoteles,
Des Alexanders Lehrer.

Der Präsident der Sozietät
Der Tulpenveredlung im Delfte
Ist sehr gescheit, doch hat er nicht
Von Eurem Verstande die Hälfte.

Musik! Musik! Die Schwarzen solln
Hier auf dem Verdecke tanzen.
Und wer sich beim Hopsen nicht amüsiert,
Den soll die Peitsche kuranzen.«

II

Hoch aus dem blauen Himmelszelt
Viel tausend Sterne schauen,
Sehnsüchtig glänzend, groß und klug,
Wie Augen von schönen Frauen.

Sie blicken hinunter in das Meer,
Das weithin überzogen
Mit phosphorstrahlendem Purpurduft;
Wollüstig girren die Wogen.

Kein Segel flattert am Sklavenschiff,
Es liegt wie abgetakelt;
Doch schimmern Laternen auf dem Verdeck,
Wo Tanzmusik spektakelt.

Die Fiedel streicht der Steuermann,
Der Koch, der spielt die Flöte,
Ein Schiffsjung schlägt die Trommel dazu,
Der Doktor bläst die Trompete.

Wohl hundert Neger, Männer und Fraun,
Sie jauchzen und hopsen und kreisen
Wie toll herum; bei jedem Sprung
Taktmäßig klirren die Eisen.

Sie stampfen den Boden mit tobender Lust,
Und manche schwarze Schöne
Umschlingt wollüstig den nackten Genoß –
Dazwischen ächzende Töne.

Der Büttel ist maître des plaisirs,
Und hat mit Peitschenhieben
Die lässigen Tänzer stimuliert,
Zum Frohsinn angetrieben.

Und Dideldumdei und Schnedderedeng!
Der Lärm lockt aus den Tiefen
Die Ungetüme der Wasserwelt,
Die dort blödsinnig schliefen.

Schlaftrunken kommen geschwommen heran
Haifische, viele hundert;
Sie glotzen nach dem Schiff hinauf,
Sie sind verdutzt, verwundert.

Sie merken, daß die Frühstückstund
Noch nicht gekommen, und gähnen,
Aufsperrend den Rachen; die Kiefer sind
Bepflanzt mit Sägezähnen.

Und Dideldumdei und Schnedderedeng –
Es nehmen kein Ende die Tänze.
Die Haifische beißen vor Ungeduld
Sich selber in die Schwänze.

Ich glaube, sie lieben nicht die Musik,
Wie viele von ihrem Gelichter.
Trau keiner Bestie, die nicht liebt
Musik! sagt Albions großer Dichter.

Und Schnedderedeng und Dideldumdei –
Die Tänze nehmen kein Ende.
Am Fockmast steht Mynher van Koek
Und faltet betend die Hände:

»Um Christi willen verschone, o Herr,
Das Leben der schwarzen Sünder!
Erzürnten sie dich, so weißt du ja,
Sie sind so dumm wie die Rinder.

Verschone ihr Leben um Christi willn,
Der für uns alle gestorben!
Denn bleiben mir nicht dreihundert Stück,
So ist mein Geschäft verdorben.«

7.

AFFRONTENBURG

Die Zeit verfließt, jedoch das Schloß,
Das alte Schloß mit Turm und Zinne
Und seinem blöden Menschenvolk,
Es kommt mir nimmer aus dem Sinne.

Ich sehe stets die Wetterfahn,
Die auf dem Dach sich rasselnd drehte.
Ein jeder blickte scheu hinauf,
Bevor er nur den Mund auftäte.

Wer sprechen wollt, erforschte erst
Den Wind, aus Furcht, es möchte plötzlich
Der alte Brummbär Boreas
Anschnauben ihn nicht sehr ergötzlich.

Die Klügsten freilich schwiegen ganz –
Denn ach, es gab an jenem Orte
Ein Echo, das im Widerklatsch
Boshaft verfälschte alle Worte.

Inmitten im Schloßgarten stand
Ein sphinxgezierter Marmorbronnen,
Der immer trocken war, obgleich
Gar manche Träne dort geronnen.

Vermaledeiter Garten! Ach,
Da gab es nirgends eine Stätte,
Wo nicht mein Herz gekränket ward,
Wo nicht mein Aug geweinet hätte.

Da gabs wahrhaftig keinen Baum,
Worunter nicht Beleidigungen
Mir zugefüget worden sind
Von feinen und von groben Zungen.

Die Kröte, die im Gras gelauscht,
Hat alles mitgeteilt der Ratte,
Die ihrer Muhme Viper gleich
Erzählt, was sie vernommen hatte.

Die hats gesagt dem Schwager Frosch –
Und solcherweis erfahren konnte
Die ganze schmutzge Sippschaft stracks
Die mir erwiesenen Affronte.

Des Gartens Rosen waren schön,
Und lieblich lockten ihre Düfte;
Doch früh hinwelkend starben sie
An einem sonderbaren Gifte.

Zu Tod ist auch erkrankt seitdem
Die Nachtigall, der edle Sprosser,
Der jenen Rosen sang sein Lied; –
Ich glaub, vom selben Gift genoß er.

Vermaledeiter Garten! Ja,
Es war, als ob ein Fluch drauf laste;
Manchmal am hellen lichten Tag
Mich dort Gespensterfurcht erfaßte.

Mich grinste an der grüne Spuk,
Er schien mich grausam zu verhöhnen,
Und aus den Taxusbüschen drang
Alsbald ein Ächzen, Röcheln, Stöhnen.

Am Ende der Allee erhob
Sich die Terrasse, wo die Wellen
Der Nordsee, zu der Zeit der Flut,
Tief unten am Gestein zerschellen.

Dort schaut man weit hinaus ins Meer.
Dort stand ich oft in wilden Träumen.
Brandung war auch in meiner Brust –
Das war ein Tosen, Rasen, Schäumen –

Ein Schäumen, Rasen, Tosen wars,
Ohnmächtig gleichfalls wie die Wogen,
Die kläglich brach der harte Fels,
Wie stolz sie auch herangezogen.

Mit Neid sah ich die Schiffe ziehn
Vorüber nach beglückten Landen –
Doch mich hielt das verdammte Schloß
Gefesselt in verfluchten Banden.

8.

ZUM LAZARUS

I

Laß die heilgen Parabolen,
Laß die frommen Hypothesen –
Suche die verdammten Fragen
Ohne Umschweif uns zu lösen.

Warum schleppt sich blutend, elend,
Unter Kreuzlast der Gerechte,
Während glücklich als ein Sieger
Trabt auf hohem Roß der Schlechte?

Woran liegt die Schuld? Ist etwa
Unser Herr nicht ganz allmächtig?
Oder treibt er selbst den Unfug?
Ach, das wäre niederträchtig.

Also fragen wir beständig,
Bis man uns mit einer Handvoll
Erde endlich stopft die Mäuler –
Aber ist das eine Antwort?

II

Es hatte mein Haupt die schwarze Frau
Zärtlich ans Herz geschlossen;
Ach! meine Haare wurden grau,
Wo ihre Tränen geflossen.

Sie küßte mich lahm, sie küßte mich krank,
Sie küßte mir blind die Augen;
Das Mark aus meinem Rückgrat trank
Ihr Mund mit wildem Saugen.

Mein Leib ist jetzt ein Leichnam, worin
Der Geist ist eingekerkert –
Manchmal wird ihm unwirsch zu Sinn,
Er tobt und rast und berserkert.

Ohnmächtige Flüche! Dein schlimmster Fluch
Wird keine Fliege töten.
Ertrage die Schickung, und versuch
Gelinde zu flennen, zu beten.

III

Wie langsam kriechet sie dahin,
Die Zeit, die schauderhafte Schnecke!
Ich aber, ganz bewegungslos
Blieb ich hier auf demselben Flecke.

In meine dunkle Zelle dringt
Kein Sonnenstrahl, kein Hoffnungsschimmer,
Ich weiß, nur mit der Kirchhofsgruft
Vertausch ich dies fatale Zimmer.

Vielleicht bin ich gestorben längst;
Es sind vielleicht nur Spukgestalten
Die Phantasieen, die des Nachts
Im Hirn den bunten Umzug halten.

Es mögen wohl Gespenster sein,
Altheidnisch göttlichen Gelichters;
Sie wählen gern zum Tummelplatz
Den Schädel eines toten Dichters. –

Die schaurig süßen Orgia,
Das nächtlich tolle Geistertreiben,
Sucht des Poeten Leichenhand
Manchmal am Morgen aufzuschreiben.

IV

Einst sah ich viele Blumen blühen
An meinem Weg; jedoch zu faul,
Mich pflückend nieder zu bemühen,
Ritt ich vorbei auf stolzem Gaul.

Jetzt, wo ich todessiech und elend,
Jetzt, wo geschaufelt schon die Gruft,
Oft im Gedächtnis höhnend, quälend,
Spukt der verschmähten Blumen Duft.

Besonders eine feuergelbe
Viole brennt mir stets im Hirn.
Wie reut es mich, daß ich dieselbe
Nicht einst genoß, die tolle Dirn.

Mein Trost ist: Lethes Wasser haben
Noch jetzt verloren nicht die Macht,
Das dumme Menschenherz zu laben
Mit des Vergessens süßer Nacht.

V

Ich sah sie lachen, sah sie lächeln,
Ich sah sie ganz zu Grunde gehn;
Ich hört ihr Weinen und ihr Röcheln,
Und habe ruhig zugesehn.

Leidtragend folgt ich ihren Särgen,
Und bis zum Kirchhof ging ich mit;
Hernach, ich will es nicht verbergen,
Speist ich zu Mittag mit Apptit.

Doch jetzt auf einmal mit Betrübnis
Denk ich der längstverstorbnen Schar;
Wie lodernd plötzliche Verliebnis
Stürmts auf im Herzen wunderbar!

Besonders sind es Julchens Tränen,
Die im Gedächtnis rinnen mir;
Die Wehmut wird zu wildem Sehnen,
Und Tag und Nacht ruf ich nach ihr! – –

Oft kommt zu mir die tote Blume
Im Fiebertraum; alsdann zu Mut
Ist mir, als böte sie posthume
Gewährung meiner Liebesglut.

O zärtliches Phantom, umschließe
Mich fest und fester, deinen Mund
Drück ihn auf meinen Mund – versüße
Die Bitternis der letzten Stund!

VI

Du warst ein blondes Jungfräulein, so artig,
So niedlich und so kühl – vergebens harrt ich
Der Stunde, wo dein Herze sich erschlösse
Und sich daraus Begeisterung ergösse –

Begeisterung für jene hohen Dinge,
Die zwar Verstand und Prosa achten gringe,
Für die jedoch die Edlen, Schönen, Guten
Auf dieser Erde schwärmen, leiden, bluten.

Am Strand des Rheins, wo Rebenhügel ragen,
Ergingen wir uns einst in Sommertagen.
Die Sonne lachte; aus den liebevollen
Kelchen der Blumen Wohlgerüche quollen.

Die Purpurnelken und die Rosen sandten
Uns rote Küsse, die wie Flammen brannten.
Im kümmerlichsten Gänseblümchen schien
Ein ideales Leben aufzublühn.

Du aber gingest ruhig neben mir,
Im weißen Atlaskleid, voll Zucht und Zier,
Als wie ein Mädchenbild gemalt von Netscher;
Ein Herzchen im Korsett wie ’n kleiner Gletscher.

VII

Vom Schöppenstuhle der Vernunft
Bist du vollständig freigesprochen;
Das Urteil sagt: die Kleine hat
Durch Tun und Reden nichts verbrochen.

Ja, stumm und tatlos standest du,
Als mich verzehrten tolle Flammen –
Du schürtest nicht, du sprachst kein Wort,
Und doch muß dich mein Herz verdammen.

In meinen Träumen jede Nacht
Klagt eine Stimme, die bezichtet
Des bösen Willens dich, und sagt,
Du habest mich zu Grund gerichtet.

Sie bringt Beweis und Zeugnis bei,
Sie schleppt ein Bündel von Urkunden;
Jedoch am Morgen, mit dem Traum,
Ist auch die Klägerin verschwunden.

Sie hat in meines Herzens Grund
Mit ihren Akten sich geflüchtet –
Nur eins bleibt im Gedächtnis mir,
Das ist: ich bin zu Grund gerichtet.

VIII

Ein Wetterstrahl, beleuchtend plötzlich
Des Abgrunds Nacht, war mir dein Brief;
Er zeigte blendend hell, wie tief
Mein Unglück ist, wie tief entsetzlich.

Selbst dich ergreift ein Mitgefühl!
Dich, die in meines Lebens Wildnis
So schweigsam standest, wie ein Bildnis,
Das marmorschön und marmorkühl.

O Gott, wie muß ich elend sein!
Denn sie sogar beginnt zu sprechen,
Aus ihrem Auge Tränen brechen,
Der Stein sogar erbarmt sich mein!

Erschüttert hat mich, was ich sah!
Auch du erbarm dich mein und spende
Die Ruhe mir, o Gott, und ende
Die schreckliche Tragödia.

IX

Die Gestalt der wahren Sphinx
Weicht nicht ab von der des Weibes;
Faselei ist jener Zusatz
Des betatzten Löwenleibes.

Todesdunkel ist das Rätsel
Dieser wahren Sphinx. Es hatte
Kein so schweres zu erraten
Frau Jokastens Sohn und Gatte.

Doch zum Glücke kennt sein eignes
Rätsel nicht das Frauenzimmer;
Sprăch es aus das Lösungswort,
Fiele diese Welt in Trümmer.

X

Es sitzen am Kreuzweg drei Frauen,
Sie grinsen und spinnen,
Sie seufzen und sinnen;
Sie sind gar häßlich anzuschauen.

Die erste trägt den Rocken,
Sie dreht die Fäden,
Befeuchtet jeden;
Deshalb ist die Hängelippe so trocken.

Die zweite läßt tanzen die Spindel;
Das wirbelt im Kreise,
In drolliger Weise;
Die Augen der Alten sind rot wie Zindel.

Es hält die dritte Parze
In Händen die Schere,
Sie summt Miserere;
Die Nase ist spitz, drauf sitzt eine Warze.

O spute dich und zerschneide
Den Faden, den bösen,
Und laß mich genesen
Von diesem schrecklichen Lebensleide!

XI

Mich locken nicht die Himmelsauen
Im Paradies, im selgen Land;
Dort find ich keine schönre Frauen
Als ich bereits auf Erden fand.

Kein Engel mit den feinsten Schwingen
Könnt mir ersetzen dort mein Weib;
Auf Wolken sitzend Psalmen singen,
Wär auch nicht just mein Zeitvertreib.

O Herr! ich glaub, es wär das Beste,
Du ließest mich in dieser Welt;
Heil nur zuvor mein Leibgebreste,
Und sorge auch für etwas Geld.

Ich weiß, es ist voll Sünd und Laster
Die Welt; jedoch ich bin einmal
Gewöhnt, auf diesem Erdpechpflaster
Zu schlendern durch das Jammertal.

Genieren wird das Weltgetreibe
Mich nie, denn selten geh ich aus;
In Schlafrock und Pantoffeln bleibe
Ich gern bei meiner Frau zu Haus.

Laß mich bei ihr! Hör ich sie schwätzen,
Trinkt meine Seele die Musik
Der holden Stimme mit Ergötzen.
So treu und ehrlich ist ihr Blick!

Gesundheit nur und Geldzulage
Verlang ich, Herr! O laß mich froh
Hinleben noch viel schöne Tage
Bei meiner Frau im statu quo!

9.

DIE LIBELLE

Es tanzt die schöne Libelle
Wohl auf des Baches Welle;
Sie tanzt daher, sie tanzt dahin,
Die schimmernde, flimmernde Gauklerin.

Gar mancher junge Käfertor
Bewundert ihr Kleid von blauem Flor,
Bewundert des Leibchens Emaille
Und auch die schlanke Taille,

Gar mancher junge Käfertor
Sein bißchen Käferverstand verlor;
Die Buhlen sumsen von Lieb und Treu,
Versprechen Holland und Brabant dabei.

Die schöne Libelle lacht und spricht:
»Holland und Brabant brauch ich nicht,
Doch sputet euch, ihr Freier,
Und holt mir ein Fünkchen Feuer.

»Die Köchin kam in Wochen,
Muß selbst mein Süpplein kochen;
Die Kohlen des Herdes erloschen sind –
Holt mir ein Fünkchen Feuer geschwind.«

Kaum hat die Falsche gesprochen das Wort,
Die Käfer flatterten eilig fort.
Sie suchen Feuer, und lassen bald
Weit hinter sich den Heimatwald.

Sie sehen Kerzenlicht, ich glaube
In einer erleuchteten Gartenlaube;
Und die Verliebten, mit blindem Mut
Stürzen sie sich in die Kerzenglut.

Knisternd verzehrten die Flammen der Kerzen
Die Käfer und ihre liebenden Herzen;
Die Einen büßten das Leben ein,
Die Andern nur die Flügelein.

O wehe dem Käfer, welchem verbrannt
Die Flügel sind! Im fremden Land
Muß er wie ein Wurm am Boden kriechen,
Mit feuchten Insekten, die häßlich riechen.

Die schlechte Gesellschaft, hört man ihn klagen,
Ist im Exil die schlimmste der Plagen.
Wir müssen verkehren mit einer Schar
Von Ungeziefer, von Wanzen sogar,

Die uns behandeln als Kameraden,
Weil wir im selben Schmutze waten –
Drob klagte schon der Schüler Virgils,
Der Dichter der Hölle und des Exils.

Ich denke mit Gram an die bessere Zeit,
Wo ich mit beflügelter Herrlichkeit
Im Heimatäther gegaukelt,
Auf Sonnenblumen geschaukelt,

Aus Rosenkelchen Nahrung sog
Und vornehm war, und Umgang pflog
Mit Schmetterlingen von adligem Sinn,
Und mit der Zikade, der Künstlerin –

Jetzt sind meine armen Flügel verbrannt;
Ich kann nicht zurück ins Vaterland,
Ich bin ein Wurm, und ich verrecke
Und ich verfaule im fremden Drecke.

O daß ich nie gesehen hätt
Die Wasserfliege, die blaue Kokett
Mit ihrer feinen Taille –
Die schöne, falsche Canaille!

10.

HIMMELFAHRT

Der Leib lag auf der Totenbahr,
Jedoch die arme Seele war,
Entrissen irdischem Getümmel,
Schon auf dem Wege nach dem Himmel.

Dort klopft' sie an die hohe Pforte,
Und seufzte tief und sprach die Worte:
Sankt Peter, komm und schließe auf!
Ich bin so müde vom Lebenslauf –
Ausruhen möcht ich auf seidnen Pfühlen
Im Himmelreich, ich möchte spielen
Mit lieben Englein Blindekuh
Und endlich genießen Glück und Ruh!

Man hört Pantoffelgeschlappe jetzund,
Auch klirrt es wie ein Schlüsselbund,
Und aus einem Gitterfenster am Tor
Sankt Peters Antlitz schaut hervor.

Er spricht: »Es kommen die Vagabunde,
Zigeuner, Polacken und Lumpenhunde,
Die Tagediebe, die Hottentotten –
Sie kommen einzeln und in Rotten,
Und wollen in den Himmel hinein
Und Engel werden und selig sein.

Holla! Holla! Für Galgengesichter
Von eurer Art, für solches Gelichter
Sind nicht erbaut die himmlischen Hallen –
Ihr seid dem leidigen Satan verfallen.
Fort, fort von hier! und trollt euch schnelle
Zum schwarzen Pfuhle der ewigen Hölle.« –

So brummt der Alte, doch kann er nicht
Im Polterton verharren, er spricht
Gutmütig am Ende die tröstenden Worte:
»Du arme Seele, zu jener Sorte
Halunken scheinst du nicht zu gehören –
Nu! Nu! Ich will deinen Wunsch gewähren,
Weil heute mein Geburtstag just
Und mich erweicht barmherzige Lust –
Nenn mir daher die Stadt und das Reich,
Woher du bist; sag mir zugleich,
Ob du vermählt warst? – Ehliches Dulden
Sühnt oft des Menschen ärgste Schulden;
Ein Ehmann braucht nicht in der Hölle zu schmoren,
Ihn läßt man nicht warten vor Himmelstoren.«

Die Seele antwortet: Ich bin aus Preußen,
Die Vaterstadt ist Berlin geheißen.
Dort rieselt die Spree, und in ihr Bette
Pflegen zu wässern die jungen Kadette;
Sie fließt gemütlich über, wenns regent –
Berlin ist auch eine schöne Gegend!
Dort bin ich Privatdozent gewesen,
Und hab über Philosophie gelesen –
Mit einem Stiftsfräulein war ich vermählt,
Doch hat sie oft entsetzlich krakehlt,
Besonders wenn im Haus kein Brot –
Drauf bin ich gestorben und bin jetzt tot.

Sankt Peter rief: »O weh! o weh!
Die Philosophie ist ein schlechtes Metier.
Wahrhaftig, ich begreife nie,
Warum man treibt Philosophie.
Sie ist langweilig und bringt nichts ein,
Und gottlos ist sie obendrein;

Da lebt man nur in Hunger und Zweifel,
Und endlich wird man geholt vom Teufel.
Gejammert hat wohl deine Xantuppe
Oft über die magre Wassersuppe,
Woraus niemals ein Auge von Fett
Sie tröstend angelächelt hätt –
Nun sei getrost, du arme Seele!
Ich habe zwar die strengsten Befehle,
Jedweden, der sich je im Leben
Mit Philosophie hat abgegeben,
Zumalen mit der gottlos deutschen,
Ich soll ihn schimpflich von hinnen peitschen –
Doch mein Geburtstag, wie gesagt,
Ist eben heut, und fortgejagt
Sollst du nicht werden, ich schließe dir auf
Das Himmelstor, und jetzo lauf
Geschwind herein –
»Jetzt bist du geborgen!
Den ganzen Tag, vom frühen Morgen
Bis Abends spät, kannst du spazieren
Im Himmel herum und träumend flanieren
Auf edelsteingepflasterten Gassen.
Doch wisse, hier darfst du dich nie befassen
Mit Philosophie; du würdest mich
Kompromittieren fürchterlich –
Hörst du die Engel singen, so schneide
Ein schiefes Gesicht verklärter Freude, –
Hat aber gar ein Erzengel gesungen,
Sei gänzlich von Begeistrung durchdrungen,
Und sag ihm, daß die Malibran
Niemals besessen solchen Sopran –
Auch applaudiere immer die Stimm
Der Cherubim und der Seraphim,
Vergleiche sie mit Signor Rubini,
Mit Mario und Tamburini –
Gib ihnen den Titel von Exzellenzen
Und knickre nicht mit Reverenzen.
Die Sänger, im Himmel wie auf Erden,
Sie wollen alle geschmeichelt werden –
Der Weltkapellenmeister hier oben,
Er selbst sogar, hört gerne loben

Gleichfalls seine Werke, er hört es gern,
Wenn man lobsinget Gott dem Herrn
Und seinem Preis und Ruhm ein Psalm
Erklingt im dicksten Weihrauchqualm.

Vergiß mich nicht. Wenn dir die Pracht
Des Himmels einmal Langweile macht,
So komm zu mir; dann spielen wir Karten.
Ich kenne Spiele von allen Arten,
Vom Landsknecht bis zum König Pharo.
Wir trinken auch – Doch apropos!
Begegnet dir von ungefähr
Der liebe Gott, und fragt dich: woher
Du seiest? so sage nicht: aus Berlin,
Sag lieber: aus München, oder aus Wien.«

II.

DIE WAHLVERLOBTEN

Du weinst und siehst mich an, und meinst,
Daß du ob meinem Elend weinst –
Du weißt nicht, Weib! dir selber gilt
Die Trän, die deinem Aug entquillt.

O sage mir, ob nicht vielleicht
Zuweilen dein Gemüt beschleicht
Die Ahnung, die dir offenbart,
Daß Schicksalswille uns gepaart?
Vereinigt, war uns Glück hienieden,
Getrennt, nur Untergang beschieden.

Im großen Buche stand geschrieben,
Wir sollten uns einander lieben.
Dein Platz, er sollt an meiner Brust sein,
Hier wär erwacht dein Selbstbewußtsein;
Ich hätt dich aus dem Pflanzentume
Erlöst, emporgeküßt, o Blume,
Empor zu mir, zum höchsten Leben –
Ich hätt dir eine Seel gegeben.

Jetzt, wo gelöst die Rätsel sind,
Der Sand im Stundenglas verrinnt –
O weine nicht, es mußte sein –
Ich scheide, und du welkst allein;
Du welkst, bevor du noch geblüht,
Erlöschest, eh du noch geglüht;
Du stirbst, dich hat der Tod erfaßt,
Bevor du noch gelebet hast.

Ich weiß es jetzt. Bei Gott! du bist es,
Die ich geliebt. Wie bitter ist es,
Wenn im Momente des Erkennens
Die Stunde schlägt des ewgen Trennens!
Der Willkomm ist zu gleicher Zeit
Ein Lebewohl! Wir scheiden heut
Auf immerdar. Kein Wiedersehn
Gibt es für uns in Himmelshöhn.
Die Schönheit ist dem Staub verfallen,
Du wirst zerstieben, wirst verhallen.
Viel anders ist es mit Poeten;
Die kann der Tod nicht gänzlich töten.
Uns trifft nicht weltliche Vernichtung,
Wir leben fort im Land der Dichtung,
In Avalun, dem Feenreiche –
Leb wohl auf ewig, schöne Leiche!

12.

DER PHILANTHROP

Das waren zwei liebe Geschwister,
Die Schwester war arm, der Bruder war reich.
Zum Reichen sprach die Arme:
Gib mir ein Stückchen Brot.

Zur Armen sprach der Reiche:
»Laß mich nur heut in Ruh.
Heut geb ich mein jährliches Gastmahl
Den Herren vom großen Rat.

Der Eine liebt Schildkrötensuppe,
Der Andre Ananas,
Der Dritte ißt gern Fasanen
Mit Trüffeln von Périgord.

Der Vierte speist nur Seefisch,
Der Fünfte verzehrt auch Lachs,
Der Sechste, der frißt Alles,
Und trinkt noch mehr dazu.«

Die arme, arme Schwester
Ging hungrig wieder nach Haus;
Sie warf sich auf den Strohsack
Und seufzte tief und starb.

Wir müssen alle sterben!
Des Todes Sense trifft
Am End den reichen Bruder,
Wie er die Schwester traf.

Und als der reiche Bruder
Sein Stündlein kommen sah,
Da schickt' er zum Notare
Und macht' sein Testament.

Beträchtliche Legate
Bekam die Geistlichkeit,
Die Schulanstalten, das große
Museum für Zoologie.

Mit edlen Summen bedachte
Der große Testator zumal
Die Judenbekehrungsgesellschaft
Und das Taubstummeninstitut.

Er schenkte eine Glocke
Dem neuen Sankt-Stephansturm,
Die wiegt fünfhundert Zentner
Und ist vom besten Metall.

Das ist eine große Glocke
Und läutet spat und früh,
Sie läutet zum Lob und Ruhme
Des unvergeßlichen Manns.

Sie meldet mit eherner Zunge,
Wieviel er Gutes getan
Der Stadt und seinen Mitbürgern
Von jeglicher Konfession.

Du großer Wohltäter der Menschheit!
Wie im Leben, soll auch im Tod
Jedwede deiner Wohltaten
Verkünden die große Glock!

Das Leichenbegängnis wurde
Gefeiert mit Prunk und Pracht,
Es strömte herbei die Menge
Und staunte ehrfurchtsvoll.

Auf einem schwarzen Wagen,
Der gleich einem Baldachin
Mit schwarzen Straußfederbüscheln
Gezieret, ruhte der Sarg.

Der strotzte von Silberblechen
Und Silberstickerein;
Es machte auf schwarzem Grunde
Das Silber den schönsten Effekt.

Den Wagen zogen sechs Rosse,
In schwarzen Decken vermummt;
Die fielen gleich Trauermänteln
Bis zu den Hufen hinab.

Dicht hinter dem Sarge gingen
Bediente in schwarzer Livree,
Schneeweiße Schnupftücher haltend
Vor dem kummerroten Gesicht.

Sämtliche Honoratioren
Der Stadt, ein langer Zug
Von schwarzen Paradekutschen,
Wackelte hinten nach.

In diesem Leichenzuge,
Versteht sich, befanden sich auch
Die Herren vom hohen Rate,
Doch waren sie nicht komplett.

Es fehlte Jener, der gerne
Fasanen mit Trüffeln aß;
War kurz vorher gestorben
An einer Indigestion.

13.

DIE LAUNEN DER VERLIEBTEN

Eine wahre Geschichte, nach ältern Dokumenten wiedererzählt und aufs neue in schöne deutsche Reime gebracht

Der Käfer saß auf dem Zaun, betrübt;
Er hat sich in eine Fliege verliebt.

Du bist, o Fliege meiner Seele,
Die Gattin, die ich auserwähle.

Heirate mich und sei mir hold!
Ich hab einen Bauch von eitel Gold.

Mein Rücken ist eine wahre Pracht;
Da flammt der Rubin, da glänzt der Smaragd.

O daß ich eine Närrin wär!
Ein'n Käfer nehm ich nimmermehr.

Mich lockt nicht Gold, Rubin und Smaragd;
Ich weiß, daß Reichtum nicht glücklich macht.

Nach Idealen schwärmt mein Sinn,
Weil ich eine stolze Fliege bin. –

Der Käfer flog fort mit großem Grämen;
Die Fliege ging ein Bad zu nehmen.

Wo ist denn meine Magd, die Biene,
Daß sie beim Waschen mich bediene;

Daß sie mir streichle die feine Haut,
Denn ich bin eines Käfers Braut.

Wahrhaftig, ich mach eine große Partie;
Viel schöneren Käfer gab es nie.

Sein Rücken ist eine wahre Pracht;
Da flammt der Rubin, da glänzt der Smaragd.

Sein Bauch ist gülden, hat noble Züge;
Vor Neid wird bersten gar manche Schmeißfliege.

Spute dich, Bienchen, und frisier mich,
Und schnüre die Taille und parfümier mich;

Reib mich mit Rosenessenzen, und gieße
Lavendelöl auf meine Füße,

Damit ich gar nicht stinken tu,
Wenn ich in des Bräutgams Armen ruh.

Schon flirren heran die blauen Libellen,
Und huldigen mir als Ehrenmamsellen.

Sie winden mir in den Jungfernkranz
Die weiße Blüte der Pomeranz.

Viel Musikanten sind eingeladen,
Auch Sängerinnen, vornehme Zikaden.

Rohrdommel und Horniß, Bremse und Hummel,
Sie sollen trompeten und schlagen die Trummel;

Sie sollen aufspielen zum Hochzeitfest –
Schon kommen die buntbeflügelten Gäst,

Schon kommt die Familie, geputzt und munter;
Gemeine Insekten sind viele darunter.

Heuschrecken und Wespen, Muhmen und Basen,
Sie kommen heran – die Trompeten blasen.

Der Pastor Maulwurf im schwarzen Ornat,
Da kommt er gleichfalls – es ist schon spat.

Die Glocken läuten, bim-bam, bim-bam –
Wo bleibt mein liebster Bräutigam? – –

Bim-bam, bim-bam, klingt Glockengeläute,
Der Bräutgam aber flog fort ins Weite.

Die Glocken läuten, bim-bam, bim-bam –
Wo bleibt mein liebster Bräutigam?

Der Bräutigam hat unterdessen
Auf einem fernen Misthaufen gesessen.

Dort blieb er sitzen sieben Jahr,
Bis daß die Braut verfaulet war.

14.

MIMI

Bin kein sittsam Bürgerkätzchen,
Nicht im frommen Stübchen spinn ich.
Auf dem Dach, in freier Luft,
Eine freie Katze bin ich.

Wenn ich sommernächtlich schwärme,
Auf dem Dache, in der Kühle,
Schnurrt und knurrt in mir Musik,
Und ich singe was ich fühle.

Also spricht sie. Aus dem Busen
Wilde Brautgesänge quellen,
Und der Wohllaut lockt herbei
Alle Katerjunggesellen.

Alle Katerjunggesellen,
Schnurrend, knurrend, alle kommen,
Mit Mimi zu musizieren,
Liebelechzend, lustentglommen.

Das sind keine Virtuosen,
Die entweiht jemals für Lohngunst
Die Musik, sie blieben stets
Die Apostel heilger Tonkunst.

Brauchen keine Instrumente,
Sie sind selber Bratsch und Flöte;
Eine Pauke ist ihr Bauch,
Ihre Nasen sind Trompeten.

Sie erheben ihre Stimmen
Zum Konzert gemeinsam jetzo;
Das sind Fugen, wie von Bach
Oder Guido von Arezzo.

Das sind tolle Symphonieen,
Wie Caprizen von Beethoven
Oder Berlioz, der wird
Schnurrend, knurrend übertroffen.

Wunderbare Macht der Töne!
Zauberklänge sonder gleichen!
Sie erschüttern selbst den Himmel,
Und die Sterne dort erbleichen.

Wenn sie hört die Zauberklänge,
Wenn sie hört die Wundertöne,
So verhüllt ihr Angesicht
Mit dem Wolkenflor Selene.

Nur das Lästermaul, die alte
Primadonna Philomele
Rümpft die Nase, schnupft und schmäht
Mimis Singen – kalte Seele!

Doch gleichviel! Das musizieret,
Trotz dem Neide der Signora,
Bis am Horizont erscheint
Rosig lächelnd Fee Aurora.

15.

GUTER RAT

Laß dein Grämen und dein Schämen!
Werbe keck und fordre laut,
Und man wird sich dir bequemen,
Und du führest heim die Braut.

Wirf dein Gold den Musikanten,
Denn die Fiedel macht das Fest;
Küsse deine Schwiegertanten,
Denkst du gleich: Hol euch die Pest!

Rede gut von einem Fürsten,
Und nicht schlecht von einer Frau;
Knickre nicht mit deinen Würsten,
Wenn du schlachtest eine Sau.

Ist die Kirche dir verhaßt, Tor,
Desto öfter geh hinein;
Zieh den Hut ab vor dem Pastor,
Schick ihm auch ein Fläschchen Wein.

Fühlst du irgendwo ein Jücken,
Kratze dich als Ehrenmann;
Wenn dich deine Schuhe drücken,
Nun, so zieh Pantoffeln an.

Hat versalzen dir die Suppe
Deine Frau, bezähm die Wut,
Sag ihr lächelnd: Süße Puppe,
Alles was du kochst ist gut.

Trägt nach einem Schal Verlangen
Deine Frau, so kauf ihr zwei;
Kauf ihr Spitzen, goldne Spangen
Und Juwelen noch dabei.

Wirst du diesen Rat erproben,
Dann, mein Freund! genießest du
Einst das Himmelreich dort oben,
Und du hast auf Erden Ruh.

16.

ERINNERUNG AN HAMMONIA

Waisenkinder, zwei und zwei,
Wallen fromm und froh vorbei,
Tragen alle blaue Röckchen,
Haben alle rote Bäckchen –
O die hübschen Waisenkinder!

Jeder sieht sie an gerührt,
Und die Büchse klingeliert;
Von geheimen Vaterhänden
Fließen ihnen reiche Spenden –
O die hübschen Waisenkinder!

Frauen, die gefühlvoll sind,
Küssen manchem armen Kind
Sein Rotznäschen und sein Schnütchen,
Schenken ihm ein Zuckerdütchen –
O die hübschen Waisenkinder!

Schmuhlchen wirft verschämten Blicks
Einen Taler in die Büchs –
Denn er hat ein Herz – und heiter
Schleppt er seinen Zwerchsack weiter,
O die hübschen Waisenkinder!

Einen goldnen Louisdor
Gibt ein frommer Herr; zuvor
Guckt er in die Himmelshöhe,
Ob der liebe Gott ihn sähe?
O die hübschen Waisenkinder!

Litzenbrüder, Arbeitsleut,
Hausknecht', Küper feiern heut;
Werden manche Flasche leeren
Auf das Wohlsein dieser Gören –
O die hübschen Waisenkinder!

Schutzgöttin Hammonia
Folgt dem Zug incognita,
Stolz bewegt sie die enormen
Massen ihrer hintern Formen –
O die hübschen Waisenkinder!

Vor dem Tor, auf grünem Feld,
Rauscht Musik im hohen Zelt,
Das bewimpelt und beflittert;
Dorten werden abgefüttert
Diese hübschen Waisenkinder.

Sitzen dort in langer Reih,
Schmausen gütlich süßen Brei,
Torten, Kuchen, leckre Speischen,
Und sie knuspern wie die Mäuschen,
Diese hübschen Waisenkinder..

Leider kommt mir in den Sinn
Jetzt ein Waisenhaus, worin
Kein so fröhliches Gastieren;
Gar elendig lamentieren
Dort Millionen Waisenkinder.

Die Montur ist nicht egal,
Manchem fehlt das Mittagsmahl;
Keiner geht dort mit dem andern,
Einsam, kummervoll dort wandern
Viel Millionen Waisenkinder.

17.

SCHNAPPHAHN UND SCHNAPPHENNE

Derweilen auf dem Lotterbette
Mich Lauras Arm umschlang – der Fuchs,
Ihr Herr Gemahl, aus meiner Buchs
Stibitzt er mir die Bankbillette.

Da steh ich nun mit leeren Taschen!
War Lauras Kuß gleichfalls nur Lug?
Ach! Was ist Wahrheit? Also frug
Pilat und tat die Händ sich waschen.

Die böse Welt, die so verdorben,
Verlaß ich bald, die böse Welt.
Ich merke: hat der Mensch kein Geld,
So ist der Mensch schon halb gestorben.

Nach euch, ihr ehrlich reinen Seelen,
Die ihr bewohnt das Reich des Lichts,
Sehnt sich mein Herz. Dort braucht ihr nichts,
Und braucht deshalb auch nicht zu stehlen.

18.

JUNG-KATERVEREIN FÜR POESIEMUSIK

Der philharmonische Katerverein
War auf dem Dache versammelt
Heut Nacht – doch nicht aus Sinnenbrunst;
Da ward nicht gebuhlt und gerammelt.

Es paßt kein Sommernachthochzeitstraum,
Es passen nicht Lieder der Minne
Zur Winterjahrzeit, zu Frost und Schnee;
Gefroren war jede Rinne.

Auch hat überhaupt ein neuer Geist
Der Katzenschaft sich bemeistert;
Die Jugend zumal, der Jung-Kater ist
Für höheren Ernst begeistert.

Die alte frivole Generation
Verröchelt; ein neues Bestreben,
Ein Katzenfrühling der Poesie
Regt sich in Kunst und Leben.

Der philharmonische Katerverein,
Er kehrt zur primitiven
Kunstlosen Tonkunst jetzt zurück,
Zum schnauzenwüchsig Naiven.

Er will die Poesiemusik,
Rouladen ohne Triller,
Die Instrumental- und Vokalpoesie,
Die keine Musik ist, will er.

Er will die Herrschaft des Genies,
Das freilich manchmal stümpert,
Doch in der Kunst oft unbewußt
Die höchste Staffel erklimpert.

Er huldigt dem Genie, das sich
Nicht von der Natur entfernt hat,
Sich nicht mit Gelehrsamkeit brüsten will
Und wirklich auch nichts gelernt hat.

Dies ist das Programm des Katervereins,
Und voll von diesem Streben
Hat er sein erstes Winterkonzert
Heut Nacht auf dem Dache gegeben.

Doch schrecklich war die Exekution
Der großen Idee, der pompösen –
Häng dich, mein teurer Berlioz,
Daß du nicht dabei gewesen!

Das war ein Charivari, als ob
Einen Kuhschwanzhopsaschleifer
Plötzlich aufspielten, branntweinberauscht,
Drei Dutzend Dudelsackpfeifer.

Das war ein Tauhu-Wauhu, als ob
In der Arche Noä anfingen
Sämtliche Tiere unisono
Die Sündflut zu besingen.

Oh, welch ein Krächzen und Heulen und Knurrn,
Welch ein Miaun und Gegröhle!
Die alten Schornsteine stimmten ein
Und schnauften Kirchenchoräle.

Zumeist vernehmbar war eine Stimm,
Die kreischend zugleich und matte
Wie einst die Stimme der Sontag war,
Als sie keine Stimme mehr hatte.

Das tolle Konzert! Ich glaube, es ward
Ein großes Tedeum gesungen,
Zur Feier des Siegs, den über Vernunft
Der frechste Wahnsinn errungen.

Vielleicht auch ward vom Katerverein
Die große Oper probieret,
Die Ungarns größter Pianist
Für Charenton komponieret.

Es hat bei Tagesanbruch erst
Der Sabbath ein Ende genommen;
Eine schwangere Köchin ist dadurch
Zu früh in die Wochen gekommen.

Die sinnebetörte Wöchnerin
Hat ganz das Gedächtnis verloren;
Sie weiß nicht mehr, wer der Vater ist
Des Kindes, das sie geboren.

War es der Peter? War es der Paul?
Sag, Lise, wer ist der Vater?
Die Lise lächelt verklärt und spricht:
O Liszt! du himmlischer Kater! …

19.

HANS OHNE LAND

Leb wohl, mein Weib, sprach Hans ohne Land,
Mich rufen hohe Zwecke;
Ein andres Weidwerk harret mein,
Ich schieße jetzt andre Böcke.

Ich laß dir mein Jagdhorn zurück, du kannst
Mit Tuten, wenn ich entfernet,
Die Zeit vertreiben; du hast ja zu Haus
Das Posthorn blasen gelernet.

Ich laß dir auch meinen Hund zurück,
Daß er die Burg behüte;
Mich selbst bewache mein deutsches Volk
Mit pudeltreuem Gemüte.

Sie bieten mir an die Kaiserkron,
Die Liebe ist kaum zu begreifen;
Sie tragen mein Bild in ihrer Brust
Und auf den Tabakspfeifen.

Ihr Deutschen seid ein großes Volk,
So simpel und doch so begabet!
Man sieht euch wahrhaftig nicht an, daß ihr
Das Pulver erfunden habet.

Nicht Kaiser, Vater will ich euch sein,
Ich werde euch glücklich machen –
O schöner Gedanke! er macht mich so stolz,
Als wär ich die Mutter der Gracchen.

Nicht mit dem Verstand, nein, mit dem Gemüt
Will ich mein Volk regieren;
Ich bin kein Diplomatikus
Und kann nicht politisieren.

Ich bin ein Jäger, ein Mensch der Natur,
Im Walde aufgewachsen
Mit Gemsen und Schnepfen, mit Rehbock und Sau,
Ich mache nicht Worte, nicht Faxen.

Ich ködre durch keine Proklamation,
Durch keinen gedruckten Lockwisch;
Ich sage: Mein Volk, es fehlt der Lachs,
Begnüge dich heut mit dem Stockfisch.

Gefall ich dir nicht als Kaiser, so nimm
Den ersten besten Lausangel;
Ich habe zu essen auch ohne dich,
Ich litt in Tirol nicht Mangel.

So red ich; doch jetzt, mein Weib, leb wohl!
Ich kann nicht länger weilen;
Des Schwiegervaters Postillion
Erwartet mich schon mit den Gäulen.

Reich mir geschwind die Reisemütz
Mit dem schwarz-rot-goldnen Bande –
Bald siehst du mich mit dem Diadem
Im alten Kaisergewande.

Bald schaust du mich in dem Pluvial,
Dem Purpurtalar, dem schönen,
Den weiland dem Kaiser Otto geschenkt
Der Sultan der Sarazenen.

Darunter trag ich die Dalmatika,
Worin gestickt mit Juwelen
Ein Zug von fabelhaftem Getier,
Von Löwen und Kamelen.

Ich trage die Stola auf der Brust,
Die ist gezieret bedeutsam
Mit schwarzen Adlern im gelben Grund;
Die Tracht ist äußerst kleidsam.

Leb wohl! Die Nachwelt wird sagen, daß ich
Verdiente, die Krone zu tragen –
Wer weiß? Die Nachwelt wird vielleicht
Halt gar nichts von mir sagen.

20.

ERINNERUNG AUS KRÄHWINKELS SCHRECKENSTAGEN

Wir Bürgermeister und Senat,
Wir haben folgendes Mandat
Stadtväterlichst an alle Klassen
Der treuen Bürgerschaft erlassen.

Ausländer, Fremde, sind es meist,
Die unter uns gesät den Geist
Der Rebellion. Dergleichen Sünder,
Gottlob! sind selten Landeskinder.

Auch Gottesleugner sind es meist;
Wer sich von seinem Gotte reißt,
Wird endlich auch abtrünnig werden
Von seinen irdischen Behörden.

Der Obrigkeit gehorchen, ist
Die erste Pflicht für Jud und Christ.
Es schließe jeder seine Bude,
Sobald es dunkelt, Christ und Jude.

Wo ihrer drei beisammen stehn,
Da soll man auseinander gehn.
Des Nachts soll Niemand auf den Gassen
Sich ohne Leuchte sehen lassen.

Es liefre seine Waffen aus
Ein Jeder in dem Gildenhaus;
Auch Munition von jeder Sorte
Wird deponiert am selben Orte.

Wer auf der Straße räsonniert,
Wird unverzüglich füsiliert;
Das Räsonnieren durch Gebärden
Soll gleichfalls hart bestrafet werden.

Vertrauet eurem Magistrat,
Der fromm und liebend schützt den Staat
Durch huldreich hochwohlweises Walten;
Euch ziemt es, stets das Maul zu halten.

21.

DIE AUDIENZ

Eine alte Fabel

Ich laß nicht die Kindlein, wie Pharao,
Ersäufen im Nilstromwasser;
Ich bin auch kein Herodestyrann,
Kein Kinderabschlachtenlasser.

Ich will, wie einst mein Heiland tat,
Am Anblick der Kinder mich laben;
Laß zu mir kommen die Kindlein, zumal
Das große Kind aus Schwaben.

So sprach der König; der Kämmerer lief,
Und kam zurück und brachte
Herein das große Schwabenkind,
Das seinen Diener machte.

Der König sprach: Du bist wohl ein Schwab?
Das ist just keine Schande.
Geraten! erwidert der Schwab, ich bin
Geboren im Schwabenlande.

Stammst du von den sieben Schwaben ab?
Frug jener. Ich tu abstammen
Nur von einem einzgen, erwidert der Schwab,
Doch nicht von allen zusammen.

Der König frug ferner: Sind dieses Jahr
Die Knödel in Schwaben geraten?
Ich danke der Nachfrag, antwortet der Schwab,
Sie sind sehr gut geraten.

Habt ihr noch große Männer? frug
Der König. Im Augenblicke
Fehlt es an großen, erwidert der Schwab,
Wir haben jetzt nur dicke.

Hat Menzel, frug weiter der König, seitdem
Noch viel Maulschellen erhalten?
Ich danke der Nachfrag, erwidert der Schwab,
Er hat noch genug an den alten.

Der König sprach: Du bist nicht so dumm
Als wie du aussiehst, mein Holder.
Das kommt, erwidert der Schwab, weil mich
In der Wiege vertauscht die Kobolder.

Der König sprach: Es pflegt der Schwab
Sein Vaterland zu lieben –
Nun sage mir, was hat dich fort
Aus deiner Heimat getrieben?

Der Schwabe antwortet: Tagtäglich gabs
Nur Sauerkraut und Rüben;
Hätt meine Mutter Fleisch gekocht,
So wär ich dort geblieben.

Erbitte dir eine Gnade, sprach
Der König. Da kniete nieder
Der Schwabe und rief: O geben Sie, Sire,
Dem Volke die Freiheit wieder!

Der Mensch ist frei, es hat die Natur
Ihn nicht geboren zum Knechte –
O geben Sie, Sire, dem deutschen Volk
Zurück seine Menschenrechte!

Der König stand erschüttert tief –
Es war eine schöne Szene; –
Mit seinem Rockärmel wischte sich
Der Schwab aus dem Auge die Träne.

Der König sprach endlich: Ein schöner Traum! –
Leb wohl, und werde gescheiter;
Und da du ein Somnambülericht,
So geb ich dir zwei Begleiter,

Zwei sichre Gendarmen, die sollen dich
Bis an die Grenze führen –
Leb wohl! ich muß zur Parade gehn,
Schon hör ich die Trommel rühren.

So hat die rührende Audienz
Ein rührendes Ende genommen.
Doch ließ der König seitdem nicht mehr
Die Kindlein zu sich kommen.

22.

KOBES I.

Im Jahre achtundvierzig hielt,
Zur Zeit der großen Erhitzung,
Das Parlament des deutschen Volks
Zu Frankfurt seine Sitzung.

Damals ließ auch auf dem Römer dort
Sich sehen die weiße Dame,
Das unheilkündende Gespenst;
Die Schaffnerin ist sein Name.

Man sagt, sie lasse sich jedesmal
Des Nachts auf dem Römer sehen,
So oft einen großen Narrenstreich
Die lieben Deutschen begehen.

Dort sah ich sie selbst um jene Zeit
Durchwandeln die nächtliche Stille
Der öden Gemächer, wo aufgehäuft
Des Mittelalters Gerülle.

Die Lampe und ein Schlüsselbund
Hielt sie in den bleichen Händen;
Sie schloß die großen Truhen auf
Und die Schränke an den Wänden.

Da liegen die Kaiserinsignia,
Da liegt die goldne Bulle,
Der Szepter, die Krone, der Apfel des Reichs
Und manche ähnliche Schrulle.

Da liegt das alte Kaiserornat,
Verblichen purpurner Plunder,
Die Garderobe des deutschen Reichs,
Verrostet, vermodert jetzunder.

Die Schaffnerin schüttelt wehmütig das Haupt
Bei diesem Anblick, doch plötzlich
Mit Widerwillen ruft sie aus:
Das Alles stinkt entsetzlich!

Das Alles stinkt nach Mäusedreck,
Das ist verfault und verschimmelt,
Und in dem stolzen Lumpenkram
Das Ungeziefer wimmelt.

Wahrhaftig, auf diesem Hermelin,
Dem Krönungsmantel, dem alten,
Haben die Katzen des Römerquartiers
Ihr Wochenbett gehalten.

Da hilft kein Ausklopfen! Daß Gott sich erbarm
Des künftigen Kaisers! Mit Flöhen
Wird ihn der Krönungsmantel gewiß
Auf Lebenszeit versehen.

Und wisset, wenn es den Kaiser juckt,
So müssen die Völker sich kratzen –
O Deutsche! Ich fürchte, die fürstlichen Flöh,
Die kosten euch manchen Batzen.

Jedoch wozu noch Kaiser und Flöh?
Verrostet ist und vermodert
Das alte Kostüm – Die neue Zeit
Auch neue Röcke fodert.

Mit Recht sprach auch der deutsche Poet
Zum Rotbart im Kyffhäuser:
»Betracht ich die Sache ganz genau,
So brauchen wir gar keinen Kaiser!«

Doch wollt ihr durchaus ein Kaisertum,
Wollt ihr einen Kaiser küren,
Ihr lieben Deutschen! laßt euch nicht
Von Geist und Ruhm verführen.

Erwählet kein Patrizierkind,
Erwählet Einen vom Plebse,
Erwählt nicht den Fuchs und nicht den Leu,
Erwählt den dümmsten der Schöpse.

Erwählt den Sohn Colonias,
Den dummen Kobes von Cöllen;
Der ist in der Dummheit fast eine Genie,
Er wird sein Volk nicht prellen.

Ein Klotz ist immer der beste Monarch,
Das zeigt Äsop in der Fabel;
Er frißt uns armen Frösche nicht,
Wie der Storch mit dem langen Schnabel.

Seid sicher, der Kobes wird kein Tyrann,
Kein Nero, kein Holofernes;
Er hat kein grausam antikes Herz,
Er hat ein weiches, modernes.

Der Krämerstolz verschmähte dies Herz,
Doch an die Brust des Heloten
Der Werkstatt warf der Gekränkte sich
Und ward die Blume der Knoten.

Die Brüder der Handwerksburschenschaft
Erwählten zum Sprecher den Kobes;
Er teilte mit ihnen ihr letztes Stück Brot,
Sie waren voll seines Lobes.

Sie rühmten, daß er nie studiert
Auf Universitäten
Und Bücher schrieb aus sich selbst heraus,
Ganz ohne Fakultäten.

Ja, seine ganze Ignoranz
Hat er sich selbst erworben;
Nicht fremde Bildung und Wissenschaft
Hat je sein Gemüt verdorben.

Gleichfalls sein Geist, sein Denken blieb
Ganz frei vom Einfluß abstrakter
Philosophie – Er blieb Er selbst!
Der Kobes ist ein Charakter.

In seinem schönen Auge glänzt
Die Träne, die stereotype;
Und eine dicke Dummheit liegt
Beständig auf seiner Lippe.

Er schwätzt und flennt und flennt und schwätzt,
Worte mit langen Ohren!
Eine schwangere Frau, die ihn reden gehört,
Hat einen Esel geboren.

Mit Bücherschreiben und Stricken vertreibt
Er seine müßigen Stunden;
Es haben die Strümpfe, die er gestrickt,
Sehr großen Beifall gefunden,

Apoll und die Musen muntern ihn auf,
Sich ganz zu widmen dem Stricken –
Sie erschrecken, so oft sie in seiner Hand
Einen Gänsekiel erblicken.

Das Stricken mahnt an die alte Zeit
Der Funken. Auf ihren Wachtposten
Standen sie strickend – die Helden von Köln
Sie ließen die Eisen nicht rosten.

Wird Kobes Kaiser, so ruft er gewiß
Die Funken wieder ins Leben.
Die tapfere Schar wird seinen Thron
Als Kaisergarde umgeben.

Wohl möcht ihn gelüsten, an ihrer Spitz
In Frankreich einzudringen,
Elsaß, Burgund und Lothringerland
An Deutschland zurückzubringen.

Doch fürchtet nichts, er bleibt zu Haus;
Hier fesselt ihn friedliche Sendung,
Die Ausführung einer hohen Idee,
Des Kölner Doms Vollendung.

Ist aber der Dom zu Ende gebaut,
Dann wird sich der Kobes erbosen
Und mit dem Schwerte in der Hand
Zur Rechenschaft ziehn die Franzosen.

Er nimmt ihnen Elsaß und Lothringen ab,
Das sie dem Reiche entwendet,
Er zieht auch siegreich nach Burgund –
Sobald der Dom vollendet.

Ihr Deutsche! bleibt ihr bei eurem Sinn,
Wollt ihr durchaus einen Kaiser,
So sei es ein Karnevalskaiser von Köln
Und Kobes der Erste heiß er!

Die Gecken des Kölner Faschingvereins,
Mit klingelnden Schellenkappen,
Die sollen seine Minister sein;
Er trage den Strickstrumpf im Wappen.

Der Drickes sei Kanzler, und nenne sich
Graf Drickes von Drickeshausen;
Die Staatsmätresse Marizebill,
Die soll den Kaiser lausen.

In seiner guten, heilgen Stadt Köln
Wird Kobes residieren –
Und hören die Kölner die frohe Mär,
Sie werden illuminieren.

Die Glocken, die eisernen Hunde der Luft,
Erheben ein Freudengebelle,
Und die heilgen drei Könge aus Morgenland
Erwachen in ihrer Kapelle.

Sie treten hervor mit dem Klappergebein,
Sie tänzeln vor Wonne und springen.
Halleluja und Kyrie
Eleison hör ich sie singen, – –

So sprach das weiße Nachtgespenst,
Und lachte aus voller Kehle;
Das Echo scholl so schauerlich
Durch alle die hallenden Säle.

23.

EPILOG

Unser Grab erwärmt der Ruhm.
Torenworte! Narrentum!
Eine beßre Wärme gibt
Eine Kuhmagd, die verliebt
Uns mit dicken Lippen küßt
Und beträchtlich riecht nach Mist.
Gleichfalls eine beßre Wärme
Wärmt dem Menschen die Gedärme,
Wenn er Glühwein trinkt und Punsch
Oder Grog nach Herzenswunsch
In den niedrigsten Spelunken,
Unter Dieben und Halunken,
Die dem Galgen sind entlaufen,
Aber leben, atmen, schnaufen,
Und beneidenswerter sind
Als der Thetis großes Kind –
Der Pelide sprach mit Recht:
Leben wie der ärmste Knecht
In der Oberwelt ist besser
Als am stygischen Gewässer
Schattenführer sein, ein Heros,
Den besungen selbst Homeros.

Bimini

PROLOG

Wunderglaube! blaue Blume,
Die verschollen jetzt, wie prachtvoll
Blühte sie im Menschenherzen
Zu der Zeit, von der wir singen!

Wunderglaubenszeit! Ein Wunder
War sie selbst. So viele Wunder
Gab es damals, daß der Mensch
Sich nicht mehr darob verwundert.

Wie im kühlsten Werkeltagslicht
Der Gewohnheit, sah der Mensch
Manchmal Dinge, Wunderdinge,
Welche überflügeln konnten

In der Tollheit selbst die tollsten
Fabeleien in Legenden
Frommer hirnverbrannter Mönche
Und in alten Ritterbüchern.

Eines Morgens, bräutlich blühend,
Tauchte aus des Ozeanes
Blauen Fluten ein Meerwunder,
Eine ganze neue Welt –

Eine neue Welt mit neuen
Menschensorten, neuen Bestien,
Neuen Bäumen, Blumen, Vögeln,
Und mit neuen Weltkrankheiten!

Unterdessen unsre alte,
Unsre eigne alte Welt,
Umgestaltet, ganz verwandelt
Wunderbarlich wurde sie

Durch Erfindnisse des Geistes,
Des modernen Zaubergeistes,
Durch die Schwarzkunst Berthold Schwarzes
Und die noch viel schlaure Schwarzkunst

Eines Mainzer Teufelbanners,
So wie auch durch die Magie,
Welche waltet in den Büchern,
Die von bärtgen Hexenmeistern

Aus Byzanz und aus Ägypten
Uns gebracht und hübsch verdolmetscht –
Buch der Schönheit heißt das eine,
Buch der Wahrheit heißt das andre.

Beide aber hat Gott selber
Abgefaßt in zwei verschiednen
Himmelsprachen, und er schrieb sie,
Wie wir glauben, eigenhändig.

Durch die kleine Zitternadel,
Die des Seemanns Wünschelrute,
Fand derselbe damals auch
Einen Weg nach India,

Nach der lang gesuchten Heimat
Der Gewürze, wo sie sprießen
Schier in liederlicher Fülle,
Manchmal gar am Boden ranken

Die phantastischen Gewächse,
Kräuter, Blumen, Stauden, Bäume,
Die des Pflanzenreiches Adel
Oder Kronjuwelen sind,

Jene seltnen Spezereien,
Mit geheimnisvollen Kräften,
Die den Menschen oft genesen,
Öfter auch erkranken machen –

Je nachdem sie mischt die Hand
Eines klugen Apothekers
Oder eines dummen Ungars
Aus dem *** Banat.

Als sich nun die Gartenpforte
Indias erschloß – balsamisch
Wogend jetzt ein Meer von Weihrauch,
Eine Sündflut von wollüstig

Ungeheuerlichen Düften,
Sinnberauschend, sinnbetäubend,
Strömte plötzlich in das Herz,
In das Herz der alten Welt.

Wie gepeitscht von Feuerbränden,
Flammenruten, in der Menschen
Adern raste jetzt das Blut,
Lechzend nach Genuß und Gold –

Doch das Gold allein blieb Losung,
Denn durch Gold, den gelben Kuppler,
Kann sich Jeder leicht verschaffen
Alle irdischen Genüsse.

Gold war jetzt das erste Wort,
Das der Spanier sprach beim Eintritt
In des Indianers Hütte –
Erst nachher frug er nach Wasser.

Mexiko und Peru sahen
Dieses Golddursts Orgia,
Cortez und Pizarro wälzten
Goldbesoffen sich im Golde.

Bei dem Tempelsturm von Quito
Lopez Vacca stahl die Sonne,
Die zwölf Zentner Goldes wog;
Doch dieselbe Nacht verlor er

Sie im Würfelspiele wieder,
Und im Volke blieb das Sprüchwort:
Das ist Lopez, der die Sonne
Hat verspielt vor Sonnenaufgang.

Hei! Das waren große Spieler,
Große Diebe, Meuchelmörder
(Ganz vollkommen ist kein Mensch).
Doch sie taten Wundertaten,

Überflügelnd die Prouessen
Furchtbarlichster Soldateske,
Von dem großen Holofernes
Bis auf Haynau und Radetzky.

In der Zeit des Wunderglaubens
Taten auch die Menschen Wunder;
Wer Unmögliches geglaubt,
Konnt Unmögliches verrichten.

Nur der Tor war damals Zweifler,
Die verständgen Leute glaubten:
Vor den Tageswundern beugte
Gläubig tief sein Haupt der Weise.

Seltsam! Aus des Wunderglaubens
Wunderzeit klingt mir im Sinne
Heut beständig die Geschichte
Von Don Juan Ponce de Leon,

Welcher Florida entdeckte
Aber jahrelang vergebens
Aufgesucht die Wunderinsel
Seiner Sehnsucht: Bimini!

Bimini! bei deines Namens
Holdem Klang, in meiner Brust
Bebt das Herz, und die verstorbnen
Jugendträume, sie erwachen.

Auf den Häuptern welke Kränze,
Schauen sie mich an wehmütig;
Tote Nachtigallen flöten,
Schluchzen zärtlich, wie verblutend.

Und ich fahre auf, erschrocken,
Meine kranken Glieder schüttelnd
Also heftig, daß die Nähte
Meiner Narrenjacke platzen –

Doch am Ende muß ich lachen,
Denn mich dünket, Papageien
Kreischten drollig und zugleich
Melancholisch: Bimini.

Hilf mir, Muse, kluge Bergfee
Des Parnasses, Gottestochter,
Steh mir bei jetzt und bewähre
Die Magie der edlen Dichtkunst –

Zeige, daß du hexen kannst,
Und verwandle flugs mein Lied
In ein Schiff, ein Zauberschiff,
Das mich bringt nach Bimini!

Kaum hab ich das Wort gesprochen,
Geht mein Wunsch schon in Erfüllung,
Und vom Stapel des Gedankens
Läuft herab das Zauberschiff.

Wer will mit nach Bimini?
Steiget ein, ihr Herrn und Damen!
Wind und Wetter dienend, bringt
Euch mein Schiff nach Bimini.

Leidet ihr am Zipperlein,
Edle Herren? Schöne Damen,
Habt ihr auf der weißen Stirn
Schon ein Rünzelchen entdeckt?

Folget mir nach Bimini,
Dorten werdet ihr genesen
Von den schändlichen Gebresten;
Hydropathisch ist die Kur!

Fürchtet nichts, ihr Herrn und Damen,
Sehr solide ist mein Schiff;
Aus Trochäen, stark wie Eichen,
Sind gezimmert Kiel und Planken.

Phantasie sitzt an dem Steuer,
Gute Laune bläht die Segel,
Schiffsjung ist der Witz, der flinke.
Ob Verstand an Bord? Ich weiß nicht!

Meine Rahen sind Metaphern,
Die Hyperbel ist mein Mastbaum,
Schwarz-rot-gold ist meine Flagge,
Fabelfarben der Romantik –

Trikolore Barbarossas,
Wie ich weiland sie gesehen
Im Kyffhäuser und zu Frankfurt
In dem Dome von Sankt Paul. –

Durch das Meer der Märchenwelt,
Durch das blaue Märchenweltmeer,
Zieht mein Schiff, mein Zauberschiff
Seine träumerischen Furchen.

Funkenstäubend, mir voran,
In dem wogenden Azur,
Plätschert, tummelt sich ein Heer
Von großköpfigen Delphinen –

Und auf ihrem Rücken reiten
Meine Wasserpostillione,
Amoretten, die pausbäckig
Auf bizarren Muschelhörnern

Schallende Fanfaren blasen –
Aber horch! da unten klingt
Aus der Meerestiefe plötzlich
Ein Gekicher und Gelächter.

Ach, ich kenne diese Laute,
Diese süßmokanten Stimmen –
Das sind schnippische Undinen,
Nixen, welche skeptisch spötteln

Über mich, mein Narrenschiff,
Meine Narrenpassagiere,
Über meine Narrenfahrt
Nach der Insel Bimini.

1.

Einsam auf dem Strand von Cuba,
Vor dem stillen Wasserspiegel,
Steht ein Mensch, und er betrachtet
In der Flut sein Konterfei.

Dieser Mensch ist alt, doch spanisch
Kerzensteif ist seine Haltung.
Halb seemännisch, halb soldatisch
Ist sein wunderlicher Anzug.

Weite Fischerhosen bauschen
Unter einem Rock von gelber
Elenshaut; von reichgesticktem
Goldstoff ist das Bandelier.

Daran hängt die obligate
Lange Klinge von Toledo,
Und vom grauen Filzhut wehen
Blutrot keck die Hahnenfedern.

Sie beschatten melancholisch
Ein verwittert Greisenantlitz,
Welches Zeit und Zeitgenossen
Übel zugerichtet haben.

Mit den Runzeln, die das Alter
Und Strapazen eingegraben,
Kreuzen sich fatale Narben
Schlechtgeflickter Säbelhiebe.

Eben nicht mit sonderlichem
Wohlgefallen scheint der Greis
In dem Wasser zu betrachten
Sein bekümmert Spiegelbildnis.

Wie abwehrend streckt er manchmal
Seine beiden Hände aus,
Schüttelt dann das Haupt, und seufzend
Spricht er endlich zu sich selber:

»Ist das Juan Ponce de Leon,
Der als Page an dem Hofe
Von Don Gomez trug die stolze
Schleppe der Alkadentochter?

Schlank und luftig war der Fant,
Und die goldnen Locken spielten
Um das Haupt, das voll von Leichtsinn
Und von rosigen Gedanken.

Alle Damen von Sevilla
Kannten seines Pferdes Hufschlag,
Und sie flogen rasch ans Fenster,
Wenn er durch die Straßen ritt.

Rief der Reiter seinen Hunden,
Mit der Zung am Gaumen schnalzend,
Dann durchdrang der Laut die Herzen
Hocherrötend schöner Frauen.

Ist das Juan Ponce de Leon,
Der ein Schreck der Mohren war,
Und, als wärens Distelköpfe,
Niederhieb die Turbanhäupter?

Auf dem Blachfeld vor Granada
Und im Angesicht des ganzen
Christenheers hat Don Gonzalvo
Mir den Ritterschlag erteilet.

An dem Abend jenes Tages,
In dem Zelte der Infantin
Tanzte ich, beim Klang der Geigen,
Mit des Hofes schönen Damen.

Aber weder Klang der Geigen,
Noch Gekose schöner Damen
Habe ich gehört am Abend
Jenes Tages – wie ein Füllen

Stampfte ich des Zeltes Boden,
Und vernahm nur das Geklirre,
Nur das liebliche Geklirre
Meiner ersten goldnen Sporen.

Mit den Jahren kam der Ernst
Und der Ehrgeiz, und ich folgte
Dem Kolumbus auf der zweiten
Großen Weltentdeckungsreise.

Treusam blieb ich ihm ergeben,
Diesem andern großen Christoph,
Der das Licht des Heils getragen
Zu den Heiden durch das Wasser.

Ich vergesse nicht die Milde
Seines Blickes. Schweigsam litt er,
Klagte nur des Nachts den Sternen
Und den Wellen seine Leiden.

Als der Admiral zurück ging
Nach Hispanien, nahm ich Dienste
Bei Ojeda, und ich schiffte
Mit ihm aus auf Abenteuer.

Don Ojeda war ein Ritter
Von der Fußzeh bis zum Scheitel,
Keinen bessern zeigte weiland
König Arthus' Tafelrunde.

Fechten, fechten war die Wollust
Seiner Seele. Heiter lachend,
Focht er gegen wilde Rotten,
Die ihn zahllos oft umzingelt.

Als ihn traf ein giftger Wurfspieß,
Nahm er stracks ein glühend rotes
Eisen, brannte damit aus
Seine Wunde, heiter lachend.

Einst, bis an die Hüfte watend
Durch Moräste, deren Ausgang
Unbekannt, aufs Gratewohl,
Ohne Speise, ohne Wasser,

Hatten wir schon dreißig Tage
Uns dahingeschleppt; von hundert
Zwanzig Mann schon achtzig
Waren auf dem Marsch verschmachtet –

Und der Sumpf ward immer tiefer
Und wir jammerten verzweifelnd –
Doch Ojeda sprach uns Mut ein,
Unverzagt und heiter lachend.

Später ward ich Waffenbruder
Des Bilbao – dieser Held,
Der so mutig wie Ojeda,
War kriegskundger in Entwürfen.

Alle Adler des Gedankens
Nisteten in seinem Haupte,
Und in seinem Herzen herrlich
Strahlte Großmut wie die Sonne.

Ihm verdankt die Krone Spaniens
Hundert Königtümer, größer
Als Europa und viel reicher
Als Venezia und Flandern.

Zur Belohnung für die hundert
Königtümer, die viel größer
Als Europa und viel reicher
Als Venezia und Flandern,

Gab man ihm ein hänfen Halsband,
Einen Strick; gleich einem Sünder
Ward Bilbao auf dem Marktplatz
Sankt Sebastians gehenkt.

Kein so ritterlicher Degen,
Auch von gringerm Heldensinn,
Doch ein Feldherr sonder gleichen
War der Cortez, Don Fernando.

In der winzigen Armada,
Welche Mexiko erobert,
Nahm ich Dienste – die Strapazen
Fehlten nicht bei diesem Feldzug.

Dort gewann ich sehr viel Gold,
Aber auch das gelbe Fieber –
Ach! ein gutes Stück Gesundheit
Ließ ich bei den Mexikanern.

Mit dem Golde hab ich Schiffe
Ausgerüstet. Meinem eignen
Stern vertrauend, hab ich endlich
Hier entdeckt die Insel Cuba,

Die ich jetzo guberniere
Für Juanna von Kastilien
Und Fernand von Aragon,
Die mir allerhöchst gewogen.

Habe nun erlangt, wonach
Stets die Menschen gierig laufen:
Fürstengunst und Ruhm und Würden,
Auch den Calatrava-Orden.

Bin Statthalter, ich besitze
Wohl an hunderttausend Pesos
Gold in Barren, Edelsteine,
Säcke voll der schönsten Perlen –

Ach, beim Anblick dieser Perlen
Werd ich traurig, denn ich denke:
Besser wärs, ich hätte Zähne,
Zähne wie in meiner Jugend –

Jugendzähne! Mit den Zähnen
Ging verloren auch die Jugend –
Denk ich dran, schmachvoll ohnmächtig
Knirsch ich mit den morschen Stummeln.

Jugendzähne, nebst der Jugend,
Könnt ich euch zurück erkaufen,
Gerne gäbe ich dafür
Alle meine Perlensäcke,

Alle meine Edelsteine,
All mein Gold, an hunderttausend
Pesos wert, und obendrein
Meinen Calatrava-Orden –

Nehmt mir Reichtum, Ruhm und Würden,
Nennt mich nicht mehr Excellenza,
Nennt mich lieber junger Maulaff,
Junger Gimpel, Bengel, Rotznas!

Hochgebenedeite Jungfrau,
Hab Erbarmen mit dem Toren,
Der sich schamhaft heimlich abzehrt,
Und verbirgt sein eitles Elend!

Jungfrau! dir allein enthüll ich
Mein Gemüte, dir gestehend,
Was ich nimmermehr gestände
Einem Heilgen in dem Himmel –

Diese Heilgen sind ja Männer,
Und, Caracho! auch im Himmel
Soll kein Mann mitleidig lächeln
Über Juan Ponce de Leon.

Du, o Jungfrau, bist ein Weib,
Und obgleich unwandelbar
Deine unbefleckte Schönheit,
Weiblich klugen Sinnes fühlst du

Was er leidet, der vergänglich
Arme Mensch, wenn seines Leibes
Edle Kraft und Herrlichkeit
Dorrt und hinwelkt bis zum Zerrbild.

Ach, viel glücklicher als wir
Sind die Bäume, die gleichzeitig
Einer und derselbe Herbstwind
Ihres Blätterschmucks entkleidet –

Alle stehen kahl im Winter,
Und da gibts kein junges Bäumchen,
Dessen grünes Laub verhöhnte
Die verwelkten Waldgenossen.

Ach! bei uns, den Menschen, lebt
Jeder seine eigne Jahrzeit;
Während bei dem Einen Winter,
Ist es Frühling bei dem Andern,

Und der Greis fühlt doppelt schmerzlich
Seine Ohnmacht bei dem Anblick
Jugendlicher Überkräfte –
Hochgebenedeite Jungfrau!

Rüttle ab von meinen Gliedern
Dieses winterliche Alter,
Das mit Schnee bedeckt mein Haupt
Und mein Blut gefrieren macht –

Sag der Sonne, daß sie wieder
Glut in meine Adern gieße,
Sag dem Lenze, daß er wecke
In der Brust die Nachtigallen –

Ihre Rosen, gib sie wieder
Meinen Wangen, gib das Goldhaar
Wieder meinem Haupt, o Jungfrau –
Gib mir meine Jugend wieder!«

Als Don Juan Ponce de Leon
Vor sich hinsprach solcherlei,
Plötzlich in die beiden Hände
Drückte er sein Antlitz schmerzhaft.

Und er schluchzte und er weinte
So gewaltig und so stürmisch,
Daß die hellen Tränengüsse
Troffen durch die magern Finger.

2.

Auf dem Festland bleibt der Ritter
Treu den alten Seemannsbräuchen,
Und wie einst auf seinem Schiffe
Schläft er Nachts in einem Hamak.

Auch die Wellenschlagbewegung,
Die so oft ihn eingeschläfert,
Will der Ritter nicht entbehren,
Und er läßt den Hamak schaukeln.

Dies Geschäft verrichtet Kaka,
Alte Indianerin,
Die vom Ritter die Muskitos
Abwehrt mit dem Pfauenwedel.

Während sie die luftge Wiege
Mit dem greisen Kinde schaukelt,
Lullt sie eine märchenhafte
Alte Weise ihrer Heimat.

Liegt ein Zauber in dem Singsang?
Oder in des Weibes Stimme,
Die so flötend wie Gezwitscher
Eines Zeisigs? Und sie singt:

»Kleiner Vogel Kolibri,
Führe uns nach Bimini;
Fliege du voran, wir folgen
In bewimpelten Pirogen.

Kleines Fischchen Brididi,
Führe uns nach Bimini;
Schwimme du voran, wir folgen,
Rudernd mit bekränzten Stengen.

Auf der Insel Bimini
Blüht die ewge Frühlingswonne,
Und die goldnen Lerchen jauchzen
Im Azur ihr Tirili.

Schlanke Blumen überwuchern
Wie Savannen dort den Boden,
Leidenschaftlich sind die Düfte
Und die Farben üppig brennend.

Große Palmenbäume ragen
Draus hervor, mit ihren Fächern
Wehen sie den Blumen unten
Schattenküsse, holde Kühle.

Auf der Insel Bimini
Quillt die allerliebste Quelle;
Aus dem teuren Wunderborn
Fließt das Wasser der Verjüngung.

So man eine welke Blume
Netzet mit etwelchen Tropfen
Dieses Wassers, blüht sie auf,
Und sie prangt in frischer Schöne.

So man ein verdorrtes Reis
Netzet mit etwelchen Tropfen
Dieses Wassers, treibt es wieder
Neue Knospen, lieblich grünend.

Trinkt ein Greis von jenem Wasser,
Wird er wieder jung; das Alter
Wirft er von sich, wie ein Käfer
Abstreift seine Raupenhülle.

Mancher Graukopf, der zum blonden
Jüngling sich getrunken hatte,
Schämte sich zurückzukehren
Als Gelbschnabel in die Heimat –

Manches Mütterchen insgleichen,
Die sich wieder jung geschlückert,
Wollte nicht nach Hause gehen
Als ein junges Ding von Dirnlein –

Und die guten Leutchen blieben
Immerdar in Bimini;
Glück und Lenz hielt sie gefesselt
In dem ewgen Jugendlande …

Nach dem ewgen Jugendlande,
Nach dem Eiland Bimini
Geht mein Sehnen und Verlangen;
Lebet wohl, ihr lieben Freunde!

Alte Katze Mimili,
Alter Haushahn Kikriki,
Lebet wohl, wir kehren nie,
Nie zurück von Bimini!«

Also sang das Weib. Der Ritter
Horcht dem Liede schlummertrunken;
Manchmal nur, als wie im Traume,
Lallt er kindisch: Bimini!

3.

Heiter überstrahlt die Sonne
Golf und Strand der Insel Cuba;
In dem blauen Himmel hängen
Heute lauter Violinen.

Rotgeküßt vom kecken Lenze,
In dem Mieder von Smaragden,
Bunt geputzt wie eine Braut,
Blüht und glüht die schöne Insel.

Auf dem Strande, farbenschillernd,
Wimmelt Volk von jedem Stande,
Jedem Alter; doch die Herzen
Pochen wie vom selben Pulsschlag.

Denn derselbe Trostgedanke
Hat sie alle gleich ergriffen,
Gleich beseligt – Er bekundet
Sich im stillen Freudezittern

Einer alten Beguine,
Die sich an den Krücken hinschleppt,
Und, den Rosenkranz abkugelnd,
Ihre Paternoster murmelt –

Es bekundet sich derselbe
Trostgedanken in dem Lächeln
Der Signora, die auf güldnem
Palankin getragen wird,

Und, im Munde eine Blume,
Kokettiert mit dem Hidalgo,
Der, die Schnurrbartzipfel kräuselnd,
Fröhlich ihr zur Seite wandelt –

Wie auf dem Gesicht der steifen
Soldateske, zeigt die Freude
Sich im klerikalen Antlitz,
Das sich menschlich heut entrunzelt –

Wie vergnügt der dünne Schwarzrock
Sich die Hände reibt! wie fröhlich!
Wie der feiste Kapuziner
Streichelt froh sein Doppelkinn!

Selbst der Bischof, der gewöhnlich
Griesgram aussieht, wenn er Messe
Lesen soll, weil dann sein Frühstück
Eingen Aufschub leiden muß –

Selbst der Bischof schmunzelt freudig,
Freudig glänzen die Karbunkeln
Seiner Nase, und im Festschmuck
Wackelt er einher vergnüglich

Unterm Purpurbaldachin,
Eingeräuchert von Chorknaben,
Und gefolgt von Clericis,
Die mit Goldbrokat bedeckt sind

Und goldgelbe Sonnenschirme
Über ihre Köpfe halten,
Kolossalen Champignons,
Welche wandeln, schier vergleichbar.

Nach dem hohen Gottestische
Geht der Zug, nach dem Altare,
Welcher unter freiem Himmel
Hier am Meeresstrand errichtet

Und verzieret ward mit Blumen,
Heilgenbildchen, Palmen, Bändern,
Silbernem Gerät, Goldflittern
Und Wachskerzen, lustig funkelnd.

Seine Eminenz der Bischof
Hält das Hochamt hier am Meere,
Und mit Weihe und Gebet
Will er hier den Segen sprechen

Über jene kleine Flotte,
Welche, auf der Reede schaukelnd,
Im Begriff ist abzusegeln
Nach der Insel Bimini.

Ja, die Schiffe dort, sie sind es,
welche Juan Ponce de Leon
Ausgerüstet und bemannt,
Um die Insel aufzusuchen,

Wo das Wasser der Verjüngung
Lieblich sprudelt – Von dem Ufer
Viele tausend Segenswünsche
Folgen ihm, dem Menschheitsretter,

Ihm, dem edlen Weltwohltäter –
Hofft doch Jeder, daß der Ritter
Bei der Rückkehr einst auf Cuba
Ihm ein Fläschchen Jugend mitbringt –

Mancher schlückert schon im Geiste
Solche Labung, und sie schaukeln
Sich vor Wonne, wie die Schiffe,
Die dort ankern auf der Reede.

Es besteht aus fünf Fahrzeugen
Die Flottille – eine große
Karawelle, zwei Feluken
Und zwei kleine Brigantinen.

Admiralschiff ist die große
Karawelle, und die Flagge
Zeigt das Wappen von Kastilien,
Aragonien und Leon.

Einer Lauberhütte gleich,
Ist sie ausgeschmückt mit Maien,
Blumenkränzen und Girlanden
Und mit flatternd bunten Wimpeln.

Frau Speranza heißt das Schiff,
Und am Hinterteil als Puppe
Steht der Donna Konterfei,
Lebensgroß skulptiert aus Eichholz

Und bemalt mit ganz vorzüglich
Wohlgefirnißten Couleuren,
Welche Wind und Wetter trotzen,
Eine stattliche Figura.

Ziegelrot ist das Gesichte,
Ziegelrot ist Hals und Busen,
Der aus grünem Mieder quillt;
Auch des Rockes Farb ist grün.

Grün ist auch des Hauptes Kranz,
Pechschwarz ist das Haar, die Augen
Und die Brauen gleichfalls pechschwarz;
In der Hand hält sie ein Anker.

Die Armada der Flottille,
Sie besteht etwa aus hundert
Achtzig Mann, darunter sind
Nur sechs Weiber und sechs Priester.

Achtzig Mann und eine Dame
Sind am Bord der Karawelle,
Welche Juan Ponce de Leon
Selbst befehligt. Kaka heißt

Jene Dame – ja, die alte
Kaka ist jetzt eine Dame,
Heißt Señora Juanita,
Seit der Ritter sie erhoben

Zur Großfliegenwedelmeistrin,
Oberhamakschaukeldame
Und Mundschenkin künftger Jugend
Auf der Insel Bimini.

Als Symbol des Amtes hält sie
In der Hand ein Goldpokal,
Trägt auch eine hochgeschürzte
Tunika, wie eine Hebe.

Kostbarliche Brüßler Kanten,
Perlenschnüre, viele Dutzend,
Decken spöttisch die verwelkten
Braunen Reize der Señora.

Rokoko-anthropophagisch,
Karaibisch-Pompadour,
Hebet sich der Haarwulstkopfputz,
Der gespickt ist mit unzählgen

Vögelein, die, groß wie Käfer,
Durch des prächtigen Gefieders
Farbenschmelz wie Blumen aussehn,
Die formiert aus Edelsteinen,

Diese närrische Frisur
Von Gevögel paßt vortrefflich
Zu der Kaka wunderlichem
Papageienvogelantlitz.

Seitenstück zu dieser Fratze
Bildet Juan Ponce de Leon,
Welcher, zuversichtlich glaubend
An die baldige Verjüngung,

Sich im Voraus schon geworfen
Ins Kostüm der lieben Jugend,
Und sich bunt herausgeputzt
In der Geckentracht der Mode:

Schnabelschuhn mit Silberglöcklein,
Wie 'n Gelbschnabel, und geschlitzte
Hosen, wo das rechte Bein
Rosafarben, während grün,

Grün gestreift das linke Bein –
Wohlgepuffte Atlasjacke,
Kurzer Mantel, keck geachselt –
Ein Barett mit drei Straußfedern –

Also ausstaffiert, in Händen
Eine Laute haltend, tänzelt
Auf und ab der Admiral
Und erteilt die Schiffsbefehle.

Er befiehlt, daß man die Anker
Lichten soll, im Augenblicke
Wo des Hochamts Ende melden
Von dem Strande die Signale.

Er befiehlt, daß bei der Abfahrt
Die Kanonen aller Schiffe
Mit drei Dutzend Ehrenschüssen
Cuba salutieren sollen.

Er befiehlt – und lacht und dreht sich
Auf dem Absatz wie ein Kreisel –
Bis zur Trunkenheit berauscht ihn
Süßer Hoffnung toller Traumtrank –

Und er kneift die armen Saiten
Seiner Laute, daß sie wimmern,
Und mit altgebrochner Stimme
Meckert er die Singsangworte:

»Kleiner Vogel Kolibri,
Kleines Fischchen Brididi,
Fliegt und schwimmt voraus, und zeiget
Uns den Weg nach Bimini!«

4.

Juan Ponce de Leon wahrlich
War kein Tor, kein Faselante,
Als er unternahm die Irrfahrt
Nach der Insel Bimini.

Ob der Existenz der Insel
Hegt er niemals einen Zweifel –
Seiner alten Kaka Singsang
War ihm Bürgschaft und Gewähr.

Mehr als andre Menschenkinder
Wundergläubig ist der Seemann;
Hat er doch vor Augen stets
Flammend groß die Himmelswunder,

Während ihn umrauscht beständig
Die geheimnisvolle Meerflut,
Deren Schoß entstiegen weiland
Donna Venus Aphrodite. –

In den folgenden Trochäen
Werden wir getreu berichten,
Wie der Ritter viel Strapazen,
Ungemach und Drangsal ausstand –

Ach, anstatt von altem Siechtum
Zu genesen, ward der Ärmste
Heimgesucht von vielen neuen
Leibesübeln und Gebresten.

Während er die Jugend suchte,
Ward er täglich noch viel älter,
Und verrunzelt, abgemergelt
Kam er endlich in das Land,

In das stille Land, wo schaurig
Unter schattigen Zypressen
Fließt ein Flüßlein, dessen Wasser
Gleichfalls wundertätig heilsam –

Lethe heißt das gute Wasser!
Trink daraus, und du vergißt
All dein Leiden – ja, vergessen
Wirst du was du je gelitten –

Gutes Wasser! gutes Land!
Wer dort angelangt, verläßt es
Nimmermehr – denn dieses Land
Ist das wahre Bimini.

NACHLESE

Erotische Gedichte

IN DER FREMDE

Träumereien

Mir träumte von einem schönen Kind,
Sie trug das Haar in Flechten;
Wir saßen unter der grünen Lind,
In blauen Sommernächten.

Wir hatten uns lieb und küßten uns gern,
Und kosten von Freuden und Leiden.
Es seufzten am Himmel die gelben Stern,
Sie schienen uns zu beneiden.

Ich bin erwacht und schau mich um,
Ich steh allein im Dunkeln.
Am Himmel droben, gleichgültig und stumm,
Seh ich die Sterne funkeln.

RAMSGATE

I

»O des liebenswürdigen Dichters,
Dessen Lieder uns entzücken!
Hätten wir ihn in der Nähe,
Seine Lippen zu beglücken!«

Während liebenswürdige Damen
Also liebenswürdig dachten,
Mußt ich, hundert Meil entfernt,
In der öden Fremde schmachten –

Und es hilft uns Nichts im Norden,
Wenn im Süden schönes Wetter,
Und von zugedachten Küssen
Wird das magre Herz nicht fetter.

II

Ein ungeheurer Kalkfelsen, gleich einem schönen, weißen Frauenbusen, erhebt sich über dem Meere, das verliebte Meer drängt sich an ihn heran, umspielt und bespritzt ihn neckend, und umschlingt ihn mit seinen gewaltigen Wellenarmen. Auf jenem weißen Felsen steht eine hohe Stadt, und dort, auf hohem Balkone, steht eine schöne Frau und spielt heitere Weisen auf der spanischen Gitarre.

Unter dem Balkone steht ein deutscher Dichter, und wie die holden Melodien zu ihm hinabsteigen, so akkompagniern sie seine Seele unwillkürlich, und es dringen hervor die Worte:

»O daß ich wär das wilde Meer,
Und du der Felsen drüber her –«

Unser deutscher Dichter hat aber diese Worte nicht gesungen, sondern bloß gedacht. Erstens fehlte es ihm an Stimme, zweitens war er zu blöde – Als er am selben Abend die schöne Frau längs der Meeresküste spazieren führte, da war er ganz und gar stumm.

Die Wellen drängten sich wilder an die weiße Felsenbrust, und über dem Wasser warf der Mond seinen langen Strahl, wie eine goldene Brücke nach dem Lande der Verheißung.

Wenn junge Herzen brechen,
So lachen drob die Sterne,
Sie lachen und sie sprechen
Herab aus der blauen Ferne:

»Die armen Menschen lieben
Sich zwar mit vollen Seelen,
Und müssen sich doch betrüben,
Und gar zu Tode quälen.

Wir haben nie empfunden
Die Liebe, die so verderblich
Den armen Menschen drunten;
Drum sind wir auch unsterblich.«

ZUM POLTERABEND

I

Mit deinen großen, allwissenden Augen
Schaust du mich an, und du hast Recht:
Wie konnten wir zusammen taugen,
Da du so gut, und ich so schlecht!

Ich bin so schlecht und bitterblütig,
Und Spottgeschenke bring ich dar
Dem Mädchen, das so lieb und gütig,
Und ach! sogar aufrichtig war.

II

O du kanntest Koch und Küche,
Loch und Schliche, Tür und Tor!
Wo wir nur zusammen strebten,
Kamst du immer mir zuvor.

Jetzt heiratest du mein Mädchen,
Teurer Freund, das wird zu toll –
Toller ist es nur, daß ich dir
Dazu gratulieren soll!

III

»O die Liebe macht uns selig,
O, die Liebe macht uns reich!«
Also singt man tausendkehlig
In dem heilgen römschen Reich.

Du, du fühlst den Sinn der Lieder,
Und sie klingen, teurer Freund,
Jubelnd dir im Herzen wieder,
Bis der große Tag erscheint:

Wo die Braut, mit roten Bäckchen,
Ihre Hand in deine legt,
Und der Vater, mit den Säckchen,
Dir den Segen überträgt.

Säckchen voll mit Geld, unzählig,
Linnen, Betten, Silberzeug –
O die Liebe macht uns selig,
O die Liebe macht uns reich!

IV

Der weite Boden ist überzogen
Mit Blumendecken, der grüne Wald,
Er wölbt sich hoch zu Siegesbogen,
Gefiederte Einzugmusik erschallt.

Es kommt der schöne Lenz geritten,
Sein Auge sprüht, die Wange glüht!
Ihr solltet ihn zur Hochzeit bitten,
Denn gerne weilt er, wo Liebe blüht.

BERTHA

Sie tat so fromm, sie tat so gut,
Ich glaubt einen Engel zu lieben;
Sie schrieb die schönsten Briefe mir,
Und konnt keine Blume betrüben.

In Bälde sollte Hochzeit sein,
Das hörten die lieben Verwandten,
Die Bertha war ein dummes Ding,
Denn sie folgte den Basen und Tanten.

Sie hielt nicht Treu, sie hielt nicht Schwur,
Ich hab es gern ihr vergeben;
Sie hätte in der Ehe sonst
Verbittert mir Lieben und Leben.

Denk ich nun an ein treulos Weib,
So denk an Bertha ich wieder,
Und habe nur noch einen Wunsch:
Sie komme recht glücklich nieder.

IM DOME

Des Oberkirchners Töchterlein
Führt' mich in die heiligen Hallen;
Ihr Haar war blond, ihr Wuchs war klein,
Ihr Tuch vom Halse gefallen.

Ich sah für einiger Groschen Preis
Die Gräber und Kreuze und Lichte
Im alten Dom; da ward mir heiß –
Ich sah in Elsbeths Gesichte.

Und schaute wieder hie und da
Die heiligen Kirchenmonstranzen;
Im Unterrock, Halleluja!
Die Weiber am Fenster tanzen.

Des Oberkirchners Töchterlein
Blieb mit mir zusammen stehen;
Sie hat ein Augenpaar gar fein,
Drin hab ich Alles gesehen.

Des Oberkirchners Töchterlein
Führt' mich aus den heiligen Hallen;
Ihr Hals war rot, ihr Mund war klein,
Ihr Tuch vom Busen gefallen.

Ich mache die kleinen Lieder
Der Herzallerliebsten mein,
Die heben ihr klingend Gefieder
Und fliegen zu dir hinein.

Es stammen die kleinen Jungen
Vom schnalzenden Herrn Gemahl,
Die kommen zu dir gesprungen
Über Wiese, Busch und Tal.

Die Leute so gerne weilen
Bei meiner Lieder Chor;
Doch bei der Jungen Heulen
Sie halten sich zu das Ohr.

Und der dies Lied gesungen,
Der liegt allein in der Nacht
Und hätte weit lieber die Jungen,
Ach, als die Lieder gemacht!

KALTE HERZEN

Als ich dich zum ersten Male
In der Welt von Pappe sah,
Spieltest du in Gold und Seide
Shylocks Tochter: Jessica.

Klar und kalt war deine Stimme,
Kalt und klar war deine Stirne,
Und du glichst, o Donna Clara,
Einer schönen Gletscherfirne.

Und der Jud verlor die Tochter,
Und der Christ nahm dich zum Weibe;
Armer Shylock, ärmrer Lorenz!
Und mir fror das Herz im Leibe.

Als ich dich zum andren Male
In vertrauter Nähe sah,
War ich dir der Don Lorenzo
Und du warst mir Jessica.

Und du schienst berauscht von Liebe,
Und ich war berauscht von Weine,
Küßte trunken deine Augen,
Diese kalten Edelsteine.

Plötzlich ward mir ehstandslüstern:
Hatte ich den Kopf verloren?
Oder war in deiner Nähe
Der Verstand mir nur erfroren?

Nach Sibirien, nach Sibirien!
Führte mich die Hochzeitsreise,
Einer Steppe glich das Ehbett,
Kalt und starr und grau von Eise.

In der Steppe lag ich einsam
Und mir froren alle Glieder,
Leise wimmern hört ich meine
Halberstarrten Liebeslieder.

Und ich darf ein schneeig Kissen
An das heiße Herz mir drücken.
Amor klappern alle Zähne,
Jessica kehrt mir den Rücken. –

* * *

Ach, und diese armen Kinder,
Meine Lieder, meine Witze,
Werden sämtlich nun geboren
Mit erfrorner Nasenspitze!

Meine Muse hat den Schnupfen
– Musen sind sensible Tiere –
Und sie sagt mir: Lieber Heinrich,
Laß mich ziehn, eh ich erfriere.

O ihr kalten Liebestempel,
Matt erwärmt von Pfennigskerzen,
Warum zeigt mein Liebeskompaß
Nach dem Nordpol solcher Herzen?

Welch ein zierlich Ebenmaß
In den hochgeschoßnen Gliedern!
Auf dem schlanken Hälschen wiegt sich
Ein bezaubernd kleines Köpfchen.

Reizend halb und halb auch rührend
Ist das Antlitz, wo sich mischen
Wollustblicke eines Weibes
Und das Lächeln eines Kindes.

Läg nur nicht auf deinen Schultern
Hie und da, wie dicker Schatten,
Etwas Erdenstaub, ich würde
Mit der Venus dich vergleichen –

Mit der Göttin Aphrodite,
Die der Meeresflut entstiegen,
Anmutblühend, schönheitstrahlend,
Und, versteht sich, wohlgewaschen.

»Augen, sterblich schöne Sterne!«
Also mag das Liedchen klingen,
Das ich weiland in Toskana
An dem Meere hörte singen.

Eine kleine Dirne sang es,
Die am Meere Netze flickte;
Sah mich an, bis ich die Lippen
An ihr rotes Mündchen drückte.

An das Lied, an Meer und Netze
Hab ich wieder denken müssen,
Als ich dich zuerst erblickte –
Doch nun muß ich dich auch küssen.

Es erklingt wie Liedestöne
Alles, was ich denk und fühl.
Ach! da hat der kleine schöne
Liebesgott die Hand im Spiel.

Der Maestro im Theater
Meines Herzens ist er jetzt;
Was ich fühl und denke, hat er
Gleich schon in Musik gesetzt.

Was bedeuten gelbe Rosen? –
Liebe, die mit Ärger kämpft,
Ärger, der die Liebe dämpft,
Lieben und sich dabei erbosen.

Wir müssen zugleich uns betrüben
Und lachen, wenn wir schaun,
Daß sich die Herzen lieben
Und sich die Köpfe nicht traun.

Fühlst du, mein süßes Liebchen,
Wie liebend mein Herz bewegt?
Sie schüttelt das Köpfchen und flüstert:
»Gott weiß, für wen es schlägt!«

Das macht den Menschen glücklich,
Das macht den Menschen matt,
Wenn er drei sehr schöne Geliebte
Und nur zwei Beine hat.

Der Einen lauf ich des Morgens,
Der Andern des Abends nach;
Die Dritte kommt zu mir des Mittags
Wohl unter mein eignes Dach.

Lebt wohl, ihr drei Geliebten,
Ich hab zwei Beine nur,
Ich will in ländlicher Stille
Genießen die schöne Natur.

Mit dummen Mädchen, hab ich gedacht,
Nichts ist mit dummen anzufangen;
Doch als ich mich an die klugen gemacht,
Da ist es mir noch schlimmer ergangen.

Die klugen waren mir viel zu klug,
Ihr Fragen machte mich ungeduldig,
Und wenn ich selber das Wichtigste frug,
Da blieben sie lachend die Antwort schuldig.

KITTY

I

Den Tag, den hab ich so himmlisch verbracht,
Den Abend verbracht ich so göttlich,
Der Wein war gut und Kitty war schön,
Und das Herz war unersättlich.

Die roten Lippen, die küßten so wild,
So stürmisch, so sinneverwirrend;
Die braunen Augen schauten mich an
So zärtlich, so knisternd, so girrend.

Das hielt mich umschlungen, und nur mit List
Konnt ich entschlüpfen am Ende,
Ich hatte mit ihrem eigenen Haar
Ihr festgebunden die Hände.

II

Unsre Seelen bleiben freilich,
In platonischer Empfindung,
Fest vereinigt; unzerstörbar
Ist die geistige Verbindung.

Ja, sogar im Trennungsfalle
Fänden sie doch leicht sich wieder;
Denn die Seelen haben Flügel,
Schnelles Schmetterlingsgefieder;

Und dabei sind sie unsterblich,
Und die Ewigkeit ist lange;
Und wer Zeit hat und wer suchet,
Findet was er auch verlange.

Doch den Leibern, armen Leibern,
Wird die Trennung sehr verderblich,
Haben keine Flügel, haben
Nur zwei Beine, und sind sterblich.

Das bedenke, schöne Kitty,
Sei vernünftig, klug und weise;
Bleib in Frankreich bis zum Frühling,
Bis ich mit nach England reise.

III

Das Glück, das gestern mich geküßt,
Ist heute schon zerronnen,
Und treue Liebe hab ich nie
Auf lange Zeit gewonnen.

Die Neugier hat wohl manches Weib
In meinen Arm gezogen;
Hat sie mir mal ins Herz geschaut,
Ist sie davon geflogen.

Die Eine lachte, eh sie ging,
Die Andre tät erblassen;
Nur Kitty weinte bitterlich,
Bevor sie mich verlassen.

IV

GETRÄUMTES GLÜCK

Als die junge Rose blühte
Und die Nachtigall gesungen,
Hast du mich geherzt, geküsset,
Und mit Zärtlichkeit umschlungen.

Nun der Herbst die Ros entblättert
Und die Nachtigall vertrieben,
Bist du auch davon geflogen,
Und ich bin allein geblieben.

Lang und kalt sind schon die Nächte,
Sag, wie lange wirst du säumen?
Soll ich immer mich begnügen
Nur vom alten Glück zu träumen?

V

Es läuft dahin die Barke,
Wie eine flinke Gemse.
Bald sind wir auf der Themse,
Bald sind wir im Regentsparke.

Da wohnet meine Kitty,
Mein allerliebstes Weibchen;
Es gibt kein weißres Leibchen
Im West-End und in der City.

Schon meiner Ankunft gewärtig,
Füllt sie den Wasserkessel
Und rückt an den Herd den Sessel;
Den Tee, den find ich fertig.

VI

Kitty stirbt! und ihre Wangen
Seh ich immer mehr erblassen.
Dennoch kurz vor ihrem Tode
Muß ich Ärmster sie verlassen.

Kitty stirbt! und kalt gebettet
Liegt sie bald im Kirchhofsgrunde.
Und sie weiß es! Doch für Andre
Sorgt sie bis zur letzten Stunde.

Sie verlangt, daß ich die Strümpfe
Nächsten Winter tragen solle,
Die sie selber mir gestrickt hat
Von der wärmsten Lämmerwolle.

VII

DER SCHEIDENDE SOMMER

Das gelbe Laub erzittert,
Es fallen die Blätter herab;
Ach, alles was hold und lieblich
Verwelkt und sinkt ins Grab.

Die Gipfel des Waldes umflimmert
Ein schmerzlicher Sonnenschein;
Das mögen die letzten Küsse
Des scheidenden Sommers sein.

Mir ist, als müßt ich weinen
Aus tiefstem Herzensgrund;
Dies Bild erinnert mich wieder
An unsre Abschiedsstund.

Ich mußte von dir scheiden,
Und wußte, du stürbest bald;
Ich war der scheidende Sommer,
Du warst der kranke Wald.

VIII

Augen, die ich längst vergessen,
Wollen wieder mich verstricken,
Wieder bin ich wie verzaubert
Von des Mädchens sanften Blicken.

Ihre Lippen küssen wieder
Mich in jene Zeit zurücke,
Wo ich schwamm des Tags in Torheit,
Und des Nachts in vollem Glücke.

IX

Mir redet ein die Eitelkeit,
Daß du mich heimlich liebest;
Doch klügre Einsicht flüstert mir,
Daß du nur Großmut übest;

Daß du den Mann zu würdgen strebst,
Den Andre unterschätzen,
Daß du mir doppelt gütig bist,
Weil Andre mich verletzen.

Du bist so hold, du bist so schön,
So tröstlich ist dein Kosen!
Die Worte klingen wie Musik,
Und duften wie die Rosen.

Du bist mir wie ein hoher Stern,
Der mich vom Himmel grüßet,
Und meine Erdennacht erhellt,
Und all mein Leid versüßet.

X

Es glänzt so schön die sinkende Sonne,
Doch schöner ist deiner Augen Schein.
Das Abendrot und deine Augen
Sie strahlen mir traurig ins Herz hinein.

Das Abendrot bedeutet Scheiden
Und Herzensnacht und Herzensweh.
Bald fließet zwischen meinem Herzen
Und deinen Augen die weite See.

XI

Er ist so herzbeweglich,
Der Brief, den sie geschrieben:
Sie werde mich ewig lieben,
Ewig, unendlich, unsäglich.

Sie ennuyiere sich täglich,
Ihr sei die Brust beklommen –
»Du mußt herüber kommen
Nach England, so bald als möglich.«

AN JENNY

Ich bin nun fünfunddreißig Jahr alt,
Und du bist fünfzehnjährig kaum …
O Jenny, wenn ich dich betrachte,
Erwacht in mir der alte Traum!

Im Jahre achtzehnhundert siebzehn
Sah ich ein Mädchen, wunderbar
Dir ähnlich an Gestalt und Wesen,
Auch trug sie ganz wie du das Haar.

Ich geh auf Universitäten,
Sprach ich zu ihr, ich komm zurück
In kurzer Zeit, erwarte meiner.
Sie sprach: »Du bist mein einzges Glück.«

Drei Jahre schon hatt ich Pandekten
Studiert, als ich am ersten Mai
Zu Göttingen die Nachricht hörte,
Daß meine Braut vermählet sei.

Es war am ersten Mai! Der Frühling
Zog lachend grün durch Feld und Tal,
Die Vögel sangen, und es freute
Sich jeder Wurm im Sonnenstrahl.

Ich aber wurde blaß und kränklich,
Und meine Kräfte nahmen ab;
Der liebe Gott nur kann es wissen,
Was ich des Nachts gelitten hab.

Doch ich genas. Meine Gesundheit
Ist jetzt so stark wie 'n Eichenbaum …
O Jenny, wenn ich dich betrachte,
Erwacht in mir der alte Traum!

IN DER FRÜHE

Meine gute, liebe Frau,
Meine gütge Frau Geliebte,
Hielt bereit den Morgenimbiß,
Braunen Kaffee, weiße Sahne.

Und sie schenkt ihn selber ein,
Scherzend, kosend, lieblich lächelnd.
In der ganzen Christenheit
Lächelt wohl kein Mund so lieblich!

Auch der Stimme Flötenton
Findet sich nur bei den Engeln,
Oder allenfalls hienieden
Bei den besten Nachtigallen.

Wie die Hände liljenweiß!
Wie das Haar sich träumend ringelt
Um das rosge Angesicht!
Ihre Schönheit ist vollkommen.

Heute nur bedünkt es mich
– Weiß nicht warum –, ein bißchen schmäler
Dürfte ihre Taille sein,
Nur ein kleines bißchen schmäler.

DAS HOHELIED

Des Weibes Leib ist ein Gedicht,
Das Gott der Herr geschrieben
Ins große Stammbuch der Natur,
Als ihn der Geist getrieben.

Ja, günstig war die Stunde ihm,
Der Gott war hochbegeistert;
Er hat den spröden, rebellischen Stoff
Ganz künstlerisch bemeistert.

Fürwahr, der Leib des Weibes ist
Das Hohelied der Lieder;
Gar wunderbare Strophen sind
Die schlanken, weißen Glieder.

O welche göttliche Idee
Ist dieser Hals, der blanke,
Worauf sich wiegt der kleine Kopf,
Der lockige Hauptgedanke!

Der Brüstchen Rosenknospen sind
Epigrammatisch gefeilet;
Unsäglich entzückend ist die Cäsur,
Die streng den Busen teilet.

Den plastischen Schöpfer offenbart
Der Hüften Parallele;
Der Zwischensatz mit dem Feigenblatt
Ist auch eine schöne Stelle.

Das ist kein abstraktes Begriffspoem!
Das Lied hat Fleisch und Rippen,
Hat Hand und Fuß; es lacht und küßt
Mit schöngereimten Lippen.

Hier atmet wahre Poesie!
Anmut in jeder Wendung!
Und auf der Stirne trägt das Lied
Den Stempel der Vollendung.

Lobsingen will ich dir, o Herr,
Und dich im Staub anbeten!
Wir sind nur Stümper gegen dich,
Den himmlischen Poeten.

Versenken will ich mich, o Herr,
In deines Liedes Prächten;
Ich widme seinem Studium
Den Tag mitsamt den Nächten.

Ja, Tag und Nacht studier ich dran,
Will keine Zeit verlieren;
Die Beine werden mir so dünn –
Das kommt vom vielen Studieren.

AN DIE TOCHTER DER GELIEBTEN

Ich seh dich an und glaub es kaum –
Es war ein schöner Rosenbaum –
Die Düfte stiegen mir lockend zu Häupten,
Daß sie mir zuweilen das Hirn betäubten –
Es blüht hervor die Erinnerung –
Ach! damals war ich närrisch und jung –
Jetzt bin ich alt und närrisch – Ein Stechen
Fühl ich im Aug – Nun muß ich sprechen
In Reimen sogar – es wird mir schwer, –
Das Herz ist voll, der Kopf ist leer!

Du kleine Cousinenknospe! es zieht
Bei deinem Anblick durch mein Gemüt
Gar seltsame Trauer, in seinen Tiefen
Erwachen Bilder, die lange schliefen –
Sirenenbilder, sie schlagen auf
Die lachenden Augen, sie schwimmen herauf
Lustplätschernd – Die Schönste der Schar
Die gleicht dir selber auf ein Haar! –

Das ist der Jugend Frühlingstraum –
Ich seh dich an und glaub es kaum!
Das sind die Züge der teuren Sirene,
Das sind die Blicke, das sind die Töne –
Sie hat ein süßkrötiges Stimmelein,
Bezaubernd die Herzen groß und klein –
Die Schmeicheläuglein spielen ins Grüne,
Meerwunderlich mahnend an Delphine –
Ein bißchen spärlich die Augenbraun,
Doch hochgewölbt und anzuschaun
Wie anmutstolze Siegesbogen –
Auch Grübchenringe, lieblich gezogen,
Dicht unter dem Aug, in den rosigen Wänglein –
Doch leider weder Menschen noch Englein
Sind ganz vollkommen – Das herrlichste Wesen
Hat seine Fehler, wie wir lesen
In alten Märchen. Herr Lusignan,
Der einst die schönste Meerfee gewann,
Hat doch an ihr, in manchen Stunden,
Den heimlichen Schlangenschwanz gefunden.

LEBEWOHL

Hatte wie ein Pelikan
Dich mit eignem Blut getränket,
Und du hast mir jetzt zum Dank
Gall und Wermut eingeschenket.

Böse war es nicht gemeint,
Und so heiter blieb die Stirne;
Leider mit Vergeßlichkeit
Angefüllt ist dein Gehirne.

Nun leb wohl – du merkst es kaum,
Daß ich weinend von dir scheide.
Gott erhalte, Törin, dir
Flattersinn und Lebensfreude!

Es geht am End, es ist kein Zweifel,
Der Liebe Glut, sie geht zum Teufel.
Sind wir einmal von ihr befreit,
Beginnt für uns die beßre Zeit,
Das Glück der kühlen Häuslichkeit.
Der Mensch genießet dann die Welt,
Die immer lacht fürs liebe Geld.
Er speist vergnügt sein Leibgericht,
Und in den Nächten wälzt er nicht
Schlaflos sein Haupt, er ruhet warm
In seiner treuen Gattin Arm.

Die Liebesgluten, die so lodernd flammten,
Wo gehn sie hin, wenn unser Herz verglommen?
Sie gehn dahin, woher sie einst gekommen,
Zur Hölle, wo sie braten, die Verdammten.

Geleert hab ich nach Herzenswunsch
Der Liebe Kelch, ganz ausgeleert;
Das ist ein Trank, der uns verzehrt
Wie flammenheißer Kognakpunsch.

Da lob ich mir die laue Wärme
Der Freundschaft; jedes Seelenweh
Stillt sie, erquickend die Gedärme
Wie eine fromme Tasse Tee.

Welcher Frevel, Freund! Abtrünnig
Wirst du deiner fetten Hanne,
Und du liebst jetzt jene spinnig
Dürre, magre Marianne!

Läßt man sich vom Fleische locken,
Das ist immer noch verzeihlich;
Aber Buhlschaft mit den Knochen,
Diese Sünde ist abscheulich!

Das ist Satans böse Tücke,
Er verwirret unsre Sinne:
Wir verlassen eine Dicke,
Und wir nehmen eine Dünne!

CELIMENE

Glaube nicht, daß ich aus Dummheit
Dulde deine Teufeleien;
Glaub auch nicht, ich sei ein Herrgott,
Der gewohnt ist zu verzeihen.

Deine Nücken, deine Tücken
Hab ich freilich still ertragen.
Andre Leut an meinem Platze
Hätten längst dich tot geschlagen.

Schweres Kreuz! Gleichviel, ich schlepp es!
Wirst mich stets geduldig finden –
Wisse, Weib, daß ich dich liebe,
Um zu büßen meine Sünden.

Ja, du bist mein Fegefeuer,
Doch aus deinen schlimmen Armen
Wird geläutert mich erlösen
Gottes Gnade und Erbarmen.

ROMANZEN
&
VERMISCHTE GEDICHTE

WO?

Wo wird einst des Wandermüden
Letzte Ruhestätte sein?
Unter Palmen in dem Süden?
Unter Linden an dem Rhein?

Werd ich wo in einer Wüste
Eingescharrt von fremder Hand?
Oder ruh ich an der Küste
Eines Meeres in dem Sand?

Immerhin! Mich wird umgeben
Gotteshimmel, dort wie hier,
Und als Totenlampen schweben
Nachts die Sterne über mir.

Im Mondenglanze ruht das Meer,
Die Wogen murmeln leise;
Mir wird das Herz so bang und schwer,
Ich denk der alten Weise,

Der alten Weise, die uns singt
Von den verlornen Städten,
Wo aus dem Meeresgrunde klingt
Glockengeläut und Beten –

Das Läuten und das Beten, wißt,
Wird nicht den Städten frommen,
Denn was einmal begraben ist,
Das kann nicht wiederkommen.

DIE FLUCHT

Die Meeresfluten blitzen,
Bestrahlt vom Mondenschein.
Im schwanken Kahne sitzen
Zwei Buhlen, die schiffen allein.

»Du wirst ja blaß und blasser,
Du Herzallerliebste mein!« –
»Geliebter! dort ruderts im Wasser,
Mein Vater holt uns ein.« –

»Wir wollen zu schwimmen versuchen,
Du Herzallerliebste mein!« –
»Geliebter! ich hör ihn schon fluchen,
Ich höre ihn toben und schrein.« –

»Halt nur den Kopf in die Höhe,
Du Herzallerliebste mein!« –
»Geliebter! Das Wasser, o wehe,
Dringt mir in die Ohren hinein.« –

»Es werden steif mir die Füße,
O Herzallerliebste mein!« –
»Geliebter! der Tod muß süße
In deinen Armen sein.«

DIE UNGETREUE LUISE

Die ungetreue Luise,
Sie kam mit sanftem Geflüster.
Da saß der arme Ulrich,
Die Kerzen, die brannten so düster.

Sie koste und sie scherzte,
Sie will ihn heiter machen …
»Mein Gott, wie bist du verändert,
Ich hör dich nicht mehr lachen!«

Sie koste und sie scherzte,
Zu seinen Füßen gelagert …
»Mein Gott, wie deine Hände
So kalt und abgemagert!«

Sie koste und sie scherzte,
Doch mußte sie wieder stocken …
»Mein Gott, so grau wie Asche
Sind jetzo deine Locken!«

Da saß der arme Ulrich,
Sein Herz war wie gebrochen,
Er küßte sein böses Liebchen,
Doch hat er kein Wort gesprochen.

DIE HEXE

»Liebe Nachbarn, mit Vergunst!
Eine Hex, durch Zauberkunst,
Kann sich in ein Tier verwandeln,
Um die Menschen zu mißhandeln.

Eure Katz ist meine Frau;
Ich erkenne sie genau
Am Geruch, am Glanz der Augen,
Spinnen, Schnurren, Pfötchensaugen …«

Der Nachbar und die Nachbarin,
Sie riefen: »Jürgen, nimm sie hin!«
Der Hofhund bellt: »Wau! wau!«
Die Katze schreit: »Miau!«

DER STERBENDE ALMANSOR

Auf die schlafende Zuleima
Fallen Tränen, glühend heiße;
Meiner Tränen Flut benetzet
Ihre Hand, die schwanenweiße.

Auf die schlafende Zuleima
Fällt mein Blut in roten Tropfen;
Und sie seufzet schwer im Traume,
Und das Herzchen hör ich klopfen.

Ach! der Schmerz ist stumm geboren,
Ohne Zunge in dem Munde;
Hat nur Tränen, hat nur Blut,
Blut aus tiefer Todeswunde.

DER HELFER

Frohlockst, Plantagenet, und glaubst,
Daß du die letzte Hoffnung uns raubst,
Weil deine Knechte ein Grabmal fanden,
Worauf der Name »Arthur« gestanden.

Arthur ist nicht gestorben, es barg
Nicht seinen Leichnam der steinerne Sarg.
Ich selber sah ihn vor wenig Tagen
Lebendigen Leibes im Walde jagen.

Er trug ein Kleid von grünem Samt,
Die Lippe lacht', das Auge flammt'.
Er kam mit seinen Jagdgenossen
Einhergeritten auf stolzen Rossen.

Wie allgewaltig sein Hifthorn schallt
Trara – trara – durch Tal und Wald!
Die Zauberklänge, die Wundertöne,
Sie sind verständlich für Cornwalls Söhne.

Sie melden: die Zeit ist noch nicht da,
Doch kommt sie bald – Trara – trara!
Und König Arthur mit seinen Getreuen
Wird von den Normannen das Land befreien.

LIED DER MARKETENDERIN

Aus dem Dreißigjährigen Krieg

Und die Husaren lieb ich sehr,
Ich liebe sehr dieselben;
Ich liebe sie ohne Unterschied,
Die blauen und die gelben.

Und die Musketiere lieb ich sehr,
Ich liebe die Musketiere,
Sowohl Rekrut als Veteran,
Gemeine und Offiziere.

Die Kavallerie und die Infanterie,
Ich liebe sie alle, die Braven;
Auch hab ich bei der Artillerie
Gar manche Nacht geschlafen.

Ich liebe den Deutschen, ich lieb den Franzos,
Die Welschen und Niederländschen,
Ich liebe den Schwed, den Böhm und Spanjol,
Ich liebe in ihnen den Menschen.

Gleichviel von welcher Heimat, gleichviel
Von welchem Glaubensbund ist
Der Mensch, er ist mir lieb und wert,
Wenn nur der Mensch gesund ist.

Das Vaterland und die Religion,
Das sind nur Kleidungstücke –
Fort mit der Hülle! daß ich ans Herz
Den nackten Menschen drücke.

Ich bin ein Mensch, und der Menschlichkeit
Geb ich mich hin mit Freude;
Und wer nicht gleich bezahlen kann,
Für den hab ich die Kreide.

Der grüne Kranz vor meinem Zelt,
Der lacht im Licht der Sonne;
Und heute schenk ich Malvasier
Aus einer frischen Tonne.

WARNUNG

Verletze nicht durch kalten Ton
Den Jüngling, welcher dürftig fremd,
Um Hilfe bittend, zu dir kömmt –
Er ist vielleicht ein Göttersohn.

Siehst du ihn wieder einst, sodann
Die Gloria sein Haupt umflammt;
Den strengen Blick, der dich verdammt,
Dein Auge nicht ertragen kann.

JAMMERTAL

Der Nachtwind durch die Luken pfeift,
Und auf dem Dachstublager
Zwei arme Seelen gebettet sind;
Sie schauen so blaß und mager.

Die eine arme Seele spricht:
Umschling mich mit deinen Armen,
An meinen Mund drück fest deinen Mund,
Ich will an dir erwarmen.

Die andere arme Seele spricht:
Wenn ich dein Auge sehe,
Verschwindet mein Elend, der Hunger, der Frost
Und all mein Erdenwehe.

Sie küßten sich viel, sie weinten noch mehr,
Sie drückten sich seufzend die Hände,
Sie lachten manchmal und sangen sogar,
Und sie verstummten am Ende.

Am Morgen kam der Kommissär,
Und mit ihm kam ein braver
Chirurgus, welcher konstatiert
Den Tod der beiden Kadaver.

Die strenge Wittrung, erklärte er,
Mit Magenleere vereinigt,
Hat Beider Ableben verursacht, sie hat
Zum mindestens solches beschleunigt.

Wenn Fröste eintreten, setzt' er hinzu,
Sei höchst notwendig Verwahrung
Durch wollene Decken; er empfahl
Gleichfalls gesunde Nahrung.

EDUARD

Panaschierter Leichenwagen,
Schwarzbehängte Trauerpferde!
Ihm, den sie zu Grabe tragen,
Glückte nichts auf dieser Erde.

War ein junger Mann. Er hätte
Gern wie Andre sich erquicket
An dem irdischen Bankette,
Doch es ist ihm nicht geglücket.

Lieblich ward ihm eingeschenket
Der Champagner, perlenschäumend;
Doch er saß, das Haupt gesenket,
Melancholisch ernst und träumend.

Manchmal ließ er in den Becher
Eine stille Träne fließen,
Während rings umher die Zecher
Ihre Lust erschallen ließen.

Nun geh schlafen! Viel freudsamer
Wachst du auf in Himmelssälen,
Und kein Weltrausch-Katzenjammer
Wird dich dort wie Andre quälen.

ERLAUSCHTES

»O kluger Jekef, wie viel hat dir
Der lange Christ gekostet,
Der Gatte deines Töchterleins?
Sie war schon ein bißchen verrostet.

»Du zahltest sechzig tausend Mark?
Du zahltest vielleicht auch siebzig?
Ist nicht zu viel für Christenfleisch –
Dein Töchterlein war so schnippsig.

»Ich bin ein Schlemihl! Wohl doppelt so viel
Hat man mir abgenommen,
Und hab für all mein schönes Geld
Nur Schund, nur Schofel bekommen.«

Der kluge Jekef lächelt so klug,
Und spricht wie Nathan der Weise:
»Du gibst zu viel und zu rasch, mein Freund,
Und du verdirbst uns die Preise.

Du hast nur dein Geschäft im Kopf,
Denkst nur an Eisenbahne;
Doch ich bin ein Müßiggänger, ich geh
Spazieren und brüte Plane.

Wir überschätzen die Christen zu sehr,
Ihr Wert hat abgenommen;
Ich glaube, für hundert tausend Mark
Kannst du einen Papst bekommen.

Ich hab für mein zweites Töchterlein
Jetzt einen Bräutgam im Petto,
Der ist Senator und mißt sechs Fuß,
Hat keine Cousinen im Ghetto.

Nur vierzig tausend Mark Kurant
Geb ich für diesen Christen;
Die Hälfte der Summe zahl ich komptant,
Den Rest verzinst in Fristen.

Mein Sohn wird Bürgermeister einst,
Trotz seinem hohen Rücken;
Ich setz es durch – der Wandrahm soll
Sich vor meinem Samen bücken.

Mein Schwager, der große Spitzbub, hat
Mir gestern zugeschworen:
Du kluger Jekef, es geht an dir
Ein Talleyrand verloren.«

Das waren die Worte, die mir einst,
Als ich spazieren gegangen
Zu Hamburg auf dem Jungfernstieg,
Ans Ohr vorüber klangen.

RATIONALISTISCHE EXEGESE

Nicht von Raben, nein mit Raben
Wurde Elias ernähret –
Also ohne Wunder haben
Wir die Stelle uns erkläret.

Ja, anstatt gebratner Tauben,
Gab man ihm gebratne Raben,
Wie wir deren selbst mit Glauben
Zu Berlin gespeiset haben.

STOSSSEUFZER

Unbequemer neuer Glauben!
Wenn sie uns den Herrgott rauben,
Hat das Fluchen auch ein End –
Himmel-Herrgott-Sakrament!

Wir entbehren leicht das Beten,
Doch das Fluchen ist von nöten,
Wenn man gegen Feinde rennt –
Himmel-Herrgott-Sakrament!

Nicht zum Lieben, nein, zum Hassen
Sollt ihr uns den Herrgott lassen,
Weil man sonst nicht fluchen könnt –
Himmel-Herrgott-Sakrament!

Es war einmal ein Teufel,
Ein Teufel gar und ganz,
Da kam ein kleines Äfflein,
Das zog ihn an dem Schwanz.

Es zog und zog so lange,
Ihm ward, er wußt nicht wie,
Er jauchzte und er brüllte,
Er gab ihm drei Ecü.

GUTER RAT

Gib ihren wahren Namen immer
In deiner Fabel ihren Helden.
Wagst du es nicht, ergehts dir schlimmer:
Zu deinem Eselbilde melden
Sich gleich ein Dutzend graue Toren –
»Das sind ja meine langen Ohren!«
Ruft Jeder, »dieses gräßlich grimme
Gebreie ist ja meine Stimme!
Der Esel bin ich! Obgleich nicht genannt,
Erkennt mich doch mein Vaterland,
Mein Vaterland Germania!
Der Esel bin ich! I-A! I-A!« –
Hast einen Dummkopf schonen wollen,
Und zwölfe sind es, die dir grollen.

DUELLE

Zwei Ochsen disputierten sich
Auf einem Hofe fürchterlich.
Sie waren beide zornigen Blutes,
Und in der Hitze des Disputes
Hat einer von ihnen, zornentbrannt,
Den andern einen Esel genannt.
Da »Esel« ein Tusch ist bei den Ochsen,
So mußten die beiden John Bulle sich boxen.

Auf selbigem Hofe zu selbiger Zeit
Gerieten auch zwei Esel in Streit,
Und heftig stritten die beiden Langohren,
Bis einer so sehr die Geduld verloren,
Daß er ein wildes I-A ausstieß,
Und den andern einen Ochsen hieß.
Ihr wißt, ein Esel fühlt sich tuschiert,
Wenn man ihn »Ochse« tituliert.
Und ein Zweikampf; die Beiden stießen
Sich mit den Köpfen, mit den Füßen,
Gaben sich manchen Tritt in den Podex,
Wie es gebietet der Ehre Kodex.

Und die Moral? Ich glaub, es gibt Fälle,
Wo unvermeidlich sind die Duelle;
Es muß sich schlagen der Student,
Den man einen dummen Jungen nennt.

AUS DER ZOPFZEIT
Fabel

Zu Kassel waren zwei Ratten,
Die Nichts zu essen hatten.

Sie sahen sich lange hungrig an;
Die eine Ratte zu wispern begann:

»Ich weiß einen Topf mit Hirsebrei,
Doch leider steht eine Schildwach dabei;

»Sie trägt kurfürstliche Uniform,
Und hat einen Zopf, der ist enorm;

»Die Flinte ist geladen mit Schrot,
Und wer sich naht, den schießt sie tot!«

Die andere Ratte knistert
Mit ihren Zähnchen und wispert:

»Des Kurfürsten Durchlaucht sind gescheit,
Er liebt die gute alte Zeit,

Die Zeit der alten Katten,
Die lange Zöpfe hatten.

Durch ihre Zöpfe die Katten
Wetteiferten mit den Ratten.

Der Zopf ist aber das Sinnbild nur
Des Schwanzes, den uns verlieh die Natur;

Wir auserwählten Geschöpfe,
Wir haben natürliche Zöpfe.

O Kurfürst, liebst du die Katten,
So liebst du auch die Ratten;

Gewiß für uns dein Herze klopft,
Da wir schon von der Natur bezopft.

O gib, du edler Philozopf,
O gib uns frei den Hirsetopf,

O gib uns frei den Topf mit Brei,
Und löse ab die Schildwach dabei!

Für solche Huld, für solchen Brei,
Wir wollen dir dienen mit Lieb und Treu.

Und stirbst du einst, auf deinem Grab
Wir schneiden uns traurig die Schwänze ab,

Und flechten sie um dein Haupt als Kranz;
Dein Lorbeer sei ein Rattenschwanz!«

DER TUGENDHAFTE HUND

Ein Pudel, der mit gutem Fug
Den schönen Namen Brutus trug,
War viel berühmt im ganzen Land
Ob seiner Tugend und seinem Verstand.
Er war ein Muster der Sittlichkeit,
Der Langmut und Bescheidenheit.
Man hörte ihn loben, man hörte ihn preisen
Als einen vierfüßigen Nathan den Weisen.
Er war ein wahres Hundejuwel!
So ehrlich und treu! eine schöne Seel!
Auch schenkte sein Herr in allen Stücken
Ihm volles Vertrauen, er konnte ihn schicken
Sogar zum Fleischer. Der edle Hund
Trug dann einen Hängekorb im Mund,
Worin der Metzger das schöngehackte
Rindfleisch, Schaffleisch, auch Schweinefleisch packte. –
Wie lieblich und lockend das Fett gerochen,
Der Brutus berührte keinen Knochen,
Und ruhig und sicher, mit stoischer Würde,
Trug er nach Hause die kostbare Bürde.

Doch unter den Hunden wird gefunden
Auch eine Menge von Lumpenhunden
– Wie unter uns –, gemeine Köter,
Tagdiebe, Neidharde, Schwerenöter,
Die ohne Sinn für sittliche Freuden
Im Sinnenrausch ihr Leben vergeuden!
Verschworen hatten sich solche Racker
Gegen den Brutus, der treu und wacker,
Mit seinem Korb im Maule, nicht
Gewichen von dem Pfad der Pflicht. –

Und eines Tages, als er kam
Vom Fleischer und seinen Rückweg nahm
Nach Hause, da ward er plötzlich von allen
Verschwornen Bestien überfallen;
Da ward ihm der Korb mit dem Fleisch entrissen,
Da fielen zu Boden die leckersten Bissen,
Und fraßbegierig über die Beute
Warf sich die ganze hungrige Meute –
Brutus sah Anfangs dem Schauspiel zu
Mit philosophischer Seelenruh;
Doch als er sah, daß solchermaßen
Sämtliche Hunde schmausten und fraßen,
Da nahm auch er an der Mahlzeit Teil
Und speiste selbst eine Schöpsenkeul.

Moral

Auch du, mein Brutus, auch du, du frißt?
So ruft wehmütig der Moralist.
Ja, böses Beispiel kann verführen;
Und, ach! gleich allen Säugetieren,
Nicht ganz und gar vollkommen ist
Der tugendhafte Hund – er frißt!

PFERD UND ESEL

Auf eisernen Schienen, so schnell wie der Blitz,
Dampfwagen und Dampfkutschen
Mit dem schwarzbewimpelten Rauchfangmast
Prasselnd vorüberrutschen.

Der Troß kam einem Gehöft vorbei,
Wo über die Hecke guckte
Langhalsig ein Schimmel; neben ihm stand
Ein Esel, der Disteln schluckte.

Mit stierem Blick sah lange das Pferd
Dem Zuge nach. Es zittert
An allen Gliedern, und seufzt und spricht:
Der Anblick hat mich erschüttert!

Wahrhaftig, wär ich nicht von Natur
Bereits gewesen ein Schimmel,
Erbleichend vor Schrecken wär mir die Haut
Jetzt weiß geworden, – o Himmel!

Bedroht ist das ganze Pferdegeschlecht
Von schrecklichen Schicksalsschlägen.
Obgleich ein Schimmel, schau ich jedoch
Einer schwarzen Zukunft entgegen.

Uns Pferde tötet die Konkurrenz
Von diesen Dampfmaschinen –
Zum Reiten, zum Fahren wird sich der Mensch
Des eisernen Viehes bedienen.

Und kann der Mensch zum Reiten uns,
Zum Fahren uns entbehren –
Ade der Hafer! Ade das Heu!
Wer wird uns dann ernähren?

Des Menschen Herz ist hart wie Stein;
Der Mensch gibt keinen Bissen
Umsonst. Man jagt uns aus dem Stall,
Wir werden verhungern müssen.

Wir können nicht borgen und stehlen nicht,
Wie jene Menschenkinder,
Auch schmeicheln nicht, wie der Mensch und der Hund –
Wir sind verfallen dem Schinder.

So klagte das Roß, und seufzte tief.
Der Langohr unterdessen
Hat mit der gemütlichsten Seelenruh
Zwei Distelköpfe gefressen.

Er leckte die Schnauze mit der Zung,
Und gemütlich begann er zu sprechen:
Ich will mir wegen der Zukunft nicht
Schon heute den Kopf zerbrechen.

Ihr stolzen Rosse seid freilich bedroht
Von einem schrecklichen Morgen.
Für uns bescheidne Esel jedoch
Ist keine Gefahr zu besorgen.

So Schimmel wie Rappen, so Schecken wie Fuchs,
Ihr seid am Ende entbehrlich;
Uns Esel jedoch ersetzt Hans Dampf
Mit seinem Schornstein schwerlich.

Wie klug auch die Maschinen sind,
Welche die Menschen schmieden,
Dem Esel bleibt zu jeder Zeit
Sein sicheres Dasein beschieden.

Der Himmel verläßt seine Esel nicht,
Die, ruhig im Pflichtgefühle,
Wie ihre frommen Väter getan,
Tagtäglich traben zur Mühle.

Das Mühlrad klappert, der Müller mahlt
Und schüttet das Mehl in die Säcke;
Das trag ich zum Bäcker, der Bäcker backt,
Und der Mensch frißt Bröte und Wecke.

In diesem uralten Naturkreislauf
Wird ewig die Welt sich drehen,
Und ewig unwandelbar, wie die Natur,
Wird auch der Esel bestehen.

Moral

Die Ritterzeit hat aufgehört,
Und hungern muß das stolze Pferd.
Dem armen Luder, dem Esel, aber
Wird niemals fehlen sein Heu und Haber.

TESTAMENT

Ich mache jetzt mein Testament,
Es geht nun bald mit mir zu End.
Nur wundre ich mich, daß nicht schon längstens
Mein Herz gebrochen vor Gram und Ängsten.

Du aller Frauen Huld und Zier,
Luise! ich vermache dir
Zwölf alte Hemde und hundert Flöhe
Und dreimalhundert tausend Flüche.

Dem guten Freund, der mit gutem Rat
Mir immer riet und nie was tat,
Jetzt, als Vermächtnis, rat ich ihm selber:
Nimm eine Kuh und zeuge Kälber.

Wem geb ich meine Religion,
Den Glauben an Vater, Geist und Sohn?
Der Kaiser von China, der Rabbi von Posen,
Sie sollen Beide darum losen.

Den deutschen Freiheits- und Gleichheitstraum,
Die Seifenblasen vom besten Schaum,
Vermach ich dem Zensor der Stadt Krähwinkel;
Nahrhafter freilich ist Pumpernickel.

Die Taten, die ich noch nicht getan,
Den ganzen Vaterlandsrettungsplan,
Nebst einem Rezept gegen Katzenjammer,
Vermach ich den Helden der badischen Kammer.

Und eine Schlafmütz, weiß wie Kreid,
Vermach ich dem Vetter, der zur Zeit
Für die Heidschnuckenrechte so kühn geredet;
Jetzt schweigt er wie ein echter Römer.

Und ich vermache dem Sittenwart
Und Glaubensvogt zu Stuttegard
Ein Paar Pistolen (doch nicht geladen),
Kann seiner Frau damit Furcht einjagen.

Ein treues Abbild von meinem Steiß
Vermach ich der schwäbischen Schule; ich weiß,
Ihr wolltet mein Gesicht nicht haben,
Nun könnt ihr am Gegenteil euch laben.

Zwölf Krüge Seidlitzer Wasser vermach
Ich dem edlen Dichtergemüt, das, ach!
Seit Jahren leidet an Sangesverstopfung;
Ihn tröstete Liebe, Glaube und Hoffnung.

Und dieses ist ein Kodizill:
Für den Fall, daß keiner annehmen will
Die erwähnten Legate, so sollen sie alle
Der römisch-katholischen Kirche verfallen.

ZEITGEDICHTE

HYMNUS

Ich bin das Schwert, ich bin die Flamme.

Ich habe euch erleuchtet in der Dunkelheit, und als die Schlacht begann, focht ich voran, in der ersten Reihe.

Rund um mich her liegen die Leichen meiner Freunde, aber wir haben gesiegt. Wir haben gesiegt, aber rund umher liegen die Leichen meiner Freunde. In die jauchzenden Triumphgesänge tönen die Choräle der Totenfeier. Wir haben aber weder Zeit zur Freude noch zur Trauer. Aufs Neue erklingen die Trommeten, es gilt neuen Kampf –

Ich bin das Schwert, ich bin die Flamme.

VERMITTLUNG

Du bist begeistert, du hast Mut –
Auch das ist gut!
Doch kann man mit Begeistrungsschätzen
Nicht die Besonnenheit ersetzen.

Der Feind, ich weiß es, kämpfet nicht
Für Recht und Licht –
Doch hat er Flinten und nicht minder
Kanonen, viele Hundertpfünder.

Nimm ruhig dein Gewehr zur Hand –
Den Hahn gespannt –
Und ziele gut – wenn Leute fallen,
Mag auch dein Herz vor Freude knallen.

DEUTSCHLAND!

Geschrieben im Sommer 1840

Deutschland ist noch ein kleines Kind,
Doch die Sonne ist seine Amme;
Sie säugt es nicht mit stiller Milch,
Sie säugt es mit wilder Flamme.

Bei solcher Nahrung wächst man schnell
Und kocht das Blut in den Adern.
Ihr Nachbarskinder, hütet euch
Mit dem jungen Burschen zu hadern!

Es ist ein täppisches Rieselein,
Reißt aus dem Boden die Eiche,
Und schlägt euch damit den Rücken wund
Und die Köpfe windelweiche.

Dem Siegfried gleicht er, dem edlen Fant,
Von dem wir singen und sagen;
Der hat, nachdem er geschmiedet sein Schwert,
Den Amboß entzwei geschlagen!

Ja, du wirst einst wie Siegfried sein
Und töten den häßlichen Drachen,
Heisa! wie freudig vom Himmel herab
Wird deine Frau Amme lachen!

Du wirst ihn töten, und seinen Hort,
Die Reichskleinodien, besitzen.
Heisa! wie wird auf deinem Haupt
Die goldne Krone blitzen!

DIESSEITS UND JENSEITS DES RHEINS

Sanftes Rasen, wildes Kosen,
Tändeln mit den glühnden Rosen,
Holde Lüge, süßer Dunst,
Die Veredlung roher Brunst,
Kurz, der Liebe heitre Kunst –
Da seid Meister ihr, Franzosen!

Aber wir verstehn uns baß,
Wir Germanen, auf den Haß.
Aus Gemütes Tiefen quillt er,
Deutscher Haß! Doch riesig schwillt er,
Und mit seinem Gifte füllt er
Schier das Heidelberger Faß.

AN EINEN POLITISCHEN DICHTER

Du singst, wie einst Tyrtäus sang,
Von Heldenmut beseelet,
Doch hast du schlecht dein Publikum
Und deine Zeit gewählet.

Beifällig horchen sie dir zwar,
Und loben, schier begeistert:
Wie edel dein Gedankenflug,
Wie du die Form bemeistert.

Sie pflegen auch beim Glase Wein
Ein Vivat dir zu bringen
Und manchen Schlachtgesang von dir
Lautbrüllend nachzusingen.

Der Knecht singt gern ein Freiheitslied
Des Abends in der Schenke:
Das fördert die Verdauungskraft,
Und würzet die Getränke.

AN GEORG HERWEGH

Herwegh, du eiserne Lerche,
Mit klirrendem Jubel steigst du empor
Zum heiligen Sonnenlichte!
Ward wirklich der Winter zu nichte?
Steht wirklich Deutschland im Frühlingsflor?

Herwegh, du eiserne Lerche,
Weil du so himmelhoch dich schwingst,
Hast du die Erde aus dem Gesichte
Verloren – Nur in deinem Gedichte
Lebt jener Lenz, den du besingst.

FRAGMENT

Die Eule studierte Pandekten,
Kanonisches Recht und die Glossa,
Und als sie kam nach Welschland,
Sie frug: »Wo liegt Canossa?«

Die alten matten Raben,
Sie ließen die Flügel hangen,
Sie sprachen: »Das alte Canossa
Ist längstens untergegangen.

Wir möchten ein neues bauen,
Doch fehlt dazu das Beste:
Die Marmorblöcke, die Quadern,
Und die gekrönten Gäste.«

DIE SCHLESISCHEN WEBER

Im düstern Auge keine Träne,
Sie sitzen am Webstuhl und fletschen die Zähne:
Deutschland, wir weben dein Leichentuch,
Wir weben hinein den dreifachen Fluch –
Wir weben, wir weben!

Ein Fluch dem Gotte, zu dem wir gebeten
In Winterskälte und Hungersnöten;
Wir haben vergebens gehofft und geharrt,
Er hat uns geäfft und gefoppt und genarrt –
Wir weben, wir weben!

Ein Fluch dem König, dem König der Reichen,
Den unser Elend nicht konnte erweichen,
Der den letzten Groschen von uns erpreßt
Und uns wie Hunde erschießen läßt –
Wir weben, wir weben!

Ein Fluch dem falschen Vaterlande,
Wo nur gedeihen Schmach und Schande,
Wo jede Blume früh geknickt,
Wo Fäulnis und Moder den Wurm erquickt –
Wir weben, wir weben!

Das Schiffchen fliegt, der Webstuhl kracht,
Wir weben emsig Tag und Nacht –
Altdeutschland, wir weben dein Leichentuch,
Wir weben hinein den dreifachen Fluch,
Wir weben, wir weben!

UNSERE MARINE

Nautisches Gedicht

Wir träumten von einer Flotte jüngst,
Und segelten schon vergnüglich
Hinaus aufs balkenlose Meer,
Der Wind war ganz vorzüglich.

Wir hatten unsern Fregatten schon
Die stolzesten Namen gegeben,
Prutz hieß die eine, die andre hieß
Hoffmann von Fallersleben.

Da schwamm der Kutter Freiligrath,
Darauf als Puppe die Büste
Des Mohrenkönigs, die wie ein Mond
(Versteht sich ein schwarzer) grüßte.

Da kamen geschwommen ein Gustav Schwab,
Ein Pfizer, ein Kölle, ein Mayer;
Auf jedem stand ein Schwabengesicht
Mit einer hölzernen Leier.

Da schwamm die Birch-Pfeiffer, eine Brigg,
Sie trug am Fockmast das Wappen
Der deutschen Admiralität
Auf schwarz-rot-goldnem Lappen.

Wir kletterten keck an Bugspriet und Raan
Und trugen uns wie Matrosen,
Die Jacke kurz, der Hut beteert,
Und weite Schifferhosen.

Gar Mancher, der früher nur Tee genoß
Als wohlerzogner Ehmann,
Der soff jetzt Rum und kaute Tabak,
Und fluchte wie ein Seemann.

Seekrank ist Mancher geworden sogar,
Und auf dem Fallersleben,
Dem alten Brander, hat Mancher sich
Gemütlich übergeben.

Wir träumten so schön, wir hatten fast
Schon eine Seeschlacht gewonnen –
Doch als die Morgensonne kam,
Ist Traum und Flotte zerronnen.

Wir lagen noch immer im heimischen Bett
Mit ausgestreckten Knochen.
Wir rieben uns aus den Augen den Schlaf,
Und haben gähnend gesprochen:

»Die Welt ist rund. Was nützt es am End
Zu schaukeln auf müßiger Welle!
Der Weltumsegler kommt zuletzt
Zurück auf dieselbe Stelle.«

LOBGESÄNGE AUF KÖNIG LUDWIG

I

Das ist Herr Ludwig von Bayerland,
Desgleichen gibt es wenig;
Das Volk der Bavaren verehrt in ihm
Den angestammelten König.

Er liebt die Kunst, und die schönsten Fraun
Die läßt er porträtieren;
Er geht in diesem gemalten Serail
Als Kunst-Eunuch spazieren.

Bei Regensburg läßt er erbaun
Eine marmorne Schädelstätte,
Und er hat höchstselbst für jeden Kopf
Verfertigt die Etikette.

»Walhallagenossen«, ein Meisterwerk,
Worin er jedweden Mannes
Verdienste, Charakter und Taten gerühmt,
Von Teut bis Schinderhannes.

Nur Luther, der Dickkopf, fehlt in Walhall,
Und es feiert ihn nicht der Walhall-Wisch;
In Naturaliensammlungen fehlt
Oft unter den Fischen der Walfisch.

Herr Ludwig ist ein großer Poet,
Und singt er, so stürzt Apollo
Vor ihm auf die Kniee und bittet und fleht:
Halt ein! ich werde sonst toll, o!

Herr Ludwig ist ein mutiger Held,
Wie Otto, das Kind, sein Söhnchen;
Der kriegte den Durchfall zu Athen,
Und hat dort besudelt sein Thrönchen.

Stirbt einst Herr Ludwig, so kanonisiert
Zu Rom ihn der heilige Vater –
Die Glorie paßt für ein solches Gesicht,
Wie Manschetten für unseren Kater!

Sobald auch die Affen und Känguruhs
Zum Christentum sich bekehren,
Sie werden gewiß Sankt Ludewig
Als Schutzpatron verehren.

II

Herr Ludewig von Bayerland
Sprach seufzend zu sich selber:
Der Sommer weicht, der Winter naht,
Das Laub wird immer gelber.

Der Schelling und der Cornelius,
Sie mögen von dannen wandern;
Dem Einen erlosch im Kopf die Vernunft,
Die Phantasie dem Andern.

Doch daß man aus meiner Krone stahl
Die beste Perle, daß man
Mir meinen Turnkunstmeister geraubt,
Das Menschenjuwel, den Maßmann –

Das hat mich gebeugt, das hat mich geknickt,
Das hat mir die Seele zerschmettert:
Mir fehlt jetzt der Mann, der in seiner Kunst
Den höchsten Pfahl erklettert!

Ich sehe die kurzen Beinchen nicht mehr,
Nicht mehr die platte Nase;
Er schlug wie ein Pudel frisch-fromm-fröhlich-frei
Die Purzelbäume im Grase.

Nur Altdeutsch verstand er, der Patriot,
Nur Jakob-Grimmisch und Zeunisch;
Fremdwörter blieben ihm immer fremd,
Griechisch zumal und Lateinisch.

Er hat, ein vaterländisch Gemüt,
Nur Eichelkaffee getrunken,
Franzosen fraß er und Limburger Käs,
Nach letzterm hat er gestunken.

O Schwager! gib mir den Maßmann zurück!
Denn unter den Gesichtern
Ist sein Gesicht, was ich selber bin,
Als Dichter unter den Dichtern.

O Schwager! behalt den Cornelius,
Auch Schelling (daß du den Rückert
Behalten kannst, versteht sich von selbst) –
Wenn nur der Maßmann zurückkehrt!

O Schwager! begnüge dich mit dem Ruhm,
Daß du mich verdunkelt heute;
Ich, der in Deutschland der Erste war,
Ich bin nur noch der Zweite …

III

Zu München in der Schloßkapell
Steht eine schöne Madonne;
Sie trägt in den Armen ihr Jesulein,
Der Welt und des Himmels Wonne.

Als Ludewig von Bayerland
Das Heiligenbild erblicket,
Da kniete er nieder andachtsvoll
Und stotterte selig verzücket:

»Maria, Himmelskönigin,
Du Fürstin sonder Mängel!
Aus Heilgen besteht dein Hofgesind,
Und deine Diener sind Engel.

Geflügelte Pagen warten dir auf,
Sie flechten dir Blumen und Bänder
Ins goldene Haar, sie tragen dir nach
Die Schleppe deiner Gewänder.

Maria, reiner Morgenstern,
Du Lilje sonder Makel,
Du hast so manches Wunder getan,
So manches fromme Mirakel –

O laß aus deiner Gnaden Born
Auch mir ein Tröpflein gleiten!
Gib mir ein Zeichen deiner Huld,
Der hochgebenedeiten!« –

Die Muttergottes bewegt sich alsbald,
Sichtbar bewegt sich ihr Mündchen,
Sie schüttelt ungeduldig das Haupt
Und spricht zu ihrem Kindchen:

»Es ist ein Glück, daß ich auf dem Arm
Dich trage und nicht mehr im Bauche,
Ein Glück, daß ich vor dem Versehn
Mich nicht mehr zu fürchten brauche.

Hätt ich in meiner Schwangerschaft
Erblickt den häßlichen Toren,
Ich hätte gewiß einen Wechselbalg
Statt eines Gottes geboren.«

KÖNIG LUDWIG AN DEN KÖNIG VON PREUSSEN

Stammverwandter Hohenzoller,
Sei dem Wittelsbach kein Groller;
Zürne nicht ob Lola Montez,
Selber habend nie gekonnt es.

DER NEUE ALEXANDER

I

Es ist ein König in Thule, der trinkt
Champagner, es geht ihm nichts drüber;
Und wenn er seinen Champagner trinkt,
Dann gehen die Augen ihm über.

Die Ritter sitzen um ihn her,
Die ganze historische Schule;
Ihm aber wird die Zunge schwer,
Es lallt der König von Thule:

»Als Alexander, der Griechenheld,
Mit seinem kleinen Haufen,
Erobert hatte die ganze Welt,
Da gab er sich ans Saufen.

Ihn hatten so durstig gemacht der Krieg
Und die Schlachten, die er geschlagen;
Er soff sich zu Tode nach dem Sieg,
Er konnte nicht viel vertragen.

Ich aber bin ein stärkerer Mann
Und habe mich klüger besonnen:
Wie jener endete, fang ich an,
Ich hab mit dem Trinken begonnen.

Im Rausche wird der Heldenzug
Mir später weit besser gelingen;
Dann werde ich, taumelnd von Krug zu Krug,
Die ganze Welt bezwingen.«

II

ERSTER FELDZUG

Da sitzt er und schwatzt, mit lallender Zung,
Der neue Alexander;
Den Plan der Welteroberung,
Den setzt er auseinander:

»Lothringen und Elsaß, das weiß ich längst,
Die fallen uns zu von selber;
Der Stute folgt am End der Hengst,
Es folgen der Kuh die Kälber.

Mich lockt die Champagne, das beßre Land,
Wo jene Reben sprießen,
Die lieblich erleuchten unsern Verstand
Und uns das Leben versüßen.

Hier soll sich erproben mein Kriegesmut,
Hier soll der Feldzug beginnen;
Es knallen die Pfropfen, das weiße Blut
Wird aus den Flaschen rinnen.

Hier wird mein junges Heldentum
Bis zu den Sternen moussieren!
Ich aber verfolge meinen Ruhm,
Ich will auf Paris marschieren.

Dort vor der Barriere mach ich Halt,
Denn vor den Barrierepforten
Da wird kein Oktroi bezahlt
Für Wein von allen Sorten.«

III

»Mein Lehrer, mein Aristoteles,
Der war zuerst ein Pfäffchen
Von der französischen Kolonie,
Und trug ein weißes Beffchen.

Er hat nachher als Philosoph
Vermittelt die Extreme,
Und leider Gottes! hat er mich
Erzogen nach seinem Systeme.

Ich ward ein Zwitter, ein Mittelding,
Das weder Fleisch noch Fisch ist,
Das von den Extremen unsrer Zeit
Ein närrisches Gemisch ist.

Ich bin nicht schlecht, ich bin nicht gut,
Nicht dumm und nicht gescheute,
Und wenn ich gestern vorwärts ging,
So geh ich rückwärts heute.

Ein aufgeklärter Obskurant,
Und weder Hengst noch Stute!
Ja, ich begeistre mich zugleich
Für Sophokles und die Knute.

Herr Jesus ist meine Zuversicht,
Doch auch den Bacchus nehme
Ich mir zum Tröster, vermittelnd stets
Die beiden Götter-Extreme.«

WÄLSCHE SAGE

Zu Turin, im alten Schlosse,
Sehen wir, aus Stein gemetzt,
Wie ein Weib mit einem Rosse
Sodomitisch sich ergötzt.

Und es heißt: daß jene Dame
Die erlauchte Mutter ward
Eines Fürstenstamms; der Same
Schlug fürwahr nicht aus der Art.

Ja, sie hatten Alle wenig
Von der menschlichen Natur!
Und an jedem Sardenkönig
Merkte man die Pferdespur.

Stets brutal zugleich und blöde,
Stallgedanken, jammervoll,
Ein Gewieher ihre Rede,
Eine Bestie jeder Zoll.

Du allein, du des Geschlechtes
Letzter Sprößling, fühlst und denkst
Wie ein Mensch, und hast ein echtes
Christenherz, und bist kein Hengst.

KÖNIG LANGOHR I.

Bei der Königswahl, wie sich versteht,
Hatten die Esel die Majorität,
Und es wurde ein Esel zum König gewählt.
Doch hört, was jetzt die Chronik erzählt:

Der gekrönte Esel bildete sich
Jetzt ein, daß er einem Löwen glich;
Er hing sich um eine Löwenhaut,
Und brüllte wie ein Löwe so laut.
Er pflegte Umgang nur mit Rossen –
Das hat die alten Esel verdrossen.
Bulldoggen und Wölfe waren sein Heer,
Drob murrten die Esel noch viel mehr.
Doch als er den Ochsen zum Kanzler erhoben,
Vor Wut die Esel rasten und schnoben.
Sie drohten sogar mit Revolution!
Der König erfuhr es, und stülpte die Kron
Sich schnell aufs Haupt und wickelte schnell
Sich in sein mutiges Löwenfell.
Dann ließ er vor seines Thrones Stufen
Die malkontenten Esel rufen,
Und hat die folgende Rede gehalten:

»Hochmögende Esel, ihr jungen und alten!
Ihr glaubt, daß ich ein Esel sei
Wie ihr, ihr irrt euch, ich bin ein Leu;
Das sagt mir Jeder an meinem Hofe,
Von der Edeldame bis zur Zofe.
Mein Hofpoet hat ein Gedicht
Auf mich gemacht, worin er spricht:
›Wie angeboren dem Kamele
Der Buckel ist, ist deiner Seele
Die Großmut des Löwen angeboren –
Es hat dein Herz keine langen Ohren!‹

So singt er in seiner schönsten Strophe,
Die Jeder bewundert an meinem Hofe.
Hier bin ich geliebt; die stolzesten Pfauen
Wetteifern, mein königlich Haupt zu krauen.
Die Künste beschütz ich; man muß gestehn,
Ich bin zugleich August und Mäcen.
Ich habe ein schönes Hoftheater;
Die Heldenrollen spielt mein Kater.
Die Mimin Mimi, die holde Puppe,
Und zwanzig Möpse bilden die Truppe.
Ich hab eine Malerakademie
Gestiftet für Affen von Genie.
Als ihren Direktor hab ich in Petto
Den Rafael des Hamburger Ghetto,
Lehmann vom Dreckwall, zu engagieren;
Er soll mich auch selber porträtieren.
Ich hab eine Oper, ich hab ein Ballett,
Wo halb entkleidet und ganz kokett
Gar allerliebste Vögel singen
Und höchst talentvolle Flöhe springen.
Kapellenmeister ist Meyer-Bär,
Der musikalische Millionär;
Jetzt schreibt der große Bären-Meyer
Ein Festspiel zu meiner Vermählungsfeier.
Ich selber übe die Tonkunst ein wenig,
Wie Friedrich der Große, der Preußenkönig.
Er blies die Flöte, ich schlage die Laute,
Und manches schöne Auge schaute
Sehnsüchtig mich an, wenn ich mit Gefühl
Geklimpert auf meinem Saitenspiel.

Mit Freude wird einst die Königin
Entdecken, wie musikalisch ich bin!
Sie selbst ist eine vollkommene Stute
Von hoher Geburt, vom reinsten Blute.
Sie ist eine nahe Anverwandte
Von Don Quixottes Rosinante;
Ihr Stammbaum bezeugt, daß sie nicht minder
Verwandt mit dem Bayard der Haimonskinder;
Sie zählt auch unter ihren Ahnen
Gar manchen Hengst, der unter den Fahnen
Gottfrieds von Bouillon gewiehert hat,
Als dieser erobert die heilige Stadt.
Vor allem aber durch ihre Schöne
Glänzt sie! Wenn sie schüttelt die Mähne,
Und wenn sie schnaubt mit den rosigen Nüstern,
Jauchzt auf mein Herz, entzückt und lüstern –
Sie ist die Blume und Krone der Mähren
Und wird mir einen Kronerben bescheren.
Ihr seht, verknüpft mit dieser Verbindung
Ist meiner Dynastie Begründung.
Mein Name wird nicht untergehn,
Wird ewig in Klios Annalen bestehn.
Die hohe Göttin wird von mir sagen,
Daß ich ein Löwenherz getragen
In meiner Brust, daß ich weise und klug
Regiert und auch die Laute schlug.«

Hier rülpste der König, doch unterbrach er
Nicht lange die Rede, und weiter sprach er:

»Hochmögende Esel, ihr jungen und alten!
Ich werd euch meine Gunst erhalten,
Solang ihr derselben würdig seid.
Zahlt eure Steuern zur rechten Zeit
Und wandelt stets der Tugend Bahn,
Wie weiland eure Väter getan,
Die alten Esel! Sie trugen zur Mühle
Geduldig die Säcke; denn ihre Gefühle
Sie wurzelten tief in der Religion.
Sie wußten Nichts von Revolution –
Kein Murren entschlüpfte der dicken Lippe,

Und an der Gewohnheit frommen Krippe
Fraßen sie friedlich ihr tägliches Heu!
Die alte Zeit, sie ist vorbei.

Ihr neueren Esel seid Esel geblieben,
Doch ohne Bescheidenheit zu üben.
Ihr wedelt kümmerlich mit dem Schwanz,
Doch drunter lauert die Arroganz.
Ob eurer albernen Miene hält
Für ehrliche Esel euch die Welt;
Ihr seid unehrlich und boshaft dabei,
Trotz eurer demütigen Eselei.
Steckt man euch Pfeffer in den Steiß,
Sogleich erhebt ihr des Eselgeschreis
Entsetzliche Laute! Ihr möchtet zerfleischen
Die ganze Welt, und könnt nur kreischen.
Unsinniger Jähzorn, der Alles vergißt!
Ohnmächtige Wut, die lächerlich ist!
Eur dummes Gebreie, es offenbart,
Wie viele Tücken jeder Art,
Wie ganz gemeine Schlechtigkeit
Und blöde Niederträchtigkeit
Und Gift und Galle und Arglist sogar
In der Eselshaut verborgen war.«

Hier rülpste der König, doch unterbrach er
Nicht lange die Rede, und weiter sprach er:

»Hochmögende Esel, ihr jungen und alten!
Ihr seht, ich kenne euch! Ungehalten,
Ganz allerhöchst ungehalten bin ich,
Daß ihr so schamlos widersinnig
Verunglimpft habt mein Regiment.
Auf eurem Eselsstandpunkt könnt
Ihr nicht die großen Löwenideen
Von meiner Politik verstehen.
Nehmt euch in Acht! In meinem Reiche
Wächst manche Buche und manche Eiche,
Woraus man die schönsten Galgen zimmert,
Auch gute Stöcke. Ich rat euch, bekümmert
Euch nicht ob meinem Schalten und Walten.

Ich rat euch, ganz das Maul zu halten!
Die Räsonneure, die frechen Sünder,
Die laß ich öffentlich stäupen vom Schinder;
Sie sollen im Zuchthaus Wolle kratzen.
Wird Einer gar von Aufruhr schwatzen
Und Straßen entpflastern zur Barrikade –
Ich laß ihn henken ohne Gnade.
Das hab ich euch, Esel, einschärfen wollen!
Jetzt könnt ihr euch nach Hause trollen.«

Als diese Rede der König gehalten,
Da jauchzten die Esel, die jungen und alten;
Sie riefen einstimmig: »I-A! I-A!
Es lebe der König! Hurrah! Hurrah!«

DIE WAHLESEL

Die Freiheit hat man satt am End,
Und die Republik der Tiere
Begehrte, daß ein einzger Regent
Sie absolut regiere.

Jedwede Tiergattung versammelte sich,
Wahlzettel wurden geschrieben;
Parteisucht wütete fürchterlich,
Intrigen wurden getrieben.

Das Komitee der Esel ward
Von Alt-Langohren regieret;
Sie hatten die Köpfe mit einer Kokard,
Die schwarz-rot-gold, verzieret.

Es gab eine kleine Pferdepartei,
Doch wagte sie nicht zu stimmen;
Sie hatte Angst vor dem Geschrei
Der Alt-Langohren, der grimmen.

Als einer jedoch die Kandidatur
Des Rosses empfahl, mit Zeter
Ein Alt-Langohr in die Rede ihm fuhr,
Und schrie: Du bist ein Verräter!

Du bist ein Verräter, es fließt in dir
Kein Tropfen vom Eselsblute;
Du bist kein Esel, ich glaube schier,
Dich warf eine wälsche Stute.

Du stammst vom Zebra vielleicht, die Haut
Sie ist gestreift zebräisch;
Auch deiner Stimme näselnder Laut
Klingt ziemlich ägyptisch-hebräisch.

Und wärst du kein Fremdling, so bist du doch nur
Verstandesesel, ein kalter;
Du kennst nicht die Tiefen der Eselsnatur,
Dir klingt nicht ihr mystischer Psalter.

Ich aber versenkte die Seele ganz
In jenes süße Gedösel;
Ich bin ein Esel, in meinem Schwanz
Ist jedes Haar ein Esel.

Ich bin kein Römling, ich bin kein Slav;
Ein deutscher Esel bin ich,
Gleich meinen Vätern. Sie waren so brav,
So pflanzenwüchsig, so sinnig.

Sie spielten nicht mit Galanterei
Frivole Lasterspiele;
Sie trabten täglich, frisch-fromm-fröhlich-frei,
Mit ihren Säcken zur Mühle.

Die Väter sind nicht tot! Im Grab
Nur ihre Häute liegen,
Die sterblichen Hüllen. Vom Himmel herab
Schaun sie auf uns mit Vergnügen.

Verklärte Esel im Glorialicht!
Wir wollen euch immer gleichen
Und niemals von dem Pfad der Pflicht
Nur einen Fingerbreit weichen.

O welche Wonne, ein Esel zu sein!
Ein Enkel von solchen Langohren!
Ich möcht es von allen Dächern schrein:
Ich bin als ein Esel geboren.

Der große Esel, der mich erzeugt,
Er war von deutschem Stamme;
Mit deutscher Eselsmilch gesäugt
Hat mich die Mutter, die Mamme.

Ich bin ein Esel, und will getreu,
Wie meine Väter, die Alten,
An der alten, lieben Eselei,
Am Eseltume halten.

Und weil ich ein Esel, so rat ich euch,
Den Esel zum König zu wählen;
Wir stiften das große Eselreich,
Wo nur die Esel befehlen.

Wir alle sind Esel! I–A! I–A!
Wir sind keine Pferdeknechte.
Fort mit den Rossen! Es lebe, hurrah!
Der König vom Eselsgeschlechte!

So sprach der Patriot. Im Saal
Die Esel Beifall rufen.
Sie waren alle national,
Und stampften mit den Hufen.

Sie haben des Redners Haupt geschmückt
Mit einem Eichenkranze.
Er dankte stumm, und hochbeglückt
Wedelt' er mit dem Schwanze.

MICHEL NACH DEM MÄRZ

Solang ich den deutschen Michel gekannt,
War er ein Bärenhäuter;
Ich dachte im März, er hat sich ermannt
Und handelt fürder gescheuter.

Wie stolz erhob er das blonde Haupt
Vor seinen Landesvätern!
Wie sprach er – was doch unerlaubt –
Von hohen Landesverrätern.

Das klang so süß zu meinem Ohr
Wie märchenhafte Sagen,
Ich fühlte, wie ein junger Tor,
Das Herz mir wieder schlagen.

Doch als die schwarz-rot-goldne Fahn,
Der altgermanische Plunder,
Aufs Neu erschien, da schwand mein Wahn
Und die süßen Märchenwunder.

Ich kannte die Farben in diesem Panier
Und ihre Vorbedeutung:
Von deutscher Freiheit brachten sie mir
Die schlimmste Hiobszeitung.

Schon sah ich den Arndt, den Vater Jahn –
Die Helden aus andern Zeiten
Aus ihren Gräbern wieder nahn
Und für den Kaiser streiten.

Die Burschenschaftler allesamt
Aus meinen Jünglingsjahren,
Die für den Kaiser sich entflammt,
Wenn sie betrunken waren.

Ich sah das sündenergraute Geschlecht
Der Diplomaten und Pfaffen,
Die alten Knappen vom römischen Recht,
Am Einheitstempel schaffen –

Derweil der Michel geduldig und gut
Begann zu schlafen und schnarchen,
Und wieder erwachte unter der Hut
Von vierunddreißig Monarchen.

1649–1793–????

Die Britten zeigten sich sehr rüde
Und ungeschliffen als Regicide.
Schlaflos hat König Karl verbracht
In Whitehall seine letzte Nacht.
Vor seinem Fenster sang der Spott
Und ward gehämmert an seinem Schafott.

Viel höflicher nicht die Franzosen waren.
In einem Fiaker haben diese
Den Ludwig Capet zum Richtplatz gefahren;
Sie gaben ihm keine Calèche de Remise,
Wie nach der alten Etikette
Der Majestät gebühret hätte.

Noch schlimmer ergings der Marie Antoinette,
Denn sie bekam nur eine Charrette;
Statt Chambellan und Dame d'Atour
Ein Sansculotte mit ihr fuhr.
Die Witwe Capet hob höhnisch und schnippe
Die dicke habsburgische Unterlippe.

Franzosen und Britten sind von Natur
Ganz ohne Gemüt; Gemüt hat nur
Der Deutsche, er wird gemütlich bleiben
Sogar im terroristischen Treiben.
Der Deutsche wird die Majestät
Behandeln stets mit Pietät.
In einer sechsspännigen Hofkarosse,
Schwarz panaschiert und beflort die Rosse,
Hoch auf dem Bock mit der Trauerpeitsche
Der weinende Kutscher – so wird der deutsche
Monarch einst nach dem Richtplatz kutschiert
Und untertänigst guillotiniert.

DIE MENGE TUT ES

»Die Pfannekuchen, die ich gegeben bisher für drei Silbergroschen, ich geb sie nunmehr für zwei Silbergroschen; die Menge tut es.«

Nie löscht, als wär sie gegossen in Bronze,
Mir im Gedächtnis jene Annonce,
Die einst ich las im Intelligenzblatt
Der intelligenten Borussenhauptstadt.

Borussenhauptstadt, mein liebes Berlin,
Dein Ruhm wird blühen ewig *grihn*
Als wie die *Beeme* deiner Linden –
Leiden sie immer noch an Winden?
Wie gehts dem Tiergarten? Gibts dort noch ein Tier,
Das ruhig trinkt sein blondes Bier,
Mit der blonden Gattin, in den Hütten,
Wo kalte Schale und fromme Sitten?

Borussenhauptstadt, Berlin, was machst du?
Ob welchem Eckensteher lachst du?
Zu meiner Zeit gabs noch keinen Nante:
Es haben damals nur gewitzelt
Der Herr Wisotzki und der bekannte
Kronprinz, der jetzt auf dem Throne sitzelt.
Es ist ihm seitdem der Spaß vergangen,
Und den Kopf mit der Krone läßt er hangen.
Ich habe ein Faible für diesen König;
Ich glaube, wir sind uns ähnlich ein wenig.
Ein vornehmer Geist, hat viel Talent –
Auch ich, ich wäre ein schlechter Regent.
Wie mir, ist auch zuwider ihm
Die Musik, das edle Ungetüm;
Aus diesem Grund protegiert auch er
Den Musikverderber, den Meyerbeer.
Der König bekam von ihm kein Geld,
Wie fälschlich behauptet die böse Welt.
Man lügt so viel! Auch keinen Dreier
Kostet der König dem Beerenmeyer.
Derselbe dirigiert für ihn

Die große Oper zu Berlin,
Und doch auch er, der edle Mensch,
Wird nur bezahlt en monnaie de singe,
Mit Titel und Würden – Das ist gewiß,
Er arbeitet dort für den Roi de Prusse.

Denk ich an Berlin, auch vor mir steht
Sogleich die Universität.
Dort reiten vorüber die roten Husaren,
Mit klingendem Spiel, Trompetenfanfaren –
Es dringen die soldatesken Töne
Bis in die Aula der Musensöhne.
Wie geht es dort den Professoren
Mit mehr oder minder langen Ohren?
Wie geht es dem elegant geleckten,
Süßlichen Troubadour der Pandekten,
Dem Savigny? Die holde Person,
Vielleicht ist sie längst gestorben schon –
Ich weiß es nicht – ihr dürfts mir entdecken,
Ich werde nicht zu sehr erschrecken.
Auch Lott ist tot! Die Sterbestunde,
Sie schlägt für Menschen wie für Hunde,
Zumal für Hunde jener Zunft,
Die immer angebellt die Vernunft
Und gern zu einem römischen Knechte
Den deutschen Freiling machen möchte.
Und der Maßmann mit der platten Nas,
Hat Maßmann noch nicht gebissen ins Gras?
Ich will es nicht wissen, o sagt es mir nicht,
Wenn er verreckt – ich würde weinen.

O mag er noch lange im Lebenslicht
Hintrippeln auf seinen kurzen Beinchen,
Das Wurzelmännchen, das Alräunchen
Mit dem Hängewanst! O diese Figur
War meine Lieblingskreatur
So lange Zeit – ich sehe sie noch –
So klein sie war, sie soff wie ein Loch,
Mit seinen Schülern, die bierentzügelt
Den armen Turnmeister am Ende geprügelt.
Und welche Prügel! Die jungen Helden,

Sie wollten beweisen, daß rohe Kraft
Und Flegeltum noch nicht erschlafft
Beim Enkel von Hermann und Thusnelden!
Die ungewaschnen germanischen Hände,
Sie schlugen so gründlich, das nahm kein Ende,
Zumal in den Steiß die vielen Fußtritte,
Die das arme Luder geduldig litte.
Ich kann, rief ich, dir nicht versagen
All meine Bewundrung; wie kannst du ertragen
So viele Prügel? du bist ein Brutus!
Doch Maßmann sprach: »Die Menge tut es.«

Und apropos: wie sind geraten
In diesem Jahr die Teltower Rüben
Und sauren Gurken in meiner lieben
Borussenstadt? Und die Literaten,
Befinden sie sich noch frisch und munter?
Und ist immer noch kein Genie darunter?
Jedoch, wozu ein Genie? wir laben
Uns besser an frommen, bescheidnen Gaben,
Auch sittliche Menschen haben ihr Gutes –
Zwölf machen ein Dutzend – die Menge tut es.

Und wie gehts in Berlin den Leutenants
Der Garde? Haben sie noch ihre Arroganz
Und ihre ungeschnürte Taille?
Schwadronieren sie noch von Kanaille?

Ich rate euch, nehmt euch in Acht,
Es bricht noch nicht, jedoch es kracht;
Und es ist das Brandenburger Tor
Noch immer so groß und so weit wie zuvor,
Und man könnt euch auf einmal zum Tor hinaus schmeißen,
Euch alle, mitsamt dem Prinzen von Preußen –

Die Menge tut es.

SIMPLICISSIMUS I

Der Eine kann das Unglück nicht,
Der Andre nicht das Glück verdauen.
Durch Männerhaß verdirbt der Eine,
Der Andre durch die Gunst der Frauen.

Als ich dich sah zum ersten Mal,
War fremd dir alles galante Gehöfel;
Es deckten die plebejischen Hände
Noch nicht Glacéhandschuhe von Rehfell.

Das Röcklein, das du trugest, war grün
Und zählte schon sehr viele Lenze;
Die Ärmel zu kurz, zu lang die Schöße,
Erinnernd an Bachstelzenschwänze.

Du trugest ein Halstuch, das der Mama
Als Serviette gedienet hatte;
Noch wiegte sich nicht dein Kinn so vornehm
In einer gestickten Atlaskrawatte.

Die Stiefel sahen so ehrlich aus,
Als habe Hans Sachs sie fabrizieret;
Noch nicht mit gleißend französischem Firnis,
Sie waren mit deutschem Tran geschmieret.

Nach Bisam und Moschus rochest du nicht,
Am Halse hing noch keine Lorgnette,
Du hattest noch keine Weste von Sammet
Und keine Frau und goldne Kette.

Du trugest dich zu jener Zeit
Ganz nach der allerneusten Mode
Von Schwäbisch-Hall – und dennoch, damals
War deines Lebens Glanzperiode.

Du hattest Haare auf dem Kopf,
Und unter den Haaren, groß und edel,
Wuchsen Gedanken – aber jetzo
Ist kahl und leer dein armer Schädel.

Verschwunden ist auch der Lorbeerkranz,
Der dir bedecken könnte die Glatze –
Wer hat dich so gerauft? Wahrhaftig,
Siehst aus wie eine geschorene Katze!

Die goldnen Dukaten des Schwiegerpapas,
Des Seidenhändlers, sind auch zerronnen –
Der Alte klagt: bei der deutschen Dichtkunst
Habe er keine Seide gesponnen.

Ist das der Lebendige, der die Welt
Mit all ihren Knödeln, Dampfnudeln und Würsten
Verschlingen wollte, und in den Hades
Verwies den Pückler-Muskau, den Fürsten?

Ist das der irrende Ritter, der einst,
Wie jener andre, der Manchaner,
Absagebriefe schrieb an Tyrannen,
Im Stile der kecksten Tertianer?

Ist das der Generalissimus
Der deutschen Freiheit, der Gonfaloniere
Der Emanzipation, der hoch zu Rosse
Einherritt vor seinem Freischarenheere?

Der Schimmel, den er ritt, war weiß,
Wie alle Schimmel, worauf die Götter
Und Helden geritten, die längst verschimmelt;
Begeistrung jauchzte dem Vaterlandsretter.

Er war ein reitender Virtuos,
Ein Liszt zu Pferde, ein somnambüler
Marktschreier, Hansnarr, Philistergünstling,
Ein miserabler Heldenspieler!

Als Amazone ritt neben ihm
Die Gattin mit der langen Nase;
Sie trug auf dem Hut eine kecke Feder,
Im schönen Auge blitzte Extase.

Die Sage geht, es habe die Frau
Vergebens bekämpft den Kleinmut des Gatten,
Als Flintenschüsse seine zarten
Unterleibsnerven erschüttert hatten.

Sie sprach zu ihm: »Sei jetzt kein Has,
Entmemme dich deiner verzagten Gefühle,
Jetzt gilt es zu siegen oder zu sterben –
Die Kaiserkrone steht auf dem Spiele.

Denk an die Not des Vaterlands
Und an die eignen Schulden und Nöten.
In Frankfurt laß ich dich krönen, und Rothschild
Borgt dir wie andren Majestäten.

Wie schön der Mantel von Hermelin
Dich kleiden wird! Das Vivatschreien,
Ich hör es schon; ich seh auch die Mädchen,
Die weißgekleidet dir Blumen streuen.« –

Vergebliches Mahnen! Antipathien
Gibt es, woran die Besten siechen,
Wie Goethe nicht den Rauch des Tabaks,
Kann unser Held kein Pulver riechen.

Die Schüsse knallen – der Held erblaßt,
Er stottert manche unsinnige Phrase,
Er phantasieret gelb – die Gattin
Hält sich das Tuch vor der langen Nase.

So geht die Sage – Ist sie wahr?
Wer weiß es? Wir Menschen sind nicht vollkommen.
Sogar der große Horatius Flaccus
Hat in der Schlacht Reißaus genommen.

Das ist auf Erden des Schönen Los!
Die Feinen gehn unter, ganz wie die Plumpen;
Ihr Lied wird Makulatur, sie selber,
Die Dichter, werden am Ende Lumpen.

FESTGEDICHT

Beeren-Meyer, Meyer-Beer!
Welch ein Lärm, was ist der Mär?
Willst du wirklich jetzt gebären
Und den Heiland uns bescheren,
Der verheißen, der versprochen?
Kommst du wirklich in die Wochen?
Das ersehnte Meisterstück
Dreizehnjähriger Kolik,
Kommt das Schmerzenskind am End,
Das man »Jan von Leyden« nennt?

Nein, es ist nicht mehr Erfindung
Der Journale – die Entbindung
Ist vollbracht, sie ist geschehen!
Überstanden sind die Wehen;
Der verehrte Wöchner liegt
Mit verklärtem Angesicht
In dem angstbetränten Bette!
Eine warme Serviette
Legt ihm Gouin auf den Bauch,
Welcher schlaff wie 'n leerer Schlauch.
Doch die Kindbettzimmerstille
Unterbricht ein laut Gebrülle
Plötzlich – es erschmettern hell
Die Posaunen, Israel
Ruft mit tausend Stimmen: »Heil!«
(Unbezahlt zum größten Teil)
»Heil dem Meister, der uns teuer,
Heil dem großen Beeren-Meyer,
Heil dem großen Meyer-Beer!
Der nach Nöten, lang und schwer,
Der nach langen, schweren Nöten
Uns geboren den Propheten!«

Aus dem Jubilantenchor
Tritt ein junger Mann hervor,
Der gebürtig ist aus Preußen
Und Herr Brandus ist geheißen.
Sehr bescheiden ist die Miene

(Ob ihn gleich ein Beduine,
Ein berühmter Rattenfänger,
Sein Musikverlagsvorgänger,
Eingeschult in jeden Rummel),
Er ergreifet eine Trummel,
Paukt drauf los im Siegesrausche,
Wie einst Mirjam tat, als Mausche
Eine große Schlacht gewann,
Und er hebt zu singen an:

»Genialer Künstlerschweiß
Hat bedächtig, tropfenweis,
Im Behälter sich gesammelt,
Der mit Planken fest verrammelt.
Nun die Schleusen aufgezogen,
Bricht hervor in stolzen Wogen
Das Gewässer – Gottes Wunder!
's ist ein großer Strom jetzunder,
Ja, ein Strom des ersten Ranges,
Wie der Euphrat, wie der Ganges,
Wo an palmigen Gestaden
Elefantenkälber baden,
Wie der Rheinstrom bei Schaffhausen,
Wo Kaskaden schäumen, brausen
Und berliner Studiosen
Gaffend stehn mit feuchten Hosen,
Wie die Weichsel, wo da hausen
Edle Polen, die sich lausen,
Singend ihre Heldenleiden
Bei des Ufers Trauerweiden;
Ja, er ist fast wie ein Meer,
Wie das rote, wo das Heer
Pharaonis mußt ersaufen,
Während wir hindurchgelaufen
Trocknen Fußes mit der Beute –
Welche Tiefe, welche Breite!
Hier auf diesem Erdenglobus
Gibts kein beßres Wasser-Opus!
Es ist hochsublim poetisch,
Urtitanisch majestätisch,
Groß wie Gott und die Natur –
Und ich hab die Partitur!«

EPILOG

zum Loblied auf den celeberrimo maestro Fiascomo

Die Neger berichten: der König der Tiere,
Der Löwe, wenn er erkrankt ist, kuriere
Sich dadurch, daß er einen Affen zerreißt
Und ihn mit Haut und Haar verspeist.

Ich bin kein Löwe, ich bin kein König
Der Tiere, doch wollt ich erproben ein wenig
Das Negerrezept – ich schrieb dies Poem,
Und ich befinde mich besser seitdem.

PÄAN

Fragment

Streiche von der Stirn den Lorbeer,
Der zu lang herunterbammelt,
Und vernimm mit freiem Ohr, Beer,
Was dir meine Lippe stammelt.

Ja, nur stammeln, stottern kann ich,
Trete vor den großen Mann ich,
Dessen hoher Genius
Ist ein wahrer Kunstgenuß,
Dessen Ruhm ein Meisterstück ist,
Und kein Zufall, nicht ein Glück ist,
Das im Schlafe ohne Müh
Manchem kömmt, er weiß nicht wie,
Wie z. B. jenem Rotznas,
Dem Rossini oder Mozart.

Nein, der Meister, der uns teuer,
Unser lieber Beeren-Meyer,
Darf sich rühmen: er erschuf
Selber seines Namens Ruf
Durch die Macht der Willenskraft
Durch des Denkens Wissenschaft,
Durch politische Gespinste

Und die feinsten Rechenkünste –
Und sein König, sein Protektor,
Hat zum Generaldirektor
Sämtlicher Musikanstalten
Ihn ernannt und mit Gewalten
Ausgerüstet, ...

die ich heute untertänigst ehrfurchtsvoll in
Anspruch nehme.

DER WANZERICH

1

Es saß ein brauner Wanzerich
Auf einem Pfennig und spreizte sich
Wie ein Rentier, und sprach: »Wer Geld hat,
Auch Ehr und Ansehn in der Welt hat.
Wer Geld hat, ist auch lieblich und schön –
Es kann kein Weib ihm widerstehn;
Die Weiber erbleichen schon und zittern,
Sobald sie meinen Odem wittern.
Ich habe manche Sommernacht
Im Bett der Königin zugebracht;
Sie wälzte sich auf ihren Matratzen,
Und mußte sich beständig kratzen.«

Ein lustiger Zeisig, welcher gehört
Die prahlenden Worte, war drob empört:
Im heiteren Unmut sein Schnäbelein schliff er,
Und auf das Insekt ein Spottlied pfiff er.

Gemein und schmutzig, der Wanzerich,
Wie Wanzen pflegen, rächte er sich:
Er sagte, daß ihm der Zeisig grollte,
Weil er kein Geld ihm borgen wollte.

*

Und die Moral? Der Fabulist
Verschweigt sie heute mit klugem Zagen,
Denn mächtig verbündet in unseren Tagen
Das reiche Ungeziefer ist.
Es sitzt mit dem Geldsack unter dem Arsch
Und trommelt siegreich den Dessauer Marsch.

II

Das Ungeziefer jeden Lands,
Es bildet eine heilge Allianz;
Zumal die musikalischen Wanzen,
Die Komponisten von schlechten Romanzen,
(Welche, wie Schlesingers Uhr, nicht gehn),
Allüberall im Bündnis stehn.
Da ist der Mozart der Krätze in Wien,
Die Perle ästhetischer Pfänderleiher,
Der intrigiert mit dem Lorbeer-Meyer,
Dem großen Maestro in Berlin.
Da werden Artikelchen ausgeheckt,
Die eine Blattlaus, ein Mieteninsekt,
Für bares Geld in die Presse schmuggelt –
Das lügt und kriecht und katzenbuckelt,
Und hat dabei die Melancholik.
Das Publikum glaubt oft der Lüge,
Aus Mitleid: es sind so leidend die Züge
Der Heuchler und ihr Dulderblick –
Was willst du tun in solchen Nöten?
Du mußt die Verleumdung ruhig ertragen,
Du darfst nicht reden, du darfst nicht klagen:
Willst du das schnöde Geschmeiß zertreten,
Verstänkert es dir die Luft, die süße,
Und schmutzig würden deine Füße.
Das Beste ist schweigen – Ein andermal
Erklär ich euch der Fabel Moral.

DIE WANDERRATTEN

Es gibt zwei Sorten Ratten:
Die hungrigen und satten.
Die satten bleiben vergnügt zu Haus,
Die hungrigen aber wandern aus.

Sie wandern viel tausend Meilen,
Ganz ohne Rasten und Weilen,
Gradaus in ihrem grimmigen Lauf,
Nicht Wind noch Wetter hält sie auf.

Sie klimmen wohl über die Höhen,
Sie schwimmen wohl durch die Seen;
Gar manche ersäuft oder bricht das Genick,
Die lebenden lassen die toten zurück.

Es haben diese Käuze
Gar fürchterliche Schnäuze;
Sie tragen die Köpfe geschoren egal,
Ganz radikal, ganz rattenkahl.

Die radikale Rotte
Weiß nichts von einem Gotte.
Sie lassen nicht taufen ihre Brut,
Die Weiber sind Gemeindegut.

Der sinnliche Rattenhaufen,
Er will nur fressen und saufen,
Er denkt nicht, während er säuft und frißt,
Daß unsre Seele unsterblich ist.

So eine wilde Ratze,
Die fürchtet nicht Hölle, nicht Katze;
Sie hat kein Gut, sie hat kein Geld
Und wünscht aufs Neue zu teilen die Welt.

Die Wanderratten, o wehe!
Sie sind schon in der Nähe.
Sie rücken heran, ich höre schon
Ihr Pfeifen – die Zahl ist Legion.

O wehe! wir sind verloren,
Sie sind schon vor den Toren!
Der Bürgermeister und Senat,
Sie schütteln die Köpfe, und Keiner weiß Rat.

Die Bürgerschaft greift zu den Waffen,
Die Glocken läuten die Pfaffen.
Gefährdet ist das Palladium
Des sittlichen Staats, das Eigentum.

Nicht Glockengeläute, nicht Pfaffengebete,
Nicht hochwohlweise Senatsdekrete,
Auch nicht Kanonen, viel Hundertpfünder,
Sie helfen euch heute, ihr lieben Kinder!

Heut helfen euch nicht die Wortgespinste
Der abgelebten Redekünste.
Man fängt nicht Ratten mit Syllogismen,
Sie springen über die feinsten Sophismen.

Im hungrigen Magen Eingang finden
Nur Suppenlogik mit Knödelgründen,
Nur Argumente von Rinderbraten,
Begleitet von Göttinger Wurstzitaten.

Ein schweigender Stockfisch, in Butter gesotten,
Behaget den radikalen Rotten
Viel besser als ein Mirabeau
Und alle Redner seit Cicero.

Im lieben Deutschland daheime,
Da wachsen viel Lebensbäume;
Doch lockt die Kirsche noch so sehr,
Die Vogelscheuche schreckt noch mehr.

Wir lassen uns wie Spatzen
Einschüchtern von Teufelsfratzen;
Wie auch die Kirsche lacht und blüht,
Wir singen ein Entsagungslied:

Die Kirschen sind von außen rot,
Doch drinnen steckt als Kern der Tod;
Nur droben, wo die Sterne,
Gibts Kirschen ohne Kerne.

Gott Vater, Gott Sohn, Gott heiliger Geist,
Die unsere Seele lobt und preist –
Nach diesen sehnet ewiglich
Die arme deutsche Seele sich.

Nur wo die Engel fliegen,
Da wächst das ewge Vergnügen;
Hier unten ist Alles Sünd und Leid
Und saure Kirsche und Bitterkeit.

AUS DER MATRATZENGRUFT

Für eine Grille – keckes Wagen! –
Hab ich das Leben eingesetzt;
Und nun das Spiel verloren jetzt,
Mein Herz, du darfst dich nicht beklagen.

Die Sachsen sagen: »Minschenwille
Ist Minschen-Himmelryk« – Ich gab
Das Leben hin, jedoch ich hab
Verwirklicht meines Herzens Grille!

Die Seligkeit, die ich empfunden
Darob, war nur von kurzer Frist;
Doch wer von Wonne trunken ist,
Der rechnet nicht nach eitel Stunden.

Wo Seligkeit, ist Ewigkeit;
Hier lodern alle Liebesflammen
In eine einzge Glut zusammen,
Hier gibt es weder Raum noch Zeit.

Sie küßten mich mit ihren falschen Lippen,
Sie haben mir kredenzt den Saft der Reben,
Sie haben mich dabei mit Gift vergeben –
Das taten mir die Magen und die Sippen.

Es schmilzt das Fleisch von meinen armen Rippen,
Ich kann mich nicht vom Siechbett mehr erheben,
Arglistig stahlen sie mein junges Leben –
Das taten mir die Magen und die Sippen.

Ich bin ein Christ – wie es im Kirchenbuche
Bescheinigt steht – deshalb, bevor ich sterbe,
Will ich euch fromm und brüderlich verzeihen.

Es wird mir sauer – ach! mit einem Fluche
Möcht ich weit lieber euch vermaledeien:
Daß euch der Herr verdamme und verderbe!

ORPHEISCH

Es gab den Dolch in deine Hand
Ein böser Dämon in der bösen Stunde –
Ich weiß nicht, wie der Dämon hieß –
Ich weiß nur, daß vergiftet war die Wunde.

In stillen Nächten denk ich oft,
Du solltest mal dem Schattenreich entsteigen
Und lösen alle Rätsel mir
Und mich von deiner Unschuld überzeugen.

Ich harre dein – o komme bald!
Und kommst du nicht, so steig ich selbst zur Hölle,
Daß ich alldort vor Satanas
Und allen Teufeln dich zur Rede stelle.

Ich komme, und wie Orpheus einst
Trotz ich der Unterwelt mit ihren Schrecken –
Ich finde dich, und wolltest du
Im tiefsten Höllenpfuhle dich verstecken.

Hinunter jetzt ins Land der Qual,
Wo Händeringen nur und Zähneklappen –
Ich reiße dir die Larve ab,
Der angeprahlten Großmut Purpurlappen –

Jetzt weiß ich, was ich wissen wollt,
Und gern, mein Mörder, will ich dir verzeihen;
Doch hindern kann ich nicht, daß jetzt
Schmachvoll die Teufel dir ins Antlitz speien.

»Nicht gedacht soll seiner werden!«
Aus dem Mund der armen alten
Esther Wolf hört ich die Worte,
Die ich treu im Sinn behalten.

Ausgelöscht sein aus der Menschen
Angedenken hier auf Erden,
Ist die Blume der Verwünschung –
Nicht gedacht soll seiner werden!

Herz, mein Herz, ström aus die Fluten
Deiner Klagen und Beschwerden,
Doch von Ihm sei nie die Rede –
Nicht gedacht soll seiner werden!

Nicht gedacht soll seiner werden,
Nicht im Liede, nicht im Buche –
Dunkler Hund im dunkeln Grabe,
Du verfaulst mit meinem Fluche!

Selbst am Auferstehungstage,
Wenn, geweckt von den Fanfaren
Der Posaunen, schlotternd wallen
Zum Gericht die Totenscharen,

Und alldort der Engel abliest
Vor den göttlichen Behörden
Alle Namen der Geladnen –
Nicht gedacht soll seiner werden!

Nachts, erfaßt vom wilden Geiste,
Streck ich die geballten Fäuste
Drohend aus – jedoch erschlafft
Sinkt der Arm, mir fehlt die Kraft.

Leib und Seele sind gebrochen,
Und ich sterbe ungerochen.
Auch kein Blutsfreund, zornentflammt,
Übernimmt das Rächeramt.

Ach! Blutsfreunde sind es eben,
Welche mir den Tod gegeben,
Und die schnöde Meucheltat
Ward verübet durch Verrat.

Siegfried gleich, dem hörnen Recken,
Wußten sie mich hinzustrecken –
Leicht erspäht Familienlist,
Wo der Held verwundbar ist.

Wer ein Herz hat und im Herzen
Liebe trägt, ist überwunden
Schon zur Hälfte; und so lieg ich
Jetzt geknebelt und gebunden – – –

Wenn ich sterbe, wird die Zunge
Ausgeschnitten meiner Leiche;
Denn sie fürchten, redend käm ich
Wieder aus dem Schattenreiche.

Stumm verfaulen wird der Tote
In der Gruft, und nie verraten
Werd ich die an mir verübten
Lächerlichen Freveltaten.

Mein Tag war heiter, glücklich meine Nacht.
    Mir jauchzte stets mein Volk, wenn ich die Leier
    Der Dichtkunst schlug. Mein Lied war Lust und Feuer,
    Hat manche schöne Gluten angefacht.
Noch blüht mein Sommer, dennoch eingebracht
    Hab ich die Ernte schon in meine Scheuer –
    Und jetzt soll ich verlassen, was so teuer,
    So lieb und teuer mir die Welt gemacht!
Der Hand entsinkt das Saitenspiel. In Scherben
    Zerbricht das Glas, das ich so fröhlich eben
    An meine übermütgen Lippen preßte.
O Gott! wie häßlich bitter ist das Sterben!
    O Gott! wie süß und traulich läßt sich leben
    In diesem traulich süßen Erdenneste!

Ewigkeit, wie bist du lang,
Länger noch als tausend Jahr;
Tausend Jahre brat ich schon,
Ach! und ich bin noch nicht gar.

Ewigkeit, wie bist du lang,
Länger noch als tausend Jahr;
Und der Satan kommt am End,
Frißt mich auf mit Haut und Haar.

Mittelalterliche Roheit
Weicht dem Aufschwung schöner Künste:
Instrument moderner Bildung
Ist vorzüglich das Klavier.

Auch die Eisenbahnen wirken
Heilsam aufs Familienleben,
Sintemal sie uns erleichtern
Die Entfernung von der Sippschaft.

Wie bedaur ich, daß die Darre
Meines Rückgratmarks mich hindert
Lange Zeit noch zu verweilen
In dergleichen Fortschrittswelt!

Stunden, Tage, Ewigkeiten
Sind es, die wie Schnecken gleiten;
Diese grauen Riesenschnecken
Ihre Hörner weit ausrecken.

Manchmal in der öden Leere,
Manchmal in dem Nebelmeere
Strahlt ein Licht, das süß und golden,
Wie die Augen meiner Holden.

Doch im selben Nu zerstäubet
Diese Wonne, und mir bleibet
Das Bewußtsein nur, das schwere,
Meiner schrecklichen Misere.

NARRETEI

Ich habe verlacht, bei Tag und bei Nacht,
So Männer wie Frauenzimmer,
Ich habe große Dummheiten gemacht –
Die Klugheit bekam mir noch schlimmer.

Die Magd ward schwanger und gebar –
Wozu das viele Gewimmer?
Wer nie im Leben törigt war,
Ein Weiser war er nimmer.

Hab eine Jungfrau nie verführet
Mit Liebeswort, mit Schmeichelei;
Ich hab auch nie ein Weib berühret,
Wußt ich, daß sie vermählet sei.

Wahrhaftig, wenn es anders wäre,
Mein Name, er verdiente nicht
Zu strahlen in dem Buch der Ehre;
Man dürft mir spucken ins Gesicht.

Mir lodert und wogt im Hirn eine Flut
Von Wäldern, Bergen und Fluren;
Aus dem tollen Wust tritt endlich hervor
Ein Bild mit festen Konturen.

Das Städtchen, das mir im Sinne schwebt,
Ist Godesberg, ich denke.
Dort wieder unter dem Lindenbaum
Sitz ich vor der alten Schenke.

Der Hals ist mir trocken, als hätt ich verschluckt
Die untergehende Sonne.
Herr Wirt! Herr Wirt! Eine Flasche Wein
Aus Eurer besten Tonne!

Es fließt der holde Rebensaft
Hinunter in meine Seele,
Und löscht bei dieser Gelegenheit
Den Sonnenbrand der Kehle.

Und noch eine Flasche, Herr Wirt! Ich trank
Die erste in schnöder Zerstreuung,
Ganz ohne Andacht! Mein edler Wein,
Ich bitte dich drob um Verzeihung.

Ich sah hinauf nach dem Drachenfels,
Der, hochromantisch beschienen
Vom Abendrot, sich spiegelt im Rhein
Mit seinen Burgruinen.

Ich horchte dem fernen Winzergesang
Und dem kecken Gezwitscher der Finken –
So trank ich zerstreut, und an den Wein
Dacht ich nicht während dem Trinken.

Jetzt aber steck ich die Nase ins Glas,
Und ernsthaft zuvor beguck ich
Den Wein, den ich schlucke; manchmal auch,
Ganz ohne zu gucken, schluck ich.

Doch sonderbar! Während dem Schlucken wird mir
Zu Sinne, als ob ich verdoppelt,
Ein andrer armer Schlucker sei
Mit mir zusammengekoppelt.

Der sieht so krank und elend aus,
So bleich und abgemergelt.
Gar schmerzlich verhöhnend schaut er mich an,
Wodurch er mich seltsam nergelt.

Der Bursche behauptet, er sei ich selbst,
Wir wären nur Eins, wir Beide,
Wir wären ein einziger armer Mensch,
Der jetzt am Fieber leide.

Nicht in der Schenke von Godesberg,
In einer Krankenstube
Des fernen Paris befänden wir uns –
Du lügst, du bleicher Bube!

Du lügst, ich bin so gesund und rot
Wie eine blühende Rose,
Auch bin ich stark, nimm dich in Acht,
Daß ich mich nicht erbose!

Er zuckt die Achseln und seufzt: »O Narr!«
Das hat meinen Zorn entzügelt;
Und mit dem verdammten zweiten Ich
Hab ich mich endlich geprügelt.

Doch sonderbar! jedweden Puff,
Den ich dem Burschen erteile,
Empfinde ich am eignen Leib,
Und ich schlage mir Beule auf Beule.

Bei dieser fatalen Balgerei
Ward wieder der Hals mir trocken,
Und will ich rufen nach Wein den Wirt,
Die Worte im Munde stocken.

Mir schwinden die Sinne, und traumhaft hör
Ich von Kataplasmen reden,
Auch von der Mixtur – einen Eßlöffel voll –
Zwölf Tropfen stündlich in jeden.

Wenn sich die Blutegel vollgesogen,
Man streut auf ihren Rücken bloß
Ein bißchen Salz, und sie fallen ab –
Doch dich, mein Freund, wie werd ich dich los?

Mein Freund, mein Gönner, mein alter Blutsauger,
Wo find ich für dich das rechte Salz?
Du hast mir liebreich ausgesaugt
Den letzten Tropfen Rückgratschmalz.

Auch bin ich seitdem so abgemagert,
Ein ausgebeutet armes Skelett –
Du aber schwollest stattlich empor,
Die Wänglein sind rot, das Bäuchlein ist fett.

O Gott, schick mir einen braven Banditen,
Der mich ermordet mit raschem Stoß –
Nur diesen langweilgen Blutegel nicht,
Der langsam saugt – wie werd ich ihn los?

Ganz entsetzlich ungesund
Ist die Erde, und zu Grund,
Ja, zu Grund muß alles gehn,
Was hienieden groß und schön.

Sind es alten Wahns Phantasmen,
Die dem Boden als Miasmen
Stumm entsteigen und die Lüfte
Schwängern mit dem argen Gifte?

Holde Frauenblumen, welche
Kaum erschlossen ihre Kelche
Den geliebten Sonnenküssen,
Hat der Tod schon fortgerissen.

Helden, trabend hoch zu Roß,
Trifft unsichtbar das Geschoß;
Und die Kröten sich beeifern,
Ihren Lorbeer zu begeifern.

Was noch gestern stolz gelodert,
Das ist heute schon vermodert;
Seine Leier mit Verdruß
Bricht entzwei der Genius.

O wie klug sind doch die Sterne!
Halten sich in sichrer Ferne
Von dem bösen Erdenrund,
Das so tödlich ungesund.

Kluge Sterne wollen nicht
Leben, Ruhe, Himmelslicht
Hier einbüßen, hier auf Erden,
Und mit uns elendig werden –

Wollen nicht mit uns versinken
In den Twieten, welche stinken,
In dem Mist, wo Würmer kriechen,
Welche auch nicht lieblich riechen –

Wollen immer ferne bleiben
Vom fatalen Erdentreiben,
Von dem Klüngel und Geruddel,
Von dem Erdenkuddelmuddel.

Mitleidsvoll aus ihrer Höhe
Schaun sie oft auf unser Wehe;
Eine goldne Träne fällt
Dann herab auf diese Welt.

CITRONIA

Das war in jener Kinderzeit,
Als ich noch trug ein Flügelkleid
Und in die Kinderschule ging,
Wo ich das ABC anfing –
Ich war das einzge kleine Bübchen
In jenem Vogelkäfigstübchen,
Ein Dutzend Mädchen allerliebst
Wie Vöglein haben dort gepiepst,
Gezwitschert und getiriliert,
Auch ganz erbärmlich buchstabiert.
Frau Hindermans im Lehnstuhl saß,
Die Brille auf der langen Nas

(Ein Eulenschnabel wars vielmehr),
Das Köpflein wackelnd hin und her,
Und in der Hand die Birkenrut,
Womit sie schlug die kleine Brut,
Das weinend kleine arme Ding,
Das harmlos einen Fehl beging –
Das Röcklein wurde aufgehoben
Nach hinten, und die kleinen Globen,
Die dort sich wölben, rührend schön,
Manchmal wie Rosen anzusehn,
Manchmal wie Liljen, wie die gelben
Violen manchmal, ach! dieselben
Sie wurden von der alten Frau
Geschlagen, bis sie braun und blau!
Mißhandelt und beschimpft zu werden,
Das ist des Schönen Los auf Erden.

Citronia hab ich genannt
Das wunderbare Zauberland,
Das ich einst bei der Hindermans
Erblickt im goldnen Sonnenglanz –
Es war so zärtlich ideal,
Zitronenfarbig und oval,
So anmutvoll und freundlich mild
Und stolz empört zugleich – dein Bild,
Du erste Blüte meiner Minne!
Es kam mir niemals aus dem Sinne.
Das Kind ward Jüngling und jetzunder
Bin ich ein Mann sogar – o Wunder,
Der goldne Traum der Kinderzeit
Taucht wieder auf in Wirklichkeit!
Was ich gesucht die Kreuz und Quer,
Es wandelt leiblich vor mir her,
Ich hauche ein der holden Nähe
Gewürzten Odem – doch, o Wehe!
Ein Vorhang von schwarzbrauner Seide
Raubt mir die süße Augenweide!
Der dumme Lappen, der so dünne
Wie das Gewebe einer Spinne,
Verhüllet mir die Gloria
Des Zauberlands Citronia!

Ich bin wie König Tantalus,
Mich lockt und neckt zugleich Genuß:
Der Trunk, wonach die Lippen dürsten,
Entgleitet mir wie jenem Fürsten;
Die Frucht, die ich genösse gern,
Sie ist mir nah und doch so fern!
Ein Fluch dem Wurme, welcher spann
Die Seide, und ein Fluch dem Mann,
Dem Weber, welcher wob den Taft,
Woraus der dunkle schauderhaft
Infame Vorhang ward gemacht,
Der mir verfinstert alle Pracht
Und allen goldnen Sonnenglanz
Citronias, des Zauberlands.

Manchmal mit toller Fieberglut
Faßt mich ein Wahnsinnübermut.
O die verwünschte Scheidewand!
Es treibt mich dann, mit kecker Hand
Die seidne Hülle abzustreifen,
Nach meinem nackten Glück zu greifen.
Jedoch aus allerlei Rücksichten
Muß ich auf solche Tat verzichten.
Auch ist dergleichen Dreistigkeit
Nicht mehr im Geiste unsrer Zeit –
Es heiligt jetzt der Sitte Codex
Die Unantastbarkeit des Podex.

Nachwort:

Unverblümt, an andren Orten,
Werdet Ihr in klaren Worten
Später ganz ausführlich lesen,
Was Citronia gewesen.
Unterdes – wer ihn versteht,
Einen Meister nie verrät –
Wißt Ihr doch, daß jede Kunst
Ist am End ein blauer Dunst.

Was war jene Blume, welche
Weiland mit dem blauen Kelche
So romantisch süß geblüht
In des Ofterdingen Lied?
Wars vielleicht die blaue Nase
Seiner mitschwindsüchtgen Base,
Die im Adelsstifte starb?
Mag vielleicht von blauer Farb
Ein Strumpfband gewesen sein,
Das beim Hofball fiel vom Bein
Einer Dame: – Firlefanz!
Hony soit qui mal y pense!

ZUR TELEOLOGIE

Beine hat uns zwei gegeben
Gott der Herr, um fortzustreben,
Wollte nicht, daß an der Scholle
Unsre Menschheit kleben solle.
Um ein Stillstandsknecht zu sein,
Gnügte uns ein einzges Bein.

Augen gab uns Gott ein Paar,
Daß wir schauen rein und klar;
Um zu glauben was wir lesen,
Wär *ein* Auge gnug gewesen.
Gott gab uns die Augen beide,
Daß wir schauen und begaffen
Wie er hübsch die Welt erschaffen
Zu des Menschen Augenweide;
Doch beim Gaffen in den Gassen
Sollen wir die Augen brauchen
Und uns dort nicht treten lassen
Auf die armen Hühneraugen,
Die uns ganz besonders plagen,
Wenn wir enge Stiefel tragen.

Gott versah uns mit zwei Händen,
Daß wir doppelt Gutes spenden;
Nicht um doppelt zuzugreifen
Und die Beute aufzuhäufen
In den großen Eisentruhn,
Wie gewisse Leute tun –
(Ihren Namen auszusprechen
Dürfen wir uns nicht erfrechen –
Hängen würden wir sie gern.
Doch sie sind so große Herrn,
Philanthropen, Ehrenmänner,
Manche sind auch unsre Gönner,
Und man macht aus deutschen Eichen
Keine Galgen für die Reichen.)

Gott gab uns nur eine Nase,
Weil wir zwei in einem Glase
Nicht hineinzubringen wüßten,
Und den Wein verschlappern müßten.

Gott gab uns nur *einen* Mund,
Weil zwei Mäuler ungesund.
Mit dem einen Maule schon
Schwätzt zu viel der Erdensohn.
Wenn er doppeltmäulig wär,
Fräß und lög er auch noch mehr.
Hat er jetzt das Maul voll Brei,
Muß er schweigen unterdessen,
Hätt er aber Mäuler zwei,
Löge er sogar beim Fressen.

Mit zwei Ohren hat versehn
Uns der Herr. Vorzüglich schön
Ist dabei die Symmetrie.
Sind nicht ganz so lang wie die,
So er unsern grauen braven
Kameraden anerschaffen.
Ohren gab uns Gott die beiden,
Um von Mozart, Gluck und Hayden
Meisterstücke anzuhören –
Gäb es nur Tonkunst-Kolik
Und Hämorrhoidal-Musik
Von dem großen Meyerbeer,
Schon ein Ohr hinlänglich wär! –

Als zur blonden Teutelinde
Ich in solcher Weise sprach,
Seufzte sie und sagte: Ach!
Grübeln über Gottes Gründe,
Kritisieren unsern Schöpfer,
Ach! das ist, als ob der Topf
Klüger sein wollt als der Töpfer!
Doch der Mensch fragt stets: Warum?
Wenn er sieht, daß etwas dumm.
Freund, ich hab dir zugehört,
Und du hast mir gut erklärt,
Wie zum weisesten Behuf
Gott dem Menschen zwiefach schuf
Augen, Ohren, Arm und Bein,
Während er ihm gab nur ein
Exemplar von Nas und Mund –
Doch nun sage mir den Grund:
Gott, der Schöpfer der Natur,
Warum schuf er einfach nur
Das skabröse Requisit,
Das der Mann gebraucht, damit
Er fortpflanze seine Rasse
Und zugleich sein Wasser lasse?
Teurer Freund, ein Duplikat
Wäre wahrlich hier von Nöten,
Um Funktionen zu vertreten,
Die so wichtig für den Staat

Wie fürs Individuum,
Kurz fürs ganze Publikum.
Eine Jungfrau von Gemüt
Muß sich schämen, wenn sie sieht,
Wie ihr höchstes Ideal
Wird entweiht so trivial!
Wie der Hochaltar der Minne
Wird zur ganz gemeinen Rinne!
Psyche schaudert, denn der kleine
Gott Amur der Finsternis
Er verwandelt sich beim Scheine
Ihrer Lamp – in Mankepiß.

Also Teutolinde sprach,
Und ich sagte ihr: Gemach!
Unklug wie die Weiber sind,
Du verstehst nicht, liebes Kind,
Zwei Funktionen, die so greulich
Und so schimpflich und abscheulich
Mit einander kontrastieren
Und die Menschheit sehr blamieren.
Gottes Nützlichkeitssystem,
Sein Ökonomieproblem
Ist, daß wechselnd die Maschinen
Jeglichem Bedürfnis dienen,
Den profanen wie den heilgen,
Den pikanten wie langweilgen, –
Alles wird simplifiziert;
Klug ist alles kombiniert:
Was dem Menschen dient zum Seichen,
Damit schafft er Seinesgleichen.
Auf demselben Dudelsack
Spielt dasselbe Lumpenpack.
Feine Pfote, derbe Patsche,
Fiddelt auf derselben Bratsche
– – – – – – – –

Springt und singt und gähnt ein jeder,
Und derselbe Omnibus
Führt uns nach dem Tartarus.

MISERERE

Die Söhne des Glückes beneid ich nicht
Ob ihrem Leben, beneiden
Will ich sie nur ob ihrem Tod,
Dem schmerzlos raschen Verscheiden.

Im Prachtgewand, das Haupt bekränzt,
Und Lachen auf der Lippe,
Sitzen sie froh beim Lebensbankett –
Da trifft sie jählings die Hippe.

Im Festkleid und mit Rosen geschmückt,
Die noch wie lebend blühten,
Gelangen in das Schattenreich
Fortunas Favoriten.

Nie hatte Siechtum sie entstellt,
Sind Tote von guter Miene,
Und huldreich empfängt sie an ihrem Hof
Zarewna Proserpine.

Wie sehr muß ich beneiden ihr Los!
Schon sieben Jahre mit herben,
Qualvollen Gebresten wälz ich mich
Am Boden, und kann nicht sterben!

O Gott, verkürze meine Qual,
Damit man mich bald begrabe;
Du weißt ja, daß ich kein Talent
Zum Martyrtume habe.

Ob deiner Inkonsequenz, o Herr,
Erlaube, daß ich staune:
Du schufest den fröhlichsten Dichter, und raubst
Ihm jetzt seine gute Laune.

Der Schmerz verdumpft den heitern Sinn
Und macht mich melancholisch;
Nimmt nicht der traurige Spaß ein End,
So werd ich am Ende katholisch.

Ich heule dir dann die Ohren voll,
Wie andre gute Christen –
O Miserere! Verloren geht
Der beste der Humoristen!

MORPHINE

Groß ist die Ähnlichkeit der beiden schönen
Jünglingsgestalten, ob der Eine gleich
Viel blässer als der Andre, auch viel strenger,
Fast möcht ich sagen viel vornehmer aussieht
Als jener Andre, welcher mich vertraulich
In seine Arme schloß – Wie lieblich sanft
War dann sein Lächeln, und sein Blick wie selig!
Dann mocht es wohl geschehn, daß seines Hauptes
Mohnblumenkranz auch meine Stirn berührte
Und seltsam duftend allen Schmerz verscheuchte
Aus meiner Seel – Doch solche Linderung,
Sie dauert kurze Zeit; genesen gänzlich
Kann ich nur dann, wenn seine Fackel senkt
Der andre Bruder, der so ernst und bleich. –
Gut ist der Schlaf, der Tod ist besser – freilich
Das Beste wäre, nie geboren sein.

Den Strauß, den mir Mathilde band
Und lächelnd brachte, mit bittender Hand
Weis ich ihn ab – Nicht ohne Grauen
Kann ich die blühenden Blumen schauen.

Sie sagen mir, daß ich nicht mehr
Dem schönen Leben angehör,
Daß ich verfallen dem Totenreiche,
Ich arme unbegrabene Leiche.

Wenn ich die Blumen rieche, befällt
Mich heftiges Weinen – Von dieser Welt
Voll Schönheit und Sonne, voll Lust und Lieben,
Sind mir die Tränen nur geblieben.

Wie glücklich war ich, wenn ich sah
Den Tanz der Ratten der Opera –
Jetzt hör ich schon das fatale Geschlürfe
Der Kirchhofratten und Grabmaulwürfe.

O Blumendüfte, ihr ruft empor
Ein ganzes Ballett, ein ganzes Chor
Von parfümierten Erinnerungen –
Das kommt auf einmal herangesprungen,

Mit Kastagnetten und Zimbelklang,
In flittrigen Röckchen, die nicht zu lang;
Doch all ihr Tändeln und Kichern und Lachen,
Es kann mich nur noch verdrießlicher machen!

Fort mit den Blumen! Ich kann nicht ertragen
Die Düfte, die von alten Tagen
Mir boshaft erzählt viel holde Schwänke –
Ich weine, wenn ich ihrer gedenke. –

Ich war, o Lamm, als Hirt bestellt,
Zu hüten dich auf dieser Welt.
Hab dich mit meinem Brot geätzt,
Mit Wasser aus dem Born geletzt.
Wenn kalt der Wintersturm gelärmt,
Hab ich dich an der Brust erwärmt.
Hier hielt ich fest dich angeschlossen,
Wenn Regengüsse sich ergossen
Und Wolf und Waldbach um die Wette
Geheult im dunkeln Felsenbette.
Du bangtest nicht, hast nicht gezittert.
Selbst wenn den höchsten Tann zersplittert
Der Wetterstrahl – in meinem Schoß
Du schliefest still und sorgenlos.

Mein Arm wird schwach, es schleicht herbei
Der blasse Tod! Die Schäferei,
Das Hirtenspiel, es hat ein Ende.
O Gott, ich leg in deine Hände
Zurück den Stab. – Behüte du
Mein armes Lamm, wenn ich zur Ruh
Bestattet bin – und dulde nicht,
Daß irgendwo ein Dorn sie sticht –
O schütz ihr Vlies vor Dornenhecken
Und auch vor Sümpfen, die beflecken;
Laß überall zu ihren Füßen
Das allerbeste Futter sprießen;
Und laß sie schlafen, sorgenlos,
Wie einst sie schlief in meinem Schoß.

Ich seh im Stundenglase schon
Den kargen Sand zerrinnen.
Mein Weib, du engelsüße Person!
Mich reißt der Tod von hinnen.

Er reißt mich aus deinem Arm, mein Weib,
Da hilft kein Widerstehen,
Er reißt die Seele aus dem Leib –
Sie will vor Angst vergehen.

Er jagt sie aus dem alten Haus,
Wo sie so gerne bliebe.
Sie zittert und flattert – Wo soll ich hinaus?
Ihr ist wie dem Floh im Siebe.

Das kann ich nicht ändern, wie sehr ich mich sträub,
Wie sehr ich mich winde und wende;
Der Mann und das Weib, die Seel und der Leib,
Sie müssen sich trennen am Ende.

HALLELUJA

Am Himmel Sonn und Mond und Stern,
Sie zeugen von der Macht des Herrn;
Und schaut des Frommen Aug nach oben,
Den Schöpfer wird er preisen, loben.

Ich brauche nicht so hoch zu gaffen,
Auf Erden schon find ich genung
Kunstwerke, welche Gott erschaffen,
Die würdig der Bewunderung.

Ja, lieben Leute, erdenwärts
Senkt sich bescheidentlich mein Blick,
Und findet hier das Meisterstück
Der Schöpfung: unser Menschenherz.

Wie herrlich auch der Sonne Pracht,
Wie lieblich auch in stiller Nacht
Das Mondenlicht, der Sterne Glanz,
Wie strahlend der Kometenschwanz –

Die Himmelslichter allesamt
Sie sind nur eitel Pfennigskerzen,
Vergleich ich sie mit jenem Herzen,
Das in der Brust des Menschen flammt.

Das ist die Welt in Miniatur,
Hier gibt es Berge, Wald und Flur,
Einöden auch mit wilden Bestjen,
Die oft das arme Herz belästgen –

Hier stürzen Bäche, rauschen Flüsse,
Hier gähnen Gründe, Felsabschüsse,
Viel bunte Gärten, grüne Rasen,
Wo Lämmlein oder Esel grasen –

Hier gibts Fontänen, welche springen,
Derweilen arme Nachtigallen,
Um schönen Rosen zu gefallen,
Sich an den Hals die Schwindsucht singen.

Auch an Abwechslung fehlt es nicht;
Heut ist das Wetter warm und licht,
Doch morgen schon ists herbstlich kalt,
Und nebelgrau die Flur, der Wald.

Die Blumen, sie entlauben sich,
Die Winde stürmen fürchterlich,
Und endlich flockt herab der Schnee,
Zu Eis erstarren Fluß und See.

Jetzt aber gibt es Winterspiele,
Vermummt erscheinen die Gefühle,
Ergeben sich dem Mummenschanz
Und dem berauschten Maskentanz. –

Freilich, inmitten dieser Freuden
Beschleicht sie oft geheimes Leiden,
Trotz Mummenschanz und Tanzmusik,
Sie seufzen nach verlornem Glück. –

Da plötzlich krachts – Erschrecke nicht!
Es ist das Eis, das jetzo bricht;
Die Rinde schmilzt, die frostig glatte,
Die unser Herz umschlossen hatte.

Entweichen muß was kalt und trübe;
Es kehrt zurück – o Herrlichkeit! –
Der Lenz, die schöne Jahreszeit,
Geweckt vom Zauberstab der Liebe! –

Groß ist des Herren Gloria,
Hier unten groß, wie in der Höh.
Ich singe ihm ein Kyrie
Eleison und Halleluja.

Er schuf so schön, er schuf so süß
Das Menschenherze, und er blies
Hinein des eignen Odems Geist,
Des Odems, welcher Liebe heißt.

Fort mit der Lyra Griechenlands,
Fort mit dem liederlichen Tanz
Der Musen, fort! In frömmern Weisen
Will ich den Herrn der Schöpfung preisen.

Fort mit der Heiden Musika!
Davids frommer Harfenklang
Begleite meinen Lobgesang!
Mein Psalm ertönt: Halleluja!

Für die Mouche

Dich fesselt mein Gedankenbann,
Und was ich dachte, was ich sann,
Das mußt du denken, mußt du sinnen, –
Du kannst nicht meinem Geist entrinnen.

Stets weht dich an sein wilder Hauch,
Und wo du bist, da ist er auch;
Du bist sogar im Bett nicht sicher
Vor seinem Kusse und Gekicher!

Mein Leib liegt tot im Grab, jedoch
Mein Geist, der ist lebendig noch,
Er wohnt gleich einem Hauskobolde
In deinem Herzchen, meine Holde!

Vergönn das traute Nestchen ihm,
Du wirst nicht los das Ungetüm,
Und flöhest du bis China, Japan –
Du wirst nicht los den armen Schnapphahn!

Denn überall, wohin du reist,
Sitzt ja im Herzen dir mein Geist,
Und denken mußt du, was ich sann –
Dich fesselt mein Gedankenbann!

LOTOSBLUME

Wahrhaftig, wir Beide bilden
Ein kurioses Paar,
Die Liebste ist schwach auf den Beinen,
Der Liebhaber lahm sogar.

Sie ist ein leidendes Kätzchen,
Und er ist krank wie ein Hund,
Ich glaube, im Kopfe sind Beide
Nicht sonderlich gesund.

Sie sei eine Lotosblume,
Bildet die Liebste sich ein;
Doch er, der blasse Geselle,
Vermeint der Mond zu sein.

Die Lotosblume erschließet
Ihr Kelchlein im Mondenlicht,
Doch statt des befruchtenden Lebens
Empfängt sie nur ein Gedicht.

Worte! Worte! keine Taten!
Niemals Fleisch, geliebte Puppe,
Immer Geist und keinen Braten,
Keine Knödel in der Suppe!

Doch vielleicht ist dir zuträglich
Nicht die wilde Lendenkraft,
Welche galoppieret täglich
Auf dem Roß der Leidenschaft.

Ja, ich fürchte fast, es riebe,
Zartes Kind, dich endlich auf
Jene wilde Jagd der Liebe,
Amors Steeple-chase-Wettlauf.

Viel gesünder, glaub ich schier,
Ist für dich ein kranker Mann
Als Liebhaber, der gleich mir
Kaum ein Glied bewegen kann.

Deshalb unsrem Herzensbund,
Liebste, widme deine Triebe;
Solches ist dir sehr gesund,
Eine Art Gesundheitsliebe.

Laß mich mit glühnden Zangen kneipen,
Laß grausam schinden mein Gesicht,
Laß mich mit Ruten peitschen, stäupen –
Nur warten, warten laß mich nicht!

Laß mit Torturen aller Arten
Verrenken, brechen mein Gebein,
Doch laß mich nicht vergebens warten,
Denn warten ist die schlimmste Pein!

Den ganzen Nachmittag bis Sechse
Hab gestern ich umsonst geharrt –
Umsonst; du kamst nicht, kleine Hexe,
So daß ich fast wahnsinnig ward.

Die Ungeduld hielt mich umringelt
Wie Schlangen; – jeden Augenblick
Fuhr ich empor, wenn man geklingelt,
Doch kamst du nicht – ich sank zurück!

Du kamest nicht – ich rase, schnaube,
Und Satanas raunt mir ins Ohr:
Die Lotosblume, wie ich glaube,
Mokiert sich deiner, alter Tor!

Es träumte mir von einer Sommernacht,
Wo bleich, verwittert, in des Mondes Glanze
Bauwerke lagen, Reste alter Pracht,
Ruinen aus der Zeit der Renaissance.

Nur hie und da, mit dorisch ernstem Knauf,
Hebt aus dem Schutt sich einzeln eine Säule,
Und schaut ins hohe Firmament hinauf,
Als ob sie spotte seiner Donnerkeile.

Gebrochen auf dem Boden liegen rings
Portale, Giebeldächer mit Skulpturen,
Wo Mensch und Tier vermischt, Centaur und Sphinx,
Satyr, Chimäre – Fabelzeitfiguren.

Es steht ein offner Marmorsarkophag
Ganz unverstümmelt unter den Ruinen,
Und gleichfalls unversehrt im Sarge lag
Ein toter Mann mit leidend sanften Mienen.

Karyatiden mit gerecktem Hals,
Sie scheinen mühsam ihn emporzuhalten.
An beiden Seiten sieht man ebenfalls
Viel basrelief gemeißelte Gestalten.

Hier sieht man des Olympos Herrlichkeit
Mit seinen lüderlichen Heidengöttern,
Adam und Eva stehn dabei, sind Beid
Versehn mit keuschem Schurz von Feigenblättern.

Hier sieht man Trojas Untergang und Brand,
Paris und Helena, auch Hektor sah man;
Moses und Aaron gleich daneben stand,
Auch Esther, Judith, Holofern und Haman.

Desgleichen war zu sehn der Gott Amur,
Phöbus Apoll, Vulkanus und Frau Venus,
Pluto und Proserpine und Merkur,
Gott Bacchus und Priapus und Silenus.

Daneben stand der Esel Balaams
– Der Esel war zum Sprechen gut getroffen –
Dort sah man auch die Prüfung Abrahams
Und Lot, der mit den Töchtern sich besoffen.

Hier war zu schaun der Tanz Herodias',
Das Haupt des Täufers trägt man auf der Schüssel,
Die Hölle sah man hier und Satanas,
Und Petrus mit dem großen Himmelsschlüssel.

Abwechselnd wieder sah man hier skulpiert
Des geilen Jovis Brunst und Freveltaten,
Wie er als Schwan die Leda hat verführt,
Die Danaë als Regen von Dukaten.

Hier war zu sehn Dianas wilde Jagd,
Ihr folgen hochgeschürzte Nymphen, Doggen,
Hier sah man Herkules in Frauentracht,
Die Spindel drehend hält sein Arm den Rocken.

Daneben ist der Sinai zu sehn,
Am Berg steht Israel mit seinen Ochsen,
Man schaut den Herrn als Kind im Tempel stehn
Und disputieren mit den Orthodoxen.

Die Gegensätze sind hier grell gepaart,
Des Griechen Lustsinn und der Gottgedanke
Judäas! Und in Arabeskenart
Um beide schlingt der Epheu seine Ranke.

Doch, wunderbar! Derweilen solcherlei
Bildwerke träumend ich betrachtet habe,
Wird plötzlich mir zu Sinn, ich selber sei
Der tote Mann im schönen Marmorgrabe.

Zu Häupten aber meiner Ruhestätt
Stand eine Blume, rätselhaft gestaltet,
Die Blätter schwefelgelb und violett,
Doch wilder Liebreiz in der Blume waltet.

Das Volk nennt sie die Blum der Passion
Und sagt, sie sei dem Schädelberg entsprossen,
Als man gekreuzigt hat den Gottessohn,
Und dort sein welterlösend Blut geflossen.

Blutzeugnis, heißt es, gebe diese Blum,
Und alle Marterinstrumente, welche
Dem Henker dienten bei dem Märtyrtum,
Sie trüge sie abkonterfeit im Kelche.

Ja, alle Requisiten der Passion
Sähe man hier, die ganze Folterkammer,
Zum Beispiel: Geißel, Stricke, Dornenkron,
Das Kreuz, den Kelch, die Nägel und den Hammer.

Solch eine Blum an meinem Grabe stand,
Und über meinen Leichnam niederbeugend,
Wie Frauentrauer, küßt sie mir die Hand,
Küßt Stirne mir und Augen, trostlos schweigend.

Doch, Zauberei des Traumes! Seltsamlich,
Die Blum der Passion, die schwefelgelbe,
Verwandelt in ein Frauenbildnis sich,
Und das ist Sie – die Liebste, ja, die selbe!

Du warst die Blume, du geliebtes Kind,
An deinen Küssen mußt ich dich erkennen.
So zärtlich keine Blumenlippen sind,
So feurig keine Blumentränen brennen!

Geschlossen war mein Aug, doch angeblickt
Hat meine Seel beständig dein Gesichte,
Du sahst mich an, beseligt und verzückt,
Und geisterhaft beglänzt vom Mondenlichte!

Wir sprachen nicht, jedoch mein Herz vernahm,
Was du verschwiegen dachtest im Gemüte –
Das ausgesprochne Wort ist ohne Scham,
Das Schweigen ist der Liebe keusche Blüte.

Lautloses Zwiegespräch! man glaubt es kaum,
Wie bei dem stummen, zärtlichen Geplauder
So schnell die Zeit verstreicht im schönen Traum
Der Sommernacht, gewebt aus Lust und Schauder.

Was wir gesprochen, frag es niemals, ach!
Den Glühwurm frag, was er dem Grase glimmert,
Die Welle frage, was sie rauscht im Bach,
Den Westwind frage, was er weht und wimmert.

Frag, was er strahlet, den Karfunkelstein,
Frag, was sie duften, Nachtviol und Rosen –
Doch frage nie, wovon im Mondenschein
Die Marterblume und ihr Toter kosen!

Ich weiß es nicht, wie lange ich genoß
In meiner schlummerkühlen Marmortruhe
Den schönen Freudentraum. Ach, es zerfloß
Die Wonne meiner ungestörten Ruhe!

O Tod! mit deiner Grabesstille, du,
Nur du kannst uns die beste Wollust geben;
Den Krampf der Leidenschaft, Lust ohne Ruh,
Gibt uns für Glück das albern rohe Leben!

Doch wehe mir! es schwand die Seligkeit,
Als draußen plötzlich sich ein Lärm erhoben;
Es war ein scheltend, stampfend wüster Streit,
Ach, meine Blum verscheuchte dieses Toben!

Ja, draußen sich erhob mit wildem Grimm
Ein Zanken, ein Gekeife, ein Gekläffe,
Ich glaubte zu erkennen manche Stimm –
Es waren meines Grabmals Basrelieffe.

Spukt in dem Stein der alte Glaubenswahn?
Und disputieren diese Marmorschemen?
Der Schreckensruf des wilden Waldgotts Pan
Wetteifernd wild mit Mosis Anathemen!

O dieser Streit wird enden nimmermehr,
Stets wird die Wahrheit hadern mit dem Schönen,
Stets wird geschieden sein der Menschheit Heer
In zwei Partein: Barbaren und Hellenen.

Das fluchte, schimpfte! gar kein Ende nahms
Mit dieser Kontroverse, der langweilgen,
Da war zumal der Esel Balaams,
Der überschrie die Götter und die Heilgen!

Mit diesem I–A, I–A, dem Gewiehr,
Dem schluchzend ekelhaften Mißlaut, brachte
Mich zur Verzweiflung schier das dumme Tier,
Ich selbst zuletzt schrie auf – und ich erwachte.

Es kommt der Tod – jetzt will ich sagen,
Was zu verschweigen ewiglich
Mein Stolz gebot: für dich, für dich,
Es hat mein Herz für dich geschlagen

Der Sarg ist fertig, sie versenken
Mich in die Gruft. Da hab ich Ruh.
Doch du, doch du, Maria, du,
Wirst weinen oft und mein gedenken.

Du ringst sogar die schönen Hände –
O tröste dich – Das ist das Los,
Das Menschenlos: – was gut und groß
Und schön, das nimmt ein schlechtes Ende.

DER SCHEIDENDE

Erstorben ist in meiner Brust
Jedwede weltlich eitle Lust,
Schier ist mir auch erstorben drin
Der Haß des Schlechten, sogar der Sinn
Für eigne wie für fremde Not –
Und in mir lebt nur noch der Tod!

Der Vorhang fällt, das Stück ist aus,
Und gähnend wandelt jetzt nach Haus
Mein liebes deutsches Publikum,
Die guten Leutchen sind nicht dumm;
Das speist jetzt ganz vergnügt zu Nacht,
Und trinkt sein Schöppchen, singt und lacht –
Er hatte Recht, der edle Heros,
Der weiland sprach im Buch Homeros':
Der kleinste lebendige Philister
Zu Stukkert am Neckar, viel glücklicher ist er
Als ich, der Pelide, der tote Held,
Der Schattenfürst in der Unterwelt.

AN PERSONEN

WIDMUNGEN

FRAGMENTE

An Personen. Widmungen

ZUR NOTIZ

Die Philister, die Beschränkten,
Diese geistig Eingeengten,
Darf man nie und nimmer necken.
Aber weite, kluge Herzen
Wissen stets in unsren Scherzen
Lieb und Freundschaft zu entdecken.

AN DIE ELTERN

O habt ihr über Glück und Unglück noch Gewalt,
Ihr Götter! – Gebt dem Glück auf heute viel Befehle,
Denn Vater und Mutter, die schöne Seele,
Feiern heute ihren schönsten Tag.

Düsseldorf, den 6ten Januar 1813

WÜNNEBERGIADE

ein Heldengedicht in zwei Gesängen

ERSTER GESANG

Holde Muse, gib mir Kunde,
Wie einst hergeschoben kommen
Jenes kugelrunde Schweinchen,
Das da Wünneberg geheißen.

Auf den Iserlohner Triften
Ward mein Schweinchen einst geworfen,
Allda stehet noch das Tröglein,
Wo es weidlich sich gemästet.

Täglich in der Brüder Mitte
Burzelt es herum im Miste,
Auf den Hinterpfötchen hüpfend, –
Zernial ist Dreck dagegen.

Und die Mutter mit Gefallen
Schauet ihres Sohns Gedeihen,
Wie das feiste Wänstchen schwellet,
Wie die Ziegelbacken quellen.

Und der Vater mit Entzücken
Hört des Sohnes erstes Quirren,
Und das lieblich helle Grunzen
Dringt zum väterlichen Herzen.

Aber soll im Mist verwelken
Diese zarte Ferkenblume?
Soll der Sprößling edler Beester
Ohne Nachruhm einst verrecken?

Also sinnen nun die Eltern,
Was ihr Söhnchen einst soll werden,
Und sie stritten, stritten lange,
Mit den Worten, mit den Fäusten.

»Holde Drütche!« sprach der Ehherr,
»Du mein alter Rumpelkasten!
Ja ich kusche, ja ich schwör es,
Ja, mein Sohn soll Pfäfflein werden.

Dorthin, wo die schmucke Düssel
Schlängelnd sich im Rhein ergießet,
Dorthin send ich meinen Lümmel,
Zu studieren Gottgelahrtheit.

Dorten lebt mein Freund Asthöver,
Den ich einst traktiert mit Kaffee
Und mit Brezel und mit Plätzchen, –
Schlau erwägend künftge Zeiten.

Auch der riesenmächtge Damen
Wandelt dort sein geistlich Leben;
Schreckhaft zittern seine Jünger,
Wenn er schwingt die Musengeißel.

Diesen Männern übergeb ich
Meinen Sohn zur strengen Leitung,
Diese wähl er sich zum Vorbild,
Bis sein Bauch sich einst verkläret.«

Also sprach zur Frau der Ehherr,
Und er streichelt ihr das Pfötchen;
Aber sie umarmt ihn glühend,
Daß der Schmerbauch heftig dröhnet.

Halt die Ohren zu, o Muse!
Jetzo wird mein Schwein gescheuert,
Mit der Glut im Wasserküven;
Und es schreit und krächzt erbärmlich.

Und ein klimperklein Frisörchen
Kräuselt à l'enfant die Borsten,
Parfümiert sie mit Pomade, –
Bis nach Gersheim hats gerochen.

Und mit vielen Komplimenten
Kommt ein Schneider hergetrippelt,
Und er bracht ein altdeutsch Röcklein,
Wie's Arminius getragen.

Unter solcher Vorbereitung
War die Nacht herabgesunken,
Und zur Ruhe blies der Sauhirt,
Jeder kroch ins niedre Ställchen.

ZWEITER GESANG

Schnarchend lag der Hausknecht Tröffel,
Bis der Tag herangebrochen,
Endlich rieb er sich die Augen,
Und verließ sein weiches Lager.

Und im Hofe schon versammelt
Findet er die Hausgenossen,
Um den jungen Herrn sich drängend,
Und sie nehmen rührend Abschied.

Sinnend steht der ernste Vater,
Als behorcht er Flöhgespräche;
Und die Mutter kniet im Miste,
Betend für des Sohns Erhaltung.

Auch die Kuhmagd hörbar schluchset,
Denn es scheidet der Geliebte,
Den sie einst in Lieb befangen
Durch der dicken Waden Reize.

»Lebewohl!« die Brüder grunzen,
»Lebewohl!« der Kater mauet;
Und der Esel zärtlich seufzend
Seinen Jugendfreund umarmet.

Selbst die Hühner traurig gackern;
Nur der Bock der schweigt und schmunzelt,
Er verliert ein Nebenbuhler
Bei den holden Ziegenpärchen.

Traurig, in der Freunde Mitte,
Stand nun selbst mein armes Schweinchen,
Liebevoll die Äuglein glänzen,
Und es ließ das Sterzchen hängen.

Da erhub sich männlich Tröffel:
»Sagt, was soll das Weiberplärren?
Selbst der edle Ochs der weinet,
Er, den ich für Mann gehalten!

Aber Tröffel kann dies ändern!«
Sprachs, und rasch, im edlen Zorne,
Packte er mein Schwein beim Kragen,
Band zusammen alle Vieren,

Lud es schnell auf seinen Schubkarrn,
Und er schiebet flink und lustig,
Über Felder, über Berge,
Bis an Düsseldorfs Lyceum.

AN CHRISTIAN SETHE

I

Wenn die Stunde kommt wo das Herz mir schwillt,
Und blühender Zauber dem Busen entquillt,
Dann greif ich zum Griffel rasch und wild,
Und male mit Worten das Zaubergebild. –

II

Als ich ging nach Ottensen hin,
Auf Klopstocks Grab gewesen ich bin.
Viel schmucke und stattliche Menschen dort standen,
Und den Leichenstein mit Blumen umwanden,
Die lächelten sich einander an
Und glaubten Wunders was sie getan. –
Ich aber stand beim heiligen Ort,
Und stand so still und sprach kein Wort,
Meine Seele war da unten tief,
Wo der heilige deutsche Sänger schlief – –

IN EIN EXEMPLAR VON GOETHES »FAUST«

Dieses Buch sei dir empfohlen,
Lese nur, wenn du auch irrst:
Doch wenn du's verstehen wirst,
Wird dich auch der Teufel holen.

ALBUMVERS

Ich wohnte früher weit von hier,
Zwei Häuser trennen mich jetzt von Dir:
Es kam mir oft schon in den Sinn
Ach! wärst Du meine Nachbarin.

AN?

Stehst du in vertrautem Umgang mit Damen,
Schweig, Freundchen! still, und nenne nie Namen:
Um ihretwillen, wenn sie fein sind,
Um deinetwillen, wenn sie gemein sind.

AN FRITZ VON BEUGHEM

I

Oben auf dem Rolandseck
Saß einmal ein Liebesgeck,
Seufzt' sich fast das Herz heraus,
Kuckt' sich fast die Augen aus
Nach dem hübschen Klösterlein,
Das da liegt im stillen Rhein.

Fritz von Beughem! denk auch fern
Jener Stunden, als wir gern
Oben hoch von Daniels Kniff
Schauten nach dem Felsenriff,
Wo der kranke Ritter saß,
Dessen Herze nie genas.

Bonn, 7. März 1820

II

Mein Fritz lebt nun im Vaterland der Schinken,
Im Zauberland, wo Schweinebohnen blühen,
Im dunkeln Ofen Pumpernickel glühen,
Wo Dichtergeist erlahmt, und Verse hinken.
Mein Fritz, gewohnt, aus heilgem Quell zu trinken,
Soll nun zur Tränke gehn mit fetten Kühen,
Soll gar der Themis Aktenwagen ziehen, –
Ich fürchte fast, er muß im Schlamm versinken.
Mein Fritz, gewohnt, auf buntbeblümten Auen
Sein Flügelroß mit leichter Hand zu leiten,
Und sich zu schwingen hoch, wo Adler horsten;
Mein Fritz wird nun, will er sein Herz erbauen,
Auf einem dürren Prosagaul durchreuten –
Den Knüppelweg von Münster bis nach Dorsten.

AN J. B. ROUSSEAU

Bang hat der Pfaff sich in der Kirch verkrochen,
Der Herrschling zittert auf dem morschen Thrönlein,
Auf seinem Haupte wackelt schon sein Krönlein –
Denn Rousseaus Namen hab ich ausgesprochen.
Doch wähne nicht, das Püpplein, womit pochen
Die Mystiker, sei Rousseaus *Glaubens*fähnlein,
Auch halte nicht für Rousseaus *Freiheit*, Söhnlein,
Das Süpplein, das die Demagogen kochen.
Sei deines Namens wert, für wahre Freiheit
Und freie Wahrheit kämpf mit deutschem Sinne:
Schlag drein mit Wort und Schwert, sei treu und bieder.

Glauben, Freiheit, Minne sei deine Dreiheit,
Und fehlt dir auch das *Myrtenreis* der Minne,
So hast du doch den *Lorbeerkranz* der Lieder.
Bonn, d. 15. Sept. 1820

ETWAS FÜR DEN HINKENDEN VETTER

In das Stammbuch des Deklamators Th. v. Sydow

Augen, die nicht ferne blicken,
Und auch nicht zur Liebe taugen,
Aber ganz entsetzlich drücken,
Sind des Vetters Hühneraugen.

AN FRIEDRICH STEINMANN

I

Ochse, deutscher Jüngling, endlich,
Reite deine Schwänze nach;
Einst bereust du, daß du schändlich
Hast vertrödelt manchen Tag!

II

Selig dämmernd, sonder Harm,
Liegt der Mensch in Freundes Arm;
Da kommt plötzlich wie's Verhängnis
Des Consiliums Bedrängnis,
Und weit fort von seinen Lieben
Muß der Mensch sich weiter schieben.

Der Weltlauf ists: den Würdgen sieht man hudeln,
Der Ernste wird bespöttelt und vexiert,
Der Mutge wird verfolgt von Schnurren, Pudeln,
Und Ich sogar – ich werde konsiliert.

Göttingen, den 29. Januar 1821

DAS BILD

Trauerspiel vom Freiherrn E. v. Houwald

Lessing-Da Vinzis Nathan und Galotti,
Schiller-Raffaels Wallenstein und Posa,
Egmont und Faust von Goethe-Buonarotti –
Die nimm zum Muster, Houwald-Spinarosa!

AUCASSIN UND NICOLETTE, ODER: DIE LIEBE AUS DER GUTEN ALTEN ZEIT

(An J. F. Koreff)

Hast einen bunten Teppich ausgebreitet,
Worauf gestickt sind leuchtende Figuren.
Es ist der Kampf feindseliger Naturen,
Der halbe Mond, der mit dem Kreuze streitet.
Trompetentusch! Die Schlacht wird vorbereitet;
Im Kerker schmachten, die sich Treue schwuren;
Schalmeien klingen auf provencer Fluren;
Auf dem Bazar Karthagos Sultan schreitet.
Freundlich ergötzt die bunte Herrlichkeit:
Wir irren, wie in märchenhafter Wildnis,
Bis Lieb und Licht besiegen Haß und Nacht.
Du, Meister, kanntest der Kontraste Macht,
Und gabst in schlechter, neuer Zeit das Bildnis
Von Liebe aus der alten, guten Zeit!

Berlin, den 27. Februar 1822

AN SALOMON HEINE

»Zueignung« der »Tragödien nebst einem lyrischen Intermezzo« 1823

Meine Qual und meine Klagen
Hab ich in dies Buch gegossen,
Und wenn du es aufgeschlagen,
Hat sich dir mein Herz erschlossen.

MIT DEM »RATCLIFF«

I

An Rudolph Christiani

Mit starken Händen schob ich von den Pforten
Des dunkeln Geisterreichs die rostgen Eisenriegel;
Vom roten Buch der Liebe riß ich dorten
Die urgeheimnisvollen sieben Siegel;
Und was ich schaute in den ewgen Worten,
Das bring ich dir in dieses Liedes Spiegel.
Ich und mein Name werde untergehen,
Doch dieses Lied muß ewiglich bestehen.

Weihnachten 1823

II

An Friedrich Merckel

Ich habe die süße Liebe gesucht,
Und hab den bittern Haß gefunden,
Ich habe geseufzt, ich habe geflucht,
Ich habe geblutet aus tausend Wunden.

Auch hab ich mich ehrlich Tag und Nacht
Mit Lumpengesindel herumgetrieben,
Und als ich all diese Studien gemacht,
Da hab ich ruhig den Ratcliff geschrieben.

Hamburg, den 12. April 1826

MIT DEM »RABBI VON BACHERACH«

Brich aus in lauten Klagen,
Du düstres Martyrerlied,
Das ich so lang getragen
Im flammenstillen Gemüt!

Es dringt in alle Ohren,
Und durch die Ohren ins Herz;
Ich habe gewaltig beschworen
Den tausendjährigen Schmerz.

Es weinen die Großen und Kleinen,
Sogar die kalten Herrn,
Die Frauen und Blumen weinen,
Es weinen am Himmel die Stern.

Und alle die Tränen fließen
Nach Süden im stillen Verein,
Sie fließen und ergießen
Sich all in den Jordan hinein.

AN J. P. LYSER

Der Kopf ist leer, das Herz ist voll;
Ich weiß nicht, was ich schreiben soll.
Ich bitte die lieben deutschen Götter
Für dich um gutes Reisewetter.

AN AUGUST LEWALD

Die Kirche siehst du auf diesem Bilde,
Worin, zu heiliger Stimmung bekehrt,
Signora Franscheska und Lady Mathilde
Mit Doktor Heine die Messe gehört.

AN CAMPE

Der Sangesvogel, der ist tot,
Du wirst ihn nicht erwecken!
Du kannst dir ruhig in den Steiß
Die goldne Feder stecken.

AN HEINRICH KÜNZEL

Du reißt dich los von braunen Hälsen,
Du fliehst die gallischen Brünetten,
Doch hinter Albions weißen Felsen
Schon harren deiner blonde Ketten!
Leb wohl! Erlaubts die neue Herrschaft drüben,
Bleib eingedenk der Freunde, die dich lieben.

Paris, den 29. Januar 1838

IN DAS ALBUM EINER DAME

Hände küssen, Hüte rücken,
Kniee beugen, Häupter bücken,
Kind, das ist nur Gaukelei,
Denn das Herz denkt nichts dabei!

AN MEINEN BRUDER MAX

Max! Du kehrst zurück nach Rußlands
Steppen, doch ein großer Kuhschwanz
Ist für dich die Welt: Plaisier
Bietet jede Schenke dir.

Du ergreifst die nächste Grete,
Und beim Klange der Trompete
Und der Pauken, dum! dum! dum!
Tanzest du mit ihr herum.

Wo dir winken große Humpen,
Läßt du gleichfalls dich nicht lumpen,
Und wenn du des Bacchus voll,
Reimst du Lieder wie Apoll.

Immer hast du ausgeübet
Luthers Wahlspruch: Wer nicht liebet
Wein und Weiber und Gesang –
Bleibt ein Narr sein Lebenlang.

Möge, Max, das Glück bekränzen
Stets dein Haupt und dir kredenzen
Täglich seinen Festpokal
In des Lebens Kuhschwanz-Saal!

Paris, den 20. Juli 1852

AN EDUARD G.

Du hast nun Titel, Ämter, Würden, Orden,
Hast Wappenschild mit panaschiertem Helm,
Du bist vielleicht auch Exzellenz geworden –
Für mich jedoch bist du ein armer Schelm.

Mir imponieret nicht der Seelenadel,
Den du dir anempfunden sehr geschickt,
Obgleich er glänzt wie eine Demantnadel,
Die des Philisters weißes Brusthemd schmückt.

O Gott! ich weiß, in deiner goldbetreßten
Hofuniform, gar kümmerlich, steckt nur
Ein nackter Mensch, behaftet mit Gebresten,
Ein seufzend Ding, die arme Kreatur.

Ich weiß, bedürftig, wie die andern alle,
Bist du der Atzung, kackst auch jedenfalls
Wie sie – deshalb mit dem Gemeinplatzschwalle
Von Hochgefühlen bleibe mir vom Hals!

Fragmente

AN J. B. ROUSSEAU

Es nennen mich hundert Zungen am Rheine,
Doch neunundneunzig sind Lästerzungen;
Nur Einer der liebt mich, der Rousseau, der Eine
– –

Am Werfte zu Kuxhafen
Da ist ein schöner Ort,
Der heißt »die alte Liebe«,
Die meinige ließ ich dort – – –

SONNENAUFGANG

Sonne, purpurgeborene,
Glänzend im Glanz der Rubinenkron
Und des goldenen Mantels
Steigst du empor
Aus deinem Palast von Kristall;
Vor dir, wie Blumenmädchen am Festtag,
Tanzen die jungen Morgenlichter
Und streuen dir Rosenblätter,
Und unter Triumphportalen,
Gewölbt aus Wolkenmarmor,
Wandelst du siegreich
Über die leuchtende Wasserbahn,
Und wohin du gelangst,
Entflieht die Nacht
Mit hastigem Schattenschritt,
Und lichtgeweckt erschließen sich freudig

Die bunten Augen der Blumen
Und die lieben Herzen der Menschen,
Und aus den grünen Dornen erschallt
Befiederte Jubelmusik.
– – – – – – – – – – – –
– – – – – – – – – – – –

ANTWORT

Es ist der rechte Weg, den du betreten,
Doch in der Zeit magst du dich weidlich irren;
Das sind nicht Düfte von Muskat und Myrrhen,
Die jüngst aus Deutschland mir verletzend wehten.

Wir dürfen nicht Viktoria trompeten,
Solang noch Säbel tragen unsre Sbirren;
Mich ängstet, wenn die Vipern Liebe girren,
Und Wolf und Esel Freiheitslieder flöten –
. . . .

Manch kostbar edle Perle birgt
Der Ozean; manch schöne Blume
Küßt nie ein Menschenblick, nur stumme
Waldeinsamkeit schaut ihr Erröten,
Und trostlos in der Wildnisöde
Vergeudet sie die süßen Düfte.

Wenngleich tobsüchtig dort der Wind
Die Fluten peitschet, daß sie heulen,
Und ihnen stracks zu Hilfe eilen,
Entsetzlich gähnend, aus den Tiefen
Die Ungetüme, die dort schliefen – – –

2.

Die Erzählungen

Heine im Jahre 1829. Zeichnung von Franz Kugler

DER RABBI VON BACHERACH

Ein Fragment

Seinem geliebten Freunde, Heinrich Laube,
widmet die Legende des Rabbi von Bacherach,
heiter grüßend:

Der Verfasser

ERSTES KAPITEL

Unterhalb des Rheingaus, wo die Ufer des Stromes ihre lachende Miene verlieren, Berg und Felsen, mit ihren abenteuerlichen Burgruinen, sich trotziger gebärden, und eine wildere, ernstere Herrlichkeit emporsteigt, dort liegt, wie eine schaurige Sage der Vorzeit, die finstre, uralte Stadt Bacherach. Nicht immer waren so morsch und verfallen diese Mauern mit ihren zahnlosen Zinnen und blinden Warttürmchen, in deren Luken der Wind pfeift und die Spatzen nisten, in diesen armselig häßlichen Lehmgassen, die man durch das zerrissene Tor erblickt, herrschte nicht immer jene öde Stille, die nur dann und wann unterbrochen wird von schreienden Kindern, keifenden Weibern und brüllenden Kühen. Diese Mauern waren einst stolz und stark, und in diesen Gassen bewegte sich frisches, freies Leben, Macht und Pracht, Lust und Leid, viel Liebe und viel Haß. Bacherach gehörte einst zu jenen Munizipien, welche von den Römern während ihrer Herrschaft am Rhein gegründet worden, und die Einwohner, obgleich die folgenden Zeiten sehr stürmisch und obgleich sie späterhin unter hohenstaufischer, und zuletzt unter wittelsbacher Oberherrschaft gerieten, wußten dennoch, nach dem Beispiel andrer rheinischen Städte, ein ziemlich freies Gemeinwesen zu erhalten. Dieses bestand aus einer Verbindung einzelner Körperschaften, wovon die der patrizischen Altbürger und die der Zünfte, welche sich wieder nach ihren verschiedenen Gewerken unterabteilten, beiderseitig nach der Alleinmacht rangen: so daß sie sämtlich nach außen, zu Schutz und Trutz gegen den nachbarlichen Raubadel, fest verbunden standen, nach innen aber, wegen streitender Interessen, in beständiger Spaltung verharrten; und daher unter ihnen wenig Zusammenleben, viel Mißtrauen, oft sogar tätliche Ausbrüche der Leidenschaft. Der herrschaftliche Vogt saß auf der hohen Burg Sareck, und wie sein Falke schoß er herab wenn man ihn rief und auch manchmal ungerufen. Die Geistlichkeit herrschte im Dunkeln durch die Verdunkelung des Geistes. Eine am meisten vereinzelte, ohnmächtige und vom Bürgerrechte allmählig verdrängte Körperschaft war die kleine Judengemeinde, die schon zur Römerzeit in Bacherach sich niedergelassen und späterhin, während der großen Judenverfolgung, ganze Scharen flüchtiger Glaubensbrüder in sich aufgenommen hatte.

Die große Judenverfolgung begann mit den Kreuzzügen und wütete am grimmigsten um die Mitte des vierzehnten Jahrhunderts, am Ende der großen Pest, die, wie jedes andre öffentliche Unglück, durch die Juden entstanden sein sollte, indem man behauptete, sie hätten den Zorn Gottes herabgeflucht und mit Hülfe der Aussätzigen die Brunnen vergiftet. Der gereizte Pöbel, besonders die Horden der Flagellanten, halbnackte Männer und Weiber, die zur Buße sich selbst geißelnd und ein tolles Marienlied singend, die Rheingegend und das übrige Süddeutschland durchzogen, ermordeten damals viele tausend Juden, oder marterten sie, oder tauften sie gewaltsam. Eine andere Beschuldigung, die ihnen schon in früherer Zeit, das ganze Mittelalter hindurch bis Anfang des vorigen Jahrhunderts, viel Blut und Angst kostete, das war das läppische, in Chroniken und Legenden bis zum Ekel oft wiederholte Märchen: daß die Juden geweihte Hostien stählen, die sie mit Messern durchstächen bis das Blut herausfließe, und daß sie an ihrem Paschafeste Christenkinder schlachteten, um das Blut derselben bei ihrem nächtlichen Gottesdienste zu gebrauchen. Die Juden, hinlänglich verhaßt wegen ihres Glaubens, ihres Reichtums, und ihrer Schuldbücher, waren an jenem Festtage ganz in den Händen ihrer Feinde, die ihr Verderben nur gar zu leicht bewirken konnten, wenn sie das Gerücht eines solchen Kindermords verbreiteten, vielleicht gar einen blutigen Kinderleichnam in das verfemte Haus eines Juden heimlich hineinschwärzten, und dort nächtlich die betende Judenfamilie überfielen; wo alsdann gemordet, geplündert und getauft wurde, und große Wunder geschahen durch das vorgefundene tote Kind, welches die Kirche am Ende gar kanonisierte. Sankt Werner ist ein solcher Heiliger, und ihm zu Ehren ward zu Oberwesel jene prächtige Abtei gestiftet, die jetzt am Rhein eine der schönsten Ruinen bildet, und mit der gotischen Herrlichkeit ihrer langen, spitzbögigen Fenster, stolz emporschießender Pfeiler und Steinschnitzeleien uns so sehr entzückt, wenn wir an einem heitergrünen Sommertage vorbeifahren und ihren Ursprung nicht kennen. Zu Ehren dieses Heiligen wurden am Rhein noch drei andre große Kirchen errichtet, und unzählige Juden getötet oder mißhandelt. Dies geschah im Jahre 1287, und auch zu Bacherach, wo eine von diesen Sankt-Wernerskirchen gebaut wurde, erging damals über die Juden viel Drangsal und Elend. Doch zwei Jahrhunderte seitdem blieben sie verschont von solchen Anfällen der Volkswut, obgleich sie noch immer hinlänglich angefeindet und bedroht wurden.

Je mehr aber der Haß sie von außen bedrängte, desto inniger und traulicher wurde das häusliche Zusammenleben, desto tiefer wurzelte die Frömmigkeit und Gottesfurcht der Juden von Bacherach. Ein Muster gottgefälligen Wandels war der dortige Rabbiner, genannt Rabbi Abraham, ein noch jugendlicher Mann, der aber weit und breit wegen seiner Gelahrtheit berühmt war. Er war geboren in dieser Stadt, und sein Vater, der dort ebenfalls Rabbiner gewesen, hatte ihm in seinem letzten Willen befohlen, sich demselben Amt zu widmen und Bacherach nie zu verlassen, es seie denn wegen Lebensgefahr. Dieser Befehl und ein Schrank mit seltenen Büchern war alles was sein Vater, der bloß in Armut und Schriftgelahrtheit lebte, ihm hinterließ. Dennoch war Rabbi Abraham ein sehr reicher Mann; verheuratet mit der einzigen Tochter seines verstorbenen Vaterbruders, welcher den Juwelenhandel getrieben, erbte er dessen große Reichtümer. Einige Fuchsbärte in der Gemeinde deuteten darauf hin, als wenn der Rabbi eben des Geldes wegen seine Frau geheuratet habe. Aber sämtliche Weiber widersprachen und wußten alte Geschichten zu erzählen: wie der Rabbi, schon vor seiner Reise nach Spanien, verliebt gewesen in Sara – man hieß sie eigentlich die schöne Sara – und wie Sara sieben Jahre warten mußte, bis der Rabbi aus Spanien zurückkehrte, indem er sie gegen den Willen ihres Vaters und selbst gegen ihre eigne Zustimmung durch den Trauring geheuratet hatte. Jedweder Jude nämlich kann ein jüdisches Mädchen zu seinem rechtmäßigen Eheweibe machen, wenn es ihm gelang ihr einen Ring an den Finger zu stecken und dabei die Worte zu sprechen: »Ich nehme dich zu meinem Weibe nach den Sitten von Moses und Israel!« Bei der Erwähnung Spaniens pflegten die Fuchsbärte auf eine ganz eigne Weise zu lächeln; und das geschah wohl wegen eines dunkeln Gerüchts, daß Rabbi Abraham auf der hohen Schule zu Toledo zwar emsig genug das Studium des göttlichen Gesetzes getrieben, aber auch christliche Gebräuche nachgeahmt und freigeistige Denkungsart eingesogen habe, gleich jenen spanischen Juden, die damals auf einer außerordentlichen Höhe der Bildung standen. Im Innern ihrer Seele aber glaubten jene Fuchsbärte sehr wenig an die Wahrheit des angedeuteten Gerüchts. Denn überaus rein, fromm und ernst war seit seiner Rückkehr aus Spanien die Lebensweise des Rabbi, die kleinlichsten Glaubensgebräuche übte er mit ängstlicher Gewissenhaftigkeit, alle Montag und Donnerstag pflegte er zu fasten, nur am Sabbat oder anderen Feiertagen genoß er Fleisch und Wein, sein Tag verfloß in Gebet und Studium, des Tages erklärte er das göttliche Gesetz im Kreise der Schüler, die der Ruhm seines Namens nach Bacherach gezogen, und des Nachts betrachtete er die Sterne des Himmels oder die Augen der schönen Sara. Kinderlos war die Ehe des Rabbi; dennoch fehlte es nicht um ihn her an Leben und Bewegung. Der große Saal seines Hauses, welches neben der Synagoge lag, stand offen zum Gebrauche der ganzen Gemeinde: hier ging man aus und ein ohne Umstände, verrichtete schleunige Gebete, oder holte Neuigkeiten, oder hielt Beratung in allgemeiner Not; hier spielten die Kinder am Sabbatmorgen während in der Synagoge der wöchentliche Abschnitt verlesen wurde; hier versammelte man sich bei Hochzeit- und Leichenzügen, und zankte sich und versöhnte sich; hier fand der Frierende einen warmen Ofen und der Hungrige einen gedeckten Tisch. Außerdem bewegten sich um den Rabbi noch eine Menge Verwandte, Brüder und Schwestern, mit ihren Weibern und Kindern, so wie auch seine und seiner Frau gemeinschaftliche Öhme und Muhmen, eine weitläuftige Sippschaft, die alle den Rabbi als Familienhaupt betrachteten, im Hause desselben früh und spät verkehrten, und an hohen Festtagen sämtlich dort zu speisen pflegten. Solche gemeinschaftliche Familienmahle im Rabbinerhause fanden ganz besonders statt bei der jährlichen Feier des Pascha, eines uralten, wunderbaren Festes, das noch jetzt die Juden in der ganzen Welt, am Vorabend des vierzehnten Tages im Monat Nissen, zum ewigen Gedächtnisse ihrer Befreiung aus egyptischer Knechtschaft, folgendermaßen begehen:

Sobald es Nacht ist, zündet die Hausfrau die Lichter an, spreitet das Tafeltuch über den Tisch, legt in die Mitte desselben drei von den platten ungesäuerten Bröten, verdeckt sie mit einer Serviette und stellt auf diesen erhöhten Platz sechs kleine Schüsseln, worin symbolische Speisen enthalten, nämlich ein Ei, Lattig, Mairettigwurzel, ein Lammknochen, und eine braune Mischung von Rosinen, Zimmet und Nüssen. An diesen Tisch setzt sich der Hausvater mit allen Verwandten und Genossen und liest ihnen vor aus einem abenteuerlichen Buche, das die Agade heißt, und dessen Inhalt eine seltsame Mischung ist von Sagen der Vorfahren, Wundergeschichten aus Egypten, kuriosen Erzählungen, Streitfragen, Gebeten und Festliedern. Eine große Abendmahlzeit wird in die Mitte dieser Feier eingeschoben, und sogar während des Vorlesens wird zu bestimmten Zeiten etwas von den symbolischen Gerichten gekostet, so wie alsdann auch Stückchen von dem ungesäuerten Brote gegessen und vier Becher roten Weines getrunken werden. Wehmütig heiter, ernsthaft spielend und märchenhaft geheimnisvoll ist der Charakter dieser Abendfeier, und der herkömmlich singende Ton, womit die Agade von dem Hausvater vorgelesen und zuweilen chorartig von den Zuhörern nachgesprochen wird, klingt so schauervoll innig, so mütterlich einlullend, und zugleich so hastig aufweckend, daß selbst diejenigen Juden, die längst von dem Glauben ihrer Väter abgefallen und fremden Freuden und Ehren nachgejagt sind, im tiefsten Herzen erschüttert werden, wenn ihnen die alten, wohlbekannten Paschaklänge zufällig ins Ohr dringen.

Im großen Saale seines Hauses saß einst Rabbi Abraham, und mit seinen Anverwandten, Schülern und übrigen Gästen beging er die Abendfeier des Paschafestes. Im Saale war alles mehr als gewöhnlich blank; über den Tisch zog sich die buntgestickte Seidendecke, deren Goldfranzen bis auf die Erde hingen; traulich schimmerten die Tellerchen mit den symbolischen Speisen, so wie auch die hohen weingefüllten Becher, woran als Zierat lauter heilige Geschichten von getriebener Arbeit; die Männer saßen in ihren Schwarzmänteln und schwarzen Platthüten und weißen Halsbergen; die Frauen, in ihren wunderlich glitzernden Kleidern von lombardischen Stoffen, trugen um Haupt und Hals ihr Gold- und Perlengeschmeide; und die silberne Sabbatlampe goß ihr festlichstes Licht über die andächtig vergnügten Gesichter der Alten und Jungen. Auf den purpurnen Sammetkissen eines mehr als die übrigen erhabenen Sessels und angelehnt, wie es der Gebrauch heischt, saß Rabbi Abraham und las und sang die Agade, und der bunte Chor stimmte ein oder antwortete bei den vorgeschriebenen Stellen. Der Rabbi trug ebenfalls sein schwarzes Festkleid, seine edelgeformten, etwas strengen Züge waren milder denn gewöhnlich, die Lippen lächelten hervor aus dem braunen Barte, als wenn sie viel Holdes erzählen wollten, und in seinen Augen schwamm es wie selige Erinnerung und Ahnung. Die schöne Sara, die auf einem ebenfalls erhabenen Sammetsessel an seiner Seite saß, trug als Wirtin nichts von ihrem Geschmeide, nur weißes Linnen umschloß ihren schlanken Leib und ihr frommes Antlitz. Dieses Antlitz war rührend schön, wie denn überhaupt die Schönheit der Jüdinnen von eigentümlich rührender Art ist; das Bewußtsein des tiefen Elends, der bittern Schmach und der schlimmen Fahrnisse, worinnen ihre Verwandte und Freunde leben, verbreitet über ihre holden Gesichtszüge eine gewisse leidende Innigkeit und beobachtende Liebesangst, die unsere Herzen sonderbar bezaubern. So saß heute die schöne Sara und sah beständig nach den Augen ihres Mannes; dann und wann schaute sie auch nach der vor ihr liegenden Agade, dem hübschen, in Gold und Samt gebundenen Pergamentbuche, einem alten Erbstück mit verjährten Weinflecken aus den Zeiten ihres Großvaters, und worin so viele keck und bunt gemalten Bilder, die sie schon als kleines Mädchen, am Pascha-Abend, so gerne betrachtete, und die allerlei biblische Geschichten darstellten, als da sind: wie Abraham die steinernen Götzen seines Vaters mit dem Hammer entzwei klopft, wie die Engel zu ihm kommen, wie Moses den Mizri totschlägt, wie Pharao prächtig auf dem Throne sitzt, wie ihm die Frösche sogar bei Tische keine Ruhe lassen, wie er Gott sei Dank versäuft, wie die Kinder Israel vorsichtig durch das Rote Meer gehen, wie sie offnen Maules, mit ihren Schafen, Kühen und Ochsen vor dem Berge Sinai stehen, dann auch wie der fromme König David die Harfe spielt, und endlich wie Jerusalem mit den Türmen und Zinnen seines Tempels bestrahlt wird vom Glanze der Sonne!

Der zweite Becher war schon eingeschenkt, die Gesichter und Stimmen wurden immer heller, und der Rabbi, indem er eins der ungesäuerten Osterbröte ergriff und heiter grüßend empor hielt, las er folgende Worte aus der Agade: »Siehe! das ist die Kost, die unsere Väter in Egypten genossen! Jeglicher, den es hungert, er komme und genieße! Jeglicher, der da traurig, er komme und teile unsere Paschafreude! Gegenwärtigen Jahres feiern wir hier das Fest, aber zum kommenden Jahre im Lande Israels! Gegenwärtigen Jahres feiern wir es noch als Knechte, aber zum kommenden Jahre als Söhne der Freiheit!«

Da öffnete sich die Saaltüre, und hereintraten zwei große blasse Männer, in sehr weite Mäntel gehüllt, und der eine sprach: »Friede sei mit Euch, wir sind reisende Glaubensgenossen und wünschen das Paschafest mit Euch zu feiern.« Und der Rabbi antwortete rasch und freundlich: »Mit Euch sei Frieden, setzt Euch nieder in meiner Nähe.« Die beiden Fremdlinge setzten sich alsbald zu Tische und der Rabbi fuhr fort im Vorlesen. Manchmal, während die übrigen noch im Zuge des Nachsprechens waren, warf er kosende Worte nach seinem Weibe, und anspielend auf den alten Scherz, daß ein jüdischer Hausvater sich an diesem Abend für einen König hält, sagte er zu ihr: »Freue dich, meine Königin!« Sie aber antwortete, wehmütig lächelnd »es fehlt uns ja der Prinz!« und damit meinte sie den Sohn des Hauses, der, wie eine Stelle in der Agade es verlangt, mit vorgeschriebenen Worten seinen Vater um die Bedeutung des Festes befragen soll. Der Rabbi erwiderte nichts und zeigte bloß mit dem Finger nach einem eben aufgeschlagenen Bilde in der Agade, wo überaus anmutig zu schauen war: wie die drei Engel zu Abraham kommen, um ihm zu verkünden, daß ihm ein Sohn geboren werde von seiner Gattin Sara, welche unterdessen, weiblich pfiffig hinter der Zelttüre steht um die Unterredung zu belauschen. Dieser leise Wink goß dreifaches Rot über die Wangen der schönen Frau, sie schlug die Augen nieder, und sah dann wieder freundlich empor nach ihrem Manne, der singend fortfuhr im Vorlesen der wunderbaren Geschichte: wie Rabbi Jesua, Rabbi Elieser, Rabbi Asaria, Rabbi Akiba, und Rabbi Tarphen in Bona-Brak angelehnt saßen und sich die ganze Nacht vom Auszuge der Kinder Israel aus Egypten unterhielten, bis ihre Schüler kamen und ihnen zuriefen, es sei Tag und in der Synagoge verlese man schon das große Morgengebet.

Derweilen nun die schöne Sara andächtig zuhörte, und ihren Mann beständig ansah, bemerkte sie, wie plötzlich sein Antlitz in grausiger Verzerrung erstarrte, das Blut aus seinen Wangen und Lippen verschwand, und seine Augen wie Eiszapfen hervorglotzten; – aber fast im selben Augenblicke sah sie, wie seine Züge wieder die vorige Ruhe und Heiterkeit annahmen, wie seine Lippen und Wangen sich wieder röteten, seine Augen munter umher kreisten, ja, wie sogar eine ihm sonst ganz fremde tolle Laune sein ganzes Wesen ergriff. Die schöne Sara erschrak wie sie noch nie in ihrem Leben erschrocken war, und ein inneres Grauen stieg kältend in ihr auf, weniger wegen der Zeichen von starrem Entsetzen, die sie einen Momentlang im Gesichte ihres Mannes erblickt hatte, als wegen seiner jetzigen Fröhlichkeit, die allmählig in jauchzende Ausgelassenheit überging. Der Rabbi schob sein Barett spielend von einem Ohre nach dem andern, zupfte und kräuselte possierlich seine Bartlocken, sang den Agadetext nach der Weise eines Gassenhauers, und bei der Aufzählung der egyptischen Plagen, wo man mehrmals den Zeigefinger in den vollen Becher eintunkt und den anhängenden Weintropfen zur Erde wirft, bespritzte der Rabbi die jüngern Mädchen mit Rotwein, und es gab großes Klagen über verdorbene Halskrausen, und schallendes Gelächter. Immer unheimlicher ward es der schönen Sara bei dieser krampfhaft sprudelnden Lustigkeit ihres Mannes, und beklommen von namenloser Bangigkeit, schaute sie in das summende Gewimmel der buntbeleuchteten Menschen, die sich behaglich breit hin und her schaukelten, an den dünnen Paschabröten knoperten, oder Wein schlürften, oder mit einander schwatzten, oder laut sangen, überaus vergnügt.

Da kam die Zeit wo die Abendmahlzeit gehalten wird, alle standen auf um sich zu waschen, und die schöne Sara holte das große, silberne, mit getriebenen Goldfiguren reichverzierte Waschbecken, das sie jedem der Gäste vorhielt, während ihm Wasser über die Hände gegossen wurde. Als sie auch dem Rabbi diesen Dienst erwies, blinzelte ihr dieser bedeutsam mit den Augen, und schlich sich zur Türe hinaus. Die schöne Sara folgte ihm auf dem Fuße; hastig ergriff der

Rabbi die Hand seines Weibes, eilig zog er sie fort, durch die dunkelen Gassen Bacherachs, eilig zum Tor hinaus, auf die Landstraße, die den Rhein entlang, nach Bingen führt.

Es war eine jener Frühlingsnächte, die zwar lau genug und hellgestirnt sind, aber doch die Seele mit seltsamen Schauern erfüllen. Leichenhaft dufteten die Blumen; schadenfroh und zugleich selbstbeängstigt zwitscherten die Vögel; der Mond warf heimtückisch gelbe Streiflichter über den dunkel hinmurmelnden Strom; die hohen Felsenmassen des Ufers schienen bedrohlich wackelnde Riesenhäupter; der Turmwächter auf Burg-Strahleck blies eine melancholische Weise; und dazwischen läutete, eifrig gellend, das Sterbeglöckchen der Sankt-Wernerskirche. Die schöne Sara trug in der rechten Hand das silberne Waschbecken, ihre linke hielt der Rabbi noch immer gefaßt, und sie fühlte wie seine Finger eiskalt waren und wie sein Arm zitterte; aber sie folgte schweigend, vielleicht weil sie von jeher gewohnt, ihrem Manne blindlings und fragenlos zu gehorchen, vielleicht auch weil ihre Lippen vor innerer Angst verschlossen waren.

Unterhalb der Burg Sonneck, Lorch gegenüber, ungefähr wo jetzt das Dörfchen Niederrheinbach liegt, erhebt sich eine Felsenplatte, die bogenartig über das Rheinufer hinaushängt. Diese erstieg Rabbi Abraham mit seinem Weibe, schaute sich um nach allen Seiten, und starrte hinauf nach den Sternen. Zitternd, und von Todesängsten durchfröstelt stand neben ihm die schöne Sara, und betrachtete sein blasses Gesicht, das der Mond gespenstisch beleuchtete, und worauf es hin und her zuckte, wie Schmerz, Furcht, Andacht und Wut. Als aber der Rabbi plötzlich das silberne Waschbecken ihr aus der Hand riß und es schollernd hinabwarf in den Rhein: da konnte sie das grausenhafte Angstgefühl nicht länger ertragen, und mit dem Ausrufe: »Schadai voller Genade!« stürzte sie zu den Füßen des Mannes und beschwor ihn das dunkle Rätsel endlich zu enthüllen.

Der Rabbi, des Sprechens ohnmächtig, bewegte mehrmals lautlos die Lippen, und endlich rief er: »Siehst du den Engel des Todes? Dort unten schwebt er über Bacherach! Wir aber sind seinem Schwerte entronnen. Gelobt sei der Herr!« Und mit einer Stimme, die noch vor innerem Entsetzen bebte, erzählte er: wie er wohlgemut die Agade hinsingend und angelehnt saß, und zufällig unter den Tisch schaute, habe er dort, zu seinen Füßen, den blutigen Leichnam eines Kindes erblickt. »Da merkte ich« – setzte der Rabbi hinzu – »daß unsre zwei späte Gäste nicht von der Gemeinde Israels waren, sondern von der Versammlung der Gottlosen, die sich beraten hatten jenen Leichnam heimlich in unser Haus zu schaffen, um uns des Kindermordes zu beschuldigen und das Volk aufzureizen uns zu plündern und zu ermorden. Ich durfte nicht merken lassen, daß ich das Werk der Finsternis durchschaut; ich hätte dadurch nur mein Verderben beschleunigt, und nur die List hat uns beide gerettet. Gelobt sei der Herr! Ängstige dich nicht, schöne Sara; auch unsre Freunde und Verwandte werden gerettet sein. Nur nach meinem Blute lechzten die Ruchlosen; ich bin ihnen entronnen und sie begnügen sich mit meinem Silber und Golde. Komm mit mir, schöne Sara, nach einem anderen Lande, wir wollen das Unglück hinter uns lassen, und damit uns das Unglück nicht verfolge, habe ich ihm das Letzte meiner Habe, das silberne Becken, zur Versöhnung hingeworfen. Der Gott unserer Väter wird uns nicht verlassen. – Komm herab, du bist müde; dort unten steht bei seinem Kahne der stille Wilhelm; er fährt uns den Rhein hinauf.«

Lautlos und wie mit gebrochenen Gliedern war die schöne Sara in die Arme des Rabbi hingesunken, und langsam trug er sie hinab nach dem Ufer. Hier stand der stille Wilhelm, ein taubstummer aber bildschöner Knabe, der zum Unterhalt seiner alten Pflegemutter, einer Nachbarin des Rabbi, den Fischfang trieb und hier seinen Kahn angelegt hatte. Es war aber als erriete er schon gleich die Absicht des Rabbi, ja es schien als habe er eben auf ihn gewartet, um seine geschlossenen Lippen zog sich das lieblichste Mitleid, bedeutungstief ruhten seine großen blauen Augen auf der schönen Sara, und sorgsam trug er sie in den Kahn.

Der Blick des stummen Knaben weckte die schöne Sara aus ihrer Betäubung, sie fühlte auf einmal, daß alles was ihr Mann ihr erzählt, kein bloßer Traum sei, und Ströme bitterer Tränen ergossen sich über ihre Wangen, die jetzt so weiß wie ihr Gewand. Da saß sie nun in der Mitte des Kahns, ein weinendes Marmorbild; neben ihr saßen ihr Mann und der stille Wilhelm, welche emsig ruderten.

Sei es nun durch den einförmigen Ruderschlag, oder durch das Schaukeln des Fahrzeugs, oder durch den Duft jener Bergesufer, worauf die Freude wächst, immer geschieht es, daß auch der Betrübteste seltsam beruhigt wird, wenn er in der Frühlingsnacht, in einem leichten Kahne, leicht dahin fährt auf dem lieben, klaren Rheinstrom. Wahrlich, der alte, gutherzige Vater Rhein kanns nicht leiden, wenn seine Kinder weinen; tränenstillend wiegt er sie auf seinen treuen Armen, und erzählt ihnen seine schönsten Märchen und verspricht ihnen seine goldigsten Schätze, vielleicht gar den uralt versunkenen Niblungshort. Auch die Tränen der schönen Sara flossen immer milder und milder, ihre gewaltigsten Schmerzen wurden fortgespielt von den flüsternden Wellen, die Nacht verlor ihr finstres Grauen, und die heimatlichen Berge grüßten wie zum zärtlichsten Lebewohl. Vor allen aber grüßte traulich ihr Lieblingsberg, der Kädrich, und in seiner seltsamen Mondbeleuchtung schien es, als stände wieder oben ein Fräulein mit ängstlich ausgestreckten Armen, als kröchen die flinken Zwerglein wimmelnd aus ihren Felsenspalten, und als käme ein Reuter den Berg hinaufgesprengt in vollem Galopp; und der schönen Sara war zu Mute, als sei sie wieder ein kleines Mädchen und säße wieder auf dem Schoße ihrer Muhme aus Lorch, und diese erzähle ihr die hübsche Geschichte von dem kecken Reuter, der das arme, von den Zwergen geraubte Fräulein befreite, und noch andre wahre Geschichten, vom wunderlichen Wispertale drüben, wo die Vögel ganz vernünftig sprechen, und vom Pfefferkuchenland, wohin die folgsamen Kinder kommen, und von verwünschten Prinzessinnen, singenden Bäumen, gläsernen Schlössern, goldenen Brücken, lachenden Nixen … Aber zwischen all diesen hübschen Märchen, die klingend und leuchtend zu leben begannen, hörte die schöne Sara die Stimme ihres Vaters, der ärgerlich die arme Muhme ausschalt, daß sie dem Kinde so viel Torheiten in den Kopf schwatze! Alsbald kams ihr vor, als setzte man sie auf das kleine Bänkchen, vor dem Sammetsessel ihres Vaters, der mit weicher Hand ihr langes Haar streichelte, gar vergnügt mit den Augen lachte, und sich behaglich hin und her wiegte in seinem weiten, blauseidenen Sabbatschlafrock … Es mußte wohl Sabbat sein, denn die geblümte Decke war über den Tisch gespreitet, alle Geräte im Zimmer leuchteten, spiegelblank gescheuert, der weißbärtige Gemeindediener saß an der Seite des Vaters und kaute Rosinen und sprach Hebräisch, auch der kleine Abraham kam herein mit einem allmächtig großen Buche, und bat bescheidentlich seinen Oheim um die Erlaubnis einen Abschnitt der Heiligen Schrift erklären zu dürfen, damit der Oheim sich selber überzeuge, daß er in der verflossenen Woche viel gelernt habe und viel Lob und Kuchen verdiene … Nun legte der kleine Bursche das Buch auf die breite Armlehne des Sessels, und erklärte die Geschichte von Jakob und Rahel, wie Jakob seine Stimme erhoben und laut geweint, als er sein Mühmchen Rahel zuerst erblickte, wie er so traulich am Brunnen mit ihr gesprochen, wie er sieben Jahr um Rahel dienen mußte, und wie sie ihm so schnell verflossen, und wie er die Rahel geheuratet und immer und immer geliebt hat … Auf einmal erinnerte sich auch die schöne Sara, daß ihr Vater damals mit lustigem Tone ausrief: »willst du nicht eben so dein Mühmchen Sara heuraten?« worauf der kleine Abraham ernsthaft antwortete: »das will ich, und sie soll sieben Jahr warten.« Dämmernd zogen diese Bilder durch die Seele der schönen Frau, sie sah, wie sie und ihr kleiner Vetter, der jetzt so groß und ihr Mann geworden, kindisch mit einander in der Lauberhütte spielten, wie sie sich dort ergötzten an den bunten Tapeten, Blumen, Spiegeln und vergoldeten Äpfeln, wie der kleine Abraham immer zärtlicher mit ihr koste, bis er allmählig größer und mürrisch wurde, und endlich ganz groß und ganz mürrisch ... Und endlich sitzt sie zu Hause allein in ihrer Kammer eines Samstags Abend, der Mond scheint hell durchs Fenster, und die Tür fliegt auf, und hastig stürmt herein ihr Vetter Abraham, in Reisekleidern und blaß wie der Tod, und er greift ihre Hand, steckt einen goldnen Ring an ihren Finger und spricht feierlich: »ich nehme dich hiermit zu meinem Weibe, nach den Gesetzen von Moses und Israel!« »Jetzt aber« – setzt er bebend hinzu – »jetzt muß ich fort nach Spanien. Lebewohl, sieben Jahre sollst du auf mich warten!« Und er stürzt fort, und weinend erzählt die schöne Sara das alles ihrem Vater ... Der tobt und wütet »schneid ab dein Haar, denn du bist ein verheuratetes Weib!« – und er will dem Abraham nachreuten um einen Scheidebrief von ihm zu erzwingen; – aber der ist schon über alle Berge, der Vater kehrt schweigend nach Haus zurück, und wie die schöne Sara ihm die Reitstiefel ausziehen hilft und besänftigend äußert, daß der Abraham nach sieben Jahren zurückkehre, da flucht der Vater: »sieben Jahr sollt ihr betteln gehn!« und bald stirbt er.

So zogen der schönen Sara die alten Geschichten durch den Sinn, wie ein hastiges Schattenspiel; die Bilder vermischten sich auch wunderlich, und zwischendurch schauten halb bekannte, halb fremde bärtige Gesichter und große Blumen mit fabelhaft breitem Blattwerk. Es war auch als murmelte der Rhein die Melodien der Agade, und die Bilder derselben stiegen daraus hervor, lebensgroß und verzerrt, tolle Bilder: der Erzvater Abraham zerschlägt ängstlich die Götzengestalten, die sich immer hastig wieder von selbst zusammensetzen; der Mizri wehrt sich furchtbar gegen den ergrimmten Moses; der Berg Sinai blitzt und flammt; der König Pharao schwimmt im Roten Meere, mit den Zähnen im Maule die zackige Goldkrone festhaltend; Frösche mit Menschenantlitz schwimmen hintendrein, und die Wellen schäumen und brausen, und eine dunkle Riesenhand taucht drohend daraus hervor.

Das war Hattos Mäuseturm und der Kahn schoß eben durch den Binger Strudel. Die schöne Sara ward dadurch etwas aus ihren Träumereien gerüttelt, und schaute nach den Bergen des Ufers, auf deren Spitzen die Schloßlichter flimmerten, und an deren Fuß die mondbeleuchteten Nachtnebel sich hinzogen. Plötzlich aber glaubte sie dort ihre Freunde und Verwandte zu sehen, wie sie mit Leichengesichtern und in weißwallenden Totenhemden schreckenhastig vorüberliefen, den Rhein entlang ... es ward ihr schwarz vor den Augen, ein Eisstrom ergoß sich in ihre Seele, und wie im Schlafe hörte sie nur noch, daß ihr der Rabbi das Nachtgebet vorbetete, langsam ängstlich, wie es bei totkranken Leuten geschieht, und träumerisch stammelte sie noch die Worte: »Zehntausend zur Rechten, zehntausend zur Linken; den König zu schützen vor nächtlichem Grauen ...«

Da verzog sich plötzlich all das eindringende Dunkel und Grausen, der düstre Vorhang ward vom Himmel fortgerissen, es zeigte sich oben die heilige Stadt Jerusalem, mit ihren Türmen und Toren; in goldner Pracht leuchtete der Tempel; auf dem Vorhofe desselben erblickte die schöne Sara ihren Vater, in seinem gelben Sabbatschlafrock und vergnügt mit den Augen lachend; aus den runden Tempelfenstern grüßten fröhlich alle ihre Freunde und Verwandte; im Allerheiligsten kniete der fromme König David, mit Purpurmantel und funkelnder Krone, und lieblich ertönte sein Gesang und Saitenspiel, – und selig lächelnd entschlief die schöne Sara.

ZWEITES KAPITEL

Als die schöne Sara die Augen aufschlug, ward sie fast geblendet von den Strahlen der Sonne. Die hohen Türme einer großen Stadt erhoben sich, und der stumme Wilhelm stand mit der Hakenstange aufrecht im Kahne und leitete denselben durch das lustige Gewühl vieler buntbewimpelten Schiffe, deren Mannschaft entweder müßig hinabschaute auf die Vorbeifahrenden, oder vielhändig beschäftigt war mit dem Ausladen von Kisten, Ballen und Fässern, die auf kleineren Fahrzeugen ans Land gebracht wurden; wobei ein betäubender Lärm, das beständige Hallorufen der Barkenführer, das Geschrei der Kaufleute vom Ufer her, und das Keifen der Zöllner, die, in ihren roten Röcken, mit weißen Stäbchen und weißen Gesichtern, von Schiff zu Schiff hüpften.

»Ja, schöne Sara« – sagte der Rabbi zu seiner Frau, heiter lächelnd – »das ist hier die weltberühmte freie Reichs- und Handelsstadt Frankfurt am Main, und das ist eben der Mainfluß worauf wir jetzt fahren. Da drüben die lachenden Häuser, umgeben von grünen Hügeln, das ist das Sachsenhausen, woher uns der lahme Gumpertz, zur Zeit des Lauberhüttenfestes, die schönen Myrrhen holt. Hier siehst du auch die starke Mainbrücke mit ihren dreizehn Bögen, und gar viel Volk, Wagen und Pferde, geht sicher darüberhin, und in der Mitte steht das Häuschen, wovon die Mühmele Täubchen erzählt hat, daß ein getaufter Jude darin wohnt, der jedem, der ihm eine tote Ratte bringt, sechs Heller auszahlt für Rechnung der jüdischen Gemeinde, die dem Stadtrate jährlich fünftausend Rattenschwänze abliefern soll!«

Über diesen Krieg, den die frankfurter Juden mit den Ratten zu führen haben, mußte die schöne Sara laut lachen; das klare Sonnenlicht und die neue bunte Welt, die vor ihr auftauchte, hatte alles Grauen und Entsetzen der vorigen Nacht aus ihrer Seele verscheucht, und als sie, aus dem landenden Kahne, von ihrem Manne und dem stummen Wilhelm aufs Ufer gehoben worden, fühlte sie sich wie durchdrungen von freudiger Sicherheit. Der stumme Wilhelm aber, mit seinen schönen, tiefblauen Augen, sah ihr lange ins Gesicht, halb schmerzlich, halb heiter, dann warf er noch einen bedeutenden Blick nach dem Rabbi, sprang zurück in seinen Kahn, und bald war er damit verschwunden.

»Der stumme Wilhelm hat doch viele Ähnlichkeit mit meinem verstorbenen Bruder« – bemerkte die schöne Sara. »Die Engel sehen sich alle ähnlich« – erwiderte leichthin der Rabbi, und sein Weib bei der Hand ergreifend, führte er sie durch das Menschengewimmel des Ufers, wo jetzt, weil es die Zeit der Ostermesse, eine Menge hölzerner Krambuden aufgebaut standen. Als sie, durch das dunkle Maintor, in die Stadt gelangten, fanden sie nicht minder lärmigen Verkehr. Hier, in einer engen Straße, erhob sich ein Kaufmannsladen neben dem andern, und die Häuser, wie überall in Frankfurt waren ganz besonders zum Handel eingerichtet: im Erdgeschosse keine Fenster, sondern lauter offne Bogentüren, so daß man tief hineinschauen und jeder Vorübergehende die ausgestellten Waren deutlich betrachten konnte. Wie staunte die schöne Sara ob der Masse kostbarer Sachen und ihrer niegesehenen Pracht! Da standen Venezianer, die allen Luxus des Morgenlands und Italiens feil boten, und die schöne Sara war wie festgebannt beim Anblick der aufgeschichteten Putzsachen und Kleinodien, der bunten Mützen und Mieder, der güldnen Armspangen und Halsbänder, des ganzen Flitterkrams, das die Frauen sehr gern bewundern und womit sie sich noch lieber schmükken. Die reichgestickten Samt- und Seidenstoffe schienen mit der schönen Sara sprechen und ihr allerlei Wunderliches ins Gedächtnis zurückfunkeln zu wollen, und es war ihr wirklich zu Mute, als wäre sie wieder ein kleines Mädchen und Mühmele Täubchen habe ihr Versprechen erfüllt, und sie nach der frankfurter Messe geführt, und jetzt eben stehe sie vor den hübschen Kleidern, wovon ihr so viel erzählt worden. Mit heimlicher Freude überlegte sie schon, was sie nach Bacherach mitbringen wolle, welchem von ihren beiden Bäschen, dem kleinen Blümchen oder dem kleinen Vögelchen, der blauseidne Gürtel am besten gefallen würde, ob auch die grünen Höschen dem kleinen Gottschalk passen mögen, – doch plötzlich sagte sie zu sich selber: »ach Gott! die sind ja unterdessen großgewachsen und gestern umgebracht worden!« Sie schrak heftig zusammen und die Bilder der Nacht wollten schon mit all ihrem Entsetzen wieder in ihr aufsteigen; doch die goldgestickten Kleider blinzelten nach ihr wie mit tausend Schelmenaugen, und redeten ihr alles Dunkle aus dem Sinn, und wie sie hinaufsah nach dem Antlitz ihres Mannes, so war dieses unumwölkt, und trug seine gewöhnliche ernste Milde. »Mach die Augen zu, schöne Sara« – sagte der Rabbi, und führte seine Frau weiter durch das Menschengedränge.

Welch ein buntes Treiben! Zumeist waren es Handelsleute, die laut mit einander feilschten, oder auch mit sich selber sprechend an den Fingern rechneten, oder auch von einigen hochbepackten Markthelfern, die im kurzen Hundetrab hinter ihnen herliefen, ihre Einkäufe nach der Herberge schleppen ließen. Andere Gesichter ließen merken, daß bloß die Neugier sie herbeigezogen. Am roten Mantel und der goldenen Halskette erkannte man den breiten Ratsherrn. Das schwarze, wohlhabend bauschichte Wams verriet den ehrsamen stolzen Altbürger. Die eiserne Pickelhaube, das gelbledernе Wams und die klirrenden Pfundsporen verkündigten den schweren Reutersknecht. Unterm schwarzen Sammethäubchen, das in einer Spitze auf der Stirne zusammenlief, barg sich ein rosiges Mädchengesicht, und die jungen Gesellen, die gleich witternden Jagdhunden hinterdrein sprangen, zeigten sich als vollkommene Stutzer durch ihre keckbefiederten Barette, ihre klingelnden Schnabelschuhe und ihre seidnen Kleider von geteilter Farbe, wo die rechte Seite grün, die linke Seite rot, oder die eine regenbogenartig gestreift, die andre buntscheckig gewürfelt war, so daß die närrischen Burschen aussahen, als wären sie in der Mitte gespalten. Von der Menschenströmung fortgezogen, gelangte der Rabbi mit seinem Weibe nach dem Römer. Dieses ist der große mit hohen Giebelhäusern umgebene Marktplatz der Stadt, seinen Namen führend von einem ungeheuren Hause das Zum Römer hieß und vom Magistrate angekauft und zu einem Rathause geweiht wurde. In diesem Gebäude wählte man Deutschlands Kaiser und vor demselben wurden oft edle Ritterspiele gehalten. Der König Maximilian, der dergleichen leidenschaftlich liebte, war damals in Frankfurt anwesend, und Tags zuvor hatte man ihm zu Ehren, vor dem Römer, ein großes Stechen veranstaltet. An den hölzernen Schranken, die jetzt von den Zimmerleuten abgebrochen wurden, standen noch viele Müßiggänger und erzählten sich, wie gestern der Herzog von Braunschweig und der Markgraf von Brandenburg unter Pauken- und Trompetenschall gegen einander gerannt, wie Herr Walter der Lump den Bärenritter so gewaltig aus dem Sattel gestoßen, daß die Lanzensplitter in die Luft flogen, und wie der lange blonde König Max, im Kreise seines Hofgesindes, auf dem Balkone stand und sich vor Freude die Hände rieb. Die Decken von goldnen Stoffen lagen noch auf der Lehne des Balkons und der spitzbögigen Rathausfenster. Auch die übrigen Häuser des Marktplatzes waren noch festlich geschmückt und mit Wappenschilden verziert, besonders das Haus Limburg, auf dessen Banner eine Jungfrau gemalt war, die einen Sperber auf der Hand trägt, während ihr ein Affe einen Spiegel vorhält. Auf dem Balkone dieses Hauses standen viele Ritter und Damen, in lächelnder Unterhaltung hinabblickend auf das Volk, das unten in tollen Gruppen und Aufzügen hin- und herwogte. Welche Menge Müßiggänger von jedem Stande und Alter drängte sich hier, um ihre Schaulust zu befriedigen Hier wurde gelacht, gegreint, gestohlen, in die Lenden gekniffen, gejubelt, und zwischendrein schmetterte gellend die Trompete des Arztes, der im roten Mantel, mit seinem Hanswurst und Affen, auf einem hohen Gerüste stand, seine eigne Kunstfertigkeit recht eigentlich ausposaunte, seine Tinkturen und Wundersalben anpries, oder ernsthaft das Uringlas betrachtete, das ihm irgend ein altes Weib vorhielt, oder sich anschickte einem armen Bauer den Backzahn auszureißen. Zwei Fechtmeister, in bunten Bändern einherflatternd, ihre Rapiere schwingend, begegneten sich hier wie zufällig und stießen mit Scheinzorn auf einander; nach langem Gefechte erklärten sie sich wechselseitig für unüberwindlich und sammelten einige Pfenninge. Mit Trommler und Pfeifer marschierte jetzt vorbei die neu errichtete Schützengilde. Hierauf folgte, angeführt von dem Stöcker, der eine rote Fahne trug, ein Rudel fahrender Fräulein, die aus dem Frauenhause »zum Esel« von Würzburg herkamen und nach dem Rosentale hinzogen, wo die hochlöbliche Obrigkeit ihnen für die Meßzeit ihr Quartier angewiesen. »Mach die Augen zu, schöne Sara!« – sagte der Rabbi. Denn jene phantastisch und allzu knapp bekleideten Weibsbilder, worunter einige sehr hübsche, gebärdeten auf die unzüchtigste Weise, entblößten ihren weißen, frechen Busen, neckten die Vorübergehenden mit schamlosen Worten, schwangen ihre langen Wanderstöcke, und indem sie auf letzteren, wie auf Steckenpferden, die Sankt-Katharinen-Pforte hinabritten, sangen sie mit gellender Stimme das Hexenlied:

»Wo ist der Bock, das Höllentier?
Wo ist der Bock? Und fehlt der Bock,
So reiten wir, so reiten wir,
So reiten wir auf dem Stock!«

Dieser Singsang, den man noch in der Ferne hören konnte, verlor sich am Ende in den kirchlich langgezogenen Tönen einer herannahenden Prozession. Das war ein trauriger Zug von kahlköpfigen und barfüßigen Mönchen, welche brennende Wachslichter oder Fahnen mit Heilgenbildern, oder auch große silberne Kruzifixe trugen. An ihrer Spitze gingen rot- und weißgeröckte Knaben mit dampfenden Weihrauchkesseln. In der Mitte des Zuges unter einem prächtigen Baldachin, sah man Geistliche in weißen Chorhemden von kostbaren Spitzen oder in buntseidenen Stolen, und einer derselben trug in der Hand ein sonnenartig goldnes Gefäß, das er, bei einer Heiligennische der Marktecke anlangend, hoch empor hob, während er lateinische Worte halb rief, halb sang ... Zugleich erklingelte ein kleines Glöckchen und alles Volk ringsum verstummte, fiel auf die Knie und bekreuzte sich. Der Rabbi aber sprach zu seinem Weibe: »mach die Augen zu, schöne Sara!« – und hastig zog er sie von hinnen, nach einem schmalen Nebengäßchen, durch ein Labyrinth von engen und krummen Straßen, und endlich über den unbewohnten, wüsten Platz, der das neue Judenquartier von der übrigen Stadt trennte.

Vor jener Zeit wohnten die Juden zwischen dem Dom und dem Mainufer, nämlich von der Brücke bis zum Lumpenbrunnen und von der Mehlwage bis zu Sankt Bartholomäi. Aber die katholischen Priester erlangten eine päpstliche Bulle, die den Juden verwehrte in solcher Nähe der Hauptkirche zu wohnen, und der Magistrat gab ihnen einen Platz auf dem Wollgraben, wo sie das heutige Judenquartier erbauten. Dieses war mit starken Mauern versehen, auch mit eisernen Ketten vor den Toren, um sie gegen Pöbelandrang zu sperren. Denn hier lebten die Juden ebenfalls in Druck und Angst, und mehr als heut zu Tage in der Erinnerung früherer Nöten. Im Jahr 1240 hatte das entzügelte Volk ein großes Blutbad unter ihnen angerichtet, welches man die erste Judenschlacht nannte, und im Jahr 1349, als die Geißler, bei ihrem Durchzuge die Stadt anzündeten und die Juden des Brandstiftens anklagten, wurden diese von dem aufgereizten Volke zum größten Teil ermordet oder sie fanden den Tod in den Flammen ihrer eignen Häuser, welches man die zweite Judenschlacht nannte. Später bedrohte man die Juden noch oft mit dergleichen Schlachten, und bei innern Unruhen Frankfurts, besonders bei einem Streite des Rates mit den Zünften, stand der Christenpöbel oft im Begriff das Judenquartier zu stürmen. Letzteres hatte zwei Tore, die an katholischen Feiertagen von außen, an jüdischen Feiertagen von innen geschlossen wurden, und vor jedem Tor befand sich ein Wachthaus mit Stadtsoldaten.

Als der Rabbi mit seinem Weibe an das Tor des Judenquartiers gelangte, lagen die Landsknechte, wie man durch die offnen Fenster sehen konnte, auf der Pritsche ihrer Wachtstube, und draußen, vor der Türe, im vollen Sonnenschein, saß der Trommelschläger und phantasierte auf seiner großen Trommel. Das war eine schwere dicke Gestalt; Wams und Hosen von feuergelbem Tuch, an Armen und Lenden weit aufgepufft, und als wenn unzählige Menschenzungen daraus hervorleckten, von oben bis unten besät mit kleinen eingenähten roten Wülstchen; Brust und Rücken gepanzert mit schwarzen Tuchpolstern, woran die Trommel hing; auf dem Kopfe eine platte runde schwarze Kappe; das Gesicht ebenso platt und rund, auch orangengelb und mit roten Schwärchen gespickt, und verzogen zu einem gähnenden Lächeln. So saß der Kerl und trommelte die Melodie des Liedes, das einst die Geißler bei der Judenschlacht gesungen, und mit seinem rauhen Biertone gurgelte er die Worte:

»Unsre liebe Fraue,
Die ging im Morgentaue,
Kyrie Eleison!«

»Hans, das ist eine schlechte Melodie« – rief eine Stimme hinter dem verschlossenen Tore des Judenquartiers – »Hans, auch ein schlecht Lied, paßt nicht für die Trommel, paßt gar nicht, und bei Leibe nicht in der Messe und am Ostermorgen, schlecht Lied, gefährlich Lied, Hans, Hänschen, klein Trommelhänschen, ich bin ein einzelner Mensch, und wenn du mich lieb hast, wenn du den Stern lieb hast, den langen Stern, den langen Nasenstern, so hör auf!«

Diese Worte wurden von dem ungesehenen Sprecher, teils angstvoll hastig, teils aufseufzend langsam hervorgestoßen, in einem Tone worin das ziehend Weiche und das heiser Harte schroff abwechselte, wie man ihn bei Schwindsüchtigen findet. Der Trommelschläger blieb unbewegt, und in der vorigen Melodie forttrommelnd sang er weiter:

»Da kam ein kleiner Junge,
Sein Bart war ihm entsprungen,
Halleluja!«

»Hans« – rief wieder die Stimme des obenerwähnten Sprechers – »Hans, ich bin ein einzelner Mensch, und es ist ein gefährlich Lied, und ich hör es nicht gern, und ich hab meine Gründe, und wenn du mich lieb hast, singst du was anders, und morgen trinken wir ...«

Bei dem Wort »Trinken« hielt der Hans inne mit seinem Trommeln und Singen, und biedern Tones sprach er: »Der Teufel hole die Juden, aber du, lieber Nasenstern bist mein Freund, ich beschütze dich, und wenn wir noch oft zusammen trinken, werde ich dich auch bekehren. Ich will dein Pate sein, wenn du getauft wirst, wirst du selig, und wenn du Genie hast und fleißig bei mir lernst, kannst du sogar noch Trommelschläger werden. Ja, Nasenstern, du kannst es noch weit bringen, ich will dir den ganzen Katechismus vortrommeln, wenn wir morgen zusammen trinken – aber jetzt mach mal das Tor auf, da stehen zwei Fremde und begehren Einlaß.«

»Das Tor auf?« – schrie der Nasenstern und die Stimme versagte ihm fast. »Das geht nicht so schnell, lieber Hans, man kann nicht wissen, man kann gar nicht wissen, und ich bin ein einzelner Mensch. Der Veitel Rindskopf hat den Schlüssel und steht jetzt still in der Ecke und brümmelt sein Achtzehn-Gebet; da darf man sich nicht unterbrechen lassen. Jäkel der Narr ist auch hier, aber er schlägt jetzt sein Wasser ab. Ich bin ein einzelner Mensch!«

»Der Teufel hole die Juden!« rief der Trommelhans, und über diesen eignen Witz laut lachend, trollte er sich nach der Wachtstube und legte sich ebenfalls auf die Pritsche.

Während nun der Rabbi mit seinem Weibe jetzt ganz allein vor dem großen verschlossenen Tore stand, erhub sich hinter demselben eine schnarrende, näselnde, etwas spöttisch gezogene Stimme: »Sternchen, dröhnle nicht so lange, nimm die Schlüssel aus Rindsköpfchens Rocktasche, oder nimm deine Nase, und schließe damit das Tor auf. Die Leute stehen schon lange und warten.«

»Die Leute?« – schrie ängstlich die Stimme des Mannes, den man den Nasenstern nannte – »ich glaubte, es wäre nur Einer, und ich bitte dich, Narr, lieber Jäkel Narr, guck mal heraus wer da ist?«

Da öffnete sich im Tore ein kleines, wohlvergittertes Fensterlein, und zum Vorschein kam eine gelbe, zweihörnige Mütze und darunter das drollig verschnörkelte Lustigmachergesicht Jäkels des Narren. In demselben Augenblicke schloß sich wieder die Fensterluke und ärgerlich schnarrte es: »mach auf, mach auf, draußen ist nur ein Mann und ein Weib.«

»Ein Mann und ein Weib!« – ächzte der Nasenstern. – »Und wenn das Tor aufgemacht wird, wirft das Weib den Rock ab und es ist auch ein Mann, und es sind dann zwei Männer, und wir sind nur unserer drei!«

»Sei kein Hase« – erwiderte Jäkel der Narr – »und sei herzhaft und zeige Kourage!«

»Kourage!« – rief der Nasenstern und lachte mit verdrießlicher Bitterkeit – »Hase! Hase ist ein schlechter Vergleich, Hase ist ein unreines Tier. Kourage! Man hat mich nicht der Kourage wegen hierhergestellt, sondern der Vorsicht halber. Wenn zu viele kommen soll ich schreien. Aber ich selbst kann sie nicht zurückhalten. Mein Arm ist schwach, ich trage eine Fontenelle, und ich bin ein einzelner Mensch. Wenn man auf mich schießt bin ich tot. Dann sitzt der reiche Mendel Reiß am Sabbat bei Tische, und wischt sich vom Maul die Rosinensauce, und streichelt sich den Bauch, und sagt vielleicht: ›das lange Nasensternchen war doch ein braves Kerlchen, wäre Es nicht gewesen, so hätten sie das Tor gesprengt, Es hat sich doch für uns totschießen lassen, Es war ein braves Kerlchen, schade daß Es tot ist –‹«

Die Stimme wurde hier allmählig weich und weinerlich, aber plötzlich schlug sie über in einen hastigen, fast erbitterten Ton: »Kourage! Und damit der reiche Mendel Reiß sich die Rosinensauce vom Maul abwischen, und sich den Bauch streicheln, und mich braves Kerlchen nennen möge, soll ich mich totschießen lassen? Kourage! Herzhaft! Der kleine Strauß war herzhaftig, und hat gestern auf dem Römer dem Stechen zugesehen, und hat geglaubt man kenne ihn nicht, weil er einen violetten Rock trug, von Samt, drei Gulden die Elle, mit Fuchsschwänzchen, ganz goldgestickt, ganz prächtig – und sie haben ihm den violetten Rock so lange geklopft bis er abfärbte und auch sein Rücken violett geworden ist und nicht mehr menschenähnlich sieht. Kourage! Der krumme Leser war herzhaftig, nannte unseren lumpigen Schultheiß einen Lump, und sie haben ihn an den Füßen aufgehängt, zwischen zwei Hunden, und der Trommelhans trommelte. Kourage! Sei kein Hase! Unter den vielen Hunden ist der Hase verloren, ich bin ein einzelner Mensch, und ich habe wirklich Furcht!«

»Schwör mal!« – rief Jäkel der Narr.

»Ich habe wirklich Furcht!« – wiederholte seufzend der Nasenstern – »ich weiß die Furcht liegt im Geblüt und ich habe es von meiner seligen Mutter –«

»Ja, ja!« – unterbrach ihn Jäkel der Narr – »und deine Mutter hatte es von ihrem Vater, und der hatte es wieder von dem seinigen, und so hatten es deine Voreltern einer vom andern, bis auf deinen Stammvater, welcher unter König Saul gegen die Philister zu Felde zog und der erste war welcher Reißaus nahm. – Aber sieh mal, Rindsköpfchen ist gleich fertig, er hat sich bereits zum viertenmal gebückt, schon hüpft er wie ein Floh bei dem dreimaligen Worte Heilig, und jetzt greift er vorsichtig in die Tasche …«

In der Tat, die Schlüssel rasselten, knarrend öffnete sich ein Flügel des Tores, und der Rabbi und sein Weib traten in die ganz menschenleere Judengasse. Der Aufschließer aber, ein kleiner Mann mit gutmütig sauerm Gesicht, nickte träumerisch wie einer, der in seinen Gedanken nicht gern gestört sein möchte, und nachdem er das Tor wieder sorgsam verschlossen, schlappte er, ohne ein Wort zu reden, nach einem Winkel hinter dem Tore, beständig Gebete vor sich hinmurmelnd. Minder schweigsam war Jäkel der Narr, ein untersetzter, etwas krummbeinigter Gesell, mit einem lachend vollroten Antlitz und einer unmenschlich großen Fleischhand, die er, aus den weiten Ärmeln seiner buntscheckigen Jacke, zum Willkomm hervorstreckte. Hinter ihm zeigte oder vielmehr barg sich eine lange, magere Gestalt, der schmale Hals weiß befiedert von einer feinen batistnen Krause, und das dünne, blasse Gesicht gar wundersam geziert mit einer fast unglaublich langen Nase, die sich neugierig angstvoll hin und her bewegte.

»Gott willkommen! zum guten Festtag!« – rief Jäkel der Narr – »wundert Euch nicht, daß jetzt die Gasse so leer und still ist. Alle unsere Leute sind jetzt in der Synagoge und Ihr kommt eben zur rechten Zeit um dort die Geschichte von der Opferung Isaaks vorlesen zu hören. Ich kenne sie, es ist eine interessante Geschichte, und wenn ich sie nicht schon drei und dreißig mal angehört hätte, so würde ich sie gern dies Jahr noch einmal hören. Und es ist eine wichtige Geschichte, denn wenn Abraham den Isaak wirklich geschlachtet hätte, und nicht den Ziegenbock, so wären jetzt mehr Ziegenböcke und weniger Juden auf der Welt.« – Und mit wahnsinnig lustiger Grimasse fing der Jäkel an folgendes Lied aus der Agade zu singen:

»Ein Böcklein, ein Böcklein, das gekauft Väterlein, er gab dafür zwei Suslein; ein Böcklein! ein Böcklein!

Es kam ein Kätzlein, und aß das Böcklein, das gekauft Väterlein, er gab dafür zwei Suslein; ein Böcklein, ein Böcklein!

Es kam ein Hündlein, und biß das Kätzlein, das gefressen das Böcklein, das gekauft Väterlein, er gab dafür zwei Suslein; ein Böcklein, ein Böcklein!

Es kam ein Stöcklein und schlug das Hündlein, das gebissen das Kätzlein, das gefressen das Böcklein, das gekauft Väterlein, er gab dafür zwei Suslein; ein Böcklein, ein Böcklein!

Es kam ein Feuerlein und verbrannte das Stöcklein, das geschlagen das Hündlein, das gebissen das Kätzlein, das gefressen das Böcklein, das gekauft Väterlein, er gab dafür zwei Suslein; ein Böcklein, ein Böcklein!

Es kam ein Wässerlein und löschte das Feuerlein, das verbrannt das Stöcklein, das geschlagen das Hündlein, das gebissen das Kätzlein, das gefressen das Böcklein, das gekauft Väterlein, er gab dafür zwei Suslein; ein Böcklein, ein Böcklein!

Es kam ein Öchslein und soff das Wässerlein, das gelöscht das Feuerlein, das verbrannt das Stöcklein, das geschlagen das Hündlein, das gebissen das Kätzlein, das gefressen das Böcklein, das gekauft Väterlein, er gab dafür zwei Suslein; ein Böcklein, ein Böcklein!

Es kam ein Schlächterlein und schlachtete das Öchslein, das gesoffen das Wässerlein, das gelöscht das Feuerlein, das verbrannt das Stöcklein, das geschlagen das Hündlein, das gebissen das Kätzlein, das gefressen das Böcklein, das gekauft Väterlein, er gab dafür zwei Suslein; ein Böcklein, ein Böcklein!

Es kam ein Todesenglein und schlachtete das Schlächterlein, das geschlachtet das Öchslein, das gesoffen das Wässerlein, das gelöscht das Feuerlein, das verbrannt das Stöcklein, das geschlagen das Hündlein, das gebissen das Kätzlein, das gefressen das Böcklein, das gekauft Väterlein, er gab dafür zwei Suslein; ein Böcklein, ein Böcklein!«

»Ja, schöne Frau« – fügte der Sänger hinzu – »einst kommt der Tag, wo der Engel des Todes den Schlächter schlachten wird, und all unser Blut kommt über Edom; denn Gott ist ein rächender Gott – –«

Aber plötzlich den Ernst, der ihn unwillkürlich beschlichen, gewaltsam abstreifend, stürzte sich Jäkel der Narr wieder in seine Possenreißereien und fuhr fort mit schnarrendem Lustigmachertone: »Fürchtet Euch nicht, schöne Frau, der Nasenstern tut Euch nichts zu Leid. Nur für die alte Schnapper-Elle ist er gefährlich. Sie hat sich in seine Nase verliebt, aber die verdient es auch. Sie ist schön wie der Turm, der gen Damaskus schaut und erhaben wie die Zeder des Libanons. Auswendig glänzt sie wie Glimmgold und Syrop, und inwendig ist lauter Musik und Lieblichkeit. Im Sommer blüht sie, im Winter ist sie zugefroren, und Sommer und Winter wird sie gehätschelt von Schnapper-Elles weißen Händen. Ja, die Schnapper-Elle ist verliebt in ihn, ganz vernarrt. Sie pflegt ihn, sie füttert ihn, und sobald er fett genug ist, wird sie ihn heuraten, und für ihr Alter ist sie noch jung genug, und wer mal nach dreihundert Jahren hierher nach Frankfurt kömmt, wird den Himmel nicht sehen können vor lauter Nasensternen!«

»Ihr seid Jäkel der Narr« – rief lachend der Rabbi – »ich merk es an Euren Worten. Ich habe oft von Euch sprechen gehört.«

»Ja, ja« – erwiderte jener mit drolliger Bescheidenheit – »ja, ja, das macht der Ruhm. Man ist oft weit und breit für einen größern Narren bekannt als man selbst weiß. Doch ich gebe mir viele Mühe ein Narr zu sein, und springe und schüttle mich, damit die Schellen klingeln. Andre habens leichter … Aber sagt mir, Rabbi, warum reiset Ihr am Feiertage?«

»Meine Rechtfertigung« – versetzte der Befragte – »steht im Talmud, und es heißt: Gefahr vertreibt den Sabbat.«

»Gefahr!« – schrie plötzlich der lange Nasenstern und gebärdete sich wie in Todesangst – »Gefahr! Gefahr! Trommelhans trommel, trommle, Gefahr! Gefahr! Trommelhans …«

Draußen aber rief der Trommelhans mit seiner dicken Bierstimme: »Tausend Donner Sakrament! Der Teufel hole die Juden! Das ist schon das drittemal, daß du mich heute aus dem Schlafe weckst, Nasenstern! Mach mich nicht rasend! Wenn ich rase, werde ich wie der leibhaftige Satanas, und dann, so wahr ich ein Christ bin, dann schieße ich mit der Büchse durch die Gitterluke des Tores, und dann hüte jeder seine Nase!«

»Schieß nicht! Schieß nicht! ich bin ein einzelner Mensch« – wimmerte angstvoll der Nasenstern und drückte sein Gesicht fest an die nächste Mauer, und in dieser Stellung verharrte er zitternd und leise betend.

»Sagt, sagt, was ist passiert?« – rief jetzt auch Jäkel der Narr, mit all jener hastigen Neugier, die schon damals den frankfurter Juden eigentümlich war.

Der Rabbi aber riß sich von ihm los und ging mit seinem Weibe weiter die Judengasse hinauf. »Sieh, schöne Sara« – sprach er seufzend – »wie schlecht geschützt ist Israel! Falsche Freunde hüten seine Tore von außen, und drinnen sind seine Hüter Narrheit und Furcht!«

Langsam wanderten die beiden durch die lange, leere Straße, wo nur hie und da ein blühender Mädchenkopf zum Fenster hinausguckte, während sich die Sonne in den blanken Scheiben festlich heiter bespiegelte. Damals nämlich waren die Häuser des Judenviertels noch neu und nett, auch niedriger wie jetzt, indem erst späterhin die Juden, als sie in Frankfurt sich sehr vermehrten und doch ihr Quartier nicht erweitern durften, dort immer ein Stockwerk über das andere bauten, sardellenartig zusammenrückten und dadurch an Leib und Seele verkrüppelten. Der Teil des Judenquartiers, der nach dem großen Brande stehen geblieben und den man die Alte Gasse nennt, jene hohen schwarzen Häuser, wo ein grinsendes, feuchtes Volk umherschachert, ist ein schauderhaftes Denkmal des Mittelalters. Die ältere Synagoge existiert nicht mehr; sie war minder geräumig als die jetzige, die später erbaut wurde, nachdem die nüremberger Vertriebenen in die Gemeinde aufgenommen worden. Sie lag nördlicher. Der Rabbi brauchte ihre Lage nicht erst zu erfragen. Schon aus der Ferne vernahm er die vielen, verworrenen und überaus lauten Stimmen. Im Hofe des Gotteshauses trennte er sich von seinem Weibe. Nachdem er an dem Brunnen, der dort steht, seine Hände gewaschen, trat er in jenen untern Teil der Synagoge, wo die Männer beten; die schöne Sara hingegen erstieg eine Treppe und gelangte oben nach der Abteilung der Weiber.

Diese obere Abteilung war eine Art Galerie mit drei Reihen hölzerner, braunrot angestrichener Sitze, deren Lehne oben mit einem hängenden Brette versehen war, das, um das Gebetbuch darauf zu legen, sehr bequem aufgeklappt werden konnte. Die Frauen saßen hier schwatzend neben einander, oder standen aufrecht, inbrünstig betend; manchmal auch traten sie neugierig an das große Gitter, das sich längs der Morgenseite hinzog und durch dessen dünne grüne Latten man hinabschauen konnte in die untere Abteilung der Synagoge. Dort, hinter hohen Betpulten, standen die Männer in ihren schwarzen Mänteln, die spitzen Bärte herabschießend über die weißen Halskrausen, und die plattbedeckten Köpfe mehr oder minder verhüllt von einem viereckigen, mit den gesetzlichen Schaufäden versehenen Tuche, das aus weißer Wolle oder Seide bestand, mitunter auch mit goldnen Tressen geschmückt war. Die Wände der Synagoge waren ganz einförmig geweißt, und man sah dort keine andere Zierat als etwa das vergüldete Eisengitter um die viereckige Bühne, wo die Gesetzabschnitte verlesen werden, und die heilige Lade, ein kostbar gearbeiteter Kasten, scheinbar getragen von marmornen Säulen mit üppigen Kapitälern, deren Blumen- und Laubwerk gar lieblich emporrankte, und bedeckt mit einem Vorhang von kornblauem Sammet, worauf mit Goldflittern, Perlen und bunten Steinen eine fromme Inschrift gestickt war. Hier hing die silberne Gedächtnis-Ampel und erhob sich ebenfalls eine vergitterte Bühne, auf deren Geländer sich allerlei heilige Geräte befanden, unter andern der siebenarmige Tempel-Leuchter, und vor demselben, das Antlitz gegen die Lade, stand der Vorsänger, dessen Gesang instrumentenartig begleitet wurde von den Stimmen seiner beiden Gehülfen, das Bassisten und des Diskantsingers. Die Juden haben nämlich alle wirkliche Instrumentalmusik aus ihrer Kirche verbannt, wähnend, daß der

Lobgesang Gottes erbaulicher aufsteige aus der warmen Menschenbrust als aus kalten Orgelpfeifen. Recht kindlich freute sich die schöne Sara, als jetzt der Vorsänger, ein trefflicher Tenor, seine Stimme erhob und die uralten, ernsten Melodien, die sie so gut kannte, in noch nie geahneter junger Lieblichkeit aufblüheten, während der Bassist, zum Gegensatze, die tiefen, dunkeln Töne hineinbrummte, und in den Zwischenpausen der Diskantsänger fein und süß trillerte. Solchen Gesang hatte die schöne Sara in der Synagoge von Bacherach niemals gehört, denn der Gemeindevorsteher, David Levi, machte dort den Vorsänger, und wenn dieser schon bejahrte zitternde Mann, mit seiner zerbröckelten, meckernden Stimme wie ein junges Mädchen trillern wollte, und in solch gewaltsamer Anstrengung seinen schlaff herabhängenden Arm fieberhaft schüttelte, so reizte dergleichen wohl mehr zum Lachen als zur Andacht.

Ein frommes Behagen, gemischt mit weiblicher Neugier, zog die schöne Sara ans Gitter, wo sie hinabschauen konnte in die untere Abteilung, die sogenannte Männerschule. Sie hatte noch nie eine so große Anzahl Glaubensgenossen gesehen, wie sie da unten erblickte, und es ward ihr noch heimlich wohler ums Herz in der Mitte so vieler Menschen, die ihr so nahe verwandt, durch gemeinschaftliche Abstammung, Denkweise und Leiden. Aber noch viel bewegter wurde die Seele des Weibes, als drei alte Männer ehrfurchtsvoll vor die heilige Lade traten, den glänzenden Vorhang an die Seite schoben, den Kasten aufschlossen und sorgsam jenes Buch herausnahmen, das Gott mit heilig eigner Hand geschrieben und für dessen Erhaltung die Juden so viel erduldet, so viel Elend und Haß, Schmach und Tod, ein tausendjähriges Martyrtum. Dieses Buch, eine große Pergamentrolle, war wie ein fürstliches Kind in einem buntgestickten Mäntelchen von rotem Sammet gehüllt; oben, auf den beiden Rollhölzern steckten zwei silberne Gehäuschen, worin allerlei Granaten und Glöckchen sich zierlich bewegten und klingelten, und vorn, an silbernen Kettchen, hingen goldne Schilde mit bunten Edelsteinen. Der Vorsänger nahm das Buch, und als sei es ein wirkliches Kind, ein Kind um dessentwillen man große Schmerzen erlitten und das man nur desto mehr liebt, wiegte er es in seinen Armen, tänzelte damit hin und her, drückte es an seine Brust, und durchschauert von solcher Berührung, erhub er seine Stimme zu einem so jauchzend frommen Dankliede, daß es der schönen Sara bedünkte, als ob die Säulen der heiligen Lade zu blühen begönnen, und die wunderbaren Blumen und Blätter der Kapitäler immer höher hinaufwüchsen, und die Töne des Diskanten sich in lauter Nachtigallen verwandelten, und die Wölbung der Synagoge gesprengt würde von den gewaltigen Tönen des Bassisten, und die Freudigkeit Gottes herabströmte aus dem blauen Himmel. Das war ein schöner Psalm. Die Gemeinde wiederholte chorartig die Schlußverse und nach der erhöhten Bühne in der Mitte der Synagoge schritt langsam der Vorsänger mit dem heiligen Buche, während Männer und Knaben sich hastig hinzudrängten um die Sammethülle desselben zu küssen oder auch nur zu berühren. Auf der erwähnten Bühne zog man von dem heiligen Buche das samtne Mäntelchen, so wie auch die mit bunten Buchstaben beschriebenen Windeln, womit es umwickelt war, und aus der geöffneten Pergamentrolle, in jenem singenden Tone, der am Paschafest noch gar besonders moduliert wird, las der Vorsänger die erbauliche Geschichte von der Versuchung Abrahams.

Die schöne Sara war bescheiden vom Gitter zurückgewichen, und eine breite, putzbeladene Frau von mittlerem Alter und gar gespreizt wohlwollendem Wesen, hatte ihr, mit stummen Nicken, die Miteinsicht in ihrem Gebetbuche vergönnt. Diese Frau mochte wohl keine große Schriftgelehrtin sein; denn als sie die Gebete murmelnd vor sich hinlas, wie die Weiber, da sie nicht laut mitsingen dürfen, zu tun pflegen, so bemerkte die schöne Sara, daß sie viele Worte allzusehr nach Gutdünken aussprach und manche gute Zeile ganz überschlupperte. Nach einer Weile aber hoben sich schmachtend langsam die wasserklaren Augen der guten Frau, ein flaches Lächeln glitt über das porzellanhaft rot und weiße Gesicht, und mit einem Tone, der so vornehm als möglich hinschmelzen wollte, sprach sie zur schönen Sara: »Er singt sehr gut. Aber ich habe doch in Holland noch viel besser singen hören. Sie sind fremd und wissen vielleicht nicht, daß es der Vorsänger aus Worms ist, und daß man ihn hier behalten will wenn er mit jährlichen vierhundert Gulden zufrieden. Es ist ein lieber Mann und seine Hände sind wie Alabaster. Ich halte viel von einer schönen Hand. Eine schöne Hand ziert den ganzen Menschen!« – Dabei legte die gute Frau selbstgefällig ihre Hand, die wirklich noch schön war, auf die Lehne des Betpultes, und mit einer graziösen Beugung des Hauptes andeutend, daß sie sich im Sprechen nicht gern unterbrechen lasse, setzte sie hinzu: »Das Singerchen ist noch ein Kind und sieht sehr abgezehrt aus. Der Baß ist gar zu häßlich und unser Stern hat mal sehr witzig gesagt: ›Der Baß ist ein größerer Narr als man von einem Baß zu verlangen braucht!‹ Alle drei speisen in meiner Garküche, und Sie wissen vielleicht nicht, daß ich Elle Schnapper bin.«

Die schöne Sara dankte für diese Mitteilung, wogegen wieder die

Schnapper-Elle ihr ausführlich erzählte, wie sie einst in Amsterdam gewesen, dort wegen ihrer Schönheit gar vielen Nachstellungen unterworfen war, und wie sie drei Tage vor Pfingsten nach Frankfurt gekommen und den Schnapper geheuratet, wie dieser am Ende gestorben, wie er auf dem Todbette die rührendsten Dinge gesprochen, und wie es schwer sei als Vorsteherin einer Garküche die Hände zu konservieren. Manchmal sah sie nach der Seite, mit wegwerfendem Blicke, der wahrscheinlich einigen spöttischen jungen Weibern galt, die ihren Anzug musterten. Merkwürdig genug war diese Kleidung: ein weit ausgebauschter Rock von weißem Atlas, worin alle Tierarten der Arche Noä grellfarbig gestickt, ein Wams von Goldstoff wie ein Küraß, die Ärmel von rotem Samt, gelb geschlitzt, auf dem Haupte eine unmenschlich hohe Mütze, um den Hals eine allmächtige Krause von weißem Steiflinnen, so wie auch eine silberne Kette, woran allerlei Schaupfennige, Kameen und Raritäten, unter andern ein großes Bild der Stadt Amsterdam, bis über den Busen herabhingen. Aber die Kleidung der übrigen Frauen war nicht minder merkwürdig und bestand wohl aus einem Gemische von Moden verschiedener Zeiten, und manches Weiblein, bedeckt mit Gold und Diamanten, glich einem wandelnden Juwelierladen. Es war freilich den frankfurter Juden damals eine bestimmte Kleidung gesetzlich vorgeschrieben, und zur Unterscheidung von den Christen, sollten die Männer an ihren Mänteln gelbe Ringe und die Weiber an ihren Mützen hochaufstehende blaugestreifte Schleier tragen. Jedoch im Judenquartier wurde diese obrigkeitliche Verordnung wenig beachtet, und dort, besonders an Festtagen, und zumal in der Synagoge, suchten die Weiber so viel Kleiderpracht als möglich gegen einander auszukramen, teils um sich beneiden zu lassen, teils auch um den Wohlstand und die Kreditfähigkeit ihrer Eheherrn darzutun.

Während nun unten in der Synagoge die Gesetzabschnitte aus den Büchern Mosis vorgelesen werden, pflegt dort die Andacht etwas nachzulassen. Mancher macht es sich bequem und setzt sich nieder, flüstert auch wohl mit einem Nachbar über weltliche Angelegenheiten, oder geht hinaus auf den Hof, um frische Luft zu schöpfen. Kleine Knaben nehmen sich unterdessen die Freiheit ihre Mütter in der Weiberabteilung zu besuchen, und hier hat alsdann die Andacht wohl noch größere Rückschritte gemacht: hier wird geplaudert, geruddelt, gelacht, und, wie es überall geschieht, die jüngeren Frauen scherzen über die alten, und diese klagen wieder über Leichtfertigkeit der Jugend und Verschlechterung der Zeiten. Gleichwie es aber unten in der Synagoge zu Frankfurt einen Vorsänger gab, so gab es in der obern Abteilung eine Vorklatscherin. Das war Hündchen Reiß, eine platte grünliche Frau, die jedes Unglück witterte und immer eine skandalose Geschichte auf der Zunge trug. Die gewöhnliche Zielscheibe ihrer Spitzreden war die arme Schnapper-Elle, sie wußte gar drollig die erzwungen vornehmen Gebärden derselben nachzuäffen, so wie auch den schmachtenden Anstand womit sie die schalkhaften Huldigungen der Jugend entgegen nimmt.

»Wißt Ihr wohl« – rief jetzt Hündchen Reiß – »die Schnapper-Elle hat gestern gesagt: ›Wenn ich nicht schön und klug und geliebt wäre, so möchte ich nicht auf der Welt sein!‹«

Da wurde etwas laut gekichert, und die nahstehende Schnapper-Elle, merkend daß es auf ihre Kosten geschah, hob verachtungsvoll ihr Auge empor, und wie ein stolzes Prachtschiff segelte sie nach einem entfernteren Platze. Die Vögele Ochs, eine runde, etwas täppische Frau, bemerkte mitleidig: die Schnapper-Elle sei zwar eitel und beschränkt, aber sehr bravmütig, und sie tue sehr viel Gutes an Leute, die es nötig hätten.

»Besonders an den Nasenstern« – zischte Hündchen Reiß. Und alle die das zarte Verhältnis kannten, lachten um so lauter.

»Wißt Ihr wohl« – setzte Hündchen hämisch hinzu – »der Nasenstern schläft jetzt auch im Hause der Schnapper-Elle ... Aber seht mal dort unten die Süschen Flörsheim trägt die Halskette, die Daniel Fläsch bei ihrem Manne versetzt hat. Die Fläsch ärgert sich ... Jetzt spricht sie mit der Flörsheim ... Wie sie sich so freundlich die Hand drücken! Und hassen sich doch wie Midian und Moab! Wie sie sich so liebevoll anlächeln! Freßt Euch nur nicht vor lauter Zärtlichkeit! Ich will mir das Gespräch anhören.«

Und nun, gleich einem lauernden Tiere, schlich Hündchen Reiß hinzu und hörte, daß die beiden Frauen teilnehmend einander klagten, wie sehr sie sich verflossene Woche abgearbeitet, um in ihren Häusern aufzuräumen und das Küchengeschirr zu scheuern, was vor dem Paschafeste geschehen muß, damit kein einziges Brosämchen der gesäuerten Bröte daran kleben bleibe. Auch von der Mühseligkeit beim Backen der ungesäuerten Bröte sprachen die beiden Frauen. Die Fläsch hatte noch besondere Beklagnisse: im Backhause der Gemeinde mußte sie viel Ärger erleiden, nach der Entscheidung des Loses konnte sie dort erst in den letzten Tagen, am Vorabend des Festes, und erst spät nachmittags zum Backen gelangen, die alte Hanne hatte den Teig schlecht geknetet, die Mägde rollten mit ihren Wergelhölzern den Teig viel zu dünn, die Hälfte der Bröte verbrannte im Ofen, und außerdem regnete es so stark, daß es durch das bretterne Dach des Backhauses beständig tröpfelte, und sie mußten sich dort, naß und müde, bis tief in die Nacht abarbeiten.

»Und daran, liebe Flörsheim« – setzte die Fläsch hinzu mit einer schonenden Freundlichkeit, die keineswegs echt war – »daran waren Sie auch ein bißchen schuld, weil Sie mir nicht Ihre Leute zur Hülfleistung beim Backen geschickt haben.«

»Ach Verzeihung« – erwiderte die andre – »meine Leute waren zu sehr beschäftigt, die Meßwaren müssen verpackt werden, wir haben jetzt so viel zu tun, mein Mann ...«

»Ich weiß« – fiel ihr die Fläsch mit schneidend hastigem Tone in die Rede – »ich weiß, Ihr habt viel zu tun, viel Pfänder und gute Geschäfte, und Halsketten ...«

Eben wollte ein giftiges Wort den Lippen der Sprecherin entgleiten und die Flörsheim ward schon rot wie ein Krebs, als plötzlich Hündchen Reiß laut aufkreischte: »Um Gottes willen, die fremde Frau liegt und stirbt ... Wasser! Wasser!«

Die schöne Sara lag in Ohnmacht, blaß wie der Tod, und um sie herum drängte sich ein Schwarm von Weibern, geschäftig und jammernd. Die eine hielt ihr den Kopf, eine zweite hielt ihr den Arm; einige alte Frauen bespritzten sie mit den Wassergläschen, die hinter ihren Betpulten hängen, zum Behufe des Händewaschens, im Fall sie zufällig ihren eignen Leib berührten; andre hielten unter die Nase der Ohnmächtigen eine alte Zitrone, die mit Gewürznägelchen durchstochen, noch vom letzten Fasttage herrührte, wo sie zum nervenstärkenden Anriechen diente. Ermattet und tief seufzend schlug endlich die schöne Sara die Augen auf, und mit stummen Blicken dankte sie für die gütige Sorgfalt. Doch jetzt ward unten das Achtzehn-Gebet, welches niemand versäumen darf, feierlich angestimmt, und die geschäftigen Weiber eilten zurück nach ihren Plätzen, und verrichteten jenes Gebet, wie es geschehen muß, stehend und das Gesicht gewendet gegen Morgen, welches die Himmelsgegend wo Jerusalem liegt. Vögele Ochs, Schnapper-Elle und Hündchen Reiß verweilten am längsten bei der schönen Sara; die beiden ersteren indem sie ihr eifrigst ihre Dienste anboten, die letztere, nachdem sie sich nochmals bei ihr erkundigte: weshalb sie so plötzlich ohnmächtig geworden?

Die Ohnmacht der schönen Sara hatte aber eine ganz besondere Ursache. Es ist nämlich Gebrauch in der Synagoge, daß jemand, welcher einer großen Gefahr entronnen, nach der Verlesung der Gesetzabschnitte, öffentlich hervortritt und der göttlichen Vorsicht für seine Rettung dankt. Als nun Rabbi Abraham zu solcher Danksagung unten in der Synagoge sich erhob, und die schöne Sara die Stimme ihres Mannes erkannte, merkte sie wie der Ton derselben allmählig in das trübe Gemurmel des Totengebetes überging, sie hörte die Namen ihrer Lieben und Verwandten, und zwar begleitet von jenem segnenden Beiwort, das man den Verstorbenen erteilt: und die letzte Hoffnung schwand aus der Seele der schönen Sara, und ihre Seele ward zerrissen von der Gewißheit, daß ihre Lieben und Verwandte wirklich ermordet worden, daß ihre kleine Nichte tot sei, daß auch ihre Bäschen, Blümchen und Vögelchen, tot seien, auch der kleine Gottschalk tot sei, alle ermordet und tot! Von dem Schmerze dieses Bewußtseins wäre sie schier selber gestorben, hätte sich nicht eine wohltätige Ohnmacht über ihre Sinne ergossen.

DRITTES KAPITEL

Als die schöne Sara nach beendigtem Gottesdienste, in den Hof der Synagoge hinabstieg, stand dort der Rabbi harrend seines Weibes. Er nickte ihr mit heiterem Antlitz und geleitete sie hinaus auf die Straße, wo die frühere Stille ganz verschwunden und ein lärmiges Menschengewimmel zu schauen war. Bärtige Schwarzröcke, wie Ameisenhaufen; Weiber, glanzreich hinflatternd, wie Goldkäfer; neugekleidete Knaben, die den Alten die Gebetbücher nachtrugen; junge Mädchen, die, weil sie nicht in die Synagoge gehen dürfen, jetzt aus den Häusern ihren Eltern entgegen hüpfen, vor ihnen die Lockenköpfchen beugen, um den Segen zu empfangen: alle heiter und freudig, und die Gasse auf und ab spazierend, im seligen Vorgefühl eines guten Mittagmahls, dessen lieblicher Duft schon mundwässernd hervorstieg, aus den schwarzen, mit Kreide bezeichneten Töpfen, die eben von den lachenden Mägden aus dem großen Gemeindeofen geholt worden.

In diesem Gewirre war besonders bemerkbar die Gestalt eines spanischen Ritters, auf dessen jugendlichen Gesichtszügen jene reizende Blässe lag, welche die Frauen gewöhnlich einer unglücklichen Liebe, die Männer hingegen einer glücklichen zuschreiben. Sein Gang, obschon gleichgültig hinschlendernd, hatte dennoch eine etwas gesuchte Zierlichkeit; die Federn seines Barettes bewegten sich mehr durch das vornehme Wiegen des Hauptes, als durch das Wehen des Windes; mehr als eben notwendig klirrten seine goldenen Sporen und das Wehrgehänge seines Schwertes, welches er im Arme zu tragen schien, und dessen Griff kostbar hervor blitzte aus dem weißen

Reutermantel, der seine schlanken Glieder scheinbar nachlässig umhüllte und dennoch den sorgfältigsten Faltenwurf verriet. Hin und wieder, teils mit Neugier, teils mit Kennermienen nahte er sich den vorüberwandelnden Frauenzimmern, sah ihnen seelenruhig fest ins Antlitz, verweilte bei solchem Anschaun, wenn die Gesichter der Mühe lohnten, sagte auch manchem liebenswürdigen Kinde einige rasche Schmeichelworte, und schritt sorglos weiter ohne die Wirkung zu erwarten. Die schöne Sara hatte er schon mehrmals umkreist, jedesmal wieder zurückgescheucht von dem gebietenden Blick derselben oder auch von der rätselhaft lächelnden Miene ihres Mannes, aber endlich, in stolzem Abstreifen aller scheuen Befangenheit, trat er beiden keck in den Weg, und mit stutzerhafter Sicherheit und süßlich galantem Tone hielt er folgende Anrede:

»Sennora, ich schwöre! Hört, Sennora, ich schwöre! Bei den Rosen beider Kastilien, bei den aragonesischen Hyazinthen und andalusischen Granatblüten! Bei der Sonne, die ganz Spanien mit all seinen Blumen, Zwiebeln, Erbsensuppen, Wäldern, Bergen, Mauleseln, Ziegenböcken und Alt-Christen beleuchtet! Bei der Himmelsdecke, woran diese Sonne nur ein goldner Quast ist! Und bei dem Gott, der auf der Himmelsdecke sitzt, und Tag und Nacht über neue Bildung holdseliger Frauengestalten nachsinnt ... Ich schwöre, Sennora, Ihr seid das schönste Weib, das ich im deutschen Lande gesehen habe, und so Ihr gewillet seid meine Dienste anzunehmen, so bitte ich Euch um die Gunst, Huld und Erlaubnis mich Euren Ritter nennen zu dürfen, und in Schimpf und Ernst Eure Farben zu tragen!«

Ein errötender Schmerz glitt über das Antlitz der schönen Sara, und mit einem Blicke, der um so schneidender wirkt, je sanfter die Augen sind, die ihn versenden, und mit einem Tone, der um so vernichtender je bebend weicher die Stimme, antwortete die tief gekränkte Frau:

»Edler Herr! Wenn Ihr mein Ritter sein wollt, so müßt Ihr gegen ganze Völker kämpfen, und in diesem Kampfe gibt es wenig Dank und noch weniger Ehre zu gewinnen! Und wenn Ihr gar meine Farben tragen wollt, so müßt Ihr gelbe Ringe auf Euren Mantel nähen oder eine blaugestreifte Schärpe umbinden: denn dieses sind meine Farben, die Farben meines Hauses, des Hauses, welches Israel heißt, und sehr elend ist, und auf den Gassen verspottet wird von den Söhnen des Glücks!«

Plötzliche Pupurröte bedeckte die Wangen des Spaniers, eine unendliche Verlegenheit arbeitete in allen seinen Zügen und fast stotternd sprach er:

»Sennora ... Ihr habt mich mißverstanden ... unschuldiger Scherz ... aber, bei Gott, kein Spott, kein Spott über Israel ... ich stamme selber aus dem Hause Israel ... mein Großvater war ein Jude, vielleicht sogar mein Vater ...«

»Und ganz sicher, Sennor, ist Eur Oheim ein Jude« – fiel ihm der Rabbi, der dieser Szene ruhig zugesehen, plötzlich in die Rede, und mit einem fröhlich neckenden Blicke setzte er hinzu: – »und ich will mich selbst dafür verbürgen, daß Don Isaak Abarbanel, Neffe des großen Rabbi, dem besten Blute Israels entsprossen ist, wo nicht gar dem königlichen Geschlechte Davids!«

Da klirrte das Schwertgehänge unter dem Mantel des Spaniers, seine Wangen erblichen wieder bis zur fahlsten Blässe, auf seiner Oberlippe zuckte es wie Hohn, der mit dem Schmerze ringt, aus seinen Augen grinste der zornigste Tod, und in einem ganz verwandelten, eiskalten, scharfgehackten Tone, sprach er:

»Sennor Rabbi! Ihr kennt mich. Nun wohlan, so wißt Ihr auch, wer ich bin. Und weiß der Fuchs, daß ich der Brut des Löwen angehöre, so wird er sich hüten, und seinen Fuchsbart nicht in Lebensgefahr bringen und meinen Zorn nicht reizen! Wie will der Fuchs den Löwen richten? Nur wer wie der Löwe fühlt, kann seine Schwächen begreifen ...«

»Oh, ich begreife es wohl« – antwortete der Rabbi und wehmütiger Ernst zog über seine Stirne – »ich begreife es wohl, wie der stolze Leu aus Stolz seinen fürstlichen Pelz abwirft und sich in den bunten Schuppenpanzer des Krokodils verkappt, weil es Mode ist ein greinendes, schlaues, gefräßiges Krokodil zu sein! Was sollen erst die geringeren Tiere beginnen, wenn sich der Löwe verleugnet? Aber hüte dich, Don Isaak, du bist nicht geschaffen für das Element des Krokodils. Das Wasser – (du weißt wohl wovon ich rede) – ist dein Unglück, und du wirst untergehen. Nicht im Wasser ist dein Reich; die schwächste Forelle kann besser darin gedeihen als der König des Waldes. Weißt du noch, wie dich die Strudel des Tago verschlingen wollten ...«

In ein lautes Gelächter ausbrechend, fiel Don Isaak plötzlich dem Rabbi um den Hals, verschloß seinen Mund mit Küssen, sprang sporenklirrend vor Freude in die Höhe, daß die vorbeigehenden Juden zurückschraken, und in seinem natürlich herzlich heiteren Tone rief er:

»Wahrhaftig, du bist Abraham von Bacherach! Und es war ein guter Witz und obendrein ein Freundschaftsstück, als du zu Toledo von der Alkantara-Brücke ins Wasser sprangest und deinen Freund, der besser trinken als schwimmen konnte, beim Schopf faßtest und aufs Trockene zogest! Ich war nahe dran, recht gründliche Untersuchungen anzustellen: ob auf dem Grunde des Tago wirklich Goldkörner zu finden, und ob ihn mit Recht die Römer den goldnen Fluß genannt haben? Ich sage dir, ich erkälte mich noch heute durch die bloße Erinnerung an jene Wasserpartie.«

Bei diesen Worten gebärdete sich der Spanier, als wollte er anhängende Wassertropfen von sich abschütteln. Das Antlitz des Rabbi aber war gänzlich aufgeheitert. Er drückte seinem Freunde wiederholentlich die Hand und jedesmal sagte er: »Ich freue mich!«

»Und ich freue mich ebenfalls« – sprach der andere – »wir haben uns seit sieben Jahren nicht gesehen; bei unserem Abschied war ich noch ein ganz junger Gelbschnabel, und du, du warst schon so gesetzt und ernsthaft … Was ward aber aus der schönen Donna, die dir damals so viele Seufzer kostete, wohlgereimte Seufzer, die du mit Lautenklang begleitet hast …«

»Still, still! die Donna hört uns, sie ist mein Weib, und du selbst hast ihr heute eine Probe deines Geschmackes und Dichtertalentes dargebracht.«

Nicht ohne Nachwirkung der früheren Verlegenheit, begrüßte der Spanier die schöne Frau, welche mit anmutiger Güte jetzt bedauerte, daß sie durch Äußerungen des Unmuts einen Freund ihres Mannes betrübt habe.

»Ach, Sennora« – antwortete Don Isaak – »wer mit täppischer Hand nach einer Rose griff, darf sich nicht beklagen, daß ihn die Dornen verletzten! Wenn der Abendstern sich im blauen Strome goldfunkelnd abspiegelt …«

»Ich bitte dich um Gotteswillen« – unterbrach ihn der Rabbi – »hör auf … Wenn wir so lange warten sollen bis der Abendstern sich im blauen Strome goldfunkelnd abspiegelt, so verhungert meine Frau; sie hat seit gestern nichts gegessen und seitdem viel Ungemach und Mühsal erlitten.«

»Nun so will ich Euch nach der besten Garküche Israels führen« – rief Don Isaak – »nach dem Hause meiner Freundin Schnapper-Elle, das hier in der Nähe. Schon rieche ich ihren holden Duft, nämlich der Garküche. O wüßtest du, Abraham, wie dieser Duft mich anspricht! Er ist es, der mich, seit ich in dieser Stadt verweile, so oft hinlockt nach den Zelten Jakobs. Der Verkehr mit dem Volke Gottes ist sonst nicht meine Liebhaberei, und wahrlich nicht um hier zu beten, sondern um zu essen besuche ich die Judengasse …«

»Du hast uns nie geliebt, Don Isaak …«

»Ja« – fuhr der Spanier fort – »ich liebe Eure Küche weit mehr als Euren Glauben; es fehlt ihm die rechte Sauce. Euch selber habe ich nie ordentlich verdauen können. Selbst in Euren besten Zeiten, selbst unter der Regierung meines Ahnherrn Davids, welcher König war über Juda und Israel, hätte ich es nicht unter Euch aushalten können, und ich wäre gewiß eines frühen Morgens aus der Burg Sion entsprungen und nach Phönizien emigriert, oder nach Babylon, wo die Lebenslust schäumte im Tempel der Götter ...«

»Du lästerst, Isaak, den einzigen Gott« – murmelte finster der Rabbi – »du bist weit schlimmer als ein Christ, du bist ein Heide, ein Götzendiener ...«

»Ja, ich bin ein Heide, und eben so zuwider wie die dürren, freudlosen Hebräer sind mir die trüben, qualsüchtigen Nazarener. Unsre liebe Frau von Sidon, die heilige Astarte, mag es mir verzeihen, daß ich vor der schmerzenreichen Mutter des Gekreuzigten niederkniee und bete ... Nur mein Knie und meine Zunge huldigt dem Tode, mein Herz blieb treu dem Leben! ...«

»Aber schau nicht so sauer« – fuhr der Spanier fort in seiner Rede, als er sah wie wenig dieselbe den Rabbi zu erbauen schien – »schau mich nicht an mit Abscheu. Meine Nase ist nicht abtrünnig geworden. Als mich einst der Zufall, um Mittagszeit in diese Straße führte, und aus den Küchen der Juden mir die wohlbekannten Düfte in die Nase stiegen: da erfaßte mich jene Sehnsucht, die unsere Väter empfanden, als sie zurückdachten an die Fleischtöpfe Egyptens; wohlschmeckende Jugenderinnerungen stiegen in mir auf; ich sah wieder im Geiste die Karpfen mit brauner Rosinensauce, die meine Tante für den Freitagabend so erbaulich zu bereiten wußte; ich sah wieder das gedämpfte Hammelfleisch mit Knoblauch und Mairettig, womit man die Toten erwecken kann, und die Suppe mit schwärmerisch schwimmenden Klößchen ... und meine Seele schmolz, wie die Töne einer verliebten Nachtigall, und seitdem esse ich in der Garküche meiner Freundin Donna Schnapper-Elle!«

Diese Garküche hatte man unterdessen erreicht; Schnapper-Elle selbst stand an der Türe ihres Hauses, die Meßfremden, die sich hungrig hineindrängten, freundlich begrüßend. Hinter ihr, den Kopf über ihre Schulter hinaus lehnend, stand der lange Nasenstern und musterte neugierig ängstlich die Ankömmlinge. Mit übertriebener Grandezza nahte sich Don Isaak unserer Gastwirtin, die seine schalkhaft tiefen Verbeugungen mit unendlichen Knicksen erwiderte; drauf zog er den Handschuh ab von seiner rechten Hand, umwickelte sie mit dem Zipfel seines Mantels, ergriff damit die Hand der

Schnapper-Elle, strich sie langsam über die Haare seines Stutzbartes und sprach:

»Sennora! Eure Augen wetteifern mit den Gluten der Sonne! Aber obgleich die Eier, je länger sie gekocht werden, sich desto mehr verhärten, so wird dennoch mein Herz nur um so weicher je länger es von den Flammenstrahlen Eurer Augen gekocht wird! Aus der Dotter meines Herzens flattert hervor der geflügelte Gott Amur und sucht ein trauliches Nestchen in Eurem Busen … Diesen Busen, Sennora, womit soll ich ihn vergleichen? Es gibt in der weiten Schöpfung keine Blume, keine Frucht, die ihm ähnlich wäre! Dieses Gewächs ist einzig in seiner Art. Obgleich der Sturm die zartesten Röslein entblättert, so ist doch Eur Busen eine Winterrose, die allen Winden trotzt! Obgleich die saure Zitrone, je mehr sie altert, nur desto gelber und runzlichter wird, so wetteifert dennoch Eur Busen mit der Farbe und Zartheit der süßesten Ananas! O Sennora, ist auch die Stadt Amsterdam so schön, wie Ihr mir gestern und vorgestern und alle Tage erzählt habt, so ist doch der Boden worauf sie ruht noch tausendmal schöner …«

Der Ritter sprach diese letztern Worte mit erheuchelter Befangenheit und schielte schmachtend nach dem großen Bilde, das an Schnapper-Elles Halse hing; der Nasenstern schaute von oben herab mit suchenden Augen, und der belobte Busen setzte sich in eine so wogende Bewegung, daß die Stadt Amsterdam hin und her wackelte.

»Ach!« – seufzte die Schnapper-Elle – »Tugend ist mehr wert als Schönheit. Was nützt mir die Schönheit? Meine Jugend geht vorüber, und seit Schnapper tot ist – er hat wenigstens schöne Hände gehabt – was hilft mir da die Schönheit?«

Und dabei seufzte sie wieder, und wie ein Echo, fast unhörbar, seufzte hinter ihr der Nasenstern.

»Was Euch die Schönheit nützt« – rief Don Isaak – »O Donna Schnapper-Elle, versündigt Euch nicht an der Güte der schaffenden Natur! Schmäht nicht ihre holdesten Gaben! Sie würde sich furchtbar rächen. Diese beseligenden Augen würden blöde verglasen, diese anmutigen Lippen würden sich bis ins Abgeschmackte verplatten, dieser keusche, liebesuchende Leib würde sich in eine schwerfällige Talgtonne verwandeln, die Stadt Amsterdam würde auf einen muffigen Morast zu ruhen kommen –«

Und so schilderte er Stück vor Stück das jetzige Aussehn der Schnapper-Elle, so daß der armen Frau sonderbar beängstigend zu Mute ward, und sie den unheimlichen Reden des Ritters zu entrinnen suchte. In diesem Augenblicke war sie doppelt froh als sie der schönen Sara ansichtig ward und sich angelegentlichst erkundigen konnte, ob sie ganz von ihrer Ohnmacht genesen. Sie stürzte sich dabei in ein lebhaftes Gespräch, worin sie alle ihre falsche Vornehmtuerei und echte Herzensgüte entwickelte, und mit mehr Weitläuftigkeit als Klugheit die fatale Geschichte erzählte, wie sie selbst vor Schrecken fast in Ohnmacht gefallen wäre, als sie wildfremd mit der Trekschuite zu Amsterdam ankam, und der spitzbübische Träger ihres Koffers sie nicht in ein ehrbares Wirtshaus, sondern in ein freches Frauenhaus brachte, was sie bald gemerkt an dem vielen Branntweingesöffe und den unsittlichen Zumutungen ... und sie wäre, wie gesagt, wirklich in Ohnmacht gefallen, wenn sie es, während den sechs Wochen, die sie in jenem verfänglichen Hause zubrachte, nur einen Augenblick wagen durfte die Augen zu schließen ...

»Meiner Tugend wegen« – setzte sie hinzu – »durfte ich es nicht wagen. Und das alles passierte mir wegen meiner Schönheit! Aber Schönheit vergeht und Tugend besteht.«

Don Isaak war schon im Begriff die Einzelheiten dieser Geschichte kritisch zu beleuchten, als glücklicherweise der scheele Aaron Hirschkuh, von Homburg an der Lahn, mit der weißen Serviette im Maule, aus dem Hause hervorkam, und ärgerlich klagte, daß schon längst die Suppe aufgetragen sei und die Gäste zu Tische säßen und die Wirtin fehle. – – –

Der Schluß und die folgenden Kapitel sind, ohne Verschulden des Autors, verloren gegangen.

AUS DEN MEMOIREN
DES HERREN
VON SCHNABELEWOPSKI

Erstes Buch

KAPITEL I

Mein Vater hieß Schnabelewopski; meine Mutter hieß Schnabelewopska; als beider ehelicher Sohn wurde ich geboren den ersten April 1795 zu Schnabelewops. Meine Großtante, die alte Frau von Pipitzka, pflegte meine erste Kindheit, und erzählte mir viele schöne Märchen, und sang mich oft in den Schlaf mit einem Liede, dessen Worte und Melodie meinem Gedächtnisse entfallen. Ich vergesse aber nie die geheimnisvolle Art, wie sie mit dem zitternden Kopfe nickte, wenn sie es sang, und wie wehmütig ihr großer einziger Zahn, der Einsiedler ihres Mundes, alsdann zum Vorschein kam. Auch erinnere ich mich noch manchmal des Papagois, über dessen Tod sie so bitterlich weinte. Die alte Großtante ist jetzt ebenfalls tot, und ich bin in der ganzen weiten Welt wohl der einzige Mensch, der an ihren lieben Papagoi noch denkt. Unsere Katze hieß Mimi und unser Hund hieß Joli. Er hatte viel Menschenkenntnis und ging mir immer aus dem Wege wenn ich zur Peitsche griff. Eines Morgens sagte unser Bedienter: der Hund trage den Schwanz etwas eingekniffen zwischen den Beinen und lasse die Zunge länger als gewöhnlich hervorhängen; und der arme Joli wurde, nebst einigen Steinen, die man ihm an den Hals festband, ins Wasser geworfen. Bei dieser Gelegenheit ertrank er. Unser Bedienter hieß Prrschtzztwitsch. Man muß dabei niesen, wenn man diesen Namen ganz richtig aussprechen will. Unsere Magd hieß Swurtszska, welches im Deutschen etwas rauh, im Polnischen aber äußerst melodisch klingt. Es war eine dicke untersetzte Person mit weißen Haaren und blonden Zähnen. Außerdem liefen noch zwei schöne schwarze Augen im Hause herum, welche man Seraphine nannte. Es war mein schönes herzliebes Mühmelein, und wir spielten zusammen im Garten und belauschten die Haushaltung der Ameisen, und haschten Schmetterlinge, und pflanzten Blumen. Sie lachte einst wie toll, als ich meine kleinen Strümpfchen in die Erde pflanzte, in der Meinung, daß ein paar große Hosen für meinen Vater daraus hervorwachsen würden.

Mein Vater war die gütigste Seele von der Welt und war lange Zeit ein wunderschöner Mann; der Kopf gepudert, hinten ein niedlich geflochtenes Zöpfchen, das nicht herabhing, sondern mit einem Kämmchen von Schildkröte auf dem Scheitel befestigt war. Seine Hände waren blendend weiß und ich küßte sie oft. Es ist mir als röche ich noch ihren süßen Duft und er dränge mir stechend ins Auge. Ich habe meinen Vater sehr geliebt; denn ich habe nie daran gedacht, daß er sterben könne.

Mein Großvater, väterlicher Seite, war der alte Herr von Schnabelewopski; ich weiß gar nichts von ihm, außer daß er ein Mensch und daß mein Vater sein Sohn war. Mein Großvater, mütterlicher Seite, war der alte Herr von Wlrssrnski, und er ist abgemalt in einem scharlachroten Sammetrock und einem langen Degen, und meine Mutter erzählte mir oft, daß er einen Freund hatte, der einen grünseidenen Rock, rosaseidne Hosen und weißseidne Strümpfe trug, und wütend den kleinen Chapeaubas hin- und herschwenkte, wenn er vom König von Preußen sprach.

Meine Mutter, Frau von Schnabelewopska, gab mir, als ich heranwuchs, eine gute Erziehung. Sie hatte viel gelesen; als sie mit mir schwanger ging las sie fast ausschließlich den Plutarch; und hat sich vielleicht an einem von dessen großen Männern versehen; wahrscheinlich an einem von den Gracchen. Daher meine mystische Sehnsucht, das agrarische Gesetz in moderner Form zu verwirklichen. Mein Freiheits- und Gleichheitssinn ist vielleicht solcher mütterlicher Vorlektüre beizumessen. Hätte meine Mutter damals das Leben des Cartuch gelesen, so wäre ich vielleicht ein großer Bankier geworden. Wie oft, als Knabe, versäumte ich die Schule, um auf den schönen Wiesen von Schnabelewops einsam darüber nachzudenken, wie man die ganze Menschheit beglücken könnte. Man hat mich deshalb oft einen Müßiggänger gescholten und als solchen bestraft; und für meine Weltbeglückungsgedanken mußte ich schon damals viel Leid und Not erdulden. Die Gegend um Schnabelewops ist übrigens sehr schön, es fließt dort ein Flüßchen, worin man des Sommers sehr angenehm badet, auch gibt es allerliebste Vogelnester in den Gehölzen des Ufers. Das alte Gnesen, die ehemalige Hauptstadt von Polen, ist nur drei Meilen davon entfernt. Dort im Dom ist der heilige Adalbert begraben. Dort steht sein silberner Sarkophag, und darauf liegt sein eignes Konterfei, in Lebensgröße, mit Bischofmütze und Krummstab, die Hände fromm gefaltet, und alles von gegossenem Silber. Wie oft muß ich deiner gedenken du silberner Heiliger! Ach, wie oft schleichen meine Gedanken nach Polen zurück, und ich stehe wieder in dem Dome von Gnesen, an den Pfeiler gelehnt, bei dem Grabmal

Adalberts! Dann rauscht auch wieder die Orgel, als probiere der Organist ein Stück aus Allegris Miserere; in einer fernen Kapelle wird eine Messe gemurmelt; die letzten Sonnenlichter fallen durch die bunten Fensterscheiben; die Kirche ist leer; nur vor dem silbernen Grabmal des Heiligen liegt eine betende Gestalt, ein wunderholdes Frauenbild, das mir einen raschen Seitenblick zuwirft, aber ebenso rasch sich wieder gegen den Heiligen wendet und mit ihren sehnsüchtig schlauen Lippen die Worte flüstert: »Ich bete dich an!«

In demselben Augenblick, als ich diese Worte hörte, klingelte in der Ferne der Mesner, die Orgel rauschte mit schwellendem Ungestüm, das holde Frauenbild erhob sich von den Stufen des Grabmals, warf ihren weißen Schleier über das errötende Antlitz, und verließ den Dom.

»Ich bete dich an!« Galten diese Worte mir oder dem silbernen Adalbert? Gegen diesen hatte sie sich gewendet, aber nur mit dem Antlitz. Was bedeutete jener Seitenblick, den sie mir vorher zugeworfen und dessen Strahlen sich über meine Seele ergossen, gleich einem langen Lichtstreif, den der Mond über das nächtliche Meer dahingießt, wenn er aus dem Wolkendunkel hervortritt und sich schnell wieder dahinter verbirgt. In meiner Seele, die ebenso düster wie das Meer, weckte jener Lichtstreif alle die Ungetüme, die im tiefen Grunde schliefen, und die tollsten Haifische und Schwertfische der Leidenschaft schossen plötzlich empor, und tummelten sich, und bissen sich vor Wonne in den Schwänzen, und dabei brauste und kreischte immer gewaltiger die Orgel, wie Sturmgetöse auf der Nordsee.

Den anderen Tag verließ ich Polen.

KAPITEL II

Meine Mutter packte selbst meinen Koffer; mit jedem Hemde hat sie auch eine gute Lehre hineingepackt. Die Wäscherinnen haben mir späterhin alle diese Hemde mitsamt den guten Lehren vertauscht. Mein Vater war tief bewegt; und er gab mir einen langen Zettel, worin er artikelweis aufgeschrieben, wie ich mich in dieser Welt zu verhalten habe. Der erste Artikel lautete: daß ich jeden Dukaten zehnmal herumdrehen solle, ehe ich ihn ausgäbe. Das befolgte ich auch im Anfang; nachher wurde mir das beständige Herumdrehen viel zu mühsam. Mit jenem Zettel überreichte mir mein Vater auch die dazu gehörigen Dukaten. Dann nahm er eine Schere, schnitt damit das Zöpfchen von seinem lieben Haupte, und gab mir das Zöpfchen zum Andenken. Ich besitze es noch und weine immer wenn ich die gepuderten feinen Härchen betrachte – –

Die Nacht vor meiner Abreise hatte ich folgenden Traum:

Ich ging einsam spazieren in einer heiter schönen Gegend am Meer. Es war Mittag und die Sonne schien auf das Wasser, daß es wie lauter Diamanten funkelte. Hie und da, am Gestade, erhob sich eine große Aloe, die sehnsüchtig ihre grünen Arme nach dem sonnigen Himmel emporstreckte. Dort stand auch eine Trauerweide, mit lang herabhängenden Tressen, die sich jedesmal emporhoben, wenn die Wellen heranspielten, so daß sie alsdann wie eine junge Nixe aussah, die ihre grünen Locken in die Höhe hebt, um besser hören zu können, was die verliebten Luftgeister ihr ins Ohr flüstern. In der Tat, das klang manchmal wie Seufzer und zärtliches Gekose. Das Meer erstrahlte immer blühender und lieblicher, immer wohllautender rauschten die Wellen, und auf den rauschenden glänzenden Wellen schritt einher der silberne Adalbert, ganz wie ich ihn im gnesener Dome gesehen, den silbernen Krummstab in der silbernen Hand, die silberne Bischofmütze auf dem silbernen Haupte, und er winkte mir mit der Hand und er nickte mir mit dem Haupte, und endlich, als er mir gegenüberstand, rief er mir zu, mit unheimlicher Silberstimme: – – –

Ja, die Worte habe ich wegen des Wellengeräusches nicht hören können. Ich glaube aber mein silberner Nebenbuhler hat mich verhöhnt. Denn ich stand noch lange am Strande und weinte, bis die Abenddämmerung heranbrach, und Himmel und Meer trüb und blaß wurden, und traurig über alle Maßen. Es stieg die Flut. Aloe und Weide krachten und wurden fortgeschwemmt von den Wogen, die manchmal hastig zurückliefen und desto ungestümer wieder heranschwollen, tosend, schaurig, in schaumweißen Halbkreisen. Dann aber auch hörte ich ein taktförmiges Geräusch, wie Ruderschlag, und endlich sah ich einen Kahn mit der Brandung herantreiben. Vier weiße Gestalten, fahle Totengesichter, eingehüllt in Leichentüchern, saßen darin und ruderten mit Anstrengung. In der Mitte des Kahnes stand ein blasses aber unendlich schönes Frauenbild, unendlich zart, wie geformt aus Liljenduft – und sie sprang ans Ufer. Der Kahn mit seinen gespenstischen Ruderknechten schoß pfeilschnell wieder zurück ins hohe Meer, und in meinen Armen lag Panna Jadviga und weinte und lachte: ich bete dich an.

KAPITEL III

Mein erster Ausflug, als ich Schnabelewops verließ, war nach Deutschland, und zwar nach Hamburg, wo ich sechs Monat blieb, statt gleich nach Leiden zu reisen und mich dort nach dem Wunsche meiner Eltern, dem Studium der Gottesgelahrtheit zu ergeben. Ich muß gestehen, daß ich während jenes Semesters mich mehr mit weltlichen Dingen abgab als mit göttlichen.

Die Stadt Hamburg ist eine gute Stadt; lauter solide Häuser. Hier herrscht nicht der schändliche Macbeth, sondern hier herrscht Banko. Der Geist Bankos herrscht überall in diesem kleinen Freistaate, dessen sichtbares Oberhaupt ein hoch- und wohlweiser Senat. In der Tat, es ist ein Freistaat und hier findet man die größte politische Freiheit. Die Bürger können hier tun was sie wollen und der hoch- und wohlweise Senat kann hier ebenfalls tun was er will; jeder ist hier freier Herr seiner Handlungen. Es ist eine Republik. Hätte Lafayette nicht das Glück gehabt den Ludwig Philipp zu finden, so würde er gewiß seinen Franzosen die hamburgischen Senatoren und Oberalten empfohlen haben. Hamburg ist die beste Republik. Seine Sitten sind englisch und sein Essen ist himmlisch. Wahrlich, es gibt Gerichte zwischen den Wandrahmen und dem Dreckwall, wovon unsere Philosophen keine Ahnung haben. Die Hamburger sind gute Leute und essen gut. Über Religion, Politik und Wissenschaft sind ihre respektiven Meinungen sehr verschieden, aber in Betreff des Essens herrscht das schönste Einverständnis. Mögen die christlichen Theologen dort noch so sehr streiten über die Bedeutung des Abendmahls; über die Bedeutung des Mittagmahls sind sie ganz einig. Mag es unter den Juden dort eine Partei geben, die das Tischgebet auf deutsch spricht, während eine andere es auf hebräisch absingt; beide Parteien essen und essen gut und wissen das Essen gleich richtig zu beurteilen. Die Advokaten, die Bratenwender der Gesetze, die so lange die Gesetze wenden und anwenden bis ein Braten für sie dabei abfällt, diese mögen noch so sehr streiten: ob die Gerichte öffentlich sein sollen oder nicht; darüber sind sie einig, daß alle Gerichte gut sein müssen, und jeder von ihnen hat sein Leibgericht. Das Militär denkt gewiß ganz tapfer spartanisch, aber von der schwarzen Suppe will es doch nichts wissen. Die Ärzte, die in der Behandlung der Krankheiten so sehr uneinig sind und die dortige Nationalkrankheit (nämlich Magenbeschwerden), als Braunianer durch noch größere Portionen Rauchfleisch, oder als Homöopathen durch 1/10,000 Tropfen Absinth in einer großen Kumpe Mockturtelsuppe zu kurieren pflegen, diese Ärzte sind ganz einig, wenn von dem Geschmacke der Suppe und des Rauchfleisches selbst die Rede ist. Hamburg ist die Vaterstadt des letztern, des Rauchfleisches, und rühmt sich dessen, wie Mainz sich seines Johann Fausts und Eisleben sich seines Luthers zu rühmen pflegt. Aber was bedeutet die Buchdruckerei und die Reformation in Vergleichung mit Rauchfleisch? Ob beide ersteren genutzt oder geschadet, darüber streiten zwei Parteien in Deutschland; aber sogar unsere eifrigsten Jesuiten sind eingeständig, daß das Rauchfleisch eine gute, für den Menschen heilsame Erfindung ist.

Hamburg ist erbaut von Karl dem Großen und wird bewohnt von 80,000 kleinen Leuten, die alle mit Karl dem Großen, der in Aachen begraben liegt, nicht tauschen würden. Vielleicht beträgt die Bevölkerung von Hamburg gegen 100,000; ich weiß es nicht genau, obgleich ich ganze Tage lang auf den Straßen ging, um mir dort die Menschen zu betrachten. Auch habe ich gewiß manchen Mann übersehen, indem die Frauen meine besondere Aufmerksamkeit in Anspruch nahmen. Letztere fand ich durchaus nicht mager, sondern meistens sogar korpulent, mitunter reizend schön, und im Durchschnitt, von einer gewissen wohlhabenden Sinnlichkeit, die mir bei Leibe! nicht mißfiel. Wenn sie in der romantischen Liebe sich nicht allzuschwärmerisch zeigen und von der großen Leidenschaft des Herzens wenig ahnen: so ist das nicht ihre Schuld, sondern die Schuld Amors, des kleinen Gottes, der manchmal die schärfsten Liebespfeile auf seinen Bogen legt, aber aus Schalkheit oder Ungeschick viel zu tief schießt, und statt des Herzens der Hamburgerinnen nur ihren Magen zu treffen pflegt. Was die Männer betrifft, so sah ich meistens untersetzte Gestalten, verständige kalte Augen, kurze Stirn, nachlässig herabhängende, rote Wangen, die Eßwerkzeuge besonders ausgebildet, der Hut wie festgenagelt auf dem Kopfe, und die Hände in beiden Hosentaschen, wie einer der eben fragen will: was hab ich zu bezahlen?

Zu den Merkwürdigkeiten der Stadt gehören: 1) Das alte Rathaus, wo die großen Hamburger Bankiers, aus Stein gemeißelt und mit Zepter und Reichsapfel in Händen, abkonterfeit stehen. 2) Die Börse, wo sich täglich die Söhne Hammonias versammeln, wie einst die Römer auf dem Forum, und wo über ihren Häuptern eine schwarze Ehrentafel hängt mit den Namen ausgezeichneter Mitbürger. 3) Die schöne Marianne, ein außerordentlich schönes Frauenzimmer, woran der Zahn der Zeit schon seit zwanzig Jahren kaut – nebenbei gesagt, »der Zahn der Zeit« ist eine schlechte Metapher, denn sie ist so alt, daß sie gewiß keine Zähne mehr hat, nämlich die Zeit – die schöne Marianne hat vielmehr jetzt noch alle ihre Zähne und noch immer Haare darauf, nämlich auf den Zähnen. 4) Die ehemalige Zentralkassa. 5) Altona. 6) Die Originalmanuskripte von Marrs Tragödien. 7) Der Eigentümer des Rödingschen Kabinetts. 8) Die Börsenhalle. 9) Die Bacchushalle, und endlich 10) das Stadttheater. Letzteres verdient besonders gepriesen zu werden, seine Mitglieder sind lauter gute Bürger, ehrsame Hausväter, die sich nicht verstellen können und niemanden täuschen, Männer die das Theater zum Gotteshause machen, indem sie den Unglücklichen, der an der Menschheit verzweifelt, aufs wirksamste überzeugen, daß nicht alles in der Welt eitel Heuchelei und Verstellung ist.

Bei Aufzählung der Merkwürdigkeiten der Republik Hamburg kann ich nicht umhin zu erwähnen, daß, zu meiner Zeit, der Apollosaal auf der Drehbahn sehr brillant war. Jetzt ist er sehr heruntergekommen, und es werden dort philharmonische Konzerte gegeben, Taschenspielerkünste gezeigt und Naturforscher gefüttert. Einst war es anders! Es schmetterten die Trompeten, es wirbelten die Pauken, es flatterten die Straußfedern, und Heloise und Minka rannten durch die Reihen der Oginskipolonäse, und alles war sehr anständig. Schöne Zeit, wo mir das Glück lächelte! Und das Glück hieß Heloise! Es war ein süßes, liebes, beglückendes Glück mit Rosenwangen, Liliennäschen, heißduftigen Nelkenlippen, Augen wie der blaue Bergsee, aber etwas Dummheit lag auf der Stirne, wie ein trüber Wolkenflor über einer prangenden Frühlingslandschaft. Sie war schlank wie eine Pappel und lebhaft wie ein Vogel, und ihre Haut war so zart, daß sie zwölf Tage geschwollen blieb durch den Stich einer Haarnadel. Ihr Schmollen, als ich sie gestochen hatte, dauerte aber nur zwölf Sekunden, und dann lächelte sie – schöne Zeit, als das Glück mir lächelte! Minka lächelte seltener, denn sie hatte keine schöne Zähne. Desto schöner aber waren ihre Tränen, wenn sie weinte, und sie weinte bei jedem fremden Unglück und sie war wohltätig über alle Begriffe. Den Armen gab sie ihren letzten Schilling; sie war sogar oft in der Lage wo sie ihr letztes Hemd weggab, wenn man es verlangte. Sie war so seelengut. Sie konnte nichts abschlagen, ausgenommen ihr Wasser. Dieser weiche, nachgiebige Charakter kontrastierte gar lieblich mit ihrer äußeren Erscheinung. Eine kühne, junonische Gestalt, weißer frecher Nacken, umringelt von wilden schwarzen Locken, wie von wollüstigen Schlangen, Augen, die unter ihren düsteren Siegesbogen so weltbeherrschend strahlten, purpurstolze, hochgewölbte Lippen, marmorne, gebietende Hände, worauf leider einige Sommersprossen, auch hatte sie, in der Form eines kleinen Dolchs, ein braunes Muttermal an der linken Hüfte.

Wenn ich dich in sogenannte schlechte Gesellschaft gebracht, lieber Leser, so tröste dich damit, daß sie dir wenigstens nicht so viel gekostet wie mir. Doch wird es später in diesem Buche nicht an idealischen Frauenspersonen fehlen, und schon jetzt will ich dir, zur Erholung, zwei Anstandsdamen vorführen, die ich damals kennen und verehren lernte. Es ist Madame Pieper und Madame Schnieper. Erstere war eine schöne Frau in ihren reifsten Jahren, große schwärzliche Augen, eine große weiße Stirne, schwarze falsche Locken, eine kühne altrömische Nase, und ein Maul das eine Guillotine war für jeden guten Namen. In der Tat, für einen guten Namen gab es keine leichtere Hinrichtungsmaschine als Madame Piepers Maul, sie ließ ihn nicht lange zappeln, sie machte keine langwichtige Vorbereitungen; war der beste gute Name zwischen ihre Zähne geraten, so lächelte sie nur – aber dieses Lächeln war wie ein Fallbeil, und die Ehre war abgeschnitten und fiel in den Sack. Sie war immer ein Muster von Anstand, Ehrsamkeit, Frömmigkeit und Tugend. Von Madame Schnieper ließ sich dasselbe rühmen. Es war eine zarte Frau, kleine ängstliche Brüste, gewöhnlich mit einem wehmütig dünnen Flor umgeben, hellblonde Haare, hellblaue Augen, die entsetzlich klug hervorstachen aus dem weißen Gesichte. Es hieß man könne ihren Tritt nie hören, und wirklich, ehe man sich dessen versah, stand sie oft neben einem, und verschwand dann wieder ebenso geräuschlos. Ihr Lächeln war ebenfalls tödlich für jeden guten Namen, aber minder wie ein Beil, als vielmehr wie jener afrikanische Giftwind, von dessen Hauch schon alle Blumen verwelken; elendiglich verwelken mußte jeder gute Namen, über den sie nur leise hinlächelte. Sie war immer ein Muster von Anstand, Ehrsamkeit, Frömmigkeit und Tugend.

Ich würde nicht ermangeln mehre von den Söhnen Hammonias ebenfalls hervorzuloben und einige Männer, die man ganz besonders hochschätzt – namentlich diejenigen, welche man auf einige Millionen Mark Banko zu schätzen pflegt – aufs prächtigste zu rühmen, aber ich will in diesem Augenblick meinen Enthusiasmus unterdrükken, damit er späterhin in desto helleren Flammen emporlodere. Ich habe nämlich nichts Geringeres im Sinn, als einen Ehrentempel Hamburgs herauszugeben, ganz nach demselben Plane, welchen schon vor zehn Jahren ein berühmter Schriftsteller entworfen hat, der in dieser Absicht jeden Hamburger aufforderte, ihm ein spezifiziertes Inventarium seiner speziellen Tugenden, nebst einem Speziestaler, aufs schleunigste einzusenden. Ich habe nie recht erfahren können, warum dieser Ehrentempel nicht zur Ausführung kam; denn die einen sagten, der Unternehmer, der Ehrenmann, sei, als er kaum von Aaron bis Abendrot gekommen und gleichsam die ersten Klötze eingerannt, von der Last des Materials schon ganz erdrückt worden, die anderen sagten, der hoch- und wohlweise Senat habe aus allzugroßer Bescheidenheit das Projekt hintertrieben, indem er dem Baumeister seines eignen Ehrentempels plötzlich die Weisung gab, binnen vierundzwanzig Stunden das hamburgische Gebiet mit allen seinen Tugenden zu verlassen. Aber gleichviel aus welchem Grunde, das Werk ist nicht zu Stande gekommen, und da ich ja doch einmal, aus angeborener Neigung, etwas Großes tun wollte in dieser Welt und immer gestrebt habe das Unmögliche zu leisten: so habe ich jenes ungeheure Projekt wieder aufgefaßt und ich liefere einen Ehrentempel Hamburgs, ein unsterbliches Riesenbuch, worin ich die Herrlichkeit aller seiner Einwohner ohne Ausnahme beschreibe, worin ich edle Züge von geheimer Mildtätigkeit mitteile, die noch gar nicht in der Zeitung gestanden, worin ich Großtaten erzähle, die keiner glauben wird, und worin mein eignes Bildnis, wie ich auf dem Jungfernsteg vor dem Schweizerpavillon sitze und über Hamburgs Verherrlichung nachdenke, als Vignette paradieren soll.

KAPITEL IV

Für Leser denen die Stadt Hamburg nicht bekannt ist – und es gibt deren vielleicht in China und Oberbayern – für diese muß ich bemerken: daß der schönste Spaziergang der Söhne und Töchter Hammonias den rechtmäßigen Namen Jungfernsteg führt, daß er aus einer Lindenallee besteht, die auf der einen Seite von einer Reihe Häuser, auf der anderen Seite von dem großen Alsterbassin begrenzt wird; und daß vor letzterem, ins Wasser hineingebaut, zwei zeltartige lustige Kaffeehäuslein stehen, die man Pavillons nennt. Besonders vor dem einem, dem sogenannten Schweizerpavillon, läßt sich gut sitzen wenn es Sommer ist und die Nachmittagssonne nicht zu wild glüht, sondern nur heiter lächelt und mit ihrem Glanze die Linden, die Häuser, die Menschen, die Alster und die Schwäne, die sich darauf wiegen, fast märchenhaft lieblich übergießt. Da läßt sich gut sitzen, und da saß ich gut, gar manchen Sommernachmittag, und dachte, was ein junger Mensch zu denken pflegt, nämlich gar nichts, und betrachtete, was ein junger Mensch zu betrachten pflegt, nämlich die jungen Mädchen, die vorübergingen – und da flatterten sie vorüber jene holden Wesen mit ihren geflügelten Häubchen und ihren verdeckten Körbchen, worin nichts enthalten ist – da trippelten sie dahin, die bunten Vierlanderinnen, die ganz Hamburg mit Erdbeeren und eigener Milch versehen, und deren Röcke noch immer viel zu lang sind – da stolzierten die schönen Kaufmannstöchter, mit deren Liebe man auch so viel bares Geld bekömmt – da hüpft eine Amme, auf den Armen ein rosiges Knäbchen, das sie beständig küßt, während sie an ihren Geliebten denkt – da wandeln Priesterinnen der schaumentstiegenen Göttin, hanseatische Vestalen, Dianen die auf die Jagd gehn, Najaden, Dryaden, Hamadryaden und sonstige Predigerstöchter – ach! da wandelt auch Minka und Heloisa! Wie oft saß ich vor dem Pavillon und sah sie vorüberwandeln in ihren rosagestreiften Roben – die Elle kostet 4 Mark und 3 Schilling und Herr Seligmann hat mir versichert, die Rosastreifen würden im Waschen die Farbe behalten – Prächtige Dirnen! riefen dann die tugendhaften Jünglinge, die neben mir saßen – Ich erinnere mich, ein großer Assekuradeur, der immer wie ein Pfingstochs geputzt ging, sagte einst: die eine möcht ich mir mal als Frühstück und die andere als Abendbrot zu Gemüte führen, und ich würde an solchem Tage gar nicht zu Mittag speisen – Sie ist ein Engel! sagte einst ein Seekapitän ganz laut, so daß sich beide Mädchen zu gleicher Zeit umsahen, und sich dann einander eifersüchtig anblickten – Ich selber sagte nie etwas, und ich dachte meine süßesten Garnichtsgedanken, und betrachtete die Mädchen, und den heiter sanften Himmel, und den langen Petriturm mit der schlanken Taille, und die stille blaue Alster, worauf die Schwäne so stolz und so lieblich und so sicher umherschwammen. Die Schwäne! Stundenlang konnte ich sie betrachten, diese holden Geschöpfe mit ihren sanften langen Hälsen, wie sie sich üppig auf den weichen Fluten wiegten, wie sie zuweilen selig untertauchten und wieder auftauchten und übermütig plätscherten, bis der Himmel dunkelte, und die goldnen Sterne hervortraten, verlangend, verheißend, wunderbar zärtlich, verklärt. Die Sterne! Sind es goldne Blumen am bräutlichen Busen des Himmels? Sind es verliebte Engelsaugen, die sich sehnsüchtig spiegeln in den blauen Gewässern der Erde und mit den Schwänen buhlen?

– – – Ach! das ist nun lange her. Ich war damals jung und törigt. Jetzt bin ich alt und törigt. Manche Blume ist unterdessen verwelkt und manche sogar zertreten worden. Manches seidne Kleid ist unterdessen zerrissen, und sogar der rosagestreifte Kattun des Herren Seligmann hat unterdessen die Farbe verloren. Er selbst aber ist ebenfalls verblichen – die Firma ist jetzt »Seligmanns selige Witwe« –

und Heloisa, das sanfte Wesen, das geschaffen schien nur auf weichbeblümte indische Teppiche zu wandeln und mit Pfauenfedern gefächelt zu werden, sie ging unter in Matrosenlärm, Punsch, Tabaksrauch und schlechter Musik. Als ich Minka wiedersah – sie nannte sich jetzt Kathinka und wohnte zwischen Hamburg und Altona – da sah sie aus wie der Tempel Salomonis als ihn Nebukadnezar zerstört hatte und roch nach assyrischem Knaster – und als sie mir Heloisas Tod erzählte, weinte sie bitterlich und riß sich verzweiflungsvoll die Haare aus, und wurde schier ohnmächtig, und mußte ein großes Glas Branntewein austrinken, um zur Besinnung zu kommen.

Und die Stadt selbst, wie war sie verändert! Und der Jungfernsteg! Der Schnee lag auf den Dächern und es schien als hätten sogar die Häuser gealtert und weiße Haare bekommen. Die Linden des Jungfernstegs waren nur tote Bäume mit dürren Ästen, die sich gespenstisch im kalten Winde bewegten. Der Himmel war schneidend blau und dunkelte hastig. Es war Sonntag, fünf Uhr, die allgemeine Fütterungstunde, und die Wagen rollten, Herren und Damen stiegen aus, mit einem gefrorenen Lächeln auf den hungrigen Lippen – Entsetzlich! in diesem Augenblick durchschauerte mich die schreckliche Bemerkung, daß ein unergründlicher Blödsinn auf allen diesen Gesichtern lag, und daß alle Menschen die eben vorbeigingen in einem wunderbaren Wahnwitz befangen schienen. Ich hatte sie schon vor zwölf Jahren, um dieselbe Stunde, mit denselben Mienen, wie die Puppen einer Rathausuhr, in derselben Bewegung gesehen, und sie hatten seitdem ununterbrochen in derselben Weise gerechnet, die Börse besucht, sich einander eingeladen, die Kinnbacken bewegt, ihre Trinkgelder bezahlt, und wieder gerechnet: zweimal zwei ist vier – Entsetzlich! rief ich, wenn einem von diesen Leuten, während er auf dem Contoirbock säße, plötzlich einfiele, daß zweimal zwei eigentlich fünf sei, und daß er also sein ganzes Leben verrechnet und sein ganzes Leben in einem schauderhaften Irrtum vergeudet habe! Auf einmal aber ergriff mich selbst ein närrischer Wahnsinn, und als ich die vorüberwandlende Menschen genauer betrachtete, kam es mir vor als seien sie selber nichts anders als Zahlen, als arabische Chiffern; und da ging eine krummfüßige Zwei neben einer fatalen Drei, ihrer schwangeren und vollbusigen Frau Gemahlin; dahinter ging Herr Vier auf Krücken; einherwatschelnd kam eine fatale Fünf, rundbäuchig mit kleinem Köpfchen; dann kam eine wohlbekannte kleine Sechse und eine noch wohlbekanntere böse Sieben – doch als ich die unglückliche Acht, wie sie vorüberschwankte ganz genau betrachtete, erkannte ich den Assekuradeur der sonst wie ein

Pfingstochs geputzt ging, jetzt aber wie die magerste von Pharaos mageren Kühen aussah – blasse hohle Wangen, wie ein leerer Suppenteller, kaltrote Nase wie eine Winterrose, abgeschabter schwarzer Rock der einen kümmerlich weißen Widerschein gab, ein Hut worin Saturn mit der Sense einige Luftlöcher geschnitten, doch die Stiefel noch immer spiegelblank gewichst – und er schien nicht mehr daran zu denken, Heloisa und Minka als Frühstück und Abendbrot zu verzehren, er schien sich vielmehr nach einem Mittagessen von gewöhnlichem Rindfleisch zu sehnen. Unter den vorüberrollenden Nullen erkannte ich noch manchen alten Bekannten. Diese und die anderen Zahlenmenschen rollten vorüber, hastig und hungrig, während unfern, längst den Häusern des Jungfernstegs, noch grauenhafter drollig, ein Leichenzug sich hinbewegte. Ein trübsinniger Mummenschanz! hinter den Trauerwagen, einherstelzend auf ihren dünnen schwarzseidenen Beinchen, gleich Marionetten des Todes, gingen die wohlbekannten Ratsdiener, privilegierte Leidtragende in parodiert altburgundischem Kostüm; kurze schwarze Mäntel und schwarze Pluderhosen, weiße Perücken und weiße Halsbergen, wozwischen die roten bezahlten Gesichter gar possenhaft hervorgucken, kurze Stahldegen an den Hüften, unterm Arm ein grüner Regenschirm.

Aber noch unheimlicher und verwirrender als diese Bilder, die sich, wie ein chinesisches Schattenspiel, schweigend vorbeibewegten, waren die Töne, die von einer anderen Seite in mein Ohr drangen. Es waren heisere, schnarrende, metallose Töne, ein unsinniges Kreischen, ein ängstliches Plätschern und verzweifelndes Schlürfen, ein Keichen und Schollern, ein Stöhnen und Ächzen, ein unbeschreibbar eiskalter Schmerzlaut. Das Bassin der Alster war zugefroren, nur nahe am Ufer war ein großes breites Viereck in der Eisdecke ausgehauen, und die entsetzlichen Töne, die ich eben vernommen, kamen aus den Kehlen der armen weißen Geschöpfe, die darin herumschwammen und in entsetzlicher Todesangst schrieen, und ach! es waren dieselben Schwäne, die einst so weich und heiter meine Seele bewegten. Ach! die schönen weißen Schwäne, man hatte ihnen die Flügel gebrochen, damit sie im Herbst nicht auswandern konnten, nach dem warmen Süden, und jetzt hielt der Norden sie festgebannt in seinen dunkeln Eisgruben – und der Markeur des Pavillons meinte, sie befänden sich wohl darin und die Kälte sei ihnen gesund. Das ist aber nicht wahr, es ist einem nicht wohl, wenn man ohnmächtig in einem kalten Pfuhl eingekerkert ist, fast eingefroren, und einem die Flügel gebrochen sind, und man nicht fortfliegen kann nach dem schönen Süden, wo die schönen Blumen, wo die goldnen Sonnenlichter, wo die blauen Bergseen – Ach! auch mir erging es einst nicht viel besser, und ich verstand die Qual dieser armen Schwäne, und als es gar immer dunkler wurde, und die Sterne oben hell hervortraten, dieselben Sterne die einst, in schönen Sommernächten, so liebeheiß mit den Schwänen gebuhlt, jetzt aber so winterkalt, so frostig klar und fast verhöhnend auf sie herabblickten – wohl begriff ich jetzt, daß die Sterne keine liebende mitfühlende Wesen sind, sondern nur glänzende Täuschungen der Nacht, ewige Trugbilder in einem erträumten Himmel, goldne Lügen im dunkelblauen Nichts – – –

KAPITEL V

Während ich das vorige Kapitel hinschrieb, dacht ich unwillkürlich an ganz etwas anders. Ein altes Lied summte mir beständig im Gedächtnis, und Bilder und Gedanken verwirrten sich aufs unleidlichste; ich mag wollen oder nicht, ich muß von jenem Liede sprechen. Vielleicht auch gehört es hierher und es drängt sich mit Recht in mein Geschreibsel hinein. Ja, ich fange jetzt sogar an es zu verstehen, und ich verstehe jetzt auch den verdüsterten Ton, womit der Claas Hinrichson es sang, er war ein Jütländer und diente bei uns als Pferdeknecht. Er sang es noch den Abend vorher ehe er sich in unserem Stall erhenkte. Bei dem Refrain »Schau dich um, Herr Vonved!« lachte er manchmal gar bitterlich; die Pferde wieherten dabei sehr angstvoll und der Hofhund bellte, als stürbe jemand. Es ist das altdänische Lied von dem Herrn Vonved, der in die Welt ausreitet und sich so lange darin herumschlägt bis man seine Fragen beantwortet, und der endlich, wenn alle seine Rätsel gelöst sind, gar verdrießlich nach Hause reitet. Die Harfe klingt von Anfang bis zu Ende. Was sang er im Anfang? was sang er am Ende? Ich hab oft drüber nachgedacht. Claas Hinrichsons Stimme war manchmal tränenweich wenn er das Lied anfing und wurde allmählig rauh und grollend, wie das Meer wenn ein Sturm heranzieht. Es beginnt:

Herr Vonved sitzt im Kämmerlein,
Er schlägt die Goldharf an so rein,
Er schlägt die Goldharf unterm Kleid,
Da kommt seine Mutter gegangen herein.
  Schau dich um, Herr Vonved!

Das war seine Mutter Adelin, die Königin, die spricht zu ihm: Mein junger Sohn, laß andere die Harfe spielen, gürt um das Schwert, besteige dein Roß, reit aus, versuche deinen Mut, kämpfe und ringe, schau dich um in der Welt, schau dich um, Herr Vonved! Und

Herr Vonved bindet sein Schwert an die Seite,
Ihn lüstet mit Kämpfern zu streiten;
So wunderlich ist seine Fahrt:
Gar keinen Mann er drauf gewahrt.
Schau dich um, Herr Vonved!

Sein Helm war blinkend,
Sein Sporn war klingend,
Sein Roß war springend,
Selbst war der Herr so schwingend.
Schau dich um, Herr Vonved!

Ritt einen Tag, ritt drei darnach,
Doch nimmer eine Stadt er sah;
Eia, sagte der junge Mann,
Ist keine Stadt in diesem Land?
Schau dich um, Herr Vonved!

Er ritt wohl auf dem Weg dahin,
Herr Thule Vang begegnet ihm;
Herr Thule mit seinen zwölf Söhnen zumal,
Die waren gute Ritter all.
Schau dich um, Herr Vonved!

Mein jüngster Sohn, hör du mein Wort:
Den Harnisch tausch mit mir sofort,
Unter uns tauschen wir das Panzerkleid,
Eh wir schlagen diesen Helden frei.
Schau dich um, Herr Vonved!

Herr Vonved reißt sein Schwert von der Seite,
Es lüstet ihn mit Kämpfern zu streiten:
Erst schlägt er den Herren Thule selbst,
Darnach all seine Söhne zwölf.
Schau dich um, Herr Vonved!

Herr Vonved bindet sein Schwert an die Seite, es lüstet ihn weiter auszureiten. Da kommt er zu dem Weidmann und verlangt von ihm die Hälfte seiner Jagdbeute; der aber will nicht teilen und muß mit ihm kämpfen und wird erschlagen. Und

Herr Vonved bindet sein Schwert an die Seite,
Ihn lüstet weiter auszureiten;
Zum großen Berge der Held hinreit't,
Sieht wie der Hirte das Vieh da treibt.
Schau dich um, Herr Vonved!

Und hör du, Hirte, sag du mir:
Wes ist das Vieh, das du treibst vor dir?
Und was ist runder als ein Rad?
Wo wird getrunken fröhliche Weihnacht?
Schau dich um, Herr Vonved!

Sag: wo steht der Fisch in der Flut?
Und wo ist der rote Vogel gut?
Wo mischet man den besten Wein?
Wo trinkt Vidrich mit den Kämpfern sein?
Schau dich um, Herr Vonved!

Da saß der Hirt, so still sein Mund,
Davon er gar nichts sagen kunnt.
Er schlug nach ihm mit der Zunge,
Da fiel heraus Leber und Lunge.
Schau dich um, Herr Vonved!

Und er kommt zu einer anderen Herde und da sitzt wieder ein Hirt an den er seine Fragen richtet. Dieser aber gibt ihm Bescheid und Herr Vonved nimmt einen Goldring und steckt ihn dem Hirten an den Arm. Dann reitet er weiter und kommt zu Tyge Nold und erschlägt ihn mitsamt seinen zwölf Söhnen. Und wieder

Er warf herum sein Pferd,
Herr Vonved, der junge Edelherr;
Er tät über Berg und Tale dringen,
Doch konnt er niemand zur Rede bringen.
Schau dich um, Herr Vonved!

So kam er zu der dritten Schar.
Da saß ein Hirt mit silbernem Haar:
Hör du, guter Hirte mit deiner Herd,
Du gibst mir gewißlich Antwort wert.
  Schau dich um, Herr Vonved!

Was ist runder als ein Rad?
Wo wird getrunken die beste Weihnacht?
Wo geht die Sonne zu ihrem Sitz?
Und wo ruhn eines toten Mannes Füß?
  Schau dich um, Herr Vonved!

Was füllet aus alle Tale?
Was kleidet am besten im Königssaale?
Was ruft lauter als der Kranich kann?
Und was ist weißer als ein Schwan?
  Schau dich um, Herr Vonved!

Wer trägt den Bart auf seinem Rück?
Wer trägt die Nas unter seinem Kinn?
Als ein Riegel, was ist schwärzer noch mehr?
Und was ist rascher als ein Reh?
  Schau dich um, Herr Vonved!

Wo ist die allerbreiteste Brück?
Was ist am meisten zuwider der Menschen Blick?
Wo wird gefunden der höchste Gang?
Wo wird getrunken der kälteste Trank?
  Schau dich um, Herr Vonved!

»Die Sonn ist runder als ein Rad,
Im Himmel begeht man die fröhliche Weihnacht,
Gen Westen geht die Sonne zu ihrem Sitz.
Gen Osten ruhn eines toten Mannes Füß.«
  Schau dich um, Herr Vonved!

»Der Schnee füllt aus alle Tale,
Am herrlichsten kleidet der Mut im Saale,
Der Donner ruft lauter als der Kranich kann,
Und Engel sind weißer als der Schwan.«
  Schau dich um, Herr Vonved!

»Der Kiebitz trägt den Bart in dem Nacken sein,
Der Bär hat die Nas unterm Kinn allein,
Die Sünde schwärzer ist als ein Riegel noch mehr,
Und der Gedanke rascher als ein Reh.«
Schau dich um, Herr Vonved!

»Das Eis macht die allerbreiteste Brück,
Die Kröt ist am meisten zuwider des Menschen Blick,
Zum Paradies geht der höchste Gang,
Da unten, da trinkt man den kältesten Trank.«
Schau dich um, Herr Vonved!

»Weisen Spruch und Rat hast du nun hier,
So wie ich ihn habe gegeben dir.«
Nun hab ich so gutes Vertrauen auf dich,
Viel Kämpfer zu finden bescheidest du mich.
Schau dich um, Herr Vonved!

»Ich weis dich zu der Sonderburg,
Da trinken die Helden den Met ohne Sorg,
Dort findest du viel Kämpfer und Rittersleut,
Die können viel gut sich wehren im Streit.«
Schau dich um, Herr Vonved!

Er zog einen Goldring von der Hand,
Der wog wohl fünfzehn goldne Pfund;
Den tät er dem alten Hirten reichen,
Weil er ihm durft die Helden anzeigen.
Schau dich um, Herr Vonved!

Und er reitet ein in die Burg und er erschlägt zuerst den Randulf, hernach den Strandulf,

Er schlug den starken Ege Under,
Er schlug den Ege Karl seinen Bruder,
So schlug er in die Kreuz und Quer,
Er schlug die Feinde vor sich her.
Schau dich um, Herr Vonved!

Herr Vonved steckt sein Schwert in die Scheide,
Er denkt noch weiter fort zu reiten.
Er findet da in der wilden Mark
Einen Kämpfer und der war viel stark.
Schau dich um, Herr Vonved!

Sag mir, du edler Ritter gut,
Wo steht der Fisch in der Flut?
Wo wird geschenkt der beste Wein?
Und wo trinkt Vidrich mit den Kämpfern sein?
Schau dich um, Herr Vonved!

»In Osten steht der Fisch in der Flut,
In Norden wird getrunken der Wein so gut,
In Halland findst du Vidrich daheim
Mit Kämpfern und vielen Gesellen sein.«
Schau dich um, Herr Vonved!

Von der Brust Vonved einen Goldring nahm,
Den steckt er dem Kämpfer an seinen Arm:
Sag, du wärst der letzte Mann,
Der Gold vom Herr Vonved gewann.
Schau dich um, Herr Vonved!

Herr Vonved vor die hohe Zinne tät reiten,
Bat die Wächter ihn hineinzuleiten;
Als aber keiner heraus zu ihm ging,
Da sprang er über die Mauer dahin.
Schau dich um, Herr Vonved!

Sein Roß an einen Strick er band,
Darauf er sich zur Burgstube gewandt;
Er setzte sich oben an die Tafel sofort,
Dazu sprach er kein einziges Wort.
Schau dich um, Herr Vonved!

Er aß, er trank, nahm Speise sich,
Den König fragt er darum nicht;
Gar nimmer bin ich ausgefahren,
Wo so viel verfluchte Zungen waren.
Schau dich um, Herr Vonved!

Der König sprach zu den Kämpfern sein:
»Der tolle Gesell muß gebunden sein:
Bindet Ihr den fremden Gast nicht fest,
So dienet Ihr mir nicht aufs best.«
Schau dich um, Herr Vonved!

Nimm du fünf, nimm du zwanzig auch dazu
Und komm zum Spiel du selbst herzu:
Ein Huren-Sohn, so nenn ich dich,
Außer, du bindest mich.
Schau dich um, Herr Vonved!

König Esmer, mein lieber Vater,
Und stolz Adelin, meine Mutter,
Haben mir gegeben das strenge Verbot,
Mit 'nem Schalk nicht zu verzehren mein Gold.
Schau dich um, Herr Vonved!

»War Esmer der König dein Vater,
Und Frau Adelin deine liebe Mutter,
So bist du Herr Vonved, ein Kämpfer schön,
Dazu meiner liebsten Schwester Sohn.«
Schau dich um, Herr Vonved!

»Herr Vonved, willst du bleiben bei mir,
Beides Ruhm und Ehre soll werden dir,
Und willst du zu Land ausfahren,
Meine Ritter sollen dich bewahren.«
Schau dich um, Herr Vonved!

»Mein Gold soll werden für dich gespart,
Wenn du willst halten deine Heimfahrt.«
Doch das zu tun lüstet ihn nicht,
Er wollt fahren zu seiner Mutter zurück.
Schau dich um, Herr Vonved!

Herr Vonved ritt auf dem Weg dahin,
Er war so gram in seinem Sinn;
Und als er zur Burg geritten kam,
Da standen zwölf Zauberweiber daran.
Schau dich um, Herr Vonved!

Standen mit Rocken und Spindeln vor ihm,
Schlugen ihn übers weiße Schienbein hin;
Herr Vonved mit seinem Roß herumdringt,
Die zwölf Zauberweiber schlägt er in einen Ring.
Schau dich um, Herr Vonved!

Schlägt die Zauberweiber, die stehen da,
Sie finden bei ihm so kleinen Rat.
Seine Mutter genießt dasselbe Glück,
Er haut sie in fünftausend Stück.
Schau dich um, Herr Vonved!

So geht er in den Saal hinein,
Er ißt, und trinkt den klaren Wein,
Dann schlägt er die Goldharfe so lang,
Daß springen entzwei alle die Strang.
Schau dich um, Herr Vonved!

KAPITEL VI

Es war aber ein gar lieblicher Frühlingstag, als ich zum erstenmal die Stadt Hamburg verlassen. Noch sehe ich wie im Hafen die goldnen Sonnenlichter auf die beteerten Schiffsbäuche spielen, und ich höre noch das heitre langhingesungene Hoiho! der Matrosen. So ein Hafen im Frühling hat überdies die freundlichste Ähnlichkeit mit dem Gemüt eines Jünglings, der zum erstenmal in die Welt geht, sich zum erstenmal auf die hohe See des Lebens hinauswagt – noch sind alle seine Gedanken buntbewimpelt, Übermut schwellt alle Segel seiner Wünsche, Hoiho! – aber bald erheben sich die Stürme, der Horizont verdüstert sich, die Windsbraut heult, die Planken krachen, die Wellen zerbrechen das Steuer, und das arme Schiff zerschellt an romantischen Klippen oder strandet auf seicht-prosaischem Sand – oder vielleicht morsch und gebrochen, mit gekapptem Mast, ohne ein einziges Anker der Hoffnung, gelangt es wieder heim in den alten Hafen, und vermodert dort, abgetakelt kläglich, als ein elendes Wrack!

Aber es gibt auch Menschen, die nicht mit gewöhnlichen Schiffen verglichen werden dürfen, sondern mit Dampfschiffen. Diese tragen ein dunkles Feuer in der Brust und sie fahren gegen Wind und Wetter – Ihre Rauchflagge flattert wie der schwarze Federbusch des nächtlichen Reuters, ihre Zackenräder sind wie kolossale Pfundsporen, womit sie das Meer in die Wellenrippen stacheln, und das widerspenstisch schäumende Element muß ihrem Willen gehorchen, wie ein Roß – aber sehr oft platzt der Kessel, und der innere Brand verzehrt uns.

Doch ich will mich aus der Metapher wieder herausziehn und auf ein wirkliches Schiff setzen, welches von Hamburg nach Amsterdam fährt. Es war ein schwedisches Fahrzeug, hatte außer den Helden dieser Blätter auch Eisenbarren geladen, und sollte wahrscheinlich als Rückfracht eine Ladung Stockfische nach Hamburg, oder Eulen nach Athen bringen.

Die Ufergegenden der Elbe sind wunderlieblich. Besonders hinter Altona, bei Rainville. Unfern liegt Klopstock begraben. Ich kenne keine Gegend wo ein toter Dichter so gut begraben liegen kann wie dort. Als lebendiger Dichter dort zu leben, ist schon weit schwerer. Wie oft hab ich dein Grab besucht, Sänger des Messias, der du so rührend wahr die Leiden Jesu besungen! Du hast aber auch lang genug auf der Königstraße hinter dem Jungfernsteg gewohnt, um zu wissen, wie Propheten gekreuzigt werden.

Den zweiten Tag gelangten wir nach Kuxhaven, welches eine hamburgische Kolonie. Die Einwohner sind Untertanen der Republik und haben es sehr gut. Wenn sie im Winter frieren werden ihnen aus Hamburg wollene Decken geschickt, und in allzuheißen Sommertagen schickt man ihnen auch Limonade. Als Prokonsul residiert dort ein hoch- und wohlweiser Senator. Er hat jährlich ein Einkommen von 20,000 Mark und regiert über 5000 Seelen. Es ist dort auch ein Seebad, welches vor anderen Seebädern den Vorteil bietet, daß es zu gleicher Zeit ein Elbbad ist. Ein großer Damm, worauf man spazieren gehn kann, führt nach Ritzebüttel, welches ebenfalls zu Kuxhaven gehört. Das Wort kommt aus dem Phönizischen; die Worte »Ritze« und »Büttel« heißen auf phönizisch: Mündung der Elbe. Manche Historiker behaupten, Karl der Große habe Hamburg nur erweitert, die Phönizier aber hätten Hamburg und Altona gegründet und zwar zu derselben Zeit als Sodom und Gomorra zu Grunde gingen. Vielleicht haben sich Flüchtlinge aus diesen Städten nach der Mündung der Elbe gerettet. Man hat zwischen der Fuhlentwiete und der Kaffemacherei einige alte Münzen ausgegraben, die noch unter der Regierung von Bera XVI. und Birsa X. geschlagen worden. Nach meiner Meinung ist Hamburg das alte Tharsis, woher Salomo ganze Schiffsladungen voll Gold, Silber, Elfenbein, Pfauen und Affen erhalten hat. Salomo, nämlich der König von Juda und Israel, hatte immer eine besondere Liebhaberei für Gold und Affen.

Unvergeßlich bleibt mir diese erste Seereise. Meine alte Großmuhme hatte mir so viele Wassermärchen erzählt, die jetzt alle wieder in meinem Gedächtnis aufblühten. Ich konnte ganze Stunden lang auf dem Verdecke sitzen und an die alten Geschichten denken, und wenn die Wellen murmelten, glaubte ich die Großmuhme sprechen zu hören. Wenn ich die Augen schloß, dann sah ich sie wieder leibhaftig vor mir sitzen, mit dem einzigen Zahn in dem Munde, und hastig bewegte sie wieder die Lippen und erzählte die Geschichte vom fliegenden Holländer.

Ich hätte gern die Meernixen gesehen, die auf weißen Klippen sitzen und ihr grünes Haar kämmen; aber ich konnte sie nur singen hören.

Wie angestrengt ich auch manchmal in die klare See hinabschaute, so konnte ich doch nicht die versunkenen Städte sehen, worin die Menschen in allerlei Fischgestalten verwünscht, ein tiefes, wundertiefes Wasserleben führen. Es heißt, die Lachse und alte Rochen sitzen dort, wie Damen geputzt, am Fenster und fächern sich und gucken hinab auf die Straße, wo Schellfische in Ratsherrentracht vorbeischwimmen, wo junge Modeheringe nach ihnen hinauflorgnieren, und wo Krabben, Hummer, und sonstig niedriges Krebsvolk umherwimmelt. Ich habe aber nicht so tief hinabsehen können, und nur die Glocken hörte ich unten läuten.

In der Nacht sah ich mal ein großes Schiff mit ausgespannten blutroten Segeln vorbeifahren, daß es aussah wie ein dunkler Riese in einem weiten Scharlachmantel. War das der fliegende Holländer?

In Amsterdam aber, wo ich bald darauf anlangte, sah ich ihn leibhaftig selbst, den graunhaften Myn Heer, und zwar auf der Bühne. Bei dieser Gelegenheit, im Theater zu Amsterdam, lernte ich auch eine von jenen Nixen kennen, die ich auf dem Meere selbst vergeblich gesucht. Ich will ihr, weil sie gar zu lieblich war, ein besonderes Kapitel weihen.

KAPITEL VII

Die Fabel von dem fliegenden Holländer ist Euch gewiß bekannt. Es ist die Geschichte von dem verwünschten Schiffe, das nie in den Hafen gelangen kann, und jetzt schon seit undenklicher Zeit auf dem Meere herumfährt. Begegnet es einem anderen Fahrzeuge, so kommen einige von der unheimlichen Mannschaft, in einem Boote, herangefahren, und bitten ein Paket Briefe gefälligst mitzunehmen.

Diese Briefe muß man an den Mastbaum festnageln, sonst widerfährt dem Schiffe ein Unglück, besonders wenn keine Bibel an Bord oder kein Hufeisen am Fockmaste befindlich ist. Die Briefe sind immer an Menschen adressiert, die man gar nicht kennt, oder die längst verstorben, so daß zuweilen der späte Enkel einen Liebesbrief in Empfang nimmt, der an seine Urgroßmutter gerichtet ist, die schon seit hundert Jahr im Grabe liegt. Jenes hölzerne Gespenst, jenes grauenhafte Schiff, führt seinen Namen von seinem Kapitän, einem Holländer, der einst bei allen Teufeln geschworen, daß er irgend ein Vorgebirge, dessen Namen mir entfallen, trotz des heftigsten Sturms, der eben wehte, umschiffen wolle, und sollte er auch bis zum jüngsten Tage segeln müssen. Der Teufel hat ihn beim Wort gefaßt, er muß bis zum jüngsten Tage auf dem Meere herumirren, es sei denn, daß er durch die Treue eines Weibes erlöst werde. Der Teufel, dumm wie er ist, glaubt nicht an Weibertreue, und erlaubte daher dem verwünschten Kapitän alle sieben Jahr einmal ans Land zu steigen, und zu heuraten, und bei dieser Gelegenheit seine Erlösung zu betreiben. Armer Holländer! Er ist oft froh genug von der Ehe selbst wieder erlöst und seine Erlöserin los zu werden, und er begibt sich dann wieder an Bord.

Auf diese Fabel gründete sich das Stück, das ich im Theater zu Amsterdam gesehen. Es sind wieder sieben Jahr verflossen, der arme Holländer ist des endlosen Umherirrens müder als jemals, steigt ans Land, schließt Freundschaft mit einem schottischen Kaufmann, den er begegnet, verkauft ihm Diamanten zu spottwohlfeilem Preise, und wie er hört, daß sein Kunde eine schöne Tochter besitzt, verlangt er sie zur Gemahlin. Auch dieser Handel wird abgeschlossen. Nun sehen wir das Haus des Schotten, das Mädchen erwartet den Bräutigam, zagen Herzens. Sie schaut oft mit Wehmut nach einem großen verwitterten Gemälde, welches in der Stube hängt und einen schönen Mann in spanisch niederländischer Tracht darstellt; es ist ein altes Erbstück und nach der Aussage der Großmutter ist es ein getreues Konterfei des fliegenden Holländers, wie man ihn vor hundert Jahr in Schottland gesehen, zur Zeit König Wilhelms von Oranien. Auch ist mit diesem Gemälde eine überlieferte Warnung verknüpft, daß die Frauen der Familie sich vor dem Originale hüten sollten. Eben deshalb hat das Mädchen, von Kind auf, sich die Züge des gefährlichen Mannes ins Herz geprägt. Wenn nun der wirkliche fliegende Holländer leibhaftig hereintritt, erschrickt das Mädchen; aber nicht aus Furcht. Auch jener ist betroffen bei dem Anblick des Porträts. Als man ihm bedeutet, wen es vorstelle, weiß er jedoch jeden Argwohn von sich fern zu halten; er lacht über den Aberglauben, er spöttelt selber über den fliegenden Holländer den ewigen Juden des Ozeans, jedoch unwillkürlich in einen wehmütigen Ton übergehend, schildert er, wie Myn Heer auf der unermeßlichen Wasserwüste die unerhörtesten Leiden erdulden müsse, wie sein Leib nichts anders sei als ein Sarg von Fleisch, worin seine Seele sich langweilt, wie das Leben ihn von sich stößt und auch der Tod ihn abweist: gleich einer leeren Tonne, die sich die Wellen einander zuwerfen und sich spottend einander zurückwerfen, so werde der arme Holländer zwischen Tod und Leben hin und hergeschleudert, keins von beiden wolle ihn behalten; sein Schmerz sei tief wie das Meer, worauf er herumschwimmt, sein Schiff sei ohne Anker und sein Herz ohne Hoffnung.

Ich glaube dieses waren ungefähr die Worte womit der Bräutigam schließt. Die Braut betrachtet ihn ernsthaft und wirft manchmal Seitenblicke nach seinem Konterfei. Es ist als ob sie sein Geheimnis erraten habe, und wenn er nachher fragt: Katharina, willst du mir treu sein? antwortet sie entschlossen: Treu bis in den Tod.

Bei dieser Stelle, erinnere ich mich, hörte ich lachen, und dieses Lachen kam nicht von unten, aus der Hölle, sondern von oben, vom Paradiese. Als ich hinaufschaute, erblickte ich eine wunderschöne Eva, die mich mit ihren großen blauen Augen verführerisch ansah. Ihr Arm hing über der Galerie herab, und in der Hand hielt sie einen Apfel, oder vielmehr eine Apfelsine. Statt mir aber symbolisch die Hälfte anzubieten, warf sie mir bloß metaphorisch die Schalen auf den Kopf. War es Absicht oder Zufall? Das wollte ich wissen. Ich war aber als ich ins Paradies hinaufstieg, um die Bekanntschaft fortzusetzen, nicht wenig befremdet, ein weißes sanftes Mädchen zu finden, eine überaus weiblich weiche Gestalt, nicht schmächtig aber doch kristallig zart, ein Bild häuslicher Zucht und beglückender Holdseligkeit. Nur um die linke Oberlippe zog sich etwas, oder vielmehr ringelte sich etwas, wie das Schwänzchen einer fortschlüpfenden Eidechse. Es war ein geheimnisvoller Zug, wie man ihn just nicht bei den reinen Engeln, aber auch nicht bei häßlichen Teufeln zu finden pflegt. Dieser Zug bedeutete weder das Gute noch das Böse, sondern bloß ein schlimmes Wissen; es ist ein Lächeln welches vergiftet worden von jenem Apfel der Erkenntnis, den der Mund genossen. Wenn ich diesen Zug auf weichen vollrosigen Mädchenlippen sehe, dann fühl ich in den eigenen Lippen ein krampfhaftes Zucken, ein zuckendes Verlangen jene Lippen zu küssen; es ist Wahlverwandtschaft.

Ich flüsterte daher dem schönen Mädchen ins Ohr: Juffrow! ich will deinen Mund küssen.

Bei Gott, Myn Heer, das ist ein guter Gedanke! war die Antwort, die hastig und mit entzückendem Wohllaut aus dem Herzen hervorklang.

Aber nein – die ganze Geschichte, die ich hier zu erzählen dachte, und wozu der fliegende Holländer nur als Rahmen dienen sollte, will ich jetzt unterdrücken. Ich räche mich dadurch an die Prüden, die dergleichen Geschichten mit Wonne einschlürfen, und bis an den Nabel, ja noch tiefer, davon entzückt sind, und nachher den Erzähler schelten, und in Gesellschaft über ihn die Nase rümpfen, und ihn als unmoralisch verschreien. Es ist eine gute Geschichte, köstlich wie eingemachte Ananas, oder wie frischer Kaviar, oder wie Trüffel in Burgunder, und wäre eine angenehme Lektüre nach der Betstunde; aber aus Ranküne, zur Strafe für frühere Unbill, will ich sie unterdrücken. Ich mache daher hier einen langen Gedankenstrich —

Dieser Strich bedeutet ein schwarzes Sofa, und darauf passierte die Geschichte, die ich nicht erzähle. Der Unschuldige muß mit dem Schuldigen leiden, und manche gute Seele schaut mich jetzt an mit einem bittenden Blick. Jenun, diesen Besseren will ich im Vertrauen gestehn, daß ich noch nie so wild geküßt worden, wie von jener holländischen Blondine, und daß diese das Vorurteil, welches ich bisher gegen blonde Haare und blaue Augen hegte, aufs siegreichste zerstört hat. Jetzt erst begriff ich, warum ein englischer Dichter solche Damen mit gefrorenem Champagner verglichen hat. In der eisigen Hülle lauert der heißeste Extrakt. Es gibt nichts Pikanteres als der Kontrast jener äußeren Kälte und der inneren Glut, die bacchantisch emporlodert und den glücklichen Zecher unwiderstehlich berauscht. Ja, weit mehr als in Brünetten, zehrt der Sinnenbrand in manchen scheinstillen Heiligenbildern, mit goldenem Glorienhaar und blauen Himmelsaugen und frommen Liljenhänden. Ich weiß eine Blondine aus einem der besten niederländischen Häuser, die zuweilen ihr schönes Schloß am Züdersee verließ, und inkognito nach Amsterdam und dort ins Theater ging, jedem der ihr gefiel Apfelsinenschalen auf den Kopf warf, zuweilen gar in Matrosenherbergen die wüsten Nächte zubrachte, eine holländische Messaline.

– – Als ich ins Theater noch einmal zurückkehrte, kam ich eben zur letzten Szene des Stücks, wo auf einer hohen Meerklippe das Weib des fliegenden Holländers, die Frau fliegende Holländerin, verzweiflungsvoll die Hände ringt, während auf dem Meere, auf dem Verdeck seines unheimlichen Schiffes, ihr unglücklicher Gemahl zu schauen ist. Er liebt sie und will sie verlassen, um sie nicht ins Verderben zu ziehen, und er gesteht ihr sein grauenhaftes Schicksal, und den schrecklichen Fluch, der auf ihm lastet. Sie aber ruft mit lauter Stimme: Ich war dir treu bis zu dieser Stunde, und ich weiß ein sicheres Mittel wodurch ich dir meine Treue erhalte bis in den Tod!

Bei diesen Worten stürzt sich das treue Weib ins Meer, und nun ist auch die Verwünschung des fliegenden Holländers zu Ende, er ist erlöst, und wir sehen wie das gespenstische Schiff in den Abgrund des Meeres versinkt.

Die Moral des Stückes ist für die Frauen, daß sie sich in acht nehmen müssen, keinen fliegenden Holländer zu heuraten; und wir Männer ersehen aus diesem Stücke, wie wir durch die Weiber, im günstigsten Falle, zu Grunde gehn.

KAPITEL VIII

Aber nicht bloß in Amsterdam haben die Götter sich gütigst bemüht, mein Vorurteil gegen Blondinen zu zerstören. Auch im übrigen Holland hatte ich das Glück meine früheren Irrtümer zu berichtigen. Ich will bei Leibe die Holländerinnen nicht auf Kosten der Damen anderer Länder hervorstreichen. Bewahre mich der Himmel vor solchem Unrecht, welches von meiner Seite zugleich der größte Undank wäre. Jedes Land hat seine besondere Küche und seine besondere Weiblichkeiten, und hier ist alles Geschmacksache. Der eine liebt gebratene Hühner, der andere gebratene Enten; was mich betrifft, ich liebe gebratene Hühner und gebratene Enten und noch außerdem gebratene Gänse. Von hohem idealischen Standpunkte betrachtet, haben die Weiber überall eine gewisse Ähnlichkeit mit der Küche des Landes. Sind die britischen Schönen nicht ebenso gesund, nahrhaft, solide, konsistent, kunstlos und doch so vortrefflich wie Altenglands einfach gute Kost: Rostbeaf, Hammelbraten, Pudding in flammendem Kognak, Gemüse in Wasser gekocht, nebst zwei Saucen, wovon die eine aus gelassener Butter besteht? Da lächelt kein Frikassee, da täuscht kein flatterndes Vol-au-vent, da seufzt kein geistreiches Ragout, da tändeln nicht jene tausendartig gestopften, gesottenen, aufgehüpften, gerösteten, durchzückerten, pikanten, deklamatorischen und sentimentalen Gerichte, die wir bei einem französischen Restaurant finden, und die mit den schönen Französinnen selbst die größte Ähnlichkeit bieten! Merken wir doch nicht selten, daß bei diesen ebenfalls der eigentliche Stoff nur als Nebensache betrachtet wird, daß der Braten selber manchmal weniger wert ist als die Sauce, daß hier Geschmack, Grazie und Eleganz die Hauptsache sind. Italiens gelbfette, leidenschaftgewürzte, humoristisch garnierte, aber doch schmachtend idealische Küche trägt ganz den Charakter der italienischen Schönen. Oh, wie sehne ich mich manchmal nach den lombardischen Stuffados, nach den Tagliarinis und Broccolis des holdseligen Toskana! Alles schwimmt in Öl, träge und zärtlich, und trillert Rossinis süße Melodieen, und weint vor Zwiebelduft und Sehnsucht! Den Makkaroni mußt du aber mit den Fingern essen, und dann heißt er: Beatrice!

Nur gar zu oft denke ich an Italien und am öftersten des Nachts. Vorgestern träumte mir: ich befände mich in Italien und sei ein bunter Harlekin und läge, recht faulenzerisch unter einer Trauerweide. Die herabhängenden Zweige dieser Trauerweide waren aber lauter Makkaroni, die mir lang und lieblich bis ins Maul hineinfielen; zwischen diesem Laubwerk von Makkaroni flossen, statt Sonnenstrahlen, lauter gelbe Butterströme, und endlich fiel von oben herab ein weißer Regen von geriebenem Parmesankäse.

Ach! von geträumtem Makkaroni wird man nicht satt – Beatrice!

Von der deutschen Küche kein Wort. Sie hat alle möglichen Tugenden und nur einen einzigen Fehler; ich sage aber nicht welchen. Da gibts gefühlvolles, jedoch unentschlossenes Backwerk, verliebte Eierspeisen, tüchtige Dampfnudeln, Gemütssuppe mit Gerste, Pfannkuchen mit Äpfel und Speck, tugendhafte Hausklöße, Sauerkohl – wohl dem, der es verdauen kann.

Was die holländische Küche betrifft, so unterscheidet sie sich von letzterer, erstens durch die Reinlichkeit, zweitens durch die eigentliche Leckerkeit. Besonders ist die Zubereitung der Fische unbeschreibbar liebenswürdig. Rührend inniger, und doch zugleich tiefsinnlicher Sellerieduft. Selbstbewußte Naivität und Knoblauch. Tadelhaft jedoch ist es, daß sie Unterhosen von Flanell tragen; nicht die Fische, sondern die schönen Töchter des meerumspülten Hollands.

Aber zu Leiden, als ich ankam, fand ich das Essen fürchterlich schlecht. Die Republik Hamburg hatte mich verwöhnt; ich muß die dortige Küche nachträglich noch einmal loben, und bei dieser Gelegenheit preise ich noch einmal Hamburgs schöne Mädchen und Frauen. O Ihr Götter! in den ersten vier Wochen, wie sehnte ich mich zurück nach den Rauchfleischlichkeiten und nach den Mockturteltauben Hammonias! Ich schmachtete an Herz und Magen. Hätte sich nicht endlich die Frau Wirtin zur roten Kuh in mich verliebt, ich wäre vor Sehnsucht gestorben.

Heil dir, Wirtin zur roten Kuh!

Es war eine untersetzte Frau, mit einem sehr großen runden Bauche und einem sehr kleinen runden Kopfe. Rote Wängelein, blaue Äugelein, Rosen und Veilchen. Stundenlang saßen wir beisammen im Garten, und tranken Tee, aus echtchinesischen Porzellantassen. Es war ein schöner Garten, viereckige und dreieckige Beete, symmetrisch bestreut mit Goldsand, Zinnober und kleinen blanken Muscheln. Die Stämme der Bäume hübsch rot und blau angestrichen. Kupferne Käfige voll Kanarienvögel. Die kostbarsten Zwiebelgewächse in buntbemalten, glasierten Töpfen. Der Taxus allerliebst künstlich geschnitten, mancherlei Obelisken, Pyramiden, Vasen, auch Tiergestalten bildend. Da stand ein aus Taxus geschnittener grüner Ochs, welcher mich fast eifersüchtig ansah, wenn ich sie umarmte, die holde Wirtin zur roten Kuh.

Heil dir, Wirtin zur roten Kuh!

Wenn Myfrau den Oberteil des Kopfes mit den friesischen Goldplatten umschildet, den Bauch mit ihrem buntgeblümten Damastrock eingepanzert, und die Arme mit der weißen Fülle ihrer brabanter Spitzen gar kostbar belastet hatte: dann sah sie aus wie eine fabelhafte chinesische Puppe, wie etwa die Göttin des Porzellans. Wenn ich alsdann in Begeisterung geriet und sie auf beide Backen laut küßte, so blieb sie ganz porzellanig steif stehen und seufzte ganz porzellanig: Myn Heer! Alle Tulpen des Gartens schienen dann mitgerührt und mitbewegt zu sein und schienen mitzuseufzen: Myn Heer!

Dieses delikate Verhältnis schaffte mir manchen delikaten Bissen. Denn jede solche Liebesszene influenzierte auf den Inhalt der Eßkörbe, welche mir die vortreffliche Wirtin alle Tage ins Haus schickte. Meine Tischgenossen, sechs andere Studenten, die auf meiner Stube mit mir aßen, konnten an der Zubereitung des Kalbsbratens oder des Ochsenfilets jedesmal schmecken, wie sehr sie mich liebte, die Frau Wirtin zur roten Kuh. Wenn das Essen einmal schlecht war, mußte ich viele demütigende Spötteleien ertragen, und es hieß dann: Seht wie der Schnabelewopski miserabel aussieht, wie gelb und runzlicht sein Gesicht, wie katzenjämmerlich seine Augen, als wollte er sie sich aus dem Kopfe herauskotzen, es ist kein Wunder, daß unsere Wirtin seiner überdrüssig wird und uns jetzt schlechtes Essen schickt. Oder man sagte auch: Um Gottes willen, der Schnabelewopski wird täglich schwächer und matter, und verliert am Ende ganz die Gunst unserer Wirtin, und wir kriegen dann immer schlechtes Essen wie heut – wir müssen ihn tüchtig füttern, damit er wieder ein feuriges Äußere gewinnt. Und dann stopften sie mir just die allerschlechtesten Stücke ins Maul, und nötigten mich übergebührlich viel Sellerie zu essen. Gab es aber magere Küche mehrere Tage hintereinander, dann wurde ich mit den ernsthaftesten Bitten bestürmt; für besseres Essen zu sorgen, das Herz unserer Wirtin aufs neue zu entflammen, meine Zärtlichkeit für sie zu erhöhen, kurz, mich fürs allgemeine Wohl aufzuopfern. In langen Reden wurde mir dann vorgestellt, wie edel, wie herrlich es sei, wenn jemand für das Heil seiner Mitbürger sich heroisch resigniert, gleich dem Regulus, welcher sich in eine alte vernagelte Tonne stecken ließ, oder auch gleich dem Theseus, welcher sich in die Höhle des Minotaurs freiwillig begeben hat – und dann wurde der Livius zitiert und der Plutarch usw. Auch sollte ich bildlich zur Nacheiferung gereizt werden, indem man jene Großtaten auf die Wand zeichnete, und zwar mit grotesken Anspielungen; denn der Minotaur sah aus wie die rote Kuh auf dem wohlbekannten Wirtshausschilde, und die karthaginensische vernagelte Tonne sah aus wie meine Wirtin selbst. Überhaupt hatten jene undankbaren Menschen die äußere Gestalt der vortrefflichen Frau zur beständigen Zielscheibe ihres Witzes gewählt. Sie pflegten gewöhnlich ihre Figur aus Äpfeln zusammenzusetzen, oder aus Brotkrumen zu kneten. Sie nahmen dann ein kleines Äpfelchen, welches der Kopf sein sollte, setzten dieses auf einen ganz großen Apfel, welcher den Bauch vorstellte, und dieser stand wieder auf zwei Zahnstochern, welche sich für Beine ausgaben. Sie formten auch wohl aus Brotkrumen das Bild unserer Wirtin und kneteten dann ein ganz winziges Püppchen, welches mich selber vorstellen sollte, und dieses setzten sie dann auf die große Figur, und rissen dabei die schlechtesten Vergleiche. Z. B. der eine bemerkte, die kleine Figur sei Hannibal, welcher über die Alpen steigt. Ein anderer meinte hingegen, es sei Marius, welcher auf den Ruinen von Karthago sitzt. Dem sei nun wie ihm wolle, wäre ich nicht manchmal über die Alpen gestiegen, oder hätte ich mich nicht manchmal auf die Ruinen von Karthago gesetzt, so würden meine Tischgenossen beständig schlechtes Essen bekommen haben.

KAPITEL IX

Wenn der Braten ganz schlecht war disputierten wir über die Existenz Gottes. Der liebe Gott hatte aber immer die Majorität. Nur drei von der Tischgenossenschaft waren atheistisch gesinnt; aber auch diese ließen sich überreden, wenn wir wenigstens guten Käse zum Dessert bekamen. Der eifrigste Deist war der kleine Simson, und wenn er mit dem langen Vanpitter über die Existenz Gottes disputierte, wurde er zuweilen höchst ärgerlich, lief im Zimmer auf und ab, und schrie beständig: Das ist bei Gott nicht erlaubt! Der lange Vanpitter, ein magerer Friese, dessen Seele so ruhig wie das Wasser in einem holländischen Kanal, und dessen Worte sich ruhig hinzogen wie eine Trekschuite, holte seine Argumente aus der deutschen Philosophie, womit man sich damals in Leiden stark beschäftigte. Er spöttelte über die engen Köpfe, die dem lieben Gott eine Privatexistenz zuschreiben, er beschuldigte sie sogar der Blasphemie, indem sie Gott mit Weisheit, Gerechtigkeit, Liebe und ähnlichen menschlichen Eigenschaften versähen, die sich gar nicht für ihn schickten; denn diese Eigenschaften seien gewissermaßen die Negation von menschlichen Gebrechen, da wir sie nur als Gegensatz zu menschlicher Dummheit, Ungerechtigkeit und Haß aufgefaßt haben. Wenn aber Vanpitter seine eigenen pantheistischen Ansichten entwickelte, so trat der dicke Fichteaner, ein gewisser Driksen aus Uetrecht, gegen ihn auf, und wußte seinen vagen, in der Natur verbreiteten, also immer im Raume existierenden Gott gehörig durchzuhecheln, ja er behauptete: es sei Blasphemie, wenn man auch nur von einer Existenz Gottes spricht, indem »Existieren« ein Begriff sei, der einen gewissen Raum, kurz etwas Substantielles voraussetze. Ja, es sei Blasphemie von Gott zu sagen: »er ist«; das reinste Sein könne nicht ohne sinnliche Beschränkung gedacht werden; wenn man Gott denken wolle müsse man von aller Substanz abstrahieren, man müsse ihn nicht denken als eine Form der Ausdehnung, sondern als eine Ordnung der Begebenheiten; Gott sei kein Sein, sondern ein reines Handeln, er sei nur Prinzip einer übersinnlichen Weltordnung.

Bei diesen Worten aber wurde der kleine Simson immer ganz wütend, und lief noch toller im Zimmer herum, und schrie noch lauter: O Gott! Gott! das ist bei Gott nicht erlaubt, o Gott! Ich glaube er hätte den dicken Fichteaner geprügelt, zur Ehre Gottes, wenn er nicht gar zu dünne Ärmchen hatte. Manchmal stürmte er auch wirklich auf ihn los; dann aber nahm der Dicke die beiden Ärmchen des kleinen Simson, hielt ihn ruhig fest, setzte ihm sein System ganz ruhig auseinander, ohne die Pfeife aus dem Munde zu nehmen, und blies ihm dann seine dünnen Argumente mitsamt dem dicksten Tabaksdampf ins Gesicht, so daß der Kleine fast erstickte vor Rauch und Ärger, und immer leiser und hülfeflehend wimmerte: O Gott! O Gott! Aber der half ihm nie, obgleich er dessen eigene Sache verfocht.

Trotz dieser göttlichen Indifferenz, trotz diesem fast menschlichen Undank Gottes, blieb der kleine Simson doch der beständige

Champion des Deismus, und ich glaube aus angeborener Neigung. Denn seine Väter gehörten zu dem auserwählten Volke Gottes, einem Volke, das Gott einst mit seiner besonderen Liebe protegiert, und das daher bis auf diese Stunde eine gewisse Anhänglichkeit für den lieben Gott bewahrt hat. Die Juden sind immer die gehorsamsten Deisten, namentlich diejenigen, welche, wie der kleine Simson, in der freien Stadt Frankfurt geboren sind. Diese können, bei politischen Fragen, so republikanisch als möglich denken, ja sich sogar sansculottisch im Kote wälzen; kommen aber religiöse Begriffe ins Spiel, dann bleiben sie untertänige Kammerknechte ihres Jehovah, des alten Fetischs, der doch von ihrer ganzen Sippschaft nichts mehr wissen will und sich zu einem Gott-reinen Geist umtaufen lassen.

Ich glaube, dieser Gott-reiner Geist, dieser Parvenü des Himmels, der jetzt so moralisch, so kosmopolitisch und universell gebildet ist, hegt ein geheimes Mißwollen gegen die armen Juden, die ihn noch in seiner ersten rohen Gestalt gekannt haben und ihn täglich in ihren Synagogen, an seine ehemaligen obskuren Nationalverhältnisse erinnern. Vielleicht will es der alte Herr gar nicht mehr wissen, daß er palästinischen Ursprungs und einst der Gott Abrahams, Isaaks und Jakobs gewesen und damals Jehovah geheißen hat.

KAPITEL X

Mit dem kleinen Simson hatte ich zu Leiden sehr vielen Umgang und er wird in diesen Denkblättern noch oft erwähnt werden. Außer ihn, sah ich am öftersten einen anderen meiner Tischgenossen, den jungen van Moeulen, ich konnte ganze Stunden lang sein schönes Gesicht betrachten und dabei an seine Schwester denken, die ich nie gesehen, und wovon ich nur wußte, daß sie die schönste Frau im Waterland sei. Van Moeulen war ebenfalls ein schönes Menschenbild, ein Apollo, aber kein Apollo von Marmor, sondern viel eher von Käse. Er war der vollendetste Holländer, den ich je gesehn. Ein sonderbares Gemisch von Mut und Phlegma. Als er einst im Kaffeehause einen Irländer so sehr erzürnt, daß dieser eine Pistole aus der Tasche zog, auf ihn losdrückte, und statt ihn zu treffen, ihm nur die irdene Pfeife vom Munde wegschoß; da blieb van Moeulens Gesicht so bewegungslos wie Käse, und im gleichgültig ruhigsten Tone rief er: Jan e nüe Piep! Fatal war mir an ihm sein Lächeln; denn alsdann zeigte er eine Reihe ganz kleiner weißer Zähnchen, die eher wie Fischgräte aussahen. Auch mißfiel mir, daß er große goldene Ohrringe trug. Er hatte die sonderbare Gewohnheit alle Tage in seiner Wohnung die Aufstellung der Möbeln zu verändern, und wenn man zu ihm kam, fand man ihn entweder beschäftigt, die Kommode an die Stelle des Bettes, oder den Schreibtisch an die Stelle des Sofas zu setzen.

Der kleine Simson bildete, in dieser Beziehung, den ängstlichsten Gegensatz. Er konnte nicht leiden, daß man in seinem Zimmer das Mindeste verrückte; er wurde sichtbar unruhig wenn man dort auch nur das Mindeste, sei es auch nur eine Lichtschere, zur Hand nahm. Alles mußte liegen bleiben wie es lag. Denn seine Möbel und sonstige Effekten dienten ihm als Hülfsmittel, nach den Vorschriften der Mnemonik, allerlei historische Daten oder philosophische Sätze in seinem Gedächtnisse zu fixieren. Als einst die Hausmagd, in seiner Abwesenheit, einen alten Kasten aus seinem Zimmer fortgeschafft und seine Hemde und Strümpfe aus den Schubladen der Kommode genommen, um sie waschen zu lassen: da war er untröstlich als er nach Hause kam, und er behauptete: er wisse jetzt gar nichts mehr von der assyrischen Geschichte, und alle seine Beweise für die Unsterblichkeit der Seele, die er so mühsam, in den verschiedenen Schubladen, ganz systematisch geordnet, seien jetzt in die Wäsche gegeben.

Zu den Originalen, die ich in Leiden kennen gelernt, gehört auch Myn Heer van der Pissen, ein Vetter van Moeulens, der mich bei ihm eingeführt. Er war Professor der Theologie an der Universität und ich hörte bei ihm das Hohelied Salomonis und die Offenbarung Johannis. Er war ein schöner blühender Mann, etwa fünfunddreißig Jahr alt, und auf dem Katheder sehr ernst und gesetzt. Als ich ihn aber einst besuchen wollte, und in seinem Wohnzimmer niemanden fand, sah ich durch die halbgeöffnete Tür eines Seitenkabinetts ein gar merkwürdiges Schauspiel. Dieses Kabinett war halb chinesisch, halb pompadourisch französisch verziert; an den Wänden goldig schillernde Damasttapeten; auf dem Boden der kostbarste persische Teppich; überall wunderliche Porzellanpagoden, Spielsachen von Perlmutter, Blumen, Straußfedern, und Edelsteine; die Sessel von rotem Sammet mit Goldtroddeln, und darunter ein besonders erhöhter Sessel, der wie ein Thron aussah, und worauf ein kleines Mädchen saß, das etwa drei Jahr alt sein mochte, und in blauem silbergestickten Atlas, jedoch sehr altfränkisch, gekleidet war, und in der einen Hand, gleich einem Zepter, einen bunten Pfauenwedel, und in der andern einen welken Lorbeerkranz emporhielt. Vor ihr aber, auf dem Boden, wälzten sich Myn Heer van der Pissen, sein kleiner Mohr, sein

Pudel und sein Affe. Diese vier zausten sich und bissen sich untereinander, während das Kind und der grüne Papagoi, welcher auf der Stange saß, beständig Bravo! riefen. Endlich erhob sich Myn Heer vom Boden, kniete vor dem Kinde nieder, rühmte in einer ernsthaften lateinischen Rede den Mut womit er seine Feinde bekämpft und besiegt, ließ sich von der Kleinen den welken Lorbeerkranz auf das Haupt setzen; – und Bravo! Bravo! rief das Kind und der Papagoi und ich, welcher jetzt ins Zimmer trat.

Myn Heer schien etwas bestürzt, daß ich ihn in seinen Wunderlichkeiten überrascht. Diese, wie man mir später sagte, trieb er alle Tage; alle Tage besiegte er den Mohr, den Pudel und den Affen; alle Tage ließ er sich belorbeeren von dem kleinen Mädchen, welches nicht sein eignes Kind, sondern ein Fündling aus dem Waisenhause von Amsterdam war.

KAPITEL XI

Das Haus worin ich zu Leiden logierte, bewohnte einst Jan Steen, der große Jan Steen, den ich für ebenso groß halte wie Raffael. Auch als religiöser Maler war Jan ebenso groß, und das wird man einst ganz klar einsehn, wenn die Religion des Schmerzes erloschen ist, und die Religion der Freude den trüben Flor von den Rosenbüschen dieser Erde fortreißt, und die Nachtigallen endlich ihre lang verheimlichten Entzückungen hervorjauchzen dürfen.

Aber keine Nachtigall wird je so heiter und jubelnd singen, wie Jan Steen gemalt hat. Keiner hat so tief wie er begriffen, daß auf dieser Erde ewig Kirmes sein sollte; er begriff, daß unser Leben nur ein farbiger Kuß Gottes sei, und er wußte, daß der Heilige Geist sich am herrlichsten offenbart im Licht und Lachen.

Sein Auge lachte ins Licht hinein und das Licht spiegelte sich in seinem lachenden Auge.

Und Jan blieb immer ein gutes, liebes Kind. Als der alte strenge Prädikant von Leiden sich neben ihm an den Herd setzte, und eine lange Vermahnung hielt über sein fröhliches Leben, seinen lachend unchristlichen Wandel, seine Trunkliebe, seine ungeregelte Wirtschaft und seine verstockte Lustigkeit; da hat Jan ihm zwei Stunden lang ganz ruhig zugehört, und er verriet nicht die mindeste Ungeduld über die lange Strafpredigt, und nur einmal unterbrach er sie mit den Worten: »Ja, Domine, die Beleuchtung wäre dann viel besser, ja ich bitte Euch, Domine, dreht Euren Stuhl ein klein wenig dem Kamine zu, damit die Flamme ihren roten Schein über Eur ganzes Gesicht wirft und der übrige Körper im Schatten bleibt – –«

Der Domine stand wütend auf und ging davon. Jan aber griff sogleich nach der Palette, und malte den alten strengen Herren ganz wie er ihm in jener Strafpredigtpositur, ohne es zu ahnen, Modell gesessen. Das Bild ist vortrefflich und hing in meinem Schlafzimmer zu Leiden.

Nachdem ich in Holland so viele Bilder von Jan Steen gesehen, ist mir als kennte ich das ganze Leben des Mannes. Ja, ich kenne seine sämtliche Sippschaft, seine Frau, seine Kinder, seine Mutter, alle seine Vettern, seine Hausfeinde und sonstige Angehörigen, ja, ich kenne sie von Angesicht zu Angesicht. Grüßen uns doch diese Gesichter aus allen seinen Gemälden hervor, und eine Sammlung derselben wäre eine Biographie des Malers. Er hat oft mit einem einzigen Pinselstrich die tiefsten Geheimnisse seiner Seele darin eingezeichnet. So glaube ich, seine Frau hat ihm allzuoft Vorwürfe gemacht über sein vieles Trinken. Denn auf dem Gemälde, welches das Bohnenfest vorstellt, und wo Jan mit seiner ganzen Familie zu Tische sitzt, da sehen wir seine Frau mit einem gar großen Weinkrug in der Hand, und ihre Augen leuchten wie die einer Bacchantin. Ich bin aber überzeugt, die gute Frau hat nie zuviel Wein genossen, und der Schalk hat uns weis machen wollen, nicht er, sondern seine Frau liebe den Trunk. Deshalb lacht er desto vergnügter aus dem Bilde hervor. Er ist glücklich: er sitzt in der Mitte der Seinigen; sein Söhnchen ist Bohnenkönig und steht mit der Krone von Flittergold auf einem Stuhle; seine alte Mutter, in ihren Gesichtsfalten das seligste Schmunzeln, trägt das jüngste Enkelchen auf dem Arm; die Musikanten spielen ihre närrisch lustigsten Hopsamelodieen; und die sparsam bedächtige, ökonomisch schmollende Hausfrau ist bei der ganzen Nachwelt in den Verdacht hineingemalt als sei sie besoffen.

Wie oft, in meiner Wohnung zu Leiden, konnte ich mich ganze Stunden lang in die häuslichen Szenen zurückdenken, die der vortreffliche Jan dort erlebt und erlitten haben mußte. Manchmal glaubte ich, ich sähe ihn leibhaftig selber an seiner Staffelei sitzen, dann und wann nach dem großen Henkelkrug greifen, »überlegen und dabei trinken, und dann wieder trinken ohne zu überlegen«. Das war kein trübkatholischer Spuk, sondern ein modern heller Geist der Freude, der nach dem Tode noch sein altes Atelier besucht, um lustige Bilder zu malen und zu trinken. Nur solche Gespenster werden unsere Nachkommen zuweilen schauen, am lichten Tage, während die Sonne durch die blanken Fenster schaut, und vom Turme herab keine schwarz dumpfe Glocken, sondern rotjauchzende Trompetentöne die liebliche Mittagstunde ankündigen.

Die Erinnerung an Jan Steen war aber das Beste, oder vielmehr das einzig Gute an meiner Wohnung zu Leiden. Ohne diesen gemütlichen Reiz hätte ich darin keine acht Tage ausgehalten. Das Äußere des Hauses war elend und kläglich und mürrisch, ganz unholländisch. Das dunkle morsche Haus stand dicht am Wasser, und wenn man an der anderen Seite des Kanals vorbeiging, glaubte man eine alte Hexe zu sehen, die sich in einem glänzenden Zauberspiegel betrachtet. Auf dem Dache standen immer ein paar Störche, wie auf allen holländischen Dächern. Neben mir logierte die Kuh, deren Milch ich des Morgens trank, und unter meinem Fenster war ein Hühnersteig. Meine gefiederte Nachbarinnen lieferten gute Eier; aber da ich immer, ehe sie deren zur Welt brachten, ein langes Gackern, gleichsam die langweilige Vorrede zu den Eiern, anhören mußte, so wurde mir der Genuß derselben ziemlich verleidet. Zu den eigentlichen Unannehmlichkeiten meiner Wohnung gehörten aber zwei der fatalsten Mißstände: erstens das Violinspielen womit man meine Ohren während des Tags belästigte, und dann die Störungen des Nachts, wenn meine Wirtin ihren armen Mann mit ihrer sonderbaren Eifersucht verfolgte.

Wer das Verhältnis meines Hauswirts zu meiner Frau Wirtin kennen lernen wollte, brauchte nur beide zu hören, wenn sie miteinander Musik machten. Der Mann spielte das Violoncello und die Frau spielte das sogenannte Violon d'Amour; aber sie hielt nie Tempo, und war dem Manne immer einen Takt voraus, und wußte ihrem unglücklichen Instrumente die grellfeinsten Keiflaute abzuquälen; wenn das Cello brummte und die Violine greinte, glaubte man ein zankendes Ehepaar zu hören. Auch spielte die Frau noch immer weiter, wenn der Mann längst fertig war, daß es schien, als wollte sie das Wort behalten. Es war ein großes aber sehr mageres Weib, nichts als Haut und Knochen, ein Maul worin einige falsche Zähne klapperten, eine kurze Stirn, fast gar kein Kinn und eine desto längere Nase, deren Spitze wie ein Schnabel sich herabzog, und womit sie zuweilen, wenn sie Violine spielte den Ton einer Saite zu dämpfen schien.

Mein Hauswirt war etwa fünfzig Jahr alt und ein Mann von sehr dünnen Beinen, abgezehrt bleichem Antlitz und ganz kleinen grünen Äuglein, womit er beständig blinzelte, wie eine Schildwache, welcher die Sonne ins Gesicht scheint. Er war seines Gewerbes ein Bruchbandmacher und seiner Religion nach ein Wiedertäufer. Er las sehr fleißig in der Bibel. Diese Lektüre schlich sich in seine nächtliche Träume und mit blinzelnden Äuglein erzählte er seiner Frau des Morgens beim Kaffee: wie er wieder hochbegnadigt worden, wie die heiligsten Personen ihn ihres Gespräches gewürdigt, wie er sogar mit der allerhöchst heiligen Majestät Jehovahs verkehrt, und wie alle Frauen des Alten Testamentes ihn mit der freundlichsten und zärtlichsten Aufmerksamkeit behandelt. Letzterer Umstand war meiner Hauswirtin gar nicht lieb, und nicht selten bezeugte sie die eifersüchtigste Mißlaune über ihres Mannes nächtlichen Umgang mit den Weibern des Alten Testamentes. Wäre es noch, sagte sie, die keusche Mutter Maria, oder die alte Marthe, oder auch meinethalb die Magdalene, die sich ja gebessert hat – aber ein nächtliches Verhältnis mit den Sauftöchtern des alten Lot, mit der sauberen Madam Judith, mit der verlaufenen Königin von Saba und dergleichen zweideutigen Weibsbildern, darf nicht geduldet werden. Nichts glich aber ihrer Wut, als eines Morgens ihr Mann, im Übergeschwätze seiner Seligkeit, eine begeisterte Schilderung der schönen Esther entwarf, welche ihn gebeten, ihr bei ihrer Toilette behülflich zu sein, indem sie, durch die Macht ihrer Reize, den König Ahasverus für die gute Sache gewinnen wollte. Vergebens beteuerte der arme Mann, daß Herr Mardachai selber ihn bei seiner schönen Pflegetochter eingeführt, daß diese schon halb bekleidet war, daß er ihr nur die langen schwarzen Haare ausgekämmt – vergebens! die erboste Frau schlug den armen Mann mit seinen eignen Bruchbändern, goß ihm den heißen Kaffee ins Gesicht, und sie hätte ihn gewiß umgebracht, wenn er nicht aufs heiligste versprach, allen Umgang mit den alttestamentarischen Weibern aufzugeben, und künftig nur mit Erzvätern und männlichen Propheten zu verkehren.

Die Folge dieser Mißhandlung war, daß Myn Heer von nun an sein nächtliches Glück gar ängstlich verschwieg; er wurde jetzt erst ganz ein heiliger Roué; wie er mir gestand, hatte er den Mut sogar der nackten Susanna die unsittlichsten Anträge zu machen; ja, er war am Ende frech genug, sich in den Harem des König Salomon hineinzuträumen und mit dessen tausend Weibern Tee zu trinken.

KAPITEL XII

Unglückselige Eifersucht! durch diese ward einer meiner schönsten Träume und mittelbar vielleicht das Leben des kleinen Simson unterbrochen!

Was ist Traum? Was ist Tod? Ist dieser nur eine Unterbrechung des Lebens? oder gänzliches Aufhören desselben? Ja, für Leute, die nur

Vergangenheit und Zukunft kennen und nicht in jedem Momente der Gegenwart eine Ewigkeit leben können, ja für solche muß der Tod schrecklich sein! Wenn ihnen die beiden Krücken, Raum und Zeit, entfallen, dann sinken sie ins ewige Nichts.

Und der Traum? Warum fürchten wir uns vor dem Schlafengehn nicht weit mehr als vor dem Begrabenwerden? Ist es nicht furchtbar, daß der Leib eine ganze Nacht leichentot sein kann, während der Geist in uns das bewegteste Leben führt, ein Leben mit allen Schrecknissen jener Scheidung, die wir eben zwischen Leib und Geist gestiftet? Wenn einst, in der Zukunft, beide wieder in unserem Bewußtsein vereinigt sind, dann gibt es vielleicht keine Träume mehr, oder nur kranke Menschen, Menschen deren Harmonie gestört, werden träumen. Nur leise und wenig träumten die Alten; ein starker, gewaltiger Traum war bei ihnen wie ein Ereignis und wurde in die Geschichtsbücher eingetragen. Das rechte Träumen beginnt erst bei den Juden, dem Volke des Geistes, und erreichte seine höchste Blüte bei den Christen, dem Geistervolk. Unsere Nachkommen werden schaudern, wenn sie einst lesen, welch ein gespenstisches Dasein wir geführt, wie der Mensch in uns gespalten war und nur die eine Hälfte ein eigentliches Leben geführt. Unsere Zeit – und sie beginnt am Kreuze Christi – wird als eine große Krankheitsperiode der Menschheit betrachtet werden.

Und doch, welche süße Träume haben wir träumen können! Unsere gesunden Nachkommen werden es kaum begreifen. Um uns her verschwanden alle Herrlichkeiten der Welt, und wir fanden sie wieder in unserer inneren Seele – in unsere Seele flüchtete sich der Duft der zertretenen Rosen und der lieblichste Gesang der verscheuchten Nachtigallen –

Ich weiß das alles und sterbe an den unheimlichen Ängsten und grauenhaften Süßigkeiten unserer Zeit. Wenn ich des Abends mich auskleide, und zu Bette lege, und die Beine lang ausstrecke, und mich bedecke mit dem weißen Laken: dann schaudre ich manchmal unwillkürlich, und mir kommt in den Sinn, ich sei eine Leiche und ich begrübe mich selbst. Dann schließe ich aber hastig die Augen um diesem schauerlichen Gedanken zu entrinnen, um mich zu retten in das Land der Träume.

Es war ein süßer, lieber, sonniger Traum. Der Himmel himmelblau und wolkenlos, das Meer meergrün und still. Unabsehbar weite Wasserfläche, und darauf schwamm ein buntgewimpeltes Schiff, und auf dem Verdeck saß ich kosend zu den Füßen Jadvigas. Schwärmerische Liebeslieder, die ich selber auf rosige Papierstreifen geschrieben, las ich ihr vor, heiter seufzend, und sie horchte mit ungläubig hingeneigtem Ohr, und sehnsüchtigem Lächeln, und riß mir zuweilen hastig die Blätter aus der Hand und warf sie ins Meer. Aber die schönen Nixen, mit ihren schneeweißen Busen und Armen, tauchten jedesmal aus dem Wasser empor, und erhaschten die flatternden Lieder der Liebe. Als ich mich über Bord beugte, konnte ich ganz klar bis in die Tiefe des Meeres hinabschaun, und da saßen, wie in einem gesellschaftlichen Kreise, die schönen Nixen, und in ihrer Mitte stand ein junger Nix, der, mit gefühlvoll belebtem Angesicht, meine Liebeslieder deklamierte. Ein stürmischer Beifall erscholl bei jeder Strophe; die grünlockigten Schönen applaudierten so leidenschaftlich, daß Brust und Nacken erröteten, und sie lobten mit einer freudigen, aber doch zugleich mitleidigen Begeisterung: »Welche sonderbare Wesen sind diese Menschen! Wie sonderbar ist ihr Leben! Wie tragisch ihr ganzes Schicksal! Sie lieben sich und dürfen es meistens nicht sagen, und dürfen sie es einmal sagen, so können sie doch einander selten verstehn! Und dabei leben sie nicht ewig wie wir, sie sind sterblich, nur eine kurze Spanne Zeit ist ihnen vergönnt das Glück zu suchen, sie müssen es schnell erhaschen, hastig ans Herz drücken, ehe es entflieht – deshalb sind ihre Liebeslieder auch so zart, so innig, so süßängstlich, so verzweiflungsvoll lustig, ein so seltsames Gemisch von Freude und Schmerz. Der Gedanke des Todes wirft seinen melancholischen Schatten über ihre glücklichsten Stunden und tröstet sie lieblich im Unglück. Sie können weinen. Welche Poesie in so einer Menschenträne!«

Hörst du, sagte ich zu Jadviga, wie die da unten über uns urteilen? – wir wollen uns umarmen, damit sie uns nicht mehr bemitleiden, damit sie sogar neidisch werden! Sie aber, die Geliebte, sah mich an mit unendlicher Liebe, und ohne ein Wort zu reden. Ich hatte sie stumm geküßt. Sie erblich, und ein kalter Schauer überflog die holde Gestalt. Sie lag endlich starr, wie weißer Marmor, in meinen Armen, und ich hätte sie für tot gehalten, wenn sich nicht zwei große Tränenströme unaufhaltsam aus ihren Augen ergossen – und diese Tränen überfluteten mich, während ich das holde Bild immer gewaltiger mit meinen Armen umschlang –

Da hörte ich plötzlich die keifende Stimme meiner Hauswirtin und erwachte aus meinem Traum. Sie stand vor meinem Bette, mit der Blendlaterne in der Hand, und bat mich schnell aufzustehn und sie zu begleiten. Nie hatte ich sie so häßlich gesehn. Sie war im Hemde und ihre verwitterten Brüste vergoldete der Mondschein, der eben durchs Fenster fiel; sie sahen aus wie zwei getrocknete Zitronen.

Ohne zu wissen was sie begehrte, fast noch schlummertrunken, folgte ich ihr nach dem Schlafgemach ihres Gatten, und da lag der arme Mann, die Nachtmütze über die Augen gezogen, und schien heftig zu träumen. Manchmal zuckte sichtbar sein Leib unter der Bettdecke, seine Lippen lächelten vor überschwenglichster Wonne, spitzten sich manchmal krampfhaft, wie zu einem Kusse, und er röchelte und stammelte: Vasthi! Königin Vasthi! Majestät! Fürchte keinen Ahasveros! Geliebte Vasthi!

Mit zornglühenden Augen beugte sich nun das Weib über den schlafenden Gatten, legte ihr Ohr an sein Haupt, als ob sie seine Gedanken erlauschen könnte, und flüsterte mir zu: Haben Sie sich nun überzeugt, Myn Heer Schnabelewopski? Er hat jetzt eine Buhlschaft mit der Königin Vasthi! Der schändliche Ehebrecher! Ich habe dieses unzüchtige Verhältnis schon gestern Nacht entdeckt. Sogar eine Heidin hat er mir vorgezogen! Aber ich bin Weib und Christin, und Sie sollen sehen wie ich mich räche.

Bei diesen Worten riß sie erst die Bettdecke von dem Leibe des armen Sünders – er lag im Schweiß – alsdann ergriff sie ein hirschledernes Bruchband, und schlug damit gottlästerlich los auf die dünnen Gliedmaßen des armen Sünders. Dieser, also unangenehm geweckt aus seinem biblischen Traum, schrie so laut, als ob die Hauptstadt Susa in Feuer und Holland in Wasser stünde, und brachte mit seinem Geschrei die Nachbarschaft in Aufruhr.

Den andern Tag hieß es in ganz Leiden, mein Hauswirt habe solch großes Geschrei erhoben, weil er mich des Nachts in der Gesellschaft seiner Gattin gesehen. Man hatte letztere halb nackt am Fenster erblickt; und unsere Hausmagd, die mir gram war, und von der Wirtin zur roten Kuh über dieses Ereignis befragt worden, erzählte, daß sie selber gesehen, wie Myfrau mir in meinem Schlafzimmer einen nächtlichen Besuch abgestattet.

Ich kann nicht ohne gewaltigen Kummer an dieses Ereignis denken. Welche fürchterliche Folgen!

KAPITEL XIII

Wäre die Wirtin zur roten Kuh eine Italienerin gewesen, so hätte sie vielleicht mein Essen vergiftet; da sie aber eine Holländerin war, so schickte sie mir sehr schlechtes Essen. Schon des anderen Mittags erduldeten wir die Folgen ihres weiblichen Unwillens. Das erste Gericht war: keine Suppe. Das war schrecklich, besonders für einen wohlerzogenen Menschen wie ich, der von Jugend auf alle Tage Suppe gegessen, der sich bis jetzt gar keine Welt denken konnte, wo nicht des Morgens die Sonne aufgeht und des Mittags die Suppe aufgetragen wird. Das zweite Gericht bestand aus Rindfleisch, welches kalt und hart war wie Myrons Kuh. Drittens kam ein Schellfisch, der aus dem Halse roch wie ein Mensch. Viertens kam ein großes Huhn, das, weit entfernt unseren Hunger stillen zu wollen, so mager und abgezehrt aussah, als ob es selber Hunger hätte: so daß man fast vor Mitleid nichts davon essen konnte.

Und nun, kleiner Simson, rief der dicke Driksen, glaubst du noch an Gott? Ist das Gerechtigkeit? Die Frau Bandagistin besucht den Schnabelewopski in der dunkeln Nacht, und wir müssen dafür schlecht essen am hellen lichten Tag?

O Gott! Gott! seufzte der Kleine, gar verdrießlich wegen solcher atheistischer Ausbrüche und vielleicht auch wegen des schlechten Essens. Seine Verdrießlichkeit stieg, als auch der lange Vanpitter seine Witze gegen die Anthropomorphisten losließ und die Ägypter lobte, die einst Ochsen und Zwiebel verehrten: denn erstere, wenn sie gebraten, und letztere, wenn sie gestovt, schmeckten ganz göttlich.

Des kleinen Simsons Gemüt wurde aber durch solche Spöttereien immer bitterer gestimmt, und er schloß endlich folgendermaßen seine Apologie des Deismus: Was die Sonne für die Blumen ist, das ist Gott für die Menschen. Wenn die Strahlen jenes himmlischen Gestirns die Blumen berühren, dann wachsen sie heiter empor und öffnen ihre Kelche und entfalten ihren buntesten Farbenschmuck. Des Nachts, wenn ihre Sonne entfernt ist, stehen sie traurig, mit geschlossenen Kelchen, und schlafen, oder träumen von den goldenen Strahlenküssen der Vergangenheit. Diejenigen Blumen, die immer im Schatten stehen, verlieren Farbe und Wuchs, verkrüppeln und erbleichen, und welken mißmütig, glücklos. Die Blumen aber, die ganz im Dunkeln wachsen, in alten Burgkellern, unter Klosterruinen, die werden häßlich und giftig, sie ringeln am Boden wie Schlangen, schon ihr Duft ist unheilbringend, boshaft betäubend, tödlich –

Oh, du brauchst deine biblische Parabel nicht weiter auszuspinnen, schrie der dicke Driksen, indem er sich ein großes Glas schiedammer Genever in den Schlund goß; du, kleiner Simson, bist eine fromme Blume, die im Sonnenschein Gottes die heiligen Strahlen der Tugend und Liebe so trunken einsaugt, daß deine Seele wie ein Regenbogen blüht, während die unsrige, abgewendet von der Gottheit, farblos und häßlich verwelkt, wo nicht gar pestilenzialische Düfte verbreitet –

Ich habe einmal zu Frankfurt, sagte der kleine Simson, eine Uhr gesehen, die an keinen Uhrmacher glaubte; sie war von Tombak und ging sehr schlecht –

Ich will dir wenigstens zeigen, daß so eine Uhr wenigstens gut schlagen kann, versetzte Driksen, indem er plötzlich ganz ruhig wurde und den Kleinen nicht weiter molestierte.

Da letzterer, trotz seiner schwachen Ärmchen, ganz vortrefflich stieß, so ward beschlossen, daß sich die beiden noch denselben Tag auf Parisiens schlagen sollten. Sie stachen aufeinander los mit großer Erbitterung. Die schwarzen Augen des kleinen Simson glänzten feurig groß, und kontrastierten um so wunderbarer mit seinen Ärmchen, die aus den aufgeschürzten Hemdärmeln gar kläglich dünn hervortraten. Er wurde immer heftiger; er schlug sich ja für die Existenz Gottes, des alten Jehovah, des Königs der Könige. Dieser aber gewährte seinem Champion nicht die mindeste Unterstützung und im sechsten Gang bekam der Kleine einen Stich in die Lunge.

O Gott! seufzte er und stürzte zu Boden.

KAPITEL XIV

Diese Szene hatte mich furchtbar erschüttert. Gegen das Weib aber, das mittelbar solches Unglück verursacht, wandte sich der ganze Ungestüm meiner Empfindungen; das Herz voll Zorn und Kummer, stürmte ich nach dem roten Ochsen.

Ungeheur, warum hast du keine Suppe geschickt? Dieses waren die Worte womit ich die erbleichende Wirtin anredete, als ich sie in der Küche antraf. Das Porzellan auf dem Kamine zitterte bei dem Tone meiner Stimme. Ich war so entsetzlich, wie der Mensch es nur immer sein kann, wenn er keine Suppe gegessen und sein bester Freund einen Stich in die Lunge bekommen.

Ungeheur, warum hast du keine Suppe geschickt? Diese Worte wiederholte ich, während das schuldbewußte Weib starr und sprachlos vor mir stand. Endlich aber, wie aus geöffneten Schleusen, stürzten aus ihren Augen die Tränen. Sie überschwemmten ihr ganzes Antlitz und tröpfelten bis in den Kanal ihres Busens. Dieser Anblick konnte jedoch meinen Zorn nicht erweichen, und mit verstärkter Bitterkeit sprach ich: O Ihr Weiber, ich weiß daß Ihr weinen könnt; aber Tränen sind keine Suppe. Ihr seid erschaffen zu unserem Unheil. Eur Blick ist Lug und Eur Hauch ist Trug. Wer hat zuerst vom Apfel der Sünde gegessen? Gänse haben das Kapitol gerettet, aber durch ein Weib ging Troja zu Grunde. O Troja! Troja! des Priamos heilige Veste, du bist gefallen durch die Schuld eines Weibes! Wer hat den Markus Antonius ins Verderben gestürzt? Wer verlangte den Kopf Johannis des Täufers? Wer war Ursache von Abälards Verstümmelung? Ein Weib! Die Geschichte ist voll Beispiele, wie wir durch Euch zu Grunde gehn. All Eur Tun ist Torheit und all Eur Denken ist Undank. Wir geben Euch das Höchste, die heiligste Flamme des Herzens, unsere Liebe – was gebt Ihr uns als Ersatz? Fleisch, schlechtes Rindfleisch, noch schlechteres Hühnerfleisch – Ungeheur, warum hast du keine Suppe geschickt!

Vergebens begann Myfrau jetzt eine Reihe von Entschuldigungen herzustammeln und mich bei allen Seligkeiten unserer genossenen Liebe zu beschwören, ihr diesmal zu verzeihen. Sie wollte mir von nun an noch besseres Essen schicken als früher, und noch immer nur sechs Gulden die Portion anrechnen, obgleich der groote Dohlenwirt für sein ordinäres Essen sich acht Gulden bezahlen läßt. Sie ging so weit, mir für den folgenden Tag Austerpastete zu versprechen; ja, in dem weichen Tone ihrer Stimme dufteten sogar Trüffel. Aber ich blieb standhaft, ich war entschlossen auf immer zu brechen und verließ die Küche mit den tragischen Worten: Adieu, für dieses Leben haben wir ausgekocht!

Im Fortgehn hörte ich etwas zu Boden fallen. War es irgend ein Küchentopf oder Myfrau selber? Ich nahm mir nicht einmal die Mühe nachzusehen, und ging direkt nach der grooten Dohlen, um sechs Portion Essen für den nächsten Tag zu bestellen.

Nach diesem wichtigsten Geschäft, eilte ich nach der Wohnung des kleinen Simson, den ich in einem sehr schlechten Zustande fand. Er lag in einem großen altfränkischen Bette, das keine Vorhänge hatte, und an dessen Ecken vier große marmorierte Holzsäulen befindlich waren, die oben einen reichvergoldeten Betthimmel trugen. Das Antlitz des Kleinen war leidend blaß, und in dem Blick, den er mir zuwarf, lag so viel Wehmut, Güte und Elend, daß ich davon bis in die Tiefe meiner Seele gerührt wurde. Der Arzt hatte ihn eben verlassen und seine Wunde für bedenklich erklärt. Van Moeulen, der allein dort geblieben, um die Nacht bei ihm zu wachen, saß vor seinem Bette und las ihm vor aus der Bibel.

Schnabelewopski, seufzte der Kleine, es ist gut, daß du kommst. Kannst zuhören, und es wird dir wohltun. Das ist ein liebes Buch. Meine Vorfahren haben es in der ganzen Welt mit sich herumgetragen, und gar viel Kummer und Unglück und Schimpf und Haß dafür erduldet, oder sich gar dafür totschlagen lassen. Jedes Blatt darin hat

Tränen und Blut gekostet, es ist das aufgeschriebene Vaterland der Kinder Gottes, es ist das heilige Erbe Jehovahs –

Rede nicht zu viel, rief van Moeulen, es bekömmt dir schlecht.

Und gar, setzte ich hinzu, rede nicht von Jehovah, dem undankbarsten der Götter, für dessen Existenz du dich heute geschlagen –

O Gott! seufzte der Kleine und Tränen fielen aus seinen Augen – O Gott, du hilfst unseren Feinden!

Rede nicht so viel, wiederholte van Moeulen. Und du, Schnabelewopski, flüsterte er mir zu, entschuldige wenn ich dich langweile; der Kleine wollte durchaus, daß ich ihm die Geschichte seines Namensvetters, des Simson, vorlese – wir sind am vierzehnten Kapitel, hör zu:

»Simson ging hinab gegen Thimnath, und sahe ein Weib zu Thimnath unter den Töchtern der Philister –«

Nein, rief der Kleine, mit geschlossenen Augen, wir sind schon am sechszehnten Kapitel. Ist mir doch als lebte ich das alles mit, was du da vorliest, als hörte ich die Schafe blöken, die am Jordan weiden, als hätte ich selber den Füchsen die Schwänze angezündet und sie in die Felder der Philister gejagt, als hätte ich mit einem Eselskinnbacken tausend Philister erschlagen – O, die Philister! sie hatten uns unterjocht und verspottet und ließen uns wie Schweine Zoll bezahlen, und haben mich zum Tanzsaal hinausgeschmissen, auf dem Roß, und zu Bockenheim mit Füßen getreten – hinausgeschmissen, mit Füßen getreten, auf dem Roß, o Gott, das ist nicht erlaubt!

Er liegt im Wundfieber und phantasiert, bemerkte leise van Moeulen, und begann das sechszehnte Kapitel:

»Simson ging hin gen Gasa und sahe daselbst eine Hure, und lag bei ihr.

Da ward den Gasitern gesagt: Simson ist herein kommen. Und sie umgaben ihn, und ließen auf ihn lauern die ganze Nacht in der Stadt Tor, und waren die ganze Nacht stille, und sprachen: Harre, morgen, wenn es Licht wird, wollen wir ihn erwürgen.

Simson aber lag bis zu Mitternacht. Da stund er auf zu Mitternacht, und ergriff beide Türen an der Stadt Tor, samt den beiden Pfosten, und hub sie aus mit den Riegeln, und legte sie auf seine Schultern, und trug sie hinauf auf die Höhe des Berges von Hebron.

Darnach gewann er ein Weib lieb, am Bach Sorek, die hieß Delila.

Zu der kamen der Philister Fürsten hinauf, und sprachen zu ihr: Überrede ihn, und besiehe, worin er so große Kraft hat, und womit wir ihn übermögen, daß wir ihn binden und zwingen, so wollen wir dir geben ein jeglicher tausend und hundert Silberlinge.

Und Delila sprach zu Simson: Lieber, sage mir worinnen deine große Kraft sei, und womit man dich binden möge, damit man dich zwinge?

Simson sprach zu ihr: Wenn man mich bünde mit sieben Seilen von frischem Bast, die noch nicht verdorret waren: und sie band ihn damit.

(Man hielt aber auf ihn bei ihr in der Kammer.) Und sie sprach zu ihm: Die Philister über dir, Simson. Er aber zerriß die Seile, wie eine flächsene Schnur zerreißet, wenn sie ans Feuer reucht: und ward nicht kund wo seine Kraft wäre.«

O dumme Philister! rief jetzt der Kleine, und lächelte vergnügt, wollten mich auch auf die Konstablerwacht setzen –

Van Moeulen aber las weiter:

»Da sprach Delila zu Simson: Siehe du hast mich getäuschet, mir gelogen; nun, so sage mir doch, womit kann man dich binden?

Er antwortete ihr: Wenn sie mich bünden mit neuen Stricken, damit nie keine Arbeit geschehen ist; so würde ich schwach und wie ein ander Mensch.

Da nahm Delila neue Stricke, und band ihn damit, und sprach: Philister über dir, Simson; (man hielt aber auf ihn in der Kammer;) und er zerriß sie von seinen Armen, wie einen Faden.«

Oh, dumme Philister! rief der Kleine im Bette.

»Delila aber sprach zu ihm: Noch hast du mich getäuschet, und mir gelogen. Lieber, sage mir doch, womit kann man dich binden? Er antwortete ihr: Wenn du sieben Locken meines Hauptes flöchtest mit einem Flechtbande, und heftetest sie mit einem Nagel ein.

Und sie sprach zu ihm: Philister über dir, Simson. Er aber wachte auf von seinem Schlaf, und zog die geflochtenen Locken mit Nagel und Flechtband heraus.«

Der Kleine lachte: Das war auf der Eschenheimer Gasse. Van Moeulen aber fuhr fort:

»Da sprach sie zu ihm: Wie kannst du sagen, du habest mich lieb, so dein Herz doch nicht mit mir ist? Dreimal hast du mich getäuschet, und mir nicht gesaget, worinnen deine große Kraft sei.

Da sie ihn aber trieb mit ihren Worten alle Tage, und zerplagte ihn, ward seine Seele matt bis an den Tod.

Und sagte ihr sein ganzes Herz, und sprach zu ihr: Es ist nie kein Schermesser auf mein Haupt kommen, denn ich bin ein Verlobter Gottes von Mutterleib an. Wenn du mich beschörest, so wiche meine Kraft von mir, daß ich schwach würde, und wie alle andre Menschen.

Da nun Delila sahe, daß er ihr alle sein Herz offenbaret hatte, sandte sie hin, und ließ der Philister Fürsten rufen, und sagen: Kommet noch einmal herauf, denn er hat mir alle sein Herz offenbaret. Da kamen der Philister Fürsten zu ihr herauf, und brachten das Geld mit sich in ihrer Hand.

Und sie ließ ihn entschlafen auf ihrem Schoß, und rief einem, der ihm die sieben Locken seines Hauptes abschöre. Und sie fing an ihn zu zwingen. Da war seine Kraft von ihm gewichen.

Und sie sprach zu ihm: Philister über dir, Simson. Da er nun von seinem Schlaf erwachte, gedachte er: ich will ausgehen, wie ich mehrmals getan habe, ich will mich ausreißen, und wußte nicht, daß der Herr von ihm gewichen war.

Aber die Philister griffen ihn, und stachen ihm die Augen aus, und führten ihn hinab gen Gasa, und bunden ihn mit zwo ehernen Ketten, und er mußte mahlen im Gefängnis.«

O Gott! Gott! wimmerte und weinte beständig der Kranke. Sei still, sagte van Moeulen, und las weiter:

»Aber das Haar seines Hauptes fing wieder an zu wachsen, wo es beschoren war.

Da aber der Philister Fürsten sich versammleten, ihrem Gott Dagon ein groß Opfer zu tun, und sich zu freuen, sprachen sie: Unser Gott hat uns unsern Feind Simson in unsere Hände gegeben.

Desselbigengleichen als ihn das Volk sahe, lobeten sie ihren Gott; denn sie sprachen: Unser Gott hat uns unsern Feind in unsere Hände gegeben, der unser Land verderbete, und unserer viele erschlug.

Da nun ihr Herz guter Dinge war, sprachen sie: Lasset Simson holen, daß er vor uns spiele. Da holeten sie Simson aus dem Gefängnis, und er spielete vor ihnen, und sie stelleten ihn zwischen zwo Säulen.

Simson aber sprach zu dem Knaben, der ihn bei der Hand leitete: Laß mich, daß ich die Säulen taste, auf welchen das Haus stehet, daß ich mich daran lehne.

Das Haus aber war voll Männer und Weiber. Es waren auch der Philister Fürsten alle da, und auf dem Dach bei dreitausend, Mann und Weib, die da zusahen, wie Simson spielete.

Simson aber rief den Herren an, und sprach: Herr, Herr, gedenke mein, und stärke mich doch, Gott, diesmal, daß ich für meine beide Augen mich einst räche an den Philistern.

Und er fassete die zwo Mittelsäulen, auf welchen das Haus gesetzet war, und darauf sich hielt, eine in seine rechte, und die andere in seine linke Hand.

Und sprach: Meine Seele sterbe mit den Philistern; und neigte sich kräftiglich. Da fiel das Haus auf die Fürsten, und auf alles Volk, das drinnen war, daß der Toten mehr waren, die in seinem Tode sturben, denn die bei seinem Leben sturben.«

Bei dieser Stelle öffnete der kleine Simson seine Augen, geisterhaft weit; hob sich krampfhaft in die Höhe; ergriff, mit seinen dünnen Ärmchen, die beiden Säulen, die zu Füßen seines Bettes; rüttelte daran, während er zornig stammelte: Es sterbe meine Seele mit den Philistern. Aber die starken Bettsäulen blieben unbeweglich, ermattet und wehmütig lächelnd fiel der Kleine zurück auf seine Kissen, und aus seiner Wunde, deren Verband sich verschoben, quoll ein roter Blutstrom.

FLORENTINISCHE NÄCHTE

Erste Nacht

Im Vorzimmer fand Maximilian den Arzt, wie er eben seine schwarzen Handschuhe anzog. Ich bin sehr pressiert, rief ihm dieser hastig entgegen. Signora Maria hat den ganzen Tag nicht geschlafen und nur in diesem Augenblick ist sie ein wenig eingeschlummert. Ich brauche Ihnen nicht zu empfehlen, sie durch kein Geräusch zu wekken; und wenn sie erwacht, darf sie bei Leibe nicht reden. Sie muß ruhig liegen, darf sich nicht rühren, nicht im mindesten bewegen, darf nicht reden, und nur geistige Bewegung ist ihr heilsam. Bitte, erzählen Sie ihr wieder allerlei närrische Geschichten, so daß sie ruhig zuhören muß.

Seien Sie unbesorgt, Doktor, erwiderte Maximilian mit einem wehmütigen Lächeln. Ich habe mich schon ganz zum Schwätzer ausgebildet und lasse sie nicht zu Worte kommen. Und ich will ihr schon genug phantastisches Zeug erzählen, so viel Sie nur begehren … Aber wie lange wird sie noch leben können?

Ich bin sehr pressiert, antwortete der Arzt und entwischte.

Die schwarze Debora, feinöhrig wie sie ist, hatte schon am Tritte den Ankommenden erkannt, und öffnete ihm leise die Türe. Auf seinen Wink verließ sie eben so leise das Gemach und Maximilian befand sich allein bei seiner Freundin. Nur dämmernd war das Zimmer von einer einzigen Lampe erhellt. Diese warf, dann und wann, halb furchtsame halb neugierige Lichter über das Antlitz der kranken Frau, welche, ganz angekleidet, in weißem Musselin, auf einem grünseidnen Sofa hingestreckt lag und ruhig schlief.

Schweigend, mit verschränkten Armen, stand Maximilian einige Zeit vor der Schlafenden und betrachtete die schönen Glieder, die das leichte Gewand mehr offenbarte als verhüllte, und jedesmal wenn die Lampe einen Lichtstreif über das blasse Antlitz warf, erbebte sein Herz. Um Gott! sprach er leise vor sich hin, was ist das? Welche Erinnerung wird in mir wach? Ja, jetzt weiß ichs. Dieses weiße Bild auf dem grünen Grunde, ja, jetzt …

In diesem Augenblick erwachte die Kranke, und wie aus der Tiefe eines Traumes hervorschauend, blickten auf den Freund die sanften, dunkelblauen Augen, fragend, bittend … An was dachten Sie eben,

Maximilian? sprach sie mit jener schauerlich weichen Stimme, wie sie bei Lungenkranken gefunden wird, und worin wir zugleich das Lallen eines Kindes, das Zwitschern eines Vogels und das Geröchel eines Sterbenden zu vernehmen glauben. An was dachten Sie eben, Maximilian? wiederholte sie nochmals und erhob sich so hastig in die Höhe, daß die langen Locken, wie aufgeschreckte Goldschlangen, ihr Haupt umringelten.

Um Gott! rief Maximilian, indem er sie sanft wieder aufs Sofa niederdrückte, bleiben Sie ruhig liegen, sprechen Sie nicht; ich will Ihnen alles sagen, alles was ich denke, was ich empfinde, ja was ich nicht einmal selber weiß!

In der Tat, fuhr er fort, ich weiß nicht genau was ich eben dachte und fühlte. Bilder aus der Kindheit zogen mir dämmernd durch den Sinn, ich dachte an das Schloß meiner Mutter, an den wüsten Garten dort, an die schöne Marmorstatue, die im grünen Grase lag … Ich habe »das Schloß meiner Mutter« gesagt, aber ich bitte Sie, bei Leibe, denken Sie sich darunter nichts Prächtiges und Herrliches! An diese Benennung habe ich mich nun einmal gewöhnt; mein Vater legte immer einen ganz besonderen Ausdruck auf die Worte »das Schloß!« und er lächelte dabei immer so eigentümlich. Die Bedeutung dieses Lächelns begriff ich erst später, als ich, ein etwa zwölfjähriges Bübchen, mit meiner Mutter nach dem Schlosse reiste. Es war meine erste Reise. Wir fuhren den ganzen Tag durch einen dicken Wald, dessen dunkle Schauer mir immer unvergeßlich bleiben, und erst gegen Abend hielten wir still vor einer langen Querstange, die uns von einer großen Wiese trennte. Wir mußten fast eine halbe Stunde warten, ehe, aus der nahgelegenen Lehmhütte, der Junge kam, der die Sperre wegschob und uns einließ. Ich sage »der Junge«, weil die alte Marthe ihren vierzigjährigen Neffen noch immer den Jungen nannte; dieser hatte, um die gnädige Herrschaft würdig zu empfangen, das alte Livreekleid seines verstorbenen Oheims angezogen, und da er es vorher ein bißchen ausstäuben mußte, ließ er uns so lange warten. Hätte man ihm Zeit gelassen, würde er auch Strümpfe angezogen haben; die langen, nackten, roten Beine stachen aber nicht sehr ab von dem grellen Scharlachrock. Ob er darunter eine Hose trug, weiß ich nicht mehr. Unser Bedienter, der Johann, der ebenfalls die Benennung Schloß oft vernommen, machte ein sehr verwundertes Gesicht, als der Junge uns zu dem kleinen gebrochenen Gebäude führte, wo der selige Herr gewohnt. Er ward aber schier bestürzt, als meine Mutter ihm befahl die Betten hineinzubringen. Wie konnte er ahnden, daß auf dem »Schlosse« keine Betten befindlich! und die Ordre meiner

Mutter, daß er Bettung für uns mitnehmen solle, hatte er entweder ganz überhört oder als überflüssige Mühe unbeachtet gelassen.

Das kleine Haus, das, nur eine Etage hoch, in seinen besten Zeiten höchstens fünf bewohnbare Zimmer enthalten, war ein kummervolles Bild der Vergänglichkeit. Zerschlagene Möbel, zerfetzte Tapeten, keine einzige Fensterscheibe ganz verschont, hie und da der Fußboden aufgerissen, überall die häßlichen Spuren der übermütigsten Soldatenwirtschaft. »Die Einquartierung hat sich immer bei uns sehr amüsiert« sagte der Junge mit einem blödsinnigen Lächeln. Die Mutter aber winkte, daß wir sie allein lassen möchten, und während der Junge mit Johann sich beschäftigte, ging ich den Garten besehen. Dieser bot ebenfalls den trostlosesten Anblick der Zerstörnis. Die großen Bäume waren zum Teil verstümmelt, zum Teil niedergebrochen, und höhnische Wucherpflanzen erhoben sich über die gefallenen Stämme. Hie und da, an den aufgeschossenen Taxusbüschen, konnte man die ehemaligen Wege erkennen. Hie und da standen auch Statuen, denen meistens die Köpfe, wenigstens die Nasen, fehlten. Ich erinnere mich einer Diana, deren untere Hälfte von dunklem Efeu aufs lächerlichste umwachsen war, so wie ich mich auch einer Göttin des Überflusses erinnere, aus deren Füllhorn lauter mißduftendes Unkraut hervorblühte. Nur eine Statue war, Gott weiß wie, von der Bosheit der Menschen und der Zeit verschont geblieben; von ihrem Postamente freilich hatte man sie herabgestürzt ins hohe Gras, aber da lag sie unverstümmelt, die marmorne Göttin, mit den reinschönen Gesichtszügen und mit dem straffgeteilten, edlen Busen, der, wie eine griechische Offenbarung, aus dem hohen Grase hervorglänzte. Ich erschrak fast als ich sie sah; dieses Bild flößte mir eine sonderbar schwüle Scheu ein, und eine geheime Blödigkeit ließ mich nicht lange bei seinem holden Anblick verweilen.

Als ich wieder zu meiner Mutter kam, stand sie am Fenster, verloren in Gedanken, das Haupt gestützt auf ihrem rechten Arm, und die Tränen flossen ihr unaufhörlich über die Wangen. So hatte ich sie noch nie weinen sehen. Sie umarmte mich mit hastiger Zärtlichkeit und bat mich um Verzeihung, daß ich, durch Johanns Nachlässigkeit, kein ordentliches Bett bekommen werde. »Die alte Marthe, sagte sie, ist schwer krank und kann dir, liebes Kind, ihr Bett nicht abtreten. Johann soll dir aber die Kissen aus dem Wagen so zurecht legen, daß du darauf schlafen kannst, und er mag dir auch seinen Mantel zur Decke geben. Ich selber schlafe hier auf Stroh; es ist das Schlafzimmer meines seligen Vaters; es sah sonst hier viel besser aus. Laß mich allein!« Und die Tränen schossen ihr noch heftiger aus den Augen.

War es nun das ungewohnte Lager, oder das aufgeregte Herz, es ließ mich nicht schlafen. Der Mondschein drang so unmittelbar durch die gebrochenen Fensterscheiben, und es war mir als wolle er mich hinauslocken in die helle Sommernacht. Ich mochte mich rechts oder links wenden auf meinem Lager, ich mochte die Augen schließen oder wieder ungeduldig öffnen, immer mußte ich an die schöne Marmorstatue denken, die ich im Grase liegen sehen. Ich konnte mir die Blödigkeit nicht erklären die mich bei ihrem Anblick erfaßt hatte, ich ward verdrießlich ob dieses kindischen Gefühls, und »morgen« sagte ich leise zu mir selber: »morgen küssen wir dich, du schönes Marmorgesicht, wir küssen dich eben auf die schönen Mundwinkel, wo die Lippen in ein so holdseliges Grübchen zusammenschmelzen!« Eine Ungeduld, wie ich sie noch nie gefühlt, rieselte dabei durch alle meine Glieder, ich konnte dem wunderbaren Drange nicht länger gebieten, und endlich sprang ich auf mit keckem Mute und sprach: »Was gilts und ich küsse dich noch heute, du liebes Bildnis!« Leise, damit die Mutter meine Tritte nicht höre, verließ ich das Haus, was um so leichter, da das Portal zwar noch mit einem großen Wappenschild aber mit keinen Türen mehr versehen war; und hastig arbeitete ich mich durch das Laubwerk des wüsten Gartens. Auch kein Laut regte sich, und alles ruhte, stumm und ernst, im stillen Mondschein. Die Schatten der Bäume waren wie angenagelt auf der Erde. Im grünen Grase lag die schöne Göttin ebenfalls regungslos, aber kein steinerner Tod, sondern nur ein stiller Schlaf schien ihre lieblichen Glieder gefesselt zu halten, und als ich ihr nahete, fürchtete ich schier, daß ich sie durch das gringste Geräusch aus ihrem Schlummer erwecken könnte. Ich hielt den Atem zurück als ich mich über sie hinbeugte, um die schönen Gesichtszüge zu betrachten; eine schauerliche Beängstigung stieß mich von ihr ab, eine knabenhafte Lüsternheit zog mich wieder zu ihr hin, mein Herz pochte, als wollte ich eine Mordtat begehen, und endlich küßte ich die schöne Göttin, mit einer Inbrunst, mit einer Zärtlichkeit, mit einer Verzweiflung, wie ich nie mehr geküßt habe in diesem Leben. Auch nie habe ich diese grauenhaft süße Empfindung vergessen können, die meine Seele durchflutete, als die beseligende Kälte jener Marmorlippen meinen Mund berührte … Und sehen Sie, Maria, als ich eben vor Ihnen stand und ich Sie, in Ihrem weißen Musselinkleide, auf dem grünen Sofa liegen sah, da mahnte mich Ihr Anblick an das weiße Marmorbild im grünen Grase. Hätten Sie länger geschlafen, meine Lippen würden nicht widerstanden haben …

Max! Max! schrie das Weib aus der Tiefe ihrer Seele – Entsetzlich! Sie wissen, daß ein Kuß von Ihrem Munde …

O, schweigen Sie nur, ich weiß, das wäre für Sie etwas Entsetzliches! Sehen Sie mich nur nicht so flehend an. Ich mißdeute nicht Ihre Empfindungen, obgleich die letzten Gründe derselben mir verborgen bleiben. Ich habe nie meinen Mund auf Ihre Lippen drücken dürfen …

Aber Maria ließ ihn nicht ausreden, sie hatte seine Hand erfaßt, bedeckte diese Hand mit den heftigsten Küssen, und sagte dann lächelnd: Bitte, bitte, erzählen Sie mir noch mehr von Ihren Liebschaften. Wie lange liebten Sie die marmorne Schöne, die Sie im Schloßgarten Ihrer Mutter geküßt?

Wir reisten den andern Tag ab, antwortete Maximilian, und ich habe das holde Bildnis nie wiedergesehen. Aber fast vier Jahre beschäftigte es mein Herz. Eine wunderbare Leidenschaft für marmorne Statuen hat sich seitdem in meiner Seele entwickelt, und noch diesen Morgen empfand ich ihre hinreißende Gewalt. Ich kam aus der Laurenziana, der Bibliothek der Medizäer, und geriet, ich weiß nicht mehr wie, in die Kapelle, wo jenes prachtvollste Geschlecht Italiens sich eine Schlafstelle von Edelsteinen gebaut hat, und ruhig schlummert. Eine ganze Stunde blieb ich dort versunken in dem Anblick eines marmornen Frauenbilds, dessen gewaltiger Leibesbau von der kühnen Kraft des Michel Angelo zeugt, während doch die ganze Gestalt von einer ätherischen Süßigkeit umflossen ist, die man bei jenem Meister eben nicht zu suchen pflegt. In diesen Marmor ist das ganze Traumreich gebannt, mit allen seinen stillen Seligkeiten, eine zärtliche Ruhe wohnt in diesen schönen Gliedern, ein besänftigendes Mondlicht scheint durch ihre Adern zu rinnen … es ist die Nacht des Michel Angelo Buonarotti. O wie gerne möchte ich schlafen des ewigen Schlafes in den Armen dieser Nacht …

Gemalte Frauenbilder, fuhr Maximilian fort nach einer Pause, haben mich immer minder heftig interessiert als Statuen. Nur einmal war ich in ein Gemälde verliebt. Es war eine wunderschöne Madonna, die ich in einer Kirche zu Köln am Rhein kennen lernte. Ich wurde damals ein sehr eifriger Kirchengänger und mein Gemüt versenkte sich in die Mystik des Katholizismus. Ich hätte damals gern, wie ein spanischer Ritter, alle Tage auf Leben und Tod gekämpft für die inmakulierte Empfängnis Mariä, der Königin der Engel, der schönsten Dame des Himmels und der Erde! Für die ganze heilige Familie interessierte ich mich damals, und ganz besonders freundlich zog ich jedesmal den Hut ab, wenn ich einem Bilde des heiligen Josephs vorbei kam. Dieser Zustand dauerte jedoch nicht lange, und fast ohne Umstände verließ ich die Mutter Gottes, als ich in einer Antiken-

Galerie mit einer griechischen Nymphe bekannt wurde, die mich lange Zeit in ihren Marmorfesseln gefangen hielt.

Und Sie liebten immer nur gemeißelte oder gemalte Frauen? kicherte Maria.

Nein, ich habe auch tote Frauen geliebt, antwortete Maximilian, über dessen Gesicht sich wieder ein großer Ernst verbreitete. Er bemerkte nicht, daß bei diesen Worten Maria erschreckend zusammenfuhr, und ruhig sprach er weiter:

Ja, es ist höchst sonderbar, daß ich mich einst in ein Mädchen verliebte, nachdem sie schon seit sieben Jahren verstorben war. Als ich die kleine Very kennen lernte, gefiel sie mir ganz außerordentlich gut. Drei Tage lang beschäftigte ich mich mit dieser jungen Person, und fand das höchste Ergötzen an allem was sie tat und sprach, an allen Äußerungen ihres reizend wunderlichen Wesens, jedoch ohne daß mein Gemüt dabei in überzärtliche Bewegung geriet. Auch wurde ich einige Monate drauf nicht allzu tief ergriffen, als ich die Nachricht empfing, daß sie, in Folge eines Nervenfiebers, plötzlich gestorben sei. Ich vergaß sie ganz gründlich, und ich bin überzeugt, daß ich jahrelang auch nicht ein einziges Mal an sie gedacht habe. Ganze sieben Jahre waren seitdem verstrichen, und ich befand mich in Potsdam, um in ungestörter Einsamkeit den schönen Sommer zu genießen. Ich kam dort mit keinem einzigen Menschen in Berührung, und mein ganzer Umgang beschränkte sich auf die Statuen, die sich im Garten von Sanssouci befinden. Da geschah es eines Tages, daß mir Gesichtszüge und eine seltsam liebenswürdige Art des Sprechens und Bewegens ins Gedächtnis trat, ohne daß ich mich dessen entsinnen konnte welcher Person dergleichen angehörten. Nichts ist quälender als solches Herumstöbern in alten Erinnerungen, und ich war deshalb wie freudig überrascht, als ich nach einigen Tagen mich auf einmal der kleinen Very erinnerte und jetzt merkte, daß es ihr liebes vergessenes Bild war, was mir so beunruhigend vorgeschwebt hatte. Ja, ich freute mich dieser Entdeckung wie einer, der seinen intimsten Freund ganz unerwartet wieder gefunden; die verblichenen Farben belebten sich allmählig, und endlich stand die süße kleine Person wieder leibhaftig vor mir, lächelnd, schmollend, witzig, und schöner noch als jemals. Von nun an wollte mich dieses holde Bild nimmermehr verlassen, es füllte meine ganze Seele, wo ich ging und stand, stand und ging es an meiner Seite, sprach mit mir, lachte mit mir, jedoch harmlos und ohne große Zärtlichkeit. Ich aber wurde täglich mehr und mehr bezaubert von diesem Bilde das täglich mehr und mehr Realität für mich gewann. Es ist leicht Geister zu beschwören, doch ist es schwer sie wieder zurück zu schicken in ihr dunkles Nichts; sie sehen uns dann so flehend an, unser eigenes Herz leiht ihnen so mächtige Fürbitte … Ich konnte mich nicht mehr losreißen, und ich verliebte mich in die kleine Very, nachdem sie schon seit sieben Jahren verstorben. So lebte ich sechs Monate in Potsdam, ganz versunken in dieser Liebe. Ich hütete mich noch sorgfältiger als vorher vor jeder Berührung mit der Außenwelt, und wenn irgend jemand auf der Straße etwas nahe an mir vorbeistreifte, empfand ich die mißbehaglichste Beklemmung. Ich hegte vor allen Begegnissen eine tiefe Scheu, wie solche vielleicht die nachtwandelnden Geister der Toten empfinden; denn diese, wie man sagt, wenn sie einem lebenden Menschen begegnen, erschrecken sie eben so sehr wie der Lebende erschrickt, wenn er einem Gespenste begegnet. Zufällig kam damals ein Reisender durch Potsdam, dem ich nicht ausweichen konnte, nämlich mein Bruder. Bei seinem Anblick und bei seinen Erzählungen von den letzten Vorfällen der Tagesgeschichte, erwachte ich wie aus einem tiefen Traume und zusammenschreckend fühlte ich plötzlich in welcher grauenhaften Einsamkeit ich so lange für mich hingelebt. Ich hatte in diesem Zustande nicht einmal den Wechsel der Jahrzeiten gemerkt, und mit Verwunderung betrachtete ich jetzt die Bäume, die, längst entblättert, mit herbstlichem Reife bedeckt standen. Ich verließ alsbald Potsdam und die kleine Very, und in einer anderen Stadt, wo mich wichtige Geschäfte erwarteten, wurde ich, durch sehr eckige Verhältnisse und Beziehungen, sehr bald wieder in die rohe Wirklichkeit hineingequält.

Lieber Himmel! fuhr Maximilian fort, indem ein schmerzliches Lächeln um seine Oberlippe zuckte: lieber Himmel! die lebendigen Weiber mit denen ich damals in unabweisliche Berührungen kam, wie haben sie mich gequält, zärtlich gequält, mit ihrem Schmollen, Eifersüchteln und beständigem in Atem halten! Auf wie vielen Bällen mußte ich mit ihnen herumtraben, in wie viele Klatschereien mußte ich mich mischen! Welche rastlose Eitelkeit, welche Freude an der Lüge, welche küssende Verräterei, welche giftige Blumen! Jene Damen wußten mir alle Lust und Liebe zu verleiden und ich wurde auf einige Zeit ein Weiberfeind, der das ganze Geschlecht verdammte. Es erging mir fast wie dem französischen Offiziere, der im russischen Feldzuge sich nur mit Mühe aus den Eisgruben der Beresina gerettet hatte, aber seitdem gegen alles Gefrorene eine solche Antipathie bekommen, daß er jetzt sogar die süßesten und angenehmsten Eissorten von Tortoni mit Abscheu von sich wies. Ja, die Erinnerung an die Beresina der Liebe, die ich damals passierte, verleidete mir einige Zeit sogar die köstlichsten Damen, Frauen wie Engel, Mädchen wie Vanillensorbett.

Ich bitte Sie, rief Maria, schmähen Sie nicht die Weiber. Das sind abgedroschene Redensarten der Männer. Am Ende, um glücklich zu sein, bedürft Ihr dennoch der Weiber.

Oh, seufzte Maximilian, das ist freilich wahr. Aber die Weiber haben leider nur eine einzige Art wie sie uns glücklich machen können, während sie uns auf dreißigtausend Arten unglücklich zu machen wissen.

Teurer Freund, erwiderte Maria, indem sie ein leises Lächeln verbiß: ich spreche von dem Einklange zweier gleichgestimmten Seelen. Haben Sie dieses Glück nie empfunden? ... Aber ich sehe eine ungewöhnte Röte über Ihre Wangen ziehen ... Sprechen Sie ... Max?

Es ist wahr, Maria, ich fühle mich fast knabenhaft befangen, da ich Ihnen die glückliche Liebe gestehen soll, die mich einst unendlich beseligt hat! Diese Erinnerung ist mir noch nicht verloren, und in ihren kühlen Schatten flüchtet sich noch oft meine Seele, wenn der brennende Staub und die Tageshitze des Lebens unerträglich wird. Ich bin aber nicht im Stande Ihnen von dieser Geliebten einen richtigen Begriff zu geben. Sie war so ätherischer Natur, daß sie sich mir nur im Traume offenbaren konnte. Ich denke, Maria, Sie hegen kein banales Vorurteil gegen Träume; diese nächtlichen Erscheinungen haben wahrlich eben so viel Realität, wie jene roheren Gebilde des Tages, die wir mit Händen antasten können und woran wir uns nicht selten beschmutzen. Ja, es war im Traume, wo ich sie sah, jenes holde Wesen, das mich am meisten auf dieser Welt beglückt hat. Über ihre Äußerlichkeit weiß ich wenig zu sagen. Ich bin nicht im Stande die Form ihrer Gesichtszüge ganz genau anzugeben. Es war ein Gesicht, das ich nie vorher gesehen, und das ich nachher nie wieder im Leben erblickte. So viel erinnere ich mich, es war nicht weiß und rosig, sondern ganz einfarbig, ein sanft angerötetes Blaßgelb und durchsichtig wie Kristall. Die Reize dieses Gesichtes bestanden weder im strengen Schönheitsmaß, noch in der interessanten Beweglichkeit; sein Charakter bestand vielmehr in einer bezaubernden, entzückenden, fast erschreckenden Wahrhaftigkeit. Es war ein Gesicht voll bewußter Liebe und graziöser Güte, es war mehr eine Seele als ein Gesicht, und deshalb habe ich die äußere Form mir nie ganz vergegenwärtigen können. Die Augen waren sanft wie Blumen. Die Lippen etwas bleich, aber anmutig gewölbt. Sie trug ein seidnes Peignoir von kornblauer Farbe; aber hierin bestand auch ihre ganze Bekleidung; Hals und Füße waren nackt, und durch das weiche, dünne Gewand lauschte manchmal, wie verstohlen, die schlanke Zartheit der Glieder. Die Worte, die wir mit einander gesprochen, kann ich mir ebenfalls nicht mehr verdeutlichen; soviel weiß ich, daß wir uns verlobten, und daß wir heiter und glücklich, offenherzig und traulich, wie Bräutgam und Braut, ja fast wie Bruder und Schwester, mit einander kosten. Manchmal aber sprachen wir gar nicht mehr und sahen uns einander an, Aug in Auge, und in diesem beseligenden Anschauen verharrten wir ganze Ewigkeiten … Wodurch ich erwacht bin, kann ich ebenfalls nicht sagen, aber ich schwelgte noch lange Zeit in dem Nachgewühle dieses Liebesglücks. Ich war lange wie getränkt von unerhörten Wonnen, die schmachtende Tiefe meines Herzens war wie gefüllt mit Seligkeit, eine mir unbekannte Freude schien über alle meine Empfindungen ausgegossen, und ich blieb froh und heiter, obgleich ich die Geliebte in meinen Träumen niemals wiedersah. Aber hatte ich nicht in ihrem Anblick ganze Ewigkeiten genossen? Auch kannte sie mich zu gut um nicht zu wissen, daß ich keine Wiederholungen liebe.

Wahrhaftig, rief Maria, Sie sind ein homme à bonne fortune … Aber sagen Sie mir, war Mademoiselle Laurence eine Marmorstatue oder ein Gemälde? eine Tote oder ein Traum?

Vielleicht alles dieses zusammen, antwortete Maximilian sehr ernsthaft.

Ich konnte mirs vorstellen, teurer Freund, daß diese Geliebte von sehr zweifelhaftem Fleische sein mußte. Und wann werden Sie mir diese Geschichte erzählen?

Morgen. Sie ist lang und ich bin heute müde. Ich komme aus der Oper und habe zu viel Musik in den Ohren.

Sie gehen jetzt oft in die Oper, und ich glaube, Max, Sie gehen dorthin mehr um zu sehen als um zu hören.

Sie irren sich nicht, Maria, ich gehe wirklich in die Oper, um die Gesichter der schönen Italienerinnen zu betrachten. Freilich, sie sind schon außerhalb dem Theater schön genug, und ein Geschichtsforscher konnte an der Idealität ihrer Züge sehr leicht den Einfluß der bildenden Künste auf die Leiblichkeit des italienischen Volkes nachweisen. Die Natur hat hier den Künstlern das Kapital zurückgenommen, das sie ihnen einst geliehen, und siehe! es hat sich aufs entzükkendste verzinst. Die Natur welche einst den Künstlern ihre Modelle lieferte, sie kopiert heute ihrer Seits die Meisterwerke die dadurch entstanden. Der Sinn für das Schöne hat das ganze Volk durchdrungen, und wie einst das Fleisch auf den Geist, so wirkt jetzt der Geist auf das Fleisch. Und nicht fruchtlos ist die Andacht vor jenen schönen Madonnen, den lieblichen Altarbildern, die sich dem Gemüte des Bräutigams einprägen, während die Braut einen schönen Heiligen im brünstigen Sinne trägt. Durch solche Wahlverwandtschaft ist hier ein Menschengeschlecht entstanden, das noch schöner ist als der holde Boden, worauf es blüht, und der sonnige Himmel, der es, wie ein goldner Rahmen, umstrahlt. Die Männer interessieren mich nie viel, wenn sie nicht entweder gemalt oder gemeißelt sind, und Ihnen, Maria, überlasse ich allen möglichen Enthusiasmus in Betreff jener schönen, geschmeidigen Italiener, die so wildschwarze Backenbärte und so kühn edle Nasen und so sanft kluge Augen haben. Man sagt die Lombarden seien die schönsten Männer. Ich habe nie darüber Untersuchungen angestellt, nur über die Lombardinnen habe ich ernsthaft nachgedacht, und diese, das habe ich wohl gemerkt, sind wirklich so schön wie der Ruhm meldet. Aber auch schon im Mittelalter müssen sie ziemlich schön gewesen sein. Sagt man doch von Franz I. daß das Gerücht von der Schönheit der Mailänderinnen ein heimlicher Antrieb gewesen, der ihn zu seinem italienischen Feldzuge bewogen habe; der ritterliche König war gewiß neugierig, ob seine geistlichen Mühmchen, die Sippschaft seines Taufpaten, so hübsch seien, wie er rühmen hörte ... Armer Schelm! zu Pavia mußte er für diese Neugier sehr teuer büßen!

Aber wie schön sind sie erst diese Italienerinnen, wenn die Musik ihre Gesichter beleuchtet. Ich sage beleuchtet, denn die Wirkung der Musik, die ich, in der Oper, auf den Gesichtern der schönen Frauen bemerke, gleicht ganz jenen Licht- und Schatteneffekten, die uns in Erstaunen setzen, wenn wir Statuen in der Nacht bei Fackelschein betrachten. Diese Marmorbilder offenbaren uns dann, mit erschrekkender Wahrheit, ihren innewohnenden Geist und ihre schauerlichen stummen Geheimnisse. In derselben Weise gibt sich uns auch das ganze Leben der schönen Italienerinnen kund, wenn wir sie in der Oper sehen; die wechselnden Melodien wecken alsdann in ihrer Seele eine Reihe von Gefühlen, Erinnerungen, Wünschen und Ärgernissen, die sich alle augenblicklich in den Bewegungen ihrer Züge, in ihrem Erröten, in ihrem Erbleichen, und gar in ihren Augen aussprechen. Wer zu lesen versteht, kann alsdann auf ihren schönen Gesichtern sehr viel süße und intressante Dinge lesen, Geschichten die so merkwürdig wie die Novellen des Boccaccio, Gefühle die so zart wie die Sonette des Petrarcha, Launen die so abenteuerlich wie die Ottaverime des Ariosto, manchmal auch furchtbare Verräterei und erhabene Bosheit, die so poetisch wie die Hölle des großen Dante. Da ist es der Mühe wert, hinaufzuschauen nach den Logen. Wenn nur die Männer unterdessen ihre Begeisterung nicht mit so fürchterlichem

Lärm aussprächen! Dieses allzutolle Geräusch in einem italienischen Theater wird mir manchmal lästig. Aber die Musik ist die Seele dieser Menschen, ihr Leben, ihre Nationalsache. In anderen Ländern gibt es gewiß Musiker, die den größten italienischen Renommeen gleichstehen, aber es gibt dort kein musikalisches Volk. Die Musik wird hier in Italien nicht durch Individuen repräsentiert, sondern sie offenbart sich in der ganzen Bevölkerung, die Musik ist Volk geworden. Bei uns im Norden ist es ganz anders; da ist die Musik nur Mensch geworden und heißt Mozart oder Meyerbeer; und obendrein wenn man das Beste was solche nordische Musiker uns bieten genau untersucht, so findet sich darin italienischer Sonnenschein und Orangenduft, und viel eher als unserem Deutschland gehören sie dem schönen Italien, der Heimat der Musik. Ja, Italien wird immer die Heimat der Musik sein, wenn auch seine großen Maestri frühe ins Grab steigen oder verstummmen, wenn auch Bellini stirbt und Rossini schweigt.

Wahrlich, bemerkte Maria, Rossini behauptet ein sehr strenges Stillschweigen. Wenn ich nicht irre, schweigt er schon seit zehn Jahren.

Das ist vielleicht ein Witz von ihm, antwortete Maximilian. Er hat zeigen wollen, daß der Name »Schwan von Pesaro«, den man ihm erteilt, ganz unpassend sei. Die Schwäne singen am Ende ihres Lebens, Rossini aber hat in der Mitte des Lebens zu singen aufgehört. Und ich glaube er hat wohl daran getan und eben dadurch gezeigt, daß er ein Genie ist. Ein Künstler, welcher nur Talent hat, behält bis an sein Lebensende den Trieb dieses Talent auszuüben, der Ehrgeiz stachelt ihn, er fühlt daß er sich beständig vervollkommnet, und es drängt ihn das Höchste zu erstreben. Der Genius aber hat das Höchste bereits geleistet, er ist zufrieden, er verachtet die Welt und den kleinen Ehrgeiz, und geht nach Hause, nach Stratford am Avon, wie William Shakespeare, oder promeniert sich lachend und witzelnd auf dem Boulevard des Italiens zu Paris, wie Joachim Rossini. Hat der Genius keine ganz schlechte Leibeskonstitution, so lebt er in solcher Weise noch eine gute Weile fort, nachdem er seine Meisterwerke geliefert, oder, wie man sich auszudrücken pflegt, nachdem er seine Mission erfüllt hat. Es ist ein Vorurteil, wenn man meint, das Genie müsse früh sterben; ich glaube man hat das dreißigste bis zum vierunddreißigsten Jahr als die gefährliche Zeit für die Genies bezeichnet. Wie oft habe ich den armen Bellini damit geneckt, und ihm aus Scherz prophezeit, daß er, in seiner Eigenschaft als Genie, bald sterben müsse, indem er das gefährliche Alter erreiche. Sonderbar! Trotz des scherzenden Tones, ängstigte er sich doch ob dieser Prophezeiung, er nannte mich seinen Jettatore und machte immer das Jettatorezeichen ... Er wollte so gern leben bleiben, er hatte eine fast leidenschaftliche Abneigung gegen den Tod, er wollte nichts vom Sterben hören, er fürchtete sich davor wie ein Kind, das sich fürchtet im Dunkeln zu schlafen ... Es war ein gutes, liebes Kind, manchmal etwas unartig, aber dann brauchte man ihm nur mit seinem baldigen Tode zu drohen, und er ward dann gleich kleinlaut und bittend und machte mit den zwei erhobenen Fingern das Jettatorezeichen ... Armer Bellini!

Sie haben ihn also persönlich gekannt? War er hübsch?

Er war nicht häßlich. Sie sehen, auch wir Männer können nicht bejahend antworten, wenn man uns über jemand von unserem Geschlechte eine solche Frage vorlegt. Es war eine hoch aufgeschossene, schlanke Gestalt, die sich zierlich, ich möchte sagen kokett bewegte; immer à quatre épingles; ein regelmäßiges Gesicht, länglich, blaßrosig; hellblondes, fast goldiges Haar, in dünnen Löckchen frisiert; hohe, sehr hohe, edle Stirne; grade Nase; bleiche, blaue Augen; schöngemessener Mund; rundes Kinn. Seine Züge hatten etwas Vages, Charakterloses, etwas wie Milch, und in diesem Milchgesichte quirlte manchmal süßsäuerlich ein Ausdruck von Schmerz. Dieser Ausdruck von Schmerz ersetzte in Bellinis Gesichte den mangelnden Geist; aber es war ein Schmerz ohne Tiefe; er flimmerte poesielos in den Augen, er zuckte leidenschaftslos um die Lippen des Mannes. Diesen flachen, matten Schmerz schien der junge Maestro in seiner ganzen Gestalt veranschaulichen zu wollen. So schwärmerisch wehmütig waren seine Haare frisiert, die Kleider saßen ihm so schmachtend an dem zarten Leibe, er trug sein spanisches Röhrchen so idyllisch, daß er mich immer an die jungen Schäfer erinnerte, die wir in unseren Schäferspielen mit bebänderten Stäben, und hellfarbigen Jäckchen und Höschen, minaudieren sehen. Und sein Gang war so jungfräulich, so elegisch, so ätherisch. Der ganze Mensch sah aus wie ein Seufzer en escarpins. Er hat bei den Frauen vielen Beifall gefunden, aber ich zweifle ob er irgendwo eine starke Leidenschaft geweckt hat. Für mich selber hatte seine Erscheinung immer etwas spaßhaft Ungenießbares, dessen Grund wohl zunächst in seinem Französischsprechen zu finden war. Obgleich Bellini schon mehre Jahre in Frankreich gelebt, sprach er doch das Französische so schlecht, wie es vielleicht kaum in England gesprochen werden kann. Ich sollte dieses Sprechen nicht mit dem Beiwort »schlecht« bezeichnen; schlecht ist hier viel zu gut. Man muß entsetzlich sagen, blutschänderisch, weltuntergangsmäßig. Ja, wenn man mit ihm in Gesellschaft war, und er die armen französischen Worte wie ein Henker radebrach und unerschütterlich seine kolossalen Coq-à-l'âne auskramte, so meinte man manchmal die Welt müsse mit einem Donnergekrache untergehen … Eine Leichenstille herrschte dann im ganzen Saale; Todesschreck malte sich auf allen Gesichtern, mit Kreidefarbe oder mit Zinnober; die Frauen wußten nicht ob sie in Ohnmacht fallen oder entfliehen sollten; die Männer sahen bestürzt nach ihren Beinkleidern, um sich zu überzeugen, daß sie wirklich dergleichen trugen; und was das Furchtbarste war, dieser Schreck erregte zu gleicher Zeit eine konvulsive Lachlust, die sich kaum verbeißen ließ. Wenn man daher mit Bellini in Gesellschaft war, mußte seine Nähe immer eine gewisse Angst einflößen, die, durch einen grauenhaften Reiz, zugleich abstoßend und anziehend war. Manchmal waren seine unwillkürlichen Calembours bloß belustigender Art, und in ihrer possierlichen Abgeschmacktheit, erinnerten sie an das Schloß seines Landsmannes, des Prinzen Pallagonien, welches Goethe, in seiner italienischen Reise, als ein Museum von barocken Verzerrtheiten und ungereimt, zusammengekoppelten Mißgestalten schildert. Da Bellini, bei solchen Gelegenheiten, immer etwas ganz Harmloses und Ernsthaftes gesagt zu haben glaubte, so bildete sein Gesicht mit seinem Worte eben den allertollsten Kontrast. Das was mir an seinem Gesichte mißfallen konnte, trat dann um so schneidender hervor. Das was mir da mißfiel, war aber nicht von der Art, daß es just als ein Mangel bezeichnet werden könnte, und am wenigsten mag es wohl den Damen ebenfalls unerfreusam gewesen sein. Bellinis Gesicht, wie seine ganze Erscheinung, hatte jene physische Frische, jene Fleischblüte, jene Rosenfarbe, die auf mich einen unangenehmen Eindruck macht, auf mich, der ich vielmehr das Totenhafte und das Marmorne liebe. Erst späterhin, als ich Bellini schon lange kannte, empfand ich für ihn einige Neigung. Dieses entstand namentlich als ich bemerkte, daß sein Charakter durchaus edel und gut war. Seine Seele ist gewiß rein und unbefleckt geblieben von allen häßlichen Berührungen. Auch fehlte ihm nicht die harmlose Gutmütigkeit, das Kindliche, das wir bei genialen Menschen nie vermissen, wenn sie auch dergleichen nicht für jedermann zur Schau tragen.

Ja, ich erinnere mich – fuhr Maximilian fort, indem er sich auf den Sessel niederließ, an dessen Lehne er sich bis jetzt aufrecht gestützt hatte – ich erinnere mich eines Augenblicks, wo mir Bellini in einem so liebenswürdigen Lichte erschien, daß ich ihn mit Vergnügen betrachtete und mir vornahm ihn näher kennen zu lernen. Aber es war leider der letzte Augenblick wo ich ihn in diesem Leben sehen sollte. Dieses war eines Abends, nachdem wir im Hause einer großen Dame, die den kleinsten Fuß in Paris hat, mit einander gespeist und sehr heiter geworden, und am Fortepiano die süßesten Melodieen erklangen ... Ich sehe ihn noch immer, den guten Bellini, wie er endlich erschöpft von den vielen tollen Bellinismen die er geschwatzt, sich auf einen Sessel niederließ ... Dieser Sessel war sehr niedrig, fast wie ein Bänkchen, so daß Bellini dadurch gleichsam zu den Füßen einer schönen Dame zu sitzen kam, die sich, ihm gegenüber, auf ein Sofa hingestreckt hatte und mit süßer Schadenfreude auf Bellini hinabsah, während dieser sich abarbeitete, sie mit einigen französischen Redensarten zu unterhalten, und er immer in die Notwendigkeit geriet, das was er eben gesagt hatte, in seinem sizilianischen Jargon zu kommentieren, um zu beweisen, daß es keine Sottise, sondern im Gegenteil die feinste Schmeichelei gewesen sei. Ich glaube, daß die schöne Dame auf Bellinis Redensarten gar nicht viel hinhörte; sie hatte ihm sein spanisches Röhrchen, womit er seiner schwachen Rhetorik manchmal zu Hülfe kommen wollte, aus den Händen genommen, und bediente sich dessen um den zierlichen Lockenbau an den beiden Schläfen des jungen Maestro ganz ruhig zu zerstören. Diesem mutwilligen Geschäfte galt wohl jenes Lächeln, das ihrem Gesichte einen Ausdruck gab, wie ich ihn nie auf einem lebenden Menschenantlitz gesehen. Nie kommt mir dieses Gesicht aus dem Gedächtnisse! Es war eins jener Gesichter, die mehr dem Traumreich der Poesie als der rohen Wirklichkeit des Lebens zu gehören scheinen; Konturen die an Da Vinci erinnern, jenes edle Oval mit den naiven Wangengrübchen und dem sentimental spitzzulaufenden Kinn der lombardischen Schule. Die Färbung mehr römisch sanft, matter Perlenglanz, vornehme Blässe, Morbidezza. Kurz es war ein Gesicht, wie es nur auf irgend einem altitalienischen Porträte gefunden wird, das etwa eine von jenen großen Damen vorstellt, worin die italienischen Künstler des sechzehnten Jahrhunderts verliebt waren, wenn sie ihre Meisterwerke schufen, woran die Dichter jener Zeit dachten, wenn sie sich unsterblich sangen, und wonach die deutschen und französischen Kriegshelden Verlangen trugen, wenn sie sich das Schwert umgürteten und tatensüchtig über die Alpen stürzten ... Ja, ja, so ein Gesicht war es, worauf ein Lächeln der süßesten Schadenfreude und des vornehmsten Mutwillens spielte, während sie, die schöne Dame, mit der Spitze des spanischen Rohrs den blonden Lockenbau des guten Bellini zerstörte. In diesem Augenblick erschien mir Bellini wie berührt von einem Zauberstäbchen, wie umgewandelt zu einer durchaus befreundeten Erscheinung, und er wurde meinem Herzen auf einmal verwandt. Sein Gesicht erglänzte im Widerschein jenes Lächelns, es war vielleicht der blühendste Moment seines Lebens ... Ich werde ihn nie vergessen ... Vierzehn Tage nachher las ich in der Zeitung, daß Italien einen seiner rühmlichsten Söhne verloren!

Sonderbar! Zu gleicher Zeit wurde auch der Tod Paganinis angezeigt. An diesem Todesfall zweifelte ich keinen Augenblick, da der alte, fahle Paganini immer wie ein Sterbender aussah; doch der Tod des jungen, rosigen Bellini kam mir unglaublich vor. Und doch war die Nachricht vom Tode des ersteren nur ein Zeitungsirrtum, Paganini befindet sich frisch und gesund zu Genua und Bellini liegt im Grabe zu Paris!

Lieben Sie Paganini? frug Maria.

Dieser Mann, antwortete Maximilian, ist eine Zierde seines Vaterlandes und verdient gewiß die ausgezeichnetste Erwähnung, wenn man von den musikalischen Notabilitäten Italiens sprechen will.

Ich habe ihn nie gesehen, bemerkte Maria, aber dem Rufe nach, soll sein Äußeres den Schönheitssinn nicht vollkommen befriedigen. Ich habe Porträte von ihm gesehen ...

Die alle nicht ähnlich sind, fiel ihr Maximilian in die Rede; sie verhäßlichen oder verschönern ihn, nie geben sie seinen wirklichen Charakter. Ich glaube es ist nur einem einzigen Menschen gelungen, die wahre Physiognomie Paganinis aufs Papier zu bringen; es ist ein tauber Maler, namens Lyser, der, in seiner geistreichen Tollheit, mit wenigen Kreidestrichen den Kopf Paganinis so gut getroffen hat, daß man ob der Wahrheit der Zeichnung zugleich lacht und erschrickt. »Der Teufel hat mir die Hand geführt« sagte mir der taube Maler, geheimnisvoll kichernd und gutmütig ironisch mit dem Kopfe nickend, wie er bei seinen genialen Eulenspiegeleien zu tun pflegte. Dieser Maler war immer ein wunderlicher Kauz; trotz seiner Taubheit, liebte er enthusiastisch die Musik und er soll es verstanden haben, wenn er sich nahe genug am Orchester befand, den Musikern die Musik auf dem Gesichte zu lesen, und an ihren Fingerbewegungen die mehr oder minder gelungene Exekution zu beurteilen; auch schrieb er die Operkritiken in einem schätzbaren Journale zu Hamburg. Was ist eigentlich da zu verwundern? In der sichtbaren Signatur der Spieler konnte der taube Maler die Töne sehen. Gibt es doch Menschen, denen die Töne selber nur unsichtbare Signaturen sind, worin sie Farben und Gestalten hören.

Ein solcher Mensch sind Sie! rief Maria.

Es ist mir leid, daß ich die kleine Zeichnung von Lyser nicht mehr besitze; sie würde Ihnen vielleicht von Paganinis Äußerem einen Begriff verleihen. Nur in grell schwarzen, flüchtigen Strichen konnten jene fabelhaften Züge erfaßt werden, die mehr dem schweflichten Schattenreich, als der sonnigen Lebenswelt zu gehören scheinen. »Wahrhaftig, der Teufel hat mir die Hand geführt« beteuerte mir der taube Maler, als wir zu Hamburg vor dem Alsterpavillion standen, an dem Tage wo Paganini dort sein erstes Konzert gab. »Ja, mein Freund, fuhr er fort, es ist wahr, was die ganze Welt behauptet, daß er sich dem Teufel verschrieben hat, Leib und Seele, um der beste Violinist zu werden, um Millionen zu erfiedeln, und zunächst um von der verdammten Galeere loszukommen, wo er schon viele Jahre geschmachtet. Denn sehen Sie, Freund, als er zu Lukka Kapellenmeister war, verliebte er sich in eine Theaterprinzessin, ward eifersüchtig auf irgend einen kleinen Abbate, ward vielleicht kokü, erstach auf gut italienisch seine ungetreue Amata, kam auf die Galeere zu Genua, und wie gesagt, verschrieb sich endlich dem Teufel um loszukommen, um der beste Violinspieler zu werden, und um jeden von uns diesen Abend eine Brandschatzung von zwei Talern auferlegen zu können … Aber, sehen Sie! Alle gute Geister loben Gott! sehen Sie, dort in der Allee kommt er selber mit seinem zweideutigen Famulo!«

In der Tat, es war Paganini selber, den ich alsbald zu Gesicht bekam. Er trug einen dunkelgrauen Oberrock, der ihm bis zu den Füßen reichte, wodurch seine Gestalt sehr hoch zu sein schien. Das lange schwarze Haar fiel in verzerrten Locken auf seine Schulter herab und bildete wie einen dunklen Rahmen um das blasse, leichenartige Gesicht, worauf Kummer, Genie und Hölle ihre unverwüstlichen Zeichen eingegraben hatten. Neben ihm tänzelte eine niedrige, behagliche Figur, putzig prosaisch: rosig verrunzeltes Gesicht, hellgraues Röckchen mit Stahlknöpfen, unausstehlich freundlich nach allen Seiten hingrüßend, mitunter aber, voll besorglicher Scheu, nach der düsteren Gestalt hinaufschielend, die ihm ernst und nachdenklich zur Seite wandelte. Man glaubte das Bild von Retzsch zu sehen, wo Faust mit Wagner vor den Toren von Leipzig spazieren geht. Der taube Maler kommentierte mir aber die beiden Gestalten in seiner tollen Weise, und machte mich besonders aufmerksam auf den gemessenen breiten Gang des Paganini. »Ist es nicht, sagte er, als trüge er noch immer die eiserne Querstange zwischen den Beinen? Er hat sich nun einmal diesen Gang auf immer angewöhnt. Sehen Sie auch wie verächtlich ironisch er auf seinen Begleiter manchmal hinabschaut, wenn dieser ihm mit seinen prosaischen Fragen lästig wird; er kann ihn aber nicht entbehren, ein blutiger Kontrakt bindet ihn an diesen Diener, der eben kein andrer ist als Satan. Das unwissende Volk meint freilich, dieser Begleiter sei der Komödien- und Anekdotenschreiber Harrys aus Hannover, den Paganini auf Reisen mitgenommen habe, um die Geldgeschäfte bei seinen Konzerten zu verwalten. Das Volk weiß nicht, daß der Teufel dem Herrn Georg Harrys bloß seine Gestalt abgeborgt hat und daß die arme Seele dieses armen Menschen unterdessen, neben anderem Lumpenkram, in einem Kasten zu Hannover solange eingesperrt sitzt, bis der Teufel ihr wieder ihre Fleisch-Enveloppe zurückgibt und er vielleicht seinen Meister Paganini in einer würdigeren Gestalt, nämlich als schwarzer Pudel, durch die Welt begleiten wird.«

War mir aber Paganini, als ich ihn am hellen Mittage, unter den grünen Bäumen des hamburger Jungfernstiegs einherwandeln sah, schon hinlänglich fabelhaft und abenteuerlich erschienen: wie mußte mich erst des Abends im Konzerte seine schauerlich bizarre Erscheinung überraschen. Das hamburger Komödienhaus war der Schauplatz dieses Konzertes, und das kunstliebende Publikum hatte sich schon frühe und in solcher Anzahl eingefunden, daß ich kaum noch ein Plätzchen für mich am Orchester erkämpfte. Obgleich es Posttag war, erblickte ich doch, in den ersten Ranglogen, die ganze gebildete Handelswelt, einen ganzen Olymp von Bankiers und sonstigen Millionären, die Götter des Kaffees und des Zuckers, nebst deren dicken Ehegöttinnen, Junonen vom Wandrahm und Aphroditen vom Dreckwall. Auch herrschte eine religiöse Stille im ganzen Saal. Jedes Auge war nach der Bühne gerichtet. Jedes Ohr rüstete sich zum Hören. Mein Nachbar, ein alter Pelzmakler, nahm seine schmutzige Baumwolle aus den Ohren, um bald die kostbaren Töne, die zwei Taler Entreegeld kosteten, besser einsaugen zu können. Endlich aber, auf der Bühne, kam eine dunkle Gestalt zum Vorschein, die der Unterwelt entstiegen zu sein schien. Das war Paganini in seiner schwarzen Gala. Der schwarze Frack und die schwarze Weste von einem entsetzlichen Zuschnitt, wie er vielleicht am Hofe Proserpinens von der höllischen Etikette vorgeschrieben ist. Die schwarzen Hosen ängstlich schlotternd um die dünnen Beine. Die langen Arme schienen noch verlängert, indem er in der einen Hand die Violine und in der anderen den Bogen gesenkt hielt und damit fast die Erde berührte, als er vor dem Publikum seine unerhörten Verbeugungen auskramte. In den eckigen Krümmungen seines Leibes lag eine schauerliche Hölzernheit und zugleich etwas närrisch Tierisches, daß uns bei diesen Verbeugungen eine sonderbare Lachlust anwandeln mußte; aber sein Gesicht, das durch die grelle Orchesterbeleuchtung noch leichenartig weißer erschien, hatte alsdann so etwas Flehendes, so etwas blödsinnig Demütiges, daß ein grauenhaftes Mitleid unsere Lachlust niederdrückte. Hat er diese Komplimente einem Automaten abgelernt oder einem Hunde? Ist dieser bittende Blick der eines Todkranken, oder lauert dahinter der Spott eines schlauen Geizhalses? Ist das ein Lebender der im Verscheiden begriffen ist und der das Publikum in der Kunstarena, wie ein sterbender Fechter, mit seinen Zuckungen ergötzen soll? Oder ist es ein Toter, der aus dem Grabe gestiegen, ein Vampir mit der Violine, der uns, wo nicht das Blut aus dem Herzen, doch auf jeden Fall das Geld aus den Taschen saugt?

Solche Fragen kreuzten sich in unserem Kopfe, während Paganini seine unaufhörlichen Komplimente schnitt; aber alle dergleichen Gedanken mußten stracks verstummen, als der wunderbare Meister seine Violine ans Kinn setzte und zu spielen begann. Was mich betrifft, so kennen Sie ja mein musikalisches zweites Gesicht, meine Begabnis, bei jedem Tone, den ich erklingen höre, auch die adäquate Klangfigur zu sehen; und so kam es, daß mir Paganini mit jedem Striche seines Bogens auch sichtbare Gestalten und Situationen vor die Augen brachte, daß er mir in tönender Bilderschrift allerlei grelle Geschichten erzählte, daß er vor mir gleichsam ein farbiges Schattenspiel hingaukeln ließ, worin er selber immer mit seinem Violinspiel als die Hauptperson agierte. Schon bei seinem ersten Bogenstrich hatten sich die Kulissen um ihn her verändert; er stand mit seinem Musikpult plötzlich in einem heitern Zimmer, welches lustig unordentlich dekoriert, mit verschnörkelten Möbeln im Pompadurgeschmack: überall kleine Spiegel, vergoldete Amoretten, chinesisches Porzellan, ein allerliebstes Chaos von Bändern, Blumengirlanden, weißen Handschuhen, zerrissenen Blonden, falschen Perlen, Diademen von Goldblech und sonstigem Götterflitterkram, wie man dergleichen im Studierzimmer einer Primadonna zu finden pflegt. Paganinis Äußeres hatte sich ebenfalls, und zwar aufs allervorteilhafteste, verändert: er trug kurze Beinkleider von lilafarbigem Atlas, eine silbergestickte, weiße Weste, einen Rock von hellblauem Sammet mit goldumsponnenen Knöpfen; und die sorgsam in kleinen Löckchen frisierten Haare umspielten sein Gesicht, das ganz jung und rosig blühete, und von süßer Zärtlichkeit erglänzte, wenn er nach dem hübschen Dämchen hinäugelte, das neben ihm am Notenpult stand, während er Violine spielte.

In der Tat, an seiner Seite erblickte ich ein hübsches junges Geschöpf, altmodisch gekleidet, der weiße Atlas ausgebauscht unterhalb den Hüften, die Taille um so reizender schmal, die gepuderten Haare hochauffrisiert, das hübsch runde Gesicht um so freier hervorglänzend mit seinen blitzenden Augen, mit seinen geschminkten Wänglein, Schönpflästerchen und impertinent süßem Näschen. In der Hand trug sie eine weiße Papierrolle, und sowohl nach ihren Lippenbewegungen, als nach dem kokettierenden Hin- und Herwiegen ihres Oberleibchens zu schließen, schien sie zu singen; aber vernehmlich ward mir kein einziger ihrer Triller, und nur aus dem Violinspiel, womit der junge Paganini das holde Kind begleitete, erriet ich was sie sang und was er selber während ihres Singens in der Seele fühlte. Oh, das waren Melodieen, wie die Nachtigall sie flötet, in der Abenddämmerung, wenn der Duft der Rose ihr das ahnende Frühlingsherz mit Sehnsucht berauscht! Oh, das war eine schmelzende, wollüstig hinschmachtende Seligkeit! Das waren Töne die sich küßten, dann schmollend einander flohen, und endlich wieder lachend sich umschlangen, und eins wurden, und in trunkener Einheit dahinstarben. Ja, die Töne trieben ein heiteres Spiel, wie Schmetterlinge, wenn einer dem anderen neckend ausweicht, sich hinter eine Blume verbirgt, endlich erhascht wird, und dann mit dem anderen, leichtsinnig beglückt, im goldnen Sonnenlichte hinaufflattert. Aber eine Spinne, eine schwarze Spinne kann solchen verliebten Schmetterlingen mal plötzlich ein tragisches Schicksal bereiten. Ahnte dergleichen das junge Herz? Ein wehmütig seufzender Ton, wie Vorgefühl eines heranschleichenden Unglücks, glitt leise durch die entzücktesten Melodieen, die aus Paganinis Violine hervorstrahlten … Seine Augen werden feucht … Anbetend kniet er nieder vor seiner Amata … Aber ach! indem er sich beugt, um ihre Füße zu küssen, erblickt er unter dem Bette einen kleinen Abbate! Ich weiß nicht was er gegen den armen Menschen haben mochte, aber der Genueser wurde blaß wie der Tod, er erfaßt den Kleinen mit wütenden Händen, gibt ihm diverse Ohrfeigen, so wie auch eine beträchtliche Anzahl Fußtritte, schmeißt ihn gar zur Tür hinaus, zieht alsdann ein langes Stilett aus der Tasche und stößt es in die Brust der jungen Schönen …

In diesem Augenblick aber erscholl von allen Seiten: Bravo! Bravo! Hamburgs begeisterte Männer und Frauen zollten ihren rauschendsten Beifall dem großen Künstler, welcher eben die erste Abteilung seines Konzertes beendigt hatte und sich mit noch mehr Ecken und Krümmungen als vorher verbeugte. Auf seinem Gesichte, wollte mich bedünken, winselte ebenfalls eine noch flehsamere Demut als vorher. In seinen Augen starrte eine grauenhafte Ängstlichkeit, wie die eines armen Sünders.

»Göttlich!« rief mein Nachbar, der Pelzmakler, indem er sich in den Ohren kratzte, »dieses Stück war allein schon zwei Taler wert.«

Als Paganini aufs neue zu spielen begann, ward es mir düster vor den Augen. Die Töne verwandelten sich nicht in helle Formen und Farben; die Gestalt des Meisters umhüllte sich vielmehr in finstere Schatten, aus deren Dunkel seine Musik mit den schneidendsten Jammertönen hervorklagte. Nur manchmal, wenn eine kleine Lampe, die über ihm hing, ihr kümmerliches Licht auf ihn warf, erblickte ich sein erbleichtes Antlitz, worauf aber die Jugend noch immer nicht erloschen war. Sonderbar war sein Anzug, gespaltet in zwei Farben, wovon die eine gelb und die andre rot. An den Füßen lasteten ihm schwere Ketten. Hinter ihm bewegte sich ein Gesicht, dessen Physiognomie auf eine lustige Bocksnatur hindeutete, und lange haarigte Hände, die, wie es schien, dazu gehörten, sah ich zuweilen hülfreich in die Saiten der Violine greifen, worauf Paganini spielte. Sie führten ihm auch manchmal die Hand womit er den Bogen hielt, und ein meckerndes Beifall lachen akkompagnierte dann die Töne, die immer schmerzlicher und blutender aus der Violine hervorquollen. Das waren Töne gleich dem Gesang der gefallenen Engel, die mit den Töchtern der Erde gebuhlt hatten, und, aus dem Reiche der Seligen verwiesen, mit schamglühenden Gesichtern in die Unterwelt hinabstiegen. Das waren Töne in deren bodenloser Untiefe weder Trost noch Hoffnung glimmte. Wenn die Heiligen im Himmel solche Töne hören, erstirbt das Lob Gottes auf ihren erbleichenden Lippen und sie verhüllen weinend ihre frommen Häupter! Zuweilen, wenn in die melodischen Qualnisse dieses Spiels das obligate Bockslachen hineinmeckerte, erblickte ich auch im Hintergrunde eine Menge kleiner Weibsbilder, die boshaft lustig mit den häßlichen Köpfen nickten und mit den gekreuzten Fingern, in neckender Schadenfreude, ihre Rübchen schabten. Aus der Violine drangen alsdann Angstlaute und ein entsetzliches Seufzen und ein Schluchzen, wie man es noch nie gehört auf Erden, und wie man es vielleicht nie wieder auf Erden hören wird, es seie denn im Tale Josaphat, wenn die kolossalen Posaunen des Gerichts erklingen und die nackten Leichen aus ihren Gräbern hervorkriechen und ihres Schicksals harren … Aber der gequälte Violinist tat plötzlich einen Strich, einen so wahnsinnig verzweifelten Strich, daß seine Ketten rasselnd entzweisprangen und sein unheimlicher Gehülfe, mitsamt den verhöhnenden Unholden, verschwanden.

In diesem Augenblick sagte mein Nachbar, der Pelzmakler: »Schade, schade, eine Saite ist ihm gesprungen, das kommt von dem beständigen Pizzikati!«

War wirklich die Saite auf der Violine gesprungen? Ich weiß nicht. Ich bemerkte nur die Transfiguration der Töne, und da schien mir Paganini und seine Umgebung plötzlich wieder ganz verändert. Jenen konnte ich kaum wiedererkennen in der braunen Mönchstracht, die ihn mehr versteckte als bekleidete. Das verwilderte Antlitz halb verhüllt von der Kapuze, einen Strick um die Hüfte, barfüßig, eine einsam trotzige Gestalt, stand Paganini auf einem felsigen Vorsprung am Meere und spielte Violine. Es war, wie mich dünkte, die Zeit der Dämmerung, das Abendrot überfloß die weiten Meeresfluten, die immer röter sich färbten und immer feierlicher rauschten, im geheimnisvollsten Einklang mit den Tönen der Violine. Je röter aber das Meer wurde, desto fahler erbleichte der Himmel, und als endlich die wogenden Wasser wie lauter scharlachgrelles Blut aussahen, da ward droben der Himmel ganz gespenstischhell, ganz leichenweiß, und groß und drohend traten daraus hervor die Sterne ... und diese Sterne waren schwarz, schwarz wie glänzende Steinkohlen. Aber die Töne der Violine wurden immer stürmischer und kecker, in den Augen des entsetzlichen Spielmanns funkelte eine so spöttische Zerstörungslust, und seine dünnen Lippen bewegten sich so grauenhaft hastig, daß es aussah als murmelte er uralt verruchte Zaubersprüche, womit man den Sturm beschwört und jene bösen Geister entfesselt, die in den Abgründen des Meeres gefangen liegen. Manchmal, wenn er, den nackten Arm aus dem weiten Mönchsärmel lang mager hervorstreckend, mit dem Fiedelbogen in den Lüften fegte: dann erschien er erst recht wie ein Hexenmeister, der mit dem Zauberstab den Elementen gebietet, und es heulte dann wie wahnsinnig in der Meerestiefe und die entsetzten Blutwellen sprangen dann so gewaltig in die Höhe, daß sie fast die bleiche Himmelsdecke und die schwarzen Sterne dort mit ihrem roten Schaume bespritzten. Das heulte, das kreischte, das krachte, als ob die Welt in Trümmer zusammenbrechen wollte, und der Mönch strich immer hartnäckiger seine Violine. Er wollte durch die Gewalt seines rasenden Willens die sieben Siegel brechen, womit Salomon die eisernen Töpfe versiegelt, nachdem er darin die überwundenen Dämonen verschlossen. Jene Töpfe hat der weise König ins Meer versenkt, und eben die Stimmen der darin verschlossenen Geister glaubte ich zu vernehmen, während Paganinis Violine ihre zornigsten Baßtöne grollte. Aber endlich glaubte ich gar wie Jubel der Befreiung zu vernehmen, und aus den roten Blutwellen sah ich hervortauchen die Häupter der entfesselten Dämonen: Ungetüme von fabelhafter Häßlichkeit, Krokodylle mit Fledermausflügeln, Schlangen mit Hirschgeweihen, Affen bemützt mit Trichtermuscheln, Seehunde mit patriarchalisch langen Bärten, Weibergesichter mit Brüsten an die Stelle der Wangen, grüne Kamelsköpfe, Zwittergeschöpfe von unbegreiflicher Zusammensetzung, alle mit kalt klugen Augen hinglotzend und mit langen Floßtatzen hingreifend nach dem fiedelnden Mönche ... Diesem aber, in dem rasenden Beschwörungseifer, fiel die Kapuze zurück, und die lockigen Haare, im Winde dahinflatternd, umringelten sein Haupt wie schwarze Schlangen.

Diese Erscheinung war so sinneverwirrend, daß ich, um nicht wahnsinnig zu werden, die Ohren mir zuhielt und die Augen schloß. Da war nun der Spuk verschwunden, und als ich wieder aufblickte sah ich den armen Genueser, in seiner gewöhnlichen Gestalt, seine gewöhnlichen Komplimente schneiden, während das Publikum aufs entzückteste applaudierte.

»Das ist also das berühmte Spiel auf der G-Saite, bemerkte mein Nachbar, ich spiele selber die Violine und weiß was es heißt dieses Instrument so zu bemeistern!« Zum Glück war die Pause nicht groß, sonst hätte mich der musikalische Pelzkenner gewiß in ein langes Kunstgespräch eingemufft. Paganini setzte wieder ruhig seine Violine ans Kinn und mit dem ersten Strich seines Bogens begann auch wieder die wunderbare Transfiguration der Töne. Nur gestaltete sie sich nicht mehr so grellfarbig und leiblich bestimmt. Diese Töne entfalteten sich ruhig, majestätisch wogend und anschwellend, wie die eines Orgelchorals in einem Dome, und alles umher hatte sich immer weiter und höher ausgedehnt zu einem kolossalen Raume, wie nicht das körperliche Auge, sondern nur das Auge des Geistes ihn fassen kann. In der Mitte dieses Raumes schwebte eine leuchtende Kugel, worauf riesengroß und stolzerhaben ein Mann stand, der die Violine spielte. Diese Kugel war sie die Sonne? Ich weiß nicht. Aber in den Zügen des Mannes erkannte ich Paganini, nur idealisch verschönert, himmlisch verklärt, versöhnungsvoll lächelnd. Sein Leib blühte in kräftigster Männlichkeit, ein hellblaues Gewand umschloß die veredelten Glieder, um seine Schulter wallte, in glänzenden Locken, das schwarze Haar; und wie er da fest und sicher stand, ein erhabenes Götterbild, und die Violine strich: da war es als ob die ganze Schöpfung seinen Tönen gehorchte. Er war der Mensch-Planet um den sich das Weltall bewegte, mit gemessener Feierlichkeit und in seligen Rhythmen erklingend. Diese großen Lichter, die, so ruhig glänzend, um ihn her schwebten, waren es die Sterne des Himmels, und jene tönende Harmonie, die aus ihren Bewegungen entstand, war es der Sphärengesang, wovon Poeten und Seher so viel Verzückendes berichtet haben? Zuweilen, wenn ich angestrengt weithinausschaute in die dämmernde Ferne, da glaubte ich lauter weiße wallende Gewänder zu sehen, worin kolossale Pilgrime vermummt einherwandelten, mit weißen Stäben in den Händen, und sonderbar! die goldnen Knöpfe jener Stäbe waren eben jene großen Lichter, die ich für Sterne gehalten hatte. Diese Pilgrime zogen, in weiter Kreisbahn, um den großen Spielmann umher, von den Tönen seiner Violine erglänzten immer heller die goldnen Knöpfe ihrer Stäbe, und die Choräle, die von ihren Lippen erschollen und die ich für Sphärengesang halten konnte, waren eigentlich nur das verhallende Echo jener Violinentöne. Eine unnennbare heilige Inbrunst wohnte in diesen Klängen, die manchmal kaum hörbar erzitterten, wie geheimnisvolles Flüstern auf dem Wasser, dann wieder süßschauerlich anschwollen, wie Waldhorntöne im Mondschein, und dann endlich mit ungezügeltem Jubel dahinbrausten, als griffen tausend Barden in die Saiten ihrer Harfen und erhüben ihre Stimmen zu einem Siegeslied. Das waren Klänge, die nie das Ohr hört, sondern nur das Herz träumen kann, wenn es des Nachts am Herzen der Geliebten ruht. Vielleicht auch begreift sie das Herz am hellen lichten Tage, wenn es sich jauchzend versenkt in die Schönheitslinien und Ovalen eines griechischen Kunstwerks ....

»Oder wenn man eine Bouteille Champagner zuviel getrunken hat!« ließ sich plötzlich eine lachende Stimme vernehmen, die unseren Erzähler wie aus einem Traume weckte. Als er sich umdrehete, erblickte er den Doktor, der, in Begleitung der schwarzen Debora, ganz leise ins Zimmer getreten war, um sich zu erkundigen, wie seine Medizin auf die Kranke gewirkt habe.

Dieser Schlaf gefällt mir nicht, sprach der Doktor, indem er nach dem Sofa zeigte.

Maximilian, welcher, versunken in den Phantasmen seiner eignen Rede, gar nicht gemerkt hatte, daß Maria schon lange eingeschlafen war, biß sich verdrießlich in die Lippen.

Dieser Schlaf, fuhr der Doktor fort, verleiht ihrem Antlitz schon ganz den Charakter des Todes. Sieht es nicht schon aus wie jene weißen Masken, jene Gipsabgüsse, worin wir die Züge der Verstorbenen zu bewahren suchen?

Ich möchte wohl, flüsterte ihm Maximilian ins Ohr, von dem Gesichte unserer Freundin einen solchen Abguß aufbewahren. Sie wird auch als Leiche noch sehr schön sein.

Ich rate Ihnen nicht dazu, entgegnete der Doktor. Solche Masken verleiden uns die Erinnerung an unsere Lieben. Wir glauben in diesem Gipse sei noch etwas von ihrem Leben enthalten, und was wir darin aufbewahrt haben, ist doch ganz eigentlich der Tod selbst. Regelmäßig schöne Züge bekommen hier etwas grauenhaft Starres, Verhöhnendes, Fatales, wodurch sie uns mehr erschrecken als erfreuen. Wahre Karikaturen aber sind die Gipsabgüsse von Gesichtern, deren Reiz mehr von geistiger Art war, deren Züge weniger regelmäßig als interessant gewesen; denn sobald die Grazien des Lebens darin erloschen sind, werden die wirklichen Abweichungen von den idealen Schönheitslinien nicht mehr durch geistige Reize ausgeglichen. Gemeinsam ist aber allen diesen Gipsgesichtern ein gewisser rätselhafter Zug, der uns, bei längerer Betrachtung, aufs unleidlichste die Seele durchfröstelt; sie sehen alle aus wie Menschen, die im Begriffe sind einen schweren Gang zu gehen.

Wohin? frug Maximilian, als der Doktor seinen Arm ergriff und ihn aus dem Zimmer fortführte.

Zweite Nacht

Und warum wollen Sie mich noch mit dieser häßlichen Medizin quälen, da ich ja doch so bald sterbe!

Es war Maria welche eben, als Maximilian ins Zimmer trat, diese Worte gesprochen. Vor ihr stand der Arzt, in der einen Hand eine Medizinflasche, in der anderen einen kleinen Becher, worin ein bräunlicher Saft widerwärtig schäumte. Teuerster Freund, rief er, indem er sich zu dem Eintretenden wandte. Ihre Anwesenheit ist mir jetzt sehr lieb. Suchen Sie doch Signora dahin zu bewegen, daß sie nur diese wenigen Tropfen einschlürft; ich habe Eile.

Ich bitte Sie, Maria! flüsterte Maximilian mit jener weichen Stimme, die man nicht sehr oft an ihm bemerkt hat, und die aus einem so wunden Herzen zu kommen schien, daß die Kranke, sonderbar gerührt, fast ihres eigenen Leides vergessend, den Becher in die Hand nahm; ehe sie ihn aber zum Munde führte, sprach sie lächelnd: Nicht wahr, zur Belohnung erzählen Sie mir dann auch die Geschichte von der Laurenzia?

Alles was Sie wünschen soll geschehen! nickte Maximilian.

Die blasse Frau trank alsbald den Inhalt des Bechers, halb lächelnd, halb schaudernd.

Ich habe Eile, sprach der Arzt, indem er seine schwarzen Handschuhe anzog. Legen Sie sich ruhig nieder, Signora, und bewegen Sie sich so wenig als möglich. Ich habe Eile.

Begleitet von der schwarzen Debora, die ihm leuchtete, verließ er das Gemach. – Als nun die beiden Freunde allein waren, sahen sie sich lange schweigend an. In beider Seele wurden Gedanken laut, die eins dem anderen zu verhehlen suchte. Das Weib aber ergriff plötzlich die Hand des Mannes und bedeckte sie mit glühenden Küssen.

Um Gotteswillen, sprach Maximilian, bewegen Sie sich nicht so gewaltsam und legen Sie sich wieder ruhig aufs Sofa.

Als Maria diesen Wunsch erfüllte, bedeckte er ihre Füße sehr sorgsam mit dem Shawl, den er vorher mit seinen Lippen berührt hatte. Sie mochte es wohl bemerkt haben, denn sie zwinkte vergnügt mit den Augen, wie ein glückliches Kind.

War Mademoiselle Laurence sehr schön?

Wenn Sie mich nie unterbrechen wollen, teure Freundin, und mir angeloben, ganz schweigsam und ruhig zuzuhören, so will ich alles was Sie zu wissen begehren, umständlich berichten.

Dem bejahenden Blicke Marias mit Freundlichkeit zulächelnd, setzte sich Maximilian auf den Sessel, der vor dem Sofa stand, und begann folgendermaßen seine Erzählung:

Es sind nun acht Jahre, daß ich nach London reiste, um die Sprache und das Volk dort kennen zu lernen. Hol der Teufel das Volk mitsamt seiner Sprache! Da nehmen sie ein Dutzend einsilbiger Worte ins Maul, kauen sie, knatschen sie, spucken sie wieder aus, und das nennen sie Sprechen! Zum Glück sind sie ihrer Natur nach ziemlich schweigsam, und obgleich sie uns immer mit aufgesperrtem Maule ansehen, so verschonen sie uns jedoch mit langen Konversationen. Aber wehe uns, wenn wir einem Sohne Albions in die Hände fallen, der die große Tour gemacht und auf dem Kontinente Französisch gelernt hat. Dieser will dann die Gelegenheit benutzen die erlangten Sprachkenntnisse zu üben und überschüttet uns mit Fragen über alle möglichen Gegenstände, und kaum hat man die eine Frage beantwortet, so kommt er mit einer neuen herangezogen, entweder über Alter oder Heimat oder Dauer unseres Aufenthalts und mit diesem unaufhörlichen Inquirieren glaubt er uns aufs allerbeste zu unterhalten. Einer meiner Freunde in Paris hatte vielleicht recht, als er behauptete: daß die Engländer ihre französische Konversation auf dem Bureau des passeports erlernen. Am nützlichsten ist ihre Unterhaltung bei Tische, wenn sie ihre kolossalen Roastbeefe tranchieren und mit den ernsthaftesten Mienen uns abfragen: welch ein Stück wir verlangen? ob stark oder schwach gebraten? ob aus der Mitte oder aus der braunen Rinde? ob fett oder mager? Diese Roastbeefe und ihre Hammelbraten sind aber auch alles was sie Gutes haben. Der Himmel bewahre jeden Christenmensch vor ihren Saucen, die aus ⅓ Mehl und ⅔ Butter, oder, je nachdem die Mischung eine Abwechselung bezweckt, aus ⅓ Butter und ⅔ Mehl bestehen. Der Himmel bewahre auch jeden vor ihren naiven Gemüsen, die sie, in Wasser abgekocht, ganz wie Gott sie erschaffen hat, auf den Tisch bringen. Entsetzlicher noch als die Küche der Engländer sind ihre Toaste und ihre obligaten Standreden, wenn das Tischtuch aufgehoben wird und die Damen sich von der Tafel wegbegeben, und statt ihrer eben so viele Bouteillen Portwein aufgetragen werden … denn durch letztere glauben sie die Abwesenheit des schönen Geschlechtes aufs beste zu ersetzen. Ich sage des schönen Geschlechtes, denn die Engländerinnen verdienen diesen Namen. Es sind schöne, weiße, schlanke Leiber.

Nur der allzubreite Raum zwischen der Nase und dem Munde, der bei ihnen eben so häufig wie bei den englischen Männern gefunden wird, hat mir oft in England die schönsten Gesichter verleidet. Diese Abweichung von dem Typus des Schönen, wirkt auf mich noch fataler, wenn ich die Engländer hier in Italien sehe, wo ihre kärglich gemessenen Nasen und die breite Fleischfläche, die sich darunter bis zum Maule erstreckt, einen desto schrofferen Kontrast bildet mit den Gesichtern der Italiener, deren Züge mehr von antiker Regelmäßigkeit sind, und deren Nasen, entweder römisch gebogen oder griechisch gesenkt, nicht selten ins Allzulängliche ausarten. Sehr richtig ist die Bemerkung eines deutschen Reisenden, daß die Engländer, wenn sie hier unter den Italienern wandeln, alle wie Statuen aussehen, denen man die Nasenspitze abgeschlagen hat.

Ja, wenn man den Engländern in einem fremden Lande begegnet, kann man durch den Kontrast, ihre Mängel erst recht grell hervortreten sehen. Es sind die Götter der Langeweile, die, in blanklackierten Wagen, mit Extrapost durch alle Länder jagen und überall eine graue Staubwolke von Traurigkeit hinter sich lassen. Dazu kommt ihre Neugier ohne Interesse, ihre geputzte Plumpheit, ihre freche Blödigkeit, ihr eckiger Egoismus, und ihre öde Freude an allen melancholischen Gegenständen. Schon seit drei Wochen sieht man hier auf der Piazza di Gran Duca alle Tage einen Engländer, welcher stundenlang mit offenem Maule jenem Charlatane zuschaut, der dort, zu Pferde sitzend, den Leuten die Zähne ausreißt. Dieses Schauspiel soll den edlen Sohn Albions vielleicht schadlos halten für die Exekutionen, die er in seinem teuern Vaterlande versäumt ... Denn nächst Boxen und Hahnenkampf, gibt es für einen Britten keinen köstlicheren Anblick, als die Agonie eines armen Teufels, der ein Schaf gestohlen oder eine Handschrift nachgeahmt hat, und vor der Fassade von Old-Baylie eine Stunde lang, mit einem Strick um den Hals, ausgestellt wird, ehe man ihn in die Ewigkeit schleudert. Es ist keine Übertreibung, wenn ich sage, daß Schafdiebstahl und Fälschung in jenem häßlich grausamen Lande gleich den abscheulichsten Verbrechen, gleich Vatermord und Blutschande, bestraft werden. Ich selber, den ein trister Zufall vorbeiführte, ich sah in London einen Menschen hängen, weil er ein Schaf gestohlen, und seitdem verlor ich alle Freude an Hammelbraten; das Fett erinnert mich immer an die weiße Mütze des armen Sünders. Neben ihm ward ein Irländer gehenkt, der die Handschrift eines reichen Bankiers nachgeahmt; noch immer sehe ich die naive Todesangst des armen Paddy, welcher vor den Assisen nicht begreifen konnte, daß man ihn einer nachgeahmten

Handschrift wegen so hart bestrafe, ihn, der doch jedem Menschenkind erlaube, seine eigne Handschrift nachzuahmen! Und dieses Volk spricht beständig von Christentum, und versäumt des Sonntags keine Kirche, und überschwemmt die ganze Welt mit Bibeln.

Ich will es Ihnen gestehen, Maria, wenn mir in England nichts munden wollte, weder Menschen noch Küche, so lag auch wohl zum Teil der Grund in mir selber. Ich hatte einen guten Vorrat von Mißlaune mit hinübergebracht aus der Heimat, und ich suchte Erheiterung bei einem Volke, das selber nur im Strudel der politischen und merkantilischen Tätigkeit seine Langeweile zu töten weiß. Die Vollkommenheit der Maschinen die hier überall angewendet werden, und so viele menschliche Verrichtungen übernommen, hatte ebenfalls für mich etwas Unheimliches; dieses künstliche Getriebe von Rädern, Stangen, Cylindern und tausenderlei kleinen Häkchen, Stiftchen und Zähnchen, die sich fast leidenschaftlich bewegen, erfüllte mich mit Grauen. Das Bestimmte, das Genaue, das Ausgemessene und die Pünktlichkeit im Leben der Engländer beängstigte mich nicht minder; denn gleichwie die Maschinen in England uns wie Menschen vorkommen, so erscheinen uns dort die Menschen wie Maschinen. Ja, Holz, Eisen und Messing scheinen dort den Geist des Menschen usurpiert zu haben und vor Geistesfülle fast wahnsinnig geworden zu sein, während der entgeistete Mensch, als ein hohles Gespenst, ganz maschinenmäßig seine Gewohnheitsgeschäfte verrichtet, zur bestimmten Minute Beefsteake frißt, Parlamentsreden hält, seine Nägel bürstet, in die Stage-Coach steigt oder sich aufhängt.

Wie mein Mißbehagen in diesem Lande sich täglich steigerte, können Sie sich wohl vorstellen. Nichts aber gleicht der schwarzen Stimmung, die mich einst befiel, als ich, gegen Abendzeit, auf der Waterloo-Brücke stand und in die Wasser der Themse hineinblickte. Mir war als spiegelte sich darin meine Seele, als schaute sie mir aus dem Wasser entgegen mit allen ihren Wundenmalen ... Dabei kamen mir die kummervollsten Geschichten ins Gedächtnis ... Ich dachte an die Rose, die immer mit Essig begossen worden und dadurch ihre süßesten Düfte einbüßte und frühzeitig verwelkte ... Ich dachte an den verirrten Schmetterling, den ein Naturforscher, der den Montblanc bestieg, dort ganz einsam zwischen den Eiswänden umherflattern sah ... Ich dachte an die zahme Äffin, die mit den Menschen so vertraut war, mit ihnen spielte, mit ihnen speiste, aber einst, bei Tische, in dem Braten, der in der Schüssel lag, ihr eignes junges Äffchen erkannte, es hastig ergriff, damit in den Wald eilte, und sich nie mehr unter ihren Freunden, den Menschen, sehen ließ ... Ach, mir ward so weh zu Mute, daß mir gewaltsam die heißen Tropfen aus den Augen stürzten ... Sie fielen hinab in die Themse, und schwammen fort ins große Meer, das schon so manche Menschenträne verschluckt hat, ohne es zu merken!

In diesem Augenblick geschah es, daß eine sonderbare Musik mich aus meinen dunklen Träumen weckte, und als ich mich umsah, bemerkte ich am Ufer einen Haufen Menschen, die um irgend ein ergötzliches Schauspiel einen Kreis gebildet zu haben schienen. Ich trat näher und erblickte eine Künstlerfamilie, welche aus folgenden vier Personen bestand:

Erstens, eine kleine untersetzte Frau, die ganz schwarz gekleidet war, einen sehr kleinen Kopf und einen mächtig dick hervortretenden Bauch hatte. Über diesen Bauch hing ihr eine ungeheuer große Trommel, worauf sie ganz unbarmherzig lostrommelte.

Zweitens, ein Zwerg, der wie ein altfranzösischer Marquis ein brodiertes Kleid trug, einen großen gepuderten Kopf, aber übrigens sehr dünne, winzige Gliedmaßen hatte und hin- und hertänzelnd den Triangel schlug.

Drittens, ein etwa fünfzehnjähriges junges Mädchen, welches eine kurze, enganliegende Jacke von blaugestreifter Seide, und weite, ebenfalls blaugestreifte Pantalons trug. Es war eine luftiggebaute, anmutige Gestalt. Das Gesicht griechisch schön. Edel grade Nase, lieblich geschürzte Lippen, träumerisch weich gerundetes Kinn, die Farbe sonnig gelb, die Haare glänzend schwarz um die Schläfen gewunden: so stand sie, schlank und ernsthaft, ja mißlaunig, und schaute auf die vierte Person der Gesellschaft, welche eben ihre Kunststücke produzierte.

Diese vierte Person war ein gelehrter Hund, ein sehr hoffnungsvoller Pudel, und er hatte eben, zur höchsten Freude des englischen Publikums, aus den Holzbuchstaben die man ihm vorgelegt, den Namen des Lord Wellington zusammengesetzt und ein sehr schmeichelhaftes Beiwort, nämlich Heros, hinzugefügt. Da der Hund, was man schon seinem geistreichen Äußern anmerken konnte, kein englisches Vieh war, sondern, nebst den anderen drei Personen, aus Frankreich hinübergekommen: so freuten sich Albions Söhne, daß ihr großer Feldherr wenigstens bei französischen Hunden jene Anerkennung erlangt habe, die ihm von den übrigen Kreaturen Frankreichs so schmählig versagt wird.

In der Tat, diese Gesellschaft bestand aus Franzosen, und der Zwerg, welcher sich hiernächst als Monsieur Türlütü ankündigte, fing an in französischer Sprache und mit so leidenschaftlichen Gesten zu bramarbasieren, daß die armen Engländer, noch weiter als gewöhnlich, ihre Mäuler und Nasen aufsperrten. Manchmal, nach einer langen Phrase, krähte er wie ein Hahn, und diese Kikerikis, so wie auch die Namen von vielen Kaisern, Königen und Fürsten, die er seiner Rede einmischte, waren wohl das Einzige was die armen Zuschauer verstanden. Jene Kaiser, Könige und Fürsten rühmte er nämlich als seine Gönner und Freunde. Schon als Knabe von acht Jahren, wie er versicherte, hatte er eine lange Unterredung mit der höchstseligen Majestät Ludwig XVI., welcher auch späterhin, bei wichtigen Gelegenheiten, ihn immer um Rat fragte. Den Stürmen der Revolution war er, so wie viele andre, durch die Flucht entgangen, und erst unter dem Kaisertum war er ins geliebte Vaterland zurückgekehrt, um teilzunehmen an dem Ruhm der großen Nation. Napoleon, sagte er, habe ihn nie geliebt, dagegen von Sr. Heiligkeit dem Papste Pius VII. sei er fast vergöttert worden. Der Kaiser Alexander gab ihm Bonbons, und die Prinzessin Wilhelm von Kyritz nahm ihn immer auf den Schoß. Ja, von Kindheit auf, sagte er, habe er unter lauter Souveränen gelebt, die jetzigen Monarchen seien gleichsam mit ihm aufgewachsen, und er betrachte sie wie Seinesgleichen, und er lege auch jedesmal Trauer an, wenn einer von ihnen das Zeitliche segne. Nach diesen gravitätischen Worten krähte er wie ein Hahn.

Monsieur Türlütü war in der Tat einer der kuriosesten Zwerge, die ich je gesehen; sein verrunzelt altes Gesicht bildete einen so putzigen Kontrast mit seinem kindisch schmalen Leibchen und seine ganze Person kontrastierte wieder so putzig mit den Kunststücken die er produzierte. Er warf sich nämlich in die kecksten Posituren, und mit einem unmenschlich langen Rapiere durchstach er die Luft die Kreuz und die Quer, während er beständig bei seiner Ehre schwur, daß diese Quarte oder jene Terze von niemanden zu parieren sei, daß hingegen seine Parade von keinem sterblichen Menschen durchgeschlagen werden könne, und daß er jeden im Publikum auffordere sich mit ihm in der edlen Fechtkunst zu messen. Nachdem der Zwerg dieses Spiel einige Zeit getrieben und niemanden gefunden hatte, der sich zu einem öffentlichen Zweikampfe mit ihm entschließen wollte, verbeugte er sich mit altfranzösischer Grazie, dankte für den Beifall, den man ihm gespendet, und nahm sich die Freiheit einem hochzuverehrenden Publiko das außerordentlichste Schauspiel anzukündigen, das jemals auf englischem Boden bewundert worden. »Sehen Sie, diese Person« – rief er, nachdem er schmutzige Glacéhandschuh angezogen und das junge Mädchen, das zur Gesellschaft gehörte, mit ehrfurchtsvoller Galanterie bis in die Mitte des Kreises geführt – »diese Person ist Mademoiselle Laurence, die einzige Tochter der ehrbaren und christlichen Dame, die Sie dort mit der großen Trommel sehen und die jetzt noch Trauer trägt wegen des Verlustes ihres innigstgeliebten Gatten, des größten Bauchredners Europas! Mademoiselle Laurence wird jetzt tanzen! Bewundern Sie jetzt den Tanz von Mademoiselle Laurence!« Nach diesen Worten krähte er wieder wie ein Hahn.

Das junge Mädchen schien weder auf diese Reden, noch auf die Blicke der Zuschauer im mindesten zu achten; verdrießlich in sich selbst versunken harrte sie bis der Zwerg einen großen Teppich zu ihren Füßen ausgebreitet und wieder, in Begleitung der großen Trommel, seinen Triangel zu spielen begann. Es war eine sonderbare Musik, eine Mischung von täppischer Brummigkeit und wollüstigem Gekitzel, und ich vernahm eine pathetisch närrische, wehmütig freche, bizarre Melodie, die dennoch von der sonderbarsten Einfachheit. Dieser Musik aber vergaß ich bald, als das junge Mädchen zu tanzen begann.

Tanz und Tänzerin nahmen fast gewaltsam meine ganze Aufmerksamkeit in Anspruch. Das war nicht das klassische Tanzen, das wir noch in unseren großen Balletten finden, wo, eben so wie in der klassischen Tragödie, nur gespreizte Einheiten und Künstlichkeiten herrschen; das waren nicht jene getanzten Alexandriner, jene deklamatorischen Sprünge, jene antithetischen Entrechats, jene edle Leidenschaft, die so wirbelnd auf einem Fuße herumpirouettiert, daß man nichts sieht als Himmel und Trikot, nichts als Idealität und Lüge! Es ist mir wahrlich nichts so sehr zuwider, wie das Ballett in der Großen Oper zu Paris, wo sich die Tradition jenes klassischen Tanzens am reinsten erhalten hat, während die Franzosen in den übrigen Künsten, in der Poesie, in der Musik, und in der Malerei, das klassische System umgestürzt haben. Es wird ihnen aber schwer werden eine ähnliche Revolution in der Tanzkunst zu vollbringen; es sei denn, daß sie hier wieder, wie in ihrer politischen Revolution, zum Terrorismus ihre Zuflucht nehmen und den verstockten Tänzern und Tänzerinnen des alten Regimes die Beine guillotinieren. Mademoiselle Laurence war keine große Tänzerin, ihre Fußspitzen waren nicht sehr biegsam, ihre Beine waren nicht geübt zu allen möglichen Verrenkungen, sie verstand nichts von der Tanzkunst wie sie Vestris lehrt, aber sie tanzte wie die Natur den Menschen zu tanzen gebietet: ihr ganzes Wesen war im Einklang mit ihren Pas, nicht bloß ihre Füße, sondern ihr ganzer Leib tanzte, ihr Gesicht tanzte ... sie wurde manchmal blaß, fast totenblaß, ihre Augen öffneten sich gespenstisch weit, um ihre Lippen zuckten Begier und Schmerz, und ihre schwarzen Haare, die in glatten Ovalen ihre Schläfen umschlossen, bewegten sich wie zwei flatternde Rabenflügel. Das war in der Tat kein klassischer Tanz, aber auch kein romantischer Tanz, in dem Sinne wie ein junger Franzose von der Eugène Renduelschen Schule sagen würde. Dieser Tanz hatte weder etwas Mittelalterliches, noch etwas Venezianisches, noch etwas Bucklichtes, noch etwas Makabrisches, es war weder Mondschein darin noch Blutschande ... Es war ein Tanz, welcher nicht durch äußere Bewegungsformen zu amüsieren strebte, sondern die äußeren Bewegungsformen schienen Worte einer besonderen Sprache, die etwas Besonderes sagen wollte. Was aber sagte dieser Tanz? Ich konnte es nicht verstehen, so leidenschaftlich auch diese Sprache sich gebärdete. Ich ahnte nur manchmal, daß von etwas grauenhaft Schmerzlichem die Rede war. Ich der sonst die Signatur aller Erscheinungen so leicht begreift, ich konnte dennoch dieses getanzte Rätsel nicht lösen, und daß ich immer vergeblich nach dem Sinn desselben tappte, daran war auch wohl die Musik Schuld, die mich gewiß absichtlich auf falsche Fährten leitete, mich listig zu verwirren suchte und mich immer störte. Monsieur Türlütüs Triangel kicherte manchmal so hämisch! Madame Mutter aber schlug auf ihre große Trommel so zornig, daß ihr Gesicht, aus dem Gewölke der schwarzen Mütze, wie ein blutrotes Nordlicht hervorglühte.

Als die Truppe sich wieder entfernt hatte, blieb ich noch lange auf demselben Platze stehen, und dachte drüber nach, was dieser Tanz bedeuten mochte? War es ein südfranzösischer oder spanischer Nationaltanz? An dergleichen mahnte wohl der Ungestüm, womit die Tänzerin ihr Leibchen hin und her schleuderte, und die Wildheit womit sie manchmal ihr Haupt rückwärts warf, in der frevelhaft kühnen Weise jener Bacchantinnen, die wir auf den Reliefs der antiken Vasen mit Erstaunen betrachten. Ihr Tanz hatte dann etwas trunken Willenloses, etwas finster Unabwendbares, etwas Fatalistisches, sie tanzte dann wie das Schicksal. Oder waren es Fragmente einer uralten verschollenen Pantomime? Oder war es getanzte Privatgeschichte? Manchmal beugte sich das Mädchen zur Erde, wie mit lauerndem Ohre, als hörte sie eine Stimme, die zu ihr heraufspräche ... sie zitterte dann wie Espenlaub, bog rasch nach einer anderen Seite, entlud sich dort ihrer tollsten, ausgelassensten Sprünge, beugte dann wieder das Ohr zur Erde, horchte noch ängstlicher als zuvor, nickte mit dem Kopfe, ward rot, ward blaß, schauderte, blieb eine Weile kerzengrade stehen, wie erstarrt, und machte endlich eine Bewegung wie jemand der sich die Hände wäscht. War es Blut, was sie so sorgfältig lange, so grauenhaft sorgfältig von ihren Händen abwusch? Sie warf dabei seitwärts einen Blick, der so bittend, so flehend, so seelenschmelzend ... und dieser Blick fiel zufällig auf mich.

Die ganze folgende Nacht dachte ich an diesen Blick, an diesen Tanz, an das abenteuerliche Akkompagnement; und als ich des anderen Tages, wie gewöhnlich, durch die Straßen von London schlenderte, empfand ich den sehnlichsten Wunsch der hübschen Tänzerin wieder zu begegnen, und ich spitzte immer die Ohren, ob ich nicht irgend eine Trommel- und Triangelmusik hörte. Ich hatte endlich in London etwas gefunden, wofür ich mich interessierte, und ich wanderte nicht mehr zwecklos einher in seinen gähnenden Straßen.

Ich kam eben aus dem Tower und hatte mir dort die Axt, womit Anna Boleyn geköpft worden, genau betrachtet, so wie auch die Diamanten der englischen Krone und die Löwen, als ich auf dem Towerplatze, inmitten eines großen Menschenkreises, wieder Madame Mutter mit der großen Trommel erblickte und Monsieur Türlütü wie einen Hahn krähen hörte. Der gelehrte Hund scharrte wieder das Heldentum des Lord Wellington zusammen, der Zwerg zeigte wieder seine unparierbaren Terzen und Quarten, und Mademoiselle Laurence begann wieder ihren wunderbaren Tanz. Es waren wieder dieselben rätselhaften Bewegungen, dieselbe Sprache die etwas sagte was ich nicht verstand, dasselbe ungestüme Zurückwerfen des schönen Kopfes, dasselbe Lauschen nach der Erde, die Angst die sich durch immer tollere Sprünge beschwichtigen will, und wieder das Horchen mit nach dem Boden geneigtem Ohr, das Zittern, das Erblassen, das Erstarren, dann auch das furchtbar geheimnisvolle Händewaschen, und endlich der bittende, flehende Seitenblick, der diesmal noch länger auf mich verweilte.

Ja, die Weiber, die jungen Mädchen eben so gut wie die Frauen, merken es gleich, sobald sie die Aufmerksamkeit eines Mannes erregen. Obgleich Mademoiselle Laurence, wenn sie nicht tanzte, immer regungslos verdrießlich vor sich hinsah, und während sie tanzte manchmal nur einen einzigen Blick auf das Publikum warf: so war es von jetzt an doch nie mehr bloßer Zufall, daß dieser Blick immer auf mich fiel, und je öfter ich sie tanzen sah, desto bedeutungsvoller strahlte er, aber auch desto unbegreiflicher. Ich war wie verzaubert von diesem Blicke, und drei Wochen lang, von Morgen bis Abend, trieb ich mich umher in den Straßen von London, überall verweilend, wo Mademoiselle Laurence tanzte. Trotz des größten Volksgeräusches, konnte ich schon in der weitesten Entfernung die Töne der Trommel und des Triangels vernehmen, und Monsieur Türlütü, sobald er mich heraneilen sah, erhub sein freundlichstes Krähen. Ohne daß ich mit ihm, noch mit Mademoiselle Laurence, noch mit Madame Mutter, noch mit dem gelehrten Hund, jemals ein Wort sprach, so schien ich doch am Ende ganz zu ihrer Gesellschaft zu gehören. Wenn Monsieur Türlütü Geld einsammelte, betrug er sich immer mit dem feinsten Takt, sobald er mir nahete, und er schaute immer nach einer entgegengesetzten Seite, wenn ich in sein dreieckiges Hütchen ein kleines Geldstück warf. Er besaß wirklich einen vornehmen Anstand, er erinnerte an die guten Manieren der Vergangenheit, man konnte es dem kleinen Manne anmerken, daß er mit Monarchen aufgewachsen, und um so befremdlicher war es, wenn er zuweilen, ganz und gar seiner Würde vergessend, wie ein Hahn krähete.

Ich kann Ihnen nicht beschreiben, wie sehr ich verdrießlich wurde, als ich einst drei Tage lang vergebens die kleine Gesellschaft in allen Straßen Londons gesucht, und endlich wohl merkte, daß sie die Stadt verlassen habe. Die lange Weile nahm mich wieder in ihre bleiernen Arme und preßte mir wieder das Herz zusammen. Ich konnte es endlich nicht länger aushalten, sagte ein Lebewohl dem Mob, den Blackguards, den Gentlemen und den Fashionables von England, den vier Ständen des Reichs, und reiste zurück nach dem zivilisierten festen Lande, wo ich vor der weißen Schürze des ersten Kochs, dem ich dort begegnete, anbetend niederkniete. Hier konnte ich wieder einmal wie ein vernünftiger Mensch zu Mittag essen und an der Gemütlichkeit uneigennütziger Gesichter meine Seele erquicken. Aber Mademoiselle Laurence konnte ich nimmermehr vergessen, sie tanzte lange Zeit in meinem Gedächtnisse, in einsamen Stunden mußte ich noch oft nachdenken über die rätselhaften Pantomimen des schönen Kindes, besonders über das Lauschen mit nach der Erde gebeugtem Ohre. Es dauerte auch eine gute Weile ehe die abenteuerlichen Triangel- und Trommelmelodien in meiner Erinnerung verhallten.

Und das ist die ganze Geschichte? schrie auf einmal Maria, indem sie sich leidenschaftlich emporrichtete.

Maximilian aber drückte sie wieder sanft nieder, legte bedeutungsvoll den Zeigefinger auf seinen Mund und flüsterte: Still! still! nur kein Wort gesprochen, liegen Sie wieder hübsch ruhig, und ich werde Ihnen den Schwanz der Geschichte erzählen. Nur bei Leibe unterbrechen Sie mich nicht.

Indem er sich noch etwas gemächlicher in seinem Sessel zurücklehnte, fuhr Maximilian folgendermaßen fort in seiner Erzählung:

Fünf Jahre nach diesem Begebnis kam ich zum erstenmale nach Paris und zwar in einer sehr merkwürdigen Periode. Die Franzosen hatten so eben ihre Juliusrevolution aufgeführt, und die ganze Welt applaudierte. Dieses Stück war nicht so gräßlich wie die früheren Tragödien der Republik und des Kaiserreichs. Nur einige tausend Leichen blieben auf dem Schauplatz. Auch waren die politischen Romantiker nicht sehr zufrieden und kündigten ein neues Stück an, worin mehr Blut fließen würde und wo der Henker mehr zu tun bekäme.

Paris ergötzte mich sehr, durch die Heiterkeit, die sich in allen Erscheinungen dort kund gibt und auch auf ganz verdüsterte Gemüter ihren Einfluß ausübt. Sonderbar! Paris ist der Schauplatz, wo die größten Tragödien der Weltgeschichte aufgeführt werden, Tragödien bei deren Erinnerung sogar in den entferntesten Ländern die Herzen zittern und die Augen naß werden; aber dem Zuschauer dieser großen Tragödien ergeht es hier in Paris, wie es mir einst an der Porte Saint-Martin erging, als ich die »Tour-de-Nesle« aufführen sah. Ich kam nämlich hinter eine Dame zu sitzen, die einen Hut von rosaroter Gaze trug, und dieser Hut war so breit, daß er mir die ganze Aussicht auf die Bühne versperrte, daß ich alles was dort tragiert wurde, nur durch die rote Gaze dieses Hutes sah, und daß mir also alle Greuel der »Tour-de-Nesle« im heitersten Rosenlichte erschienen. Ja, es gibt in Paris ein solches Rosenlicht, welches alle Tragödien für den nahen Zuschauer erheitert, damit ihm dort der Lebensgenuß nicht verleidet wird. Sogar die Schrecknisse, die man im eignen Herzen mitgebracht hat nach Paris, verlieren dort ihre beängstigende Schauer. Die Schmerzen werden sonderbar gesänftigt. In dieser Luft von Paris heilen alle Wunden viel schneller als irgendanderswo; es ist in dieser Luft etwas so Großmütiges, so Mildreiches, so Liebenswürdiges wie im Volke selbst.

Was mir am besten an diesem pariser Volke gefiel, das war sein höfliches Wesen und sein vornehmes Ansehen. Süßer Ananasduft der Höflichkeit! wie wohltätig erquicktest du meine kranke Seele, die in Deutschland so viel Tabaksqualm, Sauerkrautsgeruch und Grobheit eingeschluckt! Wie Rossinische Melodien erklangen in meinem Ohr die artigen Entschuldigungsreden eines Franzosen, der am Tage meiner Ankunft, mich auf der Straße nur leise gestoßen hatte. Ich erschrak fast vor solcher süßen Höflichkeit, ich, der ich an deutschflegelhaften Rippenstößen ohne Entschuldigung gewöhnt war. Während der ersten Woche meines Aufenthalts in Paris suchte ich vorsätzlich einigemal gestoßen zu werden, bloß um mich an dieser

Musik der Entschuldigungsreden zu erfreuen. Aber nicht bloß wegen dieser Höflichkeit, sondern auch schon seiner Sprache wegen, hatte für mich das französische Volk einen gewissen Anstrich von Vornehmheit. Denn wie Sie wissen, bei uns im Norden, gehört die französische Sprache zu den Attributen des hohen Adels, mit Französisch-Sprechen hatte ich von Kindheit an die Idee der Vornehmheit verbunden. Und so eine pariser Dame-de-la-halle sprach besser französisch als eine deutsche Stiftsdame von vierundsechzig Ahnen.

Wegen dieser Sprache, die ihm ein vornehmes Ansehen verleiht, hatte das französische Volk in meinen Augen etwas allerliebst Fabelhaftes. Dieses entsprang aus einer anderen Reminiszenz meiner Kindheit. Das erste Buch nämlich, worin ich französisch Lesen lernte, waren die Fabeln von Lafontaine; die naiv vernünftigen Redensarten derselben hatten sich meinem Gedächtnisse am unauslöschlichsten eingeprägt, und als ich nun nach Paris kam und überall Französisch sprechen hörte, erinnerte ich mich beständig der lafontaineschen Fabeln, ich glaubte immer die wohlbekannten Tierstimmen zu hören: jetzt sprach der Löwe, dann wieder sprach der Wolf, dann das Lamm, oder der Storch, oder die Taube, nicht selten vermeinte ich auch den Fuchs zu vernehmen, und in meiner Erinnerung erwachten manchmal die Worte:

Hé! bon jour, monsieur le corbeau!
Que vous êtes joli, que vous me semblez beau!

Solche fabelhafte Reminiszenzen erwachten aber in meiner Seele noch viel öfter, wenn ich zu Paris in jene höhere Region geriet, welche man die Welt nennt. Dieses war ja eben jene Welt, die dem seligen Lafontaine die Typen seiner Tiercharaktere geliefert hatte. Die Wintersaison begann bald nach meiner Ankunft in Paris, und ich nahm teil an dem Salonleben, worin sich jene Welt mehr oder minder lustig herumtreibt. Als das Interessanteste dieser Welt frappierte mich nicht sowohl die Gleichheit der feinen Sitten, die dort herrscht, sondern vielmehr die Verschiedenheit ihrer Bestandteile. Manchmal, wenn ich mir in einem großen Salon die Menschen betrachtete, die sich dort friedlich versammelt, glaubte ich mich in jenen Raritätenbutiken zu befinden, wo die Reliquien aller Zeiten kunterbunt neben einander ruhen: ein griechischer Apollo neben einer chinesischen Pagode, ein mexikanischer Vitzliputzli neben einem gotischen Ecce-homo, egyptische Götzen mit Hundköpfchen, heilige Fratzen von Holz, von Elfenbein, von Metall usw. Da sah ich alte Musketairs, die einst mit Maria Antoinette getanzt, Republikaner von der gelinden Observanz, die in der Assemblee-Nationale vergöttert wurden, Montagnards ohne Barmherzigkeit und ohne Flecken, ehemalige Direktorialmänner, die im Luxemburg gethront, Großwürdenträger des Empires, vor denen ganz Europa gezittert, herrschende Jesuiten der Restauration, kurz lauter abgefärbte, verstümmelte Gottheiten aus allen Zeitaltern, und woran niemand mehr glaubt. Die Namen heulen wenn sie sich berühren, aber die Menschen sieht man friedsam und freundlich neben einander stehen, wie die Antiquitäten in den erwähnten Butiken des Quai Voltaire. In germanischen Landen, wo die Leidenschaften weniger disziplinierbar sind, wäre ein gesellschaftliches Zusammenleben so heterogener Personen etwas ganz Unmögliches. Auch ist bei uns, im kalten Norden, das Bedürfnis des Sprechens nicht so stark wie im wärmeren Frankreich, wo die größten Feinde, wenn sie sich in einem Salon begegnen, nicht lange ein finsteres Stillschweigen beobachten können. Auch ist in Frankreich die Gefallsucht so groß, daß man eifrig dahin strebt nicht bloß den Freunden, sondern auch den Feinden zu gefallen. Da ist ein beständiges Drapieren und Minaudieren und die Weiber haben hier ihre liebe Mühe die Männer in der Koketterie zu übertreffen; aber es gelingt ihnen dennoch.

Ich will mit dieser Bemerkung nichts Böses gemeint haben, bei Leibe nichts Böses in Betreff der französischen Frauen, und am allerwenigsten in Betreff der Pariserinnen. Bin ich doch der größte Verehrer derselben, und ich verehre sie ihrer Fehler wegen noch weit mehr als wegen ihrer Tugenden. Ich kenne nichts Treffenderes als die Legende, daß die Pariserinnen mit allen möglichen Fehlern zur Welt kommen, daß aber eine holde Fee sich ihrer erbarmt und jedem ihrer Fehler einen Zauber verleiht, wodurch er sogar als ein neuer Liebreiz wirkt. Diese holde Fee ist die Grazie. Sind die Pariserinnen schön? Wer kann das wissen! Wer kann alle Intrigen der Toilette durchschauen, wer kann entziffern ob das echt ist, was der Tüll verrät, oder ob das falsch ist, was das bauschige Seidenzeug vorprahlt! Und ist es dem Auge gelungen durch die Schale zu dringen und sind wir eben im Begriff den Kern zu erforschen, dann hüllt er sich gleich in eine neue Schale und nachher wieder in eine neue, und durch diesen unaufhörlichen Modewechsel spotten sie des männlichen Scharfblicks. Sind ihre Gesichter schön? Auch dieses wäre schwierig zu ermitteln. Denn alle ihre Gesichtszüge sind in beständiger Bewegung, jede Pariserin hat tausend Gesichter, eins lachender, geistreicher, holdseliger als das andere, und setzt denjenigen in Verlegenheit, der darunter das schönste Gesicht auswählen oder gar das wahre Gesicht erraten will. Sind ihre Augen groß? Was weiß ich! Wir untersuchen nicht lange das Kaliber der Kanone, wenn ihre Kugel uns den Kopf entführt. Und wen sie nicht treffen, diese Augen, den blenden sie wenigstens durch ihr Feuer, und er ist froh genug sich in sicherer Schußweite zu halten. Ist der Raum zwischen Nase und Mund bei ihnen breit oder schmal? Manchmal ist er breit, wenn sie die Nase rümpfen; manchmal ist er schmal, wenn ihre Oberlippe sich übermütig bäumt. Ist ihr Mund groß oder klein? Wer kann wissen wo der Mund aufhört und das Lächeln beginnt? Damit ein richtiges Urteil gefällt werde, muß der Beurteilende und der Gegenstand der Beurteilung sich im Zustande der Ruhe befinden. Aber wer kann ruhig bei einer Pariserin sein und welche Pariserin ist jemals ruhig? Es gibt Leute, welche glauben, sie könnten den Schmetterling ganz genau betrachten, wenn sie ihn mit einer Nadel aufs Papier festgestochen haben. Das ist eben so törigt wie grausam. Der angeheftete, ruhige Schmetterling ist kein Schmetterling mehr. Den Schmetterling muß man betrachten wenn er um die Blumen gaukelt ... und die Pariserin muß man betrachten, nicht in ihrer Häuslichkeit, wo sie mit der Nadel in die Brust befestigt ist, sondern im Salon, bei Soireen und Bällen, wenn sie mit den gestickten Gaze- und Seidenflügeln dahinflattert, unter den blitzenden Kristallkronen der Freude! Dann offenbart sich bei ihnen eine hastige Lebenssucht, eine Begier nach süßer Betäubung, ein Lechzen nach Trunkenheit, wodurch sie fast grauenhaft verschönert werden und einen Reiz gewinnen, der unsere Seele zugleich entzückt und erschüttert. Dieser Durst das Leben zu genießen, als wenn in der nächsten Stunde der Tod sie schon abriefe von der sprudelnden Quelle des Genusses, oder als wenn diese Quelle in der nächsten Stunde schon versiegt sein würde, diese Hast, diese Wut, dieser Wahnsinn der Pariserinnen, wie er sich besonders auf Bällen zeigt, mahnt mich immer an die Sage von den toten Tänzerinnen, die man bei uns die Willis nennt. Diese sind nämlich junge Bräute, die vor dem Hochzeittage gestorben sind, aber die unbefriedigte Tanzlust so gewaltig im Herzen bewahrt haben, daß sie nächtlich aus ihren Gräbern hervorsteigen, sich scharenweis an den Landstraßen versammeln, und sich dort, während der Mitternachtsstunde, den wildesten Tänzen überlassen. Geschmückt mit ihren Hochzeitkleidern, Blumenkränze auf den Häuptern, funkelnde Ringe an den bleichen Händen, schauerlich lachend, unwiderstehlich schön, tanzen die Willis im Mondschein, und sie tanzen immer um so tobsüchtiger und ungestümer, je mehr sie fühlen, daß die vergönnte Tanzstunde zu Ende rinnt, und sie wieder hinabsteigen müssen in die Eiskälte des Grabes.

Es war auf einer Soiree in der Chaussée d'Antin, wo mir diese

Betrachtung recht tief die Seele bewegte. Es war eine glänzende Soiree, und nichts fehlte an den herkömmlichen Ingredienzen des gesellschaftlichen Vergnügens: genug Licht um beleuchtet zu werden, genug Spiegel um sich betrachten zu können, genug Menschen um sich heiß zu drängen, genug Zuckerwasser und Eis um sich abzukühlen. Man begann mit Musik. Franz Liszt hatte sich ans Fortepiano drängen lassen, strich seine Haare aufwärts über die geniale Stirne, und lieferte eine seiner brilliantesten Schlachten. Die Tasten schienen zu bluten. Wenn ich nicht irre, spielte er eine Passage aus den »Palingenesieen« von Ballanche, dessen Ideen er in Musik übersetzte, was sehr nützlich für diejenigen, welche die Werke dieses berühmten Schriftstellers nicht im Originale lesen können. Nachher spielte er den »Gang nach der Hinrichtung«, »La marche au supplice«, von Berlioz, das treffliche Stück, welches dieser junge Musiker, wenn ich nicht irre, am Morgen seines Hochzeitstages komponiert hat. Im ganzen Saale erblassende Gesichter, wogende Busen, leises Atmen während den Pausen, endlich tobender Beifall. Die Weiber sind immer wie berauscht, wenn Liszt ihnen etwas vorgespielt hat. Mit tollerer Freude überließen sie sich jetzt dem Tanz, die Willis des Salon, und ich hatte Mühe mich aus dem Getümmel in ein Nebenzimmer zu retten. Hier wurde gespielt und auf großen Sesseln ruheten einige Damen, die den Spielenden zuschauten, oder sich wenigstens das Ansehen gaben, als interessierten sie sich für das Spiel. Als ich einer dieser Damen vorbeistreifte und ihre Robe meinen Arm berührte, fühlte ich von der Hand bis hinauf zur Schulter ein leises Zucken, wie von einem sehr schwachen elektrischen Schlage. Ein solcher Schlag durchfuhr aber mit der größten Stärke mein ganzes Herz, als ich das Antlitz der Dame betrachtete. Ist sie es oder ist sie es nicht? Es war dasselbe Gesicht, das an Form und sonniger Färbung einer Antike gleich; nur war es nicht mehr so marmorrein und marmorglatt wie ehemals. Dem geschärften Blicke waren auf Stirn und Wange einige kleine Brüche, vielleicht Pockennarben, bemerkbar, die hier ganz an jene feinen Witterungsflecken mahnten, wie man sie auf dem Gesichte von Statuen, die einige Zeit dem Regen ausgesetzt standen, zu finden pflegt. Es waren auch dieselben schwarzen Haare, die in glatten Ovalen, wie Rabenflügel, die Schläfen bedeckten. Als aber ihr Auge dem meinigen begegnete, und zwar mit jenem wohlbekannten Seitenblick, dessen rascher Blitz mir immer so rätselhaft durch die Seele schoß, da zweifelte ich nicht länger: es war Mademoiselle Laurence.

Vornehm hingestreckt in ihrem Sessel, in der einen Hand einen

Blumenstrauß, mit der anderen gestützt auf der Armlehne, saß Mademoiselle Laurence unfern eines Spieltisches und schien dort dem Wurf der Karten ihre ganze Aufmerksamkeit zu widmen. Vornehm und zierlich war ihr Anzug, aber dennoch ganz einfach, von weißem Atlas. Außer Armbändern und Brustnadeln von Perlen trug sie keinen Schmuck. Eine Fülle von Spitzen bedeckte den jugendlichen Busen, bedeckte ihn fast puritanisch bis am Halse, und in dieser Einfachheit und Zucht der Bekleidung, bildete sie einen rührend lieblichen Kontrast mit einigen älteren Damen, die, buntgeputzt und diamantenblitzend, neben ihr saßen und die Ruinen ihrer ehemaligen Herrlichkeit, die Stelle, wo einst Troja stand, melancholisch nackt zur Schau trugen. Sie sah noch immer wunderschön und entzückend verdrießlich aus, und es zog mich unwiderstehbar zu ihr hin, und endlich stand ich hinter ihrem Sessel, brennend vor Begier mit ihr zu sprechen, jedoch zurückgehalten von zagender Delikatesse.

Ich mochte wohl schon einige Zeit schweigend hinter ihr gestanden haben, als sie plötzlich aus ihrem Bouquet eine Blume zog, und ohne sich nach mir umzusehen, über ihre Schulter hinweg, mir diese Blume hinreichte. Sonderbar war der Duft dieser Blume und er übte auf mich eine eigentümliche Verzauberung. Ich fühlte mich entrückt aller gesellschaftlichen Förmlichkeit, und mir war wie in einem Traume, wo man allerlei tut und spricht, worüber man sich selber wundert und wo unsere Worte einen gar kindisch traulichen und einfachen Charakter tragen. Ruhig gleichgültig, nachlässig, wie man es bei alten Freunden zu tun pflegt, beugte ich mich über die Lehne des Sessels, und flüsterte der jungen Dame ins Ohr:

Mademoiselle Laurence, wo ist denn die Mutter mit der Trommel?

»Sie ist tot«, antwortete sie, in demselben Tone, eben so ruhig, gleichgültig, nachlässig.

Nach einer kurzen Pause beugte ich mich wieder über die Lehne des Sessels und flüsterte der jungen Dame ins Ohr: Mademoiselle Laurence, wo ist denn der gelehrte Hund?

»Er ist fortgelaufen in die weite Welt!« antwortete sie wieder in demselben ruhigen, gleichgültigen, nachlässigen Tone.

Und wieder nach einer kurzen Pause, beugte ich mich über die Lehne des Sessels und flüsterte der jungen Dame ins Ohr: Mademoiselle Laurence, wo ist denn Monsieur Türlütü, der Zwerg?

»Er ist bei den Riesen auf dem Boulevard du Temple«, antwortete sie. Sie hatte aber kaum diese Worte gesprochen, und zwar wieder in demselben ruhigen, gleichgültigen, nachlässigen Tone, als ein ernster alter Mann, von hoher militärischer Gestalt, zu ihr hintrat und ihr meldete, daß ihr Wagen vorgefahren sei. Langsam von ihrem Sitze sich erhebend hing sie sich jenem an den Arm, und ohne auch nur einen Blick auf mich zurückzuwerfen, verließ sie mit ihm die Gesellschaft.

Als ich die Dame des Hauses, die den ganzen Abend am Eingange des Hauptsaales stand und den Ankommenden und Fortgehenden ihr Lächeln präsentierte, um den Namen der jungen Person befragte, die so eben mit dem alten Manne fortgegangen, lachte sie mir heiter ins Gesicht und rief: »Mein Gott! wer kann alle Menschen kennen! ich kenne ihn eben so wenig ...« Sie stockte, denn sie wollte gewiß sagen, eben so wenig wie mich selber, den sie ebenfalls an jenem Abende zum erstenmale gesehen. Vielleicht, bemerkte ich ihr, kann mir Ihr Herr Gemahl einige Auskunft geben; wo finde ich ihn?

»Auf der Jagd bei Saint-Germain«, antwortete die Dame mit noch stärkerem Lachen, »er ist heute in der Frühe abgereist und kehrt erst morgen Abend zurück ... Aber warten Sie, ich kenne jemanden, der mit der Dame wonach Sie sich erkundigen viel gesprochen hat; ich weiß nicht seinen Namen, aber Sie können ihn leicht erfragen, wenn Sie sich nach dem jungen Menschen erkundigen, dem Herr Casimir Périer einen Fußtritt gegeben hat, ich weiß nicht wo.«

So schwer es auch ist, einen Menschen daran zu erkennen, daß er vom Minister einen Fußtritt erhalten, so hatte ich doch meinen Mann bald ausfindig gemacht, und ich verlangte von ihm nähere Aufklärung über das sonderbare Geschöpf, das mich so sehr interessierte und das ich ihm deutlich genug zu bezeichnen wußte. »Ja, sagte der junge Mensch, ich kenne sie ganz genau, ich habe auf mehren Soireen mit ihr gesprochen« – und er wiederholte mir eine Menge nichtssagender Dinge, womit er sie unterhalten. Was ihm besonders aufgefallen, war ihr ernsthafter Blick, jedesmal wenn er ihr eine Artigkeit sagte. Auch wunderte er sich nicht wenig, daß sie seine Einladung zu einer Contredanse immer abgelehnt, und zwar mit der Versicherung: sie verstünde nicht zu tanzen. Namen und Verhältnisse kannte er nicht. Und niemand, so viel ich mich auch erkundigte, wußte mir hierüber etwas Näheres mitzuteilen. Vergebens rann ich durch alle möglichen Soireen, nirgends konnte ich Mademoiselle Laurence wiederfinden.

Und das ist die ganze Geschichte? – rief Maria, indem sie sich langsam umdrehte und schläfrig gähnte – das ist die ganze merkwürdige Geschichte? Und Sie haben weder Mademoiselle Laurence, noch die Mutter mit der Trommel, noch den Zwerg Türlütü und auch nicht den gelehrten Hund jemals wiedergesehn?

Bleiben Sie ruhig liegen, versetzte Maximilian. Ich habe sie alle wiedergesehen, sogar den gelehrten Hund. Er befand sich freilich in einer sehr schlimmen Not, der arme Schelm, als ich ihm zu Paris begegnete. Es war im Quartier Latin. Ich kam eben der Sorbonne vorbei, und aus den Pforten derselben stürzte ein Hund, und hinter ihm drein, mit Stöcken, ein Dutzend Studenten, zu denen sich bald zwei Dutzend alte Weiber gesellen, die alle im Chorus schreien: der Hund ist toll! Fast menschlich sah das unglückliche Tier aus in seiner Todesangst, wie Tränen floß das Wasser aus seinen Augen, und als er keuchend an mir vorbei rann und sein feuchter Blick an mich hinstreifte, erkannte ich meinen alten Freund, den gelehrten Hund, den Lobredner von Lord Wellington, der einst das Volk von England mit Bewunderung erfüllt. War er vielleicht wirklich toll? War er vielleicht vor lauter Gelehrsamkeit übergeschnappt, als er im Quartier Latin seine Studien fortsetzte? Oder hatte er vielleicht in der Sorbonne, durch leises Scharren oder Knurren, seine Mißbilligung zu erkennen gegeben, über die pausbäckigen Charlatanerien irgend eines Professors, der sich seines ungünstigen Zuhörers dadurch zu entledigen suchte, daß er ihn für toll erklärte? Und ach! die Jugend untersucht nicht lange, ob es verletzter Gelehrtendünkel oder gar Brotneid war, welcher zuerst ausrief: der Hund ist toll! und sie schlägt zu mit ihren gedankenlosen Stöcken, und auch die alten Weiber sind dann bereit mit ihrem Geheule und sie überschreien die Stimme der Unschuld und der Vernunft. Mein armer Freund mußte unterliegen, vor meinen Augen wurde er erbärmlich totgeschlagen, verhöhnt, und endlich auf einen Misthaufen geworfen! Armer Märtyrer der Gelehrsamkeit!

Nicht viel heiterer war der Zustand des Zwergs, Monsieur Türlütü, als ich ihn auf dem Boulevard du Temple wiederfand. Mademoiselle Laurence hatte mir zwar gesagt, er habe sich dorthin begeben, aber sei es, daß ich nicht daran dachte ihn im Ernste dort zu suchen, oder daß das Menschengewühl mich dort daran verhinderte, genug, erst spät bemerkte ich die Butike, wo die Riesen zu sehen sind. Als ich hineintrat fand ich zwei lange Schlingel, die müßig auf der Pritsche lagen und rasch aufsprangen und sich in Riesenpositur vor mich hinstellten. Sie waren wahrhaftig nicht so groß, wie sie auf ihrem Aushängezettel prahlten. Es waren zwei lange Schlingel, welche in Rosatrikot gekleidet gingen, sehr schwarze, vielleicht falsche Backenbärte trugen und ausgehöhlte Holzkeulen über ihre Köpfe schwangen. Als ich sie nach dem Zwerg befragte, wovon ihr Aushängezettel ebenfalls Meldung tue, erwiderten sie, daß er seit vier Wochen, wegen seiner zunehmenden Unpäßlichkeit, nicht mehr gezeigt werde, daß ich ihn aber dennoch sehen könne, wenn ich das doppelte Entree-Geld bezahlen wolle. Wie gern bezahlt man, um einen Freund wieder zu sehen, das doppelte Entree-Geld! Und ach! es war ein Freund, den ich auf dem Sterbebette fand. Dieses Sterbebett war eigentlich eine Kinderwiege, und darin lag der arme Zwerg mit seinem gelb verschrumpften Greisengesicht. Ein etwa vierjähriges kleines Mädchen saß neben ihm und bewegte mit dem Fuße die Wiege und sang in lachend schäkerndem Tone:

»Schlaf, Türlütüchen, schlafe!«

Als der Kleine mich erblickte, öffnete er so weit als möglich seine gläsern blassen Augen und ein wehmütiges Lächeln zuckte um seine weißen Lippen; er schien mich gleich wieder zu erkennen, reichte mir sein vertrocknetes Händchen und röchelte leise: alter Freund!

Es war in der Tat ein betrübsamer Zustand worin ich den Mann fand, der schon im achten Jahre mit Ludwig XVI. eine lange Unterredung gehalten, den der Zar Alexander mit Bonbons gefüttert, den die Prinzessin von Kyritz auf dem Schoße getragen, den der Papst vergöttert und den Napoleon nie geliebt hatte! Dieser letztere Umstand bekümmerte den Unglücklichen noch auf seinem Todbette, oder wie gesagt in seiner Todeswiege, und er weinte über das tragische Schicksal des großen Kaisers, der ihn nie geliebt, der aber in einem so kläglichen Zustande auf Sankt Helena geendet – »ganz wie ich jetzt endige, setzte er hinzu, einsam, verkannt, verlassen von allen Königen und Fürsten, ein Hohnbild ehemaliger Herrlichkeit!«

Obgleich ich nicht recht begriff, wie ein Zwerg, der unter Riesen stirbt, sich mit dem Riesen, der unter Zwergen gestorben, vergleichen konnte, so rührten mich doch die Worte des armen Türlütü und gar sein verlassener Zustand in der Sterbestunde. Ich konnte nicht umhin meine Verwunderung zu bezeugen, daß Mademoiselle Laurence, die jetzt so vornehm geworden, sich nicht um ihn bekümmere. Kaum hatte ich aber diesen Namen genannt, so bekam der Zwerg in der Wiege die furchtbarsten Krämpfe und mit seinen weißen Lippen wimmerte er: »Undankbares Kind! das ich auferzogen, das ich zu meiner Gattin erheben wollte, dem ich gelehrt, wie man sich unter den Großen dieser Welt bewegen und gebärden muß, wie man lächelt, wie man sich bei Hof verbeugt, wie man repräsentiert ... du hast meinen Unterricht gut benutzt, und bist jetzt eine große Dame, und hast jetzt eine Kutsche, und Lakaien, und viel Geld, und viel Stolz, und kein Herz. Du läßt mich hier sterben, einsam und elend sterben, wie Napoleon auf Sankt Helena! O Napoleon, du hast mich nie geliebt ...« Was er hinzusetzte, konnte ich nicht verstehen. Er hob sein Haupt, machte einige Bewegungen mit der Hand, als ob er gegen jemanden fechte, vielleicht gegen den Tod. Aber der Sense dieses Gegners widersteht kein Mensch, weder ein Napoleon noch ein Türlütü. Hier hilft keine Parade. Matt, wie überwunden, ließ der Zwerg sein Haupt wieder sinken, sah mich lange an mit einem unbeschreibbar geisterhaften Blick, krähte plötzlich wie ein Hahn, und verschied.

Dieser Todesfall betrübte mich um so mehr, da mir der Verstorbene keine nähere Auskunft über Mademoiselle Laurence gegeben hatte. Wo sollte ich sie jetzt wiederfinden? Ich war weder verliebt in sie, noch fühlte ich sonstig große Zuneigung zu ihr, und doch stachelte mich eine geheimnisvolle Begier, sie überall zu suchen; wenn ich in irgend einen Salon getreten, und die Gesellschaft gemustert, und das wohlbekannte Gesicht nicht fand, dann verlor ich bald alle Ruhe und es trieb mich wieder von hinnen. Über dieses Gefühl nachdenkend stand ich einst, um Mitternacht, an einem entlegenen Eingang der Großen Oper, auf einen Wagen wartend, und sehr verdrießlich wartend, da es eben stark regnete. Aber es kam kein Wagen, oder vielleicht es kamen nur Wagen, welche anderen Leuten gehörten, die sich vergnügt hineinsetzten, und es wurde allmählig sehr einsam um mich her. »So müssen Sie denn mit mir fahren«, sprach endlich eine Dame, die, tief verhüllt in ihrer schwarzen Mantille, ebenfalls harrend einige Zeit neben mir gestanden, und jetzt im Begriffe war, in einen Wagen zu steigen. Die Stimme zuckte mir durchs Herz, der wohlbekannte Seitenblick übte wieder seinen Zauber, und ich war wieder wie im Traume, als ich mich neben Mademoiselle Laurence in einem weichen warmen Wagen befand. Wir sprachen kein Wort, hätten auch einander nicht verstehen können, da der Wagen mit dröhnendem Geräusche durch die Straßen von Paris dahinrasselte, sehr lange, bis er endlich vor einem großen Torweg stille hielt.

Bedienten in brillianter Livree leuchteten uns die Treppe hinauf und durch eine Reihe Gemächer. Eine Kammerfrau, die mit schläfrigem Gesichte uns entgegen kam, stotterte unter vielen Entschuldigungen, daß nur im roten Zimmer eingeheizt sei. Indem sie der Frau einen Wink gab, sich zu entfernen, sprach Laurence mit Lachen: »Der Zufall führt Sie heute weit, nur in meinem Schlafzimmer ist eingeheizt ...«

In diesem Schlafzimmer, worin wir uns bald allein befanden, loderte ein sehr gutes Kaminfeuer, welches um so ersprießlicher, da das Zimmer ungeheuer groß und hoch war. Dieses große Schlafzimmer, dem vielmehr der Name Schlafsaal gebührte, hatte auch etwas sonderbar Ödes. Möbel und Dekoration, alles trug dort das Gepräge einer Zeit, deren Glanz uns jetzt so bestäubt, und deren Erhabenheit uns jetzt so nüchtern erscheint, daß ihre Reliquien bei uns ein gewisses Unbehagen, wo nicht gar ein geheimes Lächeln erregen. Ich spreche nämlich von der Zeit des Empires, von der Zeit der goldnen Adler, der hochfliegenden Federbüsche, der griechischen Coiffüren, der Gloire, der militärischen Messen, der offiziellen Unsterblichkeit, die der Moniteur dekretierte, des Kontinentalkaffees, welchen man aus Cigorien verfertigte, und des schlechten Zuckers, den man aus Runkelrüben fabrizierte, und der Prinzen und Herzöge, die man aus gar nichts machte. Sie hatte aber immer ihren Reiz, diese Zeit des pathetischen Materialismus ... Talma deklamierte, Gros malte, die Bigotini tanzte, Maury predigte, Rovigo hatte die Polizei, der Kaiser las den Ossian, Pauline Borghese ließ sich mulieren als Venus, und zwar ganz nackt, denn das Zimmer war gut geheizt, wie das Schlafzimmer worin ich mich mit Mademoiselle Laurence befand.

Wir saßen am Kamin, vertraulich schwatzend, und seufzend erzählte sie mir, daß sie verheuratet sei, an einen bonapartischen Helden, der sie alle Abende, vor dem Zubettegehn, mit der Schilderung einer seiner Schlachten erquicke; er habe ihr vor einigen Tagen, ehe er abgereist, die Schlacht bei Jena geliefert; er sei sehr kränklich und werde schwerlich den russischen Feldzug überleben. Als ich sie frug, wie lange ihr Vater tot sei? lachte sie und gestand, daß sie nie einen Vater gekannt habe, und daß ihre sogenannte Mutter niemals verheuratet gewesen sei.

Nicht verheuratet, rief ich, ich habe sie ja selber zu London, wegen den Tod ihres Mannes, in tiefster Trauer gesehen?

»Oh«, erwiderte Laurence, sie hat während zwölf Jahren sich immer schwarz gekleidet, um bei den Leuten Mitleid zu erregen, als unglückliche Witwe, nebenbei auch um irgend einen heuratslustigen Gimpel anzulocken, und sie hoffte unter schwarzer Flagge desto schneller in den Hafen der Ehe zu gelangen. Aber nur der Tod erbarmte sich ihrer, und sie starb an einem Blutsturz. Ich habe sie nie geliebt, denn sie hat mir immer viel Schläge und wenig zu essen gegeben. Ich wäre verhungert, wenn mir nicht manchmal Monsieur Türlütü ein Stückchen Brot ins Geheim zusteckte; aber der Zwerg verlangte dafür, daß ich ihn heurate, und als seine Hoffnungen scheiterten, verband er sich mit meiner Mutter, ich sage Mutter aus Gewohnheit, und beide quälten mich gemeinschaftlich. Da sagten sie immer, ich sei ein überflüssiges Geschöpf, der gelehrte Hund sei tausendmal mehr wert als ich mit meinem schlechten Tanzen. Und sie lobten dann den Hund auf meine Kosten, rühmten ihn bis in den Himmel, streichelten ihn, fütterten ihn mit Kuchen, und warfen mir die Krumen zu. Der Hund, sagten sie, sei ihre beste Stütze, er entzücke das Publikum, das sich für mich nicht im mindesten interessiere, der Hund müsse mich ernähren mit seiner Arbeit, ich fräße das Gnadenbrot des Hundes. Der verdammte Hund!«

Oh, verwünschen Sie ihn nicht mehr, unterbrach ich die Zürnende, er ist jetzt tot, ich habe ihn sterben sehen …

»Ist die Bestie verreckt?« rief Laurence indem sie aufsprang, errötende Freude im ganzen Gesichte.

Und auch der Zwerg ist tot, setzte ich hinzu.

»Monsieur Türlütü?« rief Laurence, ebenfalls mit Freude. Aber diese Freude schwand allmählig aus ihrem Gesichte, und mit einem milderen, fast wehmütigen Tone, sprach sie endlich: »Armer Türlütü!«

Als ich ihr nicht verhehlte, daß sich der Zwerg in seiner Sterbestunde sehr bitter über sie beklagt, geriet sie in die leidenschaftlichste Bewegung, und versicherte mir unter vielen Beteurungen, daß sie die Absicht hatte den Zwerg aufs Beste zu versorgen, daß sie ihm ein Jahrgehalt angeboten, wenn er still und bescheiden irgendwo in der Provinz leben wolle. »Aber ehrgeizig wie er ist, fuhr Laurence fort, verlangte er in Paris zu bleiben und sogar in meinem Hotel zu wohnen; er könne alsdann, meinte er, durch meine Vermittlung, seine ehemaligen Verbindungen im Faubourg Saint-Germain wieder anknüpfen, und seine frühere glänzende Stellung in der Gesellschaft wieder einnehmen. Als ich ihm dieses rund abschlug, ließ er mir sagen, ich sei ein verfluchtes Gespenst, ein Vampir, ein Totenkind …«

Laurence hielt plötzlich inne, schauderte heftig zusammen und seufzte endlich aus tiefster Brust: »Ach, ich wollte, sie hätten mich bei meiner Mutter im Grabe gelassen!« Als ich in sie drang, mir diese geheimnisvollen Worte zu erklären, ergoß sich ein Strom von Tränen aus ihren Augen, und zitternd und schluchzend gestand sie mir, daß die schwarze Trommelfrau, die sich für ihre Mutter ausgegeben, ihr einst selbst erklärt habe, das Gerücht, womit man sich über ihre Geburt herumtrage, sei kein bloßes Märchen. »In der Stadt nämlich wo wir wohnten«, fuhr Laurence fort, »hieß man mich immer: das Totenkind! Die alten Spinnweiber behaupteten, ich sei eigentlich die Tochter eines dortigen Grafen, der seine Frau beständig mißhandelte und als sie starb sehr prachtvoll begraben ließ; sie sei aber hochschwanger und nur scheintot gewesen, und als einige Kirchhofsdiebe, um die reichgeschmückte Leiche zu bestehlen, ihr Grab öffneten, hätten sie die Gräfin ganz lebendig und in Kindesnöten gefunden; und als sie nach der Entbindung gleich verschied, hätten die Diebe sie wieder ruhig ins Grab gelegt und das Kind mitgenommen und ihrer Hehlerin, der Geliebten des großen Bauchredners, zur Erziehung übergeben. Dieses arme Kind, das begraben gewesen noch ehe es geboren worden, nannte man nun überall: das Totenkind … Ach! Sie begreifen nicht, wie viel Kummer ich schon als kleines Mädchen empfand, wenn man mich bei diesem Namen nannte. Als der große Bauchredner noch lebte und nicht selten mit mir unzufrieden war, rief er immer: verwünschtes Totenkind, ich wollt ich hätte dich nie aus dem Grabe geholt! Ein geschickter Bauchredner wie er war, konnte er seine Stimme so modulieren, daß man glauben mußte sie käme aus der Erde hervor, und er machte mir dann weis, das sei die Stimme meiner verstorbenen Mutter, die mir ihre Schicksale erzähle. Er konnte sie wohl kennen, diese furchtbaren Schicksale, denn er war einst Kammerdiener des Grafen. Sein grausames Vergnügen war es, wenn ich armes kleines Mädchen über die Worte die aus der Erde hervorzusteigen schienen, das furchtbarste Entsetzen empfand. Diese Worte, die aus der Erde hervorzusteigen schienen, meldeten gar schreckliche Geschichten, Geschichten, die ich in ihrem Zusammenhang nie begriff, die ich auch späterhin allmählig vergaß, die mir aber wenn ich tanzte recht lebendig wieder in den Sinn kamen. Ja, wenn ich tanzte, ergriff mich immer eine sonderbare Erinnerung, ich vergaß meiner selbst und kam mir vor als sei ich eine ganz andere Person, und als quälten mich alle Qualen und Geheimnisse dieser Person … und sobald ich aufhörte zu tanzen, erlosch wieder alles in meinem Gedächtnis.«

Während Laurence dieses sprach, langsam und wie fragend, stand sie vor mir am Kamine, worin das Feuer immer angenehmer loderte, und ich saß in dem Lehnsessel, welcher wahrscheinlich der Sitz ihres Gatten, wenn er des Abends vor Schlafengehn seine Schlachten erzählte. Laurence sah mich an mit ihren großen Augen, als früge sie mich um Rat; sie wiegte ihren Kopf so wehmütig sinnend; sie flößte mir ein so edles, süßes Mitleid ein; sie war so schlank, so jung, so schön, diese Lilje die aus dem Grabe gewachsen, diese Tochter des Todes, dieses Gespenst mit dem Gesichte eines Engels und dem Leib einer Bajadere! Ich weiß nicht wie es kam, es war vielleicht die Influenz des Sessels worauf ich saß, aber mir ward plötzlich zu Sinne, als sei ich der alte General, der gestern auf dieser Stelle die Schlacht bei Jena geschildert, als müsse ich fortfahren in meiner Erzählung, und ich sprach: Nach der Schlacht bei Jena ergaben sich binnen wenigen

Wochen, fast ohne Schwertstreich, alle preußischen Festungen. Zuerst ergab sich Magdeburg; es war die stärkste Festung, und sie hatte dreihundert Kanonen. Ist das nicht schmählig?

Mademoiselle Laurence ließ mich aber nicht weiter reden, alle trübe Stimmung war von ihrem schönen Antlitz verflogen, sie lachte wie ein Kind und rief: »Ja, das ist schmählig, mehr als schmählig! Wenn ich eine Festung wäre und dreihundert Kanonen hätte, würde ich mich nimmermehr ergeben!«

Da nun Mademoiselle Laurence keine Festung war und keine dreihundert Kanonen hatte …

Bei diesen Worten hielt Maximilian plötzlich ein in seiner Erzählung, und nach einer kurzen Pause frug er leise: Schlafen Sie, Maria?

Ich schlafe, antwortete Maria.

Desto besser, sprach Maximilian mit einem feinen Lächeln, ich brauche also nicht zu fürchten, daß ich Sie langweile, wenn ich die Möbel des Zimmers worin ich mich befand, wie heutige Novellisten pflegen, etwas ausführlich beschreibe.

Vergessen Sie nur nicht das Bett, teurer Freund!

Es war in der Tat, erwiderte Maximilian, ein sehr prachtvolles Bett. Die Füße, wie bei allen Betten des Empires, bestanden aus Karyatiden und Sphinxen, und der Himmel strahlte von reichen Vergoldungen, namentlich von goldnen Adlern, die sich wie Turteltauben schnäbelten, vielleicht ein Sinnbild der Liebe unter dem Empire. Die Vorhänge des Bettes waren von roter Seide, und da die Flammen des Kamines sehr stark hindurchschienen, so befand ich mich mit Laurence in einer ganz feuerroten Beleuchtung, und ich kam mir vor wie der Gott Pluto, der, von Höllengluten umlodert, die schlafende Proserpine in seinen Armen hält. Sie schlief, und ich betrachtete in diesem Zustand ihr holdes Gesicht und suchte in ihren Zügen ein Verständnis jener Sympathie, die meine Seele für sie empfand. Was bedeutet dieses Weib? Welcher Sinn lauert unter der Symbolik dieser schönen Formen?

Aber ist es nicht Torheit, den inneren Sinn einer fremden Erscheinung ergründen zu wollen, während wir nicht einmal das Rätsel unserer eigenen Seele zu lösen vermögen! Wissen wir doch nicht einmal genau, ob die fremden Erscheinungen wirklich existieren! Können wir doch manchmal die Realität nicht von bloßen Traumgesichten unterscheiden! War es ein Gebilde meiner Phantasie, oder war es entsetzliche Wirklichkeit, was ich in jener Nacht hörte und sah? Ich weiß es nicht. Ich erinnere mich nur, daß, während die wildesten Gedanken durch mein Herz fluteten, ein seltsames Geräusch mir ans Ohr drang. Es war eine verrückte Melodie, sonderbar leise. Sie kam mir ganz bekannt vor, und endlich unterschied ich die Töne eines Triangels und einer Trommel. Die Musik, schwirrend und summend, schien aus weiter Ferne zu erklingen, und dennoch, als ich aufblickte, sah ich nahe vor mir, mitten im Zimmer, ein wohlbekanntes Schauspiel: Es war Monsieur Türlütü der Zwerg, welcher den Triangel spielte, und Madame Mutter, welche die große Trommel schlug, während der gelehrte Hund am Boden herumscharrte, als suche er wieder seine hölzernen Buchstaben zusammen. Der Hund schien nur mühsam sich zu bewegen und sein Fell war von Blut befleckt. Madame Mutter trug noch immer ihre schwarze Trauerkleidung, aber ihr Bauch war nicht mehr so spaßhaft hervortretend, sondern vielmehr widerwärtig herabhängend; auch ihr Gesicht war nicht mehr rot, sondern blaß. Der Zwerg, welcher noch immer die brodierte Kleidung eines altfranzösischen Marquis und ein gepudertes Toupet trug, schien etwas gewachsen zu sein, vielleicht weil er so gräßlich abgemagert war. Er zeigte wieder seine Fechterkünste und schien auch seine alten Prahlereien wieder abzuhaspeln; er sprach jedoch so leise, daß ich kein Wort verstand, und nur an seiner Lippenbewegung konnte ich manchmal merken, daß er wieder wie ein Hahn krähte.

Während diese lächerlich grauenhaften Zerrbilder, wie ein Schattenspiel, mit unheimlicher Hast, sich vor meinen Augen bewegten, fühlte ich, wie Mademoiselle Laurence immer unruhiger atmete. Ein kalter Schauer überfröstelte ihren ganzen Leib, und wie von unerträglichen Schmerzen zuckten ihre holden Glieder. Endlich aber, geschmeidig wie ein Aal, glitt sie aus meinen Armen, stand plötzlich mitten im Zimmer und begann zu tanzen, während die Mutter mit der Trommel und der Zwerg mit dem Triangel ihre gedämpfte leise Musik ertönen ließen. Sie tanzte ganz wie ehemals an der Waterloo-Brücke und auf den Carrefours von London. Es waren dieselben geheimnisvollen Pantomimen, dieselben Ausbrüche der leidenschaftlichsten Sprünge, dasselbe bacchantische Zurückwerfen des Hauptes, manchmal auch dasselbe Hinbeugen nach der Erde, als wolle sie horchen was man unten spräche, dann auch das Zittern, das Erbleichen, das Erstarren, und wieder aufs neue das Horchen mit nach dem Boden gebeugtem Ohr. Auch rieb sie wieder ihre Hände, als ob sie sich wüsche. Endlich schien sie auch wieder ihren tiefen, schmerzlichen, bittenden Blick auf mich zu werfen … aber nur in den Zügen ihres todblassen Antlitzes erkannte ich diesen Blick, nicht in ihren Augen, denn diese waren geschlossen. In immer leiseren Klängen verhallte die Musik, die Trommelmutter und der Zwerg, allmählig verbleichend und wie Nebel zerquirlend, verschwanden endlich ganz; aber Mademoiselle Laurence stand noch immer und tanzte mit verschlossenen Augen. Dieses Tanzen mit verschlossenen Augen im nächtlich stillen Zimmer gab diesem holden Wesen ein so gespenstisches Aussehen, daß mir sehr unheimlich zu Mute wurde, daß ich manchmal schauderte, und ich war herzlich froh als sie ihren Tanz beendigt hatte.

Wahrhaftig, der Anblick dieser Szene hatte für mich nichts Angenehmes. Aber der Mensch gewöhnt sich an alles. Und es ist sogar möglich, daß das Unheimliche diesem Weibe einen noch besonderen Reiz verlieh, daß sich meinen Empfindungen eine schauerliche Zärtlichkeit beimischte … genug, nach einigen Wochen wunderte ich mich nicht mehr im mindesten, wenn des Nachts die leisen Klänge von Trommel und Triangel ertönten, und meine teure Laurence plötzlich aufstand und mit verschlossenen Augen ein Solo tanzte. Ihr Gemahl, der alte Bonapartist, kommandierte in der Gegend von Paris und seine Dienstpflicht erlaubte ihm nicht die Tage in der Stadt zuzubringen. Wie sich von selbst versteht, er wurde mein intimster Freund, und er weinte helle Tropfen, als er späterhin für lange Zeit von mir Abschied nahm. Er reiste nämlich mit seiner Gemahlin nach Sizilien, und beide habe ich seitdem nicht wiedergesehn.

Als Maximilian diese Erzählung vollendet, erfaßte er rasch seinen Hut und schlüpfte aus dem Zimmer.

3.

Die Memoiren

Heinrich Heine. Nach einem Holzschnitt von F. W. Bader, 1884

GEDANKEN & EINFÄLLE

Die nachstehenden Aphorismen sind aus den Nachlaßpapieren Heine's gesammelt und verdanken ihre Entstehung der Gewohnheit des Dichters, jeden Gedanken, der ihm späterer Verarbeitung würdig erschien, in der Form wie ihn der Augenblick erzeugte, einzeln zu Papier zu bringen.

Heinrich Laube

I. Persönliches

Um meine Wiege spielten die letzten Mondlichter des achtzehnten und das erste Morgenroth des neunzehnten Jahrhunderts.

*

Die Mutter erzählt, sie habe während ihrer gesegneten Umstände im fremden Garten einen Apfel hängen sehen, ihn aber nicht abbrechen wollen, damit ihr Kind kein Dieb werde. Mein Leben hindurch behielt ich ein geheimes Gelüste nach schönen Äpfeln, aber verbunden mit Respect vor fremdem Eigenthum und Abscheu vor Diebstahl.

*

Ich habe die friedlichste Gesinnung. Meine Wünsche sind: eine bescheidene Hütte, ein Strohdach, aber ein gutes Bett, gutes Essen, Milch und Butter, sehr frisch, vor dem Fenster Blumen, vor der Thür einige schöne Bäume, und wenn der liebe Gott mich ganz glücklich machen will, läßt er mich die Freude erleben, daß an diesen Bäumen etwa sechs bis sieben meiner Feinde aufgehängt werden. Mit gerührtem Herzen werde ich ihnen vor ihrem Tode alle Unbill verzeihen, die sie mir im Leben zugefügt. – Ja, man muß seinen Feinden verzeihen, aber nicht früher, als bis sie gehenkt worden.

*

Ich bin nicht vindicativ – ich möchte gern meine Feinde lieben; aber ich kann sie nicht lieben, ehe ich mich an ihnen gerächt habe – dann erst öffnet sich ihnen mein Herz. So lange man sich nicht gerächt, bleibt immer eine Bitterkeit im Herzen zurück.

*

Daß ich Christ ward, ist die Schuld jener Sachsen, die bei Leipzig plötzlich umsattelten, oder Napoleons, der doch nicht nöthig hatte, nach Rußland zu gehen, oder seines Lehrers, der ihm zu Brienne Unterricht in der Geographie gab und ihm nicht gesagt hat, daß es zu Moskau im Winter sehr kalt ist.

*

Wenn Montalembert Minister wird und mich von Paris fortjagen wollte, würde ich katholisch werden – Paris vaut bien une messe!

*

Ich ließ mich nicht naturalisiren, aus Furcht, daß ich alsdann Frankreich weniger lieben würde, wie man für eine Freundin kühler wird, sobald man bei der Mairie ihr legal angetraut worden. Ich werde mit Frankreich in wilder Ehe fortleben.

*

Mein Geist fühlt sich in Frankreich exilirt, in eine fremde Sprache verbannt.

*

Gott wird mir die Thorheiten verzeihen, die ich über ihn vorgebracht, wie ich meinen Gegnern die Thorheiten verzeihe, die sie gegen mich geschrieben, obgleich sie geistig so tief unter mir standen, wie ich unter dir stehe, o mein Gott!

II. Religion und Philosophie

Die Erde ist der große Felsen, woran die Menschheit, der eigentliche Prometheus, gefesselt ist und vom Geier des Zweifels zerfleischt wird. Sie hat das Licht gestohlen und leidet nun Martern dafür.

*

Kunst und Philosophie, das Bild und der Begriff, wurden erst durch die Griechen von einander getrennt. Die Verschmelzung derselben in der Religion ging beiden voran.

*

Der Gedanke der Persönlichkeit Gottes als Geist ist eben so absurd wie der rohe Anthropomorphismus, denn die geistigen Attribute bedeuten nichts und sind lächerlich ohne die körperlichen.

*

Der Gott der besten Spiritualisten ist eine Art von luftleerem Raume im Reich des Gedankens, angestrahlt von der Liebe, die wieder ein Abglanz der Sinnlichkeit.

*

Der Gedanke ist die unsichtbare Natur, die Natur der sichtbare Gedanke.

Im Alterthume gab es keinen Gespensterglauben. Die Leiche wurde verbrannt, der Mensch entschwand als Rauch in die Höhe, er ging auf in dem reinsten, geistigsten Element, im Feuer. Bei den Christen wird der Leib (aus Hohn oder Verachtung?) der Erde zurückgegeben – er ist wie das Korn, und sproßt wieder hervor als Gespenst (ein körperlicher Leib wird gesäet, ein geistiger entsproßt) – er behält die Schauer der Verwesung.

*

Gott hat nichts manifestirt, was auf eine Fortdauer nach dem Tode hinwiese; auch Moses redet nicht davon. Es ist Gott vielleicht gar nicht Recht, daß die Frommen die Fortdauer so fest annehmen. – In seiner väterlichen Güte will er uns vielleicht damit eine Surprise machen.

*

Bei keinem Volke ist der Glaube an Unsterblichkeit stärker gewesen wie bei den Celten; man konnte Geld bei ihnen geliehen bekommen, um es in der anderen Welt wieder zu geben. Fromme christliche Wucherer sollten sich darin spiegeln!

Irdisches gewährte und verhieß das Heidenthum, und darum pflegten die Glücklichen, welchen die Erfüllung ihrer Wünsche und das Gelingen ihrer Werke von dem Walten gnadenreicher Götter und von der Gunst derselben zeugte, frömmere Götterdiener als die Unglücklichen zu sein. Vgl. Aristoteles' Rhetoric., Lib. II, cap. 17, p. 240. Tom. IV, ed. Bipont.

*

Der verzweiflungsvolle Zustand der Menschheit zur Zeit der Cäsaren erklärt den Succeß des Christenthums. Der Selbstmord der stolzen Römer, welche auf einmal die Welt aufgaben, war so häufig in jener Zeit. Wer den Muth nicht hatte, auf einmal von der Welt Abschied zu nehmen, ergriff den langsamen Selbstmord der Entsagungsreligion. (Die Passion war ja ebenfalls eine Art Selbstmord.) Sclaven und unglückliches Volk waren die ersten Christen; durch ihre Menge und den neuen Fanatismus wurden sie eine Macht, die Constantin begriff, und der römische Weltherrschaftsgeist bemächtigte sich bald derselben und disciplinirte sie durch Dogma und Cultus.

*

Die Apologeten des Christenthums mußten in ihrem Kampfe gegen das Heidenthum um so eher sich auf das Feld der Philosophen hinaus wagen, da die Philosophie damals (von Marc Aurel bis Julian) auf dem Throne saß – durch Polemik arbeitet sich das Dogma aus.

Der Engel, der Caricaturen malt, ist ein Bild des Pantheisten, der seinen Gott in der Brust trägt.

*

Bei der Polemik zwischen Christen und heidnischen Philosophen vertauschen die Gegner oft im Kampfgetümmel die Waffen: hier sehen wir einen christlichen Vorsehungshelm auf dem Haupte des Griechen, dort ein griechisches Götterschwert in der Hand des Christen. Ketzereien entspringen, Glaubenshelden verfallen in Irrthum und Zweifel.

*

Unterschied des Heidenthums (der Inder, Perser) vom Judenthum: Sie haben Alle ein unendliches, ewiges Urwesen, aber dieses ist bei Jenen in der Welt, mit welcher es identisch, und es entfaltet sich mit dieser aus dem Gesetze der Nothwendigkeit – der Gott der Juden ist außer der Welt und erschafft sie durch einen Act des freien Willens.

*

Judenthum – Aristokratie: Ein Gott hat die Welt erschaffen und regiert sie; alle Menschen sind seine Kinder, aber die Juden sind seine Lieblinge und ihr Land ist sein auserwähltes Dominium. Er ist ein Monarch, die Juden sind der Adel, und Palästina ist das Exarchat Gottes.

Christenthum – Demokratie: Ein Gott, der Alles erschaffen und regiert, aber alle Menschen gleich liebt und alle Reiche gleich beschützt. Er ist kein Nationalgott mehr, sondern ein universeller.

*

Die, welche den Kelch der Freuden hienieden getrunken, bekommen dort oben den Katzenjammer.

*

Im Christenthume kommt der Mensch zum Selbstbewußtsein des Geistes durch den Schmerz – Krankheit vergeistigt selbst die Thiere.

Das Christenthum tritt auf zur Tröstung: Die, welche in diesem Leben viel Glück genossen, werden im künftigen davon eine Indigestion haben. – Die, welche zu wenig gegessen, werden nachträglich das beste Gastmahl aufgetischt finden; die irdischen Prügelflecken werden von den Engeln gestreichelt werden.

*

Das Christenthum wußte die blaue Luft der Provence zu entheitern und erfüllte sie mit seinem Glockengeläute.

*

BEIM ANBLICK EINES DOMES

Sechshundert Jahr' wurde dran gebaut, und du genießest in einem Augenblick die Ruhe nach einer sechshundertjährigen Arbeit. Wie Meereswellen sind die Generationen daran vorbei gewogt, und noch kein Stein ist bewegt worden. Das Mausoleum des Glaubens, das er sich noch bei Lebzeiten bauen lassen, ist die steinerne Hülle eines erloschenen Gefühls – (ironisch droben die Uhr). – Drinnen in diesem Steinhause blühte einst ein lebendiges Wort, drinnen ist es todt und lebt nur noch in der äußeren Steinrinde. (Hohler Baum.)

*

IN DER KIRCHE

Wehmüthiger Orgelton, die letzten Sterbeseufzer des wahren Glaubens.

VEREHRUNG FÜR ROM

Wie Mancher ging aus, die Kirche zu schmähen, zu befeinden, und änderte plötzlich seinen Sinn und kniete nieder und betete an. Es ging Manchem wie Biliam, dem Sohne Boer's, der Israel zu fluchen auszog und gegen seine Absicht es segnete. Warum? Und doch hatte er nur die Stimme seines Esels gehört.

*

Die Thoren meinen, um das Capitol zu erobern, müsse man zuerst die Gänse angreifen.

*

Die katholischen Schriftsteller haben gute Kriegswerkzeuge, wissen sie aber nicht zu gebrauchen. Wie die Chinesen haben sie gute Kanonen, auch Pulver und Kugeln, aber schießen ist eine andere Sache. Sie sind Kinder mit großen Säbeln, die sie nicht aufheben können; mit Helmen, die ihnen den Kopf eindrücken. Und gar die Kanonen wissen sie erst recht nicht zu handhaben.

*

Die alte Kirche mißtraut ihren modernen Seïden – sie fürchtet, daß so ein Eiferer, statt den Pantoffel zu küssen, ihr in den Fuß beiße mit rasender Inbrunst.

*

Die alte Kirche stirbt an jener Krankheit, wovon Niemand genest: Erschöpfung durch die Macht der Zeit. Weise, wie sie ist, lehnt sie alle Ärzte ab: sie hat in ihrer langen Praxis so manchen Greis schneller als nöthig sterben sehen, weil ein energischer Arzt ihn curiren wollte. Doch wird ihre Agonie noch lange dauern. Sie wird uns Alle überleben, den Schreiber dieses Artikels, den Drucker, der ihn setzt, selbst den kleinen Lehrjungen, der die Druckbogen abholt.

*

Die Juden waren die Einzigen, die bei der Christlichwerdung Europas sich ihre Glaubensfreiheit behaupteten.

*

Judäa, dieses protestantische Ägypten.

Die Germanen ergriffen das Christenthum aus Wahlverwandtschaft mit dem jüdischen Moralprincip, überhaupt dem Judaismus. Die Juden waren die Deutschen des Orients, und jetzt sind die Protestanten in den germanischen Ländern (in Schottland, Amerika, Deutschland, Holland) nichts Anderes als altorientalische Juden.

*

Der Judenhaß beginnt erst mit der romantischen Schule, mit der Freude am Mittelalter, Katholicismus, Adel, gesteigert durch die Teutomanen.

*

Die jüdische Geschichte ist schön, aber die jungen Juden schaden den alten, die man weit über die Griechen und Römer setzen würde. Ich glaube: gäbe es keine Juden mehr und man wüßte, es befände sich irgendwo ein Exemplar von diesem Volk, man würde hundert Stunden reisen, um es zu sehen und ihm die Hände zu drücken – und jetzt weicht man uns aus!

*

Die Geschichte der neueren Juden ist tragisch, und schrieb man über dieses Tragische, so wird man noch ausgelacht – das ist das Allertragischste.

*

Seid ganz tolerant oder gar nicht, geht den guten Weg oder den bösen; um am Scheidewege zagend stehen zu bleiben, dazu seid ihr zu schwach. – Dies vermochte kein Herkules, und er mußte sich für einen der Wege bald entscheiden.

*

Der Taufzettel ist das Entréebillet zur europäischen Cultur.

*

Niemals von jüdischen Verhältnissen sprechen! Der Spanier, welcher sich im Traume mit der Madonna allnächtlich unterhält. berührt nie ihre Erhebung aus Delicatesse: die geistigste Empfängniß sei doch immer eine Empfängniß.

Ich liebe sie (die Juden) persönlich.

*

B. Wenn ich von dem Stamme wäre, dem unser Heiland entsprossen, ich würde mich dessen eher rühmen als schämen.

*

A. Ach, das thät' ich auch, wenn unser Heiland der Einzige wäre, der diesem Stamm entsprossen – aber es ist demselben so viel böses Volk ebenfalls entsprossen, daß diese Verwandtschaft anzuerkennen sehr bedenklich ward.

*

Die Juden, wenn sie gut, sind sie besser, wenn sie schlecht, sind sie schlimmer als die Christen.

*

Für das Porzellan, das die Juden einst in Sachsen kaufen mußten, bekommen die, welche es behielten, jetzt den hundertfachen Werth bezahlt. – Am Ende wird Israel für seine Opfer entschädigt durch die Anerkennung der Welt, durch Ruhm und Größe.

*

Die Juden – dieses Volk-Gespenst, das bei seinem Schatze, der Bibel, unabweisbar wachte! Vergebens war der Exorcismus – Deutsche hoben ihn.

*

Ist die Mission der Juden geendigt? Ich glaube: wenn der weltliche Heiland kommt: Industrie, Arbeit, Freude. Der weltliche Heiland kommt auf einer Eisenbahn, Michel bahnt ihm den Weg, Rosen werden gestreut auf seinen Pfaden.

*

Wie viel hat Gott schon gethan, um das Weltübel zu heilen! Zu Mosis Zeit that er Wunder über Wunder, später in der Gestalt Christi ließ er sich sogar geißeln und kreuzigen, endlich in der Gestalt Enfantin's that er das Ungeheuerste, um die Welt zu retten: er machte sich lächerlich – aber vergebens! Am Ende erfaßt ihn vielleicht der Wahnsinn der Verzweiflung, und er zerschellt sein Haupt an der Welt, und er und die Welt zertrümmern.

Es ist charakteristisch für den hamburger Judenkrawall (im September 1830), daß die Revolutionäre erst ihr Tagesgeschäft vollendeten und eine Abendrevolution machten.

Ich war bei Van Aken während des Tumults: Der Löwe

war am ruhigsten, vornehm indignirt, die Affen freuten sich, die Schlangen wanden sich, die Hyäne war unruhig gierig, der Eisbär streckte sich bequem hin und wartete, das Chamäleon veränderte jeden Augenblick die Farbe, roth, blau, weiß, endlich sogar dreifarbig – die Thiere sahen menschlich vernünftig aus, im Gegensatz zu den Menschen, die thierisch wild rasten.

Ein Jude sagte zum andern: »Ich war zu schwach.« Dies Wort empfiehlt sich als Motto zu einer Geschichte des Judenthums.

Eine Schöne, welche am Dammthor stand, sagte: »Wenn heute die Juden beleidigt werden, so geht's bald gegen den Senat, und endlich gegen uns.« Kassandra der Drehbahn, wie bald gingen deine Worte in Erfüllung!

Es sind in Deutschland die Theologen, die dem lieben Gott ein Ende machen – *on n'est jamais trahi que par les siens.*

*

In Deutschland wird das Christenthum gleichzeitig in der Theorie gestürzt und in den Thatsachen: Ausbildung der Industrie und des Wohlstandes.

*

Die Philosophen zerstörten in ihrem Kampfe gegen die Religion die heidnische, aber eine neue, die christliche, stieg hervor. Auch diese ist bald abgefertigt, doch es kommt gewiß eine neue, und die Philosophen werden wieder neue Arbeit bekommen, jedoch wieder vergeblich: die Welt ist ein großer Viehstall, der nicht so leicht wie der des Augias gereinigt werden kann, weil, während gefegt wird, die Thiere drin bleiben und immer neuen Stoff anhäufen.

Das Heidenthum endigt, sobald die Götter von den Philosophen als Mythen rehabilitirt werden. Das Christenthum ist auf demselben Punkt gelangt, Strauß ist der Porphyrius unserer Zeit.

*

Wie die Männer der Wissenschaft während der mittelalterlich christlichen Periode aus der Bibel heraus die wissenschaftlichen Wahrheiten zu entdecken suchten, so suchen jetzt die Männer der Religion die theologischen Wahrheiten in der Wissenschaft zu entdecken, in der Geschichte, in der Philosophie, in der Physik: die Dreieinigkeit in der indischen Mythologie, die Incarnationslehre in der Logik, die Sündfluth in der Geologie u. s. w.

*

Bei den früheren Religionen wurde der Geist der Zeit durch Einzelne ausgesprochen und durch Mirakel bestätigt. Bei den jetzigen Religionen wird der Geist der Zeit durch Viele ausgesprochen und bestätigt durch die Vernunft. Jetzt gibt es keine Mirakel mehr, nachdem die Physik ausgebildet worden; Oken sieht der Natur auf die Finger, und diese will nicht mit Bosco rivalisiren.

*

Jede Religion gewährt auf ihre Art Trost im Unglück. Bei den Juden die Hoffnung: »Wir sind in der Gefangenschaft, Jehovah zürnt uns, aber er schickt einen Retter.« Bei den Mohamedanern Fatalismus: »Keiner entgeht seinem Schicksal, es steht oben geschrieben auf Steintafeln, tragen wir das Verhängte mit Ergebung, *Allah il Allah!*« Bei den Christen spiritualistische Verachtung des Angenehmen und der Freude, schmerzsüchtiges Verlangen nach dem Himmel, auf Erden Versuchung des Bösen, dort oben Belohnung. – Was bietet der neue Glauben?

*

Die Herrlichkeit der Welt ist immer adäquat der Herrlichkeit des Geistes, der sie betrachtet. Der Gute findet hier sein Paradies, der Schlechte genießt schon hier seine Hölle.

*

Unsere Moralbegriffe schweben keineswegs in der Luft: die Veredlung des Menschen, Recht und Unsterblichkeit haben Realität in der Natur, Was wir Heiliges denken, hat Realität, ist kein Hirngespinnst.

*

Heilige wie der Stylit sind jetzt unmöglich, da die Philanthropie sie gleich in einer Irrenanstalt unterbringen würde.

In dunkeln Zeiten wurden die Völker am besten durch

die Religion geleitet, wie in stockfinsterer Nacht ein Blinder unser bester Wegweiser ist; er kennt Wege und Stege besser als ein Sehender. – Es ist aber thöricht, sobald es Tag ist, noch immer die alten Blinden als Wegweiser zu gebrauchen.

*

Gibt's in der Geschichte auch Tag und Nacht wie in der Natur? – Mit dem dritten Jahrhundert des Christenthums beginnt die Dämmerung, wehmüthiges Abendroth der Neoplatoniker, das Mittelalter war dicke Nacht, jetzt steigt das Morgenlicht herauf – ich grüße dich, Phöbus Apollo! Welche Träume in jener Nacht, welche Gespenster, welche Nachtwandler, welcher Straßenlärm, Mord und Todtschlag – ich werde davon erzählen.

*

Ich sehe die Wunder der Vergangenheit klar. Ein Schleier liegt auf der Zukunft, aber ein rosenfarbiger, und hindurch schimmern goldene Säulen und Geschmeide und klingt es süß.

III. Kunst & Literatur

Ein Buch will seine Zeit wie ein Kind. Alle schnell in wenigen Wochen geschriebenen Bücher erregen bei mir ein gewisses Vorurtheil gegen den Verfasser. Eine honette Frau bringt ihr Kind nicht vor der Zeit zur Welt.

*

Dem Dichter wird während des Dichtens zu Muthe, als habe er, nach der Seelenwanderungslehre der Pythagoräer, in den verschiedensten Gestalten ein Vorleben geführt – seine Intuition ist wie Erinnerung.

*

Eine Philosophie der Geschichte war im Alterthum unmöglich. Erst die Jetztzeit hat Materialien dazu: Herder, Bossuet etc. – Ich glaube, die Philosophen müssen noch tausend Jahre warten, ehe sie den Organismus der Geschichte nachweisen können; bis dahin glaube ich, nur Folgendes ist anzunehmen. Für Hauptsache halte ich: die menschliche Natur und die Verhältnisse (Boden, Klima, überlieferte Gesetzgebung, Krieg, unvorhergesehene und unberechenbare Bedürfnisse), beide in ihrem Conflict oder in ihrer Allianz geben den Fond der Geschichte, sie finden aber immer ihre Signatur im Geiste, und die Idee, von welcher sie sich repräsentiren lassen, wirkt wieder als Drittes auf sie ein; das ist hauptsächlich in unseren Tagen der Fall, auch im Mittelalter. Shakspeare zeigt uns in der Geschichte nur die Wechselwirkung von der menschlichen Natur und den äußern Verhältnissen – die Idee, das Dritte, tritt nie auf in seinen Tragödien; daher eine viel klarere Gestaltung und etwas Ewiges, Unwandelbares in seinen Entwickelungen, da das Menschliche immer dasselbe bleibt zu allen Zeiten. Das ist auch der Fall bei Homer. Beider Dichter Werke sind unvergänglich. Ich glaube nicht, daß sie so gut ausgefallen wären, wenn sie eine Zeit darzustellen gehabt hätten, wo eine Idee sich geltend machte, z. B. im Beginne des aufkommenden Christenthums, zur Zeit der Reformation, zur Zeit der Revolution.

*

Bei den Griechen herrschte Identität des Lebens und der Poesie. Sie hatten daher keine so großen Dichter wie wir, wo das Leben oft den Gegensatz der Poesie bildet. Shakspeare's große Zehe enthält mehr Poesie als alle griechischen Poeten, mit Ausnahme des Aristophanes. Die Griechen waren große Künstler, nicht Dichter; sie hatten mehr Kunstsinn als Poesie. In der Plastik leisteten sie so Bedeutendes, eben weil sie hier nur die Wirklichkeit zu copiren brauchten, welche Poesie war und ihnen die besten Modelle bot.

KUNSTWERK

Das sichtbare Werk spricht harmonisch den unsichtbaren Gedanken aus; daher ist auch Lebekunst die Harmonie des Handels und unserer Gesinnung.

Schön ist das Kunstwerk, wenn das Göttliche sich dem Menschlichen freundlich zuneigt – Diana küßt Endymion; *erhaben*, wenn das Menschliche sich zum Göttlichen gewaltsam emporhebt – Prometheus trotzt dem Jupiter, Agamemnon opfert sein Kind. Die Christusmythe ist schön und erhaben zugleich.

*

Wie die Griechen das Leben blühend und heiter darstellten und zur Aussicht gaben die trübe Schattenwelt des Todes, so hingegen ist nach christlichen Begriffen das jetzige Leben trüb und schattenhaft, und erst nach dem Tod kommt das heitere Blüthenleben. Das mag Trost im Unglück geben, aber taugt nicht für den plastischen Dichter. Darum ist die Ilias so heiter jauchzend, das Leben wird um so heiterer erfaßt, je näher unsere Abfahrt zur zweiten Schattenwelt, z. B. von Achilles.

*

Die Griechen gaben dem Christenthum die Kunst: – Kunst des Wortes (Dogmatik und Mythologie) und Kunst der Sinne (Malerei und Baukunst). Die gothische ist nichts als kranke Kunst. Als ich im Dom von Toulouse (St. Sernin) doppelt sah, sah ich das Centrum gebrochen in der Mitte, und begriff die Entstehung des gothischen Spitzbogens aus dem römischen Kreisbogen.

*

In der Kunst ist die Form Alles, der Stoff gilt nichts. Staub berechnet für den Frack, den er ohne Tuch geliefert, denselben Preis, als wenn ihm das Tuch geliefert worden. Er lasse sich nur die Form bezahlen und den Stoff schenke er.

*

Ein Sculptor, der zugleich Napoleon und Wellington meißelt, kommt mir vor wie ein Priester, der um zehn Uhr Messe lesen und um zwölf Uhr in der Synagoge singen will – Warum nicht? Er kann es; aber wo es geschieht, wird man bald weder die Messe noch die Synagoge besuchen.

Den Dichtern wird es noch schwerer, zwei Sprachen zu reden – ach! die meisten können kaum eine Sprache reden.

*

In Bezug auf die Frage von den eingeborenen Ideen möchte folgende Lösung richtig sein: Es gibt Menschen, denen Alles von außen kommt, die sogenannten Talente, wie Lessing, erinnernd an Affen, wo die äußere Nachahmung waltet – nichts ist in ihrem Geiste, was sie nicht durch die Sinne aufgenommen. Es gibt aber auch Menschen, denen Alles aus der Seele kommt, Genien, wie Rafael, Mozart, Shakspeare, denen das Gebären aber schwerer wird, wie dem sogenannten Talente. Bei Jenen ein Machen ohne Leben, ohne Innerlichkeit, Mechanismus – bei Diesen ein organisches Entstehen.

*

Das Genie trägt im Geiste ein Abbild der Natur, und durch diese erinnert gebiert es dies Abbild; das Talent bildet die Natur nach und schafft analytisch, was das Genie synthetisch schafft. Es gibt aber auch Charaktere, welche zwischen beiden schweben.

*

Die Daguerreotypie ist ein Zeugniß gegen die irrige Ansicht, daß die Kunst eine Nachahmung der Natur sei – die Natur hat selbst den Beweis geliefert, wie wenig sie von der Kunst versteht, wie kläglich es ausfällt, wenn sie sich mit Kunst abgibt.

*

Philarète Chasles ordnet als Literarhistoriker die Schriftsteller nicht nach Äußerlichkeiten (Nationalität), Zeitalter, Gattung der Werke (Epos, Drama, Lyrik), sondern nach dem inneren geistigen Princip, nach Wahlverwandtschaft. So will Paracelsus die Blumen nach dem Geruch classificiren – wie viel sinnreicher, als Linné nach Staubfäden! Wäre es gar so sonderbar, wenn man auch die Literaten nach ihrem Geruch classificirte? Die, welche nach Tabak, die, welche nach Zwiebeln riechen u. s. w.

*

Die Sage von dem Bildhauer, dem die Augen ausgestochen wurden, damit er nicht eine ähnliche Statue anfertige, beruht auf demselben Grunde wie die Sitte, nach welcher das Glas, woraus eine hohe Gesundheit getrunken wurde, zerbrochen wird.

*

Man preist den dramatischen Dichter, der es versteht, Thränen zu entlocken. – Dies Talent hat auch die kümmerlichste Zwiebel, mit dieser theilt er seinen Ruhm.

*

Das Theater ist nicht günstig für Poeten.

*

Eine neue Periode ist in der Kunst angebrochen: Man entdeckt in der Natur dieselben Gesetze, die auch in unserem Menschengeiste walten, man vermenschlicht sie (Novalis), man entdeckt in dem Menschengeiste die Gesetze der Natur, Magnetismus, Elektricität, anziehende und abstoßende Pole (Heinrich von Kleist). Goethe zeigt das Wechselverhältniß zwischen Natur und Mensch; Schiller ist ganz Spiritualist, er abstrahirt von der Natur, er huldigt der kantischen Ästhetik.

*

Goethe's Abneigung, sich dem Enthusiasmus hinzugeben, ist ebenso widerwärtig wie kindisch. Solche Rückhaltung ist mehr oder minder Selbstmord; sie gleicht der Flamme, die nicht brennen will, aus Furcht sich zu consumiren. Die großmüthige Flamme, die Seele Schiller's loderte mit Aufopferung – jede Flamme opfert sich selbst; je schöner sie brennt, desto mehr nähert sie sich der Vernichtung, dem Erlöschen. Ich beneide nicht die stillen Nachtlichtchen, die so bescheiden ihr Dasein fristen.

*

Bei Schiller feiert der Gedanke seine Orgien – nüchterne Begriffe, weinlaubumkränzt, schwingen den Thyrsus, tanzen wie Bacchanten – besoffene Reflexionen.

*

Jacobi, diese greinende, keifende Natur, diese klebrigte Seele, dieser religiöse Wurm, der an der Frucht der Erkenntniß nagte, um uns solche zu verleiden.

*

Die wehmüthig niedergedrückte Zeit, der alles Laute untersagt war und die sich auch vor dem Lauten fürchtete, gedämpft fühlte, dachte und flüsterte, fand in dieser gedämpften Poesie ihre gedämpfte Freude. Sie betrachtete die alten gebrochenen Thürme mit Wehmuth, und lächelte über das Heimchen, das darin melancholisch zirpte.

*

In den altdänischen Romanzen sind alle Gräber der Liebe Heldengräber große Felsmassen sind darauf gethürmt mit schmerzwilder Riesenhand. In den Uhland'schen Gedichten sind die Gräber der Liebe mit hübschen Blümchen, Immortellen und Kreuzchen verziert, wie von Händen gefühlvoller Predigerstöchter.

Die Helden der »Kämpeviser« sind Normannen, die Helden des Uhland sind immer Schwaben, und zwar Gelbfüßler.

*

Die Sonettenwuth grassirt so in Deutschland, daß man eine Sonettensteuer einrichten sollte.

*

Clauren ist jetzt in Deutschland so berühmt, daß man in keinem .... hause eingelassen wird, wenn man ihn nicht gelesen hat.

*

Auffenberg hab' ich nicht gelesen – ich denke: er ist ungefähr wie Arlincourt, den ich auch nicht gelesen habe.

*

Wir haben das körperliche Indien gesucht, und haben Amerika gefunden: wir suchen jetzt das geistige Indien – was werden wir finden?

*

Es ist zu wünschen, daß sich das Genie des Sanskritstudiums bemächtige; thut es der Notizengelehrte, so bekommen wir blos ein gutes Compendium.

*

Die epischen Gedichte der Indier sind ihre Geschichte; doch können wir sie erst dann zur Geschichte benutzen, wenn wir die Gesetze entdeckt haben, nach welchen die Indier das Geschehene in's phantastisch Poetische umwandelten. Dies ist uns noch nicht bei der Mythologie der Griechen gelungen, doch mag es bei diesen schwerer sein, weil diese das Geschehene beständig zur Fabel ausbildeten in immer bestimmterer Plastik. Bei den Indiern hingegen bleibt die phantastische Umbildung immer noch Symbol, das das Unendliche bedeutet und nicht nach Dichterlaune in bestimmtern Formen ausgemeißelt wird.

*

Die Mahabaratas, Ramayanas und ähnliche Riesenfragmente sind geistige Mammuthsknochen, die auf dem Himalaya zurückgeblieben.

*

Der Indier konnte nur ungeheuer große Gedichte liefern, weil er nichts aus dem Weltzusammenhang schneiden konnte, wie überhaupt der Anschauungsmensch. Die ganze Welt ist ihm ein Gedicht, wovon der Mahabarata nur ein Capitel. – Vergleich der indischen mit unserer Mystik: diese übt den Scharfsinn an Zertheilung und Zusammensetzung der Materie, bringt es aber nicht zum Begriff. – Anschauungsideen sind Etwas, das wir gar nicht kennen. Die indische Muse ist die träumende Prinzessin der Märchen.

*

Goethe, im Anfang des »Fausts«, benutzt die »Sakontala«.

*

Wie überhaupt Jeder einen bestimmten Gegenstand in der Sinnenwelt auf eine andere Weise sieht, so sieht auch Jeder in einem bestimmten Buche etwas Anderes, als der Andere. Folglich muß auch der Übersetzer ein geistig begabter Mensch sein, denn er muß im Buche das Bedeutendste und Beste sehen, um dasselbe wieder zu geben. Den Wortverstand, den körperlichen Sinn kann jeder übersetzen, der eine Grammatik gelesen, und ein Wörterbuch sich angeschafft hat. Nicht kann aber der Geist von Jedem übersetzt werden. Möchte dies nur bedenken jener nüchterne, prosaische Übersetzer Scott'scher Romane, der so sehr prahlt mit seiner Übersetzungstreue! Wie es auf den Geist ankommt, beweise zunächst Forster's Wiederübersetzung der »Sakontala«.

*

In der Zeit der Romantiker liebte man in der Blume nur den Duft – in unserer Zeit liebt man in ihr die keimende Frucht. Daher die Neigung zum Praktischen, zur Prosa, zum Hausbackenen.

Die höchsten Blüthen des deutschen Geistes sind die

Philosophie und das Lied. Diese Blüthezeit ist vorbei, es gehörte dazu die idyllische Ruhe; Deutschland ist jetzt fortgerissen in die Bewegung, der Gedanke ist nicht mehr uneigennützig, in seine abstracte Welt stürzt die rohe Thatsache, der Dampfwagen der Eisenbahn gibt uns eine zittrige Gemüthserschütterung, wobei kein Lied aufgehen kann, der Kohlendampf verscheucht die Sangesvögel, und der Gasbeleuchtungsgestank verdirbt die duftige Mondnacht.

*

Der Hauptzug der jetzigen Dichter ist Gesundheit – westfälische, östreichische, ja ungarische Gesundheit.

*

Unsre Lyrik ist ein Product des Spiritualismus, obgleich der Stoff sensualistisch; die Sehnsucht des isolirten Geistes nach Verschmelzung mit der Erscheinungswelt, *to mingle with nature*. Mit dem Sieg des Sensualismus muß diese Lyrik aufhören, es entsteht Sehnsucht nach dem Geist: Sentimentalität, die immer dünner verdämmert, nihilistische Pimperlichkeit, hohler Phrasennebel, eine Mittelstation zwischen Gewesen und Werden, Tendenzpoesie.

*

Der harmlose Dichter, der plötzlich politisch wird, erinnert mich an das Kind in der Wiege: »Vater, iß nicht, was die Mutter gekocht!«

So wie die Demokratie wirklich zur Herrschaft gelangt, hat alle Poesie ein Ende. Der Übergang zu diesem Ende ist die Tendenzpoesie. Deshalb – nicht blos, weil sie ihrer Tendenz dient – wird die Tendenzpoesie von der Demokratie begünstigt. Sie wissen, hinter oder vielmehr mit Hoffmann von Fallersleben hat die Poesie ein Ende.

*

In der Poetenwelt ist der *tiers état* nicht nützlich, sondern schädlich.

*

Die Demokratie führt das Ende der Literatur herbei: Freiheit und Gleichheit des Styls. Jedem sei er erlaubt, nach Willkür, also so schlecht er wolle, zu schreiben, und doch soll kein Andrer ihn stylistisch überragen und besser schreiben dürfen.

*

Demokratischer Haß gegen die Poesie – der Parnaß soll geebnet werden, nivellirt, macadamisirt, und wo einst der müßige Dichter geklettert und die Nachtigallen belauscht, wird bald eine platte Landstraße sein, eine Eisenbahn, wo der Dampfkessel wiehert und der geschäftigen Gesellschaft vorüber eilt.

Demokratische Wuth gegen das Besingen der Liebe. – Warum die Rose besingen, Aristokrat! besing die demokratische Kartoffel, die das Volk nährt!

In einer vorwiegend politischen Zeit wird selten ein reines Kunstwerk entstehen. Der Dichter in solcher Zeit gleicht dem Schiffer auf stürmischem Meere, welcher fern am Strande ein Kloster auf einer Felsklippe ragen sieht; die weißen Nonnen stehen dort singend, aber der Sturm überschrillt ihren Gesang.

*

Die Werke gewisser Lieblingsschriftsteller des Tages sind ein Steckbrief der Natur, keine Beschreibung.

*

Es ist nicht der arme Unger Nimbsch oder der Handlungsbeflissene aus Lippe-Detmold, welcher das schöne Gedicht hervorgebracht, sondern der Weltgeist. Nur diesem gebührt der Ruhm und es ist lächerlich, wenn Jene sich etwas darauf einbilden, etwa wie der Père Rachel auf den Succeß seiner Tochter – da steht ein alter Jude im Parterre des Theatre français und glaubt, er sei Iphigenie oder Andromache, es sei seine Declamation, welche alle Herzen rühre, und applaudirt man, so verbeugt er sich mit erröthendem Antlitz.

*

Savigny ein Römer? Nein, ein Bedienter des römischen Geistes, *un volet du romanisme.*

Savigny's Eleganz des Styls gleicht dem klebrigten Silberschleim, den die Insecten auf dem Boden zurücklassen, worüber sie hinkrochen.

*

Mit den Werken Johannes von Müller's geht es wie mit Klopstock – Keiner liest ihn, Jeder spricht mit Respect von ihm. Es ist unser großer Historiker wie Jener unser großer Epiker war, den wir dem Auslande mit Stolz entgegensetzen. Er ist steiflangweilig – Alpen und keine Idee darauf. Wir glaubten ein Epos und einen Historiker zu haben.

*

Raumer ist das raisonnirende Leder, – der literarische Laufbursche der Brockhausischen Buchhandlung – wenn er älter, wird er ein Ladenhüter.

*

JAKOB VENEDEY

Die Natur erschuf dich zum ...... feger. – Schäme dich dessen nicht, deutscher Patriot! es sind die Latrinen eines deutschen Vaterlandes, die du fegst.

*

Ich werde von ihm schweigen, kann ihn als komische Figur nicht gebrauchen, wie Maßmann. Der Spaß war, daß dieser Latein verstand – Venedey aber versteht's nicht; Langweiligkeit ist nicht komisch.

König Ludwig nimmt den Luther nicht auf in seiner Walhalla. Man darf's ihm nicht verübeln, er fühlt im Herzen, daß wenn Luther eine Walhalla gebaut, er ihn als Dichter nicht darin aufgenommen hätte.

Diese Menschen müssen Stockschläge im Leben haben; denn nach ihrem Tode kann man sie nicht bestrafen, man kann ihren Namen nicht schmähen, nicht fletriren, nicht brandmarken – denn sie hinterlassen keinen Namen.

Wolfgang Menzel ist der witzigste Kopf – es wird interessant und wichtig für die Wissenschaft sein, wenn man an seinem Schädel einst phrenologische Untersuchungen machen kann. Ich wünsche, daß man ihm den Kopf schone, wenn man ihn prügelt, damit die Beulen, die neu sind, nicht für Witz und Poesie gehalten werden.

*

Und dieser unwissende Hase geberdet sich als der Champion des deutschen Volks, des tapfersten und gelehrtesten Volks, eines Volks, das auf tausend Schlachtfeldern seinen Muth und in hunderttausend Büchern seinen Tiefsinn bewiesen hat, ein Volk, dessen breite Brust mit glorreichen Narben bedeckt ist und über dessen Stirne alle großen Gedanken der Welt dahin gezogen und die ehrwürdigsten Furchen hinterlassen haben!

*

Die Este, Medicis, Gonzagas, Scalas sind berühmt als Mäcene. Manche Fürsten haben gewiß eben so guten Willen, aber es fehlt ihnen die Bildung, die wahren Talente und Genies heraus zu suchen – denn diese melden sich nicht bei ihren Kammerdienern. – Sie protegiren nur Solche, die mit ihnen selbst auf gleicher Bildungsstufe stehen, und wie man die italienischen Fürsten kennt, indem man blos zu nennen braucht, wer ihre Protegés waren, so wird man einst die unsern gleich kennen, wenn man die Männer nennt, denen sie Dosen, Becher, Pensionen und Orden verliehen. Man sagt, es sei von großen Schriftstellern unklug, die obscuren – und sei es auch durch bittere Schilderung – auf die Nachwelt zu bringen; aber wir thun es zur Schande ihrer Mäcene.

*

GUTZKOW

Die Natur war sehr bescheiden, als sie ihn schuf, ihn, den Unbescheidensten.

Er hat Heine nachahmen wollen, aber es fehlte ihm an aller Poesie, und er brachte es nur bis zur Nachahmung Börne's. Seine Darstellung und Sprache hat etwas Polizeiliches. Er liegt ewig auf der Lauer, um die Tagesschwächen des Publicums zu erspähen, sie in seinem Privatinteresse auszubeuten. Jenen Schwächen huldigend und schmeichelnd, darf er immerhin Talent, Kenntnisse und Charakter entbehren, er weiß es. Er gibt dem Publicum keine eignen Impulsionen, sondern er empfängt sie von demselben; er zieht die Livrée der Tagesidee an, er ist ihr Bedienter, ihr Kanzleidiener, er katzenbuckelt und verlangt sein Trinkgeld.

Gisquet erzählt im dritten Theil seiner Memoiren von dem Polizeiagenten, welcher den Dieb erräth, der die Medaillen gestohlen, wegen der feinen Arbeit des Erbrechens: das gut geflochtene Seil, das Stück Wachslicht in der Diebslaterne statt des Talgs. – So errathe ich Herrn ** in dem anonymen Artikel.

*

Warum sollte ich jetzt widersprechen? In wenigen Jahren bin ich todt, und dann muß ich mir alle Lügen doch gefallen lassen. ** hat nicht zu fürchten, daß man nach seinem Tode Lügen von ihm sagt.

*

GERVINUS' LITERATURGESCHICHTE

Die Aufgabe war: was H. Heine in einem kleinen Büchlein voll Geist gegeben, jetzt in einem großen Buche ohne Geist zu geben – die Aufgabe ist gut gelöst.

*

Historiker, welche selbst alle Geschichte machen wollen, gleichen den Komödianten in Deutschland, welche die Wuth hatten, selbst Stücke zu schreiben. Haller bemerkt, daß man desto besser spiele, je schlechter das Stück – schrieben sie schlecht, um sich als gute Schauspieler zu zeigen? oder spielten sie schlecht, um als gute Schriftsteller zu scheinen? Dasselbe könnte man bei unsern Historikern fragen.

Hütet euch vor Hengstenberg – der stellt sich nur so dumm, das ist ein Brutus, der einst die Maske fallen läßt, sich vernunftgläubig zeigt und euer Reich stürzt.

*

Ruge ist der Philister, welcher sich mal unparteiisch im Spiegel betrachtet und gestanden hat, daß der Apoll vom Belvedere doch schöner sei. – Er hat die Freiheit schon im Geiste, sie will ihm aber noch nicht in die Glieder, und wie sehr er auch für hellenische Nacktheit schwärmt, kann er sich doch nicht entschließen, die barbarisch modernen Beinkleider, oder gar die christlich germanischen Unterhosen der Sittlichkeit auszuziehen. Die Grazien sehen lächelnd diesem inneren Kampfe zu.

*

GRABBE'S »GOTHLAND«

Zuweilen eine Reihe fürchterlicher und häßlicher Gedanken, wie ein Zug Galeerensclaven, jeder gebrandmarkt – der Dichter führt sie an der Kette in das Bagno der Poesie.

*

FREILIGRATH

Das Wesen der neuern Poesie spricht sich vor Allem in ihrem parabolischen Charakter aus. Ahnung und Erinnerung sind ihr hauptsächlicher Inhalt. Mit diesen Gefühlen correspondirt der Reim, dessen musikalische Bedeutung besonders wichtig ist. Seltsame, fremdgrelle Reime sind gleichsam eine reichere Instrumentation, die aus der wiegenden Weise ein Gefühl besonders hervortreten lassen soll, wie sanfte Waldhornlaute durch plötzliche Trompetentöne unterbrochen werden. So weiß Goethe die ungewöhnlichen Reime zu benutzen zu grell barocken Effecten; auch Schlegel und Byron – bei letzterem zeigt sich schon der Übergang in den komischen Reim. Man vergleiche damit den Mißbrauch der fremd klingenden Reime bei Freiligrath, die Barbarei beständiger Janitscharenmusik, die aus einem Fabrikantenirrthume entspringt. Seine schönen Reime sind oftmals Krücken für lahme Gedanken. Freiligrath ist ein Uneingeweihter in das Geheimniß, er besitzt keine Naturlaute, der Ausdruck und der Gedanke entspringen bei ihm nicht zu gleicher Zeit. Er gebraucht Hammer und Meißel und verarbeitet die Sprache wie einen Stein, der Gedanke ist Material, und nicht immer Material aus den Steinbrüchen des eignen Gemüthes, z. B. Plagiat von Grabbe und Heine. Alles kann er machen, nur kein Lied. – Ein Lied ist das Kriterium der Ursprünglichkeit. Das eigentliche Gedicht (was wir gewöhnlich so nennen; halb episch, halb lyrisch) participirt mehr oder minder vom Liede, selbst in den breitesten Rhythmen – nicht so bei Freiligrath; sein Wohllaut ist meistens rhetorischer Art.

Es existirt eine gewisse Ähnlichkeit zwischen Freiligrath und Platen. Dieser hat ein feineres Ohr für die Wortmelodie, vermeidet weit mehr die Härten, klingt musikalischer, aber ihm fehlt die Cäsur, die Freiligrath besser hat, weil er gesunder fühlt – Cäsur ist der Herzschlag des dichtenden Geistes und läßt sich nicht nachahmen, wie Wohllaut.

Freiligrath ahmt Victor Hugo nach. Er ist Genremaler, er gibt Genrebilder des Meeres, nicht Historienbilder des lebendigen Oceans. Seine morgenländischen Genrebilder sind türkische Holländerei.

Sein Charakter ist die Sehnsucht nach dem Orient und ein Hineinträumen in südliche Zustände. Aber der Orient ist ihm nicht aufgegangen in seiner Poesie, wie bei andern Dichtern, denen jener fabelhafte, abenteuerliche Orient vorschwebt, den wir aus den Traditionen der Kreuzzüge und »Tausend und eine Nacht« uns zusammengeträumt, ein real unrichtiger, aber in der Idee richtiger, Poesie-Orient. – Nein, er ist exact wie Burkhard und Niebuhr, seine Gedichte sind ein Appendix zum Cotta'schen »Ausland«, und die Verlagshandlung hat seine Kenntniß der Geographie und Völkerkunde sehr bedeutungsvoll gerühmt. Daher sein Werth für die große Masse, die nach realistischer Kost verlangt; seine Anerkennung ist ein bedenkliches Zeichen einreißender Prosa.

*

Die deutsche Sprache an sich ist reich, aber in der deutschen Conversation gebrauchen wir nur den zehnten Theil dieses Reichthums, factisch sind wir also spracharm.

Die französische Sprache an sich ist arm, aber die Franzosen wissen Alles, was sie enthält, in der Conversation auszubeuten, und sie sind daher sprachreich in der That.

Nur in der Literatur zeigen die Deutschen ihren ganzen Sprachschatz, und die Franzosen, davon geblendet, denken, Wunders wie glänzend wir zu Hause – sie haben auch keinen Begriff davon, wie wenig Gedanken bei uns im Umlauf zu Hause. Bei den Franzosen just das Gegentheil: mehr Ideen in der Gesellschaft als in den Büchern, und die Geistreichsten schreiben gar nicht oder blos zufällig.

*

Voltaire huldigt (man lese seine Dedication des »Mahomed«) dem Papste ironisch und freiwillig.

Rousseau konnte nicht dazu gebracht werden, sich dem Könige präsentiren zu lassen – sein Instinct leitete ihn richtig; er war der Enthusiasmus, der sich nicht abfinden kann.

*

Die älteren französischen Schriftsteller hatten einen bestimmten Standpunkt: Licht und Schatten sind immer richtig, nach den Gesetzen des Standpunkts. Die neueren Schriftsteller springen von einem Standpunkt auf den anderen, und in ihren Gemälden ist eine widerwärtige Confusion von Licht und Schatten – hier eine Bemerkung, die der pantheistischen Weltansicht angehört, dort ein Gefühl, das aus dem Materialismus hervorgeht, Zweifel und Glaube sich kreuzend, – eine Harlekinsjacke.

*

In der französischen Literatur herrscht jetzt ein ausgebildeter Plagiatismus. Hier hat ein Geist die Hand in der Tasche des andern, und das gibt ihnen einen gewissen Zusammenhang. Bei diesem Talent des Gedankendiebstahls, wo Einer dem Andern den Gedanken stiehlt, ehe er noch ganz gedacht, wird der Geist Gemeingut. – In der *république des lettres* ist Gedankengütergemeinschaft.

*

Die neufranzösische Literatur gleicht den Restaurants des Palais-royal. – Wenn man in der Küche gelauscht, die Ingredienzen der Gerichte und ihre Zubereitung gesehen, würde man den Appetit verlieren – der schmutzige Koch zieht Handschuh an, wenn er auf blanker Schüssel sein Gemätsch aufträgt.

*

Voltaire hebt sich kühn empor, ein vornehmer Adler, der in die Sonne schaut – Rousseau ist ein edler Stern, der aus der Höhe niederblickt; er liebt die Menschen von oben herab.

Die französischen Autoren der Gegenwart gleichen den Restaurants, wo man für zwei Francs zu Mittag speist. Anfangs munden ihre Gerichte, später entdeckt man, daß sie die Materialien aus zweiter und dritter Hand und schon alt oder verfault bezogen.

*

Die neufranzösischen Romantiker sind Dilettanten des Christenthums, sie schwärmen für die Kirche, ohne ihrem Symbol gehorsam anzuhängen, sie sind *catholiques marrons*.

*

Sollte es wahr sein, daß Frankreich zum Christenthume zurückverlangt? Ist Frankreich so krank? Es läßt sich Märchen erzählen. – Will es sich auf dem Sterbebett bekehren? Verlangt es die Sacramente? Gebrechlichkeit, dein Name ist Mensch!

*

Chateaubriand will das Christenthum gegen den brillanten Unglauben, dem alle Welt huldigt, predigen. Er befindet sich im umgekehrten Falle wie der neapolitanische Capuziner, der den Leuten zugerufen hat: *»Ecco il vero policinello!«* Chateaubriand ist ein Polichinell, der seine Parole den Leuten vorhält: *»Ecco il vero cruce!«*

*

Büffon sagt, der Styl sei der Mensch selbst. Vilemain ist eine lebende Widerlegung dieses Axioms, sein Styl ist schön, wohlgewachsen und reinlich.

Wenn man, wie Charles Nodier, in seiner Jugend mehrmals guillotinirt worden, ist es sehr natürlich, daß man im Alter keinen Kopf mehr hat.

*

Blaze de Bury beobachtet die kleinen Schriftsteller durch ein Vergrößerungsglas, die großen durch ein Verkleinerungsglas.

*

Amaury ist der Patron der Schriftstellerinnen, er hilft den Dürftigen, er ist ihr *petit manteau blanc*, ihr Beichtiger, seine Artikel sind eine kleine Sacristei, wo sie verschleiert hinein schleichen, sogar die Todten beichten ihm ihre Sünden, Eva gesteht ihm Dinge, die ihr die Schlange gesagt und wovon wir nichts erfuhren, weil sie solche dem Adam verschwieg.

Er ist kein Kritiker für große, aber für kleine Schriftsteller. – Walfische haben keinen Platz unter seiner Lupe, wohl aber interessante Flöhe.

*

Michel Chevalier ist Conservateur und Progressivster zugleich – mit der einen Hand stützt er das alte Gebäude, damit es nicht den Leuten auf den Kopf stürze, mit der andern zeichnet er den Riß für das neue, größere Gesellschaftsgebäude der Zukunft.

*

Chateaubriand ist ein Faselhans, Royalist durch Princip, Republikaner durch Inclination, ein Ritter, der eine Lanze bricht für die Keuschheit jeder Lilie, und statt Mambrin's Helm eine rothe Mütze trägt mit einer weißen Cocarde.

Man könnte Thierry mit Merlin vergleichen: Er liegt wie lebendig begraben, der Leib existirt nicht mehr, nur die Stimme ist geblieben. – Der Historiker ist immer ein Merlin, er ist die Stimme einer begrabenen Zeit, man befragt ihn, und er gibt Antwort, der rückwärts schauende Prophet.

Rossini's »Othello« ist ein Vesuv, der strahlende Blumen speit.

Der Schwan von Pesaro hat das Gänsegeschnatter nicht mehr ertragen können.

Aufhören der Poesie im Künstler – der Kranz schwindet ihm vom Haupte.

Sein Pasticcio hat für mich von vornherein etwas Unheimliches, mahnend an den heiligen Hieronymus in der spanischen Galerie, der als Leiche die Psalmen schreibt. Es fröstelt Einen, wie beim Anfühlen einer Statue.

*

Bei Léon Gozlan tödtet nicht der Buchstabe, sondern der Geist.

*

Die französische Kunst ist eine Nachbildung des Realen. Da aber die Franzosen seit fünfzig Jahren so viel erleben und sehen konnten, so sind ihre Kunstwerke durch die Nachbildung des Erlebten und Gesehenen viel bedeutender als die Werke deutscher Künstler, die nur durch Seelentraum zu ihren Anschauungen gelangten.

Nur in der Architektur, wo die Natur nicht nachgebildet werden kann, sind die Franzosen zurück.

In der Musik geben sie den Ton ihrer Nationalität: Verstand und Sentimentalität, Geist und Grazie; – im Drama: Passion. Der Eklekticismus in der Musik wurde nach Meyerbeer eingeführt.

*

Meyerbeer ist der musikalische *maître de plaisir* der Aristokratie.

*

Meyerbeer ist ganz Jude geworden. Wenn er wieder nach Berlin in seine früheren Verhältnisse zurücktreten will, muß er sich erst taufen lassen.

*

Alle Bilder Ary Scheffer's zeigen ein Heraussehnen aus dem Diesseits, ohne an ein Jenseits recht zu glauben – vaporöse Skepsis.

Lessing sagt: »Hätte man Rafael die Hände abgeschnitten, so wär' er doch ein Maler gewesen.« In derselben Weise können wir sagen: »Schnitte man Herrn ** den Kopf ab, er bliebe doch ein Maler, er würde weiter malen, ohne Kopf, und ohne daß man merkte, daß er keinen Kopf hätte.«

*

Shakspeare hat die dramatische Form von den Zeitgenossen; Unterscheidung dieser Form von der französischen.

Den Stoff seiner Dramen hat er immer bis in's Detail entlehnt; sogar die rohen Umrisse, wie die ersten Ausmeißelungen des Bildhauers, behält er.

Ist die Theilung der Arbeit auch im geistigen Produciren vortheilhaft? Das Höchste wird nur dadurch erreicht.

Wie Homer nicht allein die Ilias gemacht, hat auch Shakspeare nicht allein seine Tragödien geliefert – er gab nur den Geist, der die Vorarbeiten beseelte.

Bei Goethe sehen wir Ähnliches – seine Plagiate.

*

Junius ist der Ritter der Freiheit, der mit geschlossenem Visier gekämpft.

*

Dante ist der öffentliche Ankläger der Poesie.

IV. Staat & Gesellschaft

Die Gesellschaft ist immer Republik – die Einzelnen streben immer empor, und die Gesammtheit drängt sie zurück.

*

Bei den Alten rühmen sich die Patrioten beständig, z. B. Cicero. Auch die Neueren machen es zur Zeit der höchsten Freiheit eben so, z. B. Robespierre, Camille Desmoulins etc. Kommt bei uns diese Zeit, so werden wir uns gleichfalls rühmen. Die Ruhmlosen haben gewiß Recht, wenn sie die Bescheidenheit predigen. Es wird ihnen so leicht, diese Tugend auszuüben, sie kostet ihnen keine Überwindung, und durch ihre Allgemeinheit bemerkt man nicht ihre Thatenlosigkeit.

*

Man muß ganz Deutschland kennen, ein Stück ist gefährlich. Es ist die Geschichte vom Baume, dessen Blätter und Früchte wechselseitiges Gegengift sind.

*

Luther erschütterte Deutschland – aber Franz Drake beruhigte uns wieder: er gab uns die Kartoffel.

*

Das Öl, das auf die Köpfe der Könige gegossen wird, stillt es die Gedankenstürme?

Es gibt kein deutsches Volk: Adel, Bürgerstand, Bauern sind heterogener als bei den Franzosen vor der Revolution.

*

Der preußische Adel ist etwas Abstractes, er bezieht sich rein auf den Begriff der Geburt, nicht auf Eigenthum. Die meisten Junker haben kein Geld.

*

Die hannöverischen Junker sind Leute, die nur von Pferden sprechen.

*

Bediente, die keinen Herrn haben, sind darum doch keine freien Menschen – die Dienstbarkeit ist in ihrer Seele.

*

Der Deutsche gleicht dem Sclaven, der seinem Herrn gehorcht, ohne Fessel, ohne Peitsche, durch das bloße Wort, ja durch einen Blick. Die Knechtschaft ist in ihm selbst, in seiner Seele; schlimmer als die materielle Sclaverei ist die spiritualisirte. Man muß die Deutschen von innen befreien, von außen hilft nichts.

POLITISCHE WETTERFAHNEN.

Der junge Schweinehirt will als Reicher seine Schweine zu Pferde hüten – Manche Bankiers haben sich auf's hohe Pferd gesetzt und treiben noch immer das alte schmutzige Handwerk.

*

Der Hund, dem man einen Maulkorb anlegt, bellt auf eine andere Art. – Das Denken auf Umweg äußert sich noch mißduftiger, durch Perfidie des Ausdrucks.

*

Die Deutschen arbeiten jetzt an der Ausbildung ihrer Nationalität, kommen aber damit zu spät. Wenn sie dieselbe fertig haben, wird das Nationalitätswesen in der Welt aufgehört haben und sie werden auch ihre Nationalität gleich wieder aufgeben müssen, ohne wie Franzosen oder Briten Nutzen davon gezogen zu haben.

*

Ich betrachtete den Dombau immer als ein Spielzeug; ich dachte: ein Riesenkind, wie das deutsche Volk, bedarf ebenfalls eines so kolossalen Spielzeugs wie der Kölner Dom ist – aber jetzt denk' ich anders. Ich glaube nicht mehr, daß das deutsche Volk ein Riesenkind; jedenfalls ist es kein Kind mehr, es ist ein großer Junge, der viel natürliche Anlagen hat, aus dem aber doch nichts Ordentliches wird, wenn er nicht ernsthaft die Gegenwart benutzt und die Zukunft in's Auge faßt. Wir haben keine Zeit mehr zum Spielen, oder die Träume der Vergangenheit auszubauen.

Sie beschwören Stürme und verlassen sich auf ihre Beweglichkeit – sie vergessen, daß ihnen ihre Beweglichkeit nichts helfen wird, wenn mal der Sturmwind den Thurm stürzt, worauf sie stehen.

*

Demagogie, die häufige Allianz der Völker.

*

Wenn ich von Pöbel spreche, nehme ich davon aus: erstens Alle, die im Adreßbuch stehen, und zweitens Alle, die nicht drin stehen.

*

Die neubürgerliche Gesellschaft will im Taumel der Vergnügungen hastig den letzten Becher leeren, wie die altadlige vor 1789 – auch sie hört schon im Corridor die marmornen Tritte der neuen Götter, welche ohne anzuklopfen in den Festsaal eintreten werden und die Tische umstürzen.

*

*** liebt die Juden nicht. Als ich ihn darüber befragte, sagte er: »Sie sind schlecht ohne Grazie, flößen Abscheu ein gegen die Schlechtigkeit und schaden mir mehr als sie nutzen.«

Der Volksstrom gleicht dem empörten Meere: die Wolken darüber geben ihm nur die Färbung, weiße Wellen (Müller und Brauer) dazwischen; Schriftsteller färben mit dem Wort die vorhandenen Empörungselemente.

*

Auch Rothschild könnte eine Walhalle bauen – ein Pantheon aller Fürsten, die bei ihm Anlehen gemacht.

*

Die Hauptarmee der Feinde Rothschild's besteht aus Allen, die nichts haben; sie denken Alle: was wir nicht haben, hat Rothschild. Hinzu fließt die Masse Derer, die ihr Vermögen verlieren; statt ihrer Dummheit diesen Verlust zuzuschreiben, glauben sie, die Pfiffigkeit Derer, die ihr Vermögen behalten, sei daran Schuld. So wie Einer kein Geld mehr hat, wird er Rothschild's Feind.

*

Der Communist, welcher mit Rothschild seine 300 Millionen theilen will; Dieser schickt ihm seinen Theil, 9 Sous – »Nun laß mich zufrieden!«

*

Die Communisten hegen einen achselzuckenden Widerwillen gegen Patriotismus, Ruhm und Krieg.

Nach den fetten Kühen kommen die magern, nach den mageren gar kein Fleisch.

*

Ich will prophezeien: Ihr werdet einmal im Winter eine Revolution erleben, die wird schrecklicher als alle früheren sein: Wenn das Blut im Schnee rinnt ….

*

Eine Association der Ideen, in dem Sinne, wie Association in der Industrie, z. B. Verbündung philosophischer Gedanken mit staatswirthschaftlichen, würde überraschende neue Resultate ergeben.

*

Das alte Märchen der drei Brüder realisirt sich. Der eine läuft hundert Meilen in einigen Stunden, der andere sieht hundert Meilen weit der dritte schießt so weit, der vierte bläst Armeen fort – Eisenbahn, Fernrohr, Kanonen, Pulver oder Presse.

*

PLACE DE LA CONCORDE

Ich möchte wissen, wenn man auf diesen Ort säet, ob Korn wachsen wird?

Die Hinrichtungen in Masse auf dem Grèveplatze und dem Platze Ludwigs XV. waren ein *argumentum ad hominem*: Jeder konnte hier sehen, daß das adelige Blut nicht schöner war als das Bürgerlicher. Der wahnsinnige Bürger, der jeder Execution beiwohnt, wie einem praktischen Experimente zum Beweis der idealen Theorie.

*

VISION

Der Platz Ludwigs XVI. – Eine Leiche, der Kopf dabei, der Arzt macht Versuche, ob er wieder zusammen zu heilen, schüttelt das Haupt: »Unmöglich!« und geht seufzend fort. – Freunde versuchen das todte Haupt fest zu binden, es fällt aber immer herunter.

Wenn ein König den Kopf verloren, ist ihm nicht mehr zu helfen.

*

Der Wahnsinnige will nicht in den Tuilerien spazieren gehen; er sieht die Bäume zwar schön grün, aber die Wurzeln in der Erde blutroth.

*

Eine Nation kann nicht regenerirt werden, wenn ihre Regierung keine hohe moralische Kraft zeigt. Diese Kraft regenerirt. Daher war die fünfzehnjährige Regierung Napoleon's nothwendig – er heilte durch Feuer und Eisen die kranke Nation, seine Regierung war eine Curzeit. Er war der Moses der Franzosen; wie dieser sein Volk durch die Wüste herumzieht, um es durch diese Curzeit zu heilen, so trieb er die Franzosen durch Europa. – Dieser Regierung steht die Partei der Pourris gegenüber als Opposition, und zu ihr gehörte Frau von Staël. Ihre Coterie ist geistreich, witzig, liebenswürdig – aber faul: Talleyrand, der Doyen der Putrification, der Nestor der Lüge, *le parjure des deux siècles*. Chateaubriand – wir ehren, wir lieben ihn, aber er ist *le grand inconséquent*, ein unsterblicher Dupe, ein Dichter, ein Pilger mit einer Flasche Jordanwasser, eine wandelnde Elegie, *un ésprit d'outre tombe*, aber kein Mann. Ihre andern Freunde einige Edelleute des edlen Faubourg, ritterliche Schatten, liebenswürdig, aber krank, leidend, ohnmächtig. Benjamin Constant war der Beste, und der hat noch auf dem Todbette Geld genommen von Ludwig Philipp!

*

Le style c'est l'homme – *c'est aussi la femme*! Frau von Staël's Unwahrheit: ein ganzes Ratelier unwahrer Gedanken und Redeblumen, welche bösen Dünsten gleichen. – Sie rühmt Wellington, *ce héros de cuir avec un coeur de bois et un cerveau de papier-maché*!

Frau von Staël war eine Schweizerin. Die Schweizer haben Gefühle, so erhaben wie ihre Berge, aber ihre Ansichten der Gesellschaft sind so eng wie ihre Thäler.

Ihr Verhältniß zu Napoleon: sie wollte dem Cäsar geben, was des Cäsars war; als dieser aber dessen nicht wollte, frondirte sie ihn, gab sie Gott das Doppelte.

Sie hatte keinen Witz, sie beging den Unsinn, Napoleon einen Robespierre zu Pferde zu nennen. Robespierre war nur ein activer Rousseau, wie Frau von Staël ein passiver Rousseau, und man könnte sie selber viel eher einen Robespierre in Weibskleidern nennen.

Überall spricht sie Religion und Moral – nirgends aber sagt sie, was sie darunter versteht.

Sie spricht von unserer Ehrlichkeit und unserer Tugend und unserer Geistesbildung – sie hat unsere Zuchthäuser, unsere B ...... und unsere Casernen nicht gesehen, sie sah nicht unsere Buchhändler, unsere Clauren, unsere Lieutenants.

*

Je näher die Leute bei Napoleon standen, desto mehr bewunderten sie ihn – bei sonstigen Helden ist das Umgekehrte der Fall.

*

Napoleon war nicht von dem Holz, woraus man die Könige macht – er war von jenem Marmor, woraus man Götter macht.

*

Napoleon haßt die Boutiquiers und die Advocaten – er mitraillirt Jene und jagt Diese zum Tempel hinaus. Sie unterwerfen sich, aber sie hassen ihn (sie glauben die Revolution für sich gemacht zu haben, und Napoleon benutzt sie für sich und für das Volk). Sie sehen die Restauration mit Vergnügen.

Der Kaiser war keusch wie Eisen.

Seine Feinde die Nebelgespenster, die des Nachts die Vendomesäule umtanzen und hinein beißen.

*

Sie schimpfen auf ihn, aber doch immer mit einem gewissen Respect – während sie mit der rechten Hand Koth auf ihn werfen, halten sie in der linken den Hut.

*

Die französischen Journale tragen sämmtlich eine ganz bestimmte Parteifarbe; sie weisen jeden Artikel zurück, der sich nicht mit den augenblicklichen Tagesinteressen, den sogenannten Actualitäten, beschäftigt. – In Deutschland ist just das Gegentheil der Fall, und wenn ich auch zuweilen darüber lächeln muß, daß die deutschen Blätter so viele Gegenstände, die mit den zeitlichen Landesfragen in keiner entferntesten Berührung stehen, so gründlich behandeln, z. B. die chinesischen oder ostindischen Culturbezüge: so muß ich dennoch mich freuen über diesen Kosmopolitismus der deutschen Presse, die sich selbst für die abenteuerlichsten Nöthen auf dieser Erde interessirt und alle menschenthümlichen Besprechungen so gastlich aufnimmt!

*

Was man nicht erlebt in unserer Wunderzeit! sogar die Bourbonen werden Eroberer!

Die Presse gleicht jenem fabelhaften Baume: genießt

man die Frucht, so erkrankt man; genießt man die Blätter, so genest man von dieser Krankheit, und umgekehrt. So ist es mit der Lectüre der legitimistischen und der republikanischen Blätter in Frankreich.

*

Die Verfertiger des Code Napoléon hatten glücklicherweise in Revolutionszeiten gelebt, wo sie die Leidenschaften und höchsten Lebensfragen mitfühlen lernten.

*

Pozzo di Borgo und Stein – welche Helden! Der Eine ein Renegat, der für ein paar Rubel sein Vaterland, seine Freunde und sein eigenes Herz verkaufte, der Andere ein hochstrebender Junker der unter dem Mantel des Patriotismus den Wappenrock der Vergangenheit verbarg – Verrath und Haß.

*

Man weiß nicht, warum unsere Fürsten so alt werden – sie fürchten sich zu sterben, sie fürchten in der anderen Welt den Napoleon wieder zu finden.

*

Wie im Homer die Helden auf dem Schlachtfeld ihre Rüstungen, so tauschten die Völker dort ihre Haut: die Franzosen zogen unsere Bärenhaut, wir ihre Affenhaut an. Jene thun nun gravitätisch, wir klettern auf Bäume. Jene schelten uns Voltairianer – seid ruhig, wir haben nur euere Haut an, wir sind doch Bären im Herzen.

*

Das Volk von Paris hat die Welt befreit, und nicht mal ein Trinkgeld dafür angenommen.

*

Ja, wieder errang sich Paris den höchsten Ruhm. Aber die Götter, neidisch ob der Größe der Menschen, suchen sie herabzudrücken, demüthigen sie durch erbärmliche Ereignisse zum Beispiel.

*

LAFAYETTE

Die Welt wundert sich, daß einmal ein ehrlicher Mann gelebt – die Stelle bleibt vacant.

*

Guizot ist kein Engländer, sondern ein Schotte, er ist Puritaner, aber für sich, weil's sein Naturell. Da er aber die entgegengesetztesten Naturen begreift, ist er tolerant selbst gegen die Frivolität.

Die hervorragendste Eigenschaft ist sein Stolz: Wenn er in den Himmel zum lieben Gott kömmt, wird er diesem ein Compliment darüber machen, daß er ihn so gut erschaffen.

*

Durch die Eisenbahnen werden plötzliche Vermögenswechsel herbeigeführt. Dieses ist in Frankreich gefährlicher als in Deutschland. Deshalb geht die Regierung mit Scheu an die Eisenbahnen.

*

Für die Güte der Republik könnte man denselben Beweis anführen, den Boccaccio für die Religion anführt: sie besteht trotz ihrer Beamten.

*

Der Engländer, welcher van Amburgh nachstreift, allen seinen Vorstellungen beiwohnt, überzeugt, daß der Löwe ihn doch am Ende zerreißt, und dieses Schauspiel durchaus betrachten will, gleicht dem Historiker, der in Paris darauf wartet, bis das französische Volk endlich den Ludwig Philipp zerreißt, und der nun diesen Löwen inzwischen täglich beobachtet.
Wenn ein Prix Monthyon für Könige gestiftet würde, so wäre Ludwig Philipp der beste Candidat! Unter ihm herrschte Glück und Freiheit – er war der Roi d'Yvetot der Freiheit.

*

Nicht der Vortrefflichkeit ihrer Lehre wegen, sondern wegen der Vulgarität derselben, und weil die große Menge unfähig ist, eine höhere Doctrin zu fassen, glaube ich, daß die Republikaner, zunächst in Frankreich, allmälig die Oberhand gewinnen und für einige Zeit ihr Regiment befestigen werden. Ich sage: für einige Zeit, denn jene plebejischen Republiken, wie unsere Radicalen sie träumen, können sie nicht lange halten … Indem wir mit Gewißheit ihre kurze Dauer voraussehen, trösten wir uns ob der Fortschritte des Republikanismus. Er ist vielleicht eine nothwendige Übergangsform, und wir wollen ihm gern den verdrießlich eingepuppten Raupenzustand verzeihen, in der Hoffnung, daß der Schmetterling, der einst daraus hervorbricht, desto farbenreicher beflügelt seine Schwingen entfalten und im süßen Sonnenlichte mit allen Lebensblumen spielen wird! – Wir sollten euch eigentlich wie griesgrämige Väter behandeln, deren zugeknöpft pedantisches Wesen zwar unbequem für weltlustige Söhne, aber dennoch nützlich ist für deren künftiges Etablissement. Aus Pietät, wenn nicht schon aus Politik, sollten wir daher nur mit einer gewissen Zurückhaltung über jene trüben Käuze unsere Glossen aussprechen. Wir wollen euch sogar ehren, wo nicht gar unterstützen, nur verlangt nicht zu viel und werdet keine Brutusse an uns, wenn etwa euere allzu einfache Suppen uns nicht munden und wenn wir manchmal zurück schmachten nach der Küche der Tarquinier!

Sonderbar! wir wiegen und trösten uns mit dieser Hypothese von einer kurzen Dauer des republikanischen Regimentes in derselben Weise, wie jene greisen Anhänger des alten Regimes, die aus Verzweiflung über die Gegenwart nur in dem Siege der Republikaner ihr Heil sehen, und um Heinrich V. auf den Thron zu bringen, mit Todesverachtung die Marseillaise anstimmen ..

Où allez-vous, monsieur l'abbé?
Vous allez vous casser le nez!

*

Der gemeine Haß der höchsten Republikbeamten gegen die Republik gleicht dem geheimen Hasse der vornehmen Römer, die als Bischöfe und Prälaten ihre alte Auctoritas fortsetzen mußten.

*

Die Franzosen sind sicherer im Umgang, eben weil sie positiv und traumlos – der träumende Deutsche schneidet dir eines Morgens ein finsteres Gesicht, weil ihm geträumt, du hättest ihn beleidigt, oder sein Großvater hätte von dem deinigen einen Fußtritt bekommen.

*

Die Franzosen sind allem Traumwesen so entgegengesetzt, daß man selbst von ihnen nie träumt, sondern nur von Deutschen.

*

Die Deutschen werden nicht besser im Ausland wie das exportirte Bier.

*

Unter den hier lebenden kleinen Propheten sind wenige Deutsche – die meisten kommen nach Frankreich, um zu zeigen, daß sie auch in der Fremde keine Propheten sind.

Das junge Mädchen sagte: »Der Herr muß sehr reich sein, denn er ist sehr häßlich.« Das Publicum urtheilt in derselben Weise: »Der Mann muß sehr gelehrt sein, denn er ist sehr langweilig.« Daher der Succeß vieler Deutschen in Paris.

*

Es scheint die Mission der Deutschen in Paris zu sein, mich vor Heimweh zu bewahren.

*

Wie im Schattenspiel ziehen die durchreisenden Deutschen mir hier vorbei, Keiner entwickelt sich.

*

Gefährliche Deutsche! Sie ziehen plötzlich ein Gedicht aus der Tasche oder beginnen ein Gespräch über Philosophie.

*

DEUTSCHE UND FRANZÖSISCHE FRAUEN

Die deutschen Öfen wärmen besser als die französischen Camine, aber daß man hier das Fener lodern sieht, ist angenehmer; ein freudiger Anblick, aber Frost im Rücken. – Deutscher Ofen, wie wärmst du treu und scheinlos!

Es war grausam von den Russen, den polnischen Juden das Schubbez zu nehmen – sie brauchten kein Hemd darunter zu tragen, es war so bequem zum Kratzen! – und die Bärte – die Hauptsache war: er selber ging so hinterher! – und die Prajes, die heiligen Schlaflocken, ihren einzigen Stolz!

*

In Rußland zeigt sich die Tendenz, die Einheit der Autorität durch politische, nationale und sogar religiöse Gleichheit zu stärken. Die Autorität, geübt durch die höchste Intelligenz, verfährt terroristisch gegen sich selbst, jede Schwäche von sich ausscheidend; Peter III. stirbt, Paul stirbt, Constantin tritt ab, und eine Reihe der ausgezeichnetsten Herrscher tritt auf seit Peter I., z. B. Katharina II., Alexander, Nicolaus. Die Revolution trägt hier eine Krone und ist gegen sich selbst so unerbittlich, wie es das *Comité du salut public* nur jemals sein konnte.

*

Nicolaus ist, sozusagen, ein Erbdictator. Er zeigt die vollständige Gleichgiltigkeit gegen das Herkömmliche, das Verjährte, das Geschichtliche.

*

Wir sollen uns jetzt auf Rußland stützen, auf den Stab, womit man uns einst schlug.

Eine Allianz zwischen Frankreich und Rußland hätte, bei der Affinität beider Länder, nichts so gar Unnatürliches. In beiden Ländern herrscht der Geist der Revolution: hier in der Masse, dort concentrirt in einer Person; hier in republikanischen, dort in absolutistischen Formen; hier die Freiheit, dort die Civilisation im Auge haltend; hier idealen Principien, dort der praktischen Nothwendigkeit huldigend, an beiden Orten aber revolutionär agirend gegen die Vergangenheit, die sie verachten, ja hassen. Die Schere, welche die Bärte der Juden in Polen abschneidet, ist dieselbe, womit in der Conciergerie dem Ludwig Capet die Haare abgeschnitten wurden, es ist die Schere der Revolution, ihre Censurschere, womit sie nicht einzelne Phrasen oder Artikel, sondern den ganzen Menschen, ganze Zünfte, ja ganze Völker aus dem Buche des Lebens schneidet. Niclas war gegen Frankreich, weil dieses seiner Regierungsform, dem Absolutismus, propagandistisch gefährlich war, nicht seinen Regierungsprincipien; ihm mißfiel an Ludwig Philipp das beschränkt Bürgerkönigliche, das ihm eine Parodie der wahren Königsherrlichkeit dünkte, aber dieser Unmuth weicht in Kriegsfällen vor der Nothwendigkeit, die ihm das höchste Gesetz – die Zaren unterwerfen sich demselben immer, und müssen sie dabei auch ihre persönlichen Sympathien opfern. Das ist ihre Force, sie sind deshalb immer so stark, und ist Einer schwach, so stirbt er bald an der Familienkrankheit und macht einem Stärkeren Platz.

Richtig beobachtete Custine ihre Gleichgiltigkeit gegen die Vergangenheit, gegen das Alterthümliche. Er bemerkte auch richtig den Zug der Raillerie bei den Vornehmen; diese muß auch im Zar ihre Spitze finden: von seiner Höhe sieht er den Contrast der kleinen Verhältnisse mit den großen Phrasen, und im Bewußtsein seiner kolossalen Macht muß er jede Phraseologie bis zur Persiflage verachten. (Der Marquis verstand das nicht.) Wie kläglich müssen ihm die chevaleresken Polen erscheinen, diese Leichen des Mittelalters mit modernen Phrasen im Munde, die sie nicht verstehen; er will sie zu Russen machen, zu etwas Lebendigem: auch die Mumien, die Juden, will er beleben; und was sind die gemeinen Russen, als zweibeinige Geschöpfe, die er zu Menschen heran knutet? Sein Wille ist edel, wie schrecklich immer seine Mittel sind.

V. Frauen, Liebe & Ehe

Wo das Weib aufhört, fängt der schlechte Mann an.

*

Wenn ich Weltgeschichte lese, und irgend eine That oder Erscheinung mich frappirt, so möchte ich manchmal das Weib sehen, das als geheime Triebfeder dahinter steckt (als Agens mittel- oder unmittelbar). – Die Weiber regieren, obgleich der »Moniteur« nur Männernamen verzeichnet – sie machen Geschichte, obgleich der Historiker nur Männernamen kennt. – Herodot's Anfang ist ingeniös.

*

Bei der Erklärung der Liebe muß ein physikalisches Phänomen oder ein historisches Factum angenommen werden. Ist es Sympathie, wie der dumme Magnet das rohe Eisen anzieht? Oder ist eine Vorgeschichte vorhanden, deren dunkles Bewußtsein uns blieb und in unerklärlicher Anziehung und Abstoßung sich ausspricht?

In der Jugend ist die Liebe stürmischer, aber nicht so stark, so allmächtig wie später. Auch ist sie in der Jugend nicht so dauernd, denn der Leib liebt mit, lechzt nach leiblichen Offenbarungen in der Liebe, und leiht der Seele allen Ungestüm seines Blutes, die Überfülle seiner Sehnenkraft. Später, wo diese aufhört, wo das Blut langsamer in den Adern sintert, wo der Leib nicht mehr verliebt ist, liebt die Seele ganz allein, die unsterbliche Seele, und da ihr die Ewigkeit zu Gebote steht, da sie nicht so gebrechlich ist wie der Leib, nimmt sie sich Zeit und liebt nicht mehr so stürmisch, aber dauernder, noch abgrundtiefer, noch übermenschlicher.

*

Daß der Gatte Xanthippe's ein so großer Philosoph geworden, ist merkwürdig. Während allem Gezänk noch denken! Aber schreiben konnte er nicht, das war unmöglich: Sokrates hat kein einziges Buch hinterlassen.

Wie viel höher steht die Frau bei Moses als bei den anderen Orientalen, oder als noch bis auf den heutigen Tag bei den Mahomedanern! Diese sagen bestimmt, daß die Frau nicht einmal in's Paradies kommt; Mahomed hat sie davon ausgeschlossen. Glaubte er etwa, daß das Paradies kein Paradies mehr sei, wenn Jeder seine Frau dort wiederfände?

*

Jeder, wer heiratet, ist wie der Doge, der sich mit dem adriatischen Meere vermählt – er weiß nicht, was drin, was er heiratet: Schätze, Perlen, Ungethüme, unbekannte Stürme.

Die Musik beim Hochzeitsgeleite erinnert mich immer an die Musik bei in die Schlacht ziehenden Soldaten.

*

Die deutschen Frauen sind gefährlich wegen ihrer Tagebücher, die der Mann finden kann.

*

Die deutsche Ehe ist keine wahre Ehe. Der Ehemann hat keine Ehefrau, sondern eine Magd, und lebt sein isolirtes Hagestolzleben im Geiste fort, selbst im Kreis der Familie. Ich will darum nicht sagen, daß er der Herr sei, im Gegentheil ist er zuweilen nur der Bediente seiner Magd, und den Servilismus verleugnet er auch im Hause nicht.

VI. Vermischte Einfälle

Weise erdenken die neuen Gedanken, und Narren verbreiten sie.

*

Neben dem Denker ein prosaischer Mensch, der ruhig sein Geschäft treibt – neben jeder Krippe, worin ein Heiland, eine welterlösende Idee, den Tag erblickt, steht auch ein Öchslein, das ruhig frißt.

*

Kadmus bringt die phönicische Buchstabenschrift, die Schriftkunst, nach Griechenland – diese sind die Drachenzähne, die er gesäet; die avocirten geharnischten Männer zerstören sich wechselseitig.

*

Es gibt hohe Geister, die über alle materielle Herrlichkeit erhaben sind und den Thron nur für einen Stuhl ansehen, der bedeckt mit rothem Sammet. – Es gibt niedere Geister, denen alles Ideale unbedeutend dünkt und denen der Pranger nur ein Halsband von Eisen ist. Sie haben keine Scheu vor der eisernen Cravate, wenn sie nur dadurch ein Publicum um sich versammeln können; diesem imponiren sie durch Frechheit, welche durch die Routine der Schande erlangt worden.

*

Die Zeit übt einen mildernden Einfluß auf unsere Gesinnung, durch beständige Beschäftigung mit dem Gegensatz. Der Gardemunicipal, welcher den Kankan überwacht, findet denselben am Ende gar nicht mehr so unanständig und möchte wohl gar mittanzen. Der Protestant sieht nach langer Polemik mit dem Katholicismus ihn nicht mehr für so greuelhaft an und hörte vielleicht nicht ungern eine Messe.

*

Wir begreifen die Ruinen nicht eher, als bis wir selbst Ruinen sind.

*

De mortuis nil nisi bene – man soll von den Lebenden nur Böses reden.

COURTOISIE

Wenn man einen Fürsten prügelt, muß man zugleich aus Leibeskräften: »Es lebe der Fürst« rufen.

*

Es gibt Leute, welche den Vogel ganz genau zu kennen glauben, weil sie das Ei gesehen, woraus er hervorgekrochen.

*

Der Giftbereiter muß gläserne Handschuhe anziehen.

*

Ein Talent können wir nach einer einzigen Manifestation anerkennen – für die Anerkennung eines Charakters bedürfen wir aber eines langen Zeitraumes und beständiger Öffentlichkeit. »Vor seinem Tode«, sagt Solon, »ist Niemand glücklich zu schätzen« – und wir dürfen auch sagen: Vor seinem Tode ist Niemand als Charakter zu preisen. Herr * * ist noch jung und es bleibt ihm Zeit genug zu künftigen Schuftereien – wartet nur einige Jährchen, er tauft sich in der * * kirche, er wird der Advocat für Schelmenstreiche – vielleicht aber hat er schon die Muße dazu angewendet, und wir kennen nur seine Thaten nicht, wegen seiner obscuren Weltstellung.

Wie die Theater mehrmals abbrennen müssen, ehe sie als ganz prachtvoll gebaut hervorsteigen, wie ein Phönix aus der Asche, so gewisse Bankiers. Jetzt glänzt das Haus * *, nachdem es drei bis vier Mal fallirt, am glänzendsten. Nach jedem Brande erhob es sich prunkvoller – die Gläubiger waren nicht verassecurirt.

*

»Gebe Gotte, was Gottes, dem Cäsar, was des Cäsars ist!« – Aber das gilt nur vom Geben, nicht vom Nehmen.

*

Wie vernünftige Menschen oft sehr dumm sind, so sind die Dummen manchmal sehr gescheit.

*

Wie kommt es, daß der Reichthum seinem Besitzer eher Unglück bringt als Glück, wo nicht gar das furchtbarste Verderben? Die uralten Mythen vom goldenen Vlies und vom Niblungshort sind sehr bedeutungsvoll. Das Gold ist ein Talisman, worin Dämonen hausen, die alle unsere Wünsche erfüllen, aber uns dennoch gram sind ob des knechtischen Gehorsams, womit sie uns dienen müssen, und diesen Zwang tränken sie uns ein durch geheime Tücke, indem sie eben die Erfüllung unserer Wünsche zu unserem Unheil verkehren und uns daraus alle möglichen Nöthen bereiten.

Ich las das langweilige Buch, schlief drüber ein, im Schlafe träumte ich weiter zu lesen, erwachte vor Langeweile, und Das dreimal.

Fräulein *** bemerkt, daß der Anfang der Bücher immer so langweilig, erst in der Mitte amüsire man sich, man sollte Jemand dafür haben, der für uns die Bücher zu lesen anfängt, wie man Stickerinnen dafür bezahlt, daß sie die Teppiche anfangen zu brodiren.

*

Die schöne junge * * heiratet den alten A. Der Hunger trieb sie dazu – sie hatte zu wählen zwischen ihm und dem Tod, der noch magerer und noch grauenhafter. A., sei stolz darauf, daß sie deinem Skelet den Vorzug gab.

*

Wenn das Laster so großartig, wird es minder empörend. Die Engländerin, die sonst eine Scheu vor nackten Statuen hatte, war beim Anblick eines ungeheueren Herkules minder chokirt: »Bei solchen Dimensionen scheint mir die Sache nicht mehr so unanständig.«

*

In Hamburg hat man die Steuern erhöht wegen der Entfestigung und der Promenaden, die sehr schön sind, wie sich denn Hamburg überhaupt gern ein schönes Äußere geben will, und Promenaden anlegt, damit Der, welcher im Innern der Stadt nichts mehr zu essen hat, während der Mittagsstunden eine Promenade um die Stadt machen kann; – auch Bänke zum Lesen, z. B. eines Kochbuchs, und elegische Trauerweiden.

*

GEFÄHRLICHER GEDANKE

Ich hatte ihn *out-side of a stage-coach*.

*

Da und da hatte ich einen großen Gedanken, hab' ihn aber vergessen. Was mag es wohl sein? Ich plage mich mit Errathen.

*

Der Diamant könnte sich Etwas drauf einbilden, wenn ihn ein Dichter mit einem Menschenherzen vergliche.

*

Nach der Erzählung einer edlen That, der Ausruf: Größer als alle Pyramiden, als der Himalaya, als alle Wälder und Meere, ist das menschliche Herz – es ist herrlicher als die Sonne und der Mond und alle Sterne, strahlender und blühender – es ist unendlich in seiner Liebe, unendlich wie Gottheit, es ist die Gottheit selbst.

*

PHILOLOGIE IN HANDELSSTÄDTEN

Handwerker oder Philologe soll man werden – man wird zu allen Zeiten Hosen brauchen, und es wird immer Schulknaben geben, welche Declinationen und Conjugationen gebrauchen.

*

Die Britinnen tanzen, als wenn sie auf Eseln ritten.

*

Die Affen sehen auf die Menschen herab, wie auf eine Entartung ihrer Race, so wie die Holländer das Deutsche für verdorbenes Holländisch erklären.

*

E. ist mehr ein Freund der Gedanken als der Menschen. Er hat Etwas von Abelard – hat er seine Heloise gefunden?

*

* * gehört zu jenen Engeln, die Jakob im Traume gesehen und die eine Leiter nöthig hatten, um vom Himmel auf die Erde herab zu steigen – ihre Flügel sind nicht stark genug.

*

Ehe * * Mystiker wurde, war er ein schlichter, verständiger Mensch.

*

Der Autor hält sich ängstlich in dem Kreis des Kirchenglaubens, er kennt die Schrecknisse, die außerhalb desselben die begabtesten Geister überwältigt. Er gleicht dem Zauberer, der nicht den Kreis zu überschreiten wagt, wo er sich selbstwillig gebannt und sicher ist.

*

Man nennt * * einen zweiten Duprez – man wird bald Herrn Duprez einen zweiten * * nennen, so schlecht singt er schon.

Ob sie tugendhaft war, weiß ich nicht; aber sie war immer häßlich, und Häßlichkeit bei einem Weibe ist schon der halbe Weg zur Tugend.

*

Im Dorfe war ein Ochs, der so alt war, daß er endlich kindisch ward, und als man ihn schlachtete, schmeckte sein Fleisch wie bejahrtes Kalbfleisch.

*

Sonne und Mond sind die Fußschemel der Götter, ihnen die alternden Füße zu wärmen. Der Himmel ist seine grauwollene Jacke, mit Sternen gestickt.

Mr. Colombe, entdecken Sie uns noch eine neue Welt!

Mlle. Thais, stecken Sie noch ein Persepolis in Brand!

Mr. ……, lassen Sie sich nochmals steinigen!

*

Wie Mahomed nur ein Kameeltreiber war, ehe ihn der Engel zum Propheten erleuchtete, so war * * zwar nicht ein Kameeltreiber, aber ein Kameel selbst, ehe ihm das neue Licht gekommen.

VII. Bilder & Farbenstriche

Die alte Harfe liegt im hohen Gras. Der Harfner ist gestorben. Die talentvollen Affen kommen herab von den Bäumen und klimpern drauf – die Eule sitzt mürrisch recensirend – die Nachtigall singt der Rose ihr Lied; sobald es ganz dunkel wird, überwältigt sie die Liebe und sie stürzt auf den Rosenstrauch und zerrissen von den Dornen verblutet sie – der Mond geht auf – der Nachtwind säuselt in den Saiten der Harfe – die Affen glauben, es sei der todte Harfner, und entfliehen.

*

Traum Metternich's: Er sieht sich im Sarg mit einer rothen Jacobinermütze.

Traum Rothschild's: Er träumt, er habe 100.000 Francs den Armen gegeben und wird krank davon.

*

EINDRUCK BEI DER RÜCKKEHR IN DEUTSCHLAND

Zuerst das weiße Haar – weiß gibt immer die Idee des Märchenhaften, Gespenstischen, des Visionären: weiße Schatten, Puder, Todtenlaken.

Die Corpulenz – dicke Gespenster, weit unheimlicher als dünne.

Kirchhof wo geliebte Gräber.

Bei dem ersten »Werda!« ruf' ich: Alle guten Geister loben Gott.

*

In den Flaschen sehe ich Greuel, die ihr Inhalt erzeugen wird – ich glaube im Naturaliencabinet Flaschen mit Mißgeburten, Schlangen und Embryos zu sehen.

*

Der Engländer, der mit seiner Miß immer an den Badestrand geht, damit der Anblick der Nacktheit sie gegen Sinnlichkeit abstumpfe.

*

Die Parabel vom Schauspieler. Der Hund, der Esel: »Du sollst bellen, du sollst Stroh fressen!« – Der arme * *, er bellt schon!

*

BILD

Haushalt Joseph's und Maria's. Ersterer sitzt an der Wiege des Kindes und schaukelt es, singt auch Eiapopeia – Prosa. Maria sitzt am Fenster zwischen Blumen und streichelt ihre Taube.

*

ZUR »HIMMELFAHRT«

Der Director zeigt mir sein Curiositätencabinet, z. B. der erste Zahn von Ahasverus.

Die kleinen Engel, welche rauchen.

Ein blinder Charlatan auf dem Markte verkauft Augenwasser, das gegen Blindheit schützt. Er hat selbst nicht dran geglaubt und ist blind geworden. Tragische Schilderung der Blindheit.

*

Die wahnsinnige Jüdin, die das Jahrzeitlämpchen des Kindes wiegt.

*

CALMONIUS

Seine Sucht nach Ordensbändern, dieser nagende Bandwurm seiner Seele. Sein Leib laborirt an einem minder lächerlichen Bandwurme.

Wenn * * wiederkommt, die Grisetten werden ihn zerreißen, wie die thrakischen Weiber seinen Collegen, den Orpheus.

*

Fanny Elsler, die Tänzerin beider Welten.

*

Tragödienkritik, wo angenommen wird, der Held wolle ganz etwas Anderes, als er sagt. Durchführung des Verschweigens.

*

Die Hoffnung ist eine schöne Jungfrau mit kindlichem Gesicht, aber welkem Busen, woran …

*

Ich finde in einem einsamen Gärtchen eine Rose, die allerlei Erinnerungen weckt – ihr Mund en coeur, ihr ganzes graciöses Wesen, ihr Leichtsinn, ihre Innigkeit.

Ihr Lächeln, wie ein strahlendes Netz, sie warf es aus und meine Seele verfing sich darin, und zappelt in den holden Maschen, wie ein Fisch, seit Jahren.

*

Ein gefühlvoll, helles Auge, ruhige sinnreiche Lippen – eine schöne, lächelnde Blume, eine – tiefsinnige Stimme.

*

Ein süßlich, zerquetschtes, eingemachtes Gesicht mit ängstlich kleinlichen Augen.

*

Ein lächelnder Gang.

*

Er sprudelte von Dummheit.

*

Ein Gesicht wie ein Fötus in Weingeist.

*

Eine Dame, welche schon anfing, nicht mehr jung zu sein.

*

Sie blinzelte mit den Augen wie eine Schildwache, der die Sonne in's Gesicht scheint.

*

Sie schrieb anonyme Briefe, unterschrieben: »Eine schöne Seele.«
Er lobt sich so stark, daß die Räucherkerzchen im Preise steigen.

*

Er hat es in der Ignoranz am weitesten gebracht.

*

Was * * betrifft, so sagt man, daß er von mehreren Juden abstamme.

*

Ein fetter Mastbritte.

*

Schön gekämmte, frisirte Gedanken.

*

Es steigt herab die große Nacht mit ihren kühnen Sternen.

*

Ich sah einen Wolf, der leckte an einem gelben Stern, bis seine Zunge blutete.

*

Den Mond, dessen Glanz bleich und fahl war, umgab eine Masse gelblicher Wolken, ähnlich dem bleifarbenen Ringe, welcher Augen, die viel von Thränen benetzt werden, zu umsäumen pflegt.

*

Die Felsen, minder hart als Menschenherzen, die ich vergebens anflehte, öffnen sich und der schmerzlindernde Quell rieselt hervor.

AUTOBIOGRAPHISCHE SKIZZE

1835

An Philarète Chasles

Paris, den 11. Januar 1835.

Soeben empfing ich das Schreiben, mit dem Sie mich beehrt haben, und ich beeile mich, Ihnen die gewünschte Auskunft zu geben.

Ich bin geboren im Jahre 1800 zu Düsseldorf, einer Stadt am Rhein, die von 1806–1814 von den Franzosen occupirt war, so daß ich schon in meiner Kindheit die Luft Frankreichs eingeathmet. Meine erste Ausbildung erhielt ich im Franciskanerkloster zu Düsseldorf. Späterhin besuchte ich das Gymnasium dieser Stadt, welches damals »Lyceum« hieß. Ich machte dort alle die Classen durch, wo Humaniora gelehrt wurden, und ich habe mich in der obern Classe ausgezeichnet, wo der Rector Schallmeyer Philosophie, der Professor Brewer Mathematik, der Abbé Daulnoie die französische Rhetorik und Dichtkunst lehrte, und Professor Kramer die classischen Dichter explicirte. Diese Männer leben noch jetzt, mit Ausnahme des Ersteren, eines katholischen Priesters, der sich meiner ganz besonders annahm, wahrscheinlich des Bruders meiner Mutter, des Hofraths von Geldern wegen, der sein Universitätsfreund war, und auch, wie ich glaube, meines Großvaters wegen, des Doctors von Geldern, eines berühmten Arztes, der ihm das Leben gerettet.

Mein Vater war Kaufmann und ziemlich vermögend; er ist todt. Meine Mutter, eine treffliche Frau, lebt noch jetzt, zurückgezogen von der großen Welt. Ich habe eine Schwester, Frau Charlotte von Embden, und zwei Brüder, von welchen der Eine, Gustav von Geldern (er hat den Namen der Mutter angenommen), Dragonerofficier in Diensten Sr. Majestät des Kaisers von Österreich ist; der Andere, Dr. Maximilian Heine, ist Arzt in der russischen Armee, mit welcher er den Übergang über den Balkan gemacht.

Meine, durch romantische Launen, durch Etablissementsversuche, durch Liebe und durch andere Krankheiten unterbrochenen Studien wurden seit dem Jahre 1819 zu Bonn, zu Göttingen und zu Berlin fortgesetzt. Ich habe vierthalb Jahre in Berlin gelebt, wo ich mit den ausgezeichnetsten Gelehrten auf freundschaftlichem Fuße stand, und wo ich von Krankheiten aller Art, unter andern von einem

Degenstich in die Lenden heimgesucht worden bin, den mir ein gewisser Scheller aus Danzig beigebracht, dessen Namen ich nie vergessen werde, weil er der einzige Mensch ist, der es verstanden hat, mich auf's Empfindlichste zu verwunden.

Ich habe sieben Jahre lang auf den obgenannten Universitäten studirt, und zu Göttingen war es, wo ich, dorthin zurückgekehrt, den Grad als Doctor der Rechte nach einem Privatexamen und einer öffentlichen Disputation erhielt, bei welcher der berühmte Hugo, damals Decan der juristischen Facultät, mir auch nicht die kleinste scholastische Formalität erließ. Obgleich dieser letztere Umstand Ihnen sehr geringfügig erscheinen mag, bitte ich Sie doch, davon Notiz zu nehmen, weil man in einem wider mich geschriebenen Buche die Behauptung aufgestellt hat, ich hätte mir mein akademisches Diplom nur erkauft. Unter all den Lügen, die man über mein Privatleben hat drucken lassen, ist dies die einzige, die ich niederschlagen möchte. Da sehen Sie den Gelehrtenstolz! Man sage von mir, ich sei ein Bastard, ein Henkerssohn, ein Straßenräuber, ein Atheist, ein schlechter Poet – ich lache darüber; aber es zerreißt mir das Herz, meine Doctorwürde bestritten zu sehen! (Unter uns gesagt, obgleich ich Doctor der Rechte bin, ist die Jurisprudenz gerade die Wissenschaft, von welcher ich unter allen am wenigsten weiß.)

Von meinem sechzehnten Jahre an habe ich Verse gemacht. Meine ersten Poesien wurden im Jahre 1821 zu Berlin gedruckt. Zwei Jahre später gab ich neue Gedichte nebst zwei Tragödien heraus. Die eine der letzteren ward zu Braunschweig, der Hauptstadt des gleichnamigen Herzogthums, aufgeführt und ausgepfiffen. Im Jahre 1826 erschien der erste Band der »Reisebilder«; die drei andern Bände kamen einige Jahre später bei den Herren Hoffmann und Campe heraus, welche noch immer meine Verleger sind. Während der Jahre 1826–1831 habe ich abwechselnd zu Lüneburg, zu Hamburg und zu München gelebt, wo ich mit meinem Freunde Lindner die »Politischen Annalen« herausgab. In der Zwischenzeit habe ich Reisen in fremde Länder gemacht. Seit zwölf Jahren habe ich die Herbstmonate stets am Meeresufer zugebracht, gewöhnlich auf einer der kleinen Inseln der Nordsee. Ich liebe das Meer wie eine Geliebte, und ich habe seine Schönheit und seine Launen besungen. Diese Dichtungen befinden sich in der deutschen Ausgabe der »Reisebilder«; in der französischen Ausgabe habe ich sie weggelassen, sowie auch den polemischen Theil, der sich auf den Geburtsadel, auf die Teutomanen und auf die katholische Propaganda bezieht. Was den Adel betrifft, so habe ich diesen noch in der Vorrede zu den »Briefen von Kahldorf« besprochen, die nicht von mir verfaßt sind, wie das deutsche Publicum irrthümlich glaubt. Was die Teutomanen, diese deutschen alten Weiber (ces vieilles Allemagnes), betrifft, deren Patriotismus nur in einem blinden Hasse gegen Frankreich bestand, so habe ich sie in all meinen Schriften mit Erbitterung verfolgt. Es ist dies eine Animosität, die noch von der Burschenschaft herdatirt, zu welcher ich gehörte. Ich habe zur selben Zeit die katholische Propaganda, die Jesuiten Deutschlands, bekämpft, sowohl um Verleumder zu züchtigen, die mich zuerst angegriffen, als um einem protestantischen Sinne zu genügen. Dieser mag mich freilich bisweilen zu weit fortgerissen haben, denn der Protestantismus war mir nicht blos eine liberale Religion, sondern auch der Ausgangspunkt der deutschen Revolution, und ich gehörte der lutherischen Confession nicht nur durch den Taufact an, sondern auch durch eine Kampfeslust, die mich an den Schlachten dieser Ecclesia militans theilnehmen ließ. Aber während ich die socialen Interessen des Protestantismus vertheidigte, habe ich aus meinen pantheistischen Sympathien niemals ein Hehl gemacht. Deshalb bin ich des Atheismus beschuldigt worden. Schlecht unterrichtete oder böswillige Landsleute haben schon lange das Gerücht verbreitet, ich hätte den saintsimonistischen Rock angezogen; Andere beehren mich mit dem Judenthum. Es thut mir leid, daß ich nicht immer in der Lage bin, dergleichen Liebesdienste zu vergelten.

Ich habe nie geraucht; eben so wenig bin ich ein Freund des Bieres, und erst in Frankreich habe ich zum ersten Mal Sauerkraut gegessen. In der Literatur habe ich mich in Allem versucht. Ich habe lyrische, epische und dramatische Gedichte verfaßt; ich habe über Kunst, über Philosophie, über Theologie, über Politik geschrieben … Gott verzeih's! Seit zwölf Jahren bin ich in Deutschland besprochen worden; man lobt mich oder man tadelt mich, aber stets mit Leidenschaft und ohne Ende. Da haßt, da verabscheut, da vergöttert, da beleidigt man mich. Seit dem Monat Mai 1831 lebe ich in Frankreich. Seit fast vier Jahren habe ich keine deutsche Nachtigall gehört.

Aber genug! ich werde traurig.

Wenn Sie noch andere Auskunft wünschen, will ich sie Ihnen mit Vergnügen ertheilen. Ich sehe es immer gern, wenn Sie mich selbst darum angehen. Reden Sie gut von mir, reden Sie gut von Ihrem Nächsten, wie das Evangelium es gebeut, und genehmigen Sie die Versicherung der ausgezeichneten Hochachtung, mit welcher ich bin, etc.

Heinrich Heine

MEMOIREN

Ich habe in der Tat, teure Dame, die Denkwürdigkeiten meiner Zeit, insofern meine eigene Person damit als Zuschauer oder als Opfer in Berührung kam, so wahrhaft und getreu als möglich aufzuzeichnen gesucht.

Diese Aufzeichnungen, denen ich selbstgefällig den Titel »Memoiren« verlieh, habe ich jedoch schier zur Hälfte wieder vernichten müssen, teils aus leidigen Familienrücksichten, teils auch wegen religiöser Skrupeln.

Ich habe mich seitdem bemüht, die entstandenen Lakunen notdürftig zu füllen, doch ich fürchte, posthume Pflichten oder ein selbstquälerischer Überdruß zwingen mich, meine Memoiren vor meinem Tode einem neuen Autodafee zu überliefern, und was alsdann die Flammen verschonen, wird vielleicht niemals das Tageslicht der Öffentlichkeit erblicken.

Ich nehme mich wohl in acht, die Freunde zu nennen, die ich mit der Hut meines Manuskriptes und der Vollstreckung meines letzten Willens in Bezug auf dasselbe betraue; ich will sie nicht nach meinem Ableben der Zudringlichkeit eines müßigen Publikums und dadurch einer Untreue an ihrem Mandat bloßstellen.

Eine solche Untreue habe ich nie entschuldigen können; es ist eine unerlaubte und unsittliche Handlung, auch nur eine Zeile von einem Schriftsteller zu veröffentlichen, die er nicht selber für das große Publikum bestimmt hat. Dieses gilt ganz besonders von Briefen, die an Privatpersonen gerichtet sind. Wer sie drucken läßt oder verlegt, macht sich einer Felonie schuldig, die Verachtung verdient.

Nach diesen Bekenntnissen, teure Dame, werden Sie leicht zur Einsicht gelangen, daß ich Ihnen nicht, wie Sie wünschen, die Lektüre meiner Memoiren und Briefschaften gewähren kann.

Jedoch, ein Höfling Ihrer Liebenswürdigkeit, wie ich es immer war, kann ich Ihnen kein Begehr unbedingt verweigern, und um meinen guten Willen zu bekunden, will ich in anderer Weise die holde Neugier stillen, die aus einer liebenden Teilnahme an meinen Schicksalen hervorgeht.

Ich habe die folgenden Blätter in dieser Absicht niedergeschrieben, und die biographischen Notizen, die für Sie ein Interesse haben, finden Sie hier in reichlicher Fülle. Alles Bedeutsame und Charakteristische ist hier treuherzig mitgeteilt, und die Wechselwirkung äußerer

Begebenheiten und innerer Seelenereignisse offenbart Ihnen die Signatura meines Seins und Wesens. Die Hülle fällt ab von der Seele, und du kannst sie betrachten in ihrer schönen Nacktheit. Da sind keine Flecken, nur Wunden. Ach! und nur Wunden, welche die Hand der Freunde, nicht die der Feinde geschlagen hat!

Die Nacht ist stumm. Nur draußen klatscht der Regen auf die Dächer und ächzet wehmütig der Herbstwind.

Das arme Krankenzimmer ist in diesem Augenblick fast wohllustig heimlich, und ich sitze schmerzlos im großen Sessel.

Da tritt dein holdes Bild herein, ohne daß sich die Türklinke bewegt, und du lagerst dich auf das Kissen zu meinen Füßen. Lege dein schönes Haupt auf meine Kniee und horche, ohne aufzublicken.

Ich will dir das Märchen meines Lebens erzählen.

Wenn manchmal dicke Tropfen auf dein Lockenhaupt fallen, so bleibe dennoch ruhig; es ist nicht der Regen, welcher durch das Dach sickert. Weine nicht und drücke mir nur schweigend die Hand.

Hier hat Bruder Maximilian Heine viele Seiten des Manuskripts vernichtet.

Welch ein erhabenes Gefühl muß einen solchen Kirchenfürsten beseelen, wenn er hinabblickt auf den wimmelnden Marktplatz, wo Tausende entblößten Hauptes mit Andacht vor ihm niederknieend seinen Segen erwarten!

In der italienischen Reisebeschreibung des Hofrats Moritz las ich einst eine Beschreibung jener Szene, wo ein Umstand vorkam, der mir ebenfalls jetzt in den Sinn kommt.

Unter dem Landvolk, erzählt Moritz, das er dort auf den Knieen liegen sah, erregte seine besondere Aufmerksamkeit einer jener wandernden Rosenkranzhändler des Gebirges, die aus einer braunen Holzgattung die schönsten Rosenkränze schnitzen und sie in der ganzen Romagna um so teurer verkaufen, da sie denselben an obenerwähntem Feiertage vom Papste selbst die Weihe zu verschaffen wissen.

Mit der größten Andacht lag der Mann auf den Knieen, doch den breitkrämpigen Filzhut, worin seine Ware, die Rosenkränze, befindlich, hielt er in die Höhe, und während der Papst mit ausgestreckten Händen den Segen sprach, rüttelte jener seinen Hut und rührte darin herum, wie Kastanienverkäufer zu tun pflegen, wenn sie ihre Kastanien auf dem Rost braten; gewissenhaft schien er dafür zu sorgen, daß die Rosenkränze, die unten im Hut lagen, auch etwas von dem päpstlichen Segen abbekämen und alle gleichmäßig geweiht würden.

Ich konnte nicht umhin, diesen rührenden Zug von frommer Naivetät hier einzuflechten, und ergreife wieder den Faden meiner Geständnisse, die alle auf den geistigen Prozeß Bezug haben, den ich später durchmachen mußte.

Aus den frühesten Anfängen erklären sich die spätesten Erscheinungen. Es ist gewiß bedeutsam, daß mir bereits in meinem dreizehnten Lebensjahr alle Systeme der freien Denker vorgetragen wurden und zwar durch einen ehrwürdigen Geistlichen, der seine sazerdotalen Amtspflichten nicht im geringsten vernachlässigte, so daß ich hier frühe sah, wie ohne Heuchelei Religion und Zweifel ruhig neben einander gingen, woraus nicht bloß in mir der Unglauben, sondern auch die toleranteste Gleichgültigkeit entstand.

Ort und Zeit sind auch wichtige Momente: ich bin geboren zu Ende des skeptischen achtzehnten Jahrhunderts und in einer Stadt, wo zur Zeit meiner Kindheit nicht bloß die Franzosen, sondern auch der französische Geist herrschte.

Die Franzosen, die ich kennen lernte, machten mich, ich muß es gestehen, mit Büchern bekannt, die sehr unsauber und mir ein Vorurteil gegen die ganze französische Literatur einflößten.

Ich habe sie auch später nie so sehr geliebt, wie sie es verdient, und am ungerechtesten blieb ich gegen die französische Poesie, die mir von Jugend an fatal war.

Daran ist wohl zunächst der vermaledeite Abbé Daunoi Schuld, der im Lyceum zu Düsseldorf die französische Sprache dozierte und mich durchaus zwingen wollte, französische Verse zu machen. Wenig fehlte, und er hätte mir nicht bloß die französische, sondern die Poesie überhaupt verleidet.

Der Abbé Daunoi, ein emigrierter Priester, war ein ältliches Männchen mit den beweglichsten Gesichtsmuskeln und mit einer braunen Perücke, die, so oft er in Zorn geriet, eine sehr schiefe Stellung annahm.

Er hatte mehrere französische Grammatiken sowie auch Chrestomathien, worin Auszüge deutscher und französischer Klassiker, zum Übersetzen für seine verschiedenen Klassen geschrieben; für die oberste veröffentlichte er auch eine »Art oratoire« und eine »Art poétique«, zwei Büchlein, wovon das erstere Beredsamkeitsrezepte aus Quintilian enthielt, angewendet auf Beispiele von Predigten Fléchiers, Massillions, Bourdaloues und Bossuets, welche mich nicht allzusehr langweilten. –

Aber gar das andere Buch, das die Definitionen von der Poesie: *l'art de peindre par les images*, den faden Abhub der alten Schule von

Batteux, auch die französische Prosodie und überhaupt die ganze Metrik der Franzosen enthielt, welch ein schrecklicher Alb!

Ich kenne auch jetzt nichts Abgeschmackteres als das metrische System der französischen Poesie, dieser *art de peindre par les images*, wie die Franzosen dieselbe definieren, welcher verkehrte Begriff vielleicht dazu beiträgt, daß sie immer in die malerische Paraphrase geraten.

Ihre Metrik hat gewiß Prokrustes erfunden; sie ist eine wahre Zwangsjacke für Gedanken, die bei ihrer Zahmheit gewiß nicht einer solchen bedürfen. Daß die Schönheit eines Gedichtes in der Überwindung der metrischen Schwierigkeiten bestehe, ist ein lächerlicher Grundsatz, derselben närrischen Quelle entsprungen. Der französische Hexameter, dieses gereimte Rülpsen, ist mir wahrhaft ein Abscheu. Die Franzosen haben diese widrige Unnatur, die weit sündhafter als die Greuel von Sodom und Gomorrha, immer selbst gefühlt, und ihre guten Schauspieler sind darauf angewiesen, die Verse so sakkadiert zu sprechen, als wären sie Prosa – warum aber alsdann die überflüssige Mühe der Versifikation?

So denk ich jetzt, und so fühlt ich schon als Knabe, und man kann sich leicht vorstellen, daß es zwischen mir und der alten braunen Perücke zu offnen Feindseligkeiten kommen mußte, als ich ihm erklärte, wie es mir rein unmöglich sei, französische Verse zu machen. Er sprach mir allen Sinn für Poesie ab und nannte mich einen Barbaren des Teutoburger Waldes.

Ich denke noch mit Entsetzen daran, daß ich aus der Chrestomathie des Professors die Anrede des Kaiphas an den Sanhedrin aus den Hexametern der Klopstockschen »Messiade« in französische Alexandriner übersetzen sollte! Es war ein Raffinement von Grausamkeit, die alle Passionsqualen des Messias selbst übersteigt, und die selbst dieser nicht ruhig erduldet hätte. Gott verzeih, ich verwünschte die Welt und die fremden Unterdrücker, die uns ihre Metrik aufbürden wollten, und ich war nahe dran, ein Franzosenfresser zu werden.

Ich hätte für Frankreich sterben können, aber französische Verse machen – nimmermehr!

Durch den Rektor und meine Mutter wurde der Zwist beigelegt. Letztere war überhaupt nicht damit zufrieden, daß ich Verse machen lernte, und seien es auch nur französische. Sie hatte nämlich damals die größte Angst, daß ich ein Dichter werden möchte, das wäre das Schlimmste, sagte sie immer, was mir passieren könne.

Die Begriffe, die man damals mit dem Namen Dichter verknüpfte, waren nämlich nicht sehr ehrenhaft, und ein Poet war ein zerlumpter, armer Teufel, der für ein paar Taler ein Gelegenheitsgedicht verfertigt und am Ende im Hospital stirbt.

Meine Mutter aber hatte große, hochfliegende Dinge mit mir im Sinn, und alle Erziehungspläne zielten darauf hin. Sie spielte die Hauptrolle in meiner Entwickelungsgeschichte, sie machte die Programme aller meiner Studien, und schon vor meiner Geburt begannen ihre Erziehungspläne. Ich folgte gehorsam ihren ausgesprochenen Wünschen, jedoch gestehe ich, daß sie Schuld war an der Unfruchtbarkeit meiner meisten Versuche und Bestrebungen in bürgerlichen Stellen, da dieselben niemals meinem Naturell entsprachen. Letzteres, weit mehr als die Weltbegebenheiten, bestimmte meine Zukunft.

In uns selbst liegen die Sterne unseres Glücks.

Zuerst war es die Pracht des Kaiserreichs, die meine Mutter blendete, und da die Tochter eines Eisenfabrikanten unserer Gegend, die mit meiner Mutter sehr befreundet war, eine Herzogin geworden und ihr gemeldet hatte, daß ihr Mann sehr viele Schlachten gewonnen und bald auch zum König avancieren würde, – ach da träumte meine Mutter für mich die goldensten Epauletten oder die brodiertesten Ehrenchargen am Hofe des Kaisers, dessen Dienst sie mich ganz zu widmen beabsichtigte.

Deshalb mußte ich jetzt vorzugsweise diejenigen Studien betreiben, die einer solchen Laufbahn förderlich, und obgleich im Lyceum schon hinlänglich für mathematische Wissenschaften gesorgt war und ich bei dem liebenswürdigen Professor Brewer vollauf mit Geometrie, Statik, Hydrostatik, Hydraulik und so weiter gefüttert ward und in Logarithmen und Algebra schwamm, so mußte ich doch noch Privatunterricht in dergleichen Disziplinen nehmen, die mich in Stand setzen sollten, ein großer Strategiker oder nötigenfalls der Administrator von eroberten Provinzen zu werden.

Mit dem Fall des Kaiserreichs mußte auch meine Mutter der prachtvollen Laufbahn, die sie für mich geträumt, entsagen; die dahin zielenden Studien nahmen ein Ende, und sonderbar! sie ließen auch keine Spur in meinem Geiste zurück, so sehr waren sie demselben fremd. Es war nur eine mechanische Errungenschaft, die ich von mir warf als unnützen Plunder.

Meine Mutter begann jetzt in anderer Richtung eine glänzende Zukunft für mich zu träumen.

Das Rothschildsche Haus, mit dessen Chef mein Vater vertraut war, hatte zu jener Zeit seinen fabelhaften Flor bereits begonnen; auch andere Fürsten der Bank und der Industrie hatten in unserer

Nähe sich erhoben, und meine Mutter behauptete, es habe jetzt die Stunde geschlagen, wo ein bedeutender Kopf im merkantilischen Fache das Ungeheuerlichste erreichen und sich zum höchsten Gipfel der weltlichen Macht emporschwingen könne. Sie beschloß daher jetzt, daß ich eine Geldmacht werden sollte, und jetzt mußte ich fremde Sprachen, besonders Englisch, Geographie, Buchhalten, kurz alle auf den Land- und Seehandel und Gewerbskunde bezüglichen Wissenschaften studieren.

Um etwas vom Wechselgeschäft und von Kolonialwaren kennen zu lernen, mußte ich später das Comptoir eines Bankiers meines Vaters und die Gewölbe eines großen Spezereihändlers besuchen; erstere Besuche dauerten höchstens drei Wochen, letztere vier Wochen, doch ich lernte bei dieser Gelegenheit, wie man einen Wechsel ausstellt, und wie Muskatnüsse aussehen.

Ein berühmter Kaufmann, bei welchem ich ein *apprenti millionaire* werden wollte, meinte, ich hätte kein Talent zum Erwerb, und lachend gestand ich ihm, daß er wohl recht haben möchte.

Da bald darauf eine große Handelskrisis entstand und wie viele unserer Freunde auch mein Vater sein Vermögen verlor, da platzte die merkantilische Seifenblase noch schneller und kläglicher als die imperiale, und meine Mutter mußte nun wohl eine andere Laufbahn für mich träumen.

Sie meinte jetzt, ich müsse durchaus Jurisprudenz studieren.

Sie hatte nämlich bemerkt, wie längst in England, aber auch in Frankreich und im konstitutionellen Deutschland der Juristenstand allmächtig sei und besonders die Advokaten durch die Gewohnheit des öffentlichen Vortrags die schwatzenden Hauptrollen spielen und dadurch zu den höchsten Staatsämtern gelangen. Meine Mutter hatte ganz richtig beobachtet.

Da eben die neue Universität Bonn errichtet worden, wo die juristische Fakultät von den berühmtesten Professoren besetzt war, schickte mich meine Mutter unverzüglich nach Bonn, wo ich bald zu den Füßen Mackeldeys und Welkers saß und die Manna ihres Wissens einschlürfte.

Von den sieben Jahren, die ich auf deutschen Universitäten zubrachte, vergeudete ich drei schöne blühende Lebensjahre durch das Studium der römischen Kasuistik, der Jurisprudenz, dieser illiberalsten Wissenschaft.

Welch ein fürchterliches Buch ist das Korpus Juris, die Bibel des Egoismus!

Wie die Römer selbst blieb mir immer verhaßt ihr Rechtskodex.

Diese Räuber wollten ihren Raub sicherstellen, und was sie mit dem Schwerte erbeutet, suchten sie durch Gesetze zu schützen; deshalb war der Römer zu gleicher Zeit Soldat und Advokat, und es entstand eine Mischung der widerwärtigsten Art.

Wahrhaftig jenen römischen Dieben verdanken wir die Theorie des Eigentums, das vorher nur als Tatsache bestand, und die Ausbildung dieser Lehre in ihren schnödesten Konsequenzen ist jenes gepriesene römische Recht, das allen unseren heutigen Legislationen, ja allen modernen Staatsinstituten zu Grunde liegt, obgleich es im grellsten Widerspruch mit der Religion, der Moral, dem Menschengefühl und der Vernunft steht.

Ich brachte jenes gottverfluchte Studium zu Ende, aber ich konnte mich nimmer entschließen, von solcher Errungenschaft Gebrauch zu machen, und vielleicht auch weil ich fühlte, daß andere mich in der Advokasserie und Rabulisterei leicht überflügeln würden, hing ich meinen juristischen Doktorhut an den Nagel.

Meine Mutter machte eine noch ernstere Miene als gewöhnlich. Aber ich war ein sehr erwachsener Mensch geworden, der in dem Alter stand, wo er der mütterlichen Obhut entbehren muß.

Die gute Frau war ebenfalls älter geworden, und indem sie nach so manchem Fiasko die Oberleitung meines Lebens aufgab, bereute sie, wie wir oben gesehen, daß sie mich nicht dem geistlichen Stande gewidmet.

Sie ist jetzt eine Matrone von 87 Jahren, und ihr Geist hat durch das Alter nicht gelitten. Über meine wirkliche Denkart hat sie sich nie eine Herrschaft angemaßt und war für mich immer die Schonung und Liebe selbst.

Ihr Glauben war ein strenger Deismus, der ihrer vorwaltenden Vernunftrichtung ganz angemessen. Sie war eine Schülerin Rousseaus, hatte dessen »Émile« gelesen, säugte selbst ihre Kinder, und Erziehungswesen war ihr Steckenpferd. Sie selbst hatte eine gelehrte Erziehung genossen und war die Studiengefährtin eines Bruders gewesen, der ein ausgezeichneter Arzt ward, aber früh starb. Schon als ganz junges Mädchen mußte sie ihrem Vater die lateinischen Dissertationen und sonstige gelehrte Schriften vorlesen, wobei sie oft den Alten durch ihre Fragen in Erstaunen setzte.

Ihre Vernunft und ihre Empfindung war die Gesundheit selbst, und nicht von ihr erbte ich den Sinn für das Phantastische und die Romantik. Sie hatte, wie ich schon erwähnt, eine Angst vor Poesie, entriß mir jeden Roman, den sie in meinen Händen fand, erlaubte mir keinen Besuch des Schauspiels, versagte mir alle Teilnahme an

Volksspielen, überwachte meinen Umgang, schalt die Mägde, welche in meiner Gegenwart Gespenstergeschichten erzählten, kurz, sie tat alles mögliche, um Aberglauben und Poesie von mir zu entfernen.

Sie war sparsam, aber nur in Bezug auf ihre eigene Person; für das Vergnügen andrer konnte sie verschwenderisch sein, und da sie das Geld nicht liebte, sondern nur schätzte, schenkte sie mit leichter Hand und setzte mich oft durch ihre Wohltätigkeit und Freigebigkeit in Erstaunen.

Welche Aufopferung bewies sie dem Sohne, dem sie in schwieriger Zeit nicht bloß das Programm seiner Studien, sondern auch die Mittel dazu lieferte! Als ich die Universität bezog, waren die Geschäfte meines Vaters in sehr traurigem Zustand, und meine Mutter verkaufte ihren Schmuck, Halsband und Ohrringe von großem Werte, um mir das Auskommen für die vier ersten Universitätsjahre zu sichern.

Ich war übrigens nicht der erste in unserer Familie, der auf der Universität Edelsteine aufgegessen und Perlen verschluckt hatte. Der Vater meiner Mutter, wie diese mir einst erzählte, erprobte dasselbe Kunststück. Die Juwelen, welche das Gebetbuch seiner verstorbenen Mutter verzierten, mußten die Kosten seines Aufenthalts auf der Universität bestreiten, als sein Vater, der alte Lazarus de Geldern, durch einen Sukzessionsprozeß mit einer verheirateten Schwester in große Armut geraten war, er, der von seinem Vater ein Vermögen geerbt hatte, von dessen Größe mir eine alte Großmuhme so viel Wunderdinge erzählte.

Das klang dem Knaben immer wie Märchen von »Tausendundeiner Nacht«, wenn die Alte von den großen Palästen und den persischen Tapeten und dem massiven Gold- und Silbergeschirr erzählte, die der gute Mann, der am Hofe des Kurfürsten und der Kurfürstin so viel Ehren genoß, so kläglich einbüßte. Sein Haus in der Stadt war das große Hotel in der Rheinstraße; das jetzige Krankenhaus in der Neustadt gehörte ihm ebenfalls sowie ein Schloß bei Gravenberg, und am Ende hatte er kaum, wo er sein Haupt hinlegen konnte.

Eine Geschichte, die ein Seitenstück zu der obigen bildet, will ich hier einweben, da sie die verunglimpfte Mutter eines meiner Kollegen in der öffentlichen Meinung rehabilitieren dürfte. Ich las nämlich einmal in der Biographie des armen Dietrich Grabbe, daß das Laster des Trunks, woran derselbe zu Grunde gegangen, ihm durch seine eigene Mutter frühe eingepflanzt worden sei, indem sie dem Knaben, ja dem Kinde Branntewein zu trinken gegeben habe. Diese Anklage, die der Herausgeber der Biographie aus dem Munde feindseliger Verwandter erfahren, scheint grundfalsch, wenn ich mich der Worte erinnere, womit der selige Grabbe mehrmals von seiner Mutter sprach, die ihn oft gegen »dat Suppen« mit den nachdrücklichsten Worten verwarnte.

Sie war eine rohe Dame, die Frau eines Gefängniswärters, und wenn sie ihren jungen Wolf-Dietrich karessierte, mag sie ihn wohl manchmal mit den Tatzen einer Wölfin auch ein bißchen gekratzt haben. Aber sie hatte doch ein echtes Mutterherz und bewährte solches, als ihr Sohn nach Berlin reiste, um dort zu studieren.

Beim Abschied, erzählte mir Grabbe, drückte sie ihm ein Paket in die Hand, worin, weich umwickelt mit Baumwolle, sich ein halb Dutzend silberne Löffel nebst sechs dito kleinen Kaffeelöffeln und ein großer dito Potagelöffel befand, ein stolzer Hausschatz, dessen die Frauen aus dem Volke sich nie ohne Herzbluten entäußern, da sie gleichsam eine silberne Dekoration sind, wodurch sie sich von dem gewöhnlichen zinnernen Pöbel zu unterscheiden glauben. Als ich Grabbe kennen lernte, hatte er bereits den Potagelöffel, den Goliath, wie er ihn nannte, aufgezehrt. Befragte ich ihn manchmal, wie es ihm gehe, antwortete er mit bewölkter Stirn lakonisch: ich bin an meinem dritten Löffel, oder ich bin an meinem vierten Löffel. Die großen gehen dahin, seufzte er einst, und es wird sehr schmale Bissen geben, wenn die kleinen, die Kaffeelöffelchen, an die Reihe kommen, und wenn diese dahin sind, gibts gar keine Bissen mehr.

Leider hatte er recht, und je weniger er zu essen hatte, desto mehr legte er sich aufs Trinken und ward ein Trunkenbold. Anfangs Elend und später häuslicher Gram trieben den Unglücklichen, im Rausche Erheiterung oder Vergessenheit zu suchen, und zuletzt mochte er wohl zur Flasche gegriffen haben, wie andere zur Pistole, um dem Jammertum ein Ende zu machen. »Glauben Sie mir«, sagte mir einst ein naiver westfälischer Landsmann Grabbes, »der konnte viel vertragen und wäre nicht gestorben, weil er trank, sondern er trank, weil er sterben wollte; er starb durch Selbsttrunk«.

Obige Ehrenrettung einer Mutter ist gewiß nie am unrechten Platz; ich versäumte bis jetzt, sie zur Sprache zu bringen, da ich sie in einer Charakteristik Grabbes aufzeichnen wollte; diese kam nie zu Stande, und auch in meinem Buche »De l'Allemagne« konnte ich Grabbes nur flüchtig erwähnen.

Obige Notiz ist mehr an den deutschen als an den französischen Leser gerichtet, und für letzteren will ich hier nur bemerken, daß besagter Dietrich Grabbe einer der größten deutschen Dichter war und von allen unseren dramatischen Dichtern wohl als derjenige genannt werden darf, der die meiste Verwandtschaft mit Shakespeare hat. Er mag weniger Saiten auf seiner Leier haben als andre, die dadurch ihn vielleicht überragen, aber die Saiten, die er besitzt, haben einen Klang, der nur bei dem großen Briten gefunden wird. Er hat dieselben Plötzlichkeiten, dieselben Naturlaute, womit uns Shakespeare erschreckt, erschüttert, entzückt.

Aber alle seine Vorzüge sind verdunkelt durch eine Geschmacklosigkeit, einen Zynismus und eine Ausgelassenheit, die das Tollste und Abscheulichste überbieten, das je ein Gehirn zu Tage gefördert. Es ist aber nicht Krankheit, etwa Fieber oder Blödsinn, was dergleichen hervorbrachte, sondern eine geistige Intoxikation des Genies. Wie Plato den Diogenes sehr treffend einen wahnsinnigen Sokrates nannte, so könnte man unsern Grabbe leider mit doppeltem Rechte einen betrunkenen Shakespeare nennen.

In seinen gedruckten Dramen sind jene Monstruositäten sehr gemildert, sie befanden sich aber grauenhaft grell in dem Manuskript seines »Gothland«, einer Tragödie, die er einst, als er mir noch ganz unbekannt war, überreichte oder vielmehr vor die Füße schmiß mit den Worten: »Ich wollte wissen, was an mir sei, und da habe ich dieses Manuskript dem Professor Gubitz gebracht, der darüber den Kopf geschüttelt und, um meiner los zu werden, mich an Sie verwies, der eben so tolle Grillen im Kopfe trüge wie ich und mich daher weit besser verstünde, – hier ist nun der Bulk!«

Nach diesen Worten, ohne Antwort zu erwarten, troddelte der närrische Kauz wieder fort, und da ich eben zu Frau von Varnhagen ging, nahm ich das Manuskript mit, um ihr die Primeur eines Dichters zu verschaffen; denn ich hatte an den wenigen Stellen, die ich las, schon gemerkt, daß hier ein Dichter war.

Wir erkennen das poetische Wild schon am Geruch. Aber der Geruch war diesmal zu stark für weibliche Nerven, und spät, schon gegen Mitternacht, ließ mich Frau von Varnhagen rufen und beschwor mich um Gotteswillen, das entsetzliche Manuskript wieder zurückzunehmen, da sie nicht schlafen könne, solange sich dasselbe noch im Hause befände. Einen solchen Eindruck machten Grabbes Produktionen in ihrer ursprünglichen Gestalt.

Obige Abschweifung mag ihr Gegenstand selbst rechtfertigen.

Die Ehrenrettung einer Mutter ist überall an ihrem Platze, und der fühlende Leser wird die oben mitgeteilten Äußerungen Grabbes über die arme verunglimpfte Frau, die ihn zur Welt gebracht, nicht aber als eine müßige Abschweifung betrachten.

Jetzt aber, nachdem ich mich einer Pflicht der Pietät gegen einen unglücklichen Dichter erledigt habe, will ich wieder zu meiner eigenen Mutter und ihrer Sippschaft zurückkehren, in weiterer Besprechung des Einflusses, der von dieser Seite auf meine geistige Bildung ausgeübt wurde.

Nach meiner Mutter beschäftigte sich mit letzterer ganz besonders ihr Bruder, mein Oheim Simon de Geldern. Er ist tot seit 20 Jahren. Er war ein Sonderling von unscheinbarem, ja sogar närrischem Äußeren. Eine kleine, gehäbige Figur, mit einem bläßlichen, strengen Gesichte, dessen Nase zwar griechisch gradlinigt, aber gewiß um ein Drittel länger war, als die Griechen ihre Nasen zu tragen pflegten.

In seiner Jugend, sagte man, sei diese Nase von gewöhnlicher Größe gewesen, und nur durch die üble Gewohnheit, daß er sich beständig daran zupfte, soll sie sich so übergebührlich in die Länge gezogen haben. Fragten wir Kinder den Ohm, ob das wahr sei, so verwies er uns solche respektwidrige Rede mit großem Eifer und zupfte sich dann wieder an der Nase.

Er ging ganz altfränkisch gekleidet, trug kurze Beinkleider, weißseidene Strümpfe, Schnallenschuhe und nach der alten Mode einen ziemlich langen Zopf, der, wenn das kleine Männchen durch die Straßen trippelte, von einer Schulter zur andern flog, allerlei Kapriolen schnitt und sich über seinen eigenen Herrn hinter seinem Rücken zu mokieren schien.

Oft, wenn der gute Onkel in Gedanken vertieft saß oder die Zeitung las, überschlich mich das frevle Gelüste, heimlich sein Zöpfchen zu ergreifen und daran zu ziehen, als wäre es eine Hausklingel, worüber ebenfalls der Ohm sich sehr erboste, indem er jammernd die Hände rang über die junge Brut, die vor nichts mehr Respekt hat, weder durch menschliche noch durch göttliche Autorität mehr in Schranken zu halten und sich endlich an dem Heiligsten vergreifen werde.

War aber das Äußere des Mannes nicht geeignet, Respekt einzuflößen, so war sein Inneres, sein Herz desto respektabler, und es war das bravste und edelmütigste Herz, das ich hier auf Erden kennen lernte. Es war eine Ehrenhaftigkeit in dem Manne, die an den Rigorismus der Ehre in altspanischen Dramen erinnerte, und auch in der Treue glich er den Helden derselben. Er hatte nie Gelegenheit, der »Arzt seiner Ehre« zu werden, doch ein »standhafter Prinz« war er in eben so ritterlicher Größe, obgleich er nicht in vierfüßigen Trochäen deklamierte, gar nicht nach Todespalmen lechzte und statt des glänzenden Rittermantels ein scheinloses Röckchen mit Bachstelzenschwanz trug.

Er war durchaus kein sinnenfeindlicher Askete, er liebte Kirmesfeste, die Weinstube des Gastwirts Rasia, wo er besonders gern Krammetsvögel aß mit Wacholderbeeren – aber alle Krammetsvögel dieser Welt und alle ihre Lebensgenüsse opferte er mit stolzer Entschiedenheit, wenn es die Idee galt, die er für wahr und gut erkannt. Und er tat dieses mit solcher Anspruchlosigkeit, ja Verschämtheit, daß niemand merkte, wie eigentlich ein heimlicher Märtyrer in dieser spaßhaften Hülle steckte.

Nach weltlichen Begriffen war sein Leben ein verfehltes. Simon de Geldern hatte im Kollegium der Jesuiten seine sogenannten humanistischen Studien, Humaniora, gemacht, doch als der Tod seiner Eltern ihm die völlig freie Wahl einer Lebenslaufbahn ließ, wählte er gar keine, verzichtete auf jedes sogenannte Brotstudium der ausländischen Universitäten und blieb lieber daheim zu Düsseldorf in der »Arche Noä«, wie das kleine Haus hieß, welches ihm sein Vater hinterließ, und über dessen Türe das Bild der Arche Noä recht hübsch ausgemeißelt und bunt koloriert zu schauen war.

Von rastlosem Fleiße, überließ er sich hier allen seinen gelehrten Liebhabereien und Schnurrpfeifereien, seiner Bibliomanie und besonders seiner Wut des Schriftstellerns, die er besonders in politischen Tagesblättern und obskuren Zeitschriften ausließ.

Nebenbei gesagt, kostete ihm nicht bloß das Schreiben, sondern auch das Denken die größte Anstrengung.

Entstand diese Schreibwut vielleicht durch den Drang, gemeinnützig zu wirken? Er nahm Teil an allen Tagesfragen, und das Lesen von Zeitungen und Broschüren trieb er bis zur Manie. Die Nachbarn nannten ihn den Doktor, aber nicht eigentlich wegen seiner Gelahrtheit, sondern weil sein Vater und sein Bruder Doktoren der Medizin gewesen. Und die alten Weiber ließen es sich nicht ausreden, daß der Sohn des alten Doktors, der sie so oft kuriert, nicht auch die Heilmittel seines Vaters geerbt haben müsse, und wenn sie erkrankten, kamen sie zu ihm gelaufen mit ihren Urinflaschen, mit Weinen und Bitten, daß er dieselben doch besehen möchte, ihnen zu sagen, was ihnen fehle. Wenn der arme Oheim solcherweise in seinen Studien gestört wurde, konnte er in Zorn geraten und die alten Trullen mit ihren Urinflaschen zum Teufel wünschen und davonjagen.

Dieser Oheim war es nun, der auf meine geistige Bildung großen Einfluß geübt, und dem ich in solcher Beziehung unendlich viel zu verdanken habe. Wie sehr auch unsere Ansichten verschieden und so kümmerlich auch seine literärischen Bestrebungen waren, so regten sie doch vielleicht in mir die Lust zu schriftlichen Versuchen.

Der Ohm schrieb einen alten steifen Kanzleistil, wie er in den Jesuitenschulen, wo Latein die Hauptsache, gelehrt wird, und konnte sich nicht leicht befreunden mit meiner Ausdrucksweise, die ihm zu leicht, zu spielend, zu irreverenziös vorkam. Aber sein Eifer, womit er mir die Hülfsmittel des geistigen Fortschritts zuwies, war für mich von größtem Nutzen.

Er beschenkte schon den Knaben mit den schönsten, kostbarsten Werken; er stellte zu meiner Verfügung seine eigene Bibliothek, die an klassischen Büchern und wichtigen Tagesbroschüren so reich war, und er erlaubte mir sogar, auf dem Söller der Arche Noä in den Kisten herumzukramen, worin sich die alten Bücher und Skripturen des seligen Großvaters befanden.

Welche geheimnisvolle Wonne jauchzte im Herzen des Knaben, wenn er auf jenem Söller, der eigentlich eine große Dachstube war, ganze Tage verbringen konnte.

Es war nicht eben ein schöner Aufenthalt, und die einzige Bewohnerin desselben, eine dicke Angorakatze, hielt nicht sonderlich auf Sauberkeit, und nur selten fegte sie mit ihrem Schweife ein bißchen den Staub und das Spinnweb fort von dem alten Gerümpel, das dort aufgestapelt lag.

Aber mein Herz war so blühend jung, und die Sonne schien so heiter durch die kleine Lukarne, daß mir alles von einem phantastischen Lichte übergossen schien und die alte Katze selbst mir wie eine verwünschte Prinzessin vorkam, die wohl plötzlich aus ihrer tierischen Gestalt wieder befreit sich in der vorigen Schöne und Herrlichkeit zeigen dürfte, während die Dachkammer sich in einen prachtvollen Palast verwandeln würde, wie es in allen Zaubergeschichten zu geschehen pflegt.

Doch die alte gute Märchenzeit ist verschwunden, die Katzen bleiben Katzen, und die Dachstube der Arche Noä blieb eine staubige Rumpelkammer, ein Hospital für inkurablen Hausrat, eine Salpetrière für alte Möbel, die den äußersten Grad der Dekrepitüde erlangt und die man doch nicht vor die Türe schmeißen darf, aus sentimentaler Anhänglichkeit und Berücksichtigung der frommen Erinnerung, die sich damit verknüpften.

Da stand eine morsch zerbrochene Wiege, worin einst meine Mutter gewiegt worden; jetzt lag darin die Staatsperücke meines Großvaters, die ganz vermodert war und vor Alter kindisch geworden zu sein schien.

Der verrostete Galanteriedegen des Großvaters und eine Feuerzange, die nur einen Arm hatte, und anderes invalides Eisengeschirr hing an der Wand. Daneben auf einem wackligen Brette stand der ausgestopfte Papagei der seligen Großmutter, der jetzt ganz entfiedert und nicht mehr grün, sondern aschgrau war und mit dem einzigen Glasauge, das ihm geblieben, sehr unheimlich aussah.

Hier stand auch ein großer, grüner Mops von Porzellan, welcher inwendig hohl war; ein Stück des Hinterteils war abgebrochen, und die Katze schien für dieses chinesische oder japanische Kunstbild einen großen Respekt zu hegen; sie machte vor demselben allerlei devote Katzenbuckel und hielt es vielleicht für ein göttliches Wesen; die Katzen sind so abergläubisch.

In einem Winkel lag eine alte Flöte, welche einst meiner Mutter gehört; sie spielte darauf, als sie noch ein junges Mädchen war, und eben jene Dachkammer wählte sie zu ihrem Konzertsaale, damit der alte Herr, ihr Vater, nicht von der Musik in seiner Arbeit gestört oder auch ob dem sentimentalen Zeitverlust, dessen sich seine Tochter schuldig machte, unwirsch würde. Die Katze hatte jetzt diese Flöte zu ihrem liebsten Spielzeug erwählt, indem sie an dem verblichenen Rosaband, das an der Flöte befestigt war, dieselbe hin und her auf dem Boden rollte.

Zu den Antiquitäten der Dachkammer gehörten auch Weltkugeln, die wunderlichsten Planetenbilder und Kolben und Retorten, erinnernd an astrologische und alchimistische Studien.

In den Kisten, unter den Büchern des Großvaters befanden sich auch viele Schriften, die auf solche Geheimwissenschaften Bezug hatten. Die meisten Bücher waren freilich medizinische Scharteken. An philosophischen war kein Mangel, doch neben dem erzvernünftigen Cartesius befanden sich auch Phantasten wie Paracelsus, van Helmont und gar Agrippa von Nettesheim, dessen »Philosophia occulta« ich hier zum erstenmal zu Gesicht bekam. Schon den Knaben amüsierte die Dedikationsepistel an den Abt Trithem, dessen Antwortschreiben beigedruckt, wo dieser Compère dem andern Charlatan seine bombastischen Komplimente mit Zinsen zurückerstattet.

Der beste und kostbarste Fund jedoch, den ich in den bestäubten Kisten machte, war ein Notizenbuch von der Hand eines Bruders meines Großvaters, den man den Chevalier oder den Morgenländer nannte, und von welchem die alten Muhmen immer so viel zu singen und zu sagen wußten.

Dieser Großoheim, welcher ebenfalls Simon de Geldern hieß, muß ein sonderbarer Heiliger gewesen sein. Den Zunamen der »Morgenländer« empfing er, weil er große Reisen im Oriente gemacht und sich bei seiner Rückkehr immer in orientalische Tracht kleidete.

Am längsten scheint er in den Küstenstädten Nordafrikas, namentlich in den marokkanischen Staaten, verweilt zu haben, wo er von einem Portugiesen das Handwerk eines Waffenschmieds erlernte und dasselbe mit Glück betrieb.

Er wallfahrtete nach Jerusalem, wo er in der Verzückung des Gebetes, auf dem Berge Moria, ein Gesicht hatte. Was sah er? Er offenbarte es nie.

Ein unabhängiger Beduinenstamm, der sich nicht zum Islam, sondern zu einer Art Mosaismus bekannte und in einer der unbekannten Oasen der nordafrikanischen Sandwüste gleichsam sein Absteigequartier hatte, wählte ihn zu seinem Anführer oder Scheik. Dieses kriegerische Völkchen lebte in Fehde mit allen Nachbarstämmen und war der Schrecken der Karawanen. Europäisch zu reden: mein seliger Großoheim, der fromme Visionär vom heiligen Berge Moria, ward Räuberhauptmann. In dieser schönen Gegend erwarb er auch jene Kenntnisse von Pferdezucht und jene Reiterkünste, womit er nach seiner Heimkehr ins Abendland so viele Bewunderung erregte.

An den verschiedenen Höfen, wo er sich lange aufhielt, glänzte er auch durch seine persönliche Schönheit und Stattlichkeit sowie auch durch die Pracht der orientalischen Kleidung, welche besonders auf die Frauen ihren Zauber übte. Er imponierte wohl noch am meisten durch sein vorgebliches Geheimwissen, und niemand wagte es, den allmächtigen Nekromanten bei seinen hohen Gönnern herabzusetzen. Der Geist der Intrige fürchtete die Geister der Kabala.

Nur sein eigener Übermut konnte ihn ins Verderben stürzen, und sonderbar geheimnisvoll schüttelten die alten Muhmen ihre greisen Köpflein, wenn sie etwas von dem galanten Verhältnis munkelten, worin der »Morgenländer« mit einer sehr erlauchten Dame stand, und dessen Entdeckung ihn nötigte, aufs schleunigste den Hof und das Land zu verlassen. Nur durch die Flucht mit Hinterlassung aller seiner Habseligkeiten konnte er dem sichern Tode entgehen, und eben seiner erprobten Reiterkunst verdankte er seine Rettung.

Nach diesem Abenteuer scheint er in England einen sichern, aber kümmerlichen Zufluchtsort gefunden zu haben. Ich schließe solches aus einer zu London gedruckten Broschüre des Großoheims, welche ich einst, als ich in der Düsseldorfer Bibliothek bis zu den höchsten Bücherbrettern kletterte, zufällig entdeckte. Es war ein Oratorium in französischen Versen, betitelt »Moses auf dem Horeb«, hatte vielleicht Bezug auf die erwähnte Vision, die Vorrede war aber in englischer Sprache geschrieben und von London datiert; die Verse, wie alle französische Verse, gereimtes lauwarmes Wasser, aber in der englischen Prosa der Vorrede verriet sich der Unmut eines stolzen Mannes, der sich in einer dürftigen Lage befindet.

Aus dem Notizenbuch des Großoheims konnte ich nicht viel Sicheres ermitteln; es war, vielleicht aus Vorsicht, meistens mit arabischen, syrischen und koptischen Buchstaben geschrieben, worin sonderbar genug französische Zitate vorkamen, z. B. sehr oft der Vers:

»Où l'innocence périt c'est un crime de vivre.«

Mich frappierten auch manche Äußerungen, die ebenfalls in französischer Sprache geschrieben; letztere scheint das gewöhnliche Idiom des Schreibenden gewesen zu sein.

Eine rätselhafte Erscheinung, schwer zu begreifen, war dieser Großoheim. Er führte eine jener wunderlichen Existenzen, die nur im Anfang und in der Mitte des achtzehnten Jahrhunderts möglich gewesen; er war halb Schwärmer, der für kosmopolitische, weltbeglückende Utopien Propaganda machte, halb Glücksritter, der im Gefühl seiner individuellen Kraft die morschen Schranken einer morschen Gesellschaft durchbricht oder überspringt. Jedenfalls war er ganz ein Mensch.

Sein Charlatanismus, den wir nicht in Abrede stellen, war nicht von gemeiner Sorte. Er war kein gewöhnlicher Charlatan, der den Bauern auf den Märkten die Zähne ausreißt, sondern er drang mutig in die Paläste der Großen, denen er den stärksten Backzahn ausriß, wie weiland Ritter Hüon von Bordeaux dem Sultan von Babilon tat. Klappern gehört zum Handwerk, sagt das Sprüchwort, und das Leben ist ein Handwerk wie jedes andre.

Und welcher bedeutende Mensch ist nicht ein bißchen Charlatan? Die Charlatane der Bescheidenheit sind die schlimmsten mit ihrem demütig tuenden Dünkel! Wer gar auf die Menge wirken will, bedarf einer charlatanischen Zutat.

Der Zweck heiligt die Mittel. Hat doch der liebe Gott selbst, als er auf dem Berg Sinai sein Gesetz promulgierte, nicht verschmäht, bei dieser Gelegenheit tüchtig zu blitzen und zu donnern, obgleich das Gesetz so vortrefflich, so göttlich gut war, daß es füglich aller Zutat von leuchtendem Kolophonium und donnernden Paukenschlägen entbehren konnte. Aber der Herr kannte sein Publikum, das mit seinen Ochsen und Schafen und aufgesperrten Mäulern unten am Berge stand, und welchem gewiß ein physikalisches Kunststück mehr Bewunderung einflößen konnte als alle Mirakel des ewigen Gedankens.

Wie dem auch sei, dieser Großohm hat die Einbildungskraft des

Knaben außerordentlich beschäftigt. Alles, was man von ihm erzählte, machte einen unauslöschlichen Eindruck auf mein junges Gemüt, und ich versenkte mich so tief in seine Irrfahrten und Schicksale, daß mich manchmal am hellen, lichten Tage ein unheimliches Gefühl ergriff und es mir vorkam, als sei ich selbst mein seliger Großoheim und als lebte ich nur eine Fortsetzung des Lebens jenes längst Verstorbenen!

In der Nacht spiegelte sich dasselbe retrospektiv zurück in meine Träume. Mein Leben glich damals einem großen Journal, wo die obere Abteilung die Gegenwart, den Tag mit seinen Tagesberichten und Tagesdebatten, enthielt, während in der unteren Abteilung die poetische Vergangenheit in fortlaufenden Nachtträumen wie eine Reihenfolge von Romanfeuilletons sich phantastisch kundgab.

In diesen Träumen identifizierte ich mich gänzlich mit meinem Großohm, und mit Grauen fühlte ich zugleich, daß ich ein anderer war und einer anderen Zeit angehörte. Da gab es Örtlichkeiten, die ich nie vorher gesehen, da gab es Verhältnisse, wovon ich früher keine Ahnung hatte, und doch wandelte ich dort mit sicherem Fuß und sicherem Verhalten.

Da begegneten mir Menschen in brennend bunten, sonderbaren Trachten und mit abenteuerlich wüsten Physiognomien, denen ich dennoch wie alten Bekannten die Hände drückte; ihre wildfremde, nie gehörte Sprache verstand ich, zu meiner Verwunderung antwortete ich ihnen sogar in derselben Sprache, während ich mit einer Heftigkeit gestikulierte, die mir nie eigen war, und während ich sogar Dinge sagte, die mit meiner gewöhnlichen Denkweise widerwärtig kontrastierten.

Dieser wunderliche Zustand dauerte wohl ein Jahr, und obgleich ich wieder ganz zur Einheit des Selbstbewußtseins kam, blieben doch geheime Spuren in meiner Seele. Manche Idiosynkrasie, manche fatale Sympathien und Antipathien, die gar nicht zu meinem Naturell passen, ja sogar manche Handlungen, die im Widerspruch mit meiner Denkweise sind, erkläre ich mir als Nachwirkungen aus jener Traumzeit, wo ich mein eigener Großoheim war.

Wenn ich Fehler begehe, deren Entstehung mir unbegreiflich erscheint, schiebe ich sie gern auf Rechnung meines morgenländischen Doppelgängers. Als ich einst meinem Vater eine solche Hypothese mitteilte, um ein kleines Versehen zu beschönigen, bemerkte er schalkhaft: er hoffe, daß mein Großoheim keine Wechsel unterschrieben habe, die mir einst zur Bezahlung präsentiert werden könnten.

Es sind mir keine solche orientalischen Wechsel vorgezeigt worden, und ich habe genug Nöte mit meinen eigenen okzidentalischen Wechseln gehabt.

Aber es gibt gewiß noch schlimmere Schulden als Geldschulden, welche uns die Vorfahren zur Tilgung hinterlassen. Jede Generation ist eine Fortsetzung der andern und ist verantwortlich für ihre Taten. Die Schrift sagt: die Väter haben Härlinge (unreife Trauben) gegessen, und die Enkel haben davon schmerzhaft taube Zähne bekommen.

Es herrscht eine Solidarität der Generationen, die auf einander folgen, ja die Völker, die hinter einander in die Arena treten, übernehmen eine solche Solidarität, und die ganze Menschheit liquidiert am Ende die große Hinterlassenschaft der Vergangenheit. Im Tale Josaphat wird das große Schuldbuch vernichtet werden oder vielleicht vorher noch durch einen Universalbankrott.

Der Gesetzgeber der Juden hat diese Solidarität tief erkannt und besonders in seinem Erbrecht sanktioniert; für ihn gab es vielleicht keine individuelle Fortdauer nach dem Tode, und er glaubte nur an die Unsterblichkeit der Familie; alle Güter waren Familieneigentum, und niemand konnte sie so vollständig alienieren, daß sie nicht zu einer gewissen Zeit an die Familienglieder zurückfielen.

Einen schroffen Gegensatz zu jener menschenfreundlichen Idee des mosaischen Gesetzes bildet das römische, welches ebenfalls im Erbrechte den Egoismus des römischen Charakters bekundet.

Ich will hierüber keine Untersuchungen eröffnen, und meine persönlichen Bekenntnisse verfolgend, will ich vielmehr die Gelegenheit benutzen, die sich mir hier bietet, wieder durch ein Beispiel zu zeigen, wie die harmlosesten Tatsachen zuweilen zu den böswilligsten Insinuationen von meinen Feinden benutzt worden. Letztere wollen nämlich die Entdeckung gemacht haben, daß ich bei biographischen Mitteilungen sehr viel von meiner mütterlichen Familie, aber gar nichts von meinen väterlichen Sippen und Magen spräche, und sie bezeichneten solches als ein absichtliches Hervorheben und Verschweigen und beschuldigten mich derselben eiteln Hintergedanken, die man auch meinem seligen Kollegen Wolfgang Goethe vorwarf.

Es ist freilich wahr, daß in dessen Memoiren sehr oft von dem Großvater von väterlicher Seite, welcher als gestrenger Herr Schultheiß auf dem Römer zu Frankfurt präsidierte, mit besonderem Behagen die Rede ist, während der Großvater von mütterlicher Seite, der als ehrsames Flickschneiderlein auf der Bockenheimer Gasse auf dem Werktische hockte und die alten Hosen der Republik ausbesserte, mit keinem Worte erwähnt wird.

Ich habe Goethen in Betreff dieses Ignorierens nicht zu vertreten, doch was mich selbst betrifft, möchte ich jene böswilligen und oft ausgebeuteten Interpretationen und Insinuationen dahin berichten, daß es nicht meine Schuld ist, wenn in meinen Schriften von einem väterlichen Großvater nie gesprochen ward. Die Ursache ist ganz einfach: ich habe nie viel von ihm zu sagen gewußt. Mein seliger Vater war als ganz fremder Mann nach meiner Geburtsstadt Düsseldorf gekommen und besaß hier keine Anverwandten, keine jener alten Muhmen und Basen, welche die weiblichen Barden sind, die der jungen Brut tagtäglich die alten Familienlegenden mit epischer Monotonie vorsingen, während sie die bei den schottischen Barden obligate Dudelsackbegleitung durch das Schnarren ihrer Nasen ersetzen. Nur über die großen Kämpen des mütterlichen Clans konnte von dieser Seite mein junges Gemüt frühe Eindrücke empfangen, und ich horchte mit Andacht, wenn die alte Bräunle oder Brunhildis erzählte.

Mein Vater selbst war sehr einsilbiger Natur, sprach nicht gern, und einst als kleines Bübchen, zur Zeit, wo ich die Werkeltage in der öden Franziskaner-Klosterschule, jedoch die Sonntage zu Hause zubrachte, nahm ich hier eine Gelegenheit wahr, meinen Vater zu befragen, wer mein Großvater gewesen sei. Auf diese Frage antwortete er halb lachend, halb unwirsch: »Dein Großvater war ein kleiner Jude und hatte einen großen Bart.«

Den andern Tag, als ich in den Schulsaal trat, wo ich bereits meine kleinen Kameraden versammelt fand, beeilte ich mich sogleich ihnen die wichtige Neuigkeit zu erzählen: daß mein Großvater ein kleiner Jude war, welcher einen langen Bart hatte.

Kaum hatte ich diese Mitteilung gemacht, als sie von Mund zu Mund flog, in allen Tonarten wiederholt ward, mit Begleitung von nachgeäfften Tierstimmen. Die Kleinen sprangen über Tische und Bänke, rissen von den Wänden die Rechentafeln, welche auf den Boden purzelten nebst den Tintenfässern, und dabei wurde gelacht, gemeckert, gegrunzt, gebellt, gekräht – ein Höllenspektakel, dessen Refrain immer der Großvater war, der ein kleiner Jude gewesen und einen großen Bart hatte.

Der Lehrer, welchem die Klasse gehörte, vernahm den Lärm und trat mit zornglühendem Gesichte in den Saal und fragte gleich nach dem Urheber dieses Unfugs. Wie immer in solchen Fällen geschieht: ein jeder suchte kleinlaut sich zu diskulpieren, und am Ende der

Untersuchung ergab es sich, daß ich Ärmster überwiesen ward, durch meine Mitteilung über meinen Großvater den ganzen Lärm veranlaßt zu haben, und ich büßte meine Schuld durch eine bedeutende Anzahl Prügel.

Es waren die ersten Prügel, die ich auf dieser Erde empfing, und ich machte bei dieser Gelegenheit schon die philosophische Betrachtung, daß der liebe Gott, der die Prügel erschaffen, in seiner gütigen Weisheit auch dafür sorgte, daß derjenige, welcher sie erteilt, am Ende müde wird, indem sonst am Ende die Prügel unerträglich würden.

Der Stock, womit ich geprügelt ward, war ein Rohr von gelber Farbe, doch die Streifen, welche dasselbe auf meinem Rücken ließ, waren dunkelblau. Ich habe sie nicht vergessen.

Auch den Namen des Lehrers, der mich so unbarmherzig schlug, vergaß ich nicht: es war der Pater Dickerscheit; er wurde bald von der Schule entfernt, aus Gründen, die ich ebenfalls nicht vergessen, aber nicht mitteilen will.

Der Liberalismus hat den Priesterstand oft genug mit Unrecht verunglimpft, und man könnte ihm wohl jetzt einige Schonung angedeihen lassen, wenn ein unwürdiges Mitglied Verbrechen begeht, die am Ende doch nur der menschlichen Natur oder vielmehr Unnatur beizumessen sind.

Wie der Name des Mannes, der mir die ersten Prügel erteilte, blieb mir auch der Anlaß im Gedächtnis, nämlich meine unglückliche genealogische Mitteilung, und die Nachwirkung jener frühen Jugendeindrücke ist so groß, daß jedesmal, wenn von kleinen Juden mit großen Bärten die Rede war, mir eine unheimliche Erinnerung grüselnd über den Rücken lief. »Gesottene Katze scheut den kochenden Kessel«, sagt das Sprüchwort, und jeder wird leicht begreifen, daß ich seitdem keine große Neigung empfand, nähere Auskunft über jenen bedenklichen Großvater und seinen Stammbaum zu erhalten oder gar dem großen Publikum, wie einst dem kleinen, dahinbezügliche Mitteilungen zu machen.

Meine Großmutter väterlicherseits, von welcher ich ebenfalls nur wenig zu sagen weiß, will ich jedoch nicht unerwähnt lassen. Sie war eine außerordentlich schöne Frau und einzige Tochter eines Bankiers zu Hamburg, der wegen seines Reichtums weit und breit berühmt war. Diese Umstände lassen mich vermuten, daß der kleine Jude, der die schöne Person aus dem Hause ihrer hochbegüterten Eltern nach seinem Wohnorte Hannover heimführte, noch außer seinem großen Barte sehr rühmliche Eigenschaften besessen und sehr respektabel gewesen sein muß.

Er starb frühe, eine junge Witwe mit sechs Kindern, sämtlich Knaben im zartesten Alter, zurücklassend. Sie kehrte nach Hamburg zurück und starb dort ebenfalls nicht sehr betagt.

Im Schlafzimmer meines Oheims Salomon Heine zu Hamburg sah ich einst das Porträt der Großmutter. Der Maler, welcher in Rembrandtscher Manier nach Licht- und Schatteneffekten haschte, hatte dem Bilde eine schwarze klösterliche Kopfbedeckung, eine fast eben so strenge, dunkle Robe und den pechdunkelsten Hintergrund erteilt, so daß das vollwangigte, mit einem Doppelkinn versehene Gesicht wie ein Vollmond aus nächtlichem Gewölk hervorschimmerte.

Ihre Züge trugen noch die Spuren großer Schönheit, sie waren zugleich milde und ernsthaft, und besonders die Morbidezza der Hautfarbe gab dem ganzen Gesicht einen Ausdruck von Vornehmheit eigentümlicher Art; hätte der Maler der Dame ein großes Kreuz von Diamanten vor die Brust gemalt, so hätte man sicher geglaubt, das Porträt irgend einer gefürsteten Äbtissin eines protestantischen adlichen Stiftes zu sehen.

Von den Kindern meiner Großmutter haben, soviel ich weiß, nur zwei ihre außerordentliche Schönheit geerbt, nämlich mein Vater und mein Oheim Salomon Heine, der verstorbene Chef des hamburgischen Bankierhauses dieses Namens.

Die Schönheit meines Vaters hatte etwas Überweiches, Charakterloses, fast Weibliches. Sein Bruder besaß vielmehr eine männliche Schönheit, und er war überhaupt ein Mann, dessen Charakterstärke sich auch in seinen edelgemessenen, regelmäßigen Zügen imposant, ja manchmal sogar verblüffend offenbarte.

Seine Kinder waren alle ohne Ausnahme zur entzückendsten Schönheit emporgeblüht, doch der Tod raffte sie dahin in ihrer Blüte, und von diesem schönen Menschenblumenstrauß leben jetzt nur zwei, der jetzige Chef des Bankierhauses und seine Schwester, eine seltene Erscheinung mit – – –

Ich hatte alle diese Kinder so lieb, und ich liebte auch ihre Mutter, die ebenfalls so schön war und früh dahinschied, und alle haben mir viele Tränen gekostet. Ich habe wahrhaftig in diesem Augenblicke nötig, meine Schellenkappe zu schütteln, um die weinerlichen Gedanken zu überklingeln.

Ich habe oben gesagt, daß die Schönheit meines Vaters etwas Weibliches hatte. Ich will hiermit keineswegs einen Mangel an Männlichkeit andeuten: letztere hat er zumal in seiner Jugend oft erprobt, und ich selbst bin am Ende ein lebendes Zeugnis derselben. Es sollte das keine unziemliche Äußerung sein; im Sinne hatte ich nur die Formen seiner körperlichen Erscheinung, die nicht straff und drall, sondern vielmehr weich und zärtlich geründet waren. Den Konturen seiner Züge fehlte das Markierte, und sie verschwammen ins Unbestimmte. In seinen späteren Jahren ward er fett, aber auch in seiner Jugend scheint er nicht eben mager gewesen zu sein.

In dieser Vermutung bestätigt mich ein Porträt, welches seitdem in einer Feuersbrunst bei meiner Mutter verloren ging und meinen Vater als einen jungen Menschen von etwa achtzehn oder neunzehn Jahren, in roter Uniform, das Haupt gepudert und versehen mit einem Haarbeutel, darstellt.

Dieses Porträt war günstigerweise mit Pastellfarbe gemalt. Ich sage günstigerweise, da letztere weit besser als die Ölfarbe mit dem hinzukommenden Glanzleinenfirnis jenen Blütenstaub wiedergeben kann, den wir auf den Gesichtern der Leute, welche Puder tragen, bemerken, und die Unbestimmtheit der Züge vorteilhaft verschleiert. Indem der Maler auf besagtem Porträt mit den kreideweiß gepuderten Haaren und der eben so weißen Halsbinde das rosichte Gesicht enkadrierte, verlieh er demselben durch den Kontrast ein stärkeres Kolorit, und es tritt kräftiger hervor.

Auch die scharlachrote Farbe des Rocks, die auf Ölgemälden so schauderhaft uns angrinst, macht hier im Gegenteil einen guten Effekt, indem dadurch die Rosenfarbe des Gesichtes angenehm gemildert wird.

Der Typus von Schönheit, der sich in den Zügen desselben aussprach, erinnerte weder an die strenge keusche Idealität der griechischen Kunstwerke noch an den spiritualistisch schwärmerischen, aber mit heidnischer Gesundheit geschwängerten Stil der Renaissance; nein, besagtes Porträt trug vielmehr ganz den Charakter einer Zeit, die eben keinen Charakter besaß, die minder die Schönheit als das Hübsche, das Niedliche, das Kokett-Zierliche liebte; einer Zeit, die es in der Fadheit bis zur Poesie brachte, jener süßen, geschnörkelten Zeit des Rokoko, die man auch die Haarbeutelzeit nannte und die wirklich als Wahrzeichen, nicht an der Stirn, sondern am Hinterkopfe, einen Haarbeutel trug. Wäre das Bild meines Vaters auf besagtem Porträte etwas mehr Miniatur gewesen, so hätte man glauben können, der vortreffliche Watteau habe es gemalt, um mit phantastischen Arabesken von bunten Edelsteinen und Goldflittern umrahmt auf einem Fächer der Frau von Pompadour zu paradieren.

Bemerkenswert ist vielleicht der Umstand, daß mein Vater auch in seinen späteren Jahren der altfränkischen Mode des Puders treu blieb und bis an sein seliges Ende sich alle Tage pudern ließ, obgleich er das schönste Haar, das man sich denken kann, besaß. Es war blond, fast golden und von einer Weichheit, wie ich sie nur bei chinesischer Flockseide gefunden.

Den Haarbeutel hätte er gewiß ebenfalls gern beibehalten, jedoch der fortschreitende Zeitgeist war unerbitterlich. In dieser Bedrängnis fand mein Vater ein beschwichtigendes Auskunftsmittel. Er opferte nur die Form, das schwarze Säckchen, den Beutel; die langen Haarlokken jedoch selbst trug er seitdem wie ein breitgeflochtenes Chignon mit kleinen Kämmchen auf dem Haupte befestigt. Diese Haarflechte war bei der Weichheit der Haare und wegen des Puders fast gar nicht bemerkbar, und so war mein Vater doch im Grunde kein Abtrünniger des alten Haarbeuteltums, und er hatte nur wie so mancher Krypto-Orthodoxe dem grausamen Zeitgeiste sich äußerlich gefügt.

Die rote Uniform, worin mein Vater auf dem erwähnten Porträte abkonterfeit ist, deutet auf hannöversche Dienstverhältnisse. Im Gefolge des Prinzen Ernst von Cumberland befand sich mein Vater zu Anfang der französischen Revolution und machte den Feldzug in Flandern und Brabant mit in der Eigenschaft eines Proviantmeisters oder Kommissarius oder, wie es die Franzosen nennen, eines *Officier de bouche*; die Preußen nennen es einen »Mehlwurm«.

Das eigentliche Amt des blutjungen Menschen war aber das eines Günstlings des Prinzen, eines Brummels *au petit pied* und ohne gesteifte Krawatte, und er teilte auch am Ende das Schicksal solcher Spielzeuge der Fürstengunst. Mein Vater blieb zwar zeitlebens fest überzeugt, daß der Prinz, welcher später König von Hannover ward, ihn nie vergessen habe, doch wußte er sich nie zu erklären, warum der Prinz niemals nach ihm schickte, niemals sich nach ihm erkundigen ließ, da er doch nicht wissen konnte, ob sein ehemaliger Günstling nicht in Verhältnissen lebte, wo er etwa seiner bedürftig sein möchte.

Aus jener Feldzugsperiode stammen manche bedenkliche Liebhabereien meines Vaters, die ihm meine Mutter nur allmählig abgewöhnen konnte. Z. B. er ließ sich gern zu hohem Spiel verleiten, protegierte die dramatische Kunst oder vielmehr ihre Priesterinnen, und gar Pferde und Hunde waren seine Passion. Bei seiner Ankunft in Düsseldorf, wo er sich aus Liebe für meine Mutter als Kaufmann etablierte, hatte er zwölf der schönsten Gäule mitgebracht. Er entäußerte sich aber derselben auf ausdrücklichen Wunsch seiner jungen Gattin, die ihm vorstellte, daß dieses vierfüßige Kapital zu viel Hafer fresse und gar nichts eintrage.

Schwerer ward es meiner Mutter, auch den Stallmeister zu entfernen, einen vierschrötigen Flegel, der beständig mit irgend einem aufgegabelten Lump im Stalle lag und Karten spielte. Er ging endlich von selbst in Begleitung einer goldenen Repetieruhr meines Vaters und einiger anderer Kleinodien von Wert.

Nachdem meine Mutter den Taugenichts los war, gab sie auch den Jagdhunden meines Vaters ihre Entlassung, mit Ausnahme eines einzigen, welcher Joly hieß, aber erzhäßlich war. Er fand Gnade in ihren Augen, weil er eben gar nichts von einem Jagdhund an sich hatte und ein bürgerlich treuer und tugendhafter Haushund werden konnte. Er bewohnte im leeren Stalle die alte Kalesche meines Vaters, und wenn dieser hier mit ihm zusammentraf, warfen sie sich wechselseitig bedeutende Blicke zu. »Ja, Joly«, seufzte dann mein Vater, und Joly wedelte wehmütig mit dem Schwanze.

Ich glaube, der Hund war ein Heuchler, und einst in übler Laune, als sein Liebling über einen Fußtritt allzu jämmerlich wimmerte, gestand mein Vater, daß die Kanaille sich verstelle. Am Ende ward Joly sehr räudig, und da er eine wandelnde Kaserne von Flöhen geworden, mußte er ersäuft werden, was mein Vater ohne Einspruch geschehen ließ. – Die Menschen sakrifizieren ihre vierfüßigen Günstlinge mit derselben Indifferenz wie die Fürsten die zweifüßigen.

Aus der Feldlagerperiode meines Vaters stammte auch wohl seine grenzenlose Vorliebe für den Soldatenstand oder vielmehr für das Soldatenspiel, die Lust an jenem lustigen, müßigen Leben, wo Goldflitter und Scharlachlappen die innere Leere verhüllen und die berauschte Eitelkeit sich als Mut geberden kann.

In seiner junkerlichen Umgebung gab es weder militärischen Ernst noch wahre Ruhmsucht; von Heroismus konnte gar nicht die Rede sein. Als die Hauptsache erschien ihm die Wachtparade, das klirrende Wehrgehenke, die straffanliegende Uniform, so kleidsam für schöne Männer.

Wie glücklich war daher mein Vater, als zu Düsseldorf die Bürgergarden errichtet wurden und er als Offizier derselben die schöne dunkelblaue, mit himmelblauen Sammetaufschlägen versehene Uniform tragen und an der Spitze seiner Kolonnen an unserem Hause vorbeidefilieren konnte. Vor meiner Mutter, welche errötend am Fenster stand, salutierte er dann mit allerliebster Kourtoisie; der Federbusch auf seinem dreieckigen Hute flatterte da so stolz, und im Sonnenlicht blitzten freudig die Epauletten.

Noch glücklicher war mein Vater in jener Zeit, wenn die Reihe an ihn kam, als kommandierender Offizier die Hauptwache zu beziehen und für die Sicherheit der Stadt zu sorgen. An solchen Tagen floß auf der Hauptwache eitel Rüdesheimer und Aßmannshäuser von den trefflichsten Jahrgängen, alles auf Rechnung des kommandierenden Offiziers, dessen Freigebigkeit seine Bürgergardisten, seine Krethi und Plethi, nicht genug zu rühmen wußten.

Auch genoß mein Vater unter ihnen eine Popularität, die gewiß eben so groß war wie die Begeisterung, womit die alte Garde den Kaiser Napoleon umjubelte. Dieser freilich verstand seine Leute in anderer Weise zu berauschen. Den Garden meines Vaters fehlte es nicht an einer gewissen Tapferkeit, zumal wo es galt, eine Batterie von Weinflaschen, deren Schlünde vom größten Kaliber, zu erstürmen. Aber ihr Heldenmut war doch von einer andern Sorte als die, welche wir bei der alten Kaisergarde fanden. Letztere starb und übergab sich nicht, während die Gardisten meines Vaters immer am Leben blieben und sich oft übergaben.

Was die Sicherheit der Stadt Düsseldorf betrifft, so mag es sehr bedenklich damit ausgesehen haben in den Nächten, wo mein Vater auf der Hauptwache kommandierte. Er trug zwar Sorge, Patrouillen auszuschicken, die singend und klirrend in verschiedenen Richtungen die Stadt durchstreiften. Es geschah einst, daß zwei solcher Patrouillen sich begegneten und in der Dunkelheit die einen die andern als Trunkenbolde und Ruhestörer arretieren wollten. Zum Glück sind meine Landsleute ein harmlos fröhliches Völkchen, sie sind im Rausche gutmütig, *»ils ont le vin bon«*, und es geschah kein Malheur; sie übergaben sich wechselseitig.

Eine grenzenlose Lebenslust war ein Hauptzug im Charakter meines Vaters, er war genußsüchtig, frohsinnig, rosenlaunig. In seinem Gemüte war beständig Kirmes, und wenn auch manchmal die Tanzmusik nicht sehr rauschend, so wurden doch immer die Violinen gestimmt. Immer himmelblaue Heiterkeit und Fanfaren des Leichtsinns. Eine Sorglosigkeit, die des vorigen Tages vergaß und nie an den kommenden Morgen denken wollte.

Dieses Naturell stand im wunderlichsten Widerspruch mit der Gravität, die über sein strengruhiges Antlitz verbreitet war und sich in der Haltung und jeder Bewegung des Körpers kundgab. Wer ihn nicht kannte und zum ersten Male diese ernsthafte, gepuderte Gestalt und diese wichtige Miene sah, hätte gewiß glauben können, einen von den sieben Weisen Griechenlands zu erblicken. Aber bei näherer Bekanntschaft merkte man wohl, daß er weder ein Thales noch ein Lampsakus war, der über kosmogonische Probleme nachgrüble. Jene Gravität war zwar nicht erborgt, aber sie erinnerte doch an jene antiken Basreliefs, wo ein heiteres Kind sich eine große tragische Maske vor das Antlitz hält.

Er war wirklich ein großes Kind mit einer kindlichen Naivetät, die bei platten Verstandesvirtuosen sehr leicht für Einfalt gelten konnte, aber manchmal durch irgend einen tiefsinnigen Ausspruch das bedeutendste Anschauungsvermögen (Intuition) verriet.

Er witterte mit seinen geistigen Fühlhörnern, was die Klugen erst langsam durch die Reflektion begriffen. Er dachte weniger mit dem Kopfe als mit dem Herzen und hatte das liebenswürdigste Herz, das man sich denken kann. Das Lächeln, das manchmal um seine Lippen spielte und mit der oben erwähnten Gravität gar drollig anmutig kontrastierte, war der süße Widerschein seiner Seelengüte.

Auch seine Stimme, obgleich männlich, klangvoll, hatte etwas Kindliches, ich möchte fast sagen etwas, das an Waldtöne, etwa an Rotkehlchenlaute erinnerte; wenn er sprach, so drang seine Stimme so direkt zu Herzen, als habe sie gar nicht nötig gehabt, den Weg durch die Ohren zu nehmen.

Er redete den Dialekt Hannovers, wo, wie auch in der südlichen Nachbarschaft dieser Stadt, das Deutsche am besten ausgesprochen wird. Das war ein großer Vorteil für mich, daß solchermaßen schon in der Kindheit durch meinen Vater mein Ohr an eine gute Aussprache des Deutschen gewöhnt wurde, während in unserer Stadt selbst jenes fatale Kauderwelsch des Niederrheins gesprochen wird, das zu Düsseldorf noch einigermaßen erträglich, aber in dem nachbarlichen Köln wahrhaft ekelhaft wird. Köln ist das Toskana einer klassisch schlechten Aussprache des Deutschen, und Kobes klüngelt mit Marizzebill in einer Mundart, die wie faule Eier klingt, fast riecht.

In der Sprache der Düsseldorfer merkt man schon einen Übergang in das Froschgequäke der holländischen Sümpfe. Ich will der holländischen Sprache bei Leibe nicht ihre eigentümlichen Schönheiten absprechen, nur gestehe ich, daß ich kein Ohr dafür habe. Es mag sogar wahr sein, daß unsere eigene deutsche Sprache, wie patriotische Linguisten in den Niederlanden behauptet haben, nur ein verdorbenes Holländisch sei. Es ist möglich.

Dieses erinnert mich an die Behauptung eines kosmopolitischen Zoologen, welcher den Affen für den Ahnherrn des Menschengeschlechts erklärt; die Menschen sind nach seiner Meinung nur ausgebildete, ja überbildete Affen. Wenn die Affen sprechen könnten, sie würden wahrscheinlich behaupten, daß die Menschen nur ausgeartete Affen seien, daß die Menschheit ein verdorbenes Affentum, wie nach der Meinung der Holländer die deutsche Sprache ein verdorbenes Holländisch ist.

Ich sage: wenn die Affen sprechen könnten, obgleich ich von solchem Unvermögen des Sprechens nicht überzeugt bin. Die Neger am Senegal versichern steif und fest, die Affen seien Menschen ganz wie wir, jedoch klüger, indem sie sich des Sprechens enthalten, um nicht als Menschen anerkannt und zum Arbeiten gezwungen zu werden; ihre skurrilen Affenspäße seien lauter Pfiffigkeit, wodurch sie bei den Machthabern der Erde für untauglich erscheinen möchten, wie wir andre ausgebeutet zu werden.

Solche Entäußerung aller Eitelkeit würde mir von diesen Menschen, die ein stummes Inkognito beibehalten und sich vielleicht über unsere Einfalt lustig machen, eine sehr hohe Idee einflößen. Sie bleiben frei in ihren Wäldern, dem Naturzustand nie entsagend. Sie könnten wahrlich mit Recht behaupten, daß der Mensch ein ausgearteter Affe sei.

Vielleicht haben unsere Vorfahren im achtzehnten Jahrhundert dergleichen schon geahnt, und indem sie instinktmäßig fühlten, wie unsere glatte Überzivilisation nur eine gefirnißte Fäulnis ist, und wie es nötig sei, zur Natur zurückzukehren, suchten sie sich unserem Urtypus, dem natürlichen Affentum, wieder zu nähern. Sie taten das Mögliche, und als ihnen endlich, um ganz Affe zu sein, nur noch der Schwanz fehlte, ersetzten sie diesen Mangel durch den Zopf. So ist die Zopfmode ein bedeutsames Symptom eines ernsten Bedürfnisses und nicht ein Spiel der Frivolität – – doch ich suche vergebens durch das Schellen meiner Kappe die Wehmut zu überklingeln, die mich jedesmal ergreift, wenn ich an meinen verstorbenen Vater denke.

Er war von allen Menschen derjenige, den ich am meisten auf dieser Erde geliebt. Er ist jetzt tot seit länger als 25 Jahren. Ich dachte nie daran, daß ich ihn einst verlieren würde, und selbst jetzt kann ich es kaum glauben, daß ich ihn wirklich verloren habe. Es ist so schwer, sich von dem Tod der Menschen zu überzeugen, die wir so innig liebten. Aber sie sind auch nicht tot, sie leben fort in uns und wohnen in unserer Seele.

Es verging seitdem keine Nacht, wo ich nicht an meinen seligen Vater denken mußte, und wenn ich des Morgens erwache, glaube ich oft noch den Klang seiner Stimme zu hören wie das Echo eines Traumes. Alsdann ist mir zu Sinn, als müßt' ich mich geschwind ankleiden und zu meinem Vater hinabeilen in die große Stube, wie ich als Knabe tat.

Mein Vater pflegte immer sehr frühe aufzustehen und sich an seine Geschäfte zu begeben, im Winter wie im Sommer, und ich fand ihn gewöhnlich schon am Schreibtisch, wo er ohne aufzublicken mir die Hand hinreichte zum Kusse. Eine schöne, feingeschnittene, vornehme Hand, die er immer mit Mandelklei wusch. Ich sehe sie noch vor mir, ich sehe noch jedes blaue Äderchen, das diese blendend weiße Marmorhand durchrieselte. Mir ist, als steige der Mandelduft prickelnd in meine Nase, und das Auge wird feucht.

Zuweilen blieb es nicht beim bloßen Handkuß, und mein Vater nahm mich zwischen seine Knie und küßte mich auf die Stirn. Eines Morgens umarmte er mich mit ganz besonderer Zärtlichkeit und sagte: »Ich habe diese Nacht etwas Schönes von dir geträumt und bin sehr zufrieden mit dir, mein lieber Harry.« Während er diese naiven Worte sprach, zog ein Lächeln um seine Lippen, welches zu sagen schien: mag der Harry sich noch so unartig in der Wirklichkeit aufführen, ich werde dennoch, um ihn ungetrübt zu lieben, immer etwas Schönes von ihm träumen.

Harry ist bei den Engländern der familiäre Name derjenigen, welche Henri heißen, und er entspricht ganz meinem deutschen Taufnamen »Heinrich«. Die familiären Benennungen des letztern sind in dem Dialekte meiner Heimat äußerst mißklingend, ja fast skurril, z. B. Heinz, Heinzchen, Hinz. Heinzchen werden oft auch die kleinen Hauskobolde genannt, und der gestiefelte Kater im Puppenspiel und überhaupt der Kater in der Volksfabel heißt »Hinze«.

Aber nicht um solcher Mißlichkeit abzuhelfen, sondern um einen seiner besten Freunde in England zu ehren, ward von meinem Vater mein Name anglisiert. Mr. Harry war meines Vaters Geschäftsführer (Korrespondent) in Liverpool; er kannte dort die besten Fabriken, wo Velveteen fabriziert wurde, ein Handelsartikel, der meinem Vater sehr am Herzen lag, mehr aus Ambition als aus Eigennutz, denn obgleich er behauptete, daß er viel Geld an jenem Artikel verdiene, so blieb solches doch sehr problematisch, und mein Vater hätte vielleicht noch Geld zugesetzt, wenn es darauf ankam, den Velveteen in besserer Qualität und in größerer Quantität abzusetzen als seine Kompetitoren. Wie denn überhaupt mein Vater eigentlich keinen berechnenden Kaufmannsgeist hatte, obgleich er immer rechnete, und der Handel für ihn vielmehr ein Spiel war, wie die Kinder Soldaten oder Kochen spielen.

Seine Tätigkeit war eigentlich nur eine unaufhörliche Geschäftigkeit. Der Velveteen war ganz besonders seine Puppe, und er war glücklich, wenn die großen Frachtkarren abgeladen wurden und schon beim Abpacken alle Handelsjuden der benachbarten Gegend die Hausflur füllten; denn die letzteren waren seine besten Kunden, und bei ihnen fand sein Velveteen nicht bloß den größten Absatz, sondern auch ehrenhafte Anerkennung.

Da du, teurer Leser, vielleicht nicht weißt, was »Velveteen« ist, so erlaube ich mir, dir zu erklären, daß dieses ein englisches Wort ist, welches samtartig bedeutet, und man benennt damit eine Art Samt von Baumwolle, woraus sehr schöne Hosen, Westen, sogar Kamisöle verfertigt werden. Es trägt dieser Kleidungsstoff auch den Namen »Manchester« nach der gleichnamigen Fabrikstadt, wo derselbe zuerst fabriziert wurde.

Weil nun der Freund meines Vaters, der sich auf den Einkauf des Velveteens am besten verstand, den Namen Harry führte, erhielt auch ich diesen Namen, und Harry ward ich genannt in der Familie und bei Hausfreunden und Nachbarn.

Ich höre mich noch jetzt sehr gern bei diesem Namen nennen, obgleich ich demselben auch viel Verdruß, vielleicht den empfindlichsten Verdruß meiner Kindheit verdankte. Erst jetzt, wo ich nicht mehr unter den Lebenden lebe und folglich alle gesellschaftliche Eitelkeit in meiner Seele erlischt, kann ich ohne Befangenheit davon sprechen.

Hier in Frankreich ist mir gleich nach meiner Ankunft in Paris mein deutscher Name »Heinrich« in »Henri« übersetzt worden, und ich mußte mich darin schicken und auch endlich hier zu Lande selbst so nennen, da das Wort Heinrich dem französischen Ohr nicht zusagte und überhaupt die Franzosen sich alle Dinge in der Welt recht bequem machen. Auch den Namen »Henri Heine« haben sie nie recht aussprechen können, und bei den meisten heiße ich Mr. Enri Enn; von vielen wird dieses in ein Enrienne zusammengezogen, und einige nannten mich Mr. Un rien.

Das schadet mir in mancherlei literärischer Beziehung, gewährt aber auch wieder einigen Vorteil. Z. B. unter meinen edlen Landsleuten, welche nach Paris kommen, sind manche, die mich hier gern verlästern möchten, aber da sie immer meinen Namen deutsch aussprechen, so kommt es den Franzosen nicht in den Sinn, daß der Bösewicht und Unschuldbrunnenvergifter, über den so schrecklich geschimpft ward, kein anderer als ihr Freund Monsieur Enrienne sei, und jene edlen Seelen haben vergebens ihrem Tugendeifer die Zügel schießen lassen; die Franzosen wissen nicht, daß von mir die Rede ist, und die transrhenanische Tugend hat vergebens alle Bolzen der Verleumdung abgeschossen.

Es hat aber, wie gesagt, etwas Mißliches, wenn man unsern Namen schlecht ausspricht. Es gibt Menschen, die in solchen Fällen eine große Empfindlichkeit an den Tagen legen. Ich machte mir mal den Spaß, den alten Cherubini zu befragen, ob es wahr sei, daß der Kaiser

Napoleon seinen Namen immer wie Scherubini und nicht wie Kerubini ausgesprochen, obgleich der Kaiser des Italienischen genugsam kundig war, um zu wissen, wo das italienische ch wie ein que oder k ausgesprochen wird. Bei dieser Anfrage expektorierte sich der alte Maestro mit höchst komischer Wut.

Ich habe dergleichen nie empfunden.

Heinrich, Harry, Henry – alle diese Namen klingen gut, wenn sie von schönen Lippen gleiten. Am besten freilich klingt Signor Enrico. So hieß ich in jenen hellblauen, mit großen silbernen Sternen gestickten Sommernächten jenes edlen und unglücklichen Landes, das die Heimat der Schönheit ist und Raffael Sanzio von Urbino, Joachimo Rossini und die Principessa Cristina Belgiojoso hervorgebracht hat.

Da mein körperlicher Zustand mir alle Hoffnung raubt, jemals wieder in der Gesellschaft zu leben, und letztere wirklich nicht mehr für mich existiert, so habe ich auch die Fessel jener persönlichen Eitelkeit abgestreift, die jeden behaftet, der unter den Menschen, in der sogenannten Welt, sich herumtreiben muß.

Ich kann daher jetzt mit unbefangenem Sinn von dem Mißgeschick sprechen, das mit meinem Namen »Harry« verbunden war und mir die schönsten Frühlingsjahre des Lebens vergällte und vergiftete.

Es hatte damit folgende Bewandtnis. In meiner Vaterstadt wohnte ein Mann, welcher »der Dreckmichel« hieß, weil er jeden Morgen mit einem Karren, woran ein Esel gespannt war, die Straßen der Stadt durchzog und vor jedem Hause still hielt, um den Kehricht, welchen die Mädchen in zierlichen Haufen zusammengekehrt, aufzuladen und aus der Stadt nach dem Mistfelde zu transportieren. Der Mann sah aus wie sein Gewerbe, und der Esel, welcher seinerseits wie sein Herr aussah, hielt still vor den Häusern oder setzte sich in Trab, je nachdem die Modulation war, womit der Michel ihm das Wort »Haarüh!« zurief.

War solches sein wirklicher Name oder nur ein Stichwort? Ich weiß nicht, doch so viel ist gewiß, daß ich durch die Ähnlichkeit jenes Wortes mit meinem Namen Harry außerordentlich viel Leid von Schulkameraden und Nachbarskindern auszustehen hatte. Um mich zu nergeln, sprachen sie ihn ganz so aus, wie der Dreckmichel seinen Esel rief, und ward ich darob erbost, so nahmen die Schälke manchmal eine ganz unschuldige Miene an und verlangten, um jede Verwechselung zu vermeiden, ich sollte sie lehren, wie mein Name und der des Esels ausgesprochen werden müßten, stellten sich aber dabei sehr ungelehrig, meinten, der Michel pflege die erste Silbe immer sehr langsam anzuziehen, während er die zweite Silbe immer sehr schnell abschnappen lasse; zu anderen Zeiten geschähe das Gegenteil, wodurch der Ruf wieder ganz meinem eigenen Namen gleichlaute, und indem die Buben in der unsinnigsten Weise alle Begriffe und mich mit dem Esel und wieder diesen mit mir verwechselten, gab es tolle Coq-à l'âne, über die jeder andere lachen, aber ich selbst weinen mußte.

Als ich mich bei meiner Mutter beklagte, meinte sie, ich solle nur suchen, viel zu lernen und gescheit zu werden, und man werde mich dann nie mit einem Esel verwechseln.

Aber meine Homonymität mit dem schäbigen Langohr blieb mein Alp. Die großen Buben gingen vorbei und grüßten: »Haarüh!« die kleineren riefen mir denselben Gruß, aber in einiger Entfernung. In der Schule ward dasselbe Thema mit raffinierter Grausamkeit ausgebeutet; wenn nur irgend von einem Esel die Rede war, schielte man nach mir, der ich immer errötete, und es ist unglaublich, wie Schulknaben überall Anzüglichkeiten hervorzuheben oder zu erfinden wissen.

Z. B. der eine frug den andern: »Wie unterscheidet sich das Zebra von dem Esel des Barlaam, Sohn Boers?« Die Antwort lautete: »Der eine spricht zebräisch und der andere sprach hebräisch.« – Dann kam die Frage: »Wie unterscheidet sich aber der Esel des Dreckmichels von seinem Namensvetter«, und die impertinente Antwort war: »Den Unterschied wissen wir nicht.« Ich wollte dann zuschlagen, aber man beschwichtigte mich, und mein Freund Dietrich, der außerordentlich schöne Heiligenbildchen zu verfertigen wußte und auch später ein berühmter Maler wurde, suchte mich einst bei einer solchen Gelegenheit zu trösten, indem er mir ein Bild versprach. Er malte für mich einen heiligen Michael – aber der Bösewicht hatte mich schändlich verhöhnt. Der Erzengel hatte die Züge des Dreckmichels, sein Roß sah ganz aus wie dessen Esel, und statt einen Drachen durchstach die Lanze das Aas einer toten Katze.

Sogar der blondlockichte, sanfte, mädchenhafte Franz, den ich so sehr liebte, verriet mich einst: er schloß mich in seine Arme, lehnte seine Wange zärtlich an die meinige, blieb lange sentimental an meiner Brust und – rief mir plötzlich ins Ohr ein lachendes Haarüh! – das schnöde Wort im Davonlaufen beständig modulierend, daß es weithin durch die Kreuzgänge des Klosters widerhallte.

Noch roher behandelten mich einige Nachbarskinder, Gassenbuben jener niedrigsten Klasse, welche wir in Düsseldorf »Haluten« nannten, ein Wort, welches Etymologienjäger gewiß von den Heloten der Spartaner ableiten würden.

Ein solcher Halut war der kleine Jupp, welches Joseph heißt, und den ich auch mit seinem Vatersnamen Flader benennen will, damit er bei Leibe nicht mit dem Jupp Rörsch verwechselt werde, welcher ein ganz artiges Nachbarskind war und, wie ich zufällig erfahren, jetzt als Postbeamter in Bonn lebt. Der Jupp Flader trug immer einen langen Fischerstecken, womit er nach mir schlug, wenn er mir begegnete. Er pflegte mir auch gern Roßäpfel an den Kopf zu werfen, die er brühwarm, wie sie aus dem Backofen der Natur kamen, von der Straße aufraffte. Aber nie unterließ er dann auch das fatale Haarüh! zu rufen und zwar in allen Modulationen.

Der böse Bub war der Enkel der alten Frau Flader, welche zu den Klientinnen meines Vaters gehörte. So böse der Bub war, so gutmütig war die arme Großmutter, ein Bild der Armut und des Elends, aber nicht abstoßend, sondern nur herzzerreißend. Sie war wohl über 80 Jahre alt, eine große Schlottergestalt, ein weißes Ledergesicht mit blassen Kummeraugen, eine weiche, röchelnde, wimmernde Stimme, und bettelnd ganz ohne Phrase, was immer furchtbar klingt.

Mein Vater gab ihr immer einen Stuhl, wenn sie kam, ihr Monatsgeld abzuholen an den Tagen, wo er als Armenpfleger seine Sitzungen hielt.

Von diesen Sitzungen meines Vaters als Armenpfleger blieben mir nur diejenigen im Gedächtnis, welche im Winter stattfanden, in der Frühe des Morgens, wenns noch dunkel war. Mein Vater saß dann an einem großen Tische, der mit Geldtüten jeder Größe bedeckt war; statt der silbernen Leuchter mit Wachskerzen, deren sich mein Vater gewöhnlich bediente, und womit er, dessen Herz so viel Takt besaß, vor der Armut nicht prunken wollte, standen jetzt auf dem Tische zwei kupferne Leuchter mit Talglichtern, die mit der roten Flamme des dicken, schwarzgebrannten Dochtes gar traurig die anwesende Gesellschaft beleuchteten.

Das waren arme Leute jedes Alters, die bis in den Vorsaal Queue machten. Einer nach dem andern kam, seine Tüte in Empfang zu nehmen, und mancher erhielt zwei; die große Tüte enthielt das Privatalmosen meines Vaters, die kleine das Geld der Armenkasse.

Ich saß auf einem hohen Stuhle neben meinem Vater und reichte ihm die Tüten. Mein Vater wollte nämlich, ich sollte lernen, wie man gibt, und in diesem Fache konnte man bei meinem Vater etwas Tüchtiges lernen.

Viele Menschen haben das Herz auf dem rechten Fleck, aber sie verstehen nicht zu geben, und es dauert lange, ehe der Wille des Herzens den Weg bis zur Tasche macht; zwischen dem guten Vorsatz und der Vollstreckung vergeht langsam die Zeit wie bei einer Postschnecke. Zwischen dem Herzen meines Vaters und seiner Tasche war gleichsam schon eine Eisenbahn eingerichtet. Daß er durch die Aktionen solcher Eisenbahn nicht reich wurde, versteht sich von selbst. Bei der Nord- oder Lyon-Bahn ist mehr verdient worden.

Die meisten Klienten meines Vaters waren Frauen und zwar alte, und auch in späteren Zeiten, selbst damals, als seine Umstände sehr unglänzend zu sein begannen, hatte er eine solche Klientel von bejahrten Weibspersonen, denen er kleine Pensionen verabreichte. Sie standen überall auf der Lauer, wo sein Weg ihn vorüberführen mußte, und er hatte solchermaßen eine geheime Leibwache von alten Weibern wie einst der selige Robespierre.

Unter dieser altergrauen Garde war manche Vettel, die durchaus nicht aus Dürftigkeit ihm nachlief, sondern aus wahrem Wohlgefallen an seiner Person, an seiner freundlichen und immer liebreichen Erscheinung.

Er war ja die Artigkeit in Person, nicht bloß den jungen, sondern auch den älteren Frauen gegenüber, und die alten Weiber, die so grausam sich zeigen, wenn sie verletzt werden, sind die dankbarste Nation, wenn man ihnen einige Aufmerksamkeit und Zuvorkommenheit erwiesen, und wer in Schmeicheleien bezahlt sein will, der findet in ihnen Personen, die nicht knickern, während die jungen schnippischen Dinger uns für alle unsere Zuvorkommenheiten kaum eines Kopfnickens würdigen.

Da nun für schöne Männer, deren Spezialität drin besteht, daß sie schöne Männer sind, die Schmeichelei ein großes Bedürfnis ist und es ihnen dabei gleichgültig ist, ob der Weihrauch aus einem rosichten oder welken Munde kommt, wenn er nur stark und reichlich hervorquillt, so begreift man, wie mein teurer Vater, ohne eben darauf spekuliert zu haben, dennoch in seinem Verkehr mit den alten Damen ein gutes Geschäft machte.

Es ist unbegreiflich, wie groß oft die Dosis Weihrauch war, mit welcher sie ihn eindampften, und wie gut er die stärkste Portion vertragen konnte. Das war sein glückliches Temperament, durchaus nicht Einfalt. Er wußte sehr wohl, daß man ihm schmeichle, aber er wußte auch, daß Schmeichelei wie Zucker immer süß ist, und er war wie das Kind, welches zu der Mutter sagt: schmeichle mir ein bißchen, sogar ein bißchen zu viel.

Das Verhältnis meines Vaters zu den besagten Frauen hatte aber noch außerdem einen ernsteren Grund. Er war nämlich ihr Ratgeber, und es ist merkwürdig, daß dieser Mann, der sich selber so schlecht zu raten wußte, dennoch die Lebensklugheit selbst war, wenn es galt, anderen in mißlichen Vorfallenheiten einen guten Rat zu erteilen. Er durchschaute dann gleich die Position, und wenn die betrübte Klientin ihm auseinandergesetzt, wie es ihr in ihrem Gewerbe immer schlimmer gehe, so tat er am Ende einen Ausspruch, den ich so oft, wenn alles schlecht ging, aus seinem Munde hörte, nämlich: »In diesem Falle muß man ein neues Fäßchen anstechen.« Er wollte damit anraten, daß man nicht in einer verlorenen Sache eigensinnig ferner beharren, sondern etwas Neues beginnen, eine neue Richtung einschlagen müsse. Man muß dem alten Faß, woraus nur saurer Wein und nur sparsam tröpfelt, lieber gleich den Boden ausschlagen und »ein neues Fäßchen anstechen!« Aber statt dessen legt man sich faul mit offenem Mund unter das trockene Spundloch und hofft auf süßeres und reichlicheres Rinnen.

Als die alte Hanne meinem Vater klagte, daß ihre Kundschaft abgenommen und sie nichts mehr zu brocken und, was für sie noch empfindlicher, nichts mehr zu schlucken habe, gab er ihr erst einen Taler, und dann sann er nach. Die alte Hanne war früher eine der vornehmsten Hebammen, aber in späteren Jahren ergab sie sich etwas dem Trinken und besonders dem Tabakschnupfen; da in ihrer roten Nase immer Tauwetter war und der Tropfenfall die weißen Bettücher der Wöchnerinnen sehr verbräunte, so ward die Frau überall abgeschafft.

Nachdem mein Vater nun reiflich nachgedacht, sagte er endlich: »Da muß man ein neues Fäßchen anstechen, und diesmal muß es ein Branntweinfäßchen sein; ich rate Euch, in einer etwas vornehmen, von Matrosen besuchten Straße am Hafen einen kleinen Likörladen zu eröffnen, ein Schnapslädchen.«

Die Ex-Hebamme folgte diesem Rat, sie etablierte sich mit einer Schnapsbutike am Hafen, machte gute Geschäfte, und sie hätte gewiß ein Vermögen erworben, wenn nicht unglücklicherweise sie selbst ihre beste Kunde gewesen wäre. Sie verkaufte auch Tabak, und ich sah sie oft vor ihrem Laden stehen mit ihrer rot aufgedunsenen Schnupftabaksnase, eine lebende Reklame, die manchen gefühlvollen Seemann anlockte.

Zu den schönen Eigenschaften meines Vaters gehörte vorzüglich seine große Höflichkeit, die er, als ein wahrhaft vornehmer Mann, ebensosehr gegen Arme wie gegen Reiche ausübte. Ich bemerkte dieses besonders in den oberwähnten Sitzungen, wo er, den armen Leuten ihre Geldtüte verabreichend, ihnen immer einige höfliche Worte sagte.

Ich konnte da etwas lernen, und in der Tat, mancher berühmte Wohltäter, der den armen Leuten immer die Tüte an den Kopf warf, daß man mit jedem Taler auch ein Loch in den Kopf bekam, hätte hier bei meinem höflichen Vater etwas lernen können. Er befragte die meisten armen Weiber nach ihrem Befinden, und er war so gewohnt an die Redeformel: »Ich habe die Ehre«, daß er sie auch anwandte, wenn er mancher Vettel, die etwa unzufrieden und patzig, die Türe zeigte.

Gegen die alte Flader war er am höflichsten, und er bot ihr immer einen Stuhl. Sie war auch wirklich so schlecht auf den Beinen und konnte mit ihrer Handkrücke kaum forthumpeln.

Als sie zum letztenmal zu meinem Vater kam, um ihr Monatsgeld abzuholen, war sie so zusammenfallend, daß ihr Enkel, der Jupp, sie führen mußte. Dieser warf mir einen sonderbaren Blick zu, als er mich an dem Tische neben meinem Vater sitzen sah. Die Alte erhielt außer der kleinen Tüte auch noch eine ganz große Privattüte von meinem Vater, und sie ergoß sich in einen Strom von Segenswünschen und Tränen.

Es ist fürchterlich, wenn eine alte Großmutter so stark weint. Ich hätte selbst weinen können, und die alte Frau mochte es mir wohl anmerken. Sie konnte nicht genug rühmen, welch ein hübsches Kind ich sei, und sie sagte, sie wollte die Mutter Gottes bitten, dafür zu sorgen, daß ich niemals im Leben Hunger leiden und bei den Leuten betteln müsse.

Mein Vater ward über diese Worte etwas verdrießlich, aber die Alte meinte es ehrlich; es lag in ihrem Blick etwas so Geisterhaftes, aber zugleich Frömmiges und Liebreiches, und sie sagte zuletzt zu ihrem Enkel: »Geh, Jupp, und küsse dem lieben Kinde die Hand.« Der Jupp schnitt eine säuerliche Grimasse, aber er gehorchte dem Befehl der Großmutter; ich fühlte auf meiner Hand seine brennenden Lippen wie den Stich einer Viper. Schwerlich konnte ich sagen warum, aber ich zog aus der Tasche alle meine Fettmännchen und gab sie dem Jupp, der mit einem roh blöden Gesicht sie Stück vor Stück zählte und endlich ganz gelassen in die Tasche seiner Bux steckte.

Zur Belehrung des Lesers bemerke ich, daß »Fettmännchen« der Name einer fettigdicken Kupfermünze ist, die ungefähr einen Sou wert ist.

Die alte Flader ist bald darauf gestorben, aber der Jupp ist gewiß noch am Leben, wenn er nicht seitdem gehenkt worden ist. – Der böse Bube blieb unverändert. Schon den andern Tag nach unserm Zusammentreffen bei meinem Vater begegnete ich ihm auf der

Straße. Er ging mit seiner wohlbekannten langen Fischerrute. Er schlug mich wieder mit diesem Stecken, warf auch wieder nach mir mit einigen Roßäpfeln und schrie wieder das fatale Haarüh! und zwar so laut und die Stimme des Dreckmichels so treu nachahmend, daß der Esel desselben, der sich mit dem Karren zufällig in einer Nebengasse befand, den Ruf seines Herrn zu vernehmen glaubte und ein fröhliches I-A erschallen ließ.

Wie gesagt, die Großmutter des Jupp ist bald darauf gestorben und zwar in dem Ruf einer Hexe, was sie gewiß nicht war, obgleich unsere Zippel steif und fest das Gegenteil behauptete.

Zippel war der Name einer noch nicht sehr alten Person, welche eigentlich Sibylle hieß, meine erste Wärterin war und auch später im Hause blieb. Sie befand sich zufällig im Zimmer am Morgen der erwähnten Szene, wo die alte Flader mir so viele Lobsprüche erteilte und die Schönheit des Kindes bewunderte. Als die Zippel diese Worte hörte, erwachte in ihr der alte Volkswahn, daß es den Kindern schädlich sei, wenn sie solchermaßen gelobt werden, daß sie dadurch erkranken oder von einem Übel befallen werden, und um das Übel abzuwenden, womit sie mich bedroht glaubte, nahm sie ihre Zuflucht zu dem vom Volksglauben als probat empfohlenen Mittel, welches darin besteht, daß man das gelobte Kind dreimal anspucken muß. Sie kam auch gleich auf mich zugesprungen und spuckte mir hastig dreimal auf den Kopf.

Doch dieses war erst ein provisorisches Bespeien, denn die Wissenden behaupten, wenn die bedenkliche Lobspende von einer Hexe gemacht worden, so könne der böse Zauber nur durch eine Person gebrochen werden, die ebenfalls eine Hexe, und so entschloß sich die Zippel, noch denselben Tag zu einer Frau zu gehen, die ihr als Hexe bekannt war und ihr auch, wie ich später erfahren, manche Dienste durch ihre geheimnisvolle und verbotene Kunst geleistet hatte. Diese Hexe bestrich mir mit ihrem Daumen, den sie mit Speichel angefeuchtet, den Scheitel des Hauptes, wo sie einige Haare abgeschnitten; auch andere Stellen bestrich sie solchermaßen, während sie allerlei Abrakadabra-Unsinn dabei murmelte, und so ward ich vielleicht schon frühe zum Teufelspriester ordiniert.

Jedenfalls hat diese Frau, deren Bekanntschaft mir seitdem verblieb, mich späterhin, als ich schon erwachsen, in die geheime Kunst iniziert.

Ich bin zwar selbst kein Hexenmeister geworden, aber ich weiß, wie gehext wird, und besonders weiß ich, was keine Hexerei ist.

Jene Frau nannte man die Meisterin oder auch die Göchin, weil sie aus Goch gebürtig war, wo auch ihr verstorbener Gatte, der das verrufene Gewerbe eines Scharfrichters trieb, sein Domizil hatte und von nah und fern zu Amtsverrichtungen gerufen wurde. Man wußte, daß er seiner Witwe mancherlei Arkana hinterlassen, und diese verstand es, diesen Ruf auszubeuten.

Ihre besten Kunden waren Bierwirte, denen sie die Totenfinger verkaufte, die sie noch aus der Verlassenschaft ihres Mannes zu besitzen vorgab. Das sind Finger eines gehenkten Diebes, und sie dienen dazu, das Bier im Fasse wohlschmeckend zu machen und zu vermehren. Wenn man nämlich den Finger eines Gehenkten, zumal eines unschuldig Gehenkten, an einem Bindfaden befestigt im Fasse hinabhängen läßt, so wird das Bier dadurch nicht bloß wohlschmeckender, sondern man kann aus besagtem Fasse doppelt, ja vierfach so viel zapfen wie aus einem gewöhnlichen Fasse von gleicher Größe. Aufgeklärte Bierwirte pflegen ein rationaleres Mittel anzuwenden, um das Bier zu vermehren, aber es verliert dadurch an Stärke.

Auch von jungen Leuten zärtlichen Herzens hatte die Meisterin viel Zuspruch, und sie versah sie mit Liebestränken, denen sie in ihrer charlatanischen Latinitätswut, wo sie das Latein noch lateinischer klingen lassen wollte, den Namen eines Philtrariums erteilte; den Mann, der den Trank seiner Schönen eingab, nannte sie den Philtrarius, und die Dame hieß dann die Philtrariata.

Es geschah zuweilen, daß das Philtrarium seine Wirkung verfehlte oder gar eine entgegengesetzte hervorbrachte. So hatte z. B. ein ungeliebter Bursche, der seine spröde Schöne beschwatzt hatte, mit ihm eine Flasche Wein zu trinken, ein Philtrarium unversehens in ihr Glas gegossen, und er bemerkte auch in dem Benehmen seiner Philtrariata, sobald sie getrunken hatte, eine seltsame Veränderung, eine gewisse Benautigkeit, die er für den Durchbruch einer Liebesbrunst hielt, und glaubte sich dem großen Momente nahe. Aber ach! als er die Errötende jetzt gewaltsam in seine Arme schloß, drang ihm ein Duft in die Nase, der nicht zu den Parfümerien Amors gehört, er merkte, daß das Philtrarium vielmehr als ein Laxarium agierte, und seine Leidenschaft ward dadurch gar widerwärtig abgekühlt.

Die Meisterin rettete den Ruf ihrer Kunst, indem sie behauptete, den unglücklichen Philtrarius mißverstanden und geglaubt zu haben, er wolle von seiner Liebe geheilt sein.

Besser als ihre Liebestränke waren die Ratschläge, womit die Meisterin ihre Philtrarien begleitete; sie riet nämlich, immer etwas Gold in der Tasche zu tragen, indem Gold sehr gesund sei und besonders dem Liebenden Glück bringe. Wer erinnert sich nicht hier an des ehrlichen Jagos Worte im »Othello«, wenn er dem verliebten Rodrigo sagt: *»Take monney in your pocket!«*

Mit dieser großen Meisterin stand nun unsere Zippel in intimer Bekanntschaft, und wenn es jetzt nicht eben mehr Liebestränke waren, die sie hier kaufte, so nahm sie doch die Kunst der Göchin manchmal in Anspruch, wenn es galt, an einer beglückten Nebenbuhlerin, die ihren eigenen ehemaligen Schatz heuratete, sich zu rächen, indem sie ihr Unfruchtbarkeit oder dem Ungetreuen die schnödeste Entmannung anhexen ließ. Das Unfruchtbarmachen geschah durch Nestelknüpfen. Das ist sehr leicht: man begibt sich in die Kirche, wo die Trauung der Brautleute stattfindet, und in dem Augenblick, wo der Priester über dieselben die Trauungsformel ausspricht, läßt man ein eisernes Schloß, welches man unter der Schürze verborgen hielt, schnell zuklappen; so wie jenes Schloß, verschließt sich auch jetzt der Schoß der Neuvermählten.

Die Zeremonien, welche bei der Entmannung beobachtet werden, sind so schmutzig und haarsträubend grauenhaft, daß ich sie unmöglich mitteilen kann. Genug, der Patient wird nicht im gewöhnlichen Sinne unfähig gemacht, sondern in der wahren Bedeutung des Wortes seiner Geschlechtlichkeit beraubt, und die Hexe, welche im Besitze des Raubes bleibt, bewahrt folgendermaßen dieses corpus delicti, dieses Ding ohne Namen, welches sie auch kurzweg »das Ding« nennt; die lateinsüchtige Göcherin nannte es immer einen Numen Pompilius, wahrscheinlich eine Reminiszenz an König Numa, den weisen Gesetzgeber, den Schüler der Nymphe Egeria, der gewiß nie geahnt, wie schändlich sein ehrlicher Namen einst mißbraucht würde.

Die Hexe verfährt wie folgt. Das Ding, dessen sie sich bemächtigt, legt sie in ein leeres Vogelnest und befestigt dasselbe ganz hoch zwischen den belaubten Zweigen eines Baumes; auch die Dinger, die sie später ihren Eigentümern entwenden konnte, legt sie in dasselbe Vogelnest, doch so, daß nie mehr als ein halb Dutzend darin zu liegen kommen. Im Anfang sind die Dinger sehr kränklich und miserabel, vielleicht durch Emotion und Heimweh, aber die frische Luft stärkt sie, und sie geben Laute von sich wie das Zirpen von Zikaden. Die Vögel, die den Baum umflattern, werden davon getäuscht und meinen, es seien noch unbefiederte Vögel, und aus Barmherzigkeit kommen sie mit Speise in ihren Schnäblein, um die mutterlosen Waisen zu füttern, was diese sich wohl gefallen lassen, so daß sie dadurch erstarken, ganz fett und gesund werden, und nicht mehr leise zirpen, sondern laut zwitschern. Drob freut sich nun die Hexe, und in kühlen Sommernächten, wenn der Mond recht deutschsentimental herunterscheint, setzt sich die Hexe unter den Baum, horchend dem Gesang der Dinger, die sie dann ihre süßen Nachtigallen nennt.

Sprenger in seinem »Hexenhammer«, »malleus maleficarum«, erwähnt auch diese Verruchtheiten der Unholdinnen in Bezug auf obige Zauberei, und ein alter Autor, den Scheible in seinem »Kloster« zitiert, und dessen Name mir entfallen, erzählt, wie die Hexen oft gezwungen werden, ihre Beute den Entmannten zurückzugeben.

Die Hexe begeht den Mannheitsdiebstahl aber meistens in der Absicht, von den Entmannten durch die Restitution ein sogenanntes Kostgeld zu erpressen. Bei dieser Zurückgabe des entwendeten Gegenstands gibt es zuweilen Verwechselungen und Quiproquos, die sehr ergötzlicher Art, und ich kenne die Geschichte eines Domherrn, dem ein falscher Numa Pompilius zurückgeliefert ward, der, wie die Haushälterin des geistlichen Herrn, seine Nymphe Egeria, behauptete, eher einem Türken als einem Christenmenschen angehört haben mußte.

Als einst ein solcher Entmannter auf Restitution drang, befahl ihm die Hexe, eine Leiter zu nehmen und ihr in den Garten zu folgen, dort auf den vierten Baum hinaufzusteigen und in einem Vogelnest, das er hier befestigt fände, das verlorene Gut wieder herauszusuchen. Der arme Mensch befolgte die Instruktion, hörte aber, wie die Hexe ihm lachend zurief: »Ihr habt eine zu große Meinung von Euch. Ihr irrt Euch, was Ihr da herausgezogen, gehört einem sehr großen geistlichen Herrn, und ich käme in die größte Schererei, wenn es mir abhanden käme.«

Es war aber wahrlich nicht die Hexerei, was mich zuweilen zur Göcherin trieb. Ich unterhielt die Bekanntschaft mit der Göcherin, und ich mochte wohl schon in einem Alter von sechzehn Jahren sein, als ich öfter als früher nach ihrer Wohnung ging, hingezogen von einer Hexerei, die stärker war als alle ihre lateinisch bombastischen Philtraria. Sie hatte nämlich eine Nichte, welche ebenfalls kaum 16 Jahre alt war, aber, plötzlich aufgeschossen zu einer hohen, schlanken Gestalt, viel älter zu sein schien. Das plötzliche Wachstum war auch Schuld, daß sie äußerst mager war. Sie hatte jene enge Taille, welche wir bei den Quarteronen in Westindien bemerken, und da sie kein Korsett und kein Dutzend Unterröcke trug, so glich ihre eng anliegende Kleidung dem nassen Gewand einer Statue. Keine marmorne Statue konnte freilich mit ihr an Schönheit wetteifern, da sie das Leben selbst und jede Bewegung die Rhythmen ihres Leibes, ich möchte sagen sogar die Musik ihrer Seele offenbarte. Keine von den Töchtern der Niobe hatte ein edler geschnittenes Gesicht; die Farbe desselben wie ihre Haut überhaupt war von einer etwas wechselnden Weiße. Ihre großen tiefdunklen Augen sahen aus, als hätten sie ein Rätsel aufgegeben und warteten ruhig auf die Lösung, während der Mund mit den schmalen, hochaufgeschürzten Lippen und den kreideweißen, etwas länglichen Zähnen zu sagen schien: du bist zu dumm und wirst vergebens raten.

Ihr Haar war rot, ganz blutrot und hing in langen Locken bis über ihre Schultern hinab, so daß sie dasselbe unter dem Kinn zusammenbinden konnte. Das gab ihr aber das Aussehen, als habe man ihr den Hals abgeschnitten, und in roten Strömen quölle daraus hervor das Blut.

Die Stimme der Josepha oder des roten »Sefchen«, wie man die schöne Nichte der Göcherin nannte, war nicht besonders wohllautend, und ihr Sprachorgan war manchmal bis zur Klanglosigkeit verschleiert; doch plötzlich, wenn die Leidenschaft eintrat, brach der metallreichste Ton hervor, der mich ganz besonders durch den Umstand ergriff, daß die Stimme der Josepha mit der meinigen eine so große Ähnlichkeit hatte.

Wenn sie sprach, erschrak ich zuweilen und glaubte, mich selbst sprechen zu hören, und auch ihr Gesang erinnerte mich an Träume, wo ich mich selber mit derselben Art und Weise singen hörte.

Sie wußte viele alte Volkslieder und hat vielleicht bei mir den Sinn für diese Gattung geweckt, wie sie gewiß den größten Einfluß auf den erwachenden Poeten übte, so daß meine ersten Gedichte der »Traumbilder«, die ich bald darauf schrieb, ein düstres und grausames Kolorit haben, wie das Verhältnis, das damals seine blutrünstigen Schatten in mein junges Leben und Denken warf.

Unter den Liedern, die Josepha sang, war ein Volkslied, das sie von der Zippel gelernt, und welches diese auch mir in meiner Kindheit oft vorgesungen, so daß ich zwei Strophen im Gedächtnis behielt, die ich um so lieber hier mitteilen will, da ich das Gedicht in keiner der vorhandenen Volksliedersammlungen fand. Sie lauten folgendermaßen – zuerst spricht der böse Tragig:

»Otilje lieb, Otilje mein,
Du wirst wohl nicht die letzte sein –
Sprich, willst du hängen am hohen Baum?
Oder willst du schwimmen im blauen See?
Oder willst du küssen das blanke Schwert,
Was der liebe Gott beschert?«

Hierauf antwortet Otilje:

»Ich will nicht hängen am hohen Baum,
Ich will nicht schwimmen im blauen See,
Ich will küssen das blanke Schwert,
Was der liebe Gott beschert!«

Als das rote Sefchen einst das Lied singend an das Ende dieser Strophe kam und ich ihr die innere Bewegung abmerkte, ward auch ich so erschüttert, daß ich in ein plötzliches Weinen ausbrach, und wir fielen uns beide schluchzend in die Arme, sprachen kein Wort, wohl eine Stunde lang, während uns die Tränen aus den Augen rannen und wir uns wie durch einen Tränenschleier ansahen.

Ich bat Sefchen, mir jene Strophen aufzuschreiben, und sie tat es, aber sie schrieb sie nicht mit Tinte, sondern mit ihrem Blute; das rote Autograph kam mir später abhanden, doch die Strophen blieben mir unauslöschlich im Gedächtnis.

Der Mann der Göchin war der Bruder von Sefchens Vater, welcher ebenfalls Scharfrichter war, doch da derselbe früh starb, nahm die Göchin das kleine Kind zu sich. Aber als bald darauf ihr Mann starb und sie sich in Düsseldorf ansiedelte, übergab sie das Kind dem Großvater, welcher ebenfalls Scharfrichter war und im Westfälischen wohnte.

Hier, in dem »Freihaus«, wie man die Scharfrichterei zu nennen pflegt, verharrte Sefchen bis zu ihrem vierzehnten Jahre, wo der Großvater starb und die Göchin die ganz Verwaiste wieder zu sich nahm.

Durch die Unehrlichkeit ihrer Geburt führte Sefchen von ihrer Kindheit bis ins Jungfrauenalter ein vereinsamtes Leben, und gar auf dem Freihof ihres Großvaters war sie von allem gesellschaftlichen Umgang abgeschieden. Daher ihre Menschenscheu, ihr sensitives Zusammenzucken vor jeder fremden Berührung, ihr geheimnisvolles Hinträumen, verbunden mit dem störrigsten Trutz, mit der patzigsten Halsstarrigkeit und Wildheit.

Sonderbar! sogar in ihren Träumen, wie sie mir einst gestand, lebte sie nicht mit Menschen, sondern sie träumte nur von Tieren.

In der Einsamkeit der Scharfrichterei konnte sie sich nur mit den alten Büchern des Großvaters beschäftigen, welcher letztere ihr zwar Lesen und Schreiben selbst lehrte, aber doch äußerst wortkarg war.

Manchmal war er mit seinen Knechten auf mehrere Tage abwesend, und das Kind blieb dann allein im Freihaus, welches nahe am Hochgericht in einer waldigen Gegend sehr einsam gelegen war. Zu Hause blieben nur drei alte Weiber mit greisen Wackelköpfen, die beständig ihre Spinnräder schnurren ließen, hüstelten, sich zankten und viel Branntewein tranken.

Besonders in Winternächten, wo der Wind draußen die alten Eichen schüttelte und der große flackernde Kamin so sonderbar heulte, ward es dem armen Sefchen sehr unheimlich im einsamen Hause; denn alsdann fürchtete man auch den Besuch der Diebe, nicht der lebenden, sondern der toten, der gehenkten, die vom Galgen sich losgerissen und an die niederen Fensterscheiben des Hauses klopften und Einlaß verlangten, um sich ein bißchen zu wärmen. Sie schneiden so jämmerlich verfrorene Grimassen. Man kann sie nur dadurch verscheuchen, daß man aus der Eisenkammer ein Richtschwert holt und ihnen damit droht; alsdann huschen sie wie ein Wirbelwind von dannen.

Manchmal lockt sie nicht bloß das Feuer des Herdes, sondern auch die Absicht, die ihnen vom Scharfrichter gestohlenen Finger wieder zu stehlen. Hat man die Tür nicht hinlänglich verriegelt, so treibt sie auch noch im Tode das alte Diebesgelüste, und sie stehlen die Laken aus den Schränken und Betten. Eine von den alten Frauen, die einst einen solchen Diebstahl noch zeitig bemerkte, lief dem toten Diebe nach, der im Winde das Laken flattern ließ, und einen Zipfel erfassend, entriß sie ihm den Raub, als er den Galgen erreicht hatte und sich auf das Gebälke desselben flüchten wollte.

Nur an Tagen, wo der Großvater sich zu einer großen Hinrichtung anschickte, kamen aus der Nachbarschaft die Kollegen zum Besuche, und dann wurde gesotten, gebraten, geschmaust, getrunken, wenig gesprochen und gar nicht gesungen. Man trank aus silbernen Bechern, statt daß dem unehrlichen Freimeister oder gar seinen Freiknechten in den Wirtshäusern, wo sie einkehrten, nur eine Kanne mit hölzernem Deckel gereicht wurde, während man allen anderen Gästen aus Kannen mit zinnernen Deckeln zu trinken gab. An manchen Orten wird das Glas zerbrochen, woraus der Scharfrichter getrunken; niemand spricht mit ihm, jeder vermeidet die geringste Berührung. Diese Schmach ruht auf seiner ganzen Sippschaft, weshalb auch die Scharfrichterfamilien nur unter einander heuraten.

Als Sefchen, wie sie mir erzählte, schon acht Jahre alt war, kamen an einem schönen Herbsttage eine ungewöhnliche Anzahl von Gästen aufs Gehöft des Großvaters, obgleich eben keine Hinrichtung oder sonstige peinliche Amtspflicht zu vollstrecken stand. Es waren ihrer wohl über ein Dutzend, fast alle sehr alte Männchen mit eisgrauen oder kahlen Köpfchen, die unter ihren langen roten Mänteln ihr Richtschwert und ihre sonntäglichsten, aber ganz altfränkischen

Kleider trugen. Sie kamen, wie sie sagten, um zu »tagen«, und was Küche und Keller am Kostbarsten besaß, ward ihnen beim Mittagsmahl aufgetischt.

Es waren die ältesten Scharfrichter aus den entferntesten Gegenden, hatten einander lange nicht gesehen, schüttelten sich unaufhörlich die Hände, sprachen wenig und oft in einer geheimnisvollen Zeichensprache und amüsierten sich in ihrer Weise, das heißt »moult tristement«, wie Froissart von den Engländern sagte, die nach der Schlacht bei Poitiers bankettierten.

Als die Nacht hereinbrach, schickte der Hausherr seine Knechte aus dem Hause, befahl der alten Schaffnerin, aus dem Keller drei Dutzend Flaschen seines besten Rheinweins zu holen und auf den Steintisch zu stellen, der draußen vor den großen, einen Halbkreis bildenden Eichen stand; auch die Eisenleuchter für die Kienlichter befahl er dort aufzustellen, und endlich schickte er die Alte nebst den zwei anderen Vetteln mit einem Vorwande aus dem Hause. Sogar an des Hofhundes kleinem Stall, wo die Planken eine Öffnung ließen, verstopfte er dieselben mit einer Pferdedecke; der Hund ward sorgsam angekettet.

Das rote Sefchen ließ der Großvater im Hause, er gab ihr den Auftrag, den großen silbernen Pokal, worauf die Meergötter mit ihren Delphinen und Muscheltrompeten abgebildet, rein auszuschwenken und auf den erwähnten Steintisch zu stellen, – dann aber, setzte er mit Befangenheit hinzu, solle sie sich unverzüglich in ihrem Schlafkämmerlein zu Bette begeben.

Den Neptunspokal hat das rote Sefchen ganz gehorsamlich ausgeschwenkt und auf den Steintisch zu den Weinflaschen gestellt, aber zu Bette ging sie nicht, und von Neugier getrieben verbarg sie sich hinter einem Gebüsche nahe bei den Eichen, wo sie zwar wenig hören, jedoch alles genau sehen konnte, was vorging.

Die fremden Männer mit dem Großvater an ihrer Spitze kamen feierlich paarweis herangeschritten und setzten sich auf hohen Holzblöcken im Halbkreis um den Steintisch, wo die Harzlichter angezündet worden und ihre ernsthaften, steinharten Gesichter gar grauenhaft beleuchteten.

Sie saßen lange schweigend oder vielmehr in sich hineinmurmelnd, vielleicht betend. Dann goß der Großvater den Pokal voll Wein, den jeder nun austrank und mit wieder neu eingeschenktem Wein seinem Nachbar zustellte; nach jedem Trunk schüttelte man sich auch biderbe die Hände.

Endlich hielt der Großvater eine Anrede, wovon das Sefchen

wenig hören konnte und gar nichts verstand, die aber sehr traurige Gegenstände zu behandeln schien, da große Tränen aus des alten Mannes Augen herabtropften und auch die anderen alten Männer bitterlich zu weinen anfingen, was ein entsetzlicher Anblick war, da diese Leute sonst so hart und verwittert aussahen wie die grauen Steinfiguren vor einem Kirchenportal – und jetzt schossen Tränen aus den stieren Steinaugen, und sie schluchzten wie die Kinder.

Der Mond sah dabei so melancholisch aus seinen Nebelschleiern am sternlosen Himmel, daß der kleinen Lauscherin das Herz brechen wollte vor Mitleid. Besonders rührte sie der Kummer eines kleinen alten Mannes, der heftiger als die anderen weinte und so laut jammerte, daß sie ganz gut einige seiner Worte vernahm – er rief unaufhörlich: »O Gott! o Gott! das Unglück dauert schon so lange, das kann eine menschliche Seele nicht länger tragen. O Gott, du bist ungerecht, ja ungerecht.« – Seine Genossen schienen ihn nur mit großer Mühe beschwichtigen zu können.

Endlich erhob sich wieder die Versammlung von ihren Sitzen, sie warfen ihre roten Mäntel ab, und, jeder sein Richtschwert unterm Arme haltend, je zwei und zwei begaben sie sich hinter einen Baum, wo schon ein eiserner Spaten bereit stand, und mit diesem Spaten schaufelte einer von ihnen in wenigen Augenblicken eine tiefe Grube. Jetzt trat Sefchens Großvater heran, welcher seinen roten Mantel nicht wie die anderen abgelegt hatte, und langte darunter ein weißes Paket hervor, welches sehr schmal, aber über eine Brabanter Elle lang sein mochte und mit einem Bettlaken umwickelt war; er legte dasselbe sorgsam in die offene Grube, die er mit großer Hast wieder zudeckte.

Das arme Sefchen konnte es in seinem Versteck nicht länger aushalten; bei dem Anblick jenes geheimnisvollen Begräbnisses sträubten sich ihre Haare, das arme Kind trieb die Seelenangst von dannen, sie eilte in ihr Schlafkämmerlein, barg sich unter die Decke und schlief ein.

Am anderen Morgen erschien dem Sefchen alles wie ein Traum, aber da sie hinter dem bekannten Baum den aufgefrischten Boden sah, merkte sie wohl, daß alles Wirklichkeit war. Sie grübelte lange darüber nach, was dort wohl vergraben sein mochte: ein Kind? ein Tier? ein Schatz? – sie sagte aber niemandem ein Sterbenswort von dem nächtlichen Begebnis, und da die Jahre vergingen, trat dasselbe in den Hintergrund ihres Gedächtnisses.

Erst fünf Jahre später, als der Großvater gestorben und die Göcherin kam, um das Mädchen nach Düsseldorf abzuholen, wagte dasselbe der Muhme ihr Herz zu öffnen. Diese aber war über die seltsame Geschichte weder erschrocken noch verwundert, sondern höchlich erfreut, und sie sagte, daß weder ein Kind, noch eine Katze, noch ein Schatz in der Grube verborgen läge, wohl aber das alte Richtschwert des Großvaters, womit derselbe hundert armen Sündern den Kopf abgeschlagen habe. Nun sei es aber Brauch und Sitte der Scharfrichter, daß sie ein Schwert, womit hundertmal das hochnotpeinliche Amt verrichtet worden, nicht länger behalten oder gar benutzen; denn ein solches Richtschwert sei nicht wie andere Schwerter, es habe mit der Zeit ein heimliches Bewußtsein bekommen und bedürfe am Ende der Ruhe im Grabe wie ein Mensch.

Auch werden solche Schwerter, meinen viele, durch das viele Blutvergießen zuletzt grausam und sie lechzen manchmal nach Blut, und oft um Mitternacht könne man deutlich hören, wie sie im Schranke, wo sie aufgehenkt sind, leidenschaftlich rasseln und rumoren; ja, einige werden so tückisch und boshaft ganz wie unsereins und betören den Unglücklichen, der sie in Händen hat, so sehr, daß er die besten Freunde damit verwundet. So habe mal in der Göcherin eigenen Familie ein Bruder den andern mit einem solchen Schwerte erstochen.

Nichtsdestoweniger gestand die Göcherin, daß man mit einem solchen Hundertmordschwert die kostbarsten Zauberstücke verrichten könne, und noch in derselben Nacht hatte sie nichts Eiligeres zu tun, als an dem bezeichneten Baum das verscharrte Richtschwert auszugraben, und sie verwahrte es seitdem unter anderem Zaubergeräte in ihrer Rumpelkammer.

Als sie einst nicht zu Hause war, bat ich Sefchen, mir jene Kuriosität zu zeigen. Sie ließ sich nicht lange bitten, ging in die besagte Kammer und trat gleich darauf hervor mit einem ungeheuren Schwerte, das sie trotz ihrer schmächtigen Arme sehr kräftig schwang, während sie schalkhaft drohend die Worte sang:

»Willst du küssen das blanke Schwert,
Das der liebe Gott beschert?«

Ich antwortete darauf in derselben Tonart: »Ich will nicht küssen das blanke Schwert – ich will das rote Sefchen küssen!« und da sie sich aus Furcht, mich mit dem fatalen Stahl zu verletzen, nicht zur Gegenwehr setzen konnte, mußte sie es geschehen lassen, daß ich mit großer Herzhaftigkeit die feinen Hüften umschlang und die trutzigen Lippen küßte. Ja, trotz dem Richtschwert, womit schon hundert arme Schelme geköpft worden, und trotz der Infamia, womit jede Berührung des unehrlichen Geschlechtes jeden behaftet, küßte ich die schöne Scharfrichterstochter.

Ich küßte sie nicht bloß aus zärtlicher Neigung, sondern auch aus Hohn gegen die alte Gesellschaft und alle ihre dunklen Vorurteile, und in diesem Augenblicke loderten in mir auf die ersten Flammen jener zwei Passionen, welchen mein späteres Leben gewidmet blieb: die Liebe für schöne Frauen und die Liebe für die französische Revolution, den modernen *furor francese*, wovon auch ich ergriffen ward im Kampf mit den Landsknechten des Mittelalters.

Ich will meine Liebe für Josepha nicht näher beschreiben. So viel aber will ich gestehen, daß sie doch nur ein Präludium war, welches den großen Tragödien meiner reiferen Periode voranging. So schwärmt Romeo erst für Rosalinde, ehe er seine Julia sieht.

In der Liebe gibt es ebenfalls, wie in der römischkatholischen Religion, ein provisorisches Fegfeuer, in welchem man sich erst an das Gebratenwerden gewöhnen soll, ehe man in die wirkliche ewige Hölle gerät.

Hölle? Darf man der Liebe mit solcher Unart erwähnen? Nun, wenn ihr wollt, will ich sie auch mit dem Himmel vergleichen. Leider ist in der Liebe nie genau zu ermitteln, wo sie anfängt, mit der Hölle oder mit dem Himmel die größte Ähnlichkeit zu bieten, so wie man auch nicht weiß, ob nicht die Engel, die uns darin begegnen, etwa verkappte Teufel sind, oder ob die Teufel dort nicht manchmal verkappte Engel sein mögen.

Aufrichtig gesagt: welche schreckliche Krankheit ist die Frauenliebe! Da hilft keine Inokulation, wie wir leider gesehen. Sehr gescheute und erfahrene Ärzte raten zu Ortsveränderung und meinen, mit der Entfernung von der Zauberin zerreiße auch der Zauber. Das Prinzip der Homöopathie, wo das Weib uns heilet von dem Weibe, ist vielleicht das probateste.

So viel wirst du gemerkt haben, teurer Leser, daß die Inokulation der Liebe, welche meine Mutter in meiner Kindheit versuchte, keinen günstigen Erfolg hatte. Es stand geschrieben, daß ich von dem großen Übel, den Pocken des Herzens, stärker als andere Sterbliche heimgesucht werden sollte, und mein Herz trägt die schlechtvernarbten Spuren in so reichlicher Fülle, daß es aussieht wie die Gipsmaske des Mirabeau oder wie die Fassade des Palais Mazarin nach den glorreichen Juliustagen oder gar wie die Reputation der größten tragischen Künstlerin.

Gibt es aber gar kein Heilmittel gegen das fatale Gebreste? Jüngst meinte ein Psychologe, man könnte dasselbe bewältigen, wenn man gleich im Beginn des Ausbruchs einige geeignete Mittel anwende. Diese Vorschrift mahnt jedoch an das alte naive Gebetbuch, welches

Gebete für alle Unglücksfälle, womit der Mensch bedroht ist, und unter anderen ein mehrere Seiten langes Gebet enthält, das der Schieferdecker abbeten solle, sobald er sich vom Schwindel ergriffen fühle und in Gefahr sei, vom Dache herabzufallen.

Eben so törigt ist es, wenn man einem Liebeskranken anrät, den Anblick seiner Schönen zu fliehen und sich in der Einsamkeit an der Brust der Natur Genesung zu suchen. Ach, an dieser grünen Brust wird er nur Langeweile finden, und es wäre ratsamer, daß er, wenn nicht alle seine Energie erloschen, an ganz anderen und sehr weißen Brüsten wo nicht Ruhe, so doch heilsame Unruhe suchte; denn das wirksamste Gegengift gegen die Weiber sind die Weiber; freilich hieße das, den Satan durch Belzebub bannen, und dann ist in solchem Falle die Medizin oft noch verderblicher als die Krankheit. Aber es ist immer eine Chance, und in trostlosen Liebeszuständen ist der Wechsel der Inamorata gewiß das Ratsamste, und mein Vater dürfte auch hier mit Recht sagen: jetzt muß man ein neues Fäßchen anstechen.

Ja, laßt uns zu meinem lieben Vater zurückkehren, dem irgend eine mildtätige alte Weiberseele meinen öfteren Besuch bei der Göcherin und meine Neigung für das rote Sefchen denunziert hatte. Diese Denunziationen hatten jedoch keine andere Folge, als meinem Vater Gelegenheit zu geben, seine liebenswürdige Höflichkeit zu bekunden. Denn Sefchen sagte mir bald, ein sehr vornehmer und gepuderter Mann in Begleitung eines andern sei ihr auf der Promenade begegnet, und als ihm sein Begleiter einige Worte zugeflüstert, habe er sie freundlich angesehen und im Vorbeigehen grüßend seinen Hut vor ihr abgezogen.

Nach der näheren Beschreibung erkannte ich in dem grüßenden Manne meinen lieben gütigen Vater.

Nicht dieselbe Nachsicht zeigte er, als man ihm einige irreligiöse Spöttereien, die mir entschlüpft, hinterbrachte. Man hatte mich der Gottesleugnung angeklagt, und mein Vater hielt mir deswegen eine Standrede, die längste, die er wohl je gehalten und die folgendermaßen lautete: »Lieber Sohn! Deine Mutter läßt dich beim Rektor Schallmeyer Philosophie studieren. Das ist ihre Sache. Ich meinesteils liebe nicht die Philosophie, denn sie ist lauter Aberglauben, und ich bin Kaufmann und habe meinen Kopf nötig für mein Geschäft. Du kannst Philosoph sein, soviel du willst, aber ich bitte dich, sage nicht öffentlich, was du denkst, denn du würdest mir im Geschäft schaden, wenn meine Kunden erführen, daß ich einen Sohn habe, der nicht an Gott glaubt; besonders die Juden würden keine Velveteens mehr bei mir kaufen und sind ehrliche Leute, zahlen prompt und haben auch recht, an der Religion zu halten. Ich bin dein Vater und also älter als du und dadurch auch erfahrener; du darfst mir also aufs Wort glauben, wenn ich mir erlaube, dir zu sagen, daß der Atheismus eine große Sünde ist.«

TESTAMENTE

I

Dieses ist mein Testament, wie ich es eigenhändig zu Paris den sieben und zwanzigsten September achtzehnhundert sechs und vierzig niedergeschrieben habe.

Obgleich ich von der Natur und vom Glücke mehr als andere Menschen begünstigt ward; obgleich es mir zur Ausbeutung meiner Geistesgaben weder an Verstand noch an Gelegenheit gebrach; obgleich ich, aufs Engste befreundet mit den Reichsten und Mächtigsten dieser Erde, nur zuzugreifen brauchte, um Gold und Ämter zu erlangen: so sterbe ich dennoch ohne Vermögen und Würden. Mein Herz hat es so gewollt, denn ich liebte immer die Wahrheit und verabscheute die Lüge. Meine Hinterlassenschaft ist daher sehr geringfügig und ich sehe mit Betrübnis, daß ich meine arme Ehefrau, die ich, weil ich sie unsäglich liebte, auch unsäglich verwöhnte, verhältnismäßig mit ihren Bedürfnissen in einem vielleicht an Dürftigkeit grenzenden Zustand zurücklasse. Wie dem auch sei, die spärlichen Besitztümer, die meinen Nachlaß ausmachen, vermache ich meiner Ehefrau Mathilde Crescentia Heine, geborene Mirat, die, eben so treu wie schön, mir das Dasein erheitert hat. – Die Herren Sichel, Dr. med., und Mr. Mignet, secrétaire perpétuel de l'academie des sciences morales et politiques, die mir schon so viele Liebesdienste erwiesen, beauftrage ich mit der Vertretung aller Erbschaftsinteressen meiner Frau, sowie überhaupt mit der Exekution dieses Testamentes. – Meinen Verleger Julius Campe bitte ich es dergestalt einzurichten, daß die Pension, die ich als Honorar meiner Gesamtwerke von ihm beziehe, und die er nach meinem Tode ebenfalls lebenslänglich meiner Frau auszuzahlen hat, von derselben hier in Paris und womöglich in monatlichen Terminen bezogen werden kann. Was das Jahrgehalt betrifft, das mir mein seliger Oheim Salomon Heine zugesagt und das nach meinem Tode zur Hälfte auf meine Witwe übergehen sollte, so bitte ich meinen Vetter Karl Heine der rührend zarten Vorliebe zu gedenken, womit sein Vater immer meine Frau behandelt hat, und ich hoffe, er wird ihr gern kleine Summen in einer Weise zusichern, die weder zu späteren Demütigungen noch zu Kümmernissen Anlaß geben kann; ich zweifle nicht, daß nach meinem Hinscheiden sein großmütiges Herz sich wieder der Freundschaft erinnern wird, die uns einst so innig verbunden und deren Verlust mir den tötlichsten Seelengram verursacht hat. – Obgleich ich hoffe die Herausgabe meiner Gesamtwerke noch selber besorgen zu können, so kann ich doch nicht umhin hier zu bestimmen, daß, stürbe ich bevor diese Arbeit vollbracht, die Herren Drs. Herrmann Detmoldt zu Hannover und Heinrich Laube zu Leipzig beauftragt sind, mich hier zu ersetzen, und es wäre mir genehm, wenn letzterer, Heinrich Laube, mit einem kurzen Lebensabriß die Gesamtausgabe begleiten wollte.

Ich verordne, daß mein Leichenbegängnis so einfach sei und so wenig kostspielig, wie das des geringsten Mannes im Volke. Sterbe ich in Paris, so will ich auf dem Kirchhofe des Montmartre begraben werden, auf keinem andern, denn unter der Bevölkerung des Faubourg Montmartre habe ich mein liebstes Leben gelebt. Obgleich ich der lutherisch-protestantischen Konfession angehöre, so wünsche ich doch in jenem Teile des Kirchhofs beerdigt zu werden, welcher den Bekennern des römisch-katholischen Glaubens angewiesen ist, damit die irdischen Reste meiner Frau, die dieser Religion mit großem Eifer zugetan ist, einst neben den meinigen ruhen können; wird mir eine solche Vergünstigung von der christlichen Barmherzigkeit der französischen Geistlichkeit bewilligt, so wünsche ich, daß man mir in der erwähnten Abteilung des Gottesackers ein Erbbegräbnis kaufe; zeigen sich aber klerikale Schwierigkeiten, genügt mir ein Terrain der wohlfeilsten Art.

Meiner edlen und hochherzigen Mutter, die soviel für mich getan, sowie auch meinen teuern Geschwistern, mit denen ich im ungetrübtesten Einverständnisse gelebt, sage ich ein letztes Lebewohl! Leb wohl, auch Du, deutsche Heimat, Land der Rätsel und der Schmerzen; werde hell und glücklich. Lebt wohl, Ihr geistreichen, guten Franzosen, die ich so sehr geliebt habe! Ich danke Euch für Eure heitere Gastfreundschaft.

Geschrieben zu Paris den sieben und zwanzigsten September achtzehnhundert sechs und vierzig.

Heinrich Heine

Spätere Nachschrift

Seitdem ich dieses Testament schrieb, hat eine Aussöhnung zwischen mir und meinem Vetter Karl Heine stattgefunden und die Ausdrücke, womit ich ihm oben meine überlebende Gattin empfahl, sind heute nicht mehr die geziemenden; denn als ich ihn gestern in dieser Beziehung sprach, beschämte er mich fast durch den Vorwurf, wie ich nur im mindesten daran zweifeln konnte, daß er nicht für meine Witwe hinlänglich sorgen würde, und mit der liebreichsten Bereitwilligkeit übernahm er die Verpflichtung, meiner Frau nach meinem Tode die Hälfte meiner Pension lebenslänglich auszuzahlen; – ja er verriet hier wieder sein ganzes edles Gemüt, seine ganze Liebe, und als er mir zum Pfande seines feierlichen Versprechens die Hand reichte, drückte ich sie an meine Lippen, so tief war ich erschüttert und so sehr glich er in diesem Momente seinem seligen Vater, meinem armen Oheim, dem ich so oft wie ein Kind die Hand küßte, wenn er mir eine Güte erwies! Ach, mit meinem Oheim erlosch der Stern meines Glückes! Ich bin sehr krank, und wundere mich darüber, wie ich alle diese Leiden ertrage. Trost und Stärkung finde ich allein in den Großgefühlen und unverwelkbaren Herrlichkeiten meines Bewußtseins. – Paris, den sechs und zwanzigsten Februar achtzehnhundert sieben und vierzig.

Heinrich Heine

II

Ceci est mon testament, que j'ai écrit à Paris le dix Juin milhuitcent quarante huit.

Tout ce que je possède, tout ce qui m'appartient de droit, tout ce que je peux nommer ma propriété, je le lègue à mon épouse légitime Mathilde Crescence Heine, née Mirat, qui a partagé avec moi les bons jours et les mauvais jours et dont les soins ont adouci mes souffrances pendant cette longue maladie à la quelle je succombe.

Je prie Mr. Mignet, l'historien, et Mr. le Docteur Sichel de prêter leur appui à ma femme dans toutes les circonstances, où il s'agirait de ses intérêts de fortune après mon décès.

C'est à mon bien aimé cousin Charles Heine, que je recommande particulièrement le sort de ma femme. Le vingt cinq février dixhuitcent quarante sept mon cousin Charles Heine m'a solemnellement promis en me donnant sa parole d'honneur, qu'il payera à ma veuve comme pension viagère la moitié de la pension, que feu son père, mon oncle bien aimé, avait constituée en ma faveur. Mais j'espère que sa générosité ne s'arrêtera pas à moitié chemin, et que son bon et noble cœur lui dictera les procédés les plus délicats. Dans tous les cas je supplie mon cher Charles de ne pas oublier de mettre ma pauvre femme à l'abri de ces vicissitudes testamentaires qui tuent.

J'ordonne à ma femme d'enfermer tous mes papiers dans une caisse, qu'elle tiendra à la disposition de mon frère bien aimé Maximilien Heine, qui en fera ce que bon lui semble.

Quant à l'édition de mes œuvres complètes je désignerai dans un codicil ou par une lettre particulière les amis que je charge de surveiller cette publication.

Par acte de baptême j'appartiens à l'église chrétienne et évangelique, mais ma pensée n'a jamais sympathisé avec les croyances d'aucune réligion, et après avoir vécu en bon payen, je désire aussi mourir sans que le sacerdoce soit convié à mes funerailles. J'exige que ces dernières soient aussi peu couteuses que possible. En outre je défends à qui que ce soit de prononcer un discours sur ma tombe. Si je meurs à Passy, ce sera aussi dans cet endroit, qu'on doit m'enterrer. Si je meurs à Paris, je désire trouver ma modeste sépulture dans le cimetière Montmartre. –

Passy (64. grande rue) ce dix Juin mil huit cent quarante huit.

Henri Heine

III

Vor den unterzeichneten Notaren zu Paris, Herrn Ferdinand Léon Ducloux und Herrn Charles Louis Emile Rousse; und in Gegenwart von

1) Herrn Michel Jacot, Bäcker, wohnhaft zu Paris, Rue d'Amsterdam Nr. 60; und

2) Herrn Eugène Grouchy, Gewürzkrämer, wohnhaft zu Paris, Rue d'Amsterdam Nr. 52;

Welche beide Zeugen den gesetzlich vorgeschriebenen Bedingungen entsprechen, wie sie den unterzeichneten Notaren auf separat an jeden von ihnen gerichtete Anfrage erklärt haben;

Und im Schlafzimmer des nachfolgend benannten Herrn Heine, belegen im zweiten Stock eines Hauses, Rue d'Amsterdam Nr. 50; in welchem Schlafzimmer, das durch ein auf den Hof gehendes Fenster erhellt wird, die oben genannten, vom Testator gewählten Notare und Zeugen sich auf ausdrückliches Verlangen desselben versammelt haben,

Erschien

Herr Heinrich Heine, Schriftsteller und Doktor der Rechte, wohnhaft zu Paris, Rue d'Amsterdam Nr. 50;

Welcher, krank an Körper, aber gesunden Geistes, Gedächtnisses und Verstandes, wie es den genannten Notaren und Zeugen bei der Unterhaltung mit ihm vorgekommen ist, – im Hinblick auf den Tod, dem genannten Herrn Ducloux, in Gegenwart des Herrn Rousse und der Zeugen, sein Testament in folgender Weise diktiert hat:

§ 1. Ich ernenne zu meiner Universalerbin Mathilde Crescence Heine, geb. Mirat, meine rechtmäßige Ehefrau, mit welcher ich seit vielen Jahren meine guten und schlimmen Tage verbracht habe, und welche mich während der Dauer meiner langen und schrecklichen Krankheit gepflegt hat. Ich vermache ihr als volles und völliges Eigentum, und ohne jede Bedingung oder Beschränkung, alles, was ich besitze und was ich bei meinem Ableben besitzen mag, und alle meine Rechte auf irgend ein künftiges Besitztum.

§ 2. Zu einer Epoche, wo ich an eine begüterte Zukunft für mich glaubte, habe ich mich meines ganzen literarischen Eigentums unter sehr mäßigen Bedingungen entäußert; unglückliche Ereignisse haben später das kleine Vermögen, welches ich besaß, verschlungen, und meine Krankheit gestattet mir nicht, meine Vermögensverhältnisse zu Gunsten meiner Frau etwas zu verbessern. Die Pension, welche ich von meinem verstorbenen Oheim Salomon Heine innehabe, und welche immer die Grundlage meines Budgets war, ist meiner Frau nur teilweise zugesichert; ich selbst hatte es so gewollt. Ich empfinde gegenwärtig das tiefste Bedauern, nicht besser für das gute Auskommen meiner Frau nach meinem Tode gesorgt zu haben. Die oben erwähnte Pension meines Oheims repräsentierte im Prinzip die Rente eines Kapitals, welches dieser väterliche Wohltäter nicht gern in meine geschäftsunkundigen Poetenhände legen wollte, um mir besser den dauernden Genuß davon zu sichern. Ich rechnete auf dies mir zugewiesene Einkommen, als ich eine Person an mein Schicksal knüpfte, die mein Oheim sehr schätzte, und der er manches Zeichen liebevoller Zuneigung gab. Obwohl er in seinen testamentarischen Verfügungen nichts in offizieller Weise für sie getan hat, so ist doch nichtsdestoweniger anzunehmen, daß solches Vergessen vielmehr einem unseligen Zufalle als den Gefühlen des Verstorbenen beizumessen ist; er, dessen Freigebigkeit so viele Personen bereichert hat, die seiner Familie und seinem Herzen fremd waren, darf nicht einer kärglichen Knauserei beschuldigt werden, wo es sich um das Schicksal der Gemahlin eines Neffen handelte, der seinen Namen berühmt machte. Die geringsten Winke und Worte eines Mannes, der die Großmut selber war, müssen als großmütig ausgelegt werden. Mein Vetter Karl Heine, der würdige Sohn seines Vaters, ist sich mit mir in diesen Gefühlen begegnet, und mit edler Bereitwilligkeit ist er meiner Bitte nachgekommen, als ich ihn ersuchte, die förmliche Verpflichtung zu übernehmen, nach meinem Ableben meiner Frau als lebenslängliche Rente die Hälfte der Pension zu zahlen, welche von seinem seligen Vater herrührte. Diese Übereinkunft hat am 25. Februar 1847 stattgefunden, und noch rührt mich die Erinnerung an die edlen Vorwürfe, welche mein Vetter, trotz unserer damaligen Zwistigkeiten, mir über mein geringes Vertrauen in seine Absichten betreffs meiner Frau machte; als er mir die Hand als Unterpfand seines Versprechens reichte, drückte ich sie an meine armen kranken Augen und benetzte sie mit Tränen. Seitdem hat sich meine Lage verschlimmert, und meine Krankheit hat viele Hülfsquellen versiegen machen, die ich meiner Frau hätte hinterlassen können. Diese unvorhergesehenen Wechselfälle und andre gewichtige Gründe zwingen mich, von neuem mich an die würdigen und rechtlichen Gefühle meines Vetters zu wenden: ich fordere ihn dringend auf, meine oben erwähnte Pension nicht um die Hälfte zu schmälern, indem er sie nach meinem Tode auf meine Frau überträgt, sondern ihr dieselbe unverkürzt auszuzahlen, wie ich sie bei Lebzeiten meines Oheims bezog. Ich sage ausdrücklich: »Wie ich sie bei Lebzeiten meines Oheims bezog«, weil mein Vetter Karl Heine seit nahezu fünf Jahren, seit meine Krankheit sich stark verschlimmert hat, die Summe meiner Pension tatsächlich mehr als verdoppelte, für welche edelmütige Aufmerksamkeit ich ihm großen Dank schulde. Es ist mehr als wahrscheinlich, daß ich nicht nötig gehabt hätte, diesen Appell an die Liberalität meines Vetters zu richten; denn ich bin überzeugt, daß er mit der ersten Schaufel Erde, die er, nach seinem Rechte als mein nächster Anverwandter, auf mein Grab werfen wird, wenn er sich zur Zeit meines Abscheidens in Paris befindet, all jene peinlichen Beklagnisse vergessen wird, die ich so sehr bedauert und durch ein langwieriges Sterbelager gesühnt habe; er wird sich dann gewiß nur unserer einstmaligen herzlichen Freundschaft erinnern, jener Verwandtschaft und Übereinstimmung der Gefühle, die uns seit unserer zarten Jugend verband, und er wird der Witwe seines Freundes einen echt väterlichen Schutz angedeihen lassen; aber es ist für die Ruhe der einen wie der andern nicht unnütz, daß die Lebenden wissen, was die Toten von ihnen begehren.

§ 3. Ich wünsche, daß nach meinem Ableben all meine Papiere und meine sämtlichen Briefe sorgfältig verschlossen und zur Verfügung meines Neffen Ludwig van Embden gehalten werden, dem ich meine fernerweitigen Bestimmungen über den Gebrauch, den er davon machen soll, erteilen werde, ohne Präjudiz für die Eigentumsrechte meiner Universalerbin.

§ 4. Wenn ich sterbe, bevor die Gesamtausgabe meiner Werke erschienen ist, und wenn ich nicht die Leitung dieser Ausgabe habe übernehmen können, oder selbst wenn mein Tod eintritt, bevor sie beendet ist, so bitte ich meinen Verwandten, Herrn Doktor Rudolf Christiani, mich in der Leitung dieser Publikation zu ersetzen, indem er sich streng an den Prospektus hält, den ich ihm zu diesem Zweck hinterlassen werde. Wenn mein Freund, Herr Campe, der Verleger meiner Werke, irgend welche Änderungen in der Art und Weise wünscht, wie ich meine verschiedenen Schriften in dem genannten Prospektus geordnet habe, so wünsche ich, daß man ihm in dieser Hinsicht keine Schwierigkeiten bereite, da ich mich immer gern seinen buchhändlerischen Bedürfnissen gefügt habe. Die Hauptsache ist, daß in meinen Schriften keine Zeile eingeschaltet werde, die ich nicht ausdrücklich zur Veröffentlichung bestimmt habe, oder die ohne die Unterschrift meines vollständigen Namens gedruckt worden ist; eine angenommene Chiffre genügt nicht, um mir ein Schriftstück zuzuschreiben, das in irgend einem Journal veröffentlicht worden, da die Bezeichnung des Autors durch eine Chiffre immer von den Chefredakteuren abhing, die sich niemals die Gewohnheit versagten, in einem bloß mit einer Chiffre bezeichneten Artikel Änderungen am Inhalt oder der Form vorzunehmen. Ich verbiete ausdrücklich, daß unter irgend welchem Vorwande irgend ein Schriftstück eines andern, sei es so klein wie es wolle, meinen Werken angehängt werde, falls es nicht eine biographische Notiz aus der Feder eines meiner alten Freunde wäre, den ich ausdrücklich mit einer solchen Arbeit betraut hätte. Ich setze voraus, daß mein Wille in dieser Beziehung, d. h. daß meine Bücher nicht dazu dienen, irgend ein fremdes Schriftstück ins Schlepptau zu nehmen oder zu verbreiten, in seinem vollen Umfange loyal befolgt wird.

§ 5. Ich verbiete, meinen Körper nach meinem Hinscheiden einer Autopsie zu unterwerfen; nur glaube ich, da meine Krankheit oftmals einem starrsüchtigen Zustande glich, daß man die Vorsicht treffen sollte, mir vor meiner Beerdigung eine Ader zu öffnen.

§ 6. Wenn ich mich zur Zeit meines Ablebens in Paris befinde und nicht zu weit von Montmartre entfernt wohne, so wünsche ich auf dem Kirchhofe dieses Namens beerdigt zu werden, da ich eine Vorliebe für dies Quartier hege, wo ich lange Jahre hindurch gewohnt habe.

§ 7. Ich verlange, daß mein Leichenbegängnis so einfach wie möglich sei, und daß die Kosten meiner Beerdigung nicht den gewöhnlichen Betrag derjenigen des geringsten Bürgers übersteigen. Obschon ich durch den Taufakt der lutherischen Konfession angehöre, wünsche ich nicht, daß die Geistlichkeit dieser Kirche zu meinem Begräbnisse eingeladen werde; eben so verzichte ich auf die Amtshandlung jeder andern Priesterschaft, um mein Leichenbegängnis zu feiern. Dieser Wunsch entspringt aus keiner freigeistigen Anwandlung. Seit vier Jahren habe ich allem philosophischen Stolze entsagt und bin zu religiösen Ideen und Gefühlen zurückgekehrt; ich sterbe im Glauben an einen einzigen Gott, den ewigen Schöpfer der Welt, dessen Erbarmen ich anflehe für meine unsterbliche Seele. Ich bedaure, in meinen Schriften zuweilen von heiligen Dingen ohne die ihnen schuldige Ehrfurcht gesprochen zu haben, aber ich wurde mehr durch den Geist meines Zeitalters als durch meine eigenen Neigungen fortgerissen. Wenn ich unwissentlich die guten Sitten und die

Moral beleidigt habe, welche das wahre Wesen aller monotheistischen Glaubenslehren ist, so bitte ich Gott und die Menschen um Verzeihung. Ich verbiete, daß irgend eine Rede, deutsch oder französisch, an meinem Grabe gehalten werde. Gleichzeitig spreche ich den Wunsch aus, daß meine Landsleute, wie glücklich sich auch die Geschicke unsrer Heimat gestalten mögen, es vermeiden, meine Asche nach Deutschland hinüberzuführen; ich habe es nie geliebt, meine Person zu politischen Possenspielen herzugeben. Es war die große Aufgabe meines Lebens, an dem herzlichen Einverständnisse zwischen Deutschland und Frankreich zu arbeiten und die Ränke der Feinde der Demokratie zu vereiteln, welche die internationalen Vorurteile und Animositäten zu ihrem Nutzen ausbeuten. Ich glaube mich sowohl um meine Landsleute wie um die Franzosen wohlverdient gemacht zu haben, und die Ansprüche, welche ich auf ihren Dank besitze, sind ohne Zweifel das wertvollste Vermächtnis, das ich meiner Universalerbin zuwenden kann.

§ 8. Ich ernenne Herrn Maxime Joubert, Rat am Kassationsgerichtshofe, zum Testamentsvollstrecker, und ich danke ihm für die bereitwillige Übernahme dieses Amtes.

Das vorliegende Testament ist so von Herrn Heinrich Heine diktiert und ganz von der Hand des Herrn Ducloux, eines der unterzeichneten Notare, geschrieben worden, wie es der Testator ihm diktiert hat, alles in Gegenwart der benannten Notare und der Zeugen, welche, darüber befragt, erklärt haben, daß sie nicht mit dem Erblasser verwandt seien.

Und nachdem es in Gegenwart derselben Personen dem Testator vorgelesen worden, hat er erklärt, dabei als bei dem genauen Ausdruck seines Willens zu verharren.

Geschehen und vollzogen zu Paris im oben bezeichneten Schlafzimmer des Herrn Heine.

Im Jahre achtzehnhunderteinundfünfzig, Donnerstag den dreizehnten November, gegen sechs Uhr nachmittags.

Und nach abermaliger vollständiger Vorlesung haben der Testator und die Zeugen nebst den Notaren unterzeichnet.

IV

Ich glaube das Recht zu haben, meinen Vetter Karl Heine als den natürlichen Schützer meiner Witwe zu betrachten. Als er im Winter 1847 zu mir kam, um nicht durch einen Anwalt, sondern direkt mit mir sich über unsere Differenzen zu verständigen, zeigte er mir auch in Bezug auf meine Frau die großmütigste Bereitwilligkeit, allen meinen Wünschen nachzukommen.

Ich verlangte von ihm die Verpflichtung, daß er die Hälfte meiner Pension, wie mir solche sein seliger Vater bereits zugesagt hatte, nach meinem Tode als ebenfalls lebenslängliche Pension auf das Haupt meiner Witwe übertragen solle. Mein Vetter Karl bewilligte mir dieses mit seinem Ehrenworte und reichte mir zur Bekräftigung dieser Stipulation seine edle Hand, die ich an meine Lippen preßte. Ich war glücklich genug ihn versöhnlich gestimmt zu sehen. Er hätte gewiß keinen Augenblick gezögert, mir für meine Witwe die ganze Pension zuzusagen, wenn ich solches auch nur mit einer Silbe verlangt hätte. Aber ich verlangte es nicht, weil ich überhaupt nur diejenigen Ansprüche geltend machen wollte, wo jede Einrede eine offenbare Ungerechtigkeit gewesen wäre. Daß ich andere Ansprüche hatte, die eben so gerecht, auch eben so notorisch, aber minder beweisbar waren, verschwieg ich klüglich, ja böswillig. Und dann glaubte ich damals, daß eine Verkürzung ihrer Pension nicht von allzugroßer Wichtigkeit für meine Witwe sein mochte. Die oberwähnte Stipulation mit meinem Vetter Karl Heine fand statt den 25. Februar 1847.

Damals war meine Lage sowie die Lage der Welt eine ganz andere. Im Bankerott der Februarrevolution gingen auch meine geringen Ersparnisse verloren, welche in Aktien der Bank von Gouin und ähnlicher Etablissemente bestanden. Dazu kam meine Krankheit, die mich verhinderte, durch angestrengte Arbeit ein bedeutendes Kapital zu erwerben, während die zunehmenden Krankheitskosten mich nötigten, meine letzten Ressourcen zu erschöpfen. Dazu kommt, daß ich schon im Jahre 1846 mein bisheriges literarisches Vermögen, die Eigentumsrechte auf meine deutschen Schriften für ein äußerst geringfügiges Honorar alieniert hatte zu Gunsten meines Hamburger Buchhändlers, um durch solches Opfer Prozesse zu vermeiden, deren Skandal besonders meinen damals noch lebenden Oheim Salomon unmutig gemacht hätte, indem derselbe, welcher durch letztwillige Verfügung mir eine glänzende Zukunft zu bereiten versprach, wohl von mir erwarten konnte, daß ich wie bisher meine Talente nicht als Handelsmann zum bloßen Gelderwerb, sondern als Dichter zur Verherrlichung unseres Namens anwenden würde.

Die Manuskripte, welche ich noch besaß, waren leider von der Art, daß eine Umwandlung in meinen religiösen Ansichten, und Rücksichten auf Personen, die ich nicht durch Mißverstand verletzen durfte, mich nötigten, sie zum größten Teil zu vernichten – vielleicht muß ich sie am Ende gänzlich der Vernichtung preisgeben –, so daß bei meinem Ableben auch diese Ressource für meine Witwe verloren geht. Mit der Erbschaft meiner Witwe sieht es also nicht glänzend aus, und ich werde glücklich genug sein, wenn ich ihr nicht Schulden hinterlasse.

Ich gestehe es, ohne die großmütige Güte meines Vetters Karl, der mir jährlich eine Verdoppelung meiner Pension auszahlte, hätte ich bereits, trotz aller Anstrengung, die Kosten meiner Krankheit nicht erschwingen können.

Unter solchen veränderten Umständen will ich meinen Vetter Karl ebenfalls mit einer posthumen Bitte behelligen, von deren Erfüllung ich so sehr überzeugt bin, daß ich ihm im Voraus meinen Dank abstatte. Ich bitte ihn nämlich, nach meinem Tode nicht die Hälfte meiner Pension, sondern die unverkürzt ganze Pension, wie ich sie bei Lebzeiten seines Vaters genossen, ihr jährlich auszahlen zu lassen; mein Oheim behandelte sie immer mit Liebe und Auszeichnung und auch in dieser Beziehung glaube ich meine Bitte gerechtfertigt. Es ist wahrscheinlich, wie gesagt, überflüssig, daß ich diesen Appell an die Liberalität meines Vetters mache und seiner Generosität vorgreife. …

Anhang

Heinrich Heine. Zeichnung von Adolf Münzer, 1905

EDITORISCHE NOTIZ

Die vorliegende Ausgabe geht auf nachfolgende erste und frühe Werkausgaben zurück, deren Ortographie & Interpunktion respectiert wurden; denn auch vor verschiedenen Rechtschreibreformen waren Verständigung, Mitteilung und gutes Deutsch möglich und die Eigenthümlichkeiten des Autors blieben erhalten. Es hat uns keine Überwindung gekostet, Heine-Sätze stehen zu lassen wie: »Es hat mir die größte Überwindung gekostet.«

Wie Heine wirklich geschrieben hat, wird exemplarisch in seinen »Gedanken & Einfällen« vorgeführt.

Sämmtliche Werke. Rechtmäßige Original-Ausgabe in 21 Bänden. Herausgegeben von Adolf Strodtmann. Hamburg: Hoffmann & Campe 1861–1866, zwei Supplementbände 1869 und 1884.

Werke in 5 Bänden. Herausgegeben von Heinrich Laube. Holzschnitte von F. W. Bader. Wien – Leipzig – Prag: Verlag von Sigmund Bensinger o. J. [1884–1886]

Sämtliche Werke in 10 Bänden. Unter Mitwirkung von Jonas Fränkel, Ludwig Krähe, Albert Leitzmann und Julius Petersen herausgegeben von Oskar Walzel. Leipzig: Insel 1911–1920.

Sämtliche Werke in 11 Bänden. Herausgegeben von Fritz Strich. München: Georg Müller 1925–1930.

In diesem Sinne ist diese Heine-Ausgabe eine Fortsetzung der Werk- & Einzelausgaben von Arthur Schopenhauer, Georg Christoph Lichtenberg, Johann Peter Hebel, Goethe, Jacob & Wilhelm Grimm, Wilhelm Hauff, Georg Büchner, Wilhelm Busch, Karl May, Hermann Harry Schmitz, Christian Morgenstern, Rainer Maria Rilke und Joachim Ringelnatz im Haffmans Verlag, der stets die Eigentümlichheiten seiner Autoren zu erhalten versucht.

Zürich, Winterthur & Eglisau am Rhein am Nikolaustag 2010,
K. & F. v. E.

KLEINE HEINE-CHRONIK

1797 Düsseldorf hat etwa 800 (Deutschland 23 Millionen; London 1 Million, Berlin 150 000) Einwohner; seit 1795 von den Franzosen besetzt, mit ihnen den *Code civil*, Rechtsgleichheit, bürgerliche Freiheiten & Judenemanzipation.
Friede von Campo Formio zwischen Frankreich und Österreich
* Franz Schubert
* Annette von Droste-Hülshoff
* Jeremias Gotthelf
Kant, *Metaphysik der Sitten*
Schelling, *Ideen zu einer Philosophie der Natur*
Wackenroder, *Herzensergießungen eines kunstliebenden Klosterbruders*
Goethe, *Wilhelm Meisters Lehrjahre*
Tieck, *Der gestiefelte Kater*
Hölderlin, *Hyperion*
Haydn, *Kaiser-Quartett*

1798 Ägyptenfeldzug Bonapartes
Besetzung Roms durch die Franzosen
† Giacomo Casanova
* Giacomo Leopardi
Goya, *Caprichos*
Schiller, *Wallenstein*
Hölderlin, *Empedokles*
Novalis, *Fragmente*
F. Schlegel, *Lucinde*
Hufeland, *Makrobiotik oder Die Kunst, sein Leben zu verlängern*

1799 Zweiter Koalitionskrieg
Staatsstreich Napoleon Bonapartes (1. Konsul)
† Georg Christoph Lichtenberg
* Honoré de Balzac
* Alexander Puschkin
Herder, *Metakritik zur Kritik der reinen Vernunft*
Schelling, *Naturphilosophie*
Fichte, *Über den Grund unseres Glaubens an eine göttliche Weltregierung*

HEINES LEBEN & WERKE

1797 Am 13. Dezember wird Harry Heine in Düsseldorf, Bolkerstraße 275, später 53, geboren.
Vater: Samson Heine, Tuchhändler aus Hannover.
Mutter: Elisabeth »Betty« (Peira), geborene van Geldern, Arzt- & Gelehrtentocher aus Düsseldorf.
Salomon Heine, Bruder des Vaters, gründet eine Bank in Hamburg.

1798 Beschneidung und Eintrag ins jüdische Gemeinderegister.

Schleiermacher, *Über die Religion, Reden an die Gebildeten unter ihren Verächtern*
Beethoven, *1. Symphonie*

1800 Gründung der Bank von Frankreich
Sieg Napoleons über Österreich bei Marengo
Erfindung der Dampfmaschine
Voltasche Säule (Volta)
Schelling, *System des transcendentalen Idealismus*
Fichte, *Die Bestimmung des Menschen*
Novalis, *Hymnen an die Nacht*
Schiller, *Maria Stuart*
Jean Paul, *Titan*

1801 Napoleon diktiert Österreich den Frieden von Lunéville.
Alexander I., Zar von Rußland (bis 1825)
† Novalis
† Daniel Chodowiecki
* Johann Nepomuk Nestroy
* Christian Dietrich Grabbe
* Albert Lortzing
Kotzebue, *Die deutschen Kleinstädter*
Goya, *Die nackte Maya*
Pestalozzi, *Wie Gertrud ihre Kinder lehrt. Ein Versuch, den Müttern Anleitung zu geben, ihre Kinder selbst zu unterrichten*

1802 Napoleon Konsul auf Lebenszeit
* Nikolaus Lenau
* Wilhelm Hauff
* Alexandre Dumas, père
* Victor Hugo
Chateaubriand, *Der Geist des Christentums*
Novalis, *Heinrich von Ofterdingen*

1803 Reichsdeputationshauptschluß: Ende der Selbständigkeit der Bistümer und vieler Freier Reichsstädte
Atomtheorie (Dalton)
† Herder
† Klopstock
* Ralph Waldo Emerson
Johann Peter Hebel, *Alemannische Gedichte*

1804 Napoleon I., Kaiser der Franzosen
Einführung des »Code Napoléon« im französischen Machtbereich: Grundlage des Bürgerlichen Gesetzbuches, das persönliche Freiheit und Rechtsgleichheit garantiert
† Kant
* Ludwig Feuerbach

1800 Am 18. Oktober Geburt der einzigen Schwester Charlotte (Sarah). In Frau Hindermanns Kinderschule.

1803 Aufnahme in Rintelsohns israelitische Privatschule.

1804 Aufnahme in die christliche Grundschule im ehemaligen Franziskanerkloster.

* Eduard Mörike
* George Sand
* Moritz von Schwind
Jean Paul, *Vorschule der Ästhetik*
Schiller, *Wilhelm Tell*

1805 Dritter Koalitionskrieg: England, Rußland, Österreich und Schweden gegen Frankreich. Sieg Napoleons in der »Drei-Kaiser-Schlacht« bei Austerlitz. Einzug in Wien. Sieg und Tod Admiral Nelsons in der Seeschlacht bei Trafalgar. Vernichtung der französischen Flotte
† Friedrich Schiller
* Adalbert Stifter

1806 Vierter Koalitionskrieg: vernichtende Niederlage Preußens in den Schlachten bei Jena und Auerstädt. Napoleon in Berlin. Rheinbund: Deutsche Fürsten unter Napoleons Protektorat erklären ihre Souveränität. Kaiser Franz II. von Österreich legt die Kaiserkrone nieder: Ende des Heiligen Römischen Reiches Deutscher Nation.
* Heinrich Laube
Arnim und Brentano, *Des Knaben Wunderhorn*

1807 Friede von Tilsit. Preußische Reformpolitik durch den Reichsfreiherrn vom Stein: Städtische Selbstverwaltung. Ende der Erbuntertänigkeit.
Königreich Westfalen unter Jérôme Napoleon
Paine, *Das Zeitalter der Vernunft*
Werner, *Weihe der Kraft*
Hegel, *Phänomenologie des Geistes*
Fichte, *Reden an die deutsche Nation*

1808 Fürstentag in Erfurt: Bündnis Napoleons mit Zar Alexander I. Audienz Goethes bei Napoleon
* Honoré Daumier
* Carl Spitzweg
Goethe, *Faust I*
F. Schlegel, *Sprache und Weisheit der Inder*
Kleist, *Der zerbrochene Krug*
J. v. Müller, *Die Geschichte der Schweizerischen Eidgenossenschaft*
Beethoven, *5. Symphonie*

1809 Reform des preußischen Schulsystems durch Wilhelm v. Humboldt. Aufstand der Tiroler, Andreas Hofer hingerichtet
Elektrischer Telegraph (Soemmrring)
* Charles Darwin
* Nikolai Gogol
* Edgar Allan Poe

1805 Am 18. Juni Geburt des Bruders Gustav (Gottschalk).

1806 Am 6. März: Einzug des Joachim Murat in Düsseldorf, von Napoleon ernannter Herzog von Berg.
Französische Einquartierung im Hause Heine.
Am 15. Oktober Geburt des jüngsten Bruders Maximilian (Mayer).

1807 Zeichen, Tanz- und Musikunterricht.
Eintritt in die Vorbereitungsklasse des französisch reformierten Lyceums, Rektor: Schallmayer.

1809 Privater Französischunterreicht.
Umzug der Familie in das Haus vis-à-vis Bolkerstraße 655, später: 42.

Goya, *Die Erschießung spanischer Freiheitskämpfer*
Goethe, *Die Wahlverwandtschaften*

1810 Gründung der Universität Berlin.
Gründung der Krupp-Werke in Essen
Napoleon heiratet Marie Luise, Tochter Franz' II. von Österreich
Buchdruckerschnellpresse (König)
* Robert Schumann
* Frédéric Chopin
Kleist, *Michael Kohlhaas*
Goethe, *Zur Farbenlehre*
Johanna Schopenhauer, *Carl Ludwig Fernows Leben*
Germaine de Staël, *Über Deutschland*

1811 Molekulartheorie (Avogadro)
* Franz Liszt
* Carl Gutzkow
* Théophile Gautier
† Heinrich v. Kleist
Goethe, *Dichtung und Wahrheit*
Fouqué, *Undine*
Hebel, *Schatzkästlein des rheinischen Hausfreundes*

1812 Heeresreform in Preußen durch Scharnhorst und Gneisenau
Judenemanzipation in Preußen
Napoleons Rußlandfeldzug
* Iwan Gontscharow
* Charles Dickens
Brüder Grimm, *Kinder- und Hausmärchen*

1813 Aufruf des preußischen Königs »An mein Volk«,
Stiftung des Eisernen Kreuzes
Rußland, Preußen, England, Österreich und Schweden gegen Napoleon; 16.–19. Oktober Völkerschlacht bei Leipzig (über 100 000 Tote und Verwundete)
† Christoph Martin Wieland
* Sören Kierkegaard
* Richard Wagner
* Giuseppe Verdi
* Friedrich Hebbel
* Georg Büchner
Baader, *Begründung der Ethik durch die Physik*
Fichte, *Staatslehre*
Schopenhauer, *Über die vierfache Wurzel des Satzes vom zureichenden Grunde*

1810 Zeichenunterricht bei Lambert Cornelius.
Aufnahme in die untere und mittlere Klasse des Düsseldorfer Lyceums.

1811 Eintritt in die obere Klasse.
Am 3. Oktober: Einzug Napoleons in Düsseldorf. Betrachtung des Kaisers beim Ritt durch den Hofgarten.

1812 Im Lyceum in der höchsten, der von Rektor Schallmayer unterrichteten »Philosophischen Classe«.

1813 »Das rote Sefchen«, die Henkerstochter, ist die große Jugendliebe.

1814 Einmarsch der Verbündeten in Frankreich. Abdankung Napoleons, der die Insel Elba als selbständiges Fürstentum erhält
Erster Pariser Friede
Rückkehr der Bourbonen: Ludwig XVIII. König von Frankreich
Wiener Kongreß: Europäische Restauration
Erste Lokomotive (Stephenson)
† Fichte
Chamisso, *Peter Schlemihls wundersame Reise*
E. T. A. Hoffmann, *Phantasiestück in Callot's Manier*
Fouqué, *Der Zauberring*

1815 Napoleon und die 100 Tage; Sieg Wellingtons und Blüchers in der Schlacht bei Waterloo. Verbannung Napoleons nach St. Helena.
Zweiter Pariser Friede
Schlußakte des Wiener Kongresses: Gleichgewicht der fünf Großmächte Großbritannien, Rußland, Frankreich, Österreich und Preußen
Deutscher Bund: 39 souveräne Staaten sind im Deutschen Bundestag zu Frankfurt am Main unter dem Vorsitz Österreichs vertreten
Heilige Allianz der Monarchen: Bund von Thron und Altar gegen alle liberalen Bestrebungen
Gründung der Deutschen Burschenschaft für innere Freiheit und nationale Einheit
† Matthias Claudius
* Otto von Bismarck
E. T. A. Hoffmann, *Die Elixiere des Teufels*
Eichendorff, *Ahnung und Gegenwart*

1816 Erste deutsche Verfassung durch Großherzog Karl August von Sachsen-Weimar
* Gustav Freytag
Tieck, *Phantasus*

1817 Wartburgfest der Deutschen Burschenschaft
* Henry David Thoreau
* Theodor Storm
Byron, *Manfred*
E. T. A. Hoffmann, *Nachtstücke*

1818 Ende der preußischen Reformen, Friedrich Wilhelm III. entläßt Wilhelm von Humboldt
* Karl Marx
* Jacob Burckhardt
* Iwan Turgenjew
Hegel, *Enzyklopädie der philosophischen Wissenschaft im Grundriß*
Schopenhauer, *Die Welt als Wille und Vorstellung*

1814 Im September auf Wunsch der Eltern Abbruch des Schulbesuchs ohne Reifezeugnis. Ausbildung zum Kaufmann in Vahrenkampfs Handelsschule.

1815 Erste Gedichte.
Im September mit dem Vater Besuch der Messe zu Frankfurt am Main.
Beginn einer kaufmännischen Lehre im Bankhaus Rindskopf; nach zwei Monaten Heimkehr nach Düsseldorf.
Geburt der Mathilde Mirat in Vinot.

1816 Reise nach Hamburg. Beginn der Lehrzeit im Kontor des Bankhauses seines Onkels Salomon Heine Heckscher & Co. Wohnung im Landhaus seines Onkels in Ottensen. Cousine Amalie wird die neue Liebe und bleibt seinerseits, weitere Versuche bei den Schwestern verlaufen ähnlich.

1817 Am 8. Februar erste Gedichtveröffentlichung in »Hamburgs Wächter«.

1818 Im Mai Eröffnung des »Manufakturwarengeschäft's Harry Heine & Comp.«
Byron-Lektüre.

Herbart, *Einleitung in die Philosophie*
Grillparzer, *Sappho*
1819 Kotzebue ermordet, darauf Karlsbader Beschlüsse zur »Demagogenverfolgung«: Verbot der Burschenschaften, des Turnens, aller liberalen und demokratischen Schriften, Überwachung der Presse und Universitäten
* Theodor Fontane
* Gottfried Keller
* Walt Whitman
* Jacques Offenbach
Walter Scott, *Ivanhoe*
Goethe, *West-östlicher Divan*
Byron, *Don Juan*
Jacob Grimm, *Deutsche Grammatik*
1820 * Friedrich Engels
E. T. A. Hoffmann, *Lebensansichten des Katers Murr*
Robert Malthus, *Grundsätze der politischen Ökonomie*
Schopenhauer, *Über die gesamte Philosophie* (Vorlesung an der Universität Berlin)

1821 Freiheitskrieg der Griechen gegen die türkische Herrschaft
† Napoleon
Metternich wird Innenminister in Österreich
* Charles Baudelaire
* Edmond de Goncourt
* Gustave Flaubert
† E. T. A. Hoffmann
* Fjodor Dostojewskij
1822 Thomas de Quincey, *Bekenntnisse eines englischen Opiumessers*
Stendhal, *Über die Liebe*
Byron, *Kain*

1823 Monroe-Doktrin »Amerika den Amerikanern«: gegen die Einmischung europäischer Staaten in südamerikanische Befreiungskriege
† Friedrich Arnold Brockhaus
Beethoven, *9. Symphonie*

1819 Im März Liquidation der vom Onkel finanzierten Firma sowie des väterlichen Tuchgeschäfts. Bewilligung eines Jurastudiums durch den vermögenden Onkel.
Im Juni Heimreise nach Düsseldorf.
Im Dezember Immatrikulation & Studium an der Universität Bonn: zwei Semester Jura und historische & philologische Vorlesungen.

1820 Mitglied der Studentenverbindung »Allgemeinheit«.
Bekanntschaft mit A. W. v. Schlegel, Byron-Übersetzungen; Drama *Almansor*, Prosaveröffentlung *Die Romantik*.
Im September letzter Besuch in Düsseldorf. Reise durch Westfalen;
im Oktober Immatrikulation zum Wintersemester an der Universität Göttingen.

1821 Im Januar wegen eines Duells für ein halbes Jahr vom Studium suspendiert.
Im März in Berlin; Immatrikulation zum Sommersemester an der Universität Berlin für vier volle Semester.
Erste Buchveröffentlichung *Gedichte*, später als »Junge Leiden« ins *Buch der Lieder* aufgenommen.
Briefe aus Berlin.

1822 Zugang zum literarischen Salon von Rahel & Karl August Varnhagen-v. Ense; Bekanntschaft mit Chamisso, Fouqué, Grabbe und Alexander von Humboldt.
Aufnahme in den »Verein für Cultur und Wissenschaft der Juden«.
Im August & September Reise durch Polen.
Im Oktober Privataudienz bei Professor Hegel.
Beginn des Briefwechsels mit Karl Immermann.

1823 Im Mai Abreise zu den Eltern nach Lüneburg. Im Sommer und Herbst in Hamburg.
Schwester Charlotte heiratet den Hamburger Kaufmann Moritz Embden
Tragödien nebst einem lyrischen Intermezzo (darin *Almansor* und *William Ratcliff*) erscheint.
Am 20. August Uraufführung des *Almansor* in Braunschweig.

1824 Anerkennung des Gewerkschafts- und Streikrechts in England
† Lord Byron
* Wilkie Collins
Leopardi, *Canzoni*
Saint-Simon, *Katechismus für Industrielle*

1825 Erstes Dampfschiff auf dem Rhein
Gründung des Börsenvereins des deutschen Buchhandels zu Leipzig
† Jean Paul
* Conrad Ferdinand Meyer
Jean Paul, *Kleine Nachschule zur Vorschule der Ästhetik*
Alessandro Manzoni, *Die Verlobten*

1826 † Johannes Peter Hebel
Eichendorff, *Aus dem Leben eines Taugenichts*
Wilhelm Hauff, *Die Märchen*

1827 † Beethoven
* Charles de Coster
* Johanna Spyri
Grabbe, *Scherz, Satire, Ironie und tiefere Bedeutung*

1828 † Schubert
† Goya
* Henrik Ibsen
* Leo Tolstoi
* Jules Verne

1829 Katholikenemanzipation in Groß-Britannien
† Friedrich Schlegel
† Wilhelm Tischbein
Goethe, *Wilhelm Meisters Wanderjahre*
Rossini, *Wilhelm Tell*
Grabbe, *Don Juan und Faust*

1830 Juli-Revolution in Frankreich: Abdankung und Flucht Karls X.
Louis Philippe von Orléans wird »Bürgerkönig«
Erste Eisenbahn in England
Stahlfeder (Perry)
Stendhal, *Rot und Schwarz*
A. W. Schlegel, *Indische Bibliothek*
August v. Platen, *Polenlieder*

1824 Im Januar Ankunft in Göttingen. Fortsetzung des Jura-Studiums. Im September Wanderung durch den Harz; Besuch bei Goethe in Weimar. Im Oktober Rückkehr nach Göttingen.

1825 Am 3. Mai juristisches Examen.
In Heiligenstadt am 28. Juni protestantische Taufe durch Pfarrer Grimm auf den Namen Christian Johann Heinrich. Am 20. Juli Promotion zum Dr. jur.
Sommerurlaub auf Norderney. Versuch einer Niederlassung als Anwalt in Hamburg scheitert.

1826 Bekanntschaft mit dem liberalen Hamburger Verleger Julius Campe.
Der erste Band der *Reisebilder* (mit der *Harzreise*) erscheint bei Hoffmann & Campe, dem künftigen Heine-Verlag.

1827 Am 12. April erscheint der 2. Band der *Reisebilder* (mit *Ideen. Das Buch Le Grand*).
England-Reise von London nach Brighton & Ramsgate. Rückkehr über Holland nach Hamburg.
Das *Buch der Lieder* erscheint. Reise über Kassel nach Frankfurt; Begegnung mit Ludwig Börne; Weiterreise über Heidelberg, Stuttgart nach München. Mitarbeit in der Cotta-Redaktion »Neue Allgemeine politische Annalen«.

1828 Italienreise über Mailand, Genua, Lucca, Florenz und Venedig; Bemühungen um eine Professur in München scheitern.
Am 2. Dezember Tod des Vaters in Bad Oldesloe.

1829 Rückkehr nach Hamburg. In Berlin & Potsdam. Im Sommer auf Norderney.
Dritter Band der *Reisebilder* (darin *Die Bäder von Lucca* mit Seitenhieben auf den Grafen August v. Platen).

1830 Bemühungen um eine juristische Anstellung in Hamburg scheitern.

1831 Cholera-Epidemie in Europa
† Hegel
* Wilhelm Raabe
Grabbe, *Napoleon und die 100 Tage*
Grillparzer, *Des Meeres und der Liebe Wellen*
Victor Hugo, *Der Glöckner von Notre Dame*
Balzac, *Die Frau von 30 Jahren*
Delacroix, *Die Freiheit führt das Volk*
Bellini, *Norma*

1832 Parlamentsreform in England
† Goethe
† Walter Scott
* Wilhelm Busch
* Edouard Manet
Börne, *Briefe aus Paris*

1833 Aufhebung der Sklaverei im Britischen Empire
Gründung der Universität Zürich
* Wilhelm Dilthey
* Johannes Brahms
Gesamtausgabe der Schlegel-Tieckschen Shakespeare-Übersetzung
Laube, *Das junge Europa*
Nestroy, *Lumpazivagabundus*

1834 Deutscher Zollverein: Wirtschaftsgemeinschaft Preußens, Hessens, Sachsens, Württembergs und Bayerns unter preußischer Führung
† Friedrich Schleiermacher
* Edgar Degas
Eichendorff, *Dichter und ihre Gesellen*
Grillparzer, *Der Traum ein Leben*
Ranke, *Die römischen Päpste*

1835 Erste deutsche Eisenbahnlinie: Nürnberg – Fürth
† Wilhelm von Humboldt
D. F. Strauß, *Das Leben Jesu*
Büchner, *Dantons Tod*
Gutzkow, *Wally, die Zweiflerin*
Immermann, *Die Epigonen*

1836 Fritz Reuter zu Festungshaft verurteilt
† Grabbe
Johann Peter Eckermann, *Gespräche mit Goethe*
Schopenhauer, *Über den Willen in der Natur*

1831 Reise über Frankfurt und Straßburg nach Paris, das Wahlheimat wird.
Bekanntschapft mit Balzac, Béranger, Berlioz, Chopin, Dumas, Gautier, Hugo, Liszt, Meyerbeer, Musset, Nerval, Rossini, Georges Sand, Sue, Wagner.
Sommeraufenthalt in Boulogne-sur-Mer. Berichterstattung für deutsche Journale über die Kunst der Gegenwart.

1832 Besuch der Saint-Simonisten-Versammlungen.
Pflegt seinen an Cholera erkrankten Vetter Carl.
Aufenthalt in der Normandie.
Korrespondent für die »Augsburger Allgemeine Zeitung« und diverse französische Journale: *Französische Zustände* in acht Folgen.

1833 *Französische Zustände* und *Zur Geschichte der neueren schönen Literatur in Deutschland* erscheint bei Campe in Hamburg; *De la France* bei Carpentier in Paris.

1834 Im ersten Band des *Salon* erscheint *Französische Maler* und *Aus den Memoiren des Herren von Schnabelewopski.*
Folgenreiche Begegnung mit Crescence Augustine Mirat (Mathilde).

1835 Der deutsche Bundestag verbietet alle lieferbaren und künftigen Werke der Autoren des Jungen Deutschlands, darunter Börne, Freiligrath, Gutzkow, Herwegh, Hoffmann von Fallersleben, Laube und Heine. Heine erhält eine Pension von der französischen Regierung.
Bekanntschaft mit Felix Mendessohn-Bartholdy.
Im ersten Band des *Salon* erscheint *Zur Geschichte der Religion und Philosophie in Deutschland.*

1836 *Die romantische Schule* & *Florentinische Nächte* erscheinen.
Im September Reise in der Provence, nach Marseille, Aix, Avignon und Lyon.
Die katholische Kirche setzt die Werke Heines auf den Index der librorum probibitorum.

1837 Thronbesteigung der Queen Victoria
Ende der Personalunion Hannover–England: Aufhebung der liberalen Verfassung in Hannover: Protest und Entlassung der »Göttinger Sieben« (unter ihnen die Brüder Grimm)
† Ludwig Börne
† Georg Büchner
† Leopardi
Lortzing, *Zar und Zimmermann*
1838 † Chamisso
Feuerbach, *Geschichte der neueren Philosophie von Baco bis Spinoza*
Gustav Schwab, *Die schönsten Sagen des klassischen Altertums*
Charles Dickens, *Oliver Twist*
E. A. Poe, *Arthur Gordon Pym*
1839 Daguerreotypie (Daguerre)
* Paul Cézanne
Stendhal, *Die Kartause von Parma*
Schumann, *Nachtstücke*
1840 Napoleons Leiche im Invalidendom in Paris beigesetzt
* Emile Zola
Pierre Joseph Proudhon, *Was ist Eigentum?*
Gogol, *Der Mantel*
Poe, *Geschichten der Groteske und Arabeske*
1841 Feuerbach, *Vom Wesen des Christentums*
Carlyle, *Über Helden und Heldenverehrung*
Cooper, *Lederstrumpf*
Gotthelf, *Uli der Knecht*
Schopenhauer, *Die beiden Grundprobleme der Ethik*
1842 † Stendhal
* Ambrose Bierce
* Karl May
Droste-Hülshoff, *Die Judenbuche*
Gotthelf, *Die schwarze Spinne*
Scribe, *Ein Glas Wasser*
J. R. Mayer, *Gesetz von der Erhaltung der Energie*
1843 Feier: »1000 Jahre Deutsches Reich«
† Hölderlin
Wagner, *Der fliegende Holländer*

1837 Verlagsvertrag mit Campe für 11 Jahre.
Buch der Lieder, 2. Auflage

1838 Die Gründung einer deutschen Zeitung in Paris scheitert an den Zensurbestimmungen des Deutschen Bundes.
Shakespeares Mädchen und Frauen & *Der Schwabenspiegel* erscheinen.

1839 Aussöhnung mit Onkel Salomon, seitdem regelmäßige Pensionszuwendung in Höhe von 4800 Franc jährlich.

1840 Ab Februar wieder regelmäßige Berichterstattung für die »Allgemeine Zeitung«.
Jahrespension in Höhe von 4800 Franc von der französischen Regierung aus einem Geheimfond des Außenministeriums.
Ludwig Börne. Eine Denkschrift erscheint.

1841 Am 31. August Heirat mit Mathilde in der Kirche Saint Sulpice.
Am 7. September Pistolen-Duell mit Salomon Strauß, dem Ehemann der Lebensgefährtin Ludwig Börnes.
Bekanntschaft mit Georg Herwegh.

1842 Bewerbung um das französische Heimatrecht.

1843 Januar – März *Atta Troll* erscheint in der »Zeitung für die elegante Welt.«
Am 7. März Testament: Mathilde wird Universalerbin.
Von Okober bis Dezember Reise über Aachen und Köln nach Hamburg und zurück über Celle, Hannover, Münster, Köln, Brüssel nach Paris.
Im Dezember Verkauf aller Verlagsrechte an Campe gegen Auszahlung einer Jahresrente.
Bekanntschaft mit Karl Marx

1844 Aufstand der Schlesischen Weber
* Friedrich Nietzsche
* Paul Verlaine
Hebbel, *Maria Magdalena*
Schopenhauer, *Die Welt als Wille und Vorstellung II*
Kierkegaard, *Der Begriff der Angst*

1845 Große Hungersnot in Irland
† August Wilhelm v. Schlegel
Kierkegaard, *Furcht und Zittern*
Stirner, *Der Einzige und sein Eigentum*
A. v. Humboldt, *Kosmos*
Mérimée, *Carmen*
Wagner, *Tannhäuser*

1846 Krieg USA – Mexiko
Freihandel in England
Poe, *Philosophie der Komposition*
Ludwig Richter, *Volksliederbuch*

1847 Diagnose des Wochenbettfiebers (Semmelweis)
Hoffmann, *Der Struwwelpeter*
Gutzkow, *Uriel Acosta*
Dickens, *Weihnachtsgeschichten*

1848 Februarrevolution in Frankreich. Baudelaire auf den Barrikaden von Paris. Louis Napoleon wird Präsident der Zweiten Republik
Märzrevolution in Deutschland: Deutsche Nationalversammlung in der Frankfurter Paulskirche. Aufhebung der Karlsbader Beschlüsse
Neue Bundesverfassung in der Schweiz
Nach dem Skandal um die Tänzerin Lola Montez dankt Ludwig I. von Bayern ab.
† Chateaubriand
† Annette v. Droste-Hülshoff
* Paul Gauguin
Marx-Engels, *Das kommunistische Manifest*
Thackeray, *Jahrmarkt der Eitelkeiten*

1849 † Edgar Allen Poe
† Fredéric Chopin
* August Strindberg
Thoreau, *Über die Pflicht zum Ungehorsam gegen den Staat*
Wagner, *Die Kunst und die Revolution*
Theodor Storm, *Immensee*

1850 Preußische Verfassung
Pendelversuch (Foucault)
Augenspiegel (Helmholtz)

1844 Juli bis Oktober zweite Hamburg-Reise, mit Mathilde und per Dampfschiff.
Deutschland. Ein Wintermärchen erscheint.
Am 23. Dezember Tod Salomon Heines. Beginn des Erbschaftsstreits.

1845 Juni – Oktober Aufenthalt in Montmorency.

1846 Letzte Reise in die Pyrenäen. Fortschreitende Lähmung.
Ein von Alexander v. Humoldt beim preußischen Innenminister vorgetragenes Gesuch um freies Geleit für Heine zum Arztbesuch in Berlin wird abgelehnt.

1847 *Atta Troll. Ein Sommernachtstraum* erscheint.
Carl Heine sichert seinem Cousin die Fortzahlung der ungekürzten Rente zu.
Mai bis September in Montmorency.

1848 Im Januar Bekanntschaft mit Friedrich Engels.
Im Februar Zeuge der Straßenkämpfe im revolutionären Paris. Frankreich wird wieder Republik.
Der Volksaufstand wird niedergeschlagen, »Juni-Massaker«
Heilanstalt-Aufenthalt wegen Lähmungs-Erscheinungen. Im Mai Zusammenbruch im Louvre.
Ab September ständig bettlägerig in der »Matratzengruft« bis zum Tod.

1849 Im August Bekanntschaft mit Georg Weerth.

1850 Versuchter Aktienrückkauf von der Prager Gasbeleuchtungsgesellschaft.

† Honoré de Balzac
* Robert Louis Stevenson
* Guy de Maupassant
Nathaniel Hawthorne, *Der scharlachrote Buchstabe*

1851 Erste Weltausstellung in London
Erste Internationale in London
Bismarck preußischer Gesandter im deutschen Bundestag
Schopenhauer, *Parerga und Paralipomena*
Melville, *Moby Dick*

1852 Staatsstreich in Frankreich: Louis Napoleon als Napoleon III. Kaiser der Franzosen
* Hans Vaihinger
Rohrpostleitung in London: Briefzustellung 3 x täglich
Erdmann, *Entwicklung der deutschen Spekulation seit Kant*
Jacob und Wilhelm Grimm, *Deutsches Wörterbuch*
Beecher-Stowe, *Onkel Toms Hütte*

1853 Krimkrieg Rußland gegenTürkei
Erstes Fahrrad (Fischer)
† Ludwig Tieck
* Vincent van Gogh
Stifter, *Bunte Steine*
Verdi, *La Traviata*

1854 Glühlampe (Göbel)
† Friedrich Schelling
* Oscar Wilde
Theodor Mommsen, *Römische Geschichte*
Thoreau, *Walden oder Leben in den Wäldern*
Keller, *Der grüne Heinrich*
de Quincey, *Der Mord als eine schöne Kunst betrachtet*

1855 Aufhebung der Leibeigenschaft in Rußland unter Zar Alexander II.
† Sören Kierkegaard
Hermann Helmholtz, *Über das Sehen des Menschen*
L. Büchner, *Kraft und Stoff*
Mörike, *Mozart auf der Reise nach Prag*
Freytag, *Soll und Haben*

1856 * Sigmund Freud
* G. B. Shaw
Busch, *Max und Moritz*

1851 Im Juli Aussöhnung mit Campe in Paris. Vertrag über den neuen Gedichtband.
Der letzter Gedichtband *Romanzero* und das Tanzpoem *Der Doktor Faust* erscheinen.

1852 Beginn der Arbeit an *Lutetia.*
Besuch des Bruders Maximilian.

1853 Bankvollmacht für Mathilde.
Arbeit an der französichen Werkausgabe *Oeuvres complètes*

1854 Beginn der Arbeit an den *Memoiren.*

1855 *Lutetia* erscheint mit großem Erfolg.
Eine Heine-Werkausgabe wird als Raubdruck in Philadelphia angekündigt.
Elise Krinitz, die »Mouche«, wird Heines letzte Liebe.
Neues Testament, Mathilde bleibt Universalerbin.
Buch der Lieder, 13. Auflage.
Im November Besuch der Geschwister Charlotte und Gustav.

1856 Stete Arbeit an der Werkausgabe
Am 17. Februar stirbt Heinrich Heine um fünf Uhr morgens in Paris, Avenue Matignon 3.
Nach dem Tod erscheinen *Letzte Gedichte und Gedanken* (1869) und die *Memoiren* (1884).

Heine mit Karl und Jenny Marx, geb. v. Westphalen.
Zeichnung von N.N. Schukow

ÜBER HEINRICH HEINE

»Als wirklicher Humorist tritt Heinrich Heine auf, hinter allen seinen Scherzen und Possen merken wir einen tiefen Ernst, der sich schämt unverschleiert hervorzutreten.«
Arthur Schopenhauer

»Den höchsten Begriff vom Lyriker hat mir Heinrich Heine gegeben. Ich suche umsonst in allen Reichen der Jahrtausende nach einer gleich süßen und leidenschaftlichen Musik. Er besaß jene göttliche Bosheit, ohne die ich mir das Vollkommne nicht zu denken vermag. Und wie er das Deutsche handhabt! Man wird einmal sagen, daß Heine und ich die ersten Artisten der deutschen Sprache gewesen sind.«
Friedrich Nietzsche

»Die genialste deutsche Prosa bis Nietzsche. Nur wer das selig zerstreute Lächeln versteht, mit dem er Freunden, die ihm warnend die menschliche, persönliche politische Anstößigkeit seines Buches vorhielten, zur Antwort gab: Aber ist's nicht schön ausgedrückt? – nur der begreift, welch eine denkmalswürdige Erscheinung dieser Künstlerjude unter den Deutschen gewesen!« *Thomas Mann*

»Seine Lyrik hat mehr die Tonkunst befruchtet als die Dichtkunst. Seine Prosa ist rein, reich, anmutig, beschwingt, nur bisweilen ein wenig zu witzig. Der stilistische Einfluß seiner Prosa ist außerordentlich hoch zu bewerten; er erstreckt sich bis auf Nietzsche.«
Egon Friedell

»Heine ist es einerlei, ob er schreibt: die Monarchie oder die Republik ist die bessere Staatsform, er wird immer das wählen, was in dem Satz, den er eben schreibt, gerade den besten Tonfall macht. Heine, der mit dem Ästhetenkitzel, der immer nur die Frage bereit hatte: Aber ist es nicht schön ausgedrückt?« *Gottfried Benn*

»Mit Furchtlosigkeit und göttlicher Frechheit hat Heine erreicht, worum seine Glaubensgenossen vergeblich sich abmühten. Heine ist der einzige deutsche Jude, der beides zugleich und in eins gewesen ist: Deutscher und Jude.« *Hannah Ahrendt*

»Wer war Heinrich Heine? Ein Sohn der Französischen Revolution, aber in der Kunst war er Artist. Wie tief schnitt das alles einmal ein und wie lange hat es gehalten! Wie genau brachte das unsere eigenen zerteilten Interessen auf einen Nenner. Der zweigeteilte Heine war schon die richtige Bibel für eine Gemeinschaft der Ungläubigen.« *Erich Kästner*

»Die ganz eigenthümliche Mischung von zartestem Gefühl und bitterstem Hohn, die einzige Verbindung von unbarmherzigem, ja giftigem Witz und einschmeichelnder Süßigkeit des Vortrags.« *Karl August Varnhagen von Ense*

»Als ich Goethe's Faust und Heine's Buch der Lieder las, war mir dabei, als seien durch diese beiden Zauberbücher erst die Pforten der deutschen Dichtung vor mir aufgesprungen.« *Theodor Storm*

»Ein Dichter bis in die Fingerspitzen.« *Adelbert von Chamisso*

»Wie hat er das Land geliebt, das ihn ächtete.« *Alfred Döblin*

»Heine ist der größte Kopf unter den Verschworenen.« *Clemens Fürst Metternich*

»Der hervorragendste unter allen lebenden deutschen Dichtern.« *Friedrich Engels*

»Wenn Deutschland Heine nicht liebt, nehmen wir ihn gerne auf, leider liebt Heine Deutschland über Gebühr.« *Alexandre Dumas*

»Beim Kosmopoliten Heine kommt es zu einer bitternisgetränkten aber um so heftigeren Liebe zu Deutschland.« *Bertolt Brecht*

»Er repräsentiert in Paris den Geist und die Poesie Deutschlands, wie er in Deutschland die lebendige und geistreiche französische Kritik verkörpert.« *Honoré de Balzac*

»Heine ist der größte deutsche Lyriker. Eine Mischung aus Apollo und Mephisto.« *Théophile Gautier*

»Unser armes Frankreich hat heute nur sehr wenige Dichter und nicht einen einzigen, den es Henri Heine entgegenstellen könnte.« *Charles Baudelaire*

»Der Mann, der zur Zeit das beste Französisch schreibt, ist ein Deutscher: Heinrich Heine.« *Adolphe Tiers*

»Und ich denke mit Bitterkeit daran, daß bei Heinrich Heines Begräbnis neun Personen anwesend waren. O Publikum! O Bürger! O Lumpenpack! – Ihr Elenden.« *Gustave Flaubert*

»Vielleicht wären wir Alle nicht in der Literatur, hätte Heine nicht seine Zauberworte gefunden.« *Heinrich Laube*

»Gerade er, der Tempelschänder, der große Ironiker, kannte mit heimlicher Sehnsucht die blaue Blume wohl und das Beste, was er als Poet geschaffen hat, ist ein Nachklingen der Töne Novalis'.« *Hermann Hesse*

»Es ist Heinen ganz einerlei, ob er schreibt: Die Republik ist die beste Staatsform oder die Monarchie. Er wird immer das wählen, was in dem Satz, den er eben schreiben will, grad den besseren Tonfall macht.« *Ludwig Börne*

»Ich werde nie meine Feder eintauchen um gegen Herrn Heine zu schreiben. Wir tauchten sie ja in unser eignes Blut!« *Karl Gutzkow*

»Er ist ein Dichter ganz und gar; aber nicht eine Viertelstund' könnt' ich mit ihm leben wegen der Lüge seines ganzen Wesens.« *Eduard Mörike*

»Ein magerer, kleiner häßlicher Jude, der nie Weiber genossen hat, sich deshalb alles einbildet. Poesien sind seine Gedichte nicht. Abwichserei.« *Christian Dietrich Grabbe*

»Heine ist voll angeborener Bosheit.« *Nikolaus Lenau*

»Innerlich ein lumpiger Patron.« *Franz Grillparzer*

»In Heine schlug die Ironie ins Teuflische um. Der Satanismus verfeinerte sich zum Narkotikum, das als Trank des Lebens ausgegeben wurde und den Glauben an die Reinheit der Kunst zerfraß.« *Walter Muschg*

»Ohne Heine kein Feuilleton. Das ist die Franzosenkrankheit, die er uns eingeschleppt hat. Wie leicht wird man krank in Paris! Der Heinische Vers ist Operettenlyrik, skandierter Journalismus. Er hat der deutschen Sprache so sehr das Mieder gelockert, daß heute alle Kommis an ihren Brüsten fingern dürfen.« *Karl Kraus*

»Das ›Buch der Lieder‹ hat unbeschreibliche Wirkung getan, weit über den literarischen Umkreis hinaus. In seiner Folge ward schließlich die Sprache hinabgezogen in die Sprache von Zeitung und Kommerz ... Heines Gedichte waren prompte Mittler zwischen der Kunst und sinnverlassener Alltäglichkeit.« *Theodor W. Adorno*

»In hundert Jahren wird diese Manier abgestanden, unverständlich erscheinen.« *Gustav Schwab*

»Er schreibt die ersten Lieder des dritten Jahrtausends. Er ist der Sänger der großen Städte; er gab der gepflasterten Straße die neue Lyrik.« *Alfred Kerr*

»Er ist das erste Beispiel des modernen Menschen.« *Heinrich Mann*

»Er ist der Vater der modernen deutschen Prosa. Von ihm aus gehen die deutschen politischen Dichter von Frank Wedekind bis Bertolt Brecht.« *Arnold Zweig*

»Heine hat die deutsche Prosa mit einem Schlag modern gemacht.« *Golo Mann*

»Heine ist der amüsanteste deutsche Klassiker. Er hat alle Vorzüge eines genialen Journalisten, alle grimmigen Tugenden eines Humoristen. Er ist ein großer Lyriker.« *Hermann Kesten*

»Wir alle liebten sein helles, flinkes Deutsch, fanden in dem Romantiker ohne Illusionen, dem exilierten Patrioten, dem düsseldorfer Europäer unseren Meister einer weltfreundlichen, das Weltpublikum fordernden, keineswegs traditionslosen Literatur.« *Wolfgang Koeppen*

»Heine hat Höhe ohne Feierlichkeit, Erhabenheit im Saloppen. Er ist immer leicht, und nur was fürs Hirn leicht ist, klingt im Ohr.« *Peter Hacks*

»Heines Tränen erfüllen sein Werk mit unvergeßlichem Genauigkeitsglanz; weshalb zu erwägen gebeten wird, ob in die oberste Themenregion, zu Goethes Frauen, Rilkes Engel und Thomas Manns Künstlerbürger nicht auch Heines Tränen aufgenommen werden könnten.« *Martin Walser*

»Der Lump sei bescheiden: ich sag es mit Stolz,
Daß von Urvater Heine ich stamme,
Wie Tucholsky und Mann, Giraudoux und Verlaine –
Wir lieben das Licht und die Flamme.«
Mascha Kaléko

»Die Loreley entblößt ihr Haar
am umgekippten Rheine ...
Ich schwebe graziös in Lebensgefahr
grad zwischen Freund Hein und Freund Heine.«
Peter Rühmkorf

Heine im Jahre 1831.
Nach einem Gemälde von Moritz Daniel Oppenheim

HEINRICH HEINE (1797 Düsseldorf – 1856 Paris). Als Jude Harry Heine geboren, wurde er als protestantischer Christ Heinrich Heine getauft, blieb Freidenker, sollte Kaufmann werden, war Jungunternehmer, wurde Jurastudent in Bonn, Berlin und Göttingen, promovierte zum Doktor beider Rechte, mühte sich um eine bürgerliche Anstellung als Anwalt, Verwaltungsbeamter oder Hochschullehrer, wurde unfreiwillig freier Schriftsteller, Journalist, Chronist, Polemiker, Satiriker, Reiseschriftsteller und ist bis auf den heutigen Tag einer der ganz großen & populären, geliebten & gehassten Poeten deutscher Zunge.

REGISTER
der *Titel* und Gedichtanfänge

INHALTSVERZEICHNIS

1. DIE GEDICHTE

GEDICHTE 1853–1854 ... 771

2. DIE ERZÄHLUNGEN

3. DIE MEMOIREN

ANHANG

TILL R. LOHMEYER · GRAHAM LORD
LUDGER LÜTKEHAUS
JENNY McPHEE · XAVIER DE MAISTRE
KATHERINE MANSFIELD
AXEL MARQUARDT · MONTY PYTHON
CHRISTIAN MORGENSTERN · FANNY MÜLLER
WOLF von NIEBELSCHÜTZ · M. A. NUMMINEN
SAMUEL PEPYS
JAN GRAF POTOCKI
RAINER MARIA RILKE · JOACHIM RINGELNATZ
HARRY ROWOHLT · PETER RÜHMKORF
SARAH SANDS
ARTHUR SCHOPENHAUER
FRANK SCHULZ · DAVID SEDARIS
WILLIAM SHAKESPEARE
AMY SOHN · MARK TWAIN
LINDA VERHAELEN · JOSEPH von WESTPHALEN
OSCAR WILDE
ANDY WILDI · JONATHAN WOLSTENHOLME

Dazu

DIE KOMISCHEN DEUTSCHEN
DIE LIEBENDEN DEUTSCHEN
& DIE FEIERNDEN DEUTSCHEN

und

DER RABE
& DER RABEN-KALENDER

sowie

DAS WÖRTERBUCH Schweizerdeutsch – Deutsch

bei

✧

www.Zweitausendeins.de

Klassiker & Moderne Klassiker
neu übersetzt, neu ediert, neu illustriert
im Haffmans Verlag
1982–2011

KINGSLEY AMIS
Jim im Glück. Deutsch von Steffen Jacobs. 2010

MAX BEERBOHM
Dandys & Dandys. Deutsch von Eike Schönfeld. 1989

AMBROSE BIERCE
Werke in 4 Bänden. Deutsch von Gisbert Haefs. 1986–1989

GEORGE BORROW
Lavengro – Der Zigeuner-Gentleman. Deutsch von Fritz Güttinger. 1987

GEORG BÜCHNER
Werke & Briefe. Hrsg. von Fritz Eycken. 2007

ANTHONY BURGESS
Der lange Weg zur Teetasse. Deutsch von Harry Rowohlt.
Illustriert von Almut Gernhardt. 1985

WILHELM BUSCH
Die Gedichte. Hrsg. von Gerd Haffmans. 2000/2005

DANIIL CHARMS
Fälle. Fallen. Alle Fälle. Alle deutsch von Peter Urban. 1984–1995

G. K. CHESTERTON
Die Geschichten um Father Brown in 5 Bänden. Deutsch von Hanswilhelm Haefs. 1991–1992

JOSEPH CONRAD
Werke in Einzelbänden. Deutsch von Urs Widmer, Klaus Hoffer, Wolfgang Krege,
Eike Schönfeld & Nikolaus Hansen. 1988–1996

PHILIP K. DICK
Romane in Einzelbänden. Deutsch von Norbert Wölfl, Britta Stabenow,
Jacqueline Dougoud, Gerd Burger, Barbara Krohn & Thomas Mohr. 1995–1997
Sämtliche SF-Geschichten in 10 Bänden. Deutsch von Walter Grossbein, Bela Wohl,
Denis Scheck, Klaus Timmermann, Ulrike Wasl, Frank N. Stein, Thomas Mohr,
Heiko Arntz, Michel Bodmer, Karl A. Klewer & Harry Rowohlt. 1993–2001
Neuausgabe in 5 Bänden. 2007

CHARLES DICKENS
Ein Weihnachtsmärchen. Deutsch & illustriert von Volker Kriegel. 1994

ARTHUR CONAN DOYLE
Die Romane & Erzählungen um Sherlock Holmes in 9 Bänden.
Deutsch von Gisbert Haefs, Nikolaus Stingl, Werner Schmitz, Hans Wolf & Leslie Giger
Das Sherlock-Holmes-Handbuch. Hrsg. von Zeus Weinstein. 1984–1988
Abenteuer-Romane & Erzählungen in 3 Bänden. Deutsch von Leslie Giger & Reinhard Hillich. 1993–2000

GUSTAVE FLAUBERT
Werke & Briefe in 9 Bänden. Deutsch von Cornelia Hasting, Petra-Susanne Räbel, Claus Sprick & Caroline Vollmann. 1995–2004

ROBERT GERNHARDT
Gedichte 1954–1994. 1996. *Gedichte* 1954–1997. 1999

GOETHE
Eckermann und sein Goethe. Von F. W. Bernstein, Bernd Eilert & Eckhard Henscheid. 1982
Der Briefwechsel mit Arthur Schopenhauer. Hrsg. von Ludger Lütkehaus. 1992
Urfaust. Illustriert von F. W. Bernstein. 1999

GOTT
Die Profane Bibel-Bibliothek in Einzelbänden & Der Bibel-Rabe:
Genesis. Ecclesiastes. Das Buch Hiob. Das Buch der Richter. Das Hohelied. Judith, Susanne, Daniel. Das Evangelium des Matthäus & Die Apokalypse. Vorworte von Ludger Lütkehaus, Robert Gernhardt, Fritz Senn, Gabriel Josipovici, Margit Schreiner, Norbert Johannimloh, Bernd Eilert & Thomas Sprecher. 2000–2001

BALTASAR GRACIAN
Hand-Orakel und Kunst der Weltklugheit. Deutsch von Arthur Schopenhauer. 1991

BRÜDER GRIMM
Kinder- & Hausmärchen. Kleine Ausgabe 1825.
Nachwort von Peter Rühmkorf. 2001/2007
Grimms Märchen gelesen von Fanny Müller. Hörbuch 2008

RIDER HAGGARD
SIE. Deutsch von Susanne Luber. 2006

WILHELM HAUFF
Die Märchen. Hrsg. von Gustav Schwab. 2010

JOHANN PETER HEBEL
Unverhofftes Wiedersehen. 1985

ARNO HOLZ
Des Schäfer Dafnis Freß-, Sauf- & Venuslieder. 2001

JORIS-KARL HUYSMANS
Gegen Alle. Deutsch von Caroline Vollmann. 2007

JEROME K. JEROME
3 Männer im Boot. Deutsch von Arnd Kösling. 1996

ERICH KÄSTNER
Die Gedichte. 2010

RUDYARD KIPLING
Werke in 10 Einzelbänden. Deutsch von Gisbert Haefs. 1987–1995

PHILIP LARKIN

Wirbel im Mädcheninternat Willow Gables. Deutsch von Steffen Jacobs. 2003
Jill. Deutsch von Steffen Jacobs. 2010

GEORG CHRISTOPH LICHTENBERG

Die Aphorismen-Bücher. Hrsg. von Albert Leitzmann. 2005

XAVIER DE MAISTRE

Reise um mein Zimmer. Deutsch von Caroline Vollmann. 2005

KATHERINE MANSFIELD

In einer deutschen Pension. Deutsch von Ute Haffmans. 2007
Sämtliche Werke. Deutsch von Ute Haffmans, Sabine Lohmann & Heiko Arntz. 2009

KARL MAY

Historisch-kritische Ausgabe in 16 Einzelbänden. Hrsg. von Hermann Wiedenroth und Hans Wollschläger. 1990–1991
»Zürcher Ausgabe«: Die Orient- & Wild-West-Romane in 33 Bänden. Hrsg. von Fritz Eycken. 1992

MIRABEAU

Der Blick hinter den Vorhang. Deutsch von Petra-Susanne Räbel. 2000

MONTY PYTHON'S FLYING CIRCUS

Sämtliche Worte. Deutsch von Sven Böttcher, Eugen Egner, Susanne Fischer, Richard Kähler, Ruth Keen, Arnd Kösling, Karsten Singelmann, Christian Storms, Heiko Arntz & Fritz Senn. 1993–2008

CHRISTIAN MORGENSTERN

Die Galgenlieder. 2000/2007

WOLF von NIEBELSCHÜTZ

Auch ich in Arkadien. Hrsg. von Ilse v. Niebelschütz. 1987
Die Kinder der Finsternis. 1989/2004
Der blaue Kammerherr in 4 Bänden. 1990

FLANN O'BRIEN

Trost und Rat. Deutsch von Harry Rowohlt. 1985
In Schwimmen-zwei-Vögel. Deutsch von Harry Rowohlt & Helmut Mennicken. 1989
Durst und andere dringende Dinge. Deutsch von Harry Rowohlt. 1991
Golden Hours. Deutsch von Harry Rowohlt. 2001

SAMUEL PEPYS

Die Tagebücher 1660–1669. Erstmals vollständig deutsch, nebst einem Companion. Hrsg. von Gerd Haffmans. 2010

DOROTHY PARKER

Eine starke Blondine & Die Geschlechter. Deutsch von Pieke Biermann & Ursula-Maria Mössner. 1985
Close Harmony & Ladys im Hotel. Deutsch von Friederike Roth. 1990
New Yorker Geschichten. Deutsch von Ursula-Maria Mössner & Pieke Biermann. 1994

EDGAR A. POE

Werke in 5 Bänden. Deutsch von Arno Schmidt & Hans Wollschläger. 1994

JAN GRAF POTOCKI

Die Abenteuer in der Sierra Morena oder Die Handschriften von Saragossa. Deutsch von Werner Creutziger. Illustriert von Almut Gernhardt. 1984/2003
Die Handschrift von Saragossa. Deutsch von Manfred Zander. 2000

RAINER MARIA RILKE
Das dichterische Werk. Hrsg. von Fritz Eycken. 2006

JOACHIM RINGELNATZ
Die Gedichte. Hrsg. von Fritz & Katinka Eycken mit Jakob Winter. 2005

PETER RÜHMKORF
Kleine Fleckenkunde. 1982
Werner Riegel – beladen mit Sendung: Dichter und armes Schwein. 1988
Selbst III/88. Aus der Fassung. 1998/2008
»Lesen ist schrecklich!« Das Arno-Schmidt-Lesebuch. Hrsg. von Peter Rühmkorf. 1997
In gemeinsamer Sache. Mit Robert Gernhardt. 2001

SAKI
Die Geschichten in 5 Bänden. Deutsch von Claus Sprick, Werner Schmitz & Fritz Senn. 1986–1992

ARNO SCHMIDT
Editionen der Arno-Schmidt-Stiftung Bargfeld.
Hrsg. von Jan Philipp Reemtsma & Bernd Rauschenbach.

1. Werkausgaben:
»Zürcher Kassette«: Das erzählerische Werk in 8 Bänden. 1985
»Zweite Zürcher Kassette«: Das essayistische Werk zur deutschen Literatur in 4 Bänden. 1988
»Dritte Zürcher Kassette«: Das essayistische Werk zur Weltliteratur in 3 Bänden. 1994
»Bargfelder Ausgabe« in 4 Werkgruppen:
I. *Das erzählerische Werk,* Gedichte, Juvenilia in 4 Bänden. 1986–1988
II. *Dialoge* in 3 Bänden. 1989–1990
III. *Essays & Biographisches* in 3 Bänden. 1992–1993
IV. *Das Spätwerk* in 4 Bänden. 1992–1993
Bargfelder Ausgabe auf CD-ROM von Günter Jürgensmeier. 1997
Sämtliche Romane und Erzählungen 1946–1964 in 1 Band. 2000

2. Briefe:
Briefe an Werner Steinberg. 1985
Der Briefwechsel mit Alfred Andersch. 1985
Der Briefwechsel mit Wilhelm Michels. 1987
Der Briefwechsel mit Eberhard Schlotter. 1991

3. Zahlreiche Einzelausgaben 1982–2000. Dazu:
Der Arno-Schmidt-Rabe Nr. 12. 1985
»Wu Hi?« Biographisches. 1986
In Sachen Arno Schmidt ./. Prozesse 1 & 2. Hrsg. von Jan Philipp Reemtsma & Georg Eyring. 1988
Die Bibliothek Arno Schmidts. Von Dieter Gätjens. 1991
Über Arno Schmidt. Rezensionen. Hrsg. von H. M. Bock & Thomas Schreiber. 1984
Über Arno Schmidt 2. Gesamtdarstellungen. Hrsg. von H. M. Bock & Thomas Schreiber. 1987

HERMANN HARRY SCHMITZ
Werke in 3 Bänden. Hrsg. von Bruno Kehrein & Michael Matzigkeit. 1988

ARTHUR SCHOPENHAUER
Eristische Dialektik oder Die Kunst, Recht zu behalten. Hrsg. von Gerd Haffmans. 1983/2005
Gedichte von an über Schopenhauer. Hrsg. von Arthur Hübscher. 1984
Über die Weiber. Nachwort von Friederike Hassauer. 1986
Werke in 5 Bänden. Hrsg. von Ludger Lütkehaus. 1988/2005

Reisetagebücher. Hrsg. von Ludger Lütkehaus. 1988
Beibuch zur Schopenhauer-Werkausgabe. Von Ludger Lütkehaus & Michel Bodmer. 1989
Der Schopenhauer-Rabe Nr. 19. Hrsg. von Gerd Haffmans. 1988
Die Schopenhauers. Der Familien-Briefwechsel von Adele, Arthur, Heinrich Floris & Johanna Schopenhauer. Hrsg. von Ludger Lütkehaus. 1991
Der Briefwechsel mit Goethe. Hrsg. von Ludger Lütkehaus. 1992
Das Schopenhauer EinLeseBuch. Hrsg. von Gerd Haffmans. 1989/2006

WILLIAM SHAKESPEARE*s Theatralische Werke nach Christoph Martin WIELANDs Übertragung in 21 Bänden.*
Hrsg. von Hans & Johanna Radspieler. 1993–1995.
Neuausgabe in 1 Band. 2003

LAURENCE STERNE
Leben und Ansichten von *Tristram Shandy,* Gentleman, in 9 Bänden.
Deutsch von Michael Walter. 1983–1991
Neuausgabe in 1 Band. 1994/1999

R. L. STEVENSON
Die Schatzinsel. Deutsch von Friedhelm Rathjen. 1997
Der befremdliche Fall von Dr. Jekyll & Mr. Hyde.
Deutsch von Friedhelm Rathjen. 1998
Die Ebbe. Deutsch von Klaus Modick. 1998

JAMES THOMSON
Nachtstadt. Deutsch von Ulrich Horstmann & Georg Deggerich. 1992

CLAUDE TILLIER
Mein Onkel Benjamin. Deutsch von Irene Riesen. 1988

MARK TWAIN
Tom Sawyers Abenteuer. Deutsch von Gisbert Haefs.
Illustriert von Tatjana Hauptmann. 1989
Die Abenteuer von Huckleberry Finn. Deutsch von Friedhelm Rathjen.
Illustriert von Pierre Thomé. 1997
Kannibalismus im Zug. Deutsch von Harald Raykowski & Lucien Depryck. 2010

VOLTAIRE
Der Briefwechsel mit Friedrich dem Großen. Deutsch von Hans Pleschinski. 1992

»WALTER«
Mein geheimes Leben. Vollständig in 3 Bänden. Hrsg. von Katinka Eycken. 1997

JAMES WHISTLER & OSCAR WILDE & G. K. CHESTERTON
Die feine Art sich Feinde zu machen. Deutsch von Fritz Senn.
Hrsg. von Gerd Haffmans. 1984

CHRISTOPH MARTIN WIELAND
Werke in Einzelbänden. Hrsg. von Jan Philipp Reemtsma, Hans & Johanna Radspieler. 1993–1996

OSCAR WILDE
Ein idealer Ehemann. Deutsch von Hans Wollschläger. 1986
Werke in 5 Bänden, »Zürcher Ausgabe« mit Beiheft von Stephen Fry. Hrsg. von Fritz Eycken.
Deutsch von Hans Wolf, Eike Schönfeld, Susanne Luber, Georg Deggerich & Bernd Eilert. 1999.

Neuausgabe als *»Neue Zürcher Ausgabe«, Werke in 5 Bänden*: Darin neu die Spätwerke: *Salomé & Brief aus dem Gefängnis.*
Deutsch von Petra-Susanne Räbel & Susanne Luber. Mit Beiheft zu Leben, Werk & Wirkung. 2003
Oscar Wilde – Ein Leben in Schönheit. Hörbuch von Gerd Haffmans mit Monika Schärer & Harry Rowohlt. 2004
Die Märchen. Deutsch von Susanne Luber. 2000
Oscariana. Glänzen mit Oscar oder WILDEs Denken. Hrsg. von Gerd Haffmans. 2000/2010

HANS WOLLSCHLÄGER
Herzgewächse oder Der Fall Adams. 1982/1997
Neujahrswunsch 1984. 1983
Von Sternen und Schnuppen. 1984
In diesen geistfernen Zeiten. 1986
Tiere sehen dich an oder Das Potential Mengele. 1989

✧

www.Zweitausendeins.de